Emancypantki

PERŁY
LITERATURY

Bolesław Prus

Emancypantki

BELLONA
Warszawa

Redaktor prowadzący: *Agata Paszkowska-Pogorzelska*
Opracowanie redakcyjne: *Dorota Szatańska*
Redaktor techniczny: *Beata Jankowska*
Korekta: *Joanna Kłos, Joanna Proczka*

Projekt okładki i stron tytułowych: *Anna Damasiewicz*

Tekst polski na potrzeby niniejszego wydania
zaczerpnięto z domeny publicznej.
Brak tytułów rozdziałów 36, 37 i 38 z tomu II jest zgodny
z wolą autora.

Copyright © for this edition by Bellona S.A., Warszawa 2017

Zapraszamy na stronę Wydawnictwa:
www.bellona.pl

Księgarnia internetowa
www.swiatksiazki.pl

Dołącz do nas na Facebooku
www.facebook.com/Wydawnictwo.Bellona

ISBN 978-83-11-15212-0
Nr 1000183

TOM I

1. Energia kobiet i męskie niedołęstwo

Około roku 1870 najznakomitszą szkołą żeńską w Warszawie była pensja pani Latter. Stamtąd wychodziły najlepsze matki, wzorowe obywatelki i szczęśliwe żony. Ile razy gazety donosiły o ślubie panny majętnej, dystyngowanej i dobrze wychodzącej za mąż, można było się założyć, że między zaletami dziewicy znajdzie się wzmianka, iż taka to a taka, tak a tak ubrana, tak a tak piękna i promieniejąca szczęściem panna młoda ukończyła pensję pani Latter.

Po każdej podobnej wzmiance na pensję pani Latter wstępowało kilka nowych uczennic jako przychodnie albo jako stałe mieszkanki zakładu.

Nic dziwnego, że i pani Latter, której pensja tyle szczęścia przynosiła jej wychowanicom, sama była uważana za osobę szczęśliwą. Mówiono o niej, że choć zaczęła pracę skromnymi funduszami, musi jednak posiadać kilkadziesiąt tysięcy rubli gotówką; nie wiedziano tylko, czy kapitał jest umieszczony na hipotekach, czy w banku. Nikt o majątku nie wątpił, widząc balowe stroje jej córki, Heleny, prześlicznej dziewiętnastoletniej panienki, a przede wszystkim słysząc o wydatkach syna, Kazimierza, który nie żałował pieniędzy.

Nie gorszono się jednak ani strojami panny, ani szykiem kawalera, jedno bowiem i drugie trzymało się pewnych granic. Panna Helena występowała na zebraniach świetnie, ale rzadko; pan Kazimierz zaś wybierał się kończyć edukację za granicą i bawił w Warszawie tylko chwilowo. Mógł więc sobie pozwolić.

Znajomi szeptali, że pani Latter nie bez racji życzliwie patrzy na wybryki młodego, który w towarzystwie dystyngowanej młodzieży warszawskiej leczył się z demokratycznych mrzonek. Nawet podziwiano rozum i takt matki, która zamiast gromić chłopca za to, że nasiąknął zgubnymi teoriami, pozwoliła mu odrodzić się za pomocą wykwintnego życia.

– Kiedy młody przywyknie do towarzystwa, gdzie nosi się czystą bieliznę, to przestanie zapuszczać długie włosy i potarganą brodę – mówili znajomi.

Młody przywykł bardzo prędko do strzyżenia włosów i czystej bielizny, a nawet zrobił się skończonym elegantem, tak że w połowie października zaczęto mówić, iż wkrótce wyjeżdża za granicę w celu studiowania nauk społecznych. Rozumie się, że miał jechać nie młody Latter, ale młody Norski. Pani Latter bowiem z pierwszego męża nazywała się Norska, a Helena i Kazimierz byli jej dziećmi z tamtego związku.

Drugi mąż, pan Latter... Ale o niego mniejsza. Dość, że pani Latter od chwili założenia pensji nosiła wdowie szaty. Że zaś po kilka razy do roku jeździła na Powązki i ozdabiała kwiatami grób pierwszego małżonka, więc nikt nie pytał się, czy i drugi małżonek spoczywa na Powązkach, czy gdzie indziej.

Trudno się dziwić, że pani Latter, której los dwukrotnie zdruzgotał serce, była chłodna w stosunkach i miała surową powierzchowność.

Pomimo lat czterdziestu kilku była jeszcze piękną kobietą. Wzrostu więcej niż średniego, nieokazałej tuszy, ale i nieszczupła, miała czarne włosy nieco przyprószone siwizną, rysy wyraziste, cerę śniadą i prześliczne oczy. Znawcy twierdzili, że takimi oczami pani Latter mogłaby zawojować niejednego bogatego wdowca spomiędzy tych, których córki mieszkały u niej lub chodziły na jej pensję. Nieszczęściem właścicielka „czarnych diamentów" miała spojrzenie raczej przenikliwe niż tkliwe, co w połączeniu z wąskimi ustami i postawą imponującą budziło dla niej przede wszystkim szacunek, zarówno w kobietach, jak i w mężczyznach.

Uczennice bały się jej, choć nigdy nie podnosiła głosu. Najmocniej rozbawiona klasa milkła od razu, jeżeli w sąsiedniej sali dzieci usłyszały w pewien charakterystyczny sposób otwierane drzwi i równy chód przełożonej.

Damy klasowe, a nawet profesorowie podziwiali magiczny wpływ pani Latter na pensjonarki. Matki, mające dorosłe panny na wydaniu, z niepokojem myślały o jej córce, Helenie, jak gdyby młoda piękność mogła pozabierać im wszystkie partie i złamać przyszłość wszystkim przygotowującym się do małżeństwa dziewczętom. Niejeden zaś zamożny ojciec wątłego i brzydkiego syna myślał: „Ten hultaj Norski zabrał zdrowie i piękność dziesięciu takim, jak mój Kajtuś, choć i to chłopak niczego!".

Była więc pani Latter na wszelki sposób szczęśliwą: zazdroszczono jej majątku, powagi, pensji, dzieci, nawet oczu. Mimo to na jej czole coraz głębiej rysowała się zagadkowa zmarszczka, na twarz coraz niżej zsuwał się cień, nie wiadomo skąd padający, a oczy coraz przenikliwiej wpatrywały się gdzieś poza ludzi, jakby usiłując dojrzeć wypadki niewidzialne dla innych.

W tej chwili pani Latter spaceruje po swoim gabinecie, którego okna wychodzą na Wisłę. Jest już schyłek października, o czym mówi rudożółtawe światło, którym słońce, kryjąc się za Warszawą, pomalowało domy Pragi, kominy odległych fabryk i szare, zamglone pola. Światło jest zwiędłe, jakby zaraziło się od zwiędłych liści albo nasiąkło rudą parą lokomotywy, która w tej chwili sunie daleko poza Pragę i znika jeszcze dalej, uwożąc jakichś ludzi, może jakieś nadzieje. Szkaradne światło, które przypomina schyłek października, szkaradna lokomotywa, która każe myśleć, że wszystko na tym świecie jest w nieustannym ruchu i znika dla nas, żeby pokazać się innym, gdzie indziej.

Pani Latter cicho stąpa po dywanie gabinetu, który ma wygląd męskiej pracowni. Czasem spogląda w okna, gdzie zwiędłe światło przypomina jej koniec października, a niekiedy rzuca okiem na dębowe biurko, gdzie leży kilka wielkich książek rachunkowych, nad którymi pochyla się popiersie Sokratesa. Ale zmarszczone czoło mędrca nie wróży jej nic dobrego; ściska więc założone na piersiach ręce i chodząc, przyśpiesza kroku, jak gdyby pragnęła już gdzieś dojść, byle prędzej. Oczy jej błyszczą mocniej niż zwykle, usta zacinają się węziej, a na twarz coraz głębiej zapada ów cień, którego nie mogła odegnać ani piękność jej dzieci, ani opinia, jaką ona sama cieszy się u ludzi.

W poczekalni główny zegar wydzwonił wpół do piątej, w jej gabinecie duży zegar angielski jeszcze uroczyściej wybił wpół do piątej i w dalszych pokojach dźwięk ten cieniutko i spiesznie powtórzył jakiś mały zegarek. Pani Latter zbliżyła się do biurka i zadzwoniła.

Drgnęła ciemna kotara, cicho otworzyły się drzwi poczekalni i w progu stanął wysoki służący we fraku, z siwymi faworytami.

– O której godzinie oddał Stanisław list panu Zgierskiemu?

– Przed pierwszą, jaśnie pani.

– Jemu samemu?

– Do rąk własnych – odparł służący.

– Możesz odejść. A jeżeli ktoś z gości przyjdzie, zaraz go wprowadź.

„Dwie i pół godziny godziny każe mi czekać, oczywiście nie mogę na niego liczyć..." – pomyślała pani.

„Naturalnie – ciągnęła w duchu – on doskonale rozumie położenie. Do Nowego Roku potrzebuję siedem tysięcy sześćset rubli, od przychodzących będę miała dwa tysiące pięćset, za stałe zwrócą mi najwyżej tysiąc pięćset, więc jest cztery tysiące. A gdzie reszta? Po Nowym Roku? Po Nowym Roku okaże się, że dochód jest o cztery tysiące rubli mniejszy niż w latach poprzednich. Co się tu łudzić! Sześć stałych i dwadzieścia przychodzących ubyło i na rok następny nie przybędą, i już nigdy nie przybędą... Zostaje czystego dochodu najwyżej tysiąc rubli rocznie, co mogłoby wystarczyć dla jednej osoby, ale nie dla nas trojga... A co dalej? Na pokrycie mniejszego długu zaciąga się większy dług, potem jeszcze większy, więc w rezultacie musi się to wszystko skończyć... Zgierski otwiera mi oczy bez ceremonii; on się nie łudzi...".

Życie pani Latter tak było wypełnione cyframi, cyfry tak dręczyły jej wyobraźnię, że na cokolwiek zwróciła oczy, wszędzie widziała cyfry. Rozpierały one księgi rachunkowe leżące na biurku, wyskakiwały z ogromnego złoconego kałamarza, pełzały po angielskich sztychach ozdabiających ściany gabinetu. A ile ich kryło się w ciężkich fałdach firanek, ile za szkłem rzeźbionej biblioteki, ile tłoczyło się w cieniu każdej zasłony – nikt by nie zliczył.

Żeby oderwać uwagę od szczupłych, dokuczliwych zjaw, pani Latter podniosła głowę i stanąwszy na środku gabinetu, zaczęła słuchać, co się dzieje na górze. Znajdował się tam salonik, w którym pensjonarki przyjmowały odwiedzających gości; lecz w tej chwili nie było gości, gdyż przez salonik ciągle przechodziły uczennice. Oto dwie starsze idą z sypialni do klas krokiem równym, zapewne trzymając się pod ręce; oto przebiega jakaś pierwszo- albo drugoklasistka; oto jedna wkoło obchodzi salonik, może się uczy; którejś innej upadła książka.

Nagle słychać ciężkie i szerokie kroki – to panna Howard, najznakomitsza nauczycielka pensji.

– Ach, ta Howard! – szepnęła pani Latter. – Ta kobieta nieszczęście mi przyniosła...

Równocześnie z wejściem panny Howard spacerujące uczennice uciekają z górnej salki, do której wchodzi kilka osób. Jedna, dwie i ktoś trzeci starszy... Ciężkie kroki panny Howard stały się szybsze i drobniejsze, słychać przesuwanie krzeseł. Oczywiście ktoś przyszedł z wizytą.

„Może Malinowska, ta przyjaciółka Howardówny, zwiedza mi pensję? – myśli pani Latter. – Do tych wariatek wszystko podobne! Ma kilkanaście tysięcy rubli, więc zakłada pensję, żeby mnie zrujnować... Naturalnie, że straci je w dwa lata, ponieważ zdaje się jej, że jest powołaną, żeby zrobić przewrót w wychowaniu dziewcząt. Howardówna napisze jej program...

Ha! Ha! To ucieszą się redakcje, które na jakiś czas przestanie zarzucać artykułami. Kobiety samodzielne! Ja nie jestem samodzielna, bo z niczego stworzyłam pensję; dopiero one będą uczyły mnie samodzielności za trzynaście tysięcy rubli, które Malinowska chce zmarnować według przepisów Howardówny...".

Wskazówka angielskiego zegara powoli zbliża się do piątej, przypominając pani Latter, że nadchodzi wieczorna seria jej przyjęć. Przypomina jej zarazem, że przez ten oto gabinet przesunęło się już wiele tysięcy osób, które czegoś żądały, prosiły, o coś zapytywały. Każda otrzymała odpowiedź, radę, wyjaśnienie i... co z tego? Co zostało z tych tysięcy rad udzielonych innym? Nic. Ciągle pogłębiający się deficyt na dziś, a możliwe bankructwo na jutro.

– A... nie dam się! – szepnęła pani Latter, chwytając się oburącz za głowę. – Nie dam się... Nie dam moich dzieci, nic nie dam! To nieprawda, żeby istniały położenia bez wyjścia... Jeżeli w Warszawie jest za wiele pensji, upadną słabsze, nie moja.

Bystry jej słuch uchwycił szmer w poczekalni. Ktoś, zamiast dzwonić, poruszył parę razy klamką, a gdy lokaj otworzył drzwi, ktoś rozbierał się powoli i rozmawiał półgłosem.

Pani Latter skrzywiła usta, odgadując z przygotowań, że taki gość przychodzi w swoim, nie w jej interesie.

W drzwiach ukazały się siwe faworyty służącego, który szepnął:

– Ten... Pan profesor.

A w chwilę później wszedł do gabinetu człowiek w czarnym surducie, tęgi, średniego wzrostu. Miał twarz bladą, jakby nalaną, apatyczne spojrzenie z wyrazem dobroci, na łysinie kosmyk włosów, który jak ciemna kresa ciągnął mu się nad czołem od strony prawej ku lewej. Gość, idąc powoli, wysoko podnosił kolana i trzymał duży palec lewej ręki za klapą surduta, co wszystko razem zdawało się świadczyć, że ten łagodny człowiek nie odznacza się energią.

Pani Latter, stojąc z założonymi na piersiach rękami, utopiła pałający wzrok w jego szklanych oczach; ale gość był tak flegmatyczny, że nawet nie zmieszał się jej spojrzeniem.

– Właśnie… – zaczął.

W tej chwili zegar główny, zegar angielski i mały zegarek w dalszych pokojach na rozmaity sposób wybiły piątą.

Gość zawiesił mowę, jakby nie chcąc przeszkadzać zegarom, a gdy umilkły, znowu zaczął:

– Właśnie…

– Zdecydowałam się – przerywa mu pani Latter. – Nie sześć, ale dwanaście lekcji tygodniowo będzie miał pan u mnie…

– Bardzo…

– Sześć geografii i sześć z nauk przyrodniczych.

– Bardzo… – powtórzył gość, kiwnąwszy parę razy głową, lecz nie wyjmując wielkiego palca lewej ręki spoza klapy surduta, co już zaczęło irytować panią Latter.

Znowu mu przerwała, mówiąc:

– Przyniesie to panu profesorowi czterdzieści osiem rubli miesięcznie.

Gość zamknął usta, lecz zaczął szybko bębnić palcami lewej ręki po klapie surduta. Potem, skierowawszy łagodne oczy na nerwową twarz pani Latter, rzekł:

– To chyba nie po dziesięć złotych godzina?

– Po rublu – odpowiedziała przełożona.

Do poczekalni ktoś energicznie zadzwonił i wszedł z szelestem.

– Zdaje mi się, że mój poprzednik brał po dwa ruble za godzinę?

– Dziś nie jesteśmy w stanie zapłacić za te przedmioty więcej niż rubla… Zresztą mamy trzech kandydatów – rzekła pani Latter, patrząc na drzwi.

– To dobrze – odparł gość zawsze z równym spokojem. – Może by jednak w zamian moja siostrzeniczka…

– Pomówimy o tym jutro, jeżeli pan łaskaw – przerwała z ukłonem.

Gość, nie zdradzając zdziwienia, chwilę postał, zebrał rozpierzchniętą myśl i kiwnąwszy głową, opuścił gabinet. Idąc, podnosił kolana równie wysoko jak na początku i nie wyjmował palca spoza klapy surduta.

„Skończony safanduła!" – pomyślała pani Latter.

Lokaj otworzył drzwi, przez które z poczekalni wtoczyła się nieduża, ale tęga i rumiana dama, w jedwabnej sukni orzechowego koloru. Zdawało się, że jej rozpuszczona szata napełnia szelestem cały pokój i że reszta dziennego światła ucieka przed blaskami jej dewizek, pierścieni, bransolet tudzież świecidełek połyskujących na rozmaitych punktach głowy.

Pani Latter, przywitawszy ją, podprowadziła do skórzanej kanapy, na której dama usiadła w taki sposób, jakby zamiast usiąść skróciła swój nieduży wzrost, i jeszcze bardziej rozpuściła suknię. Gdy służący zapalił parę lamp gazowych, można było przypuścić, że dama w pulchnych rękach z trudem utrzymuje cały potop jedwabnej materii, która może zatopić gabinet.

– Odprowadziłam na górę moje panienki – zaczęła dama – i chcę prosić, żeby pani pozwoliła im jeszcze jutro pożegnać się ze mną.

– Pani jutro wyjeżdża?

– Ach, pani, tak, wieczorem – westchnęła dama. – Dziesięć mil koleją, a potem trzy mile karetą. Jedyną dla mnie pociechą w podróży będzie to, że moje dzieci zostaną pod opieką pani. Cóż to za dystyngowana osoba ta panna Howard i co za pensja!

Pani Latter na znak podziękowania schyliła głowę.

– Takich schodów nie widziałam na żadnej pensji – mówiła dama, oddając ukłon z wdziękiem, który odpowiadał obfitości jej orzechowej sukni. – I lokal prześliczny, tylko… mam do pani prośbę – dodała z lubym uśmiechem. – Mój brat podarował dziewczynkom bardzo ładne firanki nad łóżka, to z jego własnej fabryki. Czy nie można by zawiesić ich nad łóżeczkami? Ja sama się tym zajmę…

– Nie miałabym nic przeciw temu – odparła pani Latter – ale doktor nie pozwala. Mówi, że firanki w sypialniach tamują przepływ powietrza.

– U pani leczy doktor Zarański? – przerwała dama. – Renomowany doktor! Znam go, bo przyjeżdżał do nas przed dwoma laty cztery razy z Warszawy (dziesięć mil koleją, a potem trzy mile powozem), kiedy mój mąż chorował, wybaczy pani, na pęcherz. Znam go doskonale (każdy przyjazd kosztował nas sto dwadzieścia rubli!), więc może by dla moich dzieci zrobił wyjątek?

– Bardzo wątpię – odpowiedziała pani Latter – ponieważ w zeszłym roku nie pozwolił zawiesić firanek nad łóżkiem siostrzenicy hrabiego Kisiela, z którą mieszkają córeczki pani…

– Aa! Jeżeli tak! – westchnęła dama, ocierając twarz koronkową chusteczką.

Nastała przerwa, w ciągu której zdawało się, że każda z pań chce coś powiedzieć i szuka właściwej formy. W miarę jak dama w orzechowej sukni wpatrywała się w panią Latter, ta usiłowała przybrać wyraz grzecznej obojętności. Ruchliwe oczy damy mówiły: „No, powiedz ty najpierw, to ja będę śmielsza", zaś posągowa twarz pani Latter odpowiadała: „Nie, ty mnie zaatakuj, a wtedy ja cię zwyciężę".

W tej walce niecierpliwości z zimną krwią ustąpiła dama w jedwabiach.

– Chciałam jeszcze prosić, pani – zaczęła – żeby moje dziewczynki więcej pracowały nad talentami…

– Słucham panią.

– Jedna na przykład mogłaby uczyć się grać na cytrze… Ten instrument bardzo lubi mój mąż; nawet ma cytrę, bo kiedy praktykował w Wiedniu, należał do klubu cytrzystów. Druga mogłaby uczyć się malować, choćby pastelami… To tak ładnie widzieć panienki malujące pastelami! Kiedy byłam w zeszłym roku w Karlsbadzie, wszystkie młode Angielki, ile razy nie miały partii do krokieta, rozkładały albumy i malowały. To bardzo uwydatnia wdzięki młodej osoby…

– Która z nich chce malować?

– Która? Żadna nie chce – odpowiedziała z westchnieniem dama. – Ale ja myślę, że powinna uczyć się starsza, bo przecież jako pierwsza musi wyjść za mąż.

– Proszę pani, na co im te talenty? – zapytała pani Latter miękkim głosem. – One, biedaczki, już i tak więcej niż inne pracują nad lekcjami…

– A… nie spodziewałam się od pani takiego zdania! – odparła dama, poprawiając się na kanapie. – Jak to, więc talenty nie są potrzebne panience w naszych czasach, kiedy wszyscy mówią, że kobieta powinna być samodzielna, powinna kształcić się we wszystkich kierunkach?

– Ale one czasu nie mają…

– Czasu? – powtórzyła dama z subtelną ironią. – Jeżeli mają czas na szycie bielizny dla podrzutków w ochronach…

– Tym sposobem uczą się szyć.

– Moje córki, dzięki Bogu, nie będą potrzebowały szyć – odparła dama z godnością. – Ale mniejsza. Jeżeli pani sobie tego nie życzy, muszą zaczekać.

Pani Latter zrobiło się zimno przy ostatnich słowach. Więc znowu mają ubyć jej dwie pensjonarki płacące dziewięćset rubli!

– W takim razie – ciągnęła dama, wysilając się na lodowatą słodycz – może pani zrobi przynajmniej tę łaskę, żeby panienki tańczyły…

– One uczą się tańczyć u pierwszorzędnego artysty baletu.

– Tak, pani, ale tańczą tylko ze sobą i nie spotykają młodzieży. Tymczasem dziś – mówiła dama z westchnieniem – kiedy świat żąda od kobiety, żeby była samodzielna, kiedy młode Angielki ślizgają się i jeżdżą konno razem z chłopcami, nasze biedaczki są tak nieśmiałe w towarzystwie panów, że… Ani be, ani me… Mój mąż jest zrozpaczony i mówi, że do reszty zgłupiały…

– Pani, ja nie mogę zapraszać chłopców na lekcje tańca – odpowiedziała pani Latter.

– Ha, w takim razie – rzekła, zniżając głos dama – nie zdziwi się pani, jeżeli od wakacji...

– Niczemu się nie dziwię – odparła pani Latter, której gniew uderzył do głowy. – Co zaś dotyczy rachunku...

Dama złożyła pulchne rączki i rzekła tonem słodkim:

– Właśnie chciałam uiścić resztę za pierwsze półrocze... Więc jestem pani winna?

– Dwieście pięćdziesiąt rubli.

Głos damy stał się jeszcze słodszym, kiedy mówiła, wydobywając z kieszeni portmonetkę.

– Czy nie można by okrągło... Dwieście? Przecież niektóre panienki płacą u pani po czterysta rubli rocznie, a na innych pensjach... Szczerze powiem, że ani myślałabym odbierać dzieci z takiej wzorowej pensji, gdzie jest prawdziwie macierzyński dozór, porządek, piękne maniery, gdyby pani zgodziła się na osiemset rubli rocznie... Bo nie uwierzy pani, co to za straszne czasy dla nas... Jęczmień zdrożał o połowę, a chmiel... Pani! Niech pani teraz doda, że mamy trzy mile najgorszej drogi do kolei, że mój biedny mąż ciągle choruje na pęcherz, a ja na przyszły rok znowu muszę jechać do Karlsbadu... Przysięgam pani, że nie ma dziś nieszczęśliwszych ludzi jak fabrykanci; a wszystkim się zdaje, że nam brak tylko ptasiego mleka... – zakończyła dama, ocierając, tym razem webową chustką, łzy płynące z oczu. Przeznaczenie koronkowej chustki było inne.

– Niech będzie dwieście rubli tym razem – odpowiedziała powoli pani Latter.

– Droga, kochana pani! – zawołała dama, jakby chcąc rzucić się jej na szyję.

Pani Latter skłoniła się uprzejmie, wzięła dwie sturublówki, wycięła kwit z księgi i podała go okrągłej damie, na której twarzy radość i tkliwość goniły się jak dwa obłoki na wypogadzającym się niebie.

Wyprowadziwszy szeleszczącą i połyskującą damę do poczekalni i zatrzymawszy się, aż wyjdzie, pani Latter rzekła do służącego:

– Poproś pannę Howard.

Wróciła do swego gabinetu i zaczęła chodzić rozdrażniona. Widziała przed sobą szklane oczy profesora, który trzymał wielki palec lewej ręki za klapą surduta i bez protestu zgodził się na zmniejszenie mu dochodów o dwadzieścia cztery ruble miesięcznie, a obok – orzechową suknię i lśniące klejnoty damy, która jej urwała pięćdziesiąt rubli na półroczu.

„Ach, trudno! – rzekła do siebie. – Kto potrzebuje, ten musi ustępować. Tak było, jest i będzie...".

Zapukano do drzwi.

– Proszę wejść.

Drzwi uchyliły się i nie weszła, ale wpadła osiemnastoletnia panienka, a potem nagle zatrzymała się przed przełożoną. Była to osóbka średniego wzrostu, brunetka o rysach okrągłych. Na jej niewysokim czole czarne loczki włosów rozwiały się, jak gdyby szybko biegła pod wiatr, szare oczy, śniada twarz i rozchylone karminowe usta tryskały zdrowiem, energią i wesołością, którą tylko obecność pani Latter hamowała od szalonego wybuchu.

– A, Madzia... Jak się masz? – rzekła pani Latter.

– Przychodzę powiedzieć – mówiła szybko panienka, kłaniając się po pensjonarsku – że byłam u Zosi Piaseckiej. Ma biedaczka trochę gorączki, ale to nic groźnego, i tylko martwi się, że nie będzie jutro na lekcjach.

– Całowałaś ją?

– Nie pamiętam... Zresztą umyłam sobie twarz i ręce... To, proszę pani, nie może być nic złego – dodała z głębokim przekonaniem. – Ona takie kochane, takie dobre dziecko...

Pani Latter uśmiechnęła się.

– Co to było w trzeciej klasie? – zapytała.

– Ach, proszę pani – nic. Profesor najzacniejszy człowiek, ale niesłusznie się obraził. Myślał, że Zdanowska śmieje się z niego, a tymczasem było tak, że Sztenglówna pokazała jej na dachu kominiarza, no i ta w śmiech... Proszę pani – mówiła błagającym głosem, jakby chodziło o ułaskawienie od ciężkich robót – niech się pani nie gniewa na Zdanowską. Ja już ułagodziłam pana profesora – ciągnęła figlarnym tonem – wzięłam go za rękę, spojrzałam mu pięknie w oczy i on już źle nie myśli o Zdanowskiej. A tymczasem ta biedaczka tak płacze, tak rozpacza, że nawet mnie jest jej żal...

– Nawet tobie? – odparła przełożona. – Czy panna Howard jest na górze?

– Jest. Właśnie jest teraz u niej z wizytą Hela i pan Kazimierz i rozmawiają o bardzo mądrych rzeczach...

– Zapewne o samodzielności kobiet?

– Nie, ale o tym, że kobiety powinny na siebie pracować, że nie powinny zanadto rozczulać się i że powinny być we wszystkim takie jak mężczyźni: takie mądre, takie odważne... Ale zdaje mi się, że właśnie idzie tu panna Howard.

– Przyjdź do mnie, Madziu, po szóstej, dam ci robotę – rzekła, śmiejąc się, pani Latter.

Panienka zniknęła w drzwiach prowadzących do poczekalni, a tymczasem środkowe drzwi otworzyły się gwałtownie i stanęła w nich słuszna dama w czarnej sukni. Miała długą twarz jednostajnie różowej barwy, włosy płowe jak woda wiślana podczas przyboru i figurę o tyle gładką, o ile wyprostowaną. Z wysoka kiwnęła głową pani Latter i rzekła kontraltem:

– Pani chciała się ze mną widzieć? – powiedziała to tonem, poza którym czuć było wyrażenie: „Kto chce widzieć się ze mną, mógłby przyjść do mnie".

Pani Latter posadziła nauczycielkę na kanapie, sama usiadła na fotelu i, ściskając pannę Howard za długie ręce, rzekła serdecznym tonem:

– Chciałam z panią porozmawiać, panno Klaro. Przede wszystkim jednak proszę, żeby pani nie posądzała mnie o zamiar obrażania jej...

– Nie przypuszczam, żeby ktokolwiek miał prawo mnie obrażać – odpowiedziała panna Howard, cofając z rąk przełożonej swoje ręce, które w tej chwili okryły się chłodną wilgocią.

– Ja bardzo szanuję, panno Klaro, zdolności pani… – mówiła pani Latter, patrząc w blade oczy nauczycielki, na której czole ukazała się zmarszczka. – Podziwiam wiedzę pani, pracę, sumienność.

Różowe oblicze panny Howard zaczęło się chmurzyć.

– Szanuję charakter pani, wiem o ofiarach, jakie pani ponosi na cele ogólne…

Twarz panny Howard pochmurniała coraz bardziej.

– Z przyjemnością czytuję doskonałe artykuły pani…

W tej chwili na obliczu panny Klary błysnęło coś jak snop słonecznego światła, który rozdarł brzemienną chmurę piorunami.

– Nie ze wszystkim się zgadzam – ciągnęła pani Latter – ale dużo nad nimi myślę…

Twarz panny Howard już się wypogodziła.

– Walka z przesądem jest trudna – odparła rozpromieniona nauczycielka – więc uważam za największy triumf dla siebie, jeżeli czytelnicy choćby tylko zastanawiają się nad mymi artykułami.

– Zatem rozumiemy się, panno Klaro.

– Najzupełniej.

– A teraz pozwoli pani zrobić sobie jedną uwagę? – zapytała przełożona.

– Proszę…

– Otóż, panno Klaro, dla dobra tej sprawy, której poświęciła się pani, niech pani będzie ostrożniejsza w rozmowach z uczennicami, osobliwie mniej rozwiniętymi, i… Z ich matkami…

– Sądzi pani, że zagraża mi jakieś niebezpieczeństwo? – zawołała panna Howard głębokim kontraltem. – Ja jestem zdecydowana na wszystko!

– Na wszystko, rozumiem, ale chyba nie na to, żeby przekręcano myśli pani. Przed chwilą była u mnie osoba, z którą pani na górze rozmawiała o samodzielności kobiet…

– Czy Korkowiczowa, ta piwowarka? Gęś prowincjonalna! – wtrąciła panna Howard tonem pogardy.

– Widzi pani, pani jest w takim położeniu, że może ją lekceważyć, ale ja muszę się z nią liczyć! I czy wie pani, jak ona skorzystała z rozmowy o samodzielności kobiet? Oto żąda, aby jej córki uczyły się malować pastelami i grać na cytrze, a przede wszystkim, żeby jak najprędzej wyszły za mąż.

Panna Howard rzuciła się na kanapie.

– Ja jej do tego nie namawiałam! – zawołała. – Jednak w artykule o wychowaniu naszych kobiet wyraźnie protestuję przeciw zmuszaniu dziewcząt do fortepianu, rysunków, nawet do tańca, jeżeli nie mają talentu albo chęci. A w artykule o powołaniu kobiety napiętnowałam te lalki, które marzą o zrobieniu kariery przez zamążpójście… Wreszcie z tą panią nie rozmawiałam, jakimi powinny być kobiety, ale o tym, jak one wychowują się w Anglii. Tam kobieta kształci się jak mężczyzna: uczy się łaciny, gimnastyki, konnej jazdy… Tam kobieta sama chodzi po ulicy, odbywa podróże… Tam kobieta jest istotą wolną i czczoną.

– Czy pani zna Anglię? – nagle zapytała pani Latter.

– Wiele o niej czytałam.

– A ja tam byłam – przerwała pani Latter – i zapewniam panią, że wychowanie Angielek inaczej wygląda w naszej wyobraźni, a inaczej w rzeczywistości. Czy pani na przykład uwierzyłaby, że tam niekiedy panienki dostają rózgą?

– Ale jeżdżą konno…

– Jeżdżą te, które mają konie albo na konie, tak jak i u nas.

– Więc dziewczęta można uczyć konnej jazdy i gimnastyki – rzekła stanowczo panna Howard.

– Można, ale na pensji nie można otwierać szkół jazdy.

– Ale można założyć salę gimnastyczną, można wykładać księgowość, uczyć rzemiosła… – niecierpliwie odparła panna Howard.

– A jeżeli rodzice nie życzą sobie tego, tylko chcą, żeby panny uczyły się malarstwa albo tańczyły z chłopcami?

– Ciemnota rodziców nie może być programem wychowania ich dzieci. Od tego są zakłady naukowe, żeby reformowały społeczeństwo.

– A jeżeli z powodu reformy ucierpiałyby dochody zakładów naukowych? – spytała pani Latter.

– W takim razie kierowniczki zakładów, ożywione poczuciem obowiązku społecznego, muszą zdecydować się na ofiary...

Pani Latter potarła czoło ręką.

– Czy sądzi pani, że każda przełożona pensji może ponosić ofiary, że ma środki?

– Kto nie ma środków, powinien ustąpić tym, którzy je mają – odpowiedziała panna Howard.

– Ach, tak? – rzekła przeciągle pani Latter, znowu pocierając czoło. – Boli mnie głowa, tyle dziś miałam zajęć... Więc panna Malinowska stanowczo otwiera pensję?

– Ona wolałaby zostać wspólniczką jakiejś znanej firmy i... ja ją namawiam, żeby porozmawiała z panią...

Silny rumieniec wystąpił na twarz pani Latter. Przemknęła jej myśl, że taka spółka byłaby ratunkiem pensji albo... może – jej ostateczną ruiną? Wspólniczka musiałaby dowiedzieć się o finansowym położeniu, miałaby prawo pytać o każdego rubla, którego wydaje Kazio...

– Ja nie będę wspólniczką panny Malinowskiej – rzekła pani Latter, spuszczając oczy.

– Szkoda! – odpowiedziała sucho nauczycielka.

– Ale pani, panno Klaro, będzie ostrożniejsza w rozmowie z uczennicami i... ich matkami?

Panna Howard podniosła się z kanapy.

– Tylko ja – rzekła – odpowiadam za własną nieostrożność, a przekonań moich zapierać się nie myślę...

– Nawet gdybym ja na skutek tego traciła pensjonarki, które ich matka chce umieścić na pensji tańszej i bardziej postępowej? – mówiła wolno i dobitnie pani Latter.

– Nawet gdybym ja sama miała stracić zajęcie u pani – odpowiedziała równie dobitnie panna Howard. – Należę do osób, które ani idei, ani obowiązków społecznych nie poświęcą planom osobistym.

– Więc czego pani chce ostatecznie?

– Chcę uczynić kobietę samodzielną, chcę ją wychować do walki z życiem, chcę wreszcie… Uwolnić ją z zależności od mężczyzn, którymi pogardzam! – mówiła nauczycielka, a jej blade oczy płonęły chłodnym blaskiem. – Jeżeli zaś pani sądzi, że jestem u niej zbyteczną, mogę usunąć się od Nowego Roku. Pani szkodzą czy tylko gniewają moje poglądy, a mnie męczy borykanie się z rutyną, liczenie się z każdym słowem, walka z samą sobą…

Ukłoniła się ceremonialnie i wyszła, stawiając dłuższe kroki niż zwykle.

„Histeryczka!" – szepnęła do siebie pani Latter, znowu ściskając rękami czoło.

„Chce tu wprowadzać księgowość, rzemiosła, wówczas kiedy rodzice pragną, żeby córki malowały pastelami i jak najprędzej wychodziły za mąż! I ja dla tego rodzaju prób miałabym poświęcić moje dzieci?" – myślała pani Latter.

Z dalszych pokoi przez otwarte drzwi dobiegła ją rozmowa:

– Otóż założę się z panią – mówił dźwięczny głos męski – że najpóźniej od dziś za miesiąc sama pani będzie żądała, żebym ją całował w rękę… Jesteś świadkiem, Hela… Wszystko zależy od wprawy.

– Ale o co się zakładacie? – wtrącił głos żeński.

– Ja się nie zakładam – odparł drugi głos żeński. – Nie dlatego, żebym bała się przegranej, ale nie chcę wygrać…

– Tak odpowiadają kobiety naszej epoki! – odezwał się pierwszy głos ze śmiechem.

– Ach, dziecinada! – odpowiedział mężczyzna. – To wcale nie nowa epoka, ale stare jak świat ceregiele kobiece…

Do gabinetu weszła prześliczna para: córka i syn pani Latter. Oboje blondyni, oboje mieli czarne oczy i ciemne brwi, oboje byli podobni do siebie. Tylko w niej skupiły się wszystkie wdzięki kobiece, a w nim siła i zdrowie.

Pani Latter z zachwytem patrzyła na nich.

– Co to za zakłady? – spytała, całując córkę.

– A to z Madzią – odpowiedziała panna Helena. – Kazio chce ją całować po rękach, a ona nie pozwala…

– Zwykła uwertura. Dobry wieczór mateczce! – rzekł syn, witając się.

– Tyle razy prosiłam cię, Kaziu…

– Wiem, wiem, mateczko, ale to z rozpaczy…

– Na tydzień przed pierwszym?

– Właśnie dlatego, że jeszcze tydzień! – westchnął syn.

– Na serio już nie masz pieniędzy? – zapytała pani Latter.

– To są zbyt poważne sprawy, żebym mógł żartować…

– Ach, Kaziu, Kaziu! Ileż chcesz? – rzekła pani Latter, odsuwając szufladę, w której leżały pieniądze.

– Mateczka wie, że ja żadnemu pojedynczemu kolorowi nie daję pierwszeństwa, ale lubię biały z różowym i niebieskim. To przez miłość dla Rzeczypospolitej Francuskiej.

– Proszę cię, nie żartuj. Będziesz miał dosyć pięć rubli?

– Pięć rubli, matuchno? Na tydzień? – mówił syn, całując jej rękę i gładząc nią sobie twarz z pieszczotą. – Przecież mateczka przeznaczyła mi sto rubli miesięcznie, a więc na tydzień…

– Oj, Kaziu, Kaziu! – szepnęła matka, licząc pieniądze.

– Proszę cię, Kaziu, postaraj się, żeby prędzej zaprowadzono emancypację kobiet. Może wówczas twoja biedna siostra dostanie choć czwartą część tego, co ty… – odezwała się panna Helena.

Pani Latter spojrzała na nią z wymówką.

– Chyba tak nie myślisz – rzekła. – Czy ja któreś z was wyróżniam? Czy ciebie mniej kocham niż jego?

– Mój Boże, czy ja mówię coś podobnego? – odpowiedziała panienka, naciągając na ramiona białą chusteczkę. – Swoją drogą panna Howard ma słuszność, że my, dziewczęta, jesteśmy pokrzywdzone wobec chłopców. Kazio na przykład, nie skończywszy jednego uniwersytetu, jedzie za granicę na drugi i posiedzi tam ze cztery lata; a ja, żeby pojechać za granicę, musiałabym dostać suchot. To samo było w dzieciństwie, to samo będzie po wyjściu za mąż, aż do śmierci...

Pani Latter wpatrywała się w nią pałającymi oczami.

– Więc i ciebie nawraca panna Howard i takie wykłada ci poglądy?

– Co mateczka jej słucha – odezwał się pan Kazimierz, chodząc po gabinecie z rękami w kieszeniach. – Przecież nie panna Howard namawia ją, żeby jechała za granicę, tylko ona sama chce tego. Panna Howard, przeciwnie, tłumaczy jej, że kobiety powinny pracować na utrzymanie jak mężczyźni.

– A jeżeli mężczyźni nie robią nic i jeszcze nie wystarcza im sto rubli na miesiąc?

– Helenko! – upomniała ją matka.

– Niech mateczka do tego, co ona mówi, nie przywiązuje wagi! – odezwał się syn z uśmiechem. – Przecież ona pół godziny temu rozprawiała, że jak dąb musi dłużej rosnąć niż róża, tak mężczyzna musi kształcić się dłużej niż kobieta...

– Mówiłam, bo ciągle mi to powtarzasz; ale myślę co innego.

– Przepraszam cię, ja nie porównuję kobiet do róż, tylko do kartofli.

– O, widzi mama, jakiej nabrał ogłady w swoich kręgach! Szósta, muszę iść do Ady... No, bądź zdrów, mój dębie – mówiła panna Helena, biorąc w obie ręce głowę brata i całując go w czoło. – Tak długo uczysz się i tyle jeszcze masz przed sobą nauki, że zapewne jesteś ode mnie o wiele mądrzejszy. Może dlatego nie zawsze cię rozumiem... Do widzenia, mateczko – dodała – za godzinę przyjdziemy tu z Adą. Może nas mateczka zaprosi na herbatę...

Wyszła, śmiejąc się.

Pan Kazimierz chodził po gabinecie z rękami w kieszeni i zwiesiwszy głowę na piersi, mówił:

– Po każdym takim odezwaniu się Heli czuję wyrzuty sumienia. Może ja naprawdę już nie powinienem się kształcić, tylko pracować na siebie? Może ja jestem dla mamy ciężarem?

– Co ci znowu przychodzi do głowy, Kaziu? Przecież ja żyję tylko twoimi nadziejami, twoją przyszłością...

– A ja daję mamie słowo honoru, wolałbym nie mieć suchego kawałka chleba niż być dla ciebie ciężarem! Przecież rozumiem, że dosyć wydaję i wydawać będę; ależ robię to dla zawiązania stosunków. A ile razy ogarnia mnie wstyd, że znajduję się w towarzystwie tej młodzieży utracjuszowskiej, zniszczonej, niemającej poczucia żadnego wielkiego obowiązku! Ale muszę! Szczęśliwym będę dopiero wówczas, kiedy jako przedstawiciel mas rzucę im w oczy...

Zapukano i po chwili weszła ładna szatynka z wielkimi ruchliwymi oczami. Zapłoniła się jak niebo o wschodzie słońca i rzekła cichym głosem:

– Proszę pani, moi krewni znowu mnie męczą, żebym ich odwiedziła...

Jej rumieniec się spotęgował.

– Przecież dzisiaj twój dyżur, Joasiu – odpowiedziała pani Latter.

– Wiem, proszę pani, i dlatego jestem zakłopotana... Ale obiecała mnie zastąpić panna Howard.

Pan Kazimierz patrzył w okno.

– Długo ci twoi krewni tu jeszcze będą? – zapytała chmurnie pani Latter.

– Jeszcze kilka dni, ale ja to wszystko odrobię... Całą zimę się nie ruszę.

– Oby. Ha, idź, jeżeli tak chcesz, moje dziecko.

Kiedy pan Kazimierz odwrócił się, szatynki już nie było.

– Nie podobają mi się te ciągłe spacery – rzekła jakby do siebie pani Latter.

– No, krewni, może jeszcze z prowincji... – wtrącił syn.

– Howard to nieszczęście dla całej pensji – mówiła, wzdychając, pani Latter. – Ona musi się mieszać do wszystkiego, ona wam nawet przewraca w głowach...

– Mnie! – roześmiał się pan Kazimierz. – Stara i brzydka, a przy tym mądra. Ach, te baby piszące, te reformatorki...

– Przecież i ty chcesz być reformatorem...

Pan Kazimierz pochwycił matkę w objęcia i, okrywając ją pocałunkami, mówił pieszczotliwie stłumionym głosem:

– A, mateczko, to się nie godzi... Jeżeli mateczka widzi we mnie takiego reformatora, który sąsiaduje z panną Howard, to już wolę wstąpić na kolej żelazną. Za dziesięć lat dojdę do kilku tysięcy rubli pensji, potem ożenię się, utyję... Bo może ja naprawdę jestem dla matuchny ciężarem?

– Tylko tego nie mów, proszę cię.

– Dobrze, już nigdy nie powiem. Teraz na dobranoc pocałuję mamę w oczko, a teraz w drugie... Nie będę dziś na twojej herbatce, matuchno, muszę iść. Tak mi tu u was spokojnie, a tam...

– Gdzież idziesz?

– Wpadnę do teatru, a później wstąpię na kolację... Ach, jak mnie to czasami męczy!

Znowu ucałował jej oczy, twarz i ręce, wychodząc posłał jej z progu pocałunek i zniknął w poczekalni.

„Biedne dziewczęta – myślała pani Latter. – Jak one muszą za nim szaleć".

Od samych drzwi jej spojrzenie machinalnie padło na szufladę biurka, skąd niedawno dała synowi dwadzieścia pięć rubli. Wzdrygnęła się.

„Co? Będę żałować tego, co jemu daję? – myślała. – Więc ma wstąpić do służby na kolej? Nigdy, póki ja żyję!".

2. Dusze i pieniądze

Godzina wieczornych audiencji się skończyła. Z wieloletniego przyzwyczajenia pani Latter usiadła przed swym męskim biurkiem, skąd patrzył na nią zamyślony Sokrates, ogromny kałamarz i jeszcze ogromniejsze księgi. Dawnymi czasy w takiej chwili zabierała się do robienia rachunków, do czytania listów i do odpisywania na listy. Ale mniej więcej od roku jej dawne zwyczaje uległy zmianie. Już nie przegląda rachunków, bo i co w nich zobaczy? Zapowiedź deficytu. Nie odczytuje listów, bo dzisiaj wcale ich nie było; nie ma też chęci pisać listów, bo rezultat zna z góry: niektórzy przyślą pieniądze, a inni będą prosili o prolongatę. Więc po co pisać?

Czuła, że od pewnego czasu ma mniej władzy nad biegiem wypadków; ale za to wypadki mają więcej władzy nad nią. Oto i w tej chwili zamiast liczyć, planować, obmyślać sposoby, ona siedzi z rękami opuszczonymi na poręcze fotelu i patrzy na zjawy, jakie roztacza przed nią wyobraźnia. I znowu widzi tłustą jejmość, która chce uczyć swoje córki malarstwa i gry na cytrze, ale za to urywa pięćdziesiąt rubli od umówionej zapłaty. A potem widzi płowowłosą pannę Howard, która chcąc kobiety uczynić samodzielnymi, pracuje nad zrujnowaniem jej, kobiety od kilkunastu lat samodzielnej!

Wreszcie przypomina jej się spokojna twarz nauczyciela geografii, który bez protestu pozwolił sobie urwać dwadzieścia cztery ruble na miesiąc.

„Safanduła! – mówi pani Latter z gniewem. – Ciepłe kluski, nie mężczyzna...".

I owe ciepłe kluski przypominają jej, że nadchodzi termin rachunku z piekarzem i rzeźnikiem i że za lokal trzeba zapłacić dwa tysiące pięćset rubli za półrocze.

„No, dziś mogę o tym nie myśleć – mówi sobie i otrząsa się. – Helenka jest u Ady, a Kazio zapewne ubiera się do teatru…".

Lecz i dzisiejsza rozmowa z dziećmi nie nasuwa jej przyjemnych wspomnień. Jak to może być, żeby Kazio do tej pory nie wyjechał za granicę? Nie dlatego, że jest jej synem i że jest piękny, ale najsurowszy sędzia musiałby przyznać, że jest to wyjątkowy młodzieniec, o którym za kilka lat mówić będą w całej Europie.

Co za ambicja, jaka dojrzałość, jak on się wstydzi swoich dzisiejszych przyjaciół, którzy nie mają wielkich dążeń, i jakie to on sam musi mieć dążenia! Czy to możliwe, Boże miłosierny, żeby taki chłopiec nie mógł jechać za granicę jedynie dlatego, że matka nie ma gotowych tysiąca rubli? Jak to może być, żeby społeczeństwo nie posiadało instytucji dla dostarczania funduszów genialnym młodzieńcom na wyższą edukację? Zaraz poszłaby tam i zastrzegłszy tajemnicę powiedziałaby członkom zarządu:

„Moi panowie, wychowałam kilka pokoleń waszych sióstr, żon i córek, lecz sama nie mam pieniędzy na dokończenie edukacji mego syna. Proszę więc o pomoc, nie w imię moich zasług i pracy, ale ponieważ Kazio jest chłopakiem dzielnym, szlachetnym, genialnym. O, gdybyście wy tak znali go jak ja, uwierzylibyście, że nawet choćby mi był obcym, jeszcze troszczyłabym się o jego przyszłość. Bo tylko spojrzycie na niego, zastanówcie się nad każdym jego słowem, spojrzeniem, ruchem… Ale po co to wszystko: tylko przyciśnijcie go do serca jak ja, a przekonacie się, co za nadzwyczajna dusza mieszka w tym ukochanym…".

Pani Latter machinalnie załamuje ręce. Bo przecież nie ma instytucji, która pomogłaby genialnym młodzieńcom, a choćby stworzono taką, czy członkowie zarządu uwierzyliby, że to, co ona mówi o synu, jest świętą prawdą, owocem chłodnej obserwacji, nie zaś macierzyńskim uniesieniem? Czy ona nie zna ludzi, czy nie słyszała półsłówek rzucanych na rachunek Kazia? Co się zresztą dziwić obcym, jeżeli rodzona siostra, i jeszcze dziewczyna tak wyjątkowa jak Helenka, niekiedy żartuje z głębokich refleksji Kazia? A nawet ma pretensje, że wychowanie brata dużo kosztuje!

„Czy ty nie rozumiesz – mówi w duchu do córki – jaka różnica istnieje między kobietą i mężczyzną? Przecież jesteście oboje podobni do siebie jak bliźnięta, a mimo to porównaj siebie z nim: jego głos, wzrost, spojrzenie, każdy ruch... Jeżeli ty jesteś kwiatem stworzenia, on jest jego panem i władcą... A dalej pomyśl: czym są siły kobiety wobec męskich? Ja, której podziwiają rozum i energię, z ledwością mogłam was wychować i utrzymać siebie. Tymczasem mężczyzna utrzymuje siebie i żonę, wychowuje kilkoro dzieci i jeszcze prowadzi fabryki, rządzi państwami, robi wynalazki...".

W tej chwili przed wyobraźnią pani Latter przesuwa się cień mężczyzny, na którego widok rysy jej wyrażają nienawiść... Zrywa się z fotelu, zaczyna chodzić po gabinecie i przymusza się do myślenia o czym innym.

Więc myśli, że od pewnego czasu, może od roku, dookoła niej zachodzą zmiany. Ubyła pewna liczba uczennic i pensjonarek, zmniejszyły się dochody, należało zastąpić kilku droższych nauczycieli tańszymi... Jednocześnie coraz częściej słyszy frazesy o samodzielności kobiet, jakby skierowane przeciwko niej samej.

Początkowo wyraz „samodzielność" wymawiała tylko panna Howard, potem nauczycielki i damy klasowe, a dziś powtarzają go starsze uczennice i nawet ich matki.

„Co ma znaczyć ta ich samodzielność – myśli pani Latter. – Konna jazda i malarstwo? To przecież rzeczy stare jak świat. Walka z życiem? Ależ, mój Boże, od ilu lat ja walczę z życiem... Więc niezależność od mężczyzny? Ach, gdyby one wiedziały, od jakiego ja się uwolniłam! To, co one mówią, ja robię albo robiłam od dawna i pomimo to ja ich nie rozumiem, a one uważają mnie za przeszkodę. To samo, co ja, robi tysiące kobiet w każdym pokoleniu; przecież nawet były takie, które chodziły na wojnę! Dlaczego więc te rzeczy dziś ogłaszają się jako wynalazek, w dodatku zrobiony przez pannę Howard, która dużo mówi, ale nie zrobiła nic pozytywnego? Jest dobrą nauczycielką, i tyle...".

– Czy nie przeszkadzam? – odezwał się za nią słodki głos.

Pani Latter drgnęła.

– Ach, Madziu! – rzekła – dobrze, że przyszłaś.

Panienka zwana Madzią, a przez uczennice panną Magdaleną, weszła do gabinetu w wesołym nastroju ducha. Widać to było w jej figlarnych oczach, śmiejącej się twarzy, w całej zresztą postaci, która wyglądała tak, jak gdyby z panną Madzią dopiero co tańczyły jej uczenice i jeszcze wycałowały ją na zakończenie.

Lecz spojrzawszy na panią Latter, Madzia odczuła, że wesołość w tym miejscu nie jest właściwą. Zdawało się jej, że przełożona ma zmartwienie albo że się bardzo gniewa. Za co i na kogo? Może na nią za to, że przed chwilą tańczyła z czwartoklasistkami, ona, dama klasowa!

– Chcę, Madziu, dać ci robotę. Wyręczysz mnie? – rzekła pani Latter, siadając przed biurkiem.

– Czy pani może się o to pytać? – odpowiedziała Madzia.

I zarumieniła się, przyszło jej bowiem na myśl, że taka odpowiedź może wydać się pani Latter zuchwałą.

Usiadła na brzegu kanapy i pochyliwszy głowę, przypatrywała się spod oka przełożonej, chcąc odgadnąć, co jej dolega. Czy ona gniewa się, czy jest zmartwiona? Z pewnością gniewa się (naturalnie na nią) za tańce na górze. Przecież tyle razy mówiono jej, że dama klasowa powinna zachować powagę właściwą swemu stanowisku. A kto wie, czy pani Latter nie gniewa się i za to, że ona całowała Zosię Piasecką i mogła zarazić całą pensję jakąś niezdecydowaną chorobą. A może o to, że wstawiała się za Zdanowską?

– Widzisz to, Madziu – odezwała się nagle pani Latter, wręczając jej paczkę papieru listowego i notatkę. – Tyle listów musisz napisać, oczywiście, jeżeli zechcesz.

– Tylko tyle? Ja dopiero wtedy byłabym prawdziwie szczęśliwa, gdyby mi pani kazała pisać wszystkie listy – zawołała Madzia takim tonem jak żołnierz, który chce poświęcić życie za swego wodza.

– Oj, ty nieuleczalna entuzjastko! Ale może i ty się kiedyś wyleczysz. Nawet prędzej niż myślę! – rzekła zniżonym głosem pani Latter, a potem dodała: – Wyręczam się tobą w nudnej robocie, bo sądzę, że ci się to przyda. Czy ciągle planujesz założyć swoją pensję?

– Ach, pani, choćby dwu… choćby jednoklasową. To moje największe marzenie! – zawołała Madzia, składając ręce.

Pani Latter uśmiechnęła się.

– Mam nadzieję, że zmieni się i to twoje największe marzenie – mówiła. – Już pamiętam ich kilka. W szóstej klasie marzyłaś o klasztorze, w piątej myślałaś o śmierci i o tym, żeby cię pochowano koniecznie w bladoniebieskiej trumience, a w trzeciej klasie, jeżeli mnie pamięć nie zwodzi, chciałaś koniecznie zostać chłopcem.

– Ach, pani… Pani! – wzdychała Madzia, zasłaniając rękami twarz zarumienioną powyżej czoła. – Ach, jaka ja jestem… Ach, ze mnie nic nigdy nie będzie…

– Owszem, będzie, tylko najpierw wyrzekniesz się niejednego planu, a przede wszystkim tej pensji.

– To, proszę pani, będzie tylko wstępna klasa…

– Coraz lepiej! – uśmiechnęła się pani Latter. – Nim jednak założysz ową wstępną klasę, napisz listy do rodziców, wujów i ciotek naszych panienek. Pisz według takiego schematu: u góry – Szanowny Panie lub Szanowna Pani, a niżej: Załączając stosownie do życzenia pani (czy pana) kwit za pierwsze półrocze, mam honor przypomnieć, że do uzupełnienia rachunku należy nam się rubli… I liczbę wypiszesz według tej kartki.

– To oni aż tyle są winni? – zawołała z przestrachem Madzia, przeglądając notatkę.

– Winni mi dwa razy więcej – odpowiedziała pani Latter. – Tylko niektórzy zwrócą dopiero po Nowym Roku, a znajdą się i tacy, którzy nie zwrócą nigdy.

Zerwała się z fotelu i założywszy ręce na piersiach zaczęła chodzić po gabinecie.

– Oto masz pensję, o jakiej marzysz – mówiła, siląc się na spokój w głosie. – Oto są świetne dochody, za które panna Howard chce tu wprowadzać księgowość, naukę rzemiosł, gimnastykę... Wariatka! – syknęła pani Latter.

– A ja myślałam, że ona taka rozumna... – wtrąciła tonem zdziwienia panienka. – Ach, jak ona pięknie mówi! Jak ona tłumaczy, że dzisiejsza kobieta jest ciężarem dla społeczeństwa i niewolnicą rodziny, że kobiety powinny pracować na równi z mężczyznami, że powinny mieć te same prawa i że całe wychowanie powinno być zmienione...

Drżąca z gniewu pani Latter zatrzymała się przed Madzią i zaczęła mówić stłumionym głosem:

– Dowiedz się ty przynajmniej, co jest warte gadaniny tej... szalonej! Widzisz, ile tysięcy rubli winni mi są, i domyślasz się, ile tysięcy rubli potrzebuję mieć do Nowego Roku, żeby nakarmić dzieci i zapłacić nauczycielom... Jeżeli więc dziś zachodzę w głowę... Ach! Co ja plotę! – szepnęła, trąc czoło. – Więc sama policz: skąd w tych warunkach wziąć pieniędzy na wykłady nowych przedmiotów, skąd dzieci znalazłyby czas na naukę? Głowa mnie boli!

Przeszła się kilka razy, a potem, wziąwszy za ręce przestraszoną nauczycielkę, rzekła spokojniej:

– Jestem trochę chora i zirytowana, a tobie ufam, moje dziecko, więc się rozgadałam. Wiem jednak, że...

– Pani... Czy pani mogłaby przypuścić, że ja powtórzę? – spytała Madzia. A potem, spoglądając na panią Latter oczami pełnymi łez i całując jej ręce, dodała:

– Proszę pani, to... To ja zrzekam się mojej pensji...

Przełożona przycisnęła usta do jej rozgorączkowanej głowy.

– Dzieciaku, dzieciaku! Jakąż różnicę może mi zrobić twoja biedna pensyjka, twoje piętnaście rubli miesięcznie? Nie myśl o niczym podobnym...

W oczach Madzi błysnęła wielka myśl. Łzy jej obeschły.

– Więc dobrze, proszę pani, ja będę brała pensję, ale pani mi zrobi jedną wielką łaskę...

I nagle uklękła przed panią Latter, która śmiejąc się, podniosła ją.

– Co to za łaska?

– Ja mam po babci – szepnęła Madzia, spuszczając oczy – ja mam... Trzy tysiące rubli. Więc pani będzie taka dobra... Taka kochana...

– I wezmę od ciebie te pieniądze, czy tak? Ach, ty niepoprawna! Przypomnij sobie, ile już przeznaczeń miały twoje pieniądze? Masz założyć pensję...

– Już nie założę...

– Wybornie; szybko się decydujesz. Miałaś pożyczyć pannie Howard tysiąc rubli... Chciałaś wziąć na swój koszt aż do ukończenia edukacji...

– Pani śmieje się ze mnie! – zakała Madzia.

– Nie, ja tylko liczę. Bo przecież masz jeszcze jechać za granicę i znowu na swój koszt wziąć Helenkę...

– Ach, pani, pani... – szlochała Madzia.

– Całe szczęście, że ani tych pieniędzy nie masz w ręku, ani nie masz prawa nimi rozporządzać. Gdybyś była tak majętna jak Ada... Ha! – rzekła jakby do siebie pani Latter.

Twarz Madzi znowu się ożywiła i jej oczy błysnęły radością.

– No, ale dość tego, moje dziecko. Idź na górę przez mój pokój sypialny, umyj buziaka i zabierz się do listów. Tylko nie napisz jakichś bzdur, roztrzepańcze – zakończyła pani Latter.

Zawstydzona panienka zabrała papier i wyszła do sypialni, po drodze wylewając resztę łez. Było jej strasznie smutno i z tego powodu, że tak nagle dowiedziała się o pieniężnych kłopotach swojej przełożonej, i z tego powodu, że samą siebie posądzała o spełnienie tysięcy niedorzeczności.

„Co ja naplotłam, co ja nagadałam głupstw! Nie, na całym świecie nie ma głupszego ode mnie stworzenia" – myślała, szlochając.

Pani Latter patrzyła za nią. W jej wyobraźni mimowolnie zarysowały się jedno obok drugiego dwa oblicza: ruchliwa twarz Madzi, na której co chwila płonęło inne uczucie, i posągowo piękne oblicze jej córki, Heleny. Tamta współczuła wszystkiemu i wszystkim, ta była wiecznie spokojna.

„Bardzo dobre dziecko, ale Helenka ma więcej godności. Ona się tak nie zapala" – myślała pani Latter z dumą.

A tymczasem Madzia, zanim usiadła do pisania listów, odmówiła pacierz, żeby jej Bóg pozwolił choćby ofiarą własnego życia dopomóc pani Latter. Potem przypomniała sobie wiele innych osób również mających kłopoty: chorą Zosię, okradzionego stróża, pewną uczennicę z piątej klasy, która kochała się bez nadziei w panu Kazimierzu Norskim, i znowu poczuła potrzebę ofiarowania się i dla tych nieszczęśliwych.

A ponieważ przyszło jej na myśl, że Pan Bóg nie zechce nic zrobić za modlitwę tak marnej jak ona istoty, więc pełna zwątpienia i rozpaczy usiadła do pisania listów, nucąc półgłosem: „Znaszli ten kraj, gdzie cytryna dojrzewa..."

Zdawało się jej, że właśnie ta melodia najlepiej odpowiada jej nicości i niemożności poświęcenia się za cały świat w ogóle, a w szczególności za panią Latter, chorą Zosię, okradzionego stróża i nieszczęsną piątoklasistkę, która kochała bez nadziei.

3. Świtanie myśli

Od kilku dni panna Magdalena jest jakaś nieswoja. Oczy jej straciły blask, a zyskały głębię; śniada twarz pobladła, czarne włosy są prawie gładkie, co ich właścicielce nadaje wyraz żałobny. Młoda osoba od kilku dni źle sypia i źle jada. Jeżeli się śmieje, to tylko przez pomyłkę; jeżeli śpiewa, to przez zapomnienie, a jeżeli zrobi parę tanecznych turów z którą ze swoich uczennic, to całkiem automatycznie. Dusza panny Magdaleny nie bierze udziału w żadnym z tych objawów wesołości; panna Magdalena wie o tym, że jej dusza nie bierze dziś najmniejszego udziału w wesołości, i nie gniewałaby się, gdyby cały świat wiedział o tym interesującym nastroju jej duszy pełnej troski i poważnych tajemnic.

Ten okropny stan tak ciąży pannie Magdalenie, że mimo woli szuka jakiegoś towarzystwa i rozmowy.

I dlatego, sama nie wiedząc kiedy, młoda nauczycielka znajduje się na progu sali piątej klasy i, sama nie wiedząc po co, wywołuje z niej pewną ładniutką piątoklasistkę, która nieszczęśliwie kocha się w panu Kazimierzu, a w tej chwili pracuje nad ćwiczeniem niemieckim. Kilka panienek w brązowych sukienkach przybiega do Magdaleny, całuje jej twarz, włosy i szyję, ubolewa nad jej smutkiem i nad tym, że rosół przy obiedzie był taki niedobry, ale przede wszystkim nad tym, że z powodu deszczu nie mogły wyjść na spacer. Panna Magdalena przytakuje im, ale robi to złamanym głosem. Więc panienki cofają się w głąb sali, potem wziąwszy się pod ręce idą w róg sali, coś szepczą i wskazują na nauczycielkę z oznakami tak niewątpliwego współczucia, że Magdalenie robi się lżej na sercu. W jednej chwili ma ochotę wobec całej klasy odkryć swoją wielką tajemnicę, lecz w następnej chwili przypomina sobie, że owa tajemnica nie jest jej tajemnicą, i robi się jeszcze smutniejsza, jeszcze bardziej zamknięta w sobie.

Tymczasem zbliża się do niej owa piątoklasistka, na której współczucie Magdalena liczyła najbardziej, ale ma taką minę, jakby tajemnica nauczycielki nic a nic jej nie obchodziła, ponieważ ona sama nosi troskę, której wszystkie damy klasowe nie potrafiłyby zaradzić. Mimo to panna Magdalena prowadzi ją do gościnnego saloniku, sadza obok siebie na kanapie i mówi z westchnieniem:

– Jaka ty szczęśliwa, moja Zosiu!

Piątoklasistka zapomina o wypracowaniu niemieckim i wybucha płaczem.

– Więc pani wie wszystko? – mówi, tuląc się do jej ramienia.

– Szczęśliwa jesteś – powtarza panna Magdalena – bo jeszcze jesteś za młoda na to, żeby zrozumieć, jakie są dziwne stany duszy…

Siedemnastoletnia uczennica ze zdumieniem spogląda na osiemnastoletnią nauczycielkę i odpowiada, marszcząc brwi:

– Pani tak mówi, jak on powiedział, kiedy pierwszy raz spotkaliśmy się w korytarzyku, w tym… Wie pani. Ja myślałam, że spalę się ze wstydu, a on mruknął: „Jaki to śliczny smarkacz!". Słyszała pani coś podobnego? Myślałam, że go rozedrę, i w tej chwili poczułam, że go już nigdy kochać nie przestanę…

Ciche łkania przerwały jej mowę.

– Powiadam ci, Zosiu, że są niepokoje gorsze niż miłość…

– Ach, Boże, wiem, wiem… Ale zawsze pochodzą z miłości…

– Jesteś głuptasek, moja Zosiu! – przerywa jej z godnością panna Magdalena. – Póki kobieta kocha, jest szczęśliwa, chociaż… Nie powinnam z tobą rozmawiać o takich rzeczach… Nieszczęście zaczyna się dopiero wtedy, kiedy kobieta zaczyna myśleć o sprawach poważnych, jak mężczyzna… Kiedy na przykład myśli o pieniądzach, cudzych sprawach, o uratowaniu kogoś z ciężkiej sytuacji...

– O, jeżeli o mnie chodzi – wybucha Zosia z pałającymi oczami – mnie nikt nie uratuje! Od chwili kiedy Jadzia Zajdler widziała, jak całował pannę Joannę, życie moje zostało złamane. Więc on nie dla mnie zaglądał do sal, nie mnie szukał, gdy patrzył na nasze okna z podwórka, i dlatego nie podniósł róży, którą mu wyrzuciłam... Ale ja nie będę im przeszkadzać; umrę, rozumie się, że nie dla tej kokietki, tylko dla niego... Niech zostanie szczęśliwy, z kim chce, chociaż... Mam przeczucie... że mnie kiedyś pożałuje...

Mówiąc to, Zosia zalewa się łzami, a panna Magdalena patrzy na nią zdumiona.

– Moja Zosiu, co ty pleciesz? Kto całował Joasię?

– A kto by, jeżeli nie pan Kazimierz? Zbałamuciła go ta drapieżnica, bo jej zazdrość...

Panna Magdalena uroczyście podnosi się z kanapki i mówi:

– Panna Joanna jest damą klasową i osobą przyzwoitą, która nigdy nie pozwoliłaby się całować panu Kazimierzowi.

– Czy pani jest tego pewna? – pyta Zosia, składając ręce.

– Jestem najpewniejsza, a teraz żałuję, że wybrałam cię na powiernicę...

– O, panno Magdaleno! – błaga ją Zosia, płacząc i śmiejąc się.

– Jesteś dzieckiem – przerywa jej surowo panna Magdalena – więc nie rozumiesz, że w życiu kobiety mogą być rzeczy ważniejsze niż jakieś tam uniesienia sercowe. Przekonasz się, kiedy zaczniesz myśleć o cudzych sprawach i znajdziesz się w konieczności ratowania kogoś...

– Ja już jestem uratowana... Już nie umrę, panno Magdaleno... Teraz wszystko rozumiem! Jadzia musi się sama w nim kochać, więc rzuca oszczerstwa, żeby mnie zniechęcić... O, ja się tego domyśliłam!

Całuje pannę Magdalenę bez miary i liczby, ociera oczy i ucieka z sali gościnnej.

„Jaka ona głupiutka! – myśli panna Magdalena o swojej młodej przyjaciółce. – Gdyby jej pani Latter powiedziała to, co mnie, i gdyby jej przyszło obmyślać sposoby dopomożenia przełożonej, zaraz by miłość wywietrzała... Swoją drogą Ada musi przełożonej pożyczyć pieniędzy; ale co tymczasem stanie się z moją głową!".

Pannie Magdalenie jest coraz smutniej i ciężej. Już nie o to jej chodzi, żeby podzielić się z kimś wielką tajemnicą, ale żeby dowiedzieć się: czy w każdym człowieku budzenie się świadomej myśli łączy się z takim niepokojem? Przecież już w klasie wstępnej, a nawet jeszcze w domu, kazano jej myśleć; przecież już siedem lat myślała według szkolnego programu, będąc na pensji, a potem rok bez programu, będąc damą klasową, i – jeszcze nigdy myślenie nie wydało jej się czymś tak nowym i oryginalnym!

Czuła, że po tamtej rozmowie z panią Latter w duszy jej wytrysło źródło psychicznych procesów, których dotychczas nie odgadywała, choć od pierwszej klasy nazywano ją dzieckiem myślącym.

„Pewnie musiała się zbudzić we mnie samodzielność, o której mówi panna Howard – rzekła do siebie Magdalena. – Nie – myślała dalej – ja nie powinnam unikać tej kobiety, bo ona jedna może mi wytłumaczyć stan mojej duszy...".

Pod wpływem tej uwagi skierowała się do drzwi pokoju panny Howard; usłyszawszy zaś rozmowę, zapukała.

W pokoju były trzy osoby. Przede wszystkim panna Howard, która, siedząc na fotelu z założonymi na piersiach rękami, rozprawiała. Naprzeciwko niej na wyplatanym krześle kręcił się niedbale ubrany, ale za to bardzo nieuczesany student uniwersytetu, z wytartą czapką w ręku. Zaś na taborecie, oparta o poręcz fotelu panny Howard, jakby kryła się za nauczycielką, prześliczna szóstoklasistka Mania Lewińska, odznaczająca się twarzą dziecka, a oczami dojrzałej kobiety.

Magdalena spostrzegła, że Mania Lewińska patrzy na studenta z wyrazem spokojnego zachwytu, że panna Klara pożera go wzrokiem i że on spogląda na pannę Howard, lecz myśli o ukrytej za jej fotelem Mani.

– Prosimy! – zawołała panna Howard, wyciągając rękę. – Pan Władysław Kotowski, panna Magdalena Brzeska.

Zaprezentowani ukłonili się sobie, przy czym rozczochrany student miał minę niezadowoloną z nowego gościa. Gdy jednak Magdalena usiadła w ten sposób, że nie zasłoniła Mani Lewińskiej i nie mogła śledzić jego spojrzeń, uspokoił się.

– Szkoda, że pani nie przyszła przed kwadransem – rzekła panna Howard. – Właśnie czytałam mój artykuł, który pan zabiera do „Przeglądu". Rozwijam pomysł, żeby nieprawym dzieciom państwo dawało nazwiska, edukację i uposażenie; a im lepsze będą nazwiska i wyższa edukacja, tym bardziej nieprawe dzieci będą szanowane, i co z tego wynika, kwestia zostanie rozwiązana. Bo dopóki kobiety nawet w tak naturalnych rzeczach muszą się oglądać na mężczyzn...

Magdalena myślała, że zapadnie się pod ziemię, lecz Mania, jakby nie słysząc, patrzyła dobrymi oczami na studenta, który kręcił się, rumienił i miętosił czapkę.

– Sądzi pan – zwróciła się panna Howard do studenta – że w moich słowach kryje się niedorzeczność?

– Ja, proszę pani, nic nie sądzę – odparł niemal przestraszony student.

– Ale tak pan myśli... O, bo ja jak w otwartej księdze czytam w duszy pańskiej nawet tajemnice, które pragnąłby pan ukryć przed samym sobą...

Usłyszawszy to, Mania oblała się rumieńcem, a nie mniej zawstydzony pan Władysław zrobił ruch, jakby miał zamiar schować głowę pod krzesło.

– Zapominasz jednak – ciągnęła panna Howard – że ja nie mówię w ogóle o mężczyznach, ale o tym jednym, którego kobiecie narzuca dzisiejsze społeczeństwo, a który nazywa się mężem...

W ten sposób panna Howard mówiła jeszcze kilka minut pięknym kontraltem, ale o czym? Magdalena nie umiałaby powtórzyć. Zdawało jej się tylko, że różowa i płowowłosa apostołka samodzielności kobiet mówi (wobec studenta!) rzeczy tak nieprzyzwoite, że dla niesłyszenia ich potrzeba myśleć o czym innym. A ponieważ własne myśli jej się plątały, zaczęła więc odmawiać w duchu: *Ojcze nasz* i *Zdrowaś Mario*. I rzeczywiście obie te modlitwy o tyle pochłonęły jej uwagę, że patrzyła na pannę Howard, słyszała jej głos dźwięczny, lecz nic nie rozumiała.

Ale student musiał rozumieć, gdyż wyciągał albo zginał nogi, podnosił brwi, zaczesywał bujną czuprynę to prawą, to lewą ręką i w ogóle zachowywał się jak delikwent na torturach. Magdalenie przyszło na myśl, że młody człowiek nie doznawałby tych udręczeń, gdyby tak samo jak ona odmawiał przynajmniej *Zdrowaś Mario*. Lecz ponieważ jest zapewne bezbożnikiem, jak wszyscy studenci, i nie wierzy w skuteczność modlitwy, więc biedak nie może nie słyszeć okropnego wykładu panny Klary.

Wreszcie panna Howard, skończywszy mowę, poszła do biurka i zaczęła rozwiązywać, odwijać, a potem znowu zawijać i zawiązywać jakąś rurkę papieru, na którym znajdował się jej interesujący artykuł o tych... tam dzieciach... Przez ten czas Mania zbliżyła się do studenta i zaczęli półgłosem rozmawiać:

– Do widzenia! – mówiła dziewczynka. – A we wtorek pan przyjdzie?

– Wątpi pani o tym?

– I odniesie pan Krasińskiego?

– Z wyjaśnieniami.

– Zapracuje się pan... Do widzenia...

– Do widzenia...

Student zaledwie dotknął jej ręki, ale jak oni na siebie patrzyli! Z taką braterską czułością, a przy tym tak smutnie, jakby żegnali się na wieki, choć rozstawali się tylko do wtorku. Magdalena miała ochotę ucałować ich oboje, śmiać się z nimi, płakać, słowem – robić wszystko, czego by od niej zażądali, tacy wydawali się jej piękni i nieszczęśliwi z tego powodu, że zobaczą się dopiero we wtorek.

W tej chwili panna Howard oddała zwitek papieru studentowi, który pożegnał ją dość niedbale i szybko wybiegł, zapewne sądząc, że może jeszcze raz spojrzy na Manię, która wyszła przed nim.

Panna Howard była promieniejąca. Znowu rzuciła się na fotel i patrząc w sufit, jakby tam snuły się jej marzenia, rzekła do Magdaleny:

– Przyszła pani na pogawędkę? Prawda, jaki to interesujący młody człowiek? Lubię śledzić, kiedy w świeżej duszy kiełkuje i rozwija się jakaś wzniosła myśl albo uczucie…

– O, tak! – potwierdziła Magdalena, myśląc o studencie i Mani.

– Więc pani także dostrzegła?

– Naturalnie, to przecież jest widoczne…

Panna Howard zrobiła minkę skromnie zakłopotaną.

– Nie pojmuję doprawdy – mówiła zniżonym głosem – co mu się we mnie mogło podobać…

Magdalena drgnęła ze zdziwienia.

– Zapewne wspólnota dążeń… Poglądów… – ciągnęła coraz bardziej, rozmarzając się, panna Howard. – Tak, jest jakieś powinowactwo dusz… Ale nie mówmy o tym, droga panno Magdaleno, mówmy raczej o pani… Co za entuzjasta! Jak on słucha moich artykułów… Ja dopiero, mając takiego słuchacza, zrozumiałam, że można pięknie słuchać… Ale dość już o tym, panno Magdaleno, mówmy o pani. Czy może i pani ma jaką troskę? Oryginalny młody człowiek! Więc co panią do mnie sprowadziło? Zapewne także budzi się duszyczka… Prawda, że zgadłam? O, bo my, kobiety, jesteśmy szczególnymi istotami: gardzimy zwierzęcym tłumem mężczyzn, lecz jeżeli znajdzie się człowiek wyjątkowy… Pani ma coś na sercu, panno Magdaleno, mówmy o tym, co pani mi chce powiedzieć…

Magdalena była tak zmieszana, słysząc poetyckie szczebiotanie panny Howard, jak gdyby przerzucono ją do nieznanej okolicy. Więc to ona, ta sztywna, gniewna, a niekiedy złośliwa panna Howard, ta, której obawia się pani Latter, ta, która wypowiadała nieprzyzwoite rzeczy wobec młodego studenta? Ona mówi o powinowactwie dusz i o sercowych troskach?

Magdalena nie mogła się pohamować; wybuch przygotowujący się od kilku dni nastąpił. Upadła na kolana przed panną Howard, objęła ją za szyję i ucałowawszy kilka razy, rzekła drżącym głosem:

– Ach, pani, jaka pani dobra! Ja myślałam, że pani jest tylko bardzo mądra, ale że nie ma serca. Ale co ja wyrabiam! – dodała, zrywając się z klęczek i siadając na taborecie obok fotelu.

– Entuzjastka... Entuzjastka! – mówiła panna Howard pobłażliwie. – I kim jest ten, któremu powierzyłaś swoje serce?

– Pani myśli, że ja jestem zakochana? Nie!

Po różowym obliczu panny Howard przesunął się cień niezadowolenia.

– Ja tylko chciałam – mówiła Madzia – porozmawiać z panią, bo pani jest taka rozumna, taka energiczna, a mnie bardzo potrzeba otuchy...

– Więc ma pani jakiś poważny zamiar? – zapytała panna Howard tonem mistrza, który zajmuje się udzielaniem wskazówek we wszystkich poważnych zamiarach.

– O, bardzo poważny! – mówiła gorączkowo Magdalena – tylko jest to tajemnica, którą muszę zabrać z sobą do grobu... Zresztą – dodała, głęboko odetchnąwszy – pani jest tak rozumna, a dziś przekonałam się, że i szlachetna, dobra, kochana...

– To jeszcze niepewne, figlarko! – wtrąciła z uśmiechem panna Howard.

– O, bardzo kochana; przynajmniej ja ubóstwiam panią... Więc przed panią powiem wielką tajemnicę... Ja – wyszeptała Magdalena – muszę, chociażbym miała umrzeć, muszę wystarać się o pieniądze dla...

– Dla kogo? – zapytała zdumiona panna Howard.

– Dla pa-ni Lat-ter... – szepnęła jeszcze ciszej Magdalena.

Panna Howard podniosła wysoko ramiona.

– Ona panią o to prosiła?

– Niech Bóg broni! Ona nawet się nie domyśla...

– Więc ona potrzebuje pieniędzy, ta wielka dama? – mówiła panna Howard.

Zapukano do drzwi.

– Wejść!

Wszedł służący i zawiadomił Magdalenę, że prosi ją panna Ada.

– Zaraz idę – odpowiedziała Magdalena. – Widocznie Bóg ją natchnął w tej chwili. Ale droga, najdroższa panno Klaro, ani słówka o tym nikomu. Umarłabym, odebrałabym sobie życie, gdyby się ktoś dowiedział!

I wybiegła z pokoju, zostawiając pannę Howard pogrążoną w oceanie zdziwienia.

„Więc Latterowa nie ma pieniędzy, a ja chcę z nią rozprawiać o reformie wychowania!" – myślała panna Howard.

4. Brzydka panna

Panna Magdalena wstępuje na chwilkę do sypialni, w której mieszka. Po drodze ściska kilka pensjonarek, wita parę dam klasowych, które uśmiechają się na jej widok, i mówi „dobry wieczór" pokojówce ubranej w biały fartuch. A tymczasem rozmyśla:

„Panna Howard, oto kobieta, a ja dopiero dziś się na niej poznałam! Kto by przypuszczał, że to takie dobre, czułe stworzenie? Ale pan Władysław jest niegodziwiec: bo że kocha pannę Howard, nic dziwnego (chociaż ja wolałabym Maniusię), ale dlaczego on bałamuci Manię? Ach, ci mężczyźni! Zdaje się, że panna Howard ma zupełną słuszność, pogardzając nimi…".

W korytarzu wysokie drzwi na prawo i na lewo prowadzą do sypialni. Panna Magdalena wchodzi do jednej z nich. Jest to spory, niebieski salonik, w którym pod jedną i drugą ścianą stoją po trzy łóżeczka nogami zwrócone na środek sali. Łóżka żelazne, każde przykryte białą kapą, na każdym jedna poduszka, przy każdym mała szafeczka w głowach i drewniane krzesełko w nogach. Podłoga jest pociągnięta olejną farbą, a na ścianach nad każdym łóżeczkiem wisi albo Pan Jezus na krzyżu, albo Matka Boska, niekiedy oboje razem: wyżej Matka Boska, niżej Pan Jezus. Tylko nad łóżkiem Judyty Rozencwejg, która jest Żydówką, znajduje się zwyczajny święty Józef z lilią w ręku.

Jeden róg sali, oddzielony od reszty szafirowym parawanikiem, stanowi własny gabinet panny Magdaleny. W tej cząstce sypialni wszystko zdaje się być policzone na to, żeby pensjonarki należycie oceniały przepaść, jaka oddziela je od damy klasowej. Już sam parawan niewątpliwie obudza w nich podziw i szacunek, a uczucia te zapewne potęgują się na widok szafirowej kapy i dwóch poduszek na łóżku tudzież wyplatanego krzesła i stoliczka, na którym znajduje się brązowy lichtarz ze szklaną profitką i kawałkiem świecy stearynowej.

Na nieszczęście Magdalena, którą starsze koleżanki uważały za osobę roztrzepaną, dobrowolnie podkopywała urok swego stanowiska, pozwalając pensjonarkom korzystać z lichtarza z profitką, wbiegać za parawan, a nawet nie broniąc im w ciągu dnia kłaść się na jej łóżku. Ponieważ jednak wszyscy kochali Magdalenę, więc inne damy klasowe podobne dowody braku taktu liczyły na karb jej niedoświadczenia. Zaś pani Latter od czasu do czasu spoglądała na nią w sposób, który zapewne oznaczał, że ona wie i o lichtarzu z profitką, i o wysypianiu się pensjonarek za parawanem Magdaleny.

Przyczesawszy włosy nieco potargane w objęciach panny Howard i zabrawszy ze stolika jakąś książkę, Magdalena ostatecznie wybrała się do czekającej na nią Ady. Przez korytarze i schody szła powoli, chwilami zatrzymywała się i kiwając głową albo przykładając palec do ust, rozmyślała:

„Przede wszystkim powiem jej, ile pani Latter wydaje na lokal i utrzymanie pensji, a ile na nauczycieli... Nie. Najpierw powiem, że są rodzice, którzy ociągają się z zapłatą do wakacji, a po wakacjach także nie płacą... Ach, nie! Powiem jej po prostu: moja Ado, gdybym ja miała twój majątek, to zaraz pożyczyłabym pani Latter z pięćdziesiąt tysięcy rubli... Nie, nie, wszystko źle... O, kim ja jestem! Tyle dni myślę i nie mogę wymyślić nic rozsądnego...".

Panna Ada Solska jest bardzo majętną sierotą. Wprawdzie kocha nad życie swego brata, Stefana, wprawdzie ma bliższą i dalszą rodzinę, która znowu ją kocha nad życie, wprawdzie od półtora roku skończyła pensję i mogłaby wejść w świat, który jak mówiono, czeka na nią z utęsknieniem, lecz – mimo wszystko – panna Ada mieszka u pani Latter. Płaci tysiąc rubli rocznie za lokal, opiekę i życie i mieszka w domu pani Latter, bo naprawdę (jak sama utrzymuje) nie ma gdzie mieszkać. Familii, która ją kocha nad życie, ona nie lubi, a ubóstwiany przez nią Stefan, trzydziestoletni mężczyzna, ma taką manię, że wciąż odwiedza zagraniczne uniwersytety, choć zapewniał, że tylko Ada skończyła pensję, już nie rozdzielą się oboje. I albo on z nią osiądzie w jednym z rodzicielskich majątków, albo ona z nim będzie objeżdżała Europę, wyszukując uniwersytety dotychczas nieodkryte przez nikogo.

Gdy zaś Ada miała czasem odwagę wątpić o spełnieniu tych planów, brat odpowiadał krótko:

– Moja Adziu, musimy, choćbyśmy nawet nie chcieli, pilnować się wzajemnie do końca życia. Ty jesteś tak bogata, że każdy zechce cię oszukać, a ja jestem tak brzydki, że mnie nikt tobie nie odbierze.

– Ależ, Stefanie – oburzała się siostra – skąd ci się przyśniła twoja brzydota? To ja jestem szkaradna, nie ty…

– Ale, Adziu, mówię ci, że bredzisz! – irytował się brat. – Ty jesteś bardzo miłą, kompletnie przyjemną panienką, tylko trochę nieśmiałą, a ja! Gdybym był mniej brzydki, strzeliłbym sobie w łeb ze wstrętu do samego siebie; lecz z tymi wdziękami, jakimi niebo mnie obdarzyło, muszę żyć. W ten sposób służę ludziom, bo którykolwiek na mnie spojrzy, mówi: jaki ja jestem szczęśliwy, że nie jestem podobny do tego magota!

Ada na pierwszym piętrze zajmuje dwa pokoje. W jednym jest żelazne pensjonarskie łóżeczko okryte białą kapą, przy nim szafka, i tylko garnitur mebli obitych szarą jutą wskazuje, że tu nie mieszka pensjonarka. Drugi pokój z dwoma oknami jest bardzo oryginalny: wygląda bowiem na pracownię naukową. Jest w nim duży stół obity ceratą, kilka stojących półek napełnionych książkami i atlasami, czarna tablica na stalugach z kredą i gąbką, które widocznie są w ciągłym użyciu, a wreszcie wielka szafa pełna przyrządów fizycznych i chemicznych. Są tam dokładne wagi, kosztowny mikroskop, zwierciadło wklęsłe, kilkucalowa soczewka, maszyna elektryczna i cewka Rumkorfa. Nie brak też retort, słoików i flaszek z odczynnikami, jest globus astronomiczny, szkielet jakiegoś ptaka tudzież niezbędny krokodyl, na szczęście bardzo młody i już wypchany.

Wszystkie te przedmioty budzące podziw w uczennicach młodszych, a kłopot w starszych, którym nie zawsze udawało się określić różnicę między mikroskopem i elektroskopem, wszystkie te przedmioty były osobistą własnością panny Solskiej. Ona nie tylko je kupowała i utrzymywała w porządku, ale nawet umiała się z nimi obchodzić. Były to jej balowe suknie, jak mawiała, uśmiechając się łagodnie i smutnie.

Gust do nauk przyrodniczych obudził w niej stary nauczyciel jej brata. Upodobanie to podtrzymywał brat, sam zapalony wielbiciel nauk dokładnych, a resztę zrobiły zdolności panny Ady i jej niechęć do życia salonowego. Nic jej nie ciągnęło do liczniejszych towarzystw, od których odstraszała ją wiara we własną brzydotę. Kryła się więc w swojej pracowni, dużo czytała i ciągle brała lekcje u najlepszych profesorów.

Zamożni członkowie jej rodziny uważali Adę za egoistkę, a bogaci za osobę chorą. Nie tylko bowiem oni, ale nawet żaden z ich gości, znajomych i przyjaciół nie mógł zrozumieć tego, że dziewiętnastoletnia bogata panna przekłada naukę nad salony i nie myśli o zamążpójściu.

Dopiero wówczas zaczęto rozumieć dziwactwa bogatej dziedziczki, gdy w salonach rozeszła się wieść, że w Warszawie, obok demokracji i pozytywizmu, wybuchła nowa epidemia zwana emancypacją kobiet. Zaczęto rozróżniać dwa gatunki emancypantek, z których jeden palił cygara, ubierał się po męsku i wyjeżdżał za granicę uczyć się z mężczyznami medycyny; drugi zaś gatunek, mniej zuchwały czy też bardziej moralny, ograniczał się do kupowania bardzo ważnych książek i unikał salonów.

Adę zaliczano do drugiego gatunku, dzięki czemu w pewnych sferach powstało oburzenie na panią Latter. Ponieważ jednak panienki z tej sfery uczyły się na pensjach chyba wyjątkowo, więc gniew dystyngowanych osób zredukował się do tego, że jedna z ciotek Ady, która ją czasem odwiedzała, zaczęła obojętniej witać się z panią Latter. Na co pani Latter odpowiadała jeszcze większą obojętnością, słusznie czy niesłusznie dopatrując źródeł niechęci nie tyle w nauce Ady, ile w jej majątku. Zdawało jej się, że gdyby Ada była ubogą panienką, jej bliższe i dalsze ciotki nie trwożyłyby się ani tym, że siostrzenica kupuje ważne książki, ani tym, że w Warszawie zaczęła grasować emancypacja.

Magdalena jeszcze raz zatrzymała się pod drzwiami mieszkania Ady, jeszcze raz położyła palec na ustach jak uczennica, która przypomina sobie lekcje, wreszcie przeżegnała się i szeroko otworzywszy drzwi, weszła z wielkim rozmachem.

– Jak się masz, Adziu! – zawołała, siląc się na wesołość. – Co się stało tak nagłego? Właśnie wybierałam się do ciebie, kiedy przyszedł Stanisław... Jak się masz, złotko... może ty jesteś chora?

I ucałowawszy Adę, zaczęła z uwagą przypatrywać się jej żółtawej cerze, skośnym oczom, bardzo wysokiemu czołu, bardzo szerokim ustom i bardzo małemu noskowi. Rzuciła okiem na jej niezbyt gęste włosy ciemnoblond, ogarnęła jej drobniutką figurkę odzianą w czarną suknię i usadowioną na skórzanym fotelu, lecz nigdzie nie odkryła oznak choroby. Natomiast spostrzegła, że Ada pilnie przypatruje się jej, i to ją zmieszało.

– To nie mnie, to tobie coś jest, Madziu! – odezwała się powolnym i łagodnym głosem panna Solska.

Magdalenę od głowy do nóg oblało gorąco. Już chciała rzucić się w objęcia Adzie i szepnąć: „Pożycz, kochana, pieniędzy pani Latter!", ale zdjął ją strach, że może wszystko zepsuć, i głos w niej zamarł. Upadła na krzesło obok Ady i niby ostro patrzyła jej w oczy, siląc się na uśmiech. Wreszcie rzekła:

– Jestem trochę zmęczona... Ale to przejdzie, Adziu... Już przeszło.

Na żółtej twarzyczce Ady odmalował się niepokój; powieki zaczęły jej drżeć, a szerokie usta składać się jakby do płaczu.

– Bo może, Madziu – odezwała się jeszcze ciszej panna Solska – bo może... Obraziłaś się na mnie za to, że posłałam do ciebie Stanisława? Ja przecież wiem, że sama powinnam do ciebie pójść, ale zdawało mi się, że tu, na dole, będzie ciszej…

Magdalena w jednej chwili odzyskała energię. Pochyliła się na fotel, chwyciła swoją przyjaciółkę w objęcia, śmiejąc się tak szczerze, jak tylko ona jedna umiała na całej pensji.

– Ach, niepoczciwa Ado! – zawołała – jak możesz mnie posądzać o coś podobnego? Czy kiedyś widziałaś, żebym ja obraziła się na kogokolwiek, a tym bardziej na ciebie, taką dobrą, taką kochaną, takiego… Aniołeczka!

– Bo widzisz, ja się boję obrażać… Ja już i tak robię ludziom przykrość moją osobą…

Dalszy ciąg wyznań przerwała jej Magdalena pocałunkami i wzajemne obawy panien zostały usunięte.

– Bo widzisz, ja ci to chciałam powiedzieć – zaczęła Ada, kładąc swoje drobne rączki wzdłuż poręczy fotelu. – Wiesz, że Romanowicz nie może dawać nam lekcji, skoro opuścił pensję…

– Naturalnie.

– Jego miejsce zajął pan Dębicki…

– Ten, co wykłada geografię w niższych klasach? Jaki on zabawny…

– Żebyś wiedziała, to wielki uczony: fizyk i matematyk, a przede wszystkim matematyk. Stefek dawno go zna i nieraz mówił mi o nim.

– A jeżeli tak… – wtrąciła Magdalena. – Ale on dziwnie wygląda. Panna Howard, mówię ci, nie może patrzeć na niego, odwraca głowę…

– Panna Howard! – odezwała się niechętnie Ada. – Od iluż ona osób odwraca głowę, choć i sama nie jest piękna. Zresztą Dębicki nie jest brzydki: jaką on ma twarz łagodną, a czy ty zauważyłaś jego spojrzenie?

– Prawda, że oczy ma ładne: niebieskie, duże…

– Jeszcze Stefek mówił mi, że Dębicki ma nadzwyczajne spojrzenie. Stefek bardzo pięknie to określił. Powiedział tak: „Kiedy Dębicki patrzy na człowieka, to się czuje, że on wszystko widzi i wszystko przebacza…".

– Prawda! Co za cudowne określenie – zawołała Madzia. – I czy podobna, żeby taki człowiek wykładał geografię w niższych klasach?

Na twarz panny Ady padł cień smutku.

– Jemu też Stefek przepowiadał – rzekła – że nie zrobi kariery, bo jest za skromny. A ludzie bardzo skromni…

Machnęła ręką.

– Masz rację! On właśnie dlatego dziwacznie wygląda, że jest nieśmiały… W drugiej klasie był tak zmieszany, że dziewczęta zaczęły chichotać, wyobraź sobie!

– On tu był u mnie przed godziną z panią Latter i także wyglądał na zakłopotanego. Ale kiedy wyszła pani Latter i zaczęliśmy rozmawiać o Stefku i kiedy potem zaczął mi stawiać pytania, powiadam ci – inny człowiek. Inne spojrzenie, inne ruchy, inny głos… Był, powiadam ci, imponujący – mówiła Ada.

– To może on będzie wstydził się wykładać nam trzem? – nagle zapytała Magdalena.

– Ale gdzież tam. Nawet zdziwisz się, gdy ci powiem, że on nie tylko zauważył i ciebie, i Helę, ale i każdą ocenił…

– Ocenił mnie?

– Tak. O tobie powiedział, że musisz być bardzo pojętna, tylko łatwo zapominasz…

– Czy to możliwe?

– Jak Stefka kocham, a o Heli – że mało dba o matematykę.

– Ale z niego prorok! – zawołała Madzia.

– Naturalnie, że prorok, bo z Helą już mam zmartwienie. Nie była dziś u mnie cały dzień, choć kilka razy przechodziła pod drzwiami i śpiewała – mówiła z żalem Ada.

– Co ona chce?

– A bo ja wiem. Może obraziła się na mnie, a najpewniej… już mnie nie lubi… – szepnęła Ada.

– Ale, dajże spokój…

Usta Ady zaczęły drżeć i na twarz wystąpiły rumieńce.

– Ja rozumiem, że mnie nie można lubić – mówiła – wiem, że nie zasługuję na żadne względy, ale to przykro… Ja dlatego tylko, żeby z nią być dłużej, nie wyjeżdżam za granicę, chociaż ciotka naciska mnie od wakacji i nawet Stefek wspominał... Ja przecież nic od niej nie żądam, chcę tylko czasami spojrzeć na nią. Wystarcza mi jej głos, choćby nawet mówiła nie do mnie. To tak mało, mój Boże, tak mało, a ona mi i tego odmawia... A ja myślałam, że ludzie piękni powinni mieć lepsze serca niż inni...

Magdalena słuchała z błyszczącymi oczami; postanowienie jej dojrzało.

– Wiesz! – zawołała, klasnąwszy w ręce – ja ci to wytłumaczę.

– Ona gniewa się, że nam Romanowicz nie daje lekcji?

– Ale gdzież tam! Ona – mówiła Magdalena półgłosem, schyliwszy się do ucha Ady – ona musi okropnie się martwić.

– Czym? Przecież dzisiaj śpiewała na korytarzu...

– To właśnie! Bo im ktoś bardziej jest zrozpaczony, tym bardziej stara się ukryć. O, ja wiem, bo sama najgłośniej śpiewam wtedy, kiedy się czego boję...

– Co jej jest?

– Widzisz, jest tak – szeptała Magdalena, położywszy jej rękę na ramieniu. – Teraz ogromna drożyzna, rodzice naszych panienek nie płacą za pensję, ociągają się, i pani Latter może zabraknąć pieniędzy na wydatki...

– A ty skąd wiesz? – zapytała Ada.

– Pisałam listy do rodziców od pani Latter. Ale skąd ty wiesz?

– Ja? od pani Latter – odpowiedziała Ada, skubiąc cienkimi palcami suknię.

– Ona ci powiedziała? Więc co?

– No, nic... Już jest dobrze.

Magdalena odsunęła się od niej, a potem nagle chwyciła ją za ręce.

– Ada, ty pożyczyłaś pani Latter...

– Ach, Boże, więc i co z tego? Ale, Madziu, zaklinam cię, nie mów o tym nikomu... Nikomu... Bo gdyby się Hela dowiedziała... Zresztą ja ci powiem wszystko...

– Jeżeli sekret, nie chcę słyszeć! – broniła się Magdalena.

– Przed tobą nie mam sekretu. Widzisz, ja już dawno myślałam prosić Helę, żeby... pojechała ze mną za granicę. Wiem, że pani Latter pozwoliłaby nam wyjechać z ciocią Gabrielą, ale strasznie się boję, że gdyby Hela dowiedziała się o tych... pieniądzach, to obrazi się i nie pojedzie... Ona zerwie ze mną.

– Zmiłuj się, co mówisz? Ona cię jeszcze bardziej powinna kochać i będzie kochać...

– Mnie nikt nie kocha – szepnęła Ada.

– Ach, ty zabawna! Ja pierwsza kocham cię tak, że za tobą skoczyłabym w ogień... Czy ty nie rozumiesz, że jesteś dobra jak anioł, mądra, zdolna, a przede wszystkim... taka dobra, taka dobra... Przecież kto by nie kochał takiej jak ty, nie miałby rozumu ani serca... Najmilsza, złota, jedyna.

Wykrzyknikom towarzyszył deszcz pocałunków.

– Zawstydzasz mnie – odpowiedziała Ada uśmiechając się ze łzami w oczach. – To ty jesteś najlepsza... Dlatego zaprosiłam cię tutaj i chcę cię prosić, żebyś ostrożnie zaczęła namawiać Helę do wyjazdu za granicę.

– Ja myślę, że jej nawet namawiać nie potrzeba.

– Ale widzisz – ze mną...

– Właśnie z tobą. Gdzież ona znajdzie lepsze towarzystwo i przyjaciółkę?

– Ona mnie nie lubi.

– Mylisz się, ona cię bardzo kocha, tylko ona jest trochę dziwna.

– Może lubiłaby mnie, gdybym była uboga, a tak... jest zanadto dumna... Więc widzisz, Madziu, jak musimy z nią być ostrożne. Nic, nic... ani słówka o tych nieszczęśliwych pieniądzach.

– Bądź spokojna – odpowiedziała Magdalena. – Zaraz do niej pójdę i tyle nagadam o panu Dębickim, że sama przyjdzie ci za niego podziękować.

5. Piękne panny

Gdy Madzia opuściła pokój Ady, już zapadał mrok spotęgowany chmurami, z których lał się deszcz pomieszany z topniejącym śniegiem. Na korytarzu zapalono lampy. Przy ich świetle Madzia zobaczyła zbiegającą ze schodów koleżankę, pannę Joannę, ubraną jak na bal. Miała szeleszczącą kremową suknię z wybornie dopasowanym stanikiem, otwartym z przodu jak drzwi uchylone, spoza których ostrożnie wyglądał gors podobny do listków białej róży.

– A ty gdzie, Joasiu? – zapytała Magdalena.

– Teraz do panny Żanety, a później na koncert ze znajomymi.

– Ślicznie wyglądasz, co to za suknia!

Joanna uśmiechnęła się.

– Ach, Madziu – rzekła tonem łagodniejszym – zastępuje mnie panna Żaneta, ale ty jej pomożesz, prawda?

– Naturalnie.

– I jeszcze, Madziu, pożycz mi, kochana, bransoletki.

– Owszem, weź ze stolika.

– A wachlarza nie dasz mi?

– Ależ weź wszystko. Wachlarz jest także w stoliku.

– Więc wezmę i twoją koronkę na głowę.

– Dobrze, jest pod stolikiem, w pudełku od kapelusza.

– Dziękuję ci, moja droga.

– Baw się dobrze. A nie widziałaś Helenki?

– Na górze jej nie ma, zapewne jest u siebie. Do widzenia.

Zniknęła na zakręcie korytarza i słychać było tylko szelest jej sukni.

„Jaka ta Zosia niemądra! – pomyślała Magdalena. – Gdzieżby Joasia pozwoliła…".

W gabinecie Helenki było pusto. Już Magdalena miała się cofnąć, gdy na progu trzeciego pokoju ukazała się jasna zjawa dająca jej znaki ręką. Była to Helena.

Madzia cicho przeszła po dywanach aż do sypialni pani Latter na pół oświetlonej przez różnokolorową lampkę.

– Patrz, jaki on zabawny! – szepnęła Helena, ciągnąc Madzię do niedomkniętych drzwi gabinetu pani Latter.

Na kanapce przeznaczonej dla gości siedział pan siwy i otyły, z sinymi rumieńcami na policzkach i rozmawiał z panią Latter.

– Opiekun Mani Lewińskiej… – szepnęła Hela.

– Bardzo jestem zadowolony, mości dobrodziejko – mówił pan – bo dziewczyna co kwartał wydaje mi się lepszą. A rozsądne to, gospodarne, i kawy, mościa dobrodziejko, naleje, i herbatę umie zaparzyć… Kiedy po wakacjach odjechała do Warszawy, kąta znaleźć nie mogłem… Tfu! nawet kawałeczek kobiety ożywił dom; co by to jednak było, gdyby tak, mościa dobrodziejko, osiadła w nim gospodyni całą gębą, kobieta rozumna, dojrzała, pokaźna…

– Dom pański bardzo zyska, gdy Mania skończy pensję, a szczególnie gdy wyjdzie za mąż. Bo nawet w tym wypadku zapewne nie puści jej pan – odpowiedziała pani Latter.

– A, mościa dobrodziejko, czy ja jestem już taki niedołęga, że sam nie mogę się ożenić? O dzieciach, przyznam się, nie myślę, za późno, mościa dobrodziejko; ale żony – nie myślę się wyrzekać.

Pani Latter odchrząknęła.

– Tak, proszę pani. Majątek mam nie najgorszy, bez długu, i gotówka się znajdzie; dom murowany, obszerny, nad rzeką… Ryby, grzyby, polowanie, kąpiele, co, mościa dobrodziejko, chcesz. Tylko, pod słowem honoru, bez kobiety wytrzymać nie mogę, a osobliwie jak przyjdzie zima…

– Może pan chce zobaczyć Manię? – przerwała pani Latter.

- Wszystko jedno, Mania mi nie ucieknie, a ja skorzystam z czasu, żeby po trochu wyrobić sobie, mościa dobrodziejko, interes. Ani twoje grymasy, ani mędrkowania, ani zagadywania nie pomogą, bo prędzej czy później ja sprawę wyłuszczę bez ogródek, nóżki na stół, mościa dobrodziejko, a pani musisz zaakceptować...

Helenka, zasłaniając usta, uciekła do swego pokoju, a za nią Magdalena z wyrazem niezadowolenia na twarzy.

– Jak można, Helu, podsłuchiwać i jeszcze mnie ciągnąć? Jestem pewna, że mamie zrobiłoby to przykrość.

– Ach, jakie to zabawne! – śmiała się panna Helena. – Wyobrażam sobie minę Kazia, gdybym mu powiedziała, że będziemy mieli trzeciego tatkę...

– Helu...

– Naturalnie, że nie powiem, bo jeszcze więcej wydawałby pieniędzy... Murowany obszerny dom nad rzeką... Może to pałac? W każdym razie zapraszam cię, Madziu, na ryby, grzyby, kąpiele i polowania...

Magdalena rozchmurzyła się, przyszło jej bowiem na myśl, że położenie pani Latter nie jest złe, jeżeli może wyjść za majętnego człowieka.

– Nie byłaś dzisiaj u Ady – rzekła, zmieniając przedmiot rozmowy.

Panna Helena usiadła na kanapie i bawiąc się koronką niebieskiego szlafroczka, przestała śmiać się, a zaczęła ziewać.

– Nudzi mnie Ada swoimi obawami i zazdrością – rzekła. – Oddaliła Romanowicza, który się we mnie kochał, a umawia się z obrzydliwym Dębickim, który wygląda jak żaba.

– Lepiej na tym wyjdziesz, jeżeli zamiast kokietować profesora, będziesz słuchała lekcji.

– A, także mnie znasz! Wasza fizyka ani algebra nic mnie nie obchodzą, ale kokietować kogoś muszę, choćby Dębickiego. Zobaczysz, jak będzie na mnie słodko spoglądał, co chyba do rozpaczy doprowadzi Adę.

– Czy ty możesz tak mówić o Adzie? – odparła Magdalena. – Ona, biedactwo, tak ciebie kocha...

– Piękne biedactwo, milionowa panna!

– Ale ona nie wyjeżdża za granicę dlatego, żeby dłużej być z tobą.

– Niech mnie zabierze, to będzie ze mną jeszcze dłużej.

Madzia klasnęła w ręce z radości.

– Ona o tym tylko marzy! – zawołała. – Jeżeli zechcesz, pojedzie, choćby jutro, w każdej chwili...

– A tymczasem czeka, żebym ja ją prosiła. Tego nie zrobię. Moje towarzystwo jest przynajmniej tyle warte, ile dochody panny Solskiej.

– Helu – mówiła Madzia, ściskając ją za ręce – widzisz, jak ty nie rozumiesz Ady. Ona sama poprosiłaby ciebie, ale nie śmie, boi się, żebyś się nie obraziła...

– Ha! ha! ha! A o co się tu obrażać? Przecież pieniędzy na podróż mama nie odmówi, chodzi tylko o okazję i przyzwoitą opiekę. A że opiekę da mi panna Solska i jakaś tam jej ciotka, więc ja zależę od nich i dlatego one powinny wystąpić z propozycją. Ach, wyjadę za granicę!

– Jeżeli tak, to sprawa skończona – rzekła Magdalena. – Ada cię poprosi... Tylko, Helu, wstąp do niej na chwilę, ona tak tęskni za tobą.

Panna Helena oparła głowę o poręcz kanapki i przymknęła oczy.

– Jaka szkoda – mówiła – że ona tęskni za mną, a nie jest chłopcem. Gdyby równie bogaty chłopiec tęsknił za mną, wiedziałabym, co mu powiedzieć... O Madziu! Gdybym ja istotnie mogła wyjechać za granicę, choć na pół roku! Bo tu zmarnuję życie, tu nie ma dla mnie ani towarzystwa, ani partii. Boże, być piękną i... nazywać się córką przełożonej pensji, a co gorsza, całe dnie spędzać na pensji, ciągle brać jakieś niedorzeczne lekcje... Aaa!

– Więc pójdziesz do Ady...

– Pójdę, pójdę... Zresztą ja wiem, że ona jest dobrą dziewczyną i jest przywiązana do mnie; ale czasami nudzą mnie jej wylęknione spojrzenia i wieczne martwienie się tym, że ja nie kocham tylko jej jednej... Śmieszni ludzie! Każdy wielbiciel chce, żebym myślała wyłącznie o nim, i każda przyjaciółka to samo. Tymczasem ja jestem jedna, a ich tyle!

Madzia obojętnie pożegnała Helenę i powoli poszła na górę. Było jej dziwnie. Znała Helenę, przysłuchiwała się jej poglądom od kilku lat, ale dopiero w tej chwili uderzyły ją one w sposób nieprzyjemny. Czuła rozdźwięk pomiędzy bezinteresownym przywiązaniem Ady a pretensjami Heli. I ogarnął ją wstyd na myśl, że podróż tej lekceważącej panny, spokój jej matki, a może byt pensji zależą dziś od nieładnej i pokornej Ady, która uważała, że ludzie, przyjmując od niej usługi, robią jej łaskę.

„Co się ze mną dzieje od kilku dni? – myślała Magdalena. – Czy świat się zmienił, czy może ja się tak nagle zestarzałam i zaczynam patrzeć jak ludzie starzy? A może to choroba umysłowa? Może malaria?".

Na górze, w sali klasowej, otoczyły Magdalenę pensjonarki, witając ją, wypytując o Adę albo donosząc, że panna Joanna poszła na koncert i że jest prześlicznie ubrana. Potem niektóre rozsiadły się w ławkach, inne kolejno wychodziły na środek sali z książkami i zeszytami, prosząc o wyjaśnienia. Jedna nie mogła dać sobie rady z arytmetyką, druga z wypracowaniem francuskim, inna odrobiła wszystkie zadania, ale koniecznie chciała wydać jutrzejsze lekcje przed Madzią. Każda na środku sali pięknie dygała przed nauczycielką, kładła zeszyt na stole, potem, zbliżywszy głowę do Madzi, rozmawiała z nią półgłosem, następnie mówiła: „Aha! Już wszystko rozumiem...", następnie przekonywała się, że nic nie rozumie, ale w końcu wracała na miejsce zadowolona.

Siedząca w pierwszej ławce piękna brunetka z aksamitnymi oczami, Malwinka, bawi koleżanki opowiadaniem, że ona już od godziny umie lekcje i że ona zawsze najprędzej się uczy, ponieważ jest najzdolniejsza. Poinformowawszy zaś wszystkie koleżanki o swoich zdolnościach, zaczyna słuchać tego, co dzieje się przy katedrze; ile razy zaś zrozumie, o co chodzi, wybiega na środek, chwyta za rękę uczennicę rozmawiającą z Magdaleną i mówi:

– Moja Franiu, po co panią fatygujesz, kiedy wiesz, że ja ci to wszystko wytłumaczę?

– Idź na miejsce, Malwinko – prosi ją nauczycielka.

Malwinka wraca na miejsce, lecz w kilka minut później, zapomniawszy o przestrodze, wybiega znowu, mówiąc do innej koleżanki:

– Moja Stasiu, po co panią fatygujesz, kiedy wiesz, że ja ci to doskonale opowiem!

– Idź na miejsce, kochana Malwinko – prosi Magdalena.

– Bo, proszę pani, ja już od godziny umiem wszystko; ja zawsze uczę się najprędzej…

Ciągłe wybieganie Malwinki stanowiło tak niezbędną część wieczornych zajęć, że gdyby jej nie było, Magdalenie i pensjonarkom brakłoby czegoś w klasie.

Wreszcie skończyły się korepetycje. Dziewczynki rozmawiały ze sobą w ławkach albo douczały się lekcji pamięciowych, a Malwinka znalazła parę koleżanek, które przed nią i przed którymi ona wydawała historię powszechną po kolei lub na wyrywki. Magdalena wzięła się do roboty włóczkowego szalika na drutach, spoglądając od czasu do czasu po klasie.

Boże, Boże, jak jej doskonale jest na pensji, jacy tu wszyscy dobrzy i za co ją tak kochają? Bo przecież ona wie najlepiej, że nie zasługuje na ludzką miłość, jako istota zła, brzydka i głupia. Po prostu ma trochę szczęścia, a jeżeli ma, więc kto zaręczy, że nie spełnią się jej najgorętsze marzenia i że od dziś za rok nie sprowadzi tu swojej dwunastoletniej siostrzyczki Zochny, która, biedactwo, musi się uczyć na prowincji, bo rodzicom coraz trudniej wydawać na edukację!

Może istotnie Zochna od dziś za rok będzie siedziała za pulpitem naprzeciwko niej, jak te oto. Naturalnie będzie miała brązowy mundurek i czarny fartuch i będzie taka ładna jak Mania, ta szatynka z rozpuszczonymi włosami, która podparłszy ręką brodę, patrzy na krąg światła rzucający się od lampy na sufit. Tylko jej siostra będzie jeszcze tak pilna jak ta blondynka, Henrysia, która zatkała sobie uszy i powtarza lekcje, żeby nie opuścić ani wyrazu, ani przecinka. Oprócz tego Zochnę tak będą kochały jej koleżanki, jak dziś kochają Stasię, którą obsiadły ze wszystkich stron. W żadnym zaś wypadku Zochna nie będzie taka chytra jak Frania, która ciągle wydobywa z kieszeni karmelki i zajadając je, zasłania sobie ręką usta, żeby tego inne nie spostrzegły.

Nagle bieg jej marzeń przerywa jedna z pensjonarek, zapytując z ławki:

– Proszę pani, co to jest jajko Kolumba?

Dziewczynki zaczęły się śmiać, Frania o mało nie udławiła się karmelkiem, a Malwinka zawołała:

– Moja Kociu, po co ty panią fatygujesz, kiedy ja ci to wytłumaczę…

Ponieważ Magdalena zapomniała, co znaczy owe jajko, więc, schyliwszy się nad robotą, słucha wyjaśnień Malwinki i dowiaduje się, że Kolumb był to taki pan, który odkrył Amerykę, i że Malwinka ma w Ameryce bardzo bogatego stryja, który niedawno wyjechał z Warszawy i już zrobił majątek.

Zadzwoniono na kolację i pensjonarki pod dowództwem dam klasowych przeszły do dwóch sal, w których znajdowały się długie stoły obite ceratą, zastawione szeregami szklanek herbaty i bułeczek z szynką. Zaczęło się odsuwanie krzeseł, siadanie, żądanie cukru albo mleka, wymiana bułek między koleżankami. Damy klasowe uspokajają młodsze dziewczęta; służące w białych fartuchach krążą koło stołów z tacami bułek; w salach panuje gwar.

Nagle wszystko umilkło, krzesełka odsunęły się z łoskotem, uczennice i damy klasowe powstały i najpierw w jednej, potem w drugiej sali pochyliły się głowy jak pszenica na wietrze.

Czarno ubrana, spokojna, z twarzą niby wyrzeźbioną w kamieniu, przesunęła się pani Latter, co kilka kroków lekko kłaniając się damom klasowym. Zdawała się nie patrzeć na nikogo, ale każda nauczycielka, pensjonarka czy służąca czuła na sobie jej wzrok ognisty. Już zniknęła, lecz w jadalniach jest tak cicho, że z korytarza doleciał jej głos, kiedy zapytała lokaja, dlaczego nie otworto okien w piątej klasie.

„Boże! – myślała Magdalena – i to jej, takiej królowej, ja chciałam pożyczyć trzy tysiące rubli? Ja ośmieliłam się ją protegować u Ady, ja, nędzny pyłek? Co będzie, jeżeli ona dowie się kiedy o mojej rozmowie z Adą? Naturalnie, że wypędzi mnie bez miłosierdzia... Nawet nie potrzebuje wypędzać, bo jeżeli spojrzy na mnie i zapyta: co ty, niegodziwa, mówiłaś... ja zaraz umrę...".

Po kolacji uczennice przeszły do sal rekreacyjnych i zaczęły się bawić: jedna partia w ślepą babkę, druga w kotka i myszkę. Któraś z panien usiadła do fortepianu i myląc się co kilka taktów, zagrała walca. Kilka dziewczynek przybiegło do Madzi, prosząc, aby potańczyła z nimi za chłopca.

Ale Madzia wykręciła się od zabawy; poszła do jednej z pustych sal, którą przewietrzano, i stanąwszy w otwartym oknie, obryzgiwana kroplami padającego deszczu, myślała z rozpaczą:

„Ja już nigdy nie będę miała rozumu! Jak ja śmiałam powiedzieć Adzie, że pani Latter potrzebuje pieniędzy? Przecież jeżeli ona zażąda, cała Warszawa złoży jej choćby i sto tysięcy rubli... O, dlaczego najpierw nie umarłam!".

Około jedenastej wieczór, kiedy wszystkie uczennice spały pod opieką świętych obrazków, a Magdalena za swoim parawanikiem czytała przy świecy, do sypialni weszła pani Latter. Rzuciła okiem na łóżeczka, jednej z dziewczynek poprawiła zsuniętą kołdrę, wreszcie zajrzała za szafirowy parawan.

„Pewnie mnie wypędzi" – pomyślała Magdalena, czując, że jej serce przestało bić.

– Joasi jeszcze nie ma? – zapytała pani Latter półgłosem.
– Nie wiem, proszę pani.

– Dobranoc, Madziu! – rzekła przełożona tonem łaskawym i opuściła sypialnię.

„Ach, jaka ona dobra, jaka ona szlachetna!" – unosiła się w duchu Madzia, myśląc z trwogą, jakby jej było okropnie znaleźć się na dworze w jednej koszuli w taki deszcz. Co naturalnie musiałoby ją spotkać, gdyby pani Latter dowiedziała się o rozmowie z Adą.

„Jestem bezwstydna!" – szepnęła do siebie, gasząc świecę.

Deszcz padał coraz większy, szeleścił na dachu, bębnił w okna, skwierczał w wylotach rynien, szumiał na asfalcie podwórza. Niekiedy rozlegał się turkot dorożki i chlapanie kopyt końskich w wodzie płynącej całą szerokością ulicy.

„Jak zimno musi być tym, którzy wracają do domu" – pomyślała Madzia.

Przebiegły ją dreszcze, więc mocniej owinęła się w kołdrę i zasnęła. Śniło jej się, że pani Latter wcale nie gniewa się na nią, że Zochna jest już na pensji pierwszą uczennicą i że co dzień nosi pąsową kokardę za wzorowe sprawowanie. Jest zaś tak wyjątkowo pilna i grzeczna, że dla odróżnienia jej od najpilniejszych i najgrzeczniejszych uczennic pani Latter każe jej nawet sypiać z pąsową kokardą.

Sen ów wydaje się Madzi tak niedorzecznym, że wybucha śmiechem i budzi się.

Budzi się i siada na łóżku, ponieważ w korytarzu słychać pukanie do drzwi naprzeciwko. Jednocześnie w sali ktoś szepcze:

– Maniu, słyszysz?
– Nie mów do mnie, bo ja się okropnie boję...
– Może to złodziej?
– Co ty mówisz? Trzeba zbudzić pannę Magdalenę...
– Ja nie śpię, dzieci – odzywa się panna Magdalena i drżącą ręką zapala światło.

A ponieważ pukanie słychać znowu, więc szybko wdziewa pantofelki, narzuca szlafroczek i idzie ze świecą do drzwi.

– Ach, niech pani nie chodzi na korytarz, tam muszą być zbójcy! – mówi jedna z dziewczynek i chowa głowę pod poduszkę.

Inne nakrywają głowę kołdrami tak starannie, że niektórym widać gołe stopy, a nawet kolana. Jedna zaczyna drżeć – już drżą wszystkie, druga zaczyna szlochać – wszystkie szlochają.

Madzia zbiera całą energię i otwiera drzwi na korytarz; dziewczynki w płacz.

– Kto tu? – mówi Madzia, podnosząc świecę w górę.

– Ja, czy nie widzisz?

Dziewczynki, usłyszawszy rozmowę, umilkły; lecz gdy Madzia mówi do nich:

– Uspokójcie się, dzieci, to Joasia... to panna Joanna... – zaczynają płakać i krzyczeć na cały głos.

Madzia osłupiałym wzrokiem patrzy na Joasię. Patrzy i nie wierzy własnym oczom, widząc, że piękna kremowa suknia Joasi jest zlana deszczem i zabłocona, że włosy Joasi są potargane, twarz płonie, a w oczach tlą się dziwne blaski.

– Czemu mi się przypatrujesz? – z gniewem odzywa się panna Joanna. – Od godziny nie mogę się tu dostać... musiałam przejść przez pokój lokajów, a teraz pukam, bo ten smarkacz, Zosia, drzwi przede mną zamknęła!

– Zosia? – powtarza Magdalena, nie wiedząc, czy ma stać na korytarzu, czy uspokajać swoje dziewczątka, które płaczą coraz głośniej.

Nagle od schodów pada blask, rośnie, pokazuje się płomień świecy i jakaś osoba ciemno ubrana.

Madzia cofa się i, zatrzaskując drzwi, rzuca rozkrzyczanym dziewczętom dwa wyrazy:

– Pani Latter!

W jednej chwili sypialnię zalega cisza... Obawa przełożonej tłumi strach przed zbójcami i zapobiega zbiorowym spazmom. W korytarzu słychać ostry głos:

– Co to znaczy, Joasiu?

Przez chwilę ktoś szepcze, potem pani Latter odpowiada jak wcześniej – ostro, lecz ciszej:

– Zrobiłaś awanturę...

Znowu szeptanie i znowu pani Latter odpowiada szeptem:
– Chodź do mnie.

W korytarzu słychać oddalające się kroki. Madzia wchodzi do łóżka, gasi świecę i słyszy przez ścianę, że w sąsiedniej sypialni także rozmawiają.

Zegar wybił drugą.

6. Taka, której się nie powiodło

Madzia nie pamiętała wypadku, który by tak nią wstrząsnął jak owo spóźnienie Joasi.

Nie mogła zasnąć, choć w salach i na korytarzu było cicho. Zdawało jej się, że ktoś chodzi, to, że słychać woń spalenizny, to znowu, że w deszczu gęsto padającym dźwięczy jakaś melodia. Przede wszystkim jednak spać przeszkadzał jej bieg własnych myśli.

Wyobrażała sobie, że jutro na pensji zdarzy się coś okropnego. Najpewniej Joasia straci miejsce damy klasowej za to, że tak późno wróciła; a może i Zosię wydalą, że zamknęła drzwi na klucz.

„Biedna Joasia – wzdychała Magdalena, przewracając się na łóżku – jej już nic nie uratuje. Pamiętam, jeszcze w trzeciej klasie, pani Latter wymówiła miejsce pannie Zuzannie za to, że bez opowiedzenia się wyszła przed południem. Albo – dwa lata temu – co się stało z panną Krystyną? Raz jeden nie nocowała w domu i – żegnam panią! Nie wiem nawet, czy dostała miejsce na innej pensji?

I co tej Zosi strzeliło do głowy? Bała się? Ale na korytarz nikt nie mógłby wejść. A może ona przez zazdrość o pana Kazimierza? Niegodziwa dziewczyna, naturalnie, że zrobiła to przez zazdrość...

A może pani Latter i mnie wydali za to, że wyszłam na korytarz? Ha, powiem, że dziewczynki ogromnie bały się i chciałam je uspokoić".

Tym razem myśl wydalenia z pensji przeraziła ją. Co ona powie rodzicom, jak pokaże się im, straciwszy miejsce? I co będzie robić w domu, wypędzona, okryta wstydem?

Usiadła na łóżku i chwyciła się rękami za głowę.

„Boże! Boże! – myślała – ja już tracę zmysły! Za co by mnie pani Latter miała wydalić i... co się ze mną dzieje, że mi takie dziwne rzeczy snują się po głowie? Ja muszę być chora...".

Uspokoiwszy się, że jej nie mogą wydalić z pensji za to, że wyszła na korytarz, zaczęła z kolei trapić się obfitością własnych myśli.

Nie dawniej jak przed kilkoma tygodniami myślała tylko o swoich dziewczynkach i ich lekcjach, o tym, że porozmawia z Adą albo że wyjdzie na spacer z klasą. A dziś? Niepokoi się dochodami pani Latter, chce dla niej zaciągnąć pożyczkę, to znowu troszczy się losem Joasi.

„Oczywiście, mam początki pomieszania zmysłów!" – szepnęła.

Wybiła trzecia, kwadrans po trzeciej, wpół... Madzia postanawia spać. Lecz im mocniej zamyka oczy, tym wyraźniej widzi przed sobą Joasię w zabłoconej sukni, a w głębi korytarza ciemną figurę pani Latter ze świecą w ręku. Potem kremowa suknia Joasi zrobiła się pomarańczowa, a płomień świecy czerwony; potem ciemna figura pani Latter zrobiła się zielonawa, a płomień biały. Potem Joasia, pani Latter i jej świeca posunęły się w górę, jakby na sufit, zaczęły się rozpływać w nieokreślone plamy, znikły, znowu pokazały się, ale już w innych kolorach, i wreszcie...

Wreszcie w korytarzu rozległ się głos dzwonka przypominający, że pora wstawać. Pokojówki od dawna poodnosiły wyczyszczone buciki i suknie, kilka uczennic pobiegło do łazienki się myć, na korytarzu było słychać otwieranie i zamykanie drzwi, chodzenie i mówienie sobie „dzień dobry".

Ubrawszy się, Madzia wyszła na korytarz i zajrzała do sypialni naprzeciwko. Panienek nie było, ale służąca, która otwierała okna, niepytana odezwała się:

– Panna Joanna spała dziś u pani przełożonej, a teraz poszła do szpitala...

– Do szpitala? Co jej jest?

Służąca uśmiechnęła się tak dziwnie, że Madzię oblał rumieniec. Wyszła z sali obrażona i postanowiła już nie dowiadywać się o Joasię. Uważała jednak, że dookoła niej wszyscy rozmawiają o Joasi. Stojąca obok piątej klasy panna Żaneta opowiadała uczennicom, że wczoraj Joasia musiała wrócić późno do domu, bo ta pani, z którą była na koncercie, zasłabła i nie miał jej kto pilnować.

Lecz o kilka kroków dalej, pod pierwszą klasą, pani Méline opowiadała innej nauczycielce, że Joasia spóźniła się, ponieważ sama zasłabła po wczorajszym koncercie, który podobno był bardzo ładny. Zaś na schodach lokaj Stanisław, który niekiedy pełnił obowiązki szwajcara, gromił jedną z pokojówek:

– Co pannie do tego? Co panna masz plotki roznosić! Była w restauracji czy nie była, upiła się czy nie upiła, to nie nasza rzecz…

„Pewnie mówią o pomywaczce" – pomyślała Madzia.

O dziewiątej zaczęły się lekcje i Madzia, a zapewne i wszystkie panienki zapomniały o Joasi. Ale o dwunastej, kiedy Magdalena zaniosła dziennik do pani Latter, stanąwszy w gabinecie przełożonej, usłyszała w drugim pokoju głos pana Kazimierza, który mówił:

– Przeciwnie, wszyscy pomyślą, że traktujemy nauczycielki jak członków rodziny…

– Wolałabym jednak, żebyś ty do tego nie należał – odpowiedziała mu pani Latter tonem surowym.

Madzia tak głośno położyła dziennik na biurku, że rozmawiający umilkli, a następnie weszli do gabinetu.

– No, niech nas panna Magdalena osądzi – rzekł pan Kazimierz. Był zarumieniony, oczy mu błyszczały i nigdy jeszcze nie wydał się Madzi tak ładnym jak dziś. – Niech powie panna Magdalena… – dodał.

– Proszę cię, ani słowa! – przerwała mu pani Latter. – Dobrze, moje dziecko, możesz wrócić na górę – rzekła do Magdaleny.

Madzia szybko opuściła gabinet, lecz spostrzegła, że pani Latter jest bardzo zmieniona. Oczy miała ogromne i ciemniejsze niż zwykle, twarz żółtą; zdawało się, że od wczoraj schudła.

„Pani Latter jest bardzo piękna" – pomyślała Madzia, idąc na schody. Ale przed wzrokiem jej duszy stał obraz nie pani Latter, tylko jej syna.

Zanim dziewczynki rozeszły się na obiad, już w całej szkole opowiadano o Joasi najdziwniejsze historie. Z jednej strony, słyszano od stróża, że pannę Joannę w nocy odprowadził do domu jakiś młody pan bardzo zasłonięty; z drugiej strony, ktoś z miasta utrzymywał, że pannę Joannę widziano po koncercie w restauracji, gdzie była w towarzystwie panów i pań w osobnym gabinecie i śpiewała przy fortepianie. Wreszcie lokaj, który jej otworzył drzwi, szepnął jednej z pokojówek, że od panny Joanny, kiedy weszła, czuć było wino.

Na pensji nikt nie wątpił, że Joasia straci miejsce, jeżeli już go nie straciła; znano bowiem surowość pani Latter. Toteż nauczycielki i pensjonarki, nie wyłączając Zosi, tej samej, która zamknęła drzwi sypialni, wszystkie żałowały Joanny.

Tylko panna Żaneta twierdziła, że to są plotki, i utrzymywała, że pani Latter nie oddali Joasi, ponieważ bardzo energicznie ujęła się za nią panna Howard.

Po obiedzie Magdalena z biciem serca poszła do lazaretu odwiedzić Joasię, której pomimo współczucia nikt nie odwiedzał. Znalazła ją w łóżku mizerną, a przy niej pannę Howard, która zobaczywszy Madzię, zerwała się z krzesła.

– Tylko niech pani nie myśli – zawołała – że ja tu pielęgnuję chorą! To zajęcie dla bab, ale nie dla kobiety czującej ludzką godność...

– Jaka pani dobra! – rzekła Joasia, wyciągając do niej rękę.

– Ja nie jestem dobra! – oburzyła się panna Howard podnosząc w górę płowe brwi i chude ramiona. – Ja tylko przyszłam złożyć hołd kobiecie zbuntowanej przeciw tyranii przesądów... Co to jest, żeby kobieta nie miała prawa wracać o drugiej w nocy, jeżeli mężczyznom wolno wracać choćby o piątej nad ranem? Gdybym była panią Latter, porozpędzałabym niegodziwych lokajów, którzy śmią robić uwagi, i wydaliłabym z pensji tego smarkacza, Zosię...

– Ja nie mam do nich żalu – przerwała Joasia.

– Ale ja mam! – zawołała panna Howard. – Jak również mam szacunek dla pani Latter, że wreszcie zerwała z przesądami...

– Co ona zrobiła? – pyta Madzia.

– Nie wszystko, ale jak na nią, dość dużo, uznała bowiem, że panna Joanna jest istotą samodzielną i ma prawo przychodzić do domu wówczas, kiedy jej się podoba. Zresztą – dodała panna Howard – oświadczyłam jej dziś rano, że jeżeli Joasia straci miejsce, ja wyjdę z domu na całą noc...

– Ach, Boże, co pani mówi? – przerwała jej Madzia ze śmiechem.

– Wypowiadam moje najświętsze przekonania. Tak jest, wyszłabym na całą noc i – niechby mnie jakiś nikczemnik ośmielił się zaczepić!

Twarz panny Howard stała się pąsowa, a nawet włosy przybrały jeszcze bardziej niezdecydowany kolor, kiedy wypowiadała te poglądy.

Wreszcie, chwilkę odpocząwszy, zwróciła się do Madzi i rzekła, mocno ściskając ją za rękę:

– No, zostawiam panią przy chorej i jestem zadowolona, że i pani ma odwagę wielkich przekonań. Za rok, dwa, najwyżej trzy, będzie nas miliony!

„Nas? – pomyślała Madzia, rumieniąc się. – Co ona myśli, że i ja zostanę emancypantką?".

Po wyjściu panny Howard, która dla zadokumentowania swoich najświętszych przekonań tak trzasnęła drzwiami, że cały pokój zadrżał, Madzia usiadła przy chorej. Dostrzegła w niej zmianę. Panna Joanna leżała z rękami opuszczonymi, a na jej rzęsach było widać łzy.

– Co tobie, Joasiu? – szepnęła Magdalena.

– Ach, nic... nic! Niczego nie żałuję... Choć gdybyś widziała moją podróż przez dziedziniec! Nie miałam dziesiątki dla stróża i słyszałam, jak mruczał, że kto nie ma pieniędzy, nie powinien włóczyć się po nocach... Na dziedzińcu potknęłam się i cała suknia na nic... A jak spojrzał na mnie ten fagas! Ale wiesz co? To robi mi przyjemność. Czasem wydaje mi się, że chciałabym ciągle upadać w błoto i być wytykana palcami, tak... Przypominają mi się dziecięce lata. Kiedy mnie ojciec bił, ja gryzłam sobie palce i robiło mi to taką samą przyjemność jak wczorajszy powrót...

– Ciebie bił ojciec? Za co?

– O, i jak! Ale nic ze mnie nie wybił, nic, nic...

– Jesteś bardzo rozdrażniona, Joasiu... Gdzieś ty była wczoraj?

Panna Joanna usiadła na łóżku i, grożąc zaciśniętymi pięściami, zaczęła szeptać:

– Raz na zawsze proszę was, nie zadawajcie mi takich pytań. Gdzie byłam, z kim byłam? – to moja rzecz. Dość, że do nikogo nie mam pretensji, do nikogo, słyszysz? Nie ten, to ów, wszystko jedno... Wszystkie drogi wiodą do Rzymu...

Upadła na łóżko i ukrywszy twarz w poduszce, szlochała. Madzia, stojąc nad nią, nie wiedziała, co począć. Duszę jej przebiegały najsprzeczniejsze uczucia: zdumienie, wstręt, a jednocześnie coś jakby zazdrość...

– Potrzeba ci czegoś? – zapytała niechętnie.

– Nic mi nie potrzeba, tylko idźcie sobie i nie nasyłajcie mi dozorczyń! – odpowiedziała Joasia, nie podnosząc twarzy.

– Do widzenia.

Madzia wyszła powoli, myśląc:

„Po co ja mówię: do widzenia, kiedy nie chcę jej widzieć? Zresztą, co mnie to obchodzi; ja przecież nie poszłabym z mężczyznami do restauracji, a za skarby całego świata nie chciałabym być w takim dziwnym stanie, więc jej nie zazdroszczę... A jednak dlaczego ona to zrobiła, czego żadna z nas nie robi? Czy ona nie taka jak my wszystkie, czy lepsza od nas?".

W korytarzu spotkała gospodynię pensji, pannę Martę, osobę kaszlącą i wysoką, w białym czepeczku, która była nadzwyczajnie silna i trzymała się pochyło.

– Ach, co się u nas dzieje, paniuńciu! – rzekła gospodyni, składając żylaste ręce i schylając głowę niżej niż zwykle. – Jak jestem tu dziesięć lat, nie zdarzyło się nic podobnego... A biedna pani przełożona...

– Co pani przełożona?

– Aaa! Ona to dopiero chora; wygląda jak z krzyża zdjęta, jakby z trumny wstała... Bo to i niepięknie, i dla pensji niedobrze...

Obejrzała się, czy kogo nie ma w korytarzu, i dodała cicho, zbliżywszy usta do ucha Madzi:

– Oj, te dzieci, te dzieci! Szczęśliwe my, paniuńciu, że nie mamy dzieci...

I prędko odeszła, trzęsąc wielkimi rękami.

„Dzieci? Co ona mówi o dzieciach? Przecież Joasia nie jest córką pani Latter. Panna Marta widocznie dostała bzika...".

Nagle przypomniał jej się pan Kazimierz zarumieniony, z rozrzuconymi włosami, kiedy w południe mówił do matki: „No, niech nas panna Magdalena osądzi...". „Jaki on był piękny w tej chwili i ciekawa rzecz, w jakiej sprawie odwoływał się do jej sądu? Czyby Joasia z nim?".

Magdalena zdrętwiała. To niemożliwe, żeby Joasia z panem Kazimierzem była dzisiejszej nocy w restauracji, nie! On nie zrobiłby tego... On – z Joasią!

Nie mogła wierzyć, ale na samą myśl o tym poczuła, że nienawidzi Joasi...

7. Której się powodzi

W początkach grudnia, kiedy Joasia już wróciła do zdrowia i obowiązków damy klasowej, a na pensji ucichły plotki z powodu jej nocnego powrotu, w początkach grudnia zdarzył się wypadek, który Magdalenie nasunął myśl, że Helenka Norska nie ma dobrego serca.

Zdarzyło się to z panem Dębickim na lekcji matematyki w pokoju Ady, gdzie uczyło się ich trzy: Ada, Helenka i Madzia.

Przede wszystkim Madzia od pierwszej lekcji spostrzegła (co ją nawet oburzyło), że Helenka kokietuje pana Dębickiego. Nosi rękawy, z których doskonale widać jej prześliczne ręce, wysuwa nóżki, kiedy profesor wykłada coś przy tablicy, a czasami rzuca takie spojrzenia, że Madzi wstyd za nią. Tym bardziej wstyd, że pan Dębicki, który z początku mieszał się wobec Heleny, później nie tylko nic sobie nie robił z jej kokieterii, ale nawet uśmiechał się swoim dobrym i rozumnym półuśmieszkiem, w którym czuć było ironię.

„Dziwna ta Hela! – myślała Madzia. – Jak ona może robić podobne miny wobec człowieka przeszło pięćdziesięcioletniego, który nie jest piękny, nawet trochę łysy, a przede wszystkim – nigdy się z nią nie ożeni? Najgorsze zaś, że pan Dębicki, który jest bardzo rozumny, widzi, jak ona dokazuje, i drwi z niej".

Helenkę, którą uwielbiali nawet sześćdziesięcioletni panowie, zachowywanie się Dębickiego zaczęło drażnić; kokietowała go więc w sposób coraz bardziej wyzywający, nie szczędząc jednak i szyderstwa, jeżeli zdarzyła się sposobność.

W początkach grudnia Dębicki tłumaczył trzem pannom dwumian Newtona w przypadku wykładników ułamkowych;

a tłumaczył tak jasno, że Madzia nie tylko wszystko rozumiała, ale wprost upoiła się jego wykładem. W szczególny sposób działał na nią ten cichy, łagodny, wiecznie zafrasowany człowiek, który przy wykładzie zmieniał się w natchnionego. Rzadkie włosy jeżyły mu się, jasne oczy nabierały głębokich cieni, nalana twarz – posągowych rysów, a głos – przejmującej dźwięczności. Ada z Madzią nieraz mówiły sobie, że lekcje Dębickiego są prawdziwymi koncertami, o ile profesor zapali się do przedmiotu; bo na pensji geografię wykładał nudnie.

Otóż Dębicki, wyłożywszy dwumian Newtona, zapytał panien, czy która nie zechce powtórzyć? Magdalena mogła powtórzyć, ale przez grzeczność chciała ustąpić głosu Adzie; Ada zaś zwróciła się do Helenki.

– Kiedy ja nic nie wiem – odpowiedziała ze śmiechem Hela, wzruszając ramionami.

– Nie rozumiała pani? – zapytał zdziwiony Dębicki.

Helena odrzuciła w tył głowę i patrząc przymrużonymi oczami na Dębickiego rzekła:

– Tak zasłuchałam się w melodię pańskiego głosu, że nie rozumiałam nic. Panu to nie robi przyjemności?

– Nasi słuchacze – odparł Dębicki spokojnie – mogą nam robić tylko jeden rodzaj przyjemności, mianowicie – uważać. Mnie pani zawsze tego odmawia.

„Dobrze jej tak!" – pomyślała Madzia, lecz spojrzawszy na towarzyszki, zmieszała się. Ada wylęknionymi oczami spoglądała to na Helenkę, to na Dębickiego, Helenka zaś była zarumieniona z gniewu, a jej piękna twarz miała jakiś koci wyraz, kiedy podnosząc się z krzesełka, odpowiedziała z uśmiechem:

– Widać, że nie mam zdolności do wyższej matematyki, choć profesor popiera ją nawet wykładami moralności. Nie przeszkadzam państwu…

Kiwnęła głową Adzie, ukłoniła się Dębickiemu i opuściła pokój.

Biedny profesor był bardzo zakłopotany. Upuścił kredę, wsadził wielki palec lewej ręki za klapę surduta i pozostałymi palcami zaczął bębnić. Twarz mu zmartwiała, spojrzenie zamąciło się i cichym głosem odezwał się do Ady:

– Może... może ja paniom przeszkadzam?

Ada milczała, bo zbierało jej się na płacz, co spostrzegł Dębicki i rzekł biorąc za kapelusz:

– Na następną lekcję przyjdę, gdy panie dadzą mi znać...

Ukłonił się niezgrabnie, patrząc w sufit, a gdy szedł do drzwi, Madzia zauważyła, że podnosi kolana bardzo wysoko.

– Boże, co tu się dzieje! – zawołała Ada z płaczem, tuląc się do Madzi. – I co ja teraz mam robić?

– A co tobie, Adziu? – odezwała się Magdalena – przecież on do ciebie nie ma pretensji.

– Tak, ale ja znowu muszę przerwać lekcje, bo Hela obraziłaby się na mnie śmiertelnie. A to taki doskonały profesor, taki nieszczęśliwy człowiek i przyjaciel Stefka... Musimy wyjechać z Warszawy, bo ja się tu rozchoruję.

W godzinę już na całej pensji mówiono, że Dębicki był niegrzeczny wobec Heleny, a panna Howard głośno na korytarzu wykładała kilku damom klasowym, że to gbur i obrzydliwa ropucha, w której pod pozorami niedołęstwa kryje się największy nieprzyjaciel kobiet.

– Trzy razy badałam go, żeby poznać, co myśli o samodzielności kobiet, a on się tylko uśmiechał! Za te uśmieszki zrzuciłabym go ze schodów – zapewniała panna Howard.

Zaś pani Latter, spotkawszy wieczorem Madzię, rzekła do niej tonem, w którym czuć było gniew:

– Co ten safanduła już odgryzł się na naszych lekcjach, jeżeli pozwala sobie na niegrzeczności? Nieostrożny, nieostrożny!

Magdalena nie odpowiedziała, choć silny rumieniec zdradził, że nie podziela zdania przełożonej. W tych kilku słowach czuła zapowiedź dymisji dla Dębickiego i pierwszy raz w życiu przyszło jej na myśl, że pani Latter nie jest sprawiedliwą. Biedny profesor może stracić posadę dlatego, że nie pozwolił Helence z siebie żartować; ale Joasia, która zrobiła skandal, jest ciągle damą klasową i nawet zaczyna podnosić głowę.

„Po co ja o tym myślę? Co mnie do tego? – wyrzucała sobie Madzia. – I co się ze mną dzieje, że zaczynam sądzić ludzi, a nawet ich potępiać. Joasia jest dumna, może z obawy, żeby jej ktoś nie robił wymówek, chociaż... niepotrzebnie szykanuje Zosię. A swoją drogą Marta miała słuszność, mówiąc, że pani Latter cierpi przez dzieci... Hela nie jest dobra, kiedy Dębickiego naraża na utratę lekcji, a matkę na niesprawiedliwość...".

Obok Helenki przyszedł jej na myśl pan Kazimierz, który coraz rzadziej bywał u pani Latter, ale za to coraz częściej jego imię łączono z imieniem Joasi. Lecz w takich chwilach Madzia zasłaniała uszy przed podszeptami własnych myśli i powtarzała sobie z uporem:

„To nie może być, żeby on był w restauracji z Joasią... To wszystko plotki! On, taki piękny, taki szlachetny...".

Pomimo obaw Magdaleny, że Dębicki może stracić posadę, sprawa jego nagle się poprawiła, i to w kilka dni po zajściu z Helenką. Wpłynął na to przyjazd pana Stefana Solskiego, brata Ady, o czym Madzia dowiedziała się z ust samej Helenki.

– Wiesz – zawołała panna Helena, ciągnąc ją do swego pokoju. – Wiesz, jest Stefan... Dziś z rana przyjechał z zagranicy, a za tydzień... Za tydzień my z Adą i jej ciotką jedziemy! Ja jadę za granicę, ja... I już Boże Narodzenie spędzimy w Rzymie! Czy ty słyszysz, Madziu?

Zaczęła całować Magdalenę i tańczyć po pokoju. Nigdy nie była tak ożywiona.

– Oryginalny człowiek ten Stefan – mówiła z pałającymi oczami – brzydki, podobny do Ady, ale siedzi w nim diabeł. W głowie mi się kręci, kiedy pomyślę, że ten człowiek ma milion rubli. Ale, ale pogodziłam się dziś z Dębickim... Zrobiłam to dla Ady i dla Stefana... Co za energia w tym człowieku! Zaledwie przywitał Adę, zaraz jej powiedział: „Od dziś za tydzień wyjeżdżacie panie". To samo powiedział mojej mamie, którą zawojował w kwadrans... Powiadam ci, coś nadzwyczajnego...

Istotnie, na drugi dzień przyszli na pensję tragarze i zaczęli wynosić książki Ady i jej narzędzia fizyczne, przy pakowaniu których był Dębicki. Tego samego dnia zgłosił się do pani Latter jakiś jegomość przysłany przez pana Solskiego do załatwienia formalności paszportowych dla Helenki. Damy klasowe i pensjonarki mówiły tylko o Solskim i niejedna wyglądała ze szczytu schodów na dół, sądząc, że zobaczy tego pana, który jest bardzo brzydki, ale ma dużo pieniędzy i nie lubi, żeby mu się sprzeciwiano. Madzia nawet usłyszała, jak dwie trzecioklasistki mówiły między sobą:

– Widzisz, widzisz... To pewnie on!

– Eh, nie... To ten safanduła Dębicki...

– Ludwisiu – odezwała się przechodząca około nich Magdalena – jak możesz wyrażać się tak o panu Dębickim?

– Przecież tak nazywa go pani Latter – śmiało odparła dziewczynka.

Madzia udała, że nie słyszy, i prędko zbiegła ze schodów.

Biegła do Ady i kiedy do niej weszła, zastała w pokoju niskiego pana, z szerokimi ramionami i dużą głową, który rozmawiał z Helą. Na widok Magdaleny Ada podniosła się z fotelu i rzekła:

– Stefku...

Pan z dużą głową zerwał się, bystro popatrzył Madzi w oczy i, ściskając ją za rękę, powiedział:

– Pani, jestem przyjacielem tych, którzy kochają moją siostrę.

Potem usiadł na krześle i zwrócił się do Heleny. Był podobny z twarzy do siostry, tylko miał nieduże wąsiki i różową bliznę na prawym policzku.

– Nie przekonał mnie pan – mówiła Helenka z uśmiechem, ale bojaźliwie patrząc na Solskiego, co trochę zdziwiło Madzię.

– Życie panią przekona – odpowiedział. – Piękność słusznie nazywają paszportem, który jej właścicielowi czy właścicielce wyrabia stosunki między ludźmi.

– Tak, od razu. Ale potem?

– Następstwa zależą od dalszych czynów. W każdym razie świat hojniej wypłaca pięknym zasługi, wiele im wybacza i bardzo często kocha ich nawet wówczas, gdy tego nie są warci.

– Może być – odpowiedziała Helenka – ale ja dobrze nie rozumiem. O moim bracie na przykład mówią wszyscy, że jest przystojny; ja jednak nic mu nie wybaczam. A... zakochać się... w tak ładnym mężczyźnie jak on nie potrafiłabym. Mężczyzna powinien być energiczny, odważny... Oto jego piękność.

Na te słowa Madzia zarumieniła się, Ada spuściła oczy, a Solski umilkł; lecz po wyrazie jego twarzy nie można było poznać, czy zgadza się z teoriami Helenki, które Madzi wydały się dosyć nowe, a nawet niespodziewane.

Jeszcze kilka minut rozmawiano o podróży, po czym Solski podniósł się do wyjścia.

– Więc nieodwołalnie wysyła nas pan we środę? – zapytała Helenka, obrzucając go spojrzeniem.

– Czy możesz nawet pytać? – wtrąciła Ada. – Przecież widzisz, co zrobił z moją pracownią...

– We środę wieczornym pociągiem, jeżeli panie raczą – odpowiedział Solski i zaczął żegnać panny.

Wkrótce po jego odejściu i Helenka opuściła salonik Ady, która zostawszy sam na sam z Madzią, rzekła:

– Co ty na to, Madziu?

Przy tym patrzyła na nią w sposób tak smutny i dziwny, że Madzia zastanowiła się.

– O czym mówisz, kochana, czy o wyjeździe?

– Ach, o wyjeździe i nie o wyjeździe... O różnych rzeczach – odpowiedziała Ada. Nagle uścisnęła ją i przytuliwszy głowę do jej ramienia, szepnęła: – Ty nawet nie wiesz, Madziu, jaka ty jesteś dobra, szlachetna, prosta... I powiem ci, że chyba mniej znasz świat niż ja, choć dopiero zaczynam go poznawać troszeczkę, troszeczkę...

– To tak jak ja – zawołała Madzia. – I to nawet niedawno, od kilku tygodni jakoś inaczej patrzę…
– To tak jak ja… Czy myślisz i o Joasi?
– I o Joasi, i o różnych innych rzeczach. A ty?
– O, i ja, ale o tym nie ma co mówić – rzekła Ada.

* * *

Na kilka dni przed wyjazdem za granicę mieszkanie Helenki zamieniło się na szwalnię. Pani Latter sprowadziła trzy specjalistki: krojczynię, maszynistkę i wykończarkę i kazała im zrobić przegląd całej garderoby córki. Z kuchni do gabinetu wniesiono prosty stół, na którym pochylona krojczyni z metrem na szyi i nożyczkami w rękach cały dzień podcina i poprawia staniki i spódnice. Od siódmej rano do jedenastej wieczór kiwa się nad warczącą maszyną blada maszynistka, której siedząca pod oknem wykończarka od czasu do czasu przypomina:
– Czekam, panno Ludwiko…
Albo też:
– Ścieg niedobry, panno Ludwiko, trzeba poprawić łódkę.
Na łóżku i na biurku Heli leżały stosy bielizny, na atłasowych mebelkach spódnice i kaftaniki, dywan był zarzucony skrawkami rozmaitych materiałów. Nożyczki zgrzytały na stole, maszyna warczała i wtórowało jej pokasływanie maszynistki. Madzię raził tu panujący hałas i nieporządek, ale Helenka gotowa była siedzieć od rana do nocy, przymierzać po kilka razy każdą suknię i wtrącać się do robotnic.
Ile razy Madzia weszła do gabinetu Helenki, była pewna, że zastanie ją przed lustrem w coraz innym staniku lub spódnicy, mówiącą:
– Czy dobrze leży? Zdaje mi się, że w pasie jest zanadto luźny i marszczy się na plecach… Spódnicy niech pani nie skraca ani o cal, bo to daleko poważniej; w krótkiej sukni żadna kobieta nie potrafi być dumną.

W podobnych chwilach krojczyni i wykończarka krążyły około Helenki jak gołębie nad gniazdem: mierzyły, znaczyły, wbijały szpilki w suknie, wspinały się na palcach albo padały na kolana. Torturowana zaś Helenka miała rozmarzone oczy i wyraz twarzy osoby świętej albo zakochanej.

„Jacy niemądrzy są mężczyźni – pomyślała Madzia, patrząc na piękną pannę. – Im się zdaje, że panny wyglądają interesująco tylko przy nich…".

Wyraz anielskiego rozmarzenia i zachwytu na twarzy Helenki spostrzegła Madzia nie tylko w czasie przymierzania sukien.

W poniedziałek przed południem Hela wywołała Madzię z klasy.

– Moja droga – rzekła – zastąpi cię tu panna Joanna, a ty jedź ze mną. Stefan przysłał dla Ady karetę, ale że ona zostaje, więc tylko my dwie pojedziemy za sprawunkami.

Madzi wstyd było wsiąść do karety i lękała się dotknąć jej atłasowego obicia swoją wełnianą salopką. Ale Helenka czuła się tu jak u siebie. Spuściła szybę i patrzyła na przechodniów z wyrazem dumy.

– Bawi mnie to – rzekła – kiedy sobie przypominam, że i ja chodziłam jak te panie albo jeździłam obszarpanymi dorożkami.

– A mnie się zdaje, że częściej będziemy jeździły dorożkami niż karetą – wtrąciła Madzia.

– Zobaczymy! – szepnęła Helenka, patrząc w jakiś punkt nieokreślony.

„Zabawna dziewczyna" – pomyślała Madzia, przypomniawszy sobie, że pani Latter musiała pożyczyć pieniędzy od Ady na prowadzenie pensji.

W mieście Helenka miała kupić dwa łokcie jedwabnej materii, parę bucików i złoty krzyżyk dla panny Marty. Lecz na tych sprawunkach upłynęło im ze trzy godziny.

U jubilera Helenka nabyła krzyżyk za dwa ruble, ale przy okazji kazała pokazać sobie naszyjnik z pereł i dwa garnitury: jeden z szafirów, drugi z brylantów, zapytując o cenę i o to, czy jubiler nie opuściłby czego? U szewca przymierzyła kilkanaście sztuk bucików i pantofelków, zanim wybrała jedną parę. W magazynie zanim kupiła swoją materię, kazała podać tyle sztuk w rozmaitych kolorach, że dookoła niej utworzyła się tęcza z jedwabiów białych, różowych, niebieskich, żółtych... Było to tak piękne, że nawet Madzia przez chwilę zapomniała, czym jest i gdzie jest, i zdawało jej się, że to wszystko należy do niej. Lecz zaraz oprzytomniała, spojrzawszy na Helenkę, której ze wzruszenia drżały usta.

– Chodźmy już, Helu – szepnęła Madzia, widząc, że starszy subiekt przypatruje się Helence ze złośliwym uśmiechem.

Zapłaciły i wyszły. Kiedy znalazły się w karecie, Helenka wybuchnęła gniewem i żalem:

– I pomyśleć – mówiła – że ja na to wszystko nie mam pieniędzy! Piękna sprawiedliwość na świecie. Ada rodzi się dzieckiem milionerów, a ja – córką przełożonej pensji. Ona za roczny dochód mogłaby kupić cały magazyn, a mnie ledwo stać na dwie sukienki.

– Wstydź się, Helu...

– O tak, ludzie, którzy nie mają pieniędzy, zawsze powinni się wstydzić... Ach, gdyby wreszcie przyszedł ten przewrót społeczny, o którym ciągle słyszę od Kazia...

– Czy myślisz, że wówczas chodziłabyś w jedwabiach?

– Naturalnie. Bogactwa należałyby do mądrych i pięknych, nie do brzydalów i niedołęgów, którzy nawet ocenić ich nie umieją.

– Pan Kazimierz z pewnością tak nie myśli – wtrąciła Madzia.

– Rozumie się, że nie myśli, tylko używa za siebie i za mnie... Ale może przyjdzie i moja kolej.

Od tej rozmowy Madzia jeszcze bardziej zniechęciła się do Helenki.

„Boże! – myślała – jeżeli miałabym być taką córką i kobietą jak ona, to niech umrę, choćby dziś! Hela, gdyby mogła, zrujnowałaby matkę".

Wkrótce po ich powrocie do domu na pensji skończyły się lekcje. Madzia stanęła w oknie i patrzyła na podwórko, gdzie w tej chwili śnieg zaczął padać. Widziała rozbiegające się dziewczynki jak hałaśliwy rój pszczół, który odlatuje w pole; potem widziała nauczycieli idących po dwóch i pojedynczo, a wreszcie spostrzegła Dębickiego, koło którego kręcił się jakiś fircyk ubrany pomimo śniegu tylko w obcisłą kurteczkę i mały kapelusik. Dębicki szedł przez podwórze powoli, niekiedy przystając, a fircyk zabiegał mu z prawej strony, z lewej strony, chwytał go za guziki futra i o czymś bardzo żywo rozprawiał.

Śnieg na chwilę ustał, jednocześnie fircyk zwrócił się twarzą do okna i Madzia poznała w nim pana Solskiego. Mimo woli nasunęło się jej porównanie między ubogą Heleną, która tęskniła za jedwabiem i brylantami, a milionerem, który w wąskiej kurteczce wychodził na takie zimno.

Rozmawiający znikli w bramie, a Madzia pomyślała:

„O czym oni mówią, czy nie o Helence? Jeżeli Dębicki powie panu Stefanowi o jej zachowaniu się na lekcjach, to będąc na jej miejscu, wyrzekłabym się podróży za granicę...".

8. Plany ratunku

Rzeczywiście Dębicki i pan Stefan mieli w tym czasie ważną rozmowę o pani Latter.

Przede wszystkim poszli na obiad do wykwintnej restauracji na Krakowskim, gdzie zajęli najciaśniejszy gabinet, odznaczający się tym, że miał gotyckie krzesła obite zielonym utrechtem i dwa duże lustra, na powierzchni których właściciele pierścionków z brylantami wypisywali sentencje odznaczające się jędrnością i niewybrednym smakiem.

Elegancki kelner we fraku i białym krawacie, z włosami rozdzielonymi nad czołem, podał im karty i zaczął podsuwać plan obiadu.

– Najpierw wódeczka i przekąska – mówił kelner.
– Za wódkę dziękuję – odparł Dębicki.
– A ja proszę – rzekł Solski.
– Mamy świeżutkie ostrygi.
– Bardzo dobrze – dopowiedział Solski.
– Więc po wódeczce mogę służyć ostrygami. Cały tuzin?
– Po wódce proszę o dwa solone rydze.
– Dwa rydzyki i tuzin ostryg?
– Dwa rydze bez ostryg – odparł Solski. – A może profesor chce ostryg?
– Paskudztwo – mruknął Dębicki.
– A na obiad? – pytał kelner.
– Dla mnie – barszcz. Potem może być kawałek sandacza... No, kawałek sarny i kompot... – mówił Solski.
– To samo, tylko zamiast sarny kotlet wołowy – dodał Dębicki.

– A wino?
– Pół butelki czerwonego – rzekł Solski – a profesor?
– Wody sodowej.

Kiedy kelner wyszedł z gabinetu, zastąpił mu drogę gospodarz, pytając:

– Jaki numer?

Kelner machnął ręką.

– Będzie ze dwa ruble.

– A tak! – westchnął gospodarz. – Taki zawsze skąpi, choć pieniędzmi mógłby w piecu palić. Ale szanuj go, bo dobry dla służby, to pan Solski.

– Który to, panie, starszy czy młodszy? – spytał zaciekawiony lokaj.

– Młodszy, młodszy, ten, co go w zimie nie stać na futro.

Kelner usługiwał znakomicie. Podawał potrawy na czas, wchodząc, chrząkał, wychodził na palcach i tytułował Solskiego jaśnie panem. Goście jedli, rozmawiając.

– Więc profesor nie pije nic, nawet kawy – mówił Solski. – Czy to nie fałszywy alarm z tą chorobą serca?

– Nie. Z każdym rokiem postępuje – odpowiedział Dębicki.

– Tym większy powód, żeby profesor zajął się naszą biblioteką; bieganina po piętrach nie może być dobrą – rzekł Solski.

– Od wakacji, od wakacji... Nie mogę rzucać pensji, na którą mnie łaskawie przyjęto, i do tego w niezwykłym czasie.

– Jak profesor chce. A co się tyczy pensji, mam prośbę do profesora.

– Słucham.

– O pani Latter mówią źle – ciągnął Solski. – Moje kuzynki zarzucają jej, że wprowadza na pensję kursy emancypacji, że jakaś panna Howard chce na gwałt uczynić dziewczęta istotami samodzielnymi...

– Narwana baba – uśmiechnął się Dębicki.

– O nią mniejsza, choć jej propaganda może kosztować panią Latter kilka uczennic. Gorszy jest skandal jej syna z jakąś guwernantką, o czym słychać w Warszawie.

Dębicki kiwał głową.

– I to mnie nic nie obchodzi – prawił Solski – bo jużci, młode kobiety są od tego, żeby je bałamucili piękni chłopcy. Ale niedobrze jest, że ludzie znający tutejsze stosunki określają położenie pani Latter w ten sposób: długi – zmniejszone dochody – wielkie wydatki na syna, co wszystko razem zapowiada bankructwo.

– Ja słyszałem, że ona ma majątek – wtrącił Dębicki.

– I ja tak myślałem. Tymczasem nasz plenipotent zna niejakiego Zgierskiego, któremu pani Latter płaci sześćset rubli procentu.

– I ja znam Zgierskiego. Wygląda na pokątnego finansistę.

– Otóż to – mówił Solski. – A ilu innych z tego gatunku kręci się około pani Latter?

Dębicki podniósł brwi i wzruszył ramionami.

– Rozumiem – rzekł Sobki. – I ja nie mieszałbym się do cudzych interesów, gdyby nie siostra, która zapowiedziała mi, że nie pozwoli na bankructwo pani Latter. Rozumie pan moje położenie. Nie mogę z tą sprawą iść do pani Latter, bo wyrzuci mnie za drzwi i będzie miała słuszność; boję się użyć naszego plenipotenta albo adwokata, bo sytuacja stałaby się jeszcze drażliwszą. Z drugiej strony, jakkolwiek chwalę siostrze przywiązanie do kobiety, która ją wychowała, to znowu nie pozwolę, żeby majątek Ady umożliwiał panu Norskiemu bałamucenie guwernantek. Niech bałamuci, ale nie za pieniądze mojej siostry, która, o ile ją znam, nie tylko nie zgodziłaby się na popieranie tego rodzaju przedsiębiorstw, ale nawet bardzo ubolewa nad ich rzekomymi ofiarami.

– Nie widzę tu roli dla siebie – rzekł Dębicki.

– A może pan mieć wielką – odparł Solski. – Bywając na pensji, zrozumie pan, czy stan jest rzeczywiście groźny i co dałoby się uratować: pensję pani Latter czy tylko panią Latter? Następnie spostrzeże pan chwilę, kiedy dla pani Latter pomoc okaże się niezbędną.

– Co dalej?

– Wówczas powie pan słówko naszemu plenipotentowi, a on resztę załatwi. Może być, że po konferencji z nim pani Latter sprzeda pensję albo zgodzi się na jakiego wspólnika, który by kontrolował dochody i wydatki... Nie wiem, co postanowi... W każdym razie nie będzie musiała zamykać pensji w ciągu roku i uspokoi się co do własnej osoby.

– Mnie się wydaje, że wszystko polega na nieporozumieniu, bo pani Latter ma pieniądze – zauważył Dębicki.

– Mój profesorze – odpowiedział Solski – przed panem nie myślę bawić się w sekrety. Pani Latter ma pieniądze, gdyż Ada pożyczyła jej sześć tysięcy rubli, za co plenipotent zrobił mi awanturę. Ale interesy pani Latter muszą być zawikłane, ponieważ dała na komorne tysiąc rubli zamiast dwóch tysięcy pięciuset. Wreszcie mam wskazówki, że jej kłopoty nie są i nie będą chwilowe, bo pan Norski nie tylko dużo wydaje, ale jeszcze gra w karty...

Obiad się skończył, a Dębicki wciąż kiwał głową i rozmyślał.

– Profesor spełni moją prośbę? – zapytał Solski. – Nie chodzi tu przecież o interwencję ze strony pańskiej, lecz tylko o uchwycenie momentu, kiedy pani Latter znalazłaby się wobec bankructwa.

– Owszem, mogę to zrobić, o ile potrafię; ale boję się, żebym nie zepsuł sprawy, ponieważ... nie jestem tam lubiany – odparł Dębicki, krzywiąc się.

– Wszystko wiem, znam zatarg z panną Heleną, a nawet trochę rozumiem i samą pannę Helenę, czego ona zdaje się nie przypuszczać... Mimo to proszę pana, żebyś podjął się zawiadomić naszego plenipotenta, że – wtedy a wtedy może odwiedzić panią Latter. Proszę zaś pana nie ja, ale moja siostra – zakończył uroczyście Solski, jak gdyby sądził, że prośba siostry powinna rozstrzygać wszelkie kwestie.

– Zdolna kobieta z panny Ady – rzekł Dębicki. – Co ona myśli robić?

– Ba! gdybym wiedział – odparł z uśmiechem Solski. – Może zechce zostać profesorką w jakimś amerykańskim uniwersytecie...

Bo pan wie, że teraz kobiety chcą być deputowanymi, sędziami, jenerałami… No, ale niech robi, co jej się podoba; moja rzecz służyć jej opieką zawsze, a radą, kiedy mnie o nią zapyta.

– Panna Magdalena Brzeska także bardzo zdolna, bardzo zdolna! – wtrącił Dębicki.

Solski wziął go za rękę i patrząc w oczy, rzekł:

– O zdolnościach nie wiem, ale zdaje mi się, że dla mojej siostry byłaby ona właściwszą przyjaciółką niż panna Norska… Boję się, żeby Ada nie doznała przykrych rozczarowań, ale co pan chcesz? Co my możemy zrobić z kobiecymi sympatiami?

Opuścili restaurację i pan Stefan odprowadził Dębickiego w stronę jego domu. Na pożegnanie rzekł:

– Więc, kochany profesorze, sprowadź się pan do biblioteki jak najprędzej. Pokoje się opalają, służący czeka…

– Od wakacji, od wakacji… – odparł Dębicki.

– Taki jest pański termin, a mój – choćby w tej chwili.

– Więc w środę jedzie pan z siostrą?

– Nie. Panie pojadą z naszą ciotką, a ja połączę się z nimi dopiero około Nowego Roku w Rzymie.

Uścisnęli się. Dębicki poszedł dalej, a Solski patrzył za nim i myślał:

„O, jak to widać, że ten człowiek nosi w sobie coś kosztownego i kruchego. Jak on ostrożnie stąpa, czując, że byle się poślizgnął, upadnie aż na dno grobu… Ciężki los, kiedy życie schodzi tylko na chronieniu życia!".

Nagle medytacje jego zmieniły kierunek.

„No, a ja – mówił do siebie – a ja? Na czym schodzi mi życie? Ten, ciężko chory, pracuje na własne utrzymanie, opiekuje się małą siostrzenicą, uczy dziewczęta zoologii i geografii, ba, pracuje nad jakimś nowym systemem filozoficznym. To wszystko robi inwalida, któremu lada chwila może pęknąć serce, i bynajmniej nie z miłości. Ja zaś jestem zdrowy jak koń, mam podobno rozum i energię, duży majątek, rwę się do działalności i nie robię nic! Mogę wszystko kupić: rozrywki, kochanki, wiedzę… Tylko nie kupię celu dla działalności... Nie mieć do czego się przyczepić, oto choroba nie gorsza od wady serca. Albo też być wiecznym kandydatem na przewodnika tam, gdzie nikt nie potrzebuje przewodników, bo nigdzie się nie wybiera... Oto nowożytny tantalizm! Będę ostatniego gatunku szubrawcem, jeżeli nie zmarnuję się razem z moimi aspiracjami do wielkich dążeń...".

Wsadził ręce w kieszenie wąziutkich spodni i szedł powoli ulicą, rozmarzony, smagany śniegiem w twarz, potrącany przez przechodniów, którzy spoglądali na niego jak na biedaka albo wariata.

9. Przed wyjazdem

We środę rano, w dzień wyjazdu Ady i Helenki za granicę, w czasie przerwy między lekcjami, po Madzię przybiegło dwoje posłańców: Stanisław od Heli i pokojówka od Ady.

Wyszedłszy z klasy, Madzia spotkała na korytarzu idące naprzeciwko siebie rywalki: pensjonarkę Zosię i nauczycielkę pannę Joannę. Spotkanie ich trwało zaledwie sekundę, lecz krótki czas nie przeszkodził pannie Joannie szepnąć wyrazu: „podła!", czego zresztą nie słyszała Zosia, a Zosi – pokazać język pannie Joannie, czego znowu nie spostrzegła panna Joanna.

Oburzyło to Madzię, więc zbliżywszy się do piątoklasistki, rzekła półgłosem:

– Wstydź się, Zosiu, pokazywać język, jakbyś dopiero była w pierwszej klasie.

– Bo ja nią pogardzam! – odpowiedziała głośno Zosia.

– Bardzo źle, bo ty zrobiłaś jej krzywdę, zamknąwszy wtedy drzwi. Pamiętasz?

– Ja bym ją zabiła, kokietkę. O niego już nie dbam, jeżeli dał się uwieść tej zalotnicy, ale jej nie daruję, nie daruję, nie daruję!

Widząc, że ani jej nie przekona, ani ułagodzi, Madzia kiwnęła głową Zosi i zbiegła na dół. Czuła, że ona sama nie lubi Joasi, ale także było jej przykro, że Zosia kocha się w panu Kazimierzu.

„Nieznośny dzieciuch – mówiła do siebie. – Nie wolałoby to pilnować książki, a nie myśleć o niedorzecznościach...".

I ciężko westchnęła.

Helenkę zastała w gabinecie rozgorączkowaną i płaczącą: na podłodze leżała podarta chusteczka.

„Czy tak się martwi, że wyjeżdża?" – przyszło na myśl Magdalenie.

– Muszę ci coś powiedzieć – zaczęła Helenka tonem, w którym czuć było gniew. – Przed Adą się nie zwierzę, wstyd mi za mamę; ale tobie powiem, bo gdybym milczała, serce by mi pękło...

Zaczęła łkać.

– Ależ, Helu, ja kogoś zawołam... – rzekła przestraszona Madzia.

– Nikogo! – odparła Helenka, chwytając ją za rękę. – To już przeszło...

Jeszcze parę razy zaniosła się od płaczu, lecz wkrótce oczy jej obeschły i mówiła spokojniej:

– Wiesz, ile mama przeznacza mi na drogę? Trzysta rubli... Słyszysz, trzysta rubli! Puszcza mnie za granicę jak podrzutka, bo za te pieniądze nie kupię nawet dwóch sukien, no – nic!

– Helu – przerwała Madzia ze zgrozą – więc o to masz pretensję do matki? A jeżeli ona nie ma pieniędzy?

– Dla Kazia przeznaczyła tysiąc rubli – odparła Helenka z gniewem.

– I ty, wyjeżdżając Bóg wie na jak długo, myślisz o podobnych rzeczach? Liczysz, ile matka przeznacza pieniędzy na brata?

– Mam do tego prawo. Jestem takim dzieckiem mojej matki jak i on, mam tego samego ojca, te same rysy, to samo poczucie godności jak on, a mimo to jestem wobec niego poniżana i krzywdzona. Dla mamy nie skończyły się widać te czasy, kiedy dziewcząt nie uważano za ludzi: sprzedawało się je bogatym mężom albo osadzało w klasztorach, byle synom nie uszczuplić majątku. Ale to się już zmieniło! My jesteśmy inne i choć nie mamy sił do zwalczenia niesprawiedliwości, czujemy ją doskonale... O, panna Howard to jedyna mądra kobieta w tym domu. Ja dopiero dziś rozumiem wartość każdego jej zdania.

Madzia zbladła i łagodnie, ale niezwykłym u niej tonem odpowiedziała:

– Jesteś rozdrażniona, Helu, i mówisz rzeczy, których za chwilę będziesz się wstydzić. Ja tego nikomu, ale to nikomu nie powtórzę, nawet sama zapomnę... Idę teraz do Ady, więc jeżeli zechcesz zobaczyć się ze mną, tam przyjdź.

Odwróciła się i wyszła.

– Boże miłosierny! – szepnęła – już rozumiem, co mówiła panna Marta o dzieciach... Biedna moja mamo, czy i ja jestem taka dla ciebie? Wolałabym umrzeć, uciec w świat, pójść do służby...

Wpadła do pustego pokoju panny Żanety, napiła się wody, chwilę posiedziała i spojrzawszy w lustro, udała się do Ady. Zastała ją spacerującą w pracowni i wzruszoną, ale uśmiechniętą.

– Jesteś! – zawołała panna Solska.

Posadziwszy Madzię na swoim fotelu, zaczęła ją całować i przepraszać za to, że po nią posyłała; wreszcie rzekła, rumieniąc się:

– Ach, Madziu, zanim wyjadę – wiesz, dzisiaj wyjeżdżamy – muszę przed tobą odwołać jedną rzecz...

Rumieniec jej i zakłopotanie zwiększyły się.

– Pamiętasz naszą rozmowę tego dnia, kiedym ci przedstawiła Stefka? Mówiłam wtedy rozmaite niedorzeczności: że ja nie znam życia, że myślę o Joasi i o innych rzeczach... Pamiętasz? Mówiąc to, byłam bardzo niegodziwa...

– Niegodziwa? – powtórzyła Madzia.

– O, tak... Bo widzisz – mówiła ciszej – ja niesłusznie myślałam źle o Heli. Zdawało mi się (jeszcze nie pogardzasz mną?), zdawało mi się, że Hela kokietuje Stefka i że on się w niej zakocha... No, a rozumiesz, że gdyby oni się pokochali, to mnie przestaliby kochać oboje, a ja... Umarłabym, gdyby mi przyszło stracić Stefka... Przecież ja mam tylko jego, nikogo więcej, Madziu... Ani rodziców, ani bliskich...

W jej oczach kręciły się łzy.

– Więc rozumiesz, dlaczego posądziłam Helę, ale dziś odwołuję wszystko... Hela jest dobrą dziewczyną, choć trochę zimną, a Stefek... Ach, ty go nie znasz! Jaki on mądry... Wyobraź sobie, że on nie tylko nie kocha Helenki, ale nawet jest do niej uprzedzony: posądza ją o egoizm i kokieterię...

Madzia pomyślała, że pan Stefan musi być istotnie mądrym człowiekiem.

– Widzisz, jaka byłam niesprawiedliwa dla Heli – ciągnęła Ada – ale nie miej o mnie złego wyobrażenia... Ja mam taką wadę, że jeżeli mnie coś zaboli, to w pierwszych chwilach nie umiem panować nad sobą...

– Ależ, Ado, ty nic nie powiedziałaś na Helenkę – przerwała Madzia.

– Tak, ale myślałam... Zresztą nie mówmy o tym, bo mi wstyd... Może mi kiedy wybaczysz i uwierzysz, że ja tylko mimowolnie jestem zła i przewrotna...

– Ado, Ado, co ty mówisz? Ty jesteś najszlachetniejsza...

Długi czas ciągnęły się pocałunki, zwierzenia, odwoływania i przekonywania. Wreszcie Ada uspokoiła się i, błagalnie patrząc na Madzię, rzekła:

– Zrób mi jeszcze jedną łaskę i nie odmów...

Z tymi słowami wcisnęła do ręki Madzi małe pudełeczko owinięte w bibułkę.

– Co to jest? – zapytała zmieszana Madzia.

– Nic... pamiątka... Przecież mi nie odmówisz? Pamiętasz, jak w trzeciej klasie zamieniałyśmy się przed wakacjami zeszytami? A pamiętasz, jak dałaś mi śliczny obrazek, ten pąsowy, przezroczysty, który sam zwijał się na ręku? Ile ty mi zrobiłaś przyjemności! Widzisz, to jest zegarek, ale taki malutki, że mówić o nim nie warto. Zresztą mam w tym swój interes. Na kopercie napisano moje imię i lata, które spędziłyśmy na pensji; więc ile razy spojrzysz, musisz pomyśleć o mnie... Ja, widzisz, zrobiłam to przez egoizm.

Rozpłakały się obie, a w tej chwili Madzię zawołano na górę. Idąc, wyrzucała sobie interesowność i brak ambicji, a nawet mówiła, że będzie podłą, jeżeli przed wyjazdem Ady otworzy pudełko. Lecz już na drugiej kondygnacji schodów przyszło jej na myśl, że byłoby niewdzięcznością nie obejrzeć daru przyjaciółki. Więc otworzyła safianowe pudełeczko, w którym cicho kołatał złoty zegarek wysadzany brylancikami. Madzię ogarnął strach i wstyd, że mogła przyjąć tak kosztowny prezent; lecz gdy przypomniała sobie błagalny wzrok Ady i jej pieszczoty, uspokoiła się.

10. Pożegnanie

Ósma wieczór, na dworze noc, pogodna noc grudniowa. Pani Latter, skrzyżowawszy ręce na piersiach, chodzi po gabinecie, spoglądając to na córkę, to na okno, za którym widać oświetlone brzegi Wisły. Panna Helena siedzi na skórzanej kanapce, patrzy na popiersie Sokratesa, jakby mówiła do siebie: „A to brzydal!", i czasami niecierpliwie uderza w dywan obcasem. Za oknem, na tle pogodnego nieba, widać ciemne domy Pragi, szarożółte kamienice warszawskiego Powiśla i czarną linię żelaznego mostu, wszystko zasypane światłem. Światełka w domach, światełka na drugim brzegu, światełka na moście, jakby ktoś rzucił na Powiśle rój świętojańskich robaczków, które w jednych miejscach skupiły się w bezładne gromady, w innych uszykowały w pogięte szeregi i na coś czekają.

„Na co one czekają? – myśli pani Latter. – Rozumie się, że na wyjazd Helenki, aby ją pożegnać. Potem Helenka odjedzie, ale one zostaną i będą mi ją przypominały. Ile razy spojrzę na te światełka, które nigdy nie zmieniają miejsca, pomyślę, że i ona tu jest i że zobaczę ją, bylem odwróciła głowę... Boże, daj jej szczęście, za wszystko, co ja wycierpiałam... Boże, chroń ją, opiekuj się nią...".

Nagle pani Latter drgnęła. Na korytarzu rozległo się stąpanie kilku ludzi z ciężarem i głos Stanisława:

– Trochę wyżej... O tak... A teraz ty skręć, tylko ostrożnie z poręczą...

– Już niosą kufry – rzekła pani Latter.

– Widzi mama, dopiero niosą kufry – odezwała się w tej samej chwili panna Helena. – Spóźnimy się...

Pani Latter westchnęła.

– Mateczka jest jakby niezadowolona – mówiła panna Helena, podnosząc się z kanapy i obejmując matkę. – Na próżno matuchna się ukrywa, bo ja widzę. Czy zrobiłam co złego? Niech matuchna powie, bo inaczej zepsuje mi całą podróż... Moja złota... najdroższa...

– Ależ nic nie zrobiłaś – odparła pani Latter, całując ją.

– Ja wprawdzie nie poczuwam się do niczego, ale może mateczka coś dostrzegła, co wydaje się jej niewłaściwym? Niech mi matuchna powie wręcz...

– Czy nie rozumiesz, że sam twój wyjazd może mi... może mnie rozstrajać...

– Wyjazd? – zapytała Helenka. – Czy to na długo, czy tak daleko?

– Na długo! – powtórzyła pani Latter ze smutnym uśmiechem. – Pół roku, czy nie długo? A ile rzeczy może się stać przez ten czas...

– Boże! – roześmiała się panna Helena – mateczka zaczyna miewać przeczucia?

– Nie, kochanie, życie moje jest zanadto ujęte w karby, żebym znalazła w nim miejsce na przeczucia. Ale jest miejsce na tęsknotę...

– Za mną? – zawołała Helenka. – Mama taka ciągle zajęta, że widywałyśmy się zaledwie przez godzinę na dzień, a czasami i tego nie...

Pani Latter cofnęła się od niej, zamyśliła się i odpowiedziała, smutnie chwiejąc głową:

– Masz słuszność, widywałyśmy się zaledwie przez godzinę na dzień, a czasem i tego nie! Pracuję, wiesz przecież. Ale nawet nie widząc was, jestem pewna, że jesteście blisko mnie i że was zobaczę, gdy znajdzie się wolna godzina... Ach, ile ja wycierpiałam, kiedy pierwszy raz przyszło mi żegnać Kazia, choć wiedziałam, że co kilka miesięcy będę go mieć w domu... Z tobą było mi jeszcze gorzej: ile razy wyszłaś na ulicę, myślałam z trwogą, czy ci się co nie stało, a każda minuta spóźnienia...

– Boże, jak matuchna musi być rozstrojoną! – zawołała ze śmiechem Helenka, całując matkę. – Czy mogłabym przypuszczać coś podobnego...

– Bo nigdy nie mówiłam o tym, bo zamiast pieścić moje dzieci jak inne szczęśliwsze matki, mogłam tylko pracować dla nich. Ale sama zobaczysz, mając własne, jaka to wielka ofiara trzymać się z dala od dziecka, choćby dla jego dobra...

Na korytarzu rozległy się kroki, a Helenka nagle zawołała:
– Ada już wychodzi!

Pani Latter odsunęła się od córki.
– Jeszcze nie – rzekła sucho.

Potem usiadła na fotelu i, spuściwszy oczy, mówiła zwykłym tonem:
– Dam ci jeszcze dwadzieścia pięć rubli wyłącznie na marki, ale... pisz do mnie co dzień.

– Co dzień, matuchno? Przecież mogą być dnie, kiedy wcale nie wyjdę z domu... O czym wtedy pisać?

– Mnie nie chodzi o opisy miejscowości, które mniej więcej znam, ale o ciebie... Zresztą pisz, kiedy chcesz i jak chcesz.

– W każdym razie, dwadzieścia pięć rubli się nie zmarnują! – rzekła z przymileniem panna Helena. – Ach, te pieniądze... Dlaczego ja nie jestem wielką panią?

– Masz kredyt u Ady, prosiłam ją... Ale, Helenko, bądź oszczędna... Bądź oszczędna... Wiem, że potrafisz być rozsądna, więc w imię rozsądku jeszcze raz proszę cię: bądź oszczędna!

– Matuchna przypuszcza, że ja będę garściami rozrzucać pieniądze? – zapytała panna Helena, robiąc grymas.

– O tym nie myślę, bo na to nie masz. Ale obawiam się, żeby ci nie zabrakło... Nasze położenie, widzisz... Nasze położenie majątkowe nie pozwala na zbytki...

Panna Helena zbladła i pochyliła się na oparcie kanapy, chwytając ręką za poręcz.

– Więc może ja... więc może lepiej nie jechać? – spytała zdławionym głosem.

– Jechać możesz... Owszem, jedź i rozerwij się; ale pamiętaj, że podróż powinna być oszczędna. Mówię o naszym położeniu dlatego, żeby cię uchronić od omyłek...

Panna Helena rzuciła się matce na szyję, mówiąc ze śmiechem:

– A, rozumiem! Mateczka straszy mnie dlatego, żebym była rozsądna i myślała o jutrze. Kto jednak zaręczy, że ja już dziś o tym nie myślę i że moja podróż nie opłaci mi się lepiej niż wszystkie pomysły Kazia? Ja także mam rozum – dodała figlarnie – i kto wie, czy nie przywiozę mamie stamtąd bogatego zięcia... Przecież chyba warta jestem milionera...

Twarz pani Latter rozjaśniła się, oczy błysnęły; lecz zaraz powrócił surowy spokój.

– Moje dziecko – rzekła – nie myślę ukrywać przed tobą, że jesteś piękna i masz prawo do najlepszych partii, tak samo jak Kazio. Ale muszę cię ostrzec. Ja także byłam podobna do ludzi, miałam szczęście...

Podniosła się z fotela i zaczęła chodzić po gabinecie.

– O, tak, miałam szczęście! – mówiła ironicznym tonem. – No, i wszystko mnie zawiodło, oprócz pracy i zgryzot... Miłość stygnie, piękność mija, tylko praca i zgryzota zostają. Na nie możesz liczyć, więcej na nic... W każdym razie – dodała, zatrzymując się przed panną Heleną i patrząc jej w oczy – nic nie rób, nawet nic nie planuj, bez porozumienia się ze mną. Mam przeszłość tak bogatą w doświadczenie, że ono przynajmniej dzieciom moim powinno oszczędzić zawodów. A ty masz tyle rozsądku, że powinnaś mi ufać.

Panna Helena objęła matkę za szyję i oparłszy głowę na jej ramieniu, rzekła cicho:

– Więc między nami, mateczko, nie ma nieporozumień? Mama nie gniewa się na mnie?

– Skąd ci znowu przyszło do głowy... Będzie mi smutno, bardzo smutno... Ale jeżeli ty znajdziesz szczęście...

Do gabinetu zapukano. Wszedł służący i zawiadomił, że przyjechały karety.

– A czy kamerdyner pana Solskiego już jest? – zapytała pani Latter.

– Ten, co z panienkami ma jechać za granicę? Właśnie czeka.

– A Ludwika gotowa?

– Żegna się ze służbą, ale jej rzeczy już odeszły na kolej.

– Więc poproś pannę Adę, żeby siadła z panną Magdaleną i z kamerdynerem, a my zaraz przyjedziemy z Ludwiką.

Służący wyszedł, pani Latter pociągnęła córkę do swojej sypialni, gdzie nad klęcznikiem wisiał ukrzyżowany Pan Jezus z kości słoniowej.

– Dziecko moje – mówiła pani Latter zmienionym głosem – Ada jest szlachetną dziewczyną, jej miłość wiele znaczy dla ciebie, ale... nie zastąpi oka matki... Więc w chwili, kiedy wyrywasz się spod mojej opieki, polecam cię Bogu... Pocałuj ten krzyż...

Helenka dotknęła krzyża ustami.

– Klęknij tu, dziecko...

Uklękła, trochę się ociągając i patrząc na matkę ze zdziwieniem.

– O co ja się mam modlić, mamo? Czy to tak daleko, czy na tak długo wyjeżdżam?

– Módl się o wszystko: żeby Bóg cię nie opuścił, chronił cię od przygód i... żeby dla mnie zesłał ukojenie... Módl się, Helu, za siebie i za mnie... Może Bóg chętniej wysłucha modlitwy dziecka.

Zdziwienie panny Heleny rosło. Klęczała na jednym kolanie i oparta o klęcznik, z niepokojem patrzyła na matkę.

– Czy zawsze jest się usposobionym do modlitwy? – zapytała nieśmiało. – Po co to, matuchno? Przecież Bóg i bez pacierza zrozumie nasze intencje, jeżeli... jeżeli je słyszy.

I powoli podniosła się z klęcznika.

– Boże miłosierny... Boże sprawiedliwy! – szeptała pani Latter, chwytając się za głowę.

– Co mateczce jest? Matuchno!

– Nieszczęśliwa jestem – mówiła cicho – najnieszczęśliwsza z matek, bo nawet nie nauczyłam was się modlić... Tamten nie wierzy w nic, drwi... Ty wątpisz, czy Bóg usłyszy modlitwę, a ja... Nawet nie umiem cię przekonać... Zaczyna się dla mnie dzień sądu z wami i ze wszystkim...

Pochwyciła córkę w objęcia i całowała ją, płacząc.

– Ja chyba zostanę... – rzekła Helenka z rozpaczą w głosie.

Pani Latter odsunęła ją i otarła oczy.

– Ani mi się waż o tym myśleć! Jedź, rozerwij się i wracaj doświadczeńsza... O, gdybyście wy znaleźli dla siebie odpowiednie stanowiska, byłabym szczęśliwa, choćby mi przyszło zostać gospodynią na jakiej pensji... Jedźmy... Jestem rozdrażniona i mówię, sama nie wiem co.

– Ależ naturalnie, że matuchna jest rozdrażniona... Ja się tak zlękłam! A mamie chyba przypomniały się te dawne czasy, kiedy ludzie, jadąc z Warszawy do Częstochowy albo nawet do Pruszkowa, kupowali nabożeństwo za szczęśliwą podróż. Dziś nie ma ani takich niebezpieczeństw, ani naiwnej wiary... Matuchna sama czuje to doskonale...

Matka słuchała jej ze spuszczonymi oczami.

Wyszły do gabinetu i pani Latter dotknęła dzwonka. W chwilę ukazała się pokojówka Ludwika gotowa do drogi i zapłakana.

– Pomóż panience się ubrać – rzekła pani Latter. – Czego płaczesz?

– Bo strasznie jechać tak daleko, proszę pani – odpowiedziała, szlochając. – Jeszcze panienki mówiły, że tam gdzieś ziemia się zakrzywia... Gdybym wcześniej wiedziała, nie ważyłabym się na taki kraj świata... Tyle się tylko uspakajam, że już jest paszport i że zobaczę Ojca Świętego...

W kilka minut obie panie i Ludwika siadły do karety, pożegnane przez pensjonarki, które Helence ofiarowały bukiet z porady panny Żanety i kilkadziesiąt łez z własnego popędu, choć bez dostatecznej przyczyny.

W drodze pani Latter była milcząca, Helenka upojona. Przejeżdżając przez ulice oświetlone dwoma szeregami latarni i okien sklepowych, patrząc na ruch powozów, dorożek i omnibusów, na gęste łańcuchy przechodniów, których twarzy ani ubiorów nie można było dojrzeć w pomroce, Helenka wyobrażała sobie, że już jest w Wiedniu albo w Paryżu, że już spełniło się jej marzenie tylu lat!

W pobliżu dworca kolei i na dworcu tłok powozów był tak wielki, że kareta parę razy stawała. Wreszcie stanęła przed podjazdem i panie wysiadły, a raczej utonęły w ciemnej fali tłumu, który kipiał w drzwiach do przedpokoju. Pani Latter była zakłopotana jak osoba, która rzadko widuje ciżbę, ale zachwyt Helenki wzrastał. Wszystko jej się podobało: zmarznięci dorożkarze, spoceni tragarze, obładowani futrami podróżni. Przypatrywała im się z ciekawością, odróżniając między nimi tych, co rwali się do przodu, i tych, którzy oglądali się za siebie, i wreszcie takich, którym było wszystko jedno, gdzie są: na dworcu czy w domu.

Jakże ją bawił zgiełk, tłok, potrącanie po tej ciszy i porządku, wśród którego dotychczas upływało jej życie.

„Oto jest świat! Tego mi potrzeba!" – myślała.

Kamerdyner Solskiego zabiegł im drogę i wprowadził do sali pierwszej klasy. Trafiły na moment, kiedy Ada i pan Solski sadowili na kanapie swoją ciotkę od stóp do głów zawiniętą w aksamity i futra, spod których prawie nie było widać osoby, tylko słychać urywane francuskie zdania wyrażające obawę, czy noc nie będzie zanadto zimna, czy można spać w wagonie i wiele innych w tym rodzaju.

Pani Latter usiadła obok starej damy, a Helenka tylko miała czas się z nią przywitać, gdyż została otoczona przez gromadkę osób, które chciały ją pożegnać. Pierwszy przysunął się profesor Romanowicz, piękny brunet. Podał Helence bukiet róż i melancholijnie patrząc w oczy, rzekł półgłosem:

– I co, panno Heleno?
– I już! – odpowiedziała, śmiejąc się, zarumieniona Helenka.
– Jeżeli tak... – zaczął, ale musiał ustąpić panu Kazimierzowi Norskiemu, który wręczywszy bukiet Adzie, podał siostrze pudełko cukierków mówiąc:
– Nie żegnam się z tobą, tylko do widzenia, najdalej za miesiąc.
– Do widzenia za miesiąc? – powtórzyła zdziwiona Helenka. – Przecież ty jedziesz do Berlina, nie do Rzymu...
– Berlin, Rzym, Paryż, to wszystko leży pod jednym dachem, kiedy się raz wyjedzie za granicę...

I cofnął się przed panną Solską, która po cichu spytała Helenkę, czy nie jest za lekko ubrana, i rumieniąc się, szepnęła, że pan Kazimierz jej, Adzie, dał prześliczny bukiet.

Rozległ się pierwszy dzwonek, na peron zaczęli tłoczyć się pasażerowie drugiej klasy, a i w pierwszej otworzono drzwi. Helenka odciągnęła Madzię na bok.

– Wiesz – mówiła prędko – przed chwilą miałam scenę z mamą... istny wyjątek z dramatu! Kazała mi klęknąć i modlić się, słyszałaś?

– Przecież modlimy się co dzień nawet przed pójściem do łóżka, a nie dopiero przed taką podróżą – odparła Madzia.

– Ach, ty i pensjonarki, wielka rzecz! Ale nie o to chodzi... Mama wydała mi się bardzo rozstrojona, więc proszę cię, uważaj na nią i napisz mi, gdyby...

– Helu! – zawołała pani Latter.

Wszyscy zaczęli się żegnać. Pan Solski, ubrany tym razem w palto, podał bukiet Helenie, na którą gniewnie i melancholijnie spoglądał pan Romanowicz, gładząc czarne wąsy. Ada rzuciła się na szyję Madzi, pan Kazimierz zajął się odtransportowaniem do wagonu aksamitnej ciotki. Ścisk, ruch, zgiełk powiększył się i Madzia, ocierając łzy za Adą, znalazła się na szarym końcu obok pana Romanowicza.

– Już rozumiem – rzekł piękny profesor – dlaczego panna Helena bagatelizuje dawnych adoratorów. Ma Solskiego…

– Co też pan mówi! – oburzyła się Madzia.

– Czyli nie widzi pani jego bukietu i jej spojrzeń? Do licha! Takiego bukietu jeszcze nie było na naszej kolei…

– Zazdrość przez pana mówi.

– Nie zazdrość – odparł z gniewem – ale znajomość kobiet w ogóle, a panny Heleny w szczególności. To mnie tylko pociesza, że jak ja dziś zbladłem przy panu Solskim, tak on zblaknie przy jakim zagranicznym magnacie albo…

Pociąg ruszył. Do Madzi zbliżyła się pani Latter i ciężko oparła się na jej ręku. Solski pożegnał obie panie z wielkim szacunkiem, a w chwilę po nim pan Kazimierz.

– Nie odwieziesz mnie, Kaziu? – zapytała matka.

– Jeżeli mateczka każe… Choć umówiłem się z hrabią…

– Umówiłeś się, to idź – szepnęła, mocniej opierając się na ramieniu Madzi.

Pan Romanowicz, który patrzył na nią z boku, ukłonił się grzecznie, ale z daleka, i odchodząc, westchnął. W duszy Madzi powstała wątpliwość, za czym on wzdycha: za Helenką czy za dziesięciozłotowymi lekcjami u pani Latter? Ale natychmiast powiedziała sobie, że posądzając pana Romanowicza, jest głupia i przewrotna – i to ją uspokoiło.

Kiedy wsiadły do karety i wracały do domu, pani Latter, spuściwszy okno, wychyliła się parę razy, jakby jej brakło powietrza, a potem zaczęła mówić prędko i z ożywieniem:

– To nic, niech się dziewczyna rozerwie. Ty przecież wiesz, Madziu, że ona nigdzie nie wyjeżdżała, a dziś i kobieta musi poznać świat. W podróżach żyje się prędzej, obserwuje się ludzi i wartość życia. Jak to smakuje łóżko po nieprzespanej nocy w wagonie; a jak człowiek tęskni do domu po hotelach! I prędzej chce wracać, niż zdawało mu się przed wyjazdem…

Ostatnie zdania wypowiedziała ze śmiechem. Lecz ile razy w głąb karety padł blask mijanej latarni, Madzia spostrzegała na twarzy pani Latter przykry wyraz, który nie godził się ani z jej śmiechem, ani z wielomównością.

– Bardzo jestem zadowolona – mówiła dalej pani Latter – że ty wracasz ze mną. Obecność dobrego człowieka przynosi ulgę, a ty jesteś dobre dziecko... Gdybym mogła mieć jeszcze jedną córkę, chciałabym ciebie...

Madzia milczała, tuląc się w głąb karety i czując, że strasznie się rumieni. Ma też pani Latter za co chwalić ją, głupią i złą dziewczynę, która od koleżanek przyjmuje złote zegarki, a nie ma serca do Heleny!

– Ty, Madziu, kochasz rodziców? – zagadnęła nagle pani Latter.

– Ach, pani! – szepnęła Madzia, nie wiedząc, co odpowiedzieć.

– A przecież nie ma cię w domu już siedem lat...

– Ale jak bym chciała być! – przerwała jej Madzia. – Teraz to nawet nie lubię jeździć na święta, bo kiedy przyjdzie wracać do Warszawy, zdaje mi się, że umrę z żalu... Choć mi tu bardzo dobrze.

– Płaczesz, wyjeżdżając z domu? – zapytała pani Latter niespokojnie.

Madzia zrozumiała, o co chodzi.

– To jest, ja płaczę – rzekła – bo jestem beksa... Ale gdybym miała rozum, to po co płakać? Teraz zapewne nie płakałabym...

– I nie mniej kochasz rodziców, choć tak rzadko widujesz ich?

– Ach, pani, jeszcze bardziej ich kocham... Naprawdę zrozumiałam, co to są rodzice, dopiero wówczas, kiedy mnie odwieźli na pensję i nie mogłam widywać ich co dzień...

– Matka cię pieściła?

– Czy ja wiem? Czy dziecko tylko za pieszczoty kocha? Moja mama nawet nie pieści nas tak jak pani Helenkę – mówiła Madzia, wysilając się na dyplomację. – I przecież mama tak nie pracuje jak pani. A swoją drogą, kiedy sobie przypomnę, jak mama zajmowała się obiadem dla nas, jak z rana dawała nam bratki z mlekiem, jak cały dzień szyła albo naprawiała nasze sukienki... Nie mogła nam dać nauczycieli i guwernantek, o, nie! Ale my i za to ją kochamy, że sama nauczyła nas czytać. Wieczorami siadaliśmy przy niej: Zdzisław na krześle, ja na stołeczku, a Zosia na dywanie. To był taki prosty dywanik, mama uszyła go z kawałków... Więc wieczorami opowiadała nam mama różne rzeczy, nawet uczyła nas w ten sposób *Pisma Świętego* i historii. Taka mała nauka, nie profesorska, a przecież my jej tego nigdy nie zapomnimy. Wreszcie sama oglądała nasze łóżeczka, czy dobrze posłane, klękała z nami do pacierza, a potem, otulając nas i całując, mówiła: „Śpijcie z Bogiem, urwisy!". Bo ja, proszę pani, byłam taki urwis jak Zdziś, nawet łaziłam po drzewach. Raz spadłam... Ale Zosia jest zupełnie inna, ach, jaka to kochana dziewczynka!

Nagle Madzia umilkła, spojrzawszy na panią Latter, która zasłoniła twarz rękami, szepcząc:

– Boże! Boże!

„Czy ja coś złego mówiłam? – myślała przerażona Madzia. – O, ja jestem strasznie...".

Kareta zatrzymała się przed domem. Kiedy wchodząc na oświetlone schody, Madzia spojrzała na panią Latter, zdawało jej się, że twarz przełożonej jest wyrzeźbiona z drewna, taka była zimna i obojętna. Tylko oczy były większe niż zwykle.

„Musiałam powiedzieć straszne głupstwo... O, ja jestem nikczemna!" – mówiła do siebie Madzia.

11. Znowu awantura

Na drugi dzień pani Latter wezwała do siebie Madzię i rzekła:
– Przyprowadź tu Zosię Wentzel, panno Magdaleno, i sama przyjdź.

– Dobrze, proszę pani – odpowiedziała Madzia i serce zaczęło jej bić ze strachu. Oczywiście coś złego, kiedy pani Latter nazywa ją panną Magdaleną i ma ostry wyraz twarzy, z jakim robi wymówki pensjonarkom.

„Naturalnie, że chodzi o Zosię" – pomyślała Madzia, wiedząc, że przy upominaniu nauczycielki pani Latter ma inny wygląd. Niewiele przyjemniejszy, ale inny.

Kiedy Madzia zawiadomiła Zosię o rozkazie przełożonej, nie wspominając o swoich obawach, Zosia przyjęła to obojętnie.

– Domyślam się – rzekła wzruszając ramionami. – To on na mnie naskarżył.

– Kto? Pan Kazimierz? – zawołała Madzia.

– Naturalnie. Odgadł, że nim pogardzam, i teraz się mści... Oni zawsze tacy; nieraz mówi mi to panna Howard...

Na schodach przeszła obok nich panna Joanna, rzucając na Zosię jadowite spojrzenie.

– A co? – zawołała Zosia, klasnąwszy w ręce. – Czy nie mówiłam, że to robota tej piekielnicy?

– Zosiu, w tej chwili mówiłaś, że to pan Kazimierz...

– Mówiłam o nim, ale myślałam o niej.

Kiedy zapukano do pokoju pani Latter, na dole rozległ się hałas: niższe klasy powracały z Foksalu z panną Howard. Madzia mimochodem spostrzegła, że dotychczas obojętna Zosia zaczyna blednąć i żegna się ukradkiem.

– Nie bój się, wszystko będzie dobrze... – szepnęła Madzia, czując, że sama jest w strachu.

Z dziesięć minut czekały w gabinecie przełożonej, milcząc i nie patrząc jedna na drugą. Wreszcie weszła pani Latter. Starannie zamknęła drzwi za sobą, podała rękę Madzi, lecz nawet nie spojrzała na piękne dygnięcie Zosi, udając, że jej wcale nie spostrzega. Potem usiadła przed biurkiem, Madzi wskazała kanapkę i zaczęła szukać czegoś w szufladkach. Tego czegoś nie było jednak ani w szufladzie prawej, ani w środkowej, ani w lewej dolnej; pani Latter bowiem, pozasuwawszy je, podniosła z biurka kilka arkusików listowego papieru, przepełnionego drobnym pismem, i zapytała:

– Co to jest?

Dotychczas blada Zosia zrobiła się pąsową i znowu zbladła.

– Co to znaczy? – powtórzyła pani Latter, patrząc zimno na Zosię.

– To... to jest... o *Nie-Boskiej komedii* Krasińskiego.

– Widzę. Domyślam się, że ową „jedyną" i „najdroższą" jest *Nie-Boska komedia*: ale kim jest ten „dozgonny"? Spodziewam się, że nie Krasiński, więc kto?

Zosia sposępniała, lecz milczała.

– Chcę wiedzieć, jaką drogą otrzymujesz te kursy literatury?

– Nie mogę powiedzieć – szepnęła Zosia.

– A kto jest autorem?

– Nie mogę powiedzieć – powtórzyła Zosia nieco śmielej. – Ale przysięgam pani – dodała, podnosząc oczy i kładąc rękę na piersiach – przysięgam... że nie pan Kazimierz...

I zalała się łzami.

Pani Latter z zaciśniętymi pięściami zerwała się z fotelu, a Madzi pokój zaczął krążyć w oczach. Lecz w tej chwili otworzyły się drzwi z łoskotem i stanęła w nich panna Howard, groźna, rozpłomieniona, trzymając za rękę Łabęcką, która miała w twarzy wyraz smutku i zaciętości.

– Przepraszam, że w taki sposób wchodzę – rzekła panna Howard podniesionym głosem – dowiaduję się tu jednak pięknych rzeczy...

– Co pani mówi? – zapytała pani Latter, odzyskawszy zimną krew.

– Jedna z dam klasowych – mówiła panna Howard – niejaka panna Joanna, chwali się w tej chwili na górze, iż... jakby tu powiedzieć? że wyciągnęła spod poduszki Zosi Wentzlównie pewne listy i że Zosia, którą tu widzę, ma być za to odpowiedzialna.

– Czy pani chce uwolnić ją od odpowiedzialności? – zapytała pani Latter.

– Uwolni ją sprawiedliwość, pani – odpowiedziała zirytowana panna Klara. – Czy Zosia wyznała, czyje to są listy?

– Nie! – wtrąciła energicznie Zosia.

– Jesteś szlachetną dziewczyną – mówiła z uniesieniem panna Howard, nie zważając, że przełożona zaczyna tracić cierpliwość. – Te listy – ciągnęła – nie należą do Zosi, ale do Łabęckiej, która przychodzi tu ze mną przyznać się i uwolnić niewinną koleżankę...

Pani Latter zmieszała się. Iskry w jej oczach przygasły, głos stał się mniej twardym.

– Dlaczego Zosia sama mi o tym nie powiedziała? – rzekła.

– Bo czuła, że to należy do jej koleżanki, do Łabęckiej, która spełnia swój obowiązek, jak przystało na kobietę mającą poczucie ludzkiej godności! – deklamowała panna Howard. – Tam, gdzie nauczycielka sięga pod cudzą poduszkę...

– Panna Joanna jest pani protegowaną... ujmowała się pani za nią... – wtrąciła pani Latter.

– Ujmowałam się za istotą samodzielną; za kobietą, która walczy z przesądami... Ale taką, jaką dziś jest, pogardzam! – zakończyła panna Howard.

Pomimo wybuchów Klary pani Latter uspokoiła się i rzekła do Łabęckiej, wskazując na papiery:

– O ile widzę, jest to streszczenie *Nie-Boskiej komedii*. Ale kto ci je dał?

– Nie mogę powiedzieć... – szepnęła Łabęcka.

Panna Howard patrzyła na Łabęcką z triumfem.

Wydawało się, że ktoś puka do drzwi.

– Proszę! – odezwała się pani Latter.

Weszła Mania Lewińska. Miała twarz bladą, oczy prawie czarne, wylęknione i pełne łez. Zatrzymała się na środku gabinetu, dygnęła przed panią Latter i rzekła cichutko:

– To... moje listy... ja pożyczyłam je Łabęckiej.

Z długich rzęs zaczęły jej spadać duże łzy. Madzia myślała, że na ten widok serce jej pęknie.

Od kilku sekund bardzo pilnie przypatrywała się Mani panna Howard. Wreszcie zbliżyła się do niej i położywszy na jej ramieniu dużą i kościstą rękę, zapytała:

– Te listy pisane są do ciebie? Kto je pisał?

Nie doczekawszy zaś odpowiedzi, zbliżyła się do biurka i spoza fotelu pani Latter spojrzała na rękopis.

– Ach, tak! Zgadłam – zawołała ze spazmatycznym śmiechem. – To pismo pana Kotowskiego... Nie przypuszczałam, że po to was zapoznaję...

– Panno Klaro – wtrąciła pani Latter, odsuwając papiery – podobno nie czyta się cudzych listów... To wreszcie nie jest list, ale jakieś wypracowanie...

– Ja też nie czytam – odpowiedziała panna Howard. – Robię więcej... Maniu – zwróciła się do Lewińskiej – zraniłaś mnie, ale ja ci przebaczam! Chodź ze mną, panno Magdaleno – dodała – czuję, że potrzebna mi będzie życzliwa ręka...

Na znak pani Latter Madzia podniosła się z kanapki i, podawszy rękę pannie Klarze, wyprowadziła ją z gabinetu, chwiejącą się jak kwiat podcięty.

– Idźcie na górę – rzekła pani Latter do pensjonarek dość łagodnie.

– Myślałam – szepnęła na korytarzu panna Klara – że jestem wyższa od ludzi; ale dziś widzę, że jestem tylko kobietą...

I poruszała powiekami, usiłując wycisnąć z oczu parę łez, co Madzi wydało się bardzo zabawne.

Przy schodach zastąpił im drogę Stanisław, mówiąc do panny Howard:

– Pan Kotowski już poszedł na górę.

Panna Klara wyprostowała się jak sprężyna. Zamiast opierać się na Madzi, szarpnęła ją za rękę i rzekła półgłosem:

– Chodź, pani, zobacz, jak zdepczę tego nędznika...

– Ależ, pani! – zaprotestowała Madzia.

– O, nie, musi pani być świadkiem, jak płaci zdrajcom kobieta samodzielna... Jeżeli po tym, co mu powiem, ten człowiek przeżyje do jutra, będę miała dowód, że jest łotrem, którego nie powinnam zaszczycać nawet moją pogardą.

Mimo oporu wciągnęła Madzię do pokoju, po którym szerokimi krokami spacerował bardziej niż kiedykolwiek rozczochrany student. Zobaczywszy pannę Klarę, wyciągnął rękę z kieszeni i chciał się przywitać.

– Niech pani patrzy – rzekła panna Howard głębokim tonem – ten człowiek wyciąga do mnie rękę!

– A bo co? – zapytał obrażony student, śmiało patrząc na pannę Klarę, która stała przed nim sztywna i blada.

– Koresponduje pan z Manią poza moimi plecami i pytasz: co? To ja powinnam zapytać: co robisz w mieszkaniu kobiety, którą oszukałeś?

– Ja panią? W imię Ojca i Syna...

– Nie usidlał pan mnie? Nie starał się...

– Jak Boga kocham, ani myślałem! – zawołał student, bijąc się w piersi.

– Więc jaki cel miały pańskie wizyty? – zapytała panna Klara już rozgniewana.

– Jaki cel, słyszy pani? – zwrócił się do Madzi, rozkładając ręce. – Taki sam cel jak dziś... Jak zawsze... Przyniosłem pani korektę, ale...

– Korektę? Mego artykułu o nieprawych dzieciach? – zawołała panna Howard.

Madzia zdumiała się nad nagłą przemianą. Chwilę temu panna Klara była podobna do Judyty ścinającej Holofernesa, a teraz przypominała pensjonarkę.

– Ale jeżeli mają mnie spotykać takie awantury – mówił student – to dziękuję! Do niczego nie chcę się mieszać…

Panna Howard znowu odzyskała uroczysty nastrój i głęboki ton głosu.

– Panie Władysławie – rzekła – zraniłeś mnie pan śmiertelnie… Lecz gotowa jestem przebaczyć, jeżeli przysięgnie pan, że… nigdy… nie ożeni się z Manią…

– No, to ja pani przysięgam, że tylko z nią się ożenię – odparł student, machając rękami i nogami w sposób nielicujący z powagą sytuacji.

– Więc pan zdradzasz postęp… Sprzeniewierzasz się naszemu sztandarowi…

– Co mi tam postęp… sztandar! – mruknął wichrząc już powichrzoną czuprynę.

– Oto ma pani dowód męskiej logiki! – rzekła wyniośle panna Howard, zwracając się do Madzi.

– Męska logika… męska logika! – powtarzał pan Kotowski. – W każdym razie nie układały jej kobiety…

– Widzę, panie Kotowski, że z panem nigdy nie można rozmawiać poważnie – przerwała mu panna Klara tonem tak swobodnym, jakby w tej chwili spotkało ją coś bardzo wesołego. – Ale mniejsza – dodała. – Czy pomimo to, co pomiędzy nami zaszło, pomożesz mi pan do zrobienia korekty?

– Taka pani samodzielna, a nawet korekty zrobić nie umie… – odparł student, ciągle obrażony i posępny.

– Ja państwa pożegnam – szepnęła Madzia.

Pan Kotowski chmurnie podał jej rękę, wyciągając drugą z wyszarzanego munduru plik papierów i oglądając się za krzesłem.

12. Nudne święta

Nie było jeszcze dla Madzi tak przykrych świąt Bożego Narodzenia jak w tym roku.

Smutno było i pusto. Pusto w gabinecie Heli i w mieszkaniu Ady, którego nikt nie zajmował, pusto w sypialniach, jadalniach i salach wykładowych, pusto w mieszkaniach nauczycielek. Panna Howard całe dnie spędzała u znajomych, panna Żaneta u starej kuzynki, Joasia wyjechała na kilka dni, pani Méline zwichnęła rękę i leżała w lazarecie, a pani Fantoche w sam dzień Nowego Roku podała się do dymisji i przeszła na inną pensję.

Niekiedy Madzia przerażała się, słysząc na salach i korytarzach rozgłośne echa własnych kroków. Zdawało jej się, że żadna pensjonarka już tu nie wróci, że stoły i ławki zawsze będą pokryte pyłem, a łóżka nagimi materacami, że zamiast gwaru dziewcząt będzie słyszała własne kroki, a zamiast nauczycieli i dam klasowych spotykać będzie tylko panią Latter, jak z zaciśniętymi ustami przemyka się po korytarzach albo zagląda do pustych sypialni.

Czy może i ona myśli, że już nikt nie wróci po świętach, i czy ten dziwny wyraz jej oczu nie wyraża obawy?

Z panią Latter nie było dobrze. Stanisław i panna Marta mówili, że nie sypia po nocach, a doktor zalecał kąpiele, dłuższy odpoczynek i kręcił głową. Nieraz Madzia znajdowała przełożoną siedzącą bez ruchu, z oczami utkwionymi w ścianę, parę razy słyszała, jak pani Latter wybiega na korytarz i pyta Stanisława, czy nie przyjechał pan Kazimierz ze wsi albo czy nie ma listu.

Madzi zdawało się, że pani Latter jest bardzo nieszczęśliwa i – jako właścicielka pensji, i – jako matka. Wobec tej zgryzoty niewypowiadającej się żadną skargą Madzia łatwiej przenosiła swoją samotność i nieszczególne wieści od własnej rodziny. Jej matka wręcz narzekała na ciężkie czasy, ojciec wciąż łudził się nadziejami, brat pisał o wielkości filozofii pesymistycznej i pożytkach zbiorowego samobójstwa, a Zochna zapytywała: kiedy może przenieść się do Warszawy?

Ale około dziesiątego stycznia nastąpiła zmiana. Przyjechało kilkanaście pensjonarek, ich rodzice zaczęli miewać z panią Latter konferencje, z których każda kończyła się wycięciem sznurowego kwitu; z poczty nadeszło kilkanaście pieniężnych listów. Jeden bardzo zdziwił i ucieszył panią Latter, choć zawierał tylko sto pięćdziesiąt rubli; odesłała je z mnóstwem podziękowań dawna uczennica, donosząc, że wyszła za mąż i spłaca dług zaciągnięty przez jej rodziców.

Ale radość trwała niedługo. Na drugi dzień bowiem, kiedy pensjonarki zajęte były w klasach wypracowaniami i powtarzaniem lekcji, do jednej sypialni weszła panna Marta ze służącymi i kazała wynieść dwa łóżka. Usłyszawszy chrzęst żelaza, zaciekawiona Madzia wbiegła do sypialni i spotkała pannę Howard i Joasię stojące do siebie bokiem. Panna Marta zaś opowiadała półgłosem, że wyprowadzają się obie Korkowiczówny, których rodzice mają duży browar na prowincji.

– Pamięta pani tę tłustą Korkowiczową, co tu była w jesieni i chciała, żeby jej córki uczyły się malować pastelami? – rzekła panna Howard do Madzi.

– Jest to pierwszy skutek tego, że niektóre uczennice korespondują ze studentami – wtrąciła panna Joanna.

Pannie Howard pożółkły włosy i poczerwieniała szyja.

– Jest to, widzi pani – rzekła do Magdaleny – skutek tego, że niektóre damy klasowe sięgają pod poduszki uczennic i wykradają cudze listy.

– Mówię ci, Madziu – odparła Joasia, nie patrząc na pannę Howard – że stracimy jeszcze więcej pensjonarek i przychodnich, jeżeli zostanie tu Lewińska... No i te osoby, które z pensji roznoszą plotki po mieście...

Teraz panna Howard zwróciła się frontem do panny Joanny i patrząc na nią bladymi jak lód oczami, rzekła prawie basowym głosem:

– Masz pani słuszność... Osoby, które roznoszą plotki, powinny być wypędzone z pensji jak te, które nocami wałęsają się po restauracjach... Ja z tymi osobami kolegować nie myślę...

Madzia zasłoniła uszy i uciekła z sypialni, w której na szczęście nie było nikogo ze służby. Przypomniała sobie, że od paru dni coś nowego kluje się na pensji i że może być awantura. Mania Lewińska była już w Warszawie, lecz jeszcze mieszkała u znajomych z swym opiekunem, który dwa razy odwiedzał panią Latter. Widocznie pani Latter nie chciała przyjąć Mani, bo jednocześnie pan Władysław Kotowski wtedy, wczoraj i dziś przybiegał do panny Howard, zapewne prosząc ją o poparcie.

Madzia miała przeczucie. W tym samym bowiem czasie siedziała pani Latter w swoim gabinecie, otoczona księgami i notatkami, układając plan, do którego wchodziła Mania Lewińska i jej opiekun. Od kilku dni myśli przełożonej krążyły koło jednej myśli, która nie dawała jej zasnąć wieczorem, gorączkowała w nocy, budziła przed świtem i pochłaniała uwagę przez cały dzień.

Pani Latter, przeglądając osobiste notatki, mówiła do siebie po raz setny: „Popełniłam błąd, pożyczając od Ady tylko sześć tysięcy rubli; powinnam była wziąć dziesięć tysięcy...

Niepotrzebnie certowałam się; Ada jest tak bogata, że jej to różnicy nie zrobi... A dziś co? Liczyłam, że zostanie mi dwa tysiące czterysta rubli, tymczasem zostało zaledwie tysiąc trzysta, które muszę dać Kaziowi... Za mieszkanie muszę zapłacić tysiąc pięćset – skąd? Korkowiczówny ubyły (niewielka szkoda; urwano by mi na nich sto rubli za półrocze...), a ile jeszcze ubędzie przychodzących? I to wszystko dzięki Mani! Jej opiekun ma kosztowną wychowanicę!

A teraz – co dalej? Od Solskich nic już wziąć nie mogę... Hela jest u nich, ma widoki na Solskiego (czy się tylko nie łudzi?)... Ach, nieostrożna dziewczyna! Tymi pożyczkami zaciąganymi u Ady (po kilku tygodniach!) mnie szkodzi i może popsuć własne zamiary... Tak prosiłam ją: Helenko, bądź oszczędna! Zatem na Adę liczyć nie mogę, więc na kogo? Rozumie się, że mam prawo, a nawet obowiązek zwrócić się do Mielnickiego. Powiem mu wręcz: panie, wychowanicy twojej nie wydalam z pensji, bo mi jej żal; zwróć pan jednak uwagę, że przez nią poniosłam ciężkie straty. Nie mówię w tej chwili jako pani Latter, ale jako kierowniczka instytucji społecznej, którą winniśmy wszyscy podtrzymywać... Potrzebuję na rok pożyczki czterech tysięcy rubli, dam sześć lub siedem procent, ale pan mi tej sumy dostarczy... Przemawiam śmiało, gdyż nie jest to sprawa moja, ale publiczna...".

Nagle wstała od biurka i chwyciła się za głowę.

„Ja chyba rozum tracę! Co ja myślę? Przecież byłoby to gorsze od żebraniny, żebranina z pogróżkami... On, człowiek szlachetny, przywiązany do mnie, co pomyśli?".

Przeszła się po gabinecie z zarumienioną twarzą i wzruszając ramionami, szepnęła:

„Co mnie obchodzi, co on sobie pomyśli? Słuszność jest za mną, a on jest tyle delikatny, że mi nie odmówi... Za wiele prawił o gotowości poświęcenia się dla mnie" – dodała z uśmiechem.

W tej chwili zapukano i nie czekając na wezwanie, weszła panna Howard.

„Znowu coś dramatycznego!" – pomyślała pani Latter, patrząc na nauczycielkę.

– Przychodzę w ważnej sprawie i... drażliwej – rzekła panna Howard.

– Widzę to i słucham.

– Pozwoli pani, że przede wszystkim zapytam: czy prawda, że pani nie chce przyjąć na pensję Mani Lewińskiej?

Pani Latter zmarszczyła brwi, ale na jej twarzy nie było gniewu.

– Błagam panią – mówiła panna Klara – nie gub tego dziecka... Korespondencja z panem Kotowskim, jak pani wie, była całkiem niewinna i ogranicza się do dwóch listów, a raczej artykułów... Jeden o *Nie-Boskiej komedii*, drugi o *Irydionie*... Może tam są dodatkowe wzmianki, ale pamięta pani, jakim one tonem były pisane? Gdyby pani wydaliła Manię, biedny chłopak odebrałby sobie życie. Taki zdolny... Uczciwy... Czeka u mnie na wyrok pani...

– Ach, pan Kotowski jest na górze? O trzeciej miał u mnie zobaczyć się z opiekunem Mani – rzekła pani Latter.

– Właśnie na to czeka w moim pokoju i będzie tu o trzeciej.

– Zapewne... Zobaczymy – odpowiedziała pani Latter. – Jeszcze się waham, ale... Jeżeli pani zna tego młodzieńca i ręczy, że się to nie powtórzy...

Panna Klara spostrzegła jakiś szczególny rys w wyrazie twarzy pani Latter; nie zważając jednak na to, podała przełożonej rękę i rzekła tonem stanowczym:

– Pani, w zamian za zatrzymanie Lewińskiej znajdzie pani we mnie najwierniejszą przyjaciółkę...

– Będę miała zupełną nagrodę – odparła pani Latter.

– Dam pani zaraz tego dowód, a nawet dwa. Po pierwsze Malinowska po wakacjach chce otworzyć własną pensję, ja zaś będę się starała skłonić ją do innego manewru...

Pani Latter pobladła i machinalnie uścisnęła rękę panny Howard.

– Po drugie... Po drugie powiem to, czego w żadnym innym razie nie powiedziałabym... Idąc teraz do pani, miałam zamiar postawić kwestię tak: niech pani wybiera pomiędzy mną a Joanną... Ale w tej chwili postawię ją inaczej...

Zbliżyła się do pani Latter i, patrząc jej w oczy, rzekła powoli:

– Niech pani uwolni Joannę... Pobyt jej na tej pensji jest bardzo szkodliwy...

Pani Latter usiadła na kanapce.

– Czy... czy pani słyszała co? – rzekła półgłosem.

– Trudno nie słyszeć, jeżeli o czymś mówią w mieście i na pensji tak dobrze nauczycielki jak służba, a nawet uczennice...

Umilkła i patrzyła na przełożoną.

– Ach, głowa moja, głowa! – szepnęła pani Latter, ściskając rękami skronie. – Czy pani, panno Klaro, miewa czasem takie migreny, że zdaje się, iż samo myślenie sprawia ból fizyczny?

Zamknęła oczy i siedziała, myśląc, że chyba za długo ciągnie się wizyta panny Howard. Dlaczego ktoś nie dzwoni, nie przychodzi i nie mówi o innych sprawach, choćby o swoich własnych?

– Pani nie jest zdrowa – odezwała się panna Klara.

– Już zapomniałam, jak wygląda zdrowie...

13. Stary i młody tego samego gatunku

Do przedpokoju zadzwoniono i panna Klara opuściła gabinet. Pani Latter głęboko odetchnęła, zobaczywszy, jak rozpływa się między portierami wysoka figura nauczycielki.

„Mielnicki!" – pomyślała, słysząc ciężkie tupanie i zdejmowanie dużego futra w przedpokoju.

Wszedł więc jegomość otyły i rumiany, w jasnych spodniach i rozpiętym surducie, z grubą dewizką na kamizelce i grubą fałdą na karku.

– Aa ha, ha! – zaczął jegomość, obcierając siwe wąsy z mrozu. – Rączki całuję ubóstwianej pani... ha, ha! O, co to znaczy? Mizernie moja pani wygląda... Niezdrowa, co? Do licha, trzy dni patrzę na panią i co dzień widzę zmianę... Gdybym to ja mizerniał, byłoby, mościa dobrodziejko, zrozumiałe: zwyczajnie zakochany. Ale pani...

Pani Latter uśmiechnęła się i patrząc na niego z kokieterią, rzekła:

– Mizernieję, bo nie sypiam... Nie mogę spać...

– O, to niedobrze. Gdybym ja nie sypiał... A radziła się też pani kogoś?

– Nie wierzę w lekarstwa.

– Jeszcze jedna cnota! – zawołał jegomość, gwałtownie całując ją po rękach. – A ja myślałem, że w takim skarbie, jakim bez zaprzeczenia jesteś pani dobrodziejka, że w takiej skarbnicy zalet nie dopatrzę już nic nowego, chyba – po ślubie.

– Znowu niedorzeczność! – przerwała pani Latter, przeszywając go spojrzeniami, pod którymi jegomość wił się jak w ogniu.

– Nie mogę być dorzecznym, kiedy mi serce, mościa dobrodziejko, wysycha... Ale mniejsza o mnie... Otóż, skoro pani nie zażywasz doktorów, ja pani zapiszę lekarstwo na bezsenność. Ale ręka i słowo, że pani spełnisz zalecenia.

– Zobaczę, jeżeli nie będą bardzo złe.

– Będą wyborne! Bo to moje lekarstwo, mościa dobrodziejko, składa się z dwóch porcji, jak pigułki Morissona.

– A więc?

– A więc radykalnym lekarstwem na bezsenność będzie dla pani – wyjście za mąż... To radykalne... Bo pani, mościa dobrodziejko, przeszkadzają spać jej własne oczy, przy których, mówiąc uczciwie, mógłbym czytać gazety po ciemku. Tak świecą i palą...

– A to drugie lekarstwo?

– To drugie, tymczasowo, pozwoli pani, że przyślę dziś... Mam kilka butelek wina tak doskonałego, że nie znajdziesz pani nawet u Fukiera... Jeden kieliszek do poduszki i bywaj zdrów! Armatami nie zbudzą pani do rana...

Rada ta zrobiła na pani Latter mocne wrażenie.

– Tylko, proszę, niech pani prezenciku nie odrzuca, bo będę uważał za chęć zerwania stosunku...

– Ależ nie odrzucam, przyjmuję i dziś jeszcze spróbuję – odpowiedziała ze śmiechem pani Latter, podając mu rękę, którą znowu ucałował.

„Gdybyś w tak natarczywy sposób zmusił mnie do przyjęcia pożyczki, o, to byłbyś wielbiciel! Droższy od Romea..." – pomyślała pani Latter, dodając głośno:

– Zdaje się, że wszedł do przedpokoju ten młody człowiek...

Jegomość nagle się zasępił.

– A, więc przyszedł? Phy, widzę, chwat chłopak. Bo ja, kiedy tu szedłem, byłem tak wściekły, że mówię pani dobrodziejce, bałem się samego siebie... Dopiero jej słodki obraz...

– Zostawię panów – rzekła pani Latter, wyrywając rękę z uścisków jegomościa. Potem zadzwoniła, a gdy ukazał się Stanisław, zapytała:

– Czy jest ten młody pan?
– Pan Kotowski, jest.
– Poproś.

Pani Latter zniknęła w dalszych pokojach, a po chwili do gabinetu wszedł student. Był blady, miał obficie wypomadowaną głowę, na której mimo to podnosiło się kilka wicherków gęstej czupryny... Miętosząc w ręku czapkę, kłaniał się i chrząkał.

Otyły jegomość, którego rumieńce miały teraz barwę popielatą, podniósł się z kanapy, wsadził obie ręce w kieszenie spodni i przypatrywał się figurze studenta, oglądając po kolei jego wytarty mundurek, mizerną twarz i wypomadowane włosy. Wreszcie odezwał się grzmiącym głosem:

– No, i co mi pan powie?
– Pan mnie wezwał...
– Ja go wezwałem, śmieszny! Pan wie, przed kim stoi? Jestem Mielnicki, Izydor Mielnicki, opiekun i wuj Mani... panny Marii Lewińskiej... Co pan na to?

Student pochylił głowę i machnął ręką, ale milczał.

– Widzę, że pan wymowny jesteś tylko w listach do pensjonarek.

– Niekoniecznie... – odparł student, ale pomiarkowawszy się, milczał dalej.

– Zgubiłeś acan dziewczynę...

Teraz młody człowiek nagle podniósł głowę i kłaniając się niezręcznie, rzekł:

– Proszę pana... o rękę panny Marii...

Znowu się ukłonił i przejechał palcami po upomadowanej czuprynie, na której utworzyło się kilka połyskujących smug i jeszcze jeden wicherek.

– Czyś pan oszalał? – wykrzyknął jegomość. – A co ty jesteś za jeden?

Młody człowiek podniósł głowę.

– Jestem Kotowski, nie gorszy od Mielnickich... A w jesieni już będę lekarzem.

– Głupia profesja!
– Ha, proszę pana, bywają rozmaite... Nie każdy ma folwark.
– Ale bardzo wielu reflektuje na cudzy.

Teraz student zhardział.

– Proszę pana, nie ja reflektuję na folwarki, a tym mniej na pańskie. Wiem, że panna Maria jest uboga, i z nią się żenię, nie z folwarkiem.

– A jak ja nie pozwolę?
– Przecież ja się ożenię z panną Marią...

Stary szlachcic kręcił głową.

– Proszę pana – rzekł – jak pan możesz bałamucić dziewczynę, sam utrzymania nie mając?

– Ale będę miał. Pojadę na jakiś czas za granicę...
– Fiu! A skąd pieniążki?
– Z tej samej kasy, która utrzymywała mnie w gimnazjum i w uniwersytecie... – odparł zirytowany student.

Stary jegomość zaczął chodzić po gabinecie śpiewając: ta, ta, ta!

– Pojedzie za granicę... Pieniędzy nie ma... Ta, ta, ta! – mruczał szlachcic. – No – rzekł nagle – a jak nie pozwolę wyjść Mani za pana?

– Mamy czas.
– Ale... Jeżeli ja wypędzę ją z domu na cztery wiatry?
– Musi dać sobie radę. Zresztą ja od wakacji mogę zacząć praktykę.

– I truć chorych...
– Dlatego wybieram się za granicę, żeby ich nie truć.
– I żeby potem zabrać mi dziecko, które ja wychowałem, nie pan, panie... panie... – wybuchnął szlachcic.

– Kto wie, co jeszcze będzie. Może ja i panna Maria wywdzięczymy się za to, co pan dla niej zrobił.

Jegomość się zamyślił.

– Ile pan masz lat? – spytał po chwili.
– Dwadzieścia pięć.

– Dwa lata za granicą! Całe szczęście, że przez ten czas zapomnisz pan o dziewczynie, a ona o tobie.

– Nie.

– Co to jest nie? A jak nie skończysz tam kursów?

– Skończę.

– Wariat z pana jest! Możesz przecież umrzeć.

– Nie umrę.

– Kyrie eleison! – zawołał szlachcic, podnosząc ręce do góry. – Gadasz tak, jakbyś z Panem Bogiem zrobił kontrakt. Każdy może umrzeć...

– Ale ja nie umrę, dopóki nie ożenię się z panną Marią – odpowiedział student z pewnością, która zastanowiła Mielnickiego.

Stary chodził po gabinecie i parskał jak koń. Lecz nie mógł znaleźć argumentu przeciw człowiekowi, który z niezachwianą wiarą twierdził, że pojedzie kończyć edukację za granicę, nie umrze i ożeni się z panną Marią.

– Z czego się pan utrzymujesz?

– Daję lekcje... Trochę piszę...

– Piękne teraz rzeczy piszecie! A ile masz z tych lekcji?

– Mam dwadzieścia pięć rubli miesięcznie.

– I z tego żyjesz, płacisz komorne? Ha, ha, ha!

– Nawet bywam w teatrze, jeżeli mi się podoba.

Stary szlachcic precz chodził, ruszał ramionami i złościł się. Wreszcie znowu zapytał:

– Gdzie pan się żywi?

– Rozmaicie. U „Honoratki", „Pod Papugą", w taniej kuchni, jak można.

– I wyjedziesz za granicę.

– Wyjadę.

– Apopleksja mnie zabije przez tego półgłówka! – zawołał jegomość. I nagle zatrzymawszy się przed studentem, rzekł:

– Ja z panem skończę w dwóch słowach... Przyjdź acan jutro na obiad do Europejskiego Hotelu o dwunastej...

– Nie będę mógł o dwunastej, mam klinikę.

– Więc o której?

– Po pierwszej.

– No, to… Proszę przyjść trochę po pierwszej do Hotelu Europejskiego, rozumie pan? Ja panu muszę wybić te brednie z głowy… Nie ma całych portek i wyjeżdża za granicę… ha, ha, ha! Chce się żenić i nie umrze! No, wiecie państwo, jak żyję, nic podobnego nie słyszałem. Bądź pan zdrów, a nie zapomnij zaraz po pierwszej, bo nikt dla twojej przyjemności głodem morzyć się nie będzie… Bądź zdrów.

Z tymi słowami, nie patrząc na studenta, podał mu dwa tłuste palce, a trzecim z lekka uścisnął go za rękę.

Gdy Kotowski opuścił gabinet, weszła uśmiechnięta pani Latter i, obrzucając szlachcica powłóczystym spojrzeniem, rzekła:

– Dobre pan jednak musiał powiedzieć kazanie temu młodzikowi, bo aż do mego pokoju dobiegały pojedyncze wyrazy…

– Gdzie tam, mościa dobrodziejko! Owszem, teraz zrozumiałem, że taka bestia, taki dziki zwierz mógł dziewczynie zawrócić głowę. Imaginuj sobie, pani dobrodziejka, że on gada o przyszłości, jakby miał umowę z Panem Bogiem! Pojadę, mówi, za granicę, nie umrę, mówi – słyszała pani? I jeszcze, mówi, ożenię się z panną Marią. Gadajże z takim! Słuchając tego, doznawałem, powiadam pani dobrodziejce, obawy, po prostu się lękałem… Bo jedno z dwojga: albo ten człowiek bluźni i na nas wszystkich sprowadzi pomstę bożą, albo… Albo on ma taką wiarę, która góry przenosi. A jeżeli, proszę pani, on ma taką wiarę, i on ją ma, ja to czułem, słuchając, więc… Co my jemu możemy zrobić? Wobec takich ręce opadają, bo człowiek widzi, że on zrobi, co zechce, i jeszcze innych pociągnie za sobą.

Pani Latter rumieniec wystąpił na twarz i błysnęły oczy.

– O, tak – odpowiedziała – kto ma wiarę, temu nic się nie oprze…

Szlachcic strzelił z palców i nagle chwytając obie ręce pani Latter, zawołał:

– Złapałaś się, mościa dobrodziejko! Otóż i ja, choć niezgrabny i trochę starszy od tego smarkacza, mam wiarę... Musisz wyjść za mnie, a nie wyjdziesz dobrowolnie, to cię porwę jak Rzymianie Sabinki... Nie uśmiechaj się, pani... Palmerstonowi, choć był o dwadzieścia lat starszy ode mnie, wytoczyła jedna, mości dobrodzieju, proces o... Tego... Więc jeszcze ze dwadzieścia lat mamy przed sobą i Bóg mi świadek, zrobilibyśmy głupstwo, nie korzystając...

Pociągnął ją na kanapkę i pomimo lekkiego oporu objął wpół.

– Nie traćmy czasu, mościa dobrodziejko, bo to grzech. Ja się marnuję, wreszcie i gospodarstwo nie tak idzie, jak powinno; a pani tracisz zdrowie, wdzięki, nawet sen, borykając się z tą pensją, która ci nic dobrego nie przyniesie. Wierzaj mi, nic dobrego... Wiem, co gadają na mieście...

Pani Latter zbladła i zachwiała się. Stary szlachcic oparł jej głowę na swoim ramieniu i mówił:

– Rzuć pensję od wakacji! Córkę wydamy za mąż; wynajdziemy jej takiego jak Kotowski, co to pcha się, bestia, do przodu, nie pytając... Syn weźmie się do roboty, to mu zaraz wywietrzeje z głowy elegancja... A więc raz, dwa, trzy... i – zgoda!

– Nie mogę... – szepnęła pani Latter.

– Co to jest, nie mogę? – oburzył się szlachcic. – Kobieta tak zbudowana jak pani... Cóż to, masz obowiązki, męża?

Pani Latter wzdrygnęła się i podniósłszy na niego oczy pełne łez, szepnęła:

– A gdyby... a gdyby?

– Gdybyś miała męża? – odparł nieco zdziwiony. – No, to pal go sześć! Mąż, który przez całe wieki się nie pokazuje, nie jest mężem... Wreszcie cóż to, nie ma rozwodów? A jak będzie trzeba, to potrafię strzelić w łeb... Tylko powiedz szczerze, co jest?

Pani Latter, płacząc, chwyciła go nagle za rękę i serdecznie ucałowała.

– Nie dziś – rzekła – nie dziś... Opowiem kiedy indziej... Dziś niech mnie pan już o nic nie pyta – mówiła, drżąc i szlochając. – Nikt by nie przypuścił, nikt by nie uwierzył, jaka jestem nieszczęśliwa i opuszczona... Krąży koło mnie, bo ja wiem, chyba ze sto osób; a nie mam żywej duszy, której mogłabym powiedzieć: patrz, ile ciężarów i cierpień dźwigać musi jedna kobieta...

Szlachcicowi poczerwieniały oczy.

– Widzi pan – mówiła, patrząc na niego z obawą – zaledwie pan do mnie serdeczniej przemówił, a już płacę za to niepokojem... Nie mnie myśleć o małżeństwie! Ach, ale gdyby pan wiedział, jak potrzebuję człowieka, przed którym mogłabym się poskarżyć choć czasami... Widzi pan, ucieknie pan ode mnie i już na schodach powie sobie: po co ja się wdałem z tą nieszczęśliwą?

Mielnickiemu łzy spływały na siwe wąsy. Odsunął się od pani Latter, wziął ją za ręce i rzekł:

– Przysięgam na Boga, że nic nie rozumiem; ale tak mówisz pani do mnie, że wolałbym, żeby mi nóż w serce wbili i jeszcze nim świdrowali... Do licha, przecież zbrodni nie popełniłaś? Mów, pani!

– Zbrodni? – powtórzyła pani Latter. – Skąd podobne myśli? Jeżeli nieszczęście i praca jest zbrodnią, no to tak, ale nic innego.

– Aa! – machnął szlachcic ręką – naczytał się człowiek romansów i coś mu się snuje po głowie. Wybacz, mościa dobrodziejko... Ale jeżeli sumienie masz czyste...

– Mam, niech mnie Bóg sądzi! – odparła, kładąc rękę na sercu.

– Ha, ha, ha! – zaśmiał się stary jegomość. – No, więc po co te łzy i trwoga? Nie pytam się o nic, bo mi pani sama kiedyś opowiesz, co cię boli, ale... Wstydź się, kobieto małej wiary! To pani myśli, że tylko takie smyki, jak Kotowski, mają odwagę? Tylko oni mogą powiedzieć: nie umrę, dopóki nie zrobię tego a tego? A to chyba Opatrzności Boskiej nie byłoby na świecie, gdyby kobieta nieszczęśliwa, i jeszcze taka jak pani, nie miała komu zaufać! Pluń na zgryzoty, mościa dobrodziejko; dopóki ja żyję, włos ci z głowy nie spadnie... Wyjdziesz za mnie czy nie wyjdziesz, zależy od ciebie... Ale od czasu, kiedyś zapłakała w mojej obecności, nie powiesz, że jesteś sama... Ja z tobą! Serce moje, ręka, majątek... wszystko należy do ciebie... Potrzeba ci czego, mów... Zrobię, jak zbawienia pragnę. No?

Pani Latter siedziała ze spuszczonymi oczami. Wstyd ogarnął ją na myśl, że nie dawniej jak przed godziną miała zamiar pożyczyć od tego człowieka cztery tysiące rubli w zamian za utrzymanie na pensji jego wychowanicy. Skąd jej przyszedł taki szalony plan!

– Może pani potrzebujesz pieniędzy – badał jegomość – bo nieraz pieniądz jest źródłem najcięższych kłopotów? Rozkaż tylko: ile chcesz... Dwieście, pięćset rubli, a w razie wielkiej potrzeby, to i tysiąc znajdę na usługi...

Silny rumieniec wystąpił na twarzy pani Latter. Dla tego człowieka tysiąc rubli stanowi poważną sumę, a ona chciała wydobyć cztery tysiące...

– Więc ile? – nalegał szlachcic – bo czuję, że na dnie zgryzot leżą pieniądze niewarte jednej łzy pani, a nie dopiero bezsennych nocy.

Pani Latter podniosła głowę.

– Pieniądze mam – rzekła – ale często brak mi rady, a choćby tylko widoku życzliwego człowieka. Są to rzeczy gorsze niż niedostatek...

– Żartuj pani z tego i wiedz, że masz we mnie sługę, który w ogień i wodę pójdzie za tobą. Nie nalegam dziś, bo pani sobie nie życzysz, ale proszę o jedno: gdy będziesz w potrzebie, choćby nawet chodziło... no, już nie wiem o co, odwołasz się do mnie. Dom mój wystarczy dla nas dwojga, tylko porzuć tę pensję, która ci życie zatruwa. Im prędzej ją ciśniesz, choćby ci nie zostało na owinięcie palca, tym lepiej zrobisz.

Podniósł się z kanapy, chcąc już iść.

– A gdybym kiedy – rzekła smutno pani Latter – gdybym kiedy naprawdę zapukała do drzwi pańskich? Bo przecież mogę wszystko stracić...

– Trać, aby prędzej, i przyjeżdżaj – odparł. – Kiedykolwiek zajedziesz: w dzień czy w nocy, zastaniesz gotowe mieszkanie... Nie chcesz być moją żoną, możesz jednak być panią mego domu i gospodarstwa, które potrzebuje kobiecej ręki. Na pensję pluń... Dość tych borykań się, przy których tracisz sen, a zapewne i apetyt!

Ucałował jej ręce i biorąc za klamkę drzwi, dodał:

– Pamiętaj pani: masz swój własny dom! Ciężką krzywdę zrobiłabyś staremu, nie licząc na mnie jak na Zawiszę. Nie tylko tacy smarkacze, jak pan Kotowski, mają wiarę... To bestia chwat! Zabierze mi Manię, jak amen w pacierzu... A wino zaraz przyślę i proszę pić co dzień...

– Do widzenia – rzekła pani Latter, ściskając go za rękę.

– Upadam do nóg i... Proszę pamiętać... To, co powiedziałem, warte jest przysięgi i nie zmienię słowa, tak mi Boże dopomóż.

14. Lekarstwo

Mielnicki opuścił gabinet po czwartej. Słońce zaszło i tylko różowy blask odbity od śniegów praskich nieco oświetlał pokój, a w nim panią Latter. Stała na środku, ręką podparłszy brodę, i widać było zdziwienie w jej pięknych oczach, na których jeszcze łzy nie obeschły.

Czuła, że przed chwilą coś zaszło, ale jej myśl zmęczona nie umiała tego sformułować. Zdawało jej się, że ona dotychczas nie żyła dla siebie, tylko dla innych, zawsze dla innych, i oto dziś przyszedł stary człowiek, prawie komiczny ze swymi oświadczynami, który wyraźnie powiedział, że – chce żyć dla niej.

Czy podobna, żeby ktoś mógł się nią interesować? Czy możliwe, żeby znalazł się człowiek, który nie tylko nie wymagał usług od niej, ale jeszcze chciał sam jej służyć? Przecież to ona służyła wszystkim: pierwszemu mężowi, drugiemu, uczennicom, nauczycielom, służbie, a przede wszystkim synowi i córce.

I oto dziś, kiedy już dawno skończyła lat czterdzieści i minęły jej wdzięki, kiedy ją wszyscy opuszczają albo wyzyskują i dręczą, zjawia się człowiek, który jej mówi... Co on jej mówił?

Panią Latter zawiodła pamięć, może w następstwie wzruszenia. Nie przypomina sobie, co mówił stary szlachcic, ale było to coś takiego, jak gdyby człowiekowi, osaczonemu ze wszystkich stron przez niebezpieczeństwa, otworzono wyjście.

Pani Latter rozejrzała się po gabinecie. Jest tylko troje drzwi, a przecież gotowa była przysiąc, że przed chwilą były tu czwarte drzwi. Ależ naturalnie, że były, tylko zamknęły się teraz, po odejściu Mielnickiego.

Chwyciła się za głowę (od pewnego czasu był to u niej ruch nałogowy) i usiłowała coś sobie przypomnieć, ale na próżno.

„Aha! Już wiem – pomyślała. – Miałam od Mielnickiego pożyczyć cztery tysiące rubli...".

– Wolałabym umrzeć! – szepnęła po chwili.

Jedna cyfra pociągnęła za sobą cały szereg innych cyfr. Pani Latter usiadła przy biurku i, po raz tysięczny pukając ołówkiem w papier, bo już nie można było pisać, szacowała:

„Do wakacji potrzebuję na samą pensję dwadzieścia jeden tysięcy rubli... Dług w banku tysiąc rubli... A Hela? A Zgierski? Od uczennic nie zbiorę nawet dwadzieścia tysięcy rubli, więc gdzie reszta?".

Zapalono światło. Od piątej zaczęli schodzić się interesanci: rodzice pensjonarek i przychodnich, jakieś dwie damy po składkę na odnowienie kościoła, nauczyciel, Angielka na miejsce pani Fantoche i znowu dwie damy z biletami na bal dobroczynny.

O siódmej wizyty skończyły się, a pani Latter była tak zmęczona, że z trudnością powstrzymywała się od łez.

Wszedł Stanisław i przyniósł drewnianą paczkę.

– Od pana Mielnickiego – rzekł.

– Aha! Dobrze...

Porwała paczkę i wyniosła do sypialni. Nożyczkami przecięła sznur i podważyła deskę, pod którą ukazały się butelki okryte pleśnią grubą jak kożuch. Z gorączkową niecierpliwością zawadziła nożyczkami o jeden korek. Wyszedł i pani Latter poczuła przyjemny zapach.

„Musi być dobre wino" – szepnęła.

Wzięła szklankę z umywalni, nalała blisko trzecią część i chciwie wypiła.

„Mam po tym spać? – rzekła. – Ależ to zupełnie lekkie wino...".

Wkrótce jednak spostrzegła, że opuszcza ją zmęczenie; owszem, poczuła mnogość myśli, które rozwijały się szybko i logicznie. Przypomniała sobie, że Mielnicki z naciskiem radził rzucić pensję i wyjechać na wieś, do niego.

„Za mąż wyjść nie mogę – myślała – chybaby... Ale kto mi o tym doniesie, gdyby nawet tak się stało! Za mąż wyjść nie mogę, ale służyć mogę; przecież to starzec i ja niemłoda... Ach, czuję w sobie sto lat i śmiech mnie bierze, kiedy pomyślę, że miałam dwóch mężów...

O, ta pensja... Czy może być na świecie większa niewola i przekleństwo jak pensja! A Hela? A Kazio? No, Hela wyjdzie za mąż, Kazio się ożeni...

A ze mną co będzie? Jeżeli on i ona dziś obchodzą się bez mego widoku, to czy wówczas będą za mną tęsknili? Tak naiwną nie jestem! Dzieci rosną dla świata, nie dla rodziców; wszakże i ja obchodziłam się bez matki.

Tak, dzieci dopóty są dobre, dopóki małe; gdy podrosną i uwiją sobie własne gniazda, zajmują się swymi pisklętami, nie starymi... A w takim razie na pewno będę musiała szukać przytułku u Mielnickiego i zdaje się, że tylko on mnie nie zawiedzie. Bez rodziców można się obejść, ale bez rumianku, bez kawy z kożuszkiem, świeżych bułek i masła – trudno" – zakończyła z uśmiechem.

W kilka godzin później panią Latter znowu ogarnęło znużenie i troska. Przed wakacjami, a nawet wcześniej, musi dopożyczyć ze cztery tysiące rubli. To na nic! Łudzić się nie można, bo ciągle przypominają o tym rachunki dzienne, tygodniowe i miesięczne. Pannie Marcie trzeba co wieczór dawać pieniądze, piekarzom i rzeźnikom co poniedziałek, nauczycielom i służbie co pierwszego, gospodarzowi i wierzycielom co termin. Cóż by to więc była za okropna chwila nie mieć pod ręką paru tysięcy rubli!

Około jedenastej pani Latter znowu napiła się wina i położyła się. Sen istotnie zaczął ją opanowywać, a jednocześnie znalazł się tak dawno poszukiwany środek ratunku.

„Wezmę pieniądze od Zgierskiego – myślała. – Będzie się krzywił, ale jeżeli obiecam piętnaście procent, ustąpi... Przecież kiedyś moje kłopoty muszą się skończyć... Pensję podźwignę, przybędzie mi uczennic, Hela wyjdzie za Solskiego... Wówczas ona zajmie się Kaziem, a ja cały dochód obrócę na spłacenie długów... Spłacę w ciągu paru lat, a wtedy... Ach, jaka będę szczęśliwa!".

„Błogosławiony człowiek z Mielnickiego!" – myślała pani Latter, czując, że zasypia... Pościel, która przez tyle bezsennych nocy była dla niej narzędziem męczarni, teraz wydawała się dziwnie miękką. Już nie tylko ugina się pod ciężarem jej ciała, ale zapada i leci w głębinę ruchem niewypowiedzianie przyjemnym.

„Gdzie ja tak lecę? – mówi, uśmiechając się pani Latter. – Aha, lecę w prze... w przyszłość" – poprawia i czuje, że ten wyraz nie ma sensu. Potem widzi, że z wyrazu „przyszłość" robi się jakieś bajeczne zwierzę, które unosi ją do krainy, gdzie rodzą się i dojrzewają rzeczy przyszłe. Pani Latter rozumie, że jest to senne marzenie, lecz nie mogąc mu się oprzeć, godzi się na oglądanie przyszłości.

I otóż widzi się kobietą zupełnie swobodną. Jest na ulicy sama, bez grosza, w jednej sukni; lecz zarazem czuje bezdenną i bezbrzeżną rozkosz, bo już nie ma pensji! Już nie troszczy się, że był zły obiad, że któraś uczennica zachorowała, że damy klasowe się posprzeczały, że jeden z nauczycieli miał niezadowolony wyraz twarzy... Już nie lęka się, że ta a ta pensjonarka może nie zapłacić, nie bledniena widok gospodarza domu, nie wstrząsa się, usłyszawszy pannę Martę mówiącą: „proszę pani, jutro czeka nas duży wydatek...". Nic z tego wszystkiego; nic już jej nie gniewa, nie trwoży, nie paraliżuje władzy myślenia...

Teraz dopiero widzi: czym była pensja? Była to okropna maszyna, która co dzień i co godzinę przez kilkanaście lat wbijała jej w ciało szpilki, gwoździe, noże... I za co? Za to, że podjęła się uczyć cudze dzieci, żeby wychować własne!

Wielki Boże, czy godzi się, by człowiek nazywający się matką i przełożoną pensji cierpiał katusze, jakich nie doświadcza żaden zbrodniarz? A przecież tak było i działo się w sposób bardzo prosty: wszyscy ją obchodzili, więc cierpiała za wszystkich. Cierpiała za swoje dzieci, za cudze dzieci, za damy klasowe, za nauczycieli, za służbę – za wszystkich… Oni byli obowiązani tylko pracować przez pewną liczbę godzin na dzień, a ona musiała troszczyć się o ich żywność, mieszkanie, zdrowie, zapłatę, naukę i znośne stosunki między nimi. Oni wiedzieli, że w oznaczonym terminie każdy musi otrzymać, co mu się należy, ale ona – nie wiedziała: skąd na to weźmie? Uczennice potrzebowały odżywiać się regularnie, ale ich opiekunowie nie troszczyli się o regularne płacenie należności. Służba ociągała się z robotą, ale spieszyła po odebranie pensji. Nauczyciele i damy klasowe surowo krytykowali najmniejszy nieporządek w zakładzie, ale sami ani myśleli o pracy nad porządkiem.

I to wszystko było, naprawdę było? Tego istotnie żądano od kobiety obarczonej dwojgiem dzieci? Tak było i tego od niej żądano. I ja to wytrzymałam przez jeden tydzień? Wytrzymywałaś przez kilkanaście lat. I nikt się nade mną nie ulitował, nawet nikt nie wiedział, jak pracuję i cierpię? Nikt się nie domyślał, nawet nie próbował odgadywać, co cierpisz; owszem – zazdroszczono ci szczęścia i sądzono bezlitośniej niż zbrodniarzy. Bo tamci popełnili występek, gdy ty nie masz żadnej winy, tamci bronią się i są bronieni, gdy tobie nawet poskarżyć się nie wolno.

No, ale dziś już jest swobodna. Ma prawo żebrać, upaść na ulicy, pójść do szpitala, nawet – umrzeć gdzieś pod bramą, lecz z tym słodkim uczuciem, że jest swobodna, że oderwały się nieprawdopodobne ciężary miażdżące ją przez kilkanaście lat! Jest to powtórne urodzenie czy zmartwychwstanie?

I kiedy tak nasyca się swobodą, kiedy tak tonie w niej razem z miękką pościelą, nagle – widzi, że ktoś zabiega jej drogę i w brutalny sposób chce zawrócić ją na pensję… Na pensję? Tak. I to robią jej własne dzieci: Kazimierz i Helena! Milczą, lecz ich twarze są surowe, a spojrzenia pełne wymówek…

„Dzieci moje… Dzieciny moje… Wy chyba nie wiecie, ile ja wycierpiałam na pensji?".

„Nam potrzeba pieniędzy... dużo pieniędzy...".

„Ale bo wy nie wiecie... Ja wszystko przed wami ukrywałam... Wy przecież nie mielibyście serca skazywać matkę drugi raz na powolne konanie... Życie wam oddam, ale oszczędźcie mąk, na jakie nie skazałby mnie najokrutniejszy tyran...".

„Pieniędzy... Nam potrzeba pieniędzy...".

Pani Latter budzi się i siada na łóżku, szlochając.

– Dzieci – mówi – to niemożliwe!

Przypomina je sobie, kiedy były małymi, słyszy ich cienkie głosiki i widzi łzy, które wylewały nad martwym kanarkiem.

– Dzieci moje? – powtarza już trzeźwa, ocierając oczy.

Zapala świecę. Jest dopiero pierwsza po północy.

– Ach, to wino! – szepcze. – Jakie ono okropne sny sprowadza.

Gasi świecę i kładzie się znowu, a stroskana myśl jej waży się między dwoma pytaniami:

„Co jest lepsze: czy wcale nie spać, czy mieć takie straszne sny?".

I w tej samej chwili doznaje nieprawdopodobnego uczucia, w jej sercu budzi się coś, jakby niechęć czy żal do dzieci... Czego nie zrobiło kilkanaście lat na jawie, zrobił sen...

– Czy to podobna? – szepcze.

A przecież tak jest: senne marzenie powiedziało, że mogłaby być nawet dzisiaj swobodną, gdyby nie dzieci i – na jej duszę upadł jakiś chłód i cień, w którym na dzieci spojrzała z nowego punktu.

Nie były to już „dzieci". Przestały nimi być w rzeczywistości już dawno, a w jej sercu przed chwilą, w czasie snu. Były to jeszcze osoby ukochane, bardzo ukochane, ale już dorosłe, które nastawały na jej swobodę i spokój i przed którymi... kto wie, czy nie należałoby się bronić?

Na drugi dzień pani Latter zbudziła się około ósmej rano, rzeźwa i spokojna. Ale pamiętała swój sen i czuła w sercu jakby krople lodu. Zdawało jej się, że wylała nad sobą o jedną łzę za wiele, że ta łza upadła na dno jej duszy i zlodowaciała.

Toteż na jej twarzy nie było widać nerwowego niepokoju, który dręczył ją od kilku tygodni, ale – chłód i jakby zawziętość.

W ciągu następnych paru dni uczennice wróciły, z wyjątkiem czterech przychodnich, i rozpoczęły się lekcje. Na pensji było spokojnie, tylko pewnego razu panna Howard, wciągnąwszy Madzię do swego pokoiku, rzekła z zarumienioną twarzą:

– Panno Magdaleno... Przysięgnijmy sobie, że uratujemy panią Latter!

Madzia spojrzała na nią zdziwiona.

– Pani Latter – ciągnęła uroczyście panna Klara, wznosząc palec do góry – pani Latter to szlachetna kobieta. Wprawdzie dawne przesądy walczą w niej z nowymi ideami, ale postęp zwycięży...

Madzia była coraz mocniej zdziwiona.

– Nie rozumie mnie pani? Nie będę wykładała mego poglądu na ewolucję, jaka dokonuje się w mózgu pani Latter, bo zaraz muszę iść do klasy, ale przytoczę dwa fakty, które powinny rzucić przed panią światło...

Panna Howard przez chwilę zawiesiła głęboki kontralt, a widząc, że jej słowa wywołują dostateczny efekt, mówiła dalej:

– Wiesz pani, że Mania Lewińska została przyjęta na pensję...

– Jest tu przecież od dawna...

– Tak, ale – mnie zawdzięcza, że jej nie wydalono. Prosiłam za nią pani Latter, usłuchała i – należy jej się moja wdzięczność. A ja umiem być wdzięczna, panno Magdaleno...

Teraz Madzi przyszło na myśl, że podobny głos już gdzieś słyszała... Ach, tak! Podobnym głosem przemawia na scenie jeden z aktorów komicznych i może dlatego wydało się Madzi, że panna Klara jest w tej chwili bardzo tragiczna.

– A czy wiesz pani o tej... tej... Joannie? – ciągnęła dalej panna Howard.

– Wiem, że wczoraj nie chciała ze mną mówić, a dziś się nie przywitała, co mnie zresztą mało obchodzi – odpowiedziała Madzia.

– Wczoraj pani Latter zawiadomiła tę... damę klasową, tę... naszą koleżankę... (ach, wstrząsa się cała moja istota!), że od pierwszego lutego nie będzie mieć miejsca na pensji... Naturalnie, zapłaci jej za cały kwartał...

– Więc to nieprawda o panu Kazimierzu? – zawołała Madzia, rumieniąc się. – Na niego zawsze robią jakieś plotki...

Panna Howard spojrzała majestatycznie i rzekła:

– Idźmy już, bo spieszę się na lekcję... Zdumiewa mnie naiwność pani, panno Magdaleno!

Ani słówka więcej. I Madzia nie dowiedziała się, o ile niesłusznymi są plotki rozsiewane na pana Kazimierza.

15. Pan Zgierski rozmarzony

Piątego dnia po odwiedzinach Mielnickiego, na kilka minut przed pierwszą, w jadalnym pokoju pani Latter i pod jej osobistym dozorem Stanisław i panna Marta przygotowywali stół do wykwintnego śniadania.

– Śledzie i kawior – mówiła pani Latter – niech panna Marta postawi z tej strony, przy wódce.

– Ostrygi na kredensie? – zapytała gospodyni.

– Ależ gdzież tam. Ostrygi otworzy Stanisław, gdy wejdzie pan Zgierski... Otóż zapewne i on! – dodała pani Latter, usłyszawszy dzwonek. – Czy Michał jest w przedpokoju?

Wyszła do gabinetu, a Stanisław spojrzał na pannę Martę, która spuściła oczy.

– Takiemu to dobrze – mruknął lokaj.

– Tu się nikt nie pyta Stanisława, komu dobrze, a komu źle – odburknęła gospodyni. – Najgorsza rzecz, kiedy służba rozpuszcza język, bo z tego rodzą się plotki jak pchły z trocin... Stanisław powinien mieć tyle rozumu, żeby nie wsadzać nosa do cudzego prosa...

– Oj! oj! oj! – zawołał stary lokaj, chwytając się oburącz za głowę, i wybiegł z pokoju.

Tymczasem do gabinetu pani Latter wszedł oczekiwany gość, pan Zgierski. Był to człowiek przeszło pięćdziesięcioletni, niewysoki, nieco otyły, na którego głowie duża łysina coraz wyraźniej spychała resztkę szpakowatych włosów. Jego ubiór odznaczał się skromną elegancją, a ładna niegdyś twarz wyrazem dobroduszności, której jednak szkodziły niewielkie a ruchliwe czarne oczy.

– Wszak jestem co do minuty? – zawołał gość, trzymając zegarek w ręku. Po czym serdecznie uścisnął rękę pani Latter.

– Nie powinna bym się z panem witać – odparła, obrzucając go ognistym spojrzeniem. – Trzy miesiące! Czy pan słyszy: trzy miesiące...

– Czy tylko trzy? Mnie wydawały się wiekiem!

– Obłudniku!

– Więc bądźmy szczerzy – mówił gość z uśmiechem. – Kiedy pani nie widzę, mówię sobie: dobrze tak jest; ale kiedy panią zobaczę, myślę: a przecież tak jest lepiej. Oto powód, dla którego do tej pory nie byłem... Dodajmy, że wyjeżdżałem na święta, na wieś... Nie wybiera się pani na wieś? – spytał z akcentem.

– Gdzie? Kiedy?

– A, pani, to szkoda. Gdy jestem na wsi w lecie, mówię sobie: wieś nigdy nie może być piękniejsza; ale teraz przekonałem się, że wieś jest najpiękniejsza – w zimie. To są czary... Pani, to są istne czary! Ziemia podobna jest do śpiącej królewny z bajki...

Kiedy to mówił Zgierski, na twarzy malowało się tak szczere przekonanie, że prawie można mu było wierzyć, gdyby nie biegające czarne oczki, które wiecznie czegoś szukały i wiecznie pragnęły się z czymś ukryć. Kiedy zaś pani Latter słuchała, można było przypuszczać, że rozpływa się w słuchaniu, gdyby od czasu do czasu w jej marzących oczach nie błysnęła iskierka oznaczająca podejrzliwość.

Dla optymisty Zgierski wyglądał na gościa, który przychodzi na śniadanie, a przynosi trochę zdawkowej poezji; pesymiście mógł przedstawić się jako czarny charakter, który rozsnuwa tajemnicze sieci intryg. Pierwszy posądziłby panią Latter o przyjaźń, która lęka się zostać miłością; drugi podejrzewałby ją o brak zaufania, a nawet obawę wobec Zgierskiego.

Lecz kto by mógł chwytać głosy odzywające się w duszach tych ludzi, zdziwiłby się, usłyszawszy ich monologi.

„Jestem pewny, że pod pozorami sympatii, lęka się mnie i coś podejrzewa... No, ale to elegancka kobieta..." – mówił do siebie zadowolony Zgierski.

„On myśli, że ja wierzę w jego spryt i chytrość... No, ale potrzebuję pieniędzy..." – mówiła pani Latter.

– Jeżeli będzie pani miała sposobność wyjechać na wieś, a mam przeczucie, że tak, niech pani wyjedzie choćby na cały rok, byle zobaczyć wieś w zimie – rzekł Zgierski, akcentując pewne wyrazy tonem i spojrzeniami.

– Ja, na wieś? Pan żartuje... A pensja?

– Rozumiem – mówił Zgierski, tkliwie patrząc jej w oczy – że ma pani wielki obowiązek społeczny. Jak zaś ja to rozumiem, nie potrzebuję tłumaczyć... No, ale mój Boże, każdy człowiek ma trochę praw do osobistego szczęścia, a pani ma więcej niż ktokolwiek inny...

W oczach pani Latter w pierwszej chwili odmalowało się zdziwienie, nawet niepokój. Lecz nagle błysnęło słówko: „rozumiem!" – a potem wydarł się z piersi krótki wykrzyknik:

– A!

I pani Latter spojrzała na niego, nie ukrywając zdumienia.

– Więc rozumiemy się? – spytał Zgierski, patrząc na nią głęboko. A w duchu dodał:

„Złapała się!".

– Jesteś pan straszny człowiek – szepnęła pani Latter, dodając w myśli:

„Już go mam!".

I spuściła oczy, żeby ukryć błyskawicę triumfu.

Zgierski patrzył wzrokiem, w którym malowała się chłodna czułość dla niej i niezachwiana wiara w dokładność własnych informacji. Nagle rzekł:

– Zatem mogę zapytać...

Pani Latter zatrzepotała rękami.

– O nic nie wolno pytać! Wolno podać mi rękę i zaprowadzić do jadalnego pokoju...

Zgierski stanął z lewej strony, wziął ją za rękę jak w polonezie i patrząc w oczy, zaprowadził do jadalnego pokoju...

– Będę milczał – rzekł – w zamian jednak musi mi pani przyrzec...

– Sądzi pan, że kobieta może cokolwiek przyrzekać? – zapytała pani Latter, spuszczając oczy.

„Jak ona się łapie! Jak ona się łapie!" – myślał Zgierski, a głośno dodał:

– Jedno może pani przyrzec, że gdyby zdarzyło się coś przyjemnego dla pani, ja będę pierwszym, który jej powinszuję – z a k a ż d y m   r a z e m...

Jednym z większych triumfów, jakie pani Latter odnosiła nad sobą w życiu, był ten, że nie drgnęła, nie zbladła i w ogóle żadnym znakiem nie zdradziła niepokoju, jaki opanował ją w tej chwili. Na szczęście Zgierski tak był pewny siebie, że nie zwracał na nią uwagi, ale myślał tylko o tym, żeby pokazać, jak dalece jest wszystkowiedzącym.

– Za każdym razem – mówił z naciskiem – gdziekolwiek spotka panią przyjemność, tu czy we Włoszech, ja będę tym pierwszym, który pani powinszuje...

Byli w pokoju jadalnym. Pani Latter delikatnie się usunęła i rzekła wskazując na stół:

– Pańska ulubiona starka. Proszę pić za gospodarza i za gościa.

Teraz Zgierski, spojrzawszy na butelkę, zaczął się naprawdę dziwić.

– Ależ to moja starka, którą udało mi się nabyć od księcia...

– Właśnie od księcia Kazio dostał kilka butelek i mnie dał jedną. A ja nie mogłam z niej zrobić lepszego użytku, jak...

Słowom tym towarzyszyło melancholijne spojrzenie.

Zgierski wypił kieliszek, milcząc i pragnąc zaznaczyć milczeniem, że chwila jest bardzo uroczystą. Pierwszy jednak kieliszek nasunął mu szereg nowych myśli.

„Jeżeli ona – mówił sobie – wychodzi za Mielnickiego, który jest majętnym człowiekiem, więc – nie ma do mnie żadnego interesu. A jeżeli nie ma interesu, więc... co? Więc – chyba kocha się we mnie?".

I w tej chwili w jego duszy, która była mieszaniną najbardziej niezgodnych pierwiastków, obudziła się potrzeba szczerości.

– Śledzie są wyborne! – mówił. – Kawior... Kawior jest wyższym nad sam podziw! Czy może być coś wyższego nad podziw? – zapytał, badając spojrzeniem, czy pani Latter zrozumiała jego słówko. I poznał, że zrozumiała.

– Panie Stefanie – rzekła pani Latter – nie widziałam, żeby pan pił za gościa...

– Więc ja ten kieliszek tej wybornej starki piłem w imieniu?

– Chyba... w imieniu gospodarza – wtrąciła pani Latter, patrząc na obrus.

– Pani! – odparł, spoglądając na nią z wyrazem przyjaźni, która mocno zahaczała o miłość i – nalewając drugi kieliszek. – Pani – mówił zniżonym głosem – teraz piję jako gość... Jako gość, który umie milczeć nawet wówczas, gdy jego serce chciałoby... Powiedziałbym: zapłakać, lecz powiem: zawołać... Pani, jeżeli jest to potrzebne do twego szczęścia i spokoju, pozwól mi, żebym taki sam kielich wypił... za jakieś wspólne zdrowie... choćby nad brzegami Buga... Skończyłem.

Postawił wypity kieliszek i usiadł, opierając głowę na ręku.

W tej chwili wszedł Stanisław z tacą pełną ostryg na lodzie.

– Co? – zawołał Zgierski. – Ostrygi?

Zasłonił ręką oczy jak człowiek głęboko wzruszony i myślał: „Więc ona, wychodząc za mąż, daje mi do zrozumienia, że kocha się we mnie... Jest to bardzo przyjemne, ale i bardzo... Nie niebezpieczne, tylko... trudne... Wolałbym, żeby miała o dwadzieścia lat mniej...".

Rzucił się do ostryg i jadł szybko, w milczeniu, wciskając dramatycznymi ruchami dużo cytryny, jak człowiek, który cierpi, lecz chce pokazać, że mu wszystko jedno.

– Panie Stefanie – odezwała się pani Latter omdlewającym głosem – mamy wprawdzie chablis...

– Spostrzegłem to – odparł Zgierski, który po drugim kieliszku starki czuł potrzebę dowiedzenia, że odznacza się piekielną przenikliwością.

– Ale może by pan spróbował tego wina...

Nalała mu kieliszek. Skosztował i spojrzał na nią prawie surowo.

– Pani – rzekł – tak niezwykle omszoną butelkę musiałem spostrzec od razu... Pani rozumie... Lecz w tej chwili przekonywam się, że takiego wina nie mogła wybrać kobieta...

– Jest to prezent pana... pana Mielnickiego, wuja i opiekuna jednej z moich uczennic – odpowiedziała pani Latter, spuszczając oczy.

– Pani życzy sobie, żebym pił to wino? – uroczyście zapytał Zgierski.

– Ależ proszę pana.

– Żebym pił z kielicha pana Mielnickiego, który zresztą może być człowiekiem najgodniejszym szacunku...

Milczenie. Lecz w tej chwili Zgierski poczuł, że jego nogę dotyka inna noga.

„Mógłbym sądzić, że ma do mnie jakiś ważny interes – pomyślał, wypijając dwa kieliszki wina jeden po drugim. – Ale jeżeli wychodzi za tak majętnego człowieka, jak Mielnicki...".

Zgierski zamienił się w posąg; nie przysuwał ani też odsuwał swojej nogi, tylko wypił trzeci kieliszek wina, zjadł jakąś rybę, wypił czwarty kieliszek, zaczął jeść jakieś mięso i całkiem zapomniawszy o pani Latter, cofnął się pamięcią w odległą przeszłość.

Przypomniał sobie, że kiedy ponad trzydzieści lat temu ktoś trącił go w nogę pod stołem, zdawało mu się, że uderzył piorun i – zupełnie stracił przytomność, a być może nawet upuścił widelec. Gdy ten sam wypadek powtórzył się przed dwudziestoma laty, Zgierski był wprawdzie mniej wstrząśnięty, ale czuł, że otwiera się nad nim niebo. Gdy spotkało go to przed dziesięcioma laty, nie widział już ani piorunów, ani nieba otwierającego się nad głową, ale jeszcze napełniły go najpiękniejsze ziemskie nadzieje.

Dzisiaj zaś pomyślał, że jednak znajduje się w kłopotliwej i pozycji. Bo jak tu nie być w kłopocie w jego wieku wobec namiętnej kobiety?

Spuścił oczy, jadł za trzech, a pił za czterech, przy czym jego wielka łysina okryła się kroplistym potem.

„Ten Mielnicki ma chyba ze sześćdziesiąt lat – myślał – i porywa się... Nie ma to, jak mieszkać na wsi!".

Śniadanie skończyło się, Zgierski był rozmarzony, zakłopotany, nawet zawstydzony; pani Latter zupełnie spokojna.

– Upiłem się – rzekł przy czarnej kawie i doskonałym koniaku.

– Pan? – uśmiechnęła się pani Latter. – Mam lepsze wyobrażenie o sile pańskiej głowy.

– No, tak... Nie wiem, żebym kiedykolwiek stracił przytomność, ale trunki były rzeczywiście mocne... Mogły rozmarzyć...

– Na nieszczęście pan nawet w marzeniach się nie zapominasz – odparła z odcieniem goryczy pani Latter. – Okropni są ludzie zawsze logiczni...

Zgierski smutnie kiwnął głową jak człowiek, który choćby nie chciał, musi dźwigać brzemię żelaznej logiczności i – podał gospodyni rękę. Przeszli do gabinetu, gdzie pani Latter wskazała mu pudełko cygar, a sama zapaliła świecę.

– Pyszne cygara! – westchnął Zgierski. – Czy... Czy wolno prosić jeszcze o filiżankę kawy?

W tej chwili wszedł Stanisław, niosąc na tacy srebrną maszynkę, butelkę koniaku i filiżanki.

– Pan myśli, że po trzymiesięcznym niewidzeniu zapomniałam o pana upodobaniach? – rzekła z uśmiechem pani Latter, nalewając kawę.

Potem podsunęła koniak.

Czarne oczki Zgierskiego już nie biegały niespokojnie: jedno bowiem usiłowało pójść na prawo, drugie na lewo, a ich właściciel zadawał sobie niemałą fatygę, żeby utrzymać je w linii prostej. Pani Latter spostrzegła to, sama wypiła jednym tchem kieliszek koniaku i nagle odezwała się:

– À propos... Chociaż to jeszcze nie luty, pozwoli pan, że uregulujemy nasz rachunek...

Zgierski cofnął się, jakby mu na głowę wylano strumień wody.

– Przepraszam panią, ale... jaki rachunek?

– Trzysta rubli za następne półrocze.

Osłupiał i błysnęła mu myśl, że to on, on z całym swoim sprytem i piekielną zręcznością, pada ofiarą intrygi osnutej przez kobietę! Potem przypomniał sobie dawny aforyzm, że najprzebieglejszego mężczyznę może wyprowadzić w pole najzwyklejsza kobieta, i wreszcie – zmieszał się.

– Zdaje mi się... – mówił – zdaje mi się...

Ale wyrazy więzły mu w gardle, a myśli w głowie.

Czuł, że wpada w pułapkę, którą zna doskonale, lecz która w tej chwili nie przedstawia mu się dosyć jasno.

„Anemia mózgowa!" – rzekł do siebie i dla odegnania jej wypił nowy kieliszek koniaku.

16. Pan Zgierski praktyczny

Lekarstwo było skuteczne. Zgierski bowiem nie tylko odzyskał energię w myślach, ale poczuł chęć do stoczenia utarczki z panią Latter. Ona chciała go czymś zaskoczyć? Doskonale! Teraz on pokaże, że zaskoczyć się nie da, gdyż zawsze i wszędzie panuje nad sytuacją.

– Ponieważ – zaczął z uśmiechem – pragnie pani mówić o interesach (ja sądziłem, że między nami nie ma nic pilnego!), więc mówmy systematycznie. Nie dlatego, broń Boże, abym kładł jakiś nacisk, gdyż między mami... Ale oboje przywykliśmy do zwięzłości...

– Naturalnie – wtrąciła pani Latter – o pieniądzach musimy mówić jak finansiści.

– Rozumiem panią i pani mnie... Otóż mam u pani drobny depozyt, o którym między nami wspominać by nie warto, gdyby nie obustronne zamiłowanie porządku w rachunkach i zwięzłości w umowach... Depozyt ten, pięć tysięcy rubli, zostaje u pani z roku na rok... No, tak... Ale w połowie sierpnia roku zeszłego wspomniałem, owszem, nawet wyraźnie sformułowałem zamiar podniesienia tej sumki w lutym roku bieżącego... Nie mogę zatem przyjmować procentu za następne półrocze.

– A jeżeli ja uprę się i nie oddam panu w lutym, co mi pan zrobi? – zapytała pani Latter, śmiejąc się.

– Naturalnie, że zostawię pani sumkę do połowy lipca – odparł z ukłonem Zgierski. – Za to w lipcu stanowczo mieć ją muszę, gdyż inaczej grozi mi nieprzyjemność, na którą pani, o ile ją znam, nigdy by nie zezwoliła.

– Ależ rozumie się...

– Jestem tego pewny i nawet przypominam sobie (co obudziło we mnie najwyższą cześć i podziw) słowa pani: „Choćbym miała sprzedać wszystkie meble własne i szkolne, zwrócę panu pięć tysięcy rubli na termin...".

– Nawet według naszej umowy wszystkie one już należą do pana – dodała pani Latter.

Zgierski machnął ręką.

– Czysta formalność, oparta na wyraźnym żądaniu pani... której dopełniłbym tylko w wypadku, gdyby ta kombinacja była dla pani korzystna.

– Więc pięć tysięcy rubli zostawia mi pan do połowy lipca? – rzekła pani Latter.

– Tak jest. Dopiero w tym terminie zawiśnie mi nad głową miecz Damoklesa... Czy pani da wiarę, iż mogą mi zlicytować meble?

Pani Latter nalała mu nowy kieliszek.

– Proszę pana – zaczęła po chwili – a gdybym w ciągu tego lub przyszłego miesiąca zapotrzebowała jeszcze... – czterech tysięcy rubli także do połowy lipca?

– Gdzież znowu... Nieprawdopodobne... – odparł Zgierski, wzruszając ramionami.

– Owszem, jest to możliwe, gdyż bardzo wiele uczennic zapłaci mi dopiero w końcu czerwca.

Zgierski zamyślił się.

– A to ma pani kłopot... – rzekł. – Żałuję, że umieściłem wszystkie moje fundusze w akcjach cukrowni... No, żałuję! Tak się mówi... Pani wie, że teraz cukrownie dają osiemnaście i dwadzieścia procent dywidendy? Gdyby nie to, musiałbym się dobrze kurczyć... Więc naturalnie nie tego żałuję, że mam akcje, ale... że nie mogę służyć pani na tak krótki termin...

Pani Latter zarumieniła się.

– Szkoda – rzekła.

Zgierski dokończył kieliszka i poczuł niepokonaną chęć zaimponowania swymi informacjami.

– Jestem pewny – zaczął – że nie posądza mnie pani o brak chęci służenia jej. Bo pomijam głęboką życzliwość, o której nie mówi się przy rachunkach, a której posiadaniem dla pani słusznie się szczycę... Pomijam to, gdyż choćbym był najbardziej interesownym człowiekiem, to przecież wiem, że pani, mówiąc językiem finansowym, stanowi dobrą hipotekę... Proszę pani, mówmy szczerze... Już sam Mielnicki daje duże gwarancje, a taki Solski... Mój Boże!

Zgierski westchnął, pani Latter spuściła oczy.

– Nie rozumiem pana... i nie chcę rozumieć... – dodała zniżonym głosem. – Nawet proszę pana, żeby tych spraw pan nie poruszał...

– Dostrzegam i uwielbiam delikatność pani, ale... Co my jesteśmy winni, że Mielnicki na prawo i na lewo się skarży, iż dostał kosza, opowiadając przy tym o swej miłości dla pani. Czemu zresztą nikt się nie dziwi, a ja najmniej... – dodał z westchnieniem.

– Mielnicki jest dziwakiem– uśmiechnęła się pani Latter. – Ale pan Solski niczym, ale to niczym nie upoważniał... I przyznam się panu, że ta wieść mnie obraża...

– A jednak ta wieść przyszła z Rzymu, gdzie mieszka kilka polskich rodzin, które już dostrzegły, że pan Stefan zajął się panną Heleną.

– Nic, ale to nic o tym nie wiem – rzekła pani Latter. – Okazuje się, że nasza pensja jest fortecą, do której wieści nie dochodzą.

– Hmm! – mruknął Zgierski. – Musiały jednak dojść, i to z dobrego źródła, skoro zaniepokoiły pana Dębickiego...

– Dębickiego? – powtórzyła zdumiona pani Latter.

– To jest tylko moje przypuszczenie – pośpiesznie dodał pan Zgierski – lecz mówię o nim z przyjaźni dla pani...

Pani Latter dziwiła się coraz bardziej.

– Widzi pani, jak dobrze jest mieć przyjaciół, którzy umieją obserwować... Pan Dębicki, jak wiadomo, od dawna zna się z panem Solskim, a stosunki ich zacieśniają się jeszcze mocniej, ponieważ pan Dębicki obejmuje zarząd nad biblioteką Solskich...

– Nic o tym nie wiem... – wtrąciła pani Latter.

– Za to ja wiem i czuwam – odparł Zgierski z uśmiechem. – Wiem również, że pan Dębicki otrzymał kiedyś ostrą admonicję od panny Heleny.

– Ach, przy tej nieszczęsnej algebrze!

– Otóż to. Mam więc prawo przypuszczać, że pan Dębicki nie żywi zbyt sympatycznych uczuć dla panny Heleny i może nierad by zostać jej oficjalistą... Widzi pani, z drobiazgów składają się duże wypadki...

– Jeszcze nic nie rozumiem.

– Zaraz pani zrozumie. Otóż w parę dni potem, kiedy mnie doszła wieść o zabiegach pana Solskiego około panny Heleny, jeden z moich przyjaciół wspomniał mi, że pan Dębicki wypytywał go...

– O co?

– Ani mniej, ani więcej tylko o wysokość kwoty, jaką złożyłem u pani, a nawet o wysokość procentu... Przyzna pani, że ta troskliwość byłaby dziwną ze strony pana Dębickiego, gdybyśmy nie mieli prawa zaliczać go do partii nam nieprzychylnej.

– Jaki niegodziwiec! – wybuchnęła pani Latter. – Ale cóż to znowu za partia nieprzychylna? Przestrasza mnie pan...

– Nie ma się czego lękać, gdyż są to rzeczy naturalne – mówił Zgierski. – Znamy przysłowie: zazdrość towarzyszy powodzeniu jak cień światłu... Więc jedni (przepraszam, ale mówimy otwarcie?), jedni czy jedne zazdroszczą pani – Mielnickiego... Innym – pensja pani może być solą w oku... Ale panny Malinowskiej do nich nie zaliczam...

– Pan zna Malinowską? – zapytała pani Latter, opuszczając ręce na fotel.

– Tak. Jest to dobra kobieta i jej niech pani nie zalicza do nieprzychylnych. Ale o tym kiedy indziej... Dalej, są tacy i takie, które zazdroszczą pannie Helenie Solskiego, a wreszcie i tacy, którzy patrzą przez mikroskop na drobne usterki pana Kazimierza.

– Cóż mają do niego? – szepnęła pani Latter, przymykając oczy, bo czuła, że wobec ogromu informacji Zgierskiego zaczyna się jej w głowie kręcić.

– Nic wielkiego! – odparł Zgierski, chwiejąc się, jakby pragnął w równowadze utrzymać głowę. – Zarzucają panu Kazimierzowi... To jest nie tyle zarzucają, ile dziwią się, a właściwie...

– Panie Zgierski... Panie Stefanie, mów pan po prostu! – zawołała pani Latter, składając ręce.

– Mam mówić krótko i węzłowato? To mi się podoba... To jest w pani stylu...

– A więc?

– A więc? Aha! no tak... – powtarzał Zgierski, usiłując skupić uwagę. – Dziwią się zatem, że syn pani... to jest – szanowny i utalentowany pan Kazimierz, nie ma dotychczas określonego zajęcia.

– Kazio wkrótce wyjeżdża za granicę – odparła pani Latter.

– Rozumiem, do pana Solskiego.

– Do uniwersytetu.

– Ach, tak! – potwierdził Zgierski. – Dalej, zarzucają panu Kazimierzowi miłostki... No, miłość, rozumie pani... Światło życia, kwiat duszy... Ja – dodał z głupowatym uśmiechem – najmniej powinien bym oburzać się na miłostki młodych ludzi... Rozumie mnie pani... Na nieszczęście pan Kazimierz zaangażował trochę pensję...

– Tej panny już u nas nie ma – wtrąciła surowo pani Latter.

– Zawsze uwielbiałem pani takt – rzekł Zgierski i pocałował ją w rękę. – Co zaś do innych zarzutów...

– Jeszcze?

Zgierski machnął ręką.

– Wspominać nie warto! – mówił. – Gorszą się tym, że pan Kazimierz trochę gra...

– Jak to?

– No tak... – dodał, pokazując rękami tasowanie kart. – Ale, proszę pani, on gra tak szczęśliwie, że można być o niego spokojnym. Przed świętami pożyczył ode mnie pięćdziesiąt rubli na tydzień (mając do spłacenia jakiś dłużek honorowy), a oddał w trzy dni i jeszcze zaprosił mnie na śniadanie...

Pani Latter opadły ręce.

– Mój syn – rzekła – mój syn gra w karty? To kłamstwo!

– Sam widziałem... Ale gra rozsądnie i w tak wybornych towarzystwach...

Rysy pani Latter zmieniły się w sposób nieprzyjemny: była prawie brzydka.

– Zrobiłem pani przykrość? – zapytał Zgierski bolejącym tonem.

– O nie. Tylko... Ponieważ wiem, co to jest gra w karty...

– Zapewne świętej pamięci drugi mąż pani? – wtrącił pobożnie Zgierski.

Pani Latter zerwała się z kanapki.

– Nie pozwolę memu synowi grać! – zawołała, podnosząc zaciśniętą pięść. – Kocham go, jak tylko matka może kochać jedynaka, ale... Wyrzekłabym się go...

Rozbiegane oczy Zgierskiego skoncentrowały się. Ujął panią Latter za obie ręce, posadził i rzekł innym tonem:

– Doskonale! Wygraliśmy! Teraz możemy pogadać o interesach.

– O interesach? – powtórzyła zdziwiona.

– Tak. Proszę o kilka minut cierpliwości... Akcje cukrowni, rozumie pani, moje akcje można przecież zastawić, ponieważ (jak powiedziałem) pani stanowi doskonałą hipotekę... Pani i panna Helena... Taki Mielnicki jest człowiekiem majętnym, a taki Solski... O nim nie ma co mówić.

– Proszę nie wspominać tych nazwisk.

– Hmm... A jednak wolałbym o nich usłyszeć od samej pani... Pani potrzebuje czterech tysięcy rubli do połowy lipca, rozumiem to i mogę zastawić moje akcje... Ale – muszę mieć pewność, poza obrębem pensji...

– Dlaczego? – zdziwiła się pani Latter.

– Mój Boże, dlatego że pensja z powodu różnych okoliczności, jakie się w niej wydarzyły, prawie nic nie jest warta. Wybaczy pani szczerość? Czysty dochód z pensji już w zeszłym roku się zmniejszył, a dziś zapewne spadł do zera. Tymczasem pan Kazimierz ciągle potrzebuje pieniędzy, zwyczajnie jak młody człowiek... Przed chwilą jednak poznałem, że z synem da sobie pani radę, co jest rzeczą bardzo ważną... No, ale choćby pan Kazimierz wziął się do jakiego zajęcia czy też w inny sposób miał byt zabezpieczony, to jeszcze nie wszystko... Zmniejszą się wydatki, lecz dochody nie wzrosną...

– Nic, ale to nic nie rozumiem – wtrąciła zirytowana pani Latter.

– Szkoda! Szkoda! – szepnął.

Oparł głowę na ręku i zasłonił oczy. Zdawało mu się, że pokój krąży... To jest nie krąży, ale waha się w lewo i w prawo. Ale właśnie to odkrycie spotęgowało w nim odwagę i szczerość.

– Proszę pani – rzekł, patrząc na nią – rozumiem pani delikatność... Rozumiem, że kobieta szlachetna nie może odpowiadać na pewne pytania, osobliwie, gdy są postawione w niewłaściwym czasie... Z drugiej zaś strony, pani potrzebuje czterech tysięcy rubli do lipca, które ja mogę mieć, ale... Ja potrzebuję pewności! Już i tak pan Dębicki się dowiaduje: ile biorę od pani procentu od pięciu tysięcy, i gotów nazwać mnie lichwiarzem za to, że biorę dwanaście. Tymczasem mój kapitalik jest tak mały, a wydatki tak raz na zawsze określone, że przy mniejszym procencie nie mógłbym istnieć...

– Do czego to prowadzi, panie Zgierski?

– Proszę pani, do pożyczenia czterech tysięcy rubli, ale... z pewnymi gwarancjami. Rozumiem, że pani może bardzo potrzebować pieniędzy dzisiaj, a z całą łatwością zwrócić je w lipcu. Tylko...

– Niech pan mówi wyraźnie, panie Zgierski...
– A jeżeli wyda się to pani szorstkim?
– W interesach nie chodzi o dobry ton.
– Podziwiam panią! – zawołał Zgierski, całując jej ręce. – Więc mogę mówić zwięźle, tak jak gdybym stawiał ultimatum?
– Ależ proszę.
– Wybornie. Zatem nie będę dotykał kwestii pana Kazimierza, chociaż... Jakkolwiek jest to młodzieniec zdolny i sympatyczny, niemniej może bardzo wpłynąć na pani przyszłe stanowisko.
– Cóż to znaczy?
– To znaczy, że o panu Kazimierzu, zdaje mi się, już coś słyszał pan Mielnicki i... podobno – zamyślił się... – Zapewne zachowanie się pana Kazimierza może mieć wpływ na plany pana Solskiego... Rozumie pani?
– Nie, panie.
– Więc będę jeszcze zwięźlejszym – odparł trochę obrażony Zgierski.
– Na to czekam od godziny.
– Cudownie! – uśmiechnął się. – A zatem... będę pani służył czterema tysiącami rubli do lipca, a choćby i do grudnia, jeżeli...
– Znowu pan się waha?
– Już nie. Jeżeli otrzymam od pani bilecik donoszący mi, że albo pani przyjęła pana Mielnickiego, albo pan Solski oświadczył się pannie Helenie.
Pani Latter zacisnęła ręce.
– Bardzo pan ufa mojej przyjaźni dla siebie – rzekła, uśmiechając się.
– Bo też tylko przyjaciołom mogę służyć w podobnych okolicznościach.
– Wymaga pan, abym powierzała mu tajemnice rodzinne?
– Ja powierzam pani połowę majątku...
Pani Latter wyciągnęła rękę, którą Zgierski znowu ucałował, i śmiejąc się, mówiła:

– Dziwak z pana, ale wybaczam to… Więc jaka jest konkluzja naszej rozmowy?

– Są dwie – odparł Zgierski. – Zostawiam pani pięć tysięcy rubli do połowy lipca i… mogę dostarczyć jeszcze cztery tysiące rubli, ale…

– Ale?

– Ale tylko albo przyszłej pani Mielnickiej, albo przyszłej teściowej pana Solskiego.

– Jakąż rolę chce pan odegrać wobec mnie? – zawołała prawie z gniewem pani Latter. – Sądziłam, że będziemy mówili o bezpieczeństwie pańskich sum, o procentach, ale nie o małżeństwach, do których pan ciągle powraca.

„Musi być bardzo pewna siebie…" – pomyślał Zgierski. I zrobiwszy minę życzliwą a strapioną, odpowiedział:

– Pani! Bo nie śmiem powiedzieć: droga pani… Jaką ja rolę chcę wobec niej odegrać? Pani, to będzie śmiałe, co powiem, ale powiem. Chcę odegrać rolę przyjaciela, który wyprowadza na świat więźnia z jego celi, choć ten opiera się i gniewa… Pani – dodał, całując ją w rękę – nie myśl o mnie źle… W tych czasach przechodzi pani ważną epokę życia, waha się pani, a nie ma doradcy… Otóż – ja będę tym doradcą, nawet egzekutorem, bo jestem pewny, że za pół roku będzie mi pani wdzięczna. Chociaż wdzięczność! – westchnął.

Nastąpiło milczenie, potem zaczęto mówić o rzeczach obojętnych, ale rozmowa się rwała. Pani Latter była rozdrażniona, Zgierski czuł, że za dużo powiedział i za długo siedzi.

Pożegnał więc gospodynię domu i wyszedł niezadowolony z siebie. Miał potrzebę imponowania ludziom przebiegłością i rozległymi informacjami, a dziś pragnął wywołać zdumienie w pani Latter i skłonić ją do poufnych zwierzeń. Tymczasem nic! Milczała jak kamień, a zamiast go podziwiać, wciąż powracała do pieniędzy i procentów, co gniewało Zgierskiego, który wolałby uchodzić za najchytrzejszego demona niż za kogoś utrzymującego się z procentów.

„Ach, te kobiety... Te kobiety... Przewrotne istoty..." – myślał, czując, że zrobił fałszywy krok.

Lecz gdy znalazł się na ulicy i owionęło go po wybornych trunkach świeże powietrze, wstąpiła mu w serce otucha.

– Zaraz! – mówił – o co ja mam do siebie pretensję? Zastrzegłem zwrot pięciu tysięcy rubli w sposób stanowczy... Cztery tysiące rubli tylko obiecałem... Mam prawo liczyć kiedyś na stosunki z Mielnickim, z Solskim, z Malinowską, a przecież każdy nowy stosunek to jak bilet na loterię; szansa choćby małej wygranej jest... Mój Boże, ja się cieszę małymi wygranymi, byle było ich dużo! A tylko niepotrzebnie wspomniałem o Rzymie, o Dębickim i o kochanym Kaziu... No, ale mam stracić na nim dwieście rubli? Przecież nie powiedziałem nic, tylko nadmieniłem, że troszeczkę gra i że potrzeba go wysłać za granicę. On mi sam za to podziękuje... Po co ja mówiłem o Rzymie? Najlepsza metoda: dać poznać, że się wie o fakcie, a nie cytować źródeł. O, tu zrobiłem błąd...

Jeżeli Zgierski był grzesznikiem, to w każdym razie krążył blisko drogi zbawienia, ponieważ ciągle liczył się ze sobą.

Tymczasem do gabinetu pani Latter, która spacerowała rozgorączkowana, wsunęła się gospodyni, panna Marta.

– Cóż, proszę pani – rzekła z uśmiechem – dobre było śniadanie?

– Tak... Dobre... Oto łotr!

– Ten Zgierski? – pochwyciła zawsze ciekawa gospodyni.

– Ach, co tam Zgierski... Ten kochany Dębicki intrygant!

Panna Marta klasnęła w ręce.

– A co, nie mówiłam? – zawołała. – Nigdy nie mam zaufania do takich ścichapęków. Niby łagodniutki, spokojniutki, a to nurek! On nawet, proszę pani, wygląda na intryganta i nie dałabym grosza, że gotów popełnić zbrodnię...

Potok wymowy panny Marty nieco otrzeźwił panią Latter, więc szybko jej przerwała:

– Tylko proszę tego nie powtarzać nikomu...

– Ach, pani, ach, paniuńciu, za kogo mnie pani bierze? Jezus Maria, wolałabym język stracić niż powtórzyć to, co mi pani mówi w sekrecie. Cóż to ja? Ale może by, proszę paniusi, zrobić jakiś porządek z tym niegodziwcem, bo i zakała pensji, i pani życie zatruwa... Gałgan!

– Proszę cię, panno Marto, żadnych uwag. Idź do siebie i nic nie mów, a najlepiej mi usłużysz.

– Idę i nic nie mówię. Ale nie może mi pani zabronić modlitwy, żeby taki skonał; bo modlitwa to rozmowa uciśnionej duszy z Bogiem...

Pani Latter znowu została sama – wzburzona.

„Co ja teraz pocznę? – myślała, szybko chodząc. – Więc pensja nic niewarta i Zgierski już stręczy nabywczynię. Przysięgłabym, że ułożył się z nią o swoją sumę! Naturalnie między Solskim i Helenką coś musi być... Dałby Bóg, bo w niej ostatnia nadzieja... Ale jaki niegodziwy ten Dębicki! Teraz rozumiem, dlaczego się nie targował, kiedy mu przeznaczyłam rubla za lekcję... Nędzarz musiał przyjąć, ale mi tego nie zapomniał... Tak, cała nadzieja w Helenie".

Nad wieczorem panna Howard wciągnęła Madzię do swego pokoju i zatrzasnąwszy drzwi, zawołała z triumfem:

– A co, nie mówiłam, że Dębicki jest hultaj?

– Co znowu?

– Tak! Uspokoić się nie mogę po tym, co mi opowiadała Marta. Ale, panno Magdaleno, przyrzeknijmy sobie, że go tu nie będzie...

– Co on zrobił? – zapytała zdziwiona Madzia.

– Wszystko, do czego taki człowiek jest zdolny... O, ja nigdy nie mylę się, panno Magdaleno... Romanowicz zupełnie co innego, to profesor nauk przyrodniczych: energiczny, postępowy, no i elegancki... Widziałam go niedawno u Malinowskiej i powiem pani, że przedstawił mi się zupełnie w nowym świetle. On rozumie, czego potrzeba kobietom. O, my musimy dużo zmienić na pensji, a przede wszystkim – uratować panią Latter.

– Czy tylko nie myli się pani? – rzekła Madzia, błagalnie patrząc na pannę Howard.

– Co do tego, że interes pani Latter źle idzie? – odparła z uśmiechem panna Howard.

– Nie, ale co do Dębickiego? – mówiła Madzia z żalem.

– Pani zawsze będzie nieuleczoną idealistką... Pani skłonna jest wątpić o winie zbrodniarza schwytanego na gorącym uczynku...

– Ale co on zrobił, proszę pani?

Panna Howard zastanowiła się.

„Co on zrobił? Co zrobił?" – powtarzała w duchu, nie mogąc pojąć, że ktoś nie potępia człowieka, do którego ona ma wstręt. Potem dodała głośno:

– Przyznam się pani, że bliższych szczegółów nie wiem. Ale panna Marta mówiła mi, że pani Latter jest tak oburzona na Dębickiego, tak rozżalona, tak pogardza nim, iż trudno przypuścić, żeby i jej ten człowiek nie dokuczył.

– Proszę pani, komuż on dokucza? – nalegała Madzia, hamując łzy.

„Komu on dokucza?" – pomyślała panna Klara. A nie mogąc znaleźć odpowiedzi, wpadła w gniew.

– Można by myśleć, że masz pani do niego słabość, panno Magdaleno! – zawołała. – Jak to, więc nie budzi w pani odrazy ta nalana twarz, te baranie oczy, ten zagadkowy uśmieszek, z jakim przemawia choćby do mnie? Wierz mi, pani, że jest to impertynent... I niedołęga!

Odwróciła się od Madzi, zmieszana i rozdrażniona. Właściwie nic złego o Dębickim nie wiedziała i to gniewało ją najbardziej.

Madzia posmutniała i zabierała się do odejścia.

– Ale... ale... panno Magdaleno, pani nie zna Malinowskiej? Musimy jednak u niej być i koniecznie skłonić, żeby weszła do spółki z panią Latter. Muszę ocalić panią Latter, przysięgłam sobie, szczególniej za to, że wydaliła Joannę... Nieznośna dziewczyna!

– Ja także chciałabym dopomóc pani Latter, jeżeli potrafię, ale cóż mogę zrobić u panny Malinowskiej?

– Ja zrobię. Już ją przygotowuję, ale ona się jeszcze opiera. Jeżeli więc pani pójdzie do niej ze mną, przekonamy ją, że cała pensja życzy sobie zatrzymać panią Latter, no i Malinowska ustąpi.

Madzia opuściła mieszkanie panny Howard pełna przykrych myśli: zaczęła wątpić w jej wielki rozum i sprawiedliwość.

„Co jej się wydaje? – mówiła w duchu – co ja mogę znaczyć wobec panny Malinowskiej, ja, biedna dama klasowa? A choćbyśmy wszystkie tam poszły, czy potrafimy skłonić ją do zawarcia spółki z panią Latter? Nie wiem zresztą, czy sama pani Latter życzyłaby sobie tego.

A znowu z Dębickim nieszczęście! Co one chcą od niego? Przecież gdyby to był zły człowiek, nie kochałby go tak pan Solski ani Ada...".

Po kolacji wszystkie damy klasowe szeptały między sobą o Dębickim, postanawiając albo z nim nie rozmawiać, albo witać go zimno. Madzię tak rozdrażnił ich bezprzyczynowy gniew na niewinnego człowieka, że pod pozorem pisania listów usunęła się za swój parawanik, niechętnie odpowiadając uczennicom, które zasypywały ją pytaniami. Czuła coraz silniej, że na pensji dzieje się coś niedobrego, ale nie mogła sformułować, gdzie leży zło i czym grozi.

17. Pierwszy uścisk

W następną sobotę przypadał koniec stycznia. Dzień ten głęboko zapisał się w pamięci Magdaleny.

Około jedenastej z rana, kiedy uczennice siedziały w klasach, z jednej sypialni usunięto rzeczy panny Joanny i wyniesiono tylnymi schodami na wóz, który czekał pod oficyną, kryjąc się przed spojrzeniami ciekawych. Panna Joanna, blada, ale z podniesioną głową, sama się spakowała i sama dyrygowała tragarzami.

Kiedy wszystko wyniesiono i panna Joanna włożyła kapelusz i okrycie, weszła do sypialni Madzia z listem od pani Latter. Joanna wyrwała z jej ręki list, patrząc w oczy z zuchwałym uśmiechem.

– Nie żegnasz się z nikim, Joasiu? – zapytała Madzia.

– Z kim? – odparła szorstko. – Czy z panią Latter, która mi przysłała pieniądze przez... przez moje ekskoleżanki, czy z tą wariatką Howardówną?

– I nikogo ci nie żal?

– Wszystkie jesteście głupie! – zawołała Joanna – a najgłupsza Howardówna... Apostołka samodzielności kobiet, ha! ha! Ta kobieta ma chorągiewkę w głowie: niedawno mnie uwielbiała, potem zaczęła kopać pode mną dołki, a teraz udaje, że mnie nie zna...

– Bo po co wydobyłaś ten nieszczęśliwy list! – szepnęła Madzia.

– Tak mi się podobało! Nie pozwolę, żeby ktokolwiek mnie krzywdził! A nie mszczę się nad Howardówną, bo wiem, że ta wariatka dokuczy wszystkim i sama się zgubi... Zgubi pensję i Latterową.

To powiedziawszy, panna Joanna wyszła z gniewem na korytarz, ostentacyjnie usuwając się od Madzi.

– I ze mną się nie żegnasz? – spytała Madzia.

– Bo wszystkie jesteście głupie! – zawołała, wybuchając płaczem.

Prędko przebiegła przez korytarz i zniknęła na bocznych schodach, skąd jeszcze parę razy dobiegło ją spazmatyczne szlochanie.

O piątej po południu w kancelarii na drugim piętrze miała odbyć się sesja miesięczna. Ponieważ profesorowie czekali, a pani Latter jeszcze nie przyszła, więc panna Howard szepnęła Madzi, żeby przypomniała o tym przełożonej.

Madzia, zbiegłszy na pierwsze piętro, weszła do gabinetu, lecz pani Latter nie było. Zajrzała do dalszych pokojów i spotkała – pana Kazimierza. Był wzburzony, ale piękny.

– Pani Latter nie ma? – zapytała zmieszana Madzia.

– Poszła mama na sesję – odparł. A widząc, że zarumieniona Madzia chce odejść, chwycił ją za rękę i rzekł:

– Proszę o chwilkę rozmowy, panno Magdaleno. Przecież pani nie należy do sesji.

Madzia tak się zlękła, że nie mogła wydobyć głosu. Bała się pana Kazimierza, ale nie miała siły opierać się jego życzeniu.

– Chcę z panią pogadać o mojej matce, panno Magdaleno...

– Ach, tak! – I Madzia odetchnęła.

– Niech pani siądzie, panno Magdaleno.

Usiadła, bojaźliwie patrząc mu w oczy.

– Mam do pani dwie prośby. Czy zechce pani je spełnić? Niech się pani nie lęka: obie dotyczą mojej matki.

– Wszystko jestem gotowa zrobić dla pani Latter – szepnęła Madzia.

– Ale nic dla jej syna – wtrącił Kazimierz z gorzkim uśmiechem. – Mniejsza o mnie – dodał. – Czy pani nie spostrzegła, że moja matka od pewnego czasu jest bardzo... rozdrażniona?

– Uważamy to wszyscy – odparła po chwili wahania.

– Oczywiście jedno z dwojga: albo matka ma kłopoty, o których nie wiem, albo... grozi jej ciężka choroba – dokończył ciszej, zasłaniając twarz ręką. – Cóż pani o tym sądzi? – zapytał nagle.

– Ja sądzę, że... może kłopoty...

– Ale jakie? Przecież ubytek kilku uczennic nic nie znaczy dla pensji... Więc co? Helenka wyjechała za granicę i o nią chyba matka nie potrzebuje się troszczyć... Ona da sobie radę! – zawołał z uśmiechem. – Cóż więc pozostaje? Chyba ja? No, ale ja także jestem gotów wyjechać i nie wiem, dlaczego mama się ociąga...

Madzia spuściła oczy.

– Doprawdy, że niepokoję się matką – ciągnął pan Kazimierz tonem raczej gniewnym niż zmartwionym. – Jest zdenerwowana, nawet w stosunkach ze mną, a o kuracji nie pozwala sobie mówić... Przy tym zachodzi w niej jakaś zmiana. O ile sięgam pamięcią, zawsze zachęcała mnie do zrobienia wyższej kariery, no i ja ją robię, mam znajomości... Tymczasem dziś, kiedy powinien bym jechać, mama wypaliła mi takie kazanie o pracy i zarobkach, że się przestraszyłem... A co mnie najbardziej niepokoi, że wszystkie morały prawiła mi tonem szyderczym... Jakaś podniecona... Śmiejąc się... Czy pani nie dostrzegła zmiany w zwyczajach mojej matki? Czy... na przykład... nie uważa pani, żeby matka... żeby matka... zażywała eter? Eterem posługują się niekiedy do uśmierzania bólów newralgicznych... Zresztą – ja nic nie rozumiem...

Rozpaczliwym ruchem objął się rękami za głowę, ale na jego twarzy widać było tylko rozdrażnienie.

– Proszę, niech pani nikomu nie wspomina, że mówiłem o eterze, bo mogę się mylić... Ale proszę... Niech pani daje baczność na mamę, panno Magdaleno – dodał, ujmując jej rękę i błagalnie patrząc w oczy. – Doprawdy, że uważam panią za osobę najbliższą nam, jakby drugą córkę mojej matki... I gdyby pani coś dostrzegła, niech zawiadomi mnie o tym, gdziekolwiek będę: tu czy za granicą... Zrobi to pani? – pytał tonem smutnym i pieszczotliwym.

– Tak... – odpowiedziała cicho Madzia, którą przebiegały dreszcze na dźwięk głosu pana Kazimierza.

– A teraz druga prośba. Niech pani napisze list do Helenki w tym guście, że mama jest rozdrażniona, że na pensji wszystko idzie źle... I niech pani jeszcze doda tonem żartobliwym, że Warszawa dużo mówi o jej zabawach i kokieterii. Szczególna dziewczyna, powiadam pani... Chce podobać się Solskiemu, a bałamuci innych! Dobra to metoda, ale nie z każdym... Solski jest partią zbyt poważną, żeby godziło się zrażać go lekkomyślnym postępowaniem.

Madzia z niepokojem spojrzała na pana Kazimierza. Przyszły jej na myśl obawy Ady.

– Więc zrobi pani, o co prosiłem? To dla mojej matki, panno Magdaleno... – mówił.

– Tak... Chociaż ja nie mogę pisać do Heli o panu Solskim...

Wyraz niecierpliwości przebiegł po pięknym obliczu pana Kazimierza, lecz w jednej chwili zniknął.

– Dobrze, więc mniejsza o Solskiego – rzekł. – Ale za to będzie pani pisywać do mnie za granicę o zdrowiu matki?

– Napiszę, gdyby zaszło coś ważnego.

– Tylko w takim razie? Ha, cóż robić, dziękuję i za to...

Znowu ujął rękę Madzi i złożył na niej długi pocałunek, spoglądając w oczy.

Madzia zaczęła drżeć, lecz nie była w stanie cofnąć ręki. Pan Kazimierz pocałował ją drugi i trzeci raz, coraz przeciąglej i coraz namiętniej. Lecz gdy wziął za drugą rękę, wyrwała mu obie.

– To niepotrzebne – rzekła wzburzona. – Kiedy chodzi o zdrowie pani Latter, mogę pisać nawet do pana...

– Nawet do mnie! – powtórzył pan Kazimierz, zrywając się z krzesła. – Ach, jaka pani nielitościwa! Jednak musi pani przyznać – dodał z uśmiechem – że wygrałem zakład:

pocałowałem panią w rączkę, choć dopiero w kilka miesięcy później, niż zapowiedziałem...

Teraz Madzia przypomniała sobie spór, jaki przeprowadzili w październiku wobec Helenki.

– Ach! – zawołała zmienionym głosem – więc dlatego rozmawiał pan ze mną o swojej matce? Jest to dowcipne, ale... Nie wiem, czy szlachetne...

Nie mogła się pohamować i łzy stoczyły się po jej twarzy.

Chciała wyjść, ale pan Kazimierz zastąpił jej drogę, mówiąc z uśmiechem:

– Panno Magdaleno, na miłość boską, niech się pani na mnie nie obraża! Czyli nie czuje pani w moim postępowaniu tego szubienicznego humoru, który napada ludzi zrozpaczonych? Nie umiem pani opowiedzieć, co się ze mną dzieje... Lękam się jakiejś katastrofy z matką czy Helą... nie wiem... i jestem tak nieszczęśliwy, że już drwię z samego siebie... Pani mi przebacza, prawda? Bo ja panią uważam za drugą siostrę, lepszą i rozumniejszą od tamtej... A pani chyba wie, że bracia niekiedy lubią dokuczać siostrom... No, nie gniewa się pani? Ma pani trochę litości nade mną? Zapomni pani o moim szaleństwie? Mimo wszystko tak?

– Tak... – szepnęła Madzia.

Chwycił ją znowu za rękę, ale Madzia wyrwała mu się i uciekła.

Pan Kazimierz został sam na środku pokoju i położywszy palec na ustach, myślał:

„Ma dziewczyna temperament.... Jakie dziwne te kobiety... Każda bestyjka inna! Szkoda, że wyjeżdżam... No, ale przecież nie na wieki...".

Madzia pobiegła do sypialni, ukryła się za parawanem i cały wieczór przeleżała z głową wciśniętą w poduszki. Gdy przyszły pensjonarki, zapytując, co jej jest, miała twarz rozpaloną, błyszczące oczy i narzekała na silny ból głowy. Nie rozumiała, co się z nią dzieje; była obrażona, zawstydzona, lecz szczęśliwa.

Nazajutrz w niedzielę o pierwszej panna Howard zaproponowała Madzi spacer na wystawę. Lecz gdy wyszły na ulicę, rzekła:

– Pani myśli, że naprawdę idziemy na wystawę?

– Więc gdzie? – zapytała z przestrachem Madzia, lękając się usłyszeć nazwisko pana Kazimierza.

– Idziemy do Malinowskiej – odparła panna Howard. – Trzeba to raz skończyć... Wczoraj na sesji ostatecznie przekonałam się, że pani Latter nie ma już ani pomysłów, ani energii... Robi wrażenie osoby rozbitej... Muszę ją ratować...

Panna Malinowska mieszkała z matką w okolicach ulicy Marszałkowskiej i zajmowała trzy pokoje na trzecim piętrze. Matka gospodarowała, ona po całych dniach odbywała lekcje z przychodzącymi panienkami.

Kiedy panna Howard i Madzia weszły do jej pokoju, zastały ją nad wypracowaniami uczennic. Przerwała robotę i przywitała się z Madzią bez wstępów, mocno ściskając ją za rękę.

Panna Malinowska była to szczupła trzydziestoletnia blondynka z ładnymi oczami, uczesana gładko, ubrana gładko i bez wielkiego gustu. Miała głos łagodny, spokojną twarz, a na niej taki sam wyraz zaciętości, jaki niekiedy cechował panią Latter. Madzia na poczekaniu stworzyła sobie teorię, że każda przełożona pensji musi być trochę zacięta i mieć imponujące spojrzenie. A ponieważ ona sama nie była ani imponująca, ani zacięta, więc nie mogła marzyć o otworzeniu pensji...

Kiedy panna Malinowska poprosiła panie, żeby usiadły, panna Howard odezwała się głosem mniej niż zwykle stanowczym:

– Przychodzimy do pani jako delegatki...

Panna Malinowska, milcząc, skinęła głową.

– I chcemy prosić, żeby pani ostatecznie zdecydowała się...

– Wejść w spółkę z panią Latter? – wtrąciła panna Malinowska. – Już zdecydowałam się. Nie wejdę.

Panna Howard była w przykry sposób zdziwiona.

– Czy może nam pani objaśnić powody? Do czego zresztą nie mamy prawa... – rzekła coraz mniej stanowczym tonem panna Howard.

– Owszem, chociaż jest to trochę dziwne, że z podobną propozycją nie zgłasza się do mnie sama pani Latter.

– My chciałyśmy przygotować grunt do porozumienia – wtrąciła panna Howard.

– Grunt już jest – odparła panna Malinowska. – Pół roku temu, jak pani zresztą wiadomo, byłam gotowa połączyć się z panią Latter. Ona nie chciała. Dziś dla mnie spółka z nią nie przedstawia interesu.

– Pani Latter jest osobą bardzo doświadczoną – rzekła, rumieniąc się, panna Howard.

– Ach, jaka ona dobra! – dodała Madzia.

– Posiada ustaloną renomę – uzupełniła panna Howard, zapalając się.

Panna Malinowska nieznacznie wzruszyła ramionami.

– Widzę – rzekła – że muszę powiedzieć paniom to, o czym powinnam milczeć. Otóż pomimo zapewnień, że pani Latter jest osobą dobrą, doświadczoną i renomowaną, ja zaś jestem prawie nowicjuszką na tym polu, jednakże… Nie mogę wchodzić z nią w żadne spółki. Rola pani Latter się skończyła, to nie jest kobieta dzisiejszej epoki.

Madzia drgnęła na krześle i z błyszczącymi oczami odparła:

– Pani Latter od kilkunastu lat pracuje…

Panna Malinowska spojrzała na nią chłodno.

– A pani nie pracuje? – zapytała. – I ile pani zarabia?

Madzia tak się stropiła pytaniem, że podniósłszy się z krzesła, wyrecytowała głosem pensjonarki wydającej lekcję:

– Mam piętnaście rubli miesięcznie, życie, mieszkanie i wychodne trzy razy tygodniowo…

Panna Howard wzruszyła ramionami.

– Otóż, widzi pani – mówiła panna Malinowska – tak wynagradza się pracę kobiet w naszej epoce. Mamy za nią ledwo skromny byt, nie wolno nam marzyć o robieniu majątku, a pod żadnym pozorem nie możemy mieć dzieci, bo… kto je wykarmi i kto je wychowa?

– Społeczeństwo! – wtrąciła panna Howard.

– Tymczasem – ciągnęła dalej panna Malinowska – pani Latter ma zupełnie inne pojęcia. Prowadzi dom jak wielka dama, to jest pracując za jedną wydaje za pięć, a może i dziesięć zwyczajnych pracownic. Nie dość tego: pani Latter ma dzieci wychowane na wielkich panów...

– Na to pracuje... – szepnęła Madzia.

– Myli się pani – przerwała panna Malinowska – ona już nie pracuje, bo pracować nie może... Ona co najwyżej zagryza się na śmierć, myśląc o jutrze, bo czuje, że jutro – nie dla niej. Ona widzi, że kapitał, który włożyła w wychowanie dzieci, jest zmarnowany. Bo dzieci nie tylko jej nie pomagają, nie tylko trwonią jej pieniądze, nie tylko rujnują jej przyszłość, ale w dodatku same sobie nie dadzą rady...

– To okrutne, co pani mówi – wtrąciła Madzia.

Panna Malinowska zdziwiła się i spoglądając na pannę Howard, rzekła:

– Ależ, to nie ja mówię, tylko całe miasto... Świadkiem panna Howard. Ja zaś dodaję od siebie, że ponieważ za moją pracę mieć będę najwyżej pięćset lub sześćset rubli rocznie, więc nie mogę brać na wspólniczkę kobiety, która potrzebuje kilku tysięcy rubli... Mam wprawdzie jakiś kapitał, ale procent od niego, jeżeli pensja da procent, należy do mojej matki.

– Nie śmiałybyśmy pani stawiać podobnych żądań – odezwała się zakłopotana panna Howard.

– Ja też nie odpowiadam na żądania, tylko tłumaczę się, żeby nie być źle zrozumianą, a potem... zbyt surowo sądzoną – mówiła panna Malinowska. – Położenie moje jest trudne, bo pani Latter może wszystko stracić, a ja jestem do pewnego stopnia zaangażowaną w jej interesy i muszę nabyć pensję. W dodatku pensja jest rozprzężona, trzeba wiele rzeczy zmienić, nie wyłączając personelu...

Madzia była wzburzona, panna Howard bladła i rumieniła się, o ile to dla jej wiecznie różowej cery było możliwe.

Po chwili kłopotliwego milczenia panna Howard wstała i zaczęła żegnać gospodynię domu.

– W takim razie – rzekła na zakończenie – musimy szukać innych środków ratunku...

– Sądzę – odparła panna Malinowska – że przynajmniej dla pani, panno Klaro, to, co powiedziałam, nie jest niespodzianką? Wszakże od kilku miesięcy rozmawiałyśmy o tych sprawach.

– Tak... Ale moje poglądy uległy pewnej modyfikacji... – odpowiedziała chłodno panna Howard.

Madzia była tak zmieszana, że o mało nie zapomniała pożegnać panny Malinowskiej.

Gdy obie damy, opuściwszy mieszkanie przyszłej przełożonej, znalazły się na ulicy, panna Howard zaczęła rozdrażnionym głosem:

– Oho, moja Malinosiu, widzę, że z ciebie ziółko! Jakim ona tonem dziś przemawia... Personel! Słyszała pani? Ona mnie i panią zalicza do personelu? Pokażę ja jej personel... Chociaż swoją drogą w tym, co mówi o pani Latter, ma słuszność. Pracująca kobieta nie może tyle wydawać na siebie i na dzieci, które zresztą powinny być obdarzone nazwiskami i wychowane przez społeczeństwo...

– Ależ dzieci pani Latter mają nazwisko swego ojca – zauważyła Madzia.

– Tak, ale gdyby nie miały?

– Boże, Boże... – szeptała Madzia. – To będzie coś strasznego... Więc już nie ma ratunku dla pani Latter?

– Owszem, jest – odparła energicznie panna Howard. – Pójdziemy do pani Latter i powiemy jej: pani, jakkolwiek z zasady jesteśmy przeciwne małżeństwu, lecz w tak wyjątkowych warunkach radzimy pani wyjść za wuja Mani Lewińskiej... On da pieniędzy, a my poprowadzimy pensję bez Malinowskiej...

– Panno Klaro? – zawołała zdumiona Madzia, zatrzymując się na ulicy.

– Dla niej nie ma innego wyjścia, tylko małżeństwo z tym dziadem – upierała się panna Howard.

– Ależ, co pani mówi... Skąd znowu małżeństwo z wujem Mani?

Teraz panna Klara wybuchnęła zdziwieniem.

– Jak to – rzekła – więc pani nawet o tym nie wie, o czym wszyscy mówią? Doprawdy, pani dziczeje na pensji!

I zanim doszły do domu, opowiedziała Madzi plotki krążące w rozmaitych kołach towarzyskich na rachunek pani Latter. Dodała, że sfery konserwatywne są bezwarunkowo za małżeństwem pani Latter z Mielnickim, że radykalna młodzież drwi sobie z małżeństw, które w przyszłej ludzkości muszą być zniesione, lecz że umiarkowany odłam stronnictwa emancypacji kobiet radzi tymczasem zachować małżeństwa jako formę przejściową.

Zakończyła wreszcie, że lubo sama jest radykalistką, jednak potrafi uszanować zdania uczciwych konserwatystów i nawet byłaby gotowa poddać się decyzji umiarkowanego odłamu emancypacji kobiet, gdyby na drodze życia spotkała nadzwyczajnego mężczyznę. Dla zwyczajnych bowiem mężczyzn nie poświęciłaby się, ponieważ są to nikczemnicy i głupcy, z których żaden nie potrafi ocenić kobiety wyższej ani jej potrzeb.

Nigdy panna Howard nie była tak wymowną i nigdy Madzia nie czuła takiego rozbicia myśli jak po tym spacerze. Niby zygzaki błyskawic latały jej po głowie wspomnienia – to grubego Mielnickiego, to panny Malinowskiej, to pracujących kobiet, którym nie wolno mieć dzieci, to znowu rozmaitych kół towarzyskich: konserwatywnych, radykalnych i umiarkowanie emancypacyjnych. Wszystko to paliło się, trzaskało, brzęczało, tworząc chaos, poza którym w sercu Madzi kryła się troska o panią Latter.

„Boże, co będzie z nią i jej dziećmi?" – myślała.

Gdy zaś położyła się wieczorem do łóżka, opanował ją gniew na pannę Malinowską.

„Dlaczego ona mówi, że kobieta pracująca nie powinna mieć dzieci? Cóż to, czy kobiety wiejskie nie pracują, a jednak są matkami… Dzieci to takie miłe, takie kochane stworzenia… Wolałabym umrzeć…".

Zamknęła oczy i przyśnił się jej pan Kazimierz.

18. Kara za niedołęstwo

Zajęta myślami o przyszłości pani Latter, Madzia nazajutrz i następnych dni nie zauważyła, że coś knuje się na pensji. Widziała rozdrażnienie panny Howard, słyszała szepty dam klasowych, nieraz obiło się o jej uszy słówko tej lub owej pensjonarki: „intrygant!", „niedołęga!" – ale nie przywiązywała do tego znaczenia.

Dusza jej była przesycona niepokojem o panią Latter, o Helenkę, nawet... o pana Kazimierza, którym, według przepowiedni panny Malinowskiej, groziła ruina... Cóż więc mogło ją obchodzić, że kogoś nazywają intrygantem i niedołęgą, że cała pensja o czymś szepcze? Czy ona sama nie była pełna jakichś tajemniczych szeptów, nad którymi górowały dwa zdania:

„Rola pani Latter skończyła się nieodwołalnie".

„Kobiety pracujące nie powinny mieć dzieci".

Słowa te wydawały się Madzi okrutne; tym okrutniejsze, że kochała panią Latter jak drugą matkę, a najbardziej kochała ją za to, że ma dzieci.

„Jak można – myślała sobie – z taką straszną obojętnością odmawiać praw do życia istotom malutkim i niewinnym, których dusze, być może, krążą nad nami, upominając się o przyjście na świat, o chrzest i wiekuiste zbawienie? Jak można przed nieurodzonymi zamykać wieczność tylko dlatego, żeby nam było dobrze?".

Wspomnienie panny Malinowskiej, która tak spokojnie rzucała wyrok zagłady na nieurodzonych, napełniało Madzię trwogą. Zdawało jej się, że łagodna i zacięta blondynka wypowiada wojnę samemu Bogu.

„Wolałabym umrzeć niż coś podobnego pomyśleć" – mówiła w duchu.

A tymczasem około niej szeptano o jakimś intrygancie i niedołędze. Lecz gdy Madzia zbliżyła się do grupy pensjonarek, dziewczynki milkły, choć w ich oczach można było wyczytać, że mówią o czymś ważnym.

Raz doleciał Madzię frazes:

– Jej panna Howard nie kazała... Ona jest tak łagodna, że może wszystko zepsuć...

Madzia machinalnie spojrzała na dowodzącą pensjonarkę, która uciekła. Lecz i te zdania odbiły się od jej uwagi jak piłka od ściany.

W następną sobotę dyżurowała Madzia w czwartej klasie, gdzie od godziny dziesiątej do jedenastej Dębicki miał wykładać botanikę. Siedziała na krześle, haftując coś, pogrążona w myślach, gdyż klasa była spokojna.

Po dzwonku nauczyciel języka niemieckiego opuścił salę, a w parę minut wszedł Dębicki. Był jak zwykle zakłopotany, idąc, podnosił kolana bardzo wysoko, okrążył katedrę, potknął się na stopniu, co rozśmieszyło pensjonarki, i zapisał się w dzienniku.

Potem rzekł cichym głosem:

– Panna Kolska...

– Nic nie mów! Nie umiesz! – zaszemrano w klasie.

Madzia spojrzała po sali. Większa część uczennic miała spuszczone głowy, lecz w ostatnich ławkach było widać rozognione twarze i błyszczące oczy.

Dębicki zamyślił się, przewracał kartki dziennika, bawił się piórem, lecz stopnia uczennicy nie zapisał.

– Panna Siewierska... – odezwał się po chwili.

– Nic nie mów! Nieprzygotowana! – odezwały się głosy panienek, tym razem liczniejsze i silniejsze niż poprzednio.

Dębicki podniósł się z fotelu i patrząc na rzędy pochylonych główek, rzekł spokojnie:

– Moje panie, cóż to znaczy?

– Nic nie rozumiemy... Nudne lekcje...
– Nie rozumiecie, panie, botaniki?
– Nic, ale to nic nie rozumiemy! – zawołał cienki głos. A po nim chór:
– Nie rozumiemy... Nie chcemy...

Dębickiemu twarz zrobiła się szarą, nos trochę posiniał. Zachwiał się, odetchnął parę razy, jakby mu zabrakło powietrza, a w jego oczach błysnęła trwoga. Lecz uspokoił się, zeszedł z katedry, stanął przed pierwszymi ławkami i pokiwawszy głową, rzekł z uśmiechem:

– Dzieci! Dzieci!

Potem opuścił salę, znowu podnosząc kolana bardzo wysoko i trzymając rękę za klapą surduta.

Kiedy cicho zamknął za sobą drzwi, Madzia na pół nieprzytomna zapytała:

– Co to jest?

Odpowiedziało szlochanie jednej z przychodnich uczennic. Była to siostrzenica Dębickiego.

– Co to znaczy? – powtórzyła Madzia.

W klasie panowało głębokie milczenie, a po chwili rozległ się płacz innej dziewczynki, która była w przyjaźni z siostrzenicą nauczyciela.

A potem w różnych punktach sali zaczęły płakać jeszcze inne dziewczynki i odzywać się głosy:

– To przez Bandurską!
– Nieprawda, bo to Lange!
– Mnie panna Howard kazała...
– Trzeba przeprosić pana profesora...
– Prosić... Przeprosić! Niech pani prosi!

Madzia rzuciła swój haft na ziemię i wybiegła na korytarz.

Dębicki w futrze i czapce stał na połowie schodów, trzymając się poręczy i ciężko dysząc. Madzia chwyciła go za ręce i łkając, zapytała:

– Co panu jest? Dlaczego pan wychodzi?

– Nic. Przypomniano mi, że powinienem wziąć się do spokojniejszego zajęcia – odparł ze smutnym uśmiechem.

– Ależ, panie... Niech pan wróci... – błagała Madzia, coraz mocniej ściskając go za ręce. – One tak proszą... Bardzo proszą!

– Dzieci są zawsze dobre – odparł – ale ja jestem chory i już nie mogę być nauczycielem.

W tej chwili przebiegła przez korytarz i schody mała siostrzenica Dębickiego i z płaczem rzuciwszy mu się na szyję, rzekła:

– Wujciu... Ja z wujciem pójdę... Nie chcę tu być...

– Dobrze, dziecko. Tylko weź salopkę...

– Wezmę, wujciu... ale wujcio zaczeka na mnie... sam nie odejdzie... – szlochała dziewczynka, całując jego ręce.

– Panie... – rzekła Madzia – chciałabym panu do nóg...

Potem zasłoniła twarz chustką i uciekła na górę.

W innych klasach zwrócono uwagę na szmer w korytarzu. Parę nauczycielek wyszło, zapytując Madzię, co to znaczy...

– Nic... – odparła. – Dębicki zachorował...

Wybiegła też panna Howard ze swego pokoiku, niespokojna, rozgorączkowana.

– Więc j u ż? – spytała Madzi.

Teraz Madzia wciągnęła ją do pokoju i, zamknąwszy drzwi, zawołała:

– A pani jest złą kobietą!

– Co pani mówi? – zapytała raczej z trwogą niż z gniewem panna Howard.

– A pani co zrobiła? Zgubiła niewinnego człowieka, chorego na serce... Niech pani zejdzie na dół... Niech spojrzy, a do śmierci nie zapomni pani swego czynu... Bo komu on szkodził... komu zawadzał ten biedak?

– Chory na serce? – powtórzyła panna Howard. – On naprawdę jest chory? Ale ja o tym nie wiedziałam...

– Ale co on jest pani winien? Komu jest coś winien? Litości nie macie... Nie boicie się Boga! – mówiła Madzia zdławionym głosem.

– Więc jeżeli on naprawdę taki nieszczęśliwy, to ja mogę do niego napisać... Niech wróci na pensję... Ja przecież nie wiedziałam, że on jest chory na serce... Ja myślałam, że to zwyczajny niedołęga... – tłumaczyła się zawstydzona panna Howard.

„Ona jest naprawdę wariatką!" – pomyślała Madzia. Otarła oczy, opuściła zgnębioną pannę Klarę i wróciła do klasy.

W kwadrans po awanturze, kiedy Dębicki ze swoją siostrzeniczką byli na ulicy, do pani Latter weszła tylnymi drzwiami jedna z dam klasowych i opowiedziała o zajściu w czwartej klasie.

Pani Latter słuchała podniecona, zarumieniona, a na pytanie damy, czy pójdzie na górę, odparła z nienaturalnym uśmiechem:

– Wszystko jedno! Jest to wprawdzie nieporządek... ale...

Machnęła ręką i ciężko usiadła na kanapie.

Dama, nie mogąc się niczego dowiedzieć, wyszła zdziwiona, a w tej chwili Stanisław przyniósł pani Latter korespondencję z poczty.

Pani Latter, wciąż się uśmiechając, zaczęła przeglądać listy. Jeden upadł na ziemię, więc podniosła go z wysiłkiem.

– Od Mielnickiego – rzekła. – A ten z Neapolu. Od kogóż by to?

Otworzyła i przeczytała króciutki anonim napisany po francusku:

„Jesteś pani kobietą rozumną, jak głosi opinia, więc powinna byś ostrzec swoją córkę, żeby gdy już znalazła konkurenta dla siebie, nie odciągała konkurentów innym pannom, które jej nie przeszkadzały w polowaniu na bogatego męża.

Życzliwa".

Pani Latter zmięła list i oparłszy głowę na poręcz kanapy, rzekła do siebie półgłosem, wciąż się uśmiechając:

– Ach, ta Hela... Nawet z zagranicy przychodzą na nią skargi...

19. Pierwszy smutek

W połowie marca około siódmej wieczór panna Howard, powróciwszy z miasta, wywołała Madzię z klasy i zaprowadziła do swego pokoju.

Panna Howard była rozgorączkowana. Drżącymi rękami zapaliła lampę i, nie zdejmując okrycia ani kapelusza, rzuciła się na krzesło. Jej zwykle różowa twarz miała w tej chwili płową barwę włosów i tylko w efekcie marcowych podmuchów nos był trochę zaczerwieniony.

– Co się pani stało? – zapytała wylękniona Madzia. – Czy może panią zaczepił ktoś na ulicy?

Panna Howard wzruszyła ramionami i spojrzała na Madzię z pogardą. Przede wszystkim jej nikt i nigdy nie zaczepiał, a choćby zaczepił, więc cóż? Taka drobnostka nie zdenerwowałaby panny Howard.

Więc milczała przez pewien czas jak biegły deklamator, który chce wywołać efekt. A potem zaczęła powoli, niekiedy przerywając dla nabrania tchu.

– Wie pani, u kogo w tej chwili byłam i dlaczego? Jestem pewna, że nigdy pani nie zgadnie. Byłam u Joasi...

– Pani u Joasi? – zawołała Madzia. – I cóż ona?

– Przyjęła mnie bardzo dobrze, zgadując, że przyszłam do niej jako przyjaciółka.

– Pani jako przyjaciółka Joasi? Przecież...

– Chce pani powiedzieć, że przeze mnie straciła miejsce? Ależ ta biedaczka prędzej czy później musiałaby stracić każde miejsce... Stan jej zdrowia...

– Ona jest chora? Co jej?

Panna Howard podniosła oczy do góry i mówiła dalej, nie zważając na pytania Madzi:

– Spotkałam dziś panią Fantoche, która ciągle utrzymuje stosunki z tą nieszczęśliwą ofiarą...

– Pani mówi o Joasi? – wtrąciła Madzia.

– Właśnie i ja, gdy zapytałam panią Fantoche, skąd wraca, i usłyszałam, że od tej nieszczęśliwej, byłam zdumiona. Wtedy zacna Fantoche powiedziała parę słów, które mnie rozbroiły.

W tym miejscu panna Howard podniosła się z krzesła, zbliżyła usta do ucha Madzi i szepnęła:

– Joasia jest...

A potem zaczęła zdejmować kapelusz i wierzchnie okrycie, jak osoba niemająca już nic do powiedzenia, ponieważ wypowiedziała taką prawdę, która jest syntezą wszystkich prawd, jakie istniały, istnieją i kiedykolwiek mogą objawić się ludzkości.

– Joasia? Co pani mówi? – zawołała Magdalena, zbudziwszy się z chwilowego osłupienia. – Przecież ona nie jest mężatką...

Z panny Howard spadło wierzchnie okrycie i zatrzymało się na lewym rękawie, który jeszcze nie był zdjęty. Płowowłosa dama spojrzała na Madzię bledszymi niż zwykle oczami i odparła z lodowatym spokojem:

– Wie pani, panno Magdaleno, że powinna pani wrócić do pierwszej klasy! Jak to, więc kobieta w wieku pani, kobieta samodzielna, może zadawać podobne pytania? Ależ pani jesteś po prostu śmieszna.

Madzia zaczerwieniła się jak najczerwieńsza wiśnia.

– Ja przecież rozumiem...

– Pani nic nie rozumie! – zawołała panna Howard, tupiąc nogą.

– Właśnie że rozumiem! – upierała się Madzia niemal z płaczem. – Ale przecież wiem...

– Co pani wie?

– Wiem, że tak szkaradnego czynu nie dopuściła się sama – odpowiedziała Madzia, mrugając oczami pełnymi łez.

– Ach, o to pani chodzi? Naturalnie, że musi być wspólnik, i właśnie o nim pogadam dziś z panią Latter.

– O kim?

– Rzecz prosta, że o panu Kazimierzu Norskim.

Madzia spojrzała na nią z wyrazem takiej trwogi, że panna Howard zdziwiła się.

– Co to znaczy? – rzekła.

– Na miłość boską – zawołała Madzia, załamując ręce – niech pani tego nie robi… Pan Kazimierz? Ależ to plotki…

– Wiem to od Joasi.

– Joasia kłamie! – odparła Madzia.

– Joasia mogłaby kłamać, ależ chyba nie kłamią nasze oczy. Pan Kazimierz bałamucił biedną dziewczynę od wakacji…

– Bałamucił? – szepnęła Madzia, zataczając się. Blada usiadła na krześle i nie spuszczała oczu z panny Howard zdumionej i rozgniewanej.

– Rozumie się, że bałamucił, aż wreszcie skłonił ją do schadzek. Przecież chyba pani pamięta, kiedy Joasia wróciła na pensję o drugiej w nocy… Bohater! Don Juan!.. – zawołała panna Klara. – Mówił jej, że jest najpiękniejsza, że właśnie pokochał ją prawdziwie, groził, że odbierze sobie życie na jej oczach… A dziś drwi z niej i ucieka. O, podły rodzie męski! I ja nie mam porozmawiać o tej nieszczęśliwej z jego matką?

Madzia splotła ręce i opuściła głowę tak, że cień padł na jej drobną twarzyczkę. Ale panna Howard nie patrzyła na nią, tylko chodząc po pokoju, mówiła:

– Jak to, więc biedna dziewczyna ma zostać sama jedna, bez opieki, bez grosza, odepchnięta przez krewnych i znajomych, w takiej chwili, kiedy najbardziej i najsłuszniej należy jej się pomoc od całego społeczeństwa? Więc kiedy uwodziciel rzuca się w objęcia coraz nowych kochanek, ona nie ma nawet lekarza i służącej? Kiedy on trwoni setki rubli przez miesiąc, ona nie ma talerza rosołu i szklanki herbaty? Zdaje mi się, panno Magdaleno, że w pani nie tylko nie rozbudziła się znajomość świata, ale nawet śpi poczucie sprawiedliwości...

– A jeżeli to nieprawda? – szepnęła Madzia.

– Co nieprawda? Że kobiety są nieszczęśliwe, nawet pełniąc najwznioślejsze obowiązki, a mężczyźni mają przywileje nawet w zbrodni?

– A jeżeli to nie pan Kazimierz? – nalegała Madzia. – Niech pani sobie przypomni pomyłkę co do Dębickiego. Ten człowiek nie był winien, a jednak...

– Także porównanie! – odparła panna Howard, coraz prędzej chodząc po pokoju. – Dębicki jest człowiekiem chorym, więc na wszystkich robi wrażenie niedołęgi, ale pan Norski jest znany bałamut... Przecież on mnie chciał uwieść, mnie! I potrzeba było całej potęgi mego rozumu i charakteru, żeby się oprzeć jego spojrzeniom, półsłówkom, uściskom ręki... „Bądź pani moją przyjaciółką... moją siostrą..." – mówił. Ha, ha! Pięknie wyglądałabym wśród zacofanego społeczeństwa.

Korzystając z przerwy, Madzia w milczeniu pożegnała pannę Howard i tłumiąc łzy, pobiegła do sypialni za swój szafirowy parawanik.

Znalazłszy się tam, Madzia upadła na łóżko, ukryła twarz w poduszce i płakała, gorzko płakała... W uszach jej szumiały wyrazy: „Kazimierz bałamucił Joasię od wakacji – rzuca się w objęcia coraz nowym kochankom – prosił pannę Howard, żeby została jego przyjaciółką i siostrą!". On przecież i ją, Madzię, nazywał drugą siostrą! Może być, że jest to bałamut i kłamca, ale w chwili, kiedy ją całował po rękach, musiał to robić szczerze. Choćby cały świat, choćby on sam zapewniał, że nie był szczerym, Madzia nie uwierzyłaby. Takie rzeczy odczuwa się instynktownie, a Madzia odczuła je głęboko i pomimo gniewu i trwogi była szczęśliwa.

Wydawało się jej, że pan Kazimierz tym całowaniem rąk jakby wezwał ją (choć nic nie mówił) do dalekiej wspólnej podróży. Co ją mogło spotkać, nie pytała; dość, że mieli być razem, zawsze razem, jak brat z ukochaną siostrą... I otóż, zaledwie ją wyprowadził za granicę konwencjonalnych stosunków, już przekonała się, że ją porzuci. Bo on przecież miał więcej kobiet, które chciały z nim być; on nigdy nie należał i nie należałby do niej jednej; a w takim razie – co jej po nim? Czy cała wartość podobnego przywiązania nie leży w tym, że się go z nikim nie dzieli?

Drżąc z płaczu na swoim łóżeczku, Madzia czuła, że spotkał ją okropny zawód, może jeden z tych, które kobietom delikatnym łamią życie, niekiedy rozum, a niekiedy spychają je do grobu... Straszne to było cierpienie, lecz szczęściem trafiło na nią, na nędzną i głupią istotę, która nie tylko nie miała prawa umierać z tego powodu, ale nawet nie powinna skarżyć się ani nawet myśleć o tym. Cóż nadzwyczajnego, że olbrzym jak pan Kazimierz mimochodem rozdeptał serce jakiejś mrówki mającej ludzkie kształty i będącej damą klasową? To przecież ona winna, że nie usunęła się z drogi. A jaka bezwstydna Joasia, że ma pretensję do pana Kazimierza! Gdyby ją, Madzię, spotkał podobny los i pan Kazimierz odsunął się od niej, nie powiedziałaby ani słówka nikomu, nawet nie zdradziłaby się, że jest nieszczęśliwa. Śmiejąc się, wyszłaby z pensji niby to na spacer, śmiejąc się, poszłaby w stronę mostu i niby wypadkiem rzuciłaby się do Wisły.

Ludzie powiedzieliby: coś strzeliło do głowy tej wariatce, a sam pan Kazimierz nie domyśliłby się niczego, bo nie znałby przyczyny. Może nawet dla zatarcia w nim podejrzeń, może nawet opowiadałaby mu o swoich bliższych i dalszych planach, wciąż wmawiając mu, że jest szczęśliwa i nie martwi się niczym.

Tak zrobiłaby ona, Madzia. Bo przecież ona wie, że między tłumem tych doskonałych ludzi, którzy cenią siebie i są oceniani przez innych, ona jedna jest marnym pyłkiem, o który nie warto się troszczyć. Nikt nie powinien się o nią troszczyć, nawet ona sama.

Tak wytłumaczywszy sobie swoją rolę i stanowisko na świecie, Madzia spokojniejsza podniosła się z łóżka. Potem zmówiła pacierz do Matki Boskiej Bolesnej i uspokoiła się jeszcze bardziej. A potem, umywszy zapłakane oczy, wróciła do swoich uczennic i odrabiała z nimi lekcje, usiłując się śmiać, żeby niewczesnym smutkiem nie zatruć ich dziecięcej wesołości...

Gdy zaś około dziesiątej wróciła znowu za swój szafirowy parawanik i zmówiła wieczorny pacierz – zasnęła tak spokojnie, jakby nigdy nie spotkał jej żaden zawód. Między nią i jej pierwszą w życiu boleścią stanął najpotężniejszy ze wszystkich – anioł pokory.

20. Widzenia

W momencie, gdy pensjonarki przechodziły do sal sypialnych, pani Latter skończyła gospodarskie rachunki z panną Martą. W kasie było jeszcze kilka tysięcy rubli, ale pani Latter, przywykła sięgać myślą w przyszłość, już dziś zaprowadzała możliwe redukcje w wydatkach, żeby co dzień oszczędzić choć parę rubli. Paliło się za dużo światła w salach i na korytarzach, wychodziło zbyt wiele cukru i mydła, to trzeba zmniejszyć. Obiady były zanadto mięsne i tłuste, więc można ograniczyć ilość mięsa i masła, a wreszcie godziło się bieżący wielki post obchodzić nieco surowiej przez zaprowadzenie postnych obiadów w poniedziałki. Są ludzie, którzy przez cały wielki post nie biorą do ust nie tylko mięsa, ale nawet nabiału; dobrze więc choć cztery razy na tydzień przypomnieć dziewczynkom, że są chrześcijankami.

Postanowienie to zachwyciło pannę Martę, która do przesady posuwała troskliwość o przepisy religijne; odeszła więc, zapewniając panią Latter, że teraz spłyną na jej pensjonat wszelkie błogosławieństwa. Ale pani Latter nie była zadowolona swoimi reformami. Ona wiedziała, że czwarty dzień postu zaprowadza się nie przez pobożność, lecz przez oszczędność. Bo co będzie, jeżeli jej przed wakacjami zabraknie pieniędzy? Jak ona powie: dzieciom, nauczycielkom i służbie, że jutro nie dostaną obiadu?

Już od pół roku podobne myśli dręczyły panią Latter, wypijając jej krew i mózg jak rój bezcielesnych upiorów. Długi, oszczędności, zmniejszone dochody i – jutro, niepewne jutro, już prawie przestały zadawać jej cierpień, a zaczęły nudzić swoją jednostajnością... Wielki Boże! Cóż to za straszna była dla niej tortura codzienne obcinanie łutów masła i mięsa, naparstków mleka i – te rachunki, spoza których wciąż wyglądała bladożółtawozielonawa twarz deficytu!

Zawsze to samo: rachunek – deficyt – oszczędność... Piekło mogłoby rozziewać się na śmierć!

Kiedy tego rodzaju zajęcia ciągnące się do późnej nocy tak wyczerpały panią Latter, że prawie wpadała w rozpacz, wówczas pozostawał jej jeden ratunek: wypić kieliszek starego wina, które przysłał Mielnicki. Kieliszek nie mógł być nalany do brzegów, gdyż wywoływał senność; nie mógł być niepełny, bo mocniej rozdrażniał. Dopiero gdy pani Latter przy nalewaniu zachowała bardzo subtelną miarę i do ostatniej kropli wypiła wino, dopiero wówczas powracał jej spokój i ta tęgość umysłu, dzięki której zdobyła stanowisko w świecie.

Dopiero wtedy złamana i zrozpaczona kobieta przemieniała się w dawną panią Latter, która jednym rzutem oka oceniała sytuację, w jednej chwili robiła plan odpowiedni do okoliczności i wykonywała go z nieugiętą konsekwencją.

Dziś użyła tego samego środka, zachowując pewne ostrożności, jakby lękała się, żeby jej ktoś nie podpatrzył. Cicho weszła do swojej sypialni, zamknęła drzwi, wydobyła z szafy omszałą butelkę i średniej miary kieliszek, nalała, patrząc pod światło, i lękliwie obejrzawszy się, wypiła wino jak lekarstwo.

– Ach! – odetchnęła, czując ulgę.

Potem wróciła do gabinetu i usiadłszy na kanapie, zaczęła marzyć z przymkniętymi oczami. W jej stroskanej duszy otwierały się źródła ukojenia.

Pierwszym była wiara, że cokolwiek zdarzy się, ona od wakacji nie będzie miała pensji. Czy Helena wyjdzie za mąż, a ona przeniesie się do majątku Solskiego, czy sama zostanie gospodynią (a może żoną?) Mielnickiego, czy trafi się jakiś inny wypadek, na wszelki sposób ona, pani Latter musi być wolna od dzisiejszych zajęć. I dziwna rzecz: ile razy przychodziła jej na myśl nowa przyszłość, tyle razy widziała siebie siedzącą w jakimś starym parku nad rzeką.

Widzenie było tak jasne, że pani Latter prawie mogła wymierzyć grubość drzew, odmalować kolor liści i formy cienia, jakie ich korony rzucały na ziemię. Widziała kosmatą liszkę powoli sunącą po korze lipy, widziała pęknięcie, które biegło wzdłuż czarnej ławki ogrodowej, czuła świeży zapach ziemi, słyszała szelest rzeki, która płynęła o parę kroków od niej i której nurt skręcał w tym miejscu.

Dla pani Latter obraz ten, powtarzający się prawie co dzień, nie był halucynacją, ale jasnowidzeniem. Była przekonana, że widzi swoją przyszłość, taką szczęśliwą przyszłość, że warto było pracować na nią cierpieniami dotychczasowego życia. Nie było tu nic i nikogo oprócz ławki czarnej ze starości, gromady drzew i szeleszczącej rzeki. Ale w ubogim krajobrazie panował taki spokój, że pani Latter zgodziłaby się przesiedzieć całą wieczność na tej ławce i całą wieczność patrzeć na kosmatą liszkę leniwie pełznącą w górę drzewa.

Ona już tylko tego chciała dla siebie od życia: tylko spokoju.

Po fali marzeń przychodziła fala rozmyślań. Pani Latter otwierała oczy i patrząc na swoje biurko, na popiersie Sokratesa wychylające się spoza lampy, mówiła do siebie:

„Z pensją koniec: rzucam ją od wakacji, choćbym miała na drugi dzień stracić życie. Ale co to za park? Czy to park Solskiego, czy Mielnickiego? Ach... To był nasz park w Norowie... Taki majątek i tak go zmarnować!".

Wzdrygnęła się i machinalnie zatkała rękami uszy, jakby lękając się szeptu wspomnień, które mogły powiedzieć jej, że to – ona strwoniła majątek męża, swój, a przede wszystkim dzieci... I to z kim? Z jakimś eksguwernerem. Majątek Norskich z Latterem! I to ona – tak oszalała? Ona wyszła drugi raz za mąż? Ona była zazdrosną o tego drugiego? Ona, która w parę lat później go wypędziła...

Ale nad tymi wspomnieniami pani Latter już umiała panować. Odsunęła więc je od siebie jak niepotrzebny skrawek papieru i zaczęła myśleć o córce.

Panna Helena, a właściwie – jej małżeństwo z Solskim było dla pani Latter drugim źródłem pociechy i fundamentem, na którym opierały się jej nadzieje. Po wielu wahaniach pani Latter powiedziała sobie, że Helenka musi wyjść za Solskiego. Dla nikogo już nie było tajemnicą w Warszawie, że Solski, zbliżywszy się do panny Heleny we Włoszech, po prostu oszalał dla niej; zaś pani Latter częścią wiedziała od córki, częścią odgadywała, że w tej chwili między Helenką a Solskim toczy się prastara walka, która zwykle poprzedza kapitulację obu stron. Mianowicie – pan Solski udaje obojętnego, a panna Helena kokietuje innych mężczyzn.

„Prędzej czy później, dziś czy jutro – myślała pani Latter – on wybuchnie i się oświadczy, a Helenka go przyjmie. A ja najpierw dowiem się o tym od Zgierskiego, który przybiegnie z powinszowaniami i z pieniędzmi..." – dodała z uśmiechem.

Przymknęła oczy i ujrzała drugi obraz. Widziała niby Helenkę, niby samą siebie, wchodzącą w białej jedwabnej sukni z długim trenem do salonu pełnego osób. Helenka wyglądała prześlicznie: jej suknia była haftowana perełkami, a piękna głowa zasypana brylantami, z których jeden nad czołem rzucał światło purpurowe, drugi nad skronią był podobny do zielonawej gwiazdy. Pani Latter widziała każdą zmianę blasku brylantów, każdą fałdę bogatej sukni, widziała rozszerzone nozdrza i dumny wzrok córki, przed którą pochylały się wszystkie głowy z podziwem lub zazdrością.

Obok Helenki stał Solski, człowiek brzydki, z kałmuckimi rysami, ale z dziwną energią w twarzy. Pani Latter wpatrywała się w nich oboje z zachwytem, myśląc:

„Czy może być bardziej dobrana para? Ona piękna jak marzenie, on szkaradny, ale dzielny... I taki wielki majątek!".

Potem – zdawało jej się, że mówi do córki:

„Jakaś ty szczęśliwa, Helu, mając męża brzydkiego i energicznego! Moi dwaj byli bardzo piękni, ale za słabi dla mnie, a to jest przyczyną, że zmarnowałam życie... Twój mąż będzie szalał za tobą, ale nie pozwoli na żaden wybryk...".

Pani Latter znowu otworzyła oczy i znowu zamiast bogatej sali, gdzie królowała jej córka, zobaczyła swój gabinet. Nagle przyszła jej myśl:

„A jeżeli Helenka nie wyjdzie za Solskiego?".

Twarz pani Latter skurczyła się, a w oczach błysnął gniew, prawie nienawiść.

– Wolałaby mnie zabić... – szepnęła.

Pani Latter już nie mogła pogodzić się z myślą, że jej córka nie wyjdzie za Solskiego, w dodatku – bardzo prędko. Helenka musi w tych czasach zrobić świetną karierę, bo – od tego zależała przyszłość Kazia.

Troska o pana Kazimierza była cierniem, którego nic nie mogło wyrwać z duszy matki. Pani Latter czuła, że dla jej zupełnego szczęścia potrzeba, żeby syn zajął kiedyś stanowisko między najznakomitszymi świata i był równy jeżeli nie Napoleonowi, to przynajmniej Bismarckowi. Zwątpiłaby o boskiej sprawiedliwości, gdyby syn prędzej czy później nie posiadał nie tylko majątku, sławy i władzy, ale jeszcze tych przymiotów, które wybraną jednostkę wynoszą ponad zwykłych śmiertelników. To zaś ją truło, to spędzało sen z powiek, że nie mogła wyobrazić sobie: jakim sposobem syn dojdzie do upragnionego stanowiska? Oczywiście powinien wyjechać za granicę, najlepiej do którego z niemieckich uniwersytetów, gdzie często w audytorium można spotkać się z książętami panujących domów. A niechby się tylko zetknął Kazio z takim młodym mocarzem, już tamten nie puści go od siebie – i kariera gotowa! Na nieszczęście, na zagranicę trzeba pieniędzy, dużo pieniędzy, a pani Latter nie wątpiła, że sama już ich nie wypracuje.

Więc skąd pieniądze dla Kazia? Oczywiście jest jeden tylko sposób: żeby Helenka jak najprędzej wyszła za Solskiego. Krocie Solskiego, jego związki rodzinne i znajomości za granicą były szczeblami, po których miał wejść pan Kazimierz na przeznaczoną mu wyżynę.

Pani Latter znowu zaczęła marzyć. Nie jest to oczywisty palec Opatrzności, że Ada wzięła do Włoch Helenkę, w której teraz zakochał się Solski? A czy mógłby trafić się podobny wypadek, gdyby Ada wcześniej, zostawszy sierotą, nie weszła na jej pensję, gdyby pani Latter nie straciła majątku i nie zajęła się wychowywaniem obcych dzieci?

Był to cudowny łańcuch wydarzeń, który ciągnął Kazimierza na jakiś szczyt już wówczas, kiedy o tym jeszcze nie myślała jego matka. Ten szereg cudów spełniał się w jej oczach; więc dlaczego nie miałby się spełnić jeszcze jeden cud... Do wakacji jest przecież trzy miesiące: przez ten czas Helenka wyjdzie za mąż, a Kazio od wakacji wyjedzie za granicę.

Dziś wyjechać nie może. Gdyby bowiem pani Latter dała synowi potrzebne pieniądze, groziłoby jej bankructwo przed końcem szkolnego roku.

– Cudu! Cudu! – szeptała pani Latter, wznosząc oczy do nieba i pobożnie składając ręce. Nagle wstąpiła w nią nadzieja: poczuła, że niebo musi wysłuchać próśb matki błagającej za synem.

21. Rzeczywistość

W tej chwili zapukano do drzwi gabinetu raz i drugi. Pani Latter ocknęła się z marzeń i spojrzała na zegar.

– Jedenasta wieczór – rzekła. – Cóż się stało? Proszę...

Weszła panna Howard. Miała tak nieśmiałe ruchy i tak skromnie spuszczone oczy, że pani Latter zaniepokoiła się.

– Cóż – odezwała się cierpko – czy znowu uczennice chcą wypędzić jakiego nauczyciela?

Panna Howard zarumieniła się po swojemu.

– Nie może pani zapomnieć wypadku z Dębickim – odparła cicho. – Przecież stało się to przez wzgląd na panią... Pani nie cierpiała tego człowieka...

– A, panno Klaro, mogłaby pani zostawić mi swobodę przynajmniej w nielubieniu kogoś! – wybuchnęła pani Latter. – Cóż pani znowu przynosi?

Nieśmiałość panny Howard znikła.

– Więc to jest podziękowanie za moją życzliwość? – zawołała. – Od tej chwili – mówiła szyderczym tonem – może pani być pewną, że do osobistych jej spraw mieszać się nie będę, choćby...

– Zatem obecnie przyszła pani nie w moim interesie? Chwała Bogu.

– Zgadła pani. Sprowadziła mnie tu niedola osoby trzeciej, będąca zarazem wielką sprawą czy wielką niesprawiedliwością społeczną.

– Sądzi pani, że mam odpowiednią władzę? – zapytała pani Latter.

– Władzę? Nie wiem. Prędzej obowiązek. Joasia znajduje się w stanie... – dokończyła cicho panna Howard.

Pani Latter drgnęły usta. Nie zmieniając jednakże tonu, odparła:

– Czy tak? Winszuję.

– Winszuje pani... swemu synowi...

Pani Latter pożółkła, usta i powieki zaczęły jej drżeć.

– Pani chyba ma gorączkę, panno Klaro – odparła stłumionym głosem. – Czy pani zastanowiła się, co pani mówi? Gubi pani, prawda że szaloną, ale w gruncie niezłą dziewczynę, powtarzając jakieś plotki bezsensowne... Przecież Joanna ciągle bawi się, bywa między ludźmi... Jest nawet w przyszłym tygodniu gospodynią jakiegoś rautu...

– Nie może robić inaczej – rzekła panna Howard, wzruszając ramionami. – Przyjdzie jednak czas...

Pani Latter chwilę patrzyła na nią, drżąc z gniewu. Spokój panny Howard doprowadzał ją do szału.

– Co pani mówi? Co to jest? Co to wreszcie mnie obchodzi? Na żądanie pani wydaliłam Joannę... już nie jest na mojej pensji, więc... Co mnie po tych nowinach?

– Ależ sprawa ta obchodzi pani syna...

– Mego syna? – zawołała pani Latter. – Chce mi pani wmówić, że gdy jakiejś guwernantce podoba się mieć wypadek w życiu, to ja będę za to odpowiadała? O Joasi to jest kłamstwo, ale nawet choćby tak było, kto ma prawo zaczepiać mego syna?

– Naturalnie, że jego ofiara.

– Ha... ha... ha! Joasia ofiarą mego syna... Ja zaś mam zostać protektorką młodej osoby, która od roku spacerowała po mieście bez mojej wiedzy... Powtarzam: nie wierzę w to, co pani mówi o Joasi; ale choćby tak... to ja chyba powinna bym najpóźniej dowiedzieć się o tym, jak mój syn był zapewne ostatnim w tej awanturze, jeżeli się naprawdę w nią zaplątał.

Panna Howard zmieszała się.

– Nie może pani mówić tak o Joasi – rzekła. – Ona przecież z panem Kazimierzem była na kolacji... wtedy...

– A z iloma była wcześniej? Nie wierzę w to, co mi pani mówi o Joasi, lecz jeżeli byłoby to prawdą, mój syn nie miałby prawa jej wierzyć. Bo ta dziewczyna oszukiwała mnie, mówiąc, że idzie do krewnych, kiedy szła na schadzkę; kto więc zaręczy, że nie oszukiwała mego syna i wszystkich swoich amantów, jeżeli on był jednym z nich?

– A jeżeli sama Joasia powie, że to pan Kazimierz?

– Komu powie? – zapytała pani Latter.

– Pani.

Pani Latter chwyciła lampę z biurka, zdjęła klosz i oświetliła ścianę nad kanapką, gdzie wisiały dwa portrety dzieci.

– Patrz, pani! – zawołała do panny Howard. – Oto jest Kazio, gdy miał lat pięć, a oto Helenka, gdy miała trzy. Takie są rysy rodzinne Norskich. Kto chciałby przekonać mnie, że Kazio... ten musiałby pokazać dziecko podobne albo do niego, albo do Helenki. Rozumie pani?

– To znaczy, musiałby czekać trzy albo pięć lat – wtrąciła panna Howard. – A tymczasem?

– Co tymczasem?

– Co ma począć kobieta zdradzona?

– Nie narażać się... Nie polować na to, żeby ją zdradzano! – odpowiedziała ze śmiechem pani Latter.

– Ona niewinna... Nie wiedziała, co ją spotka.

– Panno Klaro – rzekła już spokojnie pani Latter. – Jesteś kobietą dojrzałą, mówisz do kobiety dojrzałej i mówisz jak pensjonarka... Wszak całe nasze wychowanie jest skierowane tylko na to, by uchronić kobietę od zdrad... Każą nam nie włóczyć się po nocach, nie kokietować mężczyzn, wystrzegać się ich... Pilnuje nas cały świat, grozi niesławą za każdy uśmiech, za każdy poufalszy ruch... Słowem – dwudziestoma płotami zabezpiecza się kobietę od pewnych rzeczy... Więc jeżeli ona dobrowolnie, a nawet wbrew upomnieniom, co dzień sama przeskakuje te płoty, czy może nazywać się zdradzoną?

– Więc pani uznaje jakieś specjalne przepisy dla kobiet? Więc kobiety nie są ludźmi? – zawołała panna Howard.

– Przepraszam panią, ale ja tych przepisów nie stworzyłam. A jeżeli one stosują się tylko do kobiet, to zapewne z tej racji, że tylko kobiety zostają matkami.

– A więc według pani emancypacja, postęp, najwyższe zdobycze cywilizacji...

– Kochana panno Klaro – przerwała pani Latter, kładąc jej na ramieniu rękę – zgódźmy się na jedno: pani wolno bronić postępu, a mnie – ciężko zapracowanych pieniędzy. Ja nie zmuszam pani do przyjmowania moich zacofanych poglądów, niech więc pani nie zmusza mnie do przyjmowania na mój koszt zagadkowych dzieci, jeżeli te istotnie przyjdą na świat.

– Więc Joanna zwróci się do pani syna – odpowiedziała oburzona panna Klara.

– A on odpowie jej w ten sposób, jak ja pani. Jeżeli Joanna uważała za stosowne narażać się na awantury, to nie powód, żeby mój syn nie miał prawa usuwać się od awantur. Zresztą mój syn nie ma pieniędzy...

– Ach, prawda! – pochwyciła panna Howard z szyderczym uśmiechem – że syn pani jest jeszcze małoletni... To nie Kotowski, który umie dotrzymać słowa danego kobiecie...

– Panno Howard!

– Dobranoc pani! – odpowiedziała panna Klara. – A ponieważ nasze poglądy różnią się aż tak... więc... od Wielkanocy będę miała zaszczyt usunąć się z tej pensji.

– Ach! Usuń się choćby ze świata! – szepnęła pani Latter po odejściu nauczycielki. I nagle taki żal ścisnął ją za gardło, taka desperacja poczęła rozsadzać jej piersi, taki chaos zakotłował się w głowie, iż myślała, że padł na nią atak szaleństwa.

Wiadomość przyniesiona przez pannę Howard była wielkim nieszczęściem dla pani Latter; ale ostatnie słowa rozmowy były ciosem zadanym jej macierzyńskiej dumie i nadziejom. Z jaką pogardą ta stara panna nazwała jej syna „małoletnim"!

I jak ona śmiała, jak ona miała serce w tej chwili porównać go z Kotowskim?

Już od pewnego czasu w duszy pani Latter gromadziły się głuche uczucia, które można by nazwać pretensją do syna. Ile razy zapytał ją ktoś: „Co robi pan Kazimierz?", „Dokąd wyjeżdża?" albo: „Ile ma lat?", matka doznawała jakby pchnięcia nożem. Po każdym takim pytaniu przychodziło jej na myśl, że ten syn już ma lat dwadzieścia kilka, że pomimo zdolności nic nie robi, co gorsze – ciągle pozostaje tym samym obiecującym młodzieńcem, jakim był mając lat szesnaście, siedemnaście, osiemnaście... A co najgorsze – zabiera mnóstwo pieniędzy jej, kobiecie zmęczonej pracą i zagrożonej bankructwem.

Nieraz przypominał jej się ów przykry sen, w którym po raz pierwszy w życiu poczuła chłód dla swych dzieci i powiedziała sobie, że mogłaby być wolną, gdyby nie one. Ale to był tylko sen, bo na jawie ona wciąż gorąco kochała Kazia i Helenkę, wierzyła w ich świetną przyszłość i gotowa była wszystko dla nich poświęcić.

Tymczasem dziś panna Howard w brutalny sposób zerwała zasłonę z jej sennych tajemnic i ośmieliła się powiedzieć, że ten ubóstwiany Kazio jest niedołęgą. „On jeszcze małoletni! To nie Kotowski...".

A ów Kotowski to przecież rówieśnik Kazia, z tą różnicą, że już kończył uniwersytet i szedł wytkniętą drogą, której Kazio jeszcze nawet nie znalazł, ów Kotowski utrzymuje sam siebie, a taką ma wiarę w przyszłość, że zaimponował Mielnickiemu. Oto jest młoda energia, jakiej pani Latter szukała w swoim synu i nie mogła... nie mogła znaleźć!

A dziś co? Jak ten ukochany syn, ten przyszły geniusz przedstawia się ludzkim oczom? Przychodzi tu, do jej mieszkania, marna guwernantka i z całym spokojem depce syna wobec matki. Bo w przekonaniu Howardówny ten „małoletni" i niepodobny do Kotowskiego pan Kazimierz chyba... powinien ożenić się z Joanną czy co?

Myśląc o tym, pani Latter chwyciła się oburącz za włosy i chciała bić głową w ścianę. Czy mogło być coś haniebniejszego jak jej syn skazany – na żenienie się! Jej chluba, nadzieja, ziemskie bóstwo, które cały świat miał podziwiać, kończy wcale nie rozpoczynaną karierę w ten sposób, że – żeni się z wydaloną guwernantką i cieszy się przedwczesnym potomstwem!

Co by na to powiedział Solski, Mielnicki i wszyscy jej znajomi, którzy tak ciekawie wypytywali się: „Co robi pan Kazimierz?", „Dokąd wyjeżdża?", „Ile ma lat?". Dziś wszystkie kwestie rozwiązane jednym cięciem: pan Kazimierz ma tyle lat, że już może być ojcem, a co robi?

Jest wciąż małoletnim, na chlebie u matki, jak powiedziała panna Howard.

Straszną noc spędziła pani Latter: w jej duszy coś się załamało.

22. Dlaczego synowie niekiedy wyjeżdżają za granicę

Gdy nazajutrz około czwartej po południu przyszedł pan Kazimierz, elegancki, uśmiechnięty, z bukiecikiem fiołków w klapie marynarki, zmieszał się na widok matki. Miała prawie trupią twarz, ciemne doły w oczach i na skroniach posrebrzone włosy. Syn zrozumiał, że nie osiwiała nagle, lecz że uczesała się niedbale – i to go zaniepokoiło.

– Matuchna chora? – zapytał, całując ją w rękę i siadając obok niej ze zgiętym kolanem, jakby przyklęknął.

– Nie – odpowiedziała pani Latter.

– Mateczka wezwała mnie do siebie?

– Trafia się to coraz częściej, bo sam nie przychodzisz.

Pan Kazimierz patrzył matce w oczy i znowu obudziło się w nim podejrzenie, że matka chyba używa jakich podniecających środków...

– Czy nie masz mi nic do powiedzenia, Kaziu? – zapytała pani Latter.

– Ja, matuchno? Z jakiej racji?

– Pytam się: czy nie masz w tych czasach... jakiego kłopotu, który należałoby powierzyć matce, w braku ojca?

Pan Kazimierz zarumienił się.

– Mama pewnie myśli, że jestem chory... Słowo honoru...

– Nie myślę, ja tylko pytam.

– Takim tonem, matuchno? Założyłbym się, że ktoś narobił plotek, a mateczka zaraz uwierzyła... O, bo ja czuję, że matuchna od pewnego czasu jest inna dla mnie...

– Od ciebie zależy, żebym była taką jak dawniej...

– Jak dawniej? A więc to prawda? – zawołał pan Kazimierz, chwytając matkę za rękę.

Ale pani Latter delikatnie cofnęła rękę i rzekła:

– Czy mógłbyś wyjechać za granicę? Zaraz...

Twarz pana Kazimierza ożywiła się.

– Za granicę? Ależ ja na to czekam przeszło miesiąc.

– I nic nie zatrzymałoby cię w Warszawie?

– Cóż by mnie mogło zatrzymywać? – odparł zdziwiony pan Kazimierz. – Czy towarzystwo? Tam znajdę lepsze.

Zdziwienie jego było tak szczere, że pani Latter połowa ciężaru spadła z serca.

„Howardówna kłamie!" – pomyślała. Potem dodała głośno:

– A ile potrzebowałbyś pieniędzy na wyjazd?

Pan Kazimierz zdziwił się jeszcze bardziej.

– Wszakże matuchna – odpowiedział – przeznaczyła mi na wyjazd tysiąc trzysta rubli...

Pani Latter opadły ręce. Spojrzała na syna prawie z rozpaczą (co on przypisał działaniu narkotyków) i – milczała.

– Co matuchnie jest? – zapytał słodkim głosem, nie mogąc opędzić się przed podejrzeniami o owych narkotykach.

Tym razem matka nie cofnęła ręki; owszem, uścisnęła go.

– Co mnie jest, moje dziecko? Ach, gdybyś ty wiedział... Tysiąc trzysta rubli... Na co tak dużo?

– Matuchna sama oznaczyła tę sumę.

– Prawda, oznaczyłam... Ale gdyby tak wielka suma robiła mi różnicę? Pomyśl tylko: jaki ja ogromny dom prowadzę...

Teraz pan Kazimierz cofnął rękę, zerwał się z kanapki i zaczął chodzić po gabinecie.

– Ach, Boże! Tyle wstępów... – mówił rozdrażnionym głosem – dlaczego mama nie powie wprost: nie możesz się dalej kształcić... A matuchna certuje się ze mną, jak gdybym robił jej łaskę, wyjeżdżając za granicę... Nie, to nie! Szkoda, że zerwałem stosunki z koleją... Bo gdyby nie to, zaraz dziś zrobiłbym podanie i zostałbym jakim urzędniczyną. Potem ożeniłbym się bogato i... byłaby mama zadowolona.

– Obyś tylko nie ożenił się ubogo – cicho wtrąciła pani Latter.

– Jakim sposobem?

– A gdybyś... gdybyś zaciągnął zobowiązania – mówiła zmieszana.

– Zobowiązania? Coraz lepiej! – śmiał się pan Kazimierz. – Także mateczka zna mężczyzn! Gdyby chcieli żenić się z każdą, która ma do nich pretensję, trzeba by zaprowadzić mahometanizm w Europie...

Pani Latter doznawała dziwnych uczuć, przysłuchując się zdaniom, które syn wypowiadał tonem prawie niegrzecznym. Uspokoiła się wprawdzie co do Joasi, ale raził ją cynizm.

„Tak, to już zupełny mężczyzna" – myślała, a głośno rzekła:

– Kaziu... Kaziu... Nie poznaję cię... Jeszcze przed pół rokiem nie mówiłbyś do matki w ten sposób. Aż boję się usłyszeć, jakie ty życie musisz prowadzić...

– Przypuśćmy, że nie najgorsze – odparł syn łagodniej – ale gdyby nawet... To co ja jestem winien? Jestem człowiek zatrzymany w połowie kariery... Lękam się, czy już nie jest zwichnięta... Tracę z oczu wyższe cele...

Pani Latter podniosła głowę.

– Robisz mi wymówki? – spytała. – Ja temu winnam?

Syn znowu usiadł obok niej i pochwycił jej rękę.

– To nie wymówki, mateczko! – zawołał. – Jesteś kobietą świętą i pełną poświęcenia dla nas, o tym wiem. Ale musi matuchna przyznać, że okoliczności nie były dla mnie sprawiedliwe. Twoje wychowanie, matuchno, rozwinęło we mnie popęd do celów wyższych i szlachetniejszych... Chciałem być czymś... Nawet los sprzyjał mi z początku i postawił na właściwej drodze... Ale dziś...

Zasłonił oczy i westchnął:

– Ach, kto wie, czy już nie jestem zmarnowany!

Pani Latter spojrzała na syna przerażona. W jego tonie było tyle fałszu czy może naśmiewania się, że odczuło to ucho matki.

– Co ty mówisz też w jakiś sposób do mnie? – rzekła surowo. – Mówisz o zmarnowanej karierze, ty, który dotychczas nie troszczyłeś się o siebie? A przypomnijże sobie kolegów, choćby... Choćby tego Kotowskiego...

– Ach, ten od Lewińskiej?

– Wstydź się... Ten chłopak prawie od dziecka sam się utrzymuje, a mimo to dziś jest pełen wiary w przyszłość...

– Ten osioł! – przerwał syn cierpko. – Stróże daleko wcześniej zaczynają pracować i nigdy nie wątpią, gdyż zawsze będą stróżami. Ale są kariery podobne do chodzenia na linie, gdy lada krok, lada wahnięcie się...

W twarzy pani Latter nie drgnął żaden muskuł, ale z oczu płynęły łzy.

– Matuchna płacze? Z mojej winy! – zawołał, klękając.

Odsunęła go.

– Płaczę nie z twojej winy i nie nad tobą, ale nad sobą... Rozmowa dzisiejsza robi takie wrażenie, jakbyś mi zdejmował kataraktę z oczu po to, żebym zobaczyła smutną prawdę...

– Matuchna przesa... matuchna jest czymś rozdrażniona...

– Oto widzisz, każde twoje słowo, każde spojrzenie przypomina mi, że już nie jesteś dzieckiem, ale dorosłym młodzieńcem...

– To przecież naturalne – wtrącił.

– A przy tym jesteś moim wierzycielem, który daje mi poznać, że mu nie spłaciłam zaciągniętego długu. Tak! Nie przerywaj mi. Wychowując was, zaciągnęłam dług wobec waszej przyszłości, a dziś nie mam... To jest, dziś muszę go spłacić... Dostaniesz pieniądze... Jedź i kształć się... Rób karierę... Ale pamiętaj, że za rok mogę już nie mieć pieniędzy. A w takim razie dług mój względem ciebie umorzy się samą siłą rzeczy.

Pan Kazimierz zaczął biegać po gabinecie i ściskać oburącz głowę.

– Co ja zrobiłem, nieszczęśliwy! Co się tu dzieje! Mateczka jest dla mnie jakaś dziwna... Nigdy nic podobnego nie słyszałem!

A potem stając przed matką, dodał:

– Już nic nie chcę... Nie pojadę za granicę...

– Więc co będziesz robił? – zapytała spokojnie.

– Wezmę się do pracy... Wstąpię do jakiego biura... Czy ja wiem? To pewne, że mój uniwersytet przepadł.

I znowu biegał, i znowu targał sobie piękne blond włosy. Pani Latter w milczeniu przypatrywała się wybuchowi, a gdy syn, zmęczony, upadł na fotel obok biurka, rzekła chłodno:

– Posłuchaj! Widzę, że jeszcze jesteś dzieciakiem, a zachowujesz się jak histeryczka. Rozumiesz?

Im bardziej stanowczo brzmiał głos pani Latter, tym na twarzy pana Kazimierza wyraźniej malowała się pokora.

– Ty nie umiesz sobą kierować, a więc ja jeszcze raz pokieruję tobą. Dostaniesz pieniądze i wyjedziesz za kilka dni. Jutro staraj się o paszport.

– Matuchna nie może już na mnie wydawać...

– Ja... mogę – wszystko, co chcę... Rozumiesz? Dam ci do wakacji pięćset rubli i jedź...

– Pięćset? – powtórzył zdziwiony syn. – Matuchno – dodał – droga, jedyna matuchno... Pozwól mi zostać... Z pięciusetoma rublami nie mam po co jechać...

– Dlaczego? – zawołała pani Latter.

– Bo od razu znajdę się w takich stosunkach, które wymagają pieniędzy. Może za miesiąc już nie będę od matuchny potrzebował, może... Czy ja wiem? Znajdę zajęcie... Ale na pierwszy raz... z tymi rekomendacjami, jakie stąd wywiozę, muszę mieć trochę pieniędzy...

– Nie rozumiem cię.

– Widzi matuchna – mówił nieco śmielej – moje znajomości w Berlinie czy w Wiedniu nie będą studenckie, lecz salonowe... Rozumie się, że zyskam na tym więcej, ale... Muszę zaprezentować się jak człowiek salonowy.

Pani Latter pilnie wpatrywała się w niego.
- Ty masz długi? - rzekła nagle.
- Żadnych - odparł zmieszany.
- Dajesz słowo?
- Daję słowo - zawołał, bijąc się w piersi.
- Więc tylko dla zawiązania tam stosunków chcesz mieć tysiąc trzysta rubli?
- Tak... Stosunków, które dadzą mi odpowiednie zajęcie...
Pani Latter wahała się przez chwilę.
- Ha! - rzekła - zwyciężyłeś! Dam ci tysiąc trzysta rubli...
- O, matuchno! - zawołał, znowu upadając na kolana. - To już ostatnia pomoc...
- Z pewnością ostatnia, bo... Już nic nie będę miała dla ciebie.
- A Hela i Solski? - spytał figlarnie, wciąż klęcząc.
- Ach, na Helę liczysz? Życzę ci, abyś się na tym nie zawiódł, a ja... na tobie.

Pan Kazimierz podniósł się, matka mówiła dalej tonem osoby, która ma władzę:
- Pamiętaj, Kaziu: oszczędzam ci wielu przykrych zwierzeń, bo mi nie pomożesz, a potrzebujesz mieć energię dla siebie. Ale powtarzam: pamiętaj, że gdybyś mnie teraz zawiódł, zadałbyś mi straszne cierpienie i potargałbyś dużo serdecznych nici między nami. Pamiętaj, że przestałeś być dzieckiem nawet wobec matki, z którą musisz zacząć się liczyć prawie jak z obcą... Bo ja... jestem bardzo... bardzo nieszczęśliwa...

Syn pochwycił ją w objęcia i pocałunkami starał się uspokoić. Siedział jeszcze z godzinę i pożegnał ją w lepszym nieco usposobieniu.

Jednak wychodząc, myślał:

„Szczególna rzecz: matka chwilami wydaje mi się inną, naprawdę obcą... Jak te kobiety umieją się zmieniać! Nawet matki... A wszystko z powodu pieniędzy! Niech już Hela raz wyjdzie za mąż albo jakiegoś diabła...".

23. Znowu pożegnanie

W kilka dni później, w południe, pan Kazimierz, ubrany jak do podróży, był na pożegnaniu u matki. Czuli oboje, że między nimi istnieje przymus, są niezadane pytania i niewymówione zdania.

Było to naturalne, gdyż pan Kazimierz z niepokojem czekał na pieniądze, a pani Latter miała nieokreślone wątpliwości co do sposobu użycia ich przez syna. Już mu nie ufała.

– Więc dzisiaj jedziesz – zapytała, nie patrząc mu w oczy.

– Za godzinę – odparł. – Dziś jedziemy z młodym Goldwaserem do niego na wieś, a stamtąd do Berlina. Ich folwark, Złote Wody, leży o parę wiorst od stacji.

Pani Latter przysłuchiwała się nie tyle temu, co syn mówił, ile – jak on mówił. W podobny sposób mechanik przysłuchuje się warczeniu maszyny, żeby poznać, czy się w niej co nie zepsuło.

– Z Goldwaserem? – powtórzyła, budząc się z zamyślenia. – Miałeś przecież jechać z hrabią Tuczyńskim... Skąd znowu ten Goldwaser?

Pana Kazimierza zirytowało pytanie, lecz hamował się.

– Mateczka bada mnie, jak gdyby mi nie dowierzała – mówił. – Z Tuczyńskim spotkamy się w Berlinie, a z Goldwaserem jadę, ponieważ zależy mi na nim. Przede wszystkim u jego ojca kupię przekaz, boć z taką gotówką bałbym się podróżować.

– Kupując przekaz, robisz dobrze, ale po co te nowe stosunki?

Pan Kazimierz roześmiał się wesoło i zaczął całować panią Latter.

– Ach – zawołał – w matuchnie wciąż pokutuje szlachcianka! Na hrabiów zgadza się mama, ale wobec stosunków z bankierami robi się na mateczce gęsia skórka. Tymczasem dla mnie – ci i tamci są tylko narzędziami. Arystokracja daje mi rozgłos, bankierzy dadzą dochody, ale właściwą pozycję dadzą mi dopiero masy, demokracja... Tam są moje ideały, tu – szczeble prowadzące do nich...

Pani Latter spojrzała na niego zdziwiona.

„Więc on – myślała – naprawdę do czegoś dąży? On ma cel, plan, energię i bynajmniej nie jest niższy od Kotowskiego...".

Serce w niej zadrżało. Pocałowała go w czoło i szepnęła:

– Mój synu... Kochane dziecko! Kiedy cię słucham, nie mogę nie wierzyć ci i nie kochać... Ach, gdybyś ty mi jednak powiedział wszystko...

– Powiem. Co matuchna chce?

– Masz... Czy masz jakie obowiązki względem Joanny?

Pan Kazimierz podniósł ręce do góry i zaczął się śmiać.

– Ha... ha... ha! Ja, względem Joasi? Ależ ona w tej chwili kokietuje starego dziada, który ma kamienicę, i jemu chce narzucić obowiązki, nie mnie...

Pani Latter była zawstydzona, ale i uradowana.

– A teraz powiedz, tylko szczerze – długi masz?

– No, czy mam! – odparł. – Kto ich nie ma. Znajdzie się tam jakaś drobnostka, którą jeszcze dziś ureguluję.

– Byłeś winien Zgierskiemu?

– Co? – zawołał zmieszany pan Kazimierz. – To bydlę powiedziało...

– Nie mów tak na niego – przerwana pani Latter – bo on przyznał, że zwróciłeś wszystko. Ale czyś mu jeszcze nie winien, czyś nie winien innym?

– Może znajdzie się coś, ale nie wiem ile. Drobnostka.

– Więc to nic wielkiego? – pytała natarczywie pani Latter wpatrując się w syna. – Bo, moje dziecko, ja zawsze się bałam, żebyście wy nie robili długów... Gdybyś wiedział, jak długi mnie samej ciążą...

– Mateczka ma długi? – zdziwił się pan Kazimierz.

– Mniejsza o nie. Zaciągam je z konieczności i płacę... Ale zaraz po założeniu tej pensji musiałam wykupić czyjeś weksle... Spłaciłam dług zaciągnięty prawdopodobnie na zbytki... Ach, Kaziu, gdybyś ty wiedział, w jak ciężkiej chwili spadła na mnie ta niespodzianka... Chodziło o osiemset rubli, lecz ile one wtedy były dla mnie warte! Myślałam, że zginiecie wy i ja... Na szczęście, los zesłał mi dobrych ludzi... Od tej jednak pory strasznie boję się niespodzianych długów...

– Czy to pan Latter tak mamę urządził? – zapytał pan Kazimierz surowo. – Co się też z nim dzieje?

– Zapewne już nic... Mniejsza o niego – odparła. – Jeżeli mam powiedzieć prawdę... (przebacz mi, Kaziu!) – dodała dziwnie tkliwym tonem – jeżeli mam przyznać się, to ci powiem... Bałam się strasznie...

– Czego, matuchno?

– Żebyś i ty nie miał długów i żeby po twoim wyjeździe nie spadło na mnie...

– Ależ, mateczko... Mateczko... czy godzi się mnie posądzać o coś podobnego?

Pani Latter płakała i śmiała się.

– Więc nie czeka mnie żadna niespodzianka? – mówiła. – Jesteś pewny?

– Przysięgam ci, matko! – zawołał, upadając przed nią na kolana. – Mam drobne grzeszki... Może za wiele traciłem czasu i wydawałem pieniędzy... może... Ale ty, matko, nie będziesz za mnie płacić kwitów... nie... nie!

Pani Latter objęła klęczącego za szyję.

– Więc jedź... – mówiła wśród łkań. – Jedź, odznacz się, i pokaż ludziom, co możesz... O, Kaziu, jeżeli miłość i błogosławieństwo matki coś ważą na tym świecie, powinieneś być najszczęśliwszy, bo... Ty nie wiesz, jak ja cię kocham i ile błogosławieństw...

Płacz przerwał jej mowę. Zaraz jednak uspokoiła się, a nawet, widząc zakłopotanie syna, odzyskała zupełną władzę nad sobą.

– Już musisz iść? – rzekła.

– Tak, matuchno.

– Więc idź, cóż robić? A oto pieniądze – dodała, wyjmując spory pakiet z biurka. – Jest tysiąc trzysta rubli...

Syn znowu zaczął ją całować w ręce, usta, w oczy.

– Pisz do mnie – mówiła – pisz często... bardzo często, i o wszystkim... Jak ci się powodzi, jak idą nauki... Jedz nie wykwintne, ale zdrowe potrawy... kładź się spać wcześnie... znajdź praczkę, żeby nie niszczyła bielizny, i... oszczędzaj, Kaziu, oszczędzaj! Ty nawet nie wiesz... Nie domyślasz się... Ale przysięgam ci, że... ja już nie mogę... To ostatnie pieniądze... Przepraszam cię...

I znowu zapłakała.

– Czy z nami tak źle? – szepnął pan Kazimierz.

– Dosyć...

– No, ależ Hela wyjdzie za Solskiego?

– W niej też cała nadzieja.

Taką była pożegnalna rozmowa pani Latter z synem, który niebawem opuścił mieszkanie matki.

24. Filozofia kuchenna

Po wyjeździe syna pani Latter wpadła w apatię; nie pokazywała się pensjonarkom, nie wychodziła ze swego mieszkania, lecz siedziała przed biurkiem z głową opartą na ręku albo kładła się na kanapce, patrząc w sufit.

Tymczasem zbliżały się święta wielkanocne. Trzeba było dla uczennic urządzić rekolekcje, prowadzić dziewczynki do spowiedzi i komunii, pisać kwartalne cenzury. Dawniej przy podobnych okazjach pani Latter była bardzo czynna; dziś – usunęła się prawie od wszystkiego. Panna Howard zastępowała ją na pensji, panna Marta w zarządzie gospodarstwem, Madzia w kancelarii.

Raz Madzia weszła do pokoju przełożonej właśnie w sprawie rekolekcji i przypomniawszy, że mają zacząć się od jutra, dodała:

– Pewno pani do pomocy księdzu rektorowi zaprosi księży Feliksa i Gabriela?

– Dobrze.

– Pani napisze do nich?

– Listy? Napisz sama.

W pół godziny Madzia przyniosła gotową korespondencję do podpisu. Pani Latter leżała na kanapie zapatrzona w sufit i niechętnie zwlokła się do biurka. Madzia przypatrywała jej się z obawą; pani Latter spostrzegła to i odłożywszy pióro, zaczęła mówić tonem spokojnym, niekiedy drwiącym:

– Oto widzisz kobiecą samodzielność... Bo ja byłam samodzielną już wówczas, kiedy pannie Howard nie śniła się jeszcze ani konna jazda, ani wolna miłość... Oto widzisz... Wychowałam dzieci, a nie mam dzieci. I pracowałam samodzielnie przez kilkanaście lat po to, żeby dziś powiedzieć sobie, że nie mam nawet chwili wypoczynku!

– Nadchodzą święta – wtrąciła Madzia – mamy blisko trzy tygodnie...

– Czy ty wyjeżdżasz? – spytała pani Latter.

– Nie – odparła Madzia, rumieniąc się.

– Ale mogłabyś wyjechać... Masz gdzie wyjechać – mówiła podniesionym głosem pani Latter. – A ja czy mogę i... dokąd bym pojechała?

Zamglone jej oczy roziskrzyły się i zwykle piękne rysy przybrały dziki wyraz.

– Powiedz: kogo ja mam i... gdzie wyjadę? Chyba do tego poczciwego Mielnickiego... Ale i tam nie opuści mnie ani samotność, ani troska... Czy więc warto jechać? Zapraszał mnie, wiem, że z całego serca... Pisał, żebym przyjechała z Manią Lewińską, bo inaczej dziewczynę zabierze na święta jej babka, której ona się boi... Ale co mi po tym...

Madzia była zdziwiona rozmownością pani Latter, która nie lubiła zwierzać się ze swoich zamiarów ani uczuć. Zaraz jednak dostrzegła, że przełożona nie patrzy na nią, tylko w okno, i nie mówi do niej, tylko jakby do kogoś za oknem.

– Samodzielność... Samodzielność... – powtarzała pani Latter, uśmiechając się. – Ach, głupia ta Howardówna! Ona chciałaby wszystkie dziewczęta porobić samodzielnymi... takimi męczennicami jak ja... Ale czy ona co rozumie? Nawet nic nie widzi... Niby to goni za samodzielnością kobiet, a kopie grób najsamodzielniejszej...

Nagle odwróciła głowę i jakby spostrzegłszy Madzię, zapytała:

– Cóż ta wariatka, ciągle wykłada wam teorię samodzielności?

Zdumiona Madzia nie wiedziała, co odpowiedzieć. Ale pani Latter nie zauważyła tego. Zaczęła bębnić palcami po biurku i znowu mówiła zniżonym głosem:

– Przysięgam, że ta kobieta jest moim nieszczęściem! Pozawracała głowy smarkaczom, nawet Helence... Ułatwiała spacery Joannie... Urządzała schadzki uczennic ze studentami... A z tym Dębickim awantura! Wszystko, wszystko przez nią...

I znowu odwróciła się do Madzi.

– Wiesz – rzekła – panna Howard nie będzie u nas od Wielkiejnocy. Sama mi to oświadczyła i ja jej nie zatrzymuję... Ach, ty czekasz na podpisanie listów do księży? Gdybym choć przez jeden tydzień mogła nie myśleć o tych rzeczach, wyzdrowiałabym...

– Pani czuje się niezdrową? – spytała nieśmiało Madzia.

Teraz zdarzył się wypadek niespodziewany. Pani Latter z góry spojrzała na Madzię i podając jej listy, rzekła tonem obrażonej zwierzchniczki:

– Proszę cię, zaadresuj to i natychmiast odeślij przez któregoś ze służących. Mamy już niewiele czasu.

Madzia opuściła ją zatrwożona, nie śmiejąc nawet mówić z kimkolwiek o niezwykłym zachowaniu się przełożonej.

Na parę dni przed uwolnieniem uczennic zmieniło się oblicze pensji. Kilka dalej mieszkających panienek już wyjechało, a między innymi Mania Lewińska do swojej babki do Żytomierza. Lekcje odbywały się nieregularnie. Niektórzy nauczyciele nie przychodzili i prawie nie było wieczornych zajęć z pensjonarkami, które zebrawszy się w oświetlonych salach, czytywały powieści.

Tego wieczora panna Marta, gospodyni pensji, zobaczywszy Madzię spacerującą po korytarzu, kiwnęła na nią palcem i szepnęła:

– Niech paniuńcia przyjdzie do mnie kuchennymi schodami... Mam doskonałą śmietankę i coś do powiedzenia...

Gdy Madzia wysłała jedną szóstoklasistkę do zastąpienia jej w trzeciej klasie i zbiegła do pokoju panny Marty, znalazła nakryty stolik, kawę gotującą się na maszynce, garnuszek śmietanki i talerz lukrowanych sucharków.

– Ach, jak to dobrze! – zawołała wesoło. – Taka jestem głodna...

Gospodyni złożyła ręce i podniosła oczy do nieba.

– Tak, tak! – rzekła cicho – teraz tu wszyscy głodni... Dzisiaj dzieci strasznie narzekały na obiad, ale co ja jestem winna? Pieniędzy nie ma.

– Pieniędzy? – powtórzyła Madzia.

– Ach, świat się kończy, paniuńciu... sądny dzień! – wzdychała gospodyni, nalewając kawę. – Nikomu tego nie powiedziałabym, ale pani muszę... Kiedy nam przyjdzie zapłacić choćby tylko profesorom, a to przecież – dziś, jutro, wtedy zabraknie na obiad... A tu i gospodarz odzywa się o komorne... Szczerze powiem: grozi... Kalwin, nie człowiek.

– Skądże tak nagle? – zadziwiła się Madzia.

– Nie nagle, aniołeczku, nie nagle, duszyczko... (Prawda, jaki kożuszek?) To nie nagle, kiedy Helenie daje się kilkaset rubli, a paniczowi tysiąc i kilkaset... Nikomu bym tego nie powiedziała, ale... Z pensją tak robić nie można... Albo dzieci, albo pensja... O, jaka ja szczęśliwa, że nie mam dzieci!

Madzia machinalnie piła kawę; apetyt ją opuścił.

– Niedobrze rozumiem... – szepnęła.

– Zaraz pani wytłumaczę – przerwała panna Marta. – (Prawda, jakie sucharki?) Helenka nie może pracować, musi bogato wyjść za mąż, jest na wielką damę wychowana, więc – weź, Heluniu, parę setek, jedź za granicę i goń pana Solskiego... Kazio bisurmani się przez trzy kwartały i musi uciekać z Warszawy, więc weź, Kaziu, tysiąc i kilkaset rubli, bo i ty jesteś wielkim panem. Szast, prast, na lewo, na prawo i nie ma na komorne!

Madzia, trzymając w ręku sucharek, zamyśliła się i szepnęła:

– To dziwne...

– Co, paniuńciu? – podchwyciła panna Marta.

– Mówi pani tak jak Malinowska...

– A pani skąd wie? – ciekawie zapytała gospodyni, nachylając się do Madzi.

– Byłam u niej.

– Aaa... i paniuńcia była? Tak, tak, każdy musi dbać o siebie... Bo i pani Méline już tam była, i panna Żaneta ma pójść jutro...

– Do Malinowskiej? Po co? – zawołała Madzia.

– Po to samo, po cośmy tam wszystkie były.

– Czy i pani?

– A co ja jestem gorsza od innych? – oburzyła się panna Marta. – Pani Latter bankrutuje, wszyscy się ratujecie... Dlaczego ja mam zostać bez chleba? Przecież służyłam wiernie, oj, oj! i nie tylko pensjonarkom, ale pannie Helenie i panu Kazimierzowi... Za co mam ginąć?

– Ależ ja byłam u Malinowskiej z panną Howard już dawno i wcale nie prosiłam o miejsce – tłumaczyła się obrażona Madzia.

– Nie? Więc niech pani jutro idzie do niej i prosi o miejsce. Tak nie można... Już się tam zapisało z trzydzieści kandydatek na damy klasowe, a ze cztery na gospodynie...

Madzia upuściła sucharek, odsunęła resztkę kawy i złożywszy ręce rzekła:

– Boże, Boże! Cóż wy robicie najlepszego? Zabijacie panią Latter...

– Cicho, cicho! – uspokajała ją panna Marta. – Zabijamy! Nie my, sama się zgubiła... Jezus Maria, mając takie dochody przez kilkanaście lat można było coś odłożyć... A tu wszystko wydało się na dom, na szyk, na dzieci... Taki pan Kazimierz sam kosztował z piętnaście tysięcy rubli! Zjadł – i teraz nie ma...

– Skąd pani wie, że nie ma?

– Oho, skąd! Ja wiem wszystko, od czego jestem gospodynią? Myślałam, że chociaż zapanujemy nad komornym i wydatkami do świąt; ale gdzie tam... W kasie tak krucho, że pani wczoraj posyłała mnie tam... naprzeciwko, do Szlamsztejna...

– Cóż to za jeden?

– Lichwiarz, paniuńciu, lichwiarz! – mówiła panna Marta, trzęsąc rękami. – A i ten już dać nie chce... Przyjął mnie, jakbym przyszła po prośbie, i powiedział: kiedy wam było dobrze, prowadziliście interesy z Fiszmanem, to i teraz idźcie do Fiszmana... Naturalnie, trzasnęłam gałganowi drzwiami pod nosem, ale zaraz przyszło mi na myśl, że pani przełożona nie od dzisiaj ucieka się do lichwiarzy... A taki Zgierski może nie ma u nas pięciu tysięcy rubli? Jeszcze jak! Nawet spisał umowę, że wszystkie meble pani przełożonej, wszystkie ławki, szafy, tablice należą do niego.

– Ten Zgierski? – spytała Madzia.

– A ten, ten... To ziółko... Od jednej mojej znajomej magazynierki bierze za tysiąc rubli sto pięćdziesiąt rocznie, a drugiej, także mojej znajomej, co ma sklep wiejski, pożyczył pięćset rubli i bierze sto na rok... Jezusek! takie sobie wymyślił zarobki, że pożycza tylko kobietom, które mają posadę, bo kobiety – mówi – są najpewniejsze. I prawda! Kobieta nie dośpi, nie doje, ale procent zapłaci, i jeszcze można się do niej umizgać albo do jej panien... Szelmy mężczyźni, ma rację panna Howard...

Madzia patrzyła w okno i rozmyślała.

– Wszystko to – rzekła – są chwilowe kłopoty pani Latter. Ale od wakacji...

– Co od wakacji? – przerwała gospodyni. – Po wakacjach możemy nie mieć żadnej uczennicy ani pensjonarki...

– Chyba... że ktoś będzie je odstręczał – odparła Madzia, ostro spojrzawszy na gospodynię.

Panna Marta rozgniewała się, lecz nie podnosząc głosu, rzekła:

– Paniuńcia, słowo daję, nie ma oczu ani uszu! Ile to już ubyło nam panienek w tym roku, a przecież nikt ich nie odstręczał... Pensja straciła reputację – oto sekret. Dla jednych jest za droga, dla innych źle prowadzona... Pani myśli, że hece z Joasią albo z Dębickim mogły wyjść pensji na pożytek?

– Temu winna panna Howard.

– Bajki! – odparła gospodyni machając ręką. – Z Joasią wina pana Kazimierza, a z Dębickim – panny Heleny, bo ona się z nim pokłóciła. Dzieci, dzieci to zrobiły! Rozkapryszone, rozpieszczone, a pani Latter za słaba dla nich... Nie trzeba było pozwalać synowi na romanse z damą klasową, a Joasię, kiedy w nocy wróciła na pensję, oddalić zaraz. Albo gdyby Helence pani przełożona w porę natarła uszu, zamiast boczyć się na Dębickiego, to i on zostałby. Czy to nie grzech? Taki był tani profesor...

Madzia powstała z krzesła.

– Więc tak! – rzekła z pałającymi oczami. – Więc ma ginąć kobieta dobra i rozumna, dlatego że jej się noga powinęła? Niech pani policzy, ilu ona osobom daje pracę, choćby nam...

Panna Marta ujęła się pod boki.

– Jak to zaraz znać, że paniuńcia jest zacofana! Ho, ho... dobrze mówi panna Howard... Cóż za łaskę robi komu pani przełożona – prawiła, wyrzucając ręką – że płaci za ciężką pracę? A sobie ile płaciła? Pani bierze piętnaście rubli za osiem godzin, ja piętnaście za cały dzień, a pani przełożona miewała po trzysta, pięćset i po sześćset rubli miesięcznie na czysto... A dużo się za to napracowała? Tyle, co pani, czy tyle, co ja?

– Ale ona ma pensję.

– Więc co z tego? A paniuńcia nie może mieć pensji? Czy to nie ma przełożonych, które w dzień same uczą, a w nocy łatają sobie trzewiki i suknie? Cóż to, damy klasowe, a choćby i ja, jesteśmy pańszczyźnianymi chłopami, a przełożona dziedziczką? Dlaczego ona ma zarabiać więcej niż my wszystkie razem? A jeżeli pomimo takich zysków bankrutuje, czy ja mam nad nią płakać? Ja jestem taka sama kobieta jak i ona: także mogłam mieć dzieci i także potrafiłabym siadać na aksamitnych fotelach... Równość to równość!

– Gorączkuje się pani – wtrąciła Madzia.

– Nie, paniuńciu – odpowiedziała już spokojniej gospodyni – tylko mnie serce boli na taką niesprawiedliwość. Ja zdzieram ręce do łokcia, nauczycielki niszczą sobie płuca, nic nie użyłyśmy, nic nie mamy i – nad nami nikt się nie lituje. A pani przełożona wydawała po kilka tysięcy rubli rocznie, gubi pensję, nie pomyśli, co z nami będzie, i nam nie wolno jeszcze dbać o siebie? Oj! Niech paniuńcia nie zwleka, ale niech idzie do Malinowskiej, bo może przepaść i ten lichy zarobek, jaki jest.

– Mój Boże, mój Boże! – mówiła Madzia jakby do siebie. – Tyle wykształciła nauczycielek dobrze płatnych, tyle uczennic bogato wyszło za mąż, tyle z nich ma pieniądze i żadna nie dopomaga...

– Płaciły za naukę – przerwała panna Marta. – Wreszcie jakże jej pomogą: mają zebrać składkę? A nie każda przecież jest panną Solską, która tak sobie od ręki daje sześć tysięcy rubli... Nam nikt nie da i sześciu złotych.

Gospodyni, widząc, że Madzia chce iść, chwyciła ją za rękę i rzekła:

– No, ale paniuńcia nikomu o tym nie wspomni, co tu mówiłyśmy?

– Komu, droga pani? – odparła Madzia, wzruszając ramionami, i pożegnała ją.

„Cóż to za okropny świat! – myślała, idąc na górę. – Dopóki człowiek ma pieniądze, padają przed nim na kolana, ale kamienują go, gdy zubożał...".

Rozmowa z panną Martą zrobiła na niej ogromne wrażenie. Nie chciała wierzyć, a jednak w ciągu godziny pani Latter coś straciła w jej oczach. Do tej pory wydawała się jej półboginią pełną władzy, mądrości i tajemniczego majestatu; dziś rozwiał się obłok i wyszła z niego kobieta, zwyczajna kobieta, podobna do panny Malinowskiej, nawet do panny Marty, tylko – nieszczęśliwsza od nich.

Miejsce obawy wobec przełożonej zajęło współczucie i litość. Madzia przypomniała sobie panią Latter leżącą na kanapce i usiłowała odgadnąć: o czym też myśli kobieta niepewna o przyszłość dzieci i która nie wie, czym jutro nakarmić pupilki?

„Muszę ją ratować! – rzekła Madzia. – Napiszę do Ady...".

Lecz przeciw temu planowi wystąpił poważny zarzut. Przede wszystkim Ada już pożyczyła pani Latter sześć tysięcy rubli, o czym wiedziano nawet na pensji. A po drugie – panna Solska, która jeszcze przed Bożym Narodzeniem lękała się, żeby jej brat nie zakochał się w Helenie – dziś, kiedy się to stało (o czym również mówiono na pensji), mogła stracić sympatię i do Heleny, i do jej matki.

– Tak, tak! – szepnęła – Ada nie jest zadowolona; widać to z listów...

Listy panny Solskiej do Madzi były krótkie, nieczęste, lecz pomimo ukrywania się czuć w nich było gorycz i żal do Helenki.

„Helena traktuje serce jak zabawkę" – pisała Ada w jednym liście. „Zanadto kokietuje wszystkich mężczyzn" – mówiła w drugim. A w ostatnim, pisanym przed dwoma tygodniami, znalazło się zdanie: „Niekiedy z rozpaczą myślę, że Stefan nie będzie szczęśliwy...".

– Nie, w tych warunkach nie wypada odwoływać się o pomoc do panny Solskiej.

Nagle przyszło Madzi na myśl, że naturalnym opiekunem Helenki i jej rodziny jest przecież sam pan Solski.

„Jeżeli kocha Helenkę i chce się z nią żenić – mówiła sobie – to nie dopuści do bankructwa jej matki... Owszem, powinien by się obrazić, gdyby nie doniesiono mu o tym...".

I już chciała pisać do pana Stefana, lecz – przestraszyła się własnego zuchwalstwa.

„Boże, nieuleczalna ze mnie idiotka! – szepnęła. – Jakże mogę zdradzać tajemnicę pani Latter i protegować ją u człowieka, którego widziałam raz w życiu?".

„Dębicki! – błysnęło jej nazwisko i prawie zobaczyła przed sobą apatyczną twarz i niebieskie oczy matematyka. – On mnie nie wyda... On poradzi... On najlepiej załatwi... Rozumie się! Przecież jest przyjacielem Solskiego, bibliotekarzem, mieszka w jego domu...".

Lecz Dębicki został prawie wypędzony z pensji z winy Helenki, a pani Latter nawet go nie przeprosiła. Co więc począć, gdyby odpowiedział: mnie nic nie obchodzi pani Latter...

„Nie, on tego nie powie i mogąc uratować nieszczęśliwą kobietę, nie zgubi jej...".

Madzia tę noc przeleżała w gorączce, marząc, że rozmawia z Dębickim, że spiera się z nim, to znowu, że nie ma go w Warszawie. Męcząca to była noc, a szczególniej świtanie: Madzia co chwilę spoglądała na zegarek, chcąc z rana pobiec do Dębickiego i opowiedzieć, co się dzieje.

Ale z rana nie mogła opuścić pensji, przed obiadem zaś ogarnął ją taki strach, że już myślała wyrzec się swoich planów. Lecz po obiedzie zdecydowała się i zbiegła na dół do mieszkania pani Latter.

W przedpokoju, spostrzegłszy Stanisława, zapytała go:

– Czy jest pani przełożona?

I znowu zatrwożyła się.

– Jest jakiś gość u pani – odparł lokaj, pilnie wpatrując się w Magdalenę.

– Chciałam powiedzieć pani przełożonej, że wyjdę do miasta... Kupię sobie woalkę – mówiła Madzia Oblewając się rumieńcem.

– Niech panienka idzie; ja pani sam powiem... Wreszcie, to jakiś ważny gość; nim on wyjdzie, można ze trzy razy powrócić.

– E, to już nie pójdę, kiedy tak... – odpowiedziała Madzia, nie wiedząc, dlaczego nie chce iść i z jakiej racji – znowu opanowała ją trwoga.

Rzeczywiście tego dnia nigdzie nie wyszła, ale dla kompensaty rozbolała ją głowa.

„Co mi po tym? – szeptała. – Czy ja mam mieszać się do cudzych spraw?" – Lecz w następnej chwili z nieprzepartą siłą narzucała się jej myśl, że ona musi pójść do Dębickiego, ponieważ on jeden uratuje przełożoną.

W jaki sposób i z jakiego powodu? – o to nie pytała.

25. Wypędzeni wracają

W tym czasie w mieszkaniu pani Latter roztrząsały się ważne kwestie.

Na pół godziny przed obiadem Stanisław wręczył pani Latter list przyniesiony przez posłańca, który czekał na odpowiedź. Pani Latter spojrzała na adres – charakter wydał się jej obcym. Powoli rozcięła kopertę i przeczytała kilka wyrazów napisanych po francusku:

„Dziś przyjechałem; proszę o rozmowę w wiadomej sprawie. Arnold".

– Ma czekać posłaniec? – zapytał Stanisław.

– Przyjdziesz, jak zadzwonię – odpowiedziała pani Latter.

Przeczytała list drugi raz i rzekła do siebie śpiewającym tonem:

– Tak... Tak... Tak! Wreszcie! Tego mi właśnie brakowało...

I przed oczami jej wyobraźni stanął człowiek o pijackim obliczu, w odzieży poplamionej i obdartej... Takiego widziała raz na ulicy w Warszawie i w takiej postaci od lat wielu przedstawiała sobie swego drugiego męża. Nie mogło być inaczej. Ten drugi mąż, niegdyś piękny jak Apollo, odznaczał się nieśmiałością. Był tak strasznie nieśmiały, że nawet nie umiał się oświadczyć; przez dwa lata pożycia zachowywał się wobec niej jak lokaj; doprowadził ją do ruiny, a przynajmniej nie zapobiegł temu. Gdy mu zaś w trzecim roku małżeństwa powiedziała w uniesieniu, że jest przez nią utrzymywany i że ona ma prawo w każdej chwili go wypędzić – nie obraził się, tylko wyjechał, pozostawiając jej długi do spłacenia.

Był to człowiek, którego pani Latter nienawidziła z całej duszy. Bo dlaczego on wtedy nie wybuchnął gniewem? Albo dlaczego jej nie przeprosił? A jeżeli nie umiał ani się gniewać, ani przepraszać, dlaczego ją porzucił, nie dając przez piętnaście lat znaku życia?

„Więc jedno z trojga – myślała pani Latter. – Albo już nie żyje, albo wpadł za coś do więzienia, albo – rozpił się i zniknczemniał". Innej kariery nie mógł zrobić człowiek, którym ona tak strasznie pogardzała. Na dnie posępnych marzeń pani Latter powrót jej męża nie należał do nieprawdopodobieństw. Owszem, bo dlaczegóż by los miał jej oszczędzić największego nieszczęścia? Może nie wrócić, ale może i wrócić – mówiła sobie. – Lecz jeżeli wróci, to z pewnością jak nędzarz i nędznik, którego ona będzie musiała ukrywać przed oczami świata i przed własnymi dziećmi.

Niekiedy w chwilach osłabienia zdawało się jej, że gdyby wypędzony mąż wrócił, ze wstydu i gniewu odebrałaby sobie życie... Tymczasem nadeszła ta chwila i pani Latter, zamiast struchleć, otrząsnęła się ze swej apatii. Energicznym krokiem poszła do sypialni, wypiła kieliszek wina i na przysłanym jej liście napisała jeden wyraz: „Czekam". Włożyła w kopertę i zaadresowawszy „Monsieur Arnold", kazała oddać posłańcowi.

Potem usiadła na fotelu i bawiąc się kościanym nożykiem, patrzyła na drzwi, spokojnie czekając, rychło między portierami ukażą się łachmany, obrzękła twarz i załzawione oczy człowieka, który kiedyś zastąpił jej drogę na ulicy, a do którego musi być podobnym jej mąż.

Gdyby ją zapytano, jak długo czekała: godzinę czy kilka minut, nie potrafiłaby odpowiedzieć. Również nie słyszała, że ktoś wszedł do przedpokoju, że zapukał do drzwi gabinetu i nie mogąc doczekać się wezwania, sam je otworzył. Pani Latter pamiętała tylko, że jakiś cień ukazał się istotnie między portierami i zbliżał się do biurka. Pani Latter nie patrzyła mu w twarz, niemniej była pewną, że stoi przed nią obdarty pijak. Nawet zdawało jej się, że czuje zapach wódki.

– Czego wreszcie chcesz pan ode mnie? – zapytała go po francusku.

– Tak mnie witasz, Karolino... – odpowiedział głos dźwięczny jak organy.

Pani Latter zadrżała i podniosła głowę. O parę kroków od niej stał niezwykle piękny mężczyzna: średniego wzrostu, brunet, ze szlachetnymi rysami i matową cerą. Miał niewielkie czarne wąsiki i ciemne oczy, w których nie wiadomo, co bardziej należało podziwiać – melancholię czy słodycz.

Wyglądał na trzydzieści kilka lat, był ubrany bez zarzutu, a na palcu lewej ręki miał pierścień z dużym brylantem.

Pani Latter przypatrywała mu się zdumiona: ani śladu nędzy czy wyniszczenia...

„Aha! – pomyślała – więc musi być łotrem eleganckim... Oszukuje w karty albo okrada salony... Ale nic się nie zmienił...".

– Chcę wiedzieć, czego pan sobie życzysz? – zapytała po raz drugi.

Na pięknej twarzy gościa odbiła się jakaś gra uczuć: był wzruszony, lecz zaczynał się dziwić.

– Karolino – mówił ciągle po francusku – nie mam i nie chcę mieć pretensji do twoich względów, ależ jestem co najmniej... dawnym znajomym... Zdaje mi się, że ten kamienny Sokrates przywitałby mnie inaczej... nawet to biurko... fotel... Aha! i portrety dzieci – dodał, z uśmiechem patrząc na ścianę.

Pani Latter przygryzła wargi z gniewu.

– Dzieci – rzekła – a nawet biurko i fotele były własnością mego pierwszego męża... Są to więc bardzo dalecy znajomi pańscy – dodała z naciskiem.

Twarz gościa pociemniała rumieńcem.

– Wybornie! – odparł już innym tonem – chcesz sprowadzić nasze stosunki od razu na grunt właściwy... Doskonale! Pozwoli pani jednak, że usiądę...

Siadł na fotelu, od którego pani Latter ze wstrętem odsunęła się na drugi koniec kanapki.

– Przed paroma miesiącami – mówił – otrzymała pani ode mnie list z Waszyngtonu, pisany w grudniu roku zeszłego.

– Nic nie otrzymałam.

– Nie? – zdziwił się gość.

– Nic i nigdy.

– Nigdy? A jednak pisałem do pani i w roku 1867 z miasta Richmond w stanie Kentucky.

Pani Latter milczała.

– Nic nie rozumiem... – mówił gość nieco zmieszany. – Ja wprawdzie teraz, zamiast: Eugeniusz Arnold Latter, nazywam się krótko: Eugeniusz Arnold, no, ale chyba to nie spowodowało nieporozumienia.

– Ach, więc mamy zmianę nazwiska! – zawołała pani Latter z szyderczym śmiechem, uderzając ręką w poręcz kanapki. – To daje do myślenia, że nie traciłeś pan czasu...

Gość patrzył na nią zdziwiony.

– Chyba słyszała pani o mnie...

– Nic nie słyszałam – odparła szorstko. – Ale znam tę pochyłość, po której staczają się słabe charaktery...

Gość znowu się zarumienił, ale tym razem z gniewu.

– Pozwoli pani, że w kilku słowach wyjaśnię.

Pani Latter bawiła się wstążką sukni.

– Jak pani wiadomo, zawsze byłem nieśmiały: w liceum, w uniwersytecie... Gdy przyjechałem do tego kraju na nauczyciela prywatnego, moja nieszczęsna wada spotęgowała się, a gdy... miałem zaszczyt zostać mężem pani... prawie przeszła w chorobę...

– Co jednak nie przeszkadzało się umizgać...

– Mówi pani o tej guwernantce z Grenoble, do której – nie umizgałem się, tylko jej pomagałem jako rodaczce... Ale mniejsza o nią...

Otóż, gdym otrzymał – raz na zawsze – dymisję od pani, pojechałem do Niemiec, pragnąc tam zostać guwernerem. Poradzono mi jednak, żebym przeniósł się do Ameryki, co też zrobiłem.

Chwilę odpoczął.

– Tam trafiłem na wojnę domową i z biedy zapisałem się do armii północnej jako Eugeniusz Arnold. Zmieniłem nazwisko z obawy, żeby go nie skompromitować, ponieważ byłem pewny, że z moją nieśmiałością, jeżeli natychmiast nie zginę, to albo ucieknę w pierwszej bitwie, albo zostanę rozstrzelany – za zbiegostwo.

Wkrótce jednak przekonałem się, że nieśmiałość i tchórzostwo są dwie rzeczy różne. Krótko mówiąc: skończyłem kampanię w randze majora, dostałem od rządu trzysta dolarów emerytury, od kolegów ten oto pierścień i – co mnie najbardziej dziwiło – nauczyłem się rozkazywać, ja, który niegdyś tylko spełniałem rozkazy wszystkich, nawet moich uczniów...

A ponieważ tak wybornie posłużyło mi nowe nazwisko, więc – zatrzymałem je.

– Budująca historia – odezwała się pani Latter. – Ja inne stawiałam panu wróżby...

– Wolno wiedzieć? – spytał ciekawie.

– Że pan będzie grał w karty.

Gość roześmiał się.

– Ja nigdy nie biorę kart do ręki.

– Grywał pan jednak co wieczór.

– Ach, tutaj? Przepraszam panią, ale chodziłem do znajomych na wista dlatego, żeby... nie być w domu...

– To jednak kosztowało.

– Nie tak wiele. Może w ciągu tych paru miesięcy przegrałem... ile? z dziesięć rubli.

– Zostawiłeś pan długi.

Gość zerwał się z fotelu.

– Jestem gotów je spłacić, od dawna... Ale skąd pani o nich wie?

– Musiałam wykupić pańskie weksle.

– Pani? – zawołał, uderzając się w czoło. – Nie pomyślałem o tym! Ale to nie były długi karciane. Raz poręczyłem za jednego rodaka... Drugi raz – trzeba było wykupić stąd i wysłać do Francji tę guwernantkę z Grenoble, a trzeci raz wziąłem pieniądze na własną podróż, będąc pewny, że odeślę je z Niemiec za pół roku... Los zrządził inaczej, ale spłacę choćby dziś, jestem na to przygotowany. Nie wynoszą one tysiąca rubli.

– Osiemset – wtrąciła pani Latter.

– Weksle pani ma? – spytał.

– Są przedarte.

– To nic nie stanowi. Nawet choćby ich nie było, wystarczy mi słowo pani, że nie znajdą się w obcych rękach.

Nastała dłuższa chwila milczenia. Gość był zakłopotany jak człowiek, który ma powiedzieć coś niemiłego, a pani Latter wpadła w zadumę. W jej duszy gotował się przewrót.

„Odda mi osiemset rubli – myślała. – Jest zupełnie przyzwoitym człowiekiem, jeżeli nie kłamie... Ale on nigdy nie kłamał... Guwernantki nie bałamucił, w karty nie grał, więc... O co myśmy się poróżnili? I dlaczego nie mielibyśmy się pogodzić? Dlaczego?".

Ocknęła się i patrząc łagodniej na swego eksmęża, rzekła:

– Przypuszczając, że to, co pan mówił, jest prawdą...

Gość wyprostował się, w oczach błysnął mu gniew.

– Za pozwoleniem – przerwał twardym tonem – do kogo pani raczy odzywać się w ten sposób? Nikt nie ma prawa kwestionować tego, co ja mówię.

Pani Latter zdziwiła się, nawet zlękła wybuchu, któremu potężny głos mówiącego nadawał niezwykłą powagę.

„Dlaczego on wtedy tak mi nie odpowiadał? Skąd ten głos?" – przeleciało jej przez myśl.

– Nie chcę pana obrażać – rzekła – ale... musisz przyznać, że między nami istnieją dawne i bolesne rachunki...

– Jakie? Wszystko płacę... Osiemset rubli dziś, resztę za miesiąc...

– Są rachunki moralne...

Gość patrzył na nią zdumiony. Pani Latter przyznawała w duchu, że nie zdarzyło jej się widzieć spojrzenia, w którym byłoby tyle rozumu, siły i jeszcze czegoś – czego się obawiała.

– Moralne – rachunki – między nami? – powtórzył gość. – I to ja mam być dłużnikiem?

– Opuściłeś mnie pan – przerwała podniecona – bez żadnego wyjaśnienia.

Na twarzy gościa widać było rosnący gniew, który w oczach pani Latter robił go jeszcze piękniejszym.

– Jak to? – rzekł. – Pani, która przez kilka nieszczęsnych lat naszego pożycia traktowała mnie jak psa, jak... szlachcic swego guwernera... pani mówisz o opuszczeniu cię? Całą moją winą jest to, że panią ubóstwiałem, widząc w niej nie tylko ukochaną kobietę, ale i wielką damę barbarzyńskiego narodu, która zniżyła się do poślubienia biedaka emigranta... No, ale przez ostatni rok, a szczególnie ostatnią scenę, gdy się niemal bałem, żeby mnie pani nie kazała wybić swojej służbie, przez tę ostatnią scenę – wyleczyłem się...

Dziś panią rozumiem: jesteś córką scytyjskich kobiet, które wiecznie rządziły, rozkazywały i powinny by rodzić się mężczyznami... Ale ja byłem członkiem narodu ucywilizowanego i pomimo przywiązania, pomimo względów należnych kobiecie, pomimo nieśmiałości nie mogłem dłużej odgrywać roli zaprzedańca...

I lepiej się stało. Pani masz fach, który zaspokoił twoje instynkty władzy, przyniósł ci sławę i majątek, a ja – jestem człowiekiem wolnym... Skoro się nie dobraliśmy, najlepsze było to, że mnie pani uwolniła... O, to było bardzo stanowcze!

– Zatargi małżeńskie nie niweczą sakramentu – odparła cicho pani Latter, spuszczając oczy.

Gość wzruszył ramionami.

– Nie pomyślał pan nawet, że mogłam wpaść w nędzę z dziećmi... – dodała.

– Dzieci... a nawet fotel i biurko są własnością pierwszego męża pani – odparł sucho. – Sama pani to raczyłaś powiedzieć przed pół godziną i tej zasady będziemy się pilnowali... Co zaś do bytu pani, byłem o niego spokojny. W roku 1867 spotkałem w Richmond dawną pokojówkę pani, Anielę, zdaje mi się. Wyszła tam za fabrykanta pończoch. Od niej dowiedziałem się, że założyła pani pensję, że robi pani majątek, że Kazio i Helenka są doskonale wychowani... Trochę dziwiła mnie ta pensja; lecz znając energię pani, nie wątpiłem, że wszystko musi pójść dobrze.

Jakoż potwierdził mi to rok temu pan Sla... Śląski (tam nazywa się Slade, bo nikt by nie wymówił jego nazwiska), dawny sąsiad Norowa. On mi powiedział, że pani zrobiła majątek, że Helenka wyrosła na piękną pannę, a Kazio zapowiada się na genialnego człowieka... Wobec tych doniesień resztka żalu, jaki mogłem mieć do pani, zgasła we mnie. Zrozumiałem, że gdybym wówczas nie wyjechał, mogłem być zawadą w karierze pani i dzieci... A dziś powiadam, że to, co się stało, choć było dla mnie bardzo przykre, dobrze się stało dla wszystkich. Wszyscy podźwignęliśmy się materialnie i moralnie. Ręka Boska najlepszą wskazuje ludziom drogę.

Słuchając tego, pani Latter czuła, że w jej sercu znika dawna nienawiść do męża, a jej miejsce zastępuje niepokój.

„To jest szlachetny człowiek – myślała – ale... z czym on do mnie przyjechał?".

26. Zatrzymywani odchodzą

Gość marszczył i tarł czoło z niewątpliwymi oznakami zakłopotania.

– Jakież masz zamiary nadal? – zapytała nieśmiało pani Latter, rumieniąc się.

Eksmąż spojrzał na nią zdziwiony. Przed chwilą nazywała go panem, teraz mówi: ty...

– Więc pani nie odebrała mego listu z grudnia? – rzekł.

– Treść jego możesz mi dzisiaj opowiedzieć...

– Ach, tak? Naturalnie, że muszę – odparł.

Machinalnie sięgnął do cygarnicy.

– Chcesz palić? – zapytała pani Latter prawie pokornym tonem.

– O nie! – przerwał. – Szkoda, że zginął mój list...

– Czy były w nim jakieś dokumenty?

Gość nie odpowiedział. Znowu tarł czoło, nagle rzekł:

– Pani nie wie: mam syna... Chłopak dziesięcioletni, bardzo ładne i dobre dziecko... Doskonałe dziecko!

Pani Latter zaćmiło się w oczach.

– Na imię mu Henryk – mówił gość – a ma tak smutne spojrzenie, kiedy się zamyśli, że nieraz drżę o niego i pytam się: skąd ten smutek i co on może zapowiadać? Ale to chwilowe... Bo zwykle jest wesołym dzieckiem. Ach, jak umie być wesoły! – dodał, patrząc na panią Latter.

– Miło mi będzie uścisnąć twego syna – odpowiedziała zdławionym głosem. – Szkoda, że go nie przyprowadziłeś...

– Z Waszyngtonu? – wtrącił gość. – On przecież został z matką...

Pani Latter zbladła.

– Otóż, proszę pani – mówił – tu leży powód mego przyjazdu...

Przystąpienie jednak do rzeczy robiło mu pewną trudność: kręcił się na fotelu i widocznie znowu zboczył od przedmiotu.

– Bo widzi pani, ja jestem jednym z głównych ajentów fabryki Wooda, maszyn i narzędzi rolniczych. Dotychczas podróżowałem po Ameryce, lecz w tym roku, chcąc porozmawiać z panią, podjąłem się pośrednictwa z Rosją. Sprawy są tak pilne, że muszę wyjechać jutro; lecz wrócę tu za miesiąc i dłużej zabawię... A tymczasem mój adwokat pomoże pani do załatwienia formalności...

– Nie rozumiem... – szepnęła pani Latter, ściskając poręcz kanapki.

– Chodzi o rzecz drobną, którą pani, jako rozumna kobieta, może, a nawet ma obowiązek zrobić po tym, co między nami zaszło... Chodzi o to, żeby pani ze swej strony zrobiła podanie do kurii katolickiej o rozwód...

Pani Latter patrzyła na niego osłupiała.

– Więc chcesz się żenić, mając tu żonę? I ja mam ci w tym pomagać? Spełniły się moje przeczucia! Po rozmaitych bohaterskich historiach musieliśmy w końcu zawadzić o kryminał...

Gość znowu zakipiał gniewem.

– Za pozwoleniem. Muszę pani przypomnieć, że ja jestem kalwin, a nasz ślub odbył się tylko w kościele katolickim; jeżeli więc się nie mylę (nie mówiłem o tym jeszcze z adwokatami), ślub ten... nie wiem, czy jest ważny w obliczu mego wyznania? Dalej, zostałem przez panią wypędzony z domu, co chyba wobec sumienia równa się rozwodowi, zwłaszcza że potem nastąpiła kilkunastoletnia rozłąka... A wreszcie, gdybym miał mniej skrupułów, w Ameryce znalazłbym sposób zawarcia najlegalniejszego małżeństwa, nie odwołując się do pani.

– Więc po co ja mam prosić kurię o rozwód i może ponosić koszty? – zawołała pani Latter z płonącymi oczami. – Wracaj do swojej Ameryki i popełnij legalne dwużeństwo! Ta, która obdarzyła cię synem, jest albo ofiarą oszustwa, albo...

Eksmąż chwycił ją za rękę.

– Dosyć! – rzekł.

Ale pani Latter, czując przewagę, mówiła ze spokojnym szyderstwem:

– Czy ja chcę ją obrażać? Mówię tylko, że jest jedno z dwojga: albo ją oszukałeś i wziąłeś z nią ślub, albo ona była twoją kochanką. Podziwiać cię będę, jeżeli wskażesz mi jakąś trzecią alternatywę.

Gość spokorniał.

– Proszę pani, są rzeczy dziwne w Europie, a bardzo zrozumiałe w Ameryce. Żona moja... matka Henrysia – dodał – w czasie wojny była dozorczynią rannych i pomimo osiemnastu lat, a może właśnie dlatego – najskrajniejszą emancypantką. Szlachetna, wysoko wykształcona, pełna poezji, głosiła teorię, że prawdziwa miłość nie potrzebuje formułek... Więc gdy wyznałem, że ją kocham, i opowiedziałem moją historię, wzięła mnie za rękę i w sali pełnej rannych żołnierzy, ich krewnych i dozorczyń rzekła:

„Kocham tego człowieka, biorę go za męża i będę mu wierną...".

I jest mi wierną.

– Szczęśliwy człowiek – syknęła pani Latter – nie brakuje mu nawet przyjemnych złudzeń...

Gość udał, że nie słyszy; spuścił głowę i mówił dalej:

– Z biegiem czasu, kiedy nasz syn wzrastał, rosło i jej przywiązanie do mnie, i – skrupuły. Od kilku lat widywałem ją niekiedy płaczącą. Na próżno pytałem: co jej jest? Nie odpowiadała. Wreszcie widząc, że jej smutek doprowadza mnie do rozpaczy, rzekła:

„Duchy mówią, że gdybym umarła przed twoją pierwszą żoną, nie ja byłabym z tobą po śmierci, ale tamta. Lecz dodają, że gdybyś miał od niej akt uwalniający cię ze ślubu, w takim razie, choćby ona mnie przeżyła, będziesz po śmierci moim".

Ach – dodał – muszę pani wyjaśnić, że moja żona jest spirytystką, a nawet należy do mediów...

Pani Latter siedziała z założonymi rękami; gość patrzył z niepokojem, widząc w jej oczach tlące iskry nienawiści.

– Cóż pani na to? – odezwał się tonem prośby.

– Ja? – odpowiedziała jak przebudzona. – Posłuchaj, Arnoldzie... Przez kilkanaście lat żyłeś z nieznaną mi kobietą... pieściłeś ją... masz z nią syna... Twoja jakaś tam sława wojskowa należała do niej, twoja praca – do niej, twój majątek – do niej...

Zadyszała się, lecz, chwilę odpocząwszy, mówiła dalej:

– Przez ten czas ja musiałam dźwigać ciężar wdowieństwa bez twojej korzyści... Pracowałam nad utrzymaniem w porządku kilkuset osób, wychowywałam dzieci... Borykałam się z ludźmi, z obawą o jutro, niekiedy z rozpaczą, podczas gdy wy tam byliście szczęśliwi na mój koszt... Dziś wiesz, co mam za to? Dwoje dzieci, których los nie jest ustalony, a dla siebie bankructwo... Kompletne bankructwo! Już nawet zalegam w opłacie komornego, a gdybym dziś sprzedała pensję i spłaciła długi, nie wiem... czy wyjdę w jednej sukni.

W takiej chwili ty, który mnie obdarłeś ze swojej pomocy i osoby, ty przychodzisz do mnie i masz odwagę mówić:

„Kochana pani, zaakceptuj moje postępowanie z tobą, ponieważ jednej z moich przyjaciółek powiedziały duchy, że powinna awansować na legalną żonę!".

Czyś ty oszalał, Arnoldzie, proponując mi coś podobnego? A przecież ja się na to nigdy nie zgodzę... nigdy! Chociażby moje własne dzieci u moich nóg konały z głodu...

Zerwała się z zaciśniętymi pięściami.

– Nigdy... słyszysz? nigdy!

Przeszła się kilka razy po gabinecie, szlochając. Powoli jednak uspokoiła się i otarłszy oczy stanęła przed mężem.

– No? – rzekła krótko.

Gość spojrzał na zegarek i także podniósł się z fotelu. Na jego ruchliwej twarzy malował się w tej chwili spokój.

– Widzę – rzekł – że jesteś pani bardziej rozdrażniona, niż można było przypuszczać. No, ale trudno... Każdy ma swoje racje...

A teraz stawiam pani ultimatum.

Jest nas czworo: mój syn, Henryk, jego matka, ja i pani. Mam bardzo mały majątek – dwadzieścia tysięcy dolarów... Ale ponieważ jakiś czas żyłem na koszt pani, więc oddam jej z mego mienia – pięć tysięcy dolarów.

Teraz idę do adwokata i powiem, co ma robić. Mniej więcej za miesiąc odbiorę kopię aktu i doręczę pani jej część pieniędzy... Rozumie się, niezależnie od opłaty za dokumenty i od tych ośmiuset rubli, które jestem winien...

– Jesteś! – syknęła pani Latter.

Lecz w tej samej chwili przyszło jej na myśl, że pięć tysięcy dolarów po kursie bieżącym wynoszą siedem i pół tysiąca rubli...

Gość niedbale machnął ręką, ukłonił się i wyszedł, nie odwracając głowy.

Pani Latter patrzyła za nim... patrzyła... a gdy skrzypnęły drzwi przedpokoju i na schodach rozległ się łoskot kroków odchodzącego, zalała się rzewnymi łzami.

W kwadrans potem umyła twarz i dysząca zemstą poczęła snuć plany upokorzenia człowieka, który śmiał być szczęśliwym pomimo jej nienawiści.

„Przebaczyłam mu, a on zaproponował rozwód! Nędznik, krzywoprzysięzca, wielożeniec! Jakżebym chciała mieć teraz wielki, ogromny majątek... Pojechałabym tam, do niej, i powiedziałabym:

Możecie pobrać się ze sobą, popełnić świętokradztwo... Ale w obliczu Boga, ty, kobieto, zawsze będziesz tylko jego kochanką, a twój syn nieprawym dzieckiem... Wobec Boga nigdy nie będziecie mężem i żoną, nie połączycie się nawet po śmierci, bo ja... nie uwalniam go od przysięgi...".

Ocknęła się i ją samą zdziwił tak mocny wybuch.

„Ostatecznie – myślała – czego ja się drażnię... Dziecko nic nie winno, chyba tyle, że jest jego dzieckiem... A tamta, której nie wiem nawet nazwiska, warta swego wspólnika... Wypędziłam go, znalazł istotę godną siebie, i tak muszę nadal traktować ich stosunek: pogardliwie, nie dramatycznie.

Ach, gdyby Solski oświadczył się wreszcie o Helenę! Za długo trwa ta wulkaniczna miłość, o której wszyscy mówią i kompromitują dziewczynę... Miałabym pieniądze, a od nędznika nie przyjęłabym nawet tych ośmiuset rubli, które mi winien. Wtedy pokazałabym mu drzwi, bo właściwie co za wspólność ze mną może mieć jakiś pan Arnold...".

Pani Latter przypominała sobie niedawną rozmowę, silny głos, grę fizjonomii Arnolda, jego niespodziewane wybuchy gniewu i doszła do wniosku, że ten człowiek – nie pozwoli się zdeptać.

„W każdym razie – mówiła w duchu – mam pewnych osiemset rubli za miesiąc: mogę więc dziś pożyczyć ze sześćset... A nędznik! Daje mi siedem tysięcy rubli odstępnego, sam niewart siedmiu groszy... Tej sumy, rozumie się, nie przyjmę nigdy w świecie!".

Kazała zawołać pannę Martę, a gdy gospodyni weszła, odezwała się do niej:

– Więc Szlamsztejn odmawia?

– Co taki... z przeproszeniem pani, wie? Na czym on się zna? Niby to się gniewa, że Fiszman u nas zarabiał – odparła gospodyni z grymasem.

Pani Latter zastanowiła się.

– Fiszman? Drugi raz już mi to panna Marta powtarza. Nie znam żadnego Fiszmana. Może to ten, co nam masło przywozi?

– Nie, proszę pani. Masło przywozi Berek, a Fiszman to taki kapitalista. Już nawet wiem, gdzie mieszka...

– Trzeba go jutro sprowadzić – odparła pani Latter, patrząc w okno. – Zawsze z końcem kwartału są niedobory... Ale za miesiąc będą pieniądze.

Kiwnęła głową na znak, że gospodyni może odejść, i znowu rozpoczęła gorączkowy spacer po gabinecie. Uśmiechała się sama do siebie, czując, że gniew na męża rozbudził w jej duszy nowe zasoby energii.

„Nie dam się! Nie dam się!" – powtarzała, zaciskając pięści.

Nie pomyślała, na jak długo wystarczy jej ten nowy zapas sił i czy nie jest on już ostatnim?

Wychodzącą pannę Martę dopędził w końcu korytarza Stanisław i wszedłszy do jej pokoju, tajemniczo zamknął za sobą drzwi. Potem wydobył portmonetkę, z niej złotą sztukę dziesięciomarkową i rzekł:

– Aha? Niech pani zgadnie, od kogo to dostałem. To dopiero pan! Bywali u nas nawet rublowi panowie, ale takiego jeszcze nie miałem.

– Prawda – odpowiedziała gospodyni, której oczy uśmiechnęły się do złota. – Ważna sztuka! Mój Boże, teraz tego nigdzie nie widać, a jeszcze pamiętam za nieboszczki mamy...

– Co tam sztuka. Ale co to za pan, który mi ją dał? Żebym powiedział pannie Marcie, trupem by padła... Słowo daję!

– Och, jaki mi sekretarz! Ode mnie wydobywa wszystko, co mam pod sercem, a sam się targuje. Kto by mógł dać dukata, jeżeli nie pan Solski? Pewnie przyjechał oświadczyć się o panienkę... Chwała Bogu! – dodała, wznosząc oczy i ręce do góry.

Ale zastanowił ją poważny wyraz twarzy lokaja.

– No, niech Stanisław gada prędko albo niech się wynosi...

– Nie bardzo komu przeszłoby przez gardło takie słówko – odparł. – To, co powiem, mówię tylko pani, bo niech ręka boska zachowa...

– Zwariowaliście! Więc kto był?

– Nieboszczyk pan...

– W imię Ojca i Syna... Jaki nieboszczyk?

– Nieboszczyk Latter.

– Przysięgam, że zupełny wariat! – szepnęła gospodyni, wpijając się wzrokiem w twarz Stanisława. – Czy wyście go znali?

– Nie, ale trochę słyszałem, o czym rozmawiali z panią. Niewiele rozumiałem, bo to po francusku...

– Więc wy rozumiecie choć trochę?

– Ba! jest się tyle lat na pensji! Nie wszystko słyszałem, niewiele rozumiałem, ale zawsze wiem, że to był mąż, pan Latter... Mnie się to i dawniej o uszy obijało, że on jeszcze chodzi po świecie, ale nie myślałem, że ma wypełnione kieszenie... Przecież rzucić złotą sztukę nie byle kto potrafi...

– Dzięki ci, Boże! – westchnęła panna Marta. – Zawsze modliłam się na intencję naszej pani i byłam pewna, że wypłynie...

– Hmm! Hmm! – mruknął Stanisław. – A ja w tym nic dobrego nie widzę. Najpierw – kłócili się, nawet pani coś powiedziała o kryminale, potem – jak on wyszedł, strasznie płakała, a wreszcie... Wreszcie to nigdy nie jest dobrze, kiedy pokazuje się człowiek, którego wszyscy mają za nieboszczyka. Będzie jakaś bieda.

Od krańcowego optymizmu panna Marta nader łatwo przerzucała się w krańcowy pesymizm. Więc i teraz splotła ręce na piersi i rzekła:

– Aaa... Ja i to myślałam. Bo co znaczy mąż, którego nie było... Nie było i naraz wylazł jak spod ziemi? Jużci, kiedy oni się rozeszli i pani aż musiała pensję założyć, więc nie musiało być między nimi kleju; a jeżeli teraz wrócił, i jeszcze bogaty...

– A jaki piękny pan! Ho, ho! Gdzie wygląda młodziej od naszej...

– O! – przerwała panna Marta – to jest sęk... Młody i piękny mąż, żona starsza... O! Tu, tu jest nieszczęście... Żona biedna zdarła się w pracy, a on piękny i bogaty... Łajdaki mężczyźni!

– Tylko... pani gospodyni... pary z ust nie trzeba puszczać przed nikim, bo z tego może wyjść nieszczęście i dla mnie... – rzekł Stanisław, grożąc palcem.

I gdy uroczyście zabierał się do odejścia, panna Marta rozgniewana przestrogą chwyciła go za ramię i wypchnęła za drzwi.

W kwadrans panna Marta kocim krokiem wbiegła na górę szukać Madzi. Lecz że zamiast Madzi nasunęła jej się panna Howard, więc chwyciła ją za rękę, wciągnęła do pustej sali i zaczęła szeptać:

– Wie pani, co się stało? Ale niech pani przysięgnie, że nikomu nie powie! – dodała, podnosząc palec w górę. – Wie pani, Latter wrócił...

– Jaki Latter?

– Latter, mąż pani przełożonej.

– Ależ on od dawna nie żyje.

– Owszem, od dawna żyje, tylko siedział w kryminale...

– Co? Co?

– Był w kryminale – szeptała panna Marta. – Ale jaki on piękny! Ach, pani, czyste bóstwo, czysty Napolion!

– Jaki Napolion?

– Przecież ten, bożek piękności... A jaki bogaty... Pani, dał Stanisławowi parę... co mówię – dał kilka, a może i więcej złotych dziesięciomarkówek. To milioner.

– Skąd je wziął? – spytała panna Howard, wzruszając ramionami.

– Pewnie z tego, za co siedział w kryminale.

– On tu jest?

– Teraz wyszedł zameldować się policji, ale wróci...

– I będzie tu nocował? – badała, podnosząc głos, panna Howard.

– Przecież ktoś tutaj ma żonę, w hotelu nocować nie będzie.

Panna Howard chwyciła się za głowę.

– Natychmiast się stąd wyprowadzam... Mężczyzna piękny, który był w kryminale, chce tu nocować! Nigdy, za nic...

– Na miłość boską, panno Klaro... – błagała ją przestraszona gospodyni. – Co pani robi? Przecież to największy sekret... Tajemnica grobowa...

– A co mnie to obchodzi? – mówiła wzburzona panna Klara.

– Piękny i... był w kryminale... Ładnie bym jutro wyglądała! Przecież taki człowiek musi być zdecydowany na wszystko.

– Ależ, pani... Ależ, panno Klaro... – szeptała gospodyni. – Już wszystko powiem... On tu nie będzie nocował, bo nienawidzi pani Latter... Gdy tylko wszedł, zaraz pokłócili się, a pani przełożona tak strasznie płakała jak w konwulsjach... Nic z tego nie będzie, ona go przez próg nie puści... Może nawet nigdy się nie zobaczą...

Panna Howard zaczęła potrząsać głową.

– A co – rzekła – czy powinny kobiety wychodzić za mąż? Potrzebne jej to było? Tyle lat pracy i niewoli... Tyle lat męża nie miała, a gdy wrócił, także go mieć nie będzie! Och, te małżeństwa! Ja już od pewnego czasu spostrzegłam, że jej coś jest: była blada, zadumana, apatyczna... I nie dziwię się, skoro czekała na taki przysmak... Muszę ratować nieszczęśliwą...

– Na miłosierdzie Boga! – jęknęła panna Marta – niech pani nic nie mówi.

Chwyciła ją za ręce i pchała we framugę, jakby mając zamiar wyrzucić pannę Howard za okno.

– Nudna pani jest! – syknęła nauczycielka, wyrywając się jej. – Naturalnie, nawet nie dam poznać, iż wiem, że mąż powrócił... Ja tylko wyrwę ją z apatii, wciągnę znowu do stosunków z pensją...

– Cóż to dziś za pensja? – wtrąciła gospodyni. – Większa część rozjechała się na święta, a reszta pojutrze... Co ona będzie miała z nimi do roboty?

Panna Howard z gniewem podniosła głowę do góry.

– Co pani plecie, panno Marto? – rzekła. – Nie ma co robić? Ja tonę w pracy między tymi dziesięcioma kozami, a pani Latter nie ma co robić? A przecież jestem o wiele energiczniejsza...

Ktoś szedł przez korytarz, więc obie damy się rozbiegły. Gospodyni zaczęła szukać Madzi, a panna Howard – rozmyślać nad sposobami wyrwania pani Latter z apatii.

„Kiedy znowu zajmie się panienkami i interesami jak ja, nawet piękny mąż wywietrzeje jej z głowy – mówiła sobie. – Dziś rozumiem wszystkie niekonsekwencje tej nieszczęśliwej... Naturalnie, bała się, żeby mąż nie wrócił... Aha! I wiem teraz, dlaczego jej grozi bankructwo... Wszystkie pieniądze, jakie wypracowała biedna niewolnica, musiała odsyłać do więzienia swemu panu. I otóż on jest bogaty, nikczemnik, a ona nie ma czym zapłacić za mieszkanie... Takie są korzyści małżeństw!".

27. Nowina o córce

Około ósmej wieczór panna Howard zaprosiła do siebie Madzię. Posadziła ją na krześle, sama usiadła tyłem do lampy, skrzyżowała ręce na piersiach i utkwiwszy w przestrzeń blade oczy, rzekła niby obojętnym tonem:
— Cóż, wie pani o przełożonej?
— Ach, wiem... — odparła strapiona Madzia.
— O tym, że jej mąż wrócił?
— Tak.
— Że jest piękny... Że był w więzieniu...
— Bardzo bogaty — wtrąciła Madzia.
— I że znowu rozstali się ze sobą — ciągnęła panna Howard.
— Wszystko wiem.
— Od kogo? Pewnie od Marty. A to plotkarka! Przez pięć minut nie utrzyma sekretu.
— Ależ ona błagała mnie o tajemnicę — rzekła Madzia.
— Więc już nie mam pani co mówić o szczegółach, ale... Posłuchaj mnie, pani — prawiła natchnionym tonem panna Howard wznosząc rękę.

W tej chwili zapukano do drzwi i odezwał się głos Stanisława:
— Pani przełożona prosi pannę Brzeską... Poczta przyszła...
— Zaraz idę — zawołała Madzia. — (Pewnie list od mamy...)
— Posłuchaj mnie, pani — mówiła panna Howard, przykuwając ją spojrzeniem. — Życie pani Latter jest nowym dowodem, co to za klęska dla samodzielnej kobiety — małżeństwo...
— Ależ tak! (Może wyjadę na święta?) — szepnęła Madzia.
— Bo pani Latter — ciągnęła panna Howard — była i jest pierwszą u nas emancypantką. Pracowała, rozkazywała, robiła majątek, jak mężczyzna.

– Ciekawam… – wtrąciła Madzia kręcąc się na krześle.

– Tak, to była pierwsza emancypantka, pierwsza samodzielna kobieta – deklamowała z zapałem panna Howard. – A jeżeli dziś jest nieszczęśliwą, to tylko przez męża…

– O, z pewnością! (Ciekawam?)

– Mąż zatruwał jej godziny pracy, mąż odpędzał sen z jej powiek, mąż skalał nazwisko zbrodnią, mąż wyssał jej majątek, pomimo że był nieobecny…

Znowu zapukano do drzwi.

– Muszę iść – rzekła Madzia zrywając się z krzesła.

– Idź pani. – Ale pamiętaj, że jeżeli panią Latter, tę kobietę wyższą, kobietę przyszłości, spotka w tych czasach jaka okropna katastrofa…

Madzia zatrzęsła się.

– Niech Bóg broni! – szepnęła.

– Tak, jeżeli ją spotka jakie straszliwe nieszczęście, będzie to skutek powrotu jej męża. Bo mąż dla kobiety samodzielnej…

Madzia już wybiegła, spiesząc do pani Latter.

„List od mamy! List od mamy! – myślała, skacząc na schodach. – Może mama każe mi przyjechać na święta? Jakby to było dobrze, bo mi tak strasznо tu zostać… Biedna pani Latter z tym mężem".

Wpadła do gabinetu i zastała przełożoną obok biurka z listem w ręku.

– Ach, Madziu, jakże długo trzeba na ciebie czekać! – odezwała się pani Latter prawie ze złością.

Madzia zarumieniła się i zbladła.

– Spóźniłam się… – rzekła wylękniona. – Pewnie od mojej mamy list…

Pani Latter niecierpliwie skinęła ręką.

– Masz tu list od Ady Solskiej… Nie wypieraj się… Stempel wenecki, a adres przez nią napisany…

Madzia zdziwiła się.

– Otóż chcę cię prosić – mówiła przełożona – żebyś pozwoliła mi w twojej obecności przeczytać ten list...

– Ależ nie trwóż się – dodała, spojrzawszy na Madzię. – Jakie z ciebie dziecko! Chcę przeczytać list, bo od Helenki przeszło tydzień nie mam wiadomości i niepokoję się... Ach, jak oni wszyscy mnie szarpią... Zresztą – ty sama przeczytaj, ale głośno... Masz tu nożyk, przetnij kopertę... Jej ręce drżą! Dzieciaku, dzieciaku... No, czytajże wreszcie!

Madzia, oszołomiona niecierpliwością przełożonej, zaczęła czytać, nic nie rozumiejąc:

„Moja ty droga, moja jedyna – pisała panna Solska – chciałabym w tej chwili ciebie, was wszystkich, cały świat uściskać. Czy ty możesz wyobrazić sobie takie szczęście: Stefek wczoraj wyjechał z Wenecji, szepnąwszy mi na wyjezdnym, że jest wyleczony, a Hela – wiadomość o jego wyjeździe przyjęła śmiechem! Nawet w tej chwili widzę ją z okna, jak płynie po Wielkim Kanale z rodziną państwa L., z pannami O. i gronem młodzieży. Jadą trzema gondolami, a robią hałas, jak gdyby płynęła flota turecka. Ach, Madziu...".

Madzia przerwała, patrząc na przełożoną, która siedziała bez ruchu.

– Daj no mi... – rzekła szorstko pani Latter, wyrywając z rąk Madzi papier. Parę razy przeczytała początek, potem zmięła list i uderzyła nim o biurko.

– A niegodziwe! – syknęła. – Jedna mnie zabija, a druga – cieszy się z tego... Czy mi wydarł ktoś mózg – krzyknęła – czy jakiś zły duch powydzierał ludziom serca ludzkie, a powstawiał tygrysie?

– Może by? – wtrąciła Madzia.

– Czego?

– Pani taka zmieniona... ja podam szklankę wody... – zapytała Madzia, drżąc całym ciałem.

– Ach, ty głupiutka dziewczyno! – przerwała pani Latter z wybuchem. – Ona mnie wodą częstuje w chwili, kiedy odbieram wiadomość, że Solski porzucił Helenę... Nędznik! Chociaż dlaczego on ma być lepszym od mojej własnej córki? To potwór, to... Wychowałam, nie... wypieściłam ją na moją niedolę, okradłam się dla niej z majątku, a ona – jak mi odpłaca? Gubi siebie, zakopuje przyszłość brata, a mnie rzuca pod nogi człowiekowi, którym pogardzam i nienawidzę, jak nikogo na świecie... Czego się ty na mnie patrzysz? – dodała.

– Ja... nic... – szepnęła Madzia.

– Przecież wiesz, że Solski szalał za tą przeklętą i ona go odtrąciła! A chyba i to wiesz, że jestem zruj... że jestem w trudnym położeniu, że chcę wypocząć... Wypocząć choćby tydzień... I ta, ta... córka jednym kaprysem przewraca... Już nie tylko moje plany, ale możność bytu.

Zaczęła chodzić i załamywać ręce.

– Boże! Boże... – szlochała Madzia, czując, że dzieje się coś nadzwyczajnego.

Nagle pani Latter zatrzymała się nad jej krzesłem jakby uspokojona. Położyła rękę na jej głowie i rzekła łagodnym tonem:

– No, kochanie, nie płacz, przebacz mi... Widzisz... nawet koń, gdy go rani ostroga, staje dęba... Jestem trochę prędka... boleśnie mnie raniono, więc... i ja się rzuciłam... Ależ to nie przeciw tobie...

– Mnie nie o to... – łkała Madzia. – Mnie tak przykro... tak strasznie przykro, że pani... jest...

Pani Latter wzruszyła ramionami i odparła z uśmiechem:

– W takim położeniu! Nie bierz tego dosłownie, kochanie, co mówiłam... Cierpię, to prawda, ale... Mnie nie można złamać, o nie! Mam ja jeszcze rezerwy, które pozwolą mi i pensję podnieść, i Kaziowi skończyć edukację.

A Helenka – dodała oschłym tonem – musi przyjąć konsekwencję swoich kaprysów. Nie chciała być damą krociową, będzie od wakacji damą klasową.

– Helenka? Damą klasową? – powtórzyła Madzia.

– Cóż w tym dziwnego? A czy ty nie jesteś ukochaną córką dla swojej matki, a jednak pracujesz? Wszyscy pracujemy i Helenka będzie pracowała, a to ją otrzeźwi... Ja dwojgu dzieciom już nie wydołam, a Kazio... Musi skończyć edukację... Musi zdobyć stanowisko, bo on kiedyś stanie się podporą dla mnie, dla Heleny, a może i dla innych... To jest materiał na człowieka w całym tego słowa znaczeniu...

Madzia słuchała ze spuszczonymi oczami.

– No, już idź, moje dziecko – rzekła spokojnie pani Latter. – Przebacz mi, zapomnij o tym, coś słyszała, i zabierz list... To już nie była szklanka, ale konewka wody, którą się otrzeźwiłam... Helena i Solski! Krociowy pan i córka baby utrzymującej pensję, także dobrana para... Muszę przyznać, że Helena ma więcej zimnej krwi ode mnie, skoro od razu, po takiej wielkiej katastrofie, popłynęła na spacer...

Kiedy Madzia pożegnała ją i wyszła, pani Latter, chodząc ze skrzyżowanymi rękami po gabinecie, myślała:

„Tak, panie Arnoldzie, dam ci rozwód, ale nie za pięć, tylko za dziesięć tysięcy twoich dolarów... Mogę wam nawet udzielić błogosławieństwa, ale – za dziesięć tysięcy. Jeżeli tobie wolno dbać o nazwisko dla twego podrzutka, ja muszę dbać o karierę dla mego syna. Nie dam mu zwichnąć przyszłości, nie, nie!".

Madzia wróciła do siebie z bólem głowy i ubrana rzuciła się na łóżko. W opustoszałej sypialni oprócz niej były dwie uczennice i te, nagadawszy się o wyjeździe na święta, twardo zasnęły.

Nagle późno w nocy skrzypnęły drzwi sypialni i ukazała się w nich, przysłaniając świecę ręką, pani Latter. Miała na sobie ciemny szlafrok opasany sznurem. Twarz jej była trupioblada, czarne włosy splątane i najeżone, a w oczach, które z uporem wpatrywały się w jakiś punkt nieistniejący, widać było trwogę.

Rozgorączkowanej Madzi dzika myśl przeleciała przez głowę, że – pani Latter chce ją zabić... Więc zasłoniła twarz rękami i czekała, czując, że serce w niej zamiera.

– Śpisz, Madziu? – szepnęła pani Latter schylona nad jej łóżkiem.

Madzia, nie odsłaniając twarzy, ostrożnie otworzyła jedno oko i zobaczyła rękę pani Latter; między jej palcami przekradał się różowy blask świecy.

– Śpisz? – powtórzyła przełożona.

Madzia nagle usiadła na łóżku, aż pani Latter cofnęła się i oczy jej straciły swój okropny wyraz.

– Cóż tu u was, spokojnie... Już tylko dwie panienki śpią w tej sali... Co to ja chciałam powiedzieć? Co ja chciałam? Nie mogę zasnąć... Aha, pokaż no mi list...

– Który? – spytała Madzia.

– Ten Ady.

Madzia odsunęła szufladkę stolika i wydobyła list, który leżał na wierzchu. Pani Latter zbliżyła go do świecy i zaczęła czytać:

– Ach, tak, to on... Wenecja... Masz, moje dziecko, twój list... Dobranoc.

I opuściła sypialnię, znowu zasłaniając światło, żeby nie obudzić panienek. Ale te nie spały.

– Po co tu przyszła pani przełożona? – rzekła jedna z nich.

– Przyszła jak zwykle spojrzeć na nas – odparła Madzia, hamując mimowolne dreszcze.

– Jak to dobrze, że ja jutro wyjeżdżam – szepnęła druga pensjonarka. – Już bym tu nie zasnęła.

– Dlaczego? – spytała pierwsza.

– Czy nie widziałaś, jak pani Latter strasznie wygląda?

Umilkły. Madzia zaczęła się rozbierać, ślubując, że na następną noc przeniesie się do innej sali.

Na drugi dzień na pensji już nie było lekcji. Kilka uczennic zbierało się do wyjazdu na święta, te zaś, które miały zostać, korzystając z kwietniowej pogody, wyszły z Madzią na spacer.

Ulice wyglądały wesoło, damy, pozbywszy się zimowych strojó, biegły uśmiechnięte z parasolkami w rękach, niedawny śnieg nie pozostawił ani śladu na ziemi, a na niebie bez chmury świeciło wiosenne słońce. Pensjonarki tak były zachwycone pogodą i ciepłem, iż na chwilę zapomniały, że one nie wyjeżdżają na święta.

Ale Madzia była zgnębiona. W sercu jej budziły się nieokreślone obawy, a w głowie krążyły niepowiązane zdania.

„Biedna ta pani Latter! Dlaczego nie napisałam o niej do Ady? Dlaczego nie poszłam do Dębickiego? On jeden pomógłby nam…".

Potem przyszło jej na myśl, że jeżeli Solski zerwał z Heleną, to może nie pożyczy pieniędzy jej matce, a i sama pani Latter nie mogłaby od niego przyjmować żadnej grzeczności! Lecz mimo te uwagi uparty szeptał w niej głos, że powinna porozmawiać z Dębickim o położeniu pensji.

Co mógł poradzić ubogi nauczyciel, z którym tak niegodziwie postąpiono na pensji? A jednak Madzię coś do niego ciągnęło i poszłaby tam natychmiast, choćby tylko zapytać Dębickiego o zdrowie i przynajmniej opowiedzieć mu o wszystkim, co od dawna mąciło jej myśli i szarpało serce.

Poszłaby, ale – było jej wstyd.

„Co by to za plotki mogły z tego wyrosnąć?" – mówiła, przechodząc pod oknami domu, w którym mieszkał Dębicki.

„Nie wypada, nie wypada…" – powtarzała sobie, tłumiąc przeczucie, że jednak za to słówko „nie wypada" ktoś drogo zapłaci.

O tej samej godzinie pani Latter, siedząc w gabinecie, załatwiała rachunki z nauczycielami. Gdy któryś z nich przychodził, rozmawiała z nim o tym, że dzień jest bardzo piękny, następnie dawała mu do podpisania wykaz lekcji, które odrobił, podsuwała otwartą kopertę z pieniędzmi, prosząc, aby je przeliczył, a wreszcie – polecała się jego łaskawym względom po świętach.

Żaden z interesantów, nie wyłączając księdza prefekta i lekarza Zarańskiego, którzy złożyli jej wizytę ostatni, nie zauważył u pani Latter nic szczególnego. Była mizerna i zmęczona, ale spokojna i uśmiechnięta.

Na dziedzińcu spotkał się ksiądz prefekt z doktorem i znowu – pogadawszy z nim o pięknym dniu i o tym, czy nie wyjeżdża na święta – rzekł nagle:

– Tęgo się trzyma kobieta przy tych kłopotach!

– Kto ich nie ma! – odparł Zarański. – Zresztą pensja zawsze robi na mnie wrażenie bardzo kłopotliwej fabryki.

– Dobry sobie doktor – uśmiechnął się prefekt – pensję porównywać z fabryką... Tak, fabrykujemy dusze ludzkie! A swoją drogą Latterowa w ostatnich czasach posunęła się.

– Nerwowa, zdenerwowana... – mruknął lekarz, patrząc na swoje spodnie. – Wysłałbym ją na wakacje do morza, ale... Ona nie uznaje medycyny. Żegnam kanonika!

– Wesołych świąt doktorowi – odparł ksiądz. – A mnie także trzeba na wakacje wysłać, tylko w takie miejsce, gdzie tanio i wesoło, niech doktor pamięta!

– Do Ostendy! – zawołał lekarz, idąc w ulicę.

– Taki biedak jak ja? – odpowiedział, śmiejąc się, ksiądz.

W tej chwili potrącił znajomego posłańca, który na przeprosiny pocałował go w rękę.

– O, jaki nieuważny! – rzekł ksiądz. – A gdzież pędzisz, bracie?

– Niosę list na pensję, do pani Latter.

– Od kogo to?

– Od adwokata... Całuję rączki dobrodziejowi...

„Od adwokata? – pomyślał prefekt. – Phi! Lepiej mieć do czynienia z adwokatem niż z doktorem i księdzem...".

I poszedł ulicą, uśmiechając się do słońca.

28. Wiadomość o synu

W kilka minut później pani Latter otrzymała list, w którym jeden ze znanych adwokatów zawiadamiał ją, że pan Eugeniusz Arnold powierzył mu „wiadomą" sprawę i zostawił do dyspozycji pani Latter osiemset rubli, które w każdej chwili mogą być podniesione.

Pani Latter uśmiechnęła się.

– Pilno memu panu mężowi – szepnęła – ale trochę musi poczekać.

Odsunęła szufladkę i policzyła pieniądze.

„To dla służby – myślała, dotykając jednej paczki – To dla nauczycielek... To na czas świąt... Gdybym miała jeszcze ze sześćset rubli, mogłabym na parę tygodni zamknąć usta gospodarzowi...

Gdybym od adwokata wzięła te osiemset rubli? Aha, zaraz! On natychmiast dałby znać memu mężowi, a ten – swojej nałożnicy... Nie, kochankowie! Pomęczcie się...".

Nagle zerwała się od biurka z zaciśniętymi pięściami:

– A niegodziwa Hela, przeklęta! Mnie zmusić do spełnienia życzeń pana Lattera, bratu zawiązać przyszłość... Nie, mam tylko jedno dziecko: mego syna... A ty, potworze, zostaniesz guwernantką. I może w najlepszym razie będziesz kiedyś za pieniądze uczyła dzieci tego nędznika Solskiego, które powinny być twoimi dziećmi... Święta prawda, że każdy jest kowalem swego losu...

Zadzwoniła i kazała zawołać pannę Martę. A gdy gospodyni weszła na palcach, robiąc minę pensjonarki, rzekła:

– Cóż ten Żyd, jest?

– Jaki Żyd? – spytała Marta. – Fiszman?

– No, Fiszman.

– Myślałam, że już niepotrzebny – szepnęła gospodyni, spuszczając oczy.

Teraz panią Latter ogarnęło zdumienie.

– Dlaczego? – zapytała z gniewem. – Przecież wczoraj po obiedzie prosiłam panią, żeby mi go sprowadzić... Czy sądzi pani, że w ciągu nocy wygrałam na loterii?

– Zaraz go zawołam – odparła zawstydzona gospodyni i dygnąwszy znowu po pensjonarsku, wyszła.

„Co to znaczy? – myślała pani Latter. – Jakie miny wyrabia ta kucharka? Czyby już wiedzieli o powrocie mego męża i o pieniądzach?".

Zawołała Stanisława i rzekła ostrym tonem:

– Słuchaj no, spójrz mi w oczy...

Siwy lokaj spokojnie wytrzymał jej ogniste spojrzenie.

– Ktoś mi tu papiery przewraca – objaśniła pani Latter.

– Nie ja – odparł.

– Spodziewam się. Możesz odejść.

„Wszyscy mnie szpiegują – mówiła do siebie pani Latter, szybko chodząc po gabinecie. – On także... Nieraz przecież łapałam go na podsłuchiwaniu... Jestem pewna, że i wczoraj podsłuchiwał, ale – mówiliśmy po francusku".

– Nieszczęśliwa jestem... biedna moja głowa! – dodała półgłosem, chwytając się za głowę.

Potem poszła do sypialni i wypiła kieliszek wina, drugi dzisiaj.

– Ach, jak to uspokaja! – szepnęła.

O pierwszej przyszedł Fiszman. Był to stary Żyd, nieco zgarbiony, w długim surducie. Ukłonił się nisko pani Latter i spod oka przypatrywał się sprzętom.

– Potrzebuję sześciuset rubli na miesiąc – rzekła, czując, że krew uderza jej do głowy.

– Kiedy pani potrzebuje? – zapytał po namyśle.

– Dziś, jutro... za parę dni.

Żyd milczał.

– Cóż to znaczy? – spytała zdziwiona pani Latter.

– Ja dziś nie mam sześćset rubli, a odbiorę może za dwa tygodnie.

– Więc po co tu przyszedłeś!

– Bo mam takiego znajomego, co by i dziś pożyczył, ale on chce zastawu – odparł Żyd.

Pani Latter zerwała się z fotelu.

– Oszalałeś! – krzyknęła. – Więc ja na mój podpis nie dostanę sześciuset rubli? Chyba nie wiesz, kim jestem?

Fiszman zmieszał się i rzekł tonem perswazji:

– Przecież pani wie, że ja nieraz dawałem na pani podpis. Ale dziś nie mam, a ten znajomy chce zastawu.

Pani Latter cofnęła się i patrzyła na niego, nie rozumiejąc, co powiedział.

– Na czyj podpis? – spytała.

– Na pani, pani Karoliny Latter, jak pani ręczyła za pana Norskiego.

Pani Latter pociemniało w oczach. Nagle chwyciła go za klapę surduta i zawołała chrapliwym głosem:

– Kłamiesz... Kłamiesz!

– Co pani mówi? – odparł oburzony, wydzierając się jej z rąk. – Pani nie poręczała weksli pana Norskiego?

Pani Latter zbladła, zawahała się, lecz po chwili rzekła stanowczym głosem:

– Tak, poręczałam weksle mego syna nieraz... Ale nie pamiętam pańskiego nazwiska.

Fiszman spojrzał na nią spod zaczerwienionych powiek.

– To wszystko jedno. Ale weksle ja kupowałem.

– Ma pan jeszcze jakiś? – spytała ciszej.

– Nie. Pan Norski dwudziestego piątego marca wykupił ostatni.

– Ach, tak... Ile tam było?

– Trzysta rubli.

– Aha... Kiedy to on był wystawiony?

– W styczniu – odparł Żyd.

– Ach, ten? Nie wiedziałam, że pan bierze takie duże procenty.

Żyd patrzył na nią z politowaniem. Weksel był nie na trzysta, tylko na dwieście rubli, wystawiony nie w styczniu, lecz w końcu lutego. To znaczy, że pani Latter nie wiedziała o niczym, a więc i nie poręczała weksli.

– To się zdarza – mruknął.

– Co?

– Że poręczyciel może nie znać nazwiska wierzyciela... Wszystko jedno, byle było zapłacone – mówił Fiszman.

Pani Latter ciężko odetchnęła.

– Może pan odejść – rzekła.

– A te sześćset rubli, co pani chciała?

– Nie dam zastawu.

– Może ja do jutra wystaram się bez zastawu – odparł. – Ja przyjdę jutro.

Wyszedł, zostawiając osłupiałą panią Latter. Gdyby nie zapach starego kitu, który jeszcze czuć było w gabinecie, nie wierzyłaby, że przed chwilą stał tu człowiek, który miał w rękach weksle jej syna, poręczane przez nią!

To, o co posądzała swego drugiego męża, zrobił – syn, dziecko ubóstwiane, na którym opierała ostatnią nadzieję, którego wielkie czyny i sława miały wynagrodzić bóle jej życia wypełnionego goryczą.

Myśląc tak, nie czuła pretensji do Kazimierza.

Czuła tylko, że jej siły są na wyczerpaniu i że za wszelką cenę chce spokoju. Nawet nie na długo, choć parę dni, byle tylko przez ten czas nikogo nie widzieć, z nikim nie rozmawiać, o wszystkim zapomnieć. Gdyby istniał jakiś sposób pogrążenia się w letarg, pani Latter użyłaby go.

– Ciszy... Spokoju! – szeptała, leżąc z zamkniętymi oczami na kanapce. – Gdybym mogła zasnąć...

Stanisław, który siedząc w przedpokoju wiedział o każdym ruchu swej pani, zatrwożył się długim milczeniem i wszedł. Drgnęła i rzekła:

– Czego chcesz?

– Zdawało mi się, że pani woła.

– Idź sobie i niech ci się nic nie zdaje – odpowiedziała zmienionym głosem.

Stanisław poszedł do panny Marty na naradę. W kwadrans pani Latter usłyszała pukanie do drzwi głównych.

– Kto tam?

– Ja – odpowiedziała pensjonarka z czwartej klasy wchodząc.

– Zaraz wyjeżdżam i przyszłam panią pożegnać...

Blada pani Latter podniosła się z kanapki i ucałowała dziewczynkę.

– Życzę ci wesołych świąt, moje dziecko...

– Mama kazała przeprosić panią przełożoną, że za ten kwartał odda dopiero po świętach...

– Dobrze, moje dziecko...

– I jeszcze kazała mama prosić...

– Dość, moje dziecko...

– O te lekcje muzyki...

– Zlituj się! – Pogadamy o tym po świętach – przerwała pani Latter, delikatnie odsuwając ją.

Dziewczynka zalała się łzami i wybiegła z gabinetu. Pani Latter znowu upadła na kanapkę.

Około drugiej cichutko wsunęła się panna Marta.

– Proszę pani – szepnęła – ja każę dla pani zrobić filiżankę bulionu na obiad i...

– Na miłosierdzie boskie, panno Marto – przerwała pani Latter – zostawcie mnie w spokoju...

– Bo dziś, proszę pani, jest zupa kartoflana...

– Spokoju chcę, panno Marto, spokoju... – jęknęła pani Latter.

Zostawiono ją w spokoju, więc, leżąc, zasłoniła oczy rękami i myślała:

„Po co ja kazałam sprowadzić tego Fiszmana? Czyja to intryga, że właśnie on przyszedł i powiedział o wekslach? Marta go sprowadziła, dlaczego? Marta chodziła do Szlamsztejna? Bo mnie zabrakło pieniędzy, ponieważ Kaziowi dałam tysiąc trzysta rubli za granicę! Straszny łańcuch wydarzeń... Drobnych wydarzeń, które jednak zdruzgotały mi duszę... Zdrowaś Mario, łaski pełna...".

Zerwała się, błędnym wzrokiem obrzuciła gabinet, jakby lękając się zobaczyć w nim coś nadzwyczajnego i – znowu się położyła. Kilka minut leżała, nie ruszając się, nie czując, nie myśląc, lecz znowu w jej duszy potoczył się prąd bolesnych marzeń.

„On nie jest winien, to ja jestem winna... Dlaczego nie wychowałam go w pracy, jak wychował się choćby ten... Kotowski? Wreszcie – błąd młodości; czy to jeden robił nawet gorzej i się poprawił... Taki dzieciak mówi sobie: ja i matka jedno jesteśmy i – podpisuje za matkę, z góry wiedząc, że nie odmówiłabym mu... Naturalnie głupstwo, ale po co Żyd mi to powiedział, po co? Przecież weksle wykupione, nic się nie stało, więc dlaczego powiedziano mi o tym, dlaczego? Boże! Jaki świat stworzyłeś, że wszystko się na nim opiera dla zniweczenia ludzkiego spokoju... Jeszcze dziś z rana było mi tak dobrze...".

Nagle z łoskotem otworzyły się drzwi i wpadła zaperzona panna Howard, wołając:

– Niech pani będzie łaskawa, idzie na górę i wytłumaczy tym gąsiątkom, że one muszą jeść zupę kartoflaną, jeżeli ja ją mogę jeść...

Pani Latter zerwała się. W oczach zrobiło się jej ciemno, w uszach zaszumiało i – zamachnęła rękami jak człowiek, który gdzieś spada.

– Co to jest? – spytała po chwili zatrwożona, nie widząc poza czarnymi płatkami panny Howard.

– Te smarkate zrobiły bunt przy obiedzie i nie chcą jeść zupy kartoflanej – mówiła uczona osoba. – Niech pani pójdzie do nich i użyje swojej powagi...

– Ja? – spytała blada jak ściana pani Latter. – Ależ ja jestem chora... Taka chora...

– Pieści się pani! Cóż to znowu? Trzeba otrząsnąć się z apatii i podnieść głowę, jak przystało na kobietę samodzielną... No, niech się pani przemoże... Błagam panią... – mówiła panna Klara, wyciągając do niej rękę.

Pani Latter wtuliła się w głąb kanapki jak przelęknione dziecko.

– Na miłość boską – odparła drżącym głosem – zostawcie mnie w spokoju... Cierpię tak, że chwilami odchodzę od przytomności...

– W takim razie przyślę pani doktora.

– Nie chcę doktora...

– No, bo coś trzeba robić... Trzeba trochę panować nad sobą – mówiła tonem wyższości panna Klara. – Taki upadek ducha...

– Precz! – krzyknęła pani Latter wskazując jej ręką drzwi.

– Co?

– Precz! – powtórzyła, chwytając brązowy lichtarz.

Twarz panny Klary zrobiła się popielatą.

– Wyprowadzam się – syknęła – i nie szybciej wrócę, aż c i e b i e tu nie będzie...

Trzasnęła drzwiami, a pani Latter upadła na podłogę i zanosząc się od płaczu, szarpała dywan.

Wbiegł Stanisław, za nim gospodyni, jedna z nauczycielek, wreszcie Madzia. Podniesiono panią Latter i otrzeźwiono. Powoli uspokoiła się i kazała wszystkim odejść, z wyjątkiem Madzi.

– Zaczekaj tu – rzekła po chwili.

Wyszła do swej sypialni i w kilka minut wróciła tak spokojna, że Madzia krzyknęła ze zdziwienia. Ani śladu strasznego ataku, tylko zmięta suknia i zamglone oczy przypominały, że jest to ta sama pani Latter, która kwadrans temu tarzała się z bólu na podłodze.

„Jezus Maria! Jaka to silna kobieta!" – pomyślała Madzia.

Pani Latter zbliżyła się do niej i wziąwszy ją za rękę, rzekła cicho:

– Słuchaj... Ale przysięgnij, że mnie nie zdradzisz...

– Czy może pani przypuścić? – wyjąkała przestraszona Madzia.

– Otóż – mówiła pani Latter – ja wyjeżdżam... Zaraz wyjeżdżam stąd... A ty musisz mi pomóc...

– Ależ pani...

– Nic nie protestuj, nie spieraj się... Bo jak pragnę szczęścia dzieci, zabiję się w twoich oczach – mówiła pani Latter.

– Gdzież pani chce jechać?

– Wszystko jedno... Gdziekolwiek... Do Częstochowy, do Piotrkowa, do Siedlec... Nie jadę na długo, na parę dni, ale... Choćby przez jedną dobę nie chcę widzieć pensji i jej ludzi... Powiadam ci: gdybym została jeszcze parę godzin, zabiłabym się albo oszalałabym. A tak, wyjadę na dzień... Dwa... Oderwę się od tej tortury... Zbiorę myśli...

Zaczęła ściskać i całować nauczycielkę.

– Ty mnie zrozumiesz, Madziu – mówiła. – Przecież nawet zbrodniarzy niekiedy rozkuwają z łańcuchów i wypuszczają na świeże powietrze... A ja zbrodniarką nie jestem... Pomóż mi więc, jakbyś pomogła twojej matce... Ty jedna w tym piekle masz serce dziecka... Tobie jednej mogę powiedzieć, że... chyba Bóg mnie przeklął...

– Co pani mówi? niech się pani uspokoi... – błagała Madzia, usiłując upaść jej do nóg.

Pani Latter podniosła ją i posadziła obok siebie.

– Zlituj się nade mną, dziecko moje, i chciej zrozumieć. Jestem w trudnym położeniu, a nie mam nikogo... Nie tylko, żeby się poradzić, ale nawet by wypłakać, co mnie boli. Pozostaje tylko mój rozum i własna wola. Tymczasem ja tu stracę rozum...

Ot i w tej chwili wydaje mi się, że ściany pokoju się gną... że podłoga zapada się pode mną... Tak się boję... taki mam wstręt do tego mieszkania i ludzi, że muszę gdzieś uciec... Na jeden dzień, Madziu, na jeden dzień mnie uwolnij... A przy śmierci będę cię błogosławić... Pomożesz?

– Tak – szepnęła Madzia.

– Więc idźmy.

Poszły do sypialni, gdzie pani Latter z pośpiechem przebrała się w kortową suknię. Potem do torby podróżnej włożyła koszulę i ręcznik, a wreszcie – butelkę wina i kieliszek.

– Patrz na moją niedolę, Madziu – mówiła, ocierając łzy. – Jeżeli nie wyrwę się stąd, nie odpocznę... grozi mi pijaństwo! Wyczerpałam się tak, że bez wina nie mogę się obejść jak człowiek chory na tyfus. Na nieszczęście nie ma dość mocnego narkotyku, który by zagłuszył gorycz, jaką nas ludzie zatruwają...

O, człowiek, cóż to za podłe zwierzę! Kiedy przychodzi na świat, modlisz się jak do cherubina, z którego po kilkunastu latach wyrasta potwór... Czy jest dziecko, którego nie kąpałaby matka łzami, nie otaczała pieszczotami? Dla niej ono niebem, wiecznością, Bogiem, a co potem? Prędzej czy później zdarzy się wypadek, że matka nie poznaje swego płodu i doświadcza takiego zdumienia, jak gołąb, któremu skradziono by pisklę, a podrzucono ropuchę...

– Pani nie powinna tak mówić... – wtrąciła Madzia; lecz umilkła, zawstydzona własną śmiałością.

Pani Latter spojrzała na nią wzrokiem, w którym była ciekawość i prośba.

– Mów, mów... – rzekła. – Dlaczego nie powinnam?

– Bo przecież to nie jest występek, że Helenka nie chce iść za pana Solskiego, jeżeli go nie kocha. Bez miłości...

– Bez miłości, mówisz, nie warto iść za mąż – przerwała jej pani Latter. – A z miłością, sądzisz, że warto? Oj, dziecko, dziecko... Znam kobiety, które wychodziły za mąż z miłości i co z tego? Kupowały sobie wrogów w czasach pomyślnych, zdrajców w porze walki o chleb, a szyderców w niepowodzeniu. Powiem ci, co jest miłość: wyjść za mąż bogato i spisać intercyzę...

Jezus Maria! – szepnęła nagle, wyciągając przed siebie ręce.
– Co pani?
– Zaczekaj! Już przechodzi... Ach, jakie to straszne! Chwilami zdaje mi się, że się dom wali... Gdybyś widziała te ściany, kiedy się gną... Muszę stąd uciec... Nie wytrzymam...

Usiadła, odpoczęła i mówiła złamanym głosem:
– Ja wiem, że to są przywidzenia, ale nie mogę się oprzeć... Rozumiem mój stan, ale już nie panuję nad sobą... Trzeba być wariatką, żeby gniewać się na uczennicę, która nas żegna, na Martę, kiedy częstuje bulionem, na te wbiegania co pół godziny do mego pokoju... Przecież od kilkunastu lat dzieje się to samo, ciągle ktoś wpada... Ale dziś – już nie mogę wytrzymać. Każdy szmer, wyraz, każda twarz ludzka są jak rozpalone sztylety, które mi w mózg wbijają... Muszę jechać, bo tylko to mnie ocali...

Około szóstej niebo zachmurzyło się i zrobił się zmrok.

Pani Latter naprędce napisała kilka wyrazów do Zgierskiego i kazała Stanisławowi odnieść list. Potem szybko włożyła kapelusz i zarzuciła na siebie okrycie, prosząc Madzię, żeby tylnymi schodami wyniosła jej torbę na ulicę.

W kilka minut, niepostrzeżone przez nikogo, spotkały się niedaleko Kopernika. Pani Latter wskoczyła do dorożki, kazała Madzi usiąść obok siebie, a woźnicy – jechać do kolei warszawsko-wiedeńskiej.

– Masz tu klucze od biurka – mówiła do Madzi. – Ach, jak mi lekko! Jest tam kilkaset rubli. Powiesz, że wyjechałam na parę dni... Ja także chcę mieć wakacje. Dopiero w tej chwili czuję, że będę zdrowa, choć jeszcze kłaniają mi się kamienice... Ale to drobiazg! Gdy odetchnę i powrócę – wszystko się zmieni, a tobie, Madziu, zrobię propozycję... Kto wie, może jeszcze będziesz kiedy przełożoną?

„Niech mnie Bóg broni!" – pomyślała Madzia.

– Oto wszystko – mówiła pani Latter. – A teraz, do widzenia! Wysiądź z dorożki, nie wracaj zaraz na pensję, a gdy wrócisz – mów, co ci się podoba. Wybornie udał mi się figiel…

Kazała dorożkarzowi stanąć i uścisnęła Madzię.

– Wysiadaj, wysiadaj… Bądź zdrowa!

Po chwili zniknęła dorożka, zostawiając na rogu ulicy osłupiałą Madzię.

29. Pomoc gotowa

Odurzenie Madzi trwało niedługo, tym bardziej że na ulicy zaczął krążyć jakiś młody człowiek, prawdopodobnie z zamiarem ofiarowania jej swoich usług i serca. Ocknęła się, a w głowie jej wyraźnie zarysowały się dwie myśli: pierwsza – że pensja pani Latter jest zgubiona, druga – że w takiej chwili trzeba iść do Dębickiego.

Co on mógł poradzić? Absolutnie nic. Ale Madzia czuła, że jest jakieś wielkie niebezpieczeństwo i że w podobnych chwilach trzeba chronić się do człowieka uczciwego. W jej zaś oczach Dębicki był najuczciwszym z ludzi, jakich znała. Ten ubogi, schorowany, wiecznie zakłopotany nauczyciel wyrósł na niebotyczną skałę. Jeżeli zastanie go w domu – jest ocalona; gdyby przypadkiem wyjechał, Madzi pozostawało chyba – utopić się...

Już nie chodziło jej ani o pensję, ani o panią Latter, ale o samą siebie. Potrzebowała usłyszeć dobre słowo z ust prawego człowieka, a przynajmniej spojrzeć na jego twarz i uczciwe oczy. Teraz on był najmądrzejszym, najlepszym, najpiękniejszym, on, jedyny człowiek, któremu w podobnej sytuacji można bezwzględnie ufać.

Wsiadła w dorożkę i kazała zawieźć się do pałacu Solskich. Zadzwoniła do sieni – nie otwierano; więc poczęła dzwonić dopóty, aż w sieni rozległo się powolne stąpanie. Zakręcono kluczem i w uchylonych drzwiach ukazał się stary człeczyna mający potężne brwi, a na głowie kilka kęp siwych włosów.

– Pan Dębicki jest? – zapytała.

Stary rozłożył ręce ze zdziwienia, lecz wskazał jej drzwi na prawo. Madzia wpadła tam i w dużym pokoju, przy lampie z zielonym daszkiem, zobaczyła Dębickiego. Siedział przy stole i pisał.

– Ach, panie profesorze – zawołała Madzia – jak to dobrze, że pan jest!

Dębicki podniósł na nią jasne oczy, ona zaś rzuciła się na fotel i zaczęła szlochać.

– Tylko niech się pan nie niepokoi – mówiła. – To nic... Jestem trochę rozstrojona... O, żeby tylko pan nie zachorował... W tej chwili odprowadziłam panią Latter... Wyjechała!

– Na święta? – spytał Dębicki, wpatrując się w Madzię.

A w duchu dodał:

„Zawsze musi być jakaś komedia z tymi babami!".

– Nie na święta... Prawie uciekła! – odparła Madzia.

I w sposób zwięzły, co niesłychanie dziwiło Dębickiego, opowiedziała mu o nagłej chorobie pani Latter, o powrocie męża, o możliwym bankructwie pensji...

Dębicki wzruszył ramionami: słyszał wszystko, lecz niewiele rozumiał.

– Proszę pani – rzekł – do mnie o to nie można mieć pretensji. Ja prawie nigdzie nie wychodzę i nie mam zwyczaju wypytywać o cudze sprawy... Ale pieniądze dla pani Latter są...

– Jakie pieniądze?

– Cztery... pięć... do dziesięciu tysięcy rubli... Pan Stefan Solski na żądanie panny Ady Solskiej taką sumę zostawił do dyspozycji pani Latter, gdyby kiedy znalazła się w kłopotach finansowych... No, ale ja, jak się pani domyśla, o jej położeniu nie mogłem wiedzieć.

– Zostawił? Ależ on zerwał z Helą! – zawołała Madzia.

– Zerwał! – powtórzył Dębicki, machając ręką. – W każdym razie przed tygodniem jeszcze raz przypomniał mi o pożyczce dla pani Latter, gdyby potrzebowała.

– Ona nie przyjęłaby od pana Solskiego – rzekła Madzia.

– Znaleźlibyśmy kogoś innego, jakąś wspólniczkę czy nabywczynię pensji... Ale z panią Latter ciężka sprawa...

Madzia spojrzała na niego pytająco.

– Proszę pani – mówił zakłopotany – sprawa jest ciężka z tego względu, że pani Latter niczego nie uznaje prócz własnej woli...

– Nadzwyczajna kobieta! – wtrąciła Madzia.

Dębicki zaczął targać sobie resztki włosów i, patrząc na stół, mówił:

– Tak, to energiczna osoba, ale – przepraszam panią – energiczna po kobiecemu. Jej się wydaje, że to, czego ona chce, powinno być prawem natury... A tak przecież nie można... Nie można prowadzić pensji drogiej, kiedy kraj zubożał i powstało mnóstwo pensji tańszych... Nie wypada wysyłać dzieci za granicę, kiedy się nie ma pieniędzy... Niepodobna, żeby jedna kobieta pracowała na trzy osoby, z których każda lubi dużo wydawać...

– Ale pan Solski pożyczy dziesięć tysięcy rubli? – wtrąciła Madzia.

– Tak... Tak... To może być spełnione w każdej chwili, jutro, dziś... No, ale on, a raczej ta osoba, która będzie układać się z panią Latter, postawi swoje warunki...

– Boże, Boże! Dlaczego ja nie przyszłam do pana tydzień temu – mówiła Madzia, składając ręce.

– Proszę pani – odparł – według mego zdania, to wszystko jedno. Złe tkwi nie w braku pieniędzy, ale – w usposobieniu pani Latter, która... doprawdy – jest troszeczkę za energiczna i lubi iść przebojem... A tak nie można... Człowiek musi uznać prawa natury czy innych ludzi, gdyż inaczej rozbije się dziś albo jutro.

– Więc według pana kobiety nie powinny być energiczne? – nieśmiało wtrąciła Madzia.

– Owszem, pani: wszyscy ludzie powinni mieć rozum, serce i energię, tylko – nie za dużo rozumu, nie za dużo serca, nie za wiele energii... Bo czym innym jest ustępowanie wszystkiemu i wszystkim, a czym innym – narzucanie swojej osobistości. Co innego ślamazarna bierność, a co innego nieuznawanie żadnych praw poza swoimi interesami czy kaprysami.

Madzi było przykro słuchać tego o pani Latter, lecz – wierzyła Dębickiemu, a przede wszystkim czuła, że on panią Latter scharakteryzował surowo, ale dokładnie. W każdym jej słowie, ruchu, postawie, nawet kiedy była najłagodniej usposobiona, odzywało się: „Ja tu jestem, ja tak chcę...".

Ale mając inny charakter, może nie zostałaby kierowniczką setek osób.

– Więc, proszę pana, te dziesięć tysięcy rubli... – odezwała się Madzia.

– No, zaraz dziesięć! – Dębicki się uśmiechnął. – Przede wszystkim zobaczymy, ile potrzeba? Szkoda, że dowiedziałem się tak późno, ale – nic straconego. Po powrocie pani Latter zgłosi się do niej ktoś z propozycjami i – będzie dobrze.

Madzia uszczęśliwiona pożegnała Dębickiego. Jaka ona była dumna, że to przez nią, przez taki proszek jak ona, spłynie pomyślność na panią Latter, która nawet się nie domyśli, kto jej oddał usługę. A jak żałowała, jak ciężkie robiła sobie wyrzuty, że nie przyszła tu wcześniej...

– Swoją drogą – mówiła – gdyby Dębicki został na pensji profesorem, nie byłoby tych kłopotów...

I w tej chwili ogarnął ją strach: zrozumiała bowiem, co znaczy logika faktów... Tak, na świecie nic nie ginie, a drobne błędy, nawet zapomniane, z czasem odzywają się i ciężko ważą na życiu.

Kiedy wróciła na pensję, wbiegła do ciemnej sali za swój szafirowy parawanik; tam uklękła i chciała modlić się na podziękowanie Bogu, iż zrobił ją narzędziem łaski nad panią Latter. Lecz że do głębi wzburzona jej dusza nie znajdowała słów podzięki, więc Madzia biła się w piersi, szepcząc: „Boże, bądź miłościw nam grzesznym...".

Pobożne jej skupienie trwało krótko. Nagle bowiem drzwi uchyliły się i do ciemnej sypialni wpadł strumień światła, na którego tle zarysowało się kilka głów i główek. Jednocześnie rozmawiano:

– Przynieś lampę...
– Może się rozgniewa...
– Czy tu jest panna Magdalena?

Madzia wyszła zza parawanu; a gdy o tyle zbliżyła się do drzwi, że można ją było dojrzeć, gromadka osób stojących na korytarzu szybko cofnęła się ku schodom. Przy czym rozległ się głos panny Marty:

– A to tchórz ze Stanisława... Niby mężczyzna i najpierwszy ucieka...

– Co to jest? – zapytała zmieszana Madzia, zatrzymując się na progu sypialni.

Wtedy wszyscy przybiegli z powrotem i w jednej chwili otoczyły Madzię pensjonarki, damy klasowe i służba, patrząc na nią wylęknionymi oczami i rozprawiając tak bezładnie, że nic zrozumieć nie mogła.

– Gdzie pani przełożona? – pytała jedna z pensjonarek.
– Nam się należą zasługi! – wtrąciła pokojówka.
– Co ja jutro dam jeść panienkom? – wołała gospodyni.
– Tu już był pan rządca i rewirowy... – dorzucił Stanisław.

Pod Madzią zachwiały się nogi.

„Czy oni mnie o co posądzają?" – myślała przerażona.

Szczęśliwie, z drugiego końca korytarza nadbiegła panna Howard w białym peniuarze, z rozpuszczonymi płowymi włosami i, roztrąciwszy zebranych, chwyciła Madzię za rękę.

– Chodź, pani, do mnie – rzekła. – A wy – dodała surowo – na swoje miejsca! Ja zastępuję przełożoną i gdy będzie potrzeba, wyjaśnię.

W pokoju panny Klary Madzia upadła na krzesło i przymknęła oczy. Jej też się zdawało, że ściany się wyginają, a podłoga drży pod nogami.

– No i cóż ta nieszczęśliwa? Gdzież ona jest? – zaczęła zniżonym głosem panna Howard.

– Pani Latter wyjechała...
– Tylko mi pani tego nie mów, panno Magdaleno.
– Ależ z pewnością wyjechała.
– Dokąd?

– Czy ja wiem? Zapewne do Częstochowy, ale za parę dni wróci.

Panna Howard zastanowiła się.

– To być nie może, ona jest w Warszawie. A ponieważ rozumiem, dlaczego opuściła pensję, ponieważ ja jedna mogę ją skłonić do powrotu…

– Pani? – spytała Madzia.

Panna Howard stanęła na środku pokoju w pozie dramatycznej.

– Posłuchaj, pani – mówiła głębszym niż zwykle kontraltem, wznosząc oczy na wysokość świetlika. – Kiedy te smarkate zbuntowały się dziś z powodu zupy kartoflanej, poszłam do pani Latter i chciałam ją rozbudzić z apatii… Była rozdrażniona, posprzeczałyśmy się, a ja powiedziałam jej, że opuszczam pensję i nie wrócę, dopóki – ona tu będzie… Teraz rozumiesz? Pani Latter znalazła się wobec jednej z dwóch alternatyw: albo mnie przeprosić, albo usunąć się z pensji. No, i wybrała to drugie, szalona, lecz dumna kobieta…

Madzia otworzyła oczy i usta. Panna Howard zaczęła spacerować po swoim ciasnym pokoju i mówiła dalej:

– Domyślasz się, pani, że odniósłszy takie zwycięstwo, nie okażę się okrutną. Nie chcę, żeby upokarzała się przede mną kobieta samodzielna i mimo błędów o całe niebo wyższa nad zwykły poziom. Nie pytam więc, gdzie się obecnie ukrywa, lecz proszę panią, żebyś zobaczywszy się z nią, powiedziała jej te słowa:

„Panna Howard zostaje na pensji, panna Howard wszystko puściła w niepamięć. Sądzi bowiem, że obie panie zajmujecie zbyt podniosłe stanowiska, żebyście walcząc ze sobą, miały przyczyniać się do triumfu przesądów!".

To niech jej pani powie, panno Magdaleno – kończyła. – A gdy wróci na pensję, sama wyjdę jej naprzeciw i milcząc, pierwsza podam jej rękę. Są chwile w życiu ludzkim, panno Magdaleno, podczas których milczenie zastępuje najwznioślejszą mowę.

W tym momencie, łącząc praktykę z teorią, panna Howard przystąpiła do Madzi, mocno uścisnęła ją za rękę i milczała. Ale milczała zaledwie kilka sekund. Zaraz zaczęła opowiadać Madzi, że pomywaczka spostrzegła z okna wyjście pani Latter, że jakiś posłaniec widział panią Latter, jak z kufrem i z drugą panią jechała dorożką, że z tych poszlak gospodyni, panna Marta, domyśliła się, iż pani Latter ucieka, i że w efekcie kwadrans po opuszczeniu pensji przez panią Latter cała kamienica i dwie sąsiednie kamienice dowiedziały się, że pani Latter uciekła przed wierzycielami.

W tej chwili Madzi zaczęło się kręcić w głowie, opanował ją strach, zbrzydła jej Marta, panna Howard, pensja…

Teraz odczuła cierpienia pani Latter i jej niepohamowane pragnienie ucieczki gdzieś tak daleko, gdzie nie dolatywałyby nawet wieści o tych osobach i stosunkach.

30. Rój po odlocie matki

Tej nocy Madzia wcale nie spała, trapiona złymi przeczuciami co do własnej przyszłości. Co niebawem zaczęło się potwierdzać.

Z rana przyszedł do niej, do niej samej, rewirowy i zaczął wypytywać: gdzie wyjechała pani Latter, o której godzinie, jaki był numer dorożki i czy z pewnością skierowała się ku dworcowi warszawsko-wiedeńskiemu? Rewirowy zadawał pytania w sposób łagodny; niemniej jednak jego pałasz i zakręcone wąsy były dla Madzi stanowczym dowodem, że popełniła zbrodnię, za którą zostanie okuta w kajdany i wrzucona do lochu tak głębokiego, jak wieża ratuszowa jest wysoką.

Tylko wyszedł rewirowy, udając, że nie ma zamiaru zakuć Madzi w kajdany i wrzucić do podziemnych pieczar, a ukazał się rządca domu. Ten znowu zwrócił się do Madzi i znowu zaczął ją wypytywać: gdzie wyjechała pani Latter? czy mówiła, że ma zamiar powrócić? czy nie wspomniała o kwalifikacji do paszportu i o zapłaceniu za komorne? Rządca nie miał wprawdzie wąsów ani pałasza, ale był zezowaty, co Madzi nasunęło myśl, że pewnie ją pociągną do zapłacenia komornego, dzięki czemu z owych trzech tysięcy rubli, które jej zapisała babcia, nie zostanie ani jednego grosika.

Jeszcze rządca nie ukończył badań, gdy zjawił się niespokojny – gospodarz domu. Ten również zaczepił Madzię, lecz nie pytając, gdzie pojechała pani Latter, zaczął od razu narzekać, że straci część komornego, ponieważ wszystkie meble są podobno własnością pana Stefana Zgierskiego, z którym może być zawikłany proces.

Zdziwiona tym odkryciem Madzia była pewna, że nie tylko przepadną jej pieniądze po babci, ale że nienasycony gospodarz na zaspokojenie komornego każe aresztować jej toaletkę, serwetkę i brązowy lichtarz ze szklaną profitką.

W ciągu tych ciężkich godzin wprawdzie niekiedy przypominała sobie, co powiedział Dębicki, że pani Latter w każdej chwili może mieć pieniądze. Lecz wspomnienie to wydawało jej się snem wobec realnych wąsów rewirowego, krzywych oczu rządcy domu i niepokoju właściciela.

„Co tu poradzi biedny Dębicki!" – myślała, wyobrażając sobie, że na jej kędzierzawą główkę wali się pensja pani Latter, cała kamienica, cały świat...

Lecz około pierwszej po południu sytuacja zmieniła się tak dalece, że Madzia z najgłębszej rozpaczy wzniosła się do najwyższego optymizmu.

Przede wszystkim, gdy wręczyła pannie Howard klucze zostawione jej przez panią Latter i gdy po otworzeniu biurka w obecności całej pensji znaleziono w szufladzie kilkaset rubli, gospodyni, panna Marta, wpadła w taką radość, że w pierwszej chwili podejrzewano ją o zachwianie władz umysłowych. Zaczęła skakać, płacząc i wołając:

– Wystarczy na utrzymanie domu! Będą obiady! Przysięgnę, że pani wróci... Ona pewnie pojechała do Częstochowy ofiarować Pannie Najświętszej swoje zgryzoty z tym krymina...

– Proszę być cicho! – zgromiła ją panna Howard, która na widok gotówki poczuła, że jej władza nad pensją posiadała realną podstawę.

Bez względu na upomnienie panna Marta nie przestawała manifestować swojej uciechy. Damy klasowe zaczęły wyliczać zalety przełożonej, sługi wyrażały ufność, że nie przepadnie im zapłata, a zagrożone głodem pensjonarki, same nie wiedząc dlaczego, ocierały sobie oczy i rzucały się jedna drugiej w objęcia.

I w smutnym przed chwilą gabinecie zrobiło się tak wesoło, iż nawet Madzia nabrała otuchy i pomyślała, że może nie okują jej w kajdany i nie rzucą do podziemnych pieczar.

W chwili największego hałasu cicho jak cień wsunął się do gabinetu okrąglutki, pulchniutki i skromnie, choć elegancko ubrany pan Zgierski. Jego łysina wydawała się olbrzymią, a czarne oczka mniejszymi i bystrzejszymi niż zwykle. Spojrzał najpierw na meble, potem na panienki; potem jego czoło wyrażało frasunek, a twarz nadzieję; wreszcie, dostrzegłszy pannę Howard, posunął się do niej krokiem kontredansowym i, czule ujmując za rękę, rzekł:

– Cóż to za piękne zgromadzenie! Nie mogę odmówić sobie przyjemności ucałowania rączki pani – dodał, delikatnie jak zefir dotykając ustami odnośnej części ciała panny Klary.

– Są pieniądze! Są pieniądze! – powtarzała gospodyni, klaszcząc w ręce.

Przestrach błysnął na obliczu Zgierskiego i w jego świderkowatych oczach. Zrozumiał bowiem, że to jego posądzają o zamiar wspomożenia upadającej pensji.

– Co znowu! – przerwał dosyć szorstko. – To ja mam pięć tysięcy rubli u pani Latter...

– Ale pani zostawiła pieniądze w biurku – odparła gospodyni.

Teraz oblicze Zgierskiego zajaśniało uczuciem błogości.

– Spodziewałem się tego – rzekł. – Pani Latter jest zbyt szlachetną kobietą...

Umilkł jednak, sądząc, że lepiej będzie najpierw zbadać, co jest, a dopiero później chwalić lub ganić.

Na znak panny Howard pensjonarki, panna Marta i Stanisław szybko usunęli się z gabinetu. Przykład ich naśladowały damy klasowe w sposób odpowiadający powadze ich stanowiska.

– Pani raczy mnie zaprezentować tym damom – szepnął Zgierski do panny Howard, patrząc na Madzię.

– Pan Zgierski, pani Méline – rzekła uroczyście panna Klara.

Zgierski okrągłym ruchem podał rękę dojrzałej Francuzce i rzekł:

– Tak wiele słyszałem o pani od pani Latter, że doprawdy...

– Pan Zgierski, panna Brzeska.

Nowy gest ręki jeszcze okrąglejszy, poparty wykwintnym obrotem nóg i słodkim spojrzeniem.

– Tak często – mówił Zgierski do Madzi, krygując się – tak często słyszałem o pani od pani Latter, że istotnie... Pani zapewne niedawno...

– No, i niech pan sobie wyobrazi, co za awantura! – przerwała mu panna Howard.

Zgierski otrzeźwiał.

– Niesłychana rzecz – odparł. – Wczoraj właśnie otrzymałem od pani Latter liścik, w którym przypomina mi, żebym ją odwiedził na Wielkanoc, a dziś dowiaduję się, że moja szanowna korespondentka akurat w tej samej godzinie opuściła Warszawę! Spodziewam się, że nie na długo – dodał znaczącym tonem i po kolei spojrzał na damy.

– Pani Latter wróci za parę dni – wtrąciła Madzia.

– Tak sądzę – rzekł.

– Kto to wie? – dorzuciła oschle panna Howard.

– I dlatego powinniśmy być przygotowani na wszelką ewentualność – odpowiedział Zgierski.

Potem odchrząknął i mówił nie bez pewnej trudności:

– Właśnie mam akt, w którym pani Latter zeznała, że wszystkie meble jej mieszkania, sprzęty szkolne, naczynia kuchenne, że wszystko to – należy do mnie... Akt ten przyjąłem w swoim czasie niechętnie i tylko na usilne prośby pani Latter... Dziś jednak widzę, że pani Latter, której szczycę się przyjaźnią, złożyła dowód nie tylko szlachetności, ale i wysokiego rozumu...

– W ostatnich czasach była bardzo rozdrażniona – wtrąciła panna Howard.

– Pojmują panie – ciągnął Zgierski – że akt, który posiadam, jest ocaleniem pensji. Bo choćby nawet pani Latter zrzekła się pensji czy nie wróciła... Miejsce jej może tu zająć panna Malinowska i wszystko zostanie po dawnemu, jeżeli uratujemy meble...

Serce Madzi ścisnęło się na myśl, że zaledwie pani Latter wyrwała się na krótki odpoczynek, już mówią o niej jak o osobie zmarłej...

W przedpokoju rozległo się gwałtowne dzwonienie i po chwili wszedł do gabinetu czerwony, zadyszany Mielnicki, a za nim jakiś inny pan.

– Co ja słyszę? – wołał otyły szlachcic. – Gdzie pani Latterowa?

Zgierski przysunął się do niego i, drepcząc, mówił:

– Prezentuję się panu dobrodziejowi: Stefan Zgierski, przyjaciel naszej drogiej pani...

– No, jeżeli przyjaciel, to gadaj, czy to prawda?

– Że wyjechała? Niestety, tak...

– Pani Latter wyjechała na kilka dni – wtrąciła Madzia.

– A! Mów – jak, z kim, dokąd? – pytał Mielnicki, chwytając Madzię za ręce.

Stropiony Zgierski zbliżył się tymczasem do pana, który wszedł za otyłym szlachcicem, i rzekł:

– Witam mecenasa! Cóż szanownego mecenasa to sprowadziło? Czy także...

Lecz ponieważ osoba nazwana mecenasem, prócz serdecznych uścisków dłoni i życzliwych uśmiechów, nie dała Zgierskiemu żadnych wyjaśnień, więc cofnął się do panny Howard.

Tymczasem zachwycona obecnością Mielnickiego Madzia szczegółowo opowiadała mu wyjazd pani Latter.

– Ale dlaczego ona tak nagle wyjechała? Dlaczego? I jeszcze Bóg wie dokąd – powtarzał zrozpaczony szlachcic.

– Wyjechała na parę dni odpocząć – mówiła Madzia. – Była strasznie rozdrażniona... Strasznie...

– A! Przepowiadałem to, mówiłem: rzuć do diabła pensję, osiądź na wsi... Już o tym, że ona bokami robi, pisała do mnie Mania, wiesz: Lewińska – ciągnął szlachcic, patrząc na Madzię.

– No i ja, odebrawszy list, po nią tu przyjechałem, po panią Latter... Przecież ja prawie jej krewny, nawet... całkiem krewny...

– Były tu i poważne... bardzo poważne kłopoty finansowe – odezwał się Zgierski, słodziutko się uśmiechając i zacierając ręce.

– No, co tam finanse! – wybuchnął Mielnicki. – Tylu jeszcze Latterowa ma przyjaciół, że o finanse troszczyć się nie potrzebuje.

– Ja pierwszy... – wtrącił Zgierski z ukłonem.

Teraz wysunęła się panna Howard.

– Moim zdaniem – rzekła właściwym jej kontraltem – kłopoty pani Latter są ciężkie, ale nie finansowe, lecz moralne...

– O? – zdziwił się Mielnicki. – A mów!

– Wyobraźcie sobie, panowie – ciągnęła panna Howard – kobietę samodzielną, kobietę wyższą, kobietę, która pierwsza w naszym kraju podniosła sztandar emancypacji...

Mielnicki, coraz bardziej zdziwiony, patrzył na nią to prawym, to lewym okiem jak indyk.

– Ta kobieta w ciągu kilkunastu lat wychowała dzieci, nadwerężyła się w pracy, topiła, nie wiadomo gdzie, swoje wielkie dochody. I w chwili, kiedy już znalazła się u szczytu posłannictwa, kiedy idee przez nią wyznawane ogarnęły szerokie koła i wytworzyły nowy zastęp nieulęknionych apostołek...

Mielnicki wciąż patrzył, rozszerzając już nie tylko oczy, ale nawet palce u rąk.

– W takiej chwili do cichego ogniska pracy takiej kobiety wpada nagle, jak duch zniszczenia, jej drugi mąż...

– Mąż? – powtórzył szlachcic.

– Tak – mówiła, podnosząc głos, panna Klara. – Drugi mąż, który rzucił ją przed kilkunastoma laty, prawdopodobnie przez cały ten czas wyzyskiwał ją, a co najgorsza – za jakąś brudną sprawę siedział w więzieniu... I czy podobna dziwić się, że kobieta, zagrożona w taki sposób, opuściła dom, dzieci, obowiązek? Pytam was, panowie: czy dziwicie się jej ucieczce?

Podczas tej przemowy Madzia cofnęła się do framugi okna, Mielnicki zsiniał, a nawet na twarzy Zgierskiego widać było wzruszenie. Bynajmniej nie z tego powodu, że wrócił drugi mąż pani Latter, ale że on, Zgierski, o tym nie wiedział.

31. Pan Zgierski zadowolony

Nagle stała się rzecz nieoczekiwana. Stojący niedaleko pieca jegomość, którego Zgierski nazywał mecenasem, odezwał się:
– Za pozwoleniem! Teraz ja wtrącę słówko, ponieważ chodzi o sprawę, którą mam w rękach...
Obecni odwrócili się.
– Z tego, co mówiła szanowna pani – ciągnął adwokat, kiwając głową w stronę panny Howard – jedno jest faktem: że mąż pani Latter w tych dniach był w Warszawie. Ale nie jest prawdą, żeby kiedykolwiek wyzyskiwał panią Latter albo – żeby siedział w więzieniu. Pan Eugeniusz Arnold Latter był majorem wojsk północnoamerykańskich, bierze obecnie emeryturę, podróżuje po Europie jako ajent fabryki maszyn i o ile mogę sądzić, jest wielce przyzwoitym człowiekiem.
– W każdym razie jest mąż... Gdzie on jest? – zawołał Mielnicki, chwytając z kolei adwokata za ręce. – Gadaj, po co on tu przyjechał?
Adwokat skrzywił się, lecz odprowadziwszy Mielnickiego w głąb pokoju, zaczął coś szeptać.
– Jak? – spytał szlachcic. – Aha! No?
Adwokat znowu szeptał.
– Ależ niech podpisze! Jednej chwili niech podpisze...
Nowa seria szeptów.
– E, co tam obrażona! – odparł Mielnicki. – Pogniewa się, a potem podpisze.
I znowu szepty, po których nastąpiła konkluzja Mielnickiego:
– Tak! A pięć tysięcy niech bierze, bo to się przyda dzieciom...

– Więc mogę liczyć na poparcie? – spytał adwokat.

– Rozumie się – odparł Mielnicki. – Bylem tylko odszukał Latterową, zaraz wyperswaduję grymasy... Przecież to dla obojga szczęście, łaska Boża! Co trzymać człowieka, który nie chce? Lepiej wziąć takiego, który chce...

Teraz zaczęły się szeptania w drugim kącie. Panna Howard mówiła cicho do Zgierskiego:

– A co, nie miałam prawa twierdzić, że Latter jest nikczemnikiem? Nawet ten jegomość, który go broni, nie śmie wypowiedzieć głośno prawdy. Tam jest coś tajemniczego... Patrz pan, jak wygląda ten gruby szlachcic...

Tymczasem Zgierski wpatrywał się w szlachcica jak w kochankę. W czarnych jego oczkach widać było żal za panią Latter i uwielbienie dla Mielnickiego, i chęć dowiedzenia się o wszystkim, i nieugięty zamiar skorzystania ze wszystkiego.

Pochylił się ku pannie Howard i szepnął ze słodkim uśmiechem:

– Na miłość boską, czy pani nie widzi, że w tej chwili rozgrywa się dramat? Pan Latter oczywiście żąda rozwodu, ten pan, który rozmawia z Mielnickim, to adwokat przy konsystorzu, a stary Mielnicki od dawna chce się żenić z panią Latter... Cała awantura, na której nasza przyjaciółka zrobi interes!

– Czyja przyjaciółka? Kto... – spytała zachmurzona panna Howard.

– No, pani Latter.

– Nie jestem przyjaciółką kobiety, która tak dalece zapomina o swej godności, że gotowa trzeci raz wyjść za mąż – odparła.

– Ale ja jestem jej przyjacielem – rzekł półgłosem Zgierski, a kłaniając się i uśmiechając, tanecznym krokiem zbliżył się do Mielnickiego.

– Naturalnie – odezwał się niepytany – że wszystko pójdzie jak najlepiej. Pani Latter wybornie zrobiła, wyjeżdżając na kilka dni. Uspokoi się i podpisze... Podpisze...

I triumfującym wzrokiem spojrzał na konsystorskiego adwokata, który nie zdawał się być zachwycony jego domyślnością.

– Co za jeden ten stary? – spytał szlachcic adwokata, wskazując okiem na Zgierskiego. – Czego on miesza się do nas?

– To tak z przyzwyczajenia – mruknął adwokat.

Madzia wtulona we framugę patrzyła wylęknionymi oczami na sceny rozgrywające się przed nią. Wiele zdań słyszała, więcej odgadła i – doszła do wniosku, że pani Latter już nie ma po co wracać na pensję. Przeczuwała pomimo braku doświadczenia, że w tym gabinecie ładuje się nabój plotek, które zaraz wybuchną, oblecą miasto i pogrzebią reputację przełożonej.

„Jezus Maria! – myślała – co za szczęście, że ten gruby szlachcic kocha się w pani Latter... Sama przecież słyszałam i ja – i Helenka, jak się oświadczał. Inaczej nie miałaby biedaczka gdzie głowy schronić...".

Nowe dzwonienie w przedpokoju i nowa scena: do gabinetu weszła panna Malinowska z niewysokim jegomościem, który miał szpakowatą brodę i nieco krzywe nogi. Zgierski podbiegł do nich z oznakami najwyższej czułości, lecz ci przywitali go chłodno.

Panna Malinowska skłoniła się obecnym i widocznie coś zmiarkowawszy, zwróciła się do panny Howard, pytając:

– Jakże na pensji? Spodziewam się, że wszystko w porządku?

Panna Klara osłupiała.

– Pani chyba nie wie – odparła – o wyjeździe pani Latter?

– Owszem, wiem i dlatego zapytuję panią o pensję. Wczoraj otrzymałam list od pani Latter, w którym prosi, żebym ją chwilowo zastąpiła... Pieniądze na wydatki bieżące są w biurku, a zaś na inne potrzeby...

Tu panna Malinowska spojrzała na Zgierskiego.

– Zaś na inne potrzeby – ciągnęła – są u mnie i do mnie proszę się zgłaszać.

Jakby na poparcie tych zapewnień jegomość na krzywych nogach ukłonił się popiersiu Sokratesa.

– Ależ taki nagły wyjazd... – wtrąciła panna Howard, ochłonąwszy ze zdumienia.

– O ile się domyślam – przerwał właściciel krzywych nóg – pani Latter wyjechała w sprawie majątkowej. A że zawiadomiono ją niemal w ostatniej godzinie, więc nie było czasu do stracenia. I zdaje się, że tylko dzięki pośpiechowi będzie mogła coś ocalić.

– Może pójdziemy na górę do panienek, panno Howard – odezwała się panna Malinowska. – Ach, i pani tu jest? – zwróciła się do Madzi. – O, zmizerniała mi pani, trzeba przez święta odpocząć...

Krzywonogi towarzysz panny Malinowskiej ukłonił się Madzi i patrzył na nią bardzo życzliwie.

– Plenipotent Solskiego, pan Mydełko... – szepnął Zgierski do panny Howard.

Już panna Malinowska zwróciła się ku drzwiom, gdy stary szlachcic zastąpił jej drogę.

– Przepraszam panią – rzekł – jestem Mielnicki, wuj jednej z tutejszych uczennic i przyjaciel... prawie powinowaty pani Latterowej. Dziś po to właśnie przyjechałem, żeby gwałtem zabrać Latterową na wieś, no... Ale jej nie zastałem... Tymczasem pani wspomina o liście od niej...

– Tak – odparła panna Malinowska.

– Czy nie pisała do pani, dokąd jedzie? – pytał szlachcic wzruszonym głosem.

– O tym nie wiem. Otrzymałam kartkę około dziesiątej wieczór przez posłańca z banhofu kolei petersburskiej.

– Aha! – krzyknął szlachcic, strzelając z palców.

– Mówiła pani – rzekła gniewnie panna Howard do Madzi – że pojechała na dworzec wiedeński?

– Widziałam... – wtrąciła zarumieniona Madzia.

– Ona do mnie pojechała... Do mnie, na wieś! – wykrzykiwał Mielnicki. – W tej chwili jadę na kolej, a za parę godzin zobaczę się z panią Latter... Widocznie minęliśmy się w drodze...

Mówiąc to głosem przerywanym z radości, stary szlachcic biegał po gabinecie. Ręce mu drżały, na twarz wystąpiły sine rumieńce.

– Za parę godzin – powtarzał – za parę godzin...

– Polecam szanownemu panu mój interes – wtrącił adwokat przy konsystorzu.

– Ależ naturalnie! – odparł Mielnicki. – To najważniejsza sprawa... Daj no mi acan dobrodziej swój adres...

Adwokat konsystorski z szybkością magika podał kilka swoich adresów.

– Niech pan będzie łaskaw – wtrąciła panna Malinowska – i prosi panią Latter, żeby była zupełnie spokojna. Wszystko jest dobrze i będzie dobrze... Niech się nie śpieszy z powrotem i odpocznie na wsi.

– Bóg ci zapłać, kochana! – odparł szlachcic, gwałtownie ściskając ręce jej i jej towarzyszowi z krzywymi nogami, który kłaniał się potakująco.

– Tak, tak... – dodał przysuwając się Zgierski. – Niech pani Latter odpoczywa jak najdłużej... Jej przyjaciele czuwają... Niech pan będzie łaskaw oświadczyć, że powiedział to Zgierski, Stefan Zgierski... Przyjaciele czuwają!

Zwracając się zaś do adwokata konsystorskiego dodał:

– A po powrocie, upewniam pana, że wiadoma kwestia załatwi się pomyślnie... Użyję bowiem całego wpływu...

...żeby panią Latter skłonić do zgodzenia się na rozwód – mówił już do Madzi, ponieważ Mielnicki wybiegł z gabinetu, zaś adwokat żegnał się z plenipotentem Solskiego.

Panna Malinowska, jej towarzysz, a za nimi Zgierski wyszli na korytarz.

– Więc ja teraz idę do gospodarza w imieniu pani Latter – mówił jegomość z krzywymi nogami.

– Naturalnie – odparła panna Malinowska – trzeba pospychać te długi przed jej powrotem.

– Tylko nie mój! – wtrącił Zgierski. – Ja szanownej pani oddam akt, na mocy którego inwentarz pensji należy do mnie, a pani postąpi…

– Ach, proszę pana – przerwała niecierpliwie panna Malinowska – pańskie pięć tysięcy w każdym razie miały być spłacone najpierw…

– Ależ, ja tę sumkę zostawiam pani… Czy pani Latter… Czy komu panie każą – mówił zaaferowany Zgierski.

Panna Malinowska pożegnała plenipotenta Solskich i w towarzystwie panny Howard poszła na drugie piętro. Zgierski biegł do miasta, lecz zatrzymał się na schodach, słysząc, że plenipotent rozmawia z Madzią.

– Pan Dębicki wczoraj zawiadomił mnie o wypadku – mówił jegomość z krzywymi nogami, ściskając Madzię za rękę. – Niech więc pani będzie spokojna i… Niech pani także jedzie na wieś na święta. Nie jestem lekarzem i pierwszy raz mam przyjemność panią widzieć, ale uważam, że i pani powinna odpocząć… Tu – dodał ciszej – będzie jeszcze tyle rozmaitych starć, że lepiej chwilowo się usunąć… Czy pani słabo?

– Nie, proszę pana – odpowiedziała Madzia bledziutka jak papier.

Zgierski nie mógł wytrzymać, wrócił więc ze schodów i chciał odprowadzić Madzię na górę, jako dawny przyjaciel pani Latter i całej pensji. Ale Madzia podziękowała mu i poszła, trzymając się poręczy. Plenipotent Solskich także gdzieś zniknął i został tylko pan Zgierski sam, rozmyślając, że powinien zbliżyć się do Madzi.

„Ten aniołek ma, widzę, stosunki z Solskim? A przy tym milutka… A! – mówił do siebie Zgierski. – Tylko trzeba ją ugłaskać, bo to jeszcze dzika sarenka… No, a później może i tego…".

I biegł do miasta, oblizując się już to na wspomnienie Madzi, już na myśl, że posiada wiązkę przepysznych wiadomości. Z takimi nowinami można zaprosić się nawet do prezesa na obiad.

32. Chaos

Madzia zaledwie weszła na drugie piętro, biło jej serce, ćmiło się w oczach, nogi drżały. Spostrzegła, że w jednej z sal wykładowych zgromadziły się pozostałe na święta pensjonarki i damy klasowe, rozumiała, że i jej wypada tam iść, ale już jej sił brakło. Skręciła więc do sypialni z zamiarem położenia się choć na chwilę.

Nagle – doznała wrażenia, jakby ją ktoś ze snu zbudził: w sypialni zobaczyła swoją wydaloną koleżankę, pannę Joannę, która pochwyciła ją w objęcia.

– A widzisz, Madziu – rzekła – nie mówiłam, że jej Pan Bóg nie przebaczy mojej kompromitacji?

I uśmiechnęła się, rumiana, elegancko ubrana, szczerząc białe ząbki.

– Wracasz do nas? – spytała zdziwiona Madzia.

– Czy ty masz źle w głowie? – roześmiała się panna Joanna. – Ja miałabym z powrotem zostać damą klasową? W dzień męczyć się, słuchając lekcji, które mnie jeszcze na pensji nudziły, a wieczorami uczyć dziewczęta i tłumaczyć się z każdego wyjścia na spacer?

– Więc co będziesz robiła?

– Będę, jak dziś, używała świata! Cóż to, jestem tak brzydka czy głupia, żeby zabijać się robotą?

– Joasiu! – zgromiła ją Madzia.

Panna Joanna, wciąż się śmiejąc, usiadła na jednym z nieposłanych łóżek.

– Oj, ty... ty dzieciaku! – mówiła do Madzi. – Wiesz przynajmniej, co się dzieje z naszymi uczennicami? Jedne od razu zapominają o lekcjach i jeżeli która jest bogata albo ładna, używa życia. Inne uczą się dalej, powtarzają lekcje, pamiętają, a wszystko po to, żeby jak my zabijać czas i zawracać głowy dorastającym dziewczętom... Ależ człowiek nie po to żyje!

– Ja cię nie rozumiem, Joasiu – rzekła Madzia, naprawdę nie pojmując, o co chodzi jej koleżance.

Panna Joanna, wzruszając ramionami i rysując parasolką kółka na podłodze, mówiła:

– Żyjesz tu jak w klasztorze albo w więzieniu, więc nie wiesz, co się dzieje na świecie. A że nie wiesz, więc kwasisz się robotą, z której nikomu nic nie przyjdzie. Tymczasem na świecie jest tak: że pracować, słuchać innych, dogadzać wszystkim muszą tylko głupi mężczyźni i brzydkie kobiety. Ale mądry mężczyzna wyszukuje sobie ładną kobietę i się bawią... Ładnie mieszkają, smacznie jedzą i piją, elegancko się ubierają, wieczorem idą na bal czy do teatru, a na lato wyjeżdżają za granicę, w góry albo nad morze... Ach, gdybyś wiedziała, jak inaczej wygląda świat, kiedy się nie ma kłopotów, i jaki weselszy, jaki lepszy jest człowiek, kiedy się nie martwi!

Madzia się zarumieniła i, spuściwszy oczy, odparła:

– Nie masz chyba powodu cieszyć się ze swojej kariery...

– Ja? – przerwała zdziwiona Joasia. – Cóż mi to złego? Jestem lektorką u jednej staruszki, mam trzysta rubli rocznie, wszystkie wygody, mnóstwo prezentów...

– Więc pracujesz.

– I... nie bardzo!

– A... Ale co mówili o tobie...

– O mnie? Aha, już wiem! – zawołała Joasia, parskając śmiechem. – Niechby mi się każda plotka tak opłaciła...

Chciała wziąć Madzię za rękę, ale ta się cofnęła i rzekła:

– Muszę iść na salę...

Panna Joanna stała się nagle poważna. Rumieniec okrył jej twarz, podniosła się z łóżka i, opierając się na parasolce, odpowiedziała:

– Oj, ty, ty… łabędziątko! Na ciebie nie ma plotek i co masz? Spójrz na swoją sukienkę. A co robisz komuś dobrego? Zakuwasz głowy dziewczętom. Ja zaś za plotkę, z której dziś wszyscy się śmieją, dostałam wyborne miejsce, dokuczyłam starej Latterowej i pomogłam temu biednemu Kaziowi wyjechać za granicę. Żal mi chłopca, ale miło mi, że moje poświęcenie wyszło mu na dobre…

Tak jak moja krzywda – zakończyła twardym głosem – dała mi szansę przyjść tu i zobaczyć bankructwo surowej pani Latter… Bo podobno was licytują?

Madzia wybiegła na korytarz i, nie oglądając się, wpadła do gościnnego saloniku. Tam oparła się o ścianę i zaczęła rzewnie płakać.

W tej pozycji zastała ją panna Malinowska. Popatrzyła na nią marszcząc brwi i rzekła:

– O, moja pani, dość tego… Musisz jechać na święta i odpocząć jak należy. Cóż to za dziwna pensja! Jedne nauczycielki robią awantury, a drugie chorują na nerwy…

– Ja panią przepraszam… – odezwała się Madzia, hamując łzy.

– Droga panno Magdaleno – odparła Malinowska – ja przecież nie mam do ciebie pretensji. Ale wiem i od Howardówny, i pośrednio od profesora Dębickiego, że… zanadto żywo brałaś do serca wszystko, co się tu działo… Każdy wyzyskiwał twoje uczucie, każdy odstępował ci część swoich kłopotów, a rezultat jest taki, że wyglądasz jak z krzyża zdjęta…

Dziś o szóstej zrobimy rachunek, a jutro pojedziesz do rodziców. Powrócisz za dziesięć dni, po świętach, a wtedy poznamy się bliżej. No… i nie dziw się, jeżeli nie zastaniesz tu połowy swoich koleżanek. Z takim personelem można by drugi raz zbankrutować…

Pocałowała Madzię w głowę i wyszła. Widocznie kogoś spotkała, bo przez zamknięte drzwi słychać było na korytarzu rozmowę, którą zakończyła panna Howard, wołając dźwięcznym głosem:

– Na tej pensji, którą pani będziesz prowadzić, utrzymają się tylko pokojówki, ale żadna kobieta samodzielna i ceniąca swoją godność!

Po obiedzie, który przyniesiono z restauracji, pani Méline wyprowadziła nieliczne grono pensjonarek na spacer, a na pensji zaczął się niby sądny dzień.

Cały korytarz i schody pierwszego piętra zaroiły się ludźmi. Widać było przestraszonego piekarza z książką rachunkową, czerwonego rzeźnika, który wywijał pięściami i groził, że zgubi panią Latter, wreszcie handlarza mydła i nafty, który opowiadał, iż jego żona dawno już twierdziła, że pensja musi zbankrutować. Byli to najhałaśliwsi wierzyciele, choć razem należało im się około sześćdziesięciu rubli.

Prócz nich wałęsali się po korytarzach jacyś Żydzi wypytujący, czy będzie licytacja, przychodziły dawne damy klasowe dowiedzieć się, z kim pani Latter uciekła, i nowe damy, które chciały porozmawiać z panną Malinowską. Stara faktorka sług zapewniała pokojówki, że im da wyborną służbę, panna Marta, załamując ręce, wypytywała się wszystkich, czy panna Malinowska zostawi ją na posadzie gospodyni, a lokaj pani Latter, Stanisław, chodził jak obłąkany, z trzepaczką i dywanikiem w rękach.

O czwartej przybiegła z miasta panna Howard z posłańcami. Kazała wynosić rzeczy ze swego pokoiku, nie przywitała się z Madzią, lecz za to miała mowę do służby, którą zawiadomiła, że już nie będzie damą klasową, tylko literatką.

– Napiszę ja o tym wszystkim wyczerpujący artykuł – wołała rozgniewana. – Teraz dopiero zobaczy Europa, jakie mamy pensje i przełożone!

W końcu oświadczyła, że wyprowadza się do pokoi umeblowanych na Nowym Świecie, gdzie mogą odwiedzać ją wszystkie kobiety samodzielne i wszyscy ci, którzy współczują sprawie wyzwolenia płci żeńskiej.

Dopiero powrót z miasta panny Malinowskiej w towarzystwie jegomości na krzywych nogach uspokoił zebrany tłum.

Faktorzy znikli, kandydatki na posady dam klasowych zostały odprawione z niczym, zaś piekarz, rzeźnik i handlarz mydła tudzież nafty otrzymali pieniądze. Żegnając się z nową przełożoną, byli bardzo zadowoleni i pokorni i natarczywie ofiarowywali swoje usługi, których nie przyjęto.

Przybiegł także i gospodarz domu i wykwintnymi słowami zapewniał jegomościa z felerem w nogach, że zawsze był spokojny o komorne, choć zalegało. Na dowód zaś swoich pojednawczych skłonności obiecał wylepić piece na swój koszt i naprawić łazienkę do spółki. Ale gdy mu zaproponowano, żeby odnowił mieszkanie, podniósł ręce do nieba i przysiągł, że taki wydatek naraziłby go na pójście z torbami. Również zapewniał, że kamienice w tych czasach nie przynoszą żadnego dochodu, tylko straty, i że on swoją kamienicę mógłby podarować, gdyby znalazł się odważny i lekkomyślny człowiek, który by ją przyjął.

Gdy pensjonarki wróciły ze spaceru, na pensji było już cicho. Wówczas panna Malinowska wezwała Madzię do kancelarii i wypłaciła jej zaległą trzymiesięczną pensję w kwocie czterdziestu pięciu rubli.

Przy podpisywaniu przez Madzię kwitu panna Malinowska, kiwając głową, rzekła:

– Po świętach zaproponuję pani trochę inne warunki, a tymczasem przeprowadź się do pokoju, który zajmowała panna Howard.

– Panna Howard już nie wróci? – spytała Madzia.

– Ona jeszcze pani Latter mówiła, że usunie się z pensji na Wielkanoc.

– Ale pani Latter wróci? – szepnęła Madzia, lękliwie patrząc na nową przełożoną.

Panna Malinowska podniosła brwi.

– Czy to ode mnie zależy? – odparła. – Wyjazd był niepotrzebny... Bardzo... Będę szczerze zadowolona, jeżeli na skutek tych zajść nie stracimy połowy uczennic...

Madzia zrozumiała, że los pani Latter jest już przesądzony.

Późnym wieczorem przeprowadzono Madzię do pokoiku panny Howard. Nie zapalając lampy, usiadła w oknie, skąd rozlegał się szeroki widok na Pragę, i... marzyła.

Chciała myśleć o tym, że jutro wyjeżdża do domu, a pojutrze zobaczy rodziców i Zochnę. Chciała się cieszyć, ale nie mogła, bo świeże wrażenia opanowały jej duszę, bo wszystko w tym mieszkaniu przypominało panią Latter.

Pod pokoikiem, w którym obecnie siedzi, jest sypialnia pani Latter. Gdzie ona teraz? Tam, gdzieś za rojem płomyków na Pradze, nawet dalej, aż za tym paskiem horyzontu, gdzie światła ziemskie stykają się z gwiazdami nieba. Czy podobna, żeby pani Latter nie było na dole, w jej pokoju, w którym tyle lat przemieszkała? Słychać jakiś szmer... Może wróciła? Nie, to mysz gryzie pod podłogą.

– Ach, jak to męczy – szepnęła Madzia – myśleć wciąż o jednym i tym samym!

I postanowiła myśleć o czym innym, choćby o przeszłości. Rok temu była jeszcze dzieckiem, a gdy jej mówiono, że każdy człowiek powinien „zastanawiać się" nad sobą i nad tym, co go otacza, jeszcze nie rozumiała, co to znaczy: zastanawiać się.

Ale od pół roku poczęła zastanawiać się nad położeniem pani Latter, nad Helenką, nad Adą, panem Kazimierzem, panną Howard, Joasią... Z początku bardzo ją trwożyło zajmowanie się obcymi ludźmi i ich sprawami; ale później przywykła do tej pracy, a nawet była z niej dumna.

Bo przecież wszyscy jej tłumaczyli, że człowiek, który się nie zastanawia, jest jak liść igraszką wypadków. A dopiero ten, kto rozmyśla nad sobą i światem, ten potrafi kierować swoją łodzią, unika przygód i dopływa, gdzie sobie zamierzył.

Tymczasem – wszystko fałsz; bo przecież pani Latter umiała myśleć (jeszcze jak!), kierowała sobą i skończyła na bankructwie... Porwała ją jakaś cicha, dla nikogo niewidzialna burza i strąciła w przepaść pomimo wielkiego rozumu i mnóstwa przyjaciół.

Co to za okropna rzecz być mądrą, zastanawiać się i wreszcie po kilkunastu latach trudów uciekać z własnego domu! Na co zdał się rozum i praca, jeżeli człowieka ze wszystkich stron otaczają potężne i tajemnicze siły, które w jednej chwili mogą obalić dzieło całego życia?

„Boże, Boże, jak mnie to męczy! Po co ja o tym myślę?" – szepnęła Madzia.

Przymknęła oczy i całą siłą starała się zwrócić uwagę w inną stronę. Przypomniała sobie Joasię.

– Ot na przykład Joasia – mówiła – śmieje się z pracy i nigdy nie zastanawia się nad sobą. Życie jej jest dziwaczne, ludzie ją ganią i cóż z tego? Pani Latter uciekła zrozpaczona, a Joasia triumfuje i jest wesoła... Więc po co być przyzwoitą, moralną, rozumną, jeżeli w świecie dobrze jest tylko istotom lekkomyślnym?

W tej chwili przyszło jej na myśl jedno wspomnienie z dzieciństwa. Raz wobec niej ścinano topolę. Drzewo z trzaskiem zwaliło się w kałużę, wyrzucając deszcz błotnistych kropli, które na słońcu zajaśniały barwami tęczy. Potem znowu spadły i rozpłynęły się po ziemi, ale drzewo, choć ścięte, zostało.

Czy pani Latter nie jest powalonym drzewem, a Joasia ze swoją wesołością czy nie jest ową kroplą, która na chwilę wzbiła się i z góry patrzy na leżącego olbrzyma? Ale co będzie później?

– Czy ja się już nigdy nie uwolnię od pani Latter? – rzekła do siebie zrozpaczona Madzia. – Przecież to można oszaleć!

I w duszy jej zaczęła się dziwna walka. Zmęczona wyobraźnia chciała za wszelką cenę zapomnieć o pani Latter, a serce mówiło, że to wstyd i grzech zapominać o człowieku zaledwie od dwudziestu czterech godzin nieobecnym. Jeszcze wczoraj kochaliśmy go i podziwiali, a dziś nawet pamięć o nim tak nam cięży, że chcemy się jej pozbyć.

„O, ja niewdzięczna! – myślała Madzia. – I potępiać tu obcych, że korzystają z nieszczęścia, kiedy ja uciekam przed wspomnieniami o niej, ja, której ona tak ufała, lubiła, zrobiła mnie damą klasową...".

Zapaliła lampę i w przewidywaniu jutrzejszej podróży zaczęła porządkować swój kufereczek. Niewiele jej to czasu zabrało, choć po kilka razy składała i wyjmowała te same rzeczy, aby je znowu złożyć. Ale ciągłe bieganie od stolika do kuferka, ciągłe pochylanie się i przyklękanie nadało inny kierunek jej myślom. Teraz dziwiła się niedawnemu niepokojowi i mówiła:

„Czego ja się martwię panią Latter? Że pensji mieć nie będzie? Ależ ona do tego wzdychała od pół roku. W tej chwili zapewne jest w domu Mielnickiego i nawet może ma doskonały humor, dowiedziawszy się, że długi są spłacone i że wszystko będzie dobrze. A że jeszcze mąż chce od niej rozwodu, więc z pewnością wyjdzie za Mielnickiego i znowu zostanie wielką panią... Może nawet będzie wstydzić się tego, że miała kiedyś pensję!".

Madzia położyła się spać spokojniejsza. A ponieważ, myśląc o wyjeździe do domu, niecierpliwiła się, że jeszcze tyle godzin musi czekać, więc znowu przypomniała sobie panią Latter.

Zamknąwszy oczy widziała wszystkie osoby, które odegrały jakąś rolę w ostatnich wypadkach. Zdawało się jej, że patrzy na operę, w której występują jej bliscy znajomi ubrani w piękne kostiumy teatralne.

Oto pani Latter w amarantowej sukni, z brylantami w kruczych włosach. „Ach, jak jej do twarzy!" – myśli Madzia. A oto Helenka w sukni koloru wody morskiej, nakrapianej złotymi i srebrnymi blaszkami... A oto pan Kazimierz w białym atłasowym kostiumie, jak Raul z *Hugonotów*.

„Zaraz! – myśli Madzia – Jest sopran, kontralt i tenor; trzeba im dodać basa...".

I nagle ukazuje się bas – gruby Mielnicki, w czarnym, nieco poplamionym surducie.

„Jakie to zabawne!" – myśli Madzia, wpatrując się w swoje figury stojące rzędem, jak na scenie, z podniesionymi rękami.

„Amarantowy, zielonawy, biały kostium... Ach, jak im ładnie!".

Nagle stojący w jednym rzędzie zaczynają się rozpływać. Zniknęła pani Latter, Hela, pan Kazimierz i Mielnicki; przez chwilę robi się czarno, a po chwili na tym tle zarysowuje się spokojna twarz panny Malinowskiej i poza nią widać szary tłum: wylęknionego piekarza z rachunkiem, czerwonego rzeźnika, który wywija pięściami, Stanisława z trzepaczką i dywanikiem, pannę Martę, która załamuje ręce...

Teraz kolejno w coraz prędszym tempie zmieniają się w sennych oczach Madzi dwa obrazy. To widać panią Latter w amarantowej sukni, Helenkę w zielonawej, pana Kazimierza w białym atłasowym kostiumie, jak z podniesionymi rękami coś mówią czy śpiewają. To znowu ich grupa znika, a na jej miejscu pokazuje się panna Malinowska w szarej sukience, piekarz z rachunkiem, Stanisław z trzepaczką... Raz – dwa! Raz – dwa! Coraz szybciej następuje jedno po drugim, aż wreszcie wszystko się rozpływa.

– Co za niedorzeczności! – szepcze Madzia, uśmiechając się. – Ja już nigdy nie będę miała rozumu – kończy i zasypia.

Zasypia cicho, dysząc, z uśmiechem na rozchylonych ustach, z rękami złożonymi na piersi i ani zamarzy się jej, że o kilkanaście mil stąd śpi ktoś inny, z twarzą zwróconą do nieba, z rękami zaciśniętymi i martwymi oczami.

33. Człowiek, który ucieka przed samym sobą

Kiedy Madzia, pożegnawszy przełożoną, wysiadła na Nowym Świecie, dorożkarz odwiózł panią Latter na dworzec kolei warszawsko-wiedeńskiej.

Zatrzymał konie przed głównym wejściem, lecz pasażerka nie opuszczała dorożki. Obejrzał się i spostrzegł, że i pani Latter patrzy na niego ze zdziwieniem. Wreszcie naglony przez stójkowego, żeby odjeżdżał, dorożkarz wychylił się z kozła i rzekł:

– To już banhof!

– Aha! – odparła pani Latter i wysiadła, zapominając o torbie i o zapłaceniu za kurs. Na szczęście nadbiegający posługacz zdjął torbę, a dorożkarz upomniał się o zapłatę.

Pani Latter dała mu czterdzieści groszy; lecz gdy podniesionym głosem powiedział, że to za mało, dołożyła rubla.

Potem weszła na kamienne schody dworca i patrząc na plac, zadawała sobie w duchu pytania:

„Co ja tu robię? Skąd ja się tu wzięłam?".

I przyszło jej na myśl, że musiała chyba zasnąć w dorożce, ponieważ ten czas, który upłynął od pożegnania się z Madzią, był dla niej stracony.

Z rozmyślań obudził ją posługacz kolejowy, pytając:

– Do której klasy mam odnieść torbę?

– Naturalnie, że do pierwszej – odpowiedziała pani Latter. W tej chwili bowiem przywidziało się jej, że odprowadza Helenkę wyjeżdżającą za granicę z Solskimi. Ale zaraz przypomniała sobie, że Helenka od dawna jest za granicą i że to ona sama dziś wyjeżdża nie wiadomo dokąd.

Sala pierwszej klasy, już oświetlona, była pustą. Gdy wyszedł posługacz, panią Latter ogarnęła trwoga: znowu bowiem ściany zaczęły wyginać się w jej oczach, podłoga chwiała się pod nogami, a ją samą otoczył tłum widziadeł... Była pomiędzy nimi Helenka z prześlicznym bukietem od Solskiego, Kazio obok Ady Solskiej, zawinięta w futro ciotka Solskich, piękny pan Romanowicz, słowem – ci wszyscy, którzy w zimie odprowadzali Helenkę.

Im więcej poznawała osób, tym mocniejszy strach ją ogarniał. Zdawało jej się, że lada chwilę wejdzie tu cuchnący Żyd, Fiszman, który zacznie opowiadać zebranym, że pan Kazimierz Norski wystawia weksle poręczane przez jego matkę, panią Latter.

Ściany i podłoga sali chwiały się coraz gwałtowniej i pani Latter znowu poczuła niepokonaną chęć ucieczki. Uciekać! Uciekać gdzieś jak najdalej od tych miejsc i od tych ludzi... Jechać! jechać jak najprędzej, gdyż sam ruch mechaniczny, turkot kół, zmiana widoków – uspokajały jej poszarpaną duszę.

Wybiegła z sali na korytarz i spotkawszy woźnego, spytała: kiedy odchodzi pociąg?

– Dziewięć dwadzieścia – odparł woźny.

– Dlaczego tak późno? – zawołała pani Latter i poszła w głąb korytarza, czując, że gotowa rzucić się na woźnego i z płaczem pytać go, dlaczego tak późno odchodzi pociąg.

„Dwie godziny czekać! – myślała z rozpaczą. – Przecież ja tu umrę...".

Nagle machinalnie jej wzrok padł na wielki arkusz, przylepiony do ściany, z napisem: Droga żelazna warszawsko-
-petersburska.

Pani Latter oprzytomniała.

„Droga petersburska... – mówiła sobie. – Małkinia... Czyżew... Ależ tam mieszka Mielnicki... Po co ja tu przyjechałam? To tam trzeba jechać... Do niego... Tam moje ocalenie, zdrowie, spokój, u tego jedynego człowieka, któremu ufać mogę...".

I z fonograficzną dokładnością przypomniały się jej słowa starego szlachcica:

„Pluń na pensję! Nie zechcesz być moją żoną, możesz być jednak panią domu i gospodarstwa, które potrzebuje kobiecej ręki... To, co powiedziałem, warte jest przysięgi i nie zmienię słowa, tak mi Boże dopomóż...".

Pani Latter wróciła energia. Kazała woźnemu wynieść torbę i zawołać dorożkę. W parę minut później jechała na dworzec petersburski.

– Wariatka czy co? – rzekł woźny do posługacza.

– Iii... Może jaka obca... Pewnie zapomniała czego – odparł posługacz.

Około ósmej była już na Pradze; we dworcu spytała posługacza: kiedy odchodzi pociąg?

– Kwadrans po jedenastej.

Dreszcz ją przebiegł.

– Trzy godziny czekać – szepnęła.

Na myśl o Mielnickim przypomniała sobie, że ma jego wino. Więc przeszła do sali trzeciej klasy i ukrywszy się w kącie, wypiła kieliszek.

– Już nie wiem, który dziś... – rzekła, czując jednak, że jest rzeźwiejsza.

Męczyła ją potrzeba ruchu: chciała gdzieś iść czy jechać, byle nie stać w miejscu; a oddałaby resztę życia, gdyby już mogła znaleźć się w domu Mielnickiego. Ten człowiek był dla niej jak Mojżeszowy wąż miedziany, którego spojrzenie miało ją uzdrowić.

Zostawiwszy torbę pod opieką służby, wyszła przed dworzec, kierując się w stronę mostu i Warszawy, w której już zapalono światła. Patrzyła na Wisłę ku temu domowi, gdzie była jej pensja, i przypomniała sobie ów październikowy wieczór, kiedy z okna gabinetu spoglądała na Pragę. Słońce wówczas zachodziło i oblewało ziemię rudożółtawym światłem, na którego tle było widać dym odjeżdżającej lokomotywy. Myślała wtedy, że rude światło jest szkaradne i że szkaradną jest ta odjeżdżająca lokomotywa, która przypomina, że wszystko mija na tym świecie, nawet powodzenie.

I otóż jej powodzenie minęło! Już ona sama jest nie po tamtej, ale po tej stronie Wisły czy Styksu; już nie patrzy z wysokości swoich apartamentów na Pragę, ale tuła się między budynkami. I już wznoszą się czarne kłęby dymu nad tą lokomotywą, która ją na nieznany brzeg wyrzuci.

Nie dawniej jak przed pół rokiem tam na górze, gdzie w tej chwili ktoś przenosi lampę (kto to może być: Madzia czy panna Howard, może Stanisław?), pół roku temu sama jasno określiła swoje położenie i przyszłość. „Na pokrycie mniejszego długu zaciąga się większy dług, potem jeszcze większy, więc w rezultacie musi się to wszystko skończyć" – myślała wówczas, a dziś się spełniło. Skończyło się w ten sposób, że ona nie ma nic: ani władzy, ani majątku, ani domu, ani dzieci, ani męża – no nic. Jest istotą wyrzuconą poza obręb społeczeństwa, jak pies, który zgubił pana.

– Doskonale – szepnęła. – Ale co się stanie z pensją? Bo przecież ja tam nie mam po co wracać... Jutro po całej Warszawie rozejdzie się wieść, że uciekłam...

Szybko wróciła na dworzec, a znalazłszy się tam, kazała podać papier i kopertę i napisała list do panny Malinowskiej, oddając jej pensję pod opiekę i nadmieniając o pieniądzach, które zostawiła w biurku. Nawinął się jakiś spóźniony posłaniec, więc powierzyła mu list na los szczęścia, nie żądając numeru, nawet nie patrząc, jak ten człowiek wygląda.

„Skończone... Wszystko skończone!" – myślała, czując, że jednak jest trochę spokojniejsza.

Zajrzała do portmonetki i znalazła w niej około dziesięciu rubli.

„Kolej do Małkini – mówiła – stamtąd konie do Mielnickiego... Okropna rzecz... Gdyby Mielnicki nagle umarł, nie miałabym nawet za co wrócić... Ja w tej chwili nie mam dokąd wracać ani po co...".

Około dziesiątej wieczór dworzec się ożywił: zajeżdżały powozy i dorożki, do sali zaczęli napływać pasażerowie. Zdawało się pani Latter, że niektórzy spomiędzy przybyłych przypatrują się jej, a szczególniej żandarm, który kręcił się w korytarzu, wygląda, jak gdyby kogoś szukał.

„Mnie szukają" – pomyślała i ukryła się w sali trzeciej klasy między najbiedniejszymi. Zdawało jej się, że lada chwila wywoła ją ktoś po nazwisku, i prawie czuła ciężar ręki, która ją chwyci za ramię. Ale nikt nie wymienił jej nazwiska.

Obok umieściła się jakaś uboga rodzina: matka z dwuletnim dzieckiem na ręku i dziesięcioletnia dziewczynka pilnująca sześcioletniego chłopca, który był przepasany dużą chustką przez głowę i plecy na krzyż.

Pani Latter usunęła się im na ławce i spytała kobiety:

– Daleko pani wiezie ten drobiazg?

– Aż za Grodno jedziemy, łaskawa pani. Ja, mąż i te oto fąfle…

– Tam państwo mieszkacie?

– Gdzie tam, łaskawa pani. Mieszkamy w Płockiem, a jedziemy za Grodno, bo mój ma tam zostać gajowym.

– U kogo?

– Jeszcze nie wiemy, łaskawa pani, a jedziemy, bo w domu nie ma co robić.

– Więc cóż poczniecie w Grodnie?

– Staniemy w jakiejś austerii, dopóki mąż nie odszuka tego pana, co mu powiedział, że pod Grodnem łatwiej o miejsce niż u nas.

Przez ten czas jej mąż, człeczyna zarośnięty jak dziad, w drelichowym surducie, znosił skrzynki, węzełki, koszyki. Potem z garnuszkiem poszedł do bufetu po gorącą wodę, a gdy i to przyniósł, kobiecina zabrała się do gospodarstwa. Rzuciła do garnuszka trochę soli i masła, nadrobiła chleba i zaczęła karmić dzieci. Najpierw matka nasyciła dwuletniego, potem starsza dziewczynka zajęła się sześciolatkiem i wreszcie zjadła wszystko po młodszych. Kobieta i jej mąż nie jedli nic: ona bowiem ciągle wydawała jakieś rozporządzenia, a on biegał, by kupić bilety, bułki na drogę, poprawiał paczki lub zawiązywał węzełki.

Widok biedaków w niewymowny sposób torturował panią Latter. Porównywała siebie z matką rodziny jak ona pozbawionej dachu, lecz o wiele szczęśliwszej. I teraz dopiero w całej pełni odczuła straszną prawdę, że ubóstwo może być cierpieniem, ale samotność jest kalectwem ducha!

„Ma dzieci i męża – myślała, patrząc na kobietę. – Ma człowieka, który jej pomaga, ma drobiazg, przy którym może zapomnieć o sobie... Nawet ta dziewczynka już ją wyręcza... Cokolwiek ich spotka, choćby śmierć, ludzie ci w ostatniej chwili mogą uścisnąć się za ręce, pożegnać spojrzeniami... A mnie kto pożegnałby, gdyby na przykład wykoleił się pociąg?".

Teraz przypomniała sobie dzień, w którym po raz pierwszy piła wino, żeby się uspokoić, i ów sen, który po winie nastąpił. Śniło jej się, że jest sama, jak dziś, na ulicy, jak dziś, bez grosza, lecz że jest zupełnie szczęśliwą, ponieważ uwolniła się od pensji, jak dziś. I gdy w tej nędzy ogarnęła ją radość na myśl, że jest wolna, wolna od gospodyni, uczennic, dam klasowych i profesorów, w tej chwili Kazio i Helenka zabiegli jej drogę i usiłowali namówić, żeby wróciła na pensję!

Wówczas w tym śnie pierwszy raz w życiu poczuła żal do swoich dzieci. Ale w tej chwili na twardej ławce dworca kipiało w jej sercu coś gorszego. Spojrzała na matkę ubogą i bezdomną, lecz otoczoną dziećmi, i przyszło jej na myśl, że ona, także nędzna i bezdomna, nie ma jednak przy sobie dzieci. I że może właśnie w tej godzinie Helenka pływa z eleganckim towarzystwem po kanałach weneckich, a Kazio może gdzieś podpisuje weksle jej nazwiskiem. Oni tam się bawią, a ona cierpi, cierpi jak całe piekło potępieńców...

– Szczenięta!.. – szepnęła. – Ale dobrze mi... Takie sobie wychowałam...

I poczuła nienawiść.

Zadzwoniono: pasażerowie zaczęli tłoczyć się do wyjścia. Pani Latter zapuściła woalkę i pochwyciwszy torbę, ostrożnie wymknęła się do wagonu trzeciej klasy.

Jeszcze pamiętała, że po wielu dzwonieniach i świstaniach pociąg ruszył. Mignęło kilka latarń, zamajaczył szereg wagonów... Potem już nic...

Lecz po chwili (przynajmniej tak jej się zdawało) zbudzono ją i zażądano biletu.

– Mam bilet do Małkini – odparła.

– To też właśnie niech go da pani, bo już minęliśmy Zieleniec.

Wzruszyła ramionami i dała bilet, nic nie rozumiejąc; gdy zaś zostawiono ją w spokoju, wpadła w letarg.

Lecz po chwili znowu ktoś ją zaczepił, mówiąc:

– Pani miała bilet do Małkini.

– Tak.

– Więc dlaczego pani nie wysiadła?

– Przecież dopiero wyjechaliśmy z Warszawy... – odpowiedziała zdumiona.

W wagonie ten i ów zaczął się śmiać... Przyszedł jeden konduktor, drugi, naradzali się... W końcu kazano pani Latter zapłacić trzydzieści kopiejek i powiedziano jej, że wysiądzie w Czyżewie.

Znowu zapadła w letarg i znowu ją zbudzono. Ktoś wziął ją za ramię i wyprowadził z wagonu, ktoś inny podał torbę, zdaje się nawet, że ten człowiek, który z rodziną jechał do Grodna. Potem pozatrzaskiwano drzwi, zadzwoniono, zaświstano i pociąg powoli odjechał ze stacji. Pani Latter została na peronie sama wśród nocy... Przy świetle latarni zobaczyła pod ścianą ławkę i usiadła na niej, nie troszcząc się ani tym, gdzie jest, ani co się z nią dzieje.

Już było widno, kiedy zziębnięta pani Latter się ocknęła; przed nią stał jakiś Żyd mówiąc, że ma furmankę, i zapytując, gdzie chce jechać. Pani Latter przywidziało się, że to przebrany

Fiszman; więc zerwała się z ławki z zaciśniętymi pięściami i zaczęła krzyczeć:

– Czemu mnie ścigasz? Nie chcę nic... Ja podpisałam!

Furman zaczął się irytować i podnosić głos. Na szczęście wmieszał się do zatargu jakiś urzędnik, a usłyszawszy, że pani Latter chce jechać do Mielnickiego, odparł:

– O, to nałożyła pani drogi... Z Małkini daleko bliżej... Ale jest tu właśnie chłop z tamtych stron, on panią odwiezie.

Sprowadzono na peron chłopa, który zgodził się za dziesięć złotych odwieźć panią Latter do samego Buga, do promu.

– A byleby pani siadła na prom – mówił chłop – to jakby weszła do dworu, bo dwór zaraz za wodą.

– A może znacie pana Mielnickiego? – spytała pani Latter.

– Oczywiście, niby znam... Póki nie miało się swego gruntu, to chodziło się na robotę i do pana Mielnickiego. Niczego szlachcic, ino trochę wybuchowy. U niego dać w gębę człowiekowi, to jakby kieliszek wódki wypił. Energiczny pan, ale sprawiedliwy.

– Więc jedźmy! – rzekła pani Latter, czując, że ogarnia ją rozpaczliwe pragnienie, żeby czym prędzej ujrzeć Mielnickiego.

„Gdyby teraz umarł – myślała – zabiłabym się albo oszalałabym...".

Prędzej, prędzej... Po spokój, po zdrowie, może po życie! Chłop flegmatycznie zwinął torbę z obrokiem i zaprzągł konie do wasąga. Niewygodnie było siedzieć, wasąg trząsł, snopek słomy usuwał się spod pani Latter, ale ona na to nie zważała. Trzymając się wozu, śledziła wzrokiem mgłę, z której miał wynurzyć się dwór Mielnickiego – i ratunek.

– Prędzej! Prędzej!

Dla pani Latter Mielnicki skupiał w sobie wszystkie interesy jej życia. Czy nie on powiedział: „Rzuć pensję od wakacji... Córkę wydamy za mąż, a syn weźmie się do roboty...". Czy nie oświadczył, że gotów jest przeprowadzić rozwód, byle tylko ona zdecydowała się za niego wyjść? A czy nie on mówił:

„Pamiętaj, pani, że masz swój własny dom. Zrobiłabyś krzywdę staremu, nie licząc na mnie jak na Zawiszę...". Albo te ostatnie wyrazy: „To, co powiedziałem, warte przysięgi i nie zmienię słowa, tak mi, Boże, dopomóż!".

Więc ona nie jest tułaczką ani sierotą, ma na świecie człowieka, któremu może zaufać... A ten dom i ten człowiek są o – tam... Niedaleko stąd... Za godzinę, może prędzej, ona wejdzie do tego domu, stanie przed jedynym wiernym, jedynym uczciwym przyjacielem i powie mu:

„Straciłam wszystko i teraz pukam do twoich drzwi".

A on:

„Trać, byle prędzej... Kiedykolwiek zajedziesz: w dzień czy w nocy, znajdziesz gotowe mieszkanie...".

– Moje mieszkanie, w moim domu! – zawołała pani Latter tak głośno, że wiozący ją chłop obejrzał się.

„A co ja mu wtedy powiem? – myślała. – Tak mu powiem: daj mi kąt, gdzie mogłabym przespać dobę... dwie doby... tydzień... bo czuję, że mnie obłęd ogarnia...".

Nagle wasąg zatrzymał się w miejscu, gdzie gościniec przecinała droga boczna. Na owej drodze ukazał się powóz zaprzęgnięty we dwa dzielne kasztany, a w powozie jakiś gruby pan zawinięty w burkę, z kapturem na głowie. Gruby pan zapewne drzemał; jego twarzy nie można było poznać.

Woźnica w piaskowym płaszczu trzasnął z bata, konie przeleciały jak wicher i skręciły na tę drogę, którą już przejechała pani Latter od kolei.

– Po co się zatrzymujecie? – zapytała niecierpliwie chłopa.

– Bo myślałem, że to pan Mielnicki przejechał – odparł chłop.

– Mielnicki? Stój!

– I... nie, to chyba nie on – rzekł chłop po namyśle. – On by tamtą drogą nie jechał od siebie do kolei, ino tą, co my teraz jedziemy...

Zaciął swoje mierzyny i wasąg potoczył się. W kwadrans później wyjechali na pagórek, z którego ukazał się Bug.

– O, gdzie siedzi Mielnicki! – odezwał się chłop, wskazując batem. W tym kierunku widać było szeroko rozlaną rzekę, a za nią ciemną kępę drzew jeszcze nagich, spomiędzy których przeświecał czerwony dach dworu.

– A o hańta izba – mówił chłop – to karczma koło przewozu. Tam siądziecie na prom i za jedną zdrowaśkę będzie pani we dworze.

Pani Latter zdawało się, że tego kawałka drogi już nie przejedzie. Chwilami porywała ją taka rozpaczliwa niecierpliwość, taki niepokój, że chciała rzucić się z wozu na gościniec i rozbić głowę. Na szczęście przypomniała sobie, że ma jeszcze trochę wina w butelce; wypiła resztkę i uspokoiła się nieco.

„Najpierw do Mielnickiego, a potem spać..." – mówiła w duchu.

Ach, Mielnicki! Gdyby on wiedział, jak pani Latter na nim zależało. W jego domu znajdzie chwilowe schronienie i sen, który ją od dawna opuścił. Mielnicki pojedzie do Warszawy, ułoży się z panną Malinowską o odstąpienie pensji, wytarguje, co się da, i spłaci dług Zgierskiego.

O, Mielnicki zrobi dla niej jeszcze więcej: on skłoni ją do zgody na rozwód z Latterem. On przytuli ją do siebie jak ojciec i będzie błagał, żeby dla jego szczęścia nie tylko podpisała żądany akt, ale nawet, żeby przyspieszyła kroki rozwodowe. Tym sposobem pani Latter nie będzie kobietą odepchniętą, ale taką, która odrzuciła niewdzięcznika, żeby uszczęśliwić człowieka zacnego.

A gdy w ten sposób ułożą się sprawy materialne pani Latter, gdy odpocznie i się uspokoi, gdy z zatargu z mężem wyjdzie triumfująca, wówczas Mielnicki zrobi rzecz najważniejszą: poprosi ją, żeby przebaczyła dzieciom.

„Jakim dzieciom? – odpowie mu pani Latter – ja nie mam dzieci! Panna dobrowolnie zwichnęła karierę własną i brata, wypuściła z rąk świetną partię, a teraz bawi się, pływa po kanałach weneckich, śpiewa, kiedy ja za cały przytułek mam chłopską furę i pęczek słomy... A ten panicz, lekkoduch i utracjusz, który od dawna skończył dwadzieścia lat i nie ma wytkniętej drogi w życiu! Ile on mnie kosztował, ile wydał pieniędzy już w tym roku, żeby lecieć za granicę i spłacić weksle, na których podpisywał moje nazwisko... Nie, ja nie mam dzieci...".

„No, co tam – powie Mielnicki, serdecznie na nią patrząc – nie ma się o co gniewać... Helenka jest dziewczyna piękna, Solski szkaradny, więc jej się nie podobał. Cóż to, wolałabyś, pani, żeby twoja córka sprzedała się? Taka perła między pannami, za którą cała okolica będzie głowy tracić... Wynajdziemy jej męża jeszcze lepszego niż Solski!".

A o Kaziu powie Mielnicki tak:

„Głupstwo! Nie ma o czym gadać... Każdy młody jest lekkoduch i trwoni pieniądze, bo jeszcze nie poznał ich wartości... Ale to chłopak genialny, więc bądź pani o niego spokojna. Dam mu przez cztery lata po dwa tysiące rubli rocznie, i niech się kształci, a gdy zrobi majątek, to mi zwróci".

Taką rolę odgrywał Mielnicki w marzeniach pani Latter i taką musi odegrać w rzeczywistości: jest to bowiem człowiek uczciwy i do niej przywiązany. Gdy zaś mężczyzna naprawdę kocha kobietę, nie ma ofiary, której by nie spełnił, owszem – o którą by się nie upominał jak o łaskę.

„A ja mu za to – myślała pani Latter z uśmiechem – będę szyła cieplutkie kaftaniki i będę mu gotować najsłodsze rumianki! Bo przecież ten kochany staruszek niczego więcej nie potrzebuje, tylko rumianku i spokoju. Ten będzie najlepszy z moich mężów".

34. Co można spotkać na drodze

W tej chwili wóz stuknął o kamień i zatrzymał się przed karczmą, gdzie stało kilka fur i gromadka rozmawiających ludzi.

Pani Latter ocknęła się, spojrzała wokoło i usiłując skupić rozpierzchnięte myśli zapytała:

– Co to jest?

– A przewóz jest – odparł furman. – Ino dziś w nocy woda wylała i prom zerwało.

Pani Latter przy pomocy chłopa i karczmarki wysiadła z wozu, rumieniąc się za swój ekwipaż i za otoczenie, w jakim ją los postawił.

„Szalona jestem! – pomyślała. – Rzucać pensję... Tułać się po karczmach...".

Była dziesiąta rano. Pani Latter zapłaciła chłopu należność i zawstydzona patrzyła na odrapaną karczmę, na wózki i ludzi stojących wśród błota, a przede wszystkim na ten czerwony dach, który między nagimi drzewami majaczył po drugiej stronie rzeki.

„Po co ja tu przyjechałam, nieszczęśliwa?" – myślała.

„A jeżeli Mielnicki się zdziwi i powita mnie jak obcą? Przecież to obcy człowiek!".

Zwróciła się do karczmarki już trzymającej jej torbę i spytała:

– Pan Mielnicki tam mieszka?

– Zara za rzeką.

– A jest w domu?

– Pewnie jest. Przecież święta nadchodzą, to każdy się domu pilnuje... A jeszcze jak woda wylała...

– Ja chcę tam pojechać... Do pana Mielnickiego... – rzekła pani Latter.

– Pojechać to można, tylko nam prom poniosło. Ale zaraz go tu sprowadzą, tylko patrzeć...
– A mostu u was nie ma?
– Nigdy u nas nie było mostu. Tak się ludzie przewożą, na promie. Ale że nam prom dzisiaj w nocy poniosło w dół, a nasi dopiero za nim pojechali wierzchem, więc zaraz go tu sprowadzą – wyjaśniała karczmarka.
– A co będzie ze mną?
– A nijak. Poczeka se pani na prom i promem śmignie na drugą stronę.

Pani Latter zaczęła niespokojnie chodzić, ze wstrętem unikając błota, w którym tonęły jej trzewiki.
– Czółna u was nie ma? – spytała.
– Ni. We dworze to musi jest, ale nie u nas.
– A kiedy prom będzie? – mówiła z rosnącą trwogą.
– Najpóźni to na południe.
– A może dopiero wieczorem?
– Może ta zamarudzą i do wieczora. Pojechali wierzchem, ale czy go złapali, nie wiadomo – objaśniała gadatliwa karczmarka.

Pani Latter znowu ziemia zaczęła się chwiać pod nogami. Bała się wejść do karczmy, bała się spojrzeć na niebo, gdyż zdawało jej się, że lada chwila niebieski lazur zacznie odłupywać się jak tynk i spadać kawałami na ziemię. W głowie jej szumiało, w oczach przelatywały błyskawice.

Karczmarka, choć prosta kobieta, dostrzegła niezwykły wyraz w twarzy pani Latter, lecz przypisała to zmęczeniu.
– Niech pani wejdzie do izby – rzekła – może pani prześpi się, może coś zje, a oni nadjadą... – I zaprowadziła panią Latter do swej sypialni, gdzie stały dwa wysoko zasłane łóżka i kanapka kryta perkalem. Ściany były zawieszone obrazami treści wojennej lub pobożnej.

Pani Latter usiadła na kanapce i wlepiła oczy w jeden z obrazów wyszyty włóczką, przedstawiający jakiegoś świętego. Z sąsiedniej szynkowni dolatywał ją zaduch wódki, dym fajek i hałaśliwa rozmowa ludzi czekających na prom. Patrzyła w obraz i myślała:

„Malinowska już musi być na pensji, a z nią jej wspólnik Zgierski... Ciekawa jestem, czy nie pogryzą się przy podziale łupu? A jak musi triumfować Howardówna! No, teraz zaczną się jej rządy i reformy. Przed wieczorem całe miasto mówić będzie, że uciekłam, a jutro dowie się o tym nawet ten niedołęga Dębicki... Wyobrażam sobie jego baranią minę! Zapewne pomyśli, że Bóg skarał mnie za niego.

Helenka naturalnie odpoczywa po serenadach, a Kazio...

Ach, czy możliwe, żeby z tak niewinnych istot jak dzieci wyrastały takie straszne potwory jak ludzie...".

Weszła szynkarka.

– Jest prom? – zapytała pani Latter, zrywając się z kanapy

– Jeszcze nie, ale zaraz przyjadą... Tylko coś ich nie widać... Może pani przygotować jajecznicy? A może herbaty z arakiem?

– Dajcie araku – rzekła cicho pani Latter, przypomniawszy sobie, że nie ma wina.

Karczmarka przyniosła małą flaszczynę araku i szklankę. Gdy znowu odeszła, pani Latter wylała cały arak do szklanki i wypiła duszkiem. Wzdrygnęła się; ogień uderzył jej do płuc i do głowy.

Spojrzała na zegarek: była druga po południu.

„Gdzie się ten czas podział?" – myślała zdumiona. Zdawało jej się, że najwyżej kwadrans spędziła w izbie karczmarki.

Znowu ogarnął ją niepokój, więc wyszła przed karczmę wyglądać promu. Ale na żółtawej, bystro płynącej wodzie nie było widać nic.

Odwróciła głowę w drugą stronę i wzrok jej padł na dach czerwieniejący między drzewami. I jakby zahipnotyzowana tym widokiem zaczęła iść ponad rzeką, żeby stanąć naprzeciwko dworu i zobaczyć go choć z tego brzegu. A może z dworu wyjdzie w tej chwili Mielnicki i ją dostrzeże? Tak przecież blisko...

W ten sposób odsunęła się z pół wiorsty od karczmy, z oczami wlepionymi w drugi brzeg. Nagle pomyślała, że się rzuci najpierw wpław... Naprzeciwko o pareset kroków był park pełen starych drzew, a w tym miejscu, gdzie rzeka skręcała, pod ogromną lipą, widać było czarną ze starości ławeczkę... Nawet kora na lipie była pęknięta.

Marzenia pani Latter się spełniły. Oto jest park, który tyle razy widywała w swoich snach na jawie. Oto ów ubogi krajobraz, w którym mieszka cisza sięgająca od ziemi do nieba.

Pani Latter zaczęła biec nad brzegiem.

– Boże – mówiła – ześlij...

Czy oczy ją mylą? Na wzgórku między drzewami widać odwrócone białe czółno, a o kilkanaście kroków dalej przechodzi powoli jakiś człowiek.

– Hej! Człowieku... Człowieku! – zawołała rozgorączkowana.

Odwrócił się.

– Przypłyń tu czółnem...

– Nie wolno, to dworskie czółno...

– Więc idź do dworu...

Człowiek machnął ręką i szedł dalej.

– Rubla ci dam! Zegarek! – wołała nieprzytomna.

Odwrócił się i zniknął między drzewami.

– Człowieku... Ach, człowie...

I rozkrzyżowawszy ręce, rzuciła się do rzeki.

Uderzenie i przejmujące zimno otrzeźwiły ją. Nie rozumiała, gdzie jest, lecz czuła, że tonie. Rozpaczliwym ruchem wydobyła się na powierzchnię wody i krzyknęła:

– Dzieci moje!

Nurt ją porwał i rzucił na dno. Przez chwilę brakowało jej tchu, serce zaczęło bić jak dzwon pęknięty, i to była najprzykrzejsza chwila. Wkrótce jednak ogarnęła ją tak wielka apatia, że nie chciało jej się nawet poruszyć ręką. Zdawało jej się, że nieznane siły wynoszą ją na ocean bez dna i granic, a jednocześnie że budzi się ze snu przykrego. W mgnieniu oka przedstawiło się całe jej życie, które było tylko kroplą w bezmiarze jakiegoś pełniejszego i rozleglejszego życia.

Zaczęła sobie przypominać coś, czego nigdy nie widziała na ziemi, i opanowało ją zdumienie.

„Więc to tak..." – pomyślała.

Poczuła pod ręką gałąź, ale już nie chciała jej chwycić. Natomiast otworzyła oczy, gdyż zdawało jej się, że przez warstwę żółtawej wody zaczyna patrzeć na inny świat, wolny od trosk, zawodów, nienawiści...

W kilka minut po tamtej stronie rzeki człowiek, z którym rozmawiała pani Latter, i jakiś drugi przyszli z wiosłami. Zaczęli się przypatrywać, wołać; wreszcie powoli odwrócili leżące czółno, zepchnęli na wodę i przepłynęli na tę stronę.

– Przewidziało ci się – rzekł drugi człowiek. – Tu przecież nie ma nikogo...

– Ale, przewidziało mi się! Przecież mi rubla obiecywała – odpowiedział pierwszy.

– Pewnie jej żal było rubla i wróciła do karczmy... A to co?

Spostrzegli na brzegu parasolkę. Szybko przymocowali czółno do krzaków i, wysiadłszy, zaczęli obaj oglądać się niespokojnie. Ale choć na wilgotnej ziemi pokrytej zeszłoroczną trawą znać było ślady trzewików, osoby nie znaleźli.

– Chyba potknęła się i wpadła? – rzekł pierwszy.

– Uuu! Jezus, Maria, co ty mi, człowieku, narobiłeś? – biadał drugi. – A jeżeli się utopiła, będą nas ciągali po sądach...

– Wola boska! Płyńmy do przewozu; może tak prędko do karczmy uciekła...

Popłynęli do karczmy i dali znać, że stał się wypadek z nieznajomą panią. Karczmarz, karczmarka, gromada chłopów i bab czekających na przewóz rozbiegli się wzdłuż rzeki, wołali, wypatrywali, lecz nie dojrzeli nic.

Około szóstej wieczorem, gdy wrócił oczekiwany prom, dwaj przewoźnicy siedli do czółna i, płynąc w górę rzeki, spostrzegli zaplątaną w krzakach nogę... Tam leżały zwłoki pani Latter o kilkanaście kroków od lipy i ławeczki, przy których miały się spełnić jej marzenia.

Odwieźli ją do przewozu, próbowali cucić, wreszcie położyli w rowie obok gościńca. A że miała otwarte oczy i ludzie się bali, więc karczmarz nakrył ciało starym workiem.

I tak leżała cicho, z twarzą zwróconą do nieba, już tylko stamtąd wyglądając miłosierdzia, którego nie mogła doczekać się na ziemi.

W tej samej godzinie Madzia odbierała od panny Malinowskiej trzymiesięczną pensję, a Mielnicki jechał, że koń wyskoczy, od stacji kolejowej do przewozu, pewny, że zastanie panią Latter.

„Teraz nie wykręci mi się kobieta – myślał. – Rozwiodę i się ożenię... To będzie gospodarowała! To mi się dom ożywi!".

35. Przebudzenie

Zdawało się Madzi, że tonie w niezmiernym ognisku: jej ręce i nogi już spopielały – oddycha płomieniami – zamiast głowy ma żelazną kulę rozpaloną do czerwoności, a zamiast języka – żarzący węgiel.

Już nie chciała żyć, tylko nie cierpieć. Więc gdy spadł na nią sen, ciężki jak rzeka roztopionego ołowiu, jęknęła, ale nie z obawy. Owszem, cieszyła się, że ognie, które męczyły jej wzrok, stopniowo bledną, potem czerwienieją jak zachód słońca, a ona sama leci w bezdenną otchłań, gdzie robi się coraz ciemniej, ale i coraz chłodniej.

Koniec? Jeszcze nie. Bo otóż ogarnął ją przykry zapach octu. Widać, że zamiast do otchłani spadła w komin, gdzie na dnie znajduje się rozpalona angielska kuchnia, na którą lano ocet.

„Ach, jak to... Ach, jak to... Ach, jakie to ostre!" – myślała.

Octu musiało być dużo, ponieważ otoczyły ją ze wszystkich stron gęste obłoki; ocean obłoków, w których pływała wysoko nad miastem. Oczywiście nad miastem, gdyż słychać dzwony: w uszach, w głowie, w szyi, w piersi, w rękach i w nogach. Dziwne dzwonienie! „To po mnie dzwonią – myślała Madzia. – Ja jestem pani Latter i ja się utopiłam... Więc pytają mnie żałobnym dzwonieniem: po co to zrobiłaś? Przecież zostawiłaś dzieci, pensję?".

Biały tuman obłoków rozsunął się i ujrzała jakąś twarz. Była to dobra twarz człowieka z siwymi włosami i krótko ostrzyżonymi faworytami.

„Kim jest ten staruszek?".

I przyszło jej na myśl, że obok niej w kłębach ostrej pary leży jakaś druga osoba, a że staruszek jest doktorem i ojcem tamtej drugiej.

Dzwony wciąż biły: w głowie, szyi, w rękach, jedne basowymi, inne wiolinowymi tonami, i rozmawiały między sobą:

– Feliksie, proszę cię, wezwij Brzozowskiego!
– Nigdy. Nie pozwolę truć mego dziecka.
– Widzisz przecież, że to jest...
– Lekki... Bardzo lekki...
– Więc poślę po księdza...
– Żadnych księży, żadnych konowałów...
– O, cóż ja pocznę, nieszczęśliwa! – łkał wiolin.
– Uspokój się i zostaw ją w spokoju... Przecież to i moje dziecko... Spokoju, tylko spokoju...

Pragnęła odpowiedzieć jękliwym dzwonom czy rozżalonym ludziom: „ja wszystko słyszę!" – ale nie chciało jej się ust otwierać.

Ten biały obłok to nie tuman octu, ale bardzo delikatnego puchu albo śniegu, który jednak nie jest zimny, lecz ciepły. Niekiedy wygląda to jak zwoje koronki, która nieznacznie się rozsuwa, rozsuwa... I widać krzak bluszczu, a na jednym z listków kołysze się chłopczyk, malutki jak palec. Niespodziewanie przylatuje wróbel i chce chłopczyka dziobnąć w główkę. Ale chłopczyk roześmiał się i ukrył głowę pod liść, a zdziwiony wróbel wachlował w miejscu skrzydłami, brzęcząc jak pszczoła.

Krzak bluszczu odsuwa się, a ona sama... Boże, jak ona rośnie! Jej ręce i nogi już dotknęły kresów horyzontu i horyzont ucieka... Rosnąc tak, leży na niezmiernej, lazurowej płaszczyźnie, po której tu i owdzie snują się złote i różowe obłoki, i myśli:

„Co ja jestem? Czy jestem niczym? Czy obłokiem, jednym z tych oto? Czy naprawdę jestem panią Latter, która się utopiła? A może ona się nie utopiła, bo po cóż miałaby się topić?".

I kiedy tak myśli, widzi, że jeden stojący na boku obłoczek zaczyna przybierać rysy ludzkiej twarzy. Jest to kobieta z pożółkłym obliczem, z wielkimi, zapadniętymi oczami, z których wygląda trwoga. Czy to jest pani Latter? Nie, to jest panna Marta, gospodyni pensji... Ależ nie, to przecież jest blondynka poprószona siwizną. Ach, już przypomina sobie. Ta kobieta kiedyś, kiedyś... O, bardzo dawno, podnosiła ją, coś wlewała w usta, coś kładła na głowę, a czasami klękała przed nią z płaczem i całowała jej nogi. „Kto to jest? Kto to jest? Bo jest to ktoś znajomy?".

Pożółkła kobieca twarz zbliżyła się do jej twarzy; zatrwożone oczy wpatrywały się w nią z miłością i w tej chwili na czoło chorej upadła łza. Spłynęła jej na policzek, na szyję, potem stoczyła się na piersi i – nagle... Zdawało się, że na jej rozpalone ciało zaczyna padać gęsta rosa łez chłodnych i kojących... Gdzie padły, uciekał ogień i ból, pierzchało odrętwienie, a za każdą łzą budziła się myśl, pamięć i jakieś spokojne szczęście, na które w ludzkim języku nie ma wyrazów.

Chora poruszyła się na łóżku, wyciągnęła przed siebie wilgotną rękę, lecz ręka opadła na piersi.

– Mamo... – szepnęła.

– Poznajesz mnie, Madziu? – krzyknęła siwiejąca kobieta. – Poznajesz? Moje ty życie... Mój skarbie... O, jest Bóg miłosierny, który mi ciebie oddał...

– Spokoju, mateczko... Spokoju... – odezwał się łagodny męski głos.

– Patrz, Feliksie – mówiła, szlochając, kobieta – ona mnie poznała... Jak ona potnieje...

– Właśnie na dziś spodziewałem się przesilenia... Chodź, mateczko... Zostawmy ją w spokoju...

Odeszli, a w sercu Madzi zbudziła się trwoga. Już odzyskała świadomość, lecz po to tylko, żeby poczuć, że dzieje się z nią coś niezwykłego. Myśli się plączą, słuch tępieje, oczy zachodzą mgłą i mrokiem.

„Ja umieram!" – chciała zawołać, ale głos zastygł i opanowała ją noc i bezwładność.

Kiedy znowu się obudziła, pierwszym uczuciem było radosne zdumienie.

„Jestem w domu – pomyślała. – Ale miałam szkaradne sny!".

Leżąc na łóżku, z trudnością zaczęła się rozglądać. Oczywiście musi być wczesny ranek, gdyż okna są zasłonięte, a tylko przez szklane drzwi między dywanem, który je zasłaniał, i ścianą wlewała się z ogrodu smuga światła.

„Ale dlaczego ja śpię w saloniku?" – mówiła do siebie.

Tak, to salonik. Komoda, duże lustro zasłonięte prześcieradłem, meble kryte szafirowym adamaszkiem, który wypłowiał, dwa okna od ulicy i szklane drzwi od ogrodu. Nawet fortepian stoi w kącie, okryty szarą płachtą.

– Ale dlaczego ja tu śpię? – szepnęła.

Powoli, jak przez mgłę, zaczęła sobie przypominać wyjazd z Warszawy poprzedzony telegramem Mielnickiego o utopieniu się pani Latter... (Więc byłaby to prawda?) Potem przypomniało jej się, że wróciła do domu w dzień słotny, że witała ją młodsza siostra, Zosia, i jacyś dwaj panowie: jeden młody, drugi starszy, ale obaj przyjemni. I jeszcze pamiętała, że matka, patrząc na nią z obawą, zapytała: „Tobie coś jest, Madziu?", a ojciec wziął ją za puls, obejrzał język i kazał iść do łóżka.

„Zmęczyła się i przemokła" – powiedział ojciec.

„Może by posłać po Brzozowskiego?" – rzekła zalękniona matka.

„Żadnych konowałów, żadnych trucizn – odparł ojciec. – Spokoju dajcie jej trochę, a będzie dobrze".

No, i jest dobrze, tylko te okropne sny!

Drzwi salonu skrzypnęły i Madzia usłyszała rozmowę:

– Wino doskonałe, proszę pani dobrodziejki, maślacz... Eisenman przysiągł, że tylko dla państwa oddaje za trzy ruble butelkę – mówił męski głos.

– Dla pana, nie dla nas – odpowiedziała matka Madzi. – Pozwoli pan, że zwrócę...

– Cóż tak pilnego, pani dobrodziejko? Owszem, byłoby mi bardzo przyjemnie...

Madzia otworzyła oczy, żeby zobaczyć owego mężczyznę, lecz zobaczyła tylko matkę, która na palcach podeszła do komody i wydobyła portmonetkę. W smudze światła od ogrodu Madzia poznała swoją portmonetkę.

„Pewnie mama nie ma drobnych" – pomyślała Madzia.

– Wyda mi pan z dziesięciu rubli? – zapytała matka.

– Służę pani dobrodziejce. Chociaż byłoby mi przyjemnie, gdybym miał zaszczyt ofiarować pannie Magdalenie... – mówił cicho mężczyzna stojący za drzwiami. – Więc już po przesileniu? Co za szczęście! Wczoraj byłem w kościele i całą mszę modliłem się na intencję....

Madzia usłyszała szelest banknotów, szastanie nogami, zamykanie drzwi.

Mężczyzna odszedł.

– Także amator! – szepnęła matka, stojąc nad łóżkiem.

Madzia odgadła, że matka wpatruje się w nią; lecz że przed chwilą jej oczy same się zamknęły, więc nie miała siły ich otworzyć. Poczuła delikatny pocałunek na czole i znowu usnęła.

Od tej pory Madzię opuściły straszne wizje, choć usypiała po kilka razy na dzień. Teraz jej sen bywał tak głęboki i nagły, że niekiedy, obudziwszy się, chciała dalej ciągnąć rozmowę zaczętą przed paroma godzinami.

Każde przebudzenie było dla niej niespodzianką; najzwyklejsze rzeczy wydawały się czymś nowym, jakby dopiero co przyszła na świat albo wróciła z innego. Nie mogła oderwać oczu od powoju, który między dwoma oknami piął się po ścianie, i znajdowała przyjemność, rozmyślając nad tym: kto zrobił powój i czy jest możliwe, żeby te giętkie łodygi i ciemnozielone liście wyrosły same przez się, bez pomocy mistrzowskiej, choć niewidzialnej ręki? Jeszcze bardziej zachwycał ją widok muchy, która niekiedy siadała na pikowej kołdrze. Ze zdumieniem pytała: jakim sposobem ta drobna maszynka może biegać, a nawet latać? jak może być głodna, zaciekawiona albo przestraszona?

„Widocznie ona czuje tak samo jak i ja. Może nawet w tej chwili patrzy na mnie i dziwi się, że istnieją takie wielkie i niezgrabne potwory jak ludzie" – mówiła, zbliżając przezroczyste palce do muszki.

Ale mucha odleciała, a nad Madzią odezwał się głos męski:

– No, no, no! Już przypominasz sobie wprawy na fortepian?

– Nie, tatku – odpowiedziała – ja chciałam bawić się z muszką.

– Co wygadujesz, Madziu? – wtrąciła stojąca obok matka. – Dorosła panna bawi się muchami?

– Bardzo dobrze – odparł ojciec – to dowodzi, że siły wracają nie nagle, lecz stopniowo... Jakże się czujesz? – zapytał po chwili.

– Jeść mi się chce.

– Jadasz, kochanie, co godzinę – rzekła matka. – Mleko, rosół, wino...

– Dawajcie jej mleko i rosół co trzy kwadranse – odpowiedział ojciec.

– I nudzę się, tatku... Dlaczego tu jeszcze ciemno?

– Nudzisz się? To bardzo dobrze, moje dziecko. Dziś można odsłonić tę roletę z boku... Trzeba także uchylić drzwi od ogrodu...

– Ależ, Feliksie, to jej zaszkodzi! – oponowała matka.

– Mów tak, mów... – rzekł ojciec. – Pięknie będzie wyglądał rodzaj ludzki, gdy zacznie wierzyć, że mu szkodzi świeże powietrze i słońce.

Rodzice odeszli, nagle Madzia zawołała:

– Tatku... Tatku!

– Co, kochanie?

– Ja tatki jeszcze nie pocałowałam ani tatko mnie... Tak przecież nie można...

Ojciec wrócił, usiadł na łóżku, wziął chorą za obie ręce i całując ją, rzekł:

– Owszem, dzisiaj pieściliśmy się dwa razy.
– Nie pamiętam... – szepnęła z trwogą.
– A czy pamiętasz – mówił pochylony nad nią – kiedy w pokoju matki siadywałem nad twoją kołyską? A pamiętasz, jak huśtałem cię na kolanach albo jak bawiłaś się moim zegarkiem? A pamiętasz, jak tu, w tej salce, kazałaś mi wydobywać spod stołu kotka, który wymknął ci się z rąk? Nie pamiętasz, bo byłaś malutka... I dziś jesteś małe dziecko, które śpi dwadzieścia godzin na dobę, a przez sen pije mleko... Tylko wówczas musiałaś rosnąć całe lata, a dzisiaj urośniesz w ciągu kilku dni i znowu zrobisz się dużą panną, do której już zaczynają pukać kawalerowie...

– Feliksie! – zgromiła go matka.

Innym razem obudziła Madzię rozmowa prowadzona w otwartych drzwiach.

– Czy to grzecznie zakradać się do panieńskiego pokoju? – mówiła matka, śmiejąc się.

– Ach, pani! Stokrotnie przepraszam, ale daję słowo honoru, że nawet nie spojrzałem. Wyszukałem w ogrodzie podstawkę, nalałem wody, ułożyłem to... I widząc, że drzwi są otwarte, chciałem postawić na podłodze... No, ale panna Magdalena mogłaby przyjmować wizyty, tak cudownie wygląda... – mówił jakiś mężczyzna.

– Zmizerniała.

– Madonna... Istna Madonna! – wzdychał mężczyzna, składając ręce.

– Bałamut z pana Ludwika... Powiem to Femci...

– E... Panna Eufemia! Nie mogę przecież współzawodniczyć z urzędnikiem pocztowym...

W tej chwili Madzia poczuła śliczny zapach. Uchyliła powieki i na stoliku, niedaleko łóżka, ujrzała glinianą miseczkę pełną fiołków. Zobaczyła też, że w drzwiach ogrodowych rozmawia z jej matką jegomość dobrze szpakowaty, z bujnymi faworytami i monoklem w oku. Uderzyło ją, że pan ten ma krótką kurteczkę, cienkie nogi i wykonuje takie ruchy, jak gdyby go bolał krzyż.

– I jeszcze siostra prosiła, żebym zapytał: czy szanowna pani nie potrzebuje? – mówił jegomość.

– Ach, dziękuję... Choć może w tym tygodniu będę prosić... Nie uwierzycie państwo, ile mamy kłopotu z dłużnikami... Każdy zwleka do ostatniej chwili – mówiła matka, odchodząc z gościem w głąb ogrodu.

„Co to znaczy?" – myślała Madzia, przeczuwając, że zakończenie rozmowy niedobrze świadczy o pieniężnych zasobach rodziców. I pot wystąpił jej na czoło z trwogi: przypomniała sobie kłopoty pieniężne pani Latter.

„Boże mój, czyby i mamie brakło?" – mówiła przerażona. Lecz przyszło jej na myśl, że przecież ona ma trzy tysiące rubli po babce, i uspokoiła się.

– Mamo, co to za fiołki? – zapytała głośno, widząc, że matka powróciła z ogrodu.

– Aha, już spostrzegłaś kwiatki? To przyniósł pan Krukowski...

– Nie znam go.

– Poznałaś go przecież, gdy wróciłaś z Warszawy... Choć prawda, że mało kogo poznawałaś wówczas, biedaczko... Aa... Co myśmy tu przeżyli! No, ale dzięki Bogu, już przeszło, jesteś zdrowa... Otóż pan Krukowski od kilku lat sprowadził się do nas ze swoją siostrą. Jest to wdowa majętna, ma ponad sto tysięcy złotych, a brat mieszka przy niej i kiedyś wszystko odziedziczy. Zaprzyjaźnili się z nami, bo ona, przeszło sześćdziesięcioletnia kobieta, cierpi na reumatyzm i leczy się u ojca, a znowu Krukowski kocha się w Femci i ciągle ze mną o niej rozmawia.

– Dlaczegóż się nie żeni?

– Nie rozumiem – odpowiedziała matka, wzruszając ramionami. – To dobry człowiek, ale dziwak czy taki niestały... Coraz to podoba mu się inna panna. Siostra chciałaby go ożenić, ale on jeszcze nie trafił na swoją – dodała zamyślona.

Madzia odzyskiwała zdrowie tak prędko, że ojciec kazał poodsuwać rolety, pozwolił rekonwalescentce jeść potrawkę z kurczęcia, a nawet przyjmować krótkie wizyty.

– Gości przyjmuj – mówił do Madzi – tylko sama nie rozmawiaj.

36. Stare i nowe znajomości

Pierwszą wizytę złożyła im pani podsędkowa ze swoją córką, Eufemią. Przywitały się serdecznie jak dawne przyjaciółki. Przy okazji Madzi przyszło na myśl, że gdy ją odwożono na pensję do Warszawy, Femcia miała dziewiętnaście lat i pani podsędkowa kazała Madzi nazywać ją panną Eufemią.

– Bo widzisz, moja deroga – mówiła z afektacją podsędkowa – ty jeszcze jesteś dzieciątko, a Femcia już mogłaby iść za mąż...

I przez kilka lat, ile razy Madzia przyjechała do rodziców na wakacje, traktowała Femcię jako osobę dorosłą i nazywała ją panną Eufemią.

Dopiero w roku zeszłym, gdy Madzia ukończyła pensję, pani podsędkowa nagle rzekła do niej, jak zwykle sznurując nieco usta:

– Deroga Madziu, dlaczego Femcię nazywasz panią? Mów jej po perostu: Femciu, bo wszakże jesteście rówieśniczki.

I wykonywała przy tym ręką ruchy okrągłe i bezcelowe.

Madzia w pierwszej chwili nie śmiała panny Eufemii nazywać po imieniu; lecz dorosła rówieśniczka, serdecznie ucałowawszy ją, rzekła:

– No, powiedz: ty... ty... ty Femciu...

– Ty... ty... ty Femciu... – powtórzyła Madzia, rumieniąc się powyżej czoła.

– Ot, widzisz, i jest dobrze! – rzekła Femcia. – Nie wiem, po co wprowadzili ludzie między sobą tyle podziałów: ten młody, tamten stary, ów ma zbyt małą posadę... Skutkiem czego wszyscy się nie lubią, a panny nie wychodzą za mąż...

W dniu wizyty pani podsędkowa z matką Madzi usiadły na kanapie, Femcia zaś, po dziesiąty raz ucałowawszy rekonwalescentkę, rzekła:

– Wiem, że z tobą rozmawiać nie można, więc żeby mnie nie wzięła pokusa, pójdę do okna, a ty sobie drzem...

I usiadła w oknie, poza którym między kwiatami przesunął się jakiś cień.

– Pana Zedzisława nie spodziewa się pani na wakacje? – pytała podsędkowa.

– Bardzo wątpię – odpowiedziała z westchnieniem doktorowa. – Jak tylko skończył instytut technologiczny...

– Ze zełotym medalem – wtrąciła podsędkowa.

– ...zaraz wstąpił na praktykę do fabryk i już pracuje na siebie.

– Pisał mi z Petersburga kuzyn mego męża (pracuje w Ministerium Sprawiedliwości), że pan Zedzisław ma świetną karierę przed sobą. Wynalazł jakąś maszynę...

– Nową farbę... – wtrąciła doktorowa.

– Tak, zerobił jakąś farbę, która zjednała mu renomę w Petersburgu. Pisał kuzyn męża, że nadzwyczajna przyszłość czeka tego młodzieńca, lecz że zanadto jest zamknięty w sobie pan Zedzisław, że nie udziela się towarzystwu...

– Pracuje! – rzekła matka z westchnieniem.

– Tak... i nieco szopenuje...

– Szopenhaueruje, mameczko – odezwała się panna Eufemia spod okna. – Szopenhauer był to filozof, pesymista: utrzymywał, że życie jest nieszczęściem, i nienawidził kobiet – mówiła panna Eufemia, oskubując jakąś gałązkę i wyrzucając listki przez okno.

Pani podsędkowa kiwała głową.

– Sełyszy pani? – rzekła cicho do doktorowej tonem, który oznaczał, że jej córka jest bardzo wykształconą osobą i że to wielkie wykształcenie nie jest doceniane w małym miasteczku.

Ale doktorowa nie myślała w tej chwili o pannie Eufemii.

– Zdzisław – rzekła doktorowa, wzdychając – był pesymistą, dopóki zdawało mu się, że dla nas jest ciężarem. Dziś, gdy już sam się utrzymuje, nie rozpacza jak dawniej... Za to pisze coraz krótsze listy...

Podsędkowa na znak, że daleko mniej obchodzi ją pan Zdzisław niż panna Eufemia, zamiast słuchać, patrzyła w okno od ulicy. I na nieszczęście za kurtyną kwiatów dostrzegła cień, który miał wszelkie pozory urzędnika pocztowego.

– Femciu – rzekła – zdaje mi się, że coś wyrzucasz przez okno...

– Listki, mamo...

– Derogie dziecię – mówiła podsędkowa z afektacją – panienka twego stanowiska nie powinna wygelądać oknem ani wyrzucać listków na ulicę. Bo czy wiesz, kto może podnieść listek i jakie nierozsądne nadzieje z tego wysnuć? Wyjdź, Femciu, do ogródka, pobujaj trochę między kwiatkami...

Posłuszna córka wyszła z postawą Marii Antoniny idącej na rusztowanie.

– Wysłałam ją – rzekła podsędkowa – żeby nie była świadkiem naszej rozmowy – (wyraz: świadkiem wypowiedziany był: „sewiatkiem"). – Nie chcę, żeby to niewinne dziewczę nawet domyślało się zuchewalstwa czy szaleństwa, które koło niej krąży...

Doktorowa chciała zrobić uwagę, że i Madzia jest niewinnym dziewczęciem, i także nie powinna by wszystkiego słuchać. Wstrzymała się jednak, widząc, że Madzia leży spokojnie i ma oczy zamknięte.

– Jest pani serdeczną przyjaciółką naszej rodziny – zaczęła podsędkowa z głębokim westchnieniem – więc wtajemniczę panią w moje nieszczęście... Niech sobie pani wyobrazi, że ten sekretarz pocztowy, ten Cenaderowski, zakochał się bez nadziei w Femci... Ubolewam nad jego szaleństwem, choć może mniej dziwiłabym się, gdyby ten człowiek nie zajmował tak niskiego stanowiska...

– Ojciec, zdaje się, jest zamożny... – wtrąciła doktorowa.

– Jakiś tam rządca! Tymczasem Femcia jest kobietą wyższą... Czy uwierzy pani, że ona w tajemnicy przede mną i ojcem od dwunastu lat prenumeruje „Przegląd Tygodniowy"... No, i to ciągłe odebieranie pisma z poczty naraziło ją na stosunki z panem Cenaderowskim.

– Ile to osób bywa na poczcie... Kto zresztą zabroni młodemu człowiekowi się kochać? – odezwała się doktorowa.

– Zgadzam się z panią, może nawet miałabym litość dla nieszczęśliwego, gdyby nie pewna komplikacja... Pani wie, że Krukowski poważnie zajął się Femcią... Ponieważ jest to partia stosowna, więc byłam gotowa poświęcić moje macierzyńskie uczucia i oddać mu Femcię. Tymczasem Cenaderowski zaczął prześladować (spojrzeniami tylko i westchnieniami) Eufemię i Krukowski od trzech tygodni nie był u nas...

„Od czasu, gdy zobaczył Madzię!" – pomyślała doktorowa.

– Mnie nie wypada... – mówiła podsędkowa, spuszczając oczy. – Ja i Femcia wolałybyśmy umrzeć niż robić mężczyźnie tego rodzaju awanse... Ale pani, która była tak dla nas dobra, tak pielęgnowała tę miłość dwóch istot, niewątpliwie steworzonych dla siebie...

– Cóż ja mogę zrobić? – odpowiedziała doktorowa, ślubując w duchu, że nic nie zrobi dla połączenia panny Eufemii z Krukowskim.

– On ciągle bywa u państwa, jego siostra tak państwa kocha... Gdyby więc zedarzyła się sposobność powiedzenia mu, że ja i Femcia jesteśmy oburzone na Cenaderowskiego i że obie jesteśmy bardzo życzliwe panu Ludwikowi...

– Mnie się zdaje, proszę pani, że to ułoży się samo – rzekła doktorowa. – Zaczepiać pana Krukowskiego nie mogę, bo on zna nasze stosunki z domem państwa... Najlepiej zostawić to czasowi...

– Może pani ma sełuszność. Zresztą, jeżeli pan Ludwik zaczyna być zazdrosnym, to sprawa powinna się wykelarować w tych czasach...

– Sama przez się – wtrąciła doktorowa, z góry ubolewając w duchu nad niepowodzeniem owej sprawy.

„Już ja widzę, że on zajął się Madzią od chwili jej przyjazdu; ale ani gonić za nim, ani też nawracać go Femci nie będę".

Niebawem pani podsędkowa przypomniała sobie, że tak Madzia, jak i jej matka potrzebują spoczynku i pożegnała doktorową. Panna Eufemia, przechodząc przez salon, zbliżyła się na palcach do łóżka Madzi i ucałowawszy w powietrzu jej włosy, położyła na kołdrze jakiś biały kwiatek, i – zawsze pełna poetycznego uroku – zniknęła za drzwiami.

„O, starzeje się panna Eufemia – rzekła do siebie nie bez zadowolenia matka Madzi. – Robi się przesadzona, szyjka żółknie, dwadzieścia siedem latek przeszło...".

Madzia już zaczęła się podnosić, siadać na łóżku, nawet czytać książkę. W ciągu kilku ostatnich dni zrobiła ciekawe spostrzeżenie. Oto, ile razy zbliżał się czas południowego posiłku, na który przynoszono jej rosół, skrobany befsztyk i kieliszek wina, w ogródku działy się dziwne rzeczy. Nie wiadomo skąd zaczynały padać kamyki potrącając gałęzie drzew, niekiedy tocząc się po dachu.

Zjawisko to Madzia tłumaczyła w sposób zarówno prosty, jak i pesymistyczny. Murowany dom rodziców był stary i oczywiście powoli rozsypywał się w gruzy, bo rodzice nie mieli go za co naprawić. Ale dlaczego proces rozsypywania trafiał się tylko w południe? Madzia i na to miała odpowiedź: sama natura szelestem padających kamyków mówiła do niej:

„Jedz, wyrodna córko, jedz mocne rosoły, pij wino, podczas gdy biedny twój ojciec nie ma bezpiecznego dachu nad głową...".

Czasami Madzia miała zamiar oświadczyć matce, że nie chce tak kosztownego posiłku i że w ogóle nic jeść nie chce. Ale głód był tak silny, a zapach befsztyku tak ponętny, że nie mogąc przezwyciężyć się, jadła – z sercem pełnym wzgardy dla siebie.

Pewnej nocy wybuchła krótka, ale gwałtowna burza; zdawało się, że woda zaleje ziemię, błyskawice spalą niebo, a grzmoty roztrzęsą miasteczko i już nic nie zostanie na świecie. Z rana jednak przekonała się Madzia, że wszystko stoi na miejscu, a dzień jest wyjątkowo piękny.

Pamiętny to był dzień; około dziesiątej bowiem ojciec, przypatrzywszy się Madzi, rzekł:

– Panienka dziś wstanie.

Cóż to była za radość! Chłopak usługujący wyczyścił jej pantofelki, jak lustra, matka wyjęła z szafy perkalowy szlafroczek, który jakaś tajemnicza wróżka wyprała i obszyła nowymi koronkami (po trzynaście groszy łokieć). Niańka wygrzała bieliznę, a kucharka obiecała usmażyć befsztyk na cały talerz.

Ubrano Madzię, otworzono szklane drzwi, ojciec wziął ją pod jedną rękę, matka pod drugą i wyprowadzili ją na ogród. Dwa wróbelki, które przed chwilą wydzierały sobie leżące na ziemi piórko, na widok Madzi przerwały spór i zaczęły się przypatrywać. Potem uciekły i zapewne zwołały inne ptaki, bo w jednej chwili ogród zapełnił się świergotaniem. Kasztan pękiem szmaragdowych liści potrącił Madzię w głowę, jakby chcąc zwrócić na siebie jej uwagę.

Jednocześnie powitała ją otwarta altanka, a czarna ze starości ławka wysunęła do przodu nogę, jakby pragnąc biegnąć ku niej. Każda wiśnia, jabłonka, grusza, każdy krzak malin i porzeczek, każda grządka truskawek okrytych w tej chwili kwiatami przypominały się Madzi; a nie mogąc zawołać, wabiły zapachem albo wyciągały do niej zielonością okryte gałęzie.

Nawet kamień, który Madzia będąc małą dziewczynką wtoczyła kiedyś z bratem w kąt ogrodu, wynurzył się z cienia pod parkanem i patrzył na nią jak starzec usiłujący przypomnieć sobie dawną znajomość.

Zaczęli się też zbierać ludzie. Kucharka pocałowała Madzię w rękę, chłopiec podał jej krzesło, a niańka okryła ją szalem. Skrzypnęła furtka od ulicy i weszli jeden za drugim najdawniejsi przyjaciele rodziców. Osiemdziesięcioletni major z ogromną fajką na giętkim cybuchu, proboszcz, który ją chrzcił, podsędek.

Proboszcz dał jej złoty medalik, podsędek pocałował w czoło, a jakiś krótko ostrzyżony młody człowiek ze sterczącymi blond wąsikami ofiarował jej półfuntowe pudełko angielskich cukierków, mówiąc:

– Może pani dobrodziejka śmiało skosztować, bo Eisenman przysiągł, że te farby wcale nie są szkodliwe...

Madzia nie wiedziała, co robić: czy brać od nieznajomego cukierki, czy witać kochanych gości, czy uciec w ogród, który wołał ją do siebie?

Gdy zaś major, podobny z zarostu do osiwiałego niedźwiedzia, nie wyjmując fajki z ust, przytulił jej głowę do swych piersi i zamruczał:

– Coś ty nam zmartwienia narobiła, dziewczyno!

Madzia rozpłakała się, a za nią matka, niańka i kucharka...

– Oho, ho! – krzyknął major – już baby zaczynają... Nie ma co tu popasać... Daj szachy, doktorze...

– Nie wiem, czy wypada tak obcesowo? – rzekł proboszcz...

– Ależ bardzo prosimy – odezwała się matka Madzi. – Przecież straciliście panowie kilka tygodni.

– W takim razie – odparł ksiądz – przypominam, że na mnie kolej grać pierwszą partię z majorem.

– Przepraszam... – wtrącił podsędek.

– Proboszcz ma rację – przerwał major.

I odeszli do gabinetu doktora, gdzie po chwili rozległ się hałas szachów wysypywanych na stół i wrzaskliwy głos majora, który utrzymywał, że on powinien grać białymi.

– Losujmy, kochany majorze, losujmy – nalegał proboszcz.

– Los tylko głupim pomaga... Żadnych losowań! Wczoraj ksiądz grałeś białymi! – krzyczał major z takim gniewem, jak gdyby proboszcz godził na jego honor albo portmonetkę.

Ogrodowa furtka znowu się otworzyła i na ulicy słychać było rozmowę:

– Nie przejedziesz, Luciu... o Boże! – jęczał głos kobiecy.

– Tyle razy wjeżdżaliśmy tędy, siostruniu – odparł głos męski.

– Ale... O Boże! Luciu...

– Figur nie stawia się na czterech polach, tylko na jednym! – huknął major.

– Co majorowi znowu! – irytował się proboszcz.

W furtce ukazała się osobliwa grupa. Na wózku dla paralityków, z parasolką w jednej, z koszykiem kwiatów w drugiej ręce, wjechała szczupła i żółta dama, w czarnej atłasowej sukni, obwieszona wyrobami jubilerskimi. Na szyi miała złoty łańcuch i broszkę z szafiru, przy pasie ogromny złoty zegarek, na rękach po dwie złote bransolety. Wózek popychał znany już Madzi pan Krukowski, któremu co chwilę wypadał z oka monokl.

Na widok tej pary młody człowiek ze sterczącymi wąsikami nagle cofnął się do saloniku, a potem do pokoju szachistów. Tymczasem zajechał wózek z damą, która już przypatrywała się Madzi przez binokle ze złotą rączką.

– Co za gość! Co za gość! – zawołała doktorowa, biegnąc naprzeciw.

Wózek stanął obok Madzi, pan Krukowski zaś, pięknie się skłoniwszy, podał rekonwalescentce koszyczek pełen konwalii i fiołków.

– Jakże jestem szczęśliwy, że widzę panią zdrową! – rzekł pan Krukowski i czule pocałował Madzię w rękę.

– Ładna, ładna! – mówiła dama w wózku, krzywiąc się i oglądając Madzię przez lornetkę. – Powinnam była czekać, aż pani do mnie przyjdzie, panno... Panno...

– Magdaleno – wtrącił Krukowski.

– Ale Ludwik tak na mnie nalegał, tak ciągle wspomina o pani...

– Siostruniu! – jęknął pan Ludwik.

– Czy nie mówię, że ładna? – przerwała mu niecierpliwie siostra. – Twarzyczka w stylu... W stylu...

– Rafaelowskim – szepnął brat.

– Murylowskim – poprawiła siostra. – Ale i ta cię znudzi jak inne...

– Siostruniu! – wybuchnął brat, a zgromiony spojrzeniem uciekł do pokoju szachistów.

– Pani miała tyfus? – zaczęła dama na wózku, obracając lornetkę – ciężka choroba, ale nie to co moja... Od sześciu lat nie mogę zrobić kroku o własnej mocy, przykuta do miejsca, zależna od ludzkich kaprysów. I gdyby nie ojciec pani, może już do reszty straciłabym władzę w rękach i nogach, a nawet życie, co, jak sądzę, nie wywołałoby wielkiego zmartwienia... Pani doktorowo, czy nie mogłabym prosić o szklankę wody z kropelką czerwonego wina?

– Może sodowej? – spytała matka Madzi.

– Owszem! – westchnęła dama. Gdy zaś zostały same z Madzią, rzekła:

– Może byśmy podeszły tam... pod kasztan...

Madzia pomimo osłabienia potoczyła wózek pod kasztan.

– Siądź pani przy mnie... Weź krzesło... – mówiła biadającym głosem dama. – Poznajmyż się bliżej, zanim... Ach, Boże!

Okrzyk ten wywołany został upadkiem kamienia, który niedaleko wózka uderzył w ziemię.

„Znowu wali się dom!" – pomyślała Madzia, spoglądając na słońce, które istotnie wskazywało czas posiłku.

Drugi kamyk przeleciał między gałęźmi kasztana.

– Boże, zabiją mnie! – krzyknęła sparaliżowana dama.

Madzia chwyciła ją za głowę, zasłaniając własnym ciałem.

– Co to jest? Okropność... – wołała dama.

Trzeci kamyk uderzył w dach, z hałasem stoczył się na grzędę truskawek i w tej chwili stał się cud. Zazwyczaj sparaliżowana dama, silnie odepchnąwszy Madzię, o własnej mocy wyskoczyła z wózka i pędem pobiegła do salonu, krzycząc wniebogłosy:

– Luciu! Doktorze! Zabijają!

Jednocześnie za ogrodem rozległ się płacz małego chłopca i wołanie mężczyzny, który ofiarował Madzi pudełko cukierków angielskich:

– Jest! Mam cię, ośle!

Gdyby na rynku powiatowego miasta Iksinów wybuchnął wulkan, nie byłoby większego ruchu w domu doktora jak po tym rzeczywiście nadzwyczajnym wypadku. W jednej chwili gospodarz i gospodyni, służba, a nawet grający w szachy panowie znaleźli się w saloniku obok sparaliżowanej damy, która ochłonąwszy z nagłej trwogi, porwała Madzię w objęcia, wołając:

– Patrzcie, panowie... Patrz, Luciu, oto bohaterka! Własnymi piersiami mnie zasłoniła... Przez nią odzyskałam władzę w nogach... Luciu – dodała chwytając Krukowskiego za rękę – ta albo żadna... Rozumiesz? Teraz ja ci to mówię!

– Raniona pani jesteś? – zawołał major, wpadając z wielką fajką na chorą damę.

– Przeciwnie, uleczona! – odpowiedziała doktorowa. – Sama wysiadła z wózka i przybiegła tu z ogrodu.

– Zawsze była zdrowa... Ach, te baby! – mówił gniewnie major.

– A mówicie, że nie ma cudów? – wtrącił proboszcz. – Oto cud, który spełnił się w waszych oczach, niedowiarki – ciągnął, pukając palcem w głowę cudownie uzdrowionej.

– Eh, co proboszcz bajesz! – odparł major, otaczając się chmurą dymu. – Wracajmy do roboty.

– Idźcie sobie, idźcie – rzekł doktor, podając rękę damie. – Weź no pan siostrę z drugiej strony – zwrócił się do Krukowskiego.

W tej chwili wszedł do salonu młody człowiek ze sterczącymi wąsikami, ciągnąc za ucho chłopca, który lamentował wniebogłosy.

– Jest – mówił energiczny młody człowiek. – Syn felczera Flajszmana... Osioł! Za to, że nasz czcigodny doktor nie pozwala chłopom krwi puszczać, on, smarkacz, rzuca kamienie do ogrodu...

– Ja nie za to... – płakał chłopiec – ja do chorągiewki na dachu... Ja zawsze trafiałem w chorągiewkę... To inni ciskali w ogród...

Doktor wziął chłopca pod brodę, popatrzył mu w oczy i pokiwawszy głową, rzekł:

– Oj ty, Flajszmanku... No, nie becz, ruszaj do domu, a swoim kolegom powiedz, żeby nie rzucali kamieni do ogrodu, bo im każę wyzbierać.

– Dobrze, panie – wyszlochał chłopiec.

– A my na spacer – zwrócił się doktor do uzdrowionej damy.

– Panie Krukowski, tylko szybko... Raz-dwa!

– Nie mogę! Zabiją mnie! Ach, znowu straciłam władzę! – jęczała dama, biegnąc między doktorem i bratem, którzy szli wyciągniętego kłusa.

– Czcigodny pan doktor jest zanadto pobłażliwy – mówił młody człowiek do matki Madzi. – Za taką psotę Flajszman powinien był dostać rózgi...

– Za co? – zdziwiła się Madzia – przecież te kamienie wyleczyły ciężko chorą...

– Eh, chorą! – odezwał się młody człowiek, wzruszając ramionami. – Ona jest zdrowsza od nas obojga... Pani pozwoli, że się przypomnę: Miętlewicz – mówił z ukłonem – właściciel kantoru do załatwiania interesów obywatelskich. Sam sobie wszystko zawdzięczam: nie mam bogatej siostry, która by mnie utrzymywała i płaciła moje długi...

– Panie... Panie... Co też pan mówi? – wtrąciła zgorszona doktorowa, słysząc, że młody człowiek przypiął łatkę Krukowskiemu, domyślając się powodów tej niechęci.

– Sam, wszystko sam... Daję pani słowo – prawił pan Miętlewicz. – Powiedziałem sobie: wykształcę się – wykształciłem się...

Doktorowa cicho westchnęła.

– Powiedziałem sobie: rzucę powiat – rzuciłem powiat; zrobię majątek i robię go... Ja, pani, cokolwiek postanowię – wykonam. Umiem być cierpliwy...

Madzia trochę pobladła i oparła się o krzesło; co widząc, matka przeprosiła pana Miętlewicza i wyprowadziła córkę do pokoju.

– Krukowski jest bardzo miły i dobry człowiek – mówiła do Madzi. – Uprzejmy, delikatny... Podoba ci się, gdy go bliżej poznasz...

Ale Madzia była tak znużona, że w tej chwili nie obchodził jej ani Miętlewicz, ani Krukowski, ani nawet jego cudownie wykurowana siostra.

Tymczasem eksparalityczka, ciągniona przez doktora i brata, obeszła kilka razy ogród, przyznając, że chodzić może. Gdy ją zaś uwolniono od wprawy w chodzeniu, o własnej sile weszła do saloniku i upadłszy na kanapę, rozpływała się w pochwałach dla Madzi, której zawdzięcza zdrowie i życie. Pochwał tych pan Krukowski słuchał z zachwytem, pan Miętlewicz z miną kwaśną. Gdy zaś doktorowa wróciła od córki, a eksparalityczka zaczęła jej coś mówić półgłosem, wskazując złotą lornetką na brata, zmieszany pan Krukowski wyszedł do pokoju szachistów, a pan Miętlewicz bez pożegnania wymknął się przez ogród do miasta.

Był czegoś tak zły, że zaraz za furtką wytargał uszy dwom małym chłopcom, którzy przez otwory w parkanie zaglądali do ogrodu doktora.

37. Pierwszy pomysł

Madzia szybko powracała do zdrowia. W połowie maja wyszła nawet parę razy do miasta za sprawunkami. Wówczas matka przypomniała jej, że jutro jest niedziela i należy podziękować Bogu za otrzymane od Niego dobrodziejstwa.

– Zdaje mi się, kochana – dodała matka – że trochę zaniedbujesz modlitwę...

Powiedziawszy to łagodnym tonem, matka wyszła, zostawiając Madzię zawstydzoną.

Madzia dotychczas modliła się przygodnie: kiedy ogarnął ją smutek, gdy widziała ludzkie nieszczęście, czasem – gdy zachodziło słońce, oblewając purpurą obłoki, czasem, gdy odezwała się sygnaturka w kościele. Raz nawet mówiła pacierz, zobaczywszy, jak wróbel ustawił na płocie cztery małe wróbelki i karmił je okruchami, które im Madzia rzucała.

Zdawało jej się, że taka modlitwa, która uspokaja jej serce, wystarcza. Lecz uwaga matki zrobiła na niej wrażenie. Więc choć w duszy wątpiła, czy w kościele można gorliwiej modlić się niż pod otwartym niebem, natychmiast pobiegła do swych pudełek, żeby wybrać z nich wstążki i aksamitki, w których jej najlepiej będzie jutro do twarzy...

Nazajutrz była gotowa przed dziesiątą. Lecz ogarnęła ją trwoga na myśl, że musi przejść przez środek kościoła między tłumem osób, z których każda będzie miała prawo powiedzieć: „Patrzcie, oto idzie Madzia, którą Pan Bóg ocalił od śmierci. Ale nie widać po niej, żeby wchodziła tu z prawdziwą pobożnością".

Bo nie ma się co zapierać: Madzia szła, aby spełnić wolę matki, bynajmniej nie ze szczerego natchnienia. Co ją tym bardziej gnębiło, że nawet ojciec włożył czarny surdut (nieco wytarty na szwach) i wydobył z kąta laskę ze srebrną gałką.

– O, jaka jestem nikczemna! – mówiła. – Ten święty starzec, taki dobry, taki filozof, będzie modlił się za mnie, a ja, przewrotna, się waham...

Kiedy rozległ się głos dzwonu wołającego na sumę i gdy matka włożyła kapelusz i szal turecki, Madzia nagle rzekła:

– Mateczko, ja pójdę trochę później za wami... Tak boję się od razu wejść między ludzi... I jeszcze chciałabym najpierw wstąpić do kaplicy, gdzie jest tablica babci... Moja mamo!

– Przyjdź, moje dziecko, kiedy chcesz i jak chcesz – odpowiedział ojciec.

– Oj, Feliksie! – wtrąciła matka grożąc palcem.

– Wierz mi, matko, że ją Pan Bóg prędzej dojrzy w ciemnej kaplicy niż nas przed wielkim ołtarzem... Zresztą, ma dziewczyna rację, że unika tych elegantów... O, spójrz no...

I wskazał przez okno na róg ulicy, gdzie kilkoro dzieci z podziwem przypatrywało się panu Miętlewiczowi ubranemu w jasny garnitur i świeżutki cylinder.

Rodzice wyszli: matka – trzymając oburącz wielki modlitewnik Dunina, ojciec – machając laską. Zakryta firanką Madzia zobaczyła, jak zastąpił im drogę i ukłonił się cylindrem pan Miętlewicz, jak zapytał o coś i chciał biec w stronę ich domu; jak ojciec wziął go pod rękę i poszli wszyscy ku rynkowi, odprowadzani z daleka przez gromadę dzieci. W chwilę później ukazał się na drugim rogu ulicy pan Krukowski odziany w strój granatowy i kapelusz panama, obok wózka, na którym jechała jego siostra popychana przez służącą. Nagle wózek i pan Krukowski przyśpieszyli kroku i połączyli się z rodzicami Madzi, a rozsypane gromady dzieci połączyły się także, tworząc jakby łańcuch tyralierów bosych i obutych, w kapeluszach, czapkach z daszkami i czapkach z barankiem, w długich kapotach i krótkich spencerkach, w koszulach bez majtek lub w majtkach, z których wyglądały koszule.

„Jakie tu mnóstwo dzieci..." – pomyślała Madzia.

Kiedy zbliżyła się bocznymi ulicami do kościoła, już na starym cmentarzyku klęczał tłum wiejskich kobiet podobny do różnobarwnych kwiatów nisko wyrastających przy ziemi. Z drugiej strony wielkich drzwi schylała się gromada chłopów w ciemnych sukmanach, a między chłopami i kobietami, od strony rynku, zebrała się garstka miejscowej inteligencji. Było tam paru urzędników powiatowych, sekretarze: sądowy i komisarski, dependent od rejenta, prowizor apteczny i jeszcze kilku mniej znacznych. Wszyscy patrzyli na rynek, lustrując młode mężatki i panny.

Madzia, z daleka ich okrążywszy, wpadła przez furtkę na cmentarzyk, stamtąd przecisnęła się między kobietami do bocznych drzwi i z bijącym sercem weszła do kaplicy, gdzie skryła się w najciemniejszym kącie. Zdawało jej się, że cały tłum miejscowej inteligencji w binoklach, ciemnozielonych rękawiczkach, z laseczkami i parasolkami wpadnie za nią, zacznie zaglądać jej pod kapelusz i wypowiadać uwagi, z których śmieją się głośno wszyscy, lecz w których nic zabawnego nie może znaleźć postronny słuchacz.

Madzia uklękła wciśnięta między konfesjonał i kolumnę i patrzyła na środek kościoła. W ławce, przy której stał przestępujący z nogi na nogę pan Miętlewicz, matka Madzi, pobożnie chwiejąc głową, czytała Dunina; ojciec oparł głowę na rękach i zamyślony patrzył w okno nad wielkim ołtarzem, skąd padały smugi światła; wreszcie – siedział wyprostowany major.

Bliżej, w ławce, obok której pan Krukowski oglądał się przez monokl na wszystkie strony, podsędkowa pokazywała jakąś modlitwę jego sparaliżowanej siostrze; podsędek drzemał, a panna Eufemia, nieco zwrócona w stronę Krukowskiego, patrzyła na Chrzest w Jordanie wymalowany na sklepieniu. O kilka kroków dalej stał na środku kościoła młody blondyn z grzywką, w pocztowym uniformie, i ponuro spoglądał już to na Krukowskiego, już to na pannę Eufemię.

Proboszcz przy wielkim ołtarzu drżącym głosem śpiewał sumę, a za każdym razem, po małej przerwie, odpowiadał mu z chóru stary organista, przygrywając na fisharmonii, w której jeden ton odzywał się fałszywie, a parę wcale się nie odzywało. Zaś po dłuższym śpiewie przy ołtarzu i po dłuższej ciszy przy fisharmonii wybuchnął nagle dosyć zgodny chór męskich i kobiecych głosów:

> Tobie cześć, Tobie wieczna chwała, Ojcze Boże,
> Coś stworzył wszystkie światy i rządzisz wszystkimi…

Ciżba ludu z głuchym szmerem upadła na twarze, bijąc się w piersi albo wznosząc ręce do góry; przy drzwiach rozlegało się szlochanie niemowlęcia, które nie umiejąc jeszcze mówić, chwaliło Boga płaczem; przez wybite szyby słychać było świergot ptaków. Nawet podsędek ocknął się, sztywny major wydobył malutką książeczkę, pan Krukowski przestał się oglądać. Zdawało się, że przez tłum przeleciała fala pobożnego uniesienia i nie dotknęła tylko Madzi.

„O, jakże jestem niegodziwa! – myślała – żeby za tyle dobrodziejstw nie odmówić jednego pacierza…".

Śpiew na chórze ucichnął i ludzie ochłonęli. Ten i ów się podniósł, pan Krukowski znowu uzbroił oko w monokl, na twarzy młodego człowieka w pocztowym uniformie odmalowała się pogarda. Jednocześnie obok Madzi jacyś dwaj panowie zaczęli rozmawiać szeptem:

– Wiesz pan, ile wziął za konsylium od Rubinrota? – Rubla! Słyszałeś pan?

– Nowina! – odparł drugi – Ten wariat zawsze tak robi i nie tylko sam jest wiecznie bez grosza, ale i innym szkodzi.

– Brzozowskiemu…

– I Brzozowskiemu, i felczerom, i mnie. Przecież ja bym tu bez butów chodził, gdyby mi przyszło co dzień ekspediować jedną dozę rycinowego olejku, a czasami parę proszków chiny.

– Nie dba o cudze sprawy...

– Nie dba o własne dzieci, powiedz pan... Przecież gdyby się zjechały tu we troje, nie wiem, czy wystarczyłoby mu na obiad dla nich...

Madzia myślała, że zemdleje. To o jej ojcu mówiono... To jej ojciec nie mógłby dzieciom kupić obiadu, gdyby zjechały się razem...

– O Boże... Boże... Boże! – szepnęła, czując, że łzy cisną się jej do oczu.

Wszystkie trwogi uderzyły jej na serce. Za jej pensję płaciła nieboszczka babka, ale rodzice wydawali po trzysta rubli rocznie na edukację brata, a dziś bez mała tyle kosztuje ich Zosia, choć nieboga nawet nie uczy się w Warszawie, tylko w mieście gubernialnym. Więc skąd tu brać? Czy z tych sześciu morgów ziemi, z której połowa plonów należy do gospodarza, co ją uprawia? Czy z praktyki lekarskiej ojca? Ależ ojciec od najbogatszych pacjentów przyjmował tylko po rublu; w jego gabinecie bywali biedacy, którzy nie mogli nic płacić, a z miasta czasami przynosił garść miedziaków i dziesiątek, a czasem nic.

I czy podobna dziwić się, że w tak ciężkich warunkach matka pożyczała pieniądze od siostry Krukowskiego, a podczas choroby Madzi wzięła od niej samej trzydzieści rubli na opędzenie kosztów?

Tym sposobem wyczerpał się fundusik, który Madzia przywiozła z Warszawy, i dziś – skąd matka bierze pieniądze na jej wina, befsztyki i rosoły? Skąd! Z domowych oszczędności, bo Madzia już spostrzegła, że matka wcale nie jada mięsa, a ojciec bardzo rzadko, mówiąc, że najzdrowsze są potrawy chłopskie.

Więc dlaczegóż jej nie dadzą tych najzdrowszych pokarmów?

Cała historia pani Latter stanęła jej w pamięci. Tam także był brak stopniowo rosnący; tam także trzeba było zaciągać długi – na dzieci!

Ach, ten wieczór, kiedy pani Latter błagała Madzię o ułatwienie ucieczki... A ten jej niepokój, wyrazy bez związku, obłąkane oczy... I nazajutrz taka okropna śmierć... Śmierć za to, że kochała dzieci!

Madzię ogarnęła rozpacz. Jeżeli taki był koniec życia kobiety mającej tylko dwoje dzieci, której majątek ceniono na dziesiątki tysięcy rubli, co może się stać z jej rodzicami, którzy mają dzieci aż troje i żadnego majątku?

Zacisnęła splecione ręce jak bezbronny człowiek, na którego spada cios, podniosła oczy w górę i przez łzy zobaczyła w wielkim ołtarzu obraz Matki Boskiej, malowany ciemnymi farbami, w srebrnej koronie.

– Ratuj mnie... Oświeć mnie, Przenajświętsza Panno... – szepnęła Madzia, z ledwością powstrzymując się od łkań.

I nagle stała się rzecz niemożliwa dla mędrców, a zwyczajna dla dusz prostych. Przenajświętsza, która patrzyła dotychczas na siermiężny tłum klęczący u Jej ołtarza, spojrzała na bok i głębokie jak nieskończoność Jej oczy przez chwilę spoczęły na Madzi. Potem znowu zwróciły się na tłum ludzi.

Madzia skamieniała.

„Czy rozum tracę?" – przebiegło jej przez głowę.

A jednak nie mogła wątpić, że bolesny okrzyk jej serca usłyszano w królestwie wiekuistego spokoju. Na modlitwę odpowiedziało stamtąd jakieś echo i w duszy Madzi po wybuchu rozpaczy zapanowało ukojenie.

„Już dam sobie radę" – pomyślała, czując otuchę, choć jeszcze nie widziała rady.

W tej chwili doktorowa szepnęła coś do stojącego wciąż obok ławki Miętlewicza. Interesujący młody człowiek skinął głową, podniósł wysoko glansowany cylinder i z trudem zaczął przeciskać się przez tłum w stronę Madzi. Na nieszczęście manewr ten spostrzegł pan Krukowski, który od dawna miał baczne oko i na ławkę doktorowej, i na postępki jej cylindrowego sąsiada. A ponieważ stał bliżej kaplicy, więc w paru susach znalazł się przy Madzi, szepcząc:

– Mama prosi panią do siebie...

Madzia podniosła się z klęczek, elegancki pan Krukowski podał jej rękę i zaprowadził do matki, robiąc półokrąg, jak gdyby zajeżdżał czterokonną karetą. Potem, usadziwszy pannę przy rodzicach, stanął skromnie obok niej ze zwiniętym w trąbkę kapeluszem panama.

Osłupiały Miętlewicz zatrzymał się na środku kościoła. Nie stracił ani jednego z okrągłych ruchów antagonisty. Widział, jak pan Krukowski podaje rękę Madzi (co jemu samemu nigdy by na myśl nie przyszło), widział, jak lewym łokciem odsuwa tłum, jak na każdym kroku troszczy się o nią (zapominając, że jest przecież w kościele), jak odsadza się ciałem, a pochyla ku niej głową...

Wszystko to widział i jeszcze domyślał się, że pan Krukowski dlatego robi tak wyrafinowanie skromną minkę, żeby zbagatelizować jego, pana Miętlewicza, który przecież wszystko sobie samemu zawdzięczał!

Gdyby uczucia pana Miętlewicza dały się w owej chwili zamienić na dynamit, kościół w Iksinowie, okalające go budynki, a może część rynku należałyby dziś do wspomnień. Nie mogąc jednak zetrzeć na atomy pana Krukowskiego, Miętlewicz zdecydował się wbić mu w serce nóż – moralny. Zaczął więc znowu przeciskać się przez tłum w stronę kaplicy, zbliżył się do ławki podsędków i – odwróciwszy się tyłem do Krukowskiego, zaczął żywą rozmowę z panną Eufemią.

Krukowski obok Madzi zachowywał się tak, jak gdyby go nic nie obchodził ani Miętlewicz, ani jego śmiały atak na pannę Eufemię. Natomiast postępowanie Miętlewicza zaniepokoiło młodego blondyna z grzywką, w pocztowym uniformie. Przetarł oczy, rozsunął grzywkę nad czołem, jakby nie dowierzając nie tylko swoim zmysłom, lecz i wnioskującym zdolnościom. Ale gdy spostrzegł, że Miętlewicz coraz poufalej rozmawia i coraz czulej spogląda na pannę Eufemię, i gdy jeszcze zauważył na jej cudnym obliczu odcień zadowolenia, roześmiał się gorzko i z gwałtownymi ruchami opuścił świątynię.

Wszystkich tych z szybkością błyskawicy następujących po sobie wypadków Madzia nie dostrzegła, pogrążona w wizji, wobec której zniknął dla niej świat rzeczywisty. Nie słyszała, że na chórze skutkiem niepojętej omyłki głosy męskie zaczęły inną pieśń, a głosy żeńskie inną, co wywołało taki zamęt, że organista chwycił się za głowę, pobożni zaczęli spoglądać na chór i nawet obejrzał się zgorszony proboszcz. Nie widziała, że major nagle wyskoczył z ławki, że dziadek w czerwonej pelerynce obudził podsędka i że przy wielkim ołtarzu ukazał się baldachim w formie parasola, który niósł rejent, staruszek mający długi nos, wiecznie zdziwione usta i nadzwyczajnie wysokie kołnierzyki, podwiązane kolosalnym białym halsztukiem. Dzięki temu halsztukowi, dymom kadzidła i oświetleniu, które z okna padało mu na twarz, rejent chwilami wyglądał jak cherubin mający bardzo podeszłe lata i bardzo małe skrzydła. Przynajmniej takie wrażenie robił na pani rejentowej, która zawsze wpadała w ekstazę, ile razy jej mąż dźwigał nad celebrantem baldachim, ukazując zdziwioną twarz to z jednej, to z drugiej strony pozłoconego drążka.

Proboszcz zdjął z ołtarza monstrancję i otoczony niebieskimi obłokami kadzidła zaintonował:

U drzwi Twoich stoję, Panie...
U drzwi Twoich stoję, Panie...

– powtórzył ogromny głos ludu. Fala tłumu zakołysała się między wielkim ołtarzem i chórem i zaczęła bić w drzwi, cofając się i posuwając naprzód. Na chwilę zrobiło się pusto przed ołtarzem i znowu napłynęła powódź ludzka; znowu pusto i fala, uderzywszy w ściany boczne, zalała stopnie ołtarza. Znowu pusto na środku kościoła, gdzie ukazał się proboszcz podtrzymywany przez majora i podsędka, i znowu tłum zalał wolne miejsca, gromadząc się poza celebrantem i towarzyszącymi mu starcami.

Niekiedy zdawało się, że rozkołysana ciżba jest rzeczywistą falą, która kurczy się i cofa wobec złotej monstrancji, jak przed wiekami pod Chrystusową stopą uciszało się burzliwe jezioro.

Madzia z matką przyłączyły się do procesji. Posunęły się kilka kroków naprzód i tłum odrzucił je parę kroków w tył, wciąż posuwając się i cofając w takt pieśni i bijących dzwonów.

W tej chwili Madzia usłyszała obok głos dziecięcy:

– Śmigaj, Antek!

– Rrru! – odpowiedział drugi i z głową pochyloną jak do bodzenia rzucił się w najgęstszy tłum, a za nim jego kolega, rozpychając ludzi rękami jak żaba, która daje nurka.

– Rrru! – odezwał się nieco dalej trzeci głos i znowu ludzie zaczęli się oddalać od siebie, jakby ich ktoś mocno potrącał.

– A, łajdaki, Boże odpuść, antychrysty potępione! – odezwała się półgłosem jakaś babina. – Żeby też nikt nad bestialstwem nie miał dozoru...

Madzi nagle stanęła w pamięci nieprzeliczona gromada dzieciaków. Był między nimi ten zapłakany, który rzucał kamyki do ich ogrodu, i ci, którzy biegli za wózkiem siostry pana Krukowskiego, i ci, co podziwiali cylinder pana Miętlewicza. I jeszcze owi, których co dzień można było widywać na gałęziach drzew lub na szczytach parkanów, i tacy, którzy tarzali się w ulicznym piasku, brodzili po wodzie z zawiniętymi do kolan majtkami albo w czasie ulewnego deszczu wystawali pod rynną, bijąc się o lepsze miejsce.

Wszystko to były dzieciaki zaniedbane i Madzi błysnęła myśl: „Założę tu szkołę elementarną!".

Gorąco oblało ją z radości.

„Mogę zebrać co najmniej setkę dzieci... – mówiła do siebie. – Gdyby każde płaciło choć po rublu na miesiąc, miałabym sto rubli miesięcznie... Całe utrzymanie! I jeszcze mogłabym pomagać mamie, a Zosię wysłać do Warszawy... O, dziękuję Ci, Matko Boska, bo Ty mnie natchnęłaś...".

– Co tobie, Madziu? – szepnęła, patrząc na nią, matka.

– Mnie?

– Jesteś taka rozpromieniona...

– Modliłam się.

Matka chciała ją pochwalić, lecz w tej chwili spostrzegła eksparalityczkę, którą prowadził z jednej strony doktor, z drugiej pan Krukowski.

„Ach – pomyślała doktorowa – widocznie podobał jej się pan Ludwik i nie umie biedactwo tego ukryć... Starszy wprawdzie od niej – westchnęła – ale dobrze wychowany i majętny... Niech się dzieje wola boska! Nie będę ani przymuszać, ani bronić...".

Teraz przyszła Madzi uwaga, że jednakże ona sama stu dzieci uczyć nie może. W takim razie musi poprzestać tylko na pięćdziesięciu rublach miesięcznie. Ale co robić z pozostałą resztą dzieciaków, które niezawodnie będą tłoczyć się do takiej szkoły?

„Wiem! – rzekła w duchu – przyjmę Femcię do spółki, boć ona, biedaczka, nieraz narzekała, że nie ma pola do pracy i jest ciężarem dla rodziców... O, dzięki Tobie, Panno Przenajświętsza, Ty mi zsyłasz takie pomysły...".

38. Serca zaczynają fermentować

Madzia się ocknęła. Stały z matką na cmentarzyku obok wielkich drzwi. Procesja wróciła do kościoła, ludzie zaczęli się rozchodzić. Pan prowizor, dwaj sekretarze, dependent rejenta i inna mniej znaczna młodzież, opierając się na laskach i parasolach, przypatrywała się pannom i szeptem robiła uwagi. Opodal stał posępny blondyn w pocztowym uniformie, czekając na kogoś.

Madzia już nie bała się tych panów, nawet nie raziły jej natrętne spojrzenia. Co ją to mogło obchodzić! Ona przecież zakłada szkółkę elementarną, chce zapewnić byt sobie i rodzicom, a tamci panowie niech patrzą, niech się z niej naigrawają.

„Jestem przecież kobietą samodzielną" – pomyślała, z wdzięcznością przypominając sobie pannę Howard, która tyle pracy wkładała w to, żeby zrobić kobiety istotami samodzielnymi.

Nadszedł ojciec, który wciąż z panem Krukowskim prowadził eksparalityczkę.

– Luciu... Doktorze... Zmiłujcie się! Czuję, że nie zrobię już ani kroku... Zupełnie straciłam władzę.

– Nie, kochana pani, musisz dojść o własnych siłach do domu – odpowiedział doktor. Z miny pana Krukowskiego było widać, że chętnie posadziłby siostrę na wózku i oddał pod opiekę służącej.

W wielkich drzwiach ukazała się rodzina podsędków, a za nimi pan Miętlewicz. Już włożył swój lśniący cylinder na głowę, lecz zobaczywszy państwa doktorów, zdjął go znowu i z gracją zaczął się do nich zbliżać.

– Panie, hej! panie, hej! – nagle zawołał do niego posępny młody człowiek w pocztowym uniformie.

– Nie mam czasu! – odparł Miętlewicz, niezadowolony ze zbyt kordialnego powitania przy tylu osobach.

– Ale ja mam czas i interes do pana – odpowiedział blondyn, chwytając Miętlewicza za rękę.

Żaden wschód, żaden zachód słońca nie był tak purpurowy jak w tej chwili oblicze pięknej Eufemii. Panna podsędkówna przybiegła do Madzi i, chwyciwszy ją pod rękę, szepnęła:

– Moja droga, idźmy dalej... Boję się awantury... Ten Cynadrowski...

I wyszły za bramę przeprowadzone melancholijnymi spojrzeniami pana Krukowskiego, który z doktorem musiał odprowadzać siostrę.

– Co się stało, Femciu? – zapytała Madzia.

– Nic... Nic... Proszę cię, mów co do mnie... – odpowiedziała podsędkówna.

– O, nawet ważną rzecz chcę ci powiedzieć – rzekła Madzia.

– I ja tobie, ale kiedy indziej... Oświadczył ci się Miętlewicz?

– Mnie? – zapytała zdumiona Madzia, zatrzymując się na rynku. – A on po co miałby mi się oświadczyć?

– Po to, żebyś za niego wyszła.

– Przeżegnaj się, Femciu! Ależ ja ani myślę iść za mąż...

– Jak to, nie wyszłabyś nawet za Krukowskiego? – rzekła panna Eufemia.

– Za nikogo – odparła Madzia tonem tak szczerym, że panna Eufemia nie mogła powstrzymać się od ucałowania jej na środku miasta.

– Więc co masz mi powiedzieć? Czy zostawiłaś kogo w Warszawie? – spytała panna Eufemia.

Madzi wystąpił na twarz delikatny rumieniec.

– Moja Femciu – odparła – daję ci słowo, że o nikim nie myślę... O nikim w świecie... – dodała. – Chcę ci tylko coś zaproponować. Ale że teraz nie mamy czasu, więc przyjdź do nas po obiedzie.

W tej chwili minął obie panny w odległości kilku kroków pan Miętlewicz, któremu towarzyszył młody człowiek w pocztowym uniformie. Zdawali się być wzburzeni i rozmawiali tak głośno, że Madzia usłyszała kilka wyrazów:

– Więc mówisz, że nie? – pytał młody człowiek.

– Ależ, jak Pana Boga kocham, tak nie! – odpowiedział Miętlewicz.

Panna Eufemia zamyśliła się. Potem roześmiała się nienaturalnym głosem i prędko rzekła do Madzi:

– Odpowiedz: tak czy nie?

– O czym mówisz? – zdziwiła się Madzia.

– Tak czy nie? – nalegała panna Eufemia, niecierpliwie tupiąc drobną nóżką.

– Więc: nie – odparła Madzia.

– Tak i ja sądzę – rzekła panna Eufemia. – Podli są mężczyźni! Z wyjątkiem ludzi zajmujących bardzo skromne stanowiska – dodała z lekkim westchnieniem.

– No, ale bądź zdrowa!

Madzia nie mogła wyjść z podziwu. A ponieważ w tej chwili jej myśli były pochłonięte projektem szkoły elementarnej, więc zapomniała o dziwnym zachowywaniu się panny Eufemii, nawet o niej samej.

Około godziny trzeciej, na ulicy, przy której stał dom doktora, z dwóch przeciwległych końców spostrzegli się nawzajem dwaj panowie: Krukowski w kostiumie granatowym i Miętlewicz w jasnym. Pan Krukowski trzymał w palcach mały przedmiot zabezpieczony papierem; pan Miętlewicz niósł duży przedmiot, zawinięty w papier, pod pachą.

Obaj byli równo oddaleni od furtki doktora i obaj jednocześnie zatrzymali się na stanowiskach.

Pan Krukowski myślał:

„Zaczekam, aż wejdzie ten gbur, żebym nie musiał ustępować mu miejsca w furtce...".

Zaś pan Miętlewicz mówił do siebie:

„Czego on tam stoi, ten dubelt na cienkich nogach? Już widzę, że coś niesie, pewnie dla panny Magdaleny... Niech odda najpierw swój prezent, a potem zobaczymy, kto z nas lepszy?".

Zaczął czytać szyld nad sklepem z bułkami, później przypatrywać się felczerskim talerzom, a wreszcie odwrócił się i zniknął na zakręcie niebrukowanej ulicy.

„Boi się mnie... to dobrze!" – pomyślał pan Krukowski i z miną triumfatora wszedł przez furtkę.

Państwo Brzescy byli po obiedzie. Doktorowa odpoczywała na fotelu w saloniku, doktor w ogrodzie palił tanie cygaro, major z podsędkiem grali w altanie w szachy, a Madzia spacerowała po wszystkich pokojach, niecierpliwie oczekując na Femcię. Gdy przez otwarte drzwi wyjrzała do ogrodu, nagle stanął przed nią Krukowski i z pełnym elegancji ukłonem podał niewielki bukiecik róż. Było kilka białych, dwie herbaciane, jedna żółta i jedna amarantowa.

– Siostra moja – rzekł, robiąc wdzięczne ruchy nogami i krzyżem – ośmiela się złożyć pani te kwiaty.

Złotawa twarz Madzi pokryła się rumieńcem. Dziewczyna była tak uszczęśliwiona bukiecikiem i tak zmieszana pokorą ofiarodawcy, że omal nie zapomniała wyszeptać:

– Dziękuję...

A w duszy rzekła:

„Jaki on nieśmiały... Jaki delikatny...".

I serce jej poczęło szybciej bić dla pana Krukowskiego.

Doktorowa przyniosła szklankę wody i pomogła Madzi ustawić bukiecik na honorowym miejscu w saloniku. Gdy zaś matka odeszła, a pan Krukowski został sam z Madzią, rzekł, czule patrząc jej w oczy:

– Jaka pani była dziś smutna w kościele!
– Ja? – odparła, znowu się rumieniąc. – Pan mnie widział?
– Miałem to szczęście, a nawet... nierównie większe: zdawało mi się, że podzielam smutek pani.
– O, nie... Owszem... Ja byłam dosyć wesoła – tłumaczyła się Madzia z obawy, żeby pan Krukowski nie odgadł jej troski o rodzinę.
– Więc może to było rozmarzenie, do którego usposabia nasz kościółek? Dusze piękne wszędzie umieją marzyć...
„Jaki on grzeczny!" – pomyślała Madzia, czując wdzięczność dla największego eleganta w Iksinowie.

W tej chwili energicznym krokiem wpadł do ogrodu spotniały pan Miętlewicz. Ujrzawszy Madzię, wydobył spod pachy duży przedmiot owinięty w papier i podając go, rzekł:
– Prawdziwy piernik toruński... Raczy pani przyjąć... to bardzo zdrowy smakołyk...

Madzia zmieszała się, ale jeszcze bardziej... sam pan Miętlewicz. Dostrzegł bowiem, że wąskie usta Krukowskiego ułożyły się do uśmiechu, a z tego domyślił się, że palnął bąka.

Trzymał w ręku nieszczęsny piernik, nie wiedząc, co z nim począć. Usta mu drżały, oko stanęło słupem, na czoło wystąpił jeszcze obfitszy pot.

„Jaki on, biedak, zakłopotany!" – pomyślała Madzia i biorąc od Miętlewicza piernik, rzekła:
– Bardzo dziękuję... Wielką zrobił mi pan niespodziankę, bo ja bardzo... to lubię...

W oku Miętlewicza błysnął triumf, a bystry obserwator, pan Krukowski, pomyślał:
„Anioł nie kobieta... Ona lub żadna!".

Pan Miętlewicz zbyt prędko odzyskał werwę, żeby nie zasypać się po raz drugi.
– Piękny mamy dzień – rzekł, usiłując nie dopuścić do rozmowy Krukowskiego. – Bardzo ładny dzień, prawda, pani?
– Rzeczywiście...

– Może byśmy się tak przeszli po ogródku... Bardzo ładnie wygląda ogródek... Służę pani – wypowiedział jednym tchem Miętlewicz ostentacyjnie podając rękę Madzi.

Tym razem Madzia otworzyła zdumione oczy, a subtelny pan Krukowski przygryzł usta.

– Oj! – mimowolnie jęknął pan Miętlewicz, odgadując, że musiał zrobić coś bardzo nie w porę. Więc stanął z wygiętym ramieniem nie wiedząc, czy je podać, czy cofnąć, a na czoło wystąpiły mu nadzwyczajnie wielkie krople potu.

– Bardzo dobrze, przejdźmy się – odpowiedziała Madzia, szybko podając mu rękę.

A w duchu rzekła:

„Biedak, nieobyty w towarzystwie... Jakie on musi męki przechodzić!".

I pełne litości serce uderzyło szybciej, tym razem dla pana Miętlewicza.

Nagle na ścieżce ogródka zaszeleściła damska suknia. To biegła panna Eufemia nieco rozgorączkowana widokiem dwóch mężczyzn, z których jeden niedawno był, a drugi powinien być jej wielbicielem.

– A, niedobra Madziu, zdradziecka! – zawołała panna Eufemia. – Obiecałaś czekać na mnie, ja mam tyle do powiedzenia, a ty spacerujesz z panem Miętlewiczem?

Panny padły sobie w objęcia, z czego korzystając, Miętlewicz usunął się od Madzi tak daleko, że już nie mogłyby mu podać ręki.

„Teraz moda chodzić pod rękę tylko w kościele, nie w ogrodzie" – myślał nieszczęśliwy, życząc Krukowskiemu, żeby na jego głowę padły wszelakie klęski.

Panny wzięły się pod ręce i zaczęły szybko chodzić, co zmusiło pana Krukowskiego do przypatrywania się szachistom, a pana Miętlewicza do naśladowania go.

39. Wspólniczka

Na końcu ogrodu pod kasztanem była ławeczka; tam panna Eufemia zaciągnęła Madzię, mówiąc:
– No, a teraz powiedz: jaki miałaś do mnie interes? Łatwo pozbyłyśmy się tych panów – dodała tonem, który nie oznaczał zadowolenia.
– Może się obrażą? – lękliwie zapytała Madzia.
– Dajże spokój! – odparła panna Eufemia, wyciągając zgrabnie obute nóżki i wachlując się liściem kasztana. – Pan Krukowski udaje dla mnie obojętnego, więc musi nas unikać, a pan Miętlewicz obawia się asystować mi w obecności tamtego.
– Oni obaj kochają się w tobie? – zapytała Madzia.
– I oni, i inni... Ten sekretarz pocztowy, co... wiesz, tak się nieładnie nazywa... szaleje z zazdrości... Nawet mówiono, że... wikary... Ale mniejsza... powiedz, o czym chciałaś... – dokończyła panna Eufemia.
– Tylko, Femciu... sekret!
– Bądź spokojna. Komuż go wreszcie powiem?
– Twojej mamie...
– Och! – westchnęła panna Eufemia w sposób, który oznaczał, że ze swoją matką nie dzieli się tajemnicami.
Madzia zamyśliła się.
– Wiesz – rzekła po chwili – otworzę tu szkółkę elementarną.
Pannie Eufemii wypadł z rąk liść kasztanu. Otworzyła oczy cudne jak niebo i jeszcze dalej wysunęła drobne nóżki.
– Ty... Madziu?
– Ja. Cóż w tym złego?

– Zlituj się... – mówiła panna Eufemia zniżając głos. – Przecież u nas jest nauczyciel elementarny i wiesz, że jego żona... sama piele w ogrodzie i... pierze bieliznę!

– Więc cóż z tego?

– Więc... pracuje jak sługa i nikt z towarzystwa nie żyje z nią.

Madzi błysnęły oczy, a na twarz wystąpił rumieniec oburzenia.

– Wiesz, Femciu, że tego nie spodziewałam się usłyszeć... Czy myślisz, że moja mama nie piele w ogrodzie, a nawet nie pierze? Sama wyprała mi szlafroczek...

– Twoja mama co innego... Ją wszyscy szanują...

– Trzeba szanować każdą kobietę, która pracuje, i jeszcze tak ciężko – mówiła Madzia z zapałem. – Przecież dzisiaj jest to dążenie wszystkich kobiet, żeby pracować... Pracować jak najciężej i nie oglądać się na pomoc rodziców czy zarobki męża...

– Więc ty chcesz iść za mąż – wtrąciła chmurnie panna Eufemia.

– Ależ nie! Przysięgam ci. Ja chcę tylko nie być ciężarem dla moich rodziców, chcę pomóc Zosi, żeby skończyła pensję w Warszawie... Zresztą, ja nie potrafiłabym siedzieć w domu, nic nie robiąc... Udławiłabym się chlebem rodziców, spaliłabym się ze wstydu... Ach, a czy mogłabym spojrzeć w oczy moim koleżankom, z których każda pracuje na siebie?

Zarumieniona panna Eufemia zaczęła całować Madzię.

– Emancypantka z ciebie! – rzekła. – O, ja dużo słyszałam o pensji pani Latter i rozumiem cię. Ja także chciałabym być kobietą samodzielną, tylko... czy można nią być na takim partykularzu?

– Przekonam cię, że można.

– O, nie myśl, że ja tu zaśniedziałam – mówiła panna Eufemia. – Ja także chciałam pracować na siebie, nawet nauczyłam się haftu. Ale cóż z tego? Kiedy powiedziałam, że będę sprzedawać moje hafty, mama dostała spazmów!

Panna Eufemia ciężko odetchnęła.

– Chciałam – ciągnęła – dawać lekcje fortepianu córeczce naczelnika powiatu... Ale mama znowu zrobiła mi scenę i od tej pory zerwaliśmy stosunki z naczelnikostwem. Spróbuj tu być emancypantką, a zobaczysz...

– Będę – odparła Madzia stanowczo.

– Czy myślisz, że i ja nią nie jestem? – mówiła panna Eufemia coraz ciszej, ale coraz goręcej. – Ja, na przykład, kiedy kłania mi się ten... sekretarz z poczty, odpowiadam mu z lekka, czego mama nawet się nie domyśla... I jeszcze ci coś powiem, ale... Madziu, to wielka tajemnica...

– Masz przecież moją.

– Wiem i wierzę ci – odparła panna Eufemia. – Więc słuchaj... Ja nie tylko jestem emancypantką, ale – radykalistką... Wiesz, co ja robię? Ja do kościoła nie chodzę z książką do nabożeństwa, tylko... czytam Pascala *Pensées sur la religion*... Kazałam je oprawić w czarną skórkę z krzyżem i złoconymi brzegami i z tym chodzę do kościoła... Rozumiesz?

Madzi zrobiło się zimno. Wszakże ona dziś, przed kilkoma godzinami, doznała opieki Matki Boskiej... Ale ponieważ między kobietami samodzielnymi spotykała już wolnomyślne (pierwsza panna Howard), więc milczała.

– Może ci się to nie podoba? – zapytała panna Eufemia, patrząc jej w oczy.

– Szanuję twoje przekonania – odparła Madzia. – Zresztą – nie mówmy o tym... Zrobię ci propozycję: załóżmy obie do spółki szkołę elementarną... Sama nie wydołam...

Panna Eufemia zawahała się.

– Moja droga... Moja Madziu – odparła – ale... co świat o tym powie?

Nagle twarz jej zajaśniała energią i zapałem.

– Owszem! – rzekła, podając Madzi rękę. – Należę do spółki... Niech się to raz skończy... Nie chcę wiecznej kontroli nad sobą... nie chcę targować się z mamą o każdy grosz wzięty na drobiazgi... O każdy ukłon oddany komuś na ulicy... Założymy pensję... Przełożone pensji bywają w towarzystwach.

– Nie szkółkę elementarną? – spytała Madzia.

– Lepiej pensyjkę dla panienek z lepszych domów... Zbierze ich się sporo... I nawet powiem ci: od jutra zacznijmy szukać lokalu... Będziemy mieszkały przy pensji, bo ja nie wytrzymam w domu.

– Tak... Lokal najpierwsza rzecz... Weźmiemy dwa obszerne pokoje...

– I dwa malutkie dla nas – dodała panna Eufemia.

– Trzeba kupić ławki takie, jak były u nas, żeby dziewczątka nie pochylały się i nie psuły oczu...

– I elegancko wytapetować całe mieszkanie – wtrąciła panna Eufemia. – Miętlewicz dostarczy...

– Dwie tablice... dwie katedry... Aha, najważniejsza rzecz: rysunki i okazy do metody poglądowej...

– Mebelki do mego pokoju mam bardzo ładne – mówiła panna Eufemia.

– A i jeszcze zapomniałam najważniejszej rzeczy: muszę wziąć pozwolenie od dyrekcji.

– Doskonale! Awantura będzie z mamą okropna, ale raz się to wszystko złamie. Przy tym jestem pewna, że ojciec mnie poprze – zakończyła panna Eufemia, ściskając Madzię. – Niech żyje emancypacja, prawda? – szepnęła jej do ucha.

W tej chwili panny usłyszały szelest za parkanem, jakby ktoś przedzierał się przez krzaki. Zalękniona Madzia obejrzała się i przez szczelinę między deskami zobaczyła błyszczące oko.

– Tam ktoś jest... – szepnęła panna Eufemia, wieszając się u ramienia Madzi.

– Pewnie chłopcy, co kamieniami rzucają...

– Nie, proszę pani – odezwał się stłumiony głos zza parkanu. – Są dwa listy do panny Magdaleny i... i jeden do panny Eufemii – dodał głos, w którym czuć było drżenie.

Przez szczelinę parkanu wysunęły się dwa listy.

– Cynadrowski! – szepnęła panna Eufemia do ucha Madzi, blednąc i się rumieniąc.

– Ten... oddam tylko pannie Eufemii – mówił głos zza parkanu.

Panna Eufemia gorączkowo chwyciła trzeci list.

– Co za szaleństwo – rzekła – pan mnie zgubisz!

– Niech mi pani przebaczy, ale – jestem bardzo nieszczęśliwy... – odparł głos. – Już odchodzę...

Obie panny, blade, drżały jak w febrze.

– Czy ktoś nie widział z altanki? – odezwała się panna Eufemia.

– Klomb zasłania... – odparła Madzia. – Ale cóż to za dziwny człowiek!

– Skąd ten list do mnie? – mówiła panna Eufemia. – Marka jest... pieczątka... Boże! jak ja muszę być zmieniona... Gdyby teraz przyszła mama, wszystko by się wydało.

– Idźmy stąd – rzekła Madzia.

Podała rękę pannie Eufemii i chyłkiem wzdłuż parkanów, okrążywszy dom, wprowadziła ją do swego pokoiku. Ponieważ w altanie major strasznie krzyczał, domagając się poprawki i twierdząc, że nie miał zamiaru brać wieży, Madzia była pewna, iż nowy rodzaj komunikacji pocztowej nie był przez nikogo dostrzeżony.

To bardziej uspokoiło pannę Eufemię niż woda sodowa. Stanęła przed lustrem, wyjęła z kieszeni miniaturowe pudełeczko pudru i złagodziła zbyt żywe rumieńce.

– Ale co za list? – mówiła, rozdzierając kopertę. – Podpisu nie ma...

– Jestem pewna, że on sam pisał – rzekła Madzia, patrząc na list przez ramię panny Eufemii, która zaczęła cicho czytać i robić półgłosem uwagi.

„Bóstwo moje nadziemskie...". Cóż to znowu? „Błąd czepia mi się głowy, nie jem, nie śpię, zaniedbuję moje obowiązki, a w nocy przewracam się po łóżku jak Tantal!". Także mitologia! „Bo mówi mi jakiś głos wewnętrzny, że nie jestem Ci, pani, obojętny, czego miałem niejednokrotnie dowody...". Ależ to głupiec! Dowody miał? „Zerwałaś, niebiańska Istoto...". Co za poufałość! „z Krukowskim, a spotkawszy mnie w rynku, słodkie spojrzenie Twe było dla mnie obrazem Twoich namiętnych uczuć...".

– A, tego już za wiele! – wybuchnęła panna Eufemia, mnąc list.

– Ale czytaj dalej, jak już zaczęłaś.

„Jeżeli więc teraz odwraca się ode mnie Twe oblicze, które jest dla mnie Niebem, ziemią, powietrzem i Wiecznością, muszę Twoje postępowanie...". Ależ on mi ciągle mówi: ty, ten pisarczyk... „rozumieć w taki sposób, że ktoś mnie podle oczernił. Gdyby tu zjechał rewizor, sam uprawlajuszczy, nawet komisja śledcza, nie tłumaczyłbym się, bo jestem szlachcic z dziada pradziada i mam duszę dumną, nieugiętą w karku. Ale przed Tobą, Aniele...".

– Osioł! – syknęła panna Eufemia, drugi raz mnąc list. Lecz po chwili znowu zaczęła go czytać.

„Niech w ziemię wrosnę, niech mnie nagła śmierć spotka, jeżeli kiedykolwiek w życiu odlepiłem znaczek od listu, czy ona byłaby za kopiejkę, czy za dziesięć kopiejek. Może nieustannie tracąc przytomność z miłości, upadł mi jakiś list na ziemię, a Josek albo inny listonosz wymiótł ze śmieciami. Ale ja nigdy nie pokalałem w żaden sposób mego honoru, bo wiem, co jestem winien memu nazwisku i Tobie, Bóstwo empiryjskie...".

– Biedny chłopak! – wtrąciła Madzia.

– Błazen, powiedz... Jak on śmie przemawiać do mnie w podobny sposób?

– Ale jak on cię kocha...

– Kochać wolno – odparła gniewnie panna Eufemia. – To mój los, że wszyscy szaleją... Ale pisać do mnie tak poufałym tonem... Więc on naprawdę myśli, że ja zwróciłam na niego uwagę?

– Sama mówiłaś, że odpowiadasz mu na ukłony.

– Ach, tak! Raz nawet rzuciłam mu zeschły listek... Ale to jałmużna – i on tak powinien ją przyjmować...

Madzi zrobiło się trochę przykro za biedaka, który lepiej umiał kochać niż się oświadczać. Nie odpowiedziała, tylko zaczęła otwierać swoje listy.

– A, od panny Malinowskiej! – mówiła, przebiegając list oczami. – Ach, od Ady Solskiej... Jest w Zurychu... Moja złota Adziula!

– Czy to ta milionerka? – zapytała żywo zainteresowana panna Eufemia.

Zapukano do drzwi.

40. Dwaj konkurenci

Panienki, proszę na podwieczorek – odezwała się doktorowa, wchodząc. – Czy to ładnie opuszczać gości?
– Dostałam listy, mamo – odpowiedziała Madzia.
Panna Eufemia nieznacznie pociągnęła ją za rękaw.
– No, ale możesz odłożyć listy – rzekła matka – bo kawa ostygnie... Przyjechała siostra pana Ludwika...
Panny weszły do altanki, gdzie na stole otoczonym gośćmi stała kawa ze śmietanką, bułki domowego pieczenia, ser z kminkiem i kilka gatunków konfitur. Sparaliżowana siostra pana Krukowskiego przywitała się serdecznie z Madzią, chłodno z panną Eufemią i widocznie prowadząc dalej rozmowę, rzekła:
– A po co on ma brać dzierżawę czy starać się o jakąś służbę, jeżeli ma majątek? Ja pieniędzy nie zabiorę do grobu i tyle mu zostawię, że będzie mógł utrzymać żonę i wychować dzieci...
– Może siostruni podać cukier? – wtrącił pan Krukowski, który wyglądał, jak gdyby go coś dusiło.
– Więc wyślij go pani do Warszawy... Niech się chłopak rozejrzy... Odżyje... – mówił major i zatopił towarzystwo w kłębach dymu olbrzymiej fajki.
– Ślicznie dziękuję majorowi za radę – odparła eksparalityczka, odpędzając dym haftowaną chusteczką. – Pamiętam jego ostatnią wyprawę do Warszawy...
– Może siostruni nasmarować bułeczkę? – przerwał pan Ludwik, którego rysy zdradzały niepokój.
– Dziękuję ci, Luciu – odparła siostra. – Było to w roku 1866. Chciał koniecznie jechać do Warszawy, więc dałam mu dwa

tysiące złotych... W parę dni go ograli, potem chciał się odegrać – musiałam dopłacić sześć tysięcy!

– Siostruniu...

– Nie przerywaj, bo właśnie ten wypadek świadczy o twojej szlachetności. Więc kiedy po tej aferze wrócił chłopak na wieś, padł mi do nóg...

– Ależ, siostruniu! – jęknął czterdziestopięcioletni chłopak.

– Rozpłakał się jak dziecko, przysiągł, że już nigdy nie wyjedzie z domu, i... dotrzymał, panie majorze!

– Bo mu nie dajesz pieniędzy, więc siedzi – odparł major.

– A jemu co po pieniądzach? – zdziwiła się stara dama. – Brakuje mu czego?

Pan Krukowski zsiniał, ale pan Miętlewicz wydawał się mocno zadowolonym.

– Wieczna historia mężczyzn, którzy dostaną się babom w niewolę! – wybuchnął major. – Więzi chłopaka przy fartuchu od kilkunastu lat, pozbawia go energii. Lepiej daj mu co... daj mu co ciepłą ręką i niech nauczy się polegać na sobie, nie na twoim majątku...

– O, tak... Żeby zginął między wami! – zawołała dama.

– Między ludźmi nikt nie ginie... Owszem, pomogą mu otrząsnąć się z resztek tego fartucha, którym omotałaś mu głowę... – krzyczał major.

Pan Ludwik był tak bliski śmierci, a całe towarzystwo tak zmieszane, że doktor, chcąc nadać inny kierunek rozmowie, rzekł:

– Pan Miętlewicz nie miał majątku, a jednak wyrabia się własną pracą...

– I pomocą dobrych ludzi – odparł Miętlewicz, całując w ramię doktora. – Tak, ludzie zrobili mnie tym, czym jestem! Czcigodny pan doktor zawsze mi mówił: weź się do pracy, bo przy tym przepisywaniu w powiecie zgłupiejesz do reszty!

– Niewiele już zostało – mruknął major, przepychając ze złością fajkę drutem.

— Miałeś pan zdolności do handlu, więc mogłeś rzucić biuro — wtrącił podsędek.

— Zdolności mam, ani słowa — pochwycił pan Miętlewicz. — Ale obudził moje zdolności traf i dobrzy ludzie… Pamiętam — prawił wśród ogólnego milczenia — siedzę raz przy dzienniku w powiecie, aż tu wchodzi pan Bieliński i mówi do sekwestratora: „Tak mnie pan męczy, że moje bułanki sprzedałbym za czterysta rubli, byle się znalazł kupiec". Ja to słyszę… Na drugi dzień jest w biurze pan Czerniawski i mówi do pomocnika: „Dałbym sześćset rubli za bułanki Bielińskiego, tak mi się podobały…". Ja i to słyszę. Więc kiedy wyszedł, biegnę za nim i mówię: da pan dziedzic pięćset pięćdziesiąt rubli za bułanki? — On mówi: „Dam". — Na stół? — „Na stół". — Słowo? — „Słowo". Lecę więc do Eisenmana, obiecuję mu dwadzieścia rubli procentu za jeden dzień, dostaję pieniędzy i jadę do pana Bielińskiego. — Odda pan — mówię — bułanki za czterysta pięćdziesiąt rubli? — „Z Boga się począłeś, człowieku — on mówi — ale czy mnie nie oszukujesz? Bo to wy powietnicy…". Pokazałem pieniądze, pan Bieliński wziął je, oddał mi konie i dorzucił piętnaście rubli za fatygę. Dałem więc rubla furmanowi i jazda do pana Czerniawskiego. No… kupił szlachcic bułanki, ale strącił mi dziesięć rubli i dał tylko pięćset czterdzieści rubli, bo powiedział, że to pachnie geszeftem. Summa summarum — pan Bieliński zarobił trzydzieści pięć rubli, pan Czerniawski sześćdziesiąt, Eisenman dwadzieścia, a ja osiemdziesiąt pięć rubli za jeden dzień!

Potem krzywili się na mnie wszyscy, i Żyd, i panowie, ale ja już miałem o co zaczepić ręce, a kiedy zacząłem prowadzić sprawy — chodzą do mnie i Żydzi, i panowie, bo każdy wie, że dam zarobek, choć siebie nie skrzywdzę.

— Szkoda, że nie żyłeś za moich czasów — odezwał się major — zrobiłbym cię ekonomem mego batalionu. Ale za takie kupno bułanków dałbym ci czterdzieści batów, nie rubli…

— Ha, trudno! Proszę pana majora — odparł, dumnie oglądając się, pan Miętlewicz. — Dawniej były inne czasy, a teraz są inne czasy. Co kraj, to obyczaj…

I roześmiał się ze swego dowcipu.

Podwieczorek zjedzono i wypito, goście rozeszli się po ogrodzie, panna Eufemia o czymś szeptała ze swym ojcem, podsędkiem. Do osamotnionej chwilowo Madzi zbliżył się pan Krukowski i stanąwszy w kornej postawie, jakby go bardzo krzyż bolał, szepnął wzruszony:

– Jak pani musi mną pogardzać, panno Magdaleno!

Madzia zadziwiła się.

– Ja, panem? – rzekła. – Boże mój! I za co? Taki pan dobry, taki delikatny...

– Ale ten upokarzający stosunek do siostry, z którego śmieje się – nawet – pan Miętlewicz... A to protegowanie mnie przez pana majora, który czasem traktuje mnie tak lekko, że doprawdy... Lecz niech pani wejdzie w moje położenie: czy mogę żądać satysfakcji od starca albo opuścić chorą siostrę? Okropną jest ta wieczna małoletność! Ja czuję, że ludzie sądzą mnie surowo, ale cóż zrobię?

Mówił to zadyszany, łamiąc delikatne ręce i z trudnością hamując się od płaczu.

– Prawda, pani, jaki ja jestem śmieszny, niedołężny? – dodał.

Madzi łzy napłynęły do oczu. Uniesiona dziwną odwagą podała Krukowskiemu rękę i ściskając go, rzekła:

– Niech się pan uspokoi... My, kobiety, rozumiemy bohaterstwa, których świat nie uznaje...

Swoją drogą, gdyby mogła za cenę kilku lat życia wydobyć Krukowskiego z tej bohaterskiej pozycji, poświęciłaby je.

Piekło skierowało ich w stronę Miętlewicza z pręcikiem w ręku. Więc pan Krukowski jedynie miał czas wyszeptać:

– Do grobu nie zapomnę... Do grobu...

I z uczuciem pocałował Madzię w rękę.

– Panie Krukowski! siostra pana prosi – zawołał Miętlewicz.

Krukowski odszedł, rzucając Madzi bezdenne spojrzenie, a zbliżył się Miętlewicz. Wyglądał bardzo poważnie.

– Proszę pani – zaczął – czy ja naprawdę robię co nieprzyzwoitego? Bo w tej chwili major powiedział, że jestem cham...

– Ja... nic nie słyszałam – odparła zmieszana Madzia.

Miętlewicz zdawał się być szczerze zmartwiony. Usiadł na ławce obok Madzi i bijąc pręcikiem szpice swoich kamaszy, mówił:

– Ech, proszę pani, ja wiem, że jestem cham! Matka moja była sklepikarką... Nie odebrałem żadnej edukacji... więc ludzie kpią ze mnie i nazywają chamem, osobliwie szlachta. Pani myśli, że ja tego nie widzę? Oj, oj, a jak czuję! Nieraz wyciąłbym sobie kawałek ciała, żeby mieć takie słodkie i pachnące miny jak pan Krukowski... On pan z panów, ja biedak z biedaków... On ma czas wystawać przed lustrem, ja nieraz ani jeść, ani wypić nie mogę spokojnie...

Umilkł, potniał i wzdychał.

– Panno Magdaleno – rzekł patrząc na nią błagalnym wzrokiem – niech pani o mnie źle nie myśli... Ja nic od pani nie żądam, przysięgam Bogu... Pani skończyła taką pensję! Chciałbym tylko czasami spojrzeć na panią, bo kiedy spojrzę, to... robi mi się dobrze na sercu... A jeżeli kiedy obrażę panią niechcący... Eh, co tu gadać! Wolałbym złamać nogę niż panią urazić...

W tej mowie rwącej się i pełnej wybuchów dźwięczał taki szczególny ton, że Madzię żal ogarnął. Milcząc, podała Miętlewiczowi rękę i tak serdecznie spojrzała mu w oczy, że rozchmurzył się, a nawet trochę zdziwił.

Nagle matka zawołała ją do siebie.

„Biedny on, biedny, ten szlachetny prostak! – myślała Madzia, opuściwszy Miętlewicza. – Cóż bym dała, żeby go uspokoić i przekonać, że nie wszyscy ludzie zważają tylko na pozory...".

Goście zaczęli się rozchodzić. Panna Eufemia była rozstrojona, pan Krukowski rozmarzony, pan Miętlewicz poważny. W furtce major pokłócił się z podsędkiem o pogodę na następny dzień, na ulicy siostra pana Krukowskiego zaczęła krzyczeć, że wózek się przewraca... W końcu wszystko ucichło.

Madzia, zostawszy sama, zaczęła czytać listy. Panna Malinowska pisała jej, że Arnold, drugi mąż pani Latter, przeznaczył dla Heleny i Kazimierza Norskich sporo pieniędzy i że ma zamiar opuścić Amerykę, a przesiedlić się do Warszawy z żoną i synem. Wspomniała też, że stary szlachcic Mielnicki, zobaczywszy zwłoki pani Latter, dostał ataku apoplektycznego. Dziś mieszka na wsi pogrążony w apatii, a tylko od czasu do czasu wspomina o dzieciach zmarłej. Zakończyła list prośbą, żeby Madzia, jeżeli od wakacji chce być u niej damą klasową, zawiadomiła ją natychmiast, gdyż zgłasza się wiele kandydatek na tę posadę.

Madzia zdecydowała się, że nie weźmie posady u panny Malinowskiej. Po co? Wszakże otworzy tu szkółkę, która zapewni jej utrzymanie i pozwoli dopomagać rodzicom.

Ada Solska donosiła Madzi z wielkim zachwytem, że w Zurychu uczęszcza na kurs przyrodniczy, który ją bardzo zajmuje. Owszem, przekonała się, że celem jej życia może być tylko botanika i że pracując nad botaniką, znajdzie prawdziwe szczęście. Nadmieniła, że Hela Norska mieszka w jakimś włoskim klasztorze, lecz jeszcze nie jest pewna, czy zostanie zakonnicą, czy wróci do świata.

Większą część listu poświęciła Ada panu Kazimierzowi Norskiemu. Bawi on także w Zurychu i studiuje nauki społeczne. Jest to człowiek niesłychanie poważny, niesłychanie pracowity, niesłychanie genialny i ma niesłychanie wielkie zamiary. O ile ona, panna Solska, pozwala sobie odgadywać plany pana Kazimierza, chodzi mu o zupełne zreformowanie położenia kobiet. On to musi zrobić, on to zrobi przez pamięć dla swojej nieszczęśliwej i świętej matki, która straciła życie, walcząc o niezależność. Z Adą pan Kazimierz prawie nie mówi o swoich genialnych planach, tylko o botanice, którą ona mu objaśnia. Ale zamiary swoje wypowiada i w kółkach studenckich, gdzie szczególniej studentki są zachwycone. Na nieszczęście Ada na tych posiedzeniach nie bywa i nawet nie zna studentek, gdyż nie lubi opuszczać domu.

Ale o triumfach pana Kazimierza wie doskonale, ponieważ on sam jej o tym donosi.

Madzia kilka razy odczytywała list panny Solskiej, wreszcie schowała go w eleganckim pudełeczku po proszkach Zejdlitza. Była podniecona, rozmarzona, z godzinę spacerowała po ogrodzie przy gwiazdach, wreszcie – westchnęła i wróciła do swego pokoju.

Położywszy się, zobaczyła w półśnie pana Krukowskiego w granatowym i pana Miętlewicza w jasnym garniturze: tamten (zupełnie jak w rzeczywistości) miał na głowie kapelusz panamski, ten – świeży cylinder. Obaj mieli żałosne oblicza i błagali Madzię o litość.

I Madzia żałowała ich: jednego za to, że był tak delikatny, drugiego – że miał matkę sklepikarkę, a obu za to, że czuli się bardzo nieszczęśliwymi. Cóż by dała, żeby odzyskali spokój!

W miarę rosnącego w sercu Madzi współczucia obrazy obu panów coraz bardziej zbliżały się do siebie: garnitur jasny zmieszał się z granatowym, cylinder z panamą i z dwóch ludzi zrobił się jeden.

Madzia podniosła oczy na jego twarz i zobaczyła pana Kazimierza.

Ten widok tak ją przeraził, że obudziła się i długi czas nie mogła zasnąć.

41. Marzenia

Trzydniowy deszcz nadał miastu Iksinów posępną fizjognomię. Armia szarych obłoków od zachodu na wschód posuwała się tak gęsto, że ludzie mogli zapomnieć o kolorze nieba, a tak nisko, iż niektóre zdawały się rozdzierać o wieżyczki kościelne albo plątać między gałęźmi starych lip i kasztanów.

Major włożył długie buty i burkę, w której wyglądał jak szyldwach w budce; podsędek prawie nie ukazywał się spod parasola i tylko poznawano go po spodniach zawiniętych powyżej kostek; pan Miętlewicz ubrał się w gumowy płaszcz i głębokie kalosze, których wymiary stanowiły rażącą dysproporcję z małością miasteczka.

Na szczęście nikt go nie widział; towarzystwo siedziało w domu, żadna bowiem wykwintniejsza kobieta nie mogła przejść ulicy, na której boki kapało ze wszystkich dachów, a środkiem ciekło coś podobnego do czekolady gęstej jak powidła. Tylko w rynku zamiast błota lśniły się w kilku miejscach rozległe kałuże, po których małe chłopaki pływały w nieckach i baliach, ożywiając ponure miasto śmiechem i okrzykami.

Ponieważ pana Krukowskiego, siostra zaklęła na swoje przywiązanie, żeby się nie narażał, więc i on siedział w domu, zabijając nudy tym sposobem, że w dzień wyglądał przez okno, a wieczór pozwalał się ogrodnikowi wycierać mrówczanym spirytusem. Siostra wytłumaczyła mu, że ma reumatyzm, o co zresztą nie spierał się pan Krukowski czując lekkie darcie w nogach i tępe bóle w krzyżu. Myśli jego błądziły około domu doktora, gdzie Madzia, zamknięta w swym pokoiku, przeglądała kursy pensjonarskie albo pisała coś na arkuszach i darła.

A ponieważ pan Krukowski w żaden sposób nie mógł odgadnąć, co robi Madzia, więc strudzona jego imaginacja przeniosła się w inny koniec miasta, gdzie mieszkali podsędkowie. Tam wiedział, czym się zajmują: pan niezawodnie wymyka się z domu na partyjkę, pani śpi, a piękna Eufemia albo czyta popularne wydanie Comte'a i Darwina, albo gra na fortepianie.

I z gorzkim uśmiechem przypomniał sobie pan Ludwik te tak niedawne czasy, kiedy on grał na skrzypcach, panna Eufemia wtórowała mu na fortepianie, a pani sędzina nie kazała wnosić światła do pokoju, mówiąc, że najlepiej lubi muzykę w półzmroku.

Gdzie ta muzyka! Te zmroki! Te uczucia! I nie ma czego żałować: Madzia bowiem jest tysiąc razy ponętniejsza od panny Eufemii, która w dodatku okazała się kokietką... Czy nie widział jej spojrzeń rzucanych na Miętlewicza, a nawet na Cynadrowskiego?

– O, serce kobiety! – szepnął pan Ludwik.

Wstał od okna, otworzył mahoniowe pudło ze skrzypcami i spod haftowanej kołderki wydobył instrument. Wytarł smyczek kalafonią, brzęknął na strunach, pokręcił klucze i w chwilę później spod delikatnych palców rozległy się dźwięki barkaroli.

Grał i grał, wysuwając to jedną, to drugą nogę, wstrząsając lewą dłonią i głową, zapatrzony w kąt pokoju nad szafą, rozmarzony. Nagle cicho otworzyły się drzwi i w progu stanęła siostra. Pan Ludwik zamilkł...

– Przeszkadzam ci? – spytała paralityczka, opierając się na lasce. – Jak ty już dawno nie grałeś! Od czasu tych tam duetów z z z... panną podsędkówną... Dziwię się tylko, że na pierwszy raz wybrałeś tę właśnie barkarolę... Czybyś znowu przypomniał sobie?

– Ach, co też siostrunia mówi? – oburzył się pan Ludwik. – To... jest... jakby mimowolne pożegnanie... z dawnymi marzeniami, które dziś mnie samego dziwią.

– Więc zagraj teraz powitanie – rzekła siostra. – Tylko proszę cię, niech to będzie ostatnie powitanie – dodała poważnie – bo już nie jesteś tak młody. Pamiętaj, jeżeli się w tym roku nie ożenisz, znać cię nie chcę... To nawet niezdrowo...

– Ach, siostruniu... – przerwał pan Ludwik.

Znowu stanął w klasycznej pozie, potrząsnął głową, wysunął nogę, uderzył smyczkiem w struny i tym razem popłynęła melodia:

> Gdyby rannym słonkiem
> Wzlecieć mi skowronkiem...

– Tak... tak! – mówiła siostra. – Madzia to skowronek... Ale, mój Luciu – rzekła po chwili – jak skończysz, to jeszcze zagraj sobie jakiś kawałek, a potem... daj spokój. Mnie trochę głowa boli, a i tobie na nerwy niedobrze działa muzyka...

Wyszła, stukając laską, i niebawem zaczęła robić wymówki służącej.

„Boże! Boże! – myślał zrozpaczony pan Ludwik, chowając skrzypce. – Co bym dał za to, gdyby moja siostra choć przez kwadrans wytrwała w jednakowym usposobieniu. Sama zakazała mi grać na skrzypcach, sama pochwaliła mnie, że na nowo grać zacząłem, i w jednej chwili znowu nie pozwala mi denerwować się skrzypcami... Boże! Boże!".

Wreszcie do zatopionego miasteczka wróciła pogoda i ulice o tyle podeschły, że już mogły na nich pokazywać się damy z towarzystwa, wysoko unosząc sukienki.

Wyszła i Madzia z domu; najpierw oddała listy na pocztę, następnie poszła do domu podsędków.

– O nieba! – zawołała podsędkowa, okrągłym ruchem załamując ręce. – Ależ Femcia od pół godziny opuściła nas, mówiąc, że idzie do ciebie... Czy nie zdarzyło się jakie nieszczęście?

Madzia z trudnością wytłumaczyła pani podsędkowej, że zapewne minęły się z Femcią w drodze i że niezawodnie Femcia czeka na nią w ich domu. Podsędkowa jednak nie prędzej uspokoiła się, aż Madzia przyrzekła, że sama odprowadzi pannę Eufemię na łono stroskanej matki.

– Bo widzisz, deroga Madziu – rzekła na pożegnanie podsędkowa – młode dziewczę jest jak delikatny kewiatek: lada silniejszy powiew wiatru może ją uszkodzić, a cóż dopiero złe języki... Dlatego zawsze na klęczkach bełagam Femcię, żeby sama nie wychodziła do miasta... Z jej pięknością, z jej pozycją towarzyską... Bądź zderowa, najdroższe dziecię!

Panna Eufemia istotnie była w domu Madzi, lecz, chcąc prędzej się z nią spotkać, wyszła naprzeciw. Następnie zapragnęła odetchnąć świeżym powietrzem, dzięki czemu Madzia spotkała ją na drodze od poczty do rynku. Zapewne przypadkiem przed pocztą znalazł się i pan Cynadrowski, bez czapki. Jedną rękę trzymał w kieszeni, drugą położył na sercu i z wyrazem niemego zachwytu spoglądał na piękną Eufemię, która z obawy przed mogącym trafić się błotem odsłoniła cudne nóżki ozdobione bardzo wysokimi węgierskimi bucikami.

Panny przywitały się serdecznie i zaczęły mówić obie razem:

– Wiesz, zamówiłam u Miętlewicza tapety do naszej pensji...

– A ja wysłałam prośbę do dyrekcji.

– Pocztą? Trzeba było pójść ze mną, to ten pan... sekretarz prędzej by wyekspediował.

– Byłaś na poczcie? – spytała mimo woli Madzia, szybko dodając: – Ach, Boże, powiedziałaś Miętlewiczowi o tapetach...

– Ale zaklęłam go, żeby nie wspominał nikomu ani słowa. Zresztą on pomyśli, że ja chcę ojcu zrobić prezent na imieniny. Gdzież pójdziemy: do mnie czy do ciebie? – zapytała panna Eufemia, zwracając się ku domowi doktora.

– Pójdziemy do nas – odpowiedziała Madzia – ale najpierw, wiesz co? Wstąpimy do jednego stolarza, którego tatko leczy, i dowiemy się: ile będą kosztować ławki do naszej szkoły?

– Ach, tak... Owszem... No, to idźmy do stolarza, choć ostrzegam cię, że na bocznych ulicach musi być straszne błoto –

mówiła panna Eufemia, patrząc w ulicę, którą zwykle wydostawał się na miasto pan Krukowski. A po chwili tonem lodowatej obojętności dodała: – Cóż, nie był u was Krukowski?

– Nie.

– Aha! Ojciec mówił, że pan Ludwik onegdaj cały dzień grał na skrzypcach tę barkarolę, którą dawniej oboje grywaliśmy. Przypomniały mu się piękne czasy...

– On się w tobie kochał? – spytała Madzia, upatrując suchych miejsc na błotnistej uliczce.

– Czy się kochał! – odparła panna Eufemia. – Po prostu szalał, jak zresztą wszyscy... Ale że jest kapryśnik i lubi zwracać się do każdej nowej buzi, więc wzięłam go na próbę...

Madzi przyszło na myśl, że panna Eufemia niezbyt dokładnie określa swój stosunek do Krukowskiego, i zrobiło jej się przykro za przyjaciółkę. Lecz nie chcąc jej posądzać, postanowiła zapomnieć o tym, co słyszała. Przyszło jej to bez trudu, droga bowiem robiła się coraz błotnistsza, a panna Eufemia odezwała się:

– Moja kochana, my tu nie przejdziemy...

– O, widzisz, już jest domek stolarza... Przejdziemy przez to podwórko... – odparła Madzia, wbiegając za furtkę, która wisiała tylko na jednym haku.

– Boże! Madziu, co robisz? – zawołała panna Eufemia. – Ależ choćbym miała zostać przełożoną największej pensji, jeszcze nie poszłabym do niej po takich dziurach...

Domek stolarza był stary, porośnięty mchem na dachu, odrapany i tak zapadły w ziemię, że z ulicy można było wejść do wnętrza przez okno, nie bardzo podnosząc nogę. W izbie rozlegał się rytmiczny chrzęst piły, stukanie młotka i jękliwy głos ośmioletniej dziewczynki, która huśtała na rękach kilkuletniego braciszka.

Na podwórzu, zawalonym deskami i zasypanym mokrymi trocinami, przy małej studzience z żurawiem, stał stolarz i rozmawiał z Żydkiem, którego chałat odznaczał się wypłowiałą barwą na grzbiecie, ciemniejszą na piersiach, a u dołu był zabłocony.

Przez otwarte okno widać było świeżą trumnę, w którą wbijał kołki mizerny chłopak, mający dużo wiórków we włosach.

Madzia wzdrygnęła się, panna Eufemia zasłoniła chustką cudnej piękności nosek. Żydek i stolarz, odwróceni od panien, rozmawiali:

– ...Oddam panu Gwizdalskiemu osiem złotych, a sam wezmę resztę – mówił Żydek. – I tak będzie najlepiej, bo jeżeli pan Gwizdalski odbierze pieniądze, to ja nie zobaczę ani grosza.

– Kiedyż tak nie idzie – odparł stolarz. – Powiedz pan sam: do czego podobne, żeby starozakonny odnosił trumnę katolicką? Przecież ja bym rozgrzeszenia nie dostał.

– A za moje pieniądze dostanie pan Gwizdalski rozgrzeszenie?

– Ech! Już pan odebrał swoje pieniądze ze dwa razy... – mruknął stolarz, plując za koryto.

– Dzień dobry, panie stolarzu! – zawołała Madzia.

Teraz konferujący spostrzegli obie panienki i przerwali rozmowę; Żydek zniknął w sieni domu, a stolarz zbliżył się do płotu. Poza brudną koszulą majstra widać było skrzywioną i zaklęśniętą klatkę piersiową, a na rękach rozdęte żyły.

– Przyszłyśmy się zapytać pana – mówiła Madzia – co by kosztowały ławki szkolne? Wie pan, takie ławki, przy których siedzą dzieci w szkole...

– Wiem. Pulpit do pisania, a przed nim ławeczka.

– Właśnie. I jeszcze muszą być pomalowane na czarno albo na żółto, jak pan zechce... I ile może kosztować taka ławka dla czworga dzieci – mówiła Madzia.

Stolarz zamyślił się.

– Czy ja wiem – odparł spuszczając głowę. – Z piętnaście rubli.

– Jezus... Maria! Panie stolarzu – zawołała Madzia. – Więc za dwadzieścia pięć ławek musiałybyśmy zapłacić blisko czterysta rubli.

– Dwadzieścia pięć... – powtórzył stolarz i zaczął wichrzyć sobie włosy. – Czy ja wiem? To może wypadnie po dziesięć rubli sztuka...

– Ależ, Madziu, nie ma co mówić z tym panem – wtrąciła niecierpliwie panna Eufemia. – Pójdziemy do Holtzmachera i zrobi nam...

– Do Żyda? – spytał stolarz, patrząc na nią zapadłymi oczami. – On i tak potrafi zarobić... No, jeżeli dwadzieścia pięć ławek, to po... po pięć rubli... Taniej nie wezmę...

Panny spojrzały na siebie, wymieniły kilka słów po francusku i odeszły zapowiadając, że tu wrócą, skoro się namyślą. Stolarz ciężko oparł się o płot i patrzył za nimi, a z sieni wychylił głowę Żydek, widocznie pragnąc skończyć rozmowę. Zaczął ją jednak od słów:

– Nu, nu... panna doktorówna i panna sędzianka chcą ławek... Na co im to? Nie mówiły panu Gwizdalskiemu?

– Co za szachraje ci nasi rzemieślnicy! – biadała panna Eufemia, znowu ukazując węgierskie buciki. – Dopiero co chciał piętnaście rubli, potem dziesięć, wreszcie pięć... Miał zamiar nas oszukać... zaraz, na ile to? na dwieście pięćdziesiąt rubli! O, dobrze ojciec mówi, że nasi rzemieślnicy... Patrz, Madziu, idzie ten od rejenta...

Ten od rejenta pięknie się ukłonił i aż stanął na ulicy, żeby kontemplować węgierskie buciki panny Eufemii.

– Biedny człowiek ten stolarz! – odparła Madzia. – On tak z biedy mówi, sam nie wie co... Wiesz, Femciu, ławki odłóżmy na później, a teraz zobaczmy lokal... Podobno w starej oberży są dwa ogromne pokoje...

– A, moja droga, to już nie dzisiaj – odpowiedziała stanowczym głosem panna Eufemia. – Umarłabym, gdyby mi przyszło dłużej oglądać takie brudy...

– Panie z przechadzki? – odezwał się pan Miętlewicz, wyszedłszy nagle spoza rogu domu Eisenmana, najznakomitszego kupca towarów kolonialnych, żelaznych i łokciowych w Iksinowie.

– Niech pan powie, z dantejskiego piekła! – zawołała panna Eufemia. – Co za okropne błoto... Co za straszni ludzie... Niech no mi pan poda rękę... Ach, nie tak! tylko końce palców, żebym mogła przejść... Idź naprzód, Madziu, a pan będzie nam pokazywał drogę, bo... ach... ach... panie Miętlewicz, proszę mnie trzymać!

I coraz dokładniej ukazując buciki, piękna Eufemia podała panu Miętlewiczowi koniec rączki jak w menuecie. Niekiedy się chwiała, zresztą na najrówniejszym miejscu, a pan Miętlewicz płonął z rozkoszy, czując na swoich grubych palcach uścisk jej paluszków.

Weszli na rynek, a jednocześnie wybiegł z apteki pan Krukowski i powiewając jasnym kapeluszem, wołał z daleka:

– Witam panie! Co za szczęśliwy traf!

– Aaa... nie spodziewałam się, że pan jest tak niegrzeczny, panie Miętlewicz. Niech pan poda rękę Madzi... Widzi pan, jaką ona złą drogę wybrała – rzekła panna Eufemia półgłosem.

I musiała doznać uczucia triumfu, przekonawszy się, z jakim pośpiechem rozkaz jej został wykonany. Pan Miętlewicz bowiem w okamgnieniu stanął przy Madzi i z równą umiejętnością jak poświęceniem zaczął przeprowadzać ją po kamykach na drugą stronę wielkiej kałuży.

– Panie Krukowski, niechże pan przeprowadzi pannę Eufemię! – rzekł Miętlewicz do pana Ludwika, który, jakby zdziwiony, zbliżył się do podsędkówny.

– Może panu zrobi to kłopot? – rzekła, rumieniąc się, cudna Eufemia. – W takim razie obejdę naokoło albo poproszę pana Miętlewicza...

– O, pani! – szepnął wykwintny kawaler i z wdziękiem dotknąwszy kapelusza, zaczął pannę Eufemię przeprowadzać po kamykach.

Jeżeli pan Krukowski wątpił o nikczemności męskiego serca, to podczas krótkiej przeprawy mógł sprawdzić, że serce męskie jest nikczemne. Opuścił aptekę dla Madzi, biegł przez rynek za Madzią i był pewny, że ją przeprowadzi przez kałużę.

Dużo wycierpiał, zobaczywszy, że Miętlewicz podaje rękę jego ubóstwianej i z niechęcią zbliżył się do panny Eufemii, która już od sześciu tygodni była mu całkiem obojętną.

A jednak – gdy machinalnie spojrzał na węgierskie buciki panny Eufemii, gdy zobaczył skraj rurkowanej spódniczki, gdy trwożne dziewczę kilka razy w ciągu przeprawy mimowolnie ścisnęło go za rękę, pan Krukowski... oddał uścisk za uścisk... Owszem, przy każdym kamyku sam już zaczął ściskać pannę Eufemię, czując, że opanowuje go coraz większa tkliwość na widok jej bucików i śnieżnej białości falbanek.

Prawda, że gdy oboje znaleźli się na stalszym gruncie, w panu Krukowskim zakipiał gniew na Miętlewicza, który bardzo poufale rozmawiał z Madzią. Niemniej jednak, aż do domu doktora asystował pannie Eufemii, podziwiał cudne rumieńce i topniał pod jej wejrzeniami.

Toteż nie dziw, że gdy obie panienki wbiegły razem na ganek, nieco wyprzedzając swoich asystentów, panna Eufemia szepnęła Madzi:

– Pogodziliśmy się z Krukowskim...

– Ach, dzięki Bogu! – zawołała Madzia tonem tak szczerej radości, że panna Eufemia najpierw spojrzała na nią z niedowierzaniem, a następnie – rzuciła jej się na szyję, mówiąc:

– Jakaś ty dobra, jakaś ty kochana, Madziu! Nie dziwię się, że Miętlewicz za tobą szaleje.

42. Pokój w oberży

W parę dni Madzia, nie mogąc namówić panny Eufemii do obejrzenia lokalu na szkołę, sama poszła do starej oberży. Był to długi budynek pod dachówką, murowany, składający się ze stajni i pewnej liczby izb; w stajniach można było umieścić kilkadziesiąt koni, a w każdej izbie wydawać wieczory tańcujące na kilkanaście osób. Kiedyś musiało tu bywać ludno i wesoło; dziś było pusto, zatrzymywali się bowiem w starej oberży tylko najubożsi podróżni, a i to rzadko.

W ogromnej stajni bez żłobów i drabin, lecz pełnej dziur w dachu, Madzia zobaczyła najpierw kurę rozgrzebującą garstkę śmieci, potem żółtego psa, który leżał pod ścianą, lecz na widok Madzi warknął i uciekł, a wreszcie obdartego Żydka, który za obietnicę czterech groszy podjął się wyszukać właścicielkę zajazdu. Jedna z izb była na oścież otwarta, więc Madzia weszła, żeby tam doczekać się gospodyni.

Nagle serce uderzyło jej śpieszniej: za wysokimi drzwiami, które łączyły czy oddzielały ten pokój od sąsiedniego, usłyszała żywą rozmowę. Prowadziły ją dwa głosy: ładny kontrast kobiecy i nienaturalnie przytłumiony głos męski.

– Ty tego nie zrobisz, Franiu, jeżeli mnie choć trochę kochasz! – mówiła kobieta błagalnym tonem.

– Owszem, zrobię! – irytował się mężczyzna. – Niech małpa raz się dowie, co to jest obrazić artystkę, która polotem ducha, subtelnością uczuć, talentem...

– Zaklinam cię, Franiu, pójdź jutro, gdy się uspokoisz...

– Nie – spadnę na nich dziś... zaraz... natychmiast... jak piorun...

Rozległo się niby szamotanie, potem odgłos pocałunków i znowu mówiła kobieta:

– Dobrze, więc dziś! Ale jeżeli mnie choć trochę kochasz, zrób najpierw, o co cię proszę...

– Jestem ciekaw... Chociaż to nie zażegna katastrofy...

– Pójdziesz do niej za godzinę... Daj mi słowo, że dopiero za godzinę... Franiu.

– Kobieto, zastanów się! Jak ja mogę iść dopiero za godzinę, kiedy nie mam zegarka? – wysyczał mężczyzna głosem duszonego człowieka.

– Więc zróbmy tak. Wyjdź za miasto, za kościół... Wiesz, tam, gdzie wczoraj tak pięknie deklamowałeś *W Szwajcarii*...

– Co za deklamacja z taką chrypką!

– Cudownie deklamowałeś, mówię ci... Idź więc tam, potem wróć, a ja tymczasem zrobię obiad...

– Z czego? – zdziwił się mężczyzna.

– Mamy przecież złoty i groszy siedem... Kupię jaj, bułek... jest sól i herbata...

– A cukier?

– Może nam pożyczy gospodyni... Tylko idź i... potem zrobisz, co zechcesz, ale dopiero po obiedzie.

– Zdepczę babę! Zmaltretuję! Opiszę w gazetach!

– Ach, po co ja ci to powiedziałam...

Znowu pocałunki i szelest, jakby się ktoś ubierał. Po chwili mężczyzna wyszedł, deklamując w sieni schrypniętym głosem:

Włochatą pierś do czystych tuląc łon...

Na progu izby, gdzie była Madzia, ukazała się gospodyni, stara Żydówka w jedwabnej peruce na głowie.

– Aj, panienka u nas? Co panienka tu robi? Już panienka zdrowa? – mówiła na powitanie właścicielka zajazdu.

Madzia w kilku słowach wyjaśniła jej, że ktoś pragnie wynająć dwa duże pokoje w oberży na cały rok i że chce obejrzeć lokal.

– Bardzo proszę panienki – odparła gospodyni. – Tu jest pięć izb... Sam książę, sam naczelnik mógłby tu mieszkać przez cały rok... Tu nawet pan Bieliński się zatrzymywał...

Okazało się, że z książęcych apartamentów jedna izba jest obórką, druga nie ma podłogi, trzecia okien ani drzwi. Naprawdę kwalifikował się do wynajęcia pokój, w którym Madzia czekała na gospodynię, i ten sąsiedni, w którym słyszała rozmowę.

– Czy nie można by obejrzeć tamtego? – zapytała Madzia, czując, że w jej sercu walczy obawa zobaczenia osoby nieznanej z nieprzepartą ciekawością.

– Dlaczego nie? Bardzo proszę panienkę... To jest sam najpiękniejszy pokój... Tu zatrzymywał sie pan Bieliński...

– Ale tam teraz mieszkają jacyś państwo – wtrąciła Madzia.

– Nic nie szkodzi... Oni są aktorami, oni tu mają trochę pograć, trochę komedie przedstawić. Każdy chce żyć, moja kochana panienko... O, proszę wejść... – mówiła gospodyni, otwierając drzwi.

Madzia osłupiała. Na środku izby zobaczyła młodą kobietę, która, zasłaniając oczy niezbyt czystą chusteczką, zanosiła się od płaczu. Widok łez zawsze robił na Madzi bolesne wrażenie, ale tym razem wstrząsnął nią do głębi duszy. Pomyślała, że płacząca kobieta musi być bardzo nieszczęśliwą, i zdawało jej się, że ona już zna tę obcą, że jest jakby jej krewną i że powinna ją pocieszyć.

Więc pobiegła do płaczącej i, chwyciwszy ją za ręce, rzekła:

– Co pani jest? Co się to dzieje?

Stara Żydówka zamknęła drzwi i cofnęła się do sieni.

Nieznajoma przestraszyła się, lecz widząc przed sobą słodką twarzyczkę Madzi i pełne łez szare oczy, uspokoiła się. Była to młoda, szczupła blondynka, z cerą zużytą i niebieskimi oczami. Popatrzyła na Madzię i odpowiedziała z naiwną prostotą:

– Och, mamy wielkie zmartwienie, proszę pani! Chcieliśmy tu dać koncert. Ale tam, skąd przyjeżdżamy, Franio... to jest pan Ryszard, musiał zastawić wiolonczelę, a tu nie możemy dostać fortepianu.

– Przecież fortepiany są u nas... – wtrąciła Madzia.

– Wiem, i nawet przed godziną byłam u tutejszej pani podsędkowej z prośbą o pożyczenie fortepianu. Ale ona... (znowu zaczęła szlochać), ale ona... kazała mi wyjść z pokoju...

– Podsędkowa? – powtórzyła zdumiona Madzia.

– Ach, jaka to niedobra kobieta! Przecież żebraka nie godzi się wypędzać z domu, a co dopiero... – mówiła, łkając nieznajoma. – Ja jeszcze zrobiłam głupstwo, bo pod wpływem pierwszego żalu powiedziałam o tym Franio... panu Ryszardowi, który strasznie odgraża się na podsędkową... Naturalnie, jeżeli jej powie choć słówko, koncert przepadnie i... Już nie wiem... co poczniemy...

Madzia uścisnęła ją i posadziwszy na podartej kanapce, zaczęła mówić:

– Droga pani, niech się pani uspokoi... Będzie koncert... Musi być... Ja pani pożyczę nasz fortepian, tatko załatwi wam salę w refektarzu i wszystko będzie dobrze. Ja jestem Brzeska, córka tutejszego doktora, chcę założyć małą pensyjkę...

– A ja jestem Stella, a nazywam się Marta Owsińska – odpowiedziała nieznajoma. – Ja śpiewam, a Fra... pan Ryszard akompaniuje mi na fortepianie; potem on gra na wiolonczeli, a ja mu akompaniuję... Jest nam bardzo źle, chociaż dawniej jemu było lepiej, bo to sławny deklamator...

W tej chwili z łoskotem otworzyły się drzwi i wszedł jegomość w ciemnym, wyszarzanym paltocie i w chustce na szyi. Gdy na środku izby zdjął kapelusz z ogromnym rondem, Madzia zobaczyła bladą twarz, czarne oczy i ciemne włosy, które w obfitych lokach spadały aż na chustkę.

Jegomość szedł przez izbę tragicznym krokiem, z góry patrząc na Madzię i bawiąc się brudną rękawiczką. Wreszcie zatrzymał się, spojrzał na Stellę pałającymi oczami i zapytał zduszonym głosem:

– Qui est cette demoiselle?

– Biedna nauczycielka – odparła Madzia, sama nie wiedząc, skąd przyszedł jej taki pomysł do głowy.
– A to się pani dobrze wybrała! – syknął jegomość.
Stella zerwała się z kanapki i rzekła prędko:
– Franiu... to córka tutejszego doktora...
– Tak? – odparł niedbale.
– Pożyczy nam fortepianu...
– Ooo! – syknął jegomość.
– Mówi, że uda nam się koncert...
– Aaa! – i nisko ukłonił się Madzi, z ręką na sercu jak aktor ze sceny.
– Pan... pan Franciszek Kopenszteter... – zaprezentowała go bardzo zmieszana śpiewaczka.
– Właściwie Sataniello... – wtrącił chrapliwie jegomość. – Sataniello... pianista, wiolonczelista, profesor deklamacji i głośny w swoim czasie poeta...

Ukłonił się jeszcze raz, zakreślając przy tym nogą łuk w powietrzu, a ponieważ Madzia patrzyła na niego z podziwem, więc prawił dalej:
– Ale niech pani to nie kłopocze, umiem być dobrym kolegą... Zresztą – dodał z westchnieniem – nigdy nie byłem dumny, a tym mniej dziś, od czasu jak muszę tułać się po prowincji... Prowincja – to grób talentów... Dostałem chrypki, wiolonczelę zabrali Żydzi... Natchnienie coraz rzadziej mnie nawiedza... Cóż – zwrócił się nagle do Stelli – obiad jest? Ironia... sarkazm – nie obiad! Kilka jaj na dwie osoby!

Madzia, widząc przelęknioną twarz Stelli, kiwnęła głową wielkiemu artyście, a do jego towarzyszki szepnęła:
– Niech mnie pani odprowadzi...
Gdy zaś obie znalazły się w stajni, zaczęła prosić i zaklinać Stellę, żeby pożyczyła od niej rubla.
– Odda mi pani po koncercie – mówiła błagalnym tonem.
Śpiewaczka, z początku zakłopotana, w końcu zgodziła się przyjąć pożyczkę. A gdy w parę minut później, szukając wła-

ścicielki zajazdu, Madzia znowu przeszła około drzwi artystów, usłyszała w pokoju radosny śmiech Stelli i łoskot, jakby dwie osoby tańczyły walca.

„Bawią się jak dzieci!" – pomyślała.

Madzia (według jej własnej opinii) dużo już przeszła w życiu, ale jeszcze nigdy nie czuła się tak wzburzoną jak w tej chwili.

Czy ktoś słyszał, czy by ktoś uwierzył, że ona, Madzia Brzeska, którą panna Howard niekiedy nazywała dzieciuchem, że ona... ma się zająć urządzeniem koncertu! I to prawdziwego koncertu prawdziwych artystów!

– Stella i Sataniello... – szepnęła Madzia. – Zabawnie się nazywają, ale ładnie... Ona milutka, on wcale przystojny... nawet interesujący... A jak na mnie spojrzał?

Aż zarumieniła się, może pod wpływem szybkiego chodu, a może na wspomnienie: „jak on spojrzał...". Dziwnie spojrzał, nie na darmo nazywa się Sataniello...

„Już ja bym nie chciała spotkać się z nim w lesie" – pomyślała Madzia, marszcząc gęstą brew.

Swoją drogą była zachwycona. Zdawało jej się, że całe miasteczko patrzy na nią, że ona sama nie tylko biegnie, lecz za chwilę wyleci pod obłoki, jak ten oto gołąbek. Tak jej było pilno, tak była przepełniona ważnością sprawy. Ona, niegodna, nic nie znacząca osoba urządza koncert dwojgu biedakom i wielkim artystom, którzy nie mają co jeść; ją powołała Opatrzność do tego dzieła, jak niegdyś rybaków i celników do opowiadania Ewangelii.

Wróciwszy do domu, wpadła do gabinetu ojca. Doktor przyjmował chorych i zdziwił się, widząc Madzię, jak z rozognioną twarzyczką zatrzymała kolejnego pacjenta, żeby porozmawiać z ojcem.

– Cóż tam znowu? – spytał doktor trochę zaniepokojony.

Madzia zaczęła mu opowiadać półgłosem, prędko i nieporządnie o Stelli, o Sataniellu, o refektarzu, fortepianie, koncercie, panu Krukowskim, matce i Miętlewiczu. Upłynęło kilka minut, zanim doktor, domyśliwszy się, o co chodzi, zaczął zadawać jej pytania i dowiedział się, że Madzia chce pożyczyć fortepian jakiemuś Sataniellowi i Stelli.

– Więc proś o to matkę.

– Nigdy, tatku... Tylko tatko może o tym powiedzieć mamie... Wreszcie tatko musi im wyjednać refektarz...

– A im na co refektarz?

– Mówię, że na koncert...

– Jaki koncert? – pytał zrozpaczony doktor.

– Przecież mówię tatce, że Stelli i Sataniella... Oni mieszkają w starej oberży. Niech tatko zaraz do nich wstąpi, a przekona się, co to za biedacy... No, mówię tatce, że nie mieli dziś na obiad... Ale ja teraz nie mam czasu i pójdę do pana Krukowskiego...

Doktor chwycił się za głowę.

– Zaczekaj no, ty wariatko...

– Proszę tatki, daję słowo, że nie mam czasu, bo ja jeszcze muszę pogadać z panem Miętlewiczem i ogromnie się boję, żeby mama za wcześnie nie dowiedziała się, boby mi zabroniła...

Ojciec zatrzymał ją za ramię.

– Ter... ter... ter... i nie mam czasu! – przedrzeźniał ją. – Ale powiedz no, co to za ławki obstalowujesz u stolarza?

– A bo widzi tatko – rzekła ciszej – ja z Femcią chcemy tu założyć pensyjkę...

Doktor podniósł brwi i rozstawił ręce.

– Tobie na co pensja? Nie masz co jeść w domu, że chcesz innym chleb odbierać? – spytał.

– Więc to tak? – zdziwiła się Madzia. – Więc tatko i mama pracują, Zdzisław pracuje, a ja mam próżnować? Przecież ja tu usycham z nudów i rozpaczy, że nic nie robię...

– A na cóż tobie robota?

– Więc to tak? Więc ja nie jestem samodzielnym człowiekiem, nie mam żadnych obowiązków, nie mam prawa służyć społeczeństwu, nie mogę przyczyniać się do ogólnej pomyślności, do postępu i szczęścia młodych pokoleń, do podźwignięcia kobiet z upokarzającego stanowiska?

Ponieważ głos jej zaczął drżeć, a szare oczy zachodzić łzami, więc doktorowi zrobiło się ciepło około serca. Wziął ją dwoma palcami za brodę, ucałował i rzekł:

– No, już będziesz miała fortepian, refektarz, pensję... Tylko nie becz, bo pacjenci czekają... Oj ty... ty... emancypantko!

Madzi, kiedy z ust ojca usłyszała wyraz: emancypantka, zdawało się, jakby przed nią nagle ktoś drzwi otworzył. Wyraz ten miał w tej chwili szczególną wartość, lecz ponieważ nie było czasu do stracenia, więc Madzia nie zastanawiała się nad doznanym wrażeniem. Rzuciła się ojcu na szyję, ucałowała mu ręce i chyłkiem wymknęła się z jego gabinetu do miasta, żeby nie spotkać matki.

43. Działalność Madzi

Los był dla niej życzliwy, tuż bowiem w rynku zesłał Miętlewicza:

– Ach, jak to dobrze, że pana spotykam! Wie pan, mamy koncert: pana Sataniello i panny Stelli...

– Ho! Ho! – mruknął Miętlewicz patrząc na nią z podziwem.

– Tak. Biorą od nas fortepian, tatko wyrobi salę refektarską... A pan, złoty panie, zajmie się urządzeniem...

– Koncertu? – spytał Miętlewicz.

– Tak, kochany panie... Będę panu bardzo, ale to bardzo wdzięczna, jeżeli pan zajmie się ich koncertem...

Mówiła to tak ślicznym głosem, tak ścisnęła go za rękę, tak słodko spojrzała w oczy, że Miętlewicz poczuł zawrót głowy. Faktycznie zobaczył, że rynek zaczyna obracać się dookoła nich od ręki prawej ku lewej i że nawet w tym ruchu zachwiały się wieże kościelne.

– Zrobi pan to... dla mnie? – nalegała Madzia.

– Ja? – rzekł Miętlewicz. – A czegóż nie zrobiłbym ja dla pani?

I chciał na dowód porwać za kołnierz przechodzącego Żydka. Lecz opamiętał się i zapytał:

– Co pani każe? Salę ozdobię... Krzesła ustawię... Mogę stać przy sprzedaży biletów... Ale ten Sataniello nie ma wiolonczeli...

– Prawda! Szkoda...

– Żadna! – odparł zacietrzewiony Miętlewicz. – Sprowadzę tu jego wiolonczelę i nawet zatrzymam u siebie, żeby jej drugi raz nie zastawił przed koncertem.

– To on taki? – machinalnie spytała Madzia.
– To pani go nie zna?
– Skąd?
– Myślałem, że z Warszawy...
– Nie, ja ich tu przypadkiem spotkałam w oberży.
– Pani była u nich w oberży?
– Tak. Oni są bardzo, bardzo biedni, panie Miętlewicz... Oni powinni mieć koncert...
– I będą mieli – odparł. – Ale z pani prawdziwa emancypantka! – dodał z uśmiechem.
– Dlaczego? – zdziwiła się Madzia.
– Bo żadna z naszych pań nie poszłaby do wędrownych aktorów ani zajęła się koncertem dla nich, choćby pomarli z głodu... Nasze damy to arystokracja... Ale pani to anioł... – zakończył Miętlewicz, patrząc na Madzię, jakby ją chciał zjeść tu, na rynku.

Zmieszana Madzia pożegnała go i pobiegła do siostry pana Krukowskiego, a Miętlewicz stał, stał, stał i patrzył za nią. A gdy popielata jej sukienka i piórko na kapeluszu zupełnie zniknęły za parkanem, pan Miętlewicz westchnął i poszedł do starej oberży złożyć wizytę wędrownym artystom i pogadać z nimi o koncercie.

Madzia tymczasem, biegnąc do domu pana Krukowskiego, a raczej jego siostry, myślała:

„I ten nazwał mnie emancypantką, i tatko nazwał mnie emancypantką... Coś w tym musi być... Może ja naprawdę jestem emancypantką? Wszystko mi jedno; cóż to złego? Zresztą niech nazywają, jak chcą, byle udał się koncert...".

Jeżeli przeznaczeniem Madzi było rozbudzić senne dusze iksinowskiej inteligencji i w ogóle wywołać jakieś energiczniejsze objawy w życiu powiatowego miasta; jeżeli było jej sądzone, że musi podniecać, zdumiewać, przerażać najspokojniejszych ludzi, w takim razie początek jej działalności przypadł na dzień 15 czerwca 187... roku, w którym wpadła na pomysł, by urządzić koncert. W tym dniu bowiem, niespełna w ciągu godziny, zdumiała własnego ojca, do reszty zawróciła głowę panu Miętlewiczowi, przeraziła i ostatecznie zawojowała pana Krukowskiego, a wszystko – bez najmniejszych chęci wywołania podobnych skutków.

Dzień, jak wyżej powiedziano, był czerwcowy, pogodny, nawet gorący; godzina czwarta po południu. W takiej chwili każdy, kto nie ma obowiązkowej pracy, a ma przy domu własny ogród, siada pod drzewem, oddycha wonią kwiatów i słucha brzęku owadów. A jeżeli nie może przypatrywać się obrazom własnej fantazji, patrzy na ziemię, gdzie rysują się cienie liści, które dzięki delikatnym podmuchom wiatru robią się podobnymi do wesołych dziwnej formy istotek skaczących, całujących się, kryjących się i potem wychylających z drugiej strony w tak zmienionym kształcie, że zdają się być jakąś nową istotką.

Siostra pana Krukowskiego nie miała zajęcia i miała piękny ogród. Lecz ponieważ dzień był taki, że zdawał się wołać ludzi na świeże powietrze, więc właśnie dlatego eksparalityczka postanowiła zamknąć się w domu. Ubrała się w atłasową suknię, na głowę zarzuciła koronkę, przystroiła się w połowę swoich brosz, łańcuchów i branzolet i siedziała na fotelu, a raczej na poduszce, mając drugą poduszkę za plecami, a trzecią pod nogami.

Następnie kazała pozamykać drzwi, żeby nie wlatywały muchy, zapuścić rolety od gorąca, a ponieważ było duszno, kazała swemu bratu odświeżać powietrze za pomocą wody kolońskiej.

Właśnie gdy Madzia weszła do salonu, usłyszała ciche syczenie i zobaczyła pana Ludwika, który z monoklem w oku i rezygnacją w postawie, siedząc naprzeciwko siostry obłożonej poduszkami, miętosił bańkę odświeżacza i odświeżał powietrze.

– Nie tak gwałtownie, Luciu – mówiła eksparalityczka – wolniej... Wolniej... Ach, to ty, Madziu? Prawda, jaki okropny dzień? Mama zdrowa? tatko zdrów? Szczęśliwi! Jestem pewna, Madziu, że jeżeli nie zrobi się chłodniej, nie doczekam wschodu słońca...

– Ależ, siostruniu! – wtrącił pan Ludwik, wciąż pompując odświeżacz.

– Nie przerywaj, Luciu! Umrę i nikt mnie nie będzie żałował... Nikt... Owszem, każdy się ucieszy... Ale co tobie, Madziu? Jesteś jakaś rozgorączkowana...

– Biegłam prędko, proszę pani.

– Zdajesz się być zaniepokojona... Może co się stało, a wy ukrywacie przede mną? – zawołała chora.

– Nie, proszę pani, to pewnie z gorąca.

– A tak, z gorąca... Luciu, skrop Madzię...

Posłuszny pan Ludwik poprawił monokl i skierował na Madzię tak silny prąd wody kolońskiej, że jego siostra zawołała:

– Ależ nie tak gwałtownie, Luciu! Dosyć... Teraz mnie trochę...

Eksparalityczka miała w tej chwili paroksyzm gadulstwa. Jak okręt, który wyjeżdżając na pełne morze, rozwija coraz nowy żagiel, tak chora dama z przeszłości, teraźniejszości, przyszłości i możliwości wywłóczyła coraz nowe opowiadanie. Pan Ludwik był bliski zemdlenia, Madzia lękała się apopleksji.

Myślała, że udusi się z niecierpliwości. Madzia przyszła tu, żeby z panem Krukowskim pomówić o koncercie, a tymczasem jego siostra po półgodzinnym gadaniu zdawała się dopiero rozpuszczać skrzydła jak orzeł, który ociężale wznosi się między skałami, i dopiero gdy wierzchołki ich ujrzy pod sobą, zabiera się do właściwego lotu.

„Muszę mu w jakiś sposób dać do zrozumienia, że mam interes" – pomyślała Madzia. A przypomniawszy sobie z opowiadań o magnetyzmie, że wzrokiem można drugiej osobie zakomunikować swoje intencje, zaczęła bystro wpatrywać się w pana Krukowskiego.

Pan Ludwik spostrzegł błyskawice spojrzeń Madzi. Z początku wziął to za objaw rozgorączkowania i słodko uśmiechnąwszy się, z całą elegancją skierował na Madzię nowy strumień odświeżacza. Lecz gdy policzki Madzi zaczął okrywać coraz silniejszy rumieniec, gdy szare oczy pałały coraz silniej, a wilgotne, rozchylone usta nabierały coraz żywszej barwy karminu, pan Krukowski sam się zarumienił i skromnie spuścił oczy.

„Co za namiętność!" – pomyślał. Przyszły mu na pamięć rozmaite damy, które okazywały mu życzliwość, i przeczuwał, że Madzia znajduje się w jednej z tych chwil, po których zazwyczaj następuje wyznanie.

„Przecież nie mogę pozwolić, żeby ona mi się oświadczyła!" – rzekł w sobie i postanowił rzucić na Madzię jedno z owych spojrzeń, w których mieści się uspokojenie, nadzieja, wzajemność – słowem – doskonała harmonia dusz.

Więc spojrzał. Lecz kto zdoła opisać jego przerażenie, gdy spostrzegł, że Madzia mruga na niego i robi mu oczami jakieś znaki.

Pan Krukowski już tak kochał Madzię, że w pierwszej chwili stało mu się przykro.

„Po co ona to robi?" – pomyślał.

Lecz jej spojrzenia były tak płomieniste, a w twarzy malowała się tak namiętna niecierpliwość, że pan Krukowski poczuł w sercu coś nadzwyczajnego.

„Boże – pomyślał z trwogą – czy ja wydołam!".

Zrozumiał, że nie wydoła, lecz jednocześnie zbudził się w nim desperacki szał, jaki w ostatniej chwili musi ogarniać samobójców.

„Niech się, co chce, dzieje!" – powiedział sobie i podniósł się, zdecydowany na wszystko.

– Panno Magdaleno – rzekł – może pani przejdzie się po ogrodzie?

– Ach, owszem! – zawołała z radością.

„Muszę się oświadczyć – pomyślał pan Ludwik. – Klamka zapadła...".

– Wy po co do ogrodu na taki okropny czas? – oburzyła się eksparalityczka, której właśnie przerwano bardzo interesujące opowiadanie.

– Przejdę się z panną Magdaleną, siostruniu, ponieważ widzę, że cała się mieni... Tu gorąco i duszno – odpowiedział pan Ludwik głosem tak stanowczym, że chora dama umilkła jak baranek.

– Zaczekajcie... Weźcie mnie z sobą! – rzekła tonem słodkiej wymówki.

– Przyślę tu kogoś, żeby przywiózł siostrunię za nami. Walentowa! – zawołał z ganku – do pani...

Tylko weszli do ogrodu, Madzia chwyciła pana Krukowskiego pod rękę i szepnęła:

– Wie pan, myślałam, że umrę...

– Skarbie! – odparł pan Krukowski, ściskając ją za rękę.

„Będzie koncert!" – pomyślała Madzia i dodała głośno:

– Zdawało mi się, że już nigdy nie pozwolą mi porozmawiać z panem... No, nigdy!

– Czy to potrzebne? – szepnął z kolei pan Ludwik. – Ja już wiem wszystko...

– Wie pan? A kto panu powiedział?

– Oczy pani... Ach, te oczy!

Madzia wyrwała mu się spod ramienia i stanąwszy na ścieżce klasnęła w ręce.

– A to wypadek! – zawołała tonem szczerego zdumienia. – No, daję panu słowo, że przez cały czas myślałam: czy też on zgadnie, co ja mu chcę powiedzieć? To może pan nawet wie, jak się nazywają?

– Kto? – zawołał pan Ludwik rozkładając ręce.

– No, przecież ci, którzy mają dać koncert: Stella i Sataniello. On nazywa się Sataniello i z pewnością będzie grał na wiolonczeli, bo ją pan Miętlewicz wykupi....

– O czym pani mówi, panno Magdaleno? – spytał pan Krukowski. Doznał w tej chwili uczuć człowieka, który idąc pędem – nagle zaniewidział.

„Co się ze mną dzieje?" – pomyślał i potarł czoło.

– Mówię o tym koncercie – odparła Madzia.

– O jakim koncercie?
– Ależ pan nic nie wie! – zawołała. – Po cóż pan mówi, że pan wie?

I zaczęła mu opowiadać znowu bez ładu i składu o koncercie, o Stelli, refektarzu, nawet o Miętlewiczu, który jest taki dobry, taki kochany, że podjął się wszystko urządzić. Wreszcie zakończyła:

– Ale cały koncert pójdzie na nic, jeżeli pan nam nie pomoże, drogi panie Ludwiku... Pan jest taki szlachetny... Ja najpierw chciałam iść do pana, bo ja wiem, że pan najlepiej odczuje położenie tych biedaczków... Wie pan, że oni jeść co nie mają? Prawda, że pan pomoże, panie Ludwiku? Zrobi pan to, prawda? Pan to musi zrobić!

I tak go ściskała za ręce, tak patrzyła mu w oczy, tak prawie chciała zawiesić mu się na szyi, że panu Krukowskiemu na chwilę błysnęła myśl: porwać ją i uciec na kraj świata, a potem – umrzeć...

– Zrobi pan to? Zrobi pan? – pytała Madzia słodkim głosem, w którym było tyle prośby i niepokoju, że odurzony pan Ludwik odparł:

– Wszystko zrobię! Przecież chyba rozumie pani, że ja muszę robić, co pani chce...

– Ach, jak to dobrze... Jaki pan szlachetny... Jaki pan kochany...

„Kochany!". Wyraz ten, który Madzia już raz połączyła z nazwiskiem Miętlewicza, kolnął w serce pana Krukowskiego. Na szczęście przyszło mu na myśl, że ona to powiedziała innym tonem i że on, pan Ludwik Krukowski, ma prawo przywiązywać do tego wyrazu inne znaczenie.

– Cóż mam robić? – spytał z uśmiechem. – Niech pani rozkazuje...

– Co? – Madzia zadumała się. – Refektarz jest – mówiła – fortepian jest, wiolonczela jest... Wie pan co? Przede wszystkim będziemy sprzedawać bilety...

– Ja z panią? Doskonale.

– Później da pan bukiet Stelli, kiedy będzie wychodziła na salę. Damy nie mogą występować na estradzie bez bukietu, przecież wiem...

– Nie, pani. Ja mogę dawać bukiety tylko jednej kobiecie... więcej żadnej. Ale jeżeli pani życzy sobie, żeby koncertantka miała bukiet, każę go zrobić, a wręczy jej któryś z tutejszej młodzieży.

– Dobrze – zgodziła się Madzia. – Ale za to musi pan dla mnie zrobić jedną rzecz....

– Słucham i jestem gotów.

– Widzi pan – mówiła zamyślona – to będzie koncert bardzo nieurozmaicony... Wiolonczela i śpiew, cóż to znaczy, osobliwie, jeżeli ustawimy wysokie ceny... Prawda?

– Rozumie się.

– Otóż widzi pan, ja zaraz pomyślałam, że będzie źle... I dlatego wie pan, co zrobimy? Pan – zagra na skrzypcach! Pan tak ślicznie gra, panie Ludwiku... mówiła mi Femcia...

– Ja? – rzekł pan Ludwik i cofnął się.

– Pan, drogi panie... Przecież ja wiem, że pan ślicznie gra... Cudownie... Wszyscy będą płakali...

– Ja z wędrownymi aktorami?

– Przecież to na cel dobroczynny... Oni tacy biedni... O, pan musi grać, jeżeli mnie pan choć trochę lubi...

Pan Krukowski, usłyszawszy to, pobladł i odparł poważnym głosem:

– Jeżeli-ja-panią-lubię? Panno Magdaleno... Krukowscy stawali dotychczas do armat – pistoletów – szpad... Żaden – na estradzie, obok wędrownych aktorów... Ale jeżeli – w ten sposób – mam pani dowieść mego przywiązania – będę grał na koncercie...

I ukłonił się.

– Ach, jak to dobrze... Nie, pan jest najszlachetniejszy człowiek, jakiego spotkałam w życiu... Wie pan... Naznaczymy ceny: po trzy ruble za pierwszy rząd, po dwa za drugi, a resztę po rublu.

Pan Ludwik uśmiechnął się melancholijnie.

– No, ale już dosyć... Dziękuję panu... bardzo dziękuję... – mówiła Madzia, patrząc mu w oczy i ściskając za ręce. – Jeszcze raz dziękuję i uciekam, bo od mamy dostanę burę...

Pan Krukowski, milcząc, pocałował ją w rękę, a gdy Madzia pożegnała się z jego siostrą, odprowadził panienkę na ganek i jeszcze raz pocałował ją w rączkę.

Gdy wrócił do ogrodu, chora siostra zaczęła przypatrywać mu się przez złotą lornetkę.

– Mój Ludwiku – rzekła surowo – co to znaczy? Magdalena jest rozdrażniona, ty zmieszany – przysięgam, że w mieście coś się stało! Kto umarł: proboszcz czy major? Nic nie zataj przede mną, bo ja już wiem... Miałam okropne sny tej nocy...

– Nikt nie umarł i nic się nie stało.

– Luciu... nie przerażaj mnie – mówiła drżącym głosem. – Luciu... wszystko wyznaj... Ty wiesz, że ja wiele ci przebaczałam... Tobie coś jest...

– Nic. Po prostu jestem szczęśliwy.

– W imię Ojca! Jak to szczęśliwy? Przed godziną, kiedym kazała zamknąć balkon i zapuścić rolety, powiedziałeś, że nie ma nieszczęśliwszej istoty od ciebie, a teraz... Czy odebrałeś jakiś list? Może wiadomość?

– Jestem szczęśliwy z wizyty panny Magdaleny – odparł znękanym głosem pan Ludwik.

Chora dama wybuchnęła śmiechem.

– Ach, więc oświadczyłeś się Madzi i zostałeś przyjęty? Tak mi mów... Ale żeń się, żeń... Niech w domu wreszcie zobaczę młodą twarz, bo z wami można oszaleć... To żona dla ciebie... Ta potrafi mnie pielęgnować... Co za dobroć, jaki brak egoizmu, jakie delikatne dotknięcie... Nikt tak lekko nie podnosi mnie jak ona... Nikt z prowadzących mnie pod rękę tak nie uważa, czy nie ma kamienia na drodze, żebym się nie uraziła...

– Ależ, siostruniu, to jeszcze nie skończone... To ledwo zaczęte! – przerwał niecierpliwie pan Ludwik.

– Więc nie przyjęła cię?

– Nie.

– Tylko co?

– Dała mi do zrozumienia, że wie, iż ją kocham, i w imię tej miłości zażądała pewnej ofiary...

– W imię Ojca! Jakiej ofiary? – zawołała przerażona.

– Chce, żebym zagrał na skrzypcach na koncercie – odparł stłumionym głosem.

– Tylko tego? Więc graj, owszem... Kobieta ma prawo żądać ofiar od mężczyzny, bo i sama niemałe ponosi. Wiem coś o tym... – dodała z westchnieniem.

– Więc siostrunia chce, żebym wystąpił na koncercie?

– A rozumie się. Cóż to, Kącki nie występował ze skrzypcami i jednak miał piękną renomę... Zresztą niech ludzie dowiedzą się, że i ty coś umiesz.

Pan Ludwik nie chciał wspomnieć o najważniejszej rzeczy: o wędrownych aktorach. Siedział zatem, milcząc, a chora dama prawiła:

– Daj koncert, kiedy tego chce, i... żeń się, tylko prędko, gdyż czuję, że umrę wśród tych pomarszczonych twarzy, a jeszcze bardziej – zeschłych serc... Nie wiem, jak zrobić: czy oddać wam drugą połowę domu, czy lepiej, żebyście w tej ze mną mieszkali...

– Czy podobna, siostruniu?

– Jak to, czy podobna? Pokój, który zajmujesz obok mojego sypialnego, jest tak obszerny, że mogłyby w nim mieszkać ze cztery osoby, a nie dopiero młode małżeństwo. Ja przecież nie mogę zostawać na noc sama, bez żywej duszy obok... Jeszcze by mnie zamordowali...

– Ależ, siostruniu...

– Ach, no! Tak... – odparła dama po namyśle. – Tak, musicie mieć osobne mieszkanie, rozumiem to... Ale powiem ci, że i ja w tej pustce nie zostanę sama... Któreś z was – ty albo ona, musi czuwać nade mną. Więc umówcie się: jednej nocy ty będziesz spał w pokoju obok mnie, a drugiej ona... To was nie utrudzi:

nawet wypada, żeby małżonkowie dzielili się nie tylko moimi dochodami, ale i obowiązkami względem mnie...

Ton eksparalityczki stał się tak cierpki, że pan Krukowski, nie chcąc sprzeczać się z siostrą, skorzystał z przyjścia Walentowej i usunął się w głąb ogrodu – marzyć o pięknej przyszłości.

Dzięki ruchliwej strategii pana Miętlewicza, zanim skończył się dzień, już miasto wiedziało o mającym nastąpić koncercie. Miejscowa młodzież natychmiast wzięła w opiekę dwoje artystów. Jedni złożyli wizytę pannie Stelli, ofiarowując jej przy okazji kilka bukiecików i parę pudełek tanich cukierków, drudzy, zaznajomiwszy się z Sataniellem, ułatwili mu zaciągnięcie drobnej pożyczki.

Rezultat był ten, że już około wieczora w mieszkaniu zajmowanym przez artystów zjawiła się do Stelli praczka i szwaczka. Zaś około północy Sataniello w towarzystwie miejscowej młodzieży tak dobrze bawił się u Eisenmana, że nagle odzyskał głos i z kielichem w ręku zaczął deklamować *Żałobny marsz* do muzyki Chopina. Wrażenie było kolosalne i nie wiadomo, czy młodzież nie odniosłaby na rękach znakomitego deklamatora, gdyby mu – w połowie utworu – głos nie odmówił posłuszeństwa.

– Przeklęty lufcik! – syknął deklamator. – Znowu mnie zawiało...

– Może dym zaszkodził? Za dużo dymu – wtrącił ktoś.

– A ja myślałbym, że to poncz – dodał sekretarz rejenta.

– W ogóle pił za wiele – szepnął Miętlewicz – ale za parę dni to minie, a na koncercie będzie deklamował jak sam Trapszo.

– Niech żyje Trapszo! To mi deklamator! – odezwał się przez łzy ktoś inny, którego za kłębami dymu nie można było dojrzeć, lecz który posiadał skłonność do płaczu, ile razy znalazł się u Eisenmana za stołem.

Na drugi dzień wpadła do Madzi panna Eufemia; była trochę blada, co jednak przy błyszczących oczach podnosiło jej wdzięki.

– Moja Madziu – rzekła obrażonym tonem – cóż to znaczy? Mówią w mieście, że urządzasz koncert – beze mnie...

A przecież, jeżeli mamy być wspólniczkami, to chyba do wszystkiego...

– Nie śmiałam cię fatygować, bo... to wędrowni aktorzy... – odparła Madzia.

– Czy oni mówili ci co o nas? – spytała wylękniona panna Eufemia.

– Nic nie słyszałam – odpowiedziała Madzia, rumieniąc się za kłamstwo.

– Bo widzisz, ona, ta śpiewaczka, była wczoraj u mamy z prośbą o pożyczenie fortepianu. Ponieważ mama nie znała jej, więc rozumiesz, nie mogła dać stanowczej odpowiedzi. Ale ja dziś przychodzę oświadczyć ci, że owszem... pożyczymy im fortepian.

– Chcieli wziąć fortepian od nas, ale wasz lepszy.

– Rozumie się... Bez porównania lepszy – mówiła panna Eufemia. – Słyszałam też, że Krukowski chce grać na skrzypcach... Nie wiem, czy to wypada, żeby akompaniowała mu jakaś tam wędrowna artystka... Byłoby stosownie, gdyby mu akompaniował ktoś z towarzystwa... Zawsze grywaliśmy oboje razem, więc ze mną poszłoby doskonale... Jeżeli jednak żenuje się prosić o akompaniament, to napomknij mu, że ja mogę się zgodzić.

– Ach, jakże to doskonale! – zawołała Madzia. – Więc będziesz grać na koncercie?

– Z Krukowskim... tak...

– Zaraz mu to powiem i przyjdzie do ciebie z deputacją. Kogo wolisz: majora z rejentem czy majora z moim ojcem?

– Ja mówię o Krukowskim – odpowiedziała panna Eufemia. – Więc należy i major?

– A jakże. Będzie nawet sprzedawał bilety, on i proboszcz, bo jakąś cząstkę z dochodu oddamy na kościół – mówiła z zachwytem Madzia. – Rozumiesz, że dla ciebie i pana Ludwika będzie nawet poręczniej występować na cel dobroczynny.

– Tak, ach tak... Jesteś zachwycająca! – zawołała panna Eufemia. – Powiadam ci – rzekła ciszej – tylko mnie nie wydaj z sekretu: Miętlewicz szaleje za tobą... Mówi, że na twój rozkaz skoczyłby w ogień... słyszałaś?

– Bardzo dobry człowiek pan Miętlewicz – odpowiedziała spokojnie Madzia.

Panna Eufemia pogroziła jej palcem.

– Jakaś ty kokietka, Madziu! Umiesz za nos wodzić chłopców... Tylko mi nie zbałamuć pana Ludwika, a zresztą wszystkich ci daruję...

44. Koncert w małym miasteczku

Tydzień ciągnęły się przygotowania do koncertu w Iksinowie. Wszystkie kwiaty z księżego ogrodu zamówiono dla dam; szwaczki, wynagradzane jak sopranistki, nie sypiały po nocach; z gubernialnego miasta przywieziono furgon kapeluszy i wachlarzy; Eisenman, na ten raz jako kupiec bławatny, zapisał w księgach parę stronic nowych wierzytelności.

Panny nie wychodziły z domu, zajęte upiększaniem swoich sukien; aptekarzowa telegrafowała po narzutkę obszytą łabędzim puchem; aptekarz, stojąc w progu apteki, głośno narzekał na niską taksę aptekarską, przy jakiej niemożliwe jest dogodzić żonie. Cuda zaś opowiadano o nowej toalecie panny Eufemii i jej doskonaleniu się na fortepianie.

Tylko Madzia nie miała czasu myśleć o strojach. Gdy tylko skończyła akompaniować Stelli do śpiewu (Sataniello chory leżał w łóżku), zaraz przybiegł pan Miętlewicz z pudełkiem kartek, na których trzeba było pisać numery krzeseł. Zaledwie skończyła pisać numery, znowu musiała nawłóczyć je nitkami. Tylko skończyła zajęcia w domu, wołano ją do refektarza, aby zasięgnąć opinii, czy sala dobrze wygląda.

Gdyby sama troszczyła się o ubranie, zapewne poszłaby na koncert w szarej sukience. Lecz pamiętała o niej matka i po cichu, bez wielkich dopasowywań, przygotowała jej sukienkę z gazy kremowego koloru. W dniu koncertu doktorowa uczesała ją, tu i owdzie zrobiła jeszcze parę ściegów na sukni. Lecz gdy Madzia około ósmej weszła z ojcem na salę, mając we włosach żółtą różę, a przy staniku amarantową – Miętlewicz osłupiał, a po refektarzu przeleciał szmer:

– Jaka śliczna!

Pusty refektarz sławnego niegdyś klasztoru zmienił się w salę teatralną. Ściany ozdobiono festonami z dębowych liści i naftowymi kinkietami; ze sklepienia zwieszały się dwa pająki, każdy na dwadzieścia świec, wybudowane z nieznanego materiału, lecz również obwieszone zielonością. Na jednym końcu sali stał fortepian państwa podsędków, parę krzeseł i parę stoliczków z kwiatami; zaś o kilka kroków od fortepianu aż do głównych drzwi tłoczyły się szeregi foteli, krzeseł krytych, taboretów, krzesełek giętych, a nawet ogrodowych ławek.

Dziwnie wyglądałoby to zbiegowisko sprzętów, gdyby ktoś miał czas na nie patrzeć. Szczęściem na meble nikt nie zwracał uwagi, zebrani bowiem w sali iksinowianie zajęci byli oglądaniem samych siebie. Przede wszystkim każdy rzucał okiem w jedno z czterech luster i podziwiał odbicie własnej osoby, która wydawała mu się jeżeli nie czymś zupełnie nowym, to przynajmniej bardzo odnowionym. Następnie rzucał okiem na bliźnich i dostrzegał to samo zjawisko: wszyscy byli tacy piękni i weseli, tacy uprzejmi i zaciekawieni, tacy nowi lub odnowieni, że patrzący rozpływał się w zdumieniu. Jest to naprawdę pani aptekarzowa, a to – pan listonosz, a tamto – pani rejentowa? Każda panna wygląda jak promień światła; każda dama jak uroczystość; każdy starszy pan jak hrabia albo dyplomata; każdy młodzieniec jak Apollo w obcisłych spodniach.

Patrząc na te wdzięki i cuda, można było przypuszczać, że Eisenman za poradą Miętlewicza wymienił zwyczajnych iksinowian na jakąś rasę wyższą, sprowadzoną z gubernialnego miasta, a kto wie, czy nie z Warszawy?

Niespodzianki, zamiast słabnąć, potęgowały się. Dopiero co wprowadził pan Krukowski siostrę, która miała ruchy tak swobodne, jakby nigdy nie narzekała na paraliż; wkrótce przypłynęła w towarzystwie rodziców panna Eufemia, na widok której pan Cynadrowski zawołał: aaa!, major zaś dodał półgłosem: fiu, fiu! Zaledwie uspokojono się po powitaniu panny Eufemii, już na jednym z żyrandoli pochyliła się świeca i zaczęła okapywać frak sekretarzowi komisarza. Zdawało się, że przy wejściu Madzi ogólny zapał dosięgnął zenitu, gdy nagle usłyszano od okna gęste trzaskanie batów, a w korytarzu wystraszony głos, który zawołał:

– Szlachta jedzie!

Jakoż ukazał się jaśnie wielmożny Bieliński z małżonką i córką, jaśnie wielmożny Czerniawski z dwiema córkami i siostrzenicą, a po nich cały sznur znanych i powszechnie szanowanych wielmożnych panów Abecedowskich, Bedowskich, Cedowiczów, Efowskich, Feckich z małżonkami i córkami, około których krążyła czerstwa młodzież.

Towarzystwo to umieściło się przeważnie w kilku pierwszych rzędach foteli i wyścielanych krzeseł. Wszyscy mieli trzyrublowe bilety, wszystkie damy rozmawiały po francusku, niektórzy młodzi panowie zaopatrzyli się w lornety z wyścigów konnych. Jaśniejąca wdziękami w pierwszym rzędzie panna Eufemia zauważyła, że większa część owych lornetek i spojrzeń zwraca się do czwartego rzędu krzeseł, gdzie siedział doktor Brzeski z córką i z bladym uśmiechem szepnęła do matki:

– Jak ta Madzia się kompromituje! Wszyscy na nią patrzą...

– Już ja uważam, że i na ciebie ktoś bardzo patrzy – cicho odparła matka. – O ten, pod ścianą... Tylko nie mogę dojrzeć: czy to młody Abecedowski, czy młody Cedowicz... Dobre partie...

Panna Eufemia spojrzała we wskazanym kierunku i szybko odwróciła cudowną główkę.

– Kto to? – spytała podsędkowa.

– Nie wiem – odparła z niechęcią piękna panna, spostrzegłszy Cynadrowskiego.

Aby zaakcentować różnicę między bezinteresownymi amatorami i płatnymi artystami, komitet koncertowy uchwalił: primo – że amatorzy wystąpią najpierw, secundo – że amatorzy wyjdą spomiędzy widzów i wrócą pomiędzy widzów, zaś artyści będą wchodzić i wychodzić na salę bocznymi drzwiami, które kiedyś łączyły refektarz z klasztorną kuchnią.

Na chwilę przed rozpoczęciem jaśnie wielmożny Czerniawski, który na znak szacunku i sympatii siedział przy siostrze pana Krukowskiego, w jej imieniu doręczył bukiet pannie Eufemii. Hołd ten zachwycił podsędkową, lecz nie rozwiał melancholijnego uśmiechu z oblicza panny, która spostrzegła, że Krukowski nierównie piękniejszy bukiet osobiście wręczył Madzi. Przy tym tak żywo rozmawiał z nią, że dopiero Miętlewicz przypomniał mu, iż pora zaczynać.

Wtedy pan Krukowski jakby się ocknął, zbliżył się do panny Eufemii, z ukłonem podał jej rękę i podprowadził do fortepianu.

Szmer rozległ się w sali: panna Eufemia bowiem w białej, powłóczystej sukni wyglądała jak Wenus skazana na osiedlenie do Iksinowa. Elegancko usiadła przy fortepianie i z taką gracją zaczęła zdejmować długie jak wieczność rękawiczki, że sam pan Krukowski, pomimo nieograniczonej miłości dla Madzi, pomyślał:

„Ciekawym, dlaczego chrześcijaninowi nie wolno by mieć dwóch żon? Femcia jest pyszna!".

Panna Eufemia zaczęła grać coś tak pięknego i eleganckiego jak ona sama, ale co, pan Miętlewicz nie wiedział. Stojąc obok pierwszego rzędu krzeseł spostrzegł, że podsędkowa zalewa się łzami macierzyńskiej radości, że Cynadrowski wygląda, jak gdyby chciał rzucić się do pedałów fortepianu. Lecz całą uwagę pana Miętlewicza pochłonęły urywki rozmowy toczącej się półgłosem między siostrą pana Krukowskiego i jaśnie wielmożnym Czerniawskim.

– A... – mówił pan Czerniawski, wskazując okiem na fortepian – a... piękna kobieta! Co za postawa... oko... pierś... odsada... A nóżka jaka cienka w pęci... w kostce... A... nie dziwię się Ludwikowi, że chciał się z nią żenić...

– Już za późno – odparła siostra pana Krukowskiego i pochyliwszy się do sąsiada, szepnęła mu parę słów.

Co szepnęła? Pan Miętlewicz nie słyszał. Ale to widział, że jaśnie wielmożny Czerniawski odwrócił się i uważnie zaczął obserwować doktora Brzeskiego. Potem rzekł do eksparalityczki:
– A... ma kuzynka słuszność: cudowna! A... nie dziwię się Ludwikowi...

Pana Miętlewicza taki żal chwycił za gardło, że bojąc się rozpłakać na środku sali, cofnął się aż na koniec refektarza za drewniane krzesła, nawet za ogrodowe ławki.

Cóż go to interesowało, że pannie Eufemii dawano rzęsiste brawo, że obmierzły Krukowski aż dwa razy roztkliwiał się na swoich jękliwych skrzypcach? Nierównie ważniejszym było, że w czasie antraktu pan Krukowski przedstawił Madzi jaśnie wielmożnego Czerniawskiego, po nim jaśnie wielmożnego Bielińskiego, a potem wszystkich znanych i szanowanych panów Abecedowskich, Bedowskich i Cedowiczów starszych i młodszych, z kwiatkami w tużurkach lub z wielkimi lornetami w pudłach przewieszonych przez ramię.

W tej chwili on, pan Miętlewicz, powinien był udać się do kuchni zajmowanej przez dwoje artystów i powiedzieć im kilka słów otuchy. Lecz co go teraz obchodziła Stella lub Sataniello? Przecież nie dla nich objeżdżał wiejskie dwory i sprzedawał bilety po trzy ruble; nie dla nich jak kot wspinał się po drabinie, aby na ścianach refektarza rozwieszać festony z dębowych liści; nie dla nich za własne pieniądze kupił dziesięć funtów świec stearynowych, po cztery na funt.

Cały koncert był dla pana Miętlewicza stracony. Prawie nie słyszał, co śpiewała Stella, a co odegrał na wiolonczeli Sataniello; nie rozumiał, za co dają im brawo i za co ich wywołują. On na całej sali widział tylko żółtą różę, a obok – pana Krukowskiego, który wbrew przyzwoitości, zamiast asystować pannie Eufemii, jak rzypień przyczepił się do Madzi.

Dopiero na zakończenie koncertu przebudził go z bolesnej zadumy szmer głosów:
– Sataniello ma deklamować! Sataniello...

Istotnie wielki artysta stanął obok fortepianu, przesunął ręką po długich kędziorach, które spadały mu aż na kołnierz wynajętego fraka, podniósł do góry bladą twarz i płomieniste oczy i głosem matowym, lecz przejmującym zaczął:

> Powróciłem z podziemnej otchłani,
> Z posępnego umarłych królestwa –
> I wciąż widzę, jak cierpią skazani,
> Widzę wieczność męki i nicestwa...
> I straciłem u piekielnych progów
> Pamięć szczęścia i słonecznych bogów...

Świece w pająkach dopalały się, niektóre już gasły. W sali było tak cicho, jak gdyby zgromadzeni wyrzekli się prawa do własnego oddechu.

> Zostawiłem za straszliwą bramą
> Mej miłości i walk moich ślady,
> A wyniosłem ból i rozpacz samą,
> Gdy w objęciach jej cień zniknął blady,
> A jam nie mógł powrócić przebojem
> Po jej życie, które było mojem...

Nagle – zaszlochał męski głos i Miętlewicz zobaczył uciekającego z sali Cynadrowskiego. Kilka osób odwróciło głowy, w ręku dam zabielały chusteczki, lecz poza tym nikt nie przerwał ciszy.

Długowłosy deklamator mówił dalej, a każde jego słowo coraz ostrzejszym bólem przenikało serce Miętlewicza:

> Nie żądajcie więc pieśni ode mnie,
> Bo – ja – z wami w szeregu nie stanę,
> By na gruzach przeszłości nikczemnie
> Wielbić świata jaskrawą przemianę
> I przed – waszym – schylając się bogiem,
> Wydrzeć z serca, co mi było drogiem...

Mówiąc: „waszym", Sataniello wskazał na pierwszy rząd krzeseł, a więc albo na jaśnie wielmożnego Bielińskiego, albo na jaśnie wielmożnego Czerniawskiego; w każdym razie na kogoś z partii szlacheckiej. Po sposobie, w jaki zakaszlał pan Abecedowski starszy, mieszczanie domyślili się, że partia poczuła zatruty pocisk wypuszczony w jej piersi.

> Wszystkie – wasze pragnienia i cele,
> Wszystko, co – was – upaja i pieści,
> I serc własnych – bezwstydne wesele,
> Wszystko – mojej urąga boleści,
> I pogardzam kłamliwą rozkoszą
> I – bóstwami – co ją wam przynoszą…

Artysta zachrypnął, ukłonił się i wybiegł w stronę drzwi kuchennych. Cisza… Nagle jaśnie wielmożny Czerniawski krzyknął: „Brawo!", jaśnie wielmożny Bieliński uderzył w tłuste dłonie, a za nimi cała partia szlachecka i wszyscy młodzi mieszczanie: sekretarze, prowizorzy, dietariusze, pomocnicy i dependenci – wszyscy zaczęli bić brawo.

Sataniello odwrócił się, ukłonił i wskazał na gardło. Już młodzież obu stanów czekała na hasło, już jaśnie wielmożny Bieliński rozłożył ręce do powtórnego oklasku, gdy nagle zawołał jakiś głos:

– Kapie stearyna!

Oklask zepsuł się, wszyscy ruszyli z miejsc. Nagle odezwał się drugi głos przesiąknięty oburzeniem:

– Za co brawo? Za to, że nas zwymyślał? Że nas palcami wytykał?

Był to wybuch aptekarza, któremu towarzyszyło potakujące chrząkanie kilku poważniejszych iksinowian.

– Co on tam baje? – szepnął jaśnie wielmożny Czerniawski do jaśnie wielmożnego Bielińskiego.

– Naturalnie! – odparł jaśnie wielmożny Bieliński jaśnie wielmożnemu Czerniawskiemu.

– A tu kapie na głowę stearyna… – dodał znany i powszechnie szanowany pan Abecedowski starszy.

Po tej wymianie zdań cała partia szlachecka z damami i młodzieżą ruszyła ku drzwiom. Został tylko na chwilę pan Cedowicz młodszy, któremu nie chciała zamknąć się ogromna lorneta. Ale i ten wybiegł za resztą.

Pan Krukowski z siostrą i doktor Brzeski z Madzią także wyszli. Lecz państwo aptekarzowie i liczne grono ich przyjaciół zatrzymali się.

– Co to – irytował się aptekarz, usuwając się jak najdalej od kapiących pająków. – Co to, nie słyszeliście, państwo, jak ten aktor wymawiał – was – waszych – wam? Nie uważaliście, jak na nas pokazywał rękami? Wasze bezwstydne – mówił ten obieżyświat – wesele! Że człowiek zje raz na dzień kawałek mięsa, to ma znaczyć bezwstyd? A kiedy powiedział: wasze kłamliwe bóstwa – czy nie spojrzał na moją żonę?

– Na mnie spojrzał – wtrąciła pani rejentowa.

– A czcigodnego doktora Brzozowskiego nie prowokował? – ciągnął aptekarz. – Ja już nie pamiętam słów, ale były obrażające… Co w połączeniu ze wskazywaniem na osobę…

– Cóż by miał w tym? – nieśmiało wtrącił podsędek.

Pan aptekarz zniżył głos.

– Jeszcze sędzia nie rozumie? Panna Brzeska urządziła mu koncert, więc on, wywdzięczając się… oszkalował doktora Brzozowskiego…

Podsędek chciał coś odpowiedzieć, lecz żona wzięła go za ramię.

– Nie spieraj się – rzekła półgłosem. – Pan ma rację…

Podsędek spostrzegł, że jego małżonka i córka są bardzo oburzone; więc nawet nie starał się zbadać przyczyny, tylko spuścił głowę i wyszedł, niby oglądając swoje białe rękawiczki, które stanowczo były za duże.

Miętlewicz dziwił się, a zaczął się niepokoić, usłyszawszy w korytarzu rozmowę innej grupy iksinowian.

– Co oni za jedni? czy to małżeństwo? – pytała jakaś dama.

– Małżeństwo, ale bez święconej wody – odpowiedział pan ze śmiechem.

– Skądże znowu taka przyjaźń z panną Brzeską?

– Stąd, że panna Stella jest emancypantka i panna Magdalena także emancypantka... Emancypantki trzymają się razem jak Żydzi albo farmazoni...

Na ulicy Miętlewicz spotkał sekretarza pocztowego. Pan Cynadrowski był rozgorączkowany; chwycił Miętlewicza za palto i rzekł:

– Widziałeś dzisiaj pannę Eufemię? Jak Boga kocham, albo sobie, albo Krukowskiemu strzelę w łeb, jeżeli on z nią będzie grywał koncerta...

– Ach, głupi! – odparł z westchnieniem Miętlewicz. – Krukowski tyle myśli o pannie Eufemii, co i ja...

– Pewny jesteś? – spytał pan Cynadrowski z odcieniem radości w głosie.

Miętlewicz wzruszył ramionami i nie odpowiadając na pytanie, mówił jakby do siebie:

– Co im ten Sataniello zawinił? O co oni czepiają się panny Magdaleny?

– Nic im Sataniello nie zawinił – przerwał Cynadrowski – ani panna Magdalena... To już gotowało się od kilku dni... Są przecież panny i panie, które wściekają się na pannę Magdalenę, że urządziła koncert bez nich... A znowu aptekarz w łyżce wody utopiłby doktora Brzeskiego... Poczciwi ludzie, więc wszyscy na nich huzia! Tak zawsze... – zakończył sekretarz z westchnieniem.

Pożegnawszy się z Cynadrowskim, który poszedł w stronę domu podsędków, Miętlewicz udał się do starej oberży. W ciemnej sieni potrącił jakąś ludzką figurę, w której poznał pana Fajkowskiego, prowizora farmacji.

– Co tu robisz? – spytał go Miętlewicz.

– Nic... Byłem u nich... Tylko, na miłość boską, nie mów o tym nikomu...

– Cóż twój stary taką awanturę zrobił dziś na koncercie?

Pan Fajkowski zacisnął pięści i zaczął szeptać:

– Głupi jest, stary kramarz... Mydło sprzedawać, śledziami handlować, nie aptekę prowadzić! On się zna na deklamacji albo na śpiewie! Panna Stella śpiewała jak słowik, jak Dowiakowska, a ten mówi, że ma złą szkołę... Słyszałeś pan? Mówi o szkole śpiewu facet, który ledwo szkołę ukończył... Boże, jakbym chciał się stąd wynieść!

Rozpacz prowizora była tak wielka, że Miętlewicz nie próbował jej uspakajać. Pożegnał pana Fajkowskiego i zapukał do izby artystów.

– Wejść! – zawołał ochrypłym głosem Sataniello.

Wielka izba wydawała się ogromną przy mdłym blasku dwóch świec, które Miętlewiczowi przypomniały, że on za własne pieniądze kupił dziesięć funtów świec na koncert. Było jednak o tyle widno, że dojrzał Sataniella chodzącego dużym krokiem po izbie i Stellę siedzącą na kanapie obok bukietów nieco nadwerężonych. Na komodzie między świecami leżał laurowy wieniec z blachy pomalowanej na zielono. Był to dar wielbicieli Sataniella ofiarowany mu kiedyś w Sokołowie czy Węgrowie.

Stella obcierała oczy chusteczką, Sataniello dość gwałtownie zapytał Miętlewicza:

– Cóż, ile mamy z koncertu?

– Około stu rubli – odparł Miętlewicz.

– Czy i pan jesteś zdania, że nie udałby nam się drugi koncert?

Miętlewicz wzruszył ramionami. On już nie miał ochoty powtórnie urządzać koncertu po to, żeby pan Krukowski, okrywszy się na nim sławą, tym obcesowiej umizgał się do Madzi.

– A widzisz – zawołał Sataniello do swej towarzyszki – mówiłem, że nieproszona opieka panny Brzeskiej wylezie nam bokiem... Naraziliśmy się mocniejszej partii i teraz mamy za swoje...

– Ależ, mój drogi, oni na ciebie są rozgniewani... Zbyt żywo gestykulujesz...

– Co, więc ja źle deklamuję? – przerwał Sataniello.

– Cudownie deklamujesz, ale twoja gestykulacja tak podnosi wrażenie, iż ludziom zdaje się, że wymyślasz...

– Robić wrażenie jest posłannictwem artysty! – wykrzyknął Sataniello. – Wówczas dopiero panuję nad tłumem, kiedy podnoszę go do niebios, rzucam w otchłań, pieszczę melodią wymowy albo siekę sarkazmem... Czy dopiero jutro odbierzemy pieniądze, panie Miętlewicz? – dodał nagle.

– Około południa.

– I pomyśleć – z zapałem prawił Sataniello – i pomyśleć, że moglibyśmy mieć dwa koncerty po sto rubli, a trzeci choćby za pięćdziesiąt... Ze trzy miesiące odpoczynku!

– Wątpię – wtrącił Miętlewicz. – Miasto ubogie, okolica apatyczna...

– I z miasta przyszłoby więcej ludzi, i z okolicy – mówił Sataniello. – Albo mi jeden dziś powiedział: Panie, zastawiłbym coś, żeby znowu usłyszeć pańską deklamację... Ale cóż – protegowała nas panna Brzeska, osobistość niepopularna...

– Dajże spokój, Franiu! – wybuchnęła Stella, widząc, że Miętlewicz, który wszedł do nich roztargniony, zaczyna słuchać z uwagą i zdziwieniem. – Dajże spokój, przecież gdyby nie pan Miętlewicz, nie pan Krukowski i nie panna Brzeska, nic byśmy tu nie zrobili... Nawet ty nie miałbyś wiolonczeli, a ja fortepianu.

Miętlewicz popatrzył na nią szklanymi oczami i pożegnawszy się, wyszedł.

45. Echa koncertu

Miętlewicz nie bardzo rozumiał, o czym mówili artyści, tylko czuł, że wszystkie ich pretensje i skargi nie wypełniłyby głębokości jego żalu.

Szedł cichymi, niebrukowanymi ulicami, na których świeciły dwie dymiące latarnie, i myślał:

„Po co ja mieszałem się do tego? Na co ten koncert? Na to, żeby Krukowski bałamucił skrzypieniem pannę Magdalenę i później przedstawiał jej rozmaitych wielkich panów, swoich niby przyjaciół... No i złapie ją sprzed nosa... On, bogaty, elegancki, kuzyn, a ja biedny cham! Zawsze pulardy dla panów, a ochłapy dla hołoty...".

Im ciemniej robiło się na ulicach, tym posępniejsze myśli kotłowały w głowie Miętlewicza. Zdawało mu się, że ogarnia go powódź beznadziejnego smutku, którego fale uderzały razem z sercem, zmywając wszystkie cele, plany, widoki na przyszłość. Co mu z jego kantoru, co po stosunkach z Eisenmanem i ze szlachtą, co po sprycie i pieniądzach, jeżeli za to nie można dostać Madzi? Przyjdzie ze skrzypcami w ręku lada furfant żyjący z łaski siostry i zabierze pannę jak swoją.

A panna, rozumie się, woli duży dom, ładny ogród, trzydzieści tysięcy rubli i znajomość ze szlachtą niż ciężki dorobek jakiegoś tam Miętlewicza.

Pierwszy raz poczuł zniechęcenie do interesów, nawet do życia. Kiedy był marnym dietariuszem w powiecie – marzył o niezależnym stanowisku. Zdobył stanowisko – zaczął myśleć o majątku, o przeniesieniu się do Warszawy, o wielkim kantorze pośredniczącym między wszystkimi Eisenmanami i wszystką szlachtą... Nagle przez drogę jego życia przeszła Madzia z żółtą różą we włosach, z pąsową przy staniku – i rozleciały się piękne zamiary.

Tuż przy swoim domu, wśród ciemności, spostrzegł jakiegoś człowieka.

– To ty, Miętlewicz? – odezwał się tamten.
– Ach, Cynadrowski... Czego włóczysz się po nocy?
– Czekam na pocztę...
– Aha! Na tę, co zmienia konie u podsędka.

Sekretarz zbliżył się do Miętlewicza i rzekł stłumionym, ale gorącym głosem:

– Gdybyś ty wiedział, jak mi się czasem chce palnąć sobie w łeb! Nie zdziwiłbyś się, jeżeli to kiedyś zrobię.
– Nie wiadomo, kto pierwszy – odparł Miętlewicz.
– I ty także?
– Ba!

Rozeszli się bez pożegnania, jak dwaj ludzie, którzy nawzajem mają do siebie pretensję.

Przez cały następny dzień, po koncercie, Madzię trapił szczególny niepokój: ciągle spoglądała w okno, jakby oczekując na coś niezwykłego; a ile razy ktoś wszedł – bladła, gdyż zdawało jej się, że już nadchodzi owa przykra wiadomość.

Ojciec milczał i nie wiadomo z jakiego powodu wzruszał ramionami; matka unikała Madzi. W południe przyszedł Miętlewicz, niewyspany czy rozgniewany: przedstawił rachunek z koncertu, oddał Madzi pieniądze przypadające na kościół i pożegnał ją chłodno. W godzinę później chłopiec pana Krukowskiego przyniósł piękny bukiet i list, w którym ofiarodowca przepraszał Madzię, że nie może złożyć jej uszanowania, ponieważ dozoruje chorą siostrę. Wreszcie nad wieczorem ukazał się major: chciał zagrać w szachy, ale nie zastał podsędka; owszem, dowiedział się ze zdumieniem, że podsędka wcale dziś nie było.

– Chory albo zwariował! – mruknął major i nawet nie kiwnąwszy głową Madzi, wybiegł z niezapaloną fajką.

„Boże! co się to dzieje?" – myślała Madzia, bojąc się kogokolwiek zapytać o wyjaśnienie: wszyscy bowiem wyglądali na jej wrogów.

Sataniello i Stella także się nie pokazywali; ale na ich nieobecność Madzia nie zwróciłaby uwagi, gdyby matka jej nie odezwała się cierpkim tonem:

– Pięknie odwdzięczają ci się twoi protegowani!
– Co się stało? Dlaczego mama to mówi? – pytała wylękniona Madzia. Ale pani Brzeska wyszła do kuchni, oczywiście nie mając zamiaru wyjaśniać.

Ciężko upłynął Madzi ten dzień pełen obaw i noc bezsenna, w ciągu których kwadranse wydawały się dłuższymi od godzin.

Nazajutrz pan Krukowski znowu przysłał bukiet odznaczający się przewagą barw czerwonych. Miętlewicz tylko przeszedł pod oknami, ale nie wstąpił do domu doktora; owszem, patrzył na drugą stronę ulicy. Przed obiadem w gabinecie przyjęć odbyła się bardzo ożywiona rozmowa między matką i ojcem Madzi, a nawet parę razy doktor odezwał się podniesionym głosem, co nie było we zwyczaju. Madzia truchlała.

Około czwartej major z proboszczem przyszli na szachy, wynieśli je do altanki, gdzie pani Brzeska podała im czarną kawę, i od razu siedli do partii.

– Nie czekają panowie na pana podsędka? – zdziwiła się Madzia.

Trzeba było widzieć w tej chwili majora! Wyjął z ust olbrzymią faję, nastroszył siwe brwi, na czole żyły mu nabrzękły... Wyglądał jak stary smok.

– Nie znam żadnego podsędka! – wrzasnął, uderzając pięścią w stół, aż podskoczyły szachy i zadźwięczały szklanki. – Nie grywam z pantoflem, któremu baby mieszają we łbie jak w szafliku!

Jeszcze Madzia nie miała czasu ochłonąć ze zdziwienia, za co major tak strasznie znienawidził podsędka, gdy służąca podała jej list.

„Od Femci" – pomyślała Madzia, odchodząc w głąb ogrodu i drżącymi rękami otwierając kopertę.

List rzeczywiście pochodził od panny Eufemii, a oto, co w nim było:

„Pani! Uważam za obowiązek oświadczyć, że nasze plany co do założenia pensji, przynajmniej z mojej strony, nadal nie będą miały poparcia. Cofam się, sądzę bowiem, że jeżeli jedna osoba nie szanuje najświętszych zobowiązań, to i druga nie może się nimi krępować. Jestem też zdania, że o dalszej przyjaźni między nami mowy być nie może… Eufemia".

W górnej części listu, po lewej stronie, były wymalowane dwa całujące się gołąbki. Piękny ten symbol przyjaźni czy miłości panna Eufemia przemazała na krzyż, dając do zrozumienia, że wszystko i nieodwołalnie skończone.

Madzi, gdy przeczytała list, a jeszcze bardziej – gdy oceniła doniosłość przekreślenia gołąbków, zdawało się, że w ogród uderzył piorun. Na chwilę przymknęła oczy i bez oddechu czekała, rychło na jej głowę upadnie dom, a pod nogami rozstąpi się ziemia… Ale dom, ziemia, ogród zostały na miejscu, słońce świeciło, kwiaty pachniały, a major z proboszczem grali w szachy, jak gdyby nic osobliwego nie zdarzyło się ani w naturze, ani w Iksinowie, ani nawet w sercu Madzi.

Gra skończyła się. Proboszcz, jako przegrywający, odniósł szachy do gabinetu; major nałożył nową fajkę, pakując w jej wnętrze bez mała ćwierć funta tytoniu. Wówczas Madzia ze ściśniętym sercem weszła do altanki i, podniósłszy na starca oczy pełne żalu, zapytała:

– Panie majorze, stało się ze mną coś okropnego, a ja nic nie rozumiem… Wszyscy się na mnie gniewają…

Majorowi zaświeciły oczy: wyjrzał z altanki, czy kogoś nie widać, a potem – chwycił Madzię wpół i gorąco pocałował w szyję, mrucząc:

– Oj! Ty… ty… figlarko! Mogłabyś nie bałamucić przynajmniej mnie, starego…

Madzię ogarnęło niedające się opisać zdumienie wobec tych ojcowskich karesów, w których nie było nic ojcowskiego.

– Ja bałamucę pana majora?

– Naturalnie... Rozumie się... Po co masz takie brzydkie oczy, które rzucają urok? Po co te filutki nad czołem albo ta szyjka tak apetyczna? To przecież wszystko pokusy na chłopców.

– A czy pan major jest chłopcem?

Starowina spojrzał na nią zdziwiony i – zmieszał się. Drżącymi rękami zaczął poprawiać fajkę i rzekł:

– Chłopiec, nie chłopiec! Trzeba mnie było widzieć, kiedym był podporucznikiem... Nie takie smarkate, jak ty, wariowały za mną. Ale dość tych głupstw. Czego chciałaś ode mnie?

– Od onegdaj wszyscy mnie prześladują i nie wiem za co? – odpowiedziała Madzia mrugając oczami.

– Nie wiesz za co! A trzeba ci było urządzać koncert włóczykijom, którzy dziś mają jeszcze do ciebie pretensję, że popsułaś im interes?

– Bo oni byli tacy biedni...

– Biedni! O sobie myśl, a nie o cudzej biedzie. A nie mogłaś to zaprosić podsędkowej do udziału w urządzaniu koncertu? Podsędkowa, aptekarzowa, rejentowa – one u nas zajmują się spektaklami; nie trzeba im włazić w drogę.

– Nie śmiałam tych pań zapraszać... Nie myślałam, że chciałyby się fatygować, tym bardziej że... – tu Madzia zniżyła głos – oni przecież chodzili do pani podsędkowej i nawet fortepianu im odmówiła...

– Spróchniała laweta! – mruknął major. – Zawsze nie cierpiałem tej baby i jej Femci, której już całkiem przewróciło się w głowie... Ale... po co włóczysz się po oberżach?

– Bo ja, proszę pana majora – szeptała Madzia – chcę tu założyć niewielką pensyjkę i szukam lokalu.

Major otworzył oczy i podniósł w górę fajkę. Lecz widząc, że nadchodzi proboszcz z doktorową, wzruszył ramionami i rzekł:

– Pluń na wszystko! Będzie dobrze...

– Teraźniejsze panny – mówiła pani Brzeska, robiąc surową minę – same jeżdżą, same wychodzą do miasta, układają plany bez wiedzy matek, a nawet zawierają znajomości Bóg wie z kim...

– Emancypacja, pani dobrodziejko, emancypacja! – odparł proboszcz. – Nieraz poza plecami rodziców robią się znajomości, które prowadzą do niestosownych małżeństw.

– Eh! – wtrącił major – nic tak niestosownego: panna podsędkówna i sekretarz pocztowy...

– Ale bez błogosławieństwa rodziców... – rzekł proboszcz.

– Madziu – odezwała się doktorowa – pan Miętlewicz czeka na ciebie w saloniku, znowu z rachunkami z tego koncertu, o którym chciałabym już nie słyszeć...

– A to dlaczego? – odezwał się major. – Wcale ładny był koncert...

Madzia skierowała się w stronę domu, myśląc:

„Co to znaczy? Czyliżby o Femcię już oświadczył się Cynadrowski? Tak przecież z niego żartowała...".

W saloniku, dokąd weszła Madzia, stał Miętlewicz, blady, z pliką papierów. Zwykle sterczące wąsiki ułożyły mu się poziomo; za to włosy miał bardziej najeżone.

– Pewnie omylił się pan w rachunkach! – zawołała Madzia.

– Nie, pani... Ja tylko mamie powiedziałem, że przyszedłem z rachunkami, ale...

Głos mu się załamał, na twarzy wystąpiły rumieńce.

– Panno Magdaleno – rzekł ciszej, ale stanowczo – czy to prawda, że pani wychodzi za Krukowskiego?

– Ja?! – wykrzyknęła Madzia, rumieniąc się bez porównania silniej niż jej interlokutor. – Kto panu to powiedział?

– Cynadrowski – odparł desperackim tonem młody człowiek. – Zresztą wszyscy zauważyli na koncercie, że pan Krukowski zaniedbywał pannę Eufemię, a ciągle zwracał się do pani.

– Ach, więc ona o to się na mnie gniewa? – rzekła Madzia jakby do siebie. – Ale na jakiej zasadzie – dodała głośno – pan Cynadrowski opowiada takie rzeczy?

– Musiał słyszeć od panny Eufemii...
– Ona z nim nigdy nie rozmawia! – zawołała Madzia.
– O! – westchnął Miętlewicz. – Ale mniejsza o nich... Panno Magdaleno, prawdaż to, że pani wychodzi za Krukowskiego?
– Co pan mówi? – zdziwiła się trochę obrażona Madzia. Lecz Miętlewicz miał tyle smutku w oczach, że poczuła litość i rzekła:
– Ani myślę wychodzić za pana Krukowskiego i... za nikogo...

Miętlewicz schwycił ją za rękę.
– Czy tak? – spytał z uniesieniem. – Nie żartuje pani ze mnie? Niech pani powie...
– Ależ daję panu słowo... – odparła zdziwiona Madzia.

Miętlewicz ukląkł przed nią i namiętnie ucałował jej ręce. Potem szybko zerwał się i mówił:
– Bóg panią wynagrodzi... Gdyby pani potwierdziła te plotki, za kwadrans nie żyłbym... U mnie tak: starosta albo kapucyn...

Madzię ogarnął strach paniczny; cofnęła się, jakby chcąc uciekać, lecz nogi ugięły się pod nią i siadła na fotelu. Zdawało jej się, że Miętlewicz wciąż myśli o zabiciu jej lub siebie.

Desperat spostrzegł to; zastanowił się i rzekł smutnym głosem:
– Niech się pani nie boi... Ja przecież nie chcę pani straszyć ani krępować... Gdyby pani wychodziła za człowieka jej godnego jej... Wola boska – nawet nie odezwałbym się. Ale mnie oburza ten Krukowski... To nie dla pani mąż: stary, zniszczony, żyje na łasce siostry, a więcej od panien dostał koszy, niż ma sztucznych zębów... Więc pomyślałem: jeżeli taka kobieta jak pani może się sprzedać takiemu trupowi, to już nie warto żyć na świecie...

Madzia drżała, Miętlewicz mówił błagalnie:
– Panno Magdaleno, przysięgam, że nie chcę pani krępować... Niech pani choćby jutro idzie za mąż, a nic złego sobie nie zrobię... Tylko wyniosę się stąd do Warszawy... Niech

pani wyjdzie za szlachcica czy za mieszczanina, byle pani poszła z miłości, nie dla interesu... Niech ten człowiek będzie bogaty czy ubogi, z edukacją czy bez edukacji, byle to był człowiek młody, dzielny, który sam się wyrobił, a nie siedział u nikogo na łaskawym chlebie, bo to... fe... fe! Ja panią bardzo... bardzo przepraszam za moją śmiałość – kończył, znowu całując Madzię w rękę. – Ale ja się pani nie narzucam... Wiem, że nie jestem godzien... Pani dla mnie jest jak święta i dlatego nie mogłem przenieść, nie mogłem wytrzymać, żeby pani sprzedawała się takiemu dziadowi i jeszcze za pieniądze jego siostry!

– Posądzał mnie pan o to? – cicho spytała Madzia.

– Przepraszam... Do śmierci sobie tego nie daruję, ale... Panny miewają różne gusta... Dziś Krukowski, jutro Cynadrowski... Różne bywają kaprysy panien!

Usłyszawszy za oknem głos doktorowej, Miętlewicz szybko rozwinął papiery i zaczął mówić zwykłym tonem, który jednak chwilami drżał:

– Więc wszystko w porządku, tylko mamy jeszcze naddatków pięć... nie – dziesięć rubli... Może pani będzie łaskawa dołączyć te dzie... nie – te piętnaście rubli na kościół...

Do saloniku weszli goście ogrodowi. Proboszcz ucieszył się z naddatku, a doktorowa z tego, że już skończyły się koncertowe interesa. Tylko przekorny major nie mógł ukryć zdziwienia: skąd wpłynęło tyle naddatków?

– Bo to u nas – mówił – każdy potrafi nie dodać, ale żeby miał coś naddać?

– Może ktoś ze szlachty, a może siostra pana Krukowskiego, bo ona miewa fantazje – wtrącił proboszcz.

Miętlewicz śpiesznie wyjaśnił, że naddatek nie pochodzi od pana Krukowskiego ani od jego siostry, lecz utworzył się z wpływów ogólnych. Potem ostentacyjnie zwinął papiery i pożegnał towarzystwo, tłumacząc się, że musi iść natychmiast w interesie młocarni pana Bielińskiego.

– Czy mi się zdaje, czy Madzia jest zmieniona? – zauważył proboszcz.

– Trochę boli mnie głowa…

– Pewnie Miętlewicz musiał jej powtórzyć jakąś plotkę – wtrącił gniewnie major. – Babski język!

– Owszem, niech jej wszystko powtarzają! – odezwała się doktorowa. – Na drugi raz będzie miała nauczkę, żeby nie robić planów bez wiedzy matki…

46. Eksparalityczka zaczyna reagować

Znalazłszy się sama w ogrodzie, Madzia chwyciła się za głowę. "Boże! – myślała – ależ ci mężczyźni to prawdziwe zwierzęta... Krukowski, taki szlachetny, taki delikatny, taki dobry przyjaciel – i mimo to przypuszcza, że ja mogłabym wyjść za niego... Brr... Major ze swoimi pieszczotami jest obrzydliwy, Miętlewicz straszny... I wyobrazić sobie, że gdybym dla żartu powiedziała: otóż wychodzę za Krukowskiego... Ten człowiek zabiłby się! No i co ja mam począć z takimi ludźmi; gdzie się skryję, a choćby – komu to opowiem?".

Przyszedł jej na myśl ojciec, najzacniejszy człowiek, który ją tak kocha, że życie poświęciłby dla niej. Ale ojciec ma pacjentów, kłopoty, wreszcie – wstyd mówić o czymś podobnym do ojca. Jakby on na nią spojrzał! Może, co gorsza, zerwałby stosunki z majorem, Krukowskim i Miętlewiczem, a może nawet uniósłby się i gotowa awantura o nic! Naturalnie, że o nic, bo przecież cóż znaczy ona, Madzia? Nic. Jest sobie głupiutką dziewczyną, którą znajomi lekko traktują, a ona nie ma siły znosić tego z pokorą. Gdyby była tak mądrą i bogatą jak Ada Solska albo taką wielką damą jak nieboszczka pani Latter, albo tak piękną jak Helenka Norska, z pewnością traktowano by ją inaczej.

Helenka przypomniała jej pana Kazimierza. Jaki on jest inny niż ci tutejsi panowie... Jak on inaczej mówił do niej o swoim przywiązaniu, jak prosił, żeby czuwała nad jego matką... Prawda, że ze wszystkiego drwił, ale w najboleśniejszych jego żartach było coś niezwykłego. A jak on ją wtedy uścisnął... Tak ściskać może tylko anioł albo szatan, nigdy człowiek...

Madzia wzdrygnęła się, chcąc odegnać wspomnienia pana Kazimierza; wstydziła się samej siebie i swojej okropnej demoralizacji.

„Jestem bardzo zepsuta!" – szepnęła mimo woli i zasłoniła twarz, czując, że oblewa się rumieńcem wyżej skroni.

„Bardzo jestem zepsuta!" – powtórzyła.

Świadomość zepsucia przyniosła Madzi ulgę: teraz, gdy zrozumiała swoją z gruntu zdemoralizowaną naturę, wie przynajmniej, dlaczego nie lubi jej matka.

Bo nie ma co taić przed sobą: matka, dość surowa dla dzieci, dla niej zawsze była najsurowszą. Najbardziej kochała Zdzisława, i słusznie: jest to przecież syn. Bardzo lubi Zosię, gdyż Zosia jest najmłodszą. Ale jej, Madzi, matka nigdy bardzo nie lubiła. Nazywała ją upartą i samowolną i zawsze sprzeczała się o nią z nieboszczką babką, dla której znowu Madzia była oczkiem w głowie.

Babka wbrew woli matki wysłała Madzię na pensję pani Latter i płaciła za nią. Babka, z pominięciem dwojga innych wnuków, zapisała Madzi cały swój majątek – trzy tysiące rubli. Nie dziw, że gdy Madzia skończyła pensję, matka nie broniła jej zostać nauczycielką.

– Niech pracuje – mówiła – kiedy chce, między obcymi ludźmi; oni ją oduczą samowoli i wykorzenią to, co babka zasiała pobłażaniem.

Dopiero gdy Madzia, wróciwszy z Warszawy, zachorowała na tyfus, surowość matki rozpłynęła się we łzach i trwodze. Nawet po chorobie było całkiem dobrze: w sercu matki obudziła się większa czułość dla Madzi, gdy nagle zdarzył się nieszczęśliwy koncert i matka znowu ochłodła.

Może zrobiłaby Madzi niejedną wymówkę, gdyby nie opór ojca, który stanowczo prosił matkę, żeby nie dotykała kwestii koncertu wobec Madzi i w ogóle żeby nie krępowała jej w niczym.

– Jest to panna dorastająca – mówił ojciec – dziecko rozumne i poczciwe, które nawet złożyło dowód, że potrafi pracować na siebie. Nie można więc zanudzać jej morałami. Niech ona w matce znajdzie przyjaciółkę, a nie surową dozorczynię.

Madzia o tym wiedziała, a czego nie wiedziała – domyślała się. Czuła, że między nią a matką stosunki zadrażniają się ostrzej niż kiedykolwiek, a nie wiedziała, co robić, żeby tego uniknąć.

Trapiąc się podobnymi rozmyślaniami, Madzia dostała migreny. Drobny ten wypadek miał dobrą stronę: nieco ułagodził panią Brzeską, która związując Madzi chustką głowę, pocałowała ją w czoło i rzekła:

– No, no, już dość... Nie martw się. Tylko na drugi raz nie rób podobnych znajomości ani urządzaj koncertów. Panienka w twoim wieku nie może się afiszować, bo ją pochwycą na języki.

W taki sposób zakończył się parudniowy niepokój Madzi, ale nie na długo.

Doktorowa Brzeska, jakkolwiek sama ubrała córkę na koncert i cieszyła się z jej triumfu, miała jednak (w swoim przekonaniu) obowiązek gniewać się na Madzię. Zaraz bowiem na drugi dzień po koncercie doniesiono jej (i to z kilku stron), że całe miasto jest wzburzone.

Czym wzburzone? Na kogo? I z jakiego powodu? – o tym nie bardzo wiedziała doktorowa i zresztą było jej wszystko jedno. Jej wystarczał fakt, że Madzia należała do sprawy, która wzburzyła miasto, i że powszechny wybuch niezadowolenia mógł zwichnąć karierę młodej panienki.

„Kto ożeni się z panną, na którą oburza się całe miasto?" – myślała pani Brzeska, pocieszając się nadzieją, że może Bóg odwróci nieszczęście i że pan Krukowski zapewne poważnie myśli o Madzi, skoro dzień po dniu przysyła jej bukiety.

Naprawdę, z dziesięciu tysięcy mieszkańców Iksinowa dziewięć tysięcy dziewięćset siedemdziesięciu pięciu nie tylko się nie oburzyło, ale nawet nie myślało o koncercie. Z pozostałych zaś dwudziestu pięciu osób kilku młodych panów rozpaczało po wyjeździe Stelli, kilku ojców rodzin frasowało się długami zaciągniętymi na koncert, który żadnej zmiany nie wywołał w losie ich córek, a dopiero kilka starszych pań urządzało wzburzenie umysłów w Iksinowie.

Jedną z agitatorek była pani podsędkowa. Czcigodna dama liczyła na pewno, że skoro Femcia, jej córka, zaakompaniuje panu Krukowskiemu na koncercie, pan Krukowski, jeżeli ma odrobinę honoru, musi oświadczyć się o rękę Femci. Że zaś pan Krukowski nie tylko nie oświadczył się o Femcię, lecz nawet podczas koncertu skandalicznie asystował Madzi, więc jedno z dwojga:

Albo pan Krukowski jest człowiekiem podłym, na którego nie powinna spojrzeć żadna uczciwa kobieta, nie wyłączając Madzi;

Albo pan Krukowski jest człowiekiem szlachetnym, który wpadł w sieci zastawione na niego przez Madzię, Stellę, Sataniella i wszystkich miejscowych i zamiejscowych intrygantów.

W rozumowaniu tym utwierdziła panią podsędkową inna czcigodna matrona, pani rejentowa, której Madzia wydarła możność urządzenia koncertu. Jak Iksinów Iksinowem, nikt nie urządzał koncertu bez udziału pani rejentowej; zrobiła to dopiero panna Brzeska, córka doktora, który (jak trafnie orzekł pan aptekarz) swoją zdolność do intryg przelał na potomstwo.

Toteż nie dziw, że pani podsędkowa z panią rejentową porozumiały się przy wyjściu z sali koncertowej. Potem obie z właściwymi mężami i dziećmi udały się na kolację do państwa aptekarzy i tam gruntownie roztrząsnęły sprawę.

W rezultacie uchwalono, że podsędkowie muszą zerwać stosunki z domem państwa Brzeskich wbrew opozycji szlachetnej Eufemii, która tak kochała Madzię, tak jej ufała! Nadto ktoś życzliwy powinien był wydobyć niemniej szlachetnego pana Krukowskiego z sieci intryg rozsnutych przez Madzię, a to za pomocą ostrzeżenia jego siostry.

Jakoż na drugi dzień po koncercie, około ósmej rano, kiedy jeszcze pan Krukowski spał na oba uszy, do jego zacnej siostry pijącej kawę w ogrodzie przyszła z wizytą pani rejentowa i nie owijając w bawełnę, opowiedziała jej w niewielu słowach:

Że Sataniello swoją deklamacją znieważył najszanowniejszych iksinowian; że Stella i Sataniello nie są małżeństwem, a mimo to mieszkają w jednym pokoju; że wreszcie pan Krukowski, gdyby nie jego siostra i zacne nazwisko, byłby na wieki skompromitowany udziałem w koncercie wędrownych grajków.

– A kto to spowodował? – zakończyła rejentowa. – Spowodowała panna Brzeska, która, nie wiadomo skąd, przyjaźni się z dwojgiem ludzi tak niemoralnych jak Stella i Sataniello.

Siostra pana Krukowskiego jeszcze wczoraj, a nawet jeszcze dziś o szóstej i siódmej rano była zadowolona ze skrzypcowych popisów swego brata. Lecz o ósmej, dowiedziawszy się od tak poważnej osoby jak pani rejentowa, że całe miasto okryło się żałobą z powodu zniesławienia nazwiska Krukowskich, eksparalityczka dostała ataku.

Straszny to był dzień, straszne były dwa dni, podczas których chora dama położyła się do łóżka, kazała pielęgnować się całemu domowi, wezwała do siebie doktora Brzozowskiego i piła tylko jego lekarstwa, rozkazawszy poprzednio wyrzucić wszystkie recepty ojca Madzi. Chora nawet czuła zbliżające się konanie, chciała wezwać księdza i wśród spazmów oświadczyła bratu, że go wydziedziczy, ponieważ zhańbił nazwisko.

Ale pan Krukowski, który znał siostrę, wysłał przede wszystkim bukiet Madzi, a następnie sprowadził do chorej proboszcza.

Paralityczka, zobaczywszy księdza, zlękła się: pomyślała bowiem, że jest naprawdę chora. Gdy jednak wesoły staruszek ją uspokoił, w nagrodę wysłuchała jego opowiadań o wczorajszym koncercie.

– Co to za zasługa przed Bogiem, pani dobrodziejko – mówił ksiądz – złożyć tyle pieniędzy na kościół, a choćby wesprzeć takie biedactwo jak ci śpiewacy...

– Ale czy jegomość wie – przerwała chora – że ci państwo nie są małżeństwem?

– Może być.

– I mimo to sypiają w jednym pokoju! – dodała chora tonem najwyższego oburzenia.

Proboszcz machnął ręką.

– A przypomnijże sobie, dobrodziejko, że i my oboje spaliśmy w karczmie w jednej izbie, kiedy to nas burza zaskoczyła na odpuście... A co z tego?

Eksparalityczka otworzyła usta i opadła na poduszki. Argument wydał jej się tak silny, że z proboszczem już nie rozmawiała o koncertantach.

W ten sposób upłynęła druga doba po koncercie. Ku wieczorowi siostra pana Krukowskiego nie mówiła o skonaniu, ale za to bardzo dużo mówiła o kompromitacji i niewdzięczności brata. W nocy stan jej zdrowia się pogorszył: przyszło jej bowiem na myśl, że wiadomość o tym, iż jeden Krukowski koncertował z wędrownymi śpiewakami, może być wydrukowaną w gazetach.

Pod wpływem okropnej hipotezy obudziła brata i oświadczyła mu, że jeżeli o jego hańbie napiszą gazety, ona nieodwołalnie umrze, a cały majątek zapisze na cele dobroczynne.

Lecz ranek (był to dzień trzeci) przyniósł nową kombinację. Gazety mogą przecież napisać, że utalentowany pan L. Krukowski raczył przyjąć udział w koncercie, z którego część dochodu była przeznaczona na kościół. Nadto pan Krukowski występował jako amator, nie wchodził na salę od kuchni, tylko z krzeseł, i jeżeli grał na skrzypcach, to przy akompaniamencie panny Eufemii, córki jednej z najpoważniejszych rodzin w mieście.

Tak, przecież sama pani rejentowa oświadczyła, że akompaniament podsędkówny uratował honor Krukowskich.

„Poczciwa dziewczyna!" – pomyślała eksparalityczka, a zawoławszy brata, rzekła mu:

– Femcia ładna panna. Sam Czerniawski bardzo się nią zachwycał... Zauważyłeś ty jej ramiona, gors, nogę... Nogi ma arystokratyczne... Trzeba jej posłać bukiet, a gdy wyzdrowieję, musisz im złożyć wizytę...

– Nie wiem, czy to wypada na nowo zawiązywać stosunki. Przecież sama siostrunia kazała mi zerwać z nią z powodu tego... tego z poczty...

Chora zasępiła się; więc dla ułagodzenia jej pan Krukowski posłał pannie Eufemii bukiet z bladych kwiatów, a w chwilę później – Madzi bukiet większy i czerwieńszy. Nie miał on wstrętu do panny Eufemii, owszem – oceniał należycie piękność jej gorsu i ramion, a dobrze pamiętał jej węgierskie buciki, ale... Madzia podobała mu się więcej. Gdyby Madzi nie było w Iksinowie...

Niespodziewanie około południa zdarzył się nieoczekiwany wypadek. Pani podsędkowa, dumna pani podsędkowa we własnej osobie, przyszła do łoża chorej siostry pana Krukowskiego i we własnych rękach przyniosła jej w porcelanowym imbryczku cudowny rumianek od paraliżu, zgotowany pięknymi rączkami panny Eufemii.

– Wprawdzie pani pierwsza zerewała z nami – mówiła podsędkowa do chorej, sznurując usta i wykonując ruchy okrągłe. – Powinna bym czuć się obrażona i byłam nią... Ale na wiadomość o cierpieniach pani nie mogłam wytrzymać i powiedziałam mężowi: muszę pójść do tej czcigodnej kobiety, chociaż nie zgadza się to z konwenansem...

W czasie krótkiej wizyty siostra pana Krukowskiego była tak wzruszona dobrocią podsędkowej, że wypiła cały imbryk ciepłych ziółek, wylała z pół imbryka łez i oświadczyła, iż czuje, że ziółka panny Eufemii przywrócą jej zdrowie.

Po odejściu podsędkowej chora wobec brata tak stanowczo zaczęła chwalić pannę Eufemię i jej ziółka, że zaniepokojony pan Krukowski uznał za stosowne znowu przypomnieć urzędnika pocztowego. Ale siostra zgromiła go:

– Mój kochany, Femcia jest zanadto piękna, żeby nie wzdychali do niej ludzie najrozmaitszych kondycyj. Ja sama tylu miałam wielbicieli, że nieboszczyk robił mi ciągle sceny zazdrości. A czy słusznie?

Pan Ludwik był zrozpaczony i czując, że jego siostra gotowa znowu swatać go z panną Eufemią, zaczął na pociechę wyobrażać sobie jej gors, ramiona i węgierskie buciki. Ale pomimo wszelkich wysiłków nie mógł zapomnieć o Madzi: jedno jej słówko, jedno spojrzenie miały dla niego więcej uroku niż cała suma jawnych i ukrytych wdzięków panny Eufemii.

Już postanowił albo oprzeć się nowemu kaprysowi siostry, albo – co najmniej – nie wyrzec się Madzi bez ciężkiej walki, gdy niespodziewanie los przyszedł mu na odsiecz. Eksparalityczka poczuła tępy ból w boku, co ją tak przestraszyło, że zerwawszy się z łóżka z lekkością szesnastoletniej panienki, kazała wezwać doktora Brzeskiego.

– Ależ, siostruniu – odezwał się pan Ludwik – wszak wczoraj podarłaś recepty Brzeskiego, a postanowiłaś leczyć się tylko u Brzozowskiego…

– Co mi tam twój Brzozowski! – odparła. – Ja chcę Brzeskiego… Ja jestem ciężko chora… Może mi nawet zaszkodziły ziółka tej… tej… Eufemii…

47. Oświadczyny

Więc sprowadzono Brzeskiego, który przez proste ugniecenie w ciągu kilku minut usunął tępy ból w boku. Eksparalityczka, rozpływając się w oświadczeniach wdzięczności, tak gorącym afektem na nowo zapłonęła do rodziny Brzeskich, że zaczęła robić doktorowi wymówki.

– Dlaczego to Madzia nie była u mnie przez dwa dni? Nie widziałam jej od koncertu...

– Nie miała po co przychodzić, gdyż o ile wiem, jesteś pani na nią obrażona za koncert – odpowiedział doktor.

– Ja? To fałsz! Kto mógł przed panem narobić takich plotek? Pewnie rejentowa albo podsędkowa... Proszę pana jak o największą łaskę, żeby Madzia jutro tu przyszła.

Doktor wzruszył ramionami i obiecał przysłać Madzię. Ale za to pan Krukowski wybiegł do swego pokoju i kazał chłopcu wylać sobie na głowę dzbanek zimnej wody.

„Oszaleję! – mruczał. – Oszaleję niezawodnie! Co dzień, co godzinę inne sympatie u tej kobiety, inne plany. Boże, za co mnie tak strasznie skarałeś! Wolałbym drwa rąbać...".

Następnego dnia eksparalityczka otrzymała z poczty „do rąk własnych" list bezimienny, mocno pachnący aptecznymi produktami. W liście „życzliwy przyjaciel" donosił, że cała szlachta trzęsie się na pana Krukowskiego za udział w koncercie, do którego został wciągnięty przez pannę Brzeską.

Chora dama zrozumiała, że jest to figiel, i zaczęła domyślać się jego źródła. Nie mogąc jednak dosięgnąć autora anonimu, postanowiła znaleźć satysfakcję na innej drodze i rzekła do brata:

– Madzia jest dobra dziewczyna: nie mogę zapomnieć, że uratowała mi życie i że najwięcej okazuje mi serca spomiędzy wszystkich moich znajomych... Ale muszę jej natrzeć uszu za ten koncert, który przyprawił mnie o nieprzyjemności i ciężką chorobę...

– Na miłość boską, siostruniu, nie rób tego! – zawołał przestraszony pan Ludwik. – Co zyskasz... Jakie wreszcie masz prawo?

– Ja nie mam prawa upomnieć osoby, którą przyjmuję do mego domu i do mojej rodziny? Ty chyba oszalałeś, Ludwiku!

– Ha, jeżeli tak, więc, pozwolisz, siostruniu, że oświadczę się o pannę Magdalenę... Żonie swego brata możesz robić wymówki, lecz nie osobie obcej...

– Oświadcz się czy nie oświadczaj, mnie wszystko jedno... Ale muszę powiedzieć swoje, bo inaczej umarłabym...

– Więc idę – rzekł pan Ludwik stanowczo.

– Idź. Gdybyś to wcześniej zrobił, nie byłoby głupiego koncertu i wszystkich skandalów.

Żaden malarz, żaden poeta, żaden muzyk nie potrafiłby przedstawić zamętu, jaki w tej chwili opanował duszę pana Krukowskiego. Ginął w bezmiarze radości z powodu, że siostra pozwoliła mu oświadczyć się o Madzię, a truchlał z obawy na myśl o awanturze, jaką chora dama zrobi jego ukochanej.

„Wynagrodzę jej to!" – mówił sobie, gorączkowo naciągając świeżą koszulę, popielate spodnie i czarny tużurek. Chwilami jednak drżały pod nim nogi: wiedział bowiem, że w podobnych wypadkach łatwiej obiecywać nagrodę niż dotrzymać.

Czule pożegnał siostrę i promieniejący eleganckim ułożeniem, uperfumowany, z kwiatkiem w dziurce od guzika, biegł na czterdziestopięcioletnich skrzydłach miłości do domu państwa Brzeskich, aby tam urzeczywistnić (jak mówił) swoje najpiękniejsze marzenia.

Zastał doktorową, ale Madzi już nie było: wyszła do jego siostry.

Chora dama przywitała Madzię dosyć chłodno. Potem, wziąwszy swój cenny wachlarz, flakon wody kolońskiej i ów bezimienny list, rzekła:

– Może pójdziemy do altanki, kochanie.

Madzia podała jej rękę i z taką troskliwością dźwigała drogi ciężar przyszłej bratowej, tak ostrożnie sprowadziła ją ze schodków, tak uważnie wybierała najgładsze miejsca bardzo gładkiej ścieżki, że gniew eksparalityczki mocno ochłonął.

„Gdyby ona po wyjściu za Ludwika pielęgnowała mnie tak jak dzisiaj, trudno byłoby mu znaleźć lepszą żonę...".

Usiadły na ławeczce w cieniu dzikiego wina. Jeden z listków, poruszony przez wiatr, tak załaskotał Madzię w szyjkę, że otrząsnęła się, przypomniawszy sobie majora.

– Przeczytaj no, moje dziecko, jakie okropne skutki wynikły z tego koncertu – rzekła chora dama, podając Madzi anonim.

Madzię oblały ognie, a ciemno zrobiło się w oczach; przejrzała jednak list i zwróciła go w milczeniu.

– Oto widzisz – mówiła siostra pana Krukowskiego – jak kobieta powinna zważać na siebie, jeżeli nie chce sprowadzić nieszczęść na własną głowę i tych, którzy ją kochają... Samodzielność! Cóż to myślisz, że tylko ty jesteś kobietą samodzielną... A twoja matka, która cały dom prowadzi, a ja?

Chora dama zatrzymała sowie oczy na zmartwionej twarzyczce Madzi i prawiła dalej:

– Ja nie wdawałam się z ludźmi podejrzanej konduity, chociaż byłam samodzielną! Trzeba było widzieć, jak ugłaskałam mego świętej pamięci męża, niech mu Bóg nie pamięta, egoistę i zazdrośnika, który mnie posądzał o romanse z pisarzem prowentowym... A co ja miałam z Ludwikiem! Bóg jeden wie, ile kosztowały mnie jego karty i kuracje... Był to koń stepowy, a przecież i jemu dałam radę, bo kobieta musi kierować mężczyzną, jeżeli oboje nie mają zginąć.

Wszystkie zaś triumfy zawdzięczam nie tylko samodzielnemu charakterowi, ale i taktowi, który bronił mnie od niewłaściwych stosunków... Emancypacja! Nowy to wyraz, ale rzecz dawna jak świat: kobieta powinna być panią domu, oto jest emancypacja. Taka zaś, która wdaje się z aktorami i naraża się na ludzkie obmowy, nie będzie nigdy panią. Cała nasza siła tkwi w naszej niewinności, w tym, że mamy prawo co dzień i co godzinę mówić mężom i braciom: jesteś hultaj, przeniewierca, włóczęga, a ja – pilnuję domu, jego czci i jestem czysta jak łza...

– Ale, proszę pani, cóż to złego urządzać koncert? – szepnęła Madzia.

– Przede wszystkim, do koncertów jesteś za młoda, poza tym, cóż to za ludzie ci aktorzy? Ich towarzystwo mogłoby skompromitować nawet... mnie! Przecież oni, nie będąc małżeństwem, sypiali w jednym pokoju...

– To nieprawda! – zawołała Madzia, ostro zwracając na eksparalityczkę oczy, w których obok wielkiego zuchwalstwa błyszczały łzy hamowane.

– A ty skąd wiesz, że nieprawda? – wybuchnęła zdumiona chora.

– Widziałam. W ich pokoju było tylko jedno łóżko...

Gniew nagle opuścił chorą damę. Klasnęła w ręce i odparła bardzo spokojnym tonem:

– Jezus Maria... Moja Madziu, jaka ty jesteś głupia!

Madzia rozpłakała się i, wstając z ławki, rzekła:

– Aaa... Dziękuję pani... Aaa! Nigdy nie spodziewałam się usłyszeć od pani takiego wyrazu... Aaa!

Eksparalityczka żywo podniosła się i schwyciwszy oburącz Madzię za głowę, poczęła ją całować.

– Moje dziecko, przepraszam cię, ale... nigdy nie słyszałam nic podobnie naiwnego... Gdybyś była mężatką, rozumiałabyś, że właśnie ta okoliczność najbardziej ich potępia... Ale jesteś jeszcze tak naiwna, że wstydzę się dawać ci uwagi.

– Pani zupełnie fałszywie mnie sądzi... Ja wcale nie jestem taka naiwna... O nie! – mówiła rozdrażniona Madzia.

– Jesteś, kochanie, jesteś... – powtarzała chora dama, okrywając ją pocałunkami. – To właśnie stanowi twój największy wdzięk: znam się na tym, bo przecież i ja byłam w twoim wieku... Nie wiem, doprawdy, czym sobie ten hulaka Ludwik na taką nagrodę u Pana Boga zasłużył!

– Proszę pani, ja do tego namówiłam pana Ludwika, ja... Nic nie chcę taić... Gdyby nie ja, pan Ludwik nie grałby na koncercie...

– Złote, kochane dziecko! No, dajmy spokój koncertowi i tym aktorom, bo już widzę, że nie dogadamy się pomimo twego doświadczenia – mówiła, śmiejąc się, chora dama.

Po tej uwerturze eksparalityczka chciała przejść do sprawy głównej i napomknąć Madzi, że jej ukochany brat, pan Ludwik Krukowski, lada dzień, jeżeli nie lada godzina, oświadczy się o nią. Ale Madzia była zachmurzona, a chora dama tak wrażliwa, że pomyślała:

„Cóż ta smarkata będzie grymasić? Widzicie ją! Że jej powiedziałam parę słów prawdy, to zaraz się obraża. O, moja panno, jeżeli chcesz usłyszeć o szczęściu, jakie cię spotka, musisz do mnie przyjść w innym humorze...".

Więc i ona się zasępiła, co widząc, Madzia pożegnała chorą damę. Gdy już była w sieni, dama zawołała:

– Madziu, proszę cię...

– Co pani każe? – zapytała Madzia tonem tak chłodnym, że rozdrażnienie eksparalityczki się wzmogło.

– Nic, moje dziecko – odparła jeszcze chłodniej.

Już Madzia była w połowie drogi do domu, kiedy w sercu chorej damy zbudziła się dla niej tak wielka czułość, że chciała wysłać służącego, żeby zawrócił panienkę. Lecz po chwili znowu zmieniła plan.

„Ludwik – myślała – chociaż się tak odgrażał i wystroił, nie będzie miał odwagi się oświadczyć... Tyle mu już razy odmówiono! Ja zaś najlepiej zrobię, jeżeli sama pójdę do Brzeskich.

To będzie pewniejsze i stosowniejsze. Jestem jakby matką Ludwika, więc wypada mi zrobić ten krok...".

Swoją drogą czuła wyrzuty sumienia za dzisiejszą rozmowę z Madzią. Koncert głupstwo, a bez potrzeby zrobiło się przykrość dziewczynie dobrej jak anioł.

Już to skala uczuć siostry pana Krukowskiego była nadzwyczajnie szeroka: mieściły się w niej wszystkie tony, półtony i ćwierćtony od miłości – do nienawiści, od pogardy – do uwielbienia, od rozpaczy – do zachwytu. Nadto fortepian jej duszy tak często i nagle zmieniał melodie, że ludzie niechętni mogliby posądzać znakomitą damę jeżeli nie o zupełnego bzika, to przynajmniej o wysoko rozwiniętą histerię. Na szczęście pani ta prawie nie znała niechętnych, ponieważ wszyscy jej unikali; kto zaś miał interes, uważał ją za uosobienie rozumu i energii, niekiedy przytłumianej newralgicznymi cierpieniami.

Tylko major nazywał ją starą wariatką; ale ponieważ jego sądy o wszystkich iksinowianach były ostre, więc zgodzono się nie zwracać na to uwagi.

Tymczasem rozgorączkowana Madzia wpadła do domu. W sieni zastąpiła jej drogę matka z silnymi rumieńcami na twarzy, a nieopisaną czułością w oczach. Przez chwilę patrzyły na siebie: matka widziała w niej córkę, którą niebawem ma utracić, Madzia – nie rozumiejąc powodu rozrzewnienia matki.

– Zdejmij prędko kapelusz... – rzekła doktorowa drżącymi ustami. – Krukowski oświadczył się o ciebie...

Madzi zabrakło tchu i rozszerzyły się źrenice.

– Co? – zapytała.

– Nic. Wejdź.

Lekko popchnęła ją do saloniku, gdzie obok fotelu stał pan Krukowski w popielatych spodniach, z kwiatkiem w tużurku, z podsiniałymi oczami i włosami czarniejszymi niż zwykle. Wąska jego ręka w popielatej rękawiczce machinalnie szarpała tasiemkę, na której niespokojnie kręcił się monokl.

– Niech ona sama panu odpowie – rzekła do pana Krukowskiego doktorowa.

– Pani, w ręku twym spoczywa szczęście mego życia – odezwał się z ukłonem pan Krukowski. Nieznośna zaś pamięć podszepnęła mu jeszcze przed dokończeniem tej wzruszającej formuły, że powtarza ją po raz dziewiąty w życiu.

Madzia patrzyła na niego blada; ale rzeczywiście nic nie rozumiała. Była zdumiona, gdyż pod wpływem chwilowego osłupienia przemknęło jej przez myśl, że pan Krukowski oświadcza się... o matkę.

– Najwyższym marzeniem moim, a wyznam, że i najśmielszym, jest... otrzymać rękę pani... – mówił niewyraźnie pan Ludwik i znowu się ukłonił.

Madzia milczała. Była już do pewnego stopnia przygotowaną na ten honor, lecz mimo to usłyszawszy oświadczyny pana Krukowskiego myślała, że szaleje. Wstręt, obawa i rozpacz – oto uczucia, jakich doznała w tym najpiękniejszym momencie swego życia.

– Cóż o tym sądzisz, Madziu? – spytała zakłopotana doktorowa. – Pan Krukowski prosi o twoją rękę... – dodała.

Po fazie kompletnego zgnębienia w Madzi ocknęła się energia. Twarz przybrała wyraz surowy, oczy błysnęły i odpowiedziała tonem osoby dojrzałej a obojętnej:

– Ja, mamo, nie wyjdę za mąż... za... nikogo...

Teraz matka zbladła. Uderzyła ją nie tyle treść odpowiedzi, ile ton i fizjonomia córki.

– Śpieszyć się nie musisz... – wtrąciła doktorowa.

– Wprawdzie byłbym najszczęśliwszym... – dorzucił pan Krukowski.

– To moja ostateczna odpowiedź, mamo – rzekła Madzia znowu tonem, który w ustach słodkiej dzieweczki brzmiał jak zniewaga.

Pan Krukowski odczuł to, zarówno dzięki biegłości w matrymonialnych niepowodzeniach, jak i dzięki temu, że nie można było mylić się co do znaczenia słów Madzi. Ukłonił się więc niżej niż zwykle, a następnie podniósł głowę wyżej, niż to było w jego zwyczaju.

– Przepraszam za mój błąd – odparł. – Ośmieliłem się jednak przypuszczać, że w rozmowie, którą mieliśmy przed koncertem (ostatni wyraz zaakcentował), zrobiła mi pani jakby... cień nadziei...

– Cóż to znaczy, Madziu? – zapytała matka.

– Ach, nic... pani! – szybko wtrącił pan Krukowski. – Naturalnie, że coś mi się przywidziało... Przepraszam, stokrotnie przepraszam...

I wyszedł wśród ukłonów.

Doktorowa usiadła na krześle. Splotła ręce, które jej drgały, i bladymi oczami patrzyła na drzwi, którymi wyszedł pan Krukowski. Na jej twarzy malował się tak wielki smutek, że przerażona Madzia z płaczem upadła jej do kolan, szlochając:

– Nie patrz tak, mateczko... Nie gniewaj się... Ale przysięgam ci, że nie mogłam tego zrobić... Nie mogłam, mamo... Nie mogłam!

Doktorowa łagodnie odsunęła ją od siebie. Westchnęła, wzruszyła ramionami i odparła spokojnym głosem:

– Cóż znowu za scena? Nie chcesz iść za mąż, nikt nie będzie ci radził. Bo wreszcie już za późno. Jesteś samodzielna – ani słowa! Taką cię ukształtowała babka, tak chce ojciec... A moje zdanie zawsze niewiele znaczyło... Ale czy ty wiesz, jakie jest nasze położenie?

Madzia podniosła zalęknione oczy.

– Ojciec mało zarabia, tak mało, że z ledwością wystarcza na dom... Prawda, że Zdzisław już nic od nas nie potrzebuje, ale Zosia jest jeszcze na pensji. Mniejsza o nią... Kobiety emancypowane mogą nie troszczyć się o młodsze rodzeństwo, bo co tam rodzina! Ale siostrze Krukowskiego jesteśmy winni kilkaset rubli, które natychmiast trzeba zwrócić...

– Mamo, przecież ja mam trzy tysiące rubli po babci... Weźcie z tej sumy, ile wam potrzeba na długi i na Zosię... Weźcie wszystko!

– Nie wiem, czy z tej sumy oddadzą nam zaraz trzysta rubli, ale... niedużo z niej zostało. Przypuszczając, że kochasz swoje rodzeństwo, czerpałam stamtąd na edukację Zdzisława... Wydaliśmy przeszło dwa tysiące rubli, czego dziś żałuję...

– A niech mama tak nie mówi! Dobrze mama zrobiła, pomagając Zdzisławowi, bardzo dobrze... Z pozostałej reszty spłaci mama ten dług, a Zosię ja wezmę do Warszawy... Ja się nią zajmę...

– Ty? – rzekła doktorowa. – A niech Bóg broni! Dość już mieć jedną córkę emancypantką. Gdybym w podobny sposób straciła drugą, cóż by nam zostało na starość?

– Nie mówże tak, mamo! – jęknęła Madzia.

Upadła matce do nóg i zaniosła się tak żałosnym płaczem, że doktorowa złagodniała. Podniosła Madzię z ziemi, zaczęła ją uspokajać, nawet złożyła chłodny pocałunek na jej czole.

– Tyś temu nie winna, biedne dziecko! – rzekła. – To przeklęta emancypacja robi z was dziwolągi...

– Które nie chcą sprzedawać się rozhulanym eksbirbantom! Czy tak? – odezwał się nagle ojciec, który od kilku chwil przez okno od ogrodu patrzył na tę scenę.

Wszedł do saloniku szklanymi drzwiami, wziął Madzię w objęcia i z wymówką patrząc na matkę, rzekł:

– Czy ci nie wstyd, mateczko, dziewczyny, która ma więcej taktu niż my, starzy? Pomyśl, jakie byłoby nasze życie, gdybyśmy musieli patrzeć na jej męki między mężem niedołęgą i jego siostrą, na pół obłąkaną kobietą... Przecież tym ludziom nie oddałabyś psa, który by ci kilka lat służył...

– Taki majątek, Feliksie...

– Ale dusza ludzka ma być więcej warta niż wasze majątki – odparł doktor. – O tym zapominacie, choć po dwa razy na dzień modlicie się o jej zbawienie.

48. Echa oświadczyn

Pan Krukowski po niepomyślnej konferencji z Madzią wyszedł na ulicę jak męczennik na stos. Czuł się wyższym nad cały świat, którym głęboko pogardzał; tylko serce ciężyło mu, jak gdyby w piersiach dźwigał centnar wybuchowych materiałów.

Był, w swoim przekonaniu, znieważony, zdeptany, słowem – bardzo nieszczęśliwy; lecz mimo to burzyło się w nim coś na kształt lekkomyślnej radości. Gdyby przed paroma godzinami dano mu do wyboru: śmierć albo odrzucenie go przez Madzię, wybrałby śmierć. Ale gdy go już odrzucono, w panu Ludwiku ocknęła się drzemiąca energia i drwił. „Trzy Marie – myślał – dwie Stanisławy, jedna Katarzyna, jedna Leokadia, a teraz... Magdalena... Oczywiście, nie mam powodzenia u kobiet...".

Potem przypomniał sobie, że od kilkunastu lat jest na łasce siostry, że jest niczym, że ludzie pod grzecznymi formami lekceważą go, więc zacisnął pięść i mruknął:

– Musi się to raz skończyć!

Kiedy wchodził na ganek domu i do sieni, z przyjemnością wsłuchiwał się w odgłos własnych kroków: takie były dzielne. Bez wahania ujął za klamkę, pchnął drzwi i – oko w oko znalazł się wobec siostry.

Chora dama podniosła binokle i spojrzała. Brat wydał jej się w tej chwili jakby zamienionym. Jego popielate spodnie, kapelusz panama w prawej, zdjęta rękawiczka w lewej ręce, jego czarny tużurek, kwiatek w dziurce, a przede wszystkim – twarz, w której jaśniała energia, wszystko to zaimponowało eksparalityczce. Z zadowoleniem obejrzała go od stóp do głów, pomyślała: „przyjęty!" i tylko dla formy spytała:

– No?

To – „no?" w takiej chwili wydało się panu Krukowskiemu bezdnią szyderstwa. Jak błyskawica przeleciały mu przez głowę wszystkie kaprysy siostry, wszystkie upokorzenia, jakich od niej doznał, całe jego śmieszne nicestwo, które już nie budziło nawet litości. Więc – strzepnął rękami, upadł na kanapę i wybuchnął płaczem tak głośnym, że do pokoju wbiegł chłopiec, a za nim kucharka.

Chora zerwała się na równe nogi. Przyszło jej na myśl, że brat grał w karty i przegrał.

– Precz stąd! – krzyknęła na służbę, a zbliżywszy się do brata rzekła groźnym głosem:

– Ludwik, co to znaczy?

– Nieprzyjęty! – wyszlochał bardzo pełnoletni mężczyzna.

– Więc oświadczyłeś się?

– Tak...

– A tyś to po co zrobił? Nie mogłeś zaczekać, aż ja załatwię sprawę? Koniecznie chciało ci się pokazać, że nie dbasz o mnie?

Przerwała, ponieważ pan Ludwik przestał płakać, a natomiast zaczął zachowywać się jak człowiek omdlały. Ręce mu zwisły, głowa opadła na poręcz kanapy.

– No... no... no... – zawołała siostra, lecz widząc, że to nie pomaga, wezwała służbę.

Karafka wody zwyczajnej, pół flakona kolońskiej przywróciły panu Ludwikowi świadomość. Chora dama, odzyskawszy zadziwiającą sprężystość we wszystkich członkach, z zaciętymi ustami pomagała przenieść brata na łóżko i posłała po doktora Brzozowskiego.

Pan Ludwik i przy doktorze zemdlał tak głęboko, że lekarz się zaniepokoił. Obstawił pacjenta synapizmami i flaszkami i cały tydzień nie pozwolił mu podnosić się z łóżka. Eksparalityczka dniem i nocą czuwała przy bracie, a pomagający jej w pielęgnowaniu chorego chłopak miał spuchnięte oba policzki.

Ósmego dnia pan Ludwik ubrał się w szlafrok i przeszedł się po ogrodzie. Potem spod haftowanej kołderki wydobył skrzypce i cicho jak szelest motylich skrzydeł popłynęła spod jego palców barkarola, ta sama, którą niegdyś grywał przy akompaniamencie panny Eufemii, ta sama, za którą na koncercie otrzymał burzę oklasków.

Tegoż dnia eksparalityczka zaprowadziła doktora do najodleglejszego pokoju i zapytała: co właściwie jest bratu?

Brzozowski podniósł brwi i zaczął wykładać; a ponieważ siedzieli obok siebie, więc za każdym punktem uderzał damę w kolano:

– Proszę pani, brat jej – po pierwsze – jest wyczerpany, musi odpocząć i się odżywić...

– On przecież ciągle to robi.

– Doskonale! Proszę pani, brat jej – po drugie – jest mocno zdenerwowany, na co może nie tyle wpływają jego kłopoty, ile zdenerwowanie samej pani. Ciągłe przebywanie z osobą tak rozstrojoną jak pani musiało i jego rozstroić...

– Ależ, mój doktorze...

– Ależ, proszę pani – przerwał Brzozowski, znowu uderzając ją w kolano – pani zrobi, co zechce, a ja powiem, czego uczy medycyna... Brat pani, jeżeli ma przyjść do siebie, musi zmienić otoczenie i tryb życia, koniecznie... Dlatego najlepiej będzie wysłać go w podróż...

– Nigdy! – przerwała chora dama.

– Jak się pani podoba – odparł doktor i znowu uderzył ją w kolano.

– A gdyby go ożenić? – spytała dama.

Doktorowi błysnęły oczy.

– Można. Tylko... Żona pana Ludwika musi być osobą wyrozumiałą, spokojną, taktowną... No i niezbyt młodziutką, bo te bardzo młode – nie dla nas.

– Znajdziemy taką – odparła dama.

– Szukajmy, byle prędzej. Ale przede wszystkim – niech pani da trochę swobody bratu...

– Cóż to, przypuszcza pan?

– Ja nic nie przypuszczam, ja jestem pewny, że pani rządzisz nim despotycznie... Otóż tyrania męska wyciska łzy kobietom, ale tyrania kobieca przyprawia mężczyzn o choroby, ogłupia ich, obezwładnia, demoralizuje...

– Jesteś pan impertynent! Dziękuję za takie porady...

– Ja pani nie prosiłem, żebyś mnie wzywała... Ja nie lubię odbierać Brzeskiemu jego nielicznych pacjentów... Ale kiedy jestem wezwany do chorego, mówię, co widzę, bo to mój obowiązek... Gdyby pan Krukowski umiał tak okulbaczyć panią jak pani jego, bylibyście oboje zdrowi...

Po tej prelekcji chora dama rozpłakała się, zwymyślała Brzozowskiego, ale dała mu trzy ruble. Doktor wziął trzy ruble, zwymyślał ją jeszcze lepiej i rozstali się zadowoleni z siebie.

Gdy Brzozowski wyszedł, potrącając sprzęty i nakładając czapkę w pokoju, chora dama pomyślała z westchnieniem:

„Tak, gdyby Ludwik był podobny do niego!".

Przez osiem dni choroby pana Krukowskiego w najwyższych słojach towarzyskich Iksinowa kipiały plotki. Żadna elektryczność nie obiega tak szybko drutu obwodowego, jak wieść o nowym koszu pana Ludwika obiegła miasto.

Naturalnie zaraz utworzyły się dwa stronnictwa. Proboszcz mówił, że Madzia jest bezinteresowną; major nazywał ją szlachetną dziewczyną; pan Miętlewicz uważał ją za bóstwo, u którego nóg powinien cały świat leżeć. Ale pani rejentowa, pani podsędkowa i ich towarzyszki miały o Madzi cokolwiek odmienne zdanie, które pan aptekarz, ważąc proszki lub korkując flaszeczki, formułował w ten sposób.

– A co, nie mówiłem, że pannie Brzeskiej na złe wyjdzie przyjaźń z wędrownymi aktorami? Dopóki chodziło o mizdrzenie się, strojenie, urządzanie koncertów, panna Magdalena brylowała w Iksinowie. Ale kiedy przyszło do sakramentu...

Prr! Nie mogę... To, panie, tak z naszymi emancypantkami: zaczyna się od teorii, a potem... Prr!

Przy jednym z takich opowiadań pani rejentowa, skromnie spuszczając oczy, odezwała się:

– Ale złośliwy pan! Kto bo słyszał mówić takie rzeczy o... panienkach?

Aptekarz zdziwił się, gdyż jakkolwiek chciał uchodzić za piekielnie złośliwego i pesymistę, niemniej swoje opinie o postępowaniu Madzi opierał na sądach pani rejentowej.

Drobny ten wypadek ochłodził przyjazne stosunki między czcigodnymi domami państwa rejentów i aptekarzy. Aptekarz nagle przestał interesować się Madzią, ale za to zaczął rozwodzić się nad małomiasteczkowymi intrygami.

– Ho, ho! – mówił do żony. – Chciały baby zrobić ze mnie miech do rozdmuchiwania plotek... Ale musi rano wstać, kto myśli, że wyprowadzi mnie w pole... Nie z takimi ja grałem!

Przez te ciężkie dnie Madzia prawie nie ukazywała się na ulicy: od rana do późnej nocy przeglądała elementarne książki i swoje zeszyty z niższych klas, przygotowując się do posady kierowniczki pensji w Iksinowie. Doktor Brzeski z niezamąconym spokojem odwiedzał albo przyjmował chorych, a doktorowa trochę pożółkła i może płakała po nocach, ale Madzi nie robiła wymówek. Obie z córką zaledwie po kilka zdań wymieniały w ciągu doby. Nie było między nimi gniewu, owszem, życzliwość; tylko jedna i druga czuły, że jest im obco ze sobą.

Gdyby której z nich groziło niebezpieczeństwo, matka za córkę, a córka za matkę poświęciłaby życie. Ale mieszkać razem było im coraz trudniej: między nimi stał cień babki, długie oddalenie, pensja pani Latter, różnica wieku, a przede wszystkim różnica pojęć. Nikt nie wytłumaczyłby doktorowej, że Madzia nie jest jej okiem, jej sercem, jej mózgiem, słowem – ważną a nieoddzielną częścią jej istoty, i że ona z córką powinny mieć jedną duszę. A tymczasem Madzia czuła z każdym dniem wyraźniej, że jest czymś odrębnym od matki, że ma swoją własną duszę, której za nic się nie wyrzeknie.

Od chwili odrzucenia pana Krukowskiego Madzi zdawało się, że jest obcą w domu rodziców. Czuła się osobą, która wyzyskuje ludzi uczciwych a niezasobnych. Przy obiedzie prawie lękała się jeść, gdyż w jej przekonaniu każdy kąsek był kradziony. Czasem machinalnie mówiła „dziękuję...", gdy jej podsunięto potrawę, a raz, gdy z brzękiem upadła jej łyżka na stół, dostała drżenia serca. Przy pracy, w swoim pokoju, choć nikt na nią nie patrzył, starała się jak najmniej zabierać miejsca na stoliku, siedziała na rożku krzesła, nieomal wstrzymywała oddech, żeby nie zabierać powietrza ukochanym rodzicom, których tak skrzywdziła.

Mogła jednym wyrazem usunąć im wszystkie prace i kłopoty, a zapewnić bezpieczną starość i nie zrobiła tego! Ona, tak odczuwająca cudzą niedolę, taka skora do poświęceń. Ach, i dziś jeszcze, i w każdej chwili chętnie ofiarowałaby im życie; dlaczegóż więc nie żądano od niej życia, tylko oddania się człowiekowi, który jako mąż był dla niej wstrętny?

W ogóle zamążpójście wydało się Madzi czymś kompromitującym kobietę. Każdy mężczyzna budził w niej uczucie głębokiego wstydu, który był tak silny, że przemóc go mogłaby tylko dla jednego – dla pana Kazimierza Norskiego. Ale kiedy pierwszy raz przyszło jej to na myśl, rozpłakała się, a potem uklękła i drżąca zmówiła pacierz; zdawało się jej, że jest wyuzdaną rozpustnicą, którą ludzie powinni gardzić, a Bóg potępić.

W sercach dziewiczych trafiają się podobne obłąkania.

A tymczasem po mieście opowiadały sobie najczcigodniejsze damy, że Madzia daleko, o!, bardzo daleko musiała zajść w emancypacji, skoro odrzuciła tak świetną partię jak pan Ludwik Krukowski. Wprawdzie pan Ludwik i u innych panien nie miewał powodzenia, ale tamto bywały panny bogate, szlachcianki. Żadna córka doktora, a choćby podsędka, rejenta czy aptekarza nie byłaby tak nierozsądną bez powodów pierwszorzędnej doniosłości...

Choroba pana Krukowskiego budziła żywe współczucie głównie wśród starszych iksinowianek. Opowiadano sobie, że z domu pana Brzeskiego (w owej fatalnej godzinie) wracał pan Krukowski jak posąg, że wpadł na wóz z owsem i nie odkłonił się panu rejentowi. – Czysty automat! – Opisywano jego wybuch płaczu, który miał trwać około pięciu godzin, a rozlegał się aż pod starą oberżą. Mówiono, że nieszczęśliwy pan Ludwik co dzień mdleje i gdyby nie nadludzki ratunek Brzozowskiego, już by umarł.

– A tak – wyjaśniała pani rejentowa pani pomocnikowej – to tylko albo zwariuje, albo dostanie rozmiękczenia mózgu, albo choroby szpiku. W każdym razie jego siostra sprzeda dom, ogród, odbierze kapitały z hipotek i wywiezie męczennika gdzieś za granicę. W taki dziki kąt, w taką odciętą od świata miejscowość, gdzie by nawet nie wiedziano o Iksinowie.

Słuchając tego z powagą właściwą swemu stanowisku, rejent zrobił minę, która oznaczała, że jednak trudno będzie znaleźć okolicę, dokąd nie dosięgłyby odgłosy z Iksinowa.

– A co to za nieszczęście dla Femci... – mówiła pani rejentowa. – Bo gdyby nie przyjazd tej... panny Magdaleny, Krukowski niezawodnie ożeniłby się z podsędkówną. Byli tak dobrze... A dziś!

– No, ale Cynadrowski był tam niepotrzebny – wtrącił rejent.

– Mój kochany, co znaczy twoje: tam? – podniosła głos rejentowa. – Że do niej wzdychał? Każdy z was wzdycha do każdej pięknej kobiety...

– Cynadrowski kręci się wieczorami koło domu podsędków – rzekł rejent.

– Więc cóż z tego? Wolno mu kręcić się nawet około kościoła... Proszę cię, nie powtarzaj plotek, bo mnie gniewasz.

Rejent umilkł, ale zrobił minę, która mogła oznaczać, że dziwi się wstrętowi swej małżonki do plotek. Przynajmniej tak oceniła to pani rejentowa i wpadła w zły humor.

49. Przechadzki cmentarne

W piątym dniu choroby pana Krukowskiego, na krótko przed zachodem słońca, Madzia spacerowała po ogródku. Nagle nad parkanem od strony ulicy mignęła czapka z gwiazdką, a po chwili obok krzaka malin upadł list.

– Od panny Eufemii! – odezwał się stłumiony głos spoza parkanu.

Madzia trochę się zlękła, trochę się rozgniewała na dziwnego posłańca, lecz podniosła i przeczytała kartkę.

Były znowu na niej dwa całujące się gołąbki, tym razem nieprzekreślone.

„Najdroższa, święta, jedyna przyjaciółko moja! Dziś po zachodzie słońca przyjdź na cmentarz, gdzie czekać cię będę z nieopisaną tęsknotą. Błagam cię, nie odmów, chodzi bowiem o ważne rzeczy".

Dalej następowało wykreślone zdanie: „może o życie dwojga istot" – podpis: „Twoja na wieki Eufemia".

W pół godziny Madzia, której już nikt nie zapytywał, dokąd wychodzi, znalazła się na wskazanym miejscu.

Cmentarz był niewielki, opasany murem; wchodziło się do niego przez furtkę, która puszczona z ręki, sama się zamykała, wahając się w prawo i lewo i kłapiąc. Na białych pomnikach jeszcze było znać różowe blaski zorzy wieczornej. Madzi, gdy biegła główną ulicą, wydawało się, że mogiłki są jakby wyższe, że szare czarne krzyże spoglądają na nią i że wśród wielkiej ciszy między drzewami snują się cienie i słychać szepty.

Mijając kamień grobowy swej babki, Madzia uklękła i odmówiła pacierz. W rzeczy samej na cmentarzu było słychać szelest, a potem odgłos, jakby ktoś przelazł mur i skoczył na drugą stronę.

„Boże, po co ja tu przyszłam?" – pomyślała wylękniona Madzia. W tej chwili usłyszała szybkie kroki i głos panny Eufemii...

– To ty, Madziu?

Madzia powstała z klęczek; panna Eufemia rzuciła się jej na szyję i zaczęła całować ją z płaczem.

– Czy przebaczysz mi kiedy?

Zamiast odpowiedzi Madzia uścisnęła ją. Potem obie, wziąwszy się pod ręce, pobiegły między najgęstsze drzewa i usiadły na ławeczce naprzeciwko niskiego krzyżyka, który pochylił się na bok, jakby chciał słyszeć ich szepty.

– Odrzuciłaś Krukowskiego? – mówiła panna Eufemia, tuląc się do ramienia Madzi. – Ach, jakaś ty szlachetna... Jakaś ty odważna! Nie wiesz nawet, ile cię błogosławię, bo dopiero ty otworzyłaś mi oczy na prawdę... Dla mojej matki majątek jest wszystkim i gdyby pół roku temu, ach, gdyby nawet po koncercie oświadczył mi się Krukowski, przyjęłabym go i zdeptałabym najszlachetniejsze serce...

Zadyszana odpoczęła.

– Widzisz, Madziu, my, kobiety na prowincji jesteśmy bardzo nikczemne: sprzedajemy się, pozwalamy się sprzedawać, wyrzekamy się własnej woli, a nawet uczuć dla majątku... A tymczasem jaki majątek zastąpi prawdziwą miłość?

Spójrz na te groby, Madziu, w których wszystko się kończy, dokąd nie można zabrać majątku, i powiedz: czy dla podłej mamony godzi się odtrącać serce... kochające... ubóstwiające nas serce? Ja dopiero dziś czuję kobiecą godność, dopiero dziś jestem dumna, kiedy wiem – jak on mnie kocha... Dać komu tyle szczęścia, ile ja mogę dać temu człowiekowi... ach... Czy jest coś ważniejszego na świecie?

– O kim mówisz? – spytała Madzia.

– O Cynadrowskim. Nie chcę nic taić przed tobą: zaręczyliśmy się z nim i czuję, że zaczynam go kochać... Kobieta potrzebuje być kochaną, ubóstwianą... To jej wynagradza ofiary, jakie ponosi w życiu...

– A rodzice?

Panna Eufemia otrząsnęła się.

– Rodzice? Czy ty, odrzucając Krukowskiego, pytałaś rodziców? Jestem także kobietą, człowiekiem, i mam prawo rozporządzać przynajmniej moim ciałem... Przecież to – moje – ciało, jedyna moja własność, które mogę oddać ukochanemu, ale sprzedawać – nigdy!

Madzi boleśnie ścisnęło się serce i długo, długo całowała pannę Eufemię.

– W zimie – mówiła podsędkówna – ojciec mego narzeczonego ma kupić mu stację pocztową w Kieleckiem. Będzie to dla nas podstawa bytu, a resztę dopełnię pracą... Bo i kto mi broni, nawet gdy zostanę żoną zarządcy stacji, uczyć dzieci?

Otarła chustką oczy.

– Dlatego proszę cię, Madziu, przyjmij mnie na wspólniczkę do twej szkoły. Będę pracowała od rana do wieczora... Nie chcę już własnego pokoju, firanek, tapetów... Pobielone ściany to dosyć... Przy tobie nawyknę do uczenia, a wieczorami będę haftowała; może zresztą znajdę lekcje muzyki i tym sposobem zbiorę pieniądze na wyprawkę, bardzo skromną... Bo mama, jestem pewna, nic mi nie da przed ślubem.

Powstały z ławki i opuściły cmentarz.

Madzia była wzruszona: w tej pokornej, gotowej do poświęceń narzeczonej nie mogła poznać dawnej panny Eufemii, pysznej egoistki.

Od tej pory Madzia co wieczór przychodziła na cmentarz i rozmawiała z panną Eufemią o jej planach na przyszłość albo o pensyjce, którą miały założyć. Podsędkównie zawsze towarzyszył sekretarz pocztowy, lecz na widok Madzi krył się za mur.

Kiedy pan Krukowski na dobre dźwignął się z niemocy i zrzucił szlafrok, a dla kompensaty coraz częściej grywał na skrzypcach, jego siostra zaprosiła do siebie panią rejentowę i odbyła długą konferencję przy zamkniętych drzwiach. Po skończeniu jej pani rejentowa promieniejąca zadowoleniem udała się do pani podsędkowej i odbyła z nią drugą konferencję. Po skończeniu jej pani rejentowa wyszła, a z kolei pani podsędkowa zaczęła promieniować wielkim zadowoleniem.

Następnie pani podsędkowa wezwała pana podsędka i zaczęła z nim konferencję. Po wysłuchaniu zdań początkowych pan podsędek zawołał:

– Ja to przeczuwałem od dawna!

Ale w dalszym ciągu rozmowy zerwał się z krzesła, zaczął tupać nogami i krzyczeć:

– Ja do tego mieszać się nie będę! Daj mi syna, to zrobię z nim, co mi się podoba; ale córka należy do ciebie...

– Masz niedobrze w gełowie czy co? – odpowiedziała uroczyście pani podsędkowa. – Skądże ja ci syna wezmę?

I uwagę swoją poparła ruchami pełnymi godności; może zbyt wielkiej na tak małą odpowiedź. A że zbliżał się zachód słońca, więc z naciskiem poprosiła podsędka, żeby nie wydalał się z domu.

Podsędek był zrozpaczony; całe szczęście, że niedługo czekał. Wkrótce bowiem usłyszał szanowną małżonkę, która mówiła do panny Eufemii:

– Dokądże to panienka?

– Na spacer.

Musiało to być hasłem, gdyż podsędek ze swego pokoju przeszedł do saloniku i usiadł na krześle pod piecem w sposób charakteryzujący człowieka, który cierpi na żołądek.

Również do saloniku wsunęła się majestatycznie pani podsędkowa, a za nią panna Eufemia w kapeluszu na głowie. Nawet już zapinała drugą rękawiczkę.

Podsędkowa z powagą usadowiła się na fotelu i rzekła do córki:

– Więc panienka na sepacer?

– Tak.

– Czy nie na cementarz?
– Na cmentarz.
– I nie boisz się sama sepacerować o tej porze między grobami?
– Ach, więc tak? – rzekła spokojnie panna Eufemia, siadając obok stołu naprzeciwko podsędkowej. – Ktoś, widzę, wyszpiegował mnie, więc nie mam co taić. Tak, mamo, chodzę po cmentarzu albo z Madzią, albo z panem... Cynadrowskim.

Podsędek z wielką uwagą obserwował szparę podłogi: podsędkowa rzuciła się na fotelu, ale nie zmieniła tonu.

– Pan Cenaderowski – rzekła – bardzo niestosowne towarzystwo dla panienki twego setanowiska!

Panna Eufemia schyliła głowę i zaczęła mrugać oczami.

– Ja go kocham, mamo... – szepnęła.

Podsędek rozkrzyżował ręce.

– Nierozsądna jesteś, moja Femciu – odpowiedziała podsędkowa – z twoim kochaniem i z twoją pensją. Wszystko to są skutki przestawania z panną Magdaleną...

– O, nie... Z nią zakładam pensję, ale jego kocham sama... Długo walczyłam z jego błaganiami i rodzącym się we mnie uczuciem... Ale skoro raz przysięgłam, że będę należeć do niego...

Podsędek chwycił się za brzuch i kiwał głową. Podsędkowa przerwała córce:

– Nigdy nie sądziłabym, Eufemio, że możesz zapomnieć o swoim stanowisku...

– No, nie jest tak znowu świetne stanowisko starej panny, którą zostałabym za rok lub dwa... Dotychczas ślepo słuchałam mamy i co z tego? Skończyłam dwadzieścia pięć lat...

– O, i dobrze! – mruknął podsędek.

– A przyzna mama, że lepiej umrzeć niż zostać starą panną... Czy ich tu nie znamy dosyć w rozmaitym wieku? Im która starsza, tym bardziej nieszczęśliwa i wyśmiewana... Dziękuję za takie stanowisko, wolę być żoną kierownika poczty... – mówiła panna, bawiąc się albumem.

– Pi! Jak ta dziewczyna gada... Jak ona gada! – wtrącił podsędek.

– A ja sądzę – rzekła powoli podsędkowa – że lepiej być panią Krukowską z bełogosławieństwem rodziców niż wydziedziczoną i wyklętą panią Cenaderowską...

Pannie Eufemii wysunął się z rąk album i z łoskotem upadł na ziemię.

– Cóż to znaczy? – spytała drżącym głosem.

– To, że pan Kerukowski i jego siostra w tych dniach oświadczą się o twoją rękę, jeżeli będą pewni, że nie odmówisz...

Panna Eufemia wybuchnęła płaczem.

– Boże, cóż się to dzieje! Ależ Cynadrowski...

– Przelotna sełabostka – odparła matka.

– Ja mu przysię... ja mu przyrzekłam...

– Zapewne w chwili szlachetnego uniesienia, oszołomiona jego bełaganiami i rozpaczą...

– Zamieniliśmy pierścionki... zresztą – on ma moje listy...

– Aj, do diabła! – mruknął podsędek.

– Moja Eufemio – mówiła podsędkowa. – Pan Kerukowski jest szlachetnie urodzony, pięknie wychowany, a mimo to – nieszczęśliwy i osamotniony. Takiemu człowiekowi podać rękę, welać mu otuchę, przywrócić wiarę w siebie – to, moim zedaniem, cel godny kobiety wyższej... Ale pan Cenaderowski, któremu wystarczyć by mogła tewoja pokojówka...

Podsędkowa wyniośle wzruszyła ramionami; panna Eufemia płakała.

Rozpoczęta w tej sprawie konferencja ciągnęła się do późnej nocy, przeplatana łzami i uściskami matki i córki tudzież wykrzyknikami podsędka, które w bardzo niewielkim stopniu przyczyniały się do wyjaśnienia sytuacji.

Panna Eufemia nie była tego wieczora na cmentarzu.

50. Gdzie się kończą

Nazajutrz podsędek, zmizerniały i nieśmiały, złożył wizytę majorowi i odbył z nim konferencję. O czym mówiono? – pozostanie wieczną tajemnicą. Jedno jest pewne, że major tak brzydko wymyślał na podsędkową, aż szyby drżały z oburzenia.

Gdy zaś spocony podsędek, opuściwszy dom majora, lekkim kłusem podążył na łono rodziny, major udał się do doktora Brzeskiego i wszedłszy do pokoju Madzi, która coś pisała, rzekł zniżonym głosem bez wstępów:

– Powiedz mi: czy prawda, że pośredniczyłaś między panną Eufemią i Cynadrowskim?

– Ja? – krzyknęła zdumiona Madzia.

– Powiedz mi, dziecko, szczerze – mówił major. – Bo oni twierdzą, że ty namówiłaś Eufemię do schadzek i nakłoniłaś ją do zamiany pierścionków z Cynadrowskim.

Madzia oburzyła się. A ponieważ jeszcze na pensji przywykła chować swoją korespondencję, więc – oddała majorowi dwa listy: jeden z przekreślonymi gołąbkami, w którym panna Eufemia zerwała z nią stosunki, drugi z nieprzekreślonymi gołąbkami, w którym zaprosiła ją na cmentarz.

– Naturalnie! – mówił starzec przeczytawszy listy. – Byłem tego pewny!

Potem wyjrzał przez okno, spojrzał na drzwi i chwyciwszy Madzię wpół, przytulił swoje siwe, nasycone tytoniem wąsy do jej szyi, mrucząc:

– Oj, ty... ty... figlarko! Mogłabyś nie kusić mnie, starego... No, bywaj zdrowa – dodał po chwili i pocałował Madzię w czoło.

Z domu doktora major podreptał ku poczcie, nakładając swoją potworną fajkę, i wszedł do ekspedycji, gdzie pochylony nad biurkiem młody blondyn z grzywką sumował cyfry.

– Cynadrowski – rzekł major – masz czas?

Młody blondyn położył palec na jednej z cyfr i spojrzawszy groźnie na majora odparł:

– Zaraz będę miał… Ale za kratkę wchodzić nie wolno…

– Tam także wchodzić nie wolno, a jednak chciałeś… – odparł major. I nie tylko usiadł na urzędowej kanapce obok biurka, ale jeszcze urzędowymi zapałkami zapalił straszliwą fajkę.

– Pan jest bezceremonialny! – rzekł Cynadrowski.

– Nauczyłem się od ciebie i zaraz ci to opowiem, tylko skończ pisanie.

Blondyn z grzywką przygryzł wargi, zsumował kolumnę, a potem sprawdził.

– Masz jakiś pokoik? – zapytał major.

Cynadrowski wstał i milcząc, zaprowadził majora do następnego pokoiku, gdzie było żelazne łóżko, parę czarnych szaf z papierami, a w kącie stos juków wydających woń odświeżonej skóry.

Major usiadł na łóżku i przez chwilę wydmuchiwał kłęby dymu, patrząc w sufit. Przypomniał sobie, że przed pół godziną podsędek ukląkł, literalnie ukląkł przed nim, błagając, żeby bardzo ostrożnie, bardzo delikatnie i bardzo stopniowo przygotował sekretarza do pewnej smutnej wiadomości.

„Bo widzi kochany major – mówił podsędek – Cynadrowski to chłopak porywczy i jeżeli nie weźmiemy się do niego dyplomatycznie, gotów zrobić awanturę".

To przypomniał sobie major i widać ułożył jakiś plan metternichowski, gdyż uśmiechnąwszy się, rzekł:

– Wiesz, po co do ciebie przyszedłem?

– Nie mogę się domyśleć, za co spotyka mnie ten honor – odpowiedział krewki młodzieniec, którego niecierpliwiło zachowywanie się majora.

– Widzisz... przyszedłem ci oddać w imieniu panny Eufemii twoje listy do niej, no... i pierścionek.

To mówiąc, powoli położył na stole najpierw pakiecik obwiązany na krzyż czarną wstążeczką, a następnie małe pudełko po pigułkach, gdzie, owinięty w watę, błyszczał pierścionek z wizerunkiem Matki Boskiej.

– Oprócz tego proszę cię również w imieniu panny Eufemii o jej listy i jej pierścionek – zakończył major i spojrzał na Cynadrowskiego.

Młody człowiek stał pod szafą, z rękami w kieszeni. Miał twarz jakby zmarzniętą, białe usta i grzywkę rozrzuconą, choć jej nie dotknął. Majorowi zrobiło się żal biedaka i właśnie dlatego nasrożył siwe brwi.

– To nie może być – rzekł chrapliwym głosem Cynadrowski.

– Masz rację – odparł major. – Nie może być, żeby człowiek honorowy zatrzymywał listy i pierścionek panny, która mu odsyła jego efekta.

– To nie może być – powtórzył z krzykiem młody człowiek uderzając się pięścią w piersi. – Jeszcze onegdaj przysięgała mi...

– Onegdaj przysięgała ci na onegdaj, ale nie na dzisiaj. Baba nigdy nie przysięga na odległy termin, chyba w kościele. Nie należy jej też podsuwać zbyt długiej roty przysięgi, bo nim dojdzie do końca, zapomni, co było na początku.

– Ale dlaczego to zrobiła? Dlaczego?

– Podobno ma oświadczyć się jej Krukowski.

– Więc idzie za mąż? – prawie zawył młody człowiek.

– Ano jużci... I szkoda, że jej się to wcześniej nie udało... Tak pięknie zbudowana kobieta mogłaby już mieć ze sześcioro dzieci...

Cynadrowski nagle odwrócił się i ukląkł w kącie między pachnącymi jukami. Wcisnął czoło między dwie ściany i jęczał nie roniąc ani jednej łzy:

– Jezu... Jezu... Czy to podobna? Jezu miłosierny, czy tak można zabijać ludzi na równej drodze? Jezu!

Majorowi zrobiło się przykro.

– Diabli mnie tu przynieśli… – mruknął.

Podniósł się z łóżka, podszedł do klęczącego i uderzywszy go w ramię, rzekł:

– No, wstawaj!

– Co? – odparł młody człowiek zrywając się na nogi. Wyglądał jak wariat.

– Przede wszystkim – nie bądź głupi.

– A potem?

– Oddaj listy panny i jej pierścionek, a swój zabierz.

Cynadrowski rzucił się do niewielkiego kufra, otworzył go, a w nim skrytkę, z której wydobył pakiet listów. Policzył je, włożył w grubą kopertę i zapieczętował trzema urzędowymi pieczęciami.

Następnie zdjął z palca pierścionek z opalem i ostrożnie umieścił w pudełeczku z watą; pierścionek zaś z Matką Boską wsadził sobie na palec.

– To jeszcze po matce – rzekł dygocząc.

– Piękna pamiątka – odparł major. – Szkoda, że jej nie szanowałeś.

– Ha? – spytał Cynadrowski.

– Nic. Teraz powinieneś wziąć na przeczyszczenie. Nawet – wiesz co? Przyślę ci sześć reformackich pigułek; zażyj wszystkie, a do jutra tak ci się uspokoi serce… W naszym pułku był doktor Gerard: ile razy jakiś oficer zakochał się nieszczęśliwie, dawał mu na przeczyszczenie. A jeżeli chłopak bardzo dokazywał, to najpierw zalecał wymioty. Niezawodny środek… Jak niegaszone wapno na szczury.

– Kpi pan ze mnie? – szepnął młody człowiek.

Major objął go prawą ręką (w lewej trzymał fajkę) i pocałował w oba policzki, mówiąc:

– Jak Boga kocham, nie kpię… Jak cię szanuję, mój Cynadrowski! Tylko, widzisz, spódnica – dobra rzecz, ale nie trzeba sobie zawijać w nią głowy. I nie myśl, że cię nie rozumiem.

Ja wiem, co to miłość: kochałem się po dwanaście razy na rok, może i więcej. A że byłem chłopak jak malowidło, więc latały za mną dziewczęta jak koty za sadłem. I co powiesz: każda umierała z miłości, przysięgała, że mnie na wieki będzie kochać, a nie było ani jednej, żeby bestyjka nie zdradziła. Co najbardziej mnie gniewało, że zawsze zdradziła choćby o godzinę wcześniej niż ja ją. Z tego powodu mam nawet żal do kobiet i taką zawziętość, że – jak mnie widzisz żywym ,każdą zniesławiłbym bez wyrzutu sumienia.

Cynadrowski uśmiechnął się bezmyślnie.

– Bardzo dobrze – mówił major – już rozum zaczyna ci wracać. Zażyj jeszcze moich pigułek, a spojrzysz na świat całkiem jasno. Mój kochany, nieszczęście w miłości nie wtedy bywa, kiedy ciebie zdradzają, ale kiedy cię już zdradzić nie mogą, choćby najbardziej chciały. Zimno mnie, powiadam ci, przechodzi, gdy pomyślę, że jeszcze rok, dwa, a trzy najwięcej i... przestaną zajmować człowieka te marności!

Wierz mi, prawdziwa nad tobą łaska Boża, że tak się stało. Miałbyś teścia... no! A teściową! I w dodatku jedną jedyną żonę, która pilniej strzegłaby twojej cnoty niż Żydzi kopytkowego przy rogatkach. A tobie na co jedna żona? Masz tu gdzie lustro, więc przejrzyj się: pyski jak u Tatara, czoło jak u byka, kark barani, nogi kogucie... Czyś ty zwariował, człowieku, żeby takie zdolności marnować dla jednej kobiety!

– Więc ona idzie za mąż? – wtrącił Cynadrowski.

– Kto?

– Panna Eufemia...

– Ależ idzie, aż się oblizuje! – odparł major. – Dwudziestoośmioletnia panna to jak roczna wdowa: serce gorętsze od samowara, rękę ugotowałbyś do kości...

– Jezu... Jezu! – szeptał młody człowiek, chwytając się za głowę.

– No... no! Tylko Pana Jezusa tu nie mieszaj – zgromił go major. A chowając do bocznej kieszeni kopertę z listami i pudełeczko z pierścionkiem panny Eufemii, dodał:

– Tak, doskonale... Uszy do góry! A jak ci moja kucharka przyniesie pigułki, zażyj wszystkie... Tylko nie zaczep jej samej, bo tego nie lubię. Smutek smutkiem, a co nie twoje, nie ruszaj. Bądź zdrów.

Ścisnął Cynadrowskiego za rękę i nadstawił mu do pocałunku policzek.

W parę dni po tych wypadkach, kiedy Madzia bocznymi ulicami przemykała się do sklepu Eisenmana, zastąpił jej drogę Miętlewicz. Był zakłopotany, lecz starał się panować nad sobą.

– Czy słyszała pani – rzekł – że dzisiaj pan Krukowski z siostrą był u państwa podsędków i oświadczył się o pannę Eufemię?

– Wiem o tym – odparła Madzia, rumieniąc się.

– Przepraszam panią... Ale – czy został przyjęty?

– Tak przynajmniej mówił pan podsędek memu ojcu.

– Ja, proszę pani, nie przez ciekawość pytam... – tłumaczył się Miętlewicz. – Tylko ten biedak Cynadrowski zobowiązał mnie, żeby się o tym dowiedzieć... Przyrzekłem mu i...

– Na co mu ta wiadomość! – odpowiedziała Madzia, wzruszając ramionami. – Bo przecież jest chyba na tyle szlachetny, że o awanturze nie myśli...

Miętlewicz zarumienił się jak wyrostek schwytany na psocie. Zrozumiał niewłaściwość pogróżek, za pomocą których chciał zapobiec związkowi Madzi z Krukowskim.

– Czasami – wyjąkał – człowiek tak szaleje z żalu, że gotów zrobić awanturę przynajmniej... z samym sobą... Ale Cynadrowski nie zrobi tego, o nie... To kamień; już wczoraj cały dzień pisał raporta. Tylko chciał się przekonać, czy rodzice nie zmusili panny Eufemii i czy ona przyjmie dobrowolnie pana Krukowskiego?

– Podobno już w tę niedzielę mają wyjść ich zapowiedzi – wtrąciła Madzia.

– Czy tak? Spieszy się panna Eufemia! Dobrze robi Cynadrowski, że na parę tygodni wyjeżdża do ojca na wieś... Bo może by i nie wytrzymał, gdy innemu zagrają Veni Creator.

51. Echo przechadzek po cmentarzu

Madzia pożegnała rozgadanego Miętlewicza i, załatwiwszy w mieście sprawunki, wróciła do domu. Przed wieczorem przyszedł major z proboszczem i jak zazwyczaj siedli starcy do szachów w altanie, dokąd Madzia przyniosła kawę. Doktor Brzeski palił niedrogie cygaro i przypatrywał się grającym.

Ale partia wlokła się nieporządnie, gdyż partnerzy ciągle przerywali ją rozmowami niemającymi związku ze szlachetną grą.

– Nie chciałbym być w skórze Eufemii – mówił major. – Przecież ona wchodzi do szpitala!

– No, majątek... nazwisko... – wtrącił proboszcz.

– Co po nazwisku, kiedy mąż niedołęga? Dopiero będzie miała niespodziankę...

– A tak, z panią siostrą... Rzeczywiście ekstraordynaryjna kobieta.

– Gorsza czeka ją zabawa ze strony brata.

– Nie gadałby major! Taka brzydka gęba, że ile razy wypuści fajkę, musi powiedzieć nieprzyzwoitość.

– Gadałeś i jegomość w młodszym wieku.

– Nigdy! – oburzył się proboszcz, uderzając pięścią w stół. – Nigdy, ani kiedy byłem wikarym, ani kiedym został proboszczem.

– Bo wikary nie wiedział, a proboszcz nie może – odparł major.

Ksiądz umilkł i zaczął przypatrywać się w szachownicy.

– Teraz, mości dobrodzieju, posuniemy tak... – rzekł proboszcz. Następnie wziął dwoma palcami laufra i podniósł.

W tej chwili na ulicy rozległ się krzyk, jakby ktoś wołał: gore! Potem gwałtownie otworzyła się furtka i wbiegł do ogrodu człowiek niski a pękaty, wołając:

– Doktora!

– Kierownik poczty... – rzekł major.

Istotnie był to kierownik poczty. Kiedy wpadł do altany, jego apoplektyczna twarz była pokryta siecią fioletowych żyłek. Chciał coś powiedzieć, ale zakrztusił się i bezładnie machnął rękami.

– Zwariował pan? – krzyknął na niego major.

– Udławił się... – dorzucił proboszcz.

– Zastrze... zastrzelił! – jęknął kierownik poczty.

– Kto? Kogo?

– Siebie...

– Oho! To zapewne ten osioł Cynadrowski... – rzekł major i z fajką w zębach, bez czapki wybiegł z altany, a za nim proboszcz.

Doktor Brzeski wpadł do swego gabinetu po środki opatrunkowe i z listonoszem poszedł za przyjaciółmi.

Przed pocztą stała ciągle powiększająca się gromadka mieszczanek i Żydów.

Major rozepchnął tłum, minął biuro ekspedycyjne i wszedł do pokoiku Cynadrowskiego, gdzie zapach skóry mieszał się z wonią prochu.

Cynadrowski siedział na łóżku oparty plecami o ścianę. Pełna jego twarz wydawała się obwisła i miała odcień żółtego wosku. Jeden listonosz stał osłupiały w kącie między workami, drugi, rzewnie płacząc, ściągał Cynadrowskiemu z lewej ręki surdut i kamizelkę, rozerwawszy mu koszulę na piersiach.

Major potknął się o olbrzymi pistolet pocztowy leżący na podłodze, zbliżył się do łóżka i spojrzał. Cynadrowski na lewej stronie piersi miał ranę wielkości dziesięciu groszy; brzeg jej był nieco odwinięty, środek zatkany skrzepem krwi, która różowym paskiem spływała na dół.

– Ech, to skaleczenie! – odezwał się proboszcz.

Major odwrócił się i popchnął proboszcza bliżej łóżka.
- On już umiera - rzekł, nie wyjmując z ust fajki.
- Nie może być?
- No, no... Rób jegomość swoje...

Proboszcz zaczął drżeć. Oparł rękę o ścianę, pochylił się nad ranionym i zbliżywszy swoją twarz do jego twarzy, zapytał półgłosem:
- Żałujesz za grzechy z całego serca, ze wszystkich sił twoich?
- Żałuję... - odpowiedział ranny chrapliwym głosem.
- Żałujesz przez miłość dla Boga, Stwórcy i Zbawiciela twego, którego obraziłeś?
- Tak...

Stojący przy łóżku listonosz płakał na cały głos; major mruczał pacierz.
- Absolvo te in nomine Patris et Filii... - szeptał proboszcz.

Potem przeżegnał konającego i ucałował go w czoło, na którym ukazały się krople potu.

Ranny podniósł rękę, rzucił się, zaczął ustami chwytać powietrze, w oczach było widać trwogę. Potem wyprężył się, odetchnął i spuścił głowę na piersi, a na pożółkłej twarzy ukazał się wyraz zniechęcenia. W tej chwili Brzeski wziął go za rękę i zaraz puścił.
- No, tak! - rzekł doktor. - Połóżcie ciało na łóżku.

W kilka minut później wracali we trzech do domu.
- A już mógłbyś major nie gorszyć ludzi przynajmniej w takim momencie - odezwał się proboszcz.
- Czemu jegomość znowu się czepia? - odburknął major. - Przecież mówiłem pacierz...
- Tak, i przy tym puszczałeś dym z fajki, aż w nosie kręciło.
- A jegomość rozgrzeszałeś nieboszczyka laufrem, którego jeszcze w garści trzymasz...
- Męko Chrystusowa! - zawołał proboszcz, podnosząc ręce. - A to ja naprawdę mam laufra w garści... Nigdy już grać nie będę w te przeklęte szachy, z których tylko obraza boska...

– Nie zarzekaj się, jegomość – przerwał major – bo wpadniesz w gorszy grzech...

– Oto skutki obcowania z bezbożnikiem... O Męko Chrystusowa! – biadał proboszcz.

– Nie desperuj, jegomość! Nasz kapelan nieraz batem błogosławił umierających i nie przeszkodził im do zbawienia. Co ma wisieć, nie utonie.

Po tym wypadku w Iksinowie zrobił się bez porównania większy ruch umysłowy niż po koncercie. Pocztmajster o śmierci sekretarza telegrafował do gubernialnego zarządu pocztowego, skąd na trzeci dzień zjechała rewizja. Gadano w mieście, że Cynadrowski popełniał wielkie nadużycia: odlepiał marki, wydobywał pieniądze z listów, no – i zastrzelił się ze strachu. Lecz gdy zrewidowano pocztę, okazało się, że nie brak ani jednego grosza, ani jednego kawałka laku; księgi rachunkowe były prowadzone do ostatniej godziny i znajdowały się w zupełnym porządku. Zauważono tylko, że w ciągu kilku dni poprzedzających śmierć biedaka zmienił mu się charakter pisma: litery były większe i niepewne.

Przy sekcji zrobionej na Cynadrowskim przez doktora Brzozowskiego okazało się przekrwienie mózgu; skąd wniosek, że nieboszczyk dokonał zamachu pod wpływem obłędu. Lecz jaka mogła być przyczyna obłędu?

– Jaka przyczyna obłędu, doktorze? – pytał na drugi dzień doktora Brzozowskiego aptekarz, stojąc w progu apteki. – Czy w tym wszystkim nie ukrywa się jakieś „fe", jakaś „Fem"? – dodał, zadowolony ze swego dowcipu.

– Dajże pan spokój! – przerwał mu cierpko Brzozowski. – Obłęd może nie mieć wyraźnego powodu, a zaś pan Krukowski – mówił doktor ciszej – dał słowo, że każdego wyzwie na pojedynek, kto przy tej awanturze wymieni nazwisko panny Eufemii...

Na obliczu aptekarza odmalowało się przykre zdziwienie.

– Tak? – rzekł. – Ależ to nie ja mówię, tylko moja żona... Powiedz, żonusiu – dodał zwracając się do opartej o kontuar połowicy – czy nie ty mówiłaś, że Cynadrowski zastrzelił się przez pannę... pst!

– Ale Krukowski pana wyzwie na pojedynek, nie żonę – odparł doktor.

Pani aptekarzowa podbiegła do drzwi, wołając:

– Jak to? Pan Krukowski mężyka wyzwie na pojedynek za to, o czym wszyscy mówią? A co będzie, jak mężyk nie przyjmie pojedynku?

– Dość... dość! – przerwał aptekarz, zamykając drzwi. – Człowiek, który wyzywa na pojedynek, jest na wszystko zdecydowany... Strzeliłby do mnie... Potłukłby mi lustra... szafy... Niech Bóg broni!

– A cóż to, nie ma rządu? A cóż to, nie ma policji na rozbójników? – protestowała pani. – Weźmiemy strażnika... Najmiemy ludzi do pilnowania apteki... Więc ja za to płacę podatki, żeby nie było mi wolno ust otworzyć? Przecież to niesłychane!

Z trudem udało się doktorowi i aptekarzowi uspokoić wzburzoną damę i wytłumaczyć jej, że wobec tego rodzaju pogróżek najwłaściwszą odpowiedzią jest pogardliwe milczenie.

– Słowo daję – mówił aptekarz – że od tej pory w naszym domu nikt nie wymówi nazwiska ani Krukowskiego, ani podsędkówny, ani nikogo z ich rodziny. Chcą awantury, będą mieli awanturę!

– No, no... mężyku... Już tylko się nie gorączkuj – uspakajała go pani. – Owszem, ja nawet myślę, że pan Krukowski szlachetnie postąpił, bo już za dużo w mieście tych plotek. Co za niegodziwość psuć reputację uczciwej panience...

– Wiesz? Masz rację! – odparł po namyśle aptekarz.

Zbytecznym byłoby dodawać, że w ciągu tej sceny między Brzozowskim i małżonkami pan Fajkowski, prowizor, nie posiadał się z radości. Niby coś robił za kontuarem, ale uśmiechał się złośliwie i mruczał:

– A to dobrze starej! A to jej położyli plaster na buzi! Żeby się choć nie rozchorowała biedaczka...

W tej chwili do apteki wbiegła pani rejentowa.

– Cicho! Cicho! – rzekła wznosząc palec do góry. – Opowiem wam cudowne rzeczy...

Aptekarz chwycił ją pod rękę i zaprowadził do mieszkania; aptekarzowa i doktor poszli za nimi.

– Wiecie, co się stało? – zaczęła pani rejentowa. – Dziś z rana, o dziewiątej, prawie w tym samym czasie, kiedy... (tu westchnęła) patroszyli tego biedaka...

– Cynadrowskiego – wtrącił aptekarz, który lubił być domyślnym.

– O kim innym mówiłabym? – przerwała obrażona rejentowa. – Dziś więc rano, o dziewiątej, panna Magdalena Brzeska wyznaczyła Femci schadzkę w kościele.

– No? – spytał Brzozowski, robiąc minę, która nie oznaczała zbyt wielkiego szacunku.

– Jak to: no? – oburzyła się rejentowa. – Zaś wczoraj wmówił jeden z listonoszy, że niedawno, kilka dni temu, Cynadrowski rzucił przez parkan jakiś list do panny Brzeskiej...

– No? – powtórzył doktor.

Pani rejentowa zarumieniła się i wybuchnęła gniewem.

– A, wie doktor co, że jeżeli jest pan tak domyślny przy chorych...

– Właściwie to i ja nie bardzo rozumiem, o co chodzi – wmieszał się aptekarz, który wysoko cenił Brzozowskiego za obfitość recept.

Pani rejentowa przygryzła wargi i zstępując z wyżyn uniesienia do lodowatej pogardy, odpowiedziała spokojnie:

– Ja wam, moi państwo, tłumaczyć nie będę, tylko wyliczę fakty. Proszę uważać: panna Magdalena namawia Femcię do założenia pensji, panna Magdalena kokietuje Krukowskiego, panna Magdalena kompromituje Krukowskiego i Femcię tym... koncertem... To jeszcze nie koniec, bo panna Magdalena wyciąga Femcię na spacery z Cynadrowskim, z którym utrzymuje korespondencję. Ale i tego jej za mało, gdyż zrozumiawszy, że pana Ludwika nie może odciągnąć od Femci, odmawia mu swej ręki (śmiać mi się chce z tej odmowy!), a wreszcie dziś, kiedy już zaszła katastrofa, panna Magdalena znowu zwabia Femcię do kościoła. Cóż państwo na to?

Aptekarz skrzywił się, a nawet pani aptekarzowa zdawała się być zdziwiona. Nagle wysunął się do przodu doktor i rzekł:

– Ja pani odpowiem. Otóż, po pierwsze – tu lekko uderzył w ramię panią rejentową – ja osobiście nie lubię Brzeskiego. Po drugie… – tu nastąpiło nowe uderzenie w ramię.

– Ależ, doktorze! – zawołała rejentowa i odepchnęła rękę wzniesioną po raz trzeci.

– Po drugie – prawił Brzozowski, wybijając takt w powietrzu – panna Magdalena Brzeska niepotrzebnie wdaje się z aktorami i urządza koncerty. Po trzecie – gdyby założyła u nas pensję, nie powierzyłbym jej moich dzieci, gdyż jest za młoda na dyrektorkę… Widzi pani, że nabożeństwa do panny Brzeskiej nie mam…

– Słusznie – wtrąciła rejentowa.

– Tak – mówił doktor. – Ale, żeby taż sama panna Brzeska bałamuciła kogokolwiek albo urządzała komu schadzki, w to – przepraszam – nigdy nie uwierzę…

– Ani ja – odezwał się aptekarz, z ukłonem zacierając ręce.

Pani rejentowa osłupiała, lecz jak biegły dyplomata natychmiast zmieniła front.

– Przecież i ja nie mówiłam, że to jest pewne, tylko… dziwiłam się zbiegowi wypadków. Panna Brzeska może być najuczciwszą dziewczyną, ale u nas… Nie powodzi się jej…

– Święta prawda! – dorzuciła pani aptekarzowa.

– Ach, powodzenie! Jaka to względna rzecz powodzenie, nieprawda, panie doktorze? – odezwał się aptekarz. – Wobec losu mądry czy głupi, uczciwy czy nieuczciwy… Wszak prawda, panie doktorze?

Niemniej pani rejentowa miała do pewnego stopnia słuszność: Madzia była na schadzce z panną Eufemią w kościele, ale – została wezwana tam przez pannę Eufemię.

Spotkały się w bocznej kapliczce, ciemnej i pustej. Zaledwie Madzia weszła, panna Eufemia wciągnęła ją do ławki. Była blada, zapłakana i przytuliwszy się do Madzi, zaczęła szeptać:

– Cóż ty na to? Wczoraj, kiedy mi powiedziano, myślałam, że oszaleję... Całą noc spać nie mogłam... Aaa!.. Cóż to za człowiek mściwy... żeby w takiej chwili...

Madzia przyszła na schadzkę po to tylko, żeby uspokoić pannę Eufemię, więc odpowiedziała, ściskając ją za rękę:

– Ależ nie denerwuj się, moja droga... Tego dnia, kiedy pan Ludwik oświadczył się o ciebie, Miętlewicz mówił mi o tamtym biedaku i najwyraźniej zapewnił, że nieszczęśliwy ani myśli o odebraniu sobie życia... Może stało się to przypadkiem.

– Tak sądzisz? – spytała panna Eufemia, nie okazując zachwytu. – Z miłości – dodała – niejeden odbiera sobie życie, ale... cóż temu winna kobieta? Czy kobieta nie jest istotą myślącą i wolną... Czy musi ulegać każdemu, kto ją kocha... Czy nie może dokonywać wyboru? Jaki to byłby okropny świat!

Madzia ze zdziwieniem spojrzała na pannę Eufemię, której piękna twarz miała w tej chwili prawie anielski wyraz.

– Widzisz, moja droga – mówiła panna Eufemia, spuszczając cudne oczy – widzisz... Chcę się przed tobą wyspowiadać... Ja, moja droga, ja... zawsze kochałam Ludwika... Gdy Ludwik, nie wiem dlaczego, zaczął okazywać mi obojętność, byłam w rozpaczy... Złamana, wyznaję, popełniłam błąd, słuchając namiętnych wynurzeń tego nieszczęśliwego... Która kobieta nie lubi wyznań? Której nie wzruszy prawdziwa miłość i cierpienie? Chwilowo wzruszyłam się i ja... Sądząc, że Ludwik mnie zdradził, postanowiłam poświęcić się dla tamtego... Tamten zaś, nie wiem, uważał mnie za swoją niewolnicę czy co?

Zasłoniła oczy chustką i po chwili mówiła dalej:

– Ach, gdybyś ty wiedziała, jaki on jest szlachetny, jak mnie kocha...

– Pan Ludwik? – spytała Madzia.

– Kto by inny? Wczoraj na wieść o nieszczęściu przybiegł do nas, upadł przede mną na kolana i błagał, żebym do tego wypadku nie przywiązywała żadnej wagi. „Wiem – mówił Ludwik – że ten nieszczęśliwy uwielbiał panią, ale... iluż ludzi uwielbia słońce, kwiaty?". A kiedy mama zrobiła uwagę, że mogę paść ofiarą plotek, pan Ludwik przysiągł, że na żadne plotki nie pozwoli... Prosił mnie, żebym dzisiaj wyszła z nim w południe do miasta. „Niech ludzie wiedzą – mówił – że mojej miłości nic nie zmieni... Nic!".

Madzia, przypominając sobie niedawno minione wypadki, zdumiewała się nad szybkością, z jaką w sercach ludzkich następują po sobie wielkie i niezmienne uczucia. Jeszcze tylko nie była pewna, komu te rzeczy przyszły łatwiej: jej przyjaciółce, pannie Eufemii, czy ich wspólnemu wielbicielowi, panu Krukowskiemu.

52. Walka z cieniem

Pomimo tak niemiłego zdarzenia jak samobójstwo sekretarza poczty małżeństwo panny Eufemii z panem Krukowskim było na najlepszej drodze. Bardzo silnym, zaiste, musiał być związek ich dusz, skoro nie zachwiał się pod takim ciosem. Zdawało się nawet, że tkliwe węzły między nimi zacisnęły się jeszcze bardziej dzięki poświęceniu panny Eufemii i energii pana Krukowskiego.

Kiedy owego fatalnego wieczora wpadł do pana Ludwika chłopiec z wiadomością, że Cynadrowski się zastrzelił, pan Ludwik od razu zrozumiał sytuację i zaczął działać.

Przede wszystkim ze wszelkimi względami należnymi ciężko chorej osobie zawiadomił o tym siostrę. Ale eksparalityczka pomiędzy mnóstwem niespodzianek składających jej repertuar miała jeszcze nadzwyczajny zasób odwagi.

– Tak? – rzekła. – Zastrzelił się? A to oryginał!

– Obawiam się, żeby ten wypadek nie ściągnął jakich przykrości na pannę Eufemię – nieśmiało odezwał się pan Ludwik.

– Przykrości? – zawołała chora dama. – A ty od czego jesteś narzeczonym kobiety, dla której odbierają sobie życie? Iluż to mężczyzn dla mnie chciało odebrać sobie życie, ilu ich już naprawdę nie żyje – a co z tego? Piękna kobieta jest jak ogień: igrać z nią nie wolno.

– Więc siostrunia nie ma nic przeciw temu, żebym uspokoił pannę Eufemię?

– Ależ to twój obowiązek! Idź do niej natychmiast, tylko... przyślij mi tu służących i sam siedź niedługo... Kiedy nadchodzi noc, jestem bardziej zdenerwowana.

Załatwiwszy się z siostrą, pan Ludwik pobiegł do narzeczonej i rzeczywiście uspokoił ją tak, że sama pani podsędkowa powiedziała mu:

– Zerobiłeś pan cud! Lękałam się o Femcię, bo ona taka delikatna, a to taki niezwykły wypadek w naszym mieście... Ale pan wszystko zemienił...

Od podsędków pan Ludwik wpadł na chwilę do doktora Brzozowskiego (którego bardzo polubił) i oświadczył mu poufnie, że wyzwie na pojedynek każdego, kto z powodu samobójstwa wspomni imię panny Eufemii. Doktor przyznał mu słuszność, dodając, że w podobnych razach opinia publiczna w Iksinowie powinna mieć jakiś hamulec.

Krótko mówiąc – w kilka godzin po wypadku, który mógł znowu na długo, jeżeli nie na zawsze, pogrążyć go w otchłani celibatu, pan Ludwik był pewniejszym małżeństwa niż kiedykolwiek. Narzeczona kochała go nieskończenie, on umiał jej bronić – wszystko szło jak z płatka.

Tylko – noc miał trochę niespokojną. Eksparalityczka była tak zdenerwowana, że obłożyła się świętościami i kazała spać w swoim pokoju kucharce i dziewczynie. Zaś pan Ludwik często się budził, a gdy zasnął – trapiły go dziwaczne marzenia. Zdawało mu się, że nieboszczyk otwiera drzwi do pokoju i stanąwszy w progu, patrzy na pana Ludwika z nienawiścią i gniewem.

Ale pan Krukowski, który okropnie lękał się swojej siostry, mniej bał się niebezpieczeństw rzeczywistych, a najmniej przywidzeń. Więc żeby raz na zawsze zapewnić sobie sen, poszedł na drugi dzień rano do szopy, w której leżały zwłoki samobójcy.

„Najlepiej – myślał – nieprzyjacielowi spojrzeć w oczy".

Minął rynek, przeszedł ulicę Warszawską, przeszedł ulicę Piotrkowską, żeby go wszyscy widzieli, i skręcił na pocztę, przed którą znowu stała gromadka ludzi.

– Gdzie leży nieboszczyk? – głośno zapytał strażnika, żeby zwrócić na siebie uwagę tłumu.

– W szopie przy stajni – odpowiedział strażnik.

W tłumie zaczęto szeptać. Pan Krukowski wytężył słuch, myśląc, że nazwie go ktoś zabójcą albo przynajmniej narzeczonym zabójczyni. Lecz zamiast tego usłyszał wyrazy:

– Doktor! Nie, to felczer... Ale gdzież tam, to pan cywilny...

Tłum nie obwiniał go o nic, nie wyzywał do walki ani do obrony. Pan Ludwik doznał w tej chwili podwójnego uczucia: ulgi i zawodu.

„Chodźmy do nieboszczyka!" – pomyślał.

Zdawało mu się, że twarz zmarłego powinna mieć jakiś straszny wyraz: gniewu czy nienawiści. Nie zdziwiłby się też (w swoich marzeniach), gdyby nieboszczyk spojrzał na niego i głosem niesłyszanym dla innych zawołał:

„Po co tu przyszedłeś, morderco? Czy naigrawać się nad nieszczęśliwym, który musiał dla ciebie wyrzec się ukochanej kobiety?".

Tak rozmyślał pan Krukowski, mijając dziedziniec, na którym gromadka kur rozgrzebywała śmieci, jeden listonosz rąbał drzewo, a drugi poił konia przy studni.

Przed szopą nudził się strażnik; lecz na widok eleganckiego pana wyprostował się i popchnął drzwi.

Pan Krukowski znalazł się sam w szopie, na środku której na jej tapczanie leżały zwłoki w górnej połowie przykryte derką. Pan Ludwik zbliżył się, odsłonił derkę i spojrzał na swego rywala.

Zmarły miał oczy zamknięte, sinawe usta, twarz pożółkłą, a na niej jakiś niezwykły wyraz. Ale w tym wyrazie nie było ani gniewu, ani pogardy, ani nienawiści, słowem – żadnego z uczuć, które mogły obrazić lub zaniepokoić widza.

Gdyby nowe ubranie porzucone przez swego właściciela na gościńcu mogło przemówić głosem czy gestem, zapewne mówiłoby w ten sens:

„Jestem nowe ubranie, wcale dobre, i nie wiem, dlaczego porzucił mnie mój właściciel?".

Taki wyraz zdawał się być wypisany na obliczu zwłok.

„Dlaczego on mnie zabił?" – pytały.

Ale pytanie to nie odnosiło się do pana Ludwika, lecz do właściciela tego młodego i zdrowego ciała, które w gwałtowny sposób opuścił.

Pan Krukowski stał przed zwłokami zdumiony.

„Jeżeli ktoś popchnął go do samobójstwa – myślał – to chyba ja... Jeżeli ktoś go skrzywdził, to także ja... I ten człowiek nie ma do mnie pretensji, nie okazuje wstrętu?".

Zdjął kapelusz, przeżegnał się i chociaż to nie odpowiadało liberalnemu duchowi czasu, zmówił: „Wieczny odpoczynek...". Potem opuścił szopę i dziedziniec boczną furtką, bo wstyd mu się zrobiło ludzi czekających przed pocztą.

„Jaki to musiał być dobry człowiek – myślał pan Krukowski, idąc ze spuszczoną głową. – Jak on ją kochał i co mógł wycierpieć przez... przeze mnie...".

Po tej smutnej wizycie pan Ludwik parę godzin nie mógł się uspokoić. Bo on chciał walczyć w obronie honoru panny Eufemii, koniecznie chciał walczyć, a tu – główny przeciwnik nie tylko nie przyjął wyzwania, lecz wcale nie zwracał uwagi na pana Krukowskiego.

Na szczęście pozostali żywi wrogowie.

W południe pan Krukowski przyszedł do państwa podsędków, żeby stosownie do wczorajszego planu przespacerować się z panną Eufemią po mieście. Panna Eufemia była mizerna i zgnębiona. Gdy zaś pan Ludwik wspomniał o spacerze, zaczęła go prosić, żeby odłożyć to na inny dzień.

– Po co mamy wyzywać miejskich plotkarzy? – mówiła. – Szepnie ktoś, nie ukłoni się, a choćby spojrzy i... co wyniknie?

– Właśnie o to chodzi – odpowiedział pan Krukowski z pięknym ukłonem i niezwykłą stanowczością.

Ponieważ i pani podsędkowa zachęcała córkę do usłuchania rady narzeczonego, więc w kilka minut pan Ludwik i panna Eufemia znaleźli się na mieście.

Przeszli rynek i ulicę Warszawską, wszędzie spotykając dużo znajomych i nieznajomych osób. Ale mimo najpilniejszej uwagi ze strony pana Ludwika, nie usłyszeli przykrego słowa, nie zobaczyli ani jednego niewłaściwego spojrzenia. Znajomi witali ich uprzejmie, a niektórzy winszowali przyszłego związku.

Pan Krukowski pragnął jeszcze iść w stronę poczty, ale panna Eufemia tak zbladła, tyle miała przerażenia w oczach, że pełen rycerskości narzeczony, nie chcąc jej drażnić, zawrócił do domu.

– Widzi pani – mówił uradowany – jak to dobrze wyjść do plotkarzy. Nikt nie wspomniał o tym nieszczęśliwym...

– A jednak jestem pewna, że od wczoraj wszyscy o nim mówią – odpowiedziała panna Eufemia.

Pan Krukowski sposępniał. Jego elegancja, jego delikatność, jego dobre wychowanie dosięgły szczytu wobec panny podsędkówny; tylko opuścił go dobry humor. A co gorsza, że ten dobry humor coraz rzadziej pojawiał się między narzeczonymi, chociaż spędzali razem całe dnie. Nawet eksparalityczka zwróciła na to uwagę i raz rzekła do brata:

– Mój Ludwiku, coś ty taki zamyślony? Nic, tylko myślisz, ciągle myślisz... To nawet niezdrowo!

W najbliższą niedzielę, podobno z podszeptu pani podsędkowej, proboszcz zapomniał ogłosić zapowiedzi pana Ludwika z panną Eufemią. Nie dlatego, broń Boże, żeby chciano opóźniać się z weselem, lecz... ot tak sobie! Nie wiadomo skąd pani podsędkowej przyszła taka myśl, która trochę rozgniewała siostrę pana Krukowskiego, ale jego samego zelektryzowała w sposób przyjemny.

„Będą plotki..." – rzekł do siebie; ciągle bowiem pragnął stoczyć walkę o honor i spokój panny Eufemii i przekonać cały świat i każdą z jego pięciu części, że panna Eufemia nie jest winna śmierci Cynadrowskiego.

Ale plotki i tym razem nie przychodziły.

Jakoś dwa tygodnie po fatalnym wypadku pan Krukowski, spacerując po pokoju siostry, rzekł:

– Co to jest, że nie ma plotek ani na mnie, ani na Eufemię? Przecież w Iksinowie zawsze z najbłahszego powodu bywały plotki, a teraz nic!

– Boją się twoich pogróżek – odpowiedziała siostra – i dlatego nie gadają głośno. Wspominała mi jednak rejentowa, że major chodził do Cynadrowskiego na kilka dni przed nieszczęściem... Mówiła też, że jeżeli ktoś zna prawdziwą przyczynę śmierci, to chyba ten pan... jakże on? Miętlewicz...

Wreszcie pan Ludwik usłyszał jakieś nazwiska... Wreszcie znalazł jakichś ludzi, z którymi mógł, jeżeli nie zrobić awantury w obronie czci i spokoju panny Eufemii, to przynajmniej pogadać o wypadku. Niechże mu ktoś postawi zarzuty, niech się z nim sprzecza, byle raz przerwało się milczenie!

Zadowolony pan Krukowski ubrał się w swoje prześliczne popielate spodnie, w niemniej popielate rękawiczki, w czarny tużurek i poszedł z wizytą do lekceważonego dotychczas pana Miętlewicza. A zobowiązawszy go do absolutnej dyskrecji, zapytał: czy prawda, że nieboszczyk Cynadrowski zwierzył się przed nim, iż umiera z miłości dla panny Eufemii?

– Ależ uchowaj Boże! – zawołał Miętlewicz. – Prawda, że raz, kiedyś tam bardzo dawno, spotkawszy się ze mną w nocy, napomknął o samobójstwie, ale o pannie Eufemii nie wspomniał. Uwielbiał ją, nie można przeczyć, ale wiadomość o zaręczynach z panem przyjął spokojnie...

I w dalszym ciągu Miętlewicz obawiając się, żeby pan Ludwik znowu nie zwrócił swoich afektów do Madzi, tak zaczął wychwalać wdzięki, postawę, ułożenie i grę na fortepianie panny Eufemii, że jej narzeczonemu aż słabo się zrobiło od pochwał.

Smutno pan Krukowski pożegnał Miętlewicza i poszedł do majora. Liczył na to, że opryskliwy starzec, który nie lubił panny Eufemii, da mu jakąś przyczynę do sporów.

Zastał majora w domu, poprosił go o chwilę poufnej rozmowy, napomknął o dyskrecji...

– Mój kochany – przerwał mu major – jeżeli nie jesteś pewien, że zachowam jakąś, zapewne głupią, tajemnicę, to po co chcesz mi ją powierzać? Zresztą ostrzegam cię, że ja tylko to utrzymuję w sekrecie, co sam uważam za godne sekretu.

Po mnóstwie najwykwintniejszych przeprosin pan Ludwik odezwał się:

– Prawda, panie majorze, jaki okropny wypadek z tą śmiercią nieszczęśliwego Cynadrowskiego?

– Ano, cóż? Nie żyje, i basta.

– Ale taka gwałtowna śmierć...

– Czasem trafia się kilka tysięcy śmierci gwałtownych w ciągu paru godzin – cóż z tego? Dziury w niebie nie ma.

– Czy... czy nie sądzi pan major, że... nieszczęśliwa miłość dla panny Eufemii mogła popchnąć Cynadrowskiego do samobójstwa?

– Dajże spokój! Gdyby każde niepowodzenie u kobiet miało kończyć się śmiercią wielbiciela, to ty, mój kochany, dla samego siebie musiałbyś założyć oddzielny cmentarz... Dostawałeś przecież arbuzy za arbuzami, a jednak żyjesz; dlaczegóż więc tamten młody człowiek miałby być głupszym od ciebie?

Argumentacja staruszka była tak silna, że spotniały pan Krukowski szybko zakończył rozprawę i z ulgą w sercu pożegnał majora.

„A, cóż to za gbur!" – myślał pan Ludwik, podwajając kroku. Lękał się, żeby major nie zawrócił go z drogi i nie ufetował nowym szeregiem wyjaśnień.

I otóż stała się rzecz trudna do wiary, a jednak prawdziwa: Cynadrowski zabity, pokrajany i pogrzebany – nieboszczyk, o którym jedni zapomnieli, a inni starali się zapomnieć, nieboszczyk ten – żył! Żył jakimś życiem niewidzialnym, nieujętym i niepojętym i zatruwał spokój dwom najszanowniejszym domom w Iksinowie.

To dziwne życie zmarłego nie występowało w jednolitej formie. Istniał on jak rozbite zwierciadło, którego cząstki kryją się w rozmaitych kątach, lecz od czasu do czasu przypominają się nagłym błyśnięciem.

Wszystkie te pojedyncze błyśnięcia powoli sumowały się w umyśle pana Krukowskiego, utworzyły jeden obraz silny i zmusiły do uwierzenia, że bądź co bądź nieboszczyk – j e s t, i to jest pomiędzy nim, panem Ludwikiem, a jego narzeczoną, panną Eufemią.

Pewnego dnia na przykład eksparalityczka, bez żadnych nerwowych wybuchów (musiała być naprawdę przestraszona), rzekła do pana Krukowskiego:

– Mój kochany, nie chciałabym cię niepokoić... ale każdej nocy chodzi coś po naszym ogrodzie...

– Może stróż.

– Ale, gdzież tam. Pytałam się...

– Więc złodziej?

– Złodziej ukradłby coś jednej nocy, ale nie wałęsałby się każdej – odparła chora dama.

Pan Krukowski cicho westchnął i spuścił oczy.

– Widzisz, mój drogi – mówiła tajemniczo siostra – ty nie wierzysz w upiory... A jednak ludzie prości, którzy często muszą czuwać po nocach, twierdzą, że spotykali upiorów... Mówią, że najczęściej upiorem zostaje samobójca... Odwiedza on tych, którzy go skrzywdzili, i jednym przeszkadza spać, a z innych... krew wysysa...

Odetchnęła i trzęsąc głową, kończyła:

– Osoby wysysane przez upiorów są smutne, blade, tracą siły... Niekiedy mają na ciele niewielkie plamki pochodzące od ukąszenia...

– Ach, te brednie! – przerwał niecierpliwie pan Ludwik, tak niecierpliwie, że to podobało się jego siostrze.

– Nie brednie! – szeptała słodkim, niemal pokornym głosem. – Nie brednie! Tamtejszej nocy sama widziałam w oknie jakąś straszną postać w bieli... Był to mężczyzna z dziką twarzą, z oczami jak węgle i z czarnymi pokudłanymi włosami...

– No, no… uspokój się, bo t a m t e n był blondynem – odparł prawie niegrzecznie pan Ludwik.

– Kilka razy widziałam i blondyna…

Ale pan Ludwik wyszedł z pokoju i… trzasnął drzwiami, co tak zachwyciło jego siostrę, że zaprosiła go na wyborną czekoladę i nawet starała się przypodobać, usługując mu, odgadując jego myśli.

53. Cień zwycięża

Ta rozmowa z siostrą była dla pana Krukowskiego punktem zwrotnym w jego życiu i w stosunkach. Zaczął uważniej przypatrywać się rodzinie państwa podsędków i przypominać sobie różne szczegóły.

Raz na przykład słyszał, jak pani podsędkowa zrobiła awanturę w kuchni z tego powodu, że służące nie chciały jej powiedzieć, o czym po cichu rozmawiają między sobą?

„Co jej do tego?" – pomyślał pan Ludwik i – nie wiadomo z jakiej racji – stanął przed nim jak żywy Cynadrowski z twarzą żółtą, ale spokojną i pozbawioną wyrazu jakiejkolwiek niechęci...

Innym razem pani podsędkowa (w obecności pana Ludwika) rozdrażnionym tonem odezwała się do męża:

– Mój derogi, dlaczego ty ciągle siedzisz w domu? Dawniej chodziłeś po całych dniach, a dziś!

– Do kogóż pójdę? – odparł cicho podsędek.

Krótka i łagodna odpowiedź tak wzburzyła panią podsędkową, że szanowna dama, wybiegłszy do drugiego pokoju, wybuchnęła płaczem.

Jeszcze innego dnia pani podsędkowa zaczęła bez powodu narzekać przed przyszłym zięciem na Iksinów:

– Cóż to za niezenośne miasto! Jacy poziomi ludzie!

– Czy zrobił pani ktoś przykrość? – zawołał, zrywając się pan Ludwik, ciągle gotów do walki o cześć i spokój narzeczonej.

– Ach, nie! – odparła wyniośle podsędkowa. – Kto by mnie śemiał obrazić? Ale tu jest takie liche towarzystwo... Rejentowa nie może żyć bez pelotek i nawet wówczas, gdy milczy, jeszcze robi pelotki... A ta aptekarzowa, cóż to za obłudnica! Kiedy całuje mnie, mam uczucie, jakbym doteknęła węża...

Pan Krukowski przyznał w duchu, że nie poradzi ani na obłudy aptekarzowej, ani na milczące plotki rejentowej.

– Powinniście, moi państwo – mówiła znowu pani podsędkowa – a nawet musicie, pobrawszy się, wyjechać gdzieś na miodowy miesiąc... do Paryża, do Neapolu czy do Ojcowa... Wam koniecznie potrzeba świeżego powietrza... Wam potrzeba wyjrzeć na szerszy śewiat... Femcia tak mizernieje... no – powodem tego jest gorące uczucie... Ale zawsze wypada gdzieś wyjechać, choćby na kerótko, na miesiąc, dwa...

Panu Ludwikowi, gdy słuchał tych rad, zrobiło się zimno. Przede wszystkim wiedział, że siostra nie pozwoli mu wyjechać, a potem – zrozumiał, że pani podsędkowa, mówiąc o miodowym miesiącu, delikatnie przypomina mu o ślubie, który odwlókł się.

Istotnie w tę niedzielę mogła już wyjść trzecia zapowiedź... Przecież upłynęła trzecia niedziela od śmierci Cynadrowskiego...

„Znowu ten Cynadrowski!" – pomyślał pan Ludwik i wykwintnie pożegnawszy piękną narzeczoną tudzież jej szanownych rodziców udał się – do proboszcza.

Chciał go prosić o ogłoszenie zapowiedzi w nadchodzącą niedzielę.

Ale staruszek okrutnie zaczął trząść ręką około ucha.

– Co wam tak pilno? – rzekł. – Czekaliście parę tygodni, możecie jeszcze poczekać z tydzień, ze dwa... Zresztą, jeżeli koniecznie chcesz...

– Ja zastosuję się do woli księdza proboszcza – szybko odpowiedział pan Ludwik – ale moja narzeczona... jej rodzice...

– Już ja im to wytłumaczę – odparł proboszcz. – Kto się żeni w lecie? W jesieni, rozumiem... po żniwach...

Pan Ludwik wyszedł od proboszcza przygnębiony. Dlaczego ksiądz radzi mu nie śpieszyć się ze ślubem? Przecież to prawie obelga, a co najmniej insynuacja... Chciał natychmiast wrócić się i zapytać: co to znaczy? Ale – nie rozumiał dlaczego – zabrakło mu odwagi.

Od tej chwili zdawało mu się, że stoi przed zasłoną, poza którą kryje się jakaś tajemnica. Gdyby ruszył palcem, upadłaby zasłona. Ale pan Krukowski przy wszystkich swoich śmiesznościach był tak delikatny, że nie śmiał usuwać tej zasłony.

Raz panna Eufemia była z dłuższą wizytą u siostry pana Ludwika. Siedzieli w altanie. Czas schodził im dość przyjemnie, panna bowiem czytała książkę, a ładnie czytała. Nagle wiatr wionął i troskliwa o zdrowie eksparalityczki panna Eufemia poszła do jej pokoju po szalik.

– Ludwiku – rzekła prędko chora dama – czy ty uważasz, że Femcia jest co dzień bledsza?

– Musi być niezdrowa.

– A... czy ty widzisz znamię na jej szyi... czerwone znamię? – mówiła eksparalityczka, z trwogą patrząc na brata.

Pan Ludwik zatrząsł się. Lecz gdy panna Eufemia wróciła do altanki z szalikiem, ostentacyjnie pocałował ją w rękę.

Chora dama spuściła głowę. Z głęboką radością poczuła, że jej brat zaczyna okazywać swoją wolę, lecz przykro jej było, że robi to w tym wypadku.

Wreszcie w połowie następnego tygodnia pan Krukowski postanowił rozciąć węzeł. Poszedł do proboszcza i poprosił o ogłoszenie zapowiedzi. A gdy staruszek znowu zatrząsł rękami, pan Ludwik spytał poważnie:

– Co to znaczy, księże proboszczu? Dlaczego pan każe mi odkładać wesele?

– Kazać, nie każę – odparł ksiądz. – Tylko myślę, że może nie wypada tak znowu śpieszyć się, choćby ze względu na... narzeczoną... Zawsze to przykro musi być dziewczynie, że ktoś dla niej palnął sobie...

– A cóż to w rezultacie obchodzi pannę Eufemię? – zdziwił się pan Ludwik. – Zapewne niemiła rzecz na razie, ale dziś ona sama...

Proboszcz zaczął się krzywić i wytrząsać rękami.

– No – przerwał – zawsze choć trochę musiała lubić nieboszczyka. Nie tak mocno jak ciebie, ale zawsze... Przecież widywała się z nim, pisywała listy, nawet była mowa o pierścionkach...

Pan Ludwik zrobił się szary na twarzy i zaczesał bujne faworyty.

– Skądże proboszcz wie o tym?

– Całe miasto wie – odparł ksiądz. – Wreszcie nie wspominałbym o tych rzeczach, gdyby nie podsędek, który czując pewne skrupuły, prosił mnie, żeby ci o tym nadmienić... Naturalnie – dodał żywo proboszcz – wiem, że jesteś człowiek szlachetny i nie skompromitujesz panny, która jest do ciebie przywiązana...

– Ależ rozumie się! – odpowiedział pan Krukowski żegnając proboszcza.

Był jednak zirytowany i wybiegł na miasto.

„Dowiaduję się nowych rzeczy – myślał – o których notabene mówi całe miasto... Ale podsędek uczciwy człowiek, tak... on miał skrupuły... Pani podsędkowa nie miała ich ani panna... No, wreszcie! Ona chodziła na spacer z tamtym, ja z Madzią... Ona pisywała listy, ja posyłałem bukiety... ona tam... coś... z pierścionkami, a ja oświadczyłem się o Madzię... Zaniedbywałem ją, tamten szalał, więc nie żaden dziw, że serce przemówiło... Zresztą – sam się ukarał... Trzeba odłożyć wesele, niech biedaczka uspokoi się zupełnie...".

Pan Ludwik tak czuł swoją wyższość nad Cynadrowskim, że nawet nie był o niego zazdrosny. Tym bardziej, iż zgodnie z wymaganiami przyzwoitości – panna przeniosła Krukowskiego nad Cynadrowskiego, a Cynadrowski dobrowolnie ustąpił Krukowskiemu, rozumiejąc, że kto miał zaszczyt uwielbiać przyszłą panią Krukowską, żyć nie powinien.

„Bardzo... bardzo rozsądny chłopiec... Miał nawet to, co nazywa się delikatnością uczuć..." – myślał pan Ludwik.

Ale pomimo optymistycznych poglądów na stosunek swój do panny Eufemii, a panny Eufemii do pana Cynadrowskiego, czuł jakiś brak i chciał się o czymś dowiedzieć. Ale o czym? Sam nie rozumiał.

Więc, zapomniawszy o niechęci, poszedł jeszcze raz do majora, kombinując bowiem rozmaite półsłówka, które go dolatywały, domyślał się, że major więcej musi wiedzieć niż inni.

Starzec wychodził na szachy, więc rozmówili się w ganku.

– Panie majorze – zaczął od razu pan Ludwik. – Nie chcę wypytywać o to, czego mi pan sam nie powiedział, ale... Niech mi pan szczerze powie, jakie wrażenie sprawiał na panu Cynadrowski?

– Ja prawie go nie znałem.

– Lecz... o ile go pan znał...

Major wydął usta.

– To był honorowy chłopak. Głupi, ale bardzo uczciwy... bardzo. Może nawet za bardzo...

Pożegnali się – pan Krukowski odetchnął zadowolony. Opinia majora o zmarłym pochlebiła jemu samemu.

„Mała figura – myślał – jakiś tam urzędniczek, i do tego Cynadrowski... Kto znowu tak się nazywa! Ale przynajmniej nie żadna mętna osobistość... Panna Eufemia, nawet gniewając się na mnie, miała dobry smak".

Na rynku pan Ludwik niechcący zetknął się z Miętlewiczem. Przywitał go bardzo wykwintnie i po wymianie kilku zdań obojętnych spytał:

– Proszę pana, kto to właściwie był ten pan Cynadrowski?

– Przecież pan wie: sekretarz poczty, brał dwadzieścia rubli miesięcznie.

– Ale charakter, panie, charakter?

– O, charakter miał gwałtowny, co wreszcie mogło pochodzić z nie dość starannego wychowania – odpowiedział Miętlewicz, poprawiając kołnierzyk w sposób, który oznaczał, że on sam jest starannie wychowany.

– Ale... czy to był dobry człowiek? – nalegał pan Krukowski.

Miętlewicz spojrzał na niego z podziwem.

– Pan się o to pyta? Ależ to chodząca uczciwość, szlachetność... Gdy raz został czyim przyjacielem, dałby się porąbać...

Zapał, z jakim Miętlewicz unosił się nad zmarłym, był tak szczery, że pan Krukowski doznał dziwnego wzruszenia.

„Tak – myślał – to widocznie był dobry człowiek... Nie pomyliłem się... On musiał być nawet bardzo dobry... I kto wie, czy nie szkoda chłopca? Miłość i ambicja! szlachecka krew... szkoda chłopca...".

Był zadowolony. Bo jakkolwiek rozumiał, że panna Eufemia pogwałciła światowe konwenanse, kochając jakiegoś tam urzędniczka, to jednak nawet tym czynem zdradziła dobry smak i wzniosłość uczuć.

„Trzeba mieć bardzo szlachetną duszę, żeby odczuć inną szlachetną duszę, pomimo tylu przeszkód zbudowanych przez konwenanse" – myślał pan Ludwik.

Był więc w dobrym nastroju, o! Nawet bardzo był. Miał bowiem prawo i nawet miał zamiar powiedzieć narzeczonej:

„Pani, nie nalegam o przyśpieszenie wesela (wbrew upomnieniom doktora Brzozowskiego... Nie, tego nie można jej powiedzieć!). Nie nalegam, pani, bo szanuję twój smutek... Oznaczysz zatem dzień ślubu, gdy zechcesz, a już ja sam uspokoję twoich rodziców, moją siostrę i nawet doktora... (Nie, tego nie można jej powiedzieć!)".

Był zadowolony i dumny. Dumny nie tylko z narzeczonej, ale nawet ze swego rywala.

– Tak – mówił, zacierając ręce. – To nie był jakiś tam tuzinkowy urzędniczek... To raczej był zaklęty królewicz... No – i ustąpił wobec mnie... Taki ustąpił!

W jego oczach Cynadrowski z pocztowego sekretarza wyrósł może na listonosza generalnego Wielkiej Brytanii, którym przecież może być lord angielski.

Tego wieczora pan Krukowski z domu swej siostry odprowadzał pannę Eufemię do rodziców. Noc była piękna, księżyc świecił w pełni; niezbyt czyste domy Iksinowa zamieniły się w blasku tych promieni na egzotyczne wille, wieże kościoła urosły.

Pan Ludwik był rozmarzony i czule ściskał przecudną rączkę panny Eufemii, która pomimo to nie miała humoru. Nawet kilka razy perłowymi ząbkami szarpnęła batystową chusteczkę, co może nie zgadzało się z etykietą, lecz było pełne wdzięku.

– Zdaje się, że moja pani jest nieco zdenerwowana? – odezwał się melodyjnym głosem pan Krukowski.

– Po prostu – jestem zła...

– Domyślam się, że na mnie?

– Ma pan słuszność.

– Czy wolno odgadnąć powód?

– Ciekawa?

– Posądzasz mnie – szepnął – że nie umiem uszanować twego żalu...

– Żalu? – spytała, zatrzymując się. – O co? Do kogo?

– Właściwie: po kim?

W tej chwili wbrew sztuce życia, rozsądkowi, a nawet własnej woli panna Eufemia straciła panowanie nad sobą. Zbladła, oczy jej rozszerzyły się i usunąwszy rękę z tkliwego uścisku pana Ludwika, zapytała stłumionym głosem:

– Po kimś żal? Może myślisz, że po tamtym człowieku?

– Sądziłem...

Panna Eufemia zaśmiała się, szarpiąc w rękach chusteczkę.

– Ja? – mówiła. – Ja mogłabym żałować człowieka, który naraził mnie na plotki, na podejrzenia? I za co! Że się zlitowałam... Że się zniżyłam do znajomości z nim... Czy ja wiem zresztą? że się nim bawiłam...

Panna Eufemia, mówiąc to, chciała usprawiedliwić się przed narzeczonym z pogłosek, które mogły dojść do niego.

– Bawiłaś się? – powtórzył pan Krukowski nieokreślonym tonem.

– Zdradzałeś mnie dla Madzi – mówiła już żartobliwie panna Eufemia – więc miałam prawo odwetu... Ale zaręczam, cokolwiek powiedzieliby ludzie, że był to sposób najniewinniejszy... Przysięgam ci, Ludwiku!

Weszli na ganek domu, w gęsty cień rzucany przez winograd. Panna Eufemia oparła rączki na ramionach narzeczonego i – delikatnie dotknęła ustami jego czoła.

– Przysięgam ci – rzekła – że jesteś pierwszym mężczyzną, którego... to spotyka...

– Ba-wi-łaś się? – powtórzył pan Ludwik.

– Naturalnie... Czy przypuszczałeś co innego? A wiesz, że powinna bym się obrazić!

Pan Ludwik delikatnie odsunął się od niej. Gdy mu na twarz padł blask księżyca, pannie Eufemii zdawało się, że stoi przed nią jakiś obcy mężczyzna.

– Bawiłaś się – szeptał – i to tak niewinnie, że...

– Że co? Widzę, że doleciała cię jakaś nikczemna potwarz... – przerwała mu wylękniona.

– Gardzę plotkami! – odparł. – Tu przecież nie o potwarz chodzi, ale o... śmierć człowieka...

– Ach! – krzyknęła panna Eufemia, rzucając się na ławkę w ganku.

Po chwili na jej krzyk wybiegła podsędkowa w białym szlafroku z trenem, a za nią podsędek.

– Femciu... co to zenaczy? – zapytała matka. – Sepodziewałam się, kochany Ludwiku...

Ale kochanego Ludwika już nie było przy ganku. Umknął szybko, wybierając miejsca, na które padały cienie domów.

Gdy przybiegł do swego mieszkania i wszedł do pokoju siostry, chora dama, nawet nie podnosząc do oczu binokli, zawołała niespokojnie:

– A tobie co?

Taki miał dziki wyraz twarzy, tak nieporządnie wyglądało jego odzienie.

Napił się wody, usiadł obok siostry i rzekł niskim głosem:

- Siostruniu... musisz mi dać pieniędzy... Wyjeżdżam jutro rano...

- Dokąd? po co? A ja?

- Dokąd? Gdzie każesz, a ty przyjedź za mną... Wyniesiemy się stąd...

- A Femcia?

- Nie chcę Femci! Nie chcę jej znać... nawet słyszeć o niej nie chcę... Przecież ta kobieta nie tylko ma odwagę mówić, że - bawiła się, słyszysz: ba-wi-ła się tym nieszczęśliwym urzędniczkiem, ale nawet nie rozumie tego, co powiedziała!

Eksparalityczka strzeliła z palców jak grenadier.

- A wiesz co - rzekła - doskonale robisz, że się z nią nie żenisz! Ja już od tygodnia opłakuję to małżeństwo... To nie dla ciebie kobieta... To...

- Chwała Bogu! - cierpko przerwał pan Ludwik. - Dlaczegóż siostrunia wcześniej mi tego nie powiedziała?

- Bałam się, kochanie... bałam się ciebie... Ty od pewnego czasu jesteś okropny! Wszystkich wyzywasz na pojedynek... nie pozwalasz mówić... trzaskasz drzwiami...

Rozmawiali do świtu, ściskając się i popłakując. O czwartej rano pan Ludwik posłał chłopca po ekstrapocztę, a o piątej wyjechał, czule żegnany przez siostrę, która miała ruchy tak swobodne, jakby paraliż nie był jej znanym nawet z imienia.

W dziejach Iksinowa dzień wyjazdu pana Ludwika stanowił koronę całego pasma wielkich wypadków.

Trzeba przyznać, że inteligencja iksinowska zrozumiała położenie. Małomiasteczkowe plotki ucichły, ludzie spoważnieli. Pani rejentowa, pani pomocnikowa, a przede wszystkim pani podsędkowa wcale nie wychodziły tego dnia z domów. Niezrównany takt kobiecy podszepnął im, że - w chwili tak poważnej kobiety cofnąć się powinny na drugi plan, a zostawić wolne pole działalności mężów.

I mężowie działali. Po pierwsze, każdy z nich pojedynczo udawał się na pocztę, żeby sprawdzić, czy pan Krukowski rzeczywiście wyjechał, i do tego o piątej z rana? Sprawdziwszy zaś sam fakt, obejrzawszy bryczkę, która uniosła pana Ludwika i listonosza, który go odwiózł – każdy z panów zawracał do apteki.

To miejsce wydawało im się najwłaściwszym do wszechstronnego zbadania sprawy:

Czy pan Krukowski wyjechał za jakimś nagłym interesem (może w sprawie pieniężnej?), czyli też wyjechał bez interesu. A w tym ostatnim wypadku: zerwał czy nie zerwał z narzeczoną i – dla jakich uczyniłby to powodów?

Ze sześciu panów zebrało się w aptece, lecz wszyscy zachowywali milczenie godne rzymskich senatorów. W końcu milczenie stało się tak przygniatającym, że sam gospodarz poczuł się zniewolonym do wypowiedzenia kilku słów.

– Proszę panów – rzekł – jedno dla mnie jest niewątpliwe...

– Że Krukowski wyjechał – wtrącił rejent.

– To swoją drogą, ale... że Iksinów staje się wielkim miastem. Proszę panów o chwilę uwagi: skandal na koncercie, zerwanie pana Krukowskiego z panną Brzeską, oświadczenie się pana Krukowskiego naszej najsympatyczniejszej pannie Eufemii, samobójstwo Cynadrowskiego i... dzisiejszy wyjazd.

Aptekarz odetchnął.

– Proszę panów, to już nie Iksinów – mówił dalej – to bez mała Warszawa. Bo tylko w Warszawie co dzień jest jakiś koncert, co dzień ktoś się zabija...

– Co dzień ktoś wyjeżdża... – wtrącił z namaszczeniem rejent.

Aptekarz stropił się. Szczęściem ukazała się pani, zapraszając gości na przekąskę.

Do jakich wniosków doszli zgromadzeni w czasie przekąski – o tym nie dowiedział się nawet pan prowizor. Domyślał się tylko, że musiano ubolewać nad położeniem szanownej rodziny państwa podsędków. Wszyscy bowiem zebrani byli ich przyjaciółmi i opuszczając prywatne mieszkanie aptekarza, mieli niewyraźne miny jak ludzie, którzy nie znaleźli powodu do uciechy, a nie chcą okazać smutku.

Dziwnym zbiegiem wydarzeń w tym czasie, kiedy dla państwa podsędków zaczęły się utrapienia, na dom doktora Brzeskiego, a na Madzię w szczególności, spadło parę przyjemnych niespodzianek.

Pan Efoski, w którego rękach znajdowały się pieniądze Madzi, na pierwsze żądanie doktorowej przywiózł jej trzysta rubli. Taką sumę pani Brzeska była winna siostrze pana Krukowskiego; a ponieważ, na skutek obojętności Madzi dla pana Ludwika, stosunki między dwoma rodzinami zerwały się, więc doktorowa natychmiast odniosła pieniądze chorej damie.

Eksparalityczka przyjęła panią Brzeską życzliwie, choć etykietalnie i – trzysta rubli odebrała. Lecz na drugi dzień osobiście złożyła wizytę doktorowi Brzeskiemu, gorąco podziękowała mu za dotychczasową opiekę nad jej zdrowiem i zakończyła:

– Ociągałam się z uregulowaniem naszych rachunków...

– Jakich? – zapytał doktor.

– No, przecież od roku nic pan ode mnie nie otrzymywał za wizyty... Że zaś zapewne opuścimy z Ludwikiem Iksinów, więc niech pan będzie łaskaw i przyjmie... Bardzo... ale to bardzo proszę...

Nie było rady. Brzeski wziął pieniądze i przekonał się, że są to te same trzysta rubli, które wczoraj jego żona doręczyła chorej damie.

Zadowolony, ale i trochę zmieszany, doktor wezwał żonę i córkę do gabinetu i wypowiedział mowę następującej treści:

– Mateczko! Wiem, że Madzia ze swych pieniędzy spłaciła nasz dług... No, nie udawajcie zdziwionych: mówię o trzystu rublach... A ponieważ te same pieniądze siostra pana Ludwika ofiarowała mi za wizyty, więc masz, Madziu, z powrotem twoje trzysta rubli...

Nie sposób dokładnie określić, jak wiele upłynęło czasu: kwadrans czy pół godziny, zanim Madzia wzięła z rąk ojca tyle razy wymienioną kwotę i – oddała ją do przechowania matce. Na razie w żaden sposób nie mogło pomieścić się w jej głowie, że – ona jest naprawdę właścicielką tak wielkiej sumy, a już wprost doznawała zawrotu myśląc, co zrobi z takim mnóstwem pieniędzy? Trzysta rubli! co to za kapitał dla osoby, która nieraz przez cały tydzień nie wydała na siebie złotówki.

W ciągu kilku dni przyszło upamiętanie i rozwaga, dzięki czemu Madzia postanowiła – uklęknąć przed matką i błagać ją, żeby wzięła z owych trzystu rubli tyle, ile potrzeba na edukację Zosi. Z pozostałej sumy, żeby – w największym sekrecie przed ojcem wytrąciła sobie za śniadania, kolacje i obiady.

„Niech mameczka liczy się ze mną jak z obcą... Niech mama tyle mi policzy, ile musiałaby wziąć od obcej panienki za jej stół... Tylko niech mama nie obraża się na mnie, bo..." – tak sobie myślała Madzia, oczekując chwili, w której matka będzie miała najwięcej czasu i najlepszy humor.

Lecz właśnie tego wieczora, kiedy widząc matkę w ogrodzie, chciała wyjść i powiedzieć:

„Proszę mamy, ja mam wielką... wielką prośbę! Ale to bardzo wielką...".

Prawie w tej chwili wszedł listonosz i wręczył Madzi urzędowy papier.

Zdumiona odpieczętowała go i znalazła – pozwolenie na otwarcie prywatnej szkoły żeńskiej dwuklasowej tudzież klasy wstępnej!

Radość uderzyła jej do głowy. Tańczyła po pokoju, całowała urzędowy papier, potem wbiegła do kuchni, żeby uścisnąć matkę. Lecz ponieważ matka rozmawiała z chłopem, który dzierżawił jej pole, więc Madzia wybiegła do ogrodu i – zaczęła ściskać i pieścić swój ulubiony kasztan. Zdawało się jej, że już ma zapewnione szczęście, którego nic zachwiać nie może. Ma pozwolenie na szkołę i ma pieniądze, więc jaka jeszcze może istnieć przeszkoda? Chyba żeby ona umarła lub żeby Iksinów zapadł się pod ziemię.

Ale ona nie umrze, bo przecież ją Bóg przysłał do Iksinowa, żeby tu założyła szkołę. Czy Matka Boska sama nie dała jej znaku wówczas w kościele, że rozumie jej troskę i wysłucha modlitwy? Czy tamci chłopcy, którzy tak dokazywali podczas procesji, nie stanowią wskazówki z nieba zesłanej, że ona powinna zająć się wychowaniem iksinowskich dzieci?

„Przecież tu jest kilkaset dzieci – myślała – a zatem choćby pięćdziesięcioro z nich może chodzić do szkoły. A niech tylko od trzydziestu wezmę po rublu na miesiąc, to już mam utrzymanie i jeszcze mogę pomóc rodzinie, gdyż będę stołowała się u mamy...".

Wreszcie udało jej się złapać oboje rodziców w pokoju ojca.
– Mamo! Tatku! – zawołała. – Mam pozwolenie na pensję...
I skacząc, w obu rękach podniosła nad głową cenny papier.
Ale matka obojętnie ruszyła ramionami, a ojciec, zaledwie spojrzawszy na arkusz, uśmiechnął się i odparł:
– No, w takim razie, moja pani przełożono, zajmij się przede wszystkim edukacją... naszej Madzi i naucz ją powagi...
Madzię jakby zimny wiatr owionął.
– Tatko śmieje się?
– Nie, dziecko. Tylko – cóż ty zrobisz z tym papierem?
– Zaraz otworzę wstępną klasę... Mam przecież pieniądze... wezmę pokój w starej oberży... stolarz zrobi mi ławki i tablicę...
– I przy tej tablicy będziesz wykładała lekcje ławkom – wtrącił ojciec. – Masz uczniów?
– Ach, znajdą się, tatku! Ja tu już rozmawiałam z kilkoma osobami... Mogę mieć bardzo wiele uczennic...
– W takim razie odstąp kilka z nich tutejszemu nauczycielowi, bo nieborak straszną biedę cierpi – odparł ojciec.
– A, Boże! – zawołała rozżalona Madzia. – Więc mnie państwo tak zachęcacie? Tatko żartuje, a mama nic nie mówi...
– Bo już wiem od wczoraj, że masz pozwolenie – odpowiedziała matka, machając ręką. – Zosia pisała mi, że przełożo-

na robi jej wymówki na rachunek tej twojej pensji. Skarży się, że ją zrujnujesz...

Madzia stanęła na środku pokoju, załamując ręce.

„Co to znaczy? – myślała. – Zawsze i wszyscy mówili mi, że powinnam pracować na siebie, a dziś, gdy chcę pracować, co się stało? Ojciec żartuje ze mnie, mama jest obojętna, a przełożona Zosi narzeka, że ją zrujnuję? Ja ją zrujnuję... Ja kogokolwiek miałabym zrujnować! Boże miłosierny, cóż się tu dzieje...".

I w jednej chwili z bezbrzeżnej radości wpadła w bezdenną rozpacz. Ogarnęło ją zdziwienie, że jest tak niezrozumiana, strach wobec przeszłości, a przede wszystkim żal, żal nadziei, którymi karmiła się od tak dawna, a które zaledwie zaczęły się spełniać, już upadają w nicość...

Ojciec zbliżył się do niej i pogłaskawszy pod brodę, zapytał wesoło:

– Cóż znaczy ta minka? Wyglądasz, jakbyś spadła z księżyca.

– Bo co ja teraz pocznę, tatku? – wyszeptała Madzia.

– O, moje biedactwo! – odparł ojciec tuląc ją w objęciach. – Co ona pocznie! A cóż to, nie masz ojca, matki?

– Ależ, tatku – wybuchnęła Madzia. – Czy ja mogę żyć bez celu i pracy? Jeść wasz chleb, którego każdy kawałek dławi mnie, jak gdyby był kradziony? Przecież ja wiem, że wam samym ciężko i jeżeli nie mogę dziś pomagać, to przynajmniej nie chcę was zubożać...

Uklękła przed rodzicami i wyciągając ręce zawołała z płaczem:

– Przysięgam, że od wakacji nie będę jadać u was za darmo... Nie mogę, no – nie mogę! Tatuchnu, ty mnie zrozum... – mówiła, zwracając się do ojca. – Ty mi poradź... bo ja wam tu umrę... bo ja nie mogę karmić się waszą pracą i niedostatkiem...

Matka zerwała się z krzesła, ojciec schwycił Madzię w objęcia i okrywając pocałunkami, posadził ją na kanapie.

– Ach, ta egzaltacja... ta egzaltacja! – mówił. – Co ty wyrabiasz, dziewczyno? Jak mogłaś ojcu rzucić taki frazes niedorzeczny? Ona jadać u nas nie będzie za darmo... kto to słyszał? Ona umrze... A ty głupiutka... a ty niepoczciwa... Każę ci skrócić sukienkę i zaprowadzić do naszej szkółki... Ty sama jeszcze powinnaś być na pensji, a nie zakładać pensję, dzieciaku!

– Nie mogę próżnować... nie mogę was objadać... No – nie mogę! – powtórzyła Madzia, płacząc.

Ojciec wciąż tulił ją w objęciach, a gdy zaczęła się uspakajać, mrugnął na matkę. Doktorowa z wypiekami na twarzy opuściła gabinet.

– Madziu, pogadajmy rozsądnie – rzekł doktor, gdy wyszła matka. – Jesteś najlepszym dzieckiem, szlachetną kobietą, ale...

Tu uderzył się rękami w kolana i dodał:

– Powiedz mi: czego ty chcesz właściwie?

– Nie chcę żyć za darmo, na wasz koszt... Bo wy sami nie macie... – odparła Madzia, kładąc głowę na ramieniu ojca.

– Prześlicznie! Ale... jakże ty chcesz pracować?

– Mam przecież pozwolenie na pensję...

– Wybornie! A uczennice masz?

– Będę miała.

– A jeżeli nie będziesz ich miała? Albo jeżeli koszty utrzymania pensji będą większe niż twoje zarobki, co wtedy?

– Kiedy tatko ciągle mnie wyśmiewa albo zniechęca – odpowiedziała Madzia już weselszym głosem.

– Nie, dziecino, ja cię nie zniechęcam... Ja może mylę się, ale dopóty nie będę podzielał twojej radości, dopóki nie zobaczę pomyślnego skutku. Widzisz, im ktoś mniej cieszy się ze swych zamiarów, a więcej przewiduje przeszkód, tym mniej będzie miał smutku, gdy mu się zamiar nie uda. Rozumiesz?

– Ale dlaczego nie ma mi się udać? Dlaczego?

– Ja nie twierdzę, że ci się nie uda. Tylko ponieważ stawiasz sobie cel poważny, więc ostrzegam, że z góry musisz sobie powiedzieć: albo się uda, albo się nie uda i – co robić dalej, jeżeli się nie uda?

– Kiedy, tatku... Ja tatce coś powiem... Ja... mam przeczucie, że wszystko pójdzie dobrze!

Doktor uśmiechnął się.

– Twoja matka ma dwa razy na rok przeczucia, że wygra główny los na loterii. I co powiesz: od dziesięciu lat wróciło się jej zaledwie kilka stawek.

– Tatko mnie ciągle zniechęca! – zawołała Madzia, tupiąc.

– Ależ nie! Ja cię tylko proszę o jedno: zanim przystąpisz do otworzenia swojej pensji, pomyśl, co zrobisz, jeżeli pensja nie pójdzie, a ty stracisz pieniądze? A jak wymyślisz plan, powiedz mi o nim. Dobrze?

– O, dobrze! Jeżeli tatko chce, będę przez całą noc myślała, że nie uda mi się nic w życiu! Dobrze, jeżeli tatko chce!

– Ach, baba jesteś... Co wam rozprawiać o emancypacji, kiedy wy, baby, rozsądnie myśleć nie umiecie? Ja ci mówię: zrób jakiś plan na wypadek niepowodzenia...

– Mam plan! – zawołała Madzia. – Zaraz napiszę do Warszawy, żeby wystarali mi się o miejsce nauczycielki po wakacjach. Nie będę miała pensji – wyjadę do Warszawy...

– Wariatka jesteś...

– Wyjadę, tateczku... Ja nie mogę jeść za darmo waszego chleba... Ja chcę sama się utrzymywać... Przysięgłam tu w tym pokoju i nie cofnę słowa... Gniewa się tatuś? – dodała przymilnie, patrząc mu w oczy.

Doktor zastanowił się. Nie dlatego, żeby argumentacja była nową, ale – że usłyszał ją z ust własnej córki. Takie mu się to wydawało dziwne, takie niesłychane... Tak mocno poczuł w tej chwili, że jego córka jest już osobą, i to osobą należącą do innego pokolenia, którego on prawie nie znał.

– Gdybyś ty była starsza! – rzekł strapiony.

– Zestarzeję się, tatku, i ja – odpowiedziała smutnym głosem.

Ojciec podniósł się z kanapy i przeszedł po pokoju. Nagle stanął przed Madzią.

– Ha! Trudno – rzekł. – Już nie mam żadnej władzy nad tobą... Rób, jak chcesz, i niech cię Bóg błogosławi... Tylko – dodał – nie zapomnij, że masz we mnie najserdeczniejszego przyjaciela...

Łzy potoczyły mu się, lecz powściągnął je.

Stary zegar wybił dziesiątą; Madzia powiedziała ojcu dobranoc i wyszła do swojego pokoju. Zdawało jej się, że już jest zimna jak kamień; ale czuła, że rozsypie się w proch i rozpłynie we łzy, jeżeli choć przez chwilę przestanie panować nad sobą.

Usiadła przy stoliku, zasłoniła lampę abażurem i zaczęła pisać do panny Malinowskiej. Lecz gdy doszła do wyrazów: „Mogę po wakacjach potrzebować zajęcia, więc gdyby znalazło się jakie miejsce w Warszawie..." – ogromna łza upadła jej na papier.

Wzięła drugi arkusik i zatykając chustką usta, by nie usłyszano jej cichych łkań, zaczęła znowu pisać. Gorące łzy spływały jej na chustkę i na rękę, ach!, a serce ją tak bolało, jak gdyby ten list był jej ostatnim pożegnaniem z rodziną.

Taki codzienny wypadek, że młode i delikatne dziewczęta opuszczają macierzyste gniazdo, aby rzucić się w wir świata... Ale Ty jeden wiesz, o Boże, ile jest w tym męczeństwa!

W ciągu kilku dni następnych Iksinów znowu zawrzał: rozeszła się wieść, że panna Brzeska, najlepsza uczennica słynnej pani Latter, zakłada pensję.

I znowu utworzyły się dwie partie. Pani podsędkowa na rynku oświadczyła majorowi, że gdyby Femcia miała drugi raz przeżyć epokę mlecznych zębów, to nawet pod tym warunkiem nie oddałaby jej pod dyrekcję Madzi. Zaś pani rejentowa, której niebo nie pobłogosławiło potomstwem, również twierdziła, że choćby Bóg zamiast czterech mopsików zesłał jej cztery dziewczynki, jeszcze żadnej nie odważyłaby się powierzyć – tej emancypantce, która rwie się do urządzania koncertów.

Za to proboszcz i major nie mogli znaleźć pochwał dla Madzi ani słów na wyrażenie szczęścia, jakie spadnie na Iksinów dzięki pensji w takich rękach! Zaś pan Miętlewicz w ciągu pierwszej doby zawiadomił wszystkich iksinowian o pomyślnym wydarzeniu, a przez dnie następne objeżdżał okoliczne dwory, głosząc o zdolnościach panny Brzeskiej, która mówi po francusku jak rodowita paryżanka, a gra na fortepianie jak Moniuszko.

Po upływie tygodnia nikt nie wątpił, że Madzi udał się plan. Sam pan naczelnik kilka razy powtarzał, że w Iksinowie potrzebna jest pensja, choćby pięcioklasowa, i dziwił się, że jej dotychczas nie założono. Dlatego pan pomocnik oświadczył, że dwie swoje córeczki odda pod kierunek Madzi, a pan adiunkt złożył wizytę Madzi i zaczął umawiać się z nią o warunki za edukację trzech panienek. Pan komisarz także obiecywał posyłać córkę do nowego instytutu, a pan sekwestrator o mało nie spłonął ze wstydu i zgryzoty, że żaden z jego sześciu wisusów nie był dziewczynką. Lękał się nawet, żeby mu tego nie poczytano za brak lojalności, i robił taką minę, jak gdyby pod tym względem już ubezpieczył się na przyszłość.

Z okolic także Madzia odbierała listy albo wizyty. Jednego dnia przybył do niej pan Bedowski krakowską bryczką, drugiego – pani Jotowska, którą poznano po płóciennym kitlu i zielonej woalce, zaś w kilka dni później zajechali przed dom doktora z trzema dziewczynkami państwo Abecedowscy. Wizyta ich stała się głośną w mieście; mieli bowiem zepsute skrzydło u powozu, który strasznie klekotał. I Madzia była niemniej wstrząśniętą, dowiedziawszy się, że państwo Abecedowscy gotowi są natychmiast oddać jej swoje trzy dziewczynki na stół, mieszkanie i naukę i płacić hurtem trzysta rubli tudzież ordynarię, zależnie od umowy.

Nadzwyczajne powodzenie Madzi wywołało niesnaski w obozie jej przeciwników. Wprawdzie pani podsędkowa i pani rejentowa pozostały jej niechętne, ale państwo aptekarzowie, obdarowani przez Boga aż czterema córeczkami, które chowały się w domu, odbyli między sobą naradę. Wynik był taki, że pan aptekarz zaczął ozięble traktować podsędka i rejenta, a pani aptekarzowa zaczęła coraz częściej pokazywać się na ulicy, przy której stał dom doktora Brzeskiego.

Triumf Madzi był tak stanowczy, że nawet jej matka odezwała się pewnego dnia do majora:

– Ha! Widzę, że moja dziewczyna ma naprawdę głowę na karku.

– Tak, apetyczna bestyjka! – odparł major. – Krukowski w pół roku wyciągnąłby przy niej kopyta. Ale co by użył...

Doktorowa wzruszyła ramionami i przy najpierwszej okazji powiedziała mężowi, iż major tak zdziecinniał, że trudno jest z nim rozmawiać.

Madzia w tych czasach czułaby się całkiem szczęśliwa, może byłaby najszczęśliwszą istotą na świecie, gdyby humoru nie psuł jej ojciec. Z nim jednym rozmawiała o rozwoju swoich planów i, trzeba nieszczęścia, on jeden zawsze umiał wypatrzeć jakieś ciemne strony.

Raz na przykład wieczorem przedstawiła mu listę swoich przyszłych uczennic, co do których toczyły się już umowy. Było tam dwanaście panienek ze wsi i przeszło dwadzieścia z miasta.

– A co, tatku... – zapytała. – Kto ma słuszność?

– Ty, kochana, masz słuszność – odparł, biorąc ołówek, którym zaczął wykreślać nazwiska panienek wiejskich.

– Co tatko robi? – zawołała Madzia zdziwiona.

– Widzisz, dziecko – panien Abecedowskich nie bierz. Bo to dziewczynki przywykłe do wygód, nawet do zbytku, więc za trzysta rubli z ledwością je wykarmisz. A gdzie koszty mieszkania i nauki?

Madzia zamyśliła się.

– Może tatko ma rację – rzekła. – Za dziesięć rubli na miesiąc trudno byłoby mi przyzwoicie utrzymać dziewczynkę... Więc te trzy daruję tatce! – dokończyła, obejmując ojca za szyję.

– Darujże mi i dziewięć pozostałych – odparł ojciec. – Przeciętnie mają one płacić po cztery ruble na miesiąc za naukę, ale... musiałabyś mieć dla nich ze trzy nauczycielki. Czy możesz płacić nauczycielce dwanaście rubli na miesiąc? A lokal? Skąd wreszcie znajdziesz u nas nauczycielki?

Madzia osłupiała. Przyjmowanie wizyt, odpisywanie na listy, układy z rodzicami tyle jej zabierały czasu, iż nie zwróciła uwagi, że do prowadzenia pensji jest dotychczas tylko ona sama, sama jak palec!

I po tym odkryciu Madzia w jednej chwili straciła wiarę w siebie. Upadła na kanapę, a zalewając się łzami, zaczęła mówić:

– Boże, jaka jestem głupia! Ja nigdy nie będę mieć rozumu... ja nigdy nic nie zrobię! Cóż to za kompromitacja! Przecież doskonale wiedziałam, ile pani Latter musiała wydawać co miesiąc na nauczycieli... Ach, Boże, dlaczego ja nie umarłam... dlaczego ja nie urodziłam się chłopcem!

Ojciec zaczął ją tulić i głaskać jej ciemne włosy.

– No, no! Tylko nie rozpaczaj – mówił. – Zapomniałaś o ważnej rzeczy, ale to dowód, że jesteś dobrą Polką. My, widzisz, Polacy, zawsze robimy plany, nie zgromadziwszy środków, a nawet nie pytając: czy w ogóle nasze środki wystarczą? No i tak nam się też wiedzie w życiu. Ty jednak, która należysz do nowego, mądrzejszego od nas pokolenia...

– Tatko znowu żartuje! – przerwała Madzia, usuwając się na drugi koniec kanapy.

– Nie, kochana, ja tylko radzę pomyśleć o środkach i – trochę do nich dostosować swój plan.

– Słucham tatkę.

– Więc widzisz – lokal na twoją pensję masz: oddamy ci salonik...

– Ależ to za mało...

– Jeżeli okaże się potrzeba większego mieszkania, oddamy ci pół domu.

– Ale ja będę płaciła komorne... O tak! Inaczej nie chcę... – zawołała Madzia, której szare oczy odzyskały blask i wesołość.

– Będziesz płacić, będziesz... Po drugie, ponieważ będziesz sama jedna nauczycielką, więc weź sobie na początek tylko pięć lub sześć panienek z miasta...

– Dwadzieścia, tatku! Będę pracowała od rana do wieczora i zarobię... chyba ze czterdzieści rubli na miesiąc...

– Pozwól, kochana... Na taką liczbę nie zgadzam się jako lekarz dla ciebie, a jako eksguwerner dla twoich uczennic. Byłoby niesumiennością podejmować się fuszerki w nauczaniu...

– A jeżeli znajdę pomocnice?

– Skąd?

– Mogę sprowadzić z Warsza... Nie! – zawołała nagle. – Ja jestem wariatka... Chcę sprowadzić nauczycielki z Warszawy, a nie miałabym im co dać jeść...

– Nie desperujże – przerwał ojciec – wszak znowu mówisz przytomnie... Więc radzę ci tak: weź kilka najlepiej płacących uczennic na godziny, przekonaj się, jak ci z nimi pójdzie, i – staraj się o nauczycielki...

– Ależ to nie będzie pensja, tatku! To będą prywatne lekcje, które przecież mogłabym mieć i teraz... O, ja nieszczęśliwa! Tyle czasu zmarnowałam, zamiast dawać prywatne lekcje... O, ja niegodziwa!

Z trudem udało się doktorowi ukoić nowy wybuch rozpaczy i wytłumaczyć córce, że – w każdym przedsięwzięciu, obok inicjatywy, energii, pieniędzy i stosunków, niemałą rolę odgrywa cierpliwość.

Przez kilka następnych dni Madzia znowu miała wizyty. Ze wsi zgłaszali się do niej państwo Zetowscy i Żetowicze, a z miasta – fryzjer, fotograf i właściciel wiatraka spod rogatek.

Madzia umawiała się z nimi bardzo uprzejmie i bardzo rozsądnie, ale – bez zapału. Czego się tu zresztą zapalać, gdy zrozumiała, że do prowadzenia pensji nie ma nauczycielek, a prywatne lekcje przyniosą jej zaledwie kilkanaście rubli na miesiąc, przy których jeszcze można by postawić znak zapytania. Każda bowiem rozmowa z interesantami coraz dokładniej odsłaniała

Madzi prawdę, iż – ludzie garną się do jej pensji, sądząc, że będzie ona tańszym sposobem kształcenia dzieci niż edukacja domowa albo pensja w mieście gubernialnym.

„Pięknie będę im kształcić dzieci – sama jedna! – myślała Madzia i dreszcz ją przechodził na wspomnienie braku pomocnic. – Po co ja wreszcie mówię z ludźmi o pensji, nie mając nauczycielek?".

Pewnego dnia, ku wieczorowi, wbiegła do pokoju Madzi matka, mówiąc:

– Chce się z tobą widzieć panna Cecylia... Wiesz, ta stara panna, siostra aptekarza...

– Ach, ona? Bardzo proszę... – odpowiedziała nieco zdziwiona Madzia, naprędce przypominając sobie, że panna Cecylia jest jakby mitem w Iksinowie, gdzie nikt jej nie widywał i nikt o niej nie słyszał, pomimo że z dziesięć lat tu mieszkała.

Po chwili weszła, ostrożnie zamykając drzwi, osoba wysoka, szczupła, w ciemnej sukni. Kiedyś musiała być bardzo piękna. Miała duże oczy, dziś wyblakłe i zapadnięte, rysy nieco ostre, ale klasyczne, cerę pożółkłą, lecz delikatną i ogromne, ciemne włosy, przyprószone siwizną. Jej ukłon i każdy ruch zdradzał wielką damę, zakłopotaną i prawie wylęknioną. Madzi zdawało się, że przybyła wstydzi się czegoś: starej sukni, swoich wykwintnych ruchów czy może minionej piękności.

Pani ta chciała coś powiedzieć, lecz zabrakło jej głosu. Więc tylko ukłoniła się Madzi jeszcze raz i podała jej duży papier zwinięty w trąbkę.

– Co to jest, proszę pani? – zapytała Madzia zmieszana nie mniej od przybyłej.

– To mój patent z Instytutu Puławskiego – odpowiedziała cicho.

– Pani skończyła instytut w Puławach?

– Z cyfrą – odparła dama jeszcze ciszej. – Pani mnie nie zna – dodała – ale ja pamiętam panią jeszcze małą dziewczynką...

– Ależ i ja panią pamiętam, panno Cecylio! – zawołała, oprzytomniawszy Madzia. – Zdaje mi się, że nawet w tym roku szłyśmy naprzeciwko siebie szosą: ja na spacer, pani ze spaceru... Tylko pani skręciła w pole... Niech pani będzie łaskawa, siądzie...

I już pozbywszy się pierwszego wrażenia, Madzia uścisnęła pannę Cecylię i posadziła ją na fotelu, sama siadając obok na niskiej kanapce dziecinnej.

Panna Cecylia długo przypatrywała się Madzi i ująwszy za ręce, rzekła:

– Pani musi być bardzo dobra...

– Ależ tak... ja naprawdę jestem dobra dziewczyna! – odpowiedziała Madzia ze śmiechem i uczuwszy nagłą sympatię do panny Cecylii, serdecznie ją ucałowała.

Nowa przyjaźń była zawarta.

– Dlaczego pani nigdzie się nie pokazuje? – zapytała Madzia. – Pani taka piękna i... z pewnością najlepsza osoba w Iksinowie...

Panna Cecylia zarumieniła się.

– Gdyby wszyscy byli tacy jak pani! – odparła. – Zdziczałam – dodała prędko – żyję tylko z dziećmi moich braterstwa albo z tymi, które do nich przychodzą...

Madzia zerwała się z kanapki i klasnęła w ręce.

– Pani! – zawołała. – Niech pani ze mną do współki założy pensję... My tak jesteśmy dobrane... tak będziemy się kochały...

– Do współki? – odparła panna Cecylia z łagodnym uśmiechem. – Ja przyszłam prosić panią o miejsce nauczycielki...

– Ależ wspólniczką moją pani będzie... Ja u pani będę nauczycielką – mówiła rozgorączkowana Madzia. – Ach, jak się to dobrze stało... Co za szczęśliwy wypadek!

Panna Cecylia znowu zmieszała się i chwytając Madzię za rękę, rzekła prędko:

– Upewniam panią, że to są plotki... Bratowa wcale nie wymówiła mi mieszkania... ona taka delikatna...

Madzia słuchała ze zdziwieniem; panna Cecylia mówiła dalej:

– Bratowa tylko powiedziała, co jest bardzo rozsądne z jej strony, że dwie starsze dziewczynki odda na pensję do pani. A że i inne rodziny, których dzieci uczyły się razem z naszymi, także wolą je oddać na pensję (zupełnie słusznie!), więc sama powiedziałam sobie (nie bratowa, broń Boże!): rola moja w domu brata skończyła się... Nie mogę dłużej być dla niego ciężarem, pójdę do panny Brzeskiej i poproszę o najskromniejsze warunki... I otóż jestem u pani, zdobyłam się na odwagę... – zakończyła z uśmiechem.

– Jakże się cieszę, że pani przyszła taka myśl – odpowiedziała Madzia. – Zobaczy pani, że teraz uda się nam pensja...

– Ma pani słuszność. Bo kiedy ja przed dziesięcioma laty chciałam tu otworzyć pensję...

– Pani? – przerwała Madzia. – I dlaczegóż pani nie otworzyła?

Panna Cecylia smutnie poruszyła głową.

– Wiele przyczyn – rzekła – złożyło się na to. Nie było uczennic... nie miałam nauczycielek...

Madzia drgnęła.

– ...nie miałam funduszów...

Madzi ognie wystąpiły na twarz.

– Zresztą – mówiła panna Cecylia – zabrakło mi odwagi... Bratowa jeszcze dzisiaj śmieje się ze mnie (bardzo sprawiedliwie!) i mówi: „Jak mogłaś, Cecylio, z twoim usposobieniem nawet marzyć o podobnym pomyśle?". I bratowa ma słuszność: pracować potrafię; ale coś stworzyć, czymś kierować, do czegoś gromadzić środki... Oszalałabym przy pierwszym niepowodzeniu, o które przecież łatwo, gdy bierze się na swoją odpowiedzialność kilkadziesiąt osób...

Madzia, słuchając wynurzeń panny Cecylii, poczuła, że kręci się jej w głowie, a serce bić przestaje. Na szczęście wszedł ojciec – i panna Cecylia zmieniła się: straciła śmiałość, była zakłopotana, odpowiadała na pytania monosylabami, wreszcie pożegnała Madzię i doktora.

Po jej odejściu, a raczej wymknięciu się, doktor rzekł do córki:

– Zdaje się, że już masz pomocnicę, i to dobrą. Nie mogłaś marzyć o lepszej.

– Tatko skąd wie, po co ona do mnie przyszła?

– Całe miasto wie – odparł doktor. – Pani aptekarzowa chce swoje córki kształcić na pensji – u ciebie, więc od kilku dni takie sceny wyrabia nauczycielce, rodzonej siostrze swego męża, że biedna panna Cecylia musi wynosić się z domu, gdzie pieprz rośnie. Tak jak ty chcesz od nas...

Madzię zimno przeszło.

„Co to będzie? – myślała zatrwożona. – Ja jeszcze nie jestem pewna, czy otworzę pensję, a tu już spada obowiązek... Bo przecież nie mogę opuścić panny Cecylii, która przeze mnie traci miejsce!".

– Nad czym tak dumasz? – spytał ojciec, kładąc jej rękę na czole.

Madzia nigdy nie powierzyłaby ojcu swego najnowszego zmartwienia; wydawało się ono tak ciężkim, że dzielić się nim nie miała odwagi.

Spuściła oczy, unikając jasnego spojrzenia ojca, i machinalnie zapytała:

– Kto jest ta panna Cecylia? Dziwne robi wrażenie...

– Bardzo dobra i rozumna kobieta, która za młodu była nauczycielką, żeby pomagać bratu – dziś jest nauczycielką, żeby wychować mu dzieci, a później – znowu będzie nauczycielką, żeby nie jeść za darmo chleba bratowej.

Madzi tchu brakło.

– A dlaczego ona, tatku, za mąż nie wyszła? Czyby nikt nie chciał takiej pięknej?

Doktor machnął ręką.

– Każda kobieta może wyjść za mąż, a przynajmniej ma wielbicieli. Miała ich i panna Cecylia, nie dawniej nawet jak przed dwoma laty.

– Więc?

– Szczególna to osoba – odparł zamyślony doktor. – Straciła narzeczonego i postanowiła zostać panną.

– Opuścił ją? – spytała Madzia zdławionym głosem.

– Zginął. Trafiają się takie kobiety.

Wieczór ten wzburzył Madzię: panna Cecylia stała jej przed oczami. Więc można być dobrą i piękną, a mimo to nieszczęśliwą? Można kochać i – stracić to, co się kocha? Można służyć wiernie, nawet z poświęceniem i – być wypędzoną ze służby? Można posiadać papiery, mieć wykształcenie, wiedzę, robić śmiałe plany i – w rezultacie zostać opuszczoną i śmieszną? Jaki świat stworzyłeś, Boże miłosierny...

„I co ja teraz pocznę? – w dalszym ciągu myślała Madzia. – Jeżeli panna Cecylia nie śmiała tu otworzyć pensji, ona, ze swoimi kwalifikacjami, to gdzież mnie się to może udać? Obiecują mi uczennice, lecz ile z nich naprawdę oddadzą, a za ile będą regularnie płacić? A gdzie nauczycielki? Mam wprawdzie trzysta rubli, ale pani Latter miała tysiące rubli i mimo to! Trzeba być szaloną, żeby występować z podobnym pomysłem i umawiać się z ludźmi w sprawie pensjonarek!".

Lecz nazajutrz przyszły listy z Warszawy, które Madzia przyjęła z niepokojem, a przeczytała z radością. Dębicki odpowiedział, że może mieć lekcje na godziny, które przyniosą około czterdziestu rubli miesięcznie, tylko – musi być przygotowana na bieganinę po mieście. Zaś panna Malinowska donosiła, że ma dla niej w pewnym domu miejsce stałej nauczycielki do dwóch dziewczynek, które były na pensji pani Latter.

54. Co kosztuje powodzenie

Następny tydzień był dla Madzi najszczęśliwszą epoką w Iksinowie. Rozmowy z interesantami przekonały ją, że może mieć i piętnaście do dwudziestu dziewczynek, które zapiszą się do klasy wstępnej, a będą uczyły się przedmiotów szkolnych w miarę potrzeby i rozwinięcia. Rodzice ich godzili się na taką kombinację, rozumiejąc, że w początkach inaczej być nie może. Mieli zaś płacić w tym stosunku, iż dochód pensji wynosiłby od sześćdziesięciu do osiemdziesięciu rubli miesięcznie.

Niektórzy chcieli dać pieniądze z góry za kwartał, nawet za rok, albo wystawiać zobowiązania piśmienne. Temu jednak oparł się doktor Brzeski, mówiąc, że nie ma jeszcze nic pewnego i że sprawa zdecyduje się ostatecznie w początkach sierpnia.

Każdy dzień przynosił jakąś dobrą wiadomość. To zgłosiła się nowa uczennica, to wpadł Miętlewicz, donosząc, że już przyszła orzechowa farba na ławki, to znowu Zosia (bawiąca na wakacjach u jednej z koleżanek) zawiadomiła rodziców, że na ostatni tydzień przyjedzie do domu, żeby pokazać, iż utyła i nabiera mocnych rumieńców.

Nawet Zdzisław, który nie lubił pisać, napisał list do Madzi pod jej własny adres. Donosił, że ma wyborną posadę w fabryce perkalów, i tak zakończył:

„O twoim projekcie założenia pensyjki chyba to powiem, że mi cię żal, gdyż o ile panny dorosłe, wzięte pojedynczo, są dosyć przyjemne, o tyle gromada podlotków musi być nudna. Żądasz ode mnie wskazówek – jakież ci dać mogę? W instytucie mówiono mi od rana do wieczora, że człowiek powinien wszystko poświęcić dla społeczeństwa; w fabryce od rana do wieczora słyszę, że człowiek powinien wszystko poświęcić dla majątku. Mam więc w tej chwili dwa poglądy na życie. A że »miłość ludzkości« – »praca dla społecznego organizmu« itd. już wylazły mi podeszwami i łokciami, kto wie zatem, czy nie wezmę się z kolei do robienia pieniędzy? W każdym razie jestem jak osioł czy jak Herkules między dwoma wiązkami siana, więc rozumiesz, że w takiej duchowej rozterce nie mogę udzielać ci rad...".

Doktor Brzeski, słuchając listu, wysoko podnosił brwi i bębnił palcami po stole, ale Madzia śmiała się jak trzecioklasistka. Śmiałaby się z czegokolwiek, ponieważ było jej bardzo wesoło. Mieć jeszcze przed sobą pensyjkę, o której marzyła, a już za sobą wszystkie kłopoty. Czy może być większe szczęście!

Jednego dnia gospodarz, który obsiewał grunty jej rodziców, przyszedł zameldować doktorowej, że – będzie chyba po osiem korcy żyta z morgi, i przy okazji przyniósł Madzi osobliwego ptaszka. Był to młody ptaszek, bury, z malutkim dziobem, lecz nadzwyczajnie szerokim gardłem, które ciągle otwierał. Madzia była zachwycona przede wszystkim tym, że ptaszek nie uciekał, lecz siedział nadęty jak sowa, co chwilę otwierając gardziel. Ale gdy po paru godzinach okazało się, że nadzwyczajny ptaszek nie chce ani jeść, ani pić, ani spać, nawet na łóżku, Madzia włożyła go w koszyk i odniosła z powrotem do krzaków, gdzie go znalazł gospodarz.

Wracała do domu, rozmyślając, w jaki sposób ptaszek da sobie radę, czy znajdą się jego rodzice, czy może oboje nie żyją – a on, biedak, czy może nie chciał jeść ze zmartwienia po nich? I mówiła sobie, że trzeba być niedobrym człowiekiem, żeby zabierać pisklęta ich rodzicom i siać smutek zarówno w sercu sieroty, jak i osieroconych przez niego.

– Czy to można... czy można robić coś podobnego? – powtarzała Madzia, czując żal nad bezbronnym pisklęciem, które nie tylko nie umiało się skarżyć, ale nawet nie oceniało wyrządzonej mu krzywdy.

Nagle na ulicy, niedaleko swego domu, zobaczyła gromadę dzieci. Otaczały one, śmiejąc się i krzycząc, niziutką staruszkę, ubraną w wypłowiały kaptur atłasowy i duży szal zużyty. Staruszka miała martwą twarz, pobrużdżoną głębokimi zmarszczkami, otwarte usta i błędne oczy.

– A to niegrzeczne dzieci, śmieją się ze staruszki! – zawołała, nadbiegając, Madzia.

I zbliżywszy się, spytała:

– Gdzie pani chce iść? Czego pani potrzeba?

Kobieta zwróciła na nią okrągłe oczy i powoli, z wysiłkiem odparła:

– Ja pytam się ich, gdzie jest ta... ta... jakże jej tam? Ta, co zakłada pensję...

– Czy Magdalena Brzeska? – rzekła zdziwiona Madzia.

– Ta... moja panienko... co tu u nas zakłada pensję...

– To ja jestem... ja tu zakładam pensję... – odpowiedziała Madzia, biorąc ją za wyschłą rękę.

– Ty? Ej, nie żartuj!

– Ja, z pewnością...

Staruszce błysnęły blade oczy. Nagle wydobyła spod chustki drewnianą linię i zaczęła bić Madzię po rękach, mrucząc:

– A paskudna! A paskudna! A co ci Kazio złego zrobił! A paskudna...

Uderzenia były niezgrabne i słabe, lecz Madzi sprawiały taki ból, jak gdyby bito ją rozpalonym żelazem.

– Co pani robi? Za co to? – pytała, z trudnością powstrzymując się od łez.

– A paskudna! Co tobie Kazio... – powtarzała staruszka machając ręką, z której linia wysunęła się na ziemię.

Madzia podniosła linię i oddała ją staruszce. Wiekowa kobieta popatrzyła na nią: w martwych oczach zamajaczyło coś, jakby dziwiła się czy chciała skupić myśli... Wreszcie – schowała linię pod chustkę i stała na ulicy bez ruchu, nie wiedząc, dokąd iść, czy może myśląc, że nigdzie iść nie warto.

– Kim jest ta pani? – spytała Madzia jednego z chłopców, który zanosił się od śmiechu.

– To babka naszego profesora! – wykrztusił chłopiec. – Ona taka zabawna...

I pobiegł w stronę szkoły.

Madzia wzięła starowinę pod rękę i ostrożnie zaczęła ją prowadzić za chłopcem. Już dochodziły do szkoły, kiedy naprzeciw nim wybiegła z podwórka kobieta bez czepka i bez kaftana, z zawiniętymi rękawami koszuli.

– Co babcia wyrabia? – zawołała kobieta. – Jakże ja panią przepraszam! – dodała zwracając się do Madzi. – Ale to tak: człowiek zajmie się dziećmi czy kuchnią, a babcia wychodzi na miasto i zawsze narobi wstydu albo zgryzoty...

– Nic się nie stało, proszę pani... – mówiła Madzia, wprowadzając staruszkę na dziedziniec i sadowiąc ją na ławce pod domem.

Pani profesorowa, uboga, zawstydzona swoim ubóstwem i zakłopotana czynem babci, rozpływała się w przeprosinach. Madzia starała się obrócić w żart zajście, a gdy jej się to udało, spytała, za co babcia może mieć do niej pretensję?

– Ach, już powiem pani wszystko, bo pani wygląda na taką dobrą... – mówiła żona nauczyciela. – Widzi pani, mój mąż stracił kilka uczennic: Witkowską, Siarczyńską, Narolską...

„One do mnie mają pójść po wakacjach!" – pomyślała Madzia.

– Niewiele one tam płaciły: sześć, siedem rubli, ale nie trzeba pani mówić, że zawsze to obciążenie dwadzieścia rubli na miesiąc... więcej niż pensja nauczycielska... Tak więc mówi mąż do mnie: póki długów nie spłacę (bo mamy długu osiemdziesiąt rubli i procenty!), jedź ty z trojgiem dzieci na wieś do brata, a ja z dwojgiem starszych zostanę... Brat mój jest gorzelnikiem, proszę pani, nie opływa w dostatki, ale lubi mnie i na około rok nie pożałuje kąta ani chleba...

Wytarła oczy fartuchem i ciągnęła dalej:

- Nie będę ukrywać, że zwyczajnie jak ludzie, trochę narzekaliśmy przed sobą na tę pensję pani... A babcia – drzemała i słuchała, słuchała i drzemała i... oto, co zrobiła... Śmierci by się człowiek prędzej spodziewał niż takiej kompromitacji...

Madzia, słuchając, przypatrywała się domowi nauczyciela i jego mieszkańcom. Przez okno zasłonięte prostymi kwiatkami w doniczkach i perkalową firanką widać było czysty pokój, ale sprzęty ubogie i stare. W kuchni na kominie stał wielki garnczek kartofli i mała ryneczka słoniny. Około domu kręciło się czworo jasnowłosych dzieci ubranych w barchan i drelich. Były to dzieci umyte, ciche, połatane i pocerowane. Między nimi może dwunastoletnia dziewczynka w krótkiej sukience patrzyła na Madzię z trwogą i żalem; przynajmniej tak się Madzi zdawało.

„To zapewne ona i jeszcze któreś zostanie bez matki, a tych troje bez ojca..." – myślała Madzia.

Uścisnęła żonę profesora, ukłoniła się staruszce i ucałowała dzieci. Młodsze spoglądały na nią zdziwione, starsza dziewczynka cofnęła się.

Na ganku spotkała matkę targującą się z dwoma Żydówkami o kaczki i masło. Doktorowa, spojrzawszy na Madzię, spytała:

– Czegoś ty taka mizerna?

– Musiałam iść za prędko...

– Blada... spocona... Czyś ty nie chora, moje dziecko? – rzekła matka. I zwracając się do Żydówek, dodała:

– Cztery złote za masło i po czterdzieści groszy za kaczkę.

– Żebym tak nieszczęścia doczekała, nie mogę – mówiła jedna z Żydówek, całując doktorową w rękaw. – Niech delikatna pani sama powie, czy nie warte po półtora złotego? Kaczki, z przeproszeniem, jak barany... trzeba chłopa do noszenia ich...

W swoim pokoiku Madzia powoli zaczęła rozbierać się, nieruchomo patrząc przed siebie. Widziała twarz staruszki, niby rzeźbę bukszpanową oprawną w obręcz atłasu. Zdawało jej się, że gładsze punkta żółtej twarzy połyskują na słońcu jak polerowane drzewo. A te bruzdy rozchodzące się promienisto: z kątów ust, z kątów oczu, od osady nosa... Zupełnie jak gdyby rzeźbiarz samouczek powycinał je w drzewie tępym nożem.

„Ile ona może mieć lat? – myślała Madzia. – No, ani mi przez głowę przeszło, że tu, w Iksinowie, jest staruszka, w której od kilku tygodni wzbiera nienawiść do mnie... Siadywała zapewne pod ścianą, może na tej samej ławce, i przez całe dnie bezczynne, przez całe noce bezsenne nienawidziła mnie... rozmyślała, jakby się zemścić!

Albo dzieci... co one czuły, gdy im powiedziano: musicie się rozdzielić, już nie będziecie bawiły się razem; dwoje starszych przez cały rok nie zobaczą matki, a troje młodszych ojca... Jak im się musi wydawać dziwne, gdy zrozumieją, że to ja ich rozpędzam! Ja – rozpędzam dzieci... No – ja! O, ta sama, którą tu widzę w lustrze...".

Po południu przyszedł do Madzi nauczyciel. Był to człowiek łysy, siwiejący, który zadawał sobie wiele pracy, aby głowę trzymać prosto na pochylonym tułowiu. Miał długi surdut, a na skutek zgarbienia wydawało się, że ma zbyt długie ręce. Usilnie przepraszał Madzię za postępek swojej babki, błagał, żeby mu nie zaszkodziła w dyrekcji, i wyszedł głęboko przekonany, że gdyby Madzia wstawiła się za nim do władz, miałby dwieście pięćdziesiąt rubli pensji rocznej zamiast stu pięćdziesięciu!

– No, ale rozumiem, że o to prosić pani nie mogę – dodał na pożegnanie.

Po jego odejściu ukazała się doktorowa.

– Czego on chciał od ciebie?

– Nic, mamo. Dziękował, że odprowadziłam do domu jego babkę staruszkę...

– Zdziecinniała staruszka, ma przeszło dziewięćdziesiąt lat... Ale czegoś ty taka wzruszona?

– Bo, widzi matuchna – odpowiedziała Madzia, siląc się na uśmiech – on myśli, że ja mogę mu szkodzić albo protegować go w dyrekcji... Biedny człowiek...

– Niechaj myśli, nie będzie z tobą wojował...

Niebawem ukazał się pan Miętlewicz. Był zirytowany i opowiadając o bardzo suchym, o nadzwyczajnie suchym drzewie, z którego będą porobione ławki szkolne, bacznie przypatrywał się Madzi.

Po Miętlewiczu przyszedł major także wzburzony, gdyż nie spostrzegł, że zgasła mu fajka.

– Cóż to znowu? – rzekł do Madzi. – Cóż to, stara wariatka napadła cię na ulicy?

Madzia wybuchnęła śmiechem.

– Czy mówi pan o babce nauczyciela? – spytała. – Kogoż ona może napadać, biedactwo?

– Tę samą uwagę zrobiłem podsędkowi, który jednak twierdzi, iż słyszał na mieście, że stara rzuciła się na ciebie...

Jeszcze major nie dokończył frazesu, gdy wszedł proboszcz.

– Kyrie elejson! – zawołał od proga. – A oni czego chcą od ciebie?

– Kto? – spytała Madzia.

– A nauczyciel i jego żona. Bo rejentowa mówiła mi jeszcze i o babce, ale babka z ledwością się rusza...

Już nie było możliwości utrzymywania dłużej sekretu, więc Madzia wszystko opowiedziała swoim przyjaciołom.

– No, w takim razie chodźmy, mój jegomość, na szachy – rzekł major. A ująwszy Madzię wpół, pocałował ją w czoło i dodał:

– Szkoda ciebie na Iksinów... Za dobra jesteś... Przypominam jegomości, że dziś ja gram pierwszą partię białymi...

Ojciec tego wieczora wcale nie mówił z Madzią o pogłoskach krążących po mieście. Jednak oboje rodzice musieli o nich słyszeć, gdyż matka była rozdrażniona i zachorowała na głowę.

Madzi całą noc śnił się ptaszek. Niosła go w krzaki, wynalazła mu między gęstym jałowcem dołeczek, nagarnęła suchych liści i posadziła tam sierotę, zupełnie jak na jawie. Nawet wracała do niego trzy razy jak na jawie, nachuchała na niego, ucałowała go, a gdy, już stanowczo odchodząc, jeszcze raz odwróciła głowę, ptaszek siedział w dołku, z rozpostartymi skrzydłami, i otworzył wielkie gardełko, wydając przy tym głos syczący. Żegnał ją, jak umiał.

„Czy on aby żyje? - myślała Madzia. - Może go już odnalazły starsze ptaki, a może go co zjadło...".

Zbudziwszy się, pobiegła przed śniadaniem w pole do krzaków. Z bijącym sercem weszła między jałowiec, mówiąc sobie, że jeżeli ptaszka co złapało, to będzie dla niej zła wróżba. Spojrzała... dołek był pusty, ale ani śladu walki... Madzia odetchnęła. Była pewną, że sierota znalazła opiekunów.

Wracając, zmówiła pacierz. Wstyd jej było ofiarować go za ptaka, o którym nawet nie wiedziała, że nazywa się: lelek. Ale ciągle miała go na myśli, resztę zostawiając Bogu, którego niesenne oko czuwa nad ogromnymi światami i nad małym pisklątkiem.

W mieście Madzia spotkała starszą córeczkę nauczyciela niosącą pakiecik cukru, może z pół funta. Dziewczynka, chociaż niezaczepiona, grzecznie dygnęła, a potem pocałowała Madzię w rękę. Gdy rozeszły się, Madzia, mimo woli odwróciwszy głowę, spostrzegła, że dziewczynka także ogląda się za nią.

„I ona myśli - rzekła do siebie Madzia - że ja wypędzam z domu jej matkę!".

Doktor Brzeski, wypiwszy śniadanie, spacerował z fajką po ogrodzie. Madzia zaprowadziła go do altanki, posadziła na ławce i obejmując rękami, szepnęła mu do ucha:

- Tatku... ja tu już nie otworzę pensji... Niech panna Cecylia weźmie połowę uczennic, a te, które miał nauczyciel, niech zostaną przy nim... Tatuś gniewa się?

- Nic, kochanie.

- A tatuś wie, dlaczego ja tak muszę zrobić?

- Wiem, że – ty – musisz tak zrobić.

- A może tatko myśli, że to źle?

- Nie.

– Ach, tatku, tatku... jakiś ty dobry... jakiś ty święty! – szepnęła Madzia, kładąc głowę na ramieniu ojca.

– Ty jesteś święta – odparł – i dlatego wszystko ci się takim wydaje.

Ale matka, dowiedziawszy się o postanowieniu Madzi, zaczęła rozpaczać:

– Mącisz tylko w głowie ojcu, mnie i sobie – mówiła. – Raz zakładasz pensję, potem wahasz się, znowu masz ochotę, znowu nie masz ochoty, słowem, co godzinę – nowy plan. Tak być nie może: zobowiązałaś się wobec ludzi...

– Przepraszam cię, mateczko – wtrącił ojciec. – Wyraźnie zastrzegała sobie ostateczną decyzję do sierpnia...

– Więc chcesz ją wysłać do Warszawy, Feliksie? – zawołała doktorowa, powstrzymując się od płaczu.

Doktor milczał, natomiast odezwała się Madzia:

– Czyliż matuchna pozwoliłaby na to, żeby z mojej winy zginął nasz nauczyciel?

– Co za chorobliwe skrupuły! – odparła doktorowa. – Brzozowski, sprowadzając się tutaj, wiedział, że zaszkodzi naszemu ojcu... A jednak sprowadził się i... nie mamy do niego pretensji...

– No, różnie bywało... – wtrącił doktor.

– Tak – mówiła matka – ale nie okazywaliśmy mu żadnej niechęci, a on znowu nie pytał, czy nam robi przykrość...

– Nie czyń drugiemu, co tobie niemiło... – rzekł ojciec.

– Mój kochany – przerwała rozżalona doktorowa – jesteś stworzony na anachoretę... umiesz wznieść się nawet nad przywiązanie do dzieci... Ale ja jestem tylko matka... i nie pozwolę, żeby zginęło moje dziecko, chociaż kapryśne i niedbające o mnie...

– Ach, mamo! – szepnęła Madzia.

– Zwołam ludzi – mówiła doktorowa z uniesieniem. – Niech zejdzie się całe miasto, niech najwięksi nieprzyjaciele dla ludzkości osądzą, kto ma słuszność...

– Nieprzyjaciele – źle osądzą... – odezwał się ojciec.

– Więc przyjaciele… Niech przyjdzie proboszcz, Miętlewicz, a nawet ten stary, dziwak, który pomimo swoich osiemdziesięciu lat…

– Major jeszcze nie ma osiemdziesięciu… – wtrącił doktor.

Matka odwróciła się i pobiegła do kuchni.

55. Rada rodzinna

O czwartej po południu zaczęli się schodzić goście zaproszeni na naradę. Najpierw pan Miętlewicz w nowym garniturze w pasy, tudzież kołnierzyku wyłożonym tak szeroko, że jego końce opierały się prawie na obojczykach. Potem major – z dwoma kapciuchami tytoniu (jakby wyjeżdżał w daleką drogę); dalej siwy proboszcz, na którego życzliwie mrugała doktorowa, a on jej odmrugiwał, zacierając ręce. Na ostatku przyszła panna Cecylia. Zadyszana, upadła na krzesło w pokoiku Madzi, błagając panią Brzeską, żeby jej nie kazała iść do ogrodu, gdzie jest tylu mężczyzn. Ale doktorowa wzięła ją za rękę, zaciągnęła do altanki i bladą jak papier posadziła naprzeciwko majora.

– Niech major dziś będzie oględny... – szepnęła staremu pani Brzeska.

– Tylko pani mnie rozumu nie ucz – mruknął, wydobywając z wściekłością drut do fajki, krzesiwko, hubkę i paczkę siarczanych zapałek z różnokolorowymi główkami.

W domu państwa Brzeskich podwieczorek zawsze bywał dobry, ale tego dnia przeszedł wszelkie oczekiwanie. Nigdy jeszcze nie widziano tak mocnej kawy, tak grubych kożuchów na śmietance i tylu gatunków bułek, obwarzanków, ciastek suchych i kruchych, placuszków obsypanych makiem i cukrem, a wszystko prosto z pieca.

Postawiono nawet buchający parą samowar na wypadek, gdyby major zażądał herbaty; a doktorowa własną ręką przyniosła z szafy butelkę białego araku, bo może major zechce pić herbatę z arakiem. W kuchni, spiżarni, w ogrodzie i altance rozlegał się głos doktorowej deklinującej: pan major, dla pana majora, panu majorowi...

Biedna panna Cecylia, na którą major od czasu do czasu rzucał (zdaniem doktorowej) bezwstydne spojrzenia, na przemian bladła i rumieniła się, spoglądając ukradkiem spod długich rzęs na okropnego starca, który wbrew interesom jej brata propagował reformackie pigułki, a u iksinowskich dzieci miał opinię ludożercy, czyli kominiarza.

Kiedy doktorowa nalała kawę, major, spojrzawszy na siedzącego obok siebie Miętlewicza, rzekł:

– Co się dziś tak pan wystroił jak mamka? Rozchyliłeś kołnierzyk, że ci prawie pępek widać...

Panna Cecylia mimo woli szepnęła: „Ach!" – a doktorowa prędko odezwała się:

– Może major pozwoli tych obwarzaneczków? Jeszcze ciepłe... Panno Cecylio – dodała – niech pani posmaruje panu majorowi bułeczkę...

Major, któremu w tak delikatny sposób przypomniano obecność panny Cecylii, zawstydził się i z niechęcią odwrócił się od Miętlewicza, bo przecież z jego winy wymówił brzydkie słowo przy dziewczętach.

Tymczasem posłuszna panna Cecylia zaczęła smarować masłem bułkę. Była jednakże tak zmieszana, że upuściła nóż, zgniotła bułkę i o mało nie przewróciła szklanki z kawą. Żeby ją ośmielić, major odezwał się:

– Cóż to, wypędzacie waszego prowizora?

Panna Cecylia w pierwszej chwili nie wierzyła własnym uszom, że major do niej mówi. Domyśliwszy się jednak po spojrzeniu doktorowej, iż wypadek ten rzeczywiście miał miejsce, zebrała odwagę i odpowiedziała:

– Tak, brat z żoną rozstają się z panem Fajkowskim.

– Pierwszy raz muszę przyznać im słuszność – rzekł major, żeby już zupełnie zjednać sobie pannę Cecylię. – Takie awantury wyrabiać w domu rodzinnym!

– Brat mówił, że pan Fajkowski nie może być w aptece, ponieważ jest lunatykiem...

– Doprawdy? – zawołała Madzia. – Chodzi po dachach?

– Wyobraź sobie, że onegdaj w nocy wszedł po daszku do kuchni na pierwsze piętro oknem... – wyjaśniła panna Cecylia.

– Jakie to szczęście, że on do pani nie wszedł! – westchnęła Madzia.

– Madziu! – zaczęła doktorowa.

– Ja – mówiła panna Cecylia – umarłabym ze strachu. Przecież zawołać nie mogłabym, bo obudziłby się i spadłby...

– Przynieś nam, Madziu, szachy – odezwał się major. Z triumfem spojrzał na doktorową, która gotowa była uścisnąć go za takt i przytomność umysłu.

– Ale chyba dzisiaj panowie nie będą grali? – rzekła doktorowa, gdy Madzia powróciła z pudłem i szachownicą. – Mamy naradzać się...

– Radzić nie będziemy całą noc – odburknął major. – Nie jesteśmy lunatykami.

Przez ten czas pan Miętlewicz rumienił się jak panienka. Równie bowiem zakłopotała go przygoda pana Fajkowskiego, jak i jego własny kołnierzyk, który dopiero teraz wydał mu się stanowczo za długi i za głęboko wycięty. W tej chwili wolałby mieć na szyi girlandę z ostu i pokrzyw niż ten podły kołnierzyk, bo ile razy która z panien spojrzała na niego, nieszczęsnemu Miętlewiczowi przychodził na myśl ten punkt jego osoby, który tak brutalnie napiętnował major.

Kiedy uprzątnięto stół i major z haftowanego kapciucha zaczął nakładać fajkę, doktorowa, westchnąwszy, odezwała się:

– Cóż pan major sądzi o nowym kaprysie Madzi? Sprzykrzyła jej się pensja i chce wyjechać do Warszawy.

– Za kark jej nie weźmiemy – odparł major.

– Jednakże władza rodzicielska w tym wypadku... – wtrącił proboszcz.

– Nawet myśleć o tym panna Magdalena nie może – pochwycił Miętlewicz. – Całe miasto zdziwione... naczelnik straży ziemskiej mówił mi, że – to niemożliwe, a sam naczelnik powiatu, kiedy się dowiedział, przestał przyjmować interesantów... Chodził po biurze z założonymi rękami i wciąż mówił do siebie: także! także!

– Słyszysz, Madziu – odezwała się doktorowa, podnosząc palec w górę.

– Szkoda, że państwo od razu nie zaprosili naczelnika straży ziemskiej, jeżeli on ma decydować o przyszłości Madzi – warknął major.

– Ale opinia publiczna, panie majorze! – zawołał Miętlewicz.

– Umowy co do panienek już prawie zawarte – rzekła doktorowa.

– Posłuszeństwo względem rodziców – święty obowiązek! – dodał proboszcz.

– Dlaczego nie chcesz otworzyć pensji? – zapytał major Madzię.

– Proszę pana majora, jest tak – zaczęła Madzia. – Nauczyciel ma żonę, pięcioro dzieci i babkę... Ma sto pięćdziesiąt rubli pensji na rok...

– Opowiadaj krótko – upomniał ją major.

– Ja mówię krótko. Więc, proszę pana majora, nauczyciel dorabia sobie prywatnymi lekcjami jeszcze dwadzieścia rubli miesięcznie... A że, proszę pana majora, jego uczennice mają przejść do mnie, więc nauczyciel traci te dwadzieścia rubli miesięcznie i musi żonę z trojgiem dzieci wysłać na wieś...

– No, ale dlaczego ty chcesz wyjechać? – badał major. – Przecież ty masz uczennice...

– Właśnie, że mam...

– Więc otwieraj pensję...

– Ale ja nie mogę rujnować bytu rodziny nauczyciela... nie mogę odrywać dzieci od matki i ojca... Jaka by to była sprawiedliwość, gdyby ginął człowiek po kilkunastu latach pracy...

– Brzozowski nie miał tych skrupułów względem twego ojca – rzekła doktorowa.

– Może doktor Brzozowski nie miał innego miejsca... A ja mam doskonałe warunki w Warszawie.

– Panno Cecylio... niech pani coś powie! – zawołała doktorowa. – Przecież pani ma prawo nie zwolnić Madzi z danego słowa...

– Bóg wie – cicho odezwała się zapytana – ile mnie to kosztuje... Ale pobudki panny Magdaleny są tak szlachetne...

– A cóż na to ojciec? Ojca zdanie chcielibyśmy usłyszeć... – rzekł proboszcz.

– Zrobi pani krzywdę całemu miastu, całej... – wtrącił Miętlewicz.

– Ty jesteś ojciec? – ostro zapytał go major.

– Ja tu nie mam nic do powiedzenia – odezwał się doktor. – Boli mnie jej wyjazd, ale cieszą jej instynkta... Trzeba dbać nie tylko o własne sprawy!

– Mój doktorze – odparł major – gdyby każdy żołnierz myślał o skórze swego sąsiada, a może nawet i nieprzyjaciela, pięknie wyglądałaby armia! Niech każdy dba o siebie...

– Słyszysz, Madziu? – rzekła doktorowa, posyłając majorowi spojrzenie pełne wdzięczności.

– Zresztą – zabrał głos Miętlewicz – jeżeli panna Magdalena chce odszkodować nauczyciela, niech mu od każdej uczennicy odstąpi jakiś procent...

– Tak jak pan Eisenmanowi, żeby ci nie przeszkadzał – dodał major.

– Posłuchajcie mnie, panowie – mówiła wzruszonym głosem doktorowa. – Dzięki mężowi już nie śmiałabym ograniczać swobody naszym dzieciom, gdyby tylko chodziło o swobodę... Ale co Madzię czeka w tej Warszawie? Będzie guwernantką rok... dwa... dziesięć lat... no i co potem? My, w razie śmierci, oprócz starego domu i kilku morgów gruntu nic nie zostawimy dzieciom... Więc co ona pocznie ze sobą?

– To samo grozi jej, gdyby została tutaj – wtrącił doktor.

– Ale tu miałaby pensyjkę... swoją własną... I po kilkunastu latach pracy, ona, taka oszczędna, mogłaby coś odłożyć... – mówiła matka. – Przecież sam postanowiłeś, Feliksie, że piętnaście rubli, które chce nam płacić za mieszkanie i obiady, będą składały się dla niej na posag...

– Madzia ma posag... cztery tysiące rubli – odezwał się major.

– Co też pan mówi! – odparła doktorowa. – Madzia od babki dostała trzy, nie cztery tysiące rubli, a dzisiaj nie ma z tego i połowy...

– A ja pani powiadam, że Madzia będzie miała cztery tysiące rubli... Nie teraz, ale za parę lat – odparł major.

W altance zrobiło się cicho. W pewnej chwili najprzytomniejszy ze wszystkich Miętlewicz pochylił się i pocałował majora w ramię.

– Tyś chyba zupełnie oszalał, Miętlewicz? – rzekł major.

– Podziękujże, Madziu... – odezwał się proboszcz.

Madzia stała zdziwiona, nic nie rozumiejąc. Ale doktorowa rozpłakała się.

– Nigdy już ona nie będzie należeć do mnie! – zawołała. – W dzieciństwie odebrała mi ją babka, później ta nieszczęśliwa Latterowa, której niech Bóg przebaczy... a teraz major...

– Ani jej pani odbieram – odparł starzec – ani jej za mego życia grosza nie dam. Jest młoda, więc niech pracuje... Ale niech mi nikt nie gada, że dziewczyna nie ma zabezpieczonej przyszłości!

– A gdyby pani zaangażowała naszego nauczyciela? – zawołał rozpromieniony Miętlewicz. – Mógłby uczyć arytmetyki, geografii.

– Myślałam o tym – odparła Madzia – ale on ma czas dopiero po czwartej, kiedy u nas skończą się lekcje.

Major zamyślił się.

– Ile miałabyś dochodu miesięcznie? – spytał Madzi.

– Około sześćdziesięciu rubli na nas dwie...

– Więc, podzieliwszy między trzy osoby, wypadnie po dwadzieścia rubli... Gra niewarta świeczki! – zakonkludował major. – No, proboszczu, siadajmy do warsztatu...

I wysypał z pudełka figury na szachownicę.

– Jakże to? Więc jak panowie radzicie? – pytała rozgorączkowana doktorowa, chwytając majora za ramię. – Wreszcie niech się dowiem, co zrobi dziewczyna...

– Ona wie o tym lepiej od nas – odparł major, ustawiając szachy.

– Ale ja nic nie wiem, ja... matka...

Major jedną rękę oparł na szachownicy, drugą na poręczy ławki i odwróciwszy się całym tułowiem do doktorowej, mówił, postukując wieżą:

– Pensja od razu mi się nie podobała, bo Madzia na przełożoną jest za młoda. Po drugie – nie zapłacą jej jak należy, w końcu opuszczą i dziewczyna zmarnuje się w ciągu kilku lat... A co potem? Nic potem! Niech więc jedzie do Warszawy, kiedy chce pracować, co się jej chwali... Niech pozna świat, nie ten iksinowski kurnik... Tam może i chłopca porządnego znajdzie... A za jakiś rok... dwa, kiedy odejdę na wieczny urlop, będzie miała cztery tysiące rubli... może i trochę więcej... Z takim groszem i doświadczeniem, jeżeli zechce, niech założy pensję, ale już porządną...

– Widzi mama, że pan major każe mi jechać do Warszawy – odezwała się Madzia.

– Uściskajże majora! Podziękuj! – wtrącił proboszcz, popychając Madzię.

– Basta! – rzekł major. – Kiedy ją ściskam, robię to bez pozwolenia jegomości. A dziękować nie ma za co, bo przecież nie zabiorę pieniędzy do grobu.

– Ja nie wiem, czy mi wypada przyjmować taką ofiarę... – odezwała się zakłopotana Madzia.

Starzec z fajką w zębach zerwał się z ławki, błysnął krwią nabiegłymi oczami, a ująwszy się pod boki, zaczął wyginać się jak baletnica i przedrzeźniać Madzię piskliwym głosem:

– Tiu-tiu-tiu-tiu! Ofiary przyjąć nie może! I ty, smarkata, robisz uwagi? Jeżeli chcesz dług spłacić, to gdy usłyszysz, że mnie już umyły baby, zmów na wszelki wypadek pacierz za moją duszę... – dodał łagodnym tonem. – Może naprawdę jest jaka dusza? – szepnął.

– Tak? – zawołał proboszcz, z gniewem odsuwając szachownicę. – Nie gram z takimi, którzy mówią, że nie ma duszy.

– Powiedziałem: może jest! – wrzasnął major, uderzając pięścią w stół.

– No, tak to co innego... – odparł uspokojony proboszcz. – Zaczynaj pan... Nie, dziś ja zaczynam.

Kiedy zaczęła się gra, panna Cecylia dała znak Madzi i obie cichaczem wymknęły się w głąb ogrodu.

– Boże! – szepnęła panna Cecylia, oglądając się na wszystkie strony i chwytając rękami za głowę. – Boże! Co się ze mną dzieje... Ależ ja nigdy nie widziałam podobnego człowieka...

– Mówi pani o majorze? – spytała Madzia.

– Naturalnie! O kim innym mogłabym mówić w tej chwili... Wie pani – dodała nagle panna Cecylia – mówmy sobie: ty...

– Ach, jak to dobrze! – odpowiedziała Madzia.

Ucałowały się i zarumieniona, z błyszczącymi oczami panna Cecylia prawiła:

– Co to za dobry człowiek! Nie, to jest anioł... Nie, prawda, z taką fajką nie można być aniołem, ale cóż to za szlachetny człowiek! Ale przy tym jaki ordynarny! Gdyby mi tak powiedział jak panu Miętlewiczowi... Boże!

Do panien zbliżyła się doktorowa, a z nią pan Miętlewicz, który pod pozorem bólu gardła zawiązał sobie chustką od nosa różową szyję.

Na ten widok panna Cecylia spuściła długie rzęsy, a Madzia z ledwością powstrzymała się od nowego wybuchu wesołości. Szczęściem zwróciła uwagę na to, co mówił Miętlewicz:

– Ma słuszność major, że Iksinów nazywa kurnikiem! Niedługo stąd wszyscy się wyniosą... Pan Krukowski już wyjechał, państwo podsędkowie także mają przenieść się do Warszawy... I ja nie będę się tu zatrzymywał, nie mam pola dla moich zdolności... Wreszcie i do Eisenmana zaczynam tracić zaufanie.

W altance zrobił się krzyk: proboszcz dawał mata majorowi, a ten dowodził, że nie ma wyobrażenia o szachach. Partię przerwano na przedostatnim cugu, major bowiem żadnym sposobem nie chciał uznać mata, którego nie byłoby, gdyby jego królowa zajmowała tę linię, gdyby koń stał tam, a wieża tutaj...

– Tak – odparł proboszcz – i gdyby pański król mógł wychodzić do ogrodu, kiedy mu zabraknie miejsca na szachownicy.

Dwaj starcy, kłócąc się, zaczęli wybierać się do domu. Panie i Miętlewicz zbliżyli się ku altance.

– No, dziękuję doktorowej za podwieczorek... Pyszny był... – rzekł major. – A ty, mała – dodał, całując Madzię w głowę – uciekaj stąd, gdzie pieprz rośnie... W tej dziurze panny starzeją się, a mężczyźni głupieją... – zakończył i spojrzał na Miętlewicza.

– Ja także wynoszę się stąd – odpowiedział Miętlewicz. – Otworzę interes w Warszawie...

– Tylko najpierw kup sobie inną koszulę, bo ta ci kiedyś opadnie – wtrącił major.

56. Wyjazd

W kilka dni później w ogrodzie doktora Brzeskiego odbywał się znowu podwieczorek przy asystencji proboszcza, majora i Miętlewicza. Właśnie proboszcz wyciągał rękę do cukru, kiedy wpadła kucharka wołając:
– Telegraf! Telegraf do panienki...
I rzuciwszy depeszę na stół, patrzyła na Madzię z trwogą.
Doktor podniósł głowę, doktorowa zmieszała się, Madzia zbladła, a proboszcz z ręką wyciągniętą do cukiernicy powtórzył:
– Telegram? Cóż by to być mogło?
– No, cóż tak nadzwyczajnego? – odezwał się Miętlewicz, bardziej niż inni iksinowianie oswojony z depeszami. Ale i na jego twarzy widać było wzruszenie.
– Telegram? Do Madzi? – mruczał zmartwiony proboszcz.
– Może Zdzisław chory? – szepnęła doktorowa.
Tylko major, który na polach bitew oswoił się z niebezpieczeństwami, nie stracił zimnej odwagi wobec tak niezwykłego faktu, jakim była depesza telegraficzna w Iksinowie. Toteż wszystkie oczy zwróciły się na niego i wszyscy odetchnęli z ulgą, gdy nieustraszony starzec wziął ze stołu depeszę, rozdarł ją z właściwą mu gwałtownością i, odsunąwszy daleko papier, zaczął sylabizować:
„Jeżeli przyjmujesz miejsce – przyjedź do mnie – niedzielę – koszty podróży – zwrócone odpowiedź – zapłacona malinowska".
– Coś w tym nie ma sensu? – rzekł major.
– Owszem – wtrąciła Madzia, zaglądając mu w papier przez ramię. – Muszę zaraz odtelegrafować pannie Malinowskiej, a w sobotę pojadę do Warszawy.

– Nie zobaczysz się z Zosią… – szepnęła doktorowa.

– A co, nie mówiłam, że nieszczęście! – jęknęła kucharka, podnosząc fartuch do oczu.

– Przeczytaj drugi raz – odezwał się zmieszany doktor. – Może to nie tak…

– Owszem, tatku – odpowiedziała Madzia. – Wola boska!

– Doskonale mówisz – wtrącił proboszcz. – Zawsze trzeba zgadzać się z wolą boską…

– A może panna Magdalena tamtego miejsca nie zechce przyjąć? W takim razie nie potrzebowałaby jechać – dorzucił Miętlewicz.

Major popatrzył na niego krwią nabiegłymi oczami, więc młody człowiek zaczął kręcić się na ławce.

– Miętlewicz… Miętlewicz! – rzekł major, kiwając w jego stronę ogromnym palcem. – Miętlewicz… ja wiem, co tobie pachnie…

– Daję słowo honoru panu majorowi… – protestował wylękniony.

– Wiem! – upierał się major. – Ale czy ty wiesz, co z tego będzie? O to – o!

I pokazał mu figę tak blisko nosa, że cichy wielbiciel Madzi aż pochylił się w tył na ławce.

– Więc cóż z tego będzie? – zapytała doktorowa zajęta własnymi myślami.

– Figa – rzekł major.

– Madzia nie pojedzie! – zawołała z radością biedna matka, chwytając majora za rękę.

– Dlaczego nie ma jechać? – rzekł zdziwiony starzec. – Pojedzie w sobotę…

– Bo pan major powiedział, że – nie… – odparła doktorowa.

– Eh! to ja Miętlewiczowi mówię…

– Ależ daję słowo honoru… – przysięgał Miętlewicz zarumieniony wyżej czoła.

– W sobotę z rana Madzia wyspowiada się przed mszą wotywną – wtrącił proboszcz – a po wotywie przystąpi do świętej komunii...

– Boże! Boże! I ona ma jechać? – biadała doktorowa. – Nie skończyły się jeszcze wakacje... powinna zobaczyć siostrę...

– Obowiązek przede wszystkim... tego pilnować, co chleb daje! – huknął major, uderzając w stół. – A pani nie rozczulaj się bez powodu, bo zrobisz mazgaja z dziewczyny. Kiedy trzeba, to trzeba!

– Naturalnie – szepnął doktor.

Madzia usiadła przy matce i objęła ją za szyję.

– Wie mameczka, że ja jestem bardzo zadowolona... Tu jest mi dobrze jak w niebie, ale... wie mamusia, że ja już tęsknię za pracą... Zresztą będzie mi doskonale u tych państwa... będzie mi tam bardzo wesoło... bo panna Malinowska taka szlachetna... Szkoda, że mama jej nie zna...

Ale ponieważ matka już płakała, więc i Madzia, oparłszy głowę na jej ramieniu, także zaczęła płakać. Proboszcz miał łzy w oczach, doktor gryzł tanie cygaro, pan Miętlewicz pochylił twarz do stołu, a kucharka na cały głos zawodziła w kuchni.

Co spostrzegłszy major podniósł się z ławki i rzekł:

– Zaraz wrócę...

I potoczył się w głąb ogrodu, wyciągając z kieszeni fularową chustkę.

Madzia czuła bolesny dreszcz, który płynął od głowy, kurczył jej wargi, ściskał za gardło i powoli zbliżał się do serca. Ale chcąc uspokoić matkę, rzekła:

– No, i czego ja beczę? Nie śmieszne to! Niech tylko mama posłucha, co powiem: wyobraźcie sobie państwo, że macie nie jednego, ale – dwóch synów... Zdzisław już objął swoją posadę, a ja, młodszy syn, mam dopiero pracować na siebie. Mój Boże, jak my grzeszymy, smucąc się w podobnej chwili... Ilu to ludzi nie ma pracy i szuka jej na próżno... Oddaliby kilka lat życia za jakiekolwiek zajęcie i nie mają go; ja zaś jestem tak szczęśliwa, że bez trudu dostałam posadę i płaczę! A mama także... Prawda, księże proboszczu, że to grzech? Mówię zupełnie serio, proszę mamy...

– Mówisz po chrześcijańsku – wtrącił proboszcz.

– Bo to wszystko babskie ceregiele – odezwał się nadchodzący major, którego nos miał fioletową barwę. – Zamiast dziękować Bogu za łaskę, a dziewczynie natrzeć uszu, żeby dobrze prowadziła swoje uczennice, pani doktorowa ryczysz, jakby ci się palec obierał... Pani niedługo zaczniesz rozczulać się, kiedy mąż pojedzie do chorego na wieś...

– Do chorego jeździ tylko ksiądz z Panem Bogiem... a doktor jeździ do pacjenta – przerwał mu proboszcz.

– Ucz, jegomość, pauprów ministrantury, a nie mnie, jak mam mówić! – odparł zaperzony major, machając fajką.

– Madziu, przynieś szachy... – rzekł doktor.

– Ja pani pomogę... – odezwał się Miętlewicz.

– Miętlewicz... siedź mi tutaj! – wrzasnął major, pukając fajką w ławkę. – On jej będzie pomagał szachy przynosić, słyszane rzeczy? Ja ci kiedy wytnę taką sztukę, że od razu stracisz gust do kobiet...

– Co mu tam znowu major wytniesz? – rzekł proboszcz. – A obraża się, kiedy go poprawiać w mówieniu.

– Sakramencki klecha! – mruknął major, wysypując figury. Lecz wnet umilkł, spostrzegłszy, że proboszcz wpatruje się w niego, jakby miał zamiar obrazić się i nie grać.

Reszta wieczora upłynęła nie tak wesoło jak zazwyczaj. Proboszcz mylił się w grze, a major nie robił awantur, tylko po cichu mruczał, co było złym znakiem. Miętlewicz z zamglonymi oczami półgłosem opowiadał doktorowi, że on dla swoich zdolności nie znajduje pola w Iksinowie; doktor zaś, słuchając go, ssał zgasłe cygaro i patrzył w sufit altanki zasłoniętej gęstymi liśćmi. Wreszcie Madzia zaczęła spacerować po ogródku, a czując, że jest rozstrojona, postanowiła wyjść za miasto.

„Pójdę na cmentarz – rzekła do siebie – i z babcią się pożegnam...".

Narwała w ogrodzie kwiatów, zrobiła dwa bukiety i wyszła bocznymi ulicami, a potem ścieżką przez pole.

Zbliżał się wieczór. Na ugorze rozlegały się krzyki pastuchów spędzających bydło do miasta; na gościńcu między czarnymi pniami lip toczyły się fury pełne snopów. Od czasu do czasu spod nóg Madzi wyskoczył konik polny albo powitała ją słowami: „niech będzie pochwalony" baba niosąca płachtę zielska.

Ścieżka dosięgła cmentarza i Madzia przypomniała sobie, że zwykle w tym miejscu Cynadrowski przeskakiwał mur, kiedy miał widzieć się z panną Eufemią lub gdy się z nią rozstawał.

„Biedny człowiek! – rzekła do siebie Madzia, skręcając do bramy cmentarnej. – Trzeba zmówić za niego pacierz... Obie zapomniałyśmy o nim, a może jemu najbardziej potrzeba modlitwy" – dodała, myśląc nie bez goryczy o pannie Eufemii.

Kąt samobójców znajdował się w rogu cmentarza, oddzielony krzakami jałowca, tarniny i dzikich róż. Było tam zaledwie kilka mogił: bednarza, który się rozpił, służącej, która zabiła się z powodu dziecka, i Cynadrowskiego. Pierwsza już zapadła się, na drugiej rosła wysoka trawa; trzecia, pod ścianą, była zupełnie świeża.

Nagle Madzia stanęła zdziwiona. Ktoś o Cynadrowskim pamiętał: świadczyło o tym utrzymanie grobu. Nieznana ręka otoczyła mogiłę galeryjką z patyków, posadziła kilka doniczek roślin i widocznie co dzień zasypywała świeżymi kwiatami. Niezawodnie, że tak... Nawet można było odróżnić kwiaty wczorajsze, onegdajsze i już zupełnie zwiędłe.

Madzi łzy zakręciły się w oczach.

„Jaka ja jestem niegodziwa – pomyślała – i jaka ta Femcia szlachetna! Bo naturalnie tylko Femcia pamięta o tym grobie...".

Rzuciła parę kwiatów z bukietu i klęcząc zmówiła pacierz. Potem wróciła do grobu babki, pomodliła się za duszę kochanej opiekunki i z podwójną gorliwością zaczęła ubierać jej mogiłę.

"Dobra, szlachetna Femcia! – myślała. – A jednak wszyscy sądziliśmy ją tak surowo...".

Na chwilę przed zachodem słońca skrzypnęła brama i ktoś wszedł. Z bijącym sercem Madzia ukryła się między drzewami: miała przeczucie, że wchodzi panna Eufemia, a nie chciała okazać, że zna jej tajemnicę.

Istotnie rozległ się cichy szelest i boczną ścieżką pod murem cmentarnym przesunęła się figura ciemno ubranej kobiety. Madzia nie mogła jej poznać z powodu gałęzi, była jednak pewną, że to panna Eufemia, ponieważ poszła prosto do kąta samobójców.

"Jak ona musiała zmienić się, biedactwo – myślała Madzia – kiedy nawet jej ruchy są inne... jakieś lękliwe i szlachetne... O, ja niegodziwa! Pierwsza powinnam zbliżyć się do niej...".

Zmiana istotnie musiała być wielka, Madzi bowiem zdawało się, że panna Eufemia nawet zeszczuplała i urosła. Więc wiedziona ciekawością posunęła się ostrożnie naprzód.

Ciemno ubrana dama zbliżyła się do grobu Cynadrowskiego. Położyła na nim mały wieniec, a następnie schyliwszy się, zaczęła porządkować mogiłę.

"Femcia? Nie Femcia..." – mówiła do siebie Madzia przypatrując się. Nagle zawołała:

– To pani... to ty, Cecylio?

I pobiegłszy do niej, chwyciła w objęcia przestraszoną i zawstydzoną.

– Więc to ty pamiętasz o biedaku? I ja nie domyśliłam się od razu, że to ty... Złota, kochana!

– Ach, Boże... droga Madziu... – tłumaczyła się panna Cecylia.

– Taka drobna usługa dla zmarłego... Przecież musimy pamiętać o zmarłych obcych, żeby inni... robili to samo dla naszych... Tylko proszę cię, zaklinam – dodała, składając ręce – ani słowa nikomu... Miałabym dużo przykrości, gdyby się o tym dowiedziano.

Madzia pomogła pannie Cecylii ogrodzić mogiłę patyczkami, razem z nią zmówiła pacierz i – obie wyszły z cmentarza.

– Więc jedziesz jutro? – spytała panna Cecylia.

– Muszę.

– Smutno mi będzie – mówiła panna Cecylia – tym smutniej, że tak późno poznałam cię... Ale trudno... Zresztą, lepiej zrobisz, wyjeżdżając stąd... Tu panny starzeją się, jak powiedział poczciwy major – dodała z uśmiechem – a ludzie... chyba kamienieją...

Okropne jest życie w małych miasteczkach...

– Więc przenieś się do Warszawy.

– Do kogo? Po co? Nie mam żadnych stosunków, a przede wszystkim tak odsunęłam się od życia, że boję się nawet widoku obcych ludzi... Wreszcie i u nas są dzieci, które potrzeba uczyć... Z nimi zostanę, a dla odpoczynku będę chodzić tu... – dodała panna Cecylia, wskazując na cmentarz.

– Czy znałaś Cynadrowskiego?

– Nie... Ale dziś bardzo... bardzo go lubię... On widocznie był taki opusz... tak dziki jak ja... Zresztą – dodała głosem pełnym żalu – i ja mam grób, o którym nikt nie pamięta... nawet sama nie wiem, gdzie jest... Całe lata męczyłam się tą niewiadomością, dziś łudzę się, że to tamten...

Zbliżały się do miasta. Panna Cecylia umilkła, lecz powoli uspokoiwszy się, rzekła swoim cichym głosem:

– Wiesz, Madziu... daruj mi, ale ja cię dziś pożegnam. Nie śmiałabym żegnać cię przy ludziach.

Uściskały się.

– Pamiętaj o mnie, jeżeli chcesz – mówiła panna Cecylia – i... czasem napisz słówko... Chociaż wiem, że znajdziesz tam inne przyjaciółki...

– Żadna z nich nie będzie taka jak ty... dobra, szlachetna... – szepnęła Madzia.

– Zobaczysz, jaką wydam ci się śmieszną, kiedy już będziesz w Warszawie... Ale ja ciebie nigdy nie zapomnę...

Ścisnęła Madzię za rękę i odeszła w stronę apteki. Madzia została sama, oszołomiona dziwnym pożegnaniem.

W domu matka była zajęta prasowaniem bielizny i pakowaniem kufra, więc Madzia usunęła się do swego pokoju, gdzie niebawem przyszedł ojciec. Usiadł na kanapie, zapalił fajkę i rzekł:

– Cóż, jutro o tej porze będzie panienka w wagonie?

Madzi tchu zabrakło. Usiadła obok ojca, wzięła go za rękę i patrząc w oczy, spytała:

– Tatuchnu... może ja źle robię, że wyjeżdżam i was tak... zostawiam?

– No... no... tylko nie roztkliwiaj się – odparł ojciec z uśmiechem, gładząc jej włosy. – Wyjazd – zapewne, przykra to rzecz dla nas i dla ciebie, ale... nie trzeba przesadzać... Patrz na mnie... ani myślę smucić się, bo po pierwsze wiem, że to jest potrzebne do twego szczęścia, a po drugie – jestem pewny, że za rok... półtora... wrócisz tu i już będziemy razem.

– Ach, jakbym ja tu chciała wrócić!

– Wrócisz, kochanie. Twoja pensja to niezły pomysł: pensja może utrzymać się w Iksinowie, nawet cztero- i pięcioklasowa, byle wziąć się do niej poważnie. Właśnie major mówił mi, że gotów dać ci tysiąc czy dwa tysiące rubli na pensję, byłebyś tylko w Warszawie wybrała sobie nauczycielki, a przede wszystkim – sama praktycznie zapoznała się ze stroną administracyjną interesu.

– Pan major tak powiedział? – zawołała Madzia z radością.

– Ależ tak i sam ci to powtórzy. Widzisz więc, że twój wyjazd nie jest emigracją, ale wyjazdem czasowym, na praktykę. Dlatego ja wcale się nim nie martwię, a i matka, choć zapewne wyleje sporo łez, jest spokojniejsza. Za rok... za półtora... znowu będziemy razem i wtedy już nie uciekniesz od nas, kochana – dodał ojciec, przytulając ją do piersi.

Madzia ukradkiem obtarła oczy; doktor mówił dalej:

– Teraz, dziecko moje – dam ci jedną, jedyną radę, którą staraj się zapamiętać... Znasz tę naszą wiśnię, co zwiesza się przez parkan na ulicę? Kto w Boga wierzy, obrywa ją nie tylko z owoców dojrzałych i niedojrzałych, ale nawet z kwiatów, liści i gałęzi... Otóż, kochana, tobie grozi to samo...

– Mnie, tatku?

– Tak. Ludzie z każdym człowiekiem postępują tak samo: zabierają mu pieniądze, czas, pracę, piękność, rozum, serce, nawet dobre imię... Wszystko mu zabiorą, jeżeli nie obroni go własny egoizm... Dlatego umiarkowany egoizm jest siłą dobroczynną, parkanem dla wiśni...

– Egoizm?

– On sam. Ty go nie masz, jesteś pod tym względem kaleką, więc nie odwołuję się do twego egoizmu. Ale, dziecko moje – mówił uścisnąwszy jej głowę – nie pozwalaj się okradać i wyzyskiwać, nie przez miłość siebie, ale przez miłość do ludzi. Poświęcaj się, bo to leży w twojej naturze, ale poświęcaj się dla dobrych; żeby zaś dobrzy mieli z ciebie więcej, broń się przed złymi... Pamiętaj, żeby świat nie obdarł i nie połamał cię tak jak ulicznicy naszą wisienkę...

– A po czym ja poznam złych ludzi? – spytała zamyślona Madzia.

– Oto, widzisz, mądre pytanie, na które krótko ci odpowiem. Szukaj przyjaciół między takimi, którzy mają więcej pracy niż sławy i zysków; to są naprawdę użyteczni, dla nich warto poświęcać się i tylko oni cię zrozumieją. Ale unikaj ludzi, którzy mają dochody nie wiadomo skąd i rozgłos nie wiadomo za co...

– A jeżeli ktoś odziedziczy majątek? – żywo przerwała Madzia, pomyślawszy o Solskich.

– O charakterze człowieka nie stanowi to, co odziedziczył, tylko – co zrobił i robi. Kto nic nie robi, jest pasożytem, tym szkodliwszym, im większe ma wydatki.

Madzia, oparłszy głowę na ramieniu ojca, zastanawiała się.

– Tatko – rzekła po chwili – mówi zupełnie inaczej niż wszyscy. Wszyscy szukają stosunków z ludźmi bogatymi i głośnymi.

– A ty szukaj pracowników, którzy więcej dają światu, niż biorą od niego. Ludzkość przechodzi rozmaite fazy: walk, odkryć, prześladowań, szaleństw, pomorów... W tej epoce, na którą dziś patrzymy, jest wszystkiego po trochu, ale czy nie za dużo pozorów – i gonitwy za użyciem. Otóż mówię ci: strzeż się tego prądu! Kto mu uwierzy, może znaleźć hańbę i zatracenie duszy.

Zapaliwszy fajkę, która mu zgasła, doktor mówił dalej:

– Przypatrz się robakom ziemnym. Nie ma stworzeń bardziej upośledzonych; a jednak one więcej robią dla cywilizacji niż zdobywcy świata: w ciszy i poniżeniu wytwarzają grunta urodzajne. Sława żadna, zyski żadne, użyteczność – niezmierna.

– I ja mam być taką? – zapytała Madzia, patrząc na ojca błyszczącymi oczami.

– Ty już jesteś taką i dlatego radzę ci: szukaj towarzystwa z takimi. Dwa razy poruszyłaś Iksinów: urządziwszy koncert i pobudziwszy ludzi, żeby tutaj utworzyli szkołę. Co z tego masz? Nic, trochę zawiści i plotek... Ale wędrowni aktorzy mieli dochód, panna Cecylia będzie miała kilka uczennic, a nauczyciel dostanie lepszą pensję, bo zwróciłaś uwagę miasta na jego niedostatek. No, uściskaj ojca i... żadnych łez! Za rok... półtora.... zobaczymy się...

Nazajutrz rano, kiedy po mszy odprawionej na jej intencję przez proboszcza Madzia wracała do domu, siostra pana Krukowskiego zastąpiła jej drogę.

– Daruj mi, Madziu – rzekła – że trochę późno przyszłam na twoje nabożeństwo... Alem przyszła, żeby tobie i... wszystkim dać dowód, że cię kocham i uważam za najzacniejszą panienkę...

Potem opiera się na ramieniu Madzi, odprowadza ją do połowy rynku, tam w obecności dwóch chłopskich furmanek, policjanta i czterech Żydków całuje Madzię w głowę i z wielkim naleganiem wręcza jej jakieś pudełko.

– Przysiągłbym, że klejnoty! – mówi idący z dala pan pomocnik.

– Jeżeli nie brylanty... – dodaje aptekarz.

I całe towarzystwo z kościoła zaczyna głowami i kapeluszami potakiwać piękny czyn eksparalityczki, która pożegnawszy się z Brzeskimi i majorem, wraca do swego domu nadęta jak indyk, podpierając się swoją laską.

– Pyszna baba! – odzywa się zachwycony aptekarz. – Nie ma dnia, żebym choć za rubla od niej nie utargował.

Madzia nigdy nie mogła dokładnie przypomnieć sobie: na czym upłynęło jej kilka ostatnich godzin w domu rodziców? Wie, że piła kawę, potem zjadła befsztyk i popiła go winem, które przyniósł major, a po którym zakręciło się jej w głowie. Potem matka coś mówiła o bieliźnie i garderobie i płacząc, doręczyła jej długi rejestrzyk.

Następnie zajechała fura po rzeczy, z czego korzystając, zmartwiony pan Miętlewicz mówił Madzi, zdaje się, że o swoich wielkich zdolnościach, i na coś przysiągł, zapewne na to, że wkrótce przeniesie się do Warszawy.

Może byłby jeszcze dłużej mówił i przysięgał, gdyby nie czerwonooki major, który schwyciwszy Madzię za rękę, zawlókł ją do drugiego pokoju i rzekł szorstko:

– Mówił ci ojciec, że możesz tu założyć pensję, naturalnie, jak się rozejrzysz po świecie…

– Mówił… Bardzo… bardzo dziękuję panu majorowi…

– Głupstwo, fajki tytoniu niewarte! – przerwał major. – Więc uważaj: po mojej śmierci masz cztery tysiące rubli… Cicho! A za rok mogę pożyczyć ci tysiąc, dwa tysiące rubli na procent… Rozumiesz?

– Ależ, panie majorze…

– Cicho! A teraz – schowaj to – kończył, podając jej ciężką kieskę ze skóry łosiowej. – Cicho! Mogłaś przyjąć od tej wariatki bransoletę, możesz ode mnie wziąć parę sztuk złota… Ale tylko na złą godzinę… pamiętaj!

– Ale czy ja mogę?

– Pst! Ani słowa… Ode mnie możesz przyjąć jak… od starszego brata.

Mimo zmartwienia Madzia roześmiała się, usłyszawszy ten tytuł, i – pocałowała majora w rękę.

– Naczelnikowa już zajeżdża – zawołała matka, wbiegając.

Przed ganek zatoczył się powóz. Madzię ktoś ubrał, potem upadła do nóg ojcu i matce, potem czuła na twarzy i czole strumienie własnych i cudzych łez... Na ulicy stał jakiś tłum... ktoś po kilka razy całował jej ręce... jacyś panowie wsadzili ją do powozu i narzucali bukietów... Potem zatrzaśnięto drzwiczki i powóz ruszył.

– Bądź zdrowa! Pisz! Nie zapomnij! – wołano z ganku.

– Boże, błogosław! – zawołał obcy głos spod parkanu.

Powóz chwiał się i toczył... chwiał się i toczył... toczył bez końca. Kiedy Madzia odjęła mokrą chustkę od oczu i przeprosiwszy panią naczelnikową za kłopot, jaki jej robi, odwróciła głowę, już było widać tylko wieżę iksinowskiego kościoła błyszczącą w słońcu.

TOM II

1. Powrót

Panno Magdaleno, czas wstawać!

Te wyrazy, a jednocześnie turkot pociągu, dźwięczenie łańcuchów i szybki oddech lokomotywy usłyszała Madzia. Ale nie mogła jeszcze otworzyć oczu, odurzona kołysaniem wagonu.

Nagle stuknęło okno i na Madzię wionął orzeźwiający prąd powietrza. Westchnęła i przetarła oczy.

Sen uciekł, Madzia zaczyna rozumieć rzeczywistość. Oto siedzi w kącie przedziału pierwszej klasy, a naprzeciwko jej towarzyszka, pani naczelnikowa, przeglądając się w małym lusterku, obmywa twarz kolońską wodą i gładzi włosy. Na świecie jest pogodny ranek.

– Dzień dobry pani naczelnikowej...

– Dzień dobry... dzień dobry, kochana panno Magdaleno... Doskonale pani spała! Po łaźni i po płaczu zawsze się dobrze śpi.

– Daleko jeszcze do Warszawy? – pyta Madzia.

– Wyjechaliśmy z ostatniej stacji.

Madzia chwiejnym krokiem zbliża się do okna i zaczyna oglądać okolicę.

Pola zżęte; na ścierniach zapalają się i gasną krople rosy; drzewa uciekające w tył mają niezdrową zieloność, jakby w tym miejscu jesień zaczynała się wcześniej niż w Iksinowie. Niekiedy między polami zabieli się chata otoczona płotem z żerdzi; z daleka widać parę wysokich kominów.

A na granicy horyzontu rozpiera się olbrzymi szary obłok przecięty trzema poziomymi smugami dymów. Najniższa smuga oznacza Powiśle, średnia – stoki, najwyższa szczyty Warszawy, która wygląda jak tajemnicze pasmo wzgórz zębatych z wyskakującymi tu i owdzie skałami.

– Piękne macie powietrze w tej Warszawie – odezwała się naczelnikowa. – Jestem pewna, że za dwa dni będę miała czarne płuca... Ach, Boże, jak wy tu żyć możecie?

– Ale widzi pani, że im bliżej podjeżdżamy, tym bardziej rozpraszają się dymy... O! wieża kościoła ewangelickiego... na lewo Święty Krzyż... na prawo kościół Panny Marii... Coraz wyraźniej!

– Już ja dziękuję za taką wyraźność. Panie Boże! W rok umarłabym tutaj... A pani niech wraca do Iksinowa z początkiem przyszłych wakacji... Ot, już gwiżdżą... zaraz wysiadamy... Odwiozę panią, gdzie trzeba.

To mówiąc, naczelnikowa zaczęła śpiesznie wyjmować z siatki wagonu torby, pudełka, parasole. Pociąg zwalnia, słychać gwar rozmów, konduktorzy otwierają drzwi...

– Warszawa...

– Ej, człowieku! A zamów wygodną dorożkę... – woła naczelnikowa, podając tragarzowi stos rupieci.

Ponad ramieniem tragarza Madzia spostrzega szczupłą osóbkę w ciemnych sukniach, której zafrasowana twarz wydaje się jej znajomą.

– Madziu! – nagle odzywa się zafrasowana osóbka, wyciągając ręce.

– Żanetko! – odpowiada Madzia. – Co tu robisz?

– Przyjechałam na dworzec po ciebie...

– A ty skąd wiesz, że ja miałam wrócić?

– Przecież telegrafowałaś do panny Malinowskiej i ona mnie tu przysyła w zastępstwie...

Obie panny tak gwałtownie padają sobie w objęcia, że robi się z nich jedna bryła tamująca ruch na peronie. Zaczepił je wózek, potrącił konduktor, wreszcie wpadł na nie tragarz i niechcący rozdzielił parasolem naczelnikowej.

– W ten sposób oto już jestem niepotrzebna pani? – mówi naczelnikowa i – ona znowu chwyta Madzię w objęcia. – Więc do widzenia, panno Magdaleno, najpóźniej w końcu przyszłego czerwca. Mówię: do widzenia nie tylko od siebie, ale od całego miasta i od mego męża, któremu pani także głowę zawróciła... Oj! będziemy się kłócić w Iksinowie...

Tragarz zajął się odebraniem rzeczy Madzi i obie panny weszły do sali pasażerskiej.

– Boże, jak ty ślicznie wyglądasz, Madziu – mówiła panna Żaneta – a tu ktoś rozpuścił plotkę, że w kwietniu umarłaś! Od kwietnia do sierpnia zrobiłaś sobie wakacje, winszuję! Dopiero musiałaś używać?

– Nie widziałam nawet mojej siostrzyczki – wtrąciła Madzia. – Cóż u was?

– Nic. Na pensję taki natłok, że panna Malinowska nie chce przyjmować uczennic... Ale co za zmiany! W dawnym mieszkaniu Ady Solskiej i pani Latter są dziś sypialnie; gospodaruje matka panny Malinowskiej, a ona sama oprócz salonu do przyjęć ma tylko jeden pokój... Słyszałaś? Przełożona w jednym pokoju!

– Musi mieć mniejsze dochody niż pani Latter?

– Wątpię – odparła panna Żaneta. – Choć, wyobraź sobie, bierze po pięćdziesiąt i po sto rubli taniej od pensjonarek, nam popodwyższała pensje, no... i stół jest lepszy... O, lepszy...

– To doskonale.

Panna Żaneta westchnęła.

– Straszny ucisk! Pensjonarkom nie wolno wychodzić na wizyty; nam wolno przyjmować gości tylko w ogólnym salonie... O dziewiątej wieczór wszystkie musimy być w domu... Joasia nie miałaby co robić u nas. To klasztor!

Wyniesiono rzeczy, panny wsiadły w dorożkę.

– Jak te wasze dorożki trzęsą... ach, wylecę! – zawołała Madzia. – Kurz... zaduch...

– A mnie się zdaje, że dziś jest cudowne powietrze – uśmiechnęła się panna Żaneta. – Tak dawno już nie byłam na wsi, że chyba nie potrafiłabym tam oddychać – dodała z westchnieniem.

– Panna Howard jest u was? – pyta Madzia.

– Co też ty mówisz? U nas nie ma miejsca dla progresistek wobec panny Malinowskiej.

– Gwar... hałas! Nieznośna Warszawa... A nie słyszałaś czego o Solskich, o... Helenie Norskiej? – pytała Madzia rumieniąc się.

– Wszyscy siedzą za granicą, ale niedługo mają wrócić – mówiła panna Żaneta. – Ada chce doktoryzować się z nauk przyrodniczych, a Helenka podobno jest zaręczona z Solskim. Tylko że oni ciągle to – godzą się, to – zrywają ze sobą... Hela ma być taka despotyczna jak pani Latter, a Solski zazdrosny... Nic tego nie rozumiem. Proszę skręcić w bramę i wjechać na dziedziniec! – zawołała panna Żaneta do woźnicy.

W kilka minut później Madzia z biciem serca wstępowała na dobrze znane jej schody pensji. Uderzyła ją cisza panująca w korytarzach i brak pensjonarek, które dawniej ciągle kręciły się między salami.

– Pani przełożona u siebie? – zapytała panna Żaneta szpakowatego mężczyznę, który w czarnym surducie, zapiętym pod szyję, stał przy schodach, wyprostowany jak żołnierz.

– Pani przełożona... – odparł, lecz nagle umilkł.

Otworzyły się drzwi i jakiś pan wśród ukłonów cofał się tyłem z pokoju, w głębi którego słychać było łagodny głos panny Malinowskiej:

– ...bo od chwili gdy sprowadzi się na pensję, wychodzić do miasta nie może...

– Nieodwołalnie? – zapytał ciągle kłaniający się pan.

– Tak.

Pan zbiegł ze schodów i Madzia ujrzała przed sobą pannę Malinowską. Miała taką samą ciemną suknię, taką samą spokojną twarz, jak przed pół rokiem. Tylko jej piękne oczy nabrały koloru stali.

– Aaa... panna Brzeska jest? – rzekła przełożona i pocałowała Madzię w czoło. – Czy będziesz mogła pojechać ze mną dziś o piątej do twoich panienek?

– Owszem, proszę pani.

– Panno Żaneto, zajmij się Brzeską...

– Czy mogę przywitać się z dawnymi uczennicami? – nieśmiało zapytała Madzia.

– Owszem. Piotrze, śniadanie dla panny Brzeskiej... Potem może Piotr wysłać list, który mu dziś dałam...

– Do pani Korkowiczowej – wtrącił wyprostowany mężczyzna.

– Właśnie zawiadamiam w nim panią Korkowiczową, że przyjechałaś i że będziemy u niej o piątej – rzekła do Madzi panna Malinowska i poszła na górę.

Madzia w osłupieniu patrzyła na pannę Żanetę, która zobaczywszy, że przełożona zniknęła już w korytarzu drugiego piętra, pokiwała głową i szepnęła:

– Tak, tak!

Teraz uchyliły się inne drzwi i w wąskim otworze ukazał się cień dziewczynki, która dawała znaki ręką, szepcząc: „Pst! pst! Panno Magdaleno!".

Madzia z Żanetą weszły do sali, gdzie zebrała się gromadka mniejszych i większych panienek.

– Pani przełożona pozwoliła przywitać się – rzekła panna Żaneta.

Wtedy dziewczynki otoczyły Madzię ze wszystkich stron, zaczęły ją całować i mówić jedna przez drugą.

– Widziałyśmy przez okno, jak pani zajechała... Pani do nas? Nie, do Korkowiczówien... Ach, gdyby pani wiedziała, jak nas ostro trzymają! Wie pani, że Zosia Piasecka w lipcu umarła...

– Ja miałam wszystkie celujące i dostałam pierwszą nagrodę... – mówiła głośniej od innych piękna brunetka z aksamitnymi oczami.

– Moja Malwinko, nie chwal się tak...

– A ty nie przeszkadzaj, moja Kociu. Ja przecież byłam uczennicą panny Magdaleny, więc przyjemnie jej będzie się dowiedzieć, że jestem najzdolniejsza z całej pensji...

– Wie pani, że biedna Mania Lewińska nie skończyła szóstej klasy?

– Ach, Łabęcka, jak się masz! – zawołała Madzia. – Dlaczego nie skończyła?

– Musi siedzieć u swego wuja Mielnickiego... Pamięta pani: taki gruby pan... Sparaliżowało go po śmierci pani Latter, a Mania go pielęgnuje...

– O mnie już pani zapomniała... A ja tak tęsknię za panią...

– Ależ nie... Zosiu...

– Tyle mam do powiedzenia... Niech pani ze mną pójdzie do okna...

Zaprowadziła Madzię we framugę i zaczęła szeptać:

– Jeżeli pani zobaczy go... bo on ma tu niedługo wrócić...

– Kogo, Zosiu?

– No... tego pana... Kazimierza Norskiego...

– I ty jeszcze o nim myślisz? W szóstej klasie! – rzekła zgorszona Madzia.

– Właśnie już wcale nie myślę... Sto razy... tysiąc razy wolę pana Romanowicza... Ach, pani, jaka jemu śliczna broda urosła od wakacji...

– Dziecko jesteś, Zosiu...

– O, wcale nie, bo już umiem pogardzać... Niech się żeni z tą Mongołką...

– Kto z kim? – zapytała Madzia, blednąc.

– Kazimierz z Adą Solską... – odparła Zosia.

– Kto ci znowu mówił o takich głupstwach?

– Nikt nie mówi, bo nikt nie wie, tylko... moje serce przeczuwa... O, nie na próżno oni siedzą w Zurychu...

Zapukano do drzwi. Dziewczynki rozpierzchły się jak wróble przed jastrzębiem. Ukazała się pokojówka, zapraszając Madzię na śniadanie.

W pokoju przełożonej Madzia zetknęła się ze staruszką białowłosą i szczupłą, ale bardzo ruchliwą.

– Jestem tutejsza gospodyni – rzekła wesoło staruszka – i w zastępstwie córki proszę panią...

Staruszka była podobna do doktorowej Brzeskiej, więc wzruszona Madzia ucałowała jej ręce.

– Niech pani siada... przepraszam, ale nie pamiętam nazwiska?

– Magdalena...

– Niechże pani siada, panno Magdaleno... Ja pani naleję kawy, bo musi pani być zmęczona... I bułkę posmaruję... Ja się na tym znam...

– Bardzo dziękuję, ale... nie jadam z masłem – szepnęła Madzia, pragnąc jak najmniej narażać na koszty swoje protektorki.

– Nie chce pani masła? – zdziwiła się staruszka. – A niech Bóg broni, żeby o tym dowiedziała się Felunia! Według niej pieczywo bez masła jest nic niewarte... Tu wszyscy musimy jadać masło.

Więc i Madzia jadła bułkę z masłem, a w sercu jej odezwała się cicha tęsknota. U rodziców na podwieczorkach w altance także jadano do kawy bułki tylko z masłem... Co teraz robi major... proboszcz... rodzice? Ach, jak to ciężko dom opuścić!

Staruszka, może przeczuwając jej smutne wspomnienia, odezwała się:

– Pewnie pani znowu kilka lat posiedzi w Warszawie jak my? Felunia już bardzo dawno nie była na wsi.

– O nie, proszę pani! – zaprotestowała Madzia. – Ja może za rok wrócę, bo mam zamiar otworzyć pensyjkę – dodała ciszej.

– W Warszawie? – spytała żywo staruszka, patrząc na Madzię wylęknionymi oczami.

– O, nie... w Iksinowie...

– Iksinów? Iksinów? Nie mamy żadnej uczennicy z Iksinowa... Ha, może to i dobrze... Przysyłałaby nam pani panienki do wyższych klas.

– Ależ naturalnie, że tylko tutaj... – odparła Madzia.

Staruszka uspokoiła się.

Do sąsiedniego saloniku, do którego drzwi były uchylone, weszła przełożona, a za nią jakaś dama.

– Zdecydowałam się na czterysta rubli – mówiła dama. – Trudno, co zrobić?

– Już nie mam miejsca dla córeczki pani, wczoraj zostało zajęte – odpowiedziała przełożona.

Chwila milczenia.

– Jak to? Przecież... Przecież zmieści się jeszcze jedno łóżeczko w tak obszernym lokalu – mówiła dama, w której głosie czuć było zmieszanie.

– Nie, pani. U nas liczba uczennic stosuje się do obszerności mieszkania... Dziewczynki muszą mieć powietrze albo blednicę, a ja nie chcę u siebie blednicy.

Dama widocznie podniosła się do wyjścia i rzekła tonem irytacji:

– Pani Latter nigdy nie była tak bezwzględną... Żegnam panią...

– I bardzo źle na tym wyszła. Żegnam panią – odparła przełożona, wyprowadzając damę na korytarz.

Madzia była zadziwiona stanowczością panny Malinowskiej, a jeszcze więcej postawą jej matki. Przez czas rozmowy w saloniku na twarzy staruszki kolejno malowała się obawa, duma, gniew, zachwyt.

– Ona taka zawsze... Felunia! – mówiła matka, składając ręce i trzęsąc głową ze wzruszenia. – Co to za wyjątkowa kobieta! Prawda, panno... przepraszam, ale?

– Magdalena... – przypomniała jej Madzia.

– Tak... panno Magdaleno... bardzo przepraszam. Ale prawda, że Felunia jest nadzwyczajną kobietą? Drugiej takiej ja przynajmniej nie spotkałam na świecie.

W progu ukazała się przełożona.

– Cóż, mamo – rzekła – bielizna Gniewoszówny zgadza się z wykazem?

– Bielizny ma dosyć – odparła staruszka – ale żadnego wykazu.

– Jak zwykle! Gniewoszówna nie pójdzie dziś na spacer, tylko z mamą policzy bieliznę i zrobi wykaz, który da do podpisania ojcu, gdy ją odwiedzi. Wieczny nieład!

Teraz panna Malinowska zwróciła na Madzię spokojne oczy.

– Proszę cię, panno Magdaleno. Rzeczy twoje są w dawnym pokoju Solskiej, który możesz zająć do piątej. Do tej godziny jesteś wolna.

Madzia podziękowała staruszce za śniadanie i przeszła do wskazanego pokoju. Znalazła tam swój kufer i pudełka, ogromną miednicę wody, ręcznik śnieżnej białości, ale z ludzi – nikogo. Widocznie wszyscy byli zajęci i nikt nie myślał jej bawić.

Brr! Jak tu chłodno... Madzi jeszcze huczał w głowie turkot pociągu, jeszcze odurzał ją dym lokomotywy, jeszcze nie mogła oswoić się z myślą, że jest w Warszawie. Stojąc na środku pokoju, przymknęła oczy, żeby mieć złudzenie, że ona jeszcze nie opuściła Iksinowa. Za drzwiami słychać szelest... może idzie matka? Ktoś odchrząknął – to pewnie ojciec albo major? A to co? Ach, słychać przeraźliwe granie katarynki!

Jakże pragnęła w tej chwili przytulić się do kogoś, całować i być całowaną... Gdyby przynajmniej odezwał się do niej ktoś, gdyby wysłuchał, jak jej w domu było dobrze, a jak dziś tęskno... Żeby choć jedno słówko otuchy... Nic, nic! Po korytarzu cicho biegają ludzie bez głosu; niekiedy chrząka woźny stojący przy schodach; przez otwarty lufcik napływa duszne powietrze, a z daleka na drugiej ulicy gra katarynka...

„O mój pokoiku, mój ogrodzie... moje pola! Nawet nasz cmentarzyk nie jest taki smutny jak ten dom; nawet mogiła biednego samobójcy nie jest tak pusta jak ten pokój..." – myśli Madzia, z trudnością powstrzymując wybuch płaczu.

Gdyby w tym gabinecie została jaka pamiątka po Solskiej! Nie ma nic! Nawet zdarto obicia i pomalowano ściany na stalowy kolor, który przypomina spokojne oczy panny Malinowskiej.

Kiedy Madzia przebrała się, wpadła do niej panna Żaneta.

– Ach, wreszcie! – zawołała Madzia, wyciągając ręce do zafrasowanej osóbki, która dawniej nic ją nie obchodziła, lecz w tej chwili wydawała się najdroższą.

– Przyszłam się z tobą pożegnać, bo zaraz wychodzimy z klasą do Botanicznego Ogrodu, a później możemy się nie zobaczyć...

– Nie przyjdziesz do mnie? – zawołała Madzia z żalem.

– Nie mogę... dziś mój dyżur...

– A ja z wami nie mogłabym pójść na spacer? – zapytała tonem prośby.

– Czy ja wiem? – odparła panna Żaneta, robiąc jeszcze bardziej zafrasowaną minkę. – Poproś panny Malinowskiej... może pozwoli...

– To już do widzenia się... – rzekła Madzia ze smutkiem.

Bardzo jej było źle w tym jasnoniebieskim pokoju, ale jeszcze gorzej bała się prosić przełożonej. Ona taka zajęta... a jeżeli odmówi albo pozwoli z niechęcią?

– Może ty jesteś chora? – spytała nagle panna Żaneta. – Powiem, a doktor zaraz przyjdzie...

– Na Boga, Żanetko, nie mów nic! Mnie nic nie jest...

– Bo masz taką dziwną minę? – rzekła panna Żaneta i pożegnała Madzię, lekko wzruszając ramionami.

Po wyjściu koleżanki Madzia znowu została sama ze swymi myślami, które ją tak dręczyły, że zdobyła się na krok bohaterski. Opuściła pokój, przebiegła korytarz na palcach, oglądając się jak człowiek, który ma spełnić przestępstwo, i znalazłszy w garderobie matkę przełożonej, rzekła zarumieniona:

– Proszę pani, mam teraz czas, może bym pani w czymś pomogła?

Staruszka, która właśnie liczyła bieliznę w towarzystwie pensjonarki z zaczerwienionymi powiekami, podniosła na Madzię zdziwione oczy.

– Droga panno... przepraszam... panno Magdaleno, w czym możesz mi pomóc? Prędzej chyba u Feluni coś by się znalazło... Ona teraz jest w kancelarii...

I zaczęła znowu liczyć bieliznę, mówiąc do pensjonarki:

– Chusteczek piętnaście... napisałaś, moje dziecko?

– Napisałam – szepnęła dziewczynka, trąc oczy palcami zawalanymi atramentem.

– Trzeba wyraźnie pisać, kochanie... bardzo wyraźnie...

Madzia, opuściwszy garderobę, z wielkim strachem weszła do kancelarii, gdzie pochylona nad biurkiem panna Malinowska pisała listy.

Usłyszawszy szelest kroków, przełożona odwróciła głowę.

– Może, proszę pani... czy nie mogłabym w czymś pomóc? – cicho zapytała Madzia.

Panna Malinowska popatrzyła na nią uważnie, jakby usiłując zgadnąć, w jakim celu Madzia oświadcza chęć pomożenia jej – i odparła:

– No, no! Korzystaj, moja droga, z tych kilku godzin swobody, które ci zostały... Pracy będziesz miała dosyć...

Po tej odprawie zawstydzona i rozżalona Madzia czym prędzej wróciła do swego pokoju i żeby nie poddać się desperacji, wydobyła z kufra wszystkie rzeczy, książki, zeszyty i zaczęła je układać.

Zajęcie to, pomimo że nie wymaga zbyt wielkich wysiłków umysłu, uspokoiło Madzię. Dziś dopiero zrozumiała różnicę pomiędzy rodzinnym domem, gdzie wszyscy mieli czas na to, żeby ją kochać, a domem obcym, gdzie nikt nie miał czasu nawet rozmawiać z nią.

Około trzeciej zrobił się ruch w korytarzach: pensjonarki wróciły ze spaceru, następnie poszły na obiad. Z odgłosów dochodzących ją Madzia wywnioskowała, że dziewczynki maszerują parami, a rozmawiają po cichu. Za czasów pani Latter w podobnej chwili było dużo śmiechu, skoków, bieganiny... dziś nic z tego!

„Zapomniano o mnie..." – nagle pomyślała Madzia, spostrzegłszy, że jej nikt nie prosi na obiad.

Krew uderzyła jej do głowy, łzy zakręciły się w oczach i poczuła niepokonaną chęć powrotu do domu.

„Do domu! do domu! Nie chcę już ani panny Malinowskiej, ani jej protekcji, ani przede wszystkim jej gościnności... Przecież moja mama nie postąpiłaby w podobny sposób z żebrakiem, który znalazłby się u niej w porze obiadu... Mam dziewięćdziesiąt rubli papierami, złoto od majora, więc wrócić mogę... A w Iksinowie, choćbym tylko zapracowała piętnaście rubli miesięcznie, nikt nie zrobi mi uwagi...".

Tak sobie mówiła Madzia, chodząc po pokoju rozgorączkowana... ale na palcach. Bała się, żeby ktoś, usłyszawszy kroki, nie przypomniał sobie o niej. Pragnęła, żeby wszyscy o niej zapomnieli, żeby rozstąpiły się mury i uwolniły ją z tego dziwnego domu bez zwrócenia niczyjej uwagi.

– Boże, Boże! Po co ja tu przyjechałam? – szeptała, załamując ręce.

Okropność jej położenia zaostrzał jeszcze smutny fakt, że Madzi – jeść się zachciało.

„Nie mam ambicji! – myślała z rozpaczą. – Jak można w podobny sposób być głodną?".

Nagle ogarnęło ją zdziwienie: na górze zrobił się ruch, rozległy się śmiechy, bieganina, dźwięki fortepianu... A nawet, jakby kilka par nie tańczyło...

„Cóż to znaczy? – mówiła do siebie. – Więc i tu wolno się bawić?".

Jednocześnie zapukano do drzwi i weszła panna Malinowska uśmiechnięta.

– Teraz nasza kolej – rzekła – bądź łaskawa.

Wzięła Madzię pod rękę i zaprowadziła do pokoju matki, gdzie był stół nakryty na trzy osoby i dymiła się waza.

„Boże, ja nigdy nie będę mieć rozumu!" – pomyślała Madzia, śmiejąc się w duchu z samej siebie..

Rozpacz już ją opuściła, ale apetyt spotężniał.

– Zaczynam oddychać – odezwała się panna Malinowska po sztuce mięsa. – Doprawdy, mam czasami ochotę zazdrościć, że ci się nie udała twoja pensyjka w tym jakimś Iksinowie...

– O, ja wrócę tam i założę choć dwie klasy: wstępną i pierwszą – odparła Madzia, chcąc uspokoić swoją gospodynię.

– I dwie klasy dadzą ci się we znaki, szczególniej w początkach. My coś wiemy o tym, prawda, mamo?

– O! – westchnęła staruszka, chwytając się oburącz za głowę. – Bo też dostałaś pensję, Chryste elejson! Mówię pani – zwróciła się do Madzi – ile ja łez wylałam, ile nocy nie przespałam w tamtym kwartale! Ale Felunia żelazna kobieta... O!

– Pani mi pozwoli czasem przyjść do siebie i popatrzeć na gospodarstwo? – zapytała nieśmiało Madzia przełożonej.

– Owszem, ale... co tu zobaczysz, moja droga? Trzeba najwcześniej wstawać, najpóźniej kłaść się spać, wszystkiego pilnować, a co najważniejsza – każdemu od razu wyznaczyć obowiązki i... żadnych ustępstw! Latterowa, kiedy nie wydaliła pierwszej pensjonarki za spóźniony powrót od rodziców, już była zgubioną. Od tej chwili zaczęły się wizyty studentów u panny Howard, spacery panny Joanny... No, ale mniejsza o to... Znasz panią Korkowiczowę, u której obejmujesz miejsce?

– Dziewczynki znam... Panią, zdaje mi się, raz widziałam... – odparła Madzia.

– I ja jej nie znam. Słyszę, że są to ludzie bogaci, dorobkiewicze, a pani dba o wychowanie córek. Rozumie się, że gdyby ci tam było źle, znajdziemy inne miejsce, a może nawet u mnie otworzy się jaka posada...

– Ach, to byłoby najlepsze! – zawołała Madzia, składając ręce.

Panna Malinowska pokiwała głową.

– No, no! Zapytaj twoich koleżanek: czy one się tak zachwycają? – rzekła przełożona. – Ale trudno... ja nie chcę iść za panią Latter...

Po obiedzie przełożona pobiegła na górę, gdzie mimo jej obecności nie zmniejszył się gwar pensjonarek. Zaś na kwadrans przed piątą wpadła do Madzi.

– Ubierz się – rzekła – jedziemy. Kufer odeślę ci za godzinę.

Madzię, gdy została sama, ogarnął strach. Jak ją przyjmie pani Korkowiczowa? Może i u niej jest taki rygor jak u panny Malinowskiej? Blada, drżącymi rękami włożyła na siebie wierzchnie okrycie, a ponieważ była sama w pokoju, więc przeżegnała się i uklękła, prosząc Boga, żeby ją pobłogosławił w tak ważnym momencie życia.

2. Dom z guwernantką

Przełożona uchyliła drzwi i wywołała Madzię. Wyszły na ulicę, wsiadły w dorożkę, a w kilka minut były na pierwszym piętrze wykwintnego domu. Panna Malinowska pociągnęła kryształową rączkę dzwonka przy drzwiach, które otworzył lokaj w granatowym fraku i czerwonej kamizelce.

– Kogo mam zameldować? – spytał.

– Dwie panie, które miały tu być o piątej – odpowiedziała panna Malinowska, wchodząc do przedpokoju.

Przybyłe nie zdążyły jeszcze zdjąć wierzchnich okryć, kiedy z salonu wpadła między nie dama niska, otyła i ruchliwa, w jedwabnej sukni z długim ogonem, w koronkowym kołnierzu, z koronkową chustką w jednej ręce, z wachlarzem ze słoniowej kości w drugiej. W jej uszach lśniły się dwa wielkie brylanty.

– Jaka jestem wdzięczna, że pani przełożona sama się fatyguje! – zawołała dama, ściskając pannę Malinowską. – I jak szczęśliwa, że wreszcie poznaję panią! – zwróciła się do Madzi. – Niech panie pozwolą do saloniku... Jan, powiedz panienkom, żeby tu zaraz przyszły... Proszę, bardzo proszę... niech panie siadają... O, na tych krzesełkach...

I podsunęła dwa złocone krzesełka kryte amarantowym jedwabiem.

– Kiedyż przyjeżdżają państwo Solscy? – mówiła w dalszym ciągu dama, patrząc na Madzię. – Pan Solski w sąsiedztwie mego męża ma majątek... co za majątek! Lasy, łąki, a jakie grunta! Dwieście włók, proszę pani... Mój mąż mówi, że tam można by postawić cukrownię za psie pieniądze, a mieć z niej ogromne dochody... Pani ciągle koresponduje z panną Solską? – zapytała znowu Madzię.

– Tak, pisałam do niej parę razy... – odparła zmieszana Madzia.

– Co to parę razy! – zawołała dama. – Kto ma szczęście posiadać przyjaciółkę z tej sfery, powinien do niej ciągle pisywać... Ja to jestem zakochana w pannie Solskiej... Co za rozum, skromność, dystynkcja...

– Pani zna pannę Solską? – wtrąciła Malinowska, z właściwym sobie spokojem patrząc na tęgą damę.

– Osobiście jeszcze nie mam honoru... Ale pan Zgierski tyle mi o niej opowiadał, że nawet ośmieliłam się prosić ją o składkę na założenie szpitala w naszej okolicy... I wie pani co? Przysłała tysiąc rubli i odpisała jak najgrzeczniej!

Pulchne policzki pani Korkowiczowej zaczęły drżeć.

– Darujcie, panie – mówiła, mrugając powiekami – ale nie mogę przypomnieć sobie tego wypadku bez wzruszenia... Jest to jedyna osoba... jedyny dom, któremu pierwsza złożyłabym wizytę, tyle mam uwielbienia dla państwa Solskich... A przy tym tak bliskie sąsiedztwo...

Podczas długiego i szybkiego wykładu gospodyni domu twarz Madzi promieniała zachwytem. Cóż to za szczęście dostać się do rodziny, która tak kocha jej przyjaciółkę! A jak szlachetną musi być sama pani Korkowiczowa, skoro oceniła wartość Ady, nie znając jej... Natomiast oblicze panny Malinowskiej nie wyrażało nic, choć równie dobrze mogło oznaczać znudzenie albo drwiny. Siedziała wyprostowana, ustawiwszy wielkie oczy w ten sposób, że nie było wiadomo, na co mianowicie zwraca uwagę: czy na panią Korkowiczową, czy na jej salon zapełniony kilkoma różnymi garniturami mebli, czy na dwa olbrzymie dywany na posadzce, z których jeden był ciemnowiśniowy, a drugi jasnożółty.

Kiedy gospodyni podniosła do ust koronkową chustkę, jakby dając znak, że już wypowiedziała wszystkie uniesienia, panna Malinowska odezwała się:

– Jakież będą obowiązki panny Brzeskiej u pani?

Pulchna dama stropiła się.

– Obowiązki? Żadne! Towarzyszyć moim córkom, żeby nabrały pięknego układu, i pomagać im w naukach, a właściwie pilnować... Moje panienki biorą lekcje od profesorów, od renomowanych nauczycielek...

– A pensję jaką pani przeznacza dla panny Brzeskiej? O ile sobie przypominam...

– Trzysta rubli rocznie – wtrąciła dama.

– Tak, trzysta rubli – powtórzyła panna Malinowska i zwróciwszy się do przerażonej i zaczerwienionej Madzi, dodała:

– W ciągu roku masz jeden tydzień wolny na Boże Narodzenie, drugi na Wielkanoc i miesiąc na letnie wakacje, w czasie których możesz odwiedzić rodziców.

– Naturalnie! – potakiwała pani Korkowiczowa.

– I rozumie się, że będziesz w domu państwa Korkowiczów traktowana jak starsza córka...

– Nawet lepiej! Wiem przecież, kogo biorę...

– A teraz może mi pani pozwoli zobaczyć pokój panny Brzeskiej – mówiła dalej przełożona, podnosząc się ze złoconego krzesełka tak obojętnie, jakby chodziło o najzwyklejszy stołek.

– Pokój? – powtórzyła pani Korkowiczowa. – A tak... pokój dla panny Brzeskiej... Proszę...

Madzia jak automat szła za panną Malinowską. Minęły pod przewodnictwem ruchliwej gospodyni długi szereg saloników i gabinetów i znalazły się w niewielkim, ale czystym pokoju z oknem wychodzącym na ogród.

– Łóżko zaraz każę przynieść – mówiła gospodyni. – Obok mieszkają moje panienki – a syn... na drugim piętrze...

– O, widzisz, masz tu i popielniczkę, gdybyś kiedy nauczyła się palić papierosy... – rzekła panna Malinowska do Madzi.

– Ach, to popielniczka mego syna, który tu czasem lubi zdrzem... czytać po obiedzie... – odparła zakłopotana gospodyni. – Ale on tu już nigdy nie przyjdzie...

– Żegnam panią – odezwała się nagle panna Malinowska, ściskając rękę damie – i dziękuję za warunki. Bądź zdrowa, Madziu – dodała – pracuj, jak to ty umiesz, i pamiętaj, że mój dom jest w każdej chwili na twoje usługi. Rozumie się... dopóki nie przyjadą Solscy, których przyjaźń i opiekę ja tymczasowo zastępuję – kończyła z naciskiem.

– Ach! – westchnęła pani Korkowiczowa, patrząc na Madzię z wyrazem macierzyńskiej miłości. – Upewniam, że państwo Solscy będą zadowoleni...

Gdy po oględzinach panie wróciły do salonu, zastały tam dwie panienki wcale rozwinięte, ładnie ubrane, może zanadto ulegające naciskowi gorsetów. Obie były blondynki o okrągłych rysach, tylko jedna miała zmarszczone czoło jak osoba, która się gniewa, druga wysoko podniesione brwi i półotwarte usta, jakby lękała się.

– Panie pozwolą przedstawić sobie moje córki – rzekła gospodyni. – Paulina... Stanisława...

Obie dziewczynki dygnęły przed panną Malinowską zgodnie z zasadami, przy czym brwi Stanisławy podniosły się jeszcze wyżej, a czoło Paulinki pofałdowało się jeszcze posępniej.

– Panna Brzeska... – mówiła gospodyni.

– O, my się znamy! – zawołała Madzia, całując zarumienione dziewczynki, które uśmiechnęły się życzliwie – jedna z odcieniem goryczy, druga z wyrazem melancholii.

– Żegnam panią – powtórzyła panna Malinowska. – Do prędkiego widzenia, Madziu... do zobaczenia, moje dzieci...

Madzia wyprowadziła przełożoną na schody i całując ją w ramię, szepnęła:

– Boże, jak ja się boję...

– Bądź spokojna... – odparła panna Malinowska. – Znam ten gatunek chlebodawców i już wiem, o co im chodzi...

Kiedy Madzia wróciła do salonu, pani Korkowiczowa, opuściwszy grupę mebli złoconych, usiadła na aksamitnym fotelu, a Madzi wskazała miejsce na krześle.

– Pani dawno ma przyjemność znać państwa Solskich? – zapytała dama.

W tej chwili dziewczynki chwyciły Madzię za ręce i jednocześnie odezwały się:

– Czy Wentzlówna jest jeszcze na pensji?

– Czy pani słyszała o pani Latter?

– Linka... Stasia! – zgromiła je matka, uderzając ręką o poręcz fotelu. – Ile razy mówiłam, że panienki dobrze wychowane nie powinny przeszkadzać starszym? Zaraz... Ot, i już nie pamiętam, o co chciałam pytać pannę Brzeską!

– Naturalnie, że o tych Solskich, których majątek sąsiaduje z browarem papy – odpowiedziała Paulinka z miną rozgniewanej.

– Linka! – pogroziła jej matka. – Linka, ty swoim postępowaniem wpędzisz mamę do grobu... Pamiętaj, że niedawno wróciłam z Karlsbadu...

– Ale już mama je mizerię – wtrąciła Stasia.

– Mamie wolno wszystko jeść, bo mama wie, co robi – odparła dama. – Ale dobrze wychowane panienki nie powinny... Linka, ty niedługo siądziesz na kolanach pannie Brzeskiej...

– Albo to ja raz siedziałam na pensji...

– Na pensji co innego...

W przedpokoju rozległ się potężny bas:

– Mówiłem ci, błaźnie, żebyś mi się nie stroił jak małpa...

– Jaśnie pani kazała... – odparł inny głos.

Drzwi otworzyły się i do salonu wszedł w kapeluszu na głowie mężczyzna z dużą brodą.

– Cóż to dziś za maskarada? – wołał pan w kapeluszu. – Z jakiego, u diabła...

Umilkł i zdjął kapelusz, spostrzegłszy Madzię.

– Mój mąż... – rzekła prędko gospodyni. – Panna Brzeska...

Pan Korkowicz chwilę przypatrywał się Madzi, a na jego dobrej twarzy odmalowało się zdziwienie.

– A... – odezwał się przeciągle.

– Najserdeczniejsza przyjaciółka państwa Solskich.

– Eh! – odparł lekceważąco, a potem, wziąwszy rękę Madzi w swoje ogromne dłonie, dodał:

– To pani ma uczyć nasze dziewczęta? Bądź dla nich miłosierna! Głupiutkie to, ale poczciwe...

– Piotruś! – upomniała go pani, uroczyście poprawiając koronkowy kołnierz.

– Moja Toniu, kogo ty chcesz w błąd wprowadzić, panią nauczycielkę? Pani nauczycielka od razu pozna się na twoich córkach jak szynkarz na młodym piwie... Cóż, ten wałkoń już wrócił?

– Nie rozumiem cię, Piotrze... – odparła oburzona dama.

– Papo pyta się, czy Bronek wrócił – wyjaśniła Paulinka.

– Piękne panna Brzeska będzie miała wyobrażenie o naszym domu! – wybuchnęła pani. – Tylko wszedłeś, zaraz prezentujesz się jak człowiek ordynarny...

– Przecież ja taki zawsze... – odparł pan, ze zdziwieniem rozkładając ręce. – Panna Brzezińska, czy jak tam, nie będzie płaciła moich weksli, choćbym się do niej krygował... A gałgan! Nie waliłem za młodu, teraz on mnie wali...

– Co ty gadasz? Co się z tobą dzieje? – wołała pani Korkowiczowa, widząc, że Madzia jest przestraszona, a obie córki śmieją się.

– Co gadam! Ten hultaj nie zapłacił wczoraj wekslu w banku i gdyby nie poczciwy Switek, miałbym rejenta w kantorze... A, rozbójnik!

– Ale przecież Bronek nie stracił tych pieniędzy, tylko spóźnił się! – przerwała oburzona matka.

– Pięknie go bronisz, nie ma co mówić! Gdyby choć grosz stracił z tych pieniędzy, byłby złodziejem, a tak jest wałkoniem... – krzyczał ojciec.

Na twarz pani wystąpiły fioletowe rumieńce. Zerwała się z fotelu i zadyszana rzekła do Madzi:

– Niech pani wyjdzie z dziewczynkami do ich pokoju... A, mój kochany! Taka awantura przy osobie, która nas nie zna...

Madzia, blada ze wzruszenia, opuściła salon. Lecz humor obu panienek nie zmienił się; gdy zaś znalazły się w swoim pokoju, Linka stanęła przed Madzią i patrząc jej w oczy, rzekła:

– Pani boi się papy? Pani myśli, że papuś jest naprawdę taki straszny? – dodała, pochylając głowę na bok. – Tu nikt nie boi się tatki, nawet Stasia...

– Widzi pani, papuś robi tak... – wmieszała się Stasia. – Jak papuś jest zły na mamę, to jej samej nic nie powie, tylko gniewa się na nią przed nami. A jak Bronek co zmaluje, to papuś znowu nic nie mówi jemu, tylko wygraża się na niego przed nami albo przed mamą...

– Teraz na wszystkich będzie skarżył się przed panią... – wtrąciła Linka. – O, ja wiem! Pani bardzo podobała się papusiowi...

– I mamie – dodała Stasia. – Mama wczoraj mówiła, że gdyby pani miała rozum i potargowała się, to mogłaby dostać u nas z pięćset rubli rocznie.

– Moja Stasiu... pani i tak dostanie... – przerwała jej Linka.

– Dzieci, co wygadujecie? – zawołała Madzia ze śmiechem. – Kto słyszał zdradzać tajemnice rodzinne?

– A czy pani nie należy do naszej rodziny? – rzekła Stasia, rzucając się Madzi na szyję. – Jest pani u nas godzinę, a mnie się wydaje, że już od stu lat...

– Widzę, że pani będzie bardziej kochała tego lizusa niż mnie... Ale ja do pani jestem bardziej przywiązana, choć nie obrywam pani sukni... – odezwała się obrażona Linka, tuląc się do ramienia Madzi.

– Będę obie kochała jednakowo, tylko powiedzcie mi, czego się uczycie? – odparła Madzia, całując każdą po kolei. Najpierw Stasię i Linkę, potem Linkę i Stasię.

– Ja pani powiem! – zawołała Stasia. – Od kiedy wyszłyśmy z pensji – do wakacji uczyłyśmy się wszystkiego: literatury, historii, algebry, francuskiego...

– Od wakacji nie uczymy się niczego – wtrąciła Linka.

– Przepraszam... ja uczę się fortepianu... – przerwała Stasia.

– Kochasz się w panu Stukalskim, który wymyśla ci, że masz palce do obierania kartofli...

– Moja Linko! Sama romansujesz z panem Zacieralskim i myślisz, że zaraz każdy musi się kochać! – odparła zarumieniona Stasia.

– Cicho, dzieci! – uspokoiła je Madzia. – Kim jest pan Zacieralski?

– Malarzem, uczy Linkę malować, a tatko pyta się, kiedy zaciągną nam podłogi, bo froterzy drogo kosztują...

– A Stasię pan Stukalski uczy grać na fortepianie i przez połowę każdej lekcji rozstawia jej palce na klawiszach... Nie bój się! Już mama spostrzegła, że podczas tych wykładów za mało słychać muzyki... Przysięgnę, że gdyby twój Kocio zamiast dwóch rubli brał rubla, skończyłyby się czułości...

– Może ten twój Zaciereczka uczyłby cię za darmo? – wtrąciła Stasia.

– Właśnie, uczyłby mnie za darmo – odparła obrażona Linka – bo ja mam poczucie natury...

– O, tak! Kiedy ci zadał do wymalowania koszyk wiśni, to wiśnie zjadłaś, liście wysypałaś za okno, a potem rozchorowałaś się na głowę...

– Dzieci! Ach Boże! – uspakajała je Madzia. – Powiedzcie mi lepiej, gdzie odbywają się wasze lekcje?

– Fortepian na górze, ja maluję w oranżerii, a inne wykłady odbywają się czy mają się odbywać w auli – wyjaśniła Linka.

– Ja panią tam zaprowadzę – rzekła Stasia.

– I ja.

Chwyciły Madzię pod ręce i ze swego pokoju przez szereg gabinetów, korytarzy i sionek wyprowadziły do wielkiej sali.

Było już ciemno, więc Linka, znalazłszy zapałki, zapaliła cztery płomienie gazu, mówiąc:

– Oto jest nasza aula, w której przez wakacje prasowała się bielizna...

– Przepraszam, bo stały kufry z futrami... – poprawiła ją Stasia.

Salon zadziwił Madzię. Było w nim kilka wyścielanych ławek przed eleganckimi stoliczkami, była wielka tablica jak na pensji, a przede wszystkim – była szafa wypchanych zwierząt i druga pełna aparatów do wykładu fizyki.

– Po cóż tyle ławek? – zapytała Madzia.

– A... bo mama chce, żeby u nas zbierały się komplety panienek, którym mają wykładać najlepsi profesorowie – rzekła Linka.

– A na cóż te narzędzia? Uczycie się fizyki?

– Jeszcze nie – pochwyciła Stasia. – Ale, widzi pani, było tak: mama dowiedziała się, że panna Solska ma takie przedmioty, więc zaraz nam je kupiła.

– I to stoi bez użytku?

– Owszem – rzekła Linka – w maszynie pneumonicznej, czy jak tam, Bronek dusił myszy; więc papuś rozbił klosz, Bronka wykrzyczał i szafę zamknął na klucz. Ale pani klucz odda...

Z pół godziny zeszło Madzi na oglądaniu naukowego salonu, aż wreszcie lokaj (już ubrany w surdut) dał znać, że będzie herbata.

– Chciałabym umyć ręce – rzekła Madzia.

– To pójdziemy do pokoju pani – zawołała Stasia. – Linka, pozakręcaj gaz, a ja wezmę zapałki...

Przeszły znowu sień, garderobę, oświetlony korytarz i zatrzymały się przed jednymi drzwiami. Stasia zapaliła zapałki, Linka popchnęła drzwi i nagle... Madzia poczuła silny zapach tytoniu, a jednocześnie usłyszała męski głos:

– Won stąd! Czego wy tu?

Skrzypnęło, stuknęło i z szezlonga zerwał się młody człowiek, otyły, ubrany tylko w kamizelkę. Na szczęście zapałka zgasła.

– Czego wy tu, sikory? – pytał zaspany młody człowiek.
– Co ty tu robisz? To pokój panny Brzeskiej... – wołały obie dziewczynki.
– Na złamanie karku! – mruknął młodzieniec, usiłując zamknąć drzwi, czemu przeszkadzała Linka.

Teraz otworzyły się inne drzwi w głębi korytarza i wybiegła z nich pani Korkowiczowa, pan Korkowicz, a za nimi lokaj z kandelabrem.

– Co tu robisz, Bronek? – pytała niespokojnie pani młodego człowieka, który chowając się za szafę, wdziewał surdut. – A gdzie łóżko? – dodała, gdy blask świec oświetlił wnętrze pokoju. – Jan, gdzie łóżko dla panny Brzeskiej?

– A na górze, w pokoju młodego pana...
– Zwariowałeś? – jęknęła dama.
– Przecież jaśnie pani kazała wstawić łóżko do tego pokoju, gdzie młodszy pan sypia...

– Ale gdzie sypia po obiedzie, głąbie jakiś... – mówiła zirytowana dama.

– Więc pan Bronisław tam sypia po obiedzie, a tu dopiero nad wieczorem – tłumaczył się lokaj.

– Otwórz okno... przynieś stamtąd łóżko... a niegodziwiec...
– Ehe! widzę, że już dawno nie smarowałem maszyn w tej fabryce! – odezwał się pan Korkowicz. Wyrwał służącemu z rąk kandelabr i ująwszy samego za kark, wyprowadził do garderoby. W chwilę później rozległ się krzyk i parę tępych uderzeń.

– Chodźmy, moi państwo, do stołowego pokoju – westchnęła pani. – Strach, co się dziś wyrabia ze służbą!

Gdy wszyscy usiedli przy stole, zwróciła się do Madzi:
– Mój syn, Bronisław... Przeproszę panią za swój nietaktowny postępek...

Tłusty młodzieniec ukłonił się Madzi bardzo nisko i rzekł mrukliwym głosem:
– Prze... przepraszam panią... Choć, jak Boga kocham, nie wiem za co?

– Za to, że ośmieliłeś się spać w pokoju pani...

– Wszyscy mi oczy wykłuwają tym spaniem! Przecież człowiek musi sypiać...

Wszedł starszy pan.

– No! – zawołał do syna – powiedz no mi: jak to było wczoraj z tym bankiem?

– Już tatko zaczyna awanturę! – odparł syn. – Słowo honoru daję, że wyprowadzę się od rodziców...

– Proszę cię, Piotrusiu, daj mu spokój! – wtrąciła matka. – Stasia, zadzwoń.

Wszedł Jan, zakrywając nos chustką.

– Dlaczego nie usługujesz do herbaty? – zapytał pan.

– Bo ja już jaśnie państwu dziękuję za służbę.

– Co to znaczy? – groźnie odezwał się pan domu.

– A tak! – odparł służący. – Jaśnie pan tylko ciągle obraża człowieka, a potem się dziwi...

– No... no... no... nic nie gadaj... Nie stało ci się nic złego...

– Łatwiej jaśnie panu bić niż mnie brać – mruknął Jan.

Zdziwiona i przestraszona Madzia pomyślała, że dom państwa Korkowiczów jest bardzo oryginalny.

3. Obyś cudze dzieci uczył

Pani Korkowiczowa posiadała dyktatorską władzę nad domem. Tylko jej lękała się służba, jej ustępował mąż, tylko jej rozkazy spełniały panienki, a nawet ukochany syn, który nie bardzo słuchał ojca.

Opanowała wszystkich z mniejszym lub większym oporem z ich strony. Toteż niemałe było zdziwienie pani Korkowiczowej, gdy po jakimś czasie spostrzegła, że obok niej w domu zaczyna wyrastać nowa indywidualność – Madzi.

Ta Madzia wesoła, grzeczna nawet dla służby, nigdy nie opierająca się, a stanowczo posłuszniejsza od Linki i Stasi, z każdym dniem nabierała znaczenia. Wszyscy czuli jej obecność, a przede wszystkim sama pani, choć nie rozumiała, w jaki się to dzieje sposób.

Zaraz w kilka dni po przyjeździe pani Korkowiczowa uroczyście wezwała Madzię do salonu, żeby zakomunikować jej swoją wolę co do kierunku, w jakim mają być kształcone panienki.

– Panno... panno Brzeska – zaczęła pani Korkowiczowa, rozsiadając się na kanapie – trzeba, żeby pani odwiedziła pannę Malinowską i spytała, jakich zaleci profesorów dla moich dziewczynek. W każdym razie... tak... sądzę, że mąż musi zaprosić pana Romanowicza, bo on w kwietniu miał odczyt w ratuszu i w jesieni także ma mieć... No i oprócz pana Romanowicza weźmiemy jeszcze kilku...

– Proszę pani – rzekła Madzia – na co naszym dziewczynkom profesorowie?

Pani Korkowiczowa drgnęła.

– Co? Jak to?

– Rezultaty wykładów są dziś wątpliwe – mówiła Madzia – a koszt wielki. Gdybyśmy miały tylko dwie lekcje co dzień po dwa ruble godzinę, to już wyniesie około stu rubli na miesiąc. Moja pensja, lekcje muzyki i malarstwo już kosztują dziewięćdziesiąt rubli, więc razem około dwustu.

– Dwieście! – powtórzyła pani zmieszana. – Nie myślałam o tym... Ależ będziemy miały komplet, z dziesięć panienek... więc na każdą wypadnie może dwadzieścia rubli, a może i taniej?

– A czy pani już ma komplet?

– Właśnie zajmuję się tym... Ale w tej chwili jeszcze nic... – mówiła pani Korkowiczowa wzruszonym głosem.

– Więc, proszę pani, zróbmy tak... Gdy pani zbierze komplet, dopiero wówczas zwrócimy się do profesorów, a tymczasem ja będę powtarzała z dziewczynkami to, co przeszły na pensji i czego trochę zapomniały.

– Dwieście rubli na miesiąc! – szeptała dama, ocierając twarz chustką. – Naturalnie, musimy poczekać... – Następnie, chwilkę odpocząwszy, dodała:

– Otóż mam myśl! Ja zajmę się zebraniem kompletu, a pani zapyta pannę Malinowską o najodpowiedniejszych profesorów... Tymczasem będzie pani powtarzała z dziewczynkami to, co przeszły na pensji.

– Dobrze, proszę pani.

Pani Korkowiczowa była zadowolona, że ostateczny rozkaz wyszedł z jej ust i że Madzia bez opozycji podjęła się go wykonać. Była zadowolona, ale w jej duszy pozostało nieokreślone zakłopotanie.

„Dwieście rubli! – myślała. – Że mi to od razu nie przyszło do głowy? No, od tegoż ona jest guwernantką...".

Był to dopiero początek.

W gorące dnie pan Korkowicz starszy od niepamiętnych czasów miał zwyczaj siadać do obiadu bez surduta. Otóż raz w końcu sierpnia zdarzył się tak silny upał, że pan Korkowicz zasiadł przy stole bez kamizelki. A nadto rozpiął gors koszuli, dzięki czemu doskonale uwydatniało się jego różowe łono pokryte bujnym meszkiem.

Obok matki uplasował się pan Bronisław, lokaj wybiegł prosić panny, i niebawem weszły do pokoju Linka, Stasia, a na końcu Madzia.

– Szacunek dla panny Magdaleny! – zawołał gospodarz, pochylając się do przodu, co wpłynęło na mocniejsze otworzenie się koszuli.

– Ach! – krzyknęła Madzia i cofnęła się za drzwi.

Pan Bronisław zerwał się od stołu, a zdumiony pan Korkowicz zapytał:

– Co się stało?

– Jak to, co się stało? – rzekła Linka. – Przecież papuś jest rozebrany...

– A niech cię najjaśniejsze! – mruknął gospodarz, chwytając się za głowę. – Poproś tu pannę Magdalenę... Niech to diabli...

Wybiegł do swego pokoju i w kilka minut wrócił ubrany jak ze sklepu artykułów mody. W tej chwili weszła powtórnie Madzia, więc przeprosił ją wśród ukłonów i zapewnił, że tak smutny wypadek nigdy się już nie powtórzy.

– W twoim wieku, Piotrusiu, dużo uchodzi... – odezwała się kwaskowatym tonem pani.

– Dużo... niedużo... – wtrącił pan Bronisław. – Anglicy do obiadu ubierają się we fraki.

– Panna Magdalena nie ma powodu gniewać się – mówiła pani – ale przypomnij sobie, Piotrusiu, ile razy prosiłam, żebyś nie negliżował się przy obiedzie? Trzeba przestrzegać form towarzyskich, choćby ze względu na dziewczęta...

Gdy obiad skończył się, Madzia zawiadomiła panią, że pragnie odwiedzić Dębickiego.

– Dębicki? Dębicki? – powtarzała pani, lekko marszcząc brwi.

– To ten bibliotekarz i przyjaciel Solskiego – wyjaśnił gospodarz.

Oblicze pani Korkowiczowej rozpogodziło się.

– Ach – rzekła z uśmiechem – chce pani dowiedzieć się, kiedy przyjeżdżają państwo Solscy? Ależ proszę, niech pani idzie...

– A ja panią odprowadzę! – zawołał, zrywając się z krzesła pan Bronisław.

– Dziękuję panu – odpowiedziała Madzia tonem tak chłodnym, że pani Korkowiczowa aż drgnęła.

– Hę! Wstydzi się pani? – mówił pan Bronisław ze śmiechem. – Jak nas ktoś spotka, to powiem, że jestem trzecim uczniem pani...

– Na ucznia już pan za duży.

– To pani powie, że ja jestem pani guwerner.

– Na guwernera jest pan za młody – zakończyła Madzia. – Do widzenia się z państwem...

Za Madzią wybiegła Stasia, Linka zaś została i wygrażając pięścią bratu, rzekła z gniewem:

– Słuchaj no... Jeżeli tak będziesz traktował pannę Magdalenę, oczy ci wydrapię...

– Dobrze mówi! – potwierdził ojciec. – Trzeba być cymbałem, żeby narzucać się porządnej dziewczynie...

– Eh! Porządek... – odparł z lekceważeniem otyły młody człowiek. – Porządne panny nie mają zegarków wysadzanych brylantami...

– Co to bydlę mówi, co? – zapytał ojciec.

– Naturalnie! – upierał się pan Bronisław. – Zegarek wart ze czterysta rubli, więc skąd może go mieć guwernantka...

– A ja wiem! – zawołała Linka. – O, już będzie z tydzień, jak ze Stasią oglądałyśmy ten zegarek. Prześliczny! Nawet mama nie ma takiego... Stasia otworzyła kopertę i przeczytałyśmy napis: „Mojej najdroższej Madzi na pamiątkę lat 187... wiecznie kochająca Ada...". Ada to panna Solska – zakończyła Linka.

– Taki napis? Rzeczywiście? – zapytała pani Korkowiczowa.

– Jak rodziców kocham! Obie umiemy go na pamięć...

– Ot, i masz zegarek z brylantami, jołopie! – westchnął pan Korkowicz, uderzając ręką w stół.

– Proszę cię, Bronku, żebyś był uprzedzająco grzeczny dla panny Brzeskiej – rzekła uroczyście pani. – Ja wiem, kogo wzięłam do domu...

Pan Bronisław zasępił się.

– Głupi Bronek! Głupi Bronek! – śpiewała, skacząc i śmiejąc się Linka.

– Tylko, Linka... ani słowa pannie Brzeskiej o tym, co się tu mówiło – upomniała ją pani. – Wpędziłabyś mamę do grobu...

Kiedy gospodarz wyszedł za interesami do miasta, pan Bronisław na drzemkę, a Linka do Stasi, żeby asystować jej przy lekcji fortepianu, pani Korkowiczowa, przeniósłszy się do swego gabinetu, usiadła na biegunowym fotelu i zaczęła rozmyślać.

„Czy mi się zdaje, czy nasza guwernantka już przekracza granice swego stanowiska? Piotr ubiera się do niej przy obiedzie... No, powinien by się już odzwyczaić od swoich okropnych manier! Linka broni jej jak lwica... Nic to złego... Zresztą Bronek ją lekceważy... Ale chłopak musi być dla niej grzeczny... i nawet ja, i my wszyscy. Takie stosunki za trzydzieści rubli miesięcznie... Złoty zegarek z brylantami! Jeżeli teraz nie zaprzyjaźnimy się z Solskimi, to już nigdy...

Swoją drogą przy pierwszej okazji dam panience do zrozumienia: czym ja tu jestem, a czym ona...".

Fotel bujał się coraz wolniej; głowa pani Korkowiczowej opadła na wiszącą poduszkę, z półotwartych ust wybiegało chwilami głośne chrapanie. Sen, brat śmierci, skleił powieki dystyngowanej damie.

Już pan Stukalski skończył wtajemniczać swoją uczennicę w trudną sztukę palcowania, przy czym nie zaniedbał przypomnieć jej, że powinna obierać kartofle; już panienki wybiegły do ogródka, gdzie gniewna Linka usiadła na trapezie, a łzami zalana Stasia huśtała ją – kiedy Madzia, wszedłszy do gabinetu pani Korkowiczowej, zastała ją na biegunowym fotelu, z głową odrzuconą w tył i rękami splecionymi na łonie.

– Ach, przepraszam! – mimo woli szepnęła Madzia.

– Co? Co to? – zawołała pani, zrywając się. – A, to pani? Właśnie myślałam... Czegóż kochana pani dowiedziała się o Solskich?

– Mają wrócić w końcu października. W początkach zaś przyjedzie do Warszawy pan...

Tu Madzia zawiesiła głos.

– Pan Solski?

– Nie... pan Norski – odparła Madzia ciszej. – Syn nieboszczki pani Latter...

– Nieboszczki? – powtórzyła pani Korkowiczowa. – Czy to nie z jego siostrą ma się żenić pan Solski?

– Podobno.

– Muszę zapoznać się z panem Norskim, żeby choć w części wynagrodzić mu mimowolną krzywdę... Obawiam się – wzdychając i kiwając głową mówiła dama – że odebranie moich córek z pensji było jedną z przyczyn samobójstwa nieszczęśliwej pani Latter... Ale Bóg widzi, nie mogłam zrobić inaczej, panno Brzeska! Pensja w ostatnich czasach miała okropną opinię, a ja jestem matką... Jestem matką, panno Brzeska...

Madzia pamiętała dzień, w którym Linka i Stasia opuściły pensję; zdawało jej się jednak, że pani Latter nawet nie spostrzegła tego wypadku.

– Mam do pani wielką prośbę – odezwała się nieśmiało Madzia po chwili milczenia. – Czy nie pozwoli pani, żeby siostrzenica profesora Dębickiego uczyła się razem z naszymi dziewczynkami?

– Chce należeć do kompletu?

– Ona nie ma pieniędzy na lekcje z profesorami, więc uczyłaby się tylko ode mnie...

„Aha! – pomyślała pani. – Teraz, panienko, zrozumiesz, co jestem ja, a co ty!".

Głośno zaś rzekła:

– Cóż ubogiej dziewczynce po takich wysokich naukach, jakie będą pobierały moje dzieci?

Madzia patrzyła na nią zdziwiona.

– Ale... ale... – ciągnęła pani Korkowiczowa, czując, że mówi coś nie do rzeczy. – Ten pan Dębicki, u którego pani bywa, to kawaler?

– Kawaler, ale bardzo stary... Ach, jaki to uczony człowiek, jaki szlachetny... Pan Solski bardzo go kocha i z trudem zmusił go do przyjęcia u siebie posady bibliotekarza...

– Przepraszam... – rzekła nagle dama. – Co to za prześliczny zegarek ma pani? Pamiątka?

– Dostałam go od Ady Solskiej – odparła zarumieniona Madzia, podając zegarek. – Ale czasami wstyd mi chodzić z nim...

– Dlaczego? – mówiła pani Korkowiczowa, z trudem otwierając kopertę. – „Mojej najdroższej Madzi...". Dlaczego ta dziewczynka pana Dębickiego nie chodzi na pensję? Moglibyśmy przykładać się do płacenia za nią...

– Jej wuj miał przykre zajście z uczennicami i musiał opuścić pensję pani Latter... Zosię awantura tak przestraszyła, że już nie ma odwagi chodzić na żadną pensję, więc uczy się biedaczka sama, trochę przy pomocy wuja.

– Ha, jeżeli pani sądzi, że pan Dębicki jest takim dobrym człowiekiem...

– Bardzo... bardzo dobrym...

– A ta dziewczynka jest uboga, to... niech przychodzi... Byle moje panienki nie straciły na tym...

– Przeciwnie, zyskają... Współzawodnictwo zachęci je do pilności...

– Muszę jednak dodać, że robię to tylko dla utrzymania stosunków z Solskimi... Pana Dębickiego przecież nie znam! –

mówiła dama, czując, że wobec Madzi zajmuje coraz fałszywsze stanowisko.

Przez parę dni pani Korkowiczowa była nieco cierpka w obejściu z Madzią; ale gdy Dębicki, złożywszy jej wizytę, przyznał, się, że oboje państwa Solskich zna od dzieci i co parę tygodni koresponduje ze Stefanem, pani Korkowiczowa udobruchała się.

Owszem, podziękowała Madzi za zawiązanie nowego stosunku.

„Dębicki – myślała – byłby niewdzięcznikiem, gdyby o nas dobrze nie mówił przed Solskimi. Brzeska także powinna mówić o nas dobrze; zresztą postaramy się o jej życzliwość...".

Od tej pory było Madzi u państwa Korkowiczów jak w niebie. Pan Bronisław miał obowiązek witać ją i żegnać z największym uszanowaniem; starszy pan miał prawo okazywać, że Madzię lubi; wreszcie sama pani wyznaczyła Madzi miejsce przy stole obok siebie, a lokaj podawał jej półmiski zaraz po gospodyni domu.

Pomimo jednak najlepszych chęci pani Korkowiczowej Madzia nieustannie narażała się wobec swojej chlebodawczyni. Z właściwą sobie wyrozumiałością pani Korkowiczowa przyznawała, że niektóre czyny Madzi zdradzają dobre serce, ale zarazem – niesłychany brak taktu.

Raz na przykład Linka spostrzegła na podwórzu córkę praczki z tego samego domu. Dziecko było tak bose, w tak podartej koszuli, w tak połatanej sukience, że nieomal prosiło się na model. Linka zawołała dziewczynkę i, posadziwszy w oranżerii, zaczęła ją malować w otoczeniu palm, kaktusów i innych roślin egzotycznych.

Studiom tym przypatrywała się Stasia, pani Korkowiczowa, pan Korkowicz, nawet pan Bronisław, który miał niejakie wątpliwości, czy jego siostra w danej chwili maluje kaktus czy nogę obdartej dziewczynki. Lecz dopiero Madzia zauważyła, że dziecko strasznie kaszle.

– Boże! – zawołała – ależ ona prawie naga... – a potem dodała po francusku:

– Jeżeli biedactwo nie będzie leczyć się i nie dostanie odzieży – umrze...

Linka przestała malować, a wylękniona Stasia już miała oczy pełne łez.

Obie siostry uważniej zaczęły oglądać dziewczynkę i odkryły, że kaszlące dziecko nie ma ani śladu trzewików, że oberwana do połowy koszulka nie zastąpi braku spódniczki, że wreszcie pełna łat sukienka raczej przypomina sieć pajęczą niż ubranie...

Od tej chwili panienki przestały ją malować, a zaczęły się nią opiekować. W tajemnicy przed matką złożyły się na sprowadzenie jej lekarza, kupiły małe trzewiczki i pończochy, a potem płótna i barchanu, z którego same zaczęły szyć ubranie przy pomocy panny służącej i Madzi.

– Widzicie, jak to dobrze, że u pani Latter uczyłyście się krawiecczyzny – przypomniała im Madzia.

Kiedy pani Korkowiczowa zobaczyła Linkę z trudem szyjącą barchan na maszynie, myślała (według jej własnych słów), że padnie trupem. Madzi w pokoju nie było, więc zacna dama ograniczyła się na przeprowadzeniu śledztwa i wziąwszy fatalny barchan, z zaciętymi ustami pobiegła do pokoju męża, a za nią Linka, która dosyć stanowczo prosiła matkę o niemieszanie się do jej interesów.

– Czyś widział, Piotrze? – zawołała pani, rzucając barchan na biurko męża. – Czy słyszałeś coś podobnego?

Po czym na wyścigi z Linką zaczęły opowiadać historię obdartej dziewczynki, jej kaszlu i pomocy, jaką udzieliły jej panny. Linka kładła nacisk na nędzę dziecka, a pani Korkowiczowa na jego brudy, możliwą zaraźliwość kaszlu i emancypacyjne zachcianki Madzi.

Wyrozumiawszy, o co chodzi, pan Korkowicz pogłaskał bujną brodę i odezwał się tonem spokojnym, który bardzo zaniepokoił jego małżonkę:

– Czy to dziecko nie było brudne, kiedyś je malowała?

– Jak smoluch, papusiu! – odparła Linka.

– A nie kaszlało?

– O, kaszlało dużo gorzej niż teraz...

– Idź, Linko – rzekł ojciec tonem szkaradnie spokojnym – idź i ucałuj ręce pannie Magdalenie za to, że was zachęciła do uczciwego postępku...

– Ależ, Piotrze... tak być nie może! – zawołała pani. – Ja nie pozwolę...

– Toniu – odpowiedział mąż, gdy Linka wyszła. – Toniu, nie bądź wariatką! Przecież ja dopiero dziś widzę, że moje córki mają serce... Bóg nam zesłał tę pannę Brzeską...

– Wiem, wiem... – mówiła pani. – Wszystko ci się podoba, co robi panna Brzeska... I gdybym dziś zeszła do grobu...

– Miej rozum, Toniu. Jeżeli chwalisz Solską, że dała ci tysiąc rubli na szpital, nie gań własnych dzieci, gdy sprawią odzież sierocie...

– Ale one same szyją...

– Księżniczki angielskie także szyją odzienie dla ubogich dzieci – odparł mąż.

– Czy to tylko pewne? – mimo woli zapytała pani, czując, że gniew jej szybko ucieka.

W godzinę później pochwaliła córki za ich zajęcie się dziewczynką i podziękowała Madzi. W duszy jednak postanowiła przy pierwszej okazji wytknąć jej emancypacyjne nowatorstwa, które zasiewają niezgodę wśród najczcigodniejszych rodzin.

Najważniejszy w domowych stosunkach wypadek trafił się w sześć tygodni po przyjeździe Madzi.

Było to przy obiedzie. W czasie krótkiej przerwy między befsztykiem a kurczętami z mizerią Linka z gniewem odezwała się do lokaja:

– Zabierz ten talerz...

– Czysty, proszę panienki – odparł Jan, stawiając z powrotem talerz, który obejrzał.

– Bałwanie... bierz, kiedy mówię! – zawołała Linka, rozdrażniona z powodu kłótni ze Stasią o to, czy pan Zacieralski jest większy od Lessera, czy tylko równy jemu.

– Kiedy panienka mówi, musi tak być – ostro odezwała się pani Korkowiczowa.

Lokaj zabrał talerz, podał inny; potem rozniósł kurczęta i mizerię, wreszcie wyszedł do kuchni.

Wtedy Madzia pochyliła się do Linki i, objąwszy ją ręką za szyję, szepnęła:

– Drugi raz nie odpowiesz tak Janowi... prawda?

Niewinne te słowa wywołały piorunujący efekt przy stole. Stasia podniosła brwi wyżej niż zwykle; pan Bronisław wyjął z ust widelec, którym wykłuwał zęby; pan Korkowicz zrobił się fioletowy i tak pochylił twarz, że powalał brodę w resztkach mizerii. Linka zaś, kilka razy prędko odetchnąwszy, rozpłakała się i wybiegła z jadalnego pokoju.

– A wracaj na leguminę, bo będzie krem! – zawołał pan Bronisław tonem szczerego współczucia.

– Bardzo dobrze... – mruknął ojciec.

Pani Korkowiczowa osłupiała. Ponieważ jednak była osobą niezwykle bystrego umysłu, więc szybko zorientowawszy się w sytuacji, rzekła uroczystym głosem do Stasi:

– W domach arystokratycznych panienki z wyszukaną grzecznością odzywają się do służby.

Pan Korkowicz klapnął się w gruby kark, jak gdyby mądre zdanie żony nie wydawało mu się wypowiedzianym w porę.

Pani także, pod pozorem pewności siebie, ukrywała zmieszanie. Czuła, że od tej chwili stosunek dzieci do służby zmieni się w domu, i to nie na skutek jej morałów, ale – odezwania się Madzi. Przypomniała też sobie z goryczą, że Jan chętniej usługuje Madzi, weselej z nią rozmawia niż z panienkami, a przy obiedzie manewruje półmiskiem w taki sposób, żeby guwernantce podsuwać najlepsze kawałki, których zresztą nie brała.

„Widzę, że to Bismarck-dziewczyna! – myślała pani, odkładając podwójną porcję kremu dla nieobecnej Linki. – Swoją drogą Bóg wie, od ilu lat proszę Piotrusia, żeby nie wymyślał służbie... Bardzo też dawno zbierałam się powiedzieć dziewczętom, żeby były grzeczne w obejściu z ludźmi niższego stanowiska... No i ta... uprzedziła mnie! Policzymy się kiedyś, panienko... policzymy...".

Po obiedzie pani Korkowiczowa chłodno podziękowała guwernantce za towarzystwo i kazała Stasi, żeby zaniosła Lince krem. Za to pan, mówiąc Madzi: „dziękuję...", trochę za długo trzymał jej rękę i dziwnie patrzył jej w oczy. Więc gdy Madzia odeszła, zirytowana pani odezwała się do męża:

– Myślałam, że... pocałujesz pannę Brzeską...

Pan kiwał głową.

– Wiesz – odparł – rzeczywiście chciałem ją pocałować w rękę...

– W takich razach ja tatkę mogę wyręczać – wtrącił pan Bronisław, odwracając się do okna.

– Żebyś ty, mój kochany, wyręczał mnie w kantorze – odparł ojciec.

– Musisz jednak przyznać, mój drogi, że Bronek od kilku tygodni zmienił się na awantaż... – zabrała głos pani. – Prawie nie wychodzi z domu i regularnie siada z nami do obiadu.

– Zapewne chce ode mnie wykpić kilkaset rubli... Znam ja go! Cholera mnie bije, kiedy patrzę na jego łajdactwa; ale skóra na mnie cierpnie, kiedy zaczyna się poprawiać...

– Mylisz się – rzekła matka. – Bronek nic złego nie zrobił, tylko – uległ moim perswazjom. Wytłumaczyłam mu, że niewłaściwie postępuje, włócząc się po nieodpowiednich towarzystwach, że wpędza rodziców do grobu i – on mnie zrozumiał...

– Eh! – mruknął ojciec. – Zawsze ci się coś zdaje... Z dziewczętami nie umiesz dać sobie rady, a myślisz, że taki birbant usłucha perswazji.

– Więc kto im daje radę? Kto kieruje ich edukacją? – zawołała pani, rumieniąc się jak rozpalone żelazo.

Ale pan Korkowicz, zamiast odpowiedzieć małżonce, zwrócił się do syna:

– Słuchaj no! Bo mnie doprowadzisz do kija i torby, wałkoniu... Albo weź się tutaj do roboty, żeby Switek mógł jechać do korkowskiego browaru, albo sam ruszaj do Korkowa... Ja na dwie fabryki, o trzydzieści mil odległe, się nie rozedrę... Kiedy jestem w Warszawie, tam się coś psuje; kiedy jestem w Korkowie, tu nie ma dozoru... A ty wałęsasz się po restauracjach...

– Powiedziałam ci, że siedzi w domu – wtrąciła matka.

– Mnie nie o to chodzi, żeby on wysypiał się w domu – ryknął ojciec – ale żeby choć parę razy dziennie zajrzał do fabryki i sprawdził, co robią...

– Zastępował cię przez kilka dni.

– Tak! I połowy obstalunków nie wypełnili na czas... Żeby to najjaś...

Nagle pan Korkowicz uderzył się ręką w usta i nie dokończył przekleństwa. Natomiast dodał spokojniej:

– Bądź tu łagodny... nie wymyślaj... kiedy wszyscy, począwszy od rodzonego syna, wbijają ci noże w wątrobę...

– Widzę, że i na ciebie wpłynęła lekcja panny Brzeskiej... – syknęła pani Korkowiczowa.

– Nie... to twoje morały! – odparł ojciec i wyszedł z pokoju.

Przez ten czas pan Bronisław stał pod oknem i bębnił palcami w szybę, niekiedy wzruszając ramionami.

Pani Korkowiczowa załamała ręce i, nieszczęśliwie patrząc na syna, rzekła:

– Co ty na to?

– A... no... że ładna, to ładna, nie ma co gadać – odparł rozwinięty młodzieniec.

– Kto? Co się tobie śni?

– Magdzia ładna i dobrze tresuje dziewczęta, tylko... ma za dużo fochów. Solscy i Solscy! A mama jeszcze jej schlebia tymi Solskimi... Tymczasem cóż Solscy? Ja się boję Solskich, czy co? – mówił z flegmatyczną gestykulacją pan Bronisław.

Potem ucałował skamieniałą matkę w obie ręce i wyszedł, mrucząc:

– Co stary myśli, że będę piwo rozwoził?

– Boże! – jęknęła pani, chwytając się za głowę. – Boże! Co się tu dzieje? Na co ja zeszłam?

Była tak zirytowana, że znalazłszy się w swoim gabinecie na biegunowym fotelu, nie mogła od razu zasnąć po obiedzie.

„Z dziewczętami robi, co jej się podoba, a one tylko płaczą... – myślała pani. – Psuje służbę... do domu naprowadza dzieci rozmaitej hołoty... Sam Bronek zachwyca się, że ładna (co oni widzą w niej ładnego?), a ten stary niedźwiedź nie dość, że zaprzecza mi wpływu na dom, ale jeszcze chce ją w rękę całować... Nie, ja muszę z tym zrobić jakiś koniec!".

Po chłodniejszej rozwadze zarzuty przeciw Madzi poczęły rozwiewać się w umyśle pani Korkowiczowej. Przecież Zosię do nauki ona sama przyjęła, ona, pani Korkowiczowa; a zrobiła to dla zawiązania ścisłych stosunków z Solskimi. Obdartą dziewczynkę ona w rezultacie pozwoliła ubierać swoim córkom; i nie stało się nic złego, gdyż o ich pięknym czynie mówią dziś w całej kamienicy. Wreszcie – dobrze wychowane panienki (a nawet mąż!) nie powinny wymyślać służbie... Bo cóż by to był za cios dla jej macierzyńskiego serca, gdyby kiedy Linka przy Solskich albo w innym dystyngowanym towarzystwie nazwała lokaja bałwanem?

Lecz im zupełniej rozgrzeszał Madzię umysł pani Korkowiczowej, tym – w jej sercu silniejszy żal budził do nauczycielki. Okropne położenie: czuć do kogoś niechęć i – nie mieć przeciw niemu zarzutów!

„Cóż jej powiem? – z goryczą myślała dama. – Kiedy dziewczęta, mąż i nawet Bronek odpowiedzą, że panna Magdalena robi to, czego ja sobie życzę…".

Niechęci także nie wypada okazywać. Bo nuż guwernantka obrazi się i opuści jej dom? Co na to powiedziałyby córki, Bronek, mąż – a przede wszystkim jakby wyglądała upragniona znajomość z Solskimi?

„Dziwna ta panna Solska… – rzekła do siebie pani Korkowiczowa. – Przyjaźnić się z guwernantką!".

4. Niepokoje pani Korkowiczowej

W pierwszych dniach października dom pani Korkowiczowej stanowczo był przewrócony do góry nogami. Ona zaś sama czuła się w położeniu rozbitka, który siedząc na wąskiej skale, widzi rozhukany ocean i tylko czeka, kiedy go fale pochłoną.

Córki jej, na których edukację tyle wydała pieniędzy, nie tylko przestały być opryskliwymi dla służby, ale jeszcze – weszły w zażyłość z panną służącą, kucharką, nawet z rodziną lokaja. Pani Korkowiczowa nieraz znajdywała obie panienki w garderobie, a przy stole widywała na własne oczy, że Jan uśmiecha się nie tylko do panny Brzeskiej, ale nawet do Linki i Stasi.

„Niechby kiedy zrobił taką minę do nich przy kimś z towarzystwa, a musiałabym umrzeć ze wstydu!" – myślała pani.

Ale zgromić Jana za poufałość nie miała odwagi. Nie było też racji skarżyć się przed mężem, który od owego pamiętnego obiadu nie tylko nie „smarował maszyn" Janowi, ale nawet przestał mu wymyślać przy Madzi i córkach. Raz pan Korkowicz był zirytowany tak, że zsiniał z gniewu i wywijał ogromnymi pięściami, ale ciosy zamiast na kark Jana padały na stół albo na drzwi.

– Ciebie kiedy, Piotrusiu, apopleksja zabije, jeżeli tak będziesz się krępował! – rzekła pewnego dnia pani, widząc, że jej mąż, zamiast trzasnąć w ucho Jana, który przy kolacji oblał go sosem, uderzył pięścią w udo – samego siebie.

– Daj mi spokój! – wybuchnął pan. – Od czasu, kiedy wyjeżdżasz do Karlsbadu, nazywałaś mnie ordynarnym; a dziś, kiedy stałem się elegancki, chcesz, żebym się znowu nie krępował... Przewracają ci się pomysły w głowie jak w zacierowej kadzi...

– Za to z żoną nie robisz sobie subiekcji – westchnęła pani.

Mąż uniósł się na krześle, ale spojrzawszy na Madzię, usiadł, aż podłoga skrzypnęła, i oparł głowę na rękach.

„Co to znaczy? – pomyślała przerażona dama. – Ależ ta guwernantka naprawdę opanowała mego męża...".

Pani Korkowiczowej zrobiło się tak źle, że wstała od stołu i wyszła do gabinetu. A gdy córki i nauczycielka wybiegły za nią, rzekła do Madzi lodowatym głosem:

– Niech się pani mną przynajmniej nie zajmuje... Nic mi nie jest...

Madzia cofnęła się, a pani Korkowiczowa zawołała z gniewem do córek:

– Idźcie sobie, idźcie... do waszej nauczycielki!

– Co mamie jest? Co my jesteśmy winne? – pytały z płaczem obie dziewczynki, widząc irytację matki.

Jak wszyscy ludzie gwałtowni, pani Korkowiczowa prędko ochłonęła i usiadłszy na swym fotelu, rzekła spokojniej:

– Linka, Stasia... patrzcie mi prosto w oczy! Wy już nie kochacie mamy... wy chciałybyście mamę wpędzić do grobu...

Dziewczęta rozszlochały się.

– Co mama mówi? A kogoż my kochamy?

– Pannę Brzeską... Ona teraz wszystko znaczy w domu, ja nic...

– Pannę Brzeską kochamy jak przyjaciółkę, a mamę jak mamę... – odparła Linka.

– Chciałybyście, żebym do grobu wstąpiła, a tatko ożenił się z guwernantką!

Pomimo łez obficie twarz im zalewających obie dziewczęta zaczęły śmiać się jak szalone.

– A to by dopiero była para... ha! ha! ha! Cóż by na to Bronek powiedział? – wołała Linka, chwytając się za boki.

– Niemądre jakieś, nie śmiejcie się ze słów mamy, bo słowa mamy święte... Co za Bronek? Jaki Bronek?

– Przecież Bronek kocha się w pannie Magdalenie i tak się do niej umizga, że wczoraj aż płakała, biedactwo... Ha! ha! ha! Tatko i panna Magdalena... – śmiała się Linka.

Wiadomość o zalotach Bronka do reszty uspokoiła panią Korkowiczową. Przyciągnąwszy obie córki do siebie, rzekła:

– Co gadacie o jakichś umizgach Bronka? Panny dobrze wychowane nie powinny o tym nic wiedzieć... Stasia, Linka... patrzcie mi prosto w oczy. Przysięgnijcie, że lepiej kochacie mamę niż pannę Brzeską...

– Ależ, jak mamę kocham, tak sto razy lepiej! – zawołała Linka.

– Sama panna Magdalena ciągle powtarza nam, że powinnyśmy mamę i tatkę kochać nad wszystko w świecie – dodała Stasia.

W ruchliwym sercu pani Korkowiczowej obudził się cień życzliwości dla Madzi.

– Idźcie kończyć kolację – rzekła do córek, dodając w duchu: „Może i niezłe dziecko z tej Magdaleny, ale cóż to za despotyczny charakter... wszystkich chciałaby zawojować... No, ma takie stosunki! Żeby już raz ci Solscy przyjechali... Co one znowu plotą o Bronku? Umizga się do Brzeskiej? Pierwszy raz słyszę coś podobnego!".

Po chwili jednak pani Korkowiczowa przypomniała sobie, że – może i nie pierwszy raz słyszy o czymś podobnym. Ciągłe przesiadywanie pana Bronisława w domu było niewątpliwie skutkiem jej macierzyńskich upomnień, ale mogła oddziaływać na syna i obecność pięknej guwernantki.

– Młody, nie ma się czemu dziwić! – westchnęła i przyszło jej na myśl, jak pewnego wieczora, znalazłszy się przypadkiem we framudze korytarza, usłyszała następną rozmowę między synem a guwernantką:

„Panie Bronisławie, proszę, niech mi pan nie zastępuje drogi" – mówiła zirytowana Madzia.

„Bo ja chciałbym panią przekonać, że jestem bardzo życzliwy" – odparł błagalnym tonem pan Bronisław.

„Da pan najlepszy dowód życzliwości, nie rozmawiając ze mną, kiedy jestem sama...".

„Proszę pani, przy ludziach..." – zaczął pan Bronisław, ale nie mógł dokończyć, gdyż Madzi nie było.

– Drażni się z nim! – szepnęła pani Korkowiczowa, a następnie dodała w duchu:

„Chłopak młody, bogaty, no... i przystojny... Bronek jest niczego sobie jak na mężczyznę, i pannie muszą jego umizgi pochlebiać... Naturalnie powie o nim Solskiej, Solska zwróci uwagę i przez kobiecą zazdrość sama zacznie wabić Bronka do siebie... Boże, jak wszystko doskonale się układa! A nie mogę zaprzeczyć, że Magdalena dużo mi ułatwi...".

Przyszła więc na panią Korkowiczową epoka czułości dla guwernantki i niezawodnie od tej pory byłoby Madzi jak w niebie, gdyby jej emancypacyjne zachcianki nie napoiły duszy chlebodawczyni nową goryczą.

Od pewnego czasu Linka i Stasia coraz bardziej zaniedbywały talenty. Linka rzadziej malowała, potulna Stasia zaczęła kłócić się z nauczycielem muzyki, nawet opowiadać, że pan Stukalski łysieje; obie zaś skracały lekcje: jedna muzyki, druga malarstwa.

Rozumie się, że zatrwożona matka przeprowadziła śledztwo i odkryła rzecz straszną. Panienki czas przeznaczony na edukację estetyczną obracały na uczenie Michasia, ośmioletniego syna lokaja. Stasia uczyła go czytać, a Linka pisać!

Tego już było za wiele i pani Korkowiczowa postanowiła porozumieć się z nauczycielką.

„Panno Brzeska – miała jej powiedzieć – dom mój nie jest ochroną, a moje córki nie są ochroniarkami...".

W tym celu zadzwoniła raz, po chwili drugi raz, gdyż Jan ociągał się. Wreszcie stanął w drzwiach.

– Dlaczego Jan nie przychodzi zaraz, kiedy dzwonię? – rzekła pani, nastrajając się na ton surowy. – Poproś tu pannę Brzeską...

– Właśnie przyszedł jakiś pan do panny Magdaleny i czeka w sali – odparł lokaj podając bilet.

– Kazimierz Norski... – przeczytała pani. – Aha, daj znać pannie Magdalenie...

Zerwała się i ze swego gabinetu szybko przeszła do sali. Gniew ją opuścił, a natomiast opanowało silne wzruszenie.

„Norski! – myślała. – Tak, miał przyjechać w początkach października... Może są i Solscy...".

Nogi pod nią drżały, gdy otworzyła drzwi salonu, ale osłupiała na widok młodego człowieka, który ujrzawszy ją, ukłonił się bardzo elegancko.

„Co za rysy... oczy... brwi!" – pomyślała pani, a głośno rzekła:

– Mam zaszczyt powitać pana Norskiego? Jestem... u nas właśnie bawi panna Brzeska... a ja jestem wielbicielką świętej pamięci mamy pańskiej... Boże, co za okropny wypadek! Nie powinnam o nim wspominać, ale moje córki były ukochanymi pensjonarkami świętej pamięci mamy, którą tu wszyscy opłakujemy...

Tak mówiła pani Korkowiczowa, kłaniając się i wskazując Norskiemu złocone krzesełko, na którym usiadł bez ceremonii.

„Prześliczny!" – myślała pani, a ponieważ młody człowiek milczał i spoglądał na drzwi, odezwała się znowu:

– Jakże świętej pamięci mama? To jest...

– Właśnie jeździłem na jej grób, gdzie chcemy postawić pomnik...

– Powinni państwo zwrócić się do społeczeństwa... – prędko przerwała mu pani. – A w takim razie ja i mój mąż, cały wreszcie nasz dom...

W tej chwili Norski podniósł się ze złoconego krzesełka, patrząc ponad głowę uprzejmej gospodyni. Pani Korkowiczowa odwróciła się i zobaczyła bladziutką Madzię, która oparła się ręką o stół.

– Właśnie panna Brzeska... – znowu zaczęła gospodyni.

Ale Norski, nie czekając na rekomendację, zbliżył się do Madzi i wziąwszy ją za rękę, rzekł pięknym aksamitnym głosem:

– Wiemy, że nasza matka z panią spędziła ostatnie godziny… Chciałem podziękować i jeżeli kiedyś będzie można, z ust pani usłyszeć szczegóły…

Madzia patrzyła na cieniutkie, białe sznureczki przyszyte do klap surduta pana Kazimierza i oczy zaszły jej łzami.

– Wszystko kiedyś opowiem obojgu państwu – rzekła, nie patrząc na pana Kazimierza. – Czy Helenka też wróciła?

– Przyjedzie z Solskimi za tydzień… dziesięć dni… – odparł Norski, nie mogąc oprzeć się zdziwieniu. – Ale jeżeli i ich przywita pani w podobny sposób…

– Obraziłam pana? – zapytała wylękniona Madzia.

– Czy ja śmiałbym się na panią obrazić… – odparł ożywionym głosem i wziął ją znowu za rękę. – Ale niech pani rozważy… – dodał, zwracając się do pani Korkowiczowej. – Panna Magdalena, Ada Solska, moja siostra i ja byliśmy w domu nieboszczki matki jedną rodziną… Matka, jadąc na śmierć, przekazała pannie Magdalenie błogosławieństwo dla nas… i dziś, kiedy wracam po pożegnaniu mojej matki, ta jej druga córka przyjmuje mnie jak obcego… Niechże pani powie, czy godzi się tak…

Madzia spuściła głowę, nie mogąc powstrzymać łez.

– Jaka pani szczęśliwa! – rzekł Norski. – Mnie już łzy wyschły…

Przerwał i zmarszczył piękne brwi, spostrzegłszy o parę kroków pana Bronisława, który cicho wszedł do salonu i od kilku chwil przypatrywał się to Norskiemu, to Madzi.

– Może mnie mama zapozna z tym panem – odezwał się pan Bronisław. – Jestem młody Korkowicz, czyli korkociąg, jak mnie nazywają dawni pańscy przyjaciele…

– Panowie się nie znają? – rzekła zakłopotana gospodyni. – Mój syn… pan Norski…

– Właściwie to znamy się, a przynajmniej ja znam pana z opowiadań… Dużo się nieraz mówi o pańskich figlach u Stępka… – przerwał matce pan Bronisław, wyciągając ogromną rękę do Norskiego.

Obaj młodzi ludzie uścisnęli się: pan Kazimierz z lekceważeniem, pan Bronisław z energią. Można było jednak poznać, że nie czują do siebie sympatii.

Norski posiedział kilka minut, nieco chmurny, krótko odpowiadając na pytania pani Korkowiczowej o Solskich. Wreszcie wstał, pożegnał się i obiecał częściej, jeżeli państwo pozwolą, odwiedzać Madzię.

– Tyle mamy z sobą do mówienia, panno Magdaleno, o mojej matce, że musi mi pani kiedy poświęcić godzinkę sam na sam, jak to kiedyś bywało... – rzekł pan Kazimierz na odchodne.

Gdy zamknęły się za nim drzwi przedpokoju, zmieszana i zamyślona Madzia odezwała się do pani Korkowiczowej:

– Jan mówił mi, że pani chciała się ze mną widzieć?

– Tak... Chciałam ci podziękować, droga panno Magdaleno, że moje panienki zajęły się Michasiem... Piękna to zaleta miłosierdzie! – żywo odpowiedziała pani Korkowiczowa, kilkakrotnie ucałowawszy Madzię.

Wobec bliskiego przyjazdu Solskich i zażyłości, jaka łączyła guwernantkę z Adą Solską tudzież z Helenką, przyszłą panią Solską, gniew pani Korkowiczowej rozpłynął się. Niech już Madzia robi w jej domu, co chce, niech córki ubierają i uczą wszystkie dzieci z ulicy, byle zawiązać stosunki z Solskimi.

„Bronek nawet nie przeczuwa swego szczęścia!" – myślała pani, promieniejąc radością.

– Ale... ale! – zawołała do odchodzącej Madzi. – Niech pani przy okazji oświadczy panu Norskiemu, żeby był łaskaw odwiedzać nas jak najczęściej... Nasz dom otwarty dla niego zawsze... Boże! zapomniałam prosić go na obiad... Niech pani, panno Magdaleno, z całą delikatnością zaproponuje mu, żeby u nas stale jadł obiady... A nawet jeżeli nie ma jeszcze urządzonego mieszkania, niech bez ceremonii sprowadzi się do nas... do przyjazdu państwa Solskich, nawet i dłużej... Zrobi pani to, kochana panno Magdaleno? Całe życie będę wdzięczną, bo... wspomnienie nieboszczki Latterowej...

– Proszę pani, nawet nie wiem, czy mi wypadałoby mówić o tym z panem Norskim – odparła zakłopotana Madzia.

– Pani nie wypada? – zdziwiła się dystyngowana dama. – Przecież w domu nieboszczki – on, Solscy i pani tworzyliście jedną rodzinę...

– Pan Kazimierz tak sobie powiedział... – rzekła smutnie Madzia. – Ja u jego matki byłam tylko damą klasową, niczym więcej.

– A wysadzany brylantami zegarek od panny Solskiej? – badała zaniepokojona pani.

– Ada Solska lubiła mnie trochę, ale i na tym koniec. Cóż innego może łączyć ubogą jak ja dziewczynę z majętną panną? Ada jest bardzo dobra dla wszystkich.

Po wyjściu Madzi pani Korkowiczowa zwróciła się do syna, który ogryzał paznokcie i, stuknąwszy się palcem w czoło, rzekła:

– Oho... ho! Czy ty uważałeś, jak ona się wykręca od pośredniczenia między nami i Norskim? Coś w tym jest, nie uważasz, Bronek?

– Dobrze robi! – mruknął syn. – Po co ściągać do domu takiego drania.

– Bronek! – krzyknęła pani, uderzając ręką w stół – do grobu wpędzisz matkę, jeżeli będziesz wyrażał się jak cham... jak twój ojciec... Norski potrzebny mi do zawiązania stosunków z Solskimi... Rozumiesz?

Pan Bronisław machnął ręką i odparł, ziewając:

– A już mama dobiera sobie pośredników... to Zgierski, to Norski! Solscy także muszą być dranie, jeżeli się wdają z podobnymi facetami.

Rumieniec wystąpił na twarz pani.

– Słuchaj no – rzekła – jak mi jeszcze powiesz coś złego o panu Zgierskim, to cię wyklnę! Człowiek mądry, mający stosunki, nasz przyjaciel!

– Przyjaciel, bo wtrynił staremu, diabli wiedzą po co, trzy tysiące rubli na dwanaście od stu... Śmiech bierze, żeby Korkowicz pożyczał na dwanaście procent...

– Bo to jest delikatny prezent... Musimy Zgierskiemu odwdzięczyć się w jakiś sposób za jego serce dla nas... nawet dla ciebie... – odpowiedziała matka.

Przez kilka dni Norski nie pokazywał się w domu państwa Korkowiczów. Natomiast Madzia była z wizytą u Dębickiego i wróciła wzruszona.

Przypatrzywszy się jej oczom noszącym ślady łez, pani Korkowiczowa zapytała niby obojętnie:

– A pan Norski był u profesora Dębickiego?

– Właśnie... – odparła Madzia, mocno rumieniąc się. – Mówiliśmy o jego matce... Powiedział mi, że z Ameryki przyjeżdża tu jego ojczym z rodziną.

– Co za ojczym?

– Drugi mąż pani Latter. Służył w wojsku Stanów Zjednoczonych, a obecnie jest przemysłowcem czy sprzedaje maszyny...

Gadatliwość Madzi nie podobała się pani Korkowiczowej.

„Ta koteczka coś ukrywa! – myślała pani. Czy ona aby nie robi intryg przeciwko nam? Panna Brzeska przeciwko nam, i to jeszcze w domu Dębickiego, którego siostrzenicę przygarnęłam do nauki... O, niewdzięczności ludzka!".

Za wiele rozumu miała pani Korkowiczowa, żeby Madzię posądzić o intrygi. Dla zabezpieczenia się jednak i z tej strony postanowiła wydać duży raut i posłała męża z wizytą do Norskiego.

Gdy pan Korkowicz wrócił, sapiąc i szybko rozbierając się ze świątecznego odzienia, pani zapytała z niepokojem:

– Cóż Norski, przyjdzie?

– Dlaczego nie miałby przyjść? Każdy przyjdzie tam, gdzie mu dobrze jeść dadzą.

– Ej... Piotruś! Ty coś uprzedzasz się do Norskiego... A to taki piękny człowiek... i lada dzień zostanie szwagrem Solskiego.

– Ale musi być łobuzina! – stęknął pan, z trudnością zdejmując ciasny kamasz za pomocą chłopca do butów w formie jelonka.

– Co z tobą gadać – rzekła pani. – Uczciwy jesteś człowiek, ale dyplomatą nie będziesz…

– Phi! Zesłał mi Bóg takiego Metternicha w spódnicy, że na dwa browary wystarczy…

5. Raut z bohaterem

W najbliższą sobotę, jaka przypadała w drugiej połowie października, salony państwa Korkowiczów zajaśniały. Na schodach położono dywany i ustawiono kwiaty, przedpokój zapełnił się służbą, na czele której stał Jan wygolony, w granatowym fraku, czerwonej kamizelce i żółtych spodniach.

– Czysta małpa z wyspy szczęśliwości! – mruknął, patrząc na niego, pan Korkowicz.

– Mój drogi, tylko nie powiedz tego głośno, bo ludzie poznają, że masz zły gust i gminne wysłowienia – odrzekła pani.

Około jedenastej wieczorem zebrało się ze sześćdziesiąt osób. Większość stanowiły zamożne rodziny mieszczańskie: piwowarów, kupców, jubilerów, powoźników. Panie poubierane w brylanty i jedwabie zasiadły wzdłuż ścian, aby zacząwszy rozmowę o teatrze, zakończyć ją kwestią sług, które co roku są gorsze. Panienki rozbiegły się po kątach, szukając towarzystwa literatów i artystów w celu dowiedzenia się najświeższych wiadomości o pozytywizmie, teorii Darwina, ekonomii politycznej i budzącej się podówczas kwestii kobiecej.

Młodzi fabrykanci i kupcy od razu wynieśli się na papierosa, żeby tam drwić z uczonych panien i poetów, którzy nie mają całych spodni. Wreszcie ojcowie, ludzie tędzy i poważni, źle dopasowani do swoich fraków, potrącający złocone meble, obrzuciwszy posępnym wzrokiem swoje żony i córki, przeszli do pokoi karcianych.

– Hrabskie przyjęcie! – rzekł fabrykant powozów do dystylatora. – Bekną kilkaset rubli.

– Albo ich nie stać? – odparł zaczepiony. – Każdy hrabia, kto ma pieniądze. Jakże, siadamy? Ja z tamtym, a pan z nim...

Rozmieścili się; obok przy innych stołach zasiadły inne grupy i wkrótce – zniknęli wszyscy w dymie doskonałych cygar. Tylko od czasu do czasu odezwał się ktoś: pas! trzy bez atu! a niech cię! kiedy pan nie słucha licytacji!

O wpół do dwunastej w salonach i pokojach karcianych zrobił się szmer. Jedni pytali: co się stało? inni szeptali: już jest! Mamy i ciocie od niechcenia zwróciły oczy ku drzwiom, nie dlatego, broń Boże, żeby je ktoś zainteresował, ale – ot tak sobie. Córeczki i siostrzenice jedna po drugiej przerywały rozmowę o pozytywizmie i Darwinie i – spuszczały oczy, co nie przeszkodziło im wszystkiego widzieć. Poeci, literaci, artyści i w ogóle – inteligencja, poczuli się osamotnionymi; młodzi fabrykanci w dalszych apartamentach doznali niepokoju i zaczęli gasić papierosy.

Pani Korkowiczowa, oderwawszy męża od kart, wbiegła z nim do przedpokoju, gdzie pan Kazimierz Norski zdejmował palto, a pan Zgierski mówił do jednego ze służących:

– Uważaj, kochany, nasze paltoty miej pod ręką, bo musimy wyjść...

– Jaki zaszczyt! Jak jesteśmy wdzięczni! – zawołała pani Korkowiczowa i wyciągnęła do Norskiego obie ręce, które natychmiast pochwycił Zgierski, kierując wybuch radości pani domu na własną osobę.

– Co za zaszczyt! Mężu... Jakże, czy państwo Solscy jeszcze nie przyjechali? – mówiła dama.

– Mają przyjechać w tych dniach – odpowiedział Norski.

Jan w pąsowej kamizelce i żółtych spodniach, szeroko otworzywszy drzwi do salonu, zawołał:

– Jaśnie wielmożny pan Norski...

– Pan Norski! – powtórzyła pani Korkowiczowa, rozkosznie zawieszona u ramienia młodego człowieka.

– Szwa... to jest przy... – wtrącił oszołomiony pan Korkowicz.

Pani odwróciła głowę i przeszyła męża tak rozpaczliwym spojrzeniem, iż ten zaprzysiągł sobie milczeć.

– Musiałem palnąć jakieś głupstwo? – szepnął mimo to Korkowicz do Zgierskiego.

– Ach! – oburzył się Zgierski, słodko przymykając oczki.

W sali zrobiło się cicho, później – tu i owdzie zaczęto szeptać:

– Cóż to znowu?

– Jeszcze nikogo nie prezentowano w taki sposób.

– Myślałby kto, że królewicza sprowadzili...

Lecz szmer umilkł. Norski był tak piękny, że mamy i ciocie, przypatrzywszy mu się, pohamowały wybuch oburzenia, a córki i siostrzenice były gotowe przebaczyć mu wszystko.

– Piękny jak grzech śmiertelny! – rzekła pełnoletnia emancypantka do osiemnastoletniej turkawki z szafirowymi oczami.

Turkawka nie odpowiedziała nic, ale serce jej gwałtownie biło.

Po odbyciu szczegółowej prezentacji i wymianie grzeczności z najpoważniejszymi damami Norski nagle przeszedł w kierunku fortepianu. Obecnym zdawało się, że w tej chwili fortepian i grupa siedząca obok niego – rzucają blaski.

– Kto tam siedzi?

– Linka i Stasia Korkowiczówny.

– A z kim on tak rozmawia?

– Z guwernantką Korkowiczów.

– Kim ona jest? Jak się nazywa?

Kilkuminutowa rozmowa Norskiego wystarczyła do zwrócenia powszechnej uwagi na Madzię, której dotychczas nikt nie spostrzegł. Starsze panie zażądały, aby gospodyni przedstawiła im swoją guwernantkę, a młodsze panienki na wyścigi biegły witać się z Linką i Stasią i przy okazji zaznajomić się z Madzią.

Nawet młodzi fabrykanci ociężałym krokiem zaczęli zbliżać się do nauczycielki albo obserwować ją z daleka.

– Pi! pi! – szepnął jeden. – Ależ to ładna dziewka...

– A zgrabna... Jak żywe srebro...

– Ponosiłaby...

– Jak kogo! – mruknął młody dystylator mający opinię siłacza. – Co mówisz, Bronek?

– Eh! Daj mi tam spokój... – odparł gniewnie młody Korkowicz.

– Psiakrew! – westchnął czwarty.

– No, no, no... panowie młodzi, gębę na angielski zatrzask, bo to porządna dziewczyna – wtrącił półgłosem Korkowicz starszy.

– Cóż się tatko tak ujmuje? – spytał gburowatym tonem pan Bronisław, spod oka patrząc na twórcę swoich dni.

Korzystając z chwili, okrąglutki jak piłeczka pan Zgierski potoczył się do gospodyni domu i, miłośnie patrząc na nią, rzekł słodkim głosem:

– Wspaniały raut, daję słowo! A z ledwością wyciągnąłem Kazia, który siłą zabierał mnie do hrabiego Sowizdrzalskiego...

– Jak to, miałby nie przyjść do nas? – spytała zdumiona pani.

– No, tego nie mówię... owszem... Tylko nie dziw, że rozpieszczony bywalec rwie się do towarzystwa lekkoduchów... Ma być tam książę Gwizdalski, hrabia Rozdzieralski... brylantowa młodzież – wyjaśniał Zgierski.

– Ale na kolacji panowie zostaniecie u nas – rzekła nieco zirytowana gospodyni.

Zgierski podkręcił ufarbowanego wąsika i pobożnie wzniósł oczy do nieba. Gdy zaś pani Korkowiczowa odeszła, zbliżył się do Madzi i, tkliwie uścisnąwszy jej rękę, rzekł głosem, w którym drgało uczucie:

– Przypominam się pani... Zgierski. Przyjaciel (tu westchnął) nieboszczki, a (ośmielę się uzurpować sobie ten honor) i przyjaciel pani...

Madzia była tak wzruszona ogólnym zajęciem się nią, że chcąc choć na chwilę odpocząć, wskazała przy sobie krzesło Zgierskiemu.

Zaproszony usiadł i pochyliwszy piękną łysinę, na której malowała się pogoda duszy, zaczął mówić miłym półgłosem:

– Cieszę się, że panią spotykam w tym domu... Od pół roku życzyłem państwu Korkowiczom towarzystwa pani i... z przyjemnością widzę, że plan mój należy do tych, które się udały. Dawno pani miała wiadomości od panny Heleny?

– O, bardzo dawno.

– Tak! – westchnął Zgierski. – Nie otrząsnęła się jeszcze biedaczka... Dzieci te, Kazio i Helenka (przy pani zawsze je tak będę nazywał), żywo mnie obchodzą... Dla ustalenia ich przyszłości muszę zbliżyć się do Solskich, a pani mi w tym pomoże. Czy tak?

– Cóż ja mogę? – szepnęła Madzia.

– Wiele... wszystko! Jedno słówko rzucone w porę, gdzie należy... jedno napomknięcie mi, o czym należy... Panno Magdaleno – mówił wzruszony – dzieci te, dzieci serdecznej przyjaciółki pani, bardzo mnie obchodzą... Oboje musimy zająć się ich przyszłością... Pani pomaga mnie, ja pani... Jesteśmy sprzymierzeńcami... A teraz – działanie i tajemnica...

Wstał z krzesełka i obrzucił Madzię takim spojrzeniem, jakby w jej ręce złożył przyszłość świata. Potem wymownie uścisnął ją i zniknął w tłumie.

Od strony pieca niedźwiedzim krokiem zbliżył się do Madzi pan Bronisław i rzekł:

– Co znowu ten tam pani gitarę zawraca? Niech mu pani nic nie wierzy...

Z drugiej strony krzesła znalazł się obok Madzi pan Korkowicz ojciec.

– Cóż to – spytał – za tajemnice opowiada pani Zgierski? Nie radzę mieć z nim sekretów, bo to stary zalotnik...

– A co ojcu do tego, kto się umizga? – odezwał się pan Bronisław i krzywo spojrzał na ojca.

Madzia nie spostrzegła ich starcia, myśląc o Zgierskim. Widziała go na pensji pani Latter po jej ucieczce i nieszczególne zrobił na niej wrażenie. Coś niezbyt pochlebnego słyszała o nim, zdaje się, że od gospodyni, panny Marty; dziś znowu obaj Korkowicze mówią o nim z przekąsem...

„Widocznie dobry człowiek – myślała – tylko ma nieprzyjaciół. Rozumie się, że zrobię wszystko dla Helenki i dla pana Kazimierza... Ale co ja mogę!".

Była rozrzewniona troskliwością Zgierskiego o dzieci pani Latter i dumna, że ją przyjął na powiernicę.

Pani Korkowiczowa mocno zajmowała się gośćmi: każdy obecny usłyszał od niej jakieś pytanie albo uprzejme słówko; każdego usiłowała zabawić albo obsłużyć. Była więc kolosalnie zajęta, lecz mimo to nie uszło jej uwagi powodzenie Madzi. Przed godziną nieznana, nikomu nieprezentowana, zapomniana w kącie guwernantka stała się nagle środkiem ciężkości rautu. Z nią najdłużej i kilkoma nawrotami rozmawiał bohater wieczoru – pan Norski; ją o coś prosił czy zwierzał się człowiek tak ustosunkowany jak pan Zgierski; dookoła niej krążyły panienki; z nią zapoznawały się damy poważne stanowiskiem i wiekiem; ją z przyzwoitej odległości bombardowali spojrzeniami młodzi panowie.

Nawet zdaje się, a pani Korkowiczowa rzadko myliła się w podobnych wypadkach, pomiędzy jej własnym mężem i jej rodzonym synem wynikła jakaś sprzeczka – z pewnością o Madzię. Nic więc dziwnego, że na jasnym czole gospodyni domu utworzyła się zmarszczka wcale nie godząca się z dobrotliwym uśmiechem ust i blaskiem policzków.

– Zainteresował się pan naszą nauczycielką... Prawda, że ładna? – spytała pani Korkowiczowa Zgierskiego, który ciągle starał się być w pobliżu niej.

– O, znam ją od dawna – odparł. – Serdeczna przyjaciółka panny Solskiej...

– Miał pan przy niej minę skruszoną – rzekła pani.

– Bo też panna... panna... nauczycielka pani wiele może w tych sferach, w których ja zaledwie jestem... dobrym znajomym. Wiele może! – dodał znaczącym tonem pan Zgierski.

Serce pani Korkowiczowej przeszyły w tej chwili dwa sztylety: jednym był żal do Madzi, że ciągle odnosi zwycięstwa, drugim – tkliwość, szczera tkliwość dla Madzi, że tak wiele może w pewnych sferach.

„Jeżeli tak wiele może – pomyślała pani – to musi zaznajomić nas z Solskimi... Bo wprawdzie panna Solska jest brzydka, ale Bronek ma zbyt wiele rozumu...".

Podano kolację, w ciągu której ukazywały się i znikały misy kawioru, sterty ostryg, stosy dzikiej i hodowanej zwierzyny i omalże nie konewki szlachetnych trunków. Korki szampana strzelały tak często, że ogłuszony pan Zgierski zaprzestał słuchać swoich sąsiadek, a oddał się wyłącznemu badaniu treści półmisków i wnętrza butelek.

Około trzeciej wszyscy panowie znaleźli się w doskonałych usposobieniach, przy czym miało miejsce nadzwyczajne zjawisko psychologiczne. Jedni z biesiadników twierdzili, że pan Norski siedzi przy kolacji i że go widzą, drudzy – że tenże pan Norski zniknął przed kolacją. Potem pierwsi zaczęli twierdzić, że Norskiego wcale nie było, a zaś drudzy, iż jest, ale w innym pokoju. Że zaś zapytany o rozstrzygnięcie sporu gospodarz z równym przekonaniem godził się na obie opinie, więc w końcu nie było wiadomo, co jest prawdą: czy że Norski nigdy nie istniał na świecie, czy też, że przy kolacji znajduje się kilku Norskich, którzy naumyślnie tak pokierowali rozmową, żeby zakłopotać towarzystwo?

I już energiczniejsi panowie półgłosem zaczęli protestować przeciw niewłaściwym żartom, gdy – nowy wypadek skierował uwagę biesiadników w inną stronę.

Oto rozmarzony pan Bronisław ucałował pulchne ramię pełnoletniej emancypantki, która bawiła go traktatem o Szopenhauerze, a gdy ten przygotowawczy manewr został mile przyjęty, pan Bronisław oświadczył, że ją namiętnie kocha.

Przytomne dziewczę natychmiast uroniło łezkę szczęścia, a jej wuj (tęgi przemysłowiec), który znalazł się obok pana

Bronisława, zaczął go ściskać i wyznał publicznie, że nie życzy sobie lepszej partii dla siostrzenicy.

Wówczas zdarzył się fakt niezwykły. Młody Korkowicz zerwał się z krzesełka, przetarł oczy, jak człowiek zbudzony ze snu, i bez ogródek wyznał tak pannie, jak jej wujowi, że... on pomylił się, ponieważ uczucia jego skierowane są do innej osoby, której na próżno wypatrywał przy stole.

Na szczęście był to już koniec kolacji, dzięki czemu goście mogli wstać od stołu, a następnie – szybko rozjechać się do domów.

W przykrej chwili opatrzność do ratowania honoru Korkowiczów powołała Zgierskiego. Roztropny ten człowiek nie tylko nie podniósł się od stołu razem z innymi, ale jeszcze w imię przyzwoitości głośno zaprotestował przeciw opuszczaniu biesiady. Co gorzej, nie tylko nie wyjechał z większością towarzystwa, lecz nawet nie chciał ruszyć się z krzesła. Dopiero ktoś ze służby znalazł jego palto, wsadził go w dorożkę i odwiózł do mieszkania.

Kiedy owionęło go świeże powietrze, pan Zgierski zapomniał o przygodzie młodego Korkowicza, ale przypomniał sobie rozmowę z Madzią.

„Miła, miła dziewczyna – myślał – muszę się i nią zająć. A przede wszystkim muszę trafić przez nią do Solskich, bo mi Korkowiczowa urwie głowę, jeżeli ich nie zapoznam...".

Natychmiast po wyjeździe gości pani Korkowiczowa zajęła się odbieraniem srebra od służby, a pan Korkowicz na pewien czas zamknął się w swoim gabinecie sam na sam z wodą sodową i cytryną. O czym rozmyślał, nie wiadomo, dość, że o piątej rano wezwał do siebie żonę i syna.

Pan Bronisław przedstawiał żałosny obraz, zdolny wzruszyć najmniej tkliwe serce macierzyńskie: miał twarz bladą i nalaną, mętne spojrzenie i rozczochrane włosy. Na jego widok pani Korkowiczowa z trudnością mogła wstrzymać się od łez, ale ojciec nie wyglądał na rozczulonego.

Spostrzegłszy na biurku ojca wodę sodową, pan Bronisław niepewną dłonią ujął szklankę i zbliżył ją do syfonu. Ale ojciec wyrwał mu szklankę i krzyknął:

– Ręce przy sobie! Nie po to cię zawołałem, żebyś mi wypijał wodę...

– Piotrusiu – błagalnie odezwała się matka – spójrz, jak on wygląda...

– Niech go diabli wezmą – odburknął starszy pan. – A ja jak będę wyglądał przez niego? Coś ty, słuchaj, zrobił pannie Katarzynie? Jak śmiałeś pocałować ją w ramię czy gdzie tam?

– Ma też ojciec o co wyrabiać takie krzyki – odparł apatycznie pan Bronisław. – Pomieszało mi się w głowie, i tyle... Myślałem, że to Magdzia...

– Hę? – zapytał ojciec, podnosząc się z fotelu.

– No, myślał, że to guwernantka... – szybko wtrąciła pani Korkowiczowa.

– Guwernantka? – powtórzył pan, nadstawiając ucho.

– Przecież Bronek ma tyle taktu, że na trzeźwo nie zrobiłby nic podobnego pannie z towarzystwa – mówiła matka, mrugając na młodego człowieka. – Jutro ją i jej wuja przeprosi i będzie po wszystkim. Sama wreszcie panna Katarzyna powiedziała mi, żegnając się, że uważa to za żart.

– Nie ma o czym gadać! – odezwał się pan Bronisław. – Ja przecież od razu powiedziałem jej wujowi, że się pomyliłem... Ja przecież nie pannę Katarzynę...

– Nie pannę Katarzynę chciałeś pocałować w żywe mięso, tylko kogo? – badał dalej ojciec.

– No, Magdzię... Nie ma o czym gadać! – odparł pan Bronisław, zasłaniając ręką usta w celu ziewnięcia.

W tej chwili ojcu zsiniała twarz i tak uderzył pięścią w biurko, że syfon podskoczył, a szklanka spadła na dywan.

– A łajdaku! – krzyknął Korkowicz. – A farmazońskie nasienie! To ty myślisz, że ja w moim domu pozwolę kompromitować uczciwą dziewczynę?

– Ale czego się irytujesz, Piotrusiu? Przecież nic się nie stało guwernantce – reflektowała pani.

– Bo tatko o nią zazdrosny – mruknął pan Bronisław.

– O kogo? co ty mówisz? – zapytał zdumiony ojciec.

– A o Magdzię. Stawia się do niej tatko jak cietrzew... Ile razy widziałem.

– Widzisz, Piotrusiu! – wtrąciła pani. – Sam dajesz chłopcu zły przykład, a potem gniewasz się...

– Ja? zły przykład? – powtarzał Korkowicz, chwytając się za głowę.

– Uśmiechasz się do niej... nadskakujesz... poufale rozmawiasz... – mówiła pani z ożywieniem.

– A przecież jestem młodszy od tatki i mnie to prędzej uchodzi – dodał syn.

W tej chwili ojciec chwycił go za klapy fraka i prawie przyniósł do lampy.

– Toty taki jesteś? – rzekł spokojnym głosem, patrząc mu w oczy.

– Ja z uczciwą dziewczyną postępuję jak człowiek uczciwy, a ty, błaźnie, śmiesz mówić, że staję jak cietrzew?

– Piotrusiu! Piotrusiu! – odezwała się przerażona pani usiłując drżącymi rękami uwolnić syna z ojcowskich objęć. – Piotrusiu... przecież to był żart...

– E! – mówił stary wciąż spokojnym głosem – widzę za wiele żartów w moim domu. Tobie uchodzą umizgi, bo jesteś młodszy? Prawda. Umizgaj że się do dziewczyny, ale... zaraz mi się oświadcz o nią...

– Piotruś! – krzyknęła pani. – Tego już za wiele...

– Nie chcesz, żeby się twój synek ożenił z doktorówną?

– Do grobu mnie wpędzisz! – odparła, wstrząsając się pani.

– Aha! nie podobało się pani małżeństwo... No to poczekajcie... Bronek... – mówił ojciec tonem stanowczym – jutro wyprowadzisz się z domu do fabryki... jest tam pokój... Zapędzę ja cię, kochany, do roboty... dam ci dobry przykład... będziesz i ty stawał jak cietrzew, ale do kadzi...

– Ale, mężu...

– Nie zawracajcie głowy! – krzyknął ojciec. – Tak będzie, jak chcę, i basta... Już chłopca wychowałaś na łajdaka; jeżeli dziewczęta mają takie same zasady, to pójdą... wiesz gdzie? Muszę ja i do tej fabryki zaglądać, bo ta chyba najgorsza... Jak przywiążesz fartuch do pasa i włożysz trepki na bose nogi, odechce ci się bałamuctw... – dodał, zwracając się do syna.

Pan Bronisław był w tej chwili bledszy niż na początku rozmowy, ale spojrzenie miał przytomne. Wziął ojca za rękę i, ucałowawszy go w łokieć, wymruczał:

– Przecież proszę tatki... przecież... ja mogę się oświadczyć Magdzi...

– Ani mi się waż! – zawołała matka. – Po moim trupie...

– Przede wszystkim, kochanie, weźmiesz się do roboty, a o żeniaczce później...

– Po moim trupie! Do grobu mnie chcecie wpędzić! – mówiła z uniesieniem pani.

– Dosyć komedii – przerwał ojciec. – Ja muszę jechać do browaru, a wy idźcie spać. Bronek! – dodał na pożegnanie – jeżeli mi kiedy zaczepisz nauczycielkę, to cię tak zbiję jak dwa lata temu... Pamiętasz?

– Przecież ja się chcę z nią ożenić...

– Wynoś się.

Gdy oboje z matką znaleźli się w korytarzu, pan Bronisław rzekł półgłosem:

– A widzi mama, że stary mi zazdrości! No, dobranoc...

Wyszedł do sieni. Pani Korkowiczowa stanęła pod drzwiami Madzi i grożąc pięścią rzekła:

– Poczekaj, ty emancypantko... Niech no ja poznam się z Solskimi, a zapłacę ci za wszystko...

6. Solscy przyjeżdżają

Pierwszego dnia po wspaniałym raucie ani starszy, ani młodszy pan Korkowicz nie zasiedli do stołu. Na drugi dzień pan Korkowicz, syn, kazał przynieść obiad do swego pokoju, a ojciec wprawdzie był przy stole, lecz nie miał apetytu i zwymyślał Jana. Dopiero na trzeci dzień pan Bronisław ukazał się w jadalni z miną obrażoną, starszy zaś pan nie śmiał synowi spojrzeć w oczy.

Przez te ciężkie dnie pani Korkowiczowa narzekała na migrenę, kłóciła się z córkami i ze służbą, hałaśliwie zamykała drzwi, z Madzią rozmawiała krótko, siląc się na uprzejmość.

– Piękne gospodarstwo! – rzekła w owej epoce Linka do Stasi. – Ze wszystkiego widzę, że rodzice musieli wydać dużo pieniędzy...

– A przy tym Bronek coś zmalował – odparła Stasia. – Podobno uszczypnął pannę Katarzynę przy kolacji...

– A brzydko! – zgromiła ją oburzona Madzia. – Jak możecie powtarzać takie wyrazy, których wstydziłaby się służba w kuchni?

– O, proszę pani! Nam to powiedzieli w garderobie...

– No, moje drogie, nie powtarzajcie tego... – rzekła Madzia, całując Stasię i Linkę.

W duchu zaś dodała:

„Biedni państwo Korkowiczowie! Ponieść tyle kosztów na raut, żeby kupić migrenę i zmartwienie... Biedni ludzie...".

I cierpliwie czekała na rozejście się złych humorów, jak ludzie wiejscy oczekują minięcia niepogody, robiąc swoje.

Cierpliwość jej została wynagrodzona nawet prędzej, niż można było przypuszczać. Pewnego dnia wpadła do sali wykładowej pani Korkowiczowa bez tchu, ale promieniejąca radością, i zawołała:

– Wie pani co? Przed chwilą był u mnie Zgierski i powiedział, że państwo Solscy przybyli w nocy do Warszawy... Dzisiaj zaś pan Solski ma wyjechać na parę dni do swego majątku, który graniczy z naszą fabryką...

– Więc są? – powtórzyła Madzia i ognie ją oblały. – Ach, jak to dobrze...

Pani Korkowiczowa nie mogła pohamować objawów czułości, które wezbrały jak górski potok po deszczu.

– Kochana panno Magdaleno – rzekła, obejmując Madzię – przebacz mi, jeżeli zrobiłam ci przykrość w ciągu tych paru dni... Ale tak byłam zdenerwowana... tyle miałam przejść z mężem...

Zdziwiona tkliwością Madzia odpowiedziała, że w domu państwa Korkowiczów nie doznaje nic przykrego; owszem – pobyt w nim uważa za jedną z przyjemnych epok w życiu.

Pani powtórzyła uściski, dodając:

– Zapewne panna Solska poprosi panią do siebie i sama panią odwiedzi. Proszę więc... niech się pani nie krępuje lekcjami... Może pani wychodzić i wracać, kiedy pani chce... A dla swoich gości ma pani do rozporządzenia nasz salon...

Wieczorem stary służący Solskich przyniósł do Madzi list, dodając, że czeka na nią powóz. Pani Korkowiczowa straciła przytomność. Dała służącemu rubla, którego przyjął obojętnie, chciała go poczęstować szklanką wina, za które podziękował, a nawet – była gotowa sama odwieźć Madzię do panny Solskiej. Gdy zaś Madzia, prędko ubrawszy się, wybiegła z mieszkania, pani Korkowiczowa zawołała obie córki, Jana i pannę służącą do salonu i kazała im wyglądać przez okna.

– Patrzcie! – mówiła gorączkowo – powóz panny Solskiej... Szkoda, że ciemno, choć zdaje mi się, że dosyć stary powóz, prawda, Janie? O, siada... O, już jadą... Konie nieszczególne...

Po szerokich schodach pałacu Solskich Madzia w towarzystwie kamerdynera weszła na piętro. Minęła kilka dużych komnat, zapełnionych meblami w pokrowcach, i znalazła się przy zamkniętych drzwiach, do których kamerdyner zapukał.

– Proszę! Proszę!

W pokoju oświetlonym lampą z abażurem, naprzeciwko kominka, na którym płonęło kilka polan, zawinięta w szal, siedziała na kozetce Ada Solska.

– Jesteś wreszcie, włóczęgo! – zawołała Madzia, biegnąc do niej.

– Nie całuj mnie, bo dostaniesz kataru! A, teraz to już całuj, tylko nie patrz na mnie – mówiła Ada. – Moja ty kochana... moje ty złotko... Okropnie wyglądam... Stefan wczoraj otworzył okno wagonu i zakatarzyłam się na dobre... Słyszysz, jaki mam głos? Sześćdziesięcioletniej baby! No, usiądź tu... no, jeszcze mnie pocałuj... Tak dawno nikt mnie nie całował! Stefan robi to jak za pańszczyznę, a Helena nie lubi się pieścić i ma usta chłodne jak marmur. No, mów coś do mnie? Jaka ty jesteś śliczna! Co robisz, co masz zamiar zrobić? Przecież niedługo będzie rok, jak się nie widziałyśmy...

Tak mówiąc, Ada objęła Madzię wpół i okryła ją swoim szalem.

– Cóż ja mogę robić, moja złota? – odparła Madzia. – Jestem nauczycielką u państwa Korkowiczów, a na przyszły rok założę pensyjkę w Iksinowie.

– Nieznośni muszą być ci Korkowicze?

– Znasz ich? – spytała zdziwiona Madzia.

– Ach, czy znam! Od pół roku zasypują nas listami, a dziś słyszałam o nich od pana Kazimierza, że to są niesmaczne pyszałki.

– Hela przyjechała?

– Została na kilka dni w Berlinie i przyjedzie ze swoim ojczymem.

– Moja kochana – rzekła Madzia – tu mówią o Heli i o panu Stefanie, że są zaręczeni?

Ada wzruszyła ramionami i wzniosła oczy do sufitu.

– Cóż ja ci odpowiem? – odparła. – Byli po słowie, potem zerwali, znowu się zbliżyli, a teraz jest nie wiadomo co; podobno przyjaźń między nimi. Może pobiorą się, gdy Helena zdejmie żałobę... Gdyby jednak dziś wyszła za kogoś innego, także nie zdziwiłabym się.

– Pan Stefan kocha ją?

– Prędzej uparł się, że ona musi wyjść za niego.

– A ona?

– Czy ja wiem? – mówiła Ada. – Kiedy Stefek umizga się do innych kobiet, Helena nie ukrywa zazdrości; ale kiedy wróci do niej, traktuje go chłodno. Może go i kocha... Stefka można kochać, o można!

– A ty?

– Ja już nie zachwycam się Heleną jak dawniej... pamiętasz? Nie chcę rywalizować ze Stefkiem... Ale byłabym zadowolona, żeby się pobrali, i wiesz dlaczego? Byłyby w domu dzieci – rzekła Ada ciszej – piękne dzieci... A ja tak lubię dzieci, nawet brzydkie...

I ucałowawszy Madzię, mówiła dalej:

– Cała nasza rodzina, wszyscy znajomi oburzają się na Stefka za ten pomysł. A to panna bez posagu, a to bez nazwiska... A to córka samobójczyni... – dodała cicho. – Ale im oni bardziej się gniewają, tym Stefek bardziej kamienieje w uporze...

– Teraz pan Stefan wyjechał? – spytała Madzia.

– Wyjechał do majątku. Wyobraź sobie, że chce stawiać cukrownię! Bardzo jestem zadowolona z tego pomysłu, bo Stefan zawsze lamentował, że nie ma celu w życiu. Dziś ma cel i mówi: albo uszczęśliwię jakąś gromadę ludzi, albo będę robił pieniądze, które także są coś warte...

– Jak nasz Zdzisław – wtrąciła Madzia.

– Twój brat? – spytała Ada. – Jakże jemu się powodzi? Madzia machnęła ręką.

– Taki widać los, żebyśmy nie rozumiały naszych braci! – rzekła. – Zdzisław jest dyrektorem jednej czy kilku fabryk pod Moskwą, gdzie malują perkaliki. A pisał do mnie (prosząc o dyskrecję przed rodzicami), że powodzi mu się bardzo dobrze, ale że teraz nie powie mi nic więcej... Myśli widać o zrobieniu rodzicom niespodzianki, ale ja go nie rozumiem.

– Powiedz mi coś o sobie, moja droga – zakończyła Madzia.

– Ach, o mnie! – odparła z westchnieniem panna Solska. – Napisałam rozprawę o rozmnażaniu się grzybów, a teraz pracuję nad mchami... Poznałam kilku znakomitych botaników, którzy chwalą moje roboty, no... i nic więcej... Muszę mieć jakąś nerwową chorobę, gdyż pomimo usilnej pracy ciągle mi jest smutno, nawet straszno... Zanim przyszłaś, myślałam ciągle, że nasz dom jest za obszerny dla mnie... Czy ty sobie wyobrażasz, co to za męka mieć jedenaście pokoi dla takiej małej osóbki jak ja? Boję się chodzić po nich... trwoży mnie ich ogrom i odgłos własnych kroków... Dziś, kiedy się zbliżył wieczór, kazałam je oświetlić, bo zdjął mnie strach, że nasi przodkowie, opuściwszy portrety, błąkają się po pustych salach. Lecz doznałam przerażenia na widok oświetlonych a pustych apartamentów i – kazałam pogasić światła... Te same uczucia trapiły mnie w weneckich i rzymskich pałacach... Oto moje życie... W Zurychu było stosunkowo najlepiej, gdyż miałam tylko dwa pokoiki jak u pani Latter. Ale te czasy już nie wrócą... Widzisz, jaki mam nieznośny katar? – zakończyła panna Solska, ocierając oczy chustką.

– Więc i tu przenieś się do małych pokoików – rzekła Madzia.

Ada uśmiechnęła się smutnie.

– Nie wiesz – odparła – że samotność rozszerza najmniejsze mieszkanie? Gdziekolwiek pójdę, zawsze będę sobą i zawsze sama.

– Wybierz sobie towarzystwo.

– Jakie? Czy z tych ludzi, którzy mi pochlebiają, czy z tych, co mi zazdroszczą?

– Masz przecież rodzinę, znajomych.

– Dajże spokój – odparła Ada, pogardliwie wzruszając ramionami. – Już wolę moje mchy niż tych ludzi, z którymi nie jestem w stanie rozmawiać. Nade mną, a szczególnie nad Stefkiem ciąży klątwa: mamy arystokratyczne mózgi, a demokratyczne wychowanie, no… i trochę wiedzy… Owoc z drzewa wiadomości wypędza nie tylko z raju, ale przede wszystkim z eleganckiego towarzystwa…

Podano kolację i herbatę, przy której obie przyjaciółki zasiedziały się do północy, rozmawiając o pensjonarskich czasach.

Kiedy Madzia wróciła do domu, zastała w swoim pokoju rozgorączkowaną panią Korkowiczową.

– I cóż panna Solska? – zawołała pulchna dama, pomagając Madzi zdjąć okrycie wierzchnie.

– Jest trochę chora, ma katar…

– Czy nie wspominała o nas? Niech pani powie szczerze…

– Owszem – odparła zakłopotana Madzia. – Coś wspominała o listach państwa…

– Dobra… szlachetna kobieta! Czy nie za gorąco pani w pokoju, bo kazałam napalić? Jutro mąż jedzie do swej fabryki na prowincję, gdzie zapewne zbliży się z panem Solskim.

Madzia do trzeciej rano nie mogła zasnąć. Była wzruszona przyjazdem Ady, a przede wszystkim jej smutkiem. Ciągle widziała bogatą pannę zawiniętą w szal i tulącą się do kozetki; właścicielkę jedenastu pokoi, które były straszne po ciemku, a jeszcze straszniejsze, gdy je oświetlono.

„Czy to możliwe – myślała – żeby Ada nie była szczęśliwą? Ma ogromny majątek i siedzi samotna; jest dobra… najlepsza dziewczyna i nie może znaleźć towarzystwa. Chyba że na świecie nie ma sprawiedliwości, tylko jakiś traf, który jednym daje dobroć, a innym zadowolenie?".

Przebiegł ją dreszcz. Przecież jej mówiono, że cnota otrzymuje nagrodę, i ona w to wierzyła. A jednak pani Latter i biedny Cynadrowski zostali ukarani śmiercią, podczas gdy bardzo wielu złych ludzi cieszy się życiem i powodzeniem!

Przez kilka następnych dni powóz co wieczór przyjeżdżał po Madzię i zabierał ją do panny Solskiej. Pani Korkowiczowa była tym zachwycona, lecz nagle zmienił się jej pogląd.

Pan Korkowicz wrócił z fabryki zły jak diabeł. Właśnie trafił na obiad, przywitał rodzinę niedbale, a Madzię obojętnie i siadając do stołu, odezwał się do żony:

– Było mnie też po co wysyłać!

– Jak to... – spytała pani. – Więc nie dokonałeś twego zamiaru?

– Dajże mi pokój z zamiarami! – wykrzyknął. – To nie był mój zamiar, tylko twój kaprys... Moje zamiary są: żeby piwo było dobre i żeby go jak najwięcej kupowali! Nie szukanie znajomości z arystokracją...

– Dość, Piotrusiu! – przerwała pani, blednąc. – Zawsze jesteś niezręczny... Gdyby z tobą pojechał Zgierski...

– Zgierski łże... on ich także nie zna... Solski to jakiś narwaniec czy zajęty...

– Proszę cię, Piotrusiu, dosyć... – przerwała pani. – Pan Solski musiał być mocno zajęty...

Pomimo gniewu pan Korkowicz jadł za czterech, ale pani straciła apetyt. Po obiedzie wyszła z mężem do jego gabinetu i odbyła długą konferencję.

Kiedy wieczorem o zwykłej godzinie zajechał powóz po Madzię, Korkowiczowa, zastąpiwszy jej drogę w korytarzu, odezwała się z przekąsem:

– Co dzień jeździ pani do Solskich, a oni pani nie rewizytują?

– Ada jest niezdrowa – odparła zmieszana Madzia. – Zresztą...

– Nie do mnie powinna pani robić uwagi – mówiła szanowna dama – ostrzegam jednak, że z tymi panami z arystokracji trzeba się bardzo liczyć. Jeżeli więc panna Solska nie złoży pani rewizyty, nie wiem, czy wypada...

– Czy ja jestem w moim domu? – zapytała Madzia i aż drgnęła, pomyślawszy, że pani Korkowiczowa może jej słówko wziąć za obrazę albo wymówkę.

Ale skutek małej niegrzeczności był wprost przeciwny: pani rozczuliła się.

– A, panno Magdaleno – rzekła, biorąc Madzię za rękę – czy godzi się w podobny sposób odpowiadać takiej jak ja przyjaciółce? Nasz dom to pani dom... jesteś jakby naszą córką... możesz przyjmować w salonie, kogo chcesz... możesz nawet zaprosić państwa Solskich na obiad, którego się nie powstydzimy... Jeżeli jednak zrobiłam uwagę o rewizycie, kochana panno Magdaleno, to tylko dla twego dobra... Ja przecież nie mogę pozwolić, żeby ktokolwiek lekceważył osobę, która zasługuje na miłość i szacunek...

Madzia doświadczała dwóch uczuć: braku wiary w troskliwość pani Korkowiczowej i obawy, że może być natrętna wobec Ady.

„Pani Korkowiczowa jest o coś rozgniewana na Solskich – myślała – ale z drugiej strony ma słuszność... Po co ja narzucam się Adzie, z którą przecież nie będę utrzymywała trwalszych stosunków? Ja – guwernantka i ona – wielka dama!".

Kiedy w godzinę później znalazła się u panny Solskiej mniej śmiała niż zwykle, Ada, spojrzawszy na nią, rzekła:

– Tobie coś jest? Wyglądasz, jakby cię spotkała przykrość. Może z domu?

– Nic mi nie jest, kochana – odparła Madzia, spuszczając oczy.

W tej chwili wszedł do pokoju siostry Stefan Solski. Zobaczywszy Madzię, zatrzymał się, a w skośnych oczach błysnęło mu zadowolenie.

– Oczywiście – rzekł – witam pannę Brzeską? Ale wyznaję, że nie poznałbym pani...

Wziął ją za obie ręce, wpatrywał się w nią, a nozdrza grały mu jak rumakowi szlachetnej krwi.

– W Rzymie – mówił – malarze oblegaliby panią, żebyś im pozowała... No, powiedz, Ada: czy to nie jest uosobienie dobroci? No, powiedz: czy na tysiąc kobiet znajdzie się dziś jedna taka twarz? Gdzie ja oczy podziałem, kiedym panią pierwszy raz widział... No, sama powiedz, Ada...

Ściskał ręce Madzi, pożerał ją wzrokiem i napierał na nią tak, że zawstydzona cofać się musiała, nie śmiąc spojrzeć w jego czarne oczy, które rzucały iskry.

– Stefek! – upomniała siostra, łagodnie odsuwając go od Madzi. – Obrazi się na ciebie... ona prawie cię nie zna...

Solski spoważniał.

– Chyba rozumiesz – rzekł do siostry – że wolałbym rękę stracić niż obrazić twoją przyjaciółkę... I jeszcze taką!

Szedł znowu do Madzi, ale Ada znowu go powstrzymała.

– Nie gniewaj się, moja złota – rzekła do Madzi – ale Stefek jest taki żywiec, że... Niech tylko co mu się podoba, zaraz... zaraz wyciąga ręce jak dziecko... Taki żywy i oryginalny, że nieraz wpędza mnie w kłopot... Wyobraź sobie, na audiencji u Ojca świętego tak podobała mu się statuetka Matki Boskiej, że nie odpowiadał na pytania...

Brat wyrwał się jej i znowu schwycił rękę Madzi.

– Przysięgam pani – zawołał – że jestem dobry chłopiec i Ada niepotrzebnie otacza mnie siecią konwenansów! Wyznaję, że dopiero dziś przypatrzyłem się pani... Na twarzy pani jest jakiś dziwny wyraz, który kocham...

Madzia ukryła zarumienioną twarz na ramieniu Ady.

– Jeżeli pan będzie tak mówił, nigdy tu nie przyjadę... – odpowiedziała.

– Tak? – zawołał. – Więc zostanę niemową, ale niech pani jak najczęściej odwiedza Adę. Zrobi pani uczynek miłosierny, bo moja biedna siostra jest zupełnie opuszczona... Ja rzuciłem się w interesy i być może będziemy spotykali się z nią zaledwie raz na tydzień...

Madzia milczała. Solski zrobił na niej wielkie wrażenie. Czuła w nim dziką siłę, wobec której nie ma oporu, ale którą on sam dobrowolnie spętał szacunkiem dla niej.

Solski posiedział jeszcze z pół godziny. Rozmawiali wesoło o Włoszech i Paryżu i Ada zapowiedziała Madzi, że gwałtem kiedy weźmie ją za granicę.

– Poznasz inny świat – mówiła. – Inaczej zbudowane miasta, inaczej uprawne pola, inne zwyczaje, nawet inne zasady...

– Inne zasady niż gdzie? – spytał Solski.

– Niż u nas – odparła siostra.

– My nie mamy żadnych zasad! – rzekł ze śmiechem.

– Uchybiasz samemu sobie.

– Bynajmniej, tylko znam siebie i moje otoczenie... Sam nie mam zasad, ty ich nie masz.

– A pan Kazimierz? – spytała siostra.

– On najmniej.

– Czy i Dębicki? – dodała zarumieniona.

– Chyba on jeden. Ale to człowiek podobny do kursu geometrii: wszystko w nim jest pewne, uporządkowane i oparte na kilku pewnikach. Lecz cały ten aparat jest siłą martwą, która wprawdzie daje cenne wskazówki choćby do poruszenia ziemi, lecz sama nie podniesie nawet szpilki.

Solski był w dobrym humorze, choć było widać, że krępuje się wobec Madzi. Co chwilę zbliżał się do niej, lecz nagle odstępował; niekiedy chwytał ją za rękę i zaraz puszczał. Zdawało się, że robi mu przyjemność choćby dotknięcie jej sukni; po twarzy przebiegały mu błyskawice, a w skośnych oczkach zapalały się i gasły iskry.

„Okropny człowiek..." – pomyślała Madzia czując, że wywiera na nią wpływ, któremu trudno się oprzeć.

Solski wyszedł, jeszcze od drzwi spoglądając na przyjaciółkę swej siostry, a wkrótce i Madzia pożegnała Adę.

– Adziu – rzekła nieśmiało – mam do ciebie prośbę... Nie przysyłaj po mnie co dzień...

– Boisz się Stefka? Obraził cię? – zapytała Ada, patrząc na nią wylęknionymi oczami. – Ależ ty go nie znasz... to najszlachetniejszy człowiek!

– Jestem pewna, że tak... Wreszcie nie o niego chodzi, tylko o... moją chlebodawczynię, która (chwilami tak mi się zdaje) zazdrości mi waszej znajomości... Ale ani słowa o tym, Ado... Mogę się mylić, nawet z pewnością mylę się... z tym wszystkim...

– Ach, jacy to nieprzyjemni ludzie! – odparła Ada, marszcząc brwi. – Pan Kazimierz tyle mi naopowiadał o ich manierach, że prawie ich nie lubię... Gorsze jednak to, że pan Korkowicz robi formalną obławę na Stefka, który wrócił ze wsi zirytowany na niego.

– No, więc sama widzisz, że nie mogę bywać u was tak często – zakończyła Madzia.

Umówiły się, że Madzia odwiedzać będzie Adę co niedzielę przed wieczorem, powóz zaś już nie będzie przyjeżdżał.

– Bo wiesz co? Rzuć ich i sprowadź się do mnie – rzekła panna Solska.

– Czy ja mogę to zrobić? Mam przecież z nimi umowę.

Ucałowały się jeszcze raz na połowie schodów.

7. Słówko jasnowidzącej

Nadciągnęła jesień. Na niebie zasłoniętym chmurami, podobnymi do rzadkiego dymu, po kilka dni nie ukazywało się słońce. Bruki z ledwością wynurzały się z powodzi błota; ściany domów nabrały brudnej barwy; powietrze nasyciło się wilgotną mgłą zamieniającą się w drobny deszczyk. Przemoknięte wróble, uciekając z nagich drzew, gromadziły się na gzymsach i zaglądały do mieszkań ciemnych i ponurych.

Solscy ani razu nie odwiedzili państwa Korkowiczów, a nawet tak gościnnie przyjmowany Norski wcale się nie ukazał. Pan Korkowicz od rana do wieczora siedział w browarze, niekiedy nawet zrywał się w nocy i biegł do fabryki, potrącając czasem w bramie syna, który wracał z kolacji. Pani Korkowiczowa była zamyślona i pochmurna jak jesień, a raz zapytała Zgierskiego, który dość częstym bywał u nich gościem:

– Cóż się dzieje z Solskimi? Pięknie pan dotrzymuje słowa!

– Nie rozumiem – odparł, rozkładając ręce. – Robiłem, co mogłem, żeby zbliżyć państwa... Widocznie jednak są silniejsze wpływy od moich...

– Domyślam się! – rzekła.

– O, tylko proszę niczego nie domyślać się! – zaprotestował Zgierski, spoglądając na nią wzrokiem, który pozwala domyślać się wszystkiego.

„Poczekaj, panienko! – rzekła do siebie pani Korkowiczowa. – Zobaczysz, co to znaczy: jak Kuba Bogu, tak Bóg Kubie...".

Pewnego dnia kazała Janowi poprosić Madzię do swego gabinetu.

– Panno Brzeska – zaczęła – chcę pomówić z panią o drażliwej kwestii...

Madzię oblał mocny rumieniec.

– Nie robię wymówek – prawiła dalej – ponieważ ja sama zaakceptowałam plan jej, co do kształcenia moich panienek. Widzę jednak, że obecny system jest zły. Dziewczęta zamiast grać na fortepianie i malować, co przystoi pannom z towarzystwa, spędzają większą część dnia w garderobie, szyją jakieś łachmany albo uczą lokajczyka... Co gorsze, na własne uszy słyszałam ich rozmowę o tym, że jedna już nie kocha się w panu Stukalskim, a drugiej obrzydł pan Zacieralski... Okropność!

– Pani przypuszcza, że to z mojej winy? – żywo przerwała Madzia.

– Za pozwoleniem... Ja nic nie przypuszczam, tylko zaznaczam brak dozoru. Panienki muszą mieć zbyt wiele czasu, skoro zajmują się podobnymi kwestiami. Dlatego, żeby nieco więcej zaabsorbować ich uwagę, prosiłam o lekcje panny Howard. Panna Howard ma wykładać im trzy razy na tydzień i właśnie dziś przyjdzie...

To powiedziawszy, pani kiwnęła głową na znak, że konferencja skończona.

– Ale... ale! – dodała. – Obecnie panienki moje będą tak zajęte, że chyba uwolni je pani od szycia i pracy z Michasiem...

Biedna Madzia w korytarzu zalała się łzami; znalazłszy się zaś w swoim pokoju, wypłakała się serdecznie.

„Mój Boże! – myślała, łkając – nie mogę być nauczycielką... Więc z czego będę żyła? Co powiedzą rodzice?".

Tego samego dnia przyszła panna Howard i po rozmowie z panią Korkowiczową odwiedziła Madzię.

– Kochana panno Magdaleno – rzekła właściwym sobie tonem niedopuszczającym dyskusji. – Niech pani nie sądzi, że wdzieram się w jej prawa... Dziewczęta mogą z panią powtarzać kursy pensjonarskie, ja im wykładam co innego. Będzie to historia wpływu kobiet na rozwój ludzkości, począwszy od mitycznej Ewy, której zawdzięczamy popęd do naukowych badań, a skończywszy na Alicji Walter, która kierowała armiami Stanów Zjednoczonych w czasie ostatniej wojny...

Nie krytykuję systemu pani – mówiła dalej. – Piękna to rzecz pielęgnować w dzieciach uczucie litości! Zwracam jednak uwagę, że już za wiele mamy kobiet litościwych, a za mało samodzielnych... Ja więc będę kształcić ich samodzielność.

Następnie panna Howard prosiła o przedstawienie sobie Linki i Stasi i zaczęła wykłady.

W pierwszych dniach obie panienki niechętnie przyjęły nową mistrzynię. Mówiły, że jest brzydka i że musi być zła, ponieważ ma rudawe włosy. Narzekały też, że nic nie rozumieją z historii wpływu kobiet na rozwój ludzkości. Ale gdy po pewnym czasie panna Howard zaleciła dziewczynkom naukę konnej jazdy, były zachwycone.

I z tym samym zapałem, z jakim miesiąc temu uczyły Michasia, dziś zajęły się konną jazdą. Ubierały się w amazonki i wysokie kapelusze, wymieniały między sobą szpicruty i po całych dniach rozmawiały o nowych znajomych, o tym, jak która trzyma się na koniu albo jak to będzie pięknie, gdy na wiosnę urządzą spacer za miasto – wierzchem.

Pan Stukalski, mistrz fortepianu, i pan Zacieralski, malarz, poszli w kąt; ich miejsca w sercu Linki i Stasi zajęli panowie: Galopowicz i Wybuchowski, młodzi i przystojni pomocnicy właściciela tatersalu.

Madzia już nie mogła zadawać im lekcji; obie panienki uczyły się tylko z nią i tylko przez miłość dla niej. Po skończeniu zaś wykładu książki i zeszyty zostawały na stole, a Linka i Stasia biegły do garderoby, żeby przebrać się w amazonki.

Położenie Madzi w domu państwa Korkowiczów stawało się coraz trudniejsze. Niekiedy, zrozpaczona, chciała podziękować chlebodawcom za pracę, a potem błagać pannę Malinowską o zajęcie na pensji albo o lekcje prywatne. Zaraz jednak opamiętywała się.

„Cóż to – myślała – będę zmieniać miejsce co kwartał? Wszędzie są jakieś przykrości, a obowiązkiem człowieka jest wytrwać. Zresztą moim dziewczynkom znudzi się konna jazda, a wówczas znowu mniej będę miała z nimi kłopotu... Za dobrze działo mi się w życiu i dlatego łatwo tracę odwagę...".

Kiedy raz poskarżyła się przed panną Howard, że panienki coraz mniej mają ochoty do nauki i są zanadto śmiałe, panna Howard zdziwiła się.

– Jak to? – rzekła. – Więc pani nie cieszy się, że w dziewczętach rozwija się samodzielność? Czy tylko chłopcy mają rwać się do ćwiczeń fizycznych? Oni tylko mają posiadać przywilej głośnego mówienia i śmiałych ruchów? O, panno Magdaleno, minęły czasy, kiedy obłudne rumieńce i spuszczanie ocząt stanowiło wdzięk kobiecy! Nieustraszoność, umiejętność dawania sobie rady w najgorszym położeniu – oto zalety kobiet nowych.

Pewnego dnia pani Korkowiczowa znowu wezwała do siebie Madzię i rzekła:

– Uważam, że pani coraz dłużej odbywa lekcje z dziewczynkami... Taka praca nie może być korzystną ani dla panienek, ani dla samej pani, i dlatego oświadczyłam listownie panu Dębickiemu, że jego siostrzenica nie może już uczyć się u nas.

– Wysłała pani ten list? – zawołała Madzia z przestrachem.

– Tak... I pan Dębicki zgodził się ze mną...

– A... na to chyba nie zasłużyłam! – odparła Madzia. – Przecież to dziecko nie przeszkadzało naszym dziewczynkom... I co ja teraz powiem panu Dębickiemu?

Rozpłakała się, a zaniepokojona pani Korkowiczowa od surowego tonu przeszła nagle do czułości.

– Ależ ja chciałam pani dogodzić, panno Magdaleno... mnie pani żal... – mówiła, dodając w duchu, że jeżeli Madzia ją opuści, zniknie resztka nadziei zapoznania się z Solskimi. A tak, może ją przecież kiedy odwiedzą...

Raz wieczorem (był to dzień powszedni) przed dom państwa Korkowiczów zajechał znowu powóz Ady, a kamerdyner oddał Madzi list.

„Onegdaj – pisała panna Solska – Helenka wróciła zza granicy ze swym ojczymem i jego rodziną. Dziś wszyscy są u mnie na herbacie, więc przyjedź, gdyż pragną cię poznać."

Pani Korkowiczowa chętnie zgodziła się na wizytę Madzi, która z największym niepokojem, ubrawszy się w nową sukienkę, pojechała.

W przedsionku jeden ze służby zatrzymał kamerdynera i coś z nim szeptał. Po chwili wbiegła panna służąca Ady; poznawszy Madzię, cofnęła się, lecz niebawem wróciła, prosząc Madzię do pokoju.

– Tylko niech pani będzie łaskawa wchodzić bardzo cicho i zatrzyma się z daleka, bo tam jest jedna pani, która wywołuje duchy... – mówiła wzruszona panna służąca.

– Jaka pani?

– Żona ojczyma państwa Norskich... Może będzie z kwadrans, jak ta pani dostała spazmów, bo spadło na nią natchnienie...

Przez uchylone drzwi Madzia ostrożnie weszła do saloniku Ady i zatrzymawszy się u progu, zobaczyła dziwną scenę. Na środku, za stolikiem siedziała kobieta może trzydziestoletnia, z osłupiałymi oczami, z włosami rozwianymi na kształt lwiej grzywy. Na jej twarzy malował się niezwykły wyraz: mieszanina zdumienia i groźby. Obok niej stał piękny brunet, który zdawał się pytać o coś. Reszta osób, siedząc w różnych punktach saloniku przypatrywała się natchnionej.

Brunet powtórzył pytanie, ale kobieta nie odpowiedziała. Zwróciła oczy na Madzię i nagle wyciągnąwszy ku niej rękę, zawołała dźwięcznym głosem po angielsku:

– Oto oblubienica!

Przymknęła oczy, zmarszczyła brwi jak człowiek, który z trudnością rozmyśla, i dodała tonem zdziwienia:

– Szczególna rzecz... nie widzę oblubieńca? Choć jest wielki i potężny... O, potężny!

Głowa jej opadła na poręcz fotelu, na twarzy ukazał się wyraz znużenia.

– Nie chcę... Nie chcę! – powtórzyła kilka razy, trąc oczy rękami.

Brunet pochylił się i dmuchnął jej w twarz. Upłynęło tak kilka chwil...

– Czy ja spałam? – zapytała, śmiejąc się, ale zmienionym głosem jasnowidząca.

Kiedy Madzia znowu spojrzała na nią, zdawało jej się, że za stolikiem siedzi inna kobieta: groźne przed chwilą oczy przygasły, twarz natchniona zmieniła się w dobrą, a potem figlarną. Powstała z fotelu i przeszła na kanapkę, śmiejąc się i ocierając łzy.

– Ach, dajcie mi spokój – mówiła po angielsku. – Dawno tak nie zmęczyłam się...

Nastąpiły prezentacje i powitania. Ada zapoznała Madzię z pięknym brunetem, którym był ojczym Norskich pan Arnold Latter, potem z jego żoną, która jeszcze otrząsała się ze snu. Następnie przybiegł do Madzi Solski i powitał ją z zapałem, potem pan Kazimierz, który wyglądał na zakłopotanego, wreszcie Dębicki, jak zwykle roztargniony i obojętny.

Tylko panna Helena Norska nie powstała z fotelu, a gdy Madzia, uwolniwszy się od otaczających, przyszła do niej, panna Helena, z daleka podając jej rękę, rzekła po polsku tonem delikatnej ironii:

– Moja droga, musisz chyba wyjść za Bismarcka, jeżeli twój oblubieniec ma być wielki i potężny, jak mówi wyrocznia.

Madzię stropiło powitanie. Lecz w tej chwili łamaną polszczyzną odezwał się pan Arnold do Heleny:

– Nie żartuj... Ta sama wyrocznia przepowiedziała śmierć twojej matki...

– Ale mnie i Kaziowi obiecała, że wszystko stanie się według naszych zamiarów – odparła Helena ze swobodnym uśmiechem, który nie godził się ani z jej czarną suknią, ani ze słowami ojczyma.

Do Madzi zbliżyła się Ada i, wziąwszy ją pod rękę, zaczęła szeptać ze śmiechem:

– No, no! Przyznaj się, kogo to potężnego zbałamuciłaś? Jaka szkoda – dodała, wzdychając, że twój przyszły musi być wielkim i potężnym! Gdyby był tylko rozumnym i szlachetnym, myślałabym, że Stefek ci jest przeznaczony...

– Żartujecie ze mnie! – odparła zmieszana Madzia, która w tej chwili zaczęła rozumieć, że pani Arnoldowa uczyniła jakąś przepowiednię, na skutek której ona jest bohaterką zebrania. Przynajmniej na krótki czas.

– Chodźmy do profesora – rzekła Ada, widząc, że jej brat rozmawia w kącie z Dębickim.

– Cóż pan profesor na tę wróżbę? – spytała, zbliżywszy się do nich.

Dębicki zwrócił na nią niebieskie oczy i już wsadził rękę za klapę surduta, mając zamiar odpowiedzieć, gdy wyręczył go niecierpliwy Solski.

– Wyobraź sobie, on nie wierzy w spirytyzm! Mówi, że to jest szarlataneria albo specjalny rodzaj obłędu...

– Przecież pan wierzy w świat nadzmysłowy – zawołała Ada. – Owszem, pan nawet określa go za pomocą matematycznych formuł... Jak więc pan może wątpić o spirytyzmie?

– Ostrzegam panią – odezwał się Solski do Madzi – że moja siostra jest skończoną ateistką. Słuchała Haeckla, to chyba dość! Ateizm jednak nie przeszkodził jej wstąpić do Częstochowy, kiedyśmy wracali – no i uwierzyć w pukające duchy.

– Wątpię – rzekł po namyśle Dębicki – żeby istoty świata nadzmysłowego mogły porozumiewać się z nami...

– Dlaczego? – spytała Ada.

– Czy pani – mówił Dębicki profesorskim tonem – mogłaby porozumiewać się na przykład... z ostrygami? Czy uważałaby pani za stosowne tracić czas na tłumaczenie im: co to jest świat, który my widzimy i słyszymy? Czy wreszcie byłaby choć najmniejsza możliwość wyjaśnienia naszego świata istotom, które ani wzroku, ani słuchu nie mają? Otóż nam tak brakuje odpowiednich zmysłów do ujęcia świata nadzmysłowego jak ostrygom słuchu do zachwycania się naszymi operami, a wzroku do ocenienia piękności naszych krajobrazów...

Do rozmawiających zbliżył się uśmiechnięty pan Kazimierz Norski.

– Oho! – rzekł. – Widzę, że profesor wpadł na ulubiony temat: jak wygląda Królestwo Niebieskie?

– Pan nie wierzy w to? – z wahaniem zapytała Ada raz spoglądając na Kazimierza, to znowu na Dębickiego, który przy pięknym młodzieńcu wyglądał jak karykatura człowieka.

– Wierzę w to, co widzę...

– Amerykę widzi pan? – spytał Dębicki.

– Inni ją widzieli i widzą...

– A obrót ziemi naokoło słońca i osi widzi pan?

– Na tym nie znam się – odparł wesoło pan Kazimierz.

Dębicki z Solskim spojrzeli po sobie.

– Nie mogę oprzeć się przypuszczeniu – mówił Norski do panien – że pozaświatowe teorie są obmyślone dla pociechy biedaków, przed którymi – świat jest zamknięty. Nadzmysłowość ma wynagrodzić głód, jakiego doznają ich zmysły... Ludzie jednak, dla których przystępne są powaby doczesności, okradają samych siebie, jeżeli tracą czas na podobnych spekulacjach... Jest to to samo, jak gdyby ktoś spragniony wzdychał do malowanej brzoskwini, zamiast zjeść świeżą z puszkiem...

– Poeta! – roześmiał się Solski, spoglądając na Madzię.

– Poeta obecnych czasów – dodał Dębicki.

– Myśli pan, że przyjdą inne? – spytała Ada.

– One są ciągle... Tylko ciągle stoją za drzwiami tych, którzy lubią brzoskwinie z puszkiem.

Do Madzi zbliżyła się panna Helena i odprowadziwszy ją na bok, usiadła z nią na kanapie.

– Cóż to – rzekła, patrząc na swój wachlarz – zaczynasz kokietować Solskiego?

– Ja?

– Jest tobą zachwycony... – Zwierzał mi się... Jesteśmy przecież przyjaciółmi...

– A powinna byś już być jego żoną – odparła Madzia tonem tak naturalnym, że panna Helena spojrzała na nią uważnie.

Nagle Madzia, przysunąwszy się do niej, zaczęła mówić ciszej:

– Po co ty tak robisz, Helenko? Po co zwłóczysz i drażnisz człowieka, którego twoja matka bardzo... bardzo pragnęła dla ciebie...

– Czy tak?

– Wierz mi, że tak... wierz mi... I bardzo ją martwiło, kiedy dowiedziała się o zerwaniu...

Panna Helena gwałtownie opadła się na kanapę.

– Ach, wiem coś o tym! Matka, brat, nawet ojczym zawsze zalecali mi tę świetną partię... Im się nie dziwię, ale matka! Prawie jedyną rzeczą, jaką odziedziczyłam po niej, jest to – że nie potrafię się sprzedać... Kto chce posiadać mnie całą, musi mi oddać siebie całego... Nie chodzi mi o piękność, ale o wzajemne posiadanie... Myślisz, że ja nie wiem, co to jest małżeństwo i jaka w nim rola przypada kobiecie? Brrr! Za te wszystkie wstręty niech coś mam... Jeżeli więc komu zrobię to szczęście, że zostanę matką jego dziecka, niech ten ktoś ocenia, co mu daję...

– Więc chyba nie kochasz Solskiego? – wtrąciła zdziwiona Madzia. – Jeszcze chyba kobieta nie mówiła w taki sposób o małżeństwie...

– Żadna u was... w kraju gąsek... Ale porozmawiaj z Amerykankami, Szwedkami... tam dopiero kobieta ceni swoją godność! One zrozumiały, że mężczyzna jest przede wszystkim – łakome zwierzę... Jeżeli więc mam być zjedzona, niech mi zapłacą tyle, ile jest warte moje ciało... Ile zaś warte, oni sami ocenią między sobą – zakończyła ze śmiechem.

– A więc oblubieńcem pani musi być Bismarck – odezwał się nagle pan Kazimierz, podając rękę Madzi.

Pani Arnoldowa pochwyciła Dębickiego, jej mąż wziął Adę, Solski Helenę i wszyscy przeszli do jadalnego pokoju.

– Założyłbym się, że mówiła pani z panną Magdaleną o kobietach – rzekł Solski.

– Zgadł pan – odpowiedziała panna Helena.

– A czy wolno wiedzieć – co?

– Zawsze to samo, że – nie jesteście nas warci.

– Niekiedy zdaje mi się, że pani ma słuszność...

– Wyborne jest to: niekiedy! – roześmiała się Helena. – O, wy się musicie zmienić... bardzo zmienić... Wreszcie niech tylko utworzy się związek kobiet...

– Na co to?

– Dla obrony jeżeli nie praw, to przynajmniej kobiecej godności przeciw wam... – odpowiedziała, opierając się na nim.

Solski ścisnął ją za rękę i rzekł, namiętnie patrząc w oczy:

– Przysięgam, że pani ma w sobie coś ze lwicy... Piękna, a niebezpieczna... Gotowa ranić wśród pieszczot.

– Pieszczot! Cóż znowu? – odpowiedziała, obrzucając go spojrzeniem. – Nic dziwnego, że z waszych dawnych kotek powyrastały lwice. W tym wieku wszystko potężnieje.

W czasie kolacji pani Arnoldowa kilka razy potrącała kwestię nowej religii – spirytyzmu, który w Ameryce liczy już krocie tysięcy wyznawców.

– A jaki będzie pożytek z tej nowej wiary? – odezwał się pan Norski, usiłując zachować poważną minę.

– Ile razy muszę panu powtarzać? – zawołała po francusku pani Arnoldowa. – Jest to religia nieustannie dostarczająca dowodów, że – istnieje świat zagrobowy, w którym szczęście każdej duszy zależy od postępowania jej na ziemi. Tym sposobem hamuje ona ludzi od złego, a zachęca do cnoty... Dalej spirytyzm uczy nas, że wszyscy ludzie i wszystkie żywe stworzenia stanowią jedną rodzinę, w której winna panować miłość...

– Na miłość – zgoda! – wtrącił pan Kazimierz.
– Czy i pani tak myśli? – zapytał Solski Helenę.
– Owszem, byle miłości dowodzono czynami.
– Dalej – mówiła pani Arnoldowa z rosnącym zapałem – spirytyzm pozwala utrzymywać stosunki ze zmarłymi...
– Czy tak? – spytała Madzia.
– Ach, byle nie to! – wtrąciła, otrząsając się panna Helena. – Tak dalece brak mi zmysłu do rzeczy nadprzyrodzonych, że bałabym się...
– A czy nie ma takich duchów, które pokazywałyby ludziom ukryte skarby? – odezwał się pan Kazimierz.
– Owszem. One już powiedziały, że największe skarby człowiek nosi w sobie – odparła pani Arnoldowa.

Dębicki uważnie spojrzał na nią i pokiwał głową.

Kolacja była ożywiona. Tylko Dębicki, chociaż siedział naprzeciwko panny Heleny, był posępny i patrzył w talerz. Madzia zaś, której sąsiadem był pan Norski, niekiedy mieniła się na twarzy, a czasami robiła wrażenie, że chce wstać od stołu.

Po kolacji Solski, odprowadziwszy Dębickiego na stronę, rzekł, śmiejąc się:

– Już widzę, że profesor nie ma nabożeństwa do panny Norskiej.

– Bynajmniej – odparł, wzruszając ramionami. – Nie rozumiem tylko, jak mogłeś ty – szaleć za nią.

– Lubię sport! – odpowiedział Solski. – Kiedy jest burza, coś mnie ciągnie na spacer... Kiedy widzę stromą górę, chciałbym się na nią wdrapać...

– Sądziłbym, że strome góry powinny najmniej zachęcać do wycieczek...

– Ale! Jest jednak coś, że właśnie przedmioty niedostępne i niebezpieczne wywierają na człowieka wpływ magnetyczny...

– Jak na kogo... – wtrącił Dębicki. – Zresztą nie widzę, w czym panna Helena może być niebezpieczna.

– Ach, czym! – odparł Solski. – Egoizmem, ubóstwieniem własnego ja, przed którym cały świat korzyć się powinien... W jej oczach każdy człowiek jest prochem... Satysfakcją jest posiąść taką kobietę!

– Czy to warte zachodu?

– Więc cóż jest warte? – spytał z ożywieniem Solski. – Pojedynkowałem się i wyniosłem szramy albo wyrzuty sumienia. Pod Capri rozbiłem się z łódką w czasie burzy, ale nic nie doznałem oprócz zwichnięcia nogi. Lew, do którego klatki wszedłem, rozdarł mi pantalony... Ogniem ziejący Wezuwiusz o mało nie oślepił mnie popiołem i nabawił mnie kataru... I to się nazywają wrażenia? Niech licho porwie! Tymczasem posiadanie pięknej i samodzielnej kobiety da mi chwilę szału, przy czym nie zmoknę, nie potłukę się i nie zostanę skaleczony... Niech i ja czegoś zaznam w życiu... Po cóż bym wreszcie miał pieniądze?

– Panowie wciąż mówią o spirytyzmie? – zapytała Madzia, lękliwie zbliżając się do nich.

– Gorzej – pochwycił Solski – mówimy o szczęściu. Myślała pani kiedy: co to jest szczęście?

– Szczęście? – powtórzyła Madzia. – Gdy wszystkim dookoła jest dobrze, wtedy człowiek czuje się szczęśliwym.

– To cudze szczęście! – rzekł Solski. – Ale jak sobie pani wyobraża swoje własne szczęście?

– Największe własne szczęście jest wtedy, kiedy człowiek może robić dobrze... Chyba tak? – spytała Madzia, patrząc zdziwionymi oczami to na Dębickiego, to na Solskiego.

– I pani wystarczyłoby takie szczęście? – spytał Solski.

– Ach, Boże! – zawołała Madzia. – Przecież nic nie ma lepszego na świecie i nawet człowiek nie potrzebuje nic więcej...

– Owszem – odezwał się flegmatycznie Dębicki – człowiek jeszcze potrzebuje skakać w morze, staczać się ze spadzistych gór, pojedynkować się...

– Co też pan mówi? – reflektowała go Madzia. – To właśnie są nieszczęścia...

– Nie rozumiemy się, moja pani – rzekł Dębicki, ściskając ją za rękę. – Pani jesteś osoba normalna i zdrowa, a my – chorzy i zwyrodnieli. Nasze nerwy już tak stępiały, że nie tylko nie odczuwamy cudzej radości, ale nawet własnej... Dopiero ból fizyczny przypomina nam, że istniejemy...

– No, no! – wtrącił Solski. – Ani egoizm, ani potrzeba silnych wrażeń nie dowodzą stępienia nerwów.

– Dowodzą... dowodzą! – odparł Dębicki. – Doskonałe skrzypce nawet wówczas dźwięczą, gdy obok nich odezwie się jakiś ton... Ale żeby zadźwięczał kamień, trzeba go zwalić młotem... Altruizm to są te doskonałe skrzypce, które każda zdrowa istota nosi we własnym sercu. Zaś te wasze silne wrażenia – to młot... młot, którym trzeba tłuc kamienie.

– Nie wiem, o czym panowie mówią... – rzekła zarumieniona Madzia i cofnęła się do towarzystwa pań.

– Cóż ty na to? – spytał Dębicki, wskazując głową w kierunku Madzi. – Nie lepsze to od stromych skał?

– Sen... objawienie! – odparł zamyślony Solski. – Jeżeli... nie dobrze odgrywana komedia – dodał po chwili. – Kobietki, gdy chcą, umieją stroić się w skrzydła i tęczę. Cała zaś mądrość polega na tym, żeby udając, że im wierzymy, brać kochane aniołki za to, czym są w rzeczywistości.

– A czym one są?

– Samicami słabszymi od samców, których dlatego muszą ciągle wyzyskiwać za pomocą rozmaitych manewrów... Jedne pozują na anioły, inne na demony... w miarę zapotrzebowania.

– A twoja siostra na co pozuje? – spytał Dębicki, surowo patrząc na Solskiego.

– Ach! – wybuchnął. – Ada jest święta... To wyjątkowa kobieta.

– Więc bądź ostrożniejszy z teoriami, bo wyjątków może być więcej.

Było już późno; rozmowa w salonie rwała się i goście zaczęli się żegnać.

– Mogę panią odwieźć? – zapytał Madzię pan Kazimierz.
– Dziękuję. Może pan Dębicki zechce się mną zaopiekować – odparła Madzia.
– Widzisz, profesorze, jak ci się opłaca twój optymizm – rzekł Solski.
– Niepocieszająca zapłata! – wtrącił pan Kazimierz.
– Podziękuj, Madziu, pani Arnoldowej za dobrą wróżbę – rzekła Ada. – Choć zawsze wolałabym, żeby ci przeznaczono mniej wielkiego oblubieńca…

Wracając do domu, Madzia zaczęła tłumaczyć się przed Dębickim z usunięcia Zosi przez panią Korkowiczową. Ale ten przerwał jej:

– Posyłałem Zosię do tych państwa jedynie dla pani. Dzisiaj jestem zadowolony, że tak się stało, bo to… osobliwi ludzie. Zdaje mi się, że i pani niedługo ich pożegna.

Domyślając się, że profesor musiał słyszeć o jej stosunkach z Korkowiczami, Madzia zmieniła temat rozmowy i zapytała go, co sądzi o dzisiejszym zebraniu.

– Cóż? – odparł, krzywiąc się przy blasku latarni, obok której przejechali. – Spędziliśmy czas w sposób mniej banalny niż na zwykłych rautach… A co się tyczy ludzi…

Potarł sobie koniec nosa i mówił:

– Oboje Solscy to prześliczne charaktery (znam ich nie od dzisiaj), ale – brak im celu w życiu… Przydałaby się bieda! Pan Arnold jest, zdaje się, człowiekiem przyzwoitym, a jego żona trochę pryncypialna, trochę histeryczka. Kobiety zbyt pieszczone i swobodne łatwo wpadają w kaprysy, a potem w histerię.

– Nie mówi pan nic o Norskich? – odezwała się Madzia cichym głosem.

– Cóż o nich powiedzieć? – rzekł. – Chyba to, że mają skłonność do używania, obok braku poczucia jakichkolwiek obowiązków… Solskiego brak obowiązków dręczy i popycha do wymyślania sobie sztucznych celów, ale pan Norski podobnych cierpień nigdy nie dozna.

– Nie lubi ich pan? – spytała Madzia, przypomniawszy sobie dawne zajście Dębickiego z Heleną.

Pokiwał głową i rzekł po namyśle:

– Proszę pani, ja gdybym nawet chciał, nikogo nie lubić nie potrafię.

– Nie rozumiem...

– Widzi pani, każdy człowiek – składa się z dwóch części, jak nas uczył katechizm. Jedna jest bardzo skomplikowanym automatem, nad którym można litować się, pogardzać nim, czasem podziwiać... Druga – jest iskrą Bożą, która pali się jaśniej lub słabiej, lecz w każdym człowieku warta jest więcej niż cały świat.

Niech pani teraz doda, że obie części są ściśle połączone, że zatem człowiek jako całość wywołuje w nas jednocześnie pogardę i najgłębszy szacunek, a zrozumie pani, co z tych uczuć może wyniknąć.

– Nic? – rzekła Madzia.

– Nie. Sympatia tam, gdzie góruje duch, a obojętność – gdzie przeważa automat. Nienawiści w żadnym razie nie można mieć do człowieka, wiedząc, że prędzej czy później straci on zgangrenowaną powłokę i stanie się bytem nieskończenie szlachetnym.

– Pan także wierzy w duchy?

– Pukające? – spytał. – Nie!

Powóz zatrzymał się, a Dębicki pomógł Madzi wysiąść i zadzwonił do bramy.

Gdy tylko Madzia weszła do swego pokoju, ukazała się pani Korkowiczowa w krótkiej spódnicy, z włosami w papilotach, w nocnym kaftaniku, który uwydatniał jędrną obfitość jej biustu.

– Już druga godzina! – rzekła rozdrażnionym tonem. – Cały czas była pani u Solskich?

– Tak.

– Wesoło czas spędzają wielcy panowie, nie tak jak ludzie pracujący... Czy to pan Solski panią odwiózł?

– Pan Dębicki.

– Musieliście państwo… – tu zacięła się, a potem dodała – Pan Dębicki musi być niezadowolony ze mnie!

Madzia milczała. Ale że na jej zwykle dobrej twarzyczce ukazał się cień, więc pani Korkowiczowa powiedziała jej dobranoc.

Kiedy Madzia zgasiła światło, przed jej oczami zaczął przesuwać się niewyraźny obraz salonu Ady. Widziała lwią grzywę i groźne oczy pani Arnoldowej, a dookoła niej piękne postacie Arnolda i Norskich tudzież brzydkie twarze Solskich i Dębickiego. I – dziwna rzecz – dopiero w tej chwili, kiedy zatarły się rysy szczegółowe, każde oblicze przedstawiało jakiś charakterystyczny wyraz. Arnold był zajęty swoją żoną, Dębicki głęboko zamyślony, w Solskim coś płonęło i gotowało się. Na twarzy Ady było widać rezygnację, Helenę cechował gniew i duma, a pan Kazimierz – nie posiadał żadnego wyrazu, a raczej – wesołość, która na Madzi przykre robiła wrażenie.

Nagle między cieniami ukazał się nowy: pani Korkowiczowej w nocnym kaftaniku, z włosami w papilotach, pretensją w oczach… Wyglądała tak zabawnie, że Madzię ogarnął wstyd za nią i litość.

„Nierozdmuchana iskra Boża!" – mówiła sobie, usiłując nie patrzeć na pana Kazimierza, który ze swoim drwiącym uśmiechem, z całą pięknością i wykwintnymi ruchami wydawał się jej banalniejszym – nawet od pani Korkowiczowej i jej pretensji.

O przepowiedni jasnowidzącej nie pamiętała, uważając ją za jakieś nieporozumienie.

8. Dola guwernerska

Przez kilka następnych dni pani Korkowiczowa tłumiła gniew, półsłówkami nadmieniając o próżniactwie ludzi bogatych i późnym wracaniu do domu. Madzia udawała, że nic nie spostrzega.

Panią drażniło to jeszcze mocniej. Więc raz przy obiedzie, wziąwszy sobie potrawę z półmiska, rzekła do służącego:

– Teraz podaj panu...

A gdy Jan, nawykły do innego zwyczaju, zawahał się, pani popchnęła go w stronę męża.

– A panna Brzeska? – zapytał zdziwiony pan domu.

– Bierz, proszę cię...

Korkowicz wzruszył ramionami, ale wziął. Był to bowiem sezon, w którym stanowczo triumfowała małżonka.

– Teraz podaj pannie Brzeskiej – zakomenderowała pani.

Linka patrzyła na matkę, rozżalona Stasia na Madzię, a pan Bronisław, ogromnie zadowolony, pokazał Stasi język. Ale Madzia spokojnie wzięła swój kawałek z półmiska, tylko – nieco pobladła i było widać, że zmusza się do jedzenia.

To samo powtórzyło się przy innych potrawach.

Natychmiast po obiedzie obie dziewczynki pobiegły za Madzią i zaczęły mówić jedna przez drugą:

– Niech pani nic na to nie uważa... Za tydzień mama przeprosi panią, ale teraz przyszedł na nią taki humor, że sam tatko boi się jej... Nawet my... Teraz tylko mama i Bronek trzęsą domem, ale za tydzień...

– A może mama już nie życzy sobie, żebym was uczyła? – rzekła spokojnie Madzia.

W tej chwili Stasia zaczęła płakać, a Linka ukłękła przed Madzią.

– Ach, pani! – znowu mówiły obie. – Jak pani może coś podobnego przypuszczać? Ja bym umarła... Ja bym uciekła z domu... Ach, bez pani cały świat na nic... Niech nam pani przyrzeknie, że pani nas nie opuści...

Tak rzewnie płakały, tak ściskały Madzię, że ta, rozpłakawszy się razem z nimi, obiecała nigdy ich nie opuszczać.

Lekcje z panną Howard odbywały się ciągle po kilka razy na tydzień; lecz zarówno sentymentalnej Stasi, jak i surowej Lince wydawały się coraz mniej zrozumiałymi. Panna Howard w żaden sposób ani jednej, ani drugiej uczennicy nie mogła wytłumaczyć, z jakiego na przykład powodu nieposłuszna Ewa, ciekawa żona Lota albo krwiożercza Judyta były kobietami wyższymi, a zaś Penelopa – wstrętnym typem niewolnicy...

Nieraz Stasia mówiła do Linki:

– Ciekawa jestem, za co panna Howard gniewa się na Penelopę? Jeżeli jej mąż nie umarł, tylko wyjechał, to musiała na niego czekać. Zresztą nawet nie daliby jej ślubu z innym.

– Ileż to razy mama czeka na ojca i nikt się temu nie dziwi! – wtrąciła Linka.

– Wiesz co – rzekła Stasia ciszej – mnie się nawet nie podobają te bohaterki. Bo czy dobrze zrobiła Ewa, gwałtem dobijając się o mądrość, za którą dziś wszyscy pokutujemy?

– Co, ty wierzysz w mądrość Ewy! – odparła Linka. – Cóż to, czy ona wstąpiła do uniwersytetu, jak panna Solska, czy co? Ja myślę i zresztą Bronek mi wspomniał, że z tym jabłkiem było coś innego...

– Albo Judyta – prawiła Stasia. – Ja, powiem ci otwarcie, nigdy bym Holofernesowi nie ucięła głowy.

– Mógł się przecież obudzić – dodała Linka.

Z powyższych racji obie panienki serdecznie nudziły się na lekcjach panny Howard: o dziejowej roli kobiety, począwszy od mitycznej Ewy, która dała ludzkości popęd do badań ścisłych, skończywszy na Alicji Walter, która dowodziła armią Stanów Zjednoczonych Północnych. Stasi ani Linki nie zajął nawet ten ważny fakt, że historycy mężczyźni tendencyjnie milczą o kierowaniu armią Stanów Zjednoczonych przez kobietę i że, według najnowszych doniesień, ową głównodowodzącą nie była Alicja Walter, tylko – Elwira Cook, a może jakaś inna.

Stasia i Linka bez ceremonii ziewały na wykładach albo pod ławką trącały się nogami, najchętniej zaś rozmawiały z panną Howard o wypadkach bieżących i domowych.

Toteż gdy po awanturze obiadowej przyszła do nich panna Howard z nowym rozdziałem (dowodzącym, że hetery były najsamodzielniejszymi kobietami Grecji), Linka i Stasia na wyścigi zaczęły opowiadać o złym humorze mamy, o porządku roznoszenia potraw, a najwięcej o dobroci panny Magdaleny, która jest świętą i aniołkiem.

Panna Howard ze zgrozą wysłuchała opowiadania i – ograniczywszy na nim lekcję – udała się do pokoju Madzi, mówiąc:

– Czy to prawda, że pani Korkowiczowa każe wbrew przyzwoitości i zwyczajowi podawać pani półmisek po swoim mężu?

– Cóż to szkodzi? – odparła Madzia. – Pan Korkowicz mógłby być moim ojcem...

– Aaa! Więc zapominasz pani o swojej płci i stanowisku...

– Nie rozumiem...

– Na przestrzeni wieków – mówiła panna Howard z natchnioną miną – obdarta, wyzyskiwana, oszukiwana kobieta wywalczyła sobie wobec mężczyzny to, że przynajmniej w formach zewnętrznych uznawał jej wyższość nad sobą i – na ulicy, w salonie, przy stole ustępował jej pierwszeństwa. Moim więc zdaniem kobieta zrzekająca się tego przywileju dopuszcza się zdrady wobec żeńskiej zbiorowości, której cząstkę stanowi...

– Co mam robić? – spytała Madzia, zalana potokiem wymowy.

– Walczyć... Zmusić pana Korkowicza, żeby uznał swój błąd i zwrócił pani należne miejsce.

– Ależ ja tu mam miejsce płatnej nauczycielki.

Czoło, twarz, nawet szyja panny Howard zalały się krwią.

– Tym większy powód! – zawołała. – Pani chyba nie rozumie wzniosłości stanowiska nauczycielki, które o całe niebo góruje nawet nad stanowiskiem rodziców. Bo my tworzymy umysł dziecka, jego samodzielność, jego ja... podczas gdy rodzice dali mu tylko ciało. No, a chyba nie zawaha się pani w ocenieniu, które z tych zajęć jest trudniejsze...

– Ja nie wiem, proszę pani... – odparła wylękniona Madzia.

Ponieważ panna Howard przypomniała sobie, że i ona nie wie, które z tych zajęć jest trudniejszym, więc – wzruszyła ramionami i kiwnąwszy Madzi głową, wyszła z jej pokoju.

Upłynęło znowu parę tygodni. Spadł pierwszy śnieg i zamienił się w warstwę błota; potem nadciągnęły przymrozki, upadł drugi śnieg i pobielił dachy i ulice. Ale w sercu pani Korkowiczowej niechęć do Madzi nie ostygła, owszem rozgrzała się pod wpływem walki z obawą, że – trzeba będzie wyrzec się nadziei zawiązania stosunków z Solskimi i zbliżenia pana Bronisława do panny Ady.

„A niegodziwa! – myślała szanowna dama. – Za moje serce, za prerogatywy, jakie jej dałam, tak mi się wywdzięcza! Przecież w jej interesie leży podszepnąć słówko Solskim... Przecież to chyba rozumie, że gdy zapoznam się z nimi, mogę jej podnieść pensję; w razie zaś przeciwnym będzie traktowana jak guwernantka... Nie wiem: głupia czy taka zła!".

Pewnej niedzieli, gdy Madzia wróciła od Solskich w tak dobrym humorze, że aż śmiały się jej szare oczy, pani Korkowiczowa rzekła tonem lodowatym:

– Jutro każę przenieść panią do innego pokoju... Na jakiś czas – dodała, ulęknąwszy się zerwania stosunków.

– Dlaczego, proszę pani? – spytała Madzia, jeszcze nie mogąc pozbyć się figlarnego wyrazu w oczach, choć na czole już odmalował się niepokój.

– Bo u pani musi być robactwo...

– Skąd? Pani myli się...

– Może być. W każdym razie chcę dać nowe tapety, a nawet... a nawet przebudować piec – dodała łagodniej, spostrzegłszy, że Madzi błysnęły oczy i rozszerza się mały nosek.

– Zresztą – zakończyła pani – to tylko na jakiś czas... Nie mogę przecież pozwolić, żeby mi pani zmarzła...

Ostatnie wyrazy były powiedziane tak macierzyńskim tonem, że tlący się w Madzi gniew zgasł, a została tylko troska, czy jej ton i wyraz twarzy nie zrobiły przykrości pani Korkowiczowej. Madzia tak nie chciała nikomu robić przykrości, tak wolała sama cierpieć dla oszczędzenia innych, że cały wieczór rady dać sobie nie mogła. Była gotowa przeprosić panią, a nawet przyznać, że w jej pokoju jest zły piec i brzydkie tapety.

Na drugi dzień przeniesiono rzeczy Madzi do nowego mieszkania. Był to pokój mały i ciemny nie tylko z powodu starych tapet, jakimi go wyklejono, ale jeszcze dlatego, że okno wychodziło na szczytową ścianę sąsiedniej kamienicy odległej o parę kroków. Żelazne łóżko, lakierowany stolik, dwa gięte krzesełka, a zamiast umywalni – miednica na żelaznym trójnogu – takie było umeblowanie. Garderobiana lepiej mieszkała w domu pani Korkowiczowej.

Madzi łzy zakręciły się w oczach.

„Chcą mnie się pozbyć – myślała – ale dlaczego robią w taki sposób? Czy nie zasługuję nawet na to, żeby mi wprost powiedziano, że jestem zbyteczna?".

Była zdecydowana pójść do pani Korkowiczowej i prosić, żeby natychmiast uwolniła ją od obowiązków.

„Mam przecież – mówiła sobie – sto kilkadziesiąt rubli z domu i od majora, a to mi przynajmniej na pół roku wystarczy... Przeprowadzę się choćby do panny Howard, a lekcje znajdę. Panna Malinowska i poczciwy Dębicki nie opuszczą mnie...".

Właśnie w tej chwili wbiegły do ciemnego pokoiku Linka i Stasia, obie zapłakane. Obie rzuciły się Madzi na szyję, oświadczyły, że zaczynają tracić serce do matki, i obie zaklinały Madzię na jej rodziców, na Boga i miłość dla nich (dla Linki i Stasi), żeby się nie obrażała.

– Tatko – zaczęła szeptać Linka – okropnie rozgniewał się na mamę za te przenosiny... Ale mama tłumaczy się, że tamten pokój trzeba odnowić i że tutaj zabawi pani tylko parę dni... Więc tatko trochę się uspokoił, ale powiedział, że wyjechałby z domu, gdyby mama nie oddała pani tamtego pokoju – odświeżonego...

I znowu obie zaczęły błagać Madzię, żeby się nie gniewała, ponieważ mama musi być w tych czasach chora na wątrobę, i dlatego jest w złym humorze.

Cóż było robić? Madzia znowu przyrzekła dziewczynkom, że ich nigdy nie opuści, a w duchu zaczęła robić sobie wymówki:

„Cóż to za pretensje budzą się we mnie? Pokój nie jest taki zły, owszem, ma nawet coś przyjemnego... A gdyby mi przyszło siedzieć na poddaszu albo w suterynie? O ileż lepszy i piękniejszy jest ten pokój niż mieszkanie nauczycielowej w Iksinowie albo tego stolarza, u którego chciałam zamówić ławki, albo biednej Stelli w brudnej izbie zajezdnego domu... Wcale ładny pokoik!".

Na drugi dzień w czasie wykładu o roli kobiety w dziejach, począwszy od mitycznej Ewy aż do tajemniczej nieznajomej, która dowodziła armią Stanów Zjednoczonych, Linka i Stasia opowiedziały pannie Howard o przenosinach do ciemnego pokoju i nowym dowodzie, że panna Brzeska jest aniołem i świętą. Ponieważ Madzi w pokoiku nie było, więc panna Howard kazała go sobie pokazać, a obejrzawszy miejscowość, wyszła, mrucząc przez zęby:

– Ludzkości nie potrzeba aniołów, tylko kobiet samodzielnych i ceniących swoją godność.

Tego samego wieczora do Madzi i do pani Korkowiczowej przyniósł posłaniec listy od panny Howard. Oba były dziwnie treściwe. Apostołka emancypacji oświadczyła Madzi, że nie może nadal utrzymywać przyjaznych stosunków z osobą nieszanującą kobiecej godności; pani Korkowiczowej zaś napisała, że nie myśli dłużej wykładać w domu, który nie rozumie wysokiego stanowiska nauczycielki i lekceważy kobietę pracującą.

Pani Korkowiczowa odczytała nadesłany jej list raz i drugi. Nagle, uderzywszy się w czoło, krzyknęła:

– Ona mnie chce do grobu wpędzić, ta wariatka!

Do późnej nocy trwały spazmy, narzekania na pannę Howard, tudzież śledztwo: kto jej mógł powiedzieć o nowym pokoiku Madzi? Nazajutrz zaś pani Korkowiczowa ze łzami oświadczyła Madzi, że nie miała zamiaru jej uchybiać i że jak najrychlej przeniesie ją do dawnego mieszkania, byle Madzia swoim wpływem pojednała ją z panną Howard, najznakomitszą nauczycielką w Warszawie.

W odpowiedzi na to Madzia pokazała pani Korkowiczowej list otrzymany przez siebie od panny Howard.

Pani Korkowiczowa, przeczytawszy, osłupiała.

– Ależ ona panią buntuje... – zawołała. – Ona jest gorsza... – chciałam powiedzieć: gorętsza emancypantka od pani...

A w godzinę później rzekła do męża:

– Niedługo już garderobiane i kucharki, zamiast sprzątać i gotować, będą rozprawiały o godności kobiecej... Boże, co za okropna epidemia z tą emancypacją... Jeżeli mojej guwernantce nie dam salonów, to zaraz druga guwernantka robi mi wymówki...

– No, do panny Magdaleny nie możesz mieć pretensji... Cichutka... – odezwał się pan domu.

– Twoja panna Magdalena jest gorsza od Howardówny! – wybuchnęła pani. – To dziewczyna podstępna... propagatorka, która naszym panienkom kazała uczyć lokajczyka i obsywać bębny z ulicy.

– Więc rozstań się z nią.

– Aha, jeszcze czego? – odparła pani. – Przecież może się wreszcie domyśli, że gdyby ułatwiła nam znajomość z Solskimi, nie brakłoby jej ptasiego mleka...

– A jak się nie domyśli albo oni nie zechcą zapoznać się z nami?

– To pójdzie precz! – rzekła pani rozdrażnionym tonem. – Zresztą – dodała, zamyśliwszy się – za darmo u nas nie je chleba. A kiedy przytrę jej rogów, może być niezłą guwernantką.

Pan rozpaczliwie schylił głowę i rozłożył ręce. Sprawy fabryk tak go pochłaniały, że już nie miał siły do walczenia z żoną.

– Róbcie, co wam się podoba! – szepnął.

Tymczasem panna Howard opowiadała znajomym i nieznajomym o arogancji pani Korkowiczowej i o braku kobiecej godności w pannie Brzeskiej. Wieści te, zataczając coraz szersze kręgi, dosięgnęły z jednej strony aż na pensję panny Malinowskiej, z drugiej – aż do ucha panny Solskiej.

9. Wreszcie złożyli wizytę

Raz... (było to po Bożym Narodzeniu) około dwunastej z rana służący Jan wezwał pannę Brzeską i panienki do salonu.

Poszły. Madzia, chwilę zatrzymawszy się w drzwiach, spostrzegła w lustrze dwie zakonnice w granatowych sukniach i białych kapeluszach, jak wielkie motyle. Był to widok tak niezwykły w salonie, że Madzia przestraszyła się.

– Moje córki... panna Brzeska, przyjaciółka panny Solskiej – rzekła pani Korkowiczowa do zakonnic.

Nastąpiły ukłony; panienki ucałowały ręce obu zakonnicom; Madzia usiadła przy młodszej z nich i w lustre naprzeciwko kanapy znowu zobaczyła ich odbicie, i znowu drgnęła, nie wiedząc dlaczego.

– Dobrodziejki – rzekła uroczyście pani Korkowiczowa – jadąc do naszego szpitala w Korkowie, były łaskawe odwiedzić nas...

– Żeby podziękować państwu za ich hojne dary na szpital – wtrąciła starsza zakonnica. – Bardzo przydał się, bo panuje tyfus w okolicy...

– Doprawdy, aż mi wstyd... – mówiła pani Korkowiczowa. – Ale kiedy już siostry są z takim uznaniem dla fundatorów, to – daleko większy honor należy się pannie Solskiej, która na moja listowną prośbę odpowiedziała bardzo grzecznie i ofiarowała dla szpitala tysiąc rubli... Szlachetna kobieta! Byłabym prawdziwie szczęśliwą, gdyby dobrodziejki ją przede wszystkim odwiedziły, nadmieniając, że nigdy nie zapomnę tego pięknego czynu, jaki za moim pośrednictwem...

Madzia spojrzała na bok i w trzecim lustrze znowu zobaczyła kapelusze zakonnic. Zakonnice na kanapie, zakonnice z frontu, zakonnice z prawej i z lewej strony... Już widać ich nie cztery pary, ale dwa nieskończone szeregi odbijające się w lustrach bocznych! Madzię zaczęły w końcu drażnić te białe kapelusze i ręce złożone na piersiach.

– Pani dawno w klasztorze? – zapytała młodszej.
– Siódmy rok.
– Ale pani może opuścić zakon, kiedy zechce?
– Nie myślę o tym.
– Więc tak do końca życia?

Zakonnica łagodnie uśmiechnęła się.

– Paniom światowym – mówiła – klasztor wydaje się więzieniem... Ale my jesteśmy szczęśliwe, że za życia dopłynęłyśmy do portu.

Do rozmowy wmieszała się starsza zakonnica i rzekła, patrząc na Madzię:

– Znałam kiedyś u wizytek matkę Felicissimę, która na świecie nosiła nazwisko Brzeska, choć ziemskiego jej imienia nie pamiętam. Czy pani nie była spokrewniona z jej rodziną?

Madzię prawie przeraziło to pytanie.

– To była ciotka mego ojca... Wiktoria Brzeska... – odparła zdławionym głosem.

– Naturalnie pani nie mogła jej znać, bo już od dwudziestu lat nie żyje – mówiła zakonnica. – Była to osoba niezwykłej pobożności, tak zatopiona w modlitwie i praktykach ascetycznych, że nieraz musiano jej zakazywać...

Pani Korkowiczowa znowu skierowała rozmowę na szpital i szlachetność Ady Solskiej. Przy pożegnaniu starsza zakonnica, ucałowawszy Madzię, rzekła do niej:

– Ja mieszkam stale w Warszawie. Jeżeli zechcesz mnie kiedy odwiedzić, kochane dziecko, będę ci wdzięczna. Babka twoja robiła mi wiele dobrego, bardzo ją kochałam.

Po odejściu zakonnic Madzię ogarnął strach i smutek. Dzieckiem będąc, słyszała opowiadania o obłóczynach babki Wiktorii, które porównywano do pogrzebu. Później kilka razy stykała się z zakonnicami, zawsze w przykrych warunkach: przy łóżku chorego albo przy trumnie.

Dziś odżyły wszystkie żałosne wspomnienia, a nadto ciągle zdawało się jej, że z prawej i lewej strony widzi nieskończone szeregi zakonnic.

„Cóż to za okropne życie! - myślała. - Siedzieć w wiekuistym więzieniu, zerwać z rodziną, wyrzec się znajomych, patrzeć na świat tylko przez kratę... I nigdy żadnego celu, żadnej nadziei... Ach, lepiej od razu umrzeć...".

Ale pani Korkowiczowa była bardzo zadowolona, tak zadowolona, że zacierając ręce, rzekła do Madzi:

- Jeżeli tym razem państwo Solscy nie przypomną sobie o nas... No, byliby chyba ludźmi tak niedelikatnymi, że nie warto zbliżać się do nich!

W kilka dni później, na krótki czas przed obiadem do pokoju Madzi wpadła Linka wzburzona:

- Pani! - zawołała. - Przyszli państwo Solscy... mama prosi... Boże, a tu akurat wyjechał tatko...

Madzia uściskała Linkę z radości.

- Wreszcie - rzekła - spełniło się życzenie mamy i moje najgorętsze... Ach, jacy oni dobrzy!

Pod zamkniętymi drzwiami salonu Stasia zaglądała przez dziurkę od klucza. Na widok Madzi zawstydziła się i uciekła do jadalnego pokoju, lecz po wejściu Madzi do salonu wróciła na poprzednie stanowisko i ciągnąc za sobą Linkę, szepnęła do niej:

- Co za szczęście! Jest i Bronek... Teraz już na pewno ożeni się z panną Solską... Ale jaka ona nieładna...

Madzia trafiła na moment, kiedy rozgorączkowana pani Korkowiczowa prezentowała Solskim pana Bronisława.

- Mój syn! - mówiła z mocą. - Prawdziwe nieszczęście, że mąż musiał wyjechać do Korkowa, właśnie tam, gdzie pan hrabia

(w tym miejscu skłoniła się obojgu) chce postawić cukrownię...
Ale po powrocie mąż mój nie omieszka...

– Hrabia to chyba wcale nie bywa u Stępka? – odezwał się pan Bronisław.

– Bardzo trafnie odgadł pan – uprzejmie odparł Solski.

– Nie umiem opowiedzieć – mówiła, deklamując, pani Korkowiczowa – jak panna Magdalena tęskni za państwem.

Madzia ze zdumieniem spojrzała na panią Korkowiczową, a w tej chwili Solski odezwał się:

– Słowa szanownej pani przypomniały mi, że przyszliśmy tu z prośbą.

– Ależ niech hrabia rozkazuje! – zawołała pani, schylając głowę.

– Nie śmiem prosić, nie będąc pewnym skutku.

– Spełnić każde życzenie hrabiostwa cały nasz dom uważa sobie za najświętszy obowiązek...

Madzia siedziała jak na szpilkach, panna Solska rumieniła się, a pan Bronisław, widząc jej rumieńce – również się zarumienił.

„Nie taka ona brzydka, jak mówili!" – pomyślał.

– Siostra moja – mówił Solski – tak kocha pannę Magdalenę, że nie może obejść się bez jej towarzystwa...

– Ależ co dzień... na cały dzień... – wtrąciła pani Korkowiczowa.

– ...że przyszliśmy z uprzejmą prośbą, żeby pani raczyła – uwolnić pannę Magdalenę od dotychczasowych obowiązków – zakończył Solski.

– Ależ... – zaprotestowała Madzia.

– Moja droga... proszę cię o to! – szepnęła panna Solska, biorąc ją za rękę.

Pani Korkowiczowa osłupiała.

– Jak to? Jeżeli rozumiem... – rzekła.

– Tak jest – odparł Solski – o to właśnie prosimy panią...

– Nie wiem, czy panna Magdalena, którą wszyscy tak kochamy...

– Właśnie wiedząc o uczuciach państwa i pojmując wielkość ofiary, jakiej żądamy od pani, przyszliśmy tu z siostrą...

– Ależ ja nie mogę... – wtrąciła Madzia.

Panna Solska ścisnęła ją za rękę.

– Czy zatem pani raczy uwzględnić naszą prośbę? – nalegał Solski w taki sposób, że aż siostra zgromiła go spojrzeniem.

Pani Korkowiczowa była zdruzgotana.

– Ha! – rzekła zmienionym głosem – jeżeli hrabiostwo koniecznie tego sobie życzą...

– Jesteśmy pani bardzo obowiązani – rzekł Solski i z ukłonem uścisnął rękę pani Korkowiczowej. – Teraz na ciebie kolej – zwrócił się do siostry.

– Ty pojedziesz z nami, kochana... Ty mi nie odmówisz tej łaski... Przecież jesteśmy spokrewnione... – błagała Madzię panna Solska.

– Tak – potwierdził brat – przez Strusiów.

– Więc ubierz się, moja ty jedyna, i kiedy pani tak łaskawa, że cię zwolniła, jedź zaraz z nami...

– Naturalnie – rzekł Solski.

W pięć minut później, w pysznym salonie została tylko pani Korkowiczowa bliska apopleksji i jej syn pełen zdumienia.

– Cha! cha! cha! – zaśmiał się pan Bronisław. – Kuzynka Solskich... A to się mamie udało z tym ciemnym pokoikiem!

– Będziemy ją odwiedzać u Solskich... – nagle odezwała się pani. – Mamy prawo, nawet święty obowiązek...

– Albo oni nas tam przyjmą! Przecież dawno mówiłem mamie, że to dranie... – zakonkludował pan Bronisław.

Linka i Stasia, wyrozumiawszy przez drzwi, o co idzie, nawet nie pożegnały się z Madzią. Zamknęły się w swoim pokoju na klucz i zanosiły się od płaczu.

Stroskana matka, na próżno dobijając się do nich, usłyszała od Linki te wyrazy:

– A co, nie mówiłam, że się mama dowojuje?

– Przecież będziemy pannę Brzeską odwiedzać u państwa Solskich – uspakajała ją pani Korkowiczowa, choć serce jej szarpały złe przeczucia.

10. Dom przyjaciół

Od chwili pożegnania pani Korkowiczowej Madzia prawie nie rozumiała, co się z nią dzieje.

Pan Solski sprowadził ją ze schodów, pomógł wejść do eleganckiej karety (nie tej, która przyjeżdżała po nią zwykle); obok Madzi usadowił siostrę, sam usiadł naprzeciwko pań i kareta ruszyła, skrzypiąc po śniegu, który grubą warstwą bielił się na ulicach i dachach.

Madzia w milczeniu spoglądała na Adę i pana Stefana. Czuła, że wypada przemówić do nich, lecz brakowało jej słów, nawet wątku myśli. Nigdy nie wyobrażała sobie tak dziwnego położenia: była faktycznie porwana, jakkolwiek nie gwałtem, ale też i nie za jej wolą i wiedzą.

Kareta stanęła przed domem Solskich. Pan Stefan wysadził swoje towarzyszki i znowu wziąwszy Madzię pod rękę, skręcił z nią do prawej oficyny. Spostrzegłszy, że nie wchodzą do głównej sieni, Madzia zawahała się; ale Solski nie dał jej czasu do namysłu i stanowczo, choć delikatnie, pociągnął na górę.

„Okropny człowiek" – pomyślała Madzia, nie śmiąc stawiać oporu.

Na pierwszym piętrze oczekiwała na nich młoda, nieładna panna służąca, wcale nie gorzej ubrana od Madzi.

– Anusiu, oto twoja pani – rzekł do niej Solski, wskazując na Madzię.

– Postaram się, żeby pani była ze mnie zadowolona – odpowiedziała pokojówka odznaczająca się brakiem wdzięków i poważnym wyrazem twarzy.

Mimochodem na jej widok Madzia zrobiła w duchu uwagę, że w domu Solskich wszyscy służący mężczyźni byli piękni, a wszystkie kobiety brzydkie.

Teraz Solski zatrzymał się przy otwartych drzwiach, Madzi zaś Ada podała rękę.

– Wejdź z nami, Stefek – rzekła siostra. – Madzia dziś wyjątkowo pozwala ci... Twoje mieszkanie, Madziu – mówiła wzruszonym głosem. – Widzisz... salonik... To pokój do pracy, a to sypialnia, która może łączyć się z moją, jeżeli zechcesz.

Pokoje były duże, widne, wesołe, gabinet miał balkon wychodzący na ogród obecnie zasypany śniegiem.

Pozwoliwszy rozebrać się pokojówce, Madzia stała na środku saloniku bez ruchu. Zdumiona patrzyła na wielkie lustra w złoconych ramach, na adamaszkowe krzesła i fotele, na niebieskim tle ozdobione haftowanymi pasami, na ogromne wazony świeżych kwiatów...

– Więc ja już nie jestem u państwa Korkowiczów? – cicho spytała Ady.

– Już nie – kochanie... na twoje i nasze szczęście – odpowiedziała panna Solska, okrywając ją pocałunkami. – Rzeczy przywiozą dziś wieczór...

– Więc kim ja teraz jestem?

– Naszą przyjaciółką... naszym drogim gościem – mówiła Ada. – Pozwól mi – mówiła dalej – wynagrodzić ci choć cząstkę tych przykrości, jakie miałaś z naszego powodu...

– Ja?

– No, tylko nie ukrywaj! Dziś całe miasto wie, że pani Korkowiczowa kazała podawać ci obiad dopiero po swoim mężu, że ulokowała cię w jakiejś komórce i nawet nie pozwalała ci być litościwą. A wszystko z tego powodu, że nie umiałaś ściągnąć nas do jej salonów...

– Do pałaców sterczących dumnie! – deklamował pan Stefan.

– Tylko nie wypieraj się – podchwyciła Ada, obejmując Madzię i siadając z nią na kozetce. – Ja, przyznaję, jestem tak niedołężna, że oprócz łez (ale z gniewu!) nie umiem znaleźć rady, i już byłam zdecydowana na plan panny Malinowskiej, która chciała cię wziąć do siebie. Ale Stefek, mówię ci, zirytował się... No i widzisz, co się stało! Mnie porwał na wizytę do pani Korkowiczowej, a ciebie wydarł stamtąd w imię zupełnie słusznej zasady, że nie możemy pozwolić na krzywdę wnuczki Strusiów, z których krwi sami pochodzimy.

Madzia rozpłakała się. Solski rzucił się do niej zmieszany.

– Panno Magdaleno – rzekł, biorąc ją za rękę – przysięgam, że nie chciałem zmartwić pani... Ale powiedz sama: czy mogłem obojętnie słuchać o wybrykach pani Korkowiczowej i patrzeć na fontanny łez mojej siostry? Przecież ona zmizerniała w ciągu kilku dni, rozpaczając...

– Magduś... – szeptała Ada, tuląc się do Madzi – przebacz mi mój egoizm... Jestem taka samotna... mnie tak smutno... Już od dawna chciałam cię błagać, żebyś zamieszkała u mnie, lecz, znając twoją drażliwość, nie śmiałam... No, ale twoja dobroć wobec pani Korkowiczowej nawet mnie ośmieliła. Ty nie gniewasz się, Magduś, prawda? Przypomnij sobie, jak nam było pod jednym dachem... Czy nie warto choćby na kilka miesięcy odnowić takie wspomnienia?

– Ale ja będę dawać lekcje u panny Malinowskiej... – rzekła nagle Madzia, spostrzegłszy, że jej przyjaciółka jest zmartwiona i zakłopotana.

– Rób, co chcesz, kochana...

– I... potem przeniosę się do panny Malinowskiej na stałą... Bo widzisz – usprawiedliwiała się Madzia – ja przecież muszę zapoznać się z administracją pensji, bo... widzisz, ja muszę po wakacjach otworzyć szkółkę w Iksinowie...

– Czy koniecznie w Iksinowie? – przerwała Ada. – Przecież tam, jak sama mówiłaś, nie było uczniów ani uczennic.

– Więc gdzież, moja droga? Tam, choćby nie opłacił mi się pierwszy rok, znajdę pomoc w domu, a później... jakoś pójdzie.

– Moja kochana – rzekła Ada, dając znak bratu – jeżeli szkoła koniecznie potrzebna ci do szczęścia, to my będziemy mieli szkołę przy cukrowni... Możesz ją wziąć, skoro się otworzy, nie narażając się na wydatki i ryzyko.

– Ależ bardzo panią prosimy – wtrącił Solski – a ja specjalnie błagam, żebyś nie opuszczała siostry... Co najmniej do czasu, gdy ukończę ważniejsze sprawy... Ada naprawdę jest osamotniona i wyświadczy nam pani łaskę, pozwalając choć raz na dzień spojrzeć na siebie i zamienić parę słów.

– Psujecie mnie państwo... – szepnęła Madzia, kryjąc twarz na ramieniu Ady.

– Więc nie gniewasz się? Zgadzasz się, złota, kochana! – rzekła Ada.

– Błogosławiona! – zawołał, śmiejąc się, Solski i przyklęknąwszy, ucałował rękę Madzi. – Teraz cały świat nie odbierze nam pani...

Kiedy Solscy przeszli do swoich pokoi, zostawiając Madzię samą, pan Stefan zatarł ręce i rzekł z zapałem do siostry:

– Ach, cóż to za oryginalna kobieta! Czy ty pojmujesz, Ada? Zawsze gotowa do poświęcenia się... cierpi bez skargi i... wiesz co? Ona może nawet nie wie o tym, że jest prześliczna... Takie robi wrażenie... Cóż to za prostota, naturalność...

Chodził szybko po pokoju i zacierał ręce, a małe oczki rzucały iskry.

– Podobała ci się? – zapytała siostra.

– Oszalałbym dla niej, gdyby... Gdyby była taką, jak się wydaje.

– Za to ci ręczę – rzekła Ada, kładąc mu rękę na ramieniu i patrząc w oczy.

– Za nikogo nie ręcz – odparł tym samym tonem i z tym samym ruchem. Następnie, pocałowawszy ją w czoło, dodał z westchnieniem:

– Nasze szczęście, że wobec rozmaitych rozczarowań my przynajmniej możemy liczyć na siebie.

– Znowu Helena? – zapytała siostra.

– Wszystko jedno – odparł. A potem dodał: – widzisz, Helena, o ile znam kobiety, nie gorsza od innych; a ma pieprzyk! Ale gdyby istniały takie kobiety, jaką ty jesteś i jaką wydaje się być Magdalena... Ach, Ada, mówię ci, świat byłby lepszy i – nam byłoby lepiej na nim.

– Ręczę ci... ręczę, że Madzia jest taką.

– Obyś miała słuszność... Ale na wszelki wypadek już nie ręcz za nikim... Zresztą mądrość życia polega na tym, żeby brać ludzi, jakimi są: podstępnymi bydlętami, bez których nie możemy się obejść.

– Gdybyś znalazł taką żonę jak Madzia! – rzekła siostra.

– Może bym się znudził nią? – odparł z uśmiechem Solski. – Ja przecież także jestem dzieckiem czasu, które lubi nowość...

Pożegnał siostrę i przez długi szereg pokoi przeszedł do swego gabinetu.

Był to pokój o dwóch oknach, obity ciemnym adamaszkiem, zastawiony szafami i stołami pełnymi książek i papierów. Meble były dębowe, obite skórą. Pod jednym z okien stało biurko zaopatrzone w guziki do dzwonków elektrycznych; za biurkiem na ścianie wisiał plan przyszłej cukrowni i jej zabudowań.

Solski usiadł przy biurku zasypanym szkicami i raportami – i ziewnął.

„Jest fakt – myślał – że inna na jej miejscu już od kilku lat wyzyskiwałaby Adę, a ona nie robiła tego... Może przez naiwność?".

Solski dotknął jednego z guzików na biurku. Drzwi w przedpokoju cicho otworzyły się i wszedł lokaj z miną, jeżeli nie zaspanego, to przynajmniej zmęczonego człowieka.

– Był, proszę jaśnie pana, ten z cegielni, był Niemiec i był adwokat. Położyłem bilety na stole.

Solski od razu zauważył bilety we właściwym miejscu, ale nie chciało mu się odczytywać ich.

– Listy odesłałeś?

– Odesłałem, proszę jaśnie pana.

– Do mnie korespondencji nie było?

– Nie było, proszę jaśnie pana.

– To dziwne! – mruknął Solski i jednocześnie pomyślał, że wszystkie te jego listy i cudze listy, i wszystkie wizyty techników, ceglarzy i adwokatów nic a nic go nie obchodzą...

– Możesz odejść – rzekł głośno.

„Może dopiero teraz zacznie panna Magdalena korzystać z usług Ady, chociaż... Kto jej bronił zamiast do Korkowiczów od razu sprowadzić się do nas? Więc ma ambicję. A jeżeli tam znosiła niegrzeczności tylko przez przywiązanie do dziewcząt, więc ma zdolność przywiązywania się...".

Patrzył na sufit i zobaczył cień Madzi w popielatej sukience, z półotwartymi ustami i nieopisanym zdumieniem w oczach na widok nowego mieszkania.

„Jak ona się kapitalnie dziwiła! – myślał. – Kto tak dziwić się umie, musi być szczerym...

Zresztą – dodał po chwili – zobaczymy, jak postąpi z Korkowiczami. Panna Helena w podobnym wypadku zdobyłaby się na śmiertelną pogardę... No, także nie byle kto potrafi gardzić... Pyszna lwica... a jak ona się rozwinęła w towarzystwie! Brak jej tylko pieniędzy i nazwiska, żeby zabłysnąć w Europie. Milion niesłychanie potęguje wdzięki kobiet...".

Tymczasem Madzia, kiedy Solscy opuścili ją, najpierw – chwyciła się rękami za głowę, a potem zaczęła oglądać swój apartament ze wzrastającą ciekawością.

„Pokój do pracy – myślała – co za biureczko... jakie książki... Szekspir, Dante, Chateaubriand? Sypialnia... nie wiem, czy potrafię spać na tak ogromnym łóżku?".

Był i bujany fotel (jak w gabinecie pani Korkowiczowej) naprzeciwko kominka. Madzia usiadła, zakołysała się parę razy, co wcale nie wydało jej się przyjemne, i znowu zaczęła rozmyślać.

„Jeżeli tutaj nie zwariuję, to już nie wiem, co zrobię! Jestem jak chłop, którego przemieniono na księcia... Ja bym jednak nie śmiała przerzucać ludźmi: z pokoju guwernantki do salonu wielkiej damy – ale panom to uchodzi... Nawet nie wiem, czy wypada mi od nich przyjąć szkołę przy fabryce? Zresztą, może się jeszcze zmienić kaprys... Ach, mają pieniądze i sami nie wiedzą, co z nimi robić!".

Madzię ogarniał coraz większy niepokój. Nie mogła wyobrazić sobie, że jej stosunki z Korkowiczami już są zerwane, a bała się myśleć: co o niej powiedzą? Wzięto ją jak obraz, jak sprzęt i przewieziono do innego mieszkania... Piękna rola!

Wkrótce jednak przypomniała sobie niekłamane objawy życzliwości ze strony Solskich. Obrazili się za nią na państwa Korkowiczów i odebrali ją, zupełnie jak gdyby była ich siostrą... Takich rzeczy trudno nie ocenić i Madzia oceniła je.

„Boże... Boże – szepnęła – jaka ja jestem niewdzięcznica! Przecież oni zrobili mi łaskę...".

„A może właśnie tu dopiero zaczną się moje obowiązki? – myślała. – Ada nie jest szczęśliwa i może mnie Bóg przysłał...".

„Akurat! – szepnęła. – Miałby się też Pan Bóg kim posługiwać...

A jeżeli? A może uda mi się namówić Helenę, żeby wyszła za Solskiego... Przecież to było największe pragnienie jej matki, której tyle zawdzięczam... Nawet, że tu dziś jestem... To pewna, że nie jestem tu przez siebie ani dla siebie...".

Wejście Ady przerwało rozmyślania.

Około szóstej podano obiad w ogromnym pokoju jadalnym i w asyście dwóch służących, ale przy małym stole, na którym były cztery nakrycia.

W chwili gdy Madzia miała zapytać się: kto będzie czwartym biesiadnikiem, niewidzialna ręka szeroko otworzyła drzwi, przez które majestatycznie weszła ciotka Solskich, pani Gabriela. Była to osoba wysoka, szczupła i chorowita, ale ubrana z elegancką prostotą. Ledwie raczyła spojrzeć na zmieszaną Madzię, którą jej przedstawiła Ada, i usiadłszy na swym miejscu, kazała podawać obiad.

– Jakże ciocia spała dziś? – spytał Solski.
– Jak zwykle nie zmrużyłam oka.
– A nerwy?
– Czy możesz o to pytać? Od śmierci waszej matki nie opuszcza mnie bezsenność i niepokój.

Następnie po raz setny w życiu i wśród głębokich westchnień (które jednak nie odstraszały jej apetytu) ciotka Gabriela zaczęła upominać Solskich, żeby nie usuwali się od towarzystwa.

– Dziczejecie – mówiła – odzwyczajacie się od widoku ludzi, narażając się przy tym na opowiadanie dziwnych historii...
– Pasjami to lubię – wtrącił Solski.
– Wczoraj na przykład zaręczono mi u Władysławów, że Stefan ma zostać dyrektorem swojej własnej cukrowni... Dlaczego – odpowiedziałam – nie awansujecie go od razu na rządcę domu albo stangreta?
– Mówiono cioci prawdę – rzekł Solski – bo już kieruję przygotowaniem planów do cukrowni...
– Ależ, na Boga! – zawołała ciotka Gabriela, spoglądając w sufit. Następnie zapytała Ady, czy „tej panience" nie zrobi różnicy rozmowa po francusku, ze względu bowiem na służbę nie można wszystkiego wypowiadać po polsku. Odebrawszy zaś potwierdzającą odpowiedź, zaczęła prawić:

Że tryb życia, jaki Solscy obecnie prowadzą, w najwyższym stopniu dziwi całe towarzystwo. Że stosunki Stefana z panną Norską (której brat jest zresztą dość dobrze widziany w towarzystwie), że stosunki te są powodem dwuznacznych uśmiechów. I że Stefan powinien się ożenić, choćby ze względu na swoją siostrę. Ożenić się zaś może tym łatwiej, że w towarzystwie jest kilka dobrych partii, na które Stefan może liczyć, że będzie mile przyjęty, pomimo swojej oryginalności, a nawet z powodu tej oryginalności.

– Stefan – kończyła ciocia Gabriela – ma opinię bałamuta, co w oczach kobiet światowych otacza go urokiem.

– A czy te panie, na które rzucam urok, mają pieniądze? – zapytał Solski.

– Nie mówiłabym ci o innych! – zawołała ciocia Gabriela. Mają nazwiska, wdzięki, pieniądze i mimo to niejednej biedaczce grozi staropanieństwo tylko dlatego, że mężczyznom podoba się umieszczać uczucia poza właściwą sferą.

Obiad kończył się, a przy leguminie służący półgłosem zawiadomił Adę, że przywieziono dla panny Brzeskiej rzeczy i listy. Jeden z pieniędzmi był od pani Korkowiczowej, drugi od jej dziewczynek.

Przy kawie Ada, za nią pan Stefan i ciocia Gabriela poprosili Madzię, żeby bez ceremonii przejrzała korespondencję, która może być ważna. Madzia zaczęła więc czytać listy, co chwilę rumieniąc się i bledąc. Solski, który patrzył na nią spod oka, spostrzegł, że pierś jej faluje coraz szybciej, usta drżą i że Madzia robi duże wysiłki, żeby się nie rozpłakać.

„Kto w taki sposób – myślał – umie czytać listy od swoich uczennic, nie może być złym... Chyba że wypisali jej niegrzeczności...".

– I cóż? – zapytała Ada.

– Nic... Choć wiesz, Adziu, że będę musiała tam pójść – odparła Madzia, nie podnosząc rzęs, spoza których nagle zaczęły się łzy przeciskać.

– Ale nie dziś, kochana?

– Kiedy zechcesz, moja złota – rzekła cicho Madzia. Ale już nie mogła pohamować się i wybiegła z pokoju.

Dwaj lokaje dyskretnie odwrócili się do okna, zaś ciocia Gabriela, wzruszając ramionami, zawołała:

– Wiesz, moja Ado, że mogłaś między tymi pannami znaleźć weselszą towarzyszkę! Chyba że lubisz nerwowe ataki, a w takim razie ja bez potrzeby ukrywam moje cierpienia...

– Ciotko – odezwał się z niezwykłą powagą Solski – te łzy warte są więcej niż nasze brylanty...

– Zdumiewasz mnie, Stefanie – zdziwiła się ciotka Gabriela. – Ja co dzień wylewam potoki łez...

– Jej, widać, jest bardzo przykro, że rozstała się ze swymi uczennicami – wtrąciła Ada.

– Więc zamiast płakać, niech do nich wróci – rzekła ciotka Gabriela tonem rozstrzygającym wszelkie fizyczne i metafizyczne wątpliwości.

Solski uderzył palcami w krawędź stołu.

– Ach, ciociu, ciociu! – odparł. – Ty nawet nie domyślasz się, jaką piękną rzecz widzieliśmy w tej chwili... Sama powiedz, czy płakał ktoś za tobą, za Adą albo za mną, i jeszcze tak serdecznymi łzami... Nas nigdy nikt nie opłakiwał, choć nikomu nie zrobiliśmy krzywdy. I może dlatego musimy wylewać potoki łez nad urojonymi cierpieniami... Powiedz, Ada: kochał nas kiedyś ktoś tak, jak panna Brzeska swoje uczennice?

– Widzisz, a nie wierzyłeś mi... – wtrąciła siostra.

– Święty dzień – mówił wzruszony Solski. – Święty dzień, w którym taka kobieta weszła do naszego domu... Będziemy mieli – dodał z ironią – widowiska wspanialsze od zórz północnych i wschodu słońca na Righi...

– Jestem zbulwersowana! – rzekła ciocia Gabriela, składając ręce. – Stefanie, mówisz jak zakochany... Jak wówczas, kiedy wróciłeś z pierwszego spaceru z tą panną... no z panną Norską.

– Eh, co tam panna Norska! – odparł wzburzony.

– Aa... rozumiem! Umarł król, król... Możemy wstać od stołu – zakończyła ciotka.

Ponieważ rozmowa toczyła się w języku francuskim, więc lokaje udawali, że nic a nic nie rozumieją. Niemniej od tej pory ktokolwiek ze służących spotkał Madzię, schylał się przed nią do ziemi.

– Nasi państwo – mówił w kuchni jeden z lokajów – zawsze lubią mieć coś nowego na stajni...

– Minie i to… – odparł wiekowy kamerdyner.

– Ale co pieniędzy zabierze? – wtrącił kucharz. – Za to, co się wydało dla Norskich, wziąłbym ze trzy takie restauracje jak w Europejskim Hotelu. Żaden wilk nie zje tyle co baba… A czy to warto? My najlepiej wiemy, panie Józefie…

Kamerdyner potrząsnął siwą głową.

– Pan przynajmniej nie powinien narzekać na ten interes – rzekł powoli. – Z jednej Ewy tylu przecież narodziło się ludzi, że wszyscy kucharze mają za co pić do ukamieniowanej śmierci…

11. Na nowym stanowisku

W taki sposób osiedliła się Madzia w domu Solskich. Oprócz cioci Gabrieli nie pojmującej, jak można przyjaźnić się z „tymi panienkami", wszyscy byli jej życzliwi. Ada lubiła ją serdecznie, służba prześcigała się w grzecznościach, a władca tej kolonii, pan Solski, wahał się jak na huśtawce między bałwochwalczym ubóstwieniem Madzi i – nieufnością do ludzkiego rodu w jego żeńskiej połowie.

Madzi jednak w nowych warunkach nie opuszczał niepokój. W nocy na rzeźbionym łóżku nie mogła spać: a ile razy zdrzemnęła się, budziło ją przywidzenie, że ona nie ma dachu na głową, lecz tuła się po ulicach miasta.

Od czwartej rano nie zmrużyła oka, ale gdy około siódmej weszła pokojówka, Madzia udawała, że śpi. Wstyd jej było, że ta dystyngowana panna ma czyścić jej ubogą sukienkę.

Zjadłszy pierwsze śniadanie w pokoju Ady, Madzia poszła do Korkowiczów, gdzie przyjęto ją ze zdumieniem i zachwytem. Pani rozszlochała się, panienki od wczoraj płakały, a pan Korkowicz, który przed godziną wrócił ze wsi, uściskawszy Madzię, rzekł swoim grubym głosem:

– Wolałbym mieć w pani synową niż nauczycielkę, bo synowej nikt by mi nie odebrał...

Pani Korkowiczowa westchnęła żałośnie. W ciągu pół doby straciła nadzieję ożenienia swego syna z Adą Solską, a natomiast wiele myślała o innej kwestii.

– Proszę pani – wtrąciła wśród pocałunków – ci Strusie, o których mówili wczoraj państwo Solscy, to musi być rodzina zagranicznego pochodzenia?

– Nie, pani, to polska rodzina.

– Myślałam. Bo ród mego męża także pochodzi z Niemiec, gdzie nazywali się von Propfenberg. I dopiero edykt nantejski zmusił ich...

– Dajże pokój tym bredniom! – oburzył się pan. – Któryś mój dziad musiał być w szynku parobkiem do korkowania butelek i stąd nasze nazwisko...

– Ależ, Piotrusiu, nie zaprzeczaj mi! Sama byłam nad Renem na pagórku Propfenberg, który, jak wyjaśnił mi hrabia Przewracalski, musi być gniazdem naszych przodków... Nawet hrabia Przewracalski radził, żebyśmy kupili to miejsce i zbudowali...

– Trzeci browar? – wtrącił pan. – Zgadłem!

– Ależ nie... żebyśmy tam wznieśli zameczek.

– Jak Boga kocham – zawołał Korkowicz, bijąc się w piersi – czasami zdaje mi się, że mam więcej rozumu od ciebie. A przecież nie chodziłem na pensję i na starość nie uczę się po francusku...

Wszedł do salonu pan Bronisław... Był nieco zmieszany obecnością Madzi, lecz odzyskawszy humor, rzucił się na kanapę i zawołał:

– Ten Kazik Norski ma diabelskie szczęście: wygrał od nas wczoraj z sześćset rubli... Ale za to jego siostra! Mówię ojcu, palce oblizywać...

– Gdzie widziałeś? – niespokojnie zapytała matka.

– Eh! to cała historia – odparł pan Bronisław, machając rękami i pomagając sobie w tej czynności jedną nogą. – Spotkałem ją koło Saskiego Placu... szła z tym swoim amerykańskim ojcem... Stanąłem, mówię mamie, jak bałwan i patrzę, a ona na mnie – łyp oczkiem... Idę za nią, wymijam... ta znowu łyp... Zgłupiałem do reszty, a ona delikatnie odwraca główkę i coś... jakby się uśmiecha... Gorąco mnie oblało... a ona szep, szep do ojca – i skręcają na wystawę sztuk pięknych, a ja za nimi...

Niczego nie widziałem, tylko ją – prawił pan Bronisław, ocierając spotniałą twarz chustką – ale i ona trochę na mnie zerkała... Potem rozeszliśmy się... Ale że mam należność u Kazika, więc zaraz poprosiłem go, by mnie przedstawił swojej siostrze. Obiecał – i dziś albo jutro poznam się z nią... Ale mówię tatce, kiedy o niej wspomnę, łydki mi drętwieją. W Warszawie jest dużo ładnych facetek, ale takiej jeszcze nie widziałem.

– Słyszałeś?! – zapytała pani Korkowiczowa, z rozpaczą spoglądając na męża.

– Twój wychowanek – odparł mąż.

Pan Bronisław zerwał się z kanapy.

– Ale rodzony syn tatki i wdał się w tatkę! – zawołał, klepiąc ojca po brzuchu.

– Ho! ho! ho! – zaśmiał się pan Korkowicz.

Wycałowana i zapraszana przez całą rodzinę Korkowiczów o najczęstsze wizyty Madzia pożegnała ich zdziwiona. Więc nawet i pan Bronisław zaciągnął się na listę wielbicieli Heleny, których już w Warszawie było kilku? Co na to powie Solski, taki wyłączny i dumny? W tenże to sposób Helenka stosuje się do przedśmiertnych życzeń matki?

Od Korkowiczów Madzia poszła do panny Malinowskiej, która powinszowawszy jej porzucenia dotychczasowych obowiązków, zapytała: czy nie weźmie na pensji trzech godzin dziennie arytmetyki i geografii w najniższych klasach?

– Właśnie przyszłam o to prosić... – rzekła uradowana Madzia.

– Czy tak? Bardzo dobrze robisz, zapewniając sobie rezerwę z własnej pracy – odparła panna Malinowska. – Bo względy wielkich panów mniej są pewne niż gusta kobiet... Więc przyjdź jutro o dziewiątej i zaczynaj od razu. A teraz do widzenia, gdyż jestem zajęta.

Pożegnawszy się z panną Malinowską, Madzia spotkała oczekującą na schodach pannę Żanetę, która bez wstępu zapytała:

– Cóż to, Madziu, chcesz u nas dawać lekcje?

– A tak – odpowiedziała wesoło – i wyobraź sobie, już mam u was trzy godziny...

Panna Żaneta wzruszyła ramionami i rzekła obojętnym tonem:

– No, no... Ja, mając takie stanowisko u Solskich, nie myślałabym o niczym podobnym...

– Dlaczego?

– Tak sobie.

Pożegnały się chłodno, a rozżalona Madzia mówiła do siebie:

„Czy ona chce, żebym ja dostała się na łaskawy chleb u Solskich? Przecież wie, że muszę pracować, a mój pobyt u Ady skończy się za parę miesięcy...".

Od tej pory życie Madzi w domu Solskich płynęło bardzo systematycznie.

Wstawała o siódmej i ubrawszy się, mówiła pacierz. Była to ciężka chwila, często bowiem przychodziło jej na myśl, że Pan Bóg może nie wysłuchać modlitw tak wielkiej jak ona grzesznicy.

Około ósmej przynoszono jej kawę, po wypiciu której, ucałowawszy Adę leżącą w puchach i koronkach, biegała na pensję, skąd wracała o pierwszej lub trzeciej.

Przez jakąś godzinę, wesoła i uśmiechnięta, opowiadała pannie Solskiej o wydarzeniach na pensji, a następnie w swoim pokoju odrabiała lekcje z Zosią, siostrzenicą Dębickiego, który mieszkał w lewej oficynie na dole obok biblioteki.

Pewnego dnia rzekła do Zosi:

– Wiesz, Zochna, pójdziemy jutro na pensję do czwartej klasy... Przecież pensję trzeba skończyć, bo inaczej wujcio będzie martwił się.

Dziewczynka zbladła i zaczęła drżeć.

– Ach, pani – rzekła – ja tak się boję... One mnie będą wyśmiewały... Nawet panna Malinowska mnie nie przyjmie...

– Nie bój się! Przyjdź do mnie jutro o wpół do dziewiątej, ale – wujciowi nie mów nic...

Jakoż nazajutrz rano prowadziła na pensję Zosię, która była blada ze strachu i miała czerwony nosek z zimna. Madzia jednakże tak wesoło rozmawiała z Zosią i tyle zadawała jej pytań w ciągu drogi, że dziewczynka ani spostrzegła się, kiedy stanęły w korytarzu pensji.

Jedna z pokojówek zdjęła z Zosi krótką salopkę, a Madzia wprowadziła za rękę drżące dziecko do sali czwartej klasy.

– Patrzcie – zawołała do uczennic – przyszła Zosia, którą tak zapraszałyście... Kochajcie ją i bądźcie dla niej dobre.

Dziewczynki otoczyły dawną koleżankę i tak życzliwie zaczęły z nią rozmawiać, że Zosię opuścił strach. Dopiero gdy Madzia wyszła z sali, dziewczynka znowu pobladła i zwróciła za nią rozszerzone źrenice.

Madzia z korytarza weszła do klasy i ucałowawszy wylęknioną Zosię, jeszcze raz rzekła do jej towarzyszek:

– Kochajcie ją, bardzo kochajcie... Ona boi się, żebyście jej nie zrobiły jakiej przykrości...

Zosia została w sali. W czasie przerwy o dwunastej przyznała się przed Madzią, że jest jej wesoło w klasie, a wracając o trzeciej do domu, powiedziała, że nie rozumie, jak mogła tyle miesięcy wytrzymać bez towarzystwa koleżanek.

Zaniepokojony Dębicki czekał na podwórzu, a zobaczywszy mizerną, lecz uśmiechniętą siostrzeniczkę, pobiegł kilka kroków naprzeciw i zawołał:

– Cóż to... wróciłaś na pensję?

– I już będzie chodziła aż do ukończenia! – szybko odpowiedziała Madzia.

Dębicki podziękował jej spojrzeniem. Wprowadził zziębniętą Zosię do pokoju i zdejmując z niej wiotką salopkę, pytał:

– Cóż, bałaś się? Bardzo ci było przykro?

– Okropnie! Ale kiedy panna Magdalena pocałowała mnie, zrobiło mi się tak na sercu! Wie wujcio, tak mi się zrobiło, że weszłabym do najciemniejszego pokoju...

Tego wieczora Dębicki opowiedział Solskiemu przygodę Zosi: jej przestrach, długą przerwę w naukach i dzisiejszy powrót na pensję dzięki Madzi, która w tajemnicy przed nim wszystko przygotowała.

Solski słuchał wzruszony, biegając po gabinecie. Wreszcie kazał prosić do siebie siostrę.

– Słyszałaś, Ada, o Zosi? – zapytał.

– Naturalnie. Madzia cały plan ułożyła w moim pokoju.

– My byśmy tego nie umieli zrobić, Ada?

– Nam by to nawet na myśl nie przyszło – cicho odpowiedziała siostra.

– Anioł w ciele kobiety albo... genialna intrygantka! – mruknął Solski.

– Ach, proszę cię – wybuchnęła Ada – możesz stosować swój pesymizm do całego świata, tylko nie do Madzi.

Solski wpadł w rozdrażnienie i prostując swoją małą figurkę, zawołał:

– Dlaczegóż to, jeżeli łaska? Czy panna Magdalena nie jest kobietą, a w dodatku ładną? Poeci trafnie nazwali kobietę bluszczem, który, aby się rozwinął i zakwitł, musi opasać drzewo i ssać... ssać... ssać! A im lepiej ssie, im jego podpora jest bliższą śmierci, tym bluszcz bujniej rośnie i piękniej kwitnie...

– Nie wiedziałam, że jesteś zdolny mówić tak o przyjaciółce siostry...

– A panna Helena nie była twoją przyjaciółką? – odparł, zasadzając ręce w kieszenie. – Uważałaś ją za istotę nadziemską! No a dziś do tej niebianki modli się z tuzin pobożnych... na trzy miesiące przed zdjęciem żałoby po matce! Przyznaj, Ada, że boginie, zanim staną się nieśmiertelnymi posągami, już mają kamienne serca – zakończył, całując siostrę.

Pogodzili się prędko; Ada wyszła, a Solski z wyrazem znużenia zabrał się do odczytywania papierów dotyczących jego fabryki.

W początkach lutego, gdy Madzia wcześniej powróciła do pałacu Solskich z pensji, zobaczyła na schodach służbę w ruchu. Pokojówki biegały do góry i na dół z flaszkami i ręcznikami, a młodsi lokaje, ustawiwszy się na różnych kondygnacjach, pobierali od nich rogatkowe w sposób mniej lub bardziej widoczny, któremu towarzyszyły lekkie okrzyki.

Wobec Madzi – pokojówki przybrały powagę infirmerek, a lokaje zaczęli udawać, że to właściwie oni niosą na górę flaszki i ręczniki.

– Co się stało? – zapytała przestraszona Madzia.

– Pani hrabina zachorowała na migrenę – odparł jeden ze służby, nisko kłaniając się i usiłując pohamować westchnienie, które rozsadzało mu piersi.

Panią hrabiną nazywano tu ciocię Gabrielę, która mieszkała przy Solskich na drugim piętrze. Dama ta, niezła w gruncie rzeczy, miała sto tysięcy rubli w banku. Narzekając na nudy i samotność, całe dnie spędzała na wizytach, a wieczory w teatrze; do swoich zaś siostrzeńców przychodziła tylko na obiady, aby dowieść im, że jest przez cały świat opuszczona.

Madzia, dowiedziawszy się, że Ady i Solskiego nie ma w domu, pobiegła na drugie piętro i weszła do sypialni chorej. Zastała ją na fotelu jęczącą, z przymkniętymi oczami, obłożoną plastrami i materacykami, które ustawicznie zmieniała panna Edyta, stara dama do towarzystwa, mająca w tej chwili również zawiązaną głowę.

Po wejściu Madzi chora dama rzekła jękliwym głosem:

– Wreszcie... ukazał się ktoś z dołu! A ja od godziny umieram... Czarne płatki biegają mi przed oczami, zęby mam wysadzone, a skronie bolą, jakby ktoś wiercił rozpalonymi świdrami.

– Ja to samo! – wtrąciła dama do towarzystwa.

– Boże, skróć me cierpienia... – jęczała ciotka Gabriela.

– Boże, zachowaj panią! – szepnęła dama do towarzystwa, kładąc jeszcze jeden materacyk na głowę dostojnej chorej.

– Proszę pani – odezwała się Madzia naturalnym głosem – może ja w czymś pomogę?

Chora otworzyła oczy.

– Ach, to pani? Bardzo jesteś dobra, odwiedzając samotną kobietę, ale... cóż ty mi możesz pomóc?

– Ojciec – mówiła Madzia – nauczył mnie jednego sposobu leczenia migreny, który niekiedy udaje się...

Zdjęła ze siebie okrycie i kapelusz i stanąwszy za fotelem chorej, zaczęła odrzucać wszystkie ręczniki i materace opasujące jej głowę.

– Co pani robi? – krzyknęła dama do towarzystwa, załamując ręce. – Ależ to zabójstwo...

– Pozwól, Edyto... – odezwała się słabym głosem ciocia Gabriela, poczuwszy miły chłodek. – Przecież pani jest córką doktora...

W tej chwili Madzia zaczęła delikatnie ściskać i rozcierać rękami czoło, skronie i kark chorej. Ciocia Gabriela zwróciła uwagę na te ruchy i nagle przemknęło w jej myśli pytanie: „Skąd ona ma takie ręce? Aksamit! Dziwne ręce...". Madzia wciąż tuliła i rozcierała jej głowę; chora dama z natężoną uwagą odczuwała dotknięcie jej rąk.

„Arystokratyczne ręce!" – myślała dama, przypatrując się jednym okiem długim palcom Madzi i różowym paznokciom.

– Czy uwierzysz, Edyto, że mi lepiej? – odezwała się głośno.

– Nie do pojęcia! – odparła dama do towarzystwa.

– Czuję, jakby mi wchodził w głowę ciepły powiew... oczywiście strumień magnetyczny... A ból ustępuje...

W minutę później ciocia Gabriela była już zdrowa.

– Ojciec pani – rzekła na podziękowanie – musi być homeopatą albo uczniem hrabiego Mattei.

– Nie wiem o tym, proszę pani.

– Czy da pani wiarę – zawołała dama do towarzystwa – że mnie jest trochę lepiej na głowę, choć tylko patrzyłam na ruchy pani? Istotnie czuję jakiś ciepły prąd powietrza w lewej skroni, a drugą stroną ból ucieka... Cudowne lekarstwo! Pani musiała dowiedzieć się jakiegoś sekretu od pani Arnold...

– Kto to jest pani Arnold? – spytała ciocia Gabriela.

– Amerykanka, druga żona ojczyma panny Norskiej...

– Ach, tej...

– Ale ona jest sławną magnetyzerką i rozmawia z duchami – wyjaśniła dama do towarzystwa.

Zanim Madzia zeszła z drugiego piętra do siebie, już w całym pałacu opowiadano o jej cudownych kuracjach wykonanych na pani hrabinie i damie do towarzystwa. Gdy tylko Solscy powrócili z wizyty, natychmiast kamerdyner zakomunikował im wiadomość o nadzwyczajnych wypadkach, a ciocia Gabriela, wezwawszy ich do siebie, w dwóch językach odmalowała barwny obraz swoich cierpień i sposób usunięcia ich przez Madzię. Kładła przy tym nacisk na delikatność jej dotknięcia, dziwiąc się, skąd córka doktora może mieć tak piękne ręce.

– Podoba mi się system panny Magdaleny – odezwał się Solski, któremu żółta twarz pociemniała. – Migrenę leczy ściskaniem, a brak odwagi pocałunkami...

– Nie pleć! – zawołała siostra.

– No, przecież Zosię ośmieliła, całując ją... Bardzo wierzę, że to pomaga!

Kiedy pożegnawszy ciotkę, oboje zeszli na dół, odezwała się Ada:

– Tylko, Stefek, nie bałamuć Madzi. Ty, jak widzę, za często prawisz jej komplementy.

– Cóż to, nie wolno?

– Nie wolno, bo jak się dziewczyna w tobie zakocha...

– To się z nią ożenię – odparł Solski.

– Aa... w takim razie...

– Tylko zrób, żeby się zakochała! – dodał z westchnieniem.

– Na to nie licz! – stanowczo odpowiedziała siostra.

– Nie pomożesz mi? – spytał Solski zdziwiony.

– Nie – odpowiedziała. – To już za poważna sprawa.

– Jak chcesz.

Ucałowali się, ale oboje byli podrażnieni. Ada mówiła sobie: „Widzę, że Stefek znowu zakochany... Piękna rzecz! Albo ożeni się z Madzią, a wtedy zobojętnieją dla mnie oboje, albo – rzuci biedną dziewczynę, a wówczas ona będzie miała prawo znienawidzić mnie...

Gdybyż to były na świecie dwie Madzie, jedna do drugiej podobna jak dwie krople wody! Nie, nawet jedna niechby sobie była daleko lepsza i piękniejsza od drugiej... W takim razie tamtą lepszą oddałabym Stefkowi, a sobie zostawiłabym tę zwyczajną. I wszyscy bylibyśmy szczęśliwi, a tak... nie wiadomo, co będzie...".

Solski z rękami w kieszeniach szybko chodził po swoim gabinecie, manewrując spojrzeniami w ten sposób, aby jak najrzadziej spotykać się z rozwieszonymi na ścianach planami cukrowni.

„Weszła do nas – myślał – jak iskierka i zapaliła płomień, który sięgnął aż na drugie piętro... Cha! Cha! – śmiał się – jeżeli pannie Brzeskiej za każdym razem uda się wypędzić migrenę z głowy mojej biednej ciotki, Gabriela zacznie podejrzewać swoją lekarkę o być może królewskie pochodzenie... Tylko francuscy królowie dotknięciem usuwali skrofuły... Zatem panna Brzeska... cha! cha! cha! Już widzę ciotkę w naszym obozie!

Ale Ada! Zawsze awantury z tymi babami... Ileż to razy mówiła mi: chciałabym, żebyś znalazł żonę podobną do Madzi... A jak ją chwali, jak ją kocha! I właśnie teraz, kiedy znajduję żonę najpodobniejszą do Madzi, ona mówi, że nie chce się mieszać do tego...

Przecież z panną Heleną Norską moje rachunki są – jak nie można – czyste... Nie ja zerwałem, tylko ona, radząc mi w dodatku, żebym zdobywał ją na nowo wedle najświeższych zasad jeszcze nie wypróbowanych przez nikogo, ale które ona dopiero oceni! Chwała Bogu! Niech ocenia nowe zasady na innych zwierzętach, a mnie – zostawi w spokoju...

Będę miał żonę piękną, która mówi po francusku i gra na fortepianie, i która – mnie wszystko będzie zawdzięczać... Majątek, nazwisko, hołdy światowe... Wszystko – prócz anielskiego serca... które zresztą trzeba bliżej poznać... Może i ona wynalazła nowe zasady kochania? Diabli wiedzą. Na kobiety padła jakaś umysłowa epidemia, zabawna w początkach, ale na dłuższą metę nudna...".

W tym samym czasie Madzia w swoim pokoiku czytała wypracowania uczennic. Ale zajęcie szło jej oporem. Co chwilę odkładała zeszyt i oparłszy głowę na ręku, przymykała oczy, jakby odrywając się od zewnętrznego świata, chciała głębiej spojrzeć we własną duszę, którą ugniatał nieujęty, ale dokuczliwy ciężar.

W domu pani Latter czytanie wypracowań robiło jej przyjemność; nieraz zanosiła się od śmiechu z powodu zabawnych wyrażeń młodych autorek.

Dziś nuży ją niewyraźne pismo, dręczą błędy, a treść nie zajmuje. I wydaje się jej, że lada chwila wejdzie ktoś i zapyta:

„Skąd się pani tu wzięła? Co pani tu robi?".

Może nawet wejść jej własny ojciec, a byle spojrzał na nią, ona już zrozumie: co to znaczy?

„Jakże – więc rodzicom chciałaś płacić za pokoik i proste obiady, a u wielkich panów za darmo bywasz w salonach i jadasz potrawy, jakich my przez cały rok nie widujemy?".

Madzia schwyciła się za głowę.

„Ja muszę coś robić dla nich, bo inaczej łaskawy chleb otruje mnie! – szepnęła z desperacją. – Niepodobna, żeby Bóg rzucił mnie tu bez celu... Przecież ci ludzie w swych wielkich salonach nie są szczęśliwi... Ada tak pragnęła, żeby pan Stefan ożenił się z Heleną, to samo nieboszczka pani Latter... Czy ja tu nie jestem jej zastępczynią?".

Ona wskazałaby Adzie środek na rozpędzenie nudów, ona umiałaby poprawić stosunki między panem Solskim a Helenką... I wszyscy byliby szczęśliwi, a ja wywdzięczyłabym się za ich dobroć...

12. W jaki sposób ożywia się pustka

Przy mieszkaniu Ady Solskiej był rodzaj oranżerii, cały dzień oświetlonej przez słońce. Za życia matki Ady przynoszono tu osobliwe rośliny w czasie ich kwitnienia. Później przez szereg lat altana stała pustką. Dziś przerobiono ją na botaniczne laboratorium Ady.

Madzia bywała tutaj rzadko. Nie lubiła laboratorium. O ile bowiem szklana altana urządzona była elegancko, o tyle napełniały ją przedmioty brzydkie i dziwaczne.

Ada prowadziła hodowlę mchów i porostów, więc wszystkie stoły i półki były nimi zarzucone. Znajdowały się tam płaskie skrzynie, napełnione piaskiem, torfem, błotem, gdzie rosły jedne gatunki. Były wielkie kawały strzechy, kamieni, cegły i kory drzewnej, na których niańczono inne gatunki. Były zielone, żółte, czerwone i szafirowe klosze dla pielęgnowania mchów i porostów pod wpływem światła różnej barwy. Były olejne lampy uzbrojone wklęsłymi zwierciadłami, za pomocą których oświetlało się rośliny przez całą noc. Były wreszcie duże skrzynie ze szklanymi ścianami, w których można było stosownie do woli badacza wytwarzać podzwrotnikową lub podbiegunową temperaturę, zwiększać ilość kwasu węglanego w powietrzu, dodawać tlenu albo azotu, słowem – grać na siłach i materiałach przyrody jak na klawiszach fortepianu.

Madzia z litością i zgrozą przypatrywała się ledwo widocznym roślinkom, które zastąpiły tu miejsce pomarańcz, kaktusów, storczyków... Jeszcze mchy były przynajmniej podobne do krzaczków, w najgorszym razie do młodych piórek ptasiego pisklęcia albo do aksamitu. Ale porosty były dziwolągami. Jeden wyglądał jak żółty albo zielonawy proszek skąpo rozsypany po cegle. Inny był siwą plamą na korze, inny jakąś łuską czy wysypką chorego drzewa.

Madzi niekiedy zdawało się, że drobne te istotki były nieudanymi próbami natury usiłującej stworzyć normalną roślinę. Tu zrobiła jakiś koślawy listek, tam cudacki płatek korony, gdzie guzik owocowy. Było to niezgrabne, więc odrzucało się na bok, lecz o zgrozo!... żyło jakimś wyschniętym, trupim życiem...

Że natura myliła się, trudno... Ale że kazała żyć ofiarom swych pomyłek, wyglądało to na okrucieństwo.

W takim otoczeniu Ada spędzała po kilka godzin dziennie; mniej więcej ten odłam czasu, w ciągu którego młode kobiety z jej sfery poświęcają się wizytom i oglądaniu magazynów. Zazwyczaj niektóre ze swych porostów rozpatrywała Ada przez lupę; niekiedy coś zapisywała do specjalnych rejestrów, niekiedy rysowała. Trafiały się jednak i takie dnie, że odrzuciwszy głowę na tył fotelu, siedziała bez ruchu z oczami utkwionymi w przezroczysty sufit, z wyrazem głębokiego smutku na twarzy.

Ożywiała się dopiero wówczas, gdy przyszła do niej Madzia i, wzruszając ramionami, zapytywała po raz dziesiąty:

– Ja jednak nie rozumiem ani tego, co robisz, ani – po co to robisz?

– Więc posłuchaj jeszcze raz – odparła Ada ze śmiechem – a zagustujesz w tej robocie.

Biorę na przykład sześć, siedem kawałków kory z żółtymi plamkami: są to porosty tego samego gatunku. Wymierzam powierzchnię każdej takiej plamki i zapisuję: A – ma sto milimetrów kwadratowych, B – sto dwadzieścia, C – osiemdziesiąt i tak dalej. Potem jeden kawałek kładę – na przykład – pod klosz czerwony, drugi pod żółty, trzeci pod fioletowy, czwarty pod przezroczysty i – zostawiam to w spokoju.

Po upływie tygodnia wydobywam moje kawałki spod kloszy, znowu mierzę powierzchnię żółtych plamek i znowu zapisuję. Porównanie zaś nowych cyfr z dawniejszymi pokazuje mi, jaki kolor światła sprzyja, a jaki nie sprzyja rozwojowi danego porostu.

W podobny sposób badam wpływ ciepła, wilgotności, kwasu węglanego na porosty, i już mam dość bogaty rejestr spostrzeżeń.

– Brr! Cóż to za nudy... – otrząsnęła się Madzia. – Zdaje mi się, że między tymi suchymi roślinami człowiekowi może serce uschnąć.

– Ach, jakże się mylisz! – zawołała Ada z błyszczącymi oczami. – Gdybyś wiedziała, ile uczuć rozbudza w sercu podobne zajęcie! Ile razy niepokoiłam się: czy ta a ta plamka została dobrze zmierzoną? Ile razy wstawałam w nocy, myśląc, że w lampie ogrzewającej zabrakło oliwy albo że jakiś kawałek leży w niewłaściwym kloszu. I wiesz, że niekiedy tak bywało...

To dopiero jedna strona kwestii. Bo otóż pewnego dnia na badanym poroście ukazuje się nowa kropka, listeczek albo guziczek. Widziałam to już sto razy, lecz za każdym pojawieniem się nowej istoty doznaję dziwnego uczucia: ogarnia mnie obawa, radość i czy nie uwierzyłabyś, niby wstyd... Ze Stefanem na przykład nie rozmawiałabym o tym... Powiadam ci, każdy taki nowy utwór wydaje mi się czymś bliskim: cieszę się, gdy rośnie, lękam się, gdy spostrzegę objawy nienormalne, a gdybyś wiedziała, jak mi żal, gdy biedaczek umiera... Zdaje mi się, że jest to małe dziecko, które ja stworzyłam i nie umiem go utrzymać przy życiu.

– Dziwne! – szepnęła Madzia. – I zawsze jesteś tak zajęta?

Panna Solska zarzuciła ręce na głowę i przymknęła oczy.

– Nie – odparła po chwili. – Czasami jest tu okropnie cicho, pusto. Wtedy myślę, że cały świat jest tak pusty i nagi jak moje laboratorium, a życie martwe – jak na kamieniach i korach. W tej zaś powszechnej martwocie i pustce nasz dom wydaje mi się najbardziej głuchym i martwym...

Ach, Madziu, w podobnych chwilach oddałabym laboratorium, mieszkanie, nawet majątek, wiesz za co? Za jednego małego siostrzeńczyka, który by na Stefana wołał: tato... a na mnie: ciociu... Jakby tu było głośno, jaki ruch w tym naszym klasztorze!

Zasłoniła oczy ręką, ale między palcami przekradło się parę łez. Po raz nie wiadomo który Madzia powtórzyła sobie, że jednak jej bogata przyjaciółka – nie jest szczęśliwą.

Od tej rozmowy laboratorium Ady zaczęło się zmieniać. W kątach pojawiały się co dzień nowe tuje, oleandry i palmy; pod ścianą – hiacynty, róże, doniczki z fiołkami i konwalią. Czy zmiany były nieznaczne, czy panna Solska roztargniona, dość, że nie spostrzegła ich.

Pewnego dnia, wchodząc do pracowni, Ada usłyszała szelest. Stanęła na środku – szelest nie powtórzył się. Zbliżywszy się do stołu, zaczęła oglądać przez lupę jeden z porostów i rysować. Znowu rozległ się szelest bardzo wyraźny.

„Mysz w pułapce?" – pomyślała, patrząc.

Zdawało jej się, że w jednym kącie jest bardzo dużo nagromadzonych roślin; spostrzegła też rozstawione tu i owdzie doniczki z kwiatami. Ale że szelest powtarzał się, więc pobiegła między tuje i oleandry.

– Co? Co? – zawołała, zdzierając czarny pokrowiec. – Klatka? Kanarki?

Istotnie były to kanarki: jeden żółty jak ciasto z szafranem, drugi nieco bledszy, ale za to z czubkiem na głowie. Ada przypatrywała im się zdziwiona, one jej – przestraszone.

Na drucianej klatce była karteczka z napisem: „Dzień dobry pani!".

„Prezent Madzi" – pomyślała Ada, nie wiedząc, czy śmiać się, czy gniewać. Usiadła znowu przy stole, ale już bez ochoty do rysowania. Intrygowały ją różowe dzióbki i ciemnoszarawe oczy, a przede wszystkim błyskawiczne ruchy ptaków, które przypatrywały się, uciekały do kątów klatki, skakały po drążku, huśtały się na kółku, robiąc przy tym miny bardzo poważne i kręcąc się na wszystkie strony, tak że co chwilę jakaś główka ukazywała się na miejscu ogona, a biaława pierś zamiast żółtego grzbietu.

Lutowe słońce, które od rana kryło się lub ukazywało spoza chmur, oświetliło w tej chwili pracownię. Liście palm i oleandrów nabrały połysku, nieśmiałe kwiaty hiacyntów, róż i fiołków wysunęły się na pierwszy plan, kanarki zaczęły świergotać. Odezwał się czubaty, odpowiedział mu żółty, następnie czubaty usunął się w kąt klatki, a żółty, parę razy wypróbowawszy głosu, wyśpiewał taką melodię, że pracownia napełniła się jej dźwiękami, a klosze z cicha zaczęły jej wtórować.

Zdumienie ogarnęło pannę Solską. Zwiesiła ręce i przypatrywała się niepojętym zmianom.

Martwa altana miała w tej chwili barwy, życie, nawet zapachy. Naukowa pracownia stała się królestwem ptaków, gdzie tuje i oleandry były mieszkaniem, róże i fiołki dekoracją, a dotychczasowi władcy tej krainy – mchy i porosty, tylko mogły przydać się na gniazdo dla śpiewającej pary.

Kiedy Madzia powróciła z pensji, Ada, dziękując jej za niespodziankę, rzekła:

– Albo ja jestem niższa, albo ty jesteś wyższa od ludzi. Jakie na ciebie spadają natchnienia!

– Żadne natchnienia – odpowiedziała Madzia. – Ty jesteś zajęta nauką, więc drobiazgi nie przychodzą ci do głowy. A jednak i one mają wartość…

Ada podniosła palec do góry. Siedziały w trzecim pokoju od laboratorium i mimo to dochodziły ich perliste trele kanarka.

– Jedno małe stworzonko pół domu ożywia – rzekła Ada. – Gdyby Stefanowi… – dodała zamyślona.

– Daj mu Helę… – uśmiechnęła się Madzia.

– Żonę on sam sobie znajdzie – odparła panna Solska. – Ja mu dam co innego.

W parę dni, kiedy Madzia z powodu święta nie poszła na pensję, wbiegła do niej Ada ubrana w płaszczyk z kapturkiem.

– Weź co ciepłego na siebie – rzekła panna Solska – i zejdźmy na dół. Zobaczysz coś…

Przez kryte schody, sienie i korytarze obie panny poprowadziły się na drugi koniec pałacu do pralni, która w tej chwili niezwykły przedstawiała widok. Znajdowało się tam z dziesięciu mężczyzn i kilka kobiet, każda zaś z tych osób trzymała na sznurku psa.

Był tam wystrzyżony pudel, z wąsików i bródki wyglądający na starego kawalera; był taks na krzywych nogach podobny do czarno-żółtej gąsienicy; były popielate mopsiki z aroganckimi pyszczkami, ponury buldog, angielski wyżeł odznaczający się łagodnością i pieszczotliwymi ruchami. Po wejściu panien psiarze i psiarki, prowadzący dotychczas gwarną rozmowę, nagle umilkli; lecz psy pomimo targania ich za sznurki niewiele robiły sobie z nowo przybyłych. Jeden z mopsików umizgał się do czarnej szczurołapki, pudel zaglądał do pustej balii, angielski wyżeł usiłował zjednać dla siebie taksa, który ciągle stawał do niego bokiem.

– Pst! Parol tu! Muszka do nogi! – wołali psiarze.

W tej chwili wysunął się z buldogiem mizerny chłopak w niebieskiej chustce, okręconej na szyi bez kołnierzyka, i zwracając się do Madzi, mówił przeraźliwym dyszkantem:

– Oto jest prawdziwy buldog angielski, żebym tak nogę złamał, proszę jaśnie panienki, urodzony z dzikiej krokodylicy...

– Cicho! – groźnie odezwał się kamerdyner z uszanowaniem stojący za Adą.

– Rzeźnickie bydlę, proszę jaśnie pani – wtrąciła tęga jejmość, patrząc na Adę. – Co innego moja Musia... o! Musia, służyć... no, służyć, Musia...

– Do szkoły ją, pani, oddaj, a nie do takiego pałacu – przerwał właściciel pudla. – Suka ani myśli służyć...

– Bo ona się zawstydziła...

– Karo, hop! – zawołał pudlarz.

Pies w jednej chwili porzucił balię i zaczął chodzić na przednich łapach jak pajac...

– Hii! Czy ja tego komedianta nie widziałem w jesieni w cyrku? – rzekł chłopak w niebieskiej chustce. – Moja pani – zwrócił się do jejmości z ratlerką – o kamienicę, co jest naprzeciwko, założę się, że to emigrant z cyrku.

– Sam widać kradniesz psy, kiedy posądzasz drugich – ofuknął go właściciel pudla. – Karo wychował się u mnie od szczenięcia... Ja go uczyłem...

– A sama pani go wykarmiła – dodał chłopiec z buldogiem.

– Cicho tam! – znowu odezwał się kamerdyner lękając się awantury.

Ale Ada nie uważała na kłótnię, pieściła bowiem psa, który kolorem i wspaniałą postacią lwa przypominał.

– Patrz, Madziu – rzekła po francusku – takiego samego miał Stefan za studenckich czasów. Co to za mądre i łagodne spojrzenie! Siła i spokój...

– Ile ma lat ten pies? – zapytała po polsku jego właściciela.

– Dwa lata.

– A jak się nazywa?

– Cezar.

– Proszę za mną – rzekła, kiwnąwszy głową pozostałym psiarzom.

– A z nami co będzie, jaśnie pani? – zawołał chłopiec z buldogiem. – Taki uczony pudel zarobiłby przez ten czas na podwórkach ze dwa złote... Pani z ratlerką, żeby tu przyjść, zamknęła na pół dnia magazyn z paryskimi modami, a ja spóźniłem się na giełdę...

Ada, szepnąwszy coś kamerdynerowi, szybko wraz z Madzią opuściła pralnię, a za nimi Cezar i jego właściciel.

– Ten kawaler ma rację! – zawołała dama z ratlerką.

– Toteż dostaniecie państwo po rubelku za fatygę – rzekł kamerdyner.

– Słyszane rzeczy! – wrzasnął chłopak. – Ratlerka rubla i mój buldog rubla! Przecież taka wesz mogłaby być za pchłę u mojego i jeszcze by mu między zębami uciekła...

W rezultacie wszyscy wzięli po rublu oprócz właściciela wyżła, który włożył czapkę na głowę i wyszedł, mrucząc, że nie jest żebrakiem.

– Widzieliście, państwo, coś podobnego? – odezwała się z pogardą tęga jejmość. – Jaki elegant!

– Zatkaj sobie, pani, grdykę – wtrącił chłopak – bo to prowizor od samego pana Dytwalda... Wiem, przecież byliśmy razem na Sylwestrze w Resursie Obywatelskiej. Ja wyciągałem damy z powozów, a on patrzył, czy każdy idący na to wesele ma tabliczkę z magistratu.

– Ech! Urodziłeś się na adwokata – rzekł właściciel pudla, spluwając.

– Namawiają mnie tam i dziś, ale ja wolę panu dotrzymywać sąsiedztwa.

Ponieważ Solski miał niedługo wrócić z miasta, więc Ada szybko skończyła z właścicielem Cezara. Pies był łagodny i posłuszny, nigdy nikogo nie ugryzł, u obecnego właściciela bawił dopiero dwa miesiące, a oceniony został, jak obwarzanek za grosz, na sto pięćdziesiąt rubli.

Kamerdyner chciał się targować, lecz Ada zapłaciła natychmiast, biorąc w zamian od sprzedawcy pokwitowanie tudzież papiery osobiste Cezara, gdzie znajdował się jego rysopis, genealogia i świadectwa dawniejszych właścicieli.

Właśnie Ada karmiła psa cukrem, kiedy jego pan opuścił pokój, nie okazując wielkiej czułości. Cezar spojrzał za nim, rzucił cukier i pobiegłszy do drzwi, zaczął w nie skrobać. Przy tym z początku piszczał, potem skamlał, w końcu wył żałosnym głosem.

– Cezar... Cezar! Chodź tu, piesku – mówiła Ada. – Teraz będziesz miał lepszego pana, który cię nikomu nie sprzeda...

Pies spojrzał na nią pełnymi smutku oczami, jeszcze skrobał do drzwi, wąchał. Widząc jednak, że nic nie pomaga, zbliżył się do Ady i oparł piękny łeb na jej kolanach. Lecz co parę chwil cicho skamlał lub wzdychał.

– Wiesz – mówiła Ada do Madzi, pieszcząc Cezara – zrobię tak: ubiorę go w czepek, owinę w kołdrę i położę na szezlongu u Stefka... Dopiero się zdziwi!

Nagle Cezar podniósł uszy i rzucił się, kręcąc ogonem, do drugich drzwi, w których niebawem ukazał się Solski. Pies pochylił ogon i przypatrywał mu się z uwagą.

– Co? Co? – zawołał Solski. – Panna Ada zaczyna handlować psami... Ależ to cień mojego Hektora! Pójdź no tu, mały...

Poklepał psa, wziął go za mordę, wygłaskał wzdłuż ciała. Pies życzliwie przyjmował pieszczoty.

– Masz, Stefek, to twój Cezar – rzekła Ada. – Ale podziękuj za niego Madzi, która swoimi kanarkami przypomniała mi, że u nas nie ma żywej istoty w domu. Jak to, nie cieszysz się? Widzę, że ród męski składa się z samych niewdzięczników, bo nawet i niegodziwy Cezar już nie chce patrzeć na mnie.

– Dziękuję ci, Adziuś – odparł, całując siostrę.

Usiadł przy niej i głaskał Cezara, który na jego kolanach położył głowę.

– Jesteś jakiś nieswój? Myślałam, że zrobię ci niespodziankę...

– Gorzej, bo nie przywitałem się z panną Magdaleną – rzekł i ścisnął Madzię za rękę. – Ech! co za niespodzianka... Od wczoraj wiedziałem, że kazałaś naprowadzić psów do domu, i tylko ostrzegłem Józefa, żeby nie pozwolił kupić jakiegoś kundla. Ale myślę w tej chwili o czym innym... Zaraz... zaraz... już wiem!

Wybiegł do swego pokoju, posłał kamerdynera do miasta, sam poszedł na górę do ciotki i odbył z nią długą konferencję.

Przy obiedzie zabrał głos.

– Słuchajcie, panie, gdyż nie chcę was dłużej torturować. W dniu dzisiejszym... zgadnij, Ada co będzie?

– Czwartek.

– Co to czwartek! – Dziś będzie teatr. Idziemy z ciocią na *Zemstę za mur graniczny*...

– Cudownie! – zawołała Ada, klaszcząc w ręce. – W tym roku jeszcze nie byłam w teatrze…

– To nie wszystko – przerwał Solski. – *Zemstę* bowiem dają w Teatrze Wielkim, gdzie mamy lożę parterową…

– Aaa! – zachwycała się Ada.

– To jeszcze nie wszystko, albowiem – słuchajcie, słuchajcie! Po przedstawieniu idziemy na kolację do Stępkowskiego.

Oparł ręce na kolanach i z triumfem spojrzał po obecnych. Ada rzuciła mu się na szyję.

– Jesteś nadzwyczajny, Stefanie… Skądże ci to wszystko przyszło?

– Słuchaj! – odparł – i podziwiaj mądre urządzenie świata. Jak grudka śniegu, staczając się z niebotycznej góry, wyrasta w olbrzymią lawinę, tak w domu naszym drobne cnoty rodzą wielkie czyny. Panna Magdalena podarowała ci parę kanarków ważących zaledwie kilkanaście łutów. Była to owa grudka śniegu, która trafiwszy na ciebie, już urosła w Cezara ważącego z pięćdziesiąt kilogramów. Cezar zaś trafiwszy na mnie, przerodził się w teatr, który waży dziesiątki tysięcy centnarów.

– Już teraz wiem, dlaczego u was miewam większe migreny, niż gdy mieszkałam sama – rzekła ciotka.

– Ale ma ciocia i lekarza! – odparł Solski, spoglądając na Madzię. – Pod takim warunkiem chętnie przejąłbym migreny cioci…

– Stefek, nie pleć! – zgromiła go Ada.

– Gdzie Cezar? – rzekł nagle Solski i gwizdnął.

Mądre zwierzę odpowiedziało mu z trzeciego pokoju szczeknięciem, a za chwilę wbiegło susami.

– Wielki Boże, cóż to za potwór! – jęknęła ciotka. – Proszę cię, Stefan, niech on na mnie nie patrzy…

Powoli jednak uspokoiła się, a nawet pogłaskała Cezara, którego Solski zaczął karmić z ręki.

– Straszne rzeczy dzieją się w naszym domu! – mówiła ciotka. – W pokojach kanarki wrzeszczą tak, że trzeba zatykać uszy, pies szczeka, aż ściany drżą, a Stefan gwiżdże przy obiedzie. Zdaje mi się, że dostałam się na pustynię...

– Przyznaj jednak, ciociu, że dzisiejsza nasza pustynia weselej wygląda od wczorajszego klasztoru – odpowiedział Solski. – Żyliśmy tu jak mnisi albo więźniowie; doszło do tego, że ja sam bałem się głośniej mówić. Słowem – marnowaliśmy życie. Ale już się to nie powtórzy. Jak promień słońca spłynęła do nas panna Magdalena; topi lód, który ugniatał nam piersi, i z zatęchłych kątów wypędza mary smutku...

– Stefek!

– Nie przeszkadzaj, Ada, bo jestem w natchnieniu. Lekcja pani – zwrócił się do Magdaleny – trafiła na pojętnych uczniów. Precz z nudami! Od tej pory nasze kółko stanie się ogniskiem rozrywek...

– Co? Chcesz otworzyć dom? – spytała Ada.

– Nie dla wszystkich. Chcę się tak urządzić, żebyśmy nie rozdzierali płuc ziewaniem. Początkiem zaś nowej epoki będzie – dzisiejszy teatr.

Ciotka Gabriela dała mu lekkie brawo.

– Lubię cię takim – rzekła. – I jeżeli takim zostaniesz, gotowa jestem pogodzić się z Cezarem, a nawet z kanarkami Ady.

– Pogodzisz się z wieloma innymi rzeczami – odpowiedział, całując ciotkę w rękę, która bystro spojrzała na niego.

Madzia siedziała milcząca i zakłopotana. Nad wszelkie rozrywki lubiła teatr, tym razem jednak zamiast radości wywoływał on w niej niepokój.

„Po co oni mnie biorą?" – myślała, czując odległość, jaka dzieli ubogą nauczycielkę od osób wyższej sfery.

Wszystko ją raziło: prosty ubiór Ady i pani Gabrieli, które oczywiście pragnęły zastosować się do niej; doskonałe konie i piękna kareta, a nawet to, że ona z ciotką zajęły siedzenie tylne, a Stefan z Adą przednie.

Ale dopiero w teatrze zaczęła się prawdziwa męka dla Madzi. Tylko weszli do loży, wszyscy zaczęli przypatrywać się im.

Nawet było słychać szept: „Solscy... Solscy...", i pytanie: „A kto to jest ta panienka?".

„Kto? – myślała Madzia. – Zwyczajna dama do towarzystwa, która znajduje się na niewłaściwym miejscu".

Siedziała zarumieniona, bez tchu, ze spuszczoną głową; ile razy musiała podnieść oczy, przerażał ją widok żywej ściany z kobiet i mężczyzn zapełniających loże, amfiteatr, balkony. Tu i owdzie błyszczały szkła lornet skierowanych na twarz Madzi, zaglądających jej w oczy.

Ktoś stanął przed lożą i złożył głęboki ukłon. Po wielkiej, różowej łysinie Madzia poznała Zgierskiego i – odetchnęła. Przynajmniej jeden znajomy i życzliwy! Znowu jacyś dwaj panowie... Kazimierz Norski i Bronisław Korkowicz od pewnego czasu złączeni węzłem nierozerwalnej przyjaźni. Może jeszcze jest ktoś? – myśli Madzia, obrzucając wejrzeniem teatr. A naturalnie! W amfiteatrze pierwszego piętra siedzi towarzystwo, wśród którego Madzia poznaje swoją koleżankę z pensji, pannę Żanetę, i pana Fajkowskiego, prowizora z Iksinowa.

Zawstydzona, spuszcza oczy i mimochodem trafia na olbrzymi kapelusz pomiędzy krzesłami. To panna Howard – sama; nie, nie sama, piastuje bowiem w ręku artyleryjską lornetę, jak przystało na damę, która chce dorównać mężczyznom.

Na domiar zbliża się do Ady stary, obrzydliwy baron Pantoflewicz i, patrząc jednym okiem na bukiecik u jej stanika, drugim na Madzię, zapytuje:

– Co to za cudny kwiatek?

– Zwykła konwalia.

– A prawda! I nasze kwiatki bywają piękne, tylko je trzeba zmieniać...

– Bo na tym świecie, mój baronie – pochwycił Solski – wszystko zmienia się oprócz peruki.

Baron prędko odszedł, ale Ada pobladła, a Madzi pociemniało w oczach. To ona należy do tych kwiatków, które trzeba zmieniać!

Teatr mimo doskonałej gry artystów nie udał się dla kółka Solskich. Panie były zmieszane i chmurne. Stefan zły. Przy końcu sztuki Ada powiedziała, że ją boli głowa i że zamiast do Stępkowskiego, chce wracać do domu na kolację.

Kiedy znaleźli się w mieszkaniu, Ada rzekła do Madzi:

– Widzę, że teatr już nie dla mnie. Drażni mnie gorąco, mnóstwo osób... Byłam dziś tak rozstrojona, że wam zepsułam zabawę... Stefan odczuł to i gniewa się na mnie. Nigdy nie pójdę do teatru! – dodała z żalem w głosie.

Wobec jej zmartwienia Madzia zapomniała o własnych przykrościach. Objęła Adę za szyję i powiedziała, śmiejąc się:

– Otóż pójdziesz i będziesz chodzić do teatru, ale powiem ci, jak zrobimy. Weźmiemy lożę na drugim piętrze...

– Nie wypada...

– Zobaczysz, że wypada, tylko, nikomu nic nie mówiąc, wymkniemy się we trójkę z panią Arnoldową na przykład na operę włoską.

– Wiesz, że podoba mi się ta myśl – zawołała Ada. – Pójdziemy incognito...

– Rozumie się, że nie tak jak dziś karetami, z kamerdynerami.

– Jesteśmy przecież samodzielnymi kobietami...

– No, i pani Arnoldowa stanowi poważną opiekę. Jaka szkoda, że Hela jeszcze nie bywa w teatrze! – dorzuciła Madzia.

– Wolałaby to niż flirt ze swoimi wielbicielami – odparła posępnie Ada.

W tydzień później Ada i Madzia istotnie były na operze włoskiej z panią Arnoldową i bawiły się doskonale. Dowiedziawszy się o tym, Solski machnął ręką i rzekł do siostry:

– Chciałem zrobić ci przyjemność, ale mi się nie udało... Widzę z tego, że nasz dom może być szczęśliwym tylko przez pannę Magdalenę. Ona jedna ma ten przywilej!

13. Echa przeszłości

Od pewnego czasu Madzi zaczyna się zdawać, iż w jej stosunkach z ludźmi zaszła jakaś zmiana.

Jej uczennice podczas lekcji są spokojniejsze niż dawniej, co Madzię cieszy; ale zarazem są jakby mniej śmiałe, co ją trochę dziwi. Widocznie ona sama musiała się zrobić poważniejszą, co zawsze zalecała jej nieboszczka pani Latter, niezapomniana...

Podobny odcień nieśmiałości, a raczej delikatności, dostrzegła Madzia w obejściu swoich koleżanek. Przypisywała to jednak szacunkowi, jaki okazywali jej profesorowie, wstając w jej obecności, rozmawiając z nią grzecznie lub unikając niewinnych żartów, na które dawniej niekiedy pozwalali sobie. Profesorowie zaś traktowali ją uprzejmie zapewne pod wpływem panny Malinowskiej, która także od pewnego czasu zaczęła wyróżniać Madzię z grona innych nauczycielek.

Za co? Madzia tylko domyślała się. Przecież ona ma założyć szkołę; więc najpóźniej za rok będzie także przełożoną jak panna Malinowska, która już dziś traktuje ją na równi ze sobą. Całkiem niepotrzebnie, gdyż Madzia rozumie, że nigdy i pod żadnym względem pannie Malinowskiej nie dorówna.

Prawda, że raz, kiedy Madzia zaczęła mówić o pensyjce, panna Malinowska przerwała ze śmiechem:

– Jak to, jeszcze myślisz o szkole?

Madzia przecież rozumie dobrze, że przełożona powiedziała to żartem, żeby ją zakłopotać.

W innych znajomych kółkach Madzia także dostrzegła zmianę. Raz młody pan Korkowicz, jadąc powozikiem, wyskoczył z niego, żeby przywitać się z Madzią, przy czym zachowywał się z elegancją, jakiej w nim nie dostrzegała dotychczas.

Pan Arnold (co ją bardzo zdziwiło) parę razy rozmawiał z nią o cukrowni, zachwalając angielskie kotły i maszyny, które choć drożej kosztują, są jednak trwalsze i lepiej opłacają się w praktyce.

Pani Arnoldowa coraz częściej wtajemniczała Madzię w swoje domowe sprawy, a nawet opowiadała jej wiadomości z tamtego świata komunikowane przez duchy piszące lub pukające.

Nawet Helena Norska, która ciągle mieszkała u państwa Arnoldów, pozbyła się wobec Madzi wyniosłego, a niekiedy ironicznego tonu. Ale poza chłodną uprzejmością Helenki kryło się jakieś uczucie, nad którym Madzia nie lubiła się zastanawiać.

Tylko Ada Solska pozostała zawsze tą samą: dobrą i serdeczną, a pan Stefan – nieco spoważniał. Ile razy Madzia była w mieszkaniu jego siostry, przychodził tam ze swoim psem i słuchał w milczeniu rozmowy panien, bawiąc się grzywą Cezara. Ale już nie umizgał się do Madzi, nawet nie dowcipkował; widać jeszcze kłopotało go zajście w teatrze, tak przynajmniej myślała Madzia.

Drobna ta i zapewne tylko pozorna zmiana w stosunkach ludzi do niej zaniepokoiła Madzię. Nieraz zapytywała siebie: „Co to znaczy? Dlaczego to?". I odpowiedziawszy: „Ach, coś mi się tylko zdaje!" – wracała znowu do pytania: „A jednak co to znaczy? Bo przecież nie jestem dziś lepsza ani mądrzejsza niż przed dwoma tygodniami...".

Pewnego dnia (było to w marcu) siedziała Madzia w swoim gabinecie, patrząc na ogród Solskich, niezbyt wielki, ale pełen starych lip i kasztanów. Słońce mocno grzało. Białe szmaty śniegu leżące na szarej trawie topniały, parowały i zerwawszy się w górę, odlatywały na północ niby stado srebrzystych ptaków. Ciepłe, a zarazem surowe podmuchy potrząsały gałęziami drzew, strącając resztkę lodowych sopli.

Mimo pogodnego nieba było parno i mokro. Mokro na ścieżkach, na gazonach, drzewach i dachach, skąd padał niby deszcz kroplisty.

Spod białej skorupy śniegów wykluwała się wiosna jak pisklę, jeszcze wilgotna i naga.

Z daleka za ogrodową kratą widać było na chodniku snujących się tam i z powrotem przechodniów ruchliwych, ożywionych i ubranych już po wiosennemu.

„Oto dlaczego – myślała Madzia – ludzie wydają mi się lepszymi... Bo są weselsi. Wiosna daje im radość jak drzewom młode listki; zielone drzewo jest piękniejsze od nagich konarów, a wesoły człowiek jest lepszy od ponurego...".

W jednym kącie ogrodu spostrzegła gromadę dzieci, które wynalazłszy suchy kawałek ziemi, ogradzały ją patykami niby płotem. Był tam wnuczek kamerdynera, wnuczka szwajcara, dwóch synków lokaja, jeden kucharza, siostrzenica szafarki – drobna cząstka tej dzieciarni, której rodzice służyli Solskim.

Madzia przypomniała sobie, że w tym pałacu służby z rodzinami jest kilkadziesiąt dorosłych i małych osób – i przyszła jej dziwna myśl. Wszyscy ci ludzie jedzą, śpią, bawią się lub smucą, żenią się i wychowują dzieci nie tylko bez pozwolenia, ale nawet bez wiedzy Solskich. Żyją całkiem odmiennie od Solskich, jak żyją oto te drzewa w ogrodzie, nie troszcząc się o ziemię, która je karmi.

Kto więc tu należy do kogo: drzewa do ziemi czy ziemia do drzew? służba do Solskich czy Solscy do swej służby? Czy Solscy są naprawdę władcami tego pałacu, w którym każda rodzina ma własne troski, uciechy i cele niezależne od woli Solskich? I czym wreszcie są ci potężni Solscy, jeżeli nie biednymi niewolnikami, którym kucharz daje obiady, lokaje czyszczą i ogrzewają mieszkanie, garderobiane zmieniają bieliznę, a administrator dostarcza pieniędzy?

Możnaż dziwić się, że oni nie są szczęśliwymi?

„Ojciec miał rację – pomyślała – mówiąc, że nie ma czego zazdrościć wielkim panom... Ale czym ja tu jestem?".

Spojrzenie jej pobiegło za kratę, gdzie roili się przechodzący. „Oto czym jestem: przechodniem, który ukazuje się na jednym końcu ogrodu, przez chwilę patrzy na jego drzewa, oddycha jego powietrzem i za chwilę znika na drugim końcu ogrodu...".

Przykrość robiły jej podobne myśli, uważała je za pewien rodzaj niewdzięczności względem Solskich. Więc żeby uwolnić się od drażliwych pytań, przeszła do saloniku.

Tam okna wyglądały na dziedziniec. Pod kolumnadą pałacu siedział na krześle szwajcar z siwymi faworytami, w długim liberyjnym surducie i rozmawiał z jakąś kobietą czarno ubraną, tak zawiniętą w czarny welon, że jej twarzy nie można było poznać.

Po chwili kobieta pożegnała szwajcara i chwiejnym krokiem poszła do bramy. Skręciła na chodnik i nagle rozpłynęła się w ruchliwym potoku przechodniów, który nie wiadomo dokąd płynął i na jakie brzegi wyrzucał swoje krople.

„Może uboga z prośbą do Ady..." – pomyślała Madzia i serce ścisnęło się jej.

Teraz szwajcar rozmawiał z młodym lokajem, a niebawem przyłączył się do nich froter.

Madzi znowu nasunęło się pytanie: co robią ci ludzie w pałacu? Dla siebie bardzo wiele: bawią się, smucą, odpoczywają, wychowują dzieci... Ale co robią dla Solskich? Szwajcar pilnuje porządku w sieni, kamerdyner pilnuje porządku w garderobie pana Stefana, panna służąca pilnuje porządku w garderobie Ady, administrator pilnuje porządku w dochodach państwa.

Tu nikt nic nie zmienia, nie tworzy, nie porusza, tylko wszyscy pilnują raz ustalonego porządku, w którym dwie szlachetne dusze: Ady i Solskiego, konserwują się jak przedpotopowe motyle w odłamie bursztynu. Cała ich służba, z której każdy człowiek żyje pełnym, indywidualnym życiem, cała ta służba pracuje tylko w jednym kierunku: żeby ich panowie nie żyli, a nawet nie pomyśleli o tym, że jest jakieś życie trosk i radości, trudów i odpoczynków, walk, niepowodzeń i triumfów.

„Ach, ja niegodziwa! – szepcze Madzia. – Skąd mi znowu przyszło krytykować Solskich, z których dobroci korzystam?".

Zapukano do drzwi i weszła pokojówka z listem, mówiąc:
– Jakaś kobieta dopiero co oddała go szwajcarowi...
– Czarno ubrana? W czarnym welonie? – zapytała Madzia.
– Tak, proszę pani. Ona nawet musi być niedaleko i pewnie czeka na odpowiedź. Niezamożna jakaś.

Madzia szybko rozdarła kopertę i oto, co znalazła w liście pisanym nieznaną ręką:

Trzy razy byłam u Pani. Ale gdy stale mi odpowiadano, że Pani nie ma w domu, domyśliłam się, że Pani nie chce mnie przyjąć. Rozumiem to i już godzę się z myślą, że nie ma dla mnie miłosierdzia, bom go niewarta.

Przepraszam za moje natręctwo, do którego skłoniła mnie dobroć, jakiej doznaliśmy od Pani w Iksinowie, a przede wszystkim łzy, które widziałam w jej oczach, kiedy weszła Pani do naszego pokoju w oberży. Pamięta Pani? Płakałam wtedy, a przecież, Boże mój, to były nasze najlepsze czasy. Nędza nie jest nieszczęściem, nawet choroba: dopiero wówczas człowiek jest naprawdę nieszczęśliwym, kiedy zostaje sam ze swoją trwogą i boleścią, kiedy nie może wierzyć cudzym przysięgom, nawet łzom.

Niech mi Pani wybaczy ten list bez sensu i ładu, ale tak strasznie cierpię, tak muszę pogadać z kimś chociaż w myśli, że prawie czułabym się szczęśliwą, gdybym miała choć kamień własny, który wolno by mi było całować i łzami oblewać. Wiem, że nikt mnie już nie uratuje, ale piszę – jak człowiek tonący, który woła o ratunek, chociaż go nikt nie słyszy.

Może to ostatnie słowa moje na tej ziemi. Zwracam je do Pani, która byłaś moją ostatnią nadzieją. Przez kilka dni mówiłam sobie: ona mnie ocali, a przynajmniej doda otuchy, bo ona ma anielskie serce. Ale przekonałam się, że to jest niepodobieństwem: są występki, które człowieka usuwają spod wszelkiej litości.

Żegnam Panią i zaklinam, żebyś mnie nie poszukiwała. Rozumiem, że pomoc na nic mi się nie zda, bo nie ma siły, która mogłaby odwrócić to, czego się lękam. Jeżeli łaska, niech Pani czasem wspomni o mnie albo lepiej niech Pani nie wspomina, bo ta myśl, że jeszcze są serca życzliwe, rozpaczą by mnie napełniła. Albo niech przynajmniej westchnie Pani na moją intencję. Boże, Boże, ja taka samotna, taka opuszczona, że gdyby mi choć czyj pacierz towarzyszył, byłoby mi pełno – jak na najlepszym koncercie.

Pamięta Pani nasz koncert w Iksinowie? Ach, jeżeli ziemia nie otworzy się pode mną, to już nie ma miłosierdzia na świecie.

Jeszcze raz błagam: nie szukaj mnie, Pani, bo zrobisz mi więcej krzywdy niż dobrego. Dziś jedynym moim życzeniem jest, żeby nikt o mnie nie mówił, nie słyszał, nie wiedział. Może ja zresztą nie jestem tak nieszczęśliwa, tylko bardzo rozdrażniona, a to przecież mija. My, artystki, naprawdę mamy nerwy rozstrojone...

Stella

Spłakana Madzia pobiegła do pokoju Ady, pokazała jej list i w niewielu słowach opowiedziała historię swojej znajomości ze śpiewaczką. Panna Solska spokojniej oceniała położenie.

– Przede wszystkim czy nie domyślasz się, co jej grozi? – spytała. – Samobójstwo? Chyba nie. Może porzucił ją ten towarzysz deklamator? A może ona jest?

Obie panny zarumieniły się.

– Różne myśli przychodzą mi do głowy – odparła Madzia. – Może ona lęka się więzienia?

Ada sposępniała.

– Stefan znalazłby ją – rzekła – przez policję. Gdyby jednak lękała się uwięzienia, nieszczególną oddalibyśmy jej usługę. W każdym razie… Czy znasz jej nazwisko? Niech Józef jedzie przynajmniej do biura adresowego.

Józef pojechał i wrócił w pół godziny z notatką, że Marta Owsińska, śpiewaczka, zamieszkała na Nowym Mieście, w maju roku zeszłego opuściła Warszawę.

– Jeżeli teraz nigdzie nie jest meldowana – zauważyła Ada – więc ukrywa się. A w takim razie może i lepiej zrobiła, nie zbliżając się do ciebie.

– Czy ja wiem? – szepnęła Madzia, czując, że jest to jeden z najsmutniejszych wypadków w jej życiu. Tajemnica Stelli była czymś, co mogło porównać się tylko ze śmiercią pani Latter i Cynadrowskiego.

„Niby jest mi dobrze – myślała – a jednak od czasu do czasu pada obok mnie jak piorun cudze nieszczęście. Czy to przestrogi?".

Strach ją ogarnął.

W parę dni, wracając z pensji, spotkała pannę Howard. Znakomita bojowniczka o prawa kobiece, zapominając wyrządzonych Madzi impertynencyj, powitała ją serdecznie, nawet z wymówkami.

– Zapomniała pani o mnie, a przecież byłyśmy w przyjaźni. Pamięta pani nasze wspólne troski o nieboszczkę Latterową i usiłowania, żeby jej dopomóc? Ale cóż to, widzę, że nie ma pani humoru? Może moje towarzystwo.

Żeby nie obrazić nowo odkrytej przyjaciółki i użyć sobie, zmartwieniu, Madzia, nie wymieniając nazwisk, opowiedziała pannie Howard historię Stelli tudzież treść jej rozpaczliwego listu.

– Nie rozumiem, co to jest – zakończyła Madzia – i nie wiem: szukać jej czy nie?

– Szukać, nigdy! – wybuchnęła panna Howard. – Osoba, o której mówisz pani, jest kobietą, istotą świadomą i samodzielną; jeżeli więc pragnie zachować incognito, byłoby obrazą nie spełnić jej życzenia...

– Przede wszystkim jednak nie wiemy: czy taka jest jej wola, czy może jej co grozi? Cała rzecz wygląda okropnie...

– Zaraz okropnie! – powtórzyła lekceważąco panna Klara. – Przypuszczam, że chodzi o zwyczajne odbycie połogu. A że zapewne trafiło się jej to pierwszy raz, więc biedaczka robi wielką awanturę i wstydząc się obwoływać na rynku swój wypadek, wynagradza sobie pisywaniem rozpaczliwych listów...

Madzię jakby ktoś zimną wodą oblał. I biedna Stella z tragicznej bohaterki spadła w jej sercu na szczebel osoby nieprzyzwoitej, o której nawet nie bardzo wypada mówić.

– W każdym razie – rzekła Madzia, rumieniąc się i spuszczając oczy – nieszczęśliwa ta gorzko narzeka na opuszczenie i może być bez środków...

W bladych oczach panny Howard zamigotała błyskawica natchnienia:

– Aaa! – zawołała – trzeba było od razu tak postawić kwestię... Kobieta, ofiara, okryta hańbą za to, że odradza ludzkość, porzucona przez swego wspólnika, co jest bardzo naturalne, i... opuszczona, odtrącona, kopnięta przez inne kobiety, co już jest podłością! Takim językiem niech pani do mnie przemawia, a wtedy odpowiem, że od pięciu lat boleję nad tym stanem rzeczy, że od pięciu lat nawołuję kobiety do walki – wszystko na próżno. Niech nam raz wreszcie otworzą się oczy, niech raz zrozumiemy, że stowarzyszenie kobiet jest najpilniejszą potrzebą moralną, cywilizacyjną i społeczną... Złączmy się, podajmy sobie ręce, a żadna nie będzie narzekać na brak dachu, opieki, chleba, żadna nie będzie potrzebowała kryć się przed opinią publiczną...

Przechodnie zaczęli się tak oglądać, że Madzia przyśpieszyła kroku. Już dochodziły do pałacu Solskich, gdy panna Howard zapytała:

– Więc cóż, nie mam racji zachęcać kobiet do zawiązania towarzystwa?

– Prawda – rzekła Madzia.
– A pani należałabyś?
– Owszem i ja, i Ada...
– A więc – rzekła z triumfem panna Klara – stowarzyszenie kobiet już jest! Sesje co tydzień... Składka – złoty na miesiąc... Mam panie zapisać? Chcecie być na sesji?
– Zapytam Ady, choć prawie jestem pewna, że zapisze się do towarzystwa.
– Oby – odparła panna Howard tonem pełnym sceptycyzmu.

Pożegnawszy zapalczywą apostołkę praw kobiecych, Madzia swobodniej odetchnęła. Niemniej czuła w sercu radość na myśl, że istnieje stowarzyszenie kobiet, i podziw dla panny Howard, która pomimo dziwactw, zdobyła się jednak na urzeczywistnienie szlachetnej idei.

Od tej pory każda kobieta, a więc i Madzia, może śmiało myśleć o jutrze. Gdy znajdzie się bez zajęcia, towarzystwo da jej pracę; gdyby kiedy nie miała gdzie mieszkać, ofiarują jej dom, a na wypadek choroby – dozór. W takich warunkach nieszczęśliwe kobiety podobne do Stelli nie potrzebowałyby wpadać w nędzę i rozpacz. Towarzystwo udzieliłoby im pomocy, którą na wstępie można by spłacić z zarobków.

Kiedy Madzia zapytała Adę, czy chce należeć do towarzystwa, panna Solska aż zarumieniała się ze wzruszenia.

– Wątpiłaś o tym? – rzekła. – Ależ ja z największą chęcią poświęcę tak pięknemu celowi moją pracę i majątek! Bo i co lepszego – dodała z uśmiechem – może zrobić kandydatka na starą pannę? Tylko...

I nagle ożywiona twarz Ady spochmurniała.

– Nie lubisz panny Howard? – wtrąciła Madzia.
– Ach, nie! Miałam przecież czas oswoić się z jej oryginalnością. Tylko... chciałabym wiedzieć: kto należy do towarzystwa? Bo powiem ci – mówiła po namyśle – że te towarzystwa kobiece, z jakimi zetknęłam się za granicą, wcale mnie nie pociągały. Widywałam, młode panny zaniedbane w ubiorze, z wyzywa-

jącymi minami, które paliły tytoń, piły piwo i kłóciły się jak mężczyźni. Tylko że mężczyźni nawet wśród awantur wyglądają dobrze, a te biedaczki były wprost obrzydliwe. Otóż ja z takimi nie chciałabym się spotkać.

Na skutek tej uwagi Madzia przez parę dni zasięgała między znajomymi paniami informacji o stowarzyszeniu panny Howard. Odpowiadano jej rozmaicie. Jedne z pań uważały towarzystwo za stratę czasu, inne – za nieszkodliwą zabawkę, inne mówiły o nim z zapałem. Ogólna jednakże opinia była taka, że Madzia, porozumiawszy się z Adą, oświadczyła pannie Howard gotowość przystąpienia do jej kółka.

14. Sesja

W parę dni obie panny otrzymały wezwanie, żeby w sobotę przyszły na tygodniową sesję do domu pani Zetnickiej, właścicielki magazynu ubiorów damskich. W sobotę zaś z rana do Madzi przyszedł list z Iksinowa dziwnie odpowiadający chwili i sytuacji.

Pisała panna Cecylia, siostra aptekarza, z prośbą, żeby Madzia wyrobiła jej miejsce nauczycielki przy jakiej pensji klasztornej w Krakowie albo Jazłowcu.

Wprawdzie brat i bratowa – pisała panna Cecylia – tak są dobrzy i tak ją kochają, że będzie musiała stoczyć z nimi walkę, zanim jej pozwolą opuścić swój dom. Ale ona czuje się już zmęczoną życiem światowym, tęskni do spokoju i do jakiegoś kącika, gdzie mogłaby doczekać starości, nie będąc dla nikogo ciężarem.

„Otóż mam temat na dzisiejszą sesję" – pomyślała Madzia, z góry ciesząc się wrażeniem, jakie wywoła w pannie Cecylii, gdy doniesie, że – ma dla niej miejsce w klasztornej pensji, a to dzięki protekcji stowarzyszenia kobiet.

Co za triumf dla towarzystwa i co za ulga dla biednej Cecylii, która zamiast dziękować jakiejś litościwej osobie, będzie korzystała z praw przysługujących każdej kobiecie!

A jak Madzi będą zazdrościły inne uczestniczki sesji, jak zdziwi się Ada!

Kiedy około ósmej wieczorem obie panny skromnie ubrane wymknęły się ze swych apartamentów, w dziedzińcu zetknął się z nimi Solski.

– A to pięknie! – zawołał. – Wycieczka w niepogodną noc... Dokąd?

– Nic mu nie mów, Madziu! – odparła Ada. – Dowiesz się jutro.

– Weźcie, panie, przynajmniej kogoś ze służby...

– Jeszcze czego? Słyszałaś, Madziu: każe nam korzystać z opieki mężczyzny w podobnej chwili! Adieu, mój panie – mówiła, śmiejąc się, Ada – i wiedz o tym, że masz do czynienia z kobietami samodzielnymi.

Skoczyły do dorożki i wesołe, choć wzruszone, zajechały na miejsce.

Salonik pani Zetnickiej, duży, jasny, oświetlony przez lampę wiszącą pośrodku sufitu, był pracownią. Na jednym stole leżała góra tkanin zakrytych prześcieradłem; w kącie obok pieca tulił się druciany manekin do upinania sukien. Ściany były ozdobione sztychami Towarzystwa Zachęty Sztuk Pięknych, naprzeciwko drzwi stało ogromne lustro. Wielka rozmaitość krzeseł wyściełanych i giętych świadczyła, że dom ten nie odznacza się bogactwem umeblowania.

Pań zgromadzonych było ze trzydzieści. W tej liczbie kilka młodych i bardzo wesołych, kilka starszych i jakby rozdrażnionych najpierw rzucało się w oczy. Ogół wyglądał spokojnie i bezpretensjonalnie, jak osoby, które mają dużo kłopotów, nie kryją się z nimi ani też ich okazują. Ada spostrzegła, że większość zebranych nie odznacza się wdziękami, i odetchnęła. W towarzystwie pięknych kobiet czuła się skrępowana.

Prezentacja nowo przybyłych odbyła się krótko. W zagłębieniu jednego okna Madzia spostrzegła Manię Lewińską, siostrzenicę Mielnickiego, która pomimo nieukończenia szóstej klasy wyglądała na kobietę dojrzałą i stroskaną. A że obok niej było parę krzeseł wolnych, więc Madzia pociągnęła tam Adę i wszystkie trzy siedziały razem. Dzięki temu wypadkowi Ada miała sposobność dowiedzieć się niektórych szczegółów o uczestnikach zebrania.

Sama gospodyni domu, mimo obfitości obstalunków robionych w jej pracowni, nigdy nie posiadała nawet dziesięciu rubli zaoszczędzonego kapitału; przypuściła bowiem swoje współpracowniczki do udziału w zyskach, a obok tego miała dwie wychowanice, zupełne sieroty. Panna Żetowska, introligatorka, ile razy nie miała roboty, chodziła pielęgnować ciężko chorych, za całe wynagrodzenie przyjmując tylko żywność. Panna Ulewska umiała szewstwo, hafciarstwo i malarstwo na porcelanie; pracowała od świtu do północy, miała początki suchot i brata, który na jej koszt chodził do gimnazjum.

Natomiast panna Papuzińska grała na fortepianie jak Liszt, śpiewała jak Patti, malowała jak Siemiradzki, pisała powieści jak Wiktor Hugo i gniewała się na cały świat, który żadnego z jej talentów nie chciał ocenić.

Pani Białecka, wdowa, od kilkunastu lat opiekowała się kobietami wychodzącymi z więzienia, które mieszkały u niej, przez nią dostawały służbę i – niekiedy okradały ją na podziękowanie. Panna Zielińska, nauczycielka, z własnej pracy utrzymywała rodziców i dwóch braci, którzy ciągle szukali odpowiedniego dla siebie zajęcia, a panna Czerwińska, także nauczycielka, biorąca po złotówce za lekcję, odznaczała się niezwykłą zdolnością wyzyskiwania swoich znajomych na rozmaite dobroczynne cele. Jeden z jej pupilów był dyrektorem fabryki, drugi poszukiwanym adwokatem, trzeci ożenił się z majętną panną. Ale ich opiekunka, już zagrożona ślepotą, wciąż brała po złotówce za lekcje i chodziła w podartych trzewikach.

Ukryta za firanką Ada, słuchając tych wyjaśnień wypowiadanych szeptem przez Manię Lewińską, doznała wstrząsających uczuć. W pierwszej chwili chciała wybiec na środek saloniku, upaść na ziemię i całować nogi tych świętych kobiet, które szły przez życie nikomu nieznane, ciche, proste, niekiedy lekceważone. Potem ogarnęła ją rozpacz, stało się bowiem dla niej jasnym, że cały majątek Solskich nie wystarczyłby na zaspokojenie tych potrzeb i niedostatków, których tu zaledwie drobną cząstkę poznała.

Zdumiewało ją, że na te nadzwyczajne kobiety nikt w stowarzyszeniu panny Howard nie zwracał uwagi. One same nieśmiałe, jakby zawstydzone, kryły się po kątach; mówiła zaś najgłośniej i robiła najwspanialsze wrażenie albo panna Howard nosząca tytuł członka-założyciela towarzystwa, albo niezadowolona ze świata panna Papuzińska, jej antagonistka, albo antagonistka ich obu, panna czy pani Kanarkiewiczowa, która uczyła się na pamięć encyklopedii większej Orgelbranda.

Około kwadransa panował ruch i gwar. Uczestniczki przechodziły z jednego końca sali na drugi, przesiadały się, naradzały po kątach. Młode panny, rozmawiając głośno, śmiały się, najczęściej bez powodu; starsze i ubogo ubrane szeptały. Ogół nie zwracał uwagi na Madzię i Adę, tylko panna Papuzińska w rozmaity sposób usiłowała okazać, że lekceważy Adę, a pani Kanarkiewiczowa co chwilę zbliżała się do framugi okna, jakby pragnęła bliżej poznać bogatą pannę.

Przez ten czas panna Howard porządkowała papiery na stole, na którym gospodyni domu ustawiła karafkę wody, cukiernicę, parę szklanek i dzwonek ze szklaną rączką.

– Proszę członków o zajęcie miejsc – odezwała się panna Howard – i przypominam, że członek bez upoważnienia zabierający głos płaci złotówkę kary. Raz wreszcie musimy się nauczyć parlamentaryzmu...

Kilka ubogo ubranych pań chrząknęło, jedna westchnęła, jedna z młodych parsknęła śmiechem, lecz w tej chwili zatkała sobie usta chustką, a panna Papuzińska, siadając tyłem do Ady, rzekła:

– Proszę na mnie zapisać złotówkę, a jednocześnie po raz już nie wiem który zapytuję pannę Howard: dlaczego ona sama kar nie płaci?

– Bo ja kieruję dyskusją, więc muszę się odzywać.

– Rozumie się – nieustannie. Bardzo wygodny przywilej...

– Członkowi Papuzińskiej odbieram głos – przerwała chłodno panna Howard.

– Nie podzielając przekonań panny Papuzińskiej, protestuję przeciw dyktatorskiemu tonowi panny Howard – wtrąciła pani czy panna Kanarkiewicz.

– I płaci pani karę – dodała w dalszym ciągu panna Howard, zapisując.

Potem zadzwoniła i w sali zrobiło się cicho.

– Czytam protokół sesji poprzedniej – mówiła panna Howard. – Na ostatniej sesji członek Papuzińska przedstawiła zebraniu wyjątki ze swej pracy: *Czy dla społeczeństw nie byłoby korzystniej zastąpić dzisiejsze małżeństwa wolną miłością...*

Czytanie tych interesujących wyjątków – rzekła w nawiasie panna Howard – zostało przerwane... naturalnie z powodu braku czasu...

– Zbyteczne wyjaśnienie – syknęła panna Papuzińska.

– W dyskusji powstałej stąd – mówiła panna Howard – członek Kanarkiewiczowa postawiła wniosek (żądając uznania go za niecierpiący zwłoki), żeby dziewczęta uwiedzione pobierały dożywotnią pensję. Przy głosowaniu wniosek został odrzucony trzydzieści jedną gałkami przeciw jednej...

– A że wszystkich nas było trzydzieści, więc któraś uczestniczka rzuciła dwa głosy zamiast jednego – rzekła blada z gniewu pani Kanarkiewiczowa.

– Członek Czerwińska – czytała panna Howard – postawiła wniosek o otworzeniu domu schronienia dla starych i chorych nauczycielek, motywując go, że w tej chwili są trzy nauczycielki potrzebujące przytułku. Zgromadzone jednomyślnie uchwaliły nagłość wniosku, a członek-założycielka Howard zaleciła agitację między nauczycielkami w celu zebrania funduszy, licząc, że gdyby każda płaciła tylko po rublu miesięcznie, towarzystwo posiadałoby co najmniej sześć tysięcy rubli rocznie.

Członek Papuzińska zaproponowała wysłanie kilku młodych kobiet do uniwersytetów zagranicznych...

W jednym z okien szeptano. Nagle odezwała się Madzia:

– A cóż się dzieje z tymi trzema nauczycielkami?

– Nic – odparła panna Howard. I bystro popatrzywszy na framugę, dodała:

– Członek Brzeska płaci karę.

– Dlaczego nic? – nalegała Madzia. – Więc one są bez opieki...

– Opiekuje się nimi po trochu każda z nas. Żeby im jednak zapewnić byt nieco pewniejszy, potrzeba z dziewięćset rubli rocznie, a takiej sumy obecnie nie posiadamy...

– Owszem, taka suma będzie – odezwał się głosik zmieniony i drżący.

– Skąd? Co? – zaszemrano w sali.

– Jest osoba, która dostarczy dziewięciuset rubli rocznie – już płaczliwym tonem dodał ten sam głosik.

– Panna Solska płaci złoty za karę – odezwała się ze złością panna Papuzińska.

– Członek Solska płaci karę – szybko powtórzyła panna Howard. – My zaś, szanowne uczestniczki, uczcijmy jej szlachetny dar przez powstanie...

Rozległ się hałas rozsuwanych krzeseł i wszystkie panie (z wyjątkiem panny Papuzińskiej i pani Kanarkiewiczowej) powstały, kłaniając się i uśmiechając w kierunku okna, gdzie kryła się za firanką panna Solska.

– To nie ja... to mój brat... – protestowała Ada.

– Niech się członek nie zapiera – zgromiła ją panna Howard. – Wreszcie nasze towarzystwo nie przyjmuje darów od mężczyzn...

– Proszę o głos – nieśmiało odezwano się w sąsiedztwie manekina do upinania sukien.

– Dyskusja zamknięta! – odparła panna Howard, nie chcąc wzmagać zakłopotania Ady. I czytała dalej:

– Członek Papuzińska zaproponowała wysłanie kilku młodych panien do uniwersytetów zagranicznych...

– Tego wymaga honor społeczeństwa! – wykrzyknęła panna Papuzińska. – Bo podczas gdy w Ameryce kobiety już są lekarzami, adwokatami, pastorami, u nas nie ma nawet kobiety lekarza...

– Ani funduszy na wykształcenie – wtrąciła panna Howard.

– Więc zamknijcie waszą bankrutującą pracownię kaftaników trykotowych – zawołała panna Papuzińska.

– Zapewne! I wypędźmy na bruk dwadzieścia dziewcząt, które wydarłyśmy rozpuście, żeby im dać pracę – rzekła panna Howard.

– Kosztują nas trzydzieści rubli tygodniowo...

– Ale mamy już gotowych trzysta pięćdziesiąt kaftaników, co znaczy siedemset rubli kapitału.

– Kaftaników, których nikt nie kupuje...

– Jak to nikt? – wybuchnęła panna Howard. – Niech powie członek Wyskoczyńska, ile w tym tygodniu sprzedaliśmy kaftaników?

– Dwa – cicho odezwała się spod ściany osoba w średnim wieku.

Panna Howard zapaliła się.

– Nie sprzedajemy kaftaników, bo w naszych kobietach nie rozbudziło się jeszcze poczucie solidarności ani nawet godności... Bo uczestniczki tego towarzystwa, zamiast propagować ideę, szkodzą jej złośliwymi krytykami. Jak to, w kraju mającym siedem milionów ludności nie może rozejść się kilkaset kaftaników trykotowych?

– Proszę o głos – odezwano się znowu spod manekina.

– Czy w tej kwestii?

– Nie.

– No, niech więc członek nie zabiera nam czasu – opryskliwie odpowiedziała panna Howard.

– Ja zawsze twierdzić będę – rzekła panna Papuzińska – że ważniejszym dla sprawy naszej jest wysłanie kilku kobiet do uniwersytetu niż utrzymywanie jakiejś dobroczynnej pracowni...

Wisząca lampa rzucała na salę krwawe blaski, ale nikt na to nie zważał.

– Protestuję przeciw uniwersytetowi – odparła pani Kanarkiewiczowa – bo każda kobieta sama może kształcić się jak najwyżej...

– Ucząc się na pamięć encyklopedii – wtrąciła panna Papuzińska.

– Lepsze to niż gra na fortepianie bez słuchu albo śpiewanie, kiedy się nie ma głosu – rzekła pani Kanarkiewiczowa. – Ważniejsze od uniwersytetu jest zawiązanie stosunków z kobietami wyższej cywilizacji. Dlatego proponuję, żebyśmy wysłali kilka delegatek do różnych krajów Europy i Ameryki...

– Słyszałyśmy już o tym – sucho przerwała panna Howard. – Członek Brzeska ma nam przedstawić jakiś praktyczny plan. Członek Brzeska ma głos.

Kilka ubogich pań spod pieca zaczęło szeptać między sobą.

Spoza firanki wysunęła się Madzia zarumieniona jak wisienka.

– Proszę pań – mówiła jąkając się – znam jedną nauczycielkę w Iksinowie, pannę Cecylię... Panna Cecylia skończyła Instytut, nawet dostała cyfrę... Jest bardzo zdolna, ale... jest zniechęcona do świata.

– I ja mam prawo być zniechęcona – rzekła półgłosem panna Papuzińska.

– Więc, proszę pań, panna Cecylia chciałaby zostać nauczycielką pensji w Jazłowcu... I dlatego zwracam się do towarzystwa, żeby towarzystwo przez swoje stosunki wyrobiło miejsce pannie Cecylii (nazwisko powiem kiedy indziej) w Jazłowcu.

– Dzika pretensja! – zawołała panna Papuzińska. – Cóż my, kobiety postępowe, możemy mieć wspólnego z klasztornymi pensjami?

– Jestem jak najbardziej przeciwna podobnym pensjom – rzekła panna Howard.

– Gdzie hołdują się przesądy! – dodała panna Papuzińska.

– Należałoby raz na zawsze usunąć z naszych zebrań wnioski dotyczące metafizycznych hipotez! – dodała pani Kanarkiewiczowa.

Zawstydzona Madzia cofnęła się w głąb framugi.

– Ach, ty niedobra! – szepnęła do niej Ada. – Dlaczego nic mi nie powiedziałaś o tej pannie Cecylii?

– Chciałam ci zrobić niespodziankę – odparła zmartwiona Madzia.

– Wracając do funduszy naszej bankrutującej pracowni kaftaników trykotowych... – mówiła panna Papuzińska.

– Chyba dlatego nazywa ją pani bankrutującą, że powstała z mojej inicjatywy? – ostro odparła panna Howard.

– Mało zajmują mnie pani instytucje – ciągnęła panna Papuzińska – a podobnie jak fundusze... Otóż po raz nie wiem który radzę podnieść miesięczną składkę członków...

– Nigdy! – zawołała panna Howard. – Złoty na miesiąc może płacić każda kobieta, a przecież jesteśmy towarzystwem demokratycznym...

– I posiadamy około trzydziestu złotych miesięcznie...

– Ale gdyby wszystkie nasze kobiety należały do stowarzyszenia, miałybyśmy trzy miliony pięćset tysięcy złotych miesięcznie, czyli... zaraz, dwa razy trzydzieści pięć jest siedemdziesiąt, tak, miałybyśmy siedemdziesiąt siedem milionów rocznie...

Nastała chwila ciszy.

– Co? Co? Co? – zawołała pani Kanarkiewiczowa, przerabiając cyfry na papierze. – Miałybyśmy zaledwie czterdzieści dwa miliony rocznie...

– Cóż znowu pani pleciesz? Dwa razy trzydzieści pięć jest siedemdziesiąt i dwa razy...

– Ależ panno Howard, pani nie umiesz mnożyć...

– Ja nie umiem? – zawołała panna Howard, zrywając się od stołu.

– Proszę, tu jest rachunek!

– Co mi tam pani rachunek!

– Tak... tak... tylko czterdzieści dwa miliony... – odezwały się głosy z rozmaitych kątów sali.

Panna Howard upadła na krzesło, przygryzając wargi.

– Pani chciałabyś narzucić swoją wolę nawet tabliczce mnożenia – wtrąciła panna Papuzińska.

– Proszę o głos! – odezwano się jeszcze raz spod modelu do upinania sukien.

– Członek Siekierzyńska ma głos.

– Lampa strasznie kopci – odparła cicho członek Siekierzyńska.

Istotnie, krwawy płomień wiszącej lampy sięgał do połowy kominka, którego grzbiet ozdobił się aksamitnym grzybem. W całej sali unosiły się płatki sadzy podobne do czarnych muszek.

– Ach, moja nowa suknia!

– Wyglądamy jak kominiarze!

– Pyszna rzecz te sesje! Właśnie miałam wstąpić na raut...

– Dlaczego pani nie powiedziała o tym wcześniej? – rzekła z gniewem panna Papuzińska do wystraszonego członka Siekierzyńskiej.

– Regulamin zabrania.

– Co mi tam jakiś niedorzeczny regulamin, przez który zniszczyłam nowe rękawiczki.

– Członek Siekierzyńska – wtrąciła z mocą panna Howard – zasługuje na pochwałę, złożyła bowiem dowód, że zaczynamy uczyć się porządku...

Kilka panien roześmiało się, inne uczestniczki zaprotestowały.

– Ależ pani swoim pojęciem o porządku przerobi nas na gromadę pomywaczek! – zawołała pani Kanarkiewiczowa.

Tymczasem gospodyni przykręciła lampę, ale uczestniczki zaczęły się rozchodzić.

– Za pozwoleniem – odezwała się skromnie panna Czerwińska – jakże będzie z naszymi pracownicami? Bo już na przyszły tydzień nie mamy dla nich ani na żywność, ani na dzienną płacę.

– Cóż wielkiego – odparła panna Howard. – Na żywność wychodzi dwa ruble dziennie, a na płacę trzy. Złóżmy zaraz, co która może, a resztę zbierzemy w ciągu tygodnia u znajomych. Oto pięć rubli... Przecież kiedyś zaczną kupować kaftaniki.

Panna Howard położyła na stole papierek, inne uczestniczki z rezygnacją zaczęły sięgać do portmonetek albo szeptać gospodyni:

– Ja przyślę jutro rubla...

– Ja przyniosę pięć złotych we środę...

Niektóre kładły na stole złotówki; było jednak widoczne, że ciężko rozstawać się im nawet i z tym małym grosikiem.

Ada nieśmiało zbliżyła się do panny Howard i zarumieniona coś szepnęła jej do ucha.

– Niech członek Solska mówi głośno – zawołała panna Howard. – Moje panie, możecie cofnąć składki, ponieważ członek Solska zakupuje wszystkie gotowe kaftaniki... Jest to wysoce pocieszający fakt, który dowodzi, że naszym kobietom wreszcie zaczynają się otwierać oczy...

– Ciekawa jestem, co panna Solska zrobi z trzystu pięćdziesięcioma kaftanikami? – zapytała drwiącym tonem panna Papuzińska.

– Zapłaci siedemset rubli i na pół roku zapewni byt naszym pracownicom – odpowiedziała wyniośle panna Howard.

– A sprzedażą kaftaników zajmie się sama?

– Kaftaniki mogą zostać na składzie – cicho odezwała się Ada.

– Wierzę pani, że wolałabyś dodać jeszcze siedemset rubli, byle cię nie obdarowano tym stosem rupieci, który nas do rozpaczy doprowadza – odparła zgryźliwie panna Papuzińska.

Uczestniczki zaczęły zbierać ze stołu swoje pieniądze. Im zaś która miała mniej do wzięcia, tym większą radość było widać na jej twarzy. Tylko panna Howard nie tknęła swoich pięciu rubli, a gdy jedna z pań podała jej papierek, panna Howard rzekła obojętnie:

– Niech to zostanie w kasie.

Znalazłszy się z Madzią na ulicy, Ada była zachwycona.

– Ach, droga Madziu – mówiła, ściskając ją za ręce – jak ci jestem wdzięczna! Bo gdyby nie ty, nigdy bym się tu nie wpisała, nawet nigdy by mi to na myśl nie przyszło... Dziś dopiero zaczynam żyć... widzę jakiś cel... jakąś uczciwą pracę. Cóż to za zacne kobiety, z wyjątkiem paru krzykaczek...

– Nie podoba ci się panna Howard? – zapytała Madzia.

– Ależ przeciwnie. Ona zawsze była dziwaczką, ale w gruncie dobra kobieta. Tylko te jej dwie pomocnice. Boże! Ale, ale – dodała nagle – wiesz, Madziu, że gniewam się na ciebie? Jak mogłaś prosić obcych pań o poparcie dla twojej przyjaciółki, nie wspomniawszy mi o niej ani słówka? Przecież my mamy w Jazłowcu takie stosunki, że ją natychmiast przyjmą. A tu, słyszałaś, jak ci odpowiedziano...

– Nie śmiałam nadużywać twojej dobroci – odparła zmieszana Madzia.

– Ach, nie śmiałaś nadużywać dobroci! Więc w taki sposób przemawiasz do mnie? Dajesz nam co dzień i co godzinę jałmużnę ze swej osoby, wniosłaś radość do naszego domu, a sama nie przyjmujesz najmniejszej usługi nawet dla twoich znajomych. Więc to tak?

– No, nie gniewaj się, Adziuś, już nigdy tego nie zrobię.

Wsiadły w dorożkę, która lekkim truchtem odwiozła je do domu.

– Pamiętaj, Madziu, pamiętaj i już nie rób z nami tak źle – mówiła Ada. – Ty nawet nie przeczuwasz, jaką to dla mnie było przykrością... Pamiętaj, że nasz dom to twój dom i że każdy człowiek, który ciebie obchodzi, nas obchodzi... Zapamiętaj to sobie, Magduś, bo inaczej krzywdę wyrządzisz ludziom, którzy wiele ci zawdzięczają i bardzo kochają.

Uścisnęły się w dorożce i powróciła zgoda.

– A do tej panny... jakże ona?

– Cecylia.

– Do panny Cecylii napisz, że miejsce ma i tylko musi zaczekać parę tygodni...

– A jeżeli nie wakuje teraz posada nauczycielki? – zapytała Madzia.

– Moja droga – odparła Ada ze smutnym uśmiechem – wszędzie i zawsze znajdzie się miejsce dla tego, za kim przemawia Solski. Ja dopiero dziś zaczynam rozumieć potęgę stosunków i pieniędzy. Ach, straszna to siła! A jeszcze Stefek mówi, że znajdują się ludzie gotowi padać na twarz przed każdym workiem pieniędzy, choćby z nich nie odnieśli pożytku.

Madzia ze zdumieniem przysłuchiwała się przyjaciółce. Nigdy Ada nie była tak ożywiona, nigdy w jej głosie nie było tego tonu pewności, co dziś. Widać, że sesja otworzyła przed nią nowe horyzonty, a może tylko dała jej sposobność zakosztowania potęgi majątku.

„Tysiąc sześćset rubli rzuciła w ciągu jednego wieczora... Stworzyła schronienie dla trzech starych nauczycielek i utrzymanie dla dwudziestu ubogich dziewcząt" – myślała Madzia i patrząc, boku na twarz Ady, co chwilę oświetlaną błyskami latarni ulicznych, pierwszy raz wobec niej doznała uczucia bojaźni czy wstydu.

„To naprawdę jest wielka pani... Ja naprawdę znam wielką damę, której jedno słówko zapewnia byt kilkudziesięciu osobom! Ale co ja robię przy niej? Po co ja się tu dostałam, nauczycielka, córka lekarza? Ha, zapewne po to, żeby służyć innym... Chociaż wolałabym, żeby to już się skończyło...".

Dotychczas Madzia w wyobraźni swojej stała na jednym poziomie z panną Solską: były przyjaciółkami od szkolnej ławy. Dziś poczuła, że ów grunt wspólny pomiędzy nią i Adą zaczyna pękać, a ich stanowiska rozchodzić się.

„Może ona myśli – mówiła do siebie stroskana Madzia – że i ja upadnę na twarz przed workiem pieniędzy?".

Dorożka stanęła obok bramy pałacu, do którego Ada weszła uradowana, Madzia smutna. Jeszcze nigdy ten gmach nie przygniatał jej, jak dziś, swoim ogromem; nigdy piękne pokoje nie wydały się bardziej obcymi; nigdy nie czuła tego wstydu wobec wygalowanej służby, co dziś.

„Lokaje, pokojówki, salony ze złoconymi ścianami, palisandrowe sprzęty! To nie mój świat, nie mój... nie mój..." – myślała Madzia.

Na drugi dzień w południe ciocia Gabriela zaprosiła do siebie Madzię. Ady nie było, ale był pan Stefan.

– Czy wie pani, co w tej chwili robi moja siostra? – zapytał.

– Zdaje mi się, że wyjechała do miasta... – odparła Madzia.

– Tak. Pojechała między naszych kuzynów i znajomych zbierać podpisy na założenie instytucji opiekującej się starymi nauczycielkami.

Solski zająknął się, lecz po chwili mówił dalej:

– Jeżeli ten plan się uda, moja siostra będzie miała udział w utworzeniu szlachetnej instytucji... Spełni dobry czyn obywatelski... Ona to rozumie i czuje się bardzo szczęśliwa... Ani ciotka, ani ja nigdy nie widzieliśmy jej tak uradowanej.

Wszystko to zawdzięczamy pani – ciągnął Solski. – Za granicą lekarze przepowiadali Adzie ciężką chorobę nerwową, jeżeli nie znajdzie celu w życiu... No i pani wprowadziła ją na tę drogę... Ada będzie szczęśliwa, a my – spokojni o nią. Wszystko to dzięki pani, która stajesz się opiekuńczym aniołem tego domu...

Madzia słuchała bez tchu, nie śmiejąc spojrzeć na niego.

– Dziękuję pani, dziękuję... – rzekł, mocno ściskając jej rękę.

– Ale nie przypuszczałam, że panna Brzeska jest tak gorącą apostołką emancypacji – wtrąciła ciotka Gabriela.

– Ja? – spytała Madzia.

– Ludzie mówili to zawsze, a fakty choćby dziś... Powiedz, Edyto – zwróciła się ciotka do swej panny do towarzystwa – czy nie słyszeliśmy, że panna Brzeska jest zapaloną emancypantką?

– Ależ tak – potwierdziła panna. – Tak utrzymuje cała Warszawa...

– Mniejsza o to – przerwał Solski. – Jeżeli takimi są emancypantki, a choćby tylko trzecia część ich, zapisuję się do ich stronnictwa. Mam jednak z panią inny rachunek – zwrócił się do Madzi. – Wczoraj zrobiła pani przykrość mojej siostrze... Pani wie, o czym mówię... Otóż mamy prośbę do pani. Ile razy ktoś z bliskich albo choćby tylko znajomych pani będzie potrzebował zajęcia czy poparcia, niech pani zrobi nam zaszczyt i najpierw – zwraca się z żądaniem o pomoc do siostry albo do mnie...

– Proszę pana, czy ja mogę robić coś podobnego? – odparła Madzia. – Ja przede wszystkim za mało znam ludzi... A po drugie – dom państwa nie może być przytułkiem moich znajomych...

– Szlachetna duma! – szepnęła panna Edyta, z zachwytem patrząc na Madzię.

Solski niecierpliwie machnął ręką.

– Zaraz pani wytłumaczę moją prośbę ze stanowiska kapitalisty. My, ludzie majętni, nie zawsze mamy rozum, ale jedno wiemy, że gdy otaczają nas uczciwi, nasze majątki są pewniejsze i dają większy procent. Czy uznaje pani tę zasadę?

– Zapewne... Zresztą nie znam się na tym – odpowiedziała Madzia.

– Otóż widzi pani... Ja dzisiaj potrzebuję wielu ludzi do cukrowni, może nie zawsze fachowych, ale uczciwych. A wierzę niezachwianie, że jeżeli pani zarekomendowałaby mi kogoś ze swoich znajomych, byłby to z pewnością człowiek uczciwy, bo przed hultajem ostrzegłby dobry instynkt, który pani posiada w wysokim stopniu. Panno Magdaleno – kończył, biorąc ją za rękę – mam parę... nawet kilka niezłych posad... Gdyby więc ktoś bliski pani potrzebował, zrób nam tę łaskę... i rozporządzaj nami...

Madzi przyszedł na myśl własny ojciec lekarz i brat technolog. Ale jednocześnie poczuła, że tych ludzi nie może zalecać Solskiemu.

Więc podziękowawszy za obietnicę, odpowiedziała, że gdyby ktoś z jej znajomych zgłosił się z prośbą, nie omieszka zawiadomić Solskiego.

Pożegnała ciocię Gabrielę, pana Stefana i starą damę i wróciła do siebie. W pół godziny później wpadła do niej zawinięta w szal z miną tajemniczą panna Edyta i oglądając się na wszystkie strony, rzekła dramatycznym szeptem:

– Nie ma nikogo?

– Nie – odpowiedziała Madzia.

Panna Edyta chwyciła ją w objęcia i, tuląc do serca, mówiła cicho, ciszej niż szelest skrzydeł motylich:

– Wybornie... cudownie postawiłaś się, drogie dziecię, wobec pana Stefana i ich wszystkich... Oszaleje... straci rozum! Tak ciągle postępuj: niczego nie żądaj, wszystko przyjmuj chłodno, obojętnie, jakbyś robiła łaskę... Tym sposobem zdobędziesz niezachwiane stanowisko...

Dajże mi twego rozkosznego buziaka i... pamiętaj o moich radach!

To powiedziawszy, dama do towarzystwa wymknęła się z pokoju w sposób równie tajemniczy, jak do niego weszła.

15. Odgłosy z innego świata

Proszę pani, przyszła pani Arnold.
- Dawno?
- Czeka z kwadrans.

Taką wiadomość na schodach przekazała pokojówka Madzi powracającej z miasta.
- A panna Ada jest?
- Nie. Pani wyszła o jedenastej do tych tam robotnic...

Madzia szybko wbiegła do swego mieszkania, ale ani w saloniku, ani w gabinecie nie zastała pani Arnoldowej. Dopiero gdy zajrzała do pokoju Ady, którego drzwi były otwarte, za portierą spostrzegła panią Arnold z notatnikiem i ołówkiem w ręku. Amerykanka przypatrywała się portretom rodziców Ady zawieszonym naprzeciw łóżka i – jak zdawało się Madzi – przerysowywała je.

„Ci Amerykanie mają zwyczaj wszystko notować!" – pomyślała Madzia.

Na szelest jej kroków pani Arnold odwróciła się i szybko zamknęła notatnik.

Potem, nie tłumacząc się z obecności w pokoju Ady, przeszła do saloniku Madzi.

- Chciałam z panią porozmawiać o ważnych rzeczach – rzekła pani Arnold po francusku. – Ale proszę nie szydzić ze mnie, co zresztą byłoby naturalne w kraju, gdzie ludzie nie wierzą w świat duchów albo wcale nie zajmują się nim.

Madzia słuchała, usiłując zapanować nad zdziwieniem. Pani Arnold usiadła na kanapce, schowała notatnik i mówiła dalej:

– Od pewnego czasu weszłam w stosunki z nieboszczką...
z matką Heleny i pana Kazimierza...

Madzia otworzyła oczy. Wiedziała, że pani Arnoldowa jest spirytystką; głośne to było w Warszawie. Ale dotychczas nie prowadziła z nią rozmowy o tych kwestiach.

– Przykry to dla mnie stosunek duchowy – ciągnęła pani Arnold – nie dlatego, żebym była zazdrosna o przeszłość mego męża, o nie! Ale ta nieszczęśliwa bardzo cierpi i żąda czegoś ode mnie, czego zrozumieć nie mogę...

– Cierpi? – powtórzyła Madzia.

Pani Arnold machnęła ręką.

– Ach, jest to jeden z najokropniejszych stanów, w jakim może znaleźć się dusza... Wyobraź sobie pani: ona, biedaczka, nie zdaje sobie sprawy z tego, że umarła...

Madzię dreszcz przebiegł.

– Jak to? Więc cóż może jej się zdawać?

– Zdaje się jej, że jest w domu zdrowia, gdzie nie tylko gwałtem ją zatrzymują, ale nawet nie przepuszczają wiadomości o dzieciach. Stąd wyrodził się w niej nadzwyczajny niepokój.

Madzia przeżegnała się. Zdania przed chwilą wypowiedziane były tak nowe dla niej, że mogła posądzać panią Arnold o mistyfikację albo o obłąkanie. Lecz Amerykanka mówiła w sposób naturalny z odcieniem współczucia, jak osoba, która opisuje fakt nie mający w sobie nic dziwnego.

– Pani odwoziłaś nieboszczkę w dniu opuszczenia przez nią pensji? – spytała pani Arnold.

– Ja... Ale tylko przez jedną ulicę... Mówiła, że wyjeżdża na parę dni... – Zresztą wszyscy o tym odprowadzeniu wiedzieli, nie kryłam się... – tłumaczyła się wylękniona Madzia.

– Nieboszczka uważała panią jakby za drugą córkę, kochała panią...

– Tak... dosyć lubiła mnie.

– Nie wiem, czy nawet nie wspomniała kiedy, że pragnie, żeby jej syn ożenił się z panią?

Madzia zaczerwieniła się i zbladła. Tchu jej zabrakło.

– Nigdy... nigdy! – odparła zduszonym głosem.

Pani Arnold przypatrzyła się jej z uwagą i mówiła dalej spokojnie:

– Nie zrobiłaby pani świetnej kariery, ale mniejsza o to. Jak duży majątek zostawiła nieboszczka?

– Żadnego... – odpowiedziała Madzia.

– Czy tylko nie mylisz się, pani? Helena ma kilka tysięcy rubli złożonych w banku, a pan Kazimierz nie ma wprawdzie nic, bo stracił, ale znowu spodziewa się jakiejś sumy po matce. Tak przynajmniej mówi memu mężowi, od którego pożycza pieniądze. Więc majątek został...

– Proszę pani, nic nie zostało – zaprzeczyła Madzia. – W jesieni zaprzeszłego roku pani Latter pożyczyła od Ady sześć tysięcy rubli... Wreszcie zdaje mi się, iż opuściła pensję z tego powodu, że brakło jej pieniędzy. Pozostałe długi uregulował pan Solski albo Ada...

Pani Arnold sposępniała.

– W takim razie – rzekła półgłosem – i mój mąż musiał im coś dać... No, dzieci jego żony...

Potem, biorąc Madzię za rękę, rzekła podniecona:

– Na moją wiarę zapewniam panią, że nie żałuję ani tego, co mąż zrobił dla nich, ani tego, że Helena mieszka u nas. Gdzież ma mieszkać – u brata? Dochody nasze w tym kraju są tak znaczne, że możemy wiele wydawać, i jeszcze coś zostanie dla mego Henrysia. Ale rozumiem przyczynę niepokoju nieboszczki: jej dzieci są na łaskawym chlebie, a to musi ranić serce matki.

Madzia poczuła na twarzy rumieniec.

– I niech pani doda – mówiła Amerykanka – że nie widać końca tego stanu rzeczy. Pan Kazimierz jest próżniakiem i hulaką, nad którym wisi jakaś przykrość czy niebezpieczeństwo (ostrzegły mnie o tym duchy), a Helena, mogąc zrobić świetną karierę, burzy ją własnymi rękami. Proszę pani, pan Solski, choć niedowiarek, ale człowiek nietuzinkowy. Bogaty, wysoka inteligencja (ma nawet zdolności do interesów, jak zapewnia mąż), a przede wszystkim szalenie kochał Helę. Patrzyłam na to... wulkan! Ale dziś widzę zmianę. Jeszcze i dziś, kiedy znajduje się przy niej, poszedłby za nią do piekła, niemniej – nie jest to już tamta miłość.

– Hela niepotrzebnie drażni go, kokietując innych panów – wtrąciła zmartwiona Madzia.

– To jeszcze byłoby bez znaczenia – mówiła pani Arnold. – Ale pan Solski ma za dużo rozumu i uczucia, żeby od swej żony nie żądał jakiejś wiary, miłości dla ludzi, ideału... Tymczasem dla Heleny podnioślejsze sprawy nie istnieją, ona drwi z nich. A ponieważ jest za dumna, żeby chciała udawać, więc z panem Solskim postępuje niemal w cyniczny sposób. „Ja dam ci moją piękność, a ty mi dasz twój majątek i nazwisko" – oto jej dewiza! Pan Solski niezupełnie wierzy w to, posądza ją o pozowanie, niemniej zniechęca się i może całkiem opuścić.

– Pani nie zwracała jej uwagi na to? – zapytała Madzia.

– Próbowałam, ale bez skutku. Zresztą nie śmiem przynaglać do małżeństwa, żeby nie sądziła, że żałuję jej domu. A tu czas płynie i swoje robi. Jeszcze miesiąc, jeszcze dwa i pan Solski, który dziś, odpowiednio zachęcony, może by się ożenił, jutro straci do niej sympatię.

– Oni już byli narzeczonymi i zerwali – rzekła Madzia.

– Takie zerwanie nic nie znaczy. Piękne kobiety mogą się drożyć; na mężczyzn działa to zbawiennie. Tylko – nie należy przeciągać struny.

Madzia patrzyła na nią pytającym wzrokiem. Pani Arnold, spostrzegłszy to, rzekła:

– Otóż na czym polega moja prośba do pani. Ja Heli nie mogę mówić ani o zamążpójściu, ani o niepokojach jej matki. Niech więc pani rozmówi się z nią jako przyjaciółka...

– Pani Latter bardzo życzyła sobie tego związku i bardzo cierpiała, dowiedziawszy się o zerwaniu.

– Otóż to. Może nawet zerwanie stało się jedną z pobudek jej śmierci... Zwracam wreszcie uwagę, że pani w delikatnej formie może Heli wspomnieć o tym, co Solscy zrobili dla nieboszczki... Gdy w sercu Heleny obudzi się wdzięczność i nieco obawy o jutro, wówczas inaczej zacznie traktować pana Stefana...

Temat rozmowy został wyczerpany i pani Arnoldowa wróciła do kwestii spirytyzmu. Ubolewała, że w tym kraju klasy oświecone i majętne za mało dbają o świat duchów, a jako przykład postawiła Adę, która więcej zajmuje się rzeczą tak materialną jak mikroskop albo tak doczesną jak stowarzyszenie kobiet niż przyszłością własnej duszy i obecnym położeniem swoich rodziców.

– Niech ją pani przekona, a będzie z niej gorliwa apostołka – rzekła Madzia.

Pani Arnold patrzyła w jakiś nieokreślony punkt i kiwała głową.

– Droga pani – odparła – wiele myślałam o tym, żeby chociaż tę jedną rodzinę nawrócić na prawdziwą wiarę, bo ludzie majętni, światli i wpływowi dużo dobrego mogliby zrobić bliźnim. Ale – jak ich przekonać? Duchy nie są naszymi sługami i nie przychodzą na każde zawołanie. My, pośrednicy między tym a tamtym światem, nie zawsze rozumiemy ich głos, więc możemy się mylić. Nieraz potrzebne nam są środki czysto ziemskie, pomoc ludzi, a ci nie zawsze, o! nie zawsze godni są zaufania... Wierz mi, pani, że gdyby nie poczucie obowiązku, gdyby nie nadzieja, że religia nasza zmieni świat do gruntu, poprawi go i uszczęśliwi, wierz mi, pani, wyrzekłabym się mego powołania. Jakież ono ciężkie! Same stosunki z duchami zadają dużo cierpień. Gdy zaś, jako istoty niedoskonałe, potkniemy się, ileż spada na nas drwin i obelg? A jak to przeszkadza rozszerzaniu się wiary pomimo jej prawdziwości!

Żegnając się, pani Arnold zapytała Madzi:

– Pani dawniej zna pana Zgierskiego: czy to jest dobry człowiek?

– Czy ja wiem? Zdaje się, że tak...

– Człowiek zręczny i umiałby być użytecznym, ale... on tak prędko się nawrócił, że aż się waham... A pani Edyta, która mieszka u ciotki państwa Solskich, czy nie jest osobą interesowną?

– Tego nie wiem.

– Można ufać temu, co ona mówi?

– Prawie że nie znam jej – odparła zakłopotana Madzia.

– Oto widzi pani, jak trudno zebrać między ludźmi najprostsze informacje! – westchnęła pani Arnold. – A przecież nie mogę pytać ducha Cezara o opinię o Zgierskim albo Marii Antoniny o panią Edytę...

No, do widzenia – rzekła, mocno ściskając Madzię za rękę. – Sądzę, że nie mam potrzeby prosić panią o oględne posługiwanie się wiadomościami, których udzieliłam. Dzieciom nie wszystko można mówić o ich matce ani profanom o trudnościach, z jakimi musimy walczyć my, pośrednicy. Nie tracę też nadziei, że wkrótce i panią zobaczymy między poświęconymi. Duchy nieraz dawały mi to do zrozumienia. No – adieu!

Po odejściu gadatliwej Amerykanki Madzi przez kilka chwil zdawało się, że ona jeszcze mówi. Pokój krążył jej przed oczami i zaczęła się lękać, sama nie wiedząc, czy duchów, czy pustych salonów, które ją ze wszystkich stron otaczały.

„Boże! – myślała, chwytając się za głowę. – Dusza, która nie wie o tym, że już opuściła ciało, i wyobraża sobie, iż jest w domu zdrowia!".

Przypomniała sobie postawę i oblicze pani Arnoldowej. Obłąkana czy mistyfikatorka? Ale gdzież tam! Zwyczajna dobra kobieta, trochę wielomówna, która z najgłębszą wiarą opowiadała swoje przywidzenia czy widzenia...

„Skąd znowu przyszło jej do głowy, że pani Latter chciała mnie wydać za swego syna? Druga córka! No, mogła jej coś powiedzieć Hela... W każdym razie dziwna ta apostołka przypomniała mi mój obowiązek. Hela musi... musi wyjść za pana Stefana...".

Gdy tak myślała, stanął jej w pamięci pan Stefan prawie piękny mimo swej brzydoty, a imponujący naturą energiczną, szlachetnością, zresztą uprzejmością dla niej.

„Arnoldowa ma słuszność, mówiąc, że gdy pan Stefan jest przy Heli, wówczas znajduje się pod jej wpływem. Ile razy sama to widziałam... Ach, nieznośny kobieciarz... Jak on nawet na mnie spogląda! Zresztą Ada nie ukrywa tego, że on wybucha wobec każdej kobiety... Rozumie się, że gdy Hela zechce, będzie go miała. I tak stanie się najlepiej...".

Cicho westchnęła i usiłowała nie myśleć o panu Stefanie. Cóż ją obchodził pan Stefan? Szanuje go, podziwia i na tym koniec. Ale jaki on szlachetny, jaki wspaniały w swoich porywach, a jaki dobry, gdy hamuje się, żeby nie umizgać się do Madzi, która jest przecież gościem jego siostry. Nic dziwnego, że arystokratyczne panny są gotowe odciągnąć go od Heleny. Ale on musi zostać mężem Heleny... Niczyim, tylko Heleny, na przekór wszystkim pannom z towarzystwa... Ona przecież także arystokratka z upodobań, z postawy, a przede wszystkim z piękności. Która jej dorówna, choćby najbardziej utytułowana?

16. Pan Zgierski wchodzi

W kilka dni na rogu ulicy Marszałkowskiej i Królewskiej z ciężkiego szafirowego tramwaju wyskoczył pan Zgierski i jak duża piłka zatoczył się prawie pod nogi Madzi. Kłaniał się szeroko, ocierał pot z łysiny i mówił:

– Jakie szczęście, że panią tu spotykam! Już nawet chciałem złożyć pani w jej mieszkaniu najgłębsze uszanowanie... Czy nie idzie pani przez Saski Ogród?

– Owszem, mogę pójść.

– Zawsze ta sama dobroć. Co za gorący dzień! Nie chce się wierzyć, że dopiero jesteśmy w kwietniu. Ogród wydaje mi się chłodniejszym niż ulica; wreszcie wiosenny krajobraz jest dla pani najwłaściwszym otoczeniem. Czy uważa pani, że tu i owdzie już przezierają jasnozielone listki trawy? I pączki... słowo honoru! Malutkie, zaledwie pączusiami nazwać je można, ale już są. A niebo? Proszę pani – taki błękit... I tych kilka obłoków białych jak łabędzi puszek, którym panie zasłaniają szyjki podczas balów... Cudownie pani dziś wygląda, tak... jak zwykle, bo trudno mi o ściślejsze porównanie. Nie wiem, czy to wpływ wiosny, czy widok pani, ale czuję się odrodzonym...

– Pan ma do mnie interes? – przerwała Madzia.

– A zawsze ta sama skromność – mówił Zgierski, słodko uśmiechając się i pieszcząc ją bystrymi oczkami. – Tak, interes, i to niejeden...

– Zaciekawia mnie pan.

– Przede wszystkim osobisty. Ile razy widzę panią, choćby w przelocie, w pierwszej chwili doznaję czegoś przykrego, jakby uczucia wstydu, że jednak ja jestem zły... Ale wynagradzają mi to chwile następne: czuję bowiem, że stałem się jakby lepszy.

Mówił tak gorąco a delikatnie, z tak głębokim przekonaniem, że zakłopotana Madzia nie mogła się na niego gniewać.

– A ten drugi interes? – spytała z lekkim uśmiechem, dodając w myśli:

„Zabawny komplemenciarz!".

– Drugi interes jest nie mój i dlatego poważniejszy – odparł, zmieniając ton. – Chodzi o kogoś, kto panią interesuje...

– Domyślam się, o Helę... O, pan może przypuszcza, że ja zapomniałam o naszej umowie! Wtedy u państwa Korkowiczów.

– Naszej umowie? – zdziwił się Zgierski.

– Mieliśmy pracować nad ustaleniem jej przyszłości, a ja zaraz zgadłam, że chodzi o nawiązanie małżeństwa z panem Stefanem, które Hela tak niebacznie potargała... Ale mam nadzieję, że to się zrobi...

– Co? Małżeństwo panny Heleny... Z jakim panem Stefanem? Bo i ja jestem Stefan. Ale jeżeli mówi pani o małżeństwie panny Heleny z panem S... to wybaczy pani, ale ja o tym nie myślałem.

– Ależ pamiętam słowa pańskie: „musimy zająć się przyszłością tych dwojga dzieci, to jest Helenki i jej brata...".

– Ja? – pytał zdumiony Zgierski, stając w alei i kładąc rękę na piersi. – Z tych dwojga dzieci, jak pani je nazywa, panna Helena interesuje się teraz, naturalnie po swojemu, młodym Korkowiczem. A zaś pan Kazimierz jest utracjuszem, który potrzebuje tylko pieniędzy, i impertynentem, który za przyjacielskie uwagi płaci... najniewłaściwszymi odpowiedziami. Ja do tego planu, o którym pani mówi, ani myślę należeć... Chciałem zaś zakomunikować pani wiadomość ważną dotyczącą naszego szlachetnego pana Stefana.

– Prawda, jaki szlachetny! – powtórzyła Madzia z zachwytem.

– Ależ to nadzwyczajny człowiek! To, pani, geniusz inteligencji, charakteru, energii... To człowiek, który, po prostu, robi uszczerbek ludzkości przez to, że nie zajmuje jak najwyższego stanowiska. Umysł – serce – wola, a wszystko w wielkiej potędze – to jest, moim zdaniem, pan Solski...

Zdawało się, że Zgierski, mówiąc to, z nadmiaru uniesienia wzleci ponad Saski Ogród.

– Ach, jak pan dobrze go ocenia!

– Ale ile ja walk muszę staczać o niego – odparł Zgierski, wymownie spoglądając na Madzię. – Jakie się to pod nim doły kopią... Jakie intrygi...

– Co pan mówi? – zawołała wylękniona Madzia. – W tej chwili – prawił Zgierski zniżonym głosem – tworzy się spółka kapitalistów, która chce użyć wszelkich środków, żeby pana S... odsunąć od cukrowni, na której zbudowanie już kazał zwozić materiały... Powiadają, że zabrał im pomysł, gdyż to oni mieli zamiar budować w roku przyszłym cukrownię w tej okolicy, a z panem S... zrobić kontrakt o dostawę buraków...

– Kto to są ci panowie?

– Kapitaliści, no... i zależna od nich arystokracja. Ludzie tacy nie znoszą, aby im ktoś wchodził w drogę, i nie cofają się przed niczym! – dodał ciszej.

– Ależ to okropne – szepnęła Madzia, z przerażeniem wpatrując się w bystre oczki Zgierskiego, które w tej chwili skromnie przysłonił rzęsami.

– Ja, choć obcy panu Solskiemu, zapobiegam i będę zapobiegał katastrofie, o ile mogę...

– A cóż oni mu zrobią?

– Będą psuli roboty, buntowali robotników, podstawiali złe materiały, burzyli przeciw niemu sąsiadów i w rezultacie – doprowadzą go do bankructwa. Niech więc pani ostrzeże pana Solskiego, zresztą... nie wspominając mu o mnie...

– Co też pan mówi! – oburzyła się Madzia. – A kto lepiej może go informować niż pan?

– Jak się pani podoba – odparł lodowatym tonem pan Zgierski, ale czarne oczki jeszcze głębiej przysłonił rzęsami. – Pan Solski – dodał – o jednym nie powinien wątpić: że ma we mnie poświęconego człowieka, który, choć nieznany, będzie czuwał nad jego interesami i doniesie o każdej intrydze.

– Okropność! – westchnęła Madzia, zarówno przejęta niebezpieczeństwami grożącymi Solskiemu, jak i poświęceniem Zgierskiego.

– Otóż i jesteśmy u kresu – rzekł jej towarzysz, znowu jak najniżej zdejmując kapelusz i schylając się do ziemi, o ile mu na ten wybryk pozwalały okrągłe formy. – Dziękuję pani za udzieloną mi chwilę szczęścia – westchnął – i polecam interes pana Solskiego.

Potem, biorąc ją za rękę i miłośnie patrząc w oczy, dodał:

– Panno Magdaleno, połączmy wspólne usiłowania, a nasz ukochany geniusz pokona wszystkie przeszkody...

Jeszcze jedno spojrzenie, jeszcze jeden ukłon, jeszcze jedno odwrócenie głowy i – pan Zgierski potoczył się jak bilardowa kula gdzieś w nieznaną przestrzeń. Gdy zaś Madzia zniknęła mu z oczu, zawrócił w przeciwnym kierunku i, filuternie oglądając się za damami, poszedł na kawę do pewnej cukierni. Tam co dzień gromadzili się panowie czuwający jak on nad cudzymi interesami, pośrednicy w kupnie i sprzedaży, w udzielaniu pożyczek, robieniu nowych znajomości i zbieraniu informacji o wszystkim i o wszystkich, co tylko mogło przynieść dochód człowiekowi mającemu skromne fundusze.

Wróciwszy do domu, wzburzona Madzia wpadła do pokoju Ady i zażądała, żeby przyszedł pan Stefan. Gdy wezwany ukazał się, opowiedziała mu rozmowę ze Zgierskim.

– Ale czemu pani taka poruszona? – odparł Solski, patrząc na nią z uśmiechem.

– Przecież grozi panu niebezpieczeństwo...

– I panią to obeszło? – spytał Solski.

Madzia umilkła i zawstydziła się.

Brat i siostra przelotnie spojrzeli po sobie.

– Uspokój się, Madziuś – rzekła Ada. – Panowie ci nic nie zrobią Stefkowi... O ich pretensjach wiemy od dawna, zaś pan Zgierski widocznie ma do Stefana interes i dlatego cię nastraszył.

– Ale on jest bardzo życzliwy dla pana Solskiego – żywo odpowiedziała Madzia. – On bardzo trafnie scharakteryzował twego brata i mówił, że choć nieznany i obcy, jednak będzie czuwał... Bo go obchodzi człowiek niepospolity...

– Ach, ach! – zawołał Solski, klaszcząc w ręce. – Pan Zgierski doskonale trafił. Muszę się z nim poznać.

– Czym on jest? – spytała Ada.

– Zręcznym aferzystą, może trochę lepszym od innych – odparł brat. – Będzie mi znosił plotki, z których może się coś przyda, a ja – dam mu z pięćdziesiąt rubli na miesiąc. Tyle, ile brał procentów od nieboszczki Latterowej, co mu się niestety urwało!

Madzia słuchała nadąsana.

– Czy to gniewa panią? – zwrócił się do niej Solski.

– Bo... pan nie ufa człowiekowi, który mówi o panu z największym uwielbieniem...

– Ależ ufam, ufam! – odparł Solski. – Jeżeli zapewni mnie pani, że Zgierski ma skrzydełka cherubina, gotów jestem nawet i w to uwierzyć. – Zresztą, kiedyś poznamy go bliżej.

Pożegnał obie panny i, nucąc, poszedł do swego gabinetu.

Ada jakiś czas przypatrywała się Madzi. Potem usiadła przy niej i objąwszy ją wpół, spytała:

– Powiedz mi, ale szczerze, jak najszczerzej: co myślisz o Stefanie?

– Myślę to, co dziś słyszałam od Zgierskiego, że twój brat posiada wszystkie zalety w najwyższym stopniu: umysł – serce – wolę... I jeszcze, że jest najszlachetniejszym człowiekiem, jakiego znam – odpowiedziała Madzia tonem głębokiego przekonania.

Ada ucałowała ją.

– Dobrze, bardzo dobrze, że tak myślisz – rzekła, tłumiąc westchnienie.

– I dlatego powiem ci – prawiła Madzia – taki człowiek powinien być szczęśliwym... My wszyscy mamy obowiązek pracować nad jego szczęściem... I powiem ci, że on – powinien się ożenić...

– Masz słuszność – rzekła cicho Ada.

– I my obie, a z nami pani Arnold, musimy zrobić to, żeby oni pogodzili się z Helą... Ona ma wady, ale kto jest bez wad? Tymczasem panu Stefanowi taka właśnie żona potrzebna.

Ada cofnęła się i głęboko spojrzała w oczy Madzi.

– Ty to mówisz? – spytała.

– Bo mam słuszność. Pan Stefan jest niepospolity człowiek, a i Helenka jest niepospolitą kobietą... Jaka ona piękna, zdolna, a jaka dumna! Ja, powiem ci, nie kocham jej nawet tak jak Cecylię, tę, której wyrabiasz posadę w Jazłowcu. Ale mówię ci, że kiedy patrzę na Helenę, korzę się przed nią, bo czuję, że w tej kobiecie jest coś królewskiego. Prawda, że ona ceni tylko siebie, ale widocznie zna swoją wartość i ten czar, który bije od jej istoty.

Ada potrząsnęła głową. W słowach i oczach Madzi było tyle szczerości, że trudno było wątpić w to, co mówi.

– I nie przypuszczasz, że mogą być doskonalsze kobiety niż Hela? – spytała Ada.

– Może w wyższych towarzystwach albo za granicą – naiwnie odpowiedziała Madzia.

Panna Solska roześmiała się.

– Oj ty, ty! – rzekła i ucałowała ją po kilka razy.

Potem zaczęła jej opowiadać o sprawach towarzystwa kobiet. Że zapewne będzie ufundowane schronienie dla nauczycielek, a może kiedy i przytułek dla biednych matek. Że w pracowni trykotowych kaftaników jest trzydzieści pracownic i że damy z towarzystwa, zachęcone przez nią, kupiły szesnaście kaftaników. Że wreszcie ją, Adę, dziś zajmują tylko pracujące kobiety i biedne dziewczęta i że ona doznaje niekiedy wyrzutów sumienia z tego powodu, iż nieco zaniedbała swoje mchy i porosty.

– Wyobraź sobie, teraz nie robię nawet czwartej części obserwacji co dawniej – zakończyła zmartwiona panna Solska.

Minęły wielkanocne święta, pamiętne dla Madzi, bo w tym czasie poznała kilka osób z rodziny Solskich. Wszyscy panowie, starzy i w średnim wieku, więcej i mniej utytułowani, byli dla Madzi uprzedzająco grzeczni. Ale wiał od nich taki chłód, że dla biednej dziewczyny rozmowa z nimi była męką. Wyrzekłaby się bogactw i stanowiska, uciekłaby na pustynię, gdyby jej przyszło częściej widywać tych czcigodnych panów, którzy każdym słowem, spojrzeniem i ruchem okazywali, że jest im obcą, a nawet niemiłą.

Młodsze damy z towarzystwa udawały, że nie spostrzegają Madzi; zaś witając się z nią lub żegnając, patrzyły na ścianę lub sufit. Tylko jakaś wiekowa pani rozmawiała z nią dość łaskawie przez parę minut, ale po to, żeby powiedzieć z uśmiechem, że przekonania jej, Madzi, mają wielki wpływ na Adę, gdyż panna Solska żadną miarą nie dała się namówić na przyjęcie udziału w wielkotygodniowej kweście.

Trzeciego dnia Madzia powiedziała sobie, że jeżeli te wizyty i znajomości pociągną się dłużej, ona pomimo całego przywiązania do Solskich opuści ich dom. Jednocześnie przyszło jej na myśl: czy ci państwo w taki sam sposób postępowaliby z Heleną Norską i czy ona wytrzymałaby w ich towarzystwie? Wytłumaczyła sobie jednak, że panna Helena potrafi traktować ich z góry i właśnie między tak wyniosłymi ludźmi znajdzie się w swoim żywiole.

– O, Helenka to nie ja!

Ale święta minęły, wizyty wielkich dam i panów skończyły się. Madzia wróciła do zajęć na pensji, gdzie ją otaczano coraz większym szacunkiem; Ada do towarzystwa kobiet, które dzięki niej wzrosło w liczbę członków i fundusze; pan Stefan do swoich narad nad cukrownią z przedsiębiorcami i technikami.

Tymczasem słońce coraz wcześniej wschodziło, później zachodziło, coraz wyżej podnosząc się na niebie. Miasto obeschło, ludzie włożyli wiosenną odzież; na ulicach zaczęto sprzedawać niebieskie przylaszczki posypywane korzeniem fiołkowym; ogród Solskich pokrył się młodą trawą, a jego odwieczne drzewa pączkami, które tylko czekały na deszcz, żeby się rozwinąć.

Pewnego dnia Solski wszedł do pokoju siostry i zastawszy Madzię, rzekł wesoło:

– Wreszcie zrobiliśmy układ z wielbicielem panny Magdaleny.

– Kto to taki? – spytała zarumieniona Madzia.

– Niejedyny, ale jeden z gorętszych. Pan Zgierski.

– Jakież robi wrażenie? – wtrąciła Ada.

– Salonowiec, gładki i do znudzenia grzeczny. Wreszcie jest to człowiek, któremu nie potrzeba otwierać drzwi, bo sam otworzy, gdzie zechce.

Kręcił się po pokoju i strzelał z palców.

– Jesteś zadowolony? – spytała Ada.

– Jestem. To, zdaje mi się, gracz! Wolę go mieć za sobą niż przeciwko sobie... To jest, za sobą chciałbym go mieć; raczej obok siebie... W każdym razie rekomendacja panny Magdaleny jest bardzo szczęśliwa. I jeżeli pani ma jeszcze kogoś do zalecenia mi, a nawet kilku czy kilkunastu, będę wdzięcznym.

– Nie... Pan już coś musiał słyszeć... Jestem pewna, że pan słyszał!

– O kim? – spytał z zainteresowaniem.

– O panu Fajkowskim...

– Fajkowski? Pyszne nazwisko. Czy ma skład tytoniu?

– Ale gdzież tam, to aptekarz... prowizor apteczny...

– Niech nam pani opowie o Fajkowskim, który tak się minął z powołaniem – nalegał Solski.

– Ach, to cała historia – mówiła Madzia. – Pana Fajkowskiego poznałam w Iksinowie, gdzie był w aptece. To jest, poznałam o tyle, że on kłaniał mi się, a ja jemu... Kłaniałam się, bo był dobry dla tej biednej Stelli, kiedy do nas przyjechała z koncertem, pamiętasz, Ada? (Ach, Boże, co się z nią dzieje... Pewnie biedaczka umarła...).

– Nowa historia – wtrącił Solski. – Ale cóż z tym panem Fajkowskim?

– Otóż – prawiła Madzia – pan Fajkowski przyjechał tu do apteki. (Wiesz, Ada, stracił tam miejsce, gdyż był lunatykiem i wyobraź sobie, na pierwsze piętro łaził po rynnie do kuchni!)

– Aha – rzekł Solski – ale w Warszawie już nie jest lunatykiem?

– Nie wiem. Ale tu poznał się z nauczycielką od panny Malinowskiej, znasz ją, Ada, z Żanetą...

– Ona ma taką smutną minkę? – rzekła Ada.

– Już nie... A raczej – była jakiś czas wesoła, ale teraz jest jeszcze smutniejsza. Bo, wyobraź sobie, że poznali się z panem Fajkowskim, no – i pokochali się...

– To: no – jest paradne! Czy każda znajomość prowadzi do miłości, czy też tylko aptekarze mają taki przywilej?

– Nie przeszkadzaj, Stefek! – zgromiła go siostra.

– Więc – mówiła Madzia – kochają się, ale pobrać się nie mogą, dopóki on nie będzie miał własnej apteki albo lepszego miejsca, które wystarczyłoby dla dwojga. Zresztą Żaneta mówi, że gotowa jest dawać lekcje, byleby się to już raz skończyło...

– Ba! – wtrącił Solski.

– Ach, Stefek, nie przerywaj...

– Tymczasem, wyobraź sobie, co się dzieje. Kiedyś zaczepiła mnie Żaneta zapłakana i mówi: „Moja Madziu, podobno pan Solski przy swojej cukrowni będzie miał doktora i aptekę. Spytaj się więc, czy biedny Fajkowski nie dostałby tam miejsca? To ogromnie zdolny aptekarz (mówiła Żaneta), on sam robi analizy. A jaki cichy, pracowity...".

– Oczywiście już wyleczył się z lunatyzmu – mruknął Solski. – Rozumiem – dodał głośno – więc pani chce uszczęśliwić tę kochającą się parę?

– Cóż ja mogę? – odparła zmartwiona Madzia, wzruszając ramionami.

– A ja mam temu panu Fajkowskiemu (dlaczego on się nie nazywa – na przykład: Retortowski?), a ja temu panu mam oddać aptekę przy fabryce?

– Ach, gdyby pan to zrobił! – zawołała Madzia. – Oni tacy smutni, tak się kochają...

– Ada, siostro moja – rzekł uroczyście Solski, stając na środku pokoju – Ada, powiedz pannie Magdalenie, że jej protegowany, pan Fajkowski, już ma aptekę przy naszej fabryce. Ale pod warunkiem, żeby poślubił zapłakaną pannę Żanetę... No, i rozumie się, żeby mnie nie wyrzucili stamtąd nasi antagoniści...

Madzia zamiast odpowiedzi chwyciła Adę w objęcia i zaczęła całować ją po twarzy i rękach.

– Ada – rzekła półgłosem – powiedz twemu bratu, że jest aniołem...

I łzy zakręciły się w jej oczach, gdy spojrzała na pana Stefana. Solski zbliżył się i pocałował Madzię w rękę.

– Pani to jesteś aniołem – odpowiedział – bo nie tylko dajesz nam możność przyczyniać się do szczęścia ludzi, ale jeszcze myślisz, że robimy im łaskę. A tymczasem jest odwrotnie... Tak, tak – dodał – niech pobierają się zakochani, a my im pomagajmy...

– Właśnie Madzia i tobie chce pomóc do szczęścia – odezwała się Ada. – Przed świętami wciągnęła mnie do spisku, żeby pogodzić cię z Heleną i naturalnie połączyć was...

– Ach, Ada! – zawołała przerażona Madzia, zasłaniając oczy. – Jak mogłaś powiedzieć coś podobnego?

Na twarzy pana Stefana ukazał się wyraz przykrego zdziwienia.

– Pani tak radzi? – spytał po chwili namysłu. – Ha, może pani usłucham i w tym wypadku...

– Jakby to było dobrze! – szepnęła Madzia.

– Może, może... – odparł Solski. – Zobaczymy, o ile rada pani jest słuszną... Tymczasem, pan Fajkowski dostanie aptekę przy fabryce.

Kręcił się jeszcze po pokoju i wyszedł chmurny.

– Czy pan Stefan obraził się na mnie? – spytała Ady wylękniona Madzia.

– Cóż znowu? Tylko widać przyszła mu na myśl jego relacja z Heleną i zasępił się. Ale to minie – odparła Ada.

– Jaki on dobry... jaki on szlachetny... jaki on święty! – mówiła Madzia, tuląc głowę na ramieniu Ady.

17. Brat i siostra

W domu Arnoldów panna Helena zajmowała duży, wesoły pokój urządzony jak niegdyś u matki. W oknach wisiały te same firanki, u sufitu ta sama lampa z niebieskim kloszem, na podłodze stały te same sprzęty i sprzęciki, między którymi najokazalej wyglądało lustro cieszące się największą sympatią właścicielki.

Na schyłku kwietnia po południu w pokoju tym znajdowała się panna Helena z bratem. Ona, posępna, siedziała na niebieskiej kanapce, przypatrując się swemu bucikowi, pan Kazimierz chodził rozgorączkowany.

– Więc ojczym – rzekła siostra – nie chce pożyczyć ci pieniędzy?

– Dałby mi, ale sam potrzebuje.

Panna Helena smutnie uśmiechnęła się, kiwając głową.

– I sądzisz, że ja nigdy nie będę potrzebowała pieniędzy – odparła. – Mam wielki majątek i częścią jego dochodów mogę pokrywać twoje szalone wydatki?

– Daję ci słowo, Hela, że to ostatni raz. Przyjąłem miejsce na kolei i będę pracował... Niech licho porwie znajomości, które mnie kosztowały tyle czasu i pieniędzy, a nie przyniosły nic. Ale ten ostatni dług muszę spłacić dla przecięcia stosunków.

– Tysiąc rubli – mówiła panna Helena. – Ja tyle nie wydałam za granicą.

– No, już, moja droga! – przerwał brat. – Wydałaś więcej, choć nie potrzebowałaś niczego.

Na pięknej twarzy panny Heleny zapłonął rumieniec.

– Kiedy obejmujesz posadę? – spytała.

– W przyszłym tygodniu.
– A pensja?
– Tysiąc pięćset.
– Za cóż oni będą ci tyle płacić?
– A to dobre! – wybuchnął pan Kazimierz. – Będą płacić za moją znajomość języków, za wiadomości ekonomiczne, wreszcie za stosunki...

Pan Kazimierz musiał być mocno rozdrażniony, stanął bowiem przed siostrą i prawie drżącym głosem odparł:
– Nie moja wina. Traciłem pieniądze, bo szedłem do czegoś lepszego. I z pewnością inaczej miałbym się dzisiaj, wszystko byłoby odzyskane z lichwą, gdyby – nie twój kaprys... Zrywając z Solskim, mnie podstawiłaś nogę... Szwagier Solskiego inaczej byłby traktowany.

– Byłeś przecież jego – przyszłym szwagrem – i co zyskałeś oprócz długów? Zresztą, o ile wiem, Solski trzyma się z daleka od tych panów, którzy rozdają posady...

– On sam byłby coś dla mnie obmyślił, bo niejednokrotnie robił wzmianki o mojej przyszłości. Teraz zakłada cukrownię... Mógłbym zostać administratorem z pensją czterech... pięciu tysięcy...

– Cha! cha! cha! – zaśmiała się panna Helena. – Ty administratorem i w dodatku – Solskiego!

– Tak, śmiej się, kiedyś mi zwichnęła karierę. Ja doprawdy pytam się nieraz: czy ciebie w życiu ktoś obchodził? Bo chyba nie ja, a nawet i nie matka...

Panna Helena spoważniała i surowo patrząc na brata, odparła:
– Jak ci nie wstyd rzucać podobne frazesy? A ciebie kto obchodzi? Czy matka, dla której o tyle byłeś sentymentalny, o ile potrzebowałeś pieniędzy? Czy może ja, która zamiast mieć w tobie opiekuna, muszę przyjmować dom od ludzi obcych?

– Ojczym nie jest obcym. Wreszcie on ma rodzinę, a ja jestem kawalerem.

– Więc żeń się, zostań porządnym człowiekiem, a ułatwisz mi życie. Kto wie, czy to raczej ja nie straciłam kariery przez ciebie.

W przedpokoju rozległ się głos dzwonka. Panna Helena umilkła, a pan Kazimierz, który gotował się do odpowiedzi, przygryzł usta.

– Zdaje się, że któryś z twoich wielbicieli – mruknął.

– Poprośże go o posadę administratora – odparła panna Helena.

Weszła Madzia.

Na jej widok po obliczu panny Heleny przemknął wyraz niechęci, a pan Kazimierz zmienił się. Nieśmiało przywitał Madzię, a w jego gniewnych przed chwilą oczach błysnęło tkliwe uczucie.

Madzia również zmieszała się. Nie spodziewała się spotkać pana Kazimierza.

– Jak się masz, Madziu – rzekła panna Helena, oddając jej chłodny pocałunek. – Oto widzisz – zwróciła się do brata – jej poproś o posadę, a będzie lepsza niż ta na kolei.

– Mnie? – spytała Madzia.

– No, droga Madziu, tylko nie udawaj – mówiła panna Helena. – Wszyscy wiedzą, że zaprotegowałaś Zgierskiego, potem narzeczonego Żanety... Aha... i jeszcze jakąś guwernantkę z prowincji...

W tej chwili wbiegł w podskokach śliczny chłopczyk i zawoławszy po francusku:

– Helenko, papa cię prosi...

Chwycił ją za rękę i gwałtem wyciągnął z pokoju.

– Nie przywitałeś się, Henryku – ostrzegła go panna Helena.

– Ach, prawda, przepraszam! – odparł, śmiejąc się.

Podał rękę Madzi i znowu zaczął ciągnąć pannę Helenę.

Gdy w dalszych pokojach ucichnął odgłos śmiechu chłopca i kroków panny Heleny, Madzia odezwała się do pana Kazimierza:

– Czy Helenka jest na mnie rozgniewana?

– Rozgniewana – tak, ale nie na panią, tylko na mnie – odpowiedział pan Kazimierz. – Trudno jej pogodzić się z myślą, że po takich nadziejach i tylu wydatkach zdecydowałem się objąć posadę, naturalnie biurową, na kolei żelaznej. Wyobrażam sobie – mówił z goryczą – jak zdziwią się moi wczorajsi przyjaciele, kiedy dojdzie ich nieprawdopodobna wiadomość, że Norski został kolejowym urzędnikiem za tysiąc pięćset rubli!

Biedna moja matka – dodał po chwili – nie takiej spodziewała się przyszłości. A i ja sam, zaledwie rok minął, uznałem za konieczne pożegnać się ze złudzeniem. Nie pod tym tylko względem...

– Po cóż pan tak śpieszy się z wyborem zawodu? – spytała Madzia, patrząc na niego ze współczuciem.

– Raczej spóźniłem się, proszę pani – odparł, siadając obok niej. – Gdybym to samo zrobił przed rokiem, nie straciłbym pieniędzy na te obrzydłe stosunki – miałbym już ze dwa lub trzy tysiące pensji i... mógłbym pomyśleć o szczęściu rodzinnym – dodał ciszej, spuszczając oczy.

– Ale skąd ten nagły zamiar? Po co to? – mówiła zmieszana Madzia, cofając rękę, którą ujął pan Kazimierz. – Dopiero wchodzi pan w świat, więc skąd to rozczarowanie?

– Nie rozczarowanie, tylko logiczny wniosek. Całą moją zasługą, że pomimo młodości spostrzegłem, iż na nic się nie zdało walczyć z losem.

– Czy los pana prześladuje? Ja myślałabym przeciwnie – zaprotestowała Madzia.

Potrząsnął głową.

– Kiedym był dzieckiem – mówił, jakby marząc, a piękne jego oczy pociemniały – matka myślała dla mnie o karierze dyplomatycznej. Mówiła mi o tym często, kazała uczyć języków, gry na fortepianie, tańca, ukłonów i – bardzo obszernie historii powszechnej. Mając szesnaście lat, prawie na pamięć umiałem Mommsena, nie licząc mnóstwa dzieł ekonomicznych i prawnych.

Bardzo prędko matka przekonała się, że o karierze dyplomatycznej nie mogę myśleć z powodu okoliczności zewnętrznych. Ale we mnie cel już był zasiany. Więc gdy musiałem pożegnać się z przyszłym tytułem ekscelencji, powiedziałem sobie: będę trybunem.

Jak mi szło w tym kierunku, może pani słyszała. Gdziekolwiek byłem, młodzież widziała we mnie swego kierownika, a starsi nadzieję. „Ten coś zrobi..." – mówili. Wszedłem między arystokrację i plutokratów, raz – żeby zdobyć odpowiednie stanowisko, drugi raz – żeby poznać ich bliżej i wybrać między nimi narzędzia do mych celów. Bawiłem się z nimi, wydawałem pieniądze – prawda! – ale nie robiłem tego na ślepo, lecz z zamiarem. To były szczeble dla mojej kariery, nie ideały.

Madzia słuchała go jak proroka; pan Kazimierz zapalał się i z każdą chwilą piękniał.

– Ale tam – ciągnął – w złoconych salonach, spotkało mnie najcięższe rozczarowanie. Byli tacy, którzy chętnie korzystali z mojej hojności, ale nie było takich, którzy potrafiliby mnie zrozumieć. Bawiono się moimi zaletami towarzyskimi i pod każdym względem wyciskano jak gąbkę.

Muszę dodać, że nie tylko mitry i korony szlacheckie mają przywilej osłaniania tępych głów. Pod frygijską czapką demokracji jest nierównie więcej głupców, w dodatku źle wychowanych, wrzaskliwych i ambitnych. Młodzież demokratyczna, z którą wreszcie nie robiłem ceremonii, widząc, że żyję wśród wyższego świata, w którym ich ojcowie zapełniali przedpokoje, ta młodzież – opuściła mnie. Niezdolni pojąć moich planów sądzili, iż zdradziłem ich sprawę, tym bardziej że nie mam zwyczaju spowiadać się z moich zasad przy piwie i kiełbaskach. Niemało także – dodał w nawiasie – u tych sankiulotów zaszkodziła mi wiadomość, że Helena wychodzi za Solskiego.

Tak skończyła się moja kariera trybuna – mówił z ironią, z którą mu było bardzo do twarzy. – A ponieważ nie mam majątku, więc... cóż lepszego mogę zrobić, jeżeli nie dobijać się o stanowiska w biurach kolejowych... Nie wątpię, że tam wypłynę, ale jest to nadzieja rozbitka, który z potężnego okrętu znalazł się na pustym brzegu, pewny, że choć nie umrze z głodu.

Z dalszych pokoi doleciał głos panny Heleny, która po chwili weszła.

– Kaziu – rzekła do brata, już stojącego w oknie – ojczym na ciebie czeka. Podziękuj! – dodała, wyciągając rękę.

– Dajesz? – spytał. – Ach, jakaś ty poczciwa... – i gorąco kilka razy pocałował ją w rękę, a potem w usta.

– Ojczym daje pieniądze, ja tylko poręczam – odparła. Gdy zaś brat wybiegł z pokoju, panna Helena zwróciła się do Madzi.

– Czym jesteś tak poruszona? – zapytała, patrząc na nią z ironią. – Miałaś jakąś wzruszającą rozmowę z moim bratem?

– Z tobą chciałam pomówić o ważnych rzeczach – odpowiedziała Madzia tonem, który ją samą zadziwił.

– O, to coś musi być! – rzekła panna Helena.

Wygodnie zasiadła na kanapie i zaczęła przypatrywać się swej nóżce. Madzia zajęła miejsce obok na foteliku.

– Wiesz – zaczęła Madzia – że ostatnią osobą, z którą przed śmiercią rozmawiała twoja matka, byłam ja...

– No... no... no! Cóż to za wstęp? A jaki ton? Przypomina mi się panna Howard! – przerwała panna Helena.

Ale Madzia z niezwykłym u niej chłodem mówiła dalej:

– Posiadałam trochę zaufania u twej matki...

– Aaa!

– Często od niej słyszałam o tobie. I powiem ci: nie masz pojęcia, jak matka pragnęła twego małżeństwa z panem Stefanem, a nie domyślasz się, jaki to był dla niej cios, gdy dowiedziała się o nieporozumieniach między wami... Wtedy... we Włoszech...

– Cóż dalej? – spytała panna Helena. – Bo po takim prologu muszę spodziewać się dramatycznego zakończenia.

– Nie mam prawa mówić ci wszystkiego, o czym wiem – ciągnęła Madzia. – Ale o jedno cię proszę: żebyś do moich słów przywiązywała więcej znaczenia niż do mojej osoby. Otóż – pogódź się z panem Stefanem i spełnij wolę matki.

Panna Helena zaczęła dłonią uderzać się w ucho.

– Czy ja dobrze słyszę? – spytała, patrząc na Madzię. – Ty, Magdalena Brzeska, grobowym głosem zalecasz mi w imieniu zmarłej matki, żebym wyszła za Solskiego? Wiesz, moja droga, że na tak zabawnej komedii jeszcze nie byłam!

– Która z nas gra komedię? – spytała obrażona Madzia.

Panna Helena skrzyżowała ręce na piersiach i, płomiennym wzrokiem patrząc na Madzię, odparła:

– Ty przychodzisz swatać mnie z Solskim, ty, która od kilku miesięcy kokietujesz go z całej siły?

– Ja... pana Stefana? Ja kokietuję kogokolwiek? – zapytała bardziej zdumiona niż rozgniewana Madzia.

Panna Helena zmieszała się.

– Tak mówią... – rzekła.

– Tak mówią! Przebacz mi, ale... cóż mówią o tobie, o twoim bracie? Co wreszcie mówiono o...

Tu Madzia zamilkła, jakby przestraszyła się własnych słów.

– Solski kocha się w tobie... I mówią, że się z tobą ożeni... Widocznie w jego sercu nadszedł twój sezon – rzekła panna Helena.

Madzia roześmiała się tak szczerze, iż ten śmiech bardziej przekonał pannę Helenę niż wszelkie wyjaśnienia.

– Może go nie kokietujesz – odparła coraz bardziej zmieszana. – Ale jeżeli on zechce się z tobą ożenić, wyjdziesz z pocałowaniem ręki...

– Ja? Ależ o tym nigdy nie było mowy... Nigdy nie pomyślałam o tym i nie myślę, a nawet gdyby pan Stefan dostał (czego Boże broń!) bzika i oświadczył mi się, nigdy bym za niego nie wyszła. Ja ci się nawet nie tłumaczę – mówiła Madzia – bo nie rozumiem, jak można wierzyć w podobne brednie, będąc przy zdrowych zmysłach. Przecież gdyby był cień czegoś podobnego, nie mieszkałabym w ich domu. A tak – mieszkam teraz i będę mieszkała choćby dla zamknięcia ust plotkarzom, którymi doprawdy pogardzam. Jest to to samo, co gdyby powiedziano, że w tobie kocha się pan Arnold i że ty masz wyjść za niego!

– To inna rzecz. Za Solskiego wyjść możesz.

– Nigdy! – zawołała Madzia.

– Wybacz, ale nie rozumiem powodów – odparła panna Helena. – Nie jesteś przecież jego siostrą.

– Szanuję pana Stefana, podziwiam go, życzę mu szczęścia, bo to najszlachetniejszy człowiek – mówiła Madzia z zapałem. – Ale wszystkie przymioty, jakie posiada, nie zasypałyby przepaści leżącej między nami. Boże! – tu otrząsnęła się. – A dla ubogiej dziewczyny lepszą jest śmierć niż wdzieranie się do towarzystwa, które już dziś odwraca się ode mnie.

Ja także mam dumę – zakończyła z uniesieniem Madzia. – I wolałabym być sługą w domu biedaków niż członkiem rodziny, która traktowałaby mnie jak przybłędę.

Panna Helena słuchała ze spuszczonymi oczami, a na jej twarz wystąpił rumieniec.

– No, w dzisiejszych czasach – rzekła – wykształcenie i wychowanie zaciera między ludźmi różnice majątkowe...

– I dlatego ty możesz zostać żoną pana Stefana – pochwyciła Madzia. – Twój ojciec był bogatym obywatelem, miał wsie... Matka od stóp do głów była wielką damą... A i ty sama pomimo braku majątku jesteś wielką damą i możesz imponować rodzinie męża. Ale ja, córka lekarza w małym miasteczku, której najwyższym marzeniem jest mieć kilkuklasową pensję! Naturalnie, że jestem przywiązaną do Solskich, boć oni obiecali mi dać szkołę przy swojej cukrowni. Będę uczyła dzieci oficjalistów i robotników, oto moja rola w ich domu...

Zasępione dotychczas oblicze panny Heleny rozjaśniło się jak piękny krajobraz, kiedy spoza chmur wyjrzy słońce.

– Przepraszam cię... – rzekła i pochyliwszy się do Madzi, serdecznie ją ucałowała.

– A widzisz... a widzisz, niedobra! – mówiła Madzia, tuląc ją. – Za wszystkie niesprawiedliwości, jakimi mnie obrzuciłaś, musisz... musisz pogodzić się z panem Stefanem. Pamiętaj – dodała ciszej – tego chce biedna matka twoja...

– Przecież pierwszego kroku zrobić nie mogę – odparła, zamyślając się, panna Helena.

– On zrobi... tylko go już nie odpychaj. O, ja coś o tym wiem... wiem! – szepnęła Madzia.

W drugim pokoju rozległo się ciche skrzypienie butów i na progu stanął pan Kazimierz. Był rozpromieniony: śmiały mu się usta, oczy, twarz, cała postawa... Ale na widok Madzi radosne objawy znikły, na czole ukazała się delikatna zmarszczka, a w oczach cień melancholii. Z takim wyrazem bywał najpiękniejszy, osobliwie, kiedy mu się włosy nieco powichrzyły.

Panna Helena była tak zajęta sobą, że, nie pytając brata o rezultat konferencji z ojczymem, zawołała:

– Wiesz, że to są plotki o Madzi i Solskim?

Pan Kazimierz wyglądał w tej chwili jak człowiek zbudzony ze snu. Patrzył na Madzię.

– Ona na słowo mówi – ciągnęła siostra – że nigdy nie wyszłaby za Solskiego i że zresztą Stefek ani myśli kochać się w niej...

Madzia doznała jakby ukłucia w serce.

– Przy tym – mówiła panna Helena – poczciwe Madzisko wybornie określiła swoją rolę w ich domu. Stefek obiecał oddać jej szkołę przy cukrowni, a ona mówi: będę uczyła dzieci ich służby i zarządców i dlatego jestem przywiązana do Solskich...

Każde słowo pięknej panny, wypowiadane z drwiącym śmiechem, szarpało duszę Madzi.

„Ach, jaka ona nielitościwa, jaka niedelikatna!" – myślała.

– Nic nie rozumiem – odezwał się pan Kazimierz.

– Zrozumiesz, gdy ci dodam – rzekła poważniej – że Brzeska namawia mnie, żebym najpierw pogodziła się ze Stefkiem, a po drugie wyszła za niego... Słyszysz: tak mi radzi Brzeska, przed którą oni prawie nie mają sekretów...

– Wiwat! – zawołał pan Kazimierz i zaczął skakać po pokoju. Jego melancholia pierzchła jak wystraszony zając z bruzdy. – W takim razie, moja Helu, nie zechcesz chyba upominać się o te tysiąc rubli...

– Bądź spokojny – odparła z postawą triumfatorki – oddam ci i to, co mi jeszcze zostało.

Madzia nigdy nie mogła zdać sobie sprawy z uczuć doświadczonych w tej chwili. Zdawało jej się, że wpadła w odmęt, z którego trzeba się wydrzeć.

Podniosła się i podała rękę Helenie.

– Idziesz? – spytała panna Norska, nie uważając ani na milczenie Madzi, ani na jej bladość.

– Do widzenia z panią – rzekł pan Kazimierz tonem, który przyniósłby zaszczyt najdumniejszemu kuzynowi Solskiego.

„Co się to dzieje?" – myślała Madzia, powoli zstępując ze schodów.

W żaden sposób nie mogła pogodzić głębokich rozczarowań pana Kazimierza ze skokami ani czułości, jaką okazywał jej przed chwilą – z lekceważącym pożegnaniem. A ta Hela, która już nazywa ją Brzeską...

Gdy jednak przeszła się po ulicy, na świeżym powietrzu, wśród wiosennego dnia i wesołych przechodniów, myśli jej przybrały inny kierunek.

„Przecież ja sama, gdy ucieszę się, zapominam o obecnych. A jeżeli im to tak wielką sprawiło radość, mam dowód, że robię dobrze. Biedny pan Kazimierz nie będzie już potrzebował zabijać zdolności biurową pracą i prędzej urzeczywistni swoje wielkie zamiary... A Hela? – cóż? Taka jak wszystkie damy z towarzystwa... Ona właśnie da sobie z nimi radę i pan Stefan będzie szczęśliwy.

Kochana pani Latter, gdyby mogła widzieć ich radość, niezawodnie powiedziałaby mi: „Madziu, jesteś dobrą dziewczyną, jestem z ciebie zadowolona... I dom Solskich ożywi się, do czego tak wzdycha Ada. I pan Stefan, ten szlachetny człowiek...".

Tu urwał się dalszy bieg myśli. Zabrakło jej odwagi do zastanawiania się nad przyszłym szczęściem pana Stefana.

18. Co zrobił spirytyzm, a co ateizm?

W końcu kwietnia państwo Arnoldowie zaprosili Solskich i Madzię na wieczór mający odbyć się w rocznicę ich ślubu. Oznajmili, że zgromadzi się nieliczne kółko znajomych, między którymi znajdował się także profesor Dębicki.

Istotnie jedną z pierwszych osób, które spotkała na wieczorze Madzia, był Dębicki. Stał ze zmartwioną miną przy drzwiach wejściowych, tuż obok gospodarza. Można by go wziąć za lokaja, gdyby nie wytarty frak, który w dodatku nie pasował mu do figury.

– Dlaczego profesor nie przyjechał z nami? – zawołał Solski, przywitawszy się z Arnoldem.

– Ja tu już jestem od siódmej – mruknął skrzywiony Dębicki, kłaniając się wszystkim wchodzącym, którzy go nie znali. Chciał pokazać, że nie są mu obce światowe zwyczaje.

Na szczęście Ada Solska chwyciła go pod rękę, szepcząc:

– Mój profesorze, musi mi pan cały wieczór dotrzymać towarzystwa, nawet przy kolacji…

– Doskonale! – odparł z dobrodusznym uśmiechem. – Bo nawet nie wiedziałbym, co robić w tym chaosie.

Usiedli w kąciku, rozmawiając. Niebawem jednak Dębicki utkwił niebieskie oczy w przestrzeń i zapomniał o panie Solskiej, co zresztą w jego życiu nie należało do niespodzianek.

Tymczasem Madzia, wprowadzona przez Solskiego, przyglądała się zebranym. Pomagał jej w tym zajęciu pan Kazimierz, który dziś był tak uprzejmy, jakby chciał zatrzeć w jej pamięci ślady ostatniego spotkania.

„Jaki on dobry! – myślała zachwycona Madzia. – Choć myli się, jeżeli przypuszcza, że byłam wtedy obrażona. Ja przecież widziałam, że radość uczyniła ich tak roztargnionymi…".

– Niech pani uważa, jacy tu są ludzie – mówił pan Kazimierz. – Ci panowie tędzy, w średnim wieku, to rozmaici przedsiębiorcy, którzy z moim ojczymem robią wielkie interesy. A ten między nimi Niemiec, z rudawym zarostem, będzie ustawiał maszyny w cukrowni pana Stefana.

– Aha! – szepnęła Madzia na znak, że ją bardzo interesuje Niemiec ustawiający maszyny.

– Ci młodzi panowie, o ten blondynek ze znaczkiem przy klapie fraka, inżynier, tamten piękny brunecik, doktor, o… i znajomy pani – Bronisław Korkowicz, który wygląda, jakby uczył się roli Otella do teatrzyku na Pradze – to wszystko wielbiciele mojej siostry. Mogę panią zapewnić, że każdy ubóstwia ją bezinteresownie, gdyż każdy jest majętnym. Hela innych nie toleruje przy sobie.

– Czy to potrzebne, proszę pana? – spytała Madzia.

– Czy majątek potrzebny zakochanym? Ja myślę, że tak; szczególniej przy pannach pięknych a wymagających.

– Nie… Czy potrzebni są tu ci panowie przy panu Stefanie – rzekła Madzia ciszej.

– A to już taktyka mojej siostry i w ogóle pań – odpowiedział pan Kazimierz. – Panie odkryłyście, że najsilniejszymi okowami dla mężczyzn jest zazdrość. Prawda?

– Nie wiem, proszę pana – odpowiedziała Madzia.

Pan Kazimierz lekko przygryzł usta i wyjaśniał dalej:

– A teraz niech pani uważa najciekawszą grupę. Te damy niemłode i nieładne, ten pan z siwymi faworytami i ten drugi z błędnymi oczami… Widzi pani, jacy oni wszyscy poważni? To są adepci spirytyzmu, uczniowie i uczennice pani Arnoldowej. Ruchliwa kobiecina! Niedawno mieszka w Warszawie, a już w kilkunastu domach stołowe nogi i ekierki głoszą nadziemską mądrość. Gdybym nie wiedział, że moja macocha drugiego stop-

nia jest w najwyższym stopniu bezinteresowna, wróżyłbym jej, że zrobi majątek. Na nieszczęście zdaje się, że mój autentyczny ojczym grubo dokłada do stosunków z duchami. Pani, lepiej wydać bal na sto osób, niż jeden pomyślny seans spirytystyczny!
– Pan żartuje z tego? – zapytała Madzia.
– Jeszcze jak!
Nagle ktoś odwołał pana Kazimierza i Madzia przysiadła się do panny Solskiej.
Ada, zarumieniona, gorączkowo bawiła się wachlarzem.
– Mówią, że pan Norski – rzekła do Madzi – jest wielkim bałamutem. Czy i do ciebie się umizga?
– Nie – odparła Madzia, czując, że dopuszcza się połowicznego kłamstwa. – W tej chwili opisywał mi zebrane towarzystwo i nielitościwie drwił ze spirytyzmu.
– Kto wie, czy nie ma słuszności... Prawda, profesorze? – zwróciła się Ada do Dębickiego.
– A o czym pani mówi? – spytał jak przebudzony.
W tej chwili ubrana w białą suknię przybiegła do nich panna Norska i po raz drugi jak najczulej powitała Adę i Madzię. Potem, wyciągając rękę do Dębickiego, rzekła z fluternym uśmiechem:
– Ja czuję, że u profesora nie mam łaski jeszcze od nieszczęsnego dwumianu Newtona... Jeżeli naprawdę gniewa się pan, to przepraszam... Dziś nie zrobiłabym tego, jestem inna – dodała z westchnieniem. – Własne cierpienia uczą, że nikomu nie trzeba robić przykrości...
Była czarująca. Zbliżyła się tak, że Dębicki czuł zapach jej ciała, i patrzyła w niego wielkimi, ciemnymi oczami. Ale stary matematyk odparł z kamiennym spokojem:
– Proszę pani... bo i na co przydałby się pani dwumian Newtona? Dobre to jako wstęp do szeregu Taylora, ale tak!
– Ach, potworze! – zawołała Ada. – Mówi do pana kobieta jak niebiańskie stworzenie, a pan, zamiast wpatrywać się w jej oczy, myśli o Taylorze?

Zmieszany Dębicki rozłożył ręce, nie wiedząc, co odpowiedzieć. Zastąpił go Solski, który przysłuchiwał się rozmowie.

– On cały swój zapał dla piękności panny Heleny mnie odstąpił – rzekł pan Stefan. – I dlatego ja mam przyjemność zachwycać się podwójnie....

– Na dzisiaj? – zapytała panna Helena, podnosząc oczy.

– Niekoniecznie – odparł Solski. – Pani Arnold prosi panią na gospodarską rozmowę.

Podał jej rękę, na której z pełnym wdzięku zaniedbaniem oparła się panna Helena, i odszedł, przelotnie spoglądając na Madzię.

Ale Madzia tego nie spostrzegła. Siedziała ze spuszczonymi oczami, wsłuchując się w ostry ból, który przeniknął jej serce.

– Prześlicznie wygląda Helenka! – szepnęła do Ady.

– Jeżeli mam być szczera – odparła tym samym głosem panna Solska – to... nie! Jest w niej coś sztucznego...

Madzię jeszcze mocniej zabolało serce.

„Jak prędko zapominają o swych sympatiach wielcy panowie..." – pomyślała.

Zbliżył się pan Kazimierz i zaczął bardzo elegancką rozmowę z Adą, tkliwie patrząc na nią, a ukradkiem rzucając spojrzenia na Madzię. Ale panna Solska bawiła się wachlarzem, odpowiadała obojętnie i skorzystawszy z pierwszej okazji, odeszła z Dębickim poszukać chłodniejszego pokoju.

– Nie rozumiem, co się stało pannie Adzie – rzekł zaniepokojony pan Kazimierz. – W Szwajcarii była dla mnie taka łaskawa...

– Za rzadko odwiedza ją pan – odpowiedziała Madzia.

– Bo już od pewnego czasu spostrzegłem w niej zmianę. A że nie cieszę się względami i pana Solskiego, więc... Wie pani, co stąd wynika? Że zbyt rzadko na moje nieszczęście widuję panią...

Gdy to mówił, twarz i oczy pałały mu. Madzia naprawdę wyglądała prześlicznie, a kilku panów zastanawiało się nad pytaniem, która piękniejsza: czy posągowa panna Helena, w której każdym ruchu było widać, że zna się na swojej wartości, czy łagodna i cicha Madzia, która myślała, że jest brzydką?

W zebraniu powstał szmer. Szpakowaty adept pani Arnoldowej z wielkim przejęciem dowodził, że medium jest dziś usposobione jak nigdy i że należy ją poprosić, aby urządziła seans.

– Założyłbym się – mówił do pana z błędnymi oczami – że zobaczylibyśmy coś niezwykłego. Pani Arnold znajduje się w tym stopniu podniecenia, w którym wola mediów podnosi stoły, a nawet zmusza duchy do ukazania się w materialnej postaci.

Na to pan z błędnymi oczami odpowiedział, że w interesie nowej nauki leży, aby profani zobaczyli chociaż stół latający w powietrzu. Zaś pan Zgierski, który, jak wyrosły spod ziemi, znalazł się obok nich, oświadczył gotowość poproszenia szanownej gospodyni o seans.

– No – rzekł pan Kazimierz do Madzi – jeżeli pan Zgierski wmieszał się do tego, widowisko jest pewne... Przejdźmy tymczasem do dalszych pokoi...

Przeszli i prawie otarli się o pana Bronisława Korkowicza, który ukrywszy się za futrynę drzwi, blady, z pobielałymi ustami wpatrywał się w pannę Helenę nie na żarty kokietującą Solskiego.

– Oto, widzi pani – mówił pan Kazimierz do Madzi, gdy znaleźli się w zacisznym gabinecie – dziś można sprawdzić, w jaki sposób tworzą się religie. Znajduje się medium, o którym Charcot miałby dużo do powiedzenia; znajduje się kilku fanatyków, którzy tak muszą w coś wierzyć, jak po obiedzie wypijać czarną kawę; jest jakiś pan Zgierski gotów do pośrednictwa dla utrzymania swej pozycji, no i jest gromada słabych głów, czyli ogół, który jeżeli przestanie myśleć o Bogu i życiu przyszłym, natychmiast oddaje się pijaństwu, kradzieży, rozbojom albo grze w winta...

– Więc pan nie wierzy w duchy? – z ciekawością spytała Madzia.

– Ja?

– Ale w nieśmiertelność duszy...

– Jakiej duszy i w jaką nieśmiertelność?

– No, ale już w Boga musi pan wierzyć... – rzekła prawie z desperacją Madzia.

Pan Kazimierz uśmiechnął się i wzruszył ramionami.

– Musiałbym tu – odparł – wyłożyć pani cały kurs filozofii, jaki wykładałem kolegom uniwersyteckim, między którymi bywało wielu pobożnych. Nie łudźmy się, panno Magdaleno... Bierzmy życie, jakim jest, i troszczmy się przede wszystkim o to, żeby nic nie tracić z jego rozkoszy... O goryczach pomyślą za nas ludzie... A gdy przyjdzie ostatni moment, będziemy mieli tę przynajmniej pociechę, że nie zmarnowaliśmy cennego daru natury...

Madzia zaczęła się naprawdę niepokoić.

– Ależ, proszę pana, jak można wątpić o duszy? – mówiła. – Ja przecież czuję, ja myślę i... no, jestem pewna życia przyszłego...

– Gdzie ona jest, ta dusza? – spytał pan Kazimierz. – Uczeni odkryli w mózgu tłuszcz, krew, fosfor, miliony komórek i włókien, ale duszy nie spostrzegli. A gdzie owa dusza kryje się podczas twardego snu albo zemdlenia i dlaczego przestaje wiedzieć o wszystkim, nawet o sobie, jeżeli do mózgu przypłynie o kilka kropel mniej krwi niż w stanie czuwania? Gdzie była nasza dusza przed naszym urodzeniem? Dlaczego nie było jej wówczas, gdy mieliśmy miękkie ciemiona; dlaczego dusze nasze rosły i dojrzewały razem z ciałem; dlaczego sięgają szczytu w wieku dojrzałym, a słabną w starości? I czy owa dusza nie jest podobna do płomienia świecy, który w pierwszej chwili po zapaleniu z ledwością błyszczy, potem rośnie, a gdy zabraknie stearyny, zaczyna gasnąć? Mówić o nieśmiertelnej duszy jest to samo, co twierdzić że płomień trwa, choć świeca się wypali. Płomień jest tylko palącą się świecą, a dusza żyjącym ciałem.

– Więc nie ma życia przyszłego?

– Gdzie by ono miało istnieć? W grobie czy w tak zwanym niebie, które jest międzygwiazdową pustynią, zimniejszą i ciemniejszą niż sam grób? Skąd zresztą te dzikie pretensje do wiecznego bytu? Czy nie byłaby komiczną iskra, która, błyszcząc przez kilka chwil, zakładałaby sobie życie stuletnie? Wszystko, co miało początek, musi mieć koniec...

– Straszne to! – szepnęła Madzia.

– Dla chorej wyobraźni – mówił pan Kazimierz. – Ale człowiek normalny jest o tyle pochłonięty życiem, iż nie ma czasu myśleć o śmierci. Gdy zaś jej ulegnie, nawet nie wie, że go spotkała; śpi bez marzeń i zapewne bardzo by się gniewał, gdybyśmy go chcieli rozbudzić.

– Co pan mówi... – zaprzeczyła Madzia, potrząsając głową. – Wiem, czym jest ludzki organizm tak mądrze zbudowany. Lecz skądże on się wziął, kto go stworzył i w jakim celu? Jeżeli śmierć jest snem, to po co było budzić nas z niego? Przecież to niesprawiedliwość.

– Znowu złudzenie – odpowiedział pan Kazimierz – bo nie możemy pozbyć się myśli, że natura została stworzona przez siłę podobną do człowieka, który ma jakieś cele, lubi swoje dzieła i lituje się nad ich zagładą.

W naturze nie ma miejsca na żadną siłę tego rodzaju. Ziemia krąży dookoła słońca, bo pcha ją naprzód siła rzutu, a utrzymuje przy słońcu siła ciążenia. Tlen łączy się z wodorem i daje wodę nie dlatego, że ludziom chce się pić, lecz na mocy powinowactwa chemicznego; ziarno rzucone w ziemię wydaje roślinę nie dlatego, że tak chce jakiś anioł, ale pod wpływem ciepła, wilgoci i ciał chemicznych znajdujących się w gruncie...

– Dobrze, ale... po co to? Po co? – nalegała Madzia.

Pan Kazimierz znowu z uśmiechem wzruszył ramionami.

– A po co nad naszą głową chmury układają się niekiedy w formy wysp, drzew, zwierząt i ludzi? Czy i tamte kształty istniejące po kilka minut robią się w jakimś celu, czy i one chcą żyć wiecznie?

Madzia, rozgorączkowana, przestraszona, szarpała chusteczkę. Pan Kazimierz był dla niej genialnym człowiekiem i wątpić o prawdzie jego słów nie potrafiłaby; przynajmniej teraz, kiedy patrzy w jego cudowne oczy, głęboko rozumne a tak smutne.

On, widać, już pogodził się ze strasznym losem człowieka, więc dlaczegóż by ona miała oburzać się przeciw nieugiętemu prawu?

Ale jak jej było żal tych wszystkich, którzy pomarli, a których już nigdy nie zobaczy; jak było żal własnej duszy, która musi zgasnąć, pomimo że cały świat kocha! I nikt nie ulituje się nad nią, nikt nie wyciągnie ręki z międzygwiazdowej pustyni okropniejszej od grobu.

Ach, ciężki to był wieczór dla Madzi. Zdawało jej się, że pan Kazimierz w ciągu półgodzinnej gawędki prowadzonej wesołym tonem rozwalił niebo i ziemię, jej przeszłą wiarę i przyszłe nadzieje. I z całego tego pięknego świata nie zostało nic... nic; tylko – ich dwoje skazańców.

Milczała, nie wiedząc, co się dzieje dookoła niej, zasłuchana w burzę, która wybuchła tak nagle i tyle spustoszeń porobiła w biednej duszy. Wewnętrzna istota człowieka doznaje niekiedy wzruszeń podobnych do trzęsienia ziemi.

Pan Kazimierz w tej chwili nie myślał o Madzi: patrzył na młodego Korkowicza, którego zachowanie zaczęło go niepokoić. Spostrzegłszy to, pan Bronisław zbliżył się do nich, stanął przed Madzią i rzekł zmienionym głosem:

– Dobry wieczór pani...

Madzia zatrzęsła się, jakby koło niej runęło coś ciężkiego. Podniosła oczy i zobaczyła nad sobą bladą twarz pana Bronisława, okrytą potem i – włosy rozczochrane jak konopie.

– Jak się masz, Kazik... – mówił Korkowicz, nie patrząc na Madzię. – Ale z twojej siostry amazonka! Nie wystarcza jej jeden koń, musi mieć całą stajnię i jeszcze lubi wracać do wyranżerowanych... Cha! cha! gust...

Madzi zdawało się, że młody Korkowicz jest pijany. Ale on był zazdrosny.

– Nie awanturujże się! – szepnął do niego pan Kazimierz.

– A... bo panna Helena tak się przypiła do tego Solskiego...

– Przepraszam panią – rzekł do Madzi pan Kazimierz, wstając.

Wziął pod rękę Korkowicza, chwilę rozmawiał z ożywieniem, a następnie wyprowadził go do dalszych pokoi.

„Może będzie pojedynek!" – pomyślała Madzia i serce jej zaczęło bić niespokojnie.

Lecz w tej chwili zrobił się ruch między gośćmi, a do Madzi zbliżyła się Ada z Dębickim.

– Siądźmy razem – rzekła – będzie doświadczenie spirytystyczne. – O czym tak gorąco rozmawialiście z panem Norskim?

– Ach, nieszczęśliwy on – szybko odparła Madzia. – Wyobraź sobie, przez cały czas tłumaczył mi, że nie ma duszy...

Panna Solska przygryzła usta.

– Tyle już razy wykładał to rozmaitym pannom – odpowiedziała – że mógłby wymyślić coś nowszego.

– Dla mnie było to strasznie nowe! – rzekła Madzia.

Tłum gości rozdzielił ich i na chwilę zbliżył Madzię do stolika, przy którym stał Korkowicz i panna Helena z bratem.

– Pan Bronisław musi być grzeczny – mówiła panna Norska, wymownie patrząc na swego wielbiciela.

– Dziś łatwiej na świecie o grzeczność niż o uczciwość – odparł gniewnie Korkowicz.

– Pan Bronisław musi i... powinien być spokojny – dodała panna Helena.

Lekko uderzyła Korkowicza wachlarzem po ręku i rzucając mu jeszcze jedno spojrzenie, odeszła szukać Solskiego.

Korkowicz parę chwil patrzył za nią odurzony. Nagle twarz jego zmieniła się: gniew zniknął, a ukazała się radość.

– Przepraszam cię, Kazik! – zawołał, pokazując w szerokim uśmiechu białe zęby. – Jak Boga kocham, że twoja siostra anioł... Ale ma ostre pazurki... Czasami tak drapie, aż serce się krwawi...

W wielkim salonie Madzia znowu połączyła się z Adą i Dębickim, a jednocześnie cały tłum zebranych zaczął wychodzić do sąsiedniego pokoju; ktoś bowiem powiedział, że tam odbędzie się posiedzenie. Na parę minut salon opustoszał.

Wkrótce jednak wpadł Zgierski i jegomość z błędnymi oczami, który zdawał się być zupełnie nieprzytomny. We dwóch chwycili okrągły stoliczek i zaczęli ustawiać go na środku, spoglądając kolejno na podłogę i sufit, jakby upatrywali szczelin, przez które duchy mają odwiedzić uprzejmy dom państwa Arnoldów.

Ruch gości zaczął się na nowo. Weszły najpierw, usadawiając się blisko drzwi, damy bardzo ciekawe duchów, gotowe natychmiast uwierzyć w nie, lecz – strasznie lękające się ich przybycia. Wkrótce jednak zostały popchnięte naprzód i rozmieszczone wzdłuż ścian przez falę już wtajemniczonych spirytystów i spirytystek. Gdy ci usiedli na miejscach, ukazała się promieniejąca panna Helena z Solskim pod rękę i, wesoło rozmawiając, zajęli miejsce tuż obok stolika.

– Spójrz, Madziu – szepnęła z ironicznym uśmiechem Ada – czy Stefek i Helena nie wyglądają na państwa młodych?

– Ślicznie im razem – odparła Madzia, czując ściskanie w gardle.

Potem zaczęli się przekradać przez tłum gości – wielbiciele panny Heleny: blondyn inżynier, brunet lekarz i młody Korkowicz. Na twarzy dwóch pierwszych widać było jednakową troskę, obaj też z jednakową niechęcią patrzyli na Solskiego. Lecz nawet wspólna niedola nie zdołała ich zbliżyć i każdy ulokował się jak najdalej od rywala.

W sali ucichło. Z bocznego pokoju wyszła pani Arnold wsparta na ręku siwego jegomości z orderem. Na jej bladej twarzy i w całej postaci uwydatniało się znużenie, jak gdyby ciężko chorą wydobyto z łóżka. Tylko w oczach niekiedy zatliła się iskra.

Powstał szmer, który ciągle narastał. Zebrani nawoływali jeden drugiego do uwagi, uspakajali się wzajemnie, mówili: „Prosimy!" lub „Dziękujemy!", nawet ktoś klasnął, a ktoś drugi zawtórował mu. Ale ich uciszono.

Pani Arnold usiadła przed stolikiem na drewnianym krześle. Natychmiast przybiegł do niej niezbędny Zgierski i spirytysta z błędnymi oczami, a jegomość z orderem przeszedł między widzów z taką miną, jakby to on stworzył duchy i swoją władzę nad nimi przekazał pani Arnoldowej.

Tymczasem gospodarz, wynalazłszy pod ścianą Adę z jej dwojgiem towarzyszów, przeprowadził ich na środek i usadowił obok Heleny i Solskiego. Tym sposobem Madzia znalazła się o parę kroków od medium.

– Zdaje mi się – szepnął Solski do Arnolda – że te posiedzenia niezbyt korzystnie oddziaływają na zdrowie pani. Wygląda na kompletnie chorą.

Arnold wzruszył brwiami i rękami i odparł tym samym tonem:

– Cóż ja poradzę, kiedy ona widzi w tym swoje szczęście?

Pani Arnold musiała coś usłyszeć, podniosła bowiem głowę i przelotnie spojrzała na Solskiego.

Nowy szmer w sali; dwaj służący wnieśli parawan i postawili go obok stolika.

Teraz pan siwy zbliżył się do Arnolda i zawiązała się krótka rozmowa. Jegomość nalegał, Arnold z widoczną niechęcią opierał się; w końcu jegomość ustąpił, zaś pan Arnold cofnął się w najdalszy od stolika kąt sali.

Z kolei pan z obłąkanymi oczami zwrócił się do medium i o coś zapytał po angielsku. Odpowiedziała głosem cichym i bezdźwięcznym, a jegomość położył jej rękę na czole i rzekł głośno:

– Czy szanowni państwo są przygotowani do ujrzenia duchów, czy też wolą poprzestać na drugorzędnych objawach spirytystycznych?

– Prosimy o duchy! Nie! Nie! Nigdy! Umarłabym! – wołali zgromadzeni.

Ogromna większość nie życzyła sobie widzieć duchów.

– Muszę wyjaśnić – dodał jegomość – że moje śmiałe pytanie bynajmniej nie dowodzi, żeby duchy koniecznie miały się ukazać. Znaczy ono tylko, że nasze szanowne medium jest dziś wyjątkowo dobrze usposobione.

– To prawda! – mruknął Solski, spoglądając na Dębickiego, który założył ręce na brzuchu, wysunął dolną wargę i patrzył przed siebie tak obojętnie, jak gdyby zamiast świata duchów zobaczył ser szwajcarski, którego nie jadał.

Twarz medium zaczęła ulegać dziwnym zmianom. Z początku zdawało się, że pani Arnold zapadła w spokojny sen, w ciągu którego chorowita bladość ustąpiła miejsca zwykłej cerze, a na ustach ukazał się łagodny uśmiech. Potem otworzyła oczy, w których malowało się wzrastające zdziwienie. Nagle spostrzegła Solskiego i włosy jej zaczęły się jeżyć, twarz przybrała wyraz grozy, a wielkie oczy zamigotały żółtawą barwą jak u rozgniewanej lwicy.

– Podajcie mi papier! – rzekła po angielsku głosem silnym i metalicznym jak dzwon, nie spuszczając z oczu Solskiego.

Jej spojrzenie było tak przejmujące, że Ada zaczęła drżeć, panna Helena cofnęła się z krzesłem do drugiego rzędu, a Madzia spuściła głowę, żeby nie patrzeć. Solski sposępniał, a Dębicki wyprostował się zaciekawiony.

Tymczasem pan Arnold wybiegł do gabinetu żony i po chwili z zakłopotaną miną przyniósł ołówek i kilka niedużych kartek brystolu, które podał jegomościowi z błędnymi oczami.

– Pani raczy wybrać jedną z nich – rzekł jegomość, zbliżając się do Madzi.

Wybrała. On kartkę i ołówek położył na stoliku obok medium, a resztę papieru zwrócił jej mężowi.

– Zwiążcie mi ręce... – rzekła tym samym co wcześniej potężnym kontraltem pani Arnold.

Przyniesiono długą tasiemkę i lak.

– Może panowie raczą związać i opieczętować medium – zwrócił się jegomość o błędnych oczach do Dębickiego i Solskiego, który miał na palcu herbowy pierścień.

Wezwani zbliżyli się do stolika.

– Mogą panowie wiązać, jak im się podoba – rzekł jegomość.

Dębicki złożył pani Arnoldowej ręce w tył, a Solski omotał ją we wszystkich kierunkach. Potem przywiązali medium do krzesła i przypieczętowali końce tasiemki do poręczy.

Wtedy jegomość poprosił obu panów, żeby pomogli mu otoczyć medium parawanem. Po chwili pani Arnoldowa była jak w szafie, ze wszystkich stron zasłonięta od widzów.

– Proszę przygasić lampy – zakomenderował jegomość z błędnymi oczami.

Kilku panów rzuciło się do przykręcenia lamp gazowych, w których pozostały tylko niebieskie płomyki.

– Panowie strasznie mocno wiązali... – szepnęła do Dębickiego wylękniona Madzia. – Cóż to będzie?

– Znana sztuka amerykańskich spirytystów – odpowiedział Dębicki.

– Ach! – krzyknęła w głębi salonu jedna z dam, obok której siedział pan Norski.

Zaczęto odwracać głowy, pytać, lecz nagle ucichło. Za parawanem bowiem wyraźnie słychać było szelest piszącego ołówka. Po upływie paru minut ołówek zastukał o stolik, a jegomość dyrygujący posiedzeniem kazał rozświetlić lampy i zaczął odsuwać parawan.

Pani Arnoldowa spała z głową opartą na poręczy krzesła, ręce jej znajdowały się w dawniejszej pozycji. Kiedy zaś Solski z Dębickim zbliżyli się, żeby ją rozpętać, znaleźli pieczęcie nienaruszone, a na tasiemce nie brakło ani jednego węzła.

– Rozumiesz pan co? – spytał Solski profesora.

Ten wzruszył ramionami.

– W czwartym wymiarze można by się tak rozwiązać albo...

W tej chwili Solski spojrzał na kartkę leżącą na stoliku, pobladł i rzekł zmienionym głosem:

– Ależ to rysy mojej matki! Patrz, profesorze.

Na kartce był napis po francusku:

„Pragnę, żeby dzieci moje częściej myślały o rzeczach wiekuistych...".

A zamiast podpisu znajdował się nakreślony także ołówkiem szkic bardzo wyrazistej twarzy kobiecej, otoczonej obłokami.

Pan z błędnymi oczami zbudził panią Arnold, która wstała z krzesła uśmiechnięta. Wszyscy goście ruszyli się z miejsc, pragnąc obejrzeć pisaną przez duchów kartkę, którą medium ofiarowało na pamiątkę pannie Solskiej.

Ada w osłupieniu przyglądała się rysom swej matki. Po chwili zwróciła się do brata:

– Czy wiesz – rzekła – że to jest pismo naszej mamy?

– Czy nie zdaje ci się? – spytał pan Stefan.

– Jakże! Mam w książce do nabożeństwa modlitwę pisaną ręką mamy... Ależ tak... ten sam charakter...

Obecni po raz drugi zaczęli oglądać kartkę, która wreszcie dostała się do rąk Madzi.

Na kartce były rysy zmarłej matki Solskich zupełnie podobne do portretu, który wisiał w pokoju Ady. Nadto zdawało się Madzi, że kartka papieru jest inna. Na tamtej, którą wybrała, był w jedynym rogu z ledwością dający się dojrzeć ciemny punkcik.

„Może pan Kazimierz ma słuszność, mówiąc, że ani dusza, ani duchy nie istnieją?" – przemknęło jej przez myśl.

Ale nikomu nie wspomniała o swym spostrzeżeniu. Mogła się mylić. Cóż wreszcie stracą Ada i pan Stefan, jeżeli będą wierzyć, że matka ich żyje i troszczy się o nich tak samo jak wówczas, gdy byli małymi dziećmi?

Towarzystwo było wzburzone. Jedni otwarcie ogłosili się stronnikami spirytyzmu, inni po kątach usiłowali wytłumaczyć fakt magnetyzmem zwierzęcym, elektrycznością lub sztuką magiczną. Solski był zamyślony, Ada zirytowana, a Dębicki znowu obojętny. Niemniej jednak, gdy około północy zaproszono do kolacji, wszyscy znaleźli się na stanowisku i jakby z większym zapałem niż podczas wywołania duchów.

Madzia usiadła przy stole tuż obok Solskich, mając z jednej strony Dębickiego, z drugiej jakiegoś spirytystę, który we wszystkich językach nawracał swoją dalszą sąsiadkę. Naprzeciwko zaś miała starego pana z miną urzędową, który, zawiązawszy serwetę na szyi, brał na talerz wielkie porcje każdej potrawy i niszczył ją do ostatniego okruszka, od czasu do czasu potrząsając głową i jakby prowadził z kimś dysputę i nie zgadzał się na jego zdanie. Przykład ten, a może i głód tak oddziałał na Madzię, że i ona jadła wszystko, co jej podano: ryby, zwierzynę, kurczęta, lody... zapijając różnymi gatunkami wina, które ciągle nalewał jej Dębicki. Przy czym taka między nimi toczyła się rozmowa:

– Może pani nalać wina? – pytał Dębicki.
– Proszę – odpowiedziała Madzia.
– A do którego kieliszka?
– Wszystko jedno.

Dębicki nalewał w największy, zamyślał się i po krótkiej pauzie powtarzał pytanie:

– Może pani nalać wina?

W głowie Madzi szumiało jak pod wodospadem wezbranej rzeki, która, zniszczywszy okolicę, ciskała w odmęt szczątki rzeczy niegdyś pięknych i użytecznych, będących obecnie rupieciami. Co się przesunęło na rozhukanych falach jej duszy! Pan Stefan z Heleną, całe posiedzenie spirytystyczne i portrety rodziców Solskich, wieczność i życie przyszłe podarte na miliony komórek i włókien mózgowych, starte na bezkształtną masę tłuszczu, fosforu, nawet żelaza w postaci zardzewiałych blach, gwoździ i zawiasów, które kiedyś widziała na Pociejowie.

A na dnie tego chaosu wciąż uporczywie powtarzała się zwrotka: używać życia, bo przyjdzie długi sen! używać życia, bo przyjdzie długi sen!

Więc Madzia jadła zwierzynę, ryby, kurczęta i piła różnych gatunków wino z jednego wielkiego kieliszka. Co jej tam nieboszczka pani Latter... już przecież śpi zamieniona na tłuszcz, fosfor i żelazo. Co białowłosy proboszcz, który, kiedyś stojąc

nad nią z opłatkiem, mówił: „Panie, nie jestem godzien, abyś wszedł do przybytku mego...". Co major, a nawet ojciec, skoro oni wszyscy prędzej lub później zamienią się w tłuszcz, fosfor i stare żelastwo!
– Podano kawę.
– Może pani nalać likieru? – spytał Dębicki.
– Owszem.
– A do którego kieliszka?
W tej chwili Madzia poczuła brak tchu. Zdawało jej się, że umiera. Wstała od stołu, chwiejnym krokiem przeszła do dalszych pokoi i, upadłszy na małą kanapkę zasłoniętą oleandrami, wybuchnęła płaczem.

Zaniepokojona Ada wyszła za nią, a ponieważ był już koniec kolacji, więc i Solski, przeprosiwszy Helenę, wybiegł za siostrą. Spotkał ją na progu pokoju, do którego nie dała mu wejść, i grożąc palcem, szepnęła:
– Widzisz, Stefek, ostrzegałam cię...
Solski spojrzał w głąb pokoju. Zdawało mu się, że między drżącymi oleandrami słyszy ciche szlochanie. Odsunął siostrę, przypadł do kanapki i schwyciwszy za rękę płaczącą Madzię, rzekł:
– Więc to ja jestem winien?
Madzia podniosła na niego zdumione oczy.
– Pan? – spytała. – Pan za szlachetny jest na to, żeby ktoś płakał z jego winy...
A potem oprzytomniawszy, dodała prędko:
– To nic... Tyle dziś widziałam i słyszałam nadzwyczajności, że mnie to rozdrażniło... Jestem dziecinna! – dodała, śmiejąc się.
Ada z uwagą przypatrywała się bratu, który stał obok Madzi wzruszony, z wyrazem twarzy człowieka zdecydowanego na jakiś krok stanowczy. Już chciał przemówić, gdy nagle ukazał się pan Kazimierz i wesoło zapytał Madzi:
– Cóż to, chce nam pani zemdleć?

– Ach, nie! jestem tylko rozdrażniona... Za dużo spadło na mnie wrażeń – odpowiedziała Madzia, rumieniąc się i spuszczając oczy.

– Może i naszą dzisiejszą rozmowę zalicza pani do tych wrażeń? – spytał pan Kazimierz ze spojrzeniem triumfatora.

– Do pewnego stopnia... tak...

Solski usunął się z Adą do sąsiedniego pokoju i rzekł gniewnie:

– Ciekawa jestem, o czym rozmawiali?

– Dałbyś wiarę, że o nieśmiertelności duszy – odparła Ada. – Pan Kazimierz dowodził, że dusza nie istnieje...

– Nieśmiertelność duszy! – powtórzył Solski. – Gdyby pod tym tytułem był jakiś nowy balet albo nowy rodzaj preferansa, uwierzyłbym, że pan Norski zajmuje się nieśmiertelnością duszy.

– Trzeba zawsze wierzyć temu, co mówi Madzia – rzekła Ada. – Ona mówi prawdę...

– Zobaczymy... zobaczymy...

– A jednak przed chwilą miałeś minę, jakbyś chciał się jej oświadczyć.

– I może zrobiłbym to... za wcześnie albo za późno...

– O, widzisz – odparła Ada – tego zawsze bałam się w tobie... Jesteś gotów zbyt szybko działać i równie szybko porzucać...

Weszła panna Helena z wymówką, że ją Solski na tak długo opuścił. Ale pan Stefan wytłumaczył się dość obojętnie. Bardziej niż panna Helena zajmowała go myśl, że on, chcąc obudzić zazdrość w Madzi, sam pada ofiarą zazdrości. I to jeszcze o pana Kazimierza!

Była blisko druga w nocy; goście państwa Arnoldów zaczęli się rozchodzić i rozjeżdżać.

Wracając do domu, Madzia znowu wpadła w chaos nieśmiertelności, nicości, żelaza, fosforu i tłuszczów; Ada przysłuchiwała się rozmowie brata z Dębickim.

– Cóż profesor mówi o tym, na cośmy patrzyli? – spytał pan Stefan.

– Takie węzły – odparł Dębicki – rozwiązywał podobno Slade, amerykański spirytysta, twierdząc, że robi to w czwartym wymiarze.

– Rzecz możliwa?

– Moim zdaniem – mówił profesor – czwarty wymiar o tyle jest dostępny dla człowieka, o ile wysyłanie i odbieranie depesz telegraficznych dla ostrygi...

– A rysunek naszej matki?

– Jużci pani Arnold widywała w waszym domu portrety rodziców... W zwykłym stanie może ich nie pamiętać; podobno jednak są takie nerwowe podniecenia, w czasie których człowiek najdokładniej odtwarza sobie rzeczy mało znane lub zapomniane.

– A szybkość, z jaką zrobiony został rysunek? – nalegał Solski.

– Może w takim podnieceniu powstają i szybsze odruchy... Czy ja zresztą wiem? – odparł Dębicki.

„Mówcie wy sobie, co chcecie – przemknęła Madzi myśl – ja, co wiem, to wiem... Portret nieboszczki przerysowała pani Arnold i nawet nie na tym papierze, który położono jej na stoliku...".

Była w tej chwili pod wpływem zupełnego sceptycyzmu, a raczej – wierzyła w świeżo upieczony dogmat, że duch ludzki jest produktem tłuszczu, fosforu, żelaza...

19. Bogacz, który szukał pracy

Gdy Stefan Solski był dzieckiem, dom jego rodziców odznaczał się pewną oryginalnością. Niekiedy we wszystkich pokojach i salonach głównego korpusu tudzież prawego i lewego skrzydła otwierały się drzwi na oścież, a zdziwiony gość słyszał odległy, lecz szybko zbliżający się tętent, następnie spostrzegał zadyszanego chłopczyka, który przebiegał salon jak źrebak. Po chwili znowu było słychać zbliżający się tętent, ale ze strony przeciwnej. Znowu otwartymi drzwiami wpadał chłopczyk, biegł, nie zważając na gościa, i niknął za drugimi drzwiami, gdzie stopniowo uciszały się jego kroki, żeby znowu odezwać się w tym samym co najpierw porządku.

Wówczas ojciec, a najczęściej matka, zarumieniona, ze spuszczonymi oczami, mówiła do gości:

– Państwo przebaczą, ale naszemu Stefkowi doktorzy zalecili ruch... A że do miasta nie możemy go posyłać, więc...

Dzięki temu dom Solskich cieszył się rozgłosem niespokojnego, a mały Stefek opinią rozhukanego dzieciaka, którym Pan Bóg skarał rodzinę. Naprawdę Stefek był chłopcem chorym na nadmiar sił; a ponieważ krępowano go w najprostszych zabawach, więc wymyślał sobie nadzwyczajne.

Gdy zaś wdrapał się na drzewo w ogrodzie, ojciec, matka, ciotka, bona i dwóch guwernerów przez cały dzień tłumaczyli mu, że – łażąc po drzewach naraża się na wstyd, bo na drzewa włażą tylko dzieci najniższej klasy. Od tej pory Stefek omijał drzewa, ale za to łaził po żelaznych sztachetach, na widok czego truchleli uliczni przechodnie.

Raz widząc, że syn lokaja zjeżdża z poręczy schodów na dół, zjechał i Stefek. Wkrótce jednak dowiedziano się o tym, a ojciec, matka, ciotka, bona i dwóch guwernerów znowu zaczęli mu tłumaczyć, że plami nazwisko Solskich, gdyż po poręczy schodów zsuwać się mają prawo tylko dzieci lokajskie. Od tej pory Stefek nigdy nie zjeżdżał z poręczy, ale pewnego dnia uwiesił się rękami na poręczy balkonu na drugim piętrze i w ten sposób z zewnątrz okrążył go dookoła.

Gdy wybiegł na podwórze albo do ogrodu, lubił mocować się z dziećmi służby. Wytłumaczono mu, że hańbi się tego rodzaju stosunkami. Więc Stefek przestał bawić się ze służbą, a zaczął próbować swoich niezwykłych sił na hrabiątkach i baroniątkach.

– Spróbujmy się! – wołał, spotkawszy takiego biedaka. Potem chwytał wpół (chłopczyka czy dziewczynkę, wszystko jedno!) i walił nim czy nią o ziemię. Jeżeli trafił na mocniejszego, wówczas, wypuściwszy go z rąk, odsadzał się na kilka kroków, schylał głowę i uderzał nią w brzuch zdumionego współzapaśnika, który najczęściej nie rozumiał, o co chodzi Solskiemu...

Skutek był taki, że jeszcze za życia jego rodziców unikali Stefka dobrze urodzeni panicze i pięknie wychowane panienki. Nazywali go ulicznikiem, a on płacił im pogardą i rósł samotny, nie wiedząc, ani za co nie lubią go panicze, ani dlaczego jemu nie wolno lubić lokajczuków w mieście, a pastuchów na wsi.

Kiedy miał lat trzynaście i już żaden guwerner nie chciał podjąć się jego dalszej edukacji, ojciec oddał Stefka do szkół do trzeciej klasy. Zaledwie tam się pokazał, mały, żółty, z ogromną głową i skośnymi oczami, wybiegła mu naprzeciw gromada chłopców, wrzeszcząc:

– Patrzcie, patrzcie... a to małpa japońska!

Solskiemu zaszumiało w głowie; rzucił się w tłum, zaczął wywijać pięściami, poczuł we włosach czyjeś ręce, na plecach kułaki i – rozhulał się na dobre.

Nagle wszystko ucichło i rozbiegło się, a Stefek, podniósłszy oczy, spostrzegł, że jego pięść leży na brzuchu jakiegoś pana z nalaną twarzą i niebieskimi oczami.

– Za co ich tak rozbijasz? – zapytał pan spokojnym głosem.

– Niech pan zapyta się ich, jak mnie nazywają... – odparł zuchwały berbeć, gotów rzucić się i na starszego.

Pan popatrzył na niego łagodnymi oczami i rzekł:

– Idź na miejsce. Masz dobre odruchy, ale nieuporządkowane.

Był to nauczyciel matematyki, Dębicki. Stefek odurzony poszedł do ławki, ale... coś w nim drgnęło. Jemu nikt jeszcze nie powiedział, że ma dobre odruchy!

Od tej pory między nauczycielem i uczniem zawiązała się cicha sympatia. Stefek na lekcjach Dębickiego zachowywał się najspokojniej i uczył się najpilniej, a Dębicki niejednokrotnie ratował go od różnych nieprzyjemności w szkole.

W piątej klasie (było to już po śmierci rodziców) Stefkowi strzelił do głowy pomysł wypróbowania swojej wytrzymałości. Zamiast więc do szkoły poszedł za miasto i parę dni się włóczył nie jedząc i nie śpiąc. Wrócił nie bardzo zmizerowany, ale za tę próbę wyleciałby ze szkoły, gdyby nie gorące wstawiennictwo Dębickiego.

W tydzień później główny opiekun Stefka przyszedł prosić Dębickiego, żeby sprowadził się do pałacu Solskich i zajął się edukacją chłopca, nad którym on jeden ze wszystkich ludzi ma wpływ. Ale Dębicki odmówił, natomiast prosił Stefka, żeby go niekiedy odwiedzał.

Między kolegami szkolnymi młody Solski nie miał sympatii, chociaż wiedziano, że za niektórych płaci wpisy, a kilku zawdzięcza mu utrzymanie. Nie miał sympatii, ponieważ był szorstki i ambitny. Parę razy trafiło mu się grać z nimi w piłkę i grał doskonale. Na nieszczęście, jako „dusza" nikogo nie chciał słuchać: gdy zaś wybrano go na „matkę", tak narzucał innym swoją wolę, że obrażeni – opuszczali zabawę.

Po ukończeniu szóstej klasy zaproponował kilku kolegom na czas wakacji pieszą wycieczkę do Ojcowa i Gór Świętokrzyskich. Większą część kosztów podróży wziął na siebie, zaopatrzył towarzyszy w laski i lornety, wynajdywał im najlepsze noclegi, zabrał dwie furmanki z żywnością tudzież kucharza i lokaja, słowem – był nieocenionym gospodarzem. Ale gdy nie słuchając żadnych przedstawień, zaczął wybierać najgorsze drogi, wymyślać marsze w nocy lub podczas deszczu i burzy, towarzysze pewnego poranku znikli bez pożegnania, zostawiając mu lornety i laski na wozie.

Dla ambicji Stefka był to cios tak bolesny, że chłopak nie wrócił do siódmej klasy, lecz wyjechał za granicę, z duszą pełną gniewu.

Dębicki rozbudził w nim ciekawość wiedzy, ale młodzieniec, pozbawiony kierunku w życiu, zapragnął poznać wszystko. Uczył się to filozofii i nauk społecznych, to fizyki i chemii; zawadzał o szkołę politechniczną i o akademię rolniczą, nie troszcząc się, co mu przyjdzie z wysłuchania tylu kursów i zwiedzania tylu uniwersytetów, które objeżdżał przez dziesięć lat, gorączkowo szukając mądrości.

Pod względem umysłowym dojrzewał prędko i szeroko, ale sercem odsuwał się od ludzi. Gardził arystokracją przez pamięć o swoich młodych latach, a może i dlatego, że nie znosił obok siebie równych. Czuł pociąg do klas niższych i ubogich, bo tym można było rozkazywać; ale ci znowu nie chcieli uznać jego władzy nad sobą, a nawet nie zawsze przyjmowali ofiary, których nie umiał dawać. Czas, rapiry burszów, kufle i pięści filistrów pohamowały nieco jego gwałtowny charakter, potęgując gorycz.

On przecież chciał robić dobrze! On przecież gotów był oddać majątek potrzebującym! A jeżeli narzucał swoją wolę, to z pewnością umiałby poświęcić życie za tych, którzy by go słuchali. Tymczasem nikt nie domyślał się jego uczuć. Owszem, niejednokrotnie przenoszono nad niego takich, którzy z ukłonem i uśmiechem ofiarowali swoje usługi, żeby potem wyzyskać łatwowierność.

Solski kłaniać się, uśmiechać ani wpraszać się nie umiał, toteż między jego szorstką i posępną figurą a ludźmi wznosił się coraz wyższy mur nieufności. Nie odczuwano w nim gorącego serca, tylko ambicję; a gdy ofiarował komu skuteczną pomoc, czyn taki nazywano kaprysem.

Kiedy raz wobec pruskich oficerów ujął się za podchmielonym burszem i z tego powodu miał ostry pojedynek, koledzy, chcąc to uczcić, wybrali go prezesem komitetu, który miał urządzić jubileusz jednemu z profesorów. Solski sypnął pieniędzmi na dar dla jubilata i ucztę dla kolegów, co jeszcze bardziej wzmocniło jego świeżą popularność.

Przez parę dni noszono go na rękach, ale gdy przyszło do narad w komitecie, okazało się, że z Solskim nie można się naradzać, tylko – trzeba go słuchać. W tak szorstki sposób narzucał swoje poglądy, że na trzeciej sesji młody baron Stolberg cisnął o ziemię fajkę i, uderzając pięścią w stół, zawołał:

– Ty, Solski, możesz być albo dyktatorem, albo pastuchem! Ale na zwyczajnego prezesa nie posiadasz kwalifikacji…

Komitet jubileuszowy rozwiązał się, Solski znowu miał pojedynek i od tej pory zerwał stosunki koleżeńskie. Kiełkująca w nim gorycz tym silniej rozwinęła się, że czuł swoją winę, ale nie chciał jej uznać nawet przed samym sobą.

Nadeszła epoka, która niezwykłe siły Solskiego zwróciła w innym kierunku: zaczął interesować się kobietami.

Ale i w stosunku do kobiet zachowywał się szorstko i despotycznie. Traktował je z wyraźną niechęcią, ponieważ od dziecka mówiono mu, że jest brzydki. Za wzajemność ofiarowywał pieniądze albo kosztowne prezenty, a gdy poskutkowały pieniądze, pragnął miłości bezinteresownej. Porzucał swoje kochanki bez skrupułów, ale gdy sam został zdradzony, wpadał we wściekły gniew na cały rodzaj żeński i czynił impertynencje najniewinniejszym kobietom.

Pewną młodą magazynierkę, która okazywała mu dużo przywiązania, posądzał o interesowność i zniechęcił ją do siebie szyderstwem. Pewnej pannie z towarzystwa, która nim się zajęła, powiedział, że cnotliwe panny dzielą się na dwie kategorie: jedne chcą wyjść dobrze za mąż, a drugie chcą jakkolwiek wyjść za mąż. Pewna bogata wdowa kochała go bezinteresownie, ale wobec niej oświadczył, że najstalszymi są starzejące się damy. Wreszcie, gdy jakaś drugorzędna śpiewaczka opuściła go dla ubogiego, ale pięknego malarza, zdecydował, że wszystkie kobiety są podłe.

Wtedy rzucił się w awanturnicze podróże. Był na Mont Blanc, w Egipcie, Algerii i na Saharze, szukając przygód. Chciał popłynąć do Ameryki i Australii, ale powstrzymał go wzgląd na siostrę Adę, która, skończywszy pensję, potrzebowała jego opieki. Widział burzę morską, słyszał ryk lwa na pustyni, puszczał się w krater Wezuwiusza i w rezultacie zaczął się nudzić, a nawet myśleć o samobójstwie, od którego znowu powstrzymała go pamięć o siostrze.

Postanowił oddać się nauce. W tym celu pojechał do Anglii i złożył wizytę jednemu z najznakomitszych filozofów, by zapytać go o wskazówki.

Mędrzec przyjął go uprzejmie, czym zachęcony Solski zaczął zasypywać go pytaniami: czym jest szczęście? jakie jest przeznaczenie człowieka i świata? – ukazując przy tym mnóstwo wątpliwości i pesymistycznych poglądów.

Anglik słuchał go, gładząc faworyty. Nagle zapytał:

– Mój panie, co pan właściwie robisz? Jesteś uczonym czy artystą?

– Chcę poświęcić się filozofii – odparł Solski.

– No, to dopiero kiedyś. Ale co pan dziś robisz? Pracujesz w przemyśle, w handlu czy w rolnictwie?

– Mam majątek…

– Dobrze – majątek, on pozwala panu żyć wygodnie. Ale co pan robisz, żeby mieć własny byt poza obrębem majątku. Może pan jesteś urzędnikiem albo posłem?

Ponieważ Solski milczał zdziwiony, więc Anglik podniósł się z fotelu i rzekł chłodno:

– W takim razie wybacz pan, ale... ja nie mogę mu więcej czasu poświęcać, ponieważ mam zajęcie.

Gdyby sufit upadł na biurko, nie zmieszałby bardziej Solskiego niż opryskliwa odpowiedź filozofa. Pan Stefan wyszedł upokorzony i pierwszy raz w życiu zawstydził się, że niczym nie jest i nic nie robi.

Od tej pory na co spojrzał, wszystko przypominało mu jego upokarzającą rolę w świecie, na którym każdy coś robił. Woźnice przewozili podróżnych, tragarze dźwigali ciężary, policjanci strzegli porządku, kwiaciarki dostarczały ludziom kwiaty, kupcy towary, restauratorzy jedzenia. Tylko on, Solski, nie robił nic i dlatego czuł się niezadowolonym.

W pierwszej chwili uniesienia i skruchy chciał zostać tragarzem przy dokach londyńskich; ale gdy stanął na miejscu, opuścił go pomysł zmniejszenia zarobku ludziom ubogim, którzy w dodatku spoglądali na niego niezbyt życzliwie. Potem umyślił wejść do spółki z jakim kupcem lub fabrykantem; lecz każdy z zaczepionych, wymiarkowawszy, o co chodzi, nie chciał z nim dłużej gadać, tłumacząc się brakiem czasu.

Wreszcie, po kilku miesiącach snucia fantastycznych planów, szczęśliwie spłynęła na niego myśl, że trzeba wrócić do kraju i szukać zajęcia we własnych dobrach.

I wrócił. Ale na wstępie ciotka Gabriela przypomniała mu, że Ada od dawna skończyła pensję, że mieszka w domu kobiety obcej, pani Latter, że on, Stefan, powinien zaopiekować się siostrą i wywieźć ją za granicę, żeby biedne dziecko zobaczyło trochę świata.

Pomysł podobał się Solskiemu: przecież opieka nad siostrą była jakimś zajęciem! Poprosił ciotkę, żeby im towarzyszyła w podróży, zapowiedział siostrze, że w ciągu tygodnia wywiezie ją za granicę i – pozwolił jej wziąć ze sobą pannę Helenę Norską, którą Ada w owej epoce ubóstwiała.

Z początku Solski mało robił sobie z pięknej Heleny, z góry posądzając ją, że chce się bogato wydać za mąż. Ale gdy w Wenecji otoczył pannę Helenę rój wielbicieli: Włochów, Francuzów, Anglików i Niemców, a wszystko ludzi dobrze urodzonych i majętnych, Solski zwrócił na nią uwagę. Wtedy spostrzegł, o czym inni głośno mówili, że panna Helena ma pyszne blond włosy, śliczną postawę, niezrównanej piękności rysy i elektryzujące spojrzenie. Imponowała mu jej duma w traktowaniu wielbicieli i pochlebiało, że niekiedy patrzy łaskawie na niego.

Wkrótce jednak z tłumu wielbicieli zaczął wyróżniać się staraniami jakiś wicehrabia Francuz i hrabia Włoch, którym też panna Helena okazywała więcej życzliwości niż innym. Wtedy Solski, nie chcąc zdradzić się, że szarpie go zazdrość, wyjechał z Wenecji.

Wiadomość o samobójstwie pani Latter silnie wstrząsnęła jej córką. Panna Helena przestała ukazywać się w towarzystwach, a gdy pierzchli jej najgorętsi wielbiciele, osiadła na parę miesięcy w klasztorze.

Tu zobaczył ją Solski w czarnej sukni, białą jak marmur, z wyrazem smutku w oczach i – wspólnie z Adą namówił do nowej przejażdżki po Włoszech i po Szwajcarii.

W tej epoce panna Helena unikała świeżych znajomości, całe dnie spędzając z Solskimi. Wówczas pan Stefan odkrył w niej ważne zalety: miała umysł bystry i logiczny, dużo oczytania i niezwykłą odwagę. Kiedy we troje wybrali się na Wezuwiusz, Ada, widząc prawie u stóp szafirowe morze, cofnęła się od połowy drogi, ale panna Helena weszła na szczyt piekielnej góry. A gdy brnąc po kolana w popiołach, wdrapali się na brzeg krateru, gdy ziemia drżała pod ich nogami, dusił zapach siarki i cały świat zniknął za tumanami pary, wówczas panna Helena po raz pierwszy od kilku miesięcy uśmiechnęła się, a Solski uznał, że nie jest to zwyczajna kobieta.

Odtąd zawiązała się między nimi bliższa zażyłość. Solski nie ukrywał się ze swoimi uczuciami, a panna Helena mówiła, że on musi mieć w sobie diabła. Całe dnie spędzali razem. Gdy zaś pewnego wieczora podczas morskiej przejażdżki zaskoczył ich wicher, który o mało nie zatopił czółna, a panna Helena zaczęła śpiewać, Solski – oświadczył się jej.

Dowiedziawszy się o tym, Ada posmutniała, a ciotka Gabriela chciała porzucić ich i wracać do kraju. Ulegając jednak prośbom siostrzeńców, została, pod tym wszakże warunkiem, że znowu zaczną prowadzić dom otwarty.

Starowina była dyplomatką. Wkrótce bowiem dookoła panny Heleny znalazł się tłum wielbicieli, wypłynął i wicehrabia Francuz, a niedługo Solski zaczął swojej narzeczonej robić takie sceny zazdrości, że panna Helena zaproponowała mu zerwanie umowy.

– Za mało znamy się – powiedziała. – Pan nie znosi męskiego towarzystwa, a ja wolałabym śmierć niż zazdrosnego męża.

– Nie jestem zazdrosny! – oburzył się Solski.

– W takim razie nie ufa mi pan.

– Więc zrywa pani stanowczo?

Ostatni wyraz zastanowił pannę Helenę.

– No, stanowczo! – odparła, drażniąc go spojrzeniem. – Najpierw przypatrzmy się sobie jako ludzie wolni, jak przyjaciele, a później... zobaczymy. Kobietę trzeba zdobywać nie tylko siłą, a pan jeszcze nie nauczył się tej sztuki.

– A czy zechce pani być moją nauczycielką? – zapytał, całując ją w rękę.

– Owszem! – odpowiedziała po namyśle. – Powinien pan dostać żonę elegancką... więc z chęcią pomogę panu w tej pracy. Ale będę surową nauczycielką...

– Szykowniejszej od pani nie znajdę...

– Zobaczymy.

Panna Helena okazała dużo rozumu i taktu, zrywając z Solskim. W tamtym bowiem czasie pan Stefan zaczął dostrzegać plamy na swoim słońcu. Jeszcze kochał ją, gdyż była piękna, uwielbiana, dumna, odważna i pełna niespodzianek; ale zaczął go razić jej egoizm i kokieteria. „Czy ona myśli – rzekł do siebie –

że wychodzi za mój majątek osłonięty parawanem nazwiska? I że mój dom stanie się zbiegowiskiem jej adoratorów?".

Dopóki patrzył na narzeczoną i miał sposobność dotknąć ustami jej ręki, namiętność odurzała go. Ale gdy znalazł się bez niej, budził się krytycyzm, a nawet podejrzliwość.

„Czy ja nie jestem dla niej narzeczonym od biedy? – myślał. – Paradna historia! Uciekać przed nimfami, które polują na mężów, i trafić na samą Dianę!".

Ale panna Helena uwolniła go bez dramatycznych scen, owszem w żartobliwy sposób, nie cofając nadziei pod warunkiem, żeby ją drugi raz zdobył. Była więc bezinteresowną, miała szlachetną dumę i jeżeli okazywała mu kiedyś uczucie, to szczere, bez wyrachowania.

„A w takim razie, kto wie, czy nie należy zdobyć ją po raz drugi? – myślał pan Stefan. – Dała mi lekcję w niewinnej formie i ja potrafię skorzystać... W tej kobiecie kryje się dużo skarbów, które dopiero odsłania konieczność; więc kto wie, co tam jest jeszcze?".

I od tej pory wzrósł szacunek Solskiego dla Heleny. Wielki pan zrobił się przy niej pokornym, gwałtownik zaczął panować nad sobą i uczył się delikatności.

Ciocia Gabriela i Ada były wdzięczne pannie Helenie, że tak zręcznie rozplątała węzeł, który im dużo robił zmartwienia. Ada nawet zaczęła żałować, że tak się stało, ale ciotka była sceptyczką.

– Zobaczysz – mówiła do siostrzenicy – że to jest zręczna kokietka, która na Stefana zagięła parol!

– Więc cóż by było złego, cioci, gdyby Stefek naprawdę z nią się ożenił?

– Ach, dajże pokój, moja kochana! – przerwała ciotka. – Dziewczyna uboga, żadne nazwisko i jeszcze córka guwernantki... Cóż by robiły panny dobrych rodów, gdyby ludzie z towarzystwa żenili się z takimi?

Tymczasem panna Helena nie rozpaczała. Zanadto ufała w swoją piękność, aby nie wyobrażać sobie, że Solski wróci do niej, kiedy ona zechce. W tej zaś chwili jeszcze nie chciała – z kilku powodów. Po pierwsze, miał do niej przyjechać i wziąć ją w nową podróż po Europie jej ojczym, pan Arnold, o którym, jako o Amerykaninie, chodziły wieści, że jest bardzo bogaty. Po drugie, panna Helena sądziła, że ma prawo do najświetniejszej partii, a ponieważ obok wicehrabiego Francuza znowu znalazł się hrabia Włoch i jakiś baron niemiecki, i jeszcze jakiś dystyngowany Anglik, więc miała w czym wybierać.

W Zurychu zdecydowały się losy wszystkich. Ciotka Gabriela wybierała się do Warszawy, Ada zaczęła chodzić na uniwersytet, pan Arnold przyjechał, żeby zabrać Helenę, a pierwsze jego słowa były, że jej brat, Kazimierz, robi wrażenie lekkoducha i utracjusza.

Kilka dni posiedzieli razem w Zurychu i przez ten czas zawiązały się bliższe stosunki między Solskim i Arnoldem, który nasunął panu Stefanowi myśl wybudowania cukrowni w majątku. Potem Solski wyjechał do Paryża, Arnold z Heleną do Wiednia, a wicehrabiowie, hrabiowie, baronowie i kandydaci na lordów, przekonawszy się własnymi oczami, że panna Helena ma rodzinę, znikli jak mgły w górach. Widocznie żaden nie myślał o sakramencie, co pannę Helenę trochę rozczarowało do mężczyzn, ale nie zmieniło opinii o sobie.

Od tej chwili aż do powrotu do Warszawy Solski korespondował z panną Heleną i odwiedził ją, gdy była w Peszcie, znowu otoczona wielbicielami. Ale we wzajemnym ich stosunku nic się nie zmieniło. Pan Stefan z przyjemnością odczytywał jej listy, gdy byli razem, tracił głowę, ale stygnął, gdy się rozdzielili. Już wówczas nie był przywiązany do panny Norskiej, tylko – imponowała mu jej wiara w swoją wartość.

– Mąż mój – mówiła – musi mi się oddać cały jak ja jemu. Wyszłabym za wyrobnika, który by mnie tak kochał, ale wolałabym umrzeć niż zostać zabawką choćby najpotężniejszego człowieka.

A Solski, słuchając, myślał:

„Taką kobietę zdobyć! To trudniejsze niż podróż na Mont Blanc...".

I dopóki patrzył na nią, myślał, żeby ją zdobyć.

Tak stały rzeczy, kiedy Solski w mieszkaniu siostry spotkał Madzię – i zdumiał się. Madzia była bardzo ładna, ale doświadczonym okiem poza wdziękami dostrzegł w jej rysach jakiś niezwykły wyraz.

Była to dobroć, niewinność, radość czy miłosierdzie? Nie umiał określić. W każdym razie było coś nadludzkiego, czego nie widział w żadnej kobiecie, chyba w obrazach albo posągach mistrzów.

Ponieważ Ada kochała i chwaliła Madzię, więc w Solskim zagrał duch opozycji.

„Taka jak inne... – myślał. – Pewnie zechce zrobić interes na życzliwości mojej siostry...".

Wkrótce jednak zdarzył się cały szereg drobnych faktów, które zdumiały Solskiego.

Madzia nigdy o nic nie prosiła Ady; owszem, nie chciała przyjmować usług. Madzia z powodu znajomości z Adą była prześladowana w domu Korkowiczów, lecz nawet nie wspomniała o tym. Nie chciała porzucić swoich prześladowców, płakała za uczennicami i nie zrywała z nimi stosunków.

Mogąc nie pracować, wystarała się o lekcje u panny Malinowskiej i nie ulegało żadnej wątpliwości, że przyjmując mieszkanie w pałacu Solskich, robi to z pewnym poświęceniem, przez miłość dla Ady...

Pobyt jej stał się prawdziwym błogosławieństwem dla ich domu. Madzia nie tylko leczyła migreny ciotki Gabrieli i obmyślała rozrywki czy zajęcia dla Ady, ale zajmowała się służbą i jej dziećmi: odwiedzała ich w razie choroby, wyjednywała dla pokrzywdzonych lepszą pensję.

Nawet podwórzowe psy, wałęsające się koty i głodne podczas zimy wróble znalazły w niej opiekunkę. Nawet zaniedbane kwiaty budziły w niej współczucie.

Za to sama Madzia zdawała się nie mieć żadnych potrzeb, a raczej jedną, ale nienasyconą: dbać o innych, służyć innym. Przy tym ani cienia kokieterii, a raczej zupełna nieświadomość tego, że jest ładna i że się może podobać.

„Nieprawdopodobne!" – myślał Solski.

Madzię od razu oceniał każdy, kto się z nią zetknął: była to natura kryształowej przejrzystości. Ale dokładnie sformułował to dopiero Solski, bystry i znający się na charakterach. W jego wyobraźni ludzkość przedstawiała się jako zbiór szarych kamieni, między którymi raz na tysiąc, jeżeli nie rzadziej, trafiał się klejnot. Zaś ponad tymi chłodnymi i bezświetlnymi bytami ukazywały się istoty nadzwyczajne, podobne do zapalonych lamp, które szarym kamieniom nadają kształt, a klejnotom blask, barwę i przezroczystość.

Te nadzwyczajne istoty były to geniusze: rozumu, woli lub serca, i Madzia w oczach Solskiego była albo niesłychanie zręczną obłudnicą, albo geniuszem uczuć.

Solskiego dziwiło przede wszystkim, że Madzia wcale, ale to wcale nie spostrzegła, że on się nią zajął. Służba domowa wiedziała o tym, ciotka Gabriela robiła wymówki i zastrzeżenia, panna Helena okazywała jakby zazdrość, pan Zgierski rozpływał się w pochwałach dla Madzi, ludzie obcy szukali u niej protekcji, a tymczasem ona sama, z wyrafinowaną obłudą czy niepojętą naiwnością, jego – Solskiego – swatała z panną Heleną!

„A może ona kocha się w tym blagierze Norskim?" – myślał pan Stefan po spirytystycznym posiedzeniu, na którym asystował pannie Helenie, żeby rozbudzić zazdrość w Madzi.

Lecz zaprzeczył mu rozsądek. Madzia była wówczas rozdrażniona, nawet rozpłakała się, ale ani z miłości do pana Kazimierza, ani z zazdrości o Solskiego. Ją wcale nie zajmowali rzeczywiści czy domniemani wielbiciele; ją wzruszyły owe piszące i rysujące duchy, a przede wszystkim traktat o nieistnieniu duszy, wypowiedziany przez pana Norskiego!

Tak było naprawdę. Madzia przez cały tydzień nie mogła się uspokoić: rozmawiała o tym z Adą, nie sypiała po nocach, zmizerniała, a wreszcie wydobyła z Dębickiego słowo honoru, że – on wierzy w Boga i nieśmiertelność duszy.

Uroczyste zapewnienie Dębickiego trochę uspokoiło Madzię. Niemniej Solski widział, że posiew ateizmu już był rzucony w niewinną duszę, i tym bardziej zainteresował się Madzią, a znienawidził pana Kazimierza, który zresztą nigdy nie cieszył się jego względami.

„Jakim trzeba być bydlęciem – myślał – żeby okradać z wiary, a choćby tylko ze złudzeń, biedne dziecko, które nic innego nie pragnie! I czym on jej to wynagrodzi? On, a nawet cały świat, któremu to biedactwo poświęca wszystko, żądając dla siebie tylko Boga i nadziei?".

Sam Solski miewał rozmaite wątpliwości i dużą skłonność do pesymizmu. Ale ateuszem nie był dzięki wpływowi Dębickiego, który od czasu do czasu ukazywał mu nowe, olśniewające horyzonty.

Spokojny, wiecznie roztargniony matematyk stworzył sobie jakiś system filozoficzny. Ale dotychczas rozmawiał o nim tylko z Solskim, i to bardzo oględnie.

20. Małe fundamenty dużych celów

W tej epoce Solski miał prawo nazywać się szczęśliwym. Gdyby ów angielski filozof, któremu w Londynie złożył niefortunną wizytę, zapytał go dzisiaj: „Co pan robisz?", Solski odpowiedziałby z dumą: „Buduję cukrownię, którą będę prowadził sam".

Solski z lekceważącym uśmiechem przypomniał sobie czasy, kiedy, ziewając, odbywał awanturnicze podróże bez celu albo kiedy pod wpływem nagłego wstydu, że nic nie robi, chciał zostać tragarzem w londyńskich dokach, lub kiedy gotów był prosić pierwszego lepszego fabrykanta o przyjęcie go do spółki.

On sam jest dziś fabrykantem, i jeszcze jakim! U niego pracuje kilkuset tragarzy, do niego jedni modlą się o posady, inni żebrzą go o tytuł wspólników. I on rozdaje posady, ale wspólników nie przyjmuje.

Bo na co mu wspólnicy? Żeby go krępowali czy żeby część gotówki jego leżała w banku? Solski pomocy nie potrzebuje; co posiada sam, wystarczy aż nadto; w razie zaś nieprzewidzianego wypadku ma do dyspozycji majątek siostry i – kapitały krewnych, którzy bez wahania pożyczą mu, ile zechce. Sama ciotka Gabriela w każdej chwili da sto tysięcy rubli, nie pytając, co z nimi zrobi, byle miała dożywotni procent.

Cukrownia w dobrach Solskiego była poważnym interesem. Po pierwsze, cukrownie przynosiły akcjonariuszom po kilkadziesiąt procentów rocznie, po drugie, Solski miał doskonałą ziemię, z której setki morgów mógł obrócić na plantację buraków. Odpadkami cukrowni można było karmić wielką ilość bydła, co także wzięto w rachubę. Wreszcie – żeby już nic nie brakowało temu dziecku szczęścia, Solski miał w majątku ogromny spadek wody, czyli... motor za darmo, podczas gdy inne cukrownie wydawały sporą sumę na opalanie maszyn parowych.

W rezultacie dla ludzi jako tako obeznanych z interesami było widoczne, że gdyby Solski po kilku kampaniach nawet spalił swoją cukrownię, nie ubezpieczając jej, to jeszcze wyszedłby z majątkiem. Ale Solski palić jej nie myślał, owszem, zapowiadał, że pod każdym względem będzie wzorową.

Poza tym budująca się fabryka stworzyła mu mnóstwo zajęć, musiał bowiem, choć w najogólniejszych zarysach, poznać kilka gałęzi pracy: uprawę buraków, hodowlę inwentarza, procesy cukrowarskie i handel cukrem. Zajmowały go także rozmaite urządzenia dla robotników, które miał zamiar wprowadzić przy fabryce.

Wreszcie – i tu był szczyt jego marzeń: Solski rozkazywał... Rozkazywał takim, którzy go słuchali, a jego rozkazy przyoblekały się w żelazne i kamienne ciało. On decydował o rozmiarach i położeniu cukrowni; on na sesji rolniczej wskazał pola, które na przyszły rok miały pójść pod buraki; on wyznaczył liczbę sztuk opasowego bydła; on, wysłuchawszy wyjaśnień Arnolda, wybrał angielską fabrykę, która miała dostarczyć kotłów i mechanizmów wykonawczych.

Był tak upojony władzą że, szczególnie na początku, popełniał głupstwa, wybierając na przykład kosztowniejsze rozwiązania tylko dlatego, żeby przeciwważyć głosy fachowych jednym i niefachowym głosem, ale swoim.

Później Solski w naradach stosował się do głosów większości; wypróbował swojej władzy, więc mógł zostać praktycznym.

Zapalały go też zewnętrzne oznaki czynności i panowania. Jego gabinet był zawieszony, założony i zastawiony planami budynków i maszyn, podręcznikami, próbami cukru, a jedno z głównych miejsc zajmowały słoiki z nasionami buraków i sacharymetr, który ciotka Gabriela uważała za nową broń albo za rodzaj lornety.

Prócz tego w przedpokoju zawsze siedział na służbie lokaj zmieniający się co dwie godziny, w bramie stało kilku posłańców, którzy odnosili listy i depesze. Wreszcie Solski przez pewien czas co dzień odbywał sesje z adwokatami, rolnikami, technikami i agentami handlowymi, wyznaczał im godziny, wzywał ich nagle do siebie albo sam do nich jeździł.

Później i to mu się sprzykrzyło i zwoływał sesje tylko w razie potrzeby. A jeszcze później brzydło mu niekiedy wszystko; nie mógł patrzeć na plany i próbki, odwracał się od sacharymetra. Wówczas po całych dniach czytywał francuskie romanse, pobudzał do szczekania Cezara albo tarzał się z nim na szerokiej sofie.

Myśl o cukrowni już nie zapełniała mu życia. Owszem, niekiedy wydawała mu się nowożytną donkiszoterią, a on sam błędnym rycerzem, który mając byt aż nadto zabezpieczony, rwie się do pracy.

„Po co to? Żeby innym wydzierać chleb albo majątek?" – myślał.

Lecz do wydobycia go z podobnej apatii wystarczała niewielka pobudka. Gdy tylko ktoś powiedział: to nie dla Solskiego interes! albo: zobaczycie, że on wszystko straci! Gdy któryś z kuzynów zrobił uwagę, że to niewłaściwe zajęcie albo – rozeszła się pogłoska, że powstaje towarzystwo akcyjne, które chce budować cukrownię w tej samej okolicy – natychmiast Solski budził się. Znowu czytał fachowe książki, badał plany, zwoływał sesje lub wyjeżdżał na wieś przypatrywać się robotom.

Dzięki temu w majątku Solskiego w połowie maja urządzono wielki zbiornik wody, a jak na drożdżach rosły mury kilkunastu budynków. Cofać się było za późno, tym bardziej że robota toczyła się sama jak kamień pchnięty z góry. Nawet antagoniści Solskiego już nie mówili o budowaniu drugiej cukrowni, lecz naradzali się, czy nie można by odkupić obiecującej fabryki.

Dowiedziawszy się o tym, pan Zgierski (który ciągle kręcił się przy Solskim) słodko przymrużył oczki i odpowiedział:

– Nikt nie zmusi Solskiego do sprzedaży, nikt pod słońcem, choćby mu dał tyle złota, ile pomieści się w kotłach cukrowni. Inna kwestia – dodał również poufnie – gdyby on sam znudził się tym interesem... Taką chwilę wypatrzyć, uderzyć w słabą stronę i natychmiast położyć na stół gotówkę, to co innego...

– Sądzisz pan, że jest to możliwe? – spytał ktoś.

– Mój Boże – odparł skromnie Zgierski – na świecie wszystko jest możliwe... Ale z Solskim trudna sprawa...

– Gdyby pan jednak chciał nam pomóc, choćby... w upatrzeniu podobnej chwili... – wtrącił interesowany w tej sprawie.

– Co też pan mówi! – oburzył się z przyjemnym uśmiechem pan Zgierski. – Jestem oddany Solskiemu do śmierci... A że widzę, iż zajęcie się cukrownią robi mu dużo satysfakcji, więc nigdy nie doradziłbym sprzedania jej...

Interlokutor sposępniał, zaś pan Zgierski, wyczekawszy chwilkę, dodał z surową miną:

– Inna rzecz, gdyby Solskiego zaczęło męczyć zajmowanie się cukrownią, psuć mu humor, podkopywać zdrowie... Ha, wówczas – prawdopodobnie położyłbym się na progu mieszkania i powiedziałbym: zabij mnie, ale porzuć nieszczęsną fabrykę, która skraca ci życie. To bym zrobił, jak honor kocham! Bo ja, panie, dla tych, którzy mi nieograniczenie ufają...

Interlokutorowi rozjaśniło się oblicze.

– Więc przypuszcza pan taką ewentualność? – rzekł. – My ją ciągle widzimy jak na dłoni. Solski zamęczy się tą cukrownią... To nie dla niego praca... Prawda, kochany panie Zgierski?

– A zaraz, czy prawda? – wybuchnął Zgierski. – Co to jest, panie, prawda? – mówił podnosząc w górę palec. – Jeżeli sam Jezus Chrystus umilkł wobec podobnego pytania, więc jak można zadawać go nam, śmiertelnikom? Spytaj mnie pan: czy to jest możliwe lub niemożliwe? Aaa... wtedy odpowiem: wszystko jest na świecie możliwym...

Rozeszli się obaj pełni otuchy. Jeden z kandydatów do kupna jeszcze nie dokończonej cukrowni miał przekonanie, że w Zgierskim znalazł życzliwego orędownika swej sprawy; Zgierski zaś miał pewność, że jest najwierniejszym przyjacielem Solskiego, jak niegdyś był nim dla pani Latter.

Uśmiechał się. W tej chwili w swojej ruchliwej wyobraźni widział siebie jako dyrektora dziwnej opery, w której Solski był tenorem, jego cukrowniani antagoniści orkiestrą, wszyscy zaś grali i śpiewali arię kompozycji jego, Zgierskiego.

Tymczasem, czego nie przeczuł pan Zgierski, w duszy Solskiego, obok ambicji i – znudzenia, znudzenia i – ambicji, które jak dzień i noc kolejno następowały po sobie, zaczęła kiełkować całkiem nowa pobudka.

Solski, hojny i szlachetny, miał jednak wstręt do filantropii. Na samą myśl o wyszukiwaniu nieszczęśliwych, pomaganiu potrzebującym, ocieraniu łez cierpiącym, na sam dźwięk podobnego frazesu Solski doznawał obrzydzenia. On, który ograniczał własne potrzeby, miałby jak miłosierna baba czuwać nad potrzebami innych? On, który szukał cierpień, żeby je pokonywać, miałby rozczulać się nad cierpieniami innych? On, który chciał być człowiekiem ze stali i granitu, miałby przykładać się do ucierania nosów dzieciom albo łatania watówek ich matkom? Cóż to za śmieszność!

Solski mógł rzucić dziesięć... sto tysięcy rubli na jakiś cel zgodny z jego wyobrażeniami, ale nie potrafiłby suszyć pieluszek. Do spełniania takich czynów są litościwe dusze, pięknie chowane panienki, goniący za popularnością aferzyści, nigdy on...

W dniu jednak, w którym do ich domu sprowadziła się Madzia, Solski mimo woli zaczął troszczyć się o innych.

Jego siostra ot tak sobie obiecała Madzi posadę nauczycielki w szkole, którą miano urządzić przy fabryce. Madzia przyjęła propozycję, a Solski ją zatwierdził.

W parę dni później spadł na pana Stefana zwykły paroksyzm zniechęcenia. Solski nie mógł patrzeć na plany, nie chciał rozmawiać z technikami, lecz chodząc po gabinecie albo patrząc na kartki zaczętego romansu, myślał:

„Na co mi, u licha, ta cukrownia? Niech budują cukrownie ci, którzy łakną trzydziestu procentów na rok, ale ja? Oczywiście, jest to donkiszoteria!".

Nagle przypomniał sobie, że obiecał Madzi posadę nauczycielki i – jego myśli przyjęły inny kierunek.

„Jeżeli nie będzie fabryki, nie będzie szkoły, i ta poczciwa dziewczyna zawiedzie się... A jaka ona ładna! – dodał, odgrzebując w pamięci rysy Madzi. – Jakie ma szlachetne odruchy...".

Rzecz nie do uwierzenia, a jednak prawdziwa, że jeżeli Solski otrząsnął się z apatii, zrobił to pod wpływem obawy, żeby Madzi nie narazić na zawód! Z jakim zdziwieniem ona spojrzałaby na niego, dowiedziawszy się, że już nie dba o fabrykę, i – co by odpowiedział, gdyby go zapytała: „Więc pan już nie chce mieć cukrowni, dlaczego?".

Jakiś czas później Madzia, ulegając prośbom swojej koleżanki Żanety, poprosiła pana Stefana, żeby aptekę przy fabryce oddał Fajkowskiemu. Solski nie myślał o aptece, lecz – uznał jej potrzebę i obiecał posadę Fajkowskiemu.

I otóż znowu przybył człowiek, z którym Solski liczył się w chwilach zniechęcenia. Sprzedać ledwie budującą się fabrykę – nic łatwiejszego. Ale co on odpowie Fajkowskiemu, gdyby ten go zapytał:

„Dlaczego wyrzekł się pan cukrowni? Przecież od niej zależy mój byt i małżeństwo z panną Żanetą, z którą sam powiedziałeś, żebym się ożenił...".

Setki ludzi już pracujących przy budowie, zamówionych do przyszłej cukrowni lub starających się o posady, nic nie obchodziły Solskiego. Widział ich w wyobraźni jak niekształtną mgłę i zarówno nie dbał o ich opinię, jak o ich zawód. Ale nauczycielka Madzia i aptekarz Fajkowski byli osobami żywymi, które go obchodziły, wprawdzie można było znaleźć dla nich odszkodowanie, ale – jak im wytłumaczyć, dlaczego on rzucił fabrykę...

Potem Solski przestał wyobrażać sobie Madzię jako nauczycielkę dzieci jego oficjalistów, nawet wzdrygnął się na myśl, żeby mogła zajmować podobne stanowisko. Natomiast oczekiwał, że Madzia poprosi go o jakąś techniczną posadę dla swego brata i o miejsce lekarza dla ojca. Naturalnie, że dałby im doskonałe warunki!

Ale Madzia napomknęła mu, że nie myśli prosić za swoją rodziną, a Solski poczuł do niej za to pretensję. Zdawało mu się, że usunięto dwa filary, na których miała oprzeć się jeżeli nie cukrownia, to przynajmniej zapał Solskiego dla niej.

Później uspokoił się. Znowu bowiem, nie wiadomo dlaczego, przyszło mu na myśl, że – ojcu Madzi nie odpowiadałoby tak skromne stanowisko i że jej brat powinien by co najmniej zostać dyrektorem cukrowni, obeznawszy się z fabrykacją. A swoją drogą niecierpliwie czekał, żeby Madzia znowu kogoś zaleciła mu na posadę. Miał bowiem przesąd, że każdy, kogo ona zarekomenduje, stanie się węzłem przymocowującym go do realnej działalności.

Solski zaczął odgadywać w sobie brak zdolności, która by zbliżała go do ludzi. Zaczął rozumieć, że on sam jest istotą niekompletną i że Madzia w wysokim stopniu posiada te przymioty, których jemu nie dostaje. Wiedział, że tu chodzi o sferę uczucia, ale jeszcze nie zdawał sobie jasno sprawy, co to jest.

21. Cukrownia widziana z góry

Pewnego wieczora Solski z Dębickim przyszedł do siostry na herbatę. Czas był pogodny, więc usiedli na dużym balkonie, wychodzącym na ogród. Ada z zapałem mówiła o jasnowidzeniach pani Arnoldowej i o własnych postępach w spirytyzmie, już bowiem duchy zaczęły rozmawiać z nią za pomocą abecadła i ekierki przytrzymywanej ręką. Z niemniejszym ogniem Madzia opowiadała o ostatniej sesji kobiecego towarzystwa, na której panna Howard zaplanowała zbudowanie wielkiego domu dla samotnych kobiet.

– Jestem ciekawa, skąd wezmą na to pieniędzy – odpowiedziała Ada. – Bo mnie już nudzą projekty, na wykonanie których trzeba milionów...

– Rodzona moja siostra! – zawołał, śmiejąc się, Solski. – Przypominam ci jednak, że nie wypada dla stosunków z duchami zaniedbywać stowarzyszenia, które ma cele uczciwe, a niekiedy praktyczne.

– Po pierwsze – odparła zarumieniona Ada – proszę nie żartować z duchów. A po drugie... dlaczego mam chodzić na wszystkie sesje tych pań?

– Co byś jednak powiedziała, gdybym ja również dla jakiegoś ...izmu rzucił cukrownię?

– Anibym się odezwała – rzekła Ada.

– Pan rzuciłby cukrownię? – zawołała Madzia, patrząc na niego ze zdziwieniem.

– Czy tylko damom wolno mieć upodobania? Jeżeli moją siostrę po paru tygodniach znudziły sesje, dlaczego mnie po tylu miesiącach nie miałaby znudzić cukrownia? Upewniam –

dodał, śmiejąc się – że na waszych sesjach macie, panie, więcej rozmaitości.

– Nigdy w to nie uwierzę! – rzekła Madzia z przekonaniem.

– Że moje zajęcia nie są zabawne?

– Nie, ale żeby pan opuścił sposobność uszczęśliwienia kilkuset ludzi!

– Ależ ci ludzie nic mnie nie obchodzą, nie znam ich. Zresztą kto kiedyś uszczęśliwił człowieka?

– Ach, mówi pan tak, bo pan nie widział biedy i biednych – odparła Madzia z zapałem. – Gdyby pan zobaczył rodzinę nauczyciela w Iksinowie, którego żona jest w domu kucharką i praczką, a dzieci chodzą w starych sukienkach... Gdyby pan poznał stolarza, który żyje z robienia trumien, ma zapadnięte piersi i chyba dlatego nie umiera, że jemu nikt trumny nie zrobi... A gdyby pan kiedyś usłyszał w brudnej izbie zajazdu płacz kobiety, która przyjechała z koncertem, lęka się niepowodzenia i w dodatku jest głodna...

Straciła oddech ze wzruszenia, lecz po chwili mówiła dalej:

– Łatwo panu wyrzec się cukrowni, bo nie widywał pan podobnych ludzi. Gdyby pan ich spotkał, jestem pewna, że nie zaznałby pan spokoju, dopóki nie wydobyłby ich z nędzy... Cudza nędza boli nas, chodzi za nami, nie pozwala usnąć... Jest jak rana, która się nie zagoi, aż pomożemy biedakowi zgodnie z naszymi siłami...

– Chyba nie przypuszcza pani, że będę zbierał niedołęgów i zapełniał nimi fabrykę – odparł rozdrażniony Solski. – Tam potrzeba pracowników...

– I im należy się życzliwa opieka...

– Przepraszam panią, ale w żadnej fabryce robotnik nie umiera z głodu! – przerwał Solski.

– Mój Boże, wiem coś o tym (prawda, Adziuś?); bo do naszego stowarzyszenia zgłaszają się rozmaite kobiety z prośbą o przyjęcie ich córek do roboty. Zwiedzałam mieszkania tych ludzi na strychach lub w suterynach, gdzie w jednym dusznym pokoju siedzą trzy małżeństwa i ze sześcioro dzieci... Kosztowałam krupnik, który parę razy tygodniowo gotują na obiad, przez resztę dni żywiąc się nieocukrzoną kawą i chlebem... Nawet widziałam w jednym łóżku dwoje dzieci, które nie mając odzienia, muszą leżeć zamiast biegać po ulicy...

— Pozwoli pani wyjaśnić sobie — rzekł cierpko Solski — że przy naszej fabryce już budują domy dla robotników, którzy, mam nadzieję, nie będą żywili się kawą ani pakowali do łóżek nagich dzieci...

— Bo właścicielem cukrowni będzie pan — odparła Madzia tonem przekonania. — I dlatego nie przypuszczam, żeby pan rzucił fabrykę, mogąc w niej robić tyle dobrego...

— Jak ona zapala się! — wtrąciła Ada, życzliwie patrząc na przyjaciółkę. — Bądź spokojna, Stefek nie wyrzeknie się swego dziecka...

— Cukrownia nie jest moim dzieckiem — z niechęcią odpowiedział Solski. — To pomysł Arnolda, świetny, ani słowa, ale nie mój... Nie urodził się w moim mózgu, a dziś, gdy stał się faktem, czuję, że nie jestem do niego dopasowany... Naturalnie będę robił wszystko, co potrzeba, ale bez zapału... Nic mnie tam nie ciągnie — dodał ciszej — chyba te szarytkowskie obrazy, które tak wymownie przedstawiła panna Magdalena.

Zaczął pogwizdywać i patrzył w niebo usiane gwiazdami. Madzia posmutniała, Ada rzekła:

— Zwyczajny to paroksyzm u Stefka. Jak inni muszą przespać się po pracy, tak Stefek musi ponudzić się trochę i pomelancholizować dla nabrania sił. Ale jutro... pojutrze... przejdzie!

— Więc nie wierzysz, że mnie nie zajmuje cukrownia, a upokarza rola kandydata do kilkudziesięciu procentów rocznie? — spytał rozdrażniony Solski. — Praca społeczna... ja ją rozumiem! W pracy społecznej potrzeba być artystą i jak rzeźbiarz wyciosywać z ludzkich gromad posągi... Waszyngton, Napoleon I,

Cavour, Bismarck to artyści społeczni, to praca... Ale budowanie cukrowni i wyciskanie buraczanego soku... brr!

– Dziwna rzecz – odezwał się milczący do tej pory Dębicki. – Bismarck jest artystą, ponieważ należał do tych, co budowali państwo niemieckie; ale organizator fabryki nie jest artystą, ponieważ tworzy tylko fabrykę. Wychodzi na to, że większym honorem jest złapać wieloryba niż stworzyć wróbla. Mnie się zaś wydaje, że drugie zadanie jest trudniejsze i że ten, kto zbudowałby porządnego wróbla, byłby artystą godniejszym podziwu niż łowca wielorybów...

Solski, oparłszy się plecami o poręcz krzesła, wyciągnął nogi i patrzył w niebo. Był obrażony, ale Dębicki, nie zważając na to, mówił dalej:

– Tymczasem u nas nikt nie chce rozwijać swojej siły twórczej za pomocą budowania wróbelków, lecz koniecznie życzy sobie konstruować wieloryby, dla których tutaj nie ma ani miejsca, ani czasu, ani materiału. Ludziom wydaje się, że świat potrzebuje tylko... dzieł nadzwyczajnych, a choćby tylko rojeń o nich; świat zaś przede wszystkim potrzebuje... twórców. Wynalazca nowej wkładki do butów jest wart więcej niż stu marzycieli o perpetuum mobile; organizator rzeczywistej cukrowni wywołuje większy ruch między ludźmi niż stu chronicznych kandydatów na Bismarcka.

Spróbujcie stworzyć wzorową rodzinę, sklep, spółkę, warsztat, fabrykę, a przekonacie się, że i to jest posąg ułożony z ludzkich jednostek... Co to posąg! Raczej pełen życia organizm wyższego rzędu... Kto takie dzieła buduje z planem i świadomością, ten wznosi się ponad Fidiaszów i Michałów Aniołów i nie ma czego zazdrościć Bismarckowi.

– A sens moralny tej prelekcji? – spytał Solski.

– Taki, że jeżeli naprawdę posiadasz instynkt organizatorski, to stworzenie tak skomplikowanej fabryki jak cukrownia powinno by cię zadowolić – odparł Dębicki.

– Jak to znać, że profesor nie dotknąłeś się tej rzeczy praktycznie! – zawołał Solski. – Gdybyś słuchał narad o cenie i dobroci wapna i cegły, o głębokości fundamentów, wyborze maszyn, wynagrodzeniu mularzy i gatunkach buraków, zapomniałbyś pan o swoich ideałach. A gdyby ci jeszcze dzień po dniu kładziono w głowę, że korzystniej zachęcić sąsiadów do plantacji buraków niż uprawiać je samemu; gdyby ci skakano do oczu, że chcesz psuć robotników, płacąc im lepiej; gdyby w kontraktach z przedsiębiorcą mularskim, ciesielskim i tak dalej podsuwano kruczki, przez które ludzie ci musieliby pójść z torbami, dopiero poznałbyś, co to jest interes przemysłowy... To nie jest żyjący posąg, ale maszyna do wyciskania dywidendy z buraków, robotników i rolników... To nie organizm, ale młyn, w którym mielą się ludzkie istnienia...

Dębicki spokojnie wysłuchał mowy wypowiedzianej z ogniem, a gdy Solski umilkł, on zaczął:

– Tysiączne szczegóły fabryki zasłaniają ci jej całość. Jesteś jak człowiek w lesie, który widzi tylko drzewa, a wcale nie myśli o tym, jaką ma formę sam las...

Otóż jest pora, żebyś zamiast zniechęcać się, spojrzał na te rzeczy z wysoka. Przez jakiś czas nie myśl o burakach i dywidendzie, ale raczej o tym, że z całą świadomością, wbrew przeszkodom, masz stworzyć organizm żywy, czujący i myślący, organizm z cegły, żelaza, buraków i... ludzi. Masz stworzyć istotę zdrową lub chorą, która będzie rosła i rozwijała się albo umrze i która będzie miała zupełną samowiedzę swojej pomyślności lub cierpień, swego rozwoju albo konania. I to nie jedną samowiedzę, ale kilkaset, kilka tysięcy; tyle samowiedz, ilu jest ludzi zainteresowanych w twojej cukrowni...

– No... no.... no! – przerwał Solski. – Siada profesor na wysokiego konia.

– Przypominam, że są tu jeszcze dwie skromne słuchaczki, które także chciałyby coś zrozumieć – wtrąciła Ada.

Dębicki machnął ręką w sposób wyrażający małe uszanowanie dla słuchaczek i mówił do Solskiego:

– Przede wszystkim czy wierzysz, że twoja cukrownia będzie istotą żyjącą, ultraorganizmem?

– Zwietrzałe porównanie – rzekł Solski.

– Ale my o nim nic nie wiemy... – zawołała Ada.

– Przepraszam cię – odparł Dębicki – to nie alegoria, lecz ten rodzaj podobieństw, które prowadzą do odkryć!

– No, no!

– Zacznijmy od dołu. Cukrownia będzie przekształcała materiały prawie tak samo, jak robią to zwierzęta i rośliny. Przez jedną bramę będziecie do niej wozić: buraki, węgiel, wapno i tak dalej. Te buraki opłuczecie wodą jak śliną, rozetrzecie je na miazgę żelaznymi zębami, wyciśniecie z nich sok... W innym aparacie, który, nawiasem mówiąc, jak nasze płuca będzie pochłaniał mnóstwo tlenu, poddacie sok buraczany podniesionej temperaturze... Potem będziecie go łączyli z wapnem, węglem, będziecie przeciskali przez walce centryfugalne, a wreszcie odparujecie i odlejecie w formy cukier, który – wyjedzie na świat drugą bramą.

Powiedz: czy cały szereg tych procesów nie jest podobny do – odżywiania się zwierząt i roślin? I czy twoja cukrownia nie przypomni ci – na przykład – wiśniowego drzewa, które wchłania kwas, węglany, tlen, wodę, amoniak, sole wapienne, przerabia je, rozprowadza po różnych zakątkach swego organizmu i w rezultacie wyrzuca na powierzchnię kory – klej wiśniowy poszukiwany przez dzieci.

– Jadłam to – szepnęła Madzia.

– I ja... – dodała Ada.

– Dodam jeszcze – ciągnął Dębicki – że gdy w cukrowni znajdzie się za mało lub za dużo buraków, gdy w składach okaże się nadmiar cukru albo gdy w którymś z budynków fabrycznych będą niedokładnie odbywały się właściwe procesy, cukrownia zacznie chorować. Robotnicy zmizernieją, liczba ich zmniejszy się, tętno ruchu osłabnie; potem mogą nawet opuszczeć budynki, pękać ściany i w końcu walić się jak konary spróchniałego drzewa. Możliwość śmierci jest także dowodem życia.

– Ależ, kochany profesorze, mnie nic nie obchodzi takie życie, które polega na trawieniu i wydzielinach, w razie zaś najefektowniejszym – na śmierci… Ja, jeżeli mam być działaczem społecznym, chcę mieć do czynienia z duszą, i to duszą zbiorową. Słyszysz? – nalegał Solski.

– Z duszą? – powtórzył Dębicki. – Właśnie o niej będę mówił i przekonam cię, że nawet w dzisiejszych fabrykach już istnieją dwie kapitalne władze duszy: wola i myśl.

Wola na najniższym poziomie objawia się odruchami od siebie i do siebie, które już spotykamy u wymoczków. Czy zaś nie zgodzisz się na to, że – owi furmani i ich wozy, które będą zwozić buraki, a wywozić cukier, że oni przy twojej fabryce będą spełniali rolę tych rzęs i macek, które wyrastają z ciała pierwotniaka i chwyciwszy zdobycz, znikają?

Wyższym szczeblem woli są nałogi. No, ale te muszą istnieć w każdej fabryce, gdzie mnóstwo ludzi spełnia swoje czynności nałogowo i gdzie jednostajne działanie maszyn również przypomina nałogi.

Następnym piętrem woli jest praca twórcza, w której odruchy i nałogi porządkują się według pewnego celu. W fabryce przedstawicielami takich celów są specjalni majstrowie, pod których kierunkiem oddziały robotników płuczą buraki, rozcierają, wyciskają…

Szczytem wreszcie woli jest cel fabryki, który streszcza się w jej dyrektorze technicznym.

Przechodzę do myśli. Jej fundamentem są wrażenia świata zewnętrznego, a organami tych wrażeń dla was są: agenci dowiadujący się o cenach cukru, buraków, węgla, drzewa, robocizny… Wyżej wznosi się pamięć, jej zaś organem będą w cukrowni spisy inwentarza, płacy roboczej, wydatków na materiały, wpływów za towar… Pracę twórczą myśli chyba pomieścisz w laboratorium, w biurze technicznym i administracyjno-handlowym. A wreszcie panującą ideę, która ogarnia całe życie fabryki, jej rozwój i wahania – może reprezentowałbyś ty sam, gdybyś w swojej cukrowni widział nie prasę do wyciskania dywidend, ale organizm, który ma spełniać jakieś cele na świecie.

Dodaj, że każda z istniejących fabryk ma swoją indywidualność. Są fabryki logiczne i głupie, rzetelne i szachrajskie, wolne i spętane przez wierzycieli, moralne i niemoralne. Pomyśl o tym wszystkim i powiedz: czy poza burakami, wytłoczynami, melasą i dywidendą nie dostrzegasz konturów – ducha, który tym tylko różni się od ludzkiego, że zamiast jednej świadomości ma ich kilkaset?

– Stefku, profesor ma słuszność – rzekła Ada. – W fabryce istnieje duch zbiorowy...

– Ale nie ma w niej miejsca na współczucie i litość panny Magdaleny – odparł Solski.

– Mylisz się – wtrącił Dębicki. – Teraźniejsze fabryki są jeszcze bardzo niskimi organizacjami. Czy jednak nie sądzisz, że dzisiejsze zamęty w świecie pracy może nie istniałyby, gdyby w fabrykach tętniło żywe uczucie? Gdyby smutek spotykający jednego pracownika udzielał się innym; gdyby kierownicy troszczyli się o usuwanie przykrości, a nasuwanie przyjemności wykonawcom?

Żyjemy zresztą w epoce, kiedy w fabrykach zaczyna kiełkować ów uczuciowy element. Bo czym innym wytłumaczysz: szpitale, szkółki i ochrony dla dzieci, doroczne i tygodniowe zabawy, kasy zapomóg, nawet orkiestry? – Żadne z tych urządzeń nie pomnoży ilości wydobytego cukru ani powiększy dywidendy; do czegóż więc je odnieść, jeżeli nie – do budzącego się uczucia w tym zbiorowym duchu, który unosi się nad robotnikami i maszynami.

Solski uderzył się w czoło.

– Masz, profesor, rację! – zawołał podniecony. – W tej chwili dopiero zrozumiałem pannę Magdalenę i... siebie...

Ja mógłbym być rozumem i wolą organizmu fabrycznego, a ona – jego uczuciem...

Madzia drgnęła na krześle, Ada i Dębicki spojrzeli. Solski opanował się i wziąwszy Madzię za rękę, rzekł z uśmiechem:

– Przepraszam za zestawienie pani i siebie... Ale w tej chwili przyszły mi na myśl szlachetne poglądy pani i moje odpowiedzi... Tak, pani ma słuszność; ja zaś nie miałem jej...

Pożegnał obecnych i wyszedł. Z progu jeszcze odezwał się:

– Tylko, profesorze, nie zbałamuć mi siostry i... panny Magdaleny.

– Złoty, kochany profesorze! – zawołała Ada, ściskając obie ręce Dębickiemu. – Znowu ożywiłeś Stefka...

22. Spiritus fiat, ubi vult

Każdemu człowiekowi zdarza się podczas zimowego dnia patrzeć na zapotniałe szyby. W widoku tym nie ma nic, na czym warto by zatrzymać uwagę: jest przezroczysta tafla, która dzięki parze wygląda jak muślin, a zresztą nic do zapamiętania, nic, co by poruszyło ciekawość.

Nagle na dworze wionął wiatr chłodniejszy, temperatura spada o kilka stopni i – spotniała szyba zmienia się w jednej chwili. Muślin wilgoci zaczyna pokrywać się bogatym haftem, przedstawiającym liście dziwnych roślin albo pióra nieznanych ptaków; z mgły powstaje wyrazistość, z jednostajności rozmaitość i formy.

Podobne zjawisko zaszło w duszy Solskiego. Od dzieciństwa patrzył na swój pałac wypełniony służbą, na folwarki rojące się ludźmi i bydłem, a od kilku miesięcy na budującą się cukrownię. Miał wyobrażenie: co każdy z tych ludzi robi w pokojach, w polu, na murarskim rusztowaniu; ile go kosztuje, a ile mu przynosi zysku? Wszystko to jednak jawiło mu się jak szara mgła, która nużyła go jednostajnością i gdzie niemożliwe było dopatrzeć się duszy ani wyrazu. Dopiero dzisiejszego wieczora nagle zmieniło się to wszystko: skrystalizowało się jak rosa na szybach.

Z początku na herbacie u Ady Solskiej był rozdrażniony na Madzię: jej litość nad stolarzami, bakałarzami, wędrownymi aktorami wydawała mu się ślamazarnym sentymentalizmem, którego nie cierpiał. Działało to na niego jak wygrywanie na flecikiem czułych i nudnych melodyj.

„Gdybym ja raz mógł nie słyszeć o bladościach, łzach i niedolach!" – pomyślał zniecierpliwiony.

Potem zabrał głos Dębicki i jednostajnym, profesorskim tonem zaczął wykładać rzeczy, które Solski znał, setki razy czytał o nich i rozmyślał, lecz które nic go nie nauczyły. Rodzina, warsztat, praca w małym kółku, organizm społeczny, ach! Jakież to oklepane frazesy...

Było jednak w tej prelekcji coś niezwykłego: oto – pewność, z jaką przemawiał Dębicki. Zdawało się, że ten człowiek, wpatrzony w próżnię, naprawdę widzi – duchy unoszące się nad pracującymi maszynami i nad każdym ludzkim zbiorowiskiem, które skupia się w jakimś celu.

„Gdzie dwóch albo trzech zejdzie się w imię Moje – Ja tam będę..." – przemknęło Solskiemu przez myśl.

I nagle w jego duszy zbiegły się: jego folwarki i cukrownia, wykład Dębickiego i opowiadania Madzi. Błyskawica rozświetliła jego wnętrze i zobaczył rzeczy, których dawniej nie widywał nigdy.

Zdawało mu się, że jego pałacowa służba, złożona z kilkudziesięciu osób, stopiła się w jakimś cudownym kotle, skąd niebawem wyszedł jeden tylko, ale olbrzym. Każda jego ręka była odlana z kilkudziesięciu rąk, pierś – z kilkudziesięciu piersi, głowa – z kilkudziesięciu głów. Olbrzym ten, nieźle odziany i syty, siedział przed bramą pałacu, od czasu do czasu jednym palcem przesuwał sprzęty albo oddechem zdmuchiwał pyły z pokoi. Niekiedy spoglądał na Solskiego i spełniał rozkazy bez wahania, ale i bez zapału.

Na wsi zdarzyło się to samo. Parobkowie ze wszystkich folwarków spłynęli się w jednego parobka, którego żołądek wart był kilkaset zwyczajnych żołądków, ręka – kilkaset rąk, wzrost – kilkaset wzrostów. Tylko głowa wydawała się nieproporcjonalnie drobną na postaci ogromnej jak skała.

Olbrzym ten, trochę bosy i trochę obdarty, powoli odrabiał swoje zajęcia, miał ociężałe ruchy, apatyczną twarz i nieufne spojrzenie.

Szybko chodząc po gabinecie, Solski wpatrywał się w te wizerunki własnej wyobraźni i poczuł dumę. Nie dość, że zrozumiał teorię Dębickiego, ale nawet – przyoblekł ją w ciało! Od tej pory już nie tylko będzie wiedział, że dom, folwark i fabryka są organizmami, ale będzie widział te organizmy w ich prawdziwym kształcie i rozmiarach.

Teraz dopiero Solski rozumie, że jest władcą i czarodziejem, który przywiązał do siebie wielkoludy za pomocą talizmanu... klucza od kasy! Tym kluczem porusza z miejsca, budzi ze snu, zachęca do pracy, wywołuje radość albo smutek w swoich ogromnych niewolnikach. Wprawdzie inni panowie robią to samo; ale oni nawet nie domyślają się tego, co robią, nie widzą – olbrzymów, lecz – drobne ich okruchy, niewarte spojrzenia.

Solski wciąż chodzi po swoim gabinecie, spoglądając od czasu do czasu za okno, gdzie widać księżyc w ostatniej kwadrze powoli wznoszący się nad dachami.

Wreszcie! Wreszcie znalazł to, czego pragnął: władzę nad czymś wielkim. Jeden wielkolud czuwa nad jego wygodami, drugi wielkolud uprawia pola, trzeci będzie pracował w fabryce. Każdy z nich może jeszcze urosnąć, nabrać lepszej cery i humoru, jeżeli tak podoba się jemu – Solskiemu; albo może zniknąć z powierzchni ziemi, gdy tak zechce on, Solski.

Lecz kto by marnował takie istoty: chyba wariat albo człowiek, który ich nie widzi i nie cieszy się władzą nad nimi. Owszem, niech rosną i nabierają sił, niech będą dobrze odziani, syci i zadowoleni, niechaj leniwe ich ruchy nabiorą zręczności, a apatyczne twarze wyrazu. A przede wszystkim niechaj porosną im zbyt drobne głowy, oni zaś sami niechaj kochają Solskiego.

Oto są żyjące posągi, które on ma kształtować! Oto praca, jakiej od tylu lat pożądał! Teraz dopiero zrozumiał, że folwarki i fabryki warte są jego zdolności i zajęcia.

Ponieważ szczęście nie chodzi samotnie, więc w tym dniu Solskiemu trafił się jeszcze jeden pomyślny wypadek, może najpomyślniejszy. Te jego olbrzymy mają jakieś potrzeby, które on nie zawsze odczuwa; ponadto, jeżeli pojmują ludzki język, to chyba język serca, którego Solski nie posiada. Ma on energię, ma twórczą myśl, ale... sentymentalnym być nie potrafi, to na nic!

I otóż w takiej chwili znajduje się pod jego dachem Madzia, istota wrażliwa, jakby utkana ze współczucia i miłości. Ona chwyta w lot każdą cudzą potrzebę, odczuwa ją i znajduje natychmiastową odpowiedź. Ona jedna potrafi rozmówić się nawet z tym wielkoludem, który obok żołądka złożonego z kilkuset żołądków posiada głowę wartą zaledwie kilkanaście głów.

Są wtedy trzy rzeczy: materiał na żywe posągi – rzeźbiarz, który chce je ciosać, i pomost między materiałem a rzeźbiarzem – Madzia...

Solski rzucił się na kanapę, ściskając rozpalone czoło.

„Uboga – myślał – ale na co mi pieniądze? Żadne nazwisko, ale będzie miała moje... Żadne stosunki! Nie, to nie są żadne stosunki... to są te, o które najbardziej chodzi mi w życiu... A gdzie ja znajdę podobną wrażliwość i taki bezmiar uczucia? Przecież to posag, jakiego nie dostałbym za miliony!".

Odgrzebywał w pamięci wszystkie kobiety, które kochał albo podziwiał. Były to osoby rozumne, dowcipne, piękne, eleganckie, oryginalne, ale – żadna taka! Były to brylanty, szmaragdy, szafiry, które warto posiadać, ale żadna nie była tym, czym Madzia: promieniem światła, bez którego nawet klejnoty nie mają piękności.

„Czy ożeniwszy się z nią – myślał Solski – nigdy bym jej nie zdradził? Naturalnie, sto razy zdradziłbym ją dla każdej, która by mi się podobała... A czy mógłbym ją porzucić? Nigdy! Jak nie mógłbym rzucić własnego serca...

A może ona kocha Norskiego? – przeleciało mu przez głowę. – Jej płacz u Arnoldów... rumieńce... unikanie jego spojrzeń...".

Solski zerwał się z kanapy.

„Czyby to być mogło? – szepnął. – Ależ to całe moje życie zrujnowane...".

Wyszedł do przedpokoju, włożył palto i wybiegł na pustą ulicę. Wrócił do domu, kiedy księżyc zaczął pochylać się ku zachodowi, a na wschodzie świtało.

„Muszę to wyjaśnić i zakończyć – mówił, rozbierając się. – Ada zgodzi się natychmiast, ciotka Gabriela podąsa się, ale także ustąpi. No – a w naszej rodzinie nie wszyscy przecież są tak źli, żeby nie potrafili ocenić Magdaleny".

O tej samej godzinie, kiedy w duszy Solskiego rozgrywała się jej przyszłość, Madzia nie mogła zasnąć.

Nagłe przerzucenie się Ady z towarzystwa kobiet pracujących do spirytyzmu przestraszyło Madzię. Cierpki zaś ton, jakim parę razy odezwał się do niej Solski, zranił jej dumę.

„Wielcy panowie – myślała – łatwo zmieniają upodobania i... lekceważą ludzi! Wolę się stąd pierwsza usunąć, zanim mnie wypędzą...".

Potem zrobiło jej się żal Ady, która mogłaby sądzić, że Madzia porzuca ją przez kaprys, a wreszcie postanowiła – zaczekać parę tygodni, może parę dni...

„Prawda, że pan Stefan, odchodząc, uznał swój błąd. Ale jakim tonem on mówił, że nie będzie zbierał niedołęgów, żeby zapełnić nimi fabrykę! A w jaki sposób odpowiadał Dębickiemu?".

„To nie mój świat... nie mój... nie mój! Trzeba stąd uciekać..." – myślała Madzia patrząc, że już świta na dworze.

23. Znowu echo przeszłości

Od kilku dni Ada Solska spostrzegła w bracie niepokój.

Czytał i załatwiał sprawy majątkowe, ale – nie miał apetytu, przesiadywał w nocy, unikał Madzi albo rozmawiał z nią krótko i oschle. Niekiedy wpadał do pokoju siostry i chodził, milcząc, jak człowiek, który chce zwierzyć się z czymś, ale nie ma odwagi.

Pewnego popołudnia, kiedy Solski o zwykłej porze nie przyszedł do siostry, Ada, wziąwszy kłębek włóczki i szydełko, udała się do gabinetu brata. Pan Stefan chodził bardziej rozgorączkowany niż zwykle. Ada siadła na skórzanej sofie i rozwinąwszy włóczkę, zaczęła robić szalik dla ciotki, w czym zresztą nie okazywała wielkiej biegłości. Cezar powitał ją skokami i machaniem ogona; widząc jednak, że pani nie zajmuje się nim, legł na tygrysiej skórze i zasnął.

Przez otwarte okna wpadały potoki słoneczne, dzieląc gabinet na ciemne i jaskrawe pasy. Ile razy Solski, chodząc, ukazał się w oświetleniu, Ada widziała, że ma mizerną twarz i podsiniałe oczy; gdy wszedł w cień, wydawał się szary.

– Dobrze, że przyszłaś – odezwał się pan Stefan.

– Uważam to – odparła Ada, nie odwracając oczu od roboty.

– Domyślasz się, o czym chcę z tobą mówić? – spytał.

– Nawet nie potrzebuję domyślać się. Widziałam to samo w roku zeszłym we Włoszech...

– Zupełnie co innego...

– I o Helenie mówiłeś, że jest inna niż wszystkie kobiety.

Solski zatrzymał się przed siostrą.

– Czy to ma znaczyć, że stałaś się stronniczką panny Heleny? – spytał.

Ada złożyła ręce na kolanach i podniosła oczy.

– Nie gniewaj się, mój kochany – rzekła – ale już nigdy wobec ciebie nie chciałabym odgrywać roli swatki... Idzie mi o co innego. Wiele osób z naszej rodziny jest pewnych, że ożenisz się z Heleną, choć po mieście krążą w tej chwili inne pogłoski...

– Daj mi spokój z Heleną! – wybuchnął pan Stefan. – Sama zerwała i wszyscy o tym wiedzą...

– Nie wszyscy, nie wyłączając jej samej i jej rodziny. W tych dniach Helena odrzuciła jakiegoś inżyniera, który oświadczył się... Pani Arnold, mimo że duchy powiedziały, iż Helena nie wyjdzie za ciebie, czasami wspomina mi o waszym małżeństwie. Zaś brat Heli...

Tu głos panny Solskiej załamał się.

– Zaś pan Kazimierz Norski – mówiła, siląc się na spokój – nie przyjął ofiarowanej mu posady na kolei, widocznie licząc na to, że... że zostanie twoim szwagrem... – zakończyła cicho Ada.

Solski, patrząc na siostrę, nie stracił ani jednej zmiany na jej twarzy, ani jednego odcienia głosu. Oczy zatliły mu się, lecz po chwili zgasły i tylko niecierpliwie wzruszył ramionami.

– Z panną Heleną – rzekł – moje rachunki skończyły się. Gdyby na świecie były tylko dwie kobiety do wyboru: ona i jakaś inna, wybrałbym tę inną...

– Godna podziwu stałość... – szepnęła Ada.

– Może ty potrafisz być stalsza! – syknął brat i zaiskrzyły mu się oczy.

Twarz panny Solskiej pociemniała.

– Więc dlaczego umizgasz się do niej? – zapytała łagodniej.

– Dlatego, że ona mnie kokietuje – odparł, śmiejąc się. – Należysz do emancypantek, więc chyba uznajesz równe prawa...

Ada przyciągnęła brata i pocałowała w rękę; potem objąwszy go za szyję, pocałowała w czoło.

– Rób, co chcesz, żeń się, z kim chcesz... ja cię kochać nie przestanę – szepnęła.

– Ani ja ciebie... – odparł. – I dlatego nie powiem ci: rób, co chcesz... Zrobisz zawsze tylko to, co powinna zrobić kobieta twego dostojeństwa.

– Zostanę starą panną, prawda? – spytała Ada z uśmiechem.

– Zostaniesz starą panną Solską.

– Wiem, wiem... – powtórzyła. – Mówmy o tobie: postanowiłeś ożenić się z Madzią... Przynajmniej tak myślisz dzisiaj...

– Tak – i ty musisz mi pomóc – rzekł Solski.

– Nigdy! – zawołała Ada. – Wreszcie – na co tobie moja pomoc? Oświadcz się sam.

– A jeżeli ona mnie nie kocha?

– Na to ja nie poradzę. Jak również i na to, żebyś ty jej nie rzucił, gdy ci się sprzykrzy.

Solski usiadł obok siostry i wziął ją za rękę.

– Słuchaj – zaczął.

– Wiem, co powiesz – przerwała siostra. – Ona się różni innych kobiet... słyszałam to nieraz!

– Nie – rzekł – ale ja ją kocham inaczej. Dawniej, kiedy podobała mi się kobieta, budziło się we mnie zwierzę: żarłbym ją... Prawie czułem rozkosz kąsania... Ale z tą jest inaczej...

– Prawda! Ile razy, kiedy rozmawiałeś z Madzią, a choćbyś tylko patrzył na nią, wstydziłam się za ciebie... Ach, jacy wy jesteście wstrętni z waszą miłością...

– Bądź cierpliwa – mówił pan Stefan błagalnym tonem – czy wiesz, gdybyś mi kazała opisać jej rysy, przysięgam, nie potrafiłbym. Tak dalece w moich uczuciach dla niej nie ma nic zmysłowego. Wiem, że ma prześliczne ręce... nóżkę... szyję jak utoczoną z kości słoniowej... biust bogiń... Otacza ją szczególna woń... Ale rysów jej prawie nie pamiętam. Moje nerwy nie grają tu żadnej roli... Ale jak ja znam jej duszę! A tego nie mógłbym powiedzieć o żadnej z kobiet, które mi się podobały.

Ada wzruszyła ramionami.

– Nie wierzysz, że to nie jest miłość zmysłowa, ale jakieś nieziemskie przywiązanie? Słuchaj... Wiem, że to jest dziecko naiwne, nie zna życia; ale przy tym ma wielki rozsądek, a umysł jej rozwija się z dnia na dzień. Dziś jest dojrzalsza niż wówczas, kiedy sprowadziła się do nas.

– Prawda.

– Widzisz. Jest także bardzo energiczna, jest uosobieniem działalności i siły...

– Prawda – wtrąciła Ada.

– Ale to nie jest siła stali czy granitu, który albo łamie wszystko, albo druzgocze się sam. To raczej giętka siła płomienia, który faluje, ogarnia ze wszystkich stron, znika i ukazuje się w innym miejscu... A zawsze pełen wdzięku!

– Bardzo trafne porównanie.

– Z tego powodu – mówił półgłosem Solski – przedstawia mi się ona jak duch w formie kobiety; działa, ale nie można jej schwytać. Więcej nawet: na skutek braku egoizmu to dziecko wydaje się pozbawione cech ziemskich. Czy ona prosiła cię kiedyś o co? Dla innych tak, ale nigdy dla siebie. Jej nie potrzeba ani stanowiska, ani pieniędzy, niczego, za czym ubiegają się śmiertelni. A nawet, Ada, czy ty zauważyłaś, w jaki sposób ona je?

– Bardzo ładnie...

– Bo robi to w taki sposób, jakby nigdy nie czuła głodu, nawet nie wiedziała, że potrawy mają smak. Ona je tylko dlatego, żeby ukryć swoje niebiańskie pochodzenie; ona udaje, że je, jak udaje, że ma kształt ludzki, bez którego nie moglibyśmy wiedzieć o jej istnieniu.

– Znowu poezja! – wtrąciła Ada.

– Nazwijmy to poezją. Ale... przypomnij sobie jej humor. Czy to nie jest obraz pogodnego nieba? Czy kiedy ona wejdzie do nas, nie robi się jaśniej i cieplej? Czasami bywa smutna; ale i wtedy jest bożym słońcem chwilowo zasnutym chmurami... A jej łzy... bo widziałem i łzy u niej... Czy one nie są podobne do majowego deszczu, który spada na ziemię, żeby rośliny zasypać brylantami, w których przegląda się niebo...

Siostra patrzyła na niego zdziwiona.

– Mój drogi – rzekła – powtórz jej to, coś mnie mówił, i proś o rękę...

Solski zerwał się z sofy i zaczął chodzić po gabinecie.

– Cóż to znaczy? – spytała Ada.

– Nie wiem... – odparł. – Zresztą... nie znam jej przeszłości ani rodziny! – dodał gwałtownie.

– Przeszłość Madzi? – zawołała panna Solska, śledząc oczami brata. – Mój Stefku – przeżegnaj się! Madzia nie ma żadnej przeszłości, którą można by się niepokoić. A co do jej rodziny... Pochodzi ze Strusiów, o tym wiesz... Jej rodzice pracują, ale nie potrzebują niczyjej łaski; mają zaś tak skromne wymagania, że kilkadziesiąt tysięcy rubli zabezpieczy ich do końca życia. Matka, zdaje się, trochę despotyczna, zrzędzi w listach na Madzię; ale ojciec przypomina Dębickiego... Przynajmniej pisząc do Madzi, nie skąpi od czasu do czasu takiego wyrażenia, jak gdyby podsłuchał profesora. No, a Dębickiego chyba przyjąłbyś na teścia? Ostrzegam cię, że z tym ojcem musisz się liczyć: bo choć to prowincjonalny lekarz, ale człowiek nietuzinkowy... On może postawić warunki co do szczęścia swego dziecka.

Solski milczał. Nagle zatrzymał się przed Adą i rzekł:

– A jeśli ona mnie nie kocha?

– Staraj się pozyskać jej serce. To chyba potrafisz – odpowiedziała siostra z dumą.

– A jeżeli... a jeżeli ona – kocha innego... In-nego... – powtórzył pan Stefan.

– Kogo? – szeptem zapytała Ada.

Solski pochylił się nad nią i również szepnął do ucha: – Pana Ka-zi-mie-rza... – słyszałaś?

Panna Solska spuściła oczy. Ręce jej opadły, twarz pociemniała, a potem pożółkła.

Brat patrzył na nią... patrzył... nagle wyrzucił nad głową zaciśnięte pięści i zawołał chrapliwym głosem:

– Podlec! Zdepczę...

Panna Solska podniosła się z kanapy i spokojnie, patrząc na rozjuszonego, rzekła:

– Stefek... ty mu nic nie zrobisz.

I wyszła z pokoju, zostawiając brata, który pienił się, ale czuł, że nic nie zrobi Norskiemu, bo – tak chce jego siostra.

Madzia wróciła z lekcji około czwartej. Na jej oczach znać było ślady łez, a w twarzy taki smutek, że panna Solska zdziwiła się.

„Czy znowu mieli jaką rozmowę z Kazimierzem?" – pomyślała i gniew zakipiał w niej. Chciała udać, że ma ból głowy, byle nie rozmawiać z Madzią; lecz po chwili szlachetne serce wzięło górę nad podejrzeniami i Ada, tuląc do siebie przyjaciółkę, spytała:

– Co tobie jest? Czy znów wysłuchałaś traktatu o duszy?

Madzia spojrzała na nią i wzruszyła ramionami. Ten ruch rozproszył niepokoje Ady. Jeszcze serdeczniej ucałowała Madzię i rzekła z naleganiem:

– Tobie stało się coś przykrego? Powiedz: co ci jest?

– Nie mnie! – odparła Madzia, siadając na kanapie... – Znasz Manię Lewińską, w której jeszcze na pensji kochał się ten student Kotowski?

– Porzucił ją?

– Przeciwnie, od roku są narzeczonymi... Ale nie! Opowiem ci od początku. Nie masz pojęcia, jaka to smutna historia.

– Zaczekaj – przerwała Ada. Dotknęła dzwonka, a gdy ukazał się lokaj, rzekła:

– Poproś do nas pana.

– Ada, co robisz? – zawołała Madzia, ukrywając twarz w rękach. – Chociaż... czy ja wiem... Może będzie lepiej, jeżeli dowie się o tym pan Stefan.

Solski przyszedł natychmiast. Wyglądał tak mizernie, że Madzia, spojrzawszy na niego, krzyknęła:

– Pan chory?

Ale w tej chwili zmieszała się i spuściła oczy.

– Nic mi nie jest – odparł Solski, odzyskując dobry humor. – Z bezsenności bolała mnie głowa, ale to przechodzi.

A ponieważ Madzia milczała zakłopotana, więc dodał:
- Porozmawiam z paniami i będę zdrów.
- Właśnie Madzia chce nam coś powiedzieć - wtrąciła Ada.
- Ja tylko tobie chciałam opowiedzieć...
- Zobaczysz, że będzie lepiej, gdy usłyszy Stefek - rzekła Ada. - My oboje bardzo jesteśmy ciekawi wszystkiego, co cię wzrusza.
- Niedobra! - szepnęła Madzia.

Solski usiadł, patrząc na siostrę, a Madzia zaczęła:
- Pamiętasz, Adziuś, kiedy to przed waszym wyjazdem za granicę pogniewałyście się z Helą?
- Ona ze mną- przerwała Ada - o to, że Romanowicz przestał nam wykładać algebrę.
- Otóż to - mówiła Madzia. - Wówczas, chcąc was pogodzić, poszłam od ciebie do Heli, a ona schwyciła mnie za rękę i pociągnęła aż do drzwi gabinetu pani Latter. I wyobraź sobie, co mimo woli zobaczyłam i usłyszałam... Wuj Mani Lewińskiej, człowiek otyły i siwy, wiesz co robił? Oświadczał się pani Latter! Właśnie opowiadał, że ma wieś bez długów, a nawet trochę gotówki. Naturalnie, pani Latter śmiała się z oświadczyn (żył przecie jej mąż!), ale, zdaje się, że nie była obojętną dla poczciwego staruszka. Myślę, że nawet z tego powodu nie wydaliła Mani Lewińskiej za zajście z Kotowskim.
- Kotowski, będąc studentem - objaśniła Ada Solskiemu - kochał się w Mani, a dziś jest jej narzeczonym...
- I lekarzem - wtrąciła Madzia.
- Otóż, mówię ci - prawiła dalej - pani Latter, wyjechawszy nagle z Warszawy, udała się na wieś do Mielnickiego i w rzece, pod jego dworem, utopiła się... A on, wyobraź sobie, tego samego dnia był u niej w Warszawie... Jakby przeczuciem tknięty, powiedział: „Ona pojechała do mnie! Minęliśmy się w drodze!" (słyszałam to na własne uszy) i natychmiast wrócił na wieś.

Co powiesz, gdy stanął u przewozu, wypytując, czy nie była tu taka a taka pani, jeden z przewoźników podniósł płachtę i pokazał na ziemi zwłoki pani Latter. Biedny Mielnicki krzyknął i padł tknięty apopleksją...

– Ależ on żyje – wtrącił Solski.

– Żyje sparaliżowany – ciągnęła Madzia. – W roku zeszłym wypuścił majątek w dzierżawę i przeniósł się do Warszawy z Manią Lewińską, która go pielęgnuje jak córka. Ale jest tam bieda, bo dzierżawca nie płaci, a pieniędzy, jakie miał pan Mielnicki na hipotekach, nie można odebrać...

Dziś Mania Lewińska pisała do mnie, ażeby ją odwiedzić. Poszłam i zobaczyłam smutny widok. Mają trzy pokoiki i kuchnię... W jednym Mania odrabia lekcje z uczennicami, które płacą jej po sześć i pięć rubli miesięcznie, a w drugim, na fotelu, siedzi pan Mielnicki...

Boże, jak on wygląda! Chudy, na twarzy zwiesza się skóra ziemistego koloru... Nie może się ruszyć i źle mówi... Musi być nawet nieprzytomny, bo kiedym weszła, nieznajoma mu, on zaczął się skarżyć, że go okradli, że służąca go szczypie i bije... Poza tym strach, jak narzekał na Manię: że o niego nie dba, że zostawia go bez opieki na całe dnie! A tymczasem ona, biedactwo, uczy panienki w domu albo biega za lekcjami, bo inaczej nie mieliby co jeść...

Mówiąc tak, Madzia z trudnością powstrzymywała łzy. Zmieniony głos łamał się jej i drżał.

– Biedny pan Kotowski pomaga im, jak może. Ale choć to skończony lekarz i był rok za granicą, nie ma praktyki... Ach, Ado, gdybyś ty słyszała płacz Mani i krzyki jej wuja... Serce pękłoby ci z żalu...

Panie Stefanie... – zawołała nagle Madzia, składając ręce. – Panie Stefanie... Pan jeden może ich uratować... Gdyby Kotowski został lekarzem przy cukrowni... Ach, nie, pan się na mnie gniewa... niech pan mnie wypędzi, ale im...

Płacz zdusił resztę wyrazów.

– Święta!... – szepnął Solski. Schwycił Madzię za rękę i zaczął namiętnie całować. – Błogosławiony nasz dom, do którego cię Bóg zesłał.

– Stefan, zastanów się! – reflektowała siostra, wydzierając mu rękę Madzi.

Solski podniósł się z krzesła jak pijany. Ale wnet ochłonął, spostrzegłszy, że Madzia patrzy na niego ze zdziwieniem.

– Jak się ten młody lekarz nazywa i gdzie mieszka? – zapytał pan Stefan.

Madzia powiedziała nazwisko i adres.

Solski ukłonił się i rzekł, wychodząc:

– Za parę godzin uwiadomię panią o rezultacie.

Ledwie zamknął drzwi, Madzia zaniepokojona zwróciła się do Ady.

– Boże, czy pan Stefan się nie obraził?

Panna Solska spojrzała na nią zdumiona.

– Moja Madziu – rzekła – czy ty udajesz, czy naprawdę nie widzisz?

– Czego? – spytała Madzia.

– No... tego... tego, że Stefan zawsze chętnie wypełnia twoje zalecenia, ponieważ... są szlachetne – odpowiedziała Ada.

W godzinę później przy obiedzie, na którym nie pokazał się Solski, ciotka Gabriela była bardzo sztywna: z góry patrzyła na Madzię, nie pytała jej o nic, a zaczepiona przez nią, odpowiadała niechętnie.

„Pani Gabriela – myślała przestraszona Madzia – zapewne ma już kogoś na posadę lekarza cukrowni i obraziła się na mnie... Ale niech tam, byle im, biedakom, co z tego przyszło! W każdym razie za długo tu mieszkam... Wkrótce cały świat zechce, żebym prosiła Solskiego o posady, i w końcu obrzydnę mu tak, jak już dziś jego ciotce... Trzeba stąd uciekać czym prędzej...".

24. Student, który już został lekarzem

Tymczasem Solski, wysławszy naglące wezwanie do Kotowskiego, z niecierpliwością oczekiwał młodego lekarza.

Około siódmej zameldowano go.

Wiele rzeczy zmieniło się od czasu, kiedy pan Władysław, jako student, pośredniczył w drukowaniu artykułów panny Howard o specjalnej opiece nad nieprawymi dziećmi. Przede wszystkim sama panna Howard zasadniczo zmieniła pogląd na kwestię nieprawych dzieci od chwili, gdy jej antagonistka, członek Kanarkiewiczowa, zajęła się protegowaniem uwiedzionych dziewcząt.

Ale pan Władysław Kotowski zmienił się niewiele. Był to ten sam, co i przed półtora rokiem, młody człowiek z zapadłymi policzkami, głową nastroszoną jak jeżozwierz, zamknięty w sobie, niemowny, pochmurny. Tylko zamiast wytartego munduru miał czarny tużurek wytarty na szwach; ale spodnie były jak i wówczas wygniecione na kolanach.

Do gabinetu pana Stefana Kotowski wszedł z głową zadartą, zaczesując włosy, z miną, która miała oznaczać pewność siebie wobec magnata. Ale wielki pan jednym rzutem oka ocenił, że butny parweniusz jest mocno zmieszany i że serce w nim drży, miotane nieokreśloną nadzieją.

– Pan hrabia raczył... Otrzymałem list od hrabiego... – zaczął Kotowski i zmieszał się jeszcze bardziej, gdy przypatrzył się tatarskiej twarzy, od której biła energia.

– Kochany panie – rzekł Solski, ściskając go za rękę – przede wszystkim nie tytułuj mnie hrabią... Siadaj pan – dodał, podsuwając fotel – i pogadajmy.

Kotowski upadł na fotel, a oczy zaszły mu mgłą.

„Czego ode mnie chce ten diabeł?" – myślał, patrząc na małą figurkę Solskiego, która coraz potężniejsze robiła na nim wrażenie.

Solski spostrzegł to. Odgadł, że młody lekarz podziwia go bezinteresownie, i – poczuł dla niego sympatię.

„Podoba mi się ten kandydat na Brutusa..." – pomyślał, a głośno rzekł:

– Panie Kotowski, słyszałem o panu wiele dobrego.

– O mnie? – zapytał tonem obrazy młody człowiek.

– Od panny Magdaleny Brzeskiej...

– Aaa!

– A ponieważ buduję cukrownię i chciałbym robotników otoczyć uczciwymi opiekunami, więc – proponuję panu miejsce lekarza przy fabryce.

Kotowski nie podziękował za propozycję: patrzył na Solskiego, nie wierząc własnym uszom.

– Warunki są następujące: murowany dom z ogrodem, kilka morgów ziemi, konie, dla nich obrok, i tysiąc pięćset rubli rocznej pensji. Przyjmuje pan?

Kotowski był oszołomiony. Zaczął gestykulować rękami, ale milczał.

– A więc przyjmuje pan – rzekł Solski.

– Za pozwoleniem! – odparł młody człowiek, podnosząc się z fotelu. – Bardzo... bardzo jestem wdzięczny... nigdy nie myślałem... Ale...

– Ale co? – zapytał Solski i na czole zarysowała mu się zmarszczka.

– Czy... czy pan Kazimierz Norski należy... czy należy do pańskiej cukrowni?

Solski cofnął się.

– Nie należy – odparł szybko – i nigdy nie będzie należał... Z jakiego jednak powodu zadaje pan to pytanie?

– Bo gdyby pan Norski był przy cukrowni, ja nie przyjąłbym tam miejsca – odparł Kotowski.

Usłyszawszy to, Solski doznał tak spotęgowanej sympatii dla młodego człowieka, że uściskałby go. Opanował się jednak i zrobiwszy poważną minę, rzekł:

– Wybaczy pan, że będę prosił o bliższe wyjaśnienia. Dlaczego nie przyjąłby pan miejsca w instytucji, do której należałby pan Norski?

– Bo to jest, proszę pana, szubrawiec – odparł Kotowski i mocno zwichrzył sobie włosy. Nie był fizjonomistą, więc zdawało mu się, że wypowiadając tak ostry sąd o panu Kazimierzu, ryzykuje posadę.

– Użył pan silnego określenia, a teraz proszę o fakty...

– Uważa pan, jest taka awantura arabska – mówił Kotowski, jeszcze nie mogąc zapomnieć knajpowego słownika. Niejaki szlachcic Mielnicki, wuj mojej narzeczonej, kiedy utopiła się pani Latter, zapisał dla jej syna, Kazimierza, cztery tysiące rubli na hipotece w Warszawie. Była to najpewniejsza suma, jaką posiadał stary... Płacono od niej regularnie procenty, których bardzo potrzebuje w tych czasach...

Kotowski kręcił się na krześle, stękał, targał włosy, lecz mówił dalej:

– I cóż się dzieje. Oto pan Norski na Nowy Rok wymówił dłużnikowi ofiarowaną mu sumę, a w kwietniu odebrał ją. Daremnie prosiliśmy, żeby pan Norski wziął cztery tysiące rubli umieszczone na innej hipotece, skąd dopiero na jesieni będziemy mogli podnieść należność... Daremnie przedstawialiśmy, że stary Mielnicki, sparaliżowany, idiota, nie będzie miał co jeść... Nie chcieliśmy cofać darowizny, tylko przenieść ją... Ale pan Norski uparł się, twierdząc, że ma długi honorowe... No, i zabrał pieniądze, a stary biedę klepie...

Gdyby ktoś dał tysiące Solskiemu, nie zrobiłby mu tyle przyjemności, co Kotowski opowiedzeniem tej historii. Ale panował nad sobą i rzekł spokojnie:

– Czy oprócz państwa wie jeszcze ktoś o tym wypadku?

– Rejent... zresztą nasz dłużnik... Mielnicki nie ma dziś przyjaciół, którzy by interesowali się nim. Wreszcie... nie tylko akt darowizny był w porządku, ale nadto stary, ile razy odzyska przytomność, pyta się o zdrowie pana Norskiego i o to, czy już odebrał darowaną sumę. Mielnicki nie ma pojęcia o swoim położeniu: ciągle myśli, że jest majętnym i że wyzyskuje go – moja narzeczona.

– Czy pan upoważnia mnie – spytał Solski – żebym zrobił kiedy użytek z tej wiadomości? Może nigdy nie zrobię, ale... może trafić się taki wypadek.

– Owszem. Mnie w rezultacie wszystko jedno. Wreszcie ten pan miał za sobą prawo...

– Mniejsza o to – rzekł Solski. – Ale oświadczam, że pan Norski nie jest i nigdy nie będzie w żadnej instytucji, z którą ja jestem związany. A teraz – czy przyjmuje pan posadę lekarza przy cukrowni?

– Oj... oj...

– Do czasu puszczenia w ruch fabryki będzie pan naszym lekarzem tu, w Warszawie. Ktokolwiek z naszego domu zwróci się o poradę, jest pan obowiązany udzielić jej. Pensję ma pan tę samą i – pięćset rubli na mieszkanie. Obowiązki obejmie pan od pierwszego maja...

– To już koniec maja – szepnął Kotowski.

– Potrzebny mi jest ten termin do ujednostajnienia rachunków. Ale... ale! – dodał Solski. – Naturalnie, ma pan długi: ile one mogą wynosić?

– Z pię... z pięćset rubli – odpowiedział przestraszony Kotowski.

– Administracja cukrowni spłaci pańskie długi i będzie strącać z pensji... No, i z gratyfikacji... Jutro około południa zechce pan zgłosić się do kancelarii zarządu i kasa załatwi z panem rachunki. A teraz dziękuję i do widzenia...

Kotowski wstał, uścisnął podaną sobie rękę, znowu usiadł... Mruknął: „aha!", i znowu podniósłszy się, zamiast do drzwi właściwych poszedł w stronę sypialni... Solski musiał go odprowadzić do przedpokoju.

Tu młody człowiek nieco ochłonął i przypomniał sobie, że może wypadałoby trochę serdeczniej podziękować osobliwemu opiekunowi. Widząc jednak, że drzwi gabinetu już zamknięto, zeszedł na dół, chwiejąc się.

Dopiero na dziedzińcu, gdy owionęło go chłodne wieczorne powietrze, poczuł ściśnięcie w piersiach i rozpłakał się.

Miał w tej chwili czterdzieści groszy majątku, a jego narzeczona – pół rubla.

„Czy mi się śni... czym oszalał? – myślał, obcierając oczy podartą chustką. – Ale jeżeli to sen, o Boże, nie budź mnie z niego, bo już nie dam sobie rady z rzeczywistością...".

Ukryty za filarem podjazdu szwajcar zauważył nadzwyczajne zachowanie się młodego człowieka, a usłyszawszy jego płacz, nie wierzył własnym uszom. Sceptycyzm nie przeszkodził mu jednak zawiadomić o tym wypadku kamerdynera, który natychmiast zameldował panu.

Solski zrozumiał, co musiało zajść w duszy młodego lekarza. Zrozumiał jego ciężką biedę, nagłe przejście do lepszego bytu, łzy... I pierwszy raz doznał tak wielkiego, tak niezgłębionego szczęścia, że ono jedno mogłoby mu wypełnić całe życie.

Majątek, pojedynki, pływanie po morzu, wdrapywanie się na góry, czym to jest, co to jest warte wobec jednego człowieka, który zapłakał z radości...

„Wszystko to jej zawdzięczam. A ile jeszcze mogę mieć podobnych dni? – myślał Solski. – Ona i tylko ona... zawsze ona; przy każdym szlachetniejszym uczuciu!".

Tu nasunęła mu się uwaga: jeżeli Madzia poleciła Kotowskiego, musi też wiedzieć o Norskim. A jeżeli wie, trudno, żeby nim nie pogardzała! Więc nie kocha go i on, Solski, bez potrzeby niepokoi się takim rywalem!

Chodził po gabinecie, wreszcie rzekł do siebie:

„Czego ja się waham? Trzeba raz skończyć, i to natychmiast...".

Zadzwonił na służącego.

– Czy panna Brzeska jeszcze nie śpi?

– Nie śpi, proszę jaśnie pana, czyta w swoim pokoju.

– Idź do panny Ady i zapytaj, czy mogę ją odwiedzić.

– Jaśnie pani położyła się... Głowa boli jaśnie panią...

– Aaa! – syknął Solski i dodał w duchu: „Znowu spóźnię się o kilkanaście godzin...".

Po namyśle jednak uznał, że takie obcesowe oświadczyny nie miałyby sensu. Trzeba przygotować Madzię, a z drugiej strony – własną rodzinę, z którą czuł, że stoczy ciężką walkę.

„Stanowczo – ale powoli!" – rzekł do siebie.

Tymczasem Madzia, przy świetle lampy siedząc nad książką, od czasu do czasu przerywała czytanie i myślała:

„Czy też pan Stefan da posadę Kotowskiemu? Może mu się, biedak, nie podoba? Bo u wielkich panów wszystko zależy od chwili i gustu...".

Potem przypomniała sobie zapał, z jakim Solski słuchał jej opowiadania, i – jego dziwne wyrazy...

„Za co on tak całował mnie w rękę? Ot, tak sobie... kaprys...".

Nagle zbudził się w niej gniew na samą siebie i wyrzucała sobie, że jest niewdzięczną względem Solskich. Ale uczucie to prędko zgasło, ustępując miejsca podejrzeniom.

Od pamiętnej rozmowy z panem Kazimierzem w duszy jej coraz częściej zrywały się lodowate podmuchy niewiary. Wszystko wydawało się jej niepewnym i podejrzanym, nawet to, co sama robiła, nawet jej własne życie.

Cały świat stracił w jej oczach dotychczasowe znaczenie; wszystko w nim było tylko tłuszczem, fosforem i żelazem; wszędzie poczęła dopatrywać oznak trupiej zgnilizny...

25. Niebezpieczne strony wdzięczności

Nazajutrz na pensji około pierwszej przełożona wezwała Madzię do kancelarii. Tam, obok uśmiechniętej panny Malinowskiej, stała płacząca Mania Lewińska, która na widok Madzi złożyła ręce i – upadła jej do nóg, łkając:

– Ach, Madziu... ach, pani... tyle łaski! Władek będzie miał ogród... dom murowany i tysiąc pięćset rubli... Niech panią Bóg błogosławi...

Madzia w osłupieniu spojrzała na uśmiechającą się pannę Malinowską. Dopiero gdy Mania Lewińska zaczęła całować jej ręce, Madzia, oprzytomniawszy, podniosła ją.

– Co tobie jest, Maniu? – spytała. – Więc Kotowski dostał posadę? Chwała Bogu... Ale za co dziękujesz w tak dziwny sposób?

– Bo wszystko zawdzięczamy pani...

– Pani? – powtórzyła Madzia. – Dlaczego tak mówisz do mnie?

Lewińska, zmieszana, umilkła. Wyręczyła ją panna Malinowska:

– No, panno Mario, choć będziesz tylko żoną lekarza, jestem pewna, że pani Solska nie zapomni o związkach koleżeńskich...

Madzi rozszerzyły się źrenice; schwyciła się za czoło i kolejno spoglądała to na pannę Malinowską, to na Manię Lewińską, widząc je jak przez mgłę.

– Co wy mówicie? – szepnęła.

– Droga pani – rzekła panna Malinowska – przecież wobec nas nie potrzebujesz wypierać się relacji, jaka cię łączy...

– Relacji, jaka mnie łączy? Z kim? – spytała Madzia.

– Jesteś pani narzeczoną pana Solskiego...
– Boże miłosierny... – zawołała Madzia, łamiąc ręce. – I pani to mówi? – zwróciła się do przełożonej. – Ależ to kłamstwo... potwarz! Oni oboje, Ada i pan Stefan, obiecali mi dać szkołę przy swojej cukrowni... Moje stanowisko jest tam nieskończenie mniejsze niż Mani Lewińskiej... Boże mój, co wy ze mną robicie! Boże mój...

Przerażenie Madzi zastanowiło pannę Malinowską.

– Jak to... – spytała – więc nie jesteście jeszcze zaręczeni z Solskim?

– Ja? Ależ co pani mówi? Ja mam być nauczycielką ich szkoły przy cukrowni... Kto ogłasza tak niegodziwe plotki?

– Słyszałam to od pana Zgierskiego – odparła obrażona panna Malinowska. – On przecież jest prawą ręką Solskiego.

– Aaa... pan Zgierski? – powtórzyła Madzia. – Ależ to kłamstwo, które mnie naraża wobec państwa Solskich i ich rodziny... Mieszkam u Ady... rzadko widuję pana Stefana... mam być nauczycielką w ich szkole... O Boże, co wy mi robicie! Nigdy o niczym podobnym mowy między nami nie było i nie będzie...

– Moja droga, nie mów: nie będzie! – rzekła panna Malinowska, obejmując Madzię.

– Nie będzie! – z mocą powtórzyła Madzia. – Pan Stefan powinien ożenić się z Heleną Norską... To było najgorętsze życzenie jej matki, a ja namawiam Helę do tego... Pomyślcie więc, panie, jak musiałabym być podłą, gdybym przyjmowała jakieś objawy – ze strony pana Solskiego...

Mania Lewińska patrzyła na nią z przestrachem, panna Malinowska ze zdziwieniem. Wreszcie rzekła zakłopotana:

– Kochana panno Magdaleno... wróć do klasy... Zaszło tu coś niejasnego, więc lepiej nie mówmy...

Madzia chłodno pożegnała obie panie i wróciła do klasy; ale w niecały kwadrans wyszła, czując, że nie panuje nad sobą. Każdy szept, każdy ruch, nawet widok siedzących w ławkach dziewczynek tak ją drażnił, iż zaczęła lękać się ataku szaleństwa.

Widziała przed sobą klęczącą Manię, która mówiła jej „pani", i uśmiechniętą pannę Malinowską, która nazwała ją „panią Solską"...

– Otóż spełniły się złe przeczucia! – szepnęła Madzia, zbiegając ze schodów. – Co ja teraz pocznę?

Na ulicy zaczęła odzyskiwać równowagę, więc postanowiła przejść się, czując, że ją to uspakaja.

Już łudzić się nie było można: publiczne plotkarstwo robi z niej albo kochankę, albo narzeczoną Solskiego!

Mniejsza o tytuł kochanki; Madzia była pewna, że każdy, kto ją zna, nie będzie temu wierzył. Nikt zresztą nie przypuści, żeby panna Solska przyjaźniła się i dzieliła mieszkanie z kochanką brata.

Ale co robić, jeżeli ją, Madzię, posądzają, że jest narzeczoną Solskiego, i to posądzają od dawna? Bo czym wytłumaczyć względy, jakimi otoczono ją na pensji, albo nadzwyczajną uprzejmość Zgierskiego dla niej, albo rozmowy z panem Arnoldem, który polecał – jej – maszyny z fabryk amerykańskich i angielskich! Wreszcie dzisiejsza scena z Manią Lewińską i słowa panny Malinowskiej, czy nie dowiodły, że nawet najbliżsi widzą w niej przyszłą panią Solską?

Pomimo kojącego wpływu przechadzki Madzia poczuła zawrót w głowie. Co o niej pomyśli pan Stefan, który na jej prośby tyle dobrodziejstw wyświadczył obcym sobie ludziom? Czy dla niej, która zalecała mu małżeństwo z Helą Norską, nie uczuje pogardy? Bo naturalnie będzie miał prawo przypuszczać, że to ona jakimś nietaktownym odezwaniem się wywołała plotki. Tym bardziej, że uwierzyli im najpierw ci ludzie, za którymi wstawiała się do Solskiego.

„Co robić? Co robić?" – z rozpaczą myślała Madzia.

Do Iksinowa nie ma po co wracać; już od kilku miesięcy napisała rodzicom, że pensji tam nie otworzy, ponieważ dostanie szkołę przy cukrowni. Teraz więc musi znaleźć miejsce w Warszawie, o co przy nadchodzących wakacjach nie będzie łatwo.

Mniejsza jednak o miejsce, ma jeszcze kilkaset rubli gotówką, ale jak powiedzieć Adzie: wyprowadzam się od was! Dlaczego? Dlatego, że ludzie uczynili mnie narzeczoną pana Stefana...

Jedno z dwojga: albo Ada roześmieje się z plotek, albo obrazi się. Czy zresztą Madzi wypada z kimkolwiek mówić o tej kwestii, nie narażając się na podejrzenia; czy nawet wypada jej choćby tylko myśleć o pogłosce? Przecież dla Solskich, a nawet dla niej samej, jest to tak potworna niedorzeczność, że nie można zwracać na nią uwagi. Przecież to samo plotkarstwo, które ją dziś wydaje za pana Stefana, jutro może ogłosić, że zabrała komuś pieniądze.

Dawne to czasy, kiedy w Iksinowie przez chwilę mówiono, że Cynadrowski zabił się dla niej? Zaś pani podsędkowa może i dziś twierdzi, że Madzia popychała pannę Eufemię do Cynadrowskiego, a przynajmniej – ułatwiała im schadzki.

Trochę mimo woli, trochę świadomie Madzia skierowała się w stronę mieszkania państwa Arnoldów, a znalazłszy się przed bramą, weszła na górę. Coś ciągnęło ją, żeby w tej właśnie chwili zobaczyć pannę Helenę.

Zastała ją w salonie, wesoło rozmawiającą z panią Arnoldową i panem Bronisławem Korkowiczem. Madzię zmieszał ten widok, ale panna Helena nie okazała ani śladu zakłopotania i przywitawszy się, rzekła do Madzi:

– Dobrze, że jesteś, moja droga, bo mam do ciebie interes.

Przeprosiła pana Bronisława i wyszła z Madzią do gabinetu.

– Zapewne wiesz – rzekła bez wstępu – że Kazio nie ma posady na kolei, o której mówił z tobą...

– Cóż się stało?

– Zwykła rzecz: pożyczyłam mu pieniędzy, a on stracił ochotę do pracy. Zatruje mi życie ten chłopak! – zawołała panna Helena i dodała:

– Moja Madziu, ty częściej widujesz Stefana, więc napomknij mu: czyby dla Kazia nie znalazł jakiego zajęcia? Jest to lekkoduch, ale chłopak ambitny i szanuje Solskiego. Założyłabym się, że gdyby Solski umieścił go przy sobie, Kazio weźmie się do roboty.

„I ona to samo!" – pomyślała już z gniewem Madzia, a głośno rzekła:

– Moja kochana, zdaje mi się, że właściwiej byłoby tobie wstawiać się za bratem...

– Ja też pomówię z Solskim – przerwała panna Helena – ale że on nie lubi Kazia, więc chciałabym utorować sobie drogę... Moja Madziu, zrób mi to... Ty częściej widujesz się ze Stefkiem, zresztą tak lubisz Kazia...

– Ja? – spytała zarumieniona Madzia.

– No, nie zapieraj się... coś o tym wiemy! – rzekła panna Helena, całując ją. – Tylko załatw się prędko, bo chcę pomówić ze Stefkiem w tych dniach.

„Więc przynajmniej ona nie przypuszcza, że jestem narzeczoną Solskiego!" – pomyślała Madzia i odetchnęła.

Już wracającą do salonu pannę Helenę Madzia zatrzymała.

– Słuchaj, Helu... Przepraszam, że mówię ci o tym...

– O czym?

– Czy sądzisz – ciągnęła Madzia – że pan Solski chętniej spełni twoją prośbę, widując tu pana Bronisława?

– Eh, moja droga! – roześmiała się Helena. – Jesteś jeszcze bardzo naiwna...

Popchnęła ją ku drzwiom i obie weszły do sali.

Madzia posiedziała w towarzystwie akurat tak długo, ile było potrzeba, żeby dowiedzieć się od pani Arnold, że Ada robi wielkie postępy w spirytyzmie, i – żeby przekonać się na własne oczy, jak zakochany jest w Helenie pan Korkowicz i w jaki sposób ona podnieca go. Wyszła oburzona na Helenę, ale spokojniejsza o siebie.

„Widocznie – myślała – plotki o panu Stefanie i o mnie nie muszą być tak głośne... Inaczej doszłyby do Helenki, która dałaby mi to uczuć... A może... i ona po raz drugi słyszała coś, ale uważa to za niedorzeczność, którą nie warto się zajmować...".

Wstyd ogarnął Madzię.

„Jaka ja jestem zarozumiała... nie mam rozumu! – mówiła do siebie. – Jeżeli to nawet Helence wydaje się nieprawdopodobnym, czy więc ja mogłam przypuszczać, żeby Ada albo pan Stefan przywiązywali znaczenie do takich głupstw? Może i słyszeli o tym, ale z pogardą wzruszyli ramionami, podczas gdy ja robię dramat... chcę uciekać od nich!".

Wśród tych uwag serce Madzi ściskało się boleśnie, ale już spokojniejsza wróciła do domu. Pomyślała na zakończenie, że Solski tyle robi sobie z pogłosek, ile robiłaby ona, gdyby ktoś mówił, że wychodzi – na przykład – za żonatego nauczyciela w Iksinowie.

Jeszcze bardziej uspokoiła się przy obiedzie.

Sztywnej ciotki Gabrieli nie było, a pan Stefan, od pewnego czasu rozdrażniony i pochmurny, znajdował się dziś w wyjątkowo dobrym humorze.

Opowiadał Madzi o Kotowskim, który jak najprzyjemniejsze zrobił na nim wrażenie. Pod koniec obiadu kazał podać butelkę wina i zmusił panie do wypicia za zdrowie Mani Lewińskiej i jej narzeczonego.

Gdy spełniły duszkiem, rzekł:

– A teraz, Ada, za zdrowie protektorki zakochanych, panny Magdaleny... Pani zaś musi wypić na podziękowanie...

Gdyby w sercu Madzi była jeszcze jakaś troska, ten drugi kieliszek odpędziłby ją. W tej chwili rozmowa z Manią Lewińską i przełożoną wydawała jej się komicznym nieporozumieniem, a własna irytacja dzieciństwem.

„Czy można było niepokoić się taką bagatelą? Myśleć o opuszczeniu Solskich... o wyrzeczeniu się szkoły przy cukrowni? Ach, ja już nigdy nie będę miała rozumu!" – mówiła do siebie Madzia, śmiejąc się jak za pensjonarskich czasów.

Kiedy Solski, ucałowawszy Madzi ręce (na podziękowanie za znajomość z Kotowskim), poszedł do siebie, a obie panny znalazły się w gabinecie Ady, Madzia pod wpływem wesołego nastroju rzekła do przyjaciółki:

– Wiesz, byłam dziś u Heleny... Powiedziała mi, że pan Kazimierz już nie ma posady na kolei, i prosiła... Ani domyślisz się! Prosiła, żeby twój brat dał panu Kazimierzowi u siebie jakie zajęcie.

Panna Solska spojrzała na Madzię chłodno.

– Kto ma mówić o tym Stefanowi? – spytała.

– Naturalnie, że sama Helenka. Ale ona chce, żeby utorować jej drogę...

– A tego kto się podejmie?

– Może ty, Adziuś – zechcesz...

– Ja... nie!

– W takim razie muszę chyba ja... – zawołała ze śmiechem Madzia.

Ale w tej chwili zmroziło ją spojrzenie panny Solskiej. Ada pobladła, zarumieniła się i utkwiwszy skośne oczy w wylęknionej Madzi, rzekła:

– Ty? A cóż ciebie obchodzi pan Kazimierz?

„Co to znaczy? – przemknęło przez myśl Madzi. – Ona jeszcze nigdy taką nie była...".

Ale panna Solska opamiętała się. Chwyciła Madzię w objęcia, zaczęła całować jej usta, oczy, ręce i szeptać:

– Nie gniewaj się, Madziuś... wino mnie tak rozstraja... Ale proszę cię, nie mów nigdy ze Stefkiem o panu Kazimierzu, nigdy, słyszysz... A tym bardziej nie wstawiaj się za nim... Stefan nie lubi go...

„Już za nikim nie przemówię ani słówka" – pomyślała Madzia. Palił ją wstyd. Spojrzenie Ady i ton, jakim przemówiła do niej, odczuła jak obelgę. I znowu (jak wówczas, kiedy obie wracały z posiedzenia kobiet) między sobą i panną Solską Madzia zobaczyła przepaść.

Ten drobny wypadek na tle poprzednich stał się punktem zwrotnym w życiu Madzi. W usposobieniu jej zaczęła się jakaś zmiana, z początku niedostrzegalna, która jednak szybko rosła.

Madzia w ciągu kilku dni straciła humor; uśmiechała się coraz rzadziej i smutniej; w stosunkach z Adą i Solskim zaczęła ją ogarniać lękliwość. Rzadko kiedy wchodziła do pokoi Ady, w swoim zaś mieszkaniu przesiadywała tylko w gabinecie, nie zaglądając do saloniku. Obiady u wspólnego stołu męczyły ją, zaczęła tracić apetyt.

Sypiała gorzej, a gdy zaniepokojona Ada weszła raz do niej w nocy, znalazła Madzię ubraną, siedzącą przy biurku bez światła.

Na próżno Ada, może poczuwając się do drobnej winy, spotęgowała czułość dla Madzi. Całowała ją po rękach, wieczorami czytywała książki przy jej łóżku, obmyślała rozrywki. Madzia okazywała jej serdeczną wdzięczność, robiła sobie wyrzuty, ale – nie mogła odzyskać dawnego humoru: była zakłopotaną i nieśmiałą.

„Kocha się w Stefku... – pomyślała Ada, wyczerpawszy cały zasób środków, które mogły rozweselić Madzię. – Ach, żeby się to już skończyło!".

Z bratem jednak nie rozmawiała, odgadując, że i on spostrzegł zmianę w Madzi i że czyni jakieś kroki wśród rodziny. Czuła, że dzieje się w ich domu coś ważnego. Świadczyło o tym rozdrażnienie Solskiego, gniew ciotki Gabrieli i częste wizyty Stefana u rozmaitych krewnych, którzy nawzajem rewizytowali go, spędzając długie godziny na rozmowach.

Ada domyślała się wszystkiego, lecz nie zdradziła się przed bratem ze swych przypuszczeń. Bała się odzywać w tej chwili.

A tymczasem w Madzi już nie z dnia na dzień, ale z godziny na godzinę rozrastało się uczucie przygnębienia. Traciła wiarę. Wiarę w to, że Solscy ją kochają i szanują, wiarę w to, że ona może być komukolwiek potrzebna, a wreszcie – wiarę w ład i sprawiedliwość na świecie.

W duszy jej snuły się najczarniejsze wspomnienia i wnioski. Zginęła pani Latter, kobieta pełna rozumu i energii; zginął Cynadrowski, człowiek szlachetny, i biedna Cecylia, uosobienie miłości i dobroci, porzucała świat, aby ukryć się za kratami klasztoru!

Jeżeli tacy ludzie ponieśli klęskę w walkach z życiem, cóż ją może spotkać, ją, dziewczynę słabą, głupią i złą? Przecież znała swoją wartość, a raczej nicwartość! I przecież ona także zbliżała się krok za krokiem do jakiejś sytuacji bez wyjścia.

Kiedyś zdawało się jej, że ma potężnych przyjaciół – Solskich. Przez pewien czas dom ich wydawał się nieprzebitą tarczą, a ich życzliwość opoką, na której z ufnością mogła oprzeć swoje drobne istnienie. Dziś na ten dom (z jej przyczyny!) padają zatrute strzały plotek, a życzliwość... Co za życzliwość mogą mieć Solscy, magnaci, dla nędznej istoty jak ona? Chyba litość, którą jej okazywali przez pół roku, i... pogardę, z którą mimo woli zdradziła się panna Solska.

Zgnębienie i smutek nie przeszkadzały Madzi pełnić obowiązków. Co wieczór poprawiała zeszyty uczennic, co dzień odrabiała lekcje na pensji. Lecz stosunki z ludźmi, zamiast łagodzić, potęgowały jej rozdrażnienie.

Gdy uczennice w klasie były spokojne, gdy przełożona serdeczniej powitała Madzię, gdy któryś z profesorów powiedział jej komplement, myślała:

„Pewnie znowu rozchodzą się plotki, że jestem narzeczoną..."

Lecz gdy jakaś pensjonarka roześmiała się głośniej albo który profesor odezwał się żartem do Madzi, albo wiecznie zajęta panna Malinowska w przelocie kiwnęła jej głową, zamiast uścisnąć rękę, Madzi zdawało się, że już wszyscy wiedzą o jej ciężkim położeniu w domu Solskich. Wówczas przypominała sobie dumne spojrzenie panny Solskiej i ton, jakim przemówiono do niej.

„Ty? A cóż ciebie obchodzi pan Kazimierz?".

„Zapewne, że mnie obchodzi pan Kazimierz – odpowiadała Madzia w duchu – ponieważ tak samo jak i ja, jest przez was lekceważony...".

Była w takim nastroju czy rozstroju, że zatruwały jej spokój nie tylko stosunki z żywymi ludźmi, ale nawet filozoficzne rozumowania Dębickiego, jedynego człowieka, któremu ufała i którego wzniosłe poglądy rozświetlały jej duszę.

26. Letni wieczór

W początkach czerwca Ada zaprosiła na wieczór Dębickiego, żeby porozmawiać z nim o świecie duchów. Przyszedł i pan Stefan spokojniejszy niż w ciągu ostatnich dni i we troje usiedli na balkonie. Madzi spodziewano się, miała bowiem wrócić z sesji towarzystwa kobiet.

Kiedy Ada ze srebrnego samowaru nalewała herbatę, brat zapytał:

– Cóż, nie znudziły cię jeszcze posiedzenia spirytystyczne?

Panna Solska o mało nie oblała sobie ręki gorącą wodą.

– Jak możesz przypuszczać coś podobnego! – zawołała. – Zresztą... nie dziwię się twoim żartom... ale jestem pewna, że gdybyś przynajmniej w tym stopniu co ja poznał spirytyzm, rozpocząłbyś nową epokę w życiu. I ty, i profesor, i cały świat...

– Uważacie, profesorze – wtrącił Solski – to mówi uczennica Haeckla... Ach, kobietki...

Dębicki potarł ręką szyję i patrzył w ogród.

Ada zarumieniła się. Podała obu panom filiżanki, nalała herbatę sobie i rzekła, siląc się na filozoficzny spokój:

– Moi panowie, czy nie zauważacie rozdźwięku, jaki co najmniej od stu lat panuje między religią i wiedzą?

– Zauważamy – rzekł brat.

– Pochodzi on stąd – mówiła Ada – że nauka nie może wyjaśnić pytań dotyczących ducha, a tradycje religijne nie godzą się z odkryciami naukowymi. Tymczasem spirytyzm dzięki swoim komunikacjom zniósł przyczyny nieporozumień. Z jednej strony, dowodzi faktami, że dusze istnieją po rozłączeniu się z ciałem, a z drugiej również dzięki komunikacjom z istotami nadzmysłowymi prostuje mnóstwo błędnych czy źle rozumianych tradycji religijnych.

– Oho! – wtrącił Solski.

– Ależ tak, mój kochany – prawiła, zapalając się Ada. – Czytaj na przykład książkę Allana Kardeca o *Genezie, cudach i przepowiedniach*... To już nie Biblia! To wykład astronomii, geologii, biologii i psychologii. Z jaką bystrością tłumaczy on cuda Nowego Testamentu... A jak pobłażliwym jest dla legend Starego Testamentu, które w dzisiejszym człowieku budzą uśmiech politowania.

Ponieważ Dębicki zrobił ruch ręką, jakby chciał ukryć ziewanie, więc podrażniona Ada zwróciła się do niego:

– Pan profesor nie zgadza się? Więc dam panu Kardeca...

– Proszę pani – odparł Dębicki – cały Kardec leży w naszej bibliotece, z której, mówiąc nawiasem, najrzadziej korzystają jej właściciele. Książkę, którą pani wymieniła, znam. Autor jest człowiekiem zdolnym i oczytanym. W rozdziałach poświęconych duchowi widać mieszaninę: metampsychozy, wierzeń chrześcijańskich i – źdźebełko poglądów, jakie można wyprowadzić z nauk ścisłych. Cała część dotycząca Genesis jest popularnym wykładem dzisiejszej astronomii i geologii. Krytyka sześciu dni stworzenia jest... ot, taka sobie... Kardec niby to wskazuje podobieństwa między legendą biblijną i nowożytnymi badaniami, ale nie dostrzega w legendzie punktów ważnych, co zresztą trafiało się i jego poprzednikom.

– Chyba ważnych niedorzeczności! – zawołała Ada.

– Kobiety zawsze są krańcowe! – wtrącił Solski.

Dębicki skrzywił się, znowu potarł kark i spytał:

– Cóż pani nazywa niedorzecznościami w Genesis?

– Choćby to, że w drugim dniu było stworzone sklepienie niebieskie... Słyszysz, Stefek? Rodzaj sufitu! Choćby to, że słońce i księżyc urodziły się dopiero w dniu czwartym, podczas gdy światło mieliśmy już w dniu pierwszym... – mówiła Ada ze wzrastającym zapałem. – Wreszcie to nie jest moje zdanie, ale wszystkich uczonych...

Dębicki kiwał się na krześle i patrzył na czarne drzewa ogrodu, które światło lampy z balkonu malowało gdzieniegdzie zielonymi plamami. Wreszcie rzekł:

– Rzecz szczególna, że to, co uczeni z obozu panny Ady uważają za niedorzeczność w Genesis, mnie najbardziej zadziwia.

– Jako niedorzeczność? – spytała Ada.

– Nie, pani. Jako ciekawy, a przede wszystkim niespodziewany komentarz do teorii Laplace'a o utworzeniu się naszej planety.

– No, profesorze? Chyba i ja zacznę się dziwić... – wtrącił Solski.

– Według Laplace'a – mówił Dębicki – cały system planetarny formował kiedyś olbrzymią mgławicę, rodzaj subtelnego obłoku, który miał formę okrągłej bułki chleba o średnicy przechodzącej tysiąc dwieście milionów mil. Mgławica ta obracała się dookoła swego środka w ciągu mniej więcej dwustu lat. Zaś od czasu do czasu odrywały się od niej mniejsze obłoczki, z których, na skutek zgęszczenia się, powstawały planety: Neptun, Uran, Saturn i tak dalej...

Według teorii Laplace'a ziemia przy swoich narodzinach była również takim obłokiem mniej więcej w formie kuli mającej przeszło sto tysięcy mil średnicy. Co zaś Biblia mówi o jej ówczesnej postaci? Że – ziemia była pusta i próżna, a ciemność unosiła się nad przepaścią... Nic więcej.

Wyobraź sobie, Stefku, że stoisz na powierzchni owej kuli gazowej i patrzysz ku jej środkowi odległemu od ciebie na pięćdziesiąt tysięcy mil... Zdaje się, że widziałbyś straszną przepaść pod nogami...

– Spodziewam się! – mruknął Solski.

– W tamtym więc punkcie nie ma niedorzeczności, ale teraz zaczynają się rzeczy ciekawe – mówił Dębicki – Biblia nazywa ziemię w jej początkach „ciemną", skąd można by wnosić, że nasza planeta nie była rozpaloną aż do świecenia, jak sądził Laplace i geologowie. Według nich, był czas, że ziemia miała przeszło dwa tysiące stopni temperatury, tymczasem według Biblii temperatura była niższą od pięciuset stopni... Można się z tym spierać, ale – trzeba dowieść, że było inaczej. W tym punkcie Genesis niby wskazuje geologom pole do badań...

Dalej mówi Biblia, że już wówczas zaczęły się dla ziemi dnie i noce, czyli – według Laplace'a – mgławica ziemska zaczęła obracać się naokoło swej osi...

– A światło? – spytała Ada.

– I to jest ciekawe – rzekł Dębicki – że według Biblii dopiero po utworzeniu się ziemi – mgławica słoneczna zaczęła świecić. To, co dziś nazywamy słońcem, owa kula rozpalona do białości, jeszcze wówczas nie istniała. Była tylko słabo świecąca mgławica w formie płaskiej bułki chleba, szeroka na kilkadziesiąt milionów mil. Widziana z ziemi musiała wyglądać jak olbrzymie wrzeciono zajmujące pół nieba. Gdy prawy koniec tego wrzeciona dosięgnął południka, lewy dopiero wschodził; gdy prawy zaczynał zachodzić, lewy zaledwie zbliżał się do południka. Było więc jakieś blade światło w przestrzeni międzyplanetarnej, ale nie było słońca.

– A sklepienie niebieskie, a ów sufit starożytny, który jest tylko dowodem ograniczoności naszego wzroku? – nalegała Ada.

– Będzie i sufit. Według Laplace'a, planety i satelity, odrywając się od mgławicy centralnej, miały z początku formę pierścieni. Pierścień tego rodzaju do dziś dnia otacza Saturna, a i nasz księżyc, gdy oderwał się od ziemi, miał formę pierścieniowatego obłoku... Czy sądzi pani, że gdyby ten kształt utrzymał się do naszych czasów, nie mielibyśmy prawa (mieszkając na przykład pod równikiem) mówić o sklepieniu zawieszonym nad głowami? I czy to sklepienie w owych czasach nie rozciągało się od równika w stronę obu biegunów?

– No, mówi profesor jak adwokat teologów! – rzekł Solski.

– Wcale nim nie jestem. Tylko bez uprzedzeń zestawiam teorię Laplace'a z Biblią, w której są jeszcze dwa orzeczenia ciekawe.

Biblia twierdzi, że słońce – w dzisiejszym sensie: jako rozżarzona kula – i księżyc, jako ciało świecące, powstały w jednej epoce, przy czym słońce było większe niż księżyc. Dziś pozorne średnice obu tych ciał są prawie równe, ale że niegdyś średnica słońca była większą, to wynika z teorii Laplace'a. Co jednak bardziej zastanawia, że według Biblii lądy, morza i świat roślinny powstały wprzód, nim utworzył się księżyc i słońce!

– Jednym słowem – rzekła Ada – profesor utrzymuje, że między Biblią i nauką nie ma zbyt rażących odskoków?

– Owszem – odparł Dębicki – nawet sądzę, że Biblia dzisiejszej astronomii i geologii stawia kilka ważnych pytań do rozwiązania. Czy prawda, że słońce i księżyc w tym znaczeniu, jak powiedziałem wyżej, powstały w jednej epoce? Czy prawda, że na ziemi już wcześniej istniała roślinność, i czy prawda, że ziemia nie była nigdy ciałem rozgrzanym aż do punktu świecenia?

– No – wtrącił Solski – przejście gazu w stan stały wywołuje podniesienie temperatury...

– Tak, ale wysoka temperatura może zniżać się na skutek promieniowania. Jest to kwestia ciekawa – mówił Dębicki – od niej zależy pojęcie o wieku ziemi. Gdyby ziemia w chwili utworzenia się miała temperaturę dwa tysiące stopni, to według Bischoffa, zanim ochłodła do dwustu stopni, musiało upłynąć trzysta pięćdziesiąt milionów lat, którym należałoby dodać ze trzydzieści pięć milionów lat na ostygnięcie ziemi do zera. Gdyby zaś w początkach ciepło ziemi wynosiło tylko pięćset stopni, na ochłodzenie jej obecne wystarczyłoby sto milionów lat. W tym zapewne stosunku można by zmniejszyć i długość okresów geologicznych i w rezultacie – przypuszczalny wiek ziemi i całego systemu planetarnego zniżyć o kilkaset milionów lat.

– Nie myślałam, że profesor jest aż tak prawowierny! – rzekła półgłosem Ada.

– Tylko ostrożny... – odparł Dębicki. – Nie lubię przenosić się ze starego domu do pałaców, z których dopiero istnieją plany, i to – niedokładne. Biblia jest starym domem, w którym wyhodowało się kilkadziesiąt pokoleń europejskich, no – i źle na tym nie wyszły... Ten odwieczny budynek ma swoje szczeliny, ale jest pewniejszym – na przykład – od legend indyjskich, według których płaska ziemia leży na słoniu, słoń stoi na żółwiu, a żółw pływa po mlecznym morzu. Jest również Biblia wyższą od mitologii greckiej, według której olbrzym Atlas podpierał niebo, a ród ludzki narodził się z kamieni rzucanych za plecy przez Deukaliona i Pyrrę.

Dziś mamy nową mitologię – spirytyzm, który wchłonął w siebie astronomię i geologię, ale nie posuwa ich naprzód. Tymczasem prastara Biblia, choć także nie posuwa nauki, lecz – stawia jej zagadnienia wcale dorzeczne.

Z wypiekami na twarzy słuchała panna Solska tych, jej zdaniem, bluźnierstw przeciw spirytyzmowi i nauce. Nagle rzekła:

– Więc może pan profesor umiałby wytłumaczyć naukowo legendę o potopie...

– Dziwna rzecz! – odparł z uśmiechem Dębicki. – Ojcowie i doktorowie spirytyzmu wyjaśniają wszystkie podania dawnych religij, a przede wszystkim biblijne; a tymczasem ich najmłodsi uczniowie już przeciwstawiają owym tradycjom nowożytne niedowiarstwo... Allan Kardec wierzył w kilka potopów, z których jeden zniszczył mamuta i mastodonta, a zostawił po sobie głazy narzutowe...

– No – wtrąciła Ada, niedbale machając ręką – właściwie to nie był potop, ale epoka lodowcowa... Skorupa ziemska formowała się nie za pomocą gwałtownych kataklizmów, ale – stopniowego rozwoju, który dokonywał się w ciągu setek tysięcy i milionów lat.

– Zatem nie wierzy pani nie tylko Biblii, ale nawet Kardecowi?

– Nie wierzę w kataklizmy! – odpowiedziała rozdrażniona Ada. – Nauka nie zna przyczyn, które w jednej chwili na całej powierzchni ziemi mogłyby tak wzburzyć wodę, żeby wdarła się na najwyższe szczyty gór...

– Nauka, proszę pani, pojmuje przyczyny zdolne do podniesienia wody bardzo wysoko...

– Zastanów się, Ada – dorzucił Solski – że zdarzają się i dziś olbrzymie wylewy albo zapadanie całych obszarów na skutek wybuchów wulkanicznych.

– To są drobne zjawiska – rzekł Dębicki. – W naturze istnieją czynniki mogące wywołać potop mniej więcej taki, jak opisuje Biblia...

W tej chwili w saloniku rozległ się szelest i na balkon weszła Madzia. I teraz jej łagodna twarz miała wyraz nieśmiałości czy nieufności, który od kilku dni niepokoił Solskich.

– Wracasz z sesji? – spytała Ada.

– Tak.

– Gniewają się na mnie, że nie przychodzę?

– Przeciwnie, wspominają cię z wdzięcznością.

– Co to jest, Madziuś? W jaki sposób odpowiadasz? Dlaczego nie siadasz? – zawołała panna Solska. Zaczęła całować przyjaciółkę, posadziła ją na krześle obok brata i zajęła się przygotowaniem dla niej herbaty.

Madzia zdawała się być zakłopotana bliskim sąsiedztwem Solskiego i co chwilę przysłaniała długimi rzęsami oczy, jakby ją raził blask. Solski był także wzruszony, więc żeby nie zdradzić się, zaczął mówić:

– Czy wie pani, czym się bawimy? Ada z profesorem kłócą się o to, co jest wyższe: podania biblijne czy objawienia spirytystyczne?

– Ach, ten spirytyzm... – rzekła Madzia.

– Co? – zawołał Solski. – Pani nie wierzy w spirytyzm?

Madzia delikatnie uniosła ramiona.

– W co dziś można wierzyć? – szepnęła. I w tej chwili strach ją ogarnął, żeby Solscy nie wzięli tego za przymówkę.

„Boże mój – pomyślała – jak mi tu źle... Jak ja tu nie chcę mieszkać...".

Wrażliwe jej ucho pochwyciło nienaturalny ton w głosie Solskiego, który wysilał się, żeby być sobą, a czuł się zmieszany wobec Madzi.

Dębicki spostrzegł, że między trojgiem tych ludzi, bardzo sobie życzliwych, rodzi się jakiś zatarg. Więc, skorzystawszy z chwilowego milczenia, odezwał się:

– Panna Ada nie wierzy w możliwość biblijnego potopu, ja zaś twierdzę, że istnieją potęgi mogące go wywołać...

Madzia otrząsnęła się.

– Tobie zimno? Może podać ci szal, a może przeniesiemy się do pokoju? – troskliwie zapytała Ada.

– Nie, kochana. Wieczór jest ciepły... Tylko śmierć zajrzała mi w oczy...

– A może niemiło pani słuchać o potopie? – spytał Dębicki.

– Ależ owszem... taki ciekawy temat – rzekła Madzia.

– Zresztą wypadek, o którym opowiem, może zdarzyć się raz na trzysta trzydzieści miliardów lat! Ziemia nasza z pewnością go nie doczeka, tym bardziej że jakoby raz już trafił się jej za czasów Noego. W naturze nie powtarzają się niespodzianki.

– Ale niech pan zaprezentuje nam wreszcie tę potęgę, która przenosi morza na szczyty gór! – zawołała Ada, śmiejąc się.

Dębicki podniósł rękę i wskazał granatowy płat nieba zawieszony nad sylwetkami drzew.

– Stamtąd mogłaby przyjść – rzekł.

Obie panny doznały uczucia chłodu. Solski podniósł głowę i wpatrywał się w Koronę Północną widniejącą naprzeciwko balkonu. Dębicki mówił:

– Wyobraźmy sobie, że kiedyś pisma przyniosą następujący telegram: „W tych dniach astronom taki a taki dojrzał w konstelacji Byka, tuż obok Słońca, nowe ciało niebieskie, które zrobiło na nim wrażenie planety. Obserwacje w tej chwili są przerwane z powodu ukrycia się gwiazdy poza tarczą słoneczną".

W parę tygodni, gdy publiczność już zapomniała o zjawisku, telegram ogłosił o nim nieco pełniejsze wiadomości. „Nowe ciało niebieskie jest kometą, a raczej olbrzymim uranolitem, równym ziemi lub większym od niej; znajduje się poza orbitą Jowisza, ale szybko zbliża się ku słońcu w linii prostej. Co najważniejsze: droga jego zdaje się leżeć na płaszczyźnie ekliptyki. To ciało niebieskie można już widzieć gołym okiem na godzinę przed wschodem słońca".

Wiadomość ta, obojętna dla ogółu, od tygodnia zajmowała astronomów, a obecnie zaniepokoiła ludzi obeznanych z astronomią. Mówili oni: jeżeli ów uranolit toczy się ku słońcu po płaszczyźnie ekliptyki, więc koniecznie musi przeciąć drogę ziemi. Otóż kiedy on ją przetnie?

Jeżeli kometa, właściwie uranolit, przetnie drogę ziemską przed grudniem albo po grudniu, możemy bezpiecznie przypatrywać się nadzwyczajnemu widokowi. Ale jeżeli przecięcie nastąpi w grudniu, sprawa stanie się straszną. Może bowiem trafić się zderzenie dwóch ogromnych mas, z których jedna leci z prędkością trzydziestu wiorst na sekundę, a druga – nie powolniej. Łatwo zrozumieć, że obie masy przemieniłyby się w kłąb ognia.

Nie trzeba wspominać, że w ciągu następnych tygodni posypałoby się mnóstwo artykułów i broszur roztrząsających kwestię: któregoś dnia uranolit przetnie drogę ziemską? Naturalnie autorzy twierdzili, że o zetknięciu się ziemi z niespodziewanym wędrowcem nie ma mowy, choć już wszystkim było wiadomo, że przecięcie orbity ziemskiej nastąpi w grudniu. Przy czym optymiści twierdzili, że wówczas ziemia od przybłędy będzie oddalona na dziesięć milionów mil, a pesymiści przypuszczali, że będzie odległa na milion mil.

„Ale i w tym wypadku – pisali pesymiści – tylko zobaczymy gwiazdkę kilka razy większą od Jowisza, która szybko przesunie się po niebie od zachodu na wschód".

„To jeszcze można wytrzymać!" – powiedziała sobie publiczność, przechodząc do codziennych kłopotów.

Roztropniejszych jednak uderzył fakt, że astronomowie nie zabierają głosu w tej kwestii, ale że w obserwatoriach trafiają się dziwne rzeczy. Rachmistrze ciągle mylili się w rachunkach: panowała bowiem niepewność co do prędkości biegu owego ciała niebieskiego. W końcu, co już ukrywano przed publicznością, jeden z astronomów powiesił się, drugi się otruł, a trzeci palnął sobie w łeb. Gdy zaś przejrzano ich rachunki, okazało się, że każdemu z nich wypadło, iż jeżeli uranolit pędzi z szybkością trzydziestu kilometrów i dwustu pięćdziesięciu metrów na sekundę, musi bezwarunkowo zetknąć się z ziemią.

Wreszcie rządy ucywilizowane zabroniły pisać o nadchodzącym zjawisku, ponieważ wielu ludzi ze strachu wpadało w obłąkanie. Ogłoszono tylko notę kilku obserwatorów, że w połowie grudnia ukaże się podczas nocy ciało niebieskie podobne do księżyca w pełni, które w kilka godzin przybierze nieco większe rozmiary, lecz przed wschodem słońca zniknie.

Była to prawda. Astronomowie jednak, którzy pisali ową notę, nie znając dokładnie szybkości uranolitu, nie byli w stanie oszacować, jak wielkich rozmiarów dosięgnie ów chwilowy księżyc, czyli w jakiej odległości przesunie się obok ziemi.

Od czerwca do września nowa gwiazda przesunęła się do konstelacji Bliźniąt, wschodziła po północy i była tak dużą jak Mars. W październiku wyglądała jak Saturn, a jeszcze w listopadzie była mniej świetną niż Jowisz. Wschodziła coraz wcześniej przed północą, rosła nieprędko, ale ciągle, i zbliżała się do konstelacji Raka.

W tej epoce niebieski przybysz już zaczął oddziaływać na ziemię; wprawdzie nie na jej wody lub atmosferę, lecz na jej najbardziej wzniesione punkty, jakimi są – szczyty cywilizacji.

Europejski chłop, wyrobnik, drobny mieszczanin słyszał coś o nowym zjawisku, lecz nie miał czasu zajmować się nim, pochłonięty troską o chleb, odzież i opał, czego mu ciągle brakowało. Czerwonoskórzy Amerykanie, Indusi i Chińczycy, wreszcie różne odmiany Murzynów nawet nie zwracali uwagi na drobne światełko, sądząc, że jest to jedna z planet, które przez pewien czas błyszczą na niebie, potem znikają i znowu ukazują się w innych gwiazdozbiorach.

Ale inaczej było z ucywilizowanymi a zdenerwowanymi klasami Europy. Miały one rozum, żeby pojąć nadciągające niebezpieczeństwo, lecz nie były zdolne zapanować nad strachem, bo zabrakło im wiary. Wszyscy niby to drwili ze zbliżającego się końca świata, rozchwytywali odnośne karykatury, biegali na farsy i operetki skomponowane na ten temat; ale myśleli i mówili – tylko o komecie, a każdy dzień powiększał ich beznadziejność. Przy migotaniu złowrogiej gwiazdy widzieli pustkę życia i nicość swoich wierzeń.

Opadły ręce genialnym przedsiębiorcom, którzy łączyli oceany i przekopywali góry: cała ich mądrość, wszystkie maszyny nie mogły ani przyśpieszyć biegu ziemi, ani pohamować nadlatującej z boku komety. Struchleli mocarze giełdowi, gdy wytłumaczono im, że wobec możliwej katastrofy miliard nie jest lepszym zabezpieczeniem niż łachman nędzarza. Rozpacz ogarnęła filozofów wykładających, że jedynym Bogiem jest ludzkość; widzieli bowiem własnymi oczami, jak łatwo ludzkość traci głowę i jak łatwo zetrzeć ją może lada pyłek nieskończoności.

Mędrcy szaleli, głupcy odurzali się ze strachu; alkohol, morfina i chloral były pochłaniane w nieprawdopodobnych ilościach.

Skutkiem naturalnej reakcji ludzie, którzy rok temu reklamowali potęgę nauki, dziś odtrącili ją z pogardą, przeklinając oświatę i zazdroszcząc prostakom. Największą popularnością cieszyła się broszura, w której jakiś obłąkaniec dowodził, że astronomia jest oszustwem, a ciała niebieskie iskrami, które ziemi zaszkodzić nie mogą, choćby wszystkie na nią spadły.

Zaczęto odgrzebywać legendy o końcu świata, a bardzo uczeni mężowie dowodzili, że nic w roku bieżącym nie grozi nam, ponieważ – według Talmudu – jeszcze nie upłynęło sześć tysięcy lat od czasu stworzenia. Narodził się szczególny obłęd podróżowania. Miliony ludzi zamożnych jeździło z pośpiechem bez kierunku i celu, szukając bezpiecznego miejsca. Lecz gdziekolwiek zatrzymali się, nad morzem czy między górami, wszędzie przyświecała im straszna gwiazda, jaśniejsza niż Jowisz.

W początkach grudnia trwoga panująca między klasami oświeconymi udzieliła się ludowi. Ale chłop bez względu, czy się lękał, czy nie lękał, musiał młócić zboże, rąbać drwa, przygotować jadło i karmić inwentarz. O ile mu zaś zbywało czasu, szedł gromadą pod kościół lub figurę i modlił się. On od dzieciństwa wiedział i wierzył, iż kiedyś musi nastąpić koniec świata; więc gdy nadszedł termin, prostacy bali się nie zniszczenia, ale sądu. Toteż między ludem panował smutek, wzrosła pobożność, prawie zniknęły występki. Człowiek, dbały o zbawienie duszy, nie pił i nie awanturował się; nie potrzebował też kraść, bo zamożniejsi sąsiedzi oddawali mu swój nadmiar.

Wśród powszechnego rozkołysania umysłów tylko dwie istoty pozostały spokojne: żołnierz pod bronią i szarytka. Tamten wiedział, że każdą śmierć powinien spotkać odważnie; ta, poleciwszy ducha Bogu, nie miała czasu myśleć o sobie, zajęta łagodzeniem cudzych cierpień, których liczba zwiększała się co dzień.

Dębicki odpoczął, wypił herbatę, którą podsunęła mu Ada, i mówił dalej:

– Wyobraźmy sobie na półkuli północnej kraj górzysty, wzniesiony o jakiś kilometr nad poziom, odległy o kilkaset mil od morza. Przypuśćmy, że w tym szczęśliwym miejscu chwila przejścia uranolitu czy komety przez drogę ziemi przypadałaby w nocy, i pomyślmy, co widzieliby tamtejsi mieszkańcy?

Około ósmej wieczór, w połowie grudnia, razem z konstelacją Raka ukazałby się na wschodzie jasny krąg podobny do księżyca w pełni, tylko – większy. Oryginalny ten księżyc miałby dziwne własności.

Przede wszystkim robiłby wrażenie, że – nie rusza się razem ze sklepem niebieskim, lecz ciągle stoi niezbyt wysoko nad wschodnim widnokręgiem, gdy poza nim przesuwają się konstelacje: Raka, potem Lwa, wreszcie Panny. Nieruchomy ten jednakże krąg wzrastałby bardzo szybko. O dziewiątej średnica jego byłaby dwa razy większa, o dziesiątej – cztery razy, a o północy – osiem razy większa niż średnica księżyca w pełni. O tej ostatniej porze byłby tak ogromny, że równałby się pięćdziesięciu lub sześćdziesięciu księżycom w pełni, gdyby jednocześnie nie zachodziły w nim szybkie zmiany lunacji. Nowy ten księżyc, który o ósmej był w pełni, już o dziewiątej wyszedłby z pełni, a o dwunastej byłby w kwadrze. W tej postaci jego połowa równałaby się dwudziestu lub trzydziestu księżycom. Wkrótce jednak kwadra zaczęłaby się zmniejszać tak szybko, że już o pierwszej widać by było na niebie ogromny sierp, który w kilkanaście minut później zgasłby.

Zjawiska te oznaczałyby, że uranolit przeciął o północy drogę ziemską i poleciał dalej ku słońcu.

Gdyby między mieszkańcami tego błogosławionego kraju znajdował się astronom, mógłby na mocy powyższych obserwacji zrobić rachunek. I wypadłoby mu, że ów uranolit, wielki i ciężki jak ziemia, przeleciał obok niej w odległości – dwa razy mniejszej niż księżyc.

Mieszkańcy szczęśliwego kraju, a sąsiedzi astronoma, zobaczywszy, że potwór niebieski zniknął i nie zrobił im szkody, zapewne oddaliby się radości. Ale astronom nie cieszyłby się, lecz z niepokojem odczytywałby depesze nadchodzące co kilka minut z innych obserwatoriów, położonych bliżej morza. Jego bowiem rachunki powiedziały mu, że to nie koniec, ale dopiero początek zjawiska, i że kometa, której zniknięcie tak uradowało współobywateli, przeszedłszy obok ziemi, wywarła na jej powierzchnię wpływ siedemset razy większy niż księżyc. Księżyc zaś, jak wiadomo, jest motorem przypływów i odpływów morskich.

Otóż między depeszami przychodzącymi z punktów nadbrzeżnych najliczniejsze donosiłyby, że od szóstej wieczór spostrzeżono nagły i silny odpływ morza. Astronom wiedziałby, co to znaczy. Znaczy, że na oceanach Atlantyckim i Spokojnym zaczynają tworzyć się dwie góry wodne, które o północy wzniosą się do trzystu pięćdziesięciu metrów wysokości na podstawach mających przeszło po dziesięć tysięcy mil kwadratowych powierzchni.

W kilka godzin po północy zaczęłyby nadchodzić depesze zawiadamiające o równie szybkim i niezwykłym przypływie mórz, zaś nad ranem... wcale nie przychodziłyby depesze!

Przyczynę tego zrozumie pani – mówił Dębicki, zwracając się do Ady – jeżeli dodam wyjaśnienie, że w niektórych portach europejskich zwykły przypływ sięga dziesięciu metrów wysokości. A ponieważ wpływ uranolitu na morze byłby siedemset razy większy niż księżyca, wnosić by można, że w portach tych woda miałaby siłę do utworzenia wału równego mniej więcej górze Mont Blanc.

Niech pani pomyśli, że wybrzeża morskie w najlepszym razie sięgają paruset metrów wysokości. Niech pani doda, że to niesłychane rozkołysanie wód trwałoby nie kilka godzin, ale kilka tygodni – że towarzyszyłoby mu parowanie wody, o którego sile nie mamy pojęcia, i – niech pani odpowie, czy te niezmierne deszcze i zalewy nie byłyby potopem, o którym mówi Biblia.

Co wówczas stałoby się z Ameryką środkową, z Afryką od Gwinei Wyższej do Niższej, z północną Australią, z wyspami Oceanu Indyjskiego? Po co wreszcie daleko szukać: czy sądzi pani, że resztki góry wodnej, która powstałaby na Oceanie Atlantyckim, nie zmyłyby Hiszpanii, Francji, Belgii z Holandią, a przede wszystkim Wielkiej Brytanii?

Gdyby ktoś rok po uspokojeniu się rozpętanych żywiołów zwiedził zachodnią Europę, zdumiałby się, znalazłszy tylko szczątki niegdyś pełnych życia lądów. Ale ani miast, ani dróg, ani pól i lasów, ani ludzi...

I czy po tym, fantastycznym zresztą opowiadaniu zechce pani twierdzić, że w naturze nie ma siły, która – mogłaby stworzyć powszechny potop i rzucić wodę na szczyty gór?

– Awantura arabska! – mruknął Solski, przypominając sobie wykrzyknik Kotowskiego.

– Z tego widzę – odezwała się Ada – że profesor albo już jest spirytystą, albo nim zostanie. Bo właśnie spirytyzm zaleca nie negować dawnych tradycji, ale – tłumaczyć je za pomocą faktów naukowych.

Dębicki, milcząc, potarł sobie ucho, a jednocześnie Solski zapytał Madzię:

– Może i pani jest już spirytystką?

– Albo ja wiem, czym jestem! – odparła Madzia.

W głowie jej panował zamęt. Nie pomyślała, w jakim celu Dębicki miał swój wykład o możliwości potopu, nie zwróciła uwagi na to, że według poglądu filozofa wiara robi ludzi odporniejszymi wobec niebezpieczeństw. Ją uderzyły inne strony opowiadania: niepewność życia i nietrwałość świata.

Kiedy pożegnawszy się z towarzystwem, przeszła do swojej sypialni, czuła pod stopami chwianie podłogi i przeraził ją blask latarni ulicznej wpadający przez okno do pokoju. Zdawało się jej, że już zagląda złowrogie widziadło niebieskie, które ma wydrzeć oceany ze starych łożysk i zalać ziemię.

„Po cóż było wszystko to wydobywać z nicości!" – pomyślała.

27. Czego potrzeba do zerwania stosunków?

Jak młode drzewo co roku wypuszcza gałązkę, która z biegiem lat staje się konarem i rodzi nowe gałązki, tak z młodej duszy co pewien czas wytryska nowa siła i staje się źródłem mnóstwa uczuć, uzdolnień i czynów. A jak na podciętym konarze usychają kwiaty i liście, tak w chorej duszy gorzknieją uczucia, słabnie energia i myśl rozwija się chaotycznie.

Madzia doskonale pamiętała swój rozkwit duchowy; wywołał go pospolity wypadek: pieniężne kłopoty pani Latter.

Do owej chwili świat przedstawiał się jej w sposób bardzo prosty. Niebo, niby tło *Madonny* Rafaela, było utkane ze skrzydeł i głów anielskich; na ziemi ludzie, jak na odpuście, tworzyli jeden tłum pogrążony w pracy i modlitwie. Że tam ktoś był lepiej czy gorzej odziany, że ktoś kogo mimo woli potrącił, że inny zapłakał – to drobiazg... Według ówczesnych przekonań Madzi były to tylko wypadki i pozory. W rzeczywistości – serca ludzkie przepełniała modlitwa i dobroć, a nad całym tłumem rozlewał się blask Boży czyniący podobnymi do siebie wszystkie pochylone głowy i zamyślone twarze.

Wśród jednostajnej jasności osoba pani Latter stała się jakby nowym ogniskiem, z którego na duchowy widnokrąg Madzi padły dwa nieznane dotychczas promienie: purpurowy i czarny. Od tej pory w oczach Madzi ludzie zaczęli różnić się między sobą. Zrozpaczona pani Latter, wygnany przez uczennice Dębicki, stolarz, ubogi nauczyciel i jego rodzice, samobójca Cynadrowski, wszyscy cierpiący, stroskani i opuszczeni przedstawiali się jej niby odziani w purpurę. Zaś na Joasię i pannę Howard, które martwiły panią Latter, na pannę Eufemię, która unieszczęśliwiła

Cynadrowskiego, na aptekarza i rejenta, którzy obgadywali Stellę, w oczach Madzi padał cień bardziej albo mniej czarny.

Niebo jednak, pełne głów i skrzydeł anielskich, a na ziemi tłum modlący się o zbawienie zostały na swoich miejscach. Tylko na tle złotej jasności, która oblewała ziemię, widać było tu i owdzie czerwoną plamkę cierpienia albo czarną – krzywdy.

W owym okresie czasu mądrość Madzi i jej dążenia streszczały się w słowach: pomagać potrzebującym, nieść pociechę strapionym. Hasło to, raz posiane w sercu, rozrastało się stopniowo, ogarniając ludzkość, cały świat żyjący i martwy.

Stosunki z Solskimi, mianowicie w początkach, wzmocniły ekstazę Madzi. Ada była dla niej tęskniącym aniołem, a pan Stefan geniuszem dobrego, który dlatego jeszcze nie uszczęśliwił wszystkich cierpiących i nie pożenił wszystkich zakochanych, że cukrownia nie była wykończoną. Z chwilą jednak odlania pierwszej głowy cukru w jego fabryce, na ziemi powinna obeschnąć ostatnia łza.

Z biegiem czasu wiara Madzi w potęgę i poświęcenie Solskich dla ludzkości poczęła słabnąć. Ale obraz świata odbity w jej duszy w ogólnych zarysach pozostał ten sam: w górze chóry aniołów, na dole rozmodlony tłum; tu i owdzie cierpiący albo mniej dobry człowiek, zesłani po to, żeby ludzie mieli kogo pocieszać i komu przebaczać.

Ten rozwój duszy pełnej litości i marzeń przerwano w sposób tak brutalny, że porównać by go można z morderstwem. Z Madzią stało się jak z podróżnym, który pogrążony w myślach, czuje nagle cios topora, a po nim drugi. Gdy zaś potknął się zbroczony krwią, na biedną głowę spadają mu nowe ciosy.

Pewnego wieczora na raucie u Arnoldów przyszła panu Kazimierzowi fantazja wyłożyć Madzi jego własny system filozoficzny, który nie był ani własnym, ani systemem. Wykład był tak zwięzły i jasny, wiara Madzi w geniusz pana Kazimierza tak wielka, że pod tym rozmachem jej idealny obraz świata popękał jak lód w chwili puszczenia rzeki. Nim zaś Madzia miała czas oprzytomnieć, spadł na nią drugi cios: mistyfikacja pani Arnoldowej z rysunkiem niby wykonanym przez duchy.

I otóż w ciągu jednej godziny w tym samym salonie zaszły dwa wypadki wprost przeciwne. Ada Solska, sceptyczna uczennica Haeckla, uwierzyła w duchy rysujące, a pełna naiwnej wiary Madzia – przestała wierzyć nawet we własną duszę.

Jej niebo zapełnione główkami i skrzydełkami aniołów w jednej chwili zniknęło jak teatralna dekoracja, odsłaniając pustynię okropniejszą niż sam grób. Jasność padająca z góry na ziemię zgasła i świat okrył się kirem, na tle którego tym jaskrawiej płonęły ognie ludzkich cierpień.

Od tej chwili dusza Madzi była jak zmiażdżone zwierciadło; wszystko odbijało się w kształtach potwornych, mnożąc się i potęgując za każdym nowym wstrząsem. Już w oczach Madzi Ada z anioła smutku stała się wielką damą znudzoną, która dziś bawi się duchami, wczoraj stowarzyszeniem kobiet, a onegdaj nią samą... Już pan Stefan z dobrego geniusza przerobił się w kapryśnego magnata, który nie tylko nie myśli zapełniać swojej fabryki niedołęgami, ale nawet – tolerować poglądów niezgodnych z jego chwilowym usposobieniem.

Świat ducha zgasł dla Madzi, gorzej, bo rozpłynął się w nicość. Została ziemia kirem okryta, a na niej tłum ludzi cierpiących nie wiadomo za co.

A ponieważ człowiek musi mieć jakiś cel, musi na czymś zahaczyć swoją uwagę, więc Madzia z energią rozpaczy poczęła zastanawiać się nad modnym hasłem: pracy dla przyszłych pokoleń.

„Nam jest źle, więc niech przynajmniej im będzie dobrze – myślała. – My albo nie mamy środków do nasycenia się życiem, albo trujemy się widziadłami przesądów; niech więc choć oni znajdą środki, których nam brakuje, i niech nie spotykają się z przesądami".

Ale dziwnym zbiegiem wydarzeń, zanim myśl ta mogła dojrzeć w duszy Madzi, już obalił ją mimo woli Dębicki fantastyczną opowieścią o potopie. I znowu stanęło przed nią pytanie: co warta ludzkość razem ze swą kruchą podstawą? Nie jest ona leśnym mrowiskiem, które może rozbić przebiegające zwierzę albo spróchniała gałąź?

W tej chwili z dawnych ideałów Madzia już nie posiadała żadnego: ani nieba, ani ziemi, ani wiary w bohaterów, ani modlitwy. Duszę jej rozbito, poszarpano i trzeba było długiego czasu, nim się to wszystko zabliźni. Tymczasem w Madzi potęgowało się rozdrażnienie i zaczął kiełkować egoizm cierpiących, których nic nie obchodzi prócz własnego cierpienia.

Patrząc na nią w tym nastroju, Ada Solska była pewna, że Madzia kocha się w Stefanie i – gniew ją chwytał na brata. Patrząc na Madzię, Helena Norska posądzała ją o miłość dla pana Kazimierza, uśmiechała się i mówiła w duchu:

„Cóż to za głupie stworzenie!".

Żadnej z tych pań nie przyszło na myśl, że nieszczęśliwa miłość nie posiada wyłącznego przywileju do szarpania serc ludzkich i że w człowieku może wybuchnąć niszcząca burza z powodów nie erotycznych, ale raczej metafizycznych…

Madzi potrzebny był odpoczynek, odpoczynek za wszelką cenę, odpoczynek w jakimś odludnym kącie, gdzie nie widywałaby panny Malinowskiej ani profesorów. Odpoczynek w takiej pustyni, gdzie nie mogłaby spotkać Mani Lewińskiej, która dziękując, upadła jej do nóg; gdzie nie potrzebowałaby po kilka razy na dzień widywać sztywnej i zimnej pani Gabrieli, niespokojnych spojrzeń Ady, przede wszystkim zaś – pana Stefana. Madzia czuła, że człowiek ten jest rozdrażniony, lecz wobec niej usiłuje nad sobą panować, i z największą trwogą domyślała się, że ona jest przyczyną tego stanu. Ona, ale dlaczego? Więc plotki i tutaj sięgały!

„Ach, gdyby już nadeszły wakacje!" – mówiła Madzia.

Widok Solskiego stawał się dla niej nieznośnym. Zaczęła bać się go jak chory człowiek śmierci. Chwilami zdawało się jej, że gdyby zostawiono ją z nim w pokoju sam na sam, wyskoczyłaby oknem.

Parę tygodni ciszy i samotności przywróciłoby równowagę w jej duszy. Ale ciszy nie było i być nie mogło. Nikt bowiem nie domyślał się nastroju Madzi, ona nie miała się przed kim zwierzyć, a fala życia toczyła się do przodu ze wszystkimi drobnymi niespodziankami i powikłaniami. Człowiek zdrowy i zadowolony nawet nie spostrzega tych codziennych wirów, wobec których rozstrojeni tracą głowę, a nieszczęśliwi toną.

Pewnej niedzieli w połowie czerwca do pokoju Madzi przyszła Ada, a wkrótce po niej Solski. Witając się z nim, Madzia spuściła oczy i zbladła; pan Stefan uważnie przypatrzył się jej i rzekł serdecznym tonem:

– Niedobrze pani wygląda, panno Magdaleno...

– Jestem trochę zmęczona.

– Więc niech pani rzuci pensję! – wybuchnął Solski. Ale opanowawszy się, dodał:

– Wreszcie... może być, że pani jest zmęczona, ale czasem wydaje mi się, że obok zmęczenia dostrzegam w pani coś innego... Aż boję się pomyśleć, że pani jest źle z nami...

W głosie jego był tak wielki żal, że w Madzi drgnęło serce.

– Gdzież mogłoby mi być lepiej? – szepnęła, rumieniąc się.

– Więc może pani czuje się niezdrową? – nalegał Solski. – Nie godzi się kryć przed nami, panno Magdaleno... Co powiedzieliby rodzice pani, dowiedziawszy się, że nie umieliśmy ustrzec cię... Co wreszcie ja sam byłbym wart – znowu wybuchnął – gdyby w naszym domu taki ukochany gość... cierpiał bez pomocy... Jeżeli pani pozwoli, Ada dziś jeszcze poprosi Chałubińskiego...

Madzia podniosła na niego zdziwione oczy. Szorstki, ale namiętny ton Solskiego zrobił na niej wrażenie. Zdawało się, że zaczyna opuszczać ją nieufność...

Nagle w przedpokoju zadzwoniono. Solski puścił rękę Madzi. Po chwili wszedł lokaj i podał Madzi bilet, mówiąc:

– Ten pan prosi... czy może się widzieć...

Madzia, spojrzawszy na bilet, zmieszała się tak, że oboje Solscy zdziwili się. Następnie podała pannie Solskiej kartkę, na której olbrzymimi literami było napisane: Miętlewicz.

– Kto to? – spytała Ada.

– Mój... to jest znajomy moich rodziców z Iksinowa...

– Wypada go przyjąć – rzekła Ada.

– Gdybyśmy przeszkadzali... – wtrącił Solski, przygotowując się do wyjścia i pełen niepokoju patrząc na Madzię.

W jego zgorzkniałym sercu zbudziło się podejrzenie.

– W czym państwo możecie mi przeszkadzać? – odpowiedziała Madzia. – Ale z góry przepraszam, jeżeli mój znajomy nie zrobi przyjemnego wrażenia. Jest to człowiek dobry, tylko... trochę znać na nim prowincję...

Na znak Ady lokaj wyszedł, a po chwili ukazał się pan Miętlewicz. Był tak samo, jak niegdyś, krótko ostrzyżony, miał sterczące wąsiki, piękny garnitur wizytowy i zamaszyste ruchy.

– Całuję rączki pani dobrodziejce! – zawołał energicznie od progu. – Uściski od rodziców, ukłony od całego Iksinowa... Pani doktorowa dobrodziejka miała zamiar przysłać kopę szparagów...

– Pan Miętlewicz – rzekła Madzia, prezentując nowo przybyłego.

– Solski – rzekł pan Stefan i podał mu rękę.

Zrozumiał przyczynę zmieszania Madzi, tym bardziej że gość, usłyszawszy jego nazwisko, zesztywniał i stracił zdolność mówienia.

– Jakże się pan miewa? – spytała Madzia, ściskając Miętlewicza za rękę. – Co nowego w Iksinowie?

Miętlewicz rzucił się na wskazane krzesło i kilka razy głęboko odetchnął. Potem ze spotęgowaną energią zaczął mówić jednym tchem:

– Ha, cóż? Czcigodni państwo doktorostwo oboje zdrowi, proboszcz i major także... Pan Zdzisław przysłał szanownym rodzicom dwa tysiące rubli...

– Doprawdy? – spytała uradowana Madzia.

– Słowo honoru! – prawił Miętlewicz. – Pan Zdzisław ma doskonałą posadę pod Moskwą: dziesięć tysięcy rubli rocznie... Był trochę niezdrowy, ale to już minęło...

– Wiem, pisał do mnie. A jak panu idą interesy?
– Wcale nieźle. Jestem narzeczonym panny Eufemii...
– Eufemii? – powtórzyła Madzia.
– Tak. Nawet przyjechaliśmy tu we troje: pani sędzina dobrodziejka, moja narzeczona i ja...
– Czy tak?
– Robimy wyprawę. Moje panie miały zamiar złożyć dziś wizytę szanownej pani, ale że właśnie musimy być wszyscy na obiedzie u państwa Korkowiczów...
– Korkowiczów?
– Tak – prawił Miętlewicz – bo to ja zorganizowałem panu Korkowiczowi sprzedaż jego piwa na całej naszej kolei, zatem...
– Ach, tak... A co więcej w Iksinowie?
– Wszystko po staremu, proszę pani dobrodziejki. Panna Cecylia w lipcu ma przejeżdżać do Jazłowca...
– Niech pan będzie łaskaw przypomnieć jej, że obiecała zatrzymać się u nas – wtrąciła Ada.
– Z całą przyjemnością – odparł Miętlewicz, kłaniając się. – Co by tu więcej powiedzieć państwu? Aha! Stary Cynadrowski umarł...
– Umarł? – powtórzyła Madzia tak szczególnym tonem, że Solski znowu zaczął zwracać na nią uwagę.
– Umarł podobno i ten aktor Sataniello – ciągnął Miętlewicz. – Zaś pan Krukowski – dodał, patrząc na Madzię z figlarnym uśmiechem – mieszka z siostrą w Wiedniu i podobno pisze do tutejszych gazet na pociechę...
– Mówi pan o panu Ludwiku Krukowskim? – rzekł nagle Solski.
– Tak jest – odparł, zrywając się z krzesła Miętlewicz. – Miałem zaszczyt być znajomym szanownego pana Ludwika i pochlebiam sobie...
– A rodzice spodziewają się mnie na wakacje? – spytała Madzia z rosnącym zakłopotaniem.

– Wcale nie! – odpowiedział pan Miętlewicz z jeszcze milszym uśmiechem i miną, która wprost przeraziła Madzię, tym bardziej że Solski wciąż przypatrywał się jej z uwagą.

Miętlewicz, któremu Madzia już nie zadawała pytań, ośmielony zachowaniem się Solskich, zaczął opowiadać o swym szczęściu. W ciągu ostatnich kilku miesięcy zakochał się na śmierć i życie w pannie Eufemii i przekonał się, że ona od dawna go kochała. W końcu zrobił wzmiankę, że interes z Korkowiczem przyniesie mu kilkaset rubli rocznie, że pani Korkowiczowa jest damą prawie tak dystyngowaną jak jego przyszła teściowa, pani sędzina, a wreszcie pożegnał najpierw Solskiego, potem Madzię, a potem Adę, obiecując, że jego panie nie omieszkają złożyć jutro swego uszanowania.

Gdy gość wyszedł wśród zamaszystych i niskich ukłonów, Solski nagle zapytał Madzię:

– Pani znała Ludwika Krukowskiego? Jest to trochę nasz kuzyn. Nie widziałem go od kilku lat, tylko... słyszałem o jakiejś jego miłosnej tragedii, gdzieś na prowincji... może nawet w Iksinowie?

Madzia patrzyła na niego jak zahipnotyzowana. W jej umyśle mieszały się wspomnienia panny Eufemii, śmierci Cynadrowskiego, oświadczyn pana Ludwika z dzisiejszą wizytą Miętlewicza i jej obecnym rozdrażnieniem...

– Pani znała Krukowskiego? – nalegał Solski.

– Znałam go bardzo krótko – odparła Madzia.

– Cóż to za dramat zdarzył mu się... zapewne w Iksinowie? – pytał Solski, nie spuszczając oka z Madzi.

– Jakieś... nieporozumienia... – cicho odparła Madzia, wstydząc się za pannę Eufemię.

– Jakież on na pani zrobił wrażenie?

– Mnie się zdaje, że jest to dobry człowiek... szlachetny... Wiesz, Adziuś – zwróciła się do panny Solskiej – to właśnie od siostry pana Ludwika mam tę bransoletę z szafirem... Dała mi ją w dzień wyjazdu, ale gdzie ja się w nią ubiorę!

Dotychczas rozdrażniony Solski nagle ochłonął. Jeżeli jego kuzyn miał jakiś miłosny dramat w Iksinowie, to nie z Madzią. Inaczej siostra pana Krukowskiego (którą znał jako osobę surową) nie ofiarowałaby Madzi prezentu.

Odzyskał dobry humor i zaczął żartować, że Madzia skazana jest na spędzenie z nimi całego lata, ponieważ rodzice wyrzekli się jej na wakacje. Żegnając się zaś z paniami, dodał (za co siostra zgromiła go wzrokiem), że pojedzie do Iksinowa i taką zrobi intrygę, iż rodzice wyrzekną się Madzi na zawsze.

– O, to się panu nie uda – odparła Madzia również nieco weselsza.

– Zobaczymy! – rzekł Solski, całując ją w rękę.

– Mój Stefku – przerwała żywo Ada – idź już do siebie i… myśl o załatwieniu spraw bieżących – dodała z naciskiem.

Solski, wróciwszy do siebie, chwycił się oburącz za włosy.

„Ależ ja szaleję! – myślał. – Jeżeli kogoś, to chyba jej nie powinienem podejrzewać… Nie, to musi się skończyć! Nasi krewni albo będą mieli mnie z nią, albo wcale nie będą mnie mieli…".

Podobne myśli nasunęły się i pannie Solskiej, gdyż po wyjściu brata rzekła:

– Albo mnie psuje się coś w głowie, albo nasz dom składa się z samych bzików…

Potem schwyciwszy Madzię za szyję, zaczęła ją całować i szeptać z niezwykłą czułością:

– Madziuś, ja widzę, że ciebie coś trapi… Otóż, jako bardziej doświadczona, mówię ci, że… nie trzeba nigdy upadać na duchu… Nieraz człowiek sądzi, że jest w położeniu bez wyjścia, a tymczasem po kilku dniach rzecz wyjaśnia się i przybiera jak najlepszy obrót…

Madzia patrzyła na nią zdziwiona. Ale panna Solska, zamiast wytłumaczyć zagadkowe słowa, prędko wyszła, unikając jej spojrzeń.

„Czego oni chcą? Co oni ze mną robią?" – pomyślała Madzia. Znowu ogarnął ją niepokój i nieprzeparta chęć opuszczenia domu Solskich.

Przy obiedzie nie było ani pana Stefana, ani ciotki Gabrieli, tylko Madzia z Adą. Obie panny rozmawiały monosylabami, a służba odnosiła ze stołu nietknięte półmiski.

Po kawie Ada znowu uścisnęła Madzię z jakąś gorączkową tkliwością i poszła na górę do ciotki Gabrieli. Spędziła z nią sam na sam godzinę, w ciągu której do uszu zawsze czujnej Edyty dochodził podniesiony głos jednej lub drugiej damy. Potem ciotka i siostrzenica rozpłakały się. Potem pani Gabriela, kazawszy zapuścić rolety, położyła się na szezlongu i opryskliwym tonem powiedziała Edycie, że chce być samą; Ada zaś z zaczerwienionymi oczami, ale uśmiechnięta, wyjechała do miasta.

Był to sądny dzień w pałacu. Służba szeptała, kryjąc się po kątach. Rozdrażniona Madzia dla uspokojenia się zaczęła przeglądać stare zeszyty uczennic i poprawiać już poprawione ćwiczenia.

Około siódmej w przedpokoju odezwał się niecierpliwy dzwonek elektryczny, potem szelest, rozmowa i – wbiegła panna Eufemia w jedwabnej sukni z długim ogonem. Była obwieszona mnóstwem bransolet i łańcuszków, z których przynajmniej połowa robiła wrażenie talmigoldu.

Zdawało się Madzi, że panna Eufemia wypiękniała, a przynajmniej utyła i urosła; tylko w kątach oczu ukazały się zmarszczki, ale bardzo delikatne.

– Jak się masz, najdroższa Madziu! – zawołała panna podsędkówna tonem, który nieco przypominał jej matkę.

Kilka razy ucałowała Madzię z wielką czułością i upadłszy na kanapkę, zaczęła mówić:

– Cóż to, nie ma pana Solskiego... (tu obejrzała się po pokoju i rzuciła okiem na drzwi sąsiednie). Podobno ma być fatalnie brzydki, ale to nic nie szkodzi... Wyobraź sobie, zostawiłam mamę u pani Korkowiczowej (bardzo się te panie pokochały),

a sama przyfrunęłam do ciebie na skrzydłach niecierpliwości...
Wiesz, wychodzę za Miętlewicza... Nieszczególna partia, ale dobry chłopak i tak mnie kocha, że beze mnie żyć nie może. Ach, ci mężczyźni! Formalnie tracą głowy wobec nas... Wyobraź sobie, że i u państwa Korkowiczów trafiliśmy na sercową epidemię... Ten młody pan Korkowicz, jakże mu tam?

– Bronisław – wtrąciła Madzia.

– Tak, Bronisław, powiedział, że się zastrzeli, jeżeli ojciec nie oświadczy się w jego imieniu o rękę jakiejś panny...

– Czy nie Heleny? – spytała Madzia.

– Tak, tak właśnie. Pani Korkowiczowa jest zrozpaczona i nawet z tego powodu ma do ciebie pretensję...

– O co?

– Czy ja wiem? – odparła panna Eufemia. – Tłumaczyła to obszernie mamie, ale Miętlewicz trzyma mię w takim oblężeniu, że nie mogę brać udziału w rozmowie. Ale... ale, moja Madziu, mam do ciebie prośbę...

– Słucham cię.

– Moja złota, może wyrobiłabyś Miętlewiczowi jaką dobrą posadę w cukrowni. Bo on wprawdzie ma dochody, ale ani wielkie, ani zbyt pewne... A przede wszystkim musielibyśmy mieszkać tak daleko od Warszawy, no... i od was.

– W jaki sposób mogę załatwić posadę panu Miętlewiczowi? – spytała trochę niecierpliwie Madzia.

Panna Eufemia spojrzała na nią obrażona.

– Przecież wyjednałaś miejsce Fajkowskiemu... Cecylii i jeszcze tam komuś...

– Przypadkiem – rzekła Madzia.

– Aaa... wiesz – odparła z godnością panna Eufemia – nigdy nie spodziewałam się, że mi odmówisz tej drobnostki... Byłybyśmy razem... No, ale widać nie życzysz sobie utrzymywać z nami stosunków dawnej przyjaźni... Szczęście ludzi zmienia... Zresztą nie mówmy o tym... Ja też mam dumę i wolałabym umrzeć niż narzucać się...

Madzia przygryzła usta; gadanina panny Eufemii sprawiała jej niemal ból fizyczny. Panna Eufemia także spostrzegła, że nie robi przyjemności swoją osobą, więc posiedziawszy kilka minut, ze źle ukrywanym gniewem pożegnała Madzię.

– Boże, wyrwij mnie stąd... – szepnęła Madzia po jej odejściu.

Zdawało jej się, że z odmętu wielkich zwątpień zaczyna spadać w błotnisty wir intryg i zawiści.

„Już i do Iksinowa doszły plotki, że jestem narzeczoną Solskiego – myślała z rozpaczą Madzia. – Trzeba stąd uciekać... uciekać jak najprędzej...".

Gdy jednak przypomniała sobie, że o tym postanowieniu musi porozmawiać z Adą i wyjaśnić przyczyny, dla których opuszcza ich dom, znowu straciła odwagę. Siły jej już wyczerpały się i była jak listek na wodzie, który płynie tam, gdzie niosą go fale.

Na drugi dzień Madzia od rana nie widziała Ady; gdy zaś około pierwszej wróciła z pensji, pokojówka przyniosła jej od pani Gabrieli list zapraszający na chwilkę rozmowy.

Madzię oblały ognie, a potem chłód. Koniecznie zdawało jej się, że ta rozmowa dotyczyć będzie plotek, jakie krążą o niej i o panu Solskim, i że dziś skończy się wszystko. Poszła na górę ze ściśniętym sercem, ale zdecydowana.

Zastała ciotkę Gabrielę w towarzystwie tej samej wiekowej pani, która w czasie świąt wielkanocnych zrobiła jej słodko-kwaśną wymówkę o to, że Ada nie chciała należeć do kwesty. Staruszka była w czarnej wełnianej sukni; przywitała Madzię z wielką powagą. Za to ciotka Gabriela, nie wiadomo z jakiej racji, pocałowała Madzię w czoło ustami zimnymi jak marmur.

Kiedy Madzia usiadła naprzeciwko obu pań, jak oskarżony naprzeciwko sędziów, ciotka Gabriela zaczęła:

– Chciałyśmy...

– To jest, ja prosiłam... – przerwała staruszka.

– Tak – poprawiła się pani Gabriela – hrabina chciała pomówić z panią o pewnej drażliwej kwestii...

Madzi zaćmiło się w oczach, ale wkrótce odzyskała przytomność. Staruszka utkwiła w niej okrągłe oczy i skubiąc czarną suknię, mówiła powoli:

– Pani zna pannę Helenę... Helenę...

– Norską... – podpowiedziała ciotka Gabriela.

– Tak, Norską – ciągnęła staruszka. – Zna pani jej stosunek do naszego Stefana?

– Tak... – szepnęła Madzia.

– I zapewne słyszała pani, że rodzina Stefana, a właściwie – ja, nie życzymy sobie, żeby Solski żenił się... z panną Norską... Madzia milczała.

– Otóż, droga pani – mówiła staruszka nieco łagodniejszym tonem – czuję potrzebę usprawiedliwić się przed panią, dlaczego byłam przeciwna wprowadzeniu do naszej rodziny panny Norskiej...

– Czy pani życzy sobie, żebym jej to powtórzyła? – spytała zaniepokojona Madzia, nie rozumiejąc powodu osobliwych zwierzeń.

– Nic mi nie zależy... Znam tę panienkę tylko z fotografii, no... i z reputacji – odparła staruszka. – Chcę się tylko przed panią usprawiedliwić...

– Żebyś, drogie dziecko, nie miała fałszywego wyobrażenia o naszych stosunkach rodzinnych – wtrąciła ciotka Gabriela.

Jakaś błyskawica rozświetliła umysł Madzi i przez chwilę zdawało się jej, że te kobiety nie mają względem niej nieprzyjaznych zamiarów. Objawienie to jednak minęło szybko, pogrążając Madzię w pomroce jeszcze głębszej. Nic nie rozumiała... nic – czego od niej chcą obie damy. Owszem, zaczęła lękać się, że z powodu owych plotek wyrządzą jej jakąś obelgę.

– Pozwoli pani – mówiła staruszka, a sinawe usta niekiedy drgały jej i palce coraz szybciej skubały wełnianą suknię. – Pozwoli pani, że będę zupełnie szczerą... Szczerość, moim zdaniem, winna być podstawą ludzkich stosunków...

– Proszę panią hrabinę – odparła Madzia, śmiało patrząc w okrągłe oczy, które mroziły jej serce.

– Stefan – ciągnęła dama – jest dobrą partią. Nawet gdyby nie miał tego nazwiska i majątku, jaki posiada, jeszcze byłby mile widziany w naszym towarzystwie i mógłby tu znaleźć żonę. Bo i my także znamy się na zaletach rozumu i serca, których nieszczęście polega na tym, że jest ich zbyt mało…

Otóż, panno Magdaleno, jeżeli Stefan zasługiwałby na nasz szacunek, nawet będąc biednym i nieznanym, jeżeli nawet w tym wypadku miałby prawo znaleźć żonę w sferze właściwej, to chyba nie zdziwisz się, panno Magdaleno, że dla takiego, jakim jest dziś, chcielibyśmy znaleźć żonę niepowszednią…

– Majątek nic nie znaczy – wtrąciła pani Gabriela.

– Nie mów tak, Gabrielo, nie trzeba nikogo w błąd wprowadzać, nawet przez grzeczność – odparła staruszka. – Majątek, nazwisko i stosunki znaczą bardzo wiele. Jeżeli więc wybrana przez Solskiego kobieta nie posiada tych warunków bytu, musi je wynagrodzić zaletami osobistymi: rozumem, sercem, a przede wszystkim – miłością i poświęceniem…

– Zatem, która je posiada… – odezwała się pani Gabriela.

– Ale panna Norska nie posiadała ich. O ile wiem, jest to egoistka, która chce zrobić karierę za pomocą piękności i kokieterii… Sama przecież mówiłaś mi, że nawet już zaręczywszy się ze Stefanem, przyjmowała hołdy innych mężczyzn, co w ogóle jest nieprzyzwoite, a w tym wypadku było niegodziwe.

– Och! – westchnęła pani Gabriela.

– Więc kończę – mówiła staruszka, wciąż patrząc na Magdalenę, a sine usta drgały jej coraz częściej. – Byłam przeciwna tej… pannie Helenie nie tylko dlatego, że nie miała majątku ani nazwiska, ale dlatego, że – nie kochała Stefana, lecz siebie. Żona Stefana, pojęta przez niego w tych warunkach, zawdzięczałaby mu wszystko, więc i wszystko powinna mu poświęcić… Wszystko – nie wyłączając własnej rodziny… Tylko taką kobietę moglibyśmy przyjąć…

– No, to byłoby zbyt surowe żądanie – zaprotestowała pani Gabriela. – Stefan nie stawiałby takiego...

– Ale my możemy – odparła energicznie staruszka. – Mielibyśmy prawo przyjmować u siebie panią Helenę Solską, a nie przyjmować jej brata, ojczyma i matki, gdyby żyła...

Madzia nie zdawała sobie sprawy, w jakim celu mówią to do niej. Przeczuwała czy podejrzewała osobistą zniewagę i w jej gołębim sercu zakipiał gniew.

– Czy więc uznaje pani moje powody, dla których... – spytała staruszka.

– Uznaję, pani! – przerwała Madzia. – Był czas, że radziłam Helence, żeby wyszła za pana Solskiego... Zdawało mi się, że oboje znajdą w tym szczęście... Ale gdybym dziś miała prawo mówić z nią o tej kwestii, powiedziałabym: słuchaj, Heleno, dla ubogiej panny lepsza jest śmierć niż świetne małżeństwo... Bo najgorszego człowieka, kiedy leży w trumnie, otacza szacunek... a tu... spotka cię tylko pogarda...

Madzia wstała z krzesła i ukłoniła się obu paniom. Staruszka spojrzała na nią z niepokojem, a ciotka Gabriela zawołała:

– Nie zrozumiała nas pani, panno Magdaleno... Moja kuzynka nie...

– Owszem – odparła Madzia i wyszła z pokoju.

Kiedy wzburzona znalazła się w swoim gabinecie, wybiegła do niej Ada, mówiąc z uśmiechem:

– Co, poznałaś bliżej naszą cioteczną babcię? Prawda – jaki to oryginalny zabytek! Ale co tobie, Madziuś?

Madzia chwyciła ją za ręce i, ściskając konwulsyjnie, rzekła:

– Daj mi słowo, że nie rozgniewasz się. Daj słowo, to cię o coś poproszę...

– Ależ daję ci słowo, że wszystko zrobię, co zechcesz – odparła zdziwiona panna Solska.

– Adziuś... ja wyprowadzę się stąd... – szepnęła Madzia.

Słowa te w pierwszej chwili nie zrobiły wrażenia na Adzie.

Wzruszyła lekko ramionami i pociągnąwszy Magdalenę do kanapki, na której usiadły, zapytała spokojnie:

– Co to znaczy? Bo nie przypuszczam, żeby ktoś obraził cię w naszym domu.

– Nikt mnie nie obraził – mówiła gorączkowo Madzia – ale ja muszę... muszę stąd wyjść... Już dawno chciałam ci to powiedzieć, lecz brakowało mi odwagi... Dziś jednak czuję, że dłużej...

– Ależ, co to jest? Ja ciebie nie rozumiem i... prawie nie poznaję... – odparła Ada, z niepokojem przypatrując się Madzi.

– Czy myślisz, że ja sama siebie poznaję? Coś się ze mną stało... Wszystko w mojej duszy połamane, poprzestawiane, zniszczone... Doprawdy, że nieraz budzę się w nocy i pytam: czy to ja jestem?

– Więc jesteś rozdrażniona albo chora... Ale co my jesteśmy temu winni?

– Wy – nic... Byliście dla mnie dobrzy jak nikt na świecie – mówiła Madzia, klękając i opierając się na kolanach Ady... – Ale ty nie wiesz, ile ja tu przeżyłam, ile tu strasznych wspomnień zostało. Kiedy jestem w mieście, jestem spokojna... kiedy wrócę tu, zdaje mi się, że w każdym pokoju, w każdym zakątku widzę moje myśli, które mnie ranią jak sztylety...

Więc pozwól mi stąd odejść, Adziuś... – szepnęła ze łzami. – Pomyśl, że błaga cię człowiek rozciągnięty na łożu ognistym...

Panna Solska wzdrygnęła się.

– Pozwól przynajmniej, żebym cię odwiozła do rodziców – rzekła.

– Po co? Mam tu robotę, której nie mogę porzucać... Zresztą, czy wzięłaś mnie od rodziców? Przyszłam do was z miasta i powrócę do miasta.

Ada zamyśliła się.

– Nie rozumiem... nic nie rozumiem! – mówiła. – Wskażże mi jakiś rozsądny powód twojej ucieczki...

– Czy ja wiem? – odparła Madzia. – Zapytaj leśnego zwierzęcia: dlaczego ucieka z parku, albo sosnę, dlaczego usycha w oranżerii? Nie jestem w swoim otoczeniu, więc boli mnie każdy drobiazg... każda plotka...

– Ach, plotka! – przerwała Ada. – Moja droga, nie mamy prawa więzić cię, ale... musisz chyba pogadać jeszcze ze Stefanem...

Madzia zakryła twarz rękami.

– Nie masz pojęcia, jakbym chciała uniknąć tej rozmowy... Ale wiem, że tak być musi...

Panna Solska, patrząc na Madzię, pokiwała głową.

– Zaraz ci go tutaj przyślę – rzekła, wychodząc.

Była jednak spokojniejsza.

W kilka minut ukazał się pan Stefan. Usiadł obok Madzi, która płakała, i zapytał łagodnym tonem:

– Gdzie pani chce zamieszkać?

– U panny Malinowskiej albo u którejś z pań należących do naszego stowarzyszenia – odparła Madzia, obcierając oczy.

– W tym tygodniu – mówił zniżonym głosem Solski – pojadę do rodziców pani prosić o jej rękę.

Madzi oczy obeschły. Przytuliła się do kanapki i zawołała, drżąc:

– O... niech pan tego nie robi! Na miłość boską...

Solski zaczął wpatrywać się w nią.

– Chcę prosić o rękę pani – powtórzył.

– To być nie może! – odparła z przestrachem.

– Nie chce pani zostać moją żoną? Wiem, że jestem brzydki, mam wiele wad...

– Jest pan najszlachetniejszym człowiekiem, jakiego znam – przerwała Madzia. – Tyle pan zrobił dla mnie dobrego... tyle jestem panu winna...

– Ale żoną moją...

– Nigdy! – zawołała Madzia z wybuchem rozpaczliwej energii.

– Więc chyba kocha pani innego? – spytał Solski, ani na chwilę nie podnosząc głosu.

Madzia oddychała prędko, szarpała chustkę w rękach, wreszcie, rzuciwszy ją na kanapkę, odparła:

– Tak.

Solski podniósł się.

– W takim razie – rzekł zawsze tym samym tonem – przepraszam... Nigdy nie śmiałbym wdzierać się w cudze prawa...

Ukłonił się i wyszedł spokojnie, równym krokiem, tylko pociemniały mu oczy i pobladły usta.

Gdy stanął w swoim gabinecie, wybiegł mu naprzeciw Cezar; podskoczył i oparł mu potężne łapy na piersiach. Solski usunął się i kopnął psa.

– Won!

Cezarowi zaiskrzyły się oczy, błysnęły zęby i groźnie warknął na pana. Solski stracił władzę nad sobą: porwał z biurka stalowy metr i z całej siły uderzył psa w głowę.

Cezar upadł na dywan. Dreszcze wstrząsnęły jego ogromnym ciałem, z nozdrzy popłynęło nieco krwi. Skurczył łapy, wyprostował się i skonał.

Solski zadzwonił. W drzwiach ukazał się dyżurny lokaj i na widok leżącego psa osłupiał.

– Co się stało, jaśnie panie? – wyjąkał.

– Wynieś go stąd!

Blady ze strachu służący ujął za przednie nogi jeszcze ciepłego trupa i wyciągnął na schody, a potem na dół.

W parę minut weszła do brata Ada.

– Już rozumiem wszystko! – rzekła zirytowana. – Wracam od ciotki Gabrieli, gdzie dowiedziałam się, że hrabina wyłożyła Madzi traktat o obowiązkach młodej panienki, która wychodzi za Solskiego... No, i mówi ciotka, że było to za jaskrawe... Cóż, widziałeś się z Madzią?

Solski, trzymając ręce w kieszeniach patrzył w okno. Na pytanie zaś siostry odparł po chwili.

– Już widziałem się i... dostałem kosza...

– Ty?

– Ja. Od panny Brzeskiej – dodał ciszej.
– To jakieś nieporozumienie...
– Wszystko jest jasne – odparł. – Ona kocha innego...
– Kogo?
– Nie namyślaj się, a zgadniesz.

Panna Solska wstrzymała oddech i spuściła oczy...

– Co to jest? – spytała zmienionym głosem, spostrzegłszy krew na dywanie.

– Zabiłem Cezara.

– Ty zabiłeś? – krzyknęła Ada.

– Szczeknął na mnie.

– Zabiłeś... za to, że szczeknął? – powtórzyła Ada, powoli zbliżając się do brata.

Na chwilę skrzyżowały się ich spojrzenia. W oczach Solskiego tliła się jeszcze nieukojona wściekłość; w oczach Ady zapaliło się coś na kształt buntu.

Pan Stefan odwrócił głowę i znowu patrzył w okno.

– Wyjeżdżam dziś na wieś – rzekł. – Może i ty chcesz?

– Nie – odparła krótko i opuściła gabinet.

Kiedy panna Solska wróciła do Madzi, zastała ją skuloną na kanapie w tym samym miejscu, gdzie pożegnał ją pan Stefan. Była bardzo blada, a z oczu wyglądał żal i trwoga.

– Puścisz mnie, Adziuś? – szepnęła Madzia, błagalnie patrząc na przybyłą.

– Nie mam prawa sprzeciwiać się – odparła Ada. – Ale przynajmniej zostań u nas, dopóki nie znajdziesz mieszkania.

– Dziś znajdę... jest dopiero trzecia...

– Rób, jak chcesz – rzekła panna Solska, nie podnosząc oczu.

Madzia rzuciła się przed nią na kolana i całując jej ręce szeptała:

– Gniewasz się? Pogardzasz mną? O, gdybyś wiedziała, jak jestem nieszczęśliwa!

Panna Solska pocałowała ją w czoło i podniosła z klęczek.

– Jestem tak odurzona – mówiła do Madzi – że nie mogę zebrać myśli. Nie śmiem w tej chwili robić ci żadnych propozycji... Gdybyś jednak kiedy potrzebowała moich usług... pamiętaj...

Rozpłakały się obie. Potem Madzia przemyła oczy i ubrała się z zamiarem wyjścia do miasta.

Kiedy jeszcze raz pożegnawszy Adę, stanęła u drzwi, panna Solska, jak przebudzona, zapytała:

– Powiedz mi... U Korkowiczów było ci bardzo źle, a jednak żałowałaś ich...

– Tak... U Korkowiczów było mi źle, ale – tamto mogłam znieść... U ciebie było mi lepiej niż w domu, ale... już mi sił brakuje...

Ukłoniły się sobie i Madzia zniknęła w przedpokoju.

Około szóstej wieczór, kiedy kareta Solskiego wyjechała na ulicę, Madzia wróciła do swojego dawnego mieszkania. Spakowała rzeczy i opuściła dom Solskich z tą samą starą walizą, którą przywiozła z Iksinowa.

Nikt jej nie pożegnał, służba ukryła się. Tylko stróż zawołał dorożkę, a szwajcar zniósł jej walizę z taką miną, jakby nigdy nie widywał Madzi.

O ósmej wieczór do gabinetu Ady przyszła ciotka Gabriela ze staruszką hrabiną.

– Cóż to – rzekła staruszka, usiadłszy na fotelu – słyszę, że macie do mnie pretensję z powodu panny Brzeskiej?

– Pretensji nie! Ale nie stało się tak, jak być mogło, a mogło być dobrze – odparła Ada.

– Moja Adziu – mówiła staruszka z miną spokojną, nawet zadowoloną. – Ty jesteś emancypantką, Stefan poetą, a Gabriela kocha was aż do słabości, więc we troje ułożyliście plan, może bardzo ładny dla teatru, ale niepraktyczny w życiu. Pomyśl sama: czy miałoby sens małżeństwo – Solskiego z guwernantką? Przez miodowy miesiąc byłoby im doskonale, potem – on znudziłby się nią, ona byłaby nieszczęśliwa, a na wasz dom spadłaby nowa rodzina, o której nie macie pojęcia...

– Są to, o ile wiem, uczciwi ludzie – wtrąciła Ada.

– Ależ, co to za odpowiedź... – mówiła staruszka. – Co innego uczciwi ludzie, a co innego sfera towarzyska, która nigdy by ich nie przyjęła do siebie. Tak, jak się stało, jest najlepiej i winszuję – sobie, że byłam szczerą, a tej panience, że okazała tyle ambicji... Jeżeli naturalnie poza tym wszystkim nie ukrywa się coś trzeciego.

– Krzywdzi babcia podejrzeniami niewinną dziewczynę – zaprotestowała Ada.

– Wcale nie, moje dziecko. Ale jestem już tak stara, że nie ufam ludziom, których nie znam od dzieciństwa. Wy zaś na przyszłość będziecie mieli naukę, że nie należy szukać nawet znajomości nie we właściwej sferze.

I tak dalej prawiła staruszka, ale Ada nie słuchała. Z goryczą myślała, że jej brat zabił Cezara, a później... o tym człowieku, dla miłości którego Madzia wyrzekła się małżeństwa z Solskim!

„Jak ona go musi kochać..." – powtarzała w duchu.

28. Co robi mędrzec, a co plotkarz?

W ciągu tygodnia Solski wrócił ze wsi. Służba zebrała się na powitanie w przedsionku, kamerdyner wprowadził pana do pokoi.

Przebierając się, Solski pytał:
– Panna Ada w domu?
– Jest, jaśnie panie, w laboratorium.
– A ciotka?
– Panią hrabinę głowa boli.
– Migrena?
– Tak, jaśnie panie.

Solski pomyślał, że jednak ciotka musi żałować cudownej lekarki, która dotknięciem rąk usuwała migrenę.

Ubrawszy się, posiedział z kwadrans w gabinecie, czekając na Adę. Ale ponieważ siostra nie pokazywała się, poszedł do niej.

Schylona nad mikroskopem, panna Solska przerysowywała jakiś egzemplarz porostu. Zobaczywszy brata, podniosła się i przywitała go, ale bez zwykłych uniesień.

– Jakże się miewasz? – spytała, robiąc w duchu uwagę, że brat opalił się i nabrał zdrowszej cery.

– Doskonale – odparł. – Dziesięć godzin na dobę spałem, a przez czternaście nie zsiadałem z konia. Zrobiło mi to bardzo dobrze.

– Dzięki Bogu.

– Ale ty wyglądasz mizernie – mówił pan Stefan. – Wróciłaś, widzę, do dawnych robót... Zdaje mi się jednak, że twoje laboratorium jest jakby obdarte? Aha, usunięto kwiaty... A gdzież kanarki? – dodał z uśmiechem.

Siostra surowo spojrzała na niego i wróciła do mikroskopu.

– Słuchaj, Ada – rzekł Solski – nie rób takich min! Wiem, o co ci idzie: o Cezara... Zrobiłem podłe głupstwo i dużo bym dał, żeby wskrzesić hardego psa, ale... już za późno...

Twarz Ady złagodniała.

– Widzisz – rzekła siostra – jak to niedobrze unosić się! Przecież ty byłbyś zdolny w gniewie zabić człowieka...

– Oh... no! Istotnie przez chwilę zdawało mi się, że zwariowałem! Ale trzeba mieć moje szczęście... Odtrącony... odtrącony przez takiego gołąbka jak panna Magdalena... I jeszcze dla kogo? Dla takiego hultaja jak pan Kazimierz. Kobiety stanowczo mają nienormalne mózgi...

Pannie Solskiej upadł na ziemię ołówek. Podniosła go i rzekła:

– Czy wiesz nowinę? Hela Norska wychodzi za młodego Korkowicza.

– Przecież za starego wyjść nie może, bo jeszcze żonaty – spokojnie odparł Solski. – Młody Korkowicz? Wcale trafny wybór. Blondyn, tęgi chłop i ma głupią minę; powinien być dobrym mężem.

– Cieszę się, że cię to nie wzruszyło.

– Ani odrobiny. Powiadam ci: koń i świeże powietrze wywołują cudowne skutki. Wyjeżdżając, byłem zdenerwowany jak histeryczka, a dziś tak jestem spokojny, że wszystko mnie bawi. Najgłośniej śmiałbym się usłyszawszy, że – na przykład – panna Magdalena wychodzi za Norskiego, który po odbyciu świętej spowiedzi nawrócił się i obiecał nie grywać w karty...

Ada tak pilnie zajęła się swoim rysunkiem, że nie odpowiadała bratu. Pan Stefan okrążył stół, spojrzał siostrze w oczy i chmurny wysunął się z pracowni.

Obszedł pokoje Ady, jakby szukając czegoś; na chwilę zatrzymał się przede drzwiami, za którymi tydzień temu mieszkała Madzia. Nawet dotknął klamki, ale cofnął się, a potem zbiegł na dół do biblioteki.

Obok okna siedział w fotelu Dębicki nad notatkami.

– Dzień dobry, profesorze! Cóż nowego?

Matematyk podniósł niebieskie oczy, potarł czoło i po namyśle odparł:

– Mamy nowy transport książek...

– Ach! – przerwał Solski, niecierpliwie machając ręką. – Jeżeli profesor zawsze takie będziesz miał nowości, to niedługo na tym fotelu zasnują cię porosty pielęgnowane przez moją siostrę! Cóż to za szczególny kryminał, ten nasz dom! – mówił pan Stefan, chodząc. – Jedno stęka na migrenę, drugie rozmyśla nad nowym transportem książek, a trzecia, najlepsza, bo dwudziestoletnia dziewczyna, zdobywa zeza przy mikroskopie w oranżerii, która w tej chwili przypomina piec ognisty...

Ach, te baby... te baby! Czy i za czasów profesora grasowała między nimi jaka epidemia podobna do emancypacji?

– Nie przypominam sobie – odpowiedział Dębicki. – Za moich czasów łatwiej było o mężów i o chleb; kobiety nie potrzebowały uganiać się za pracą na zewnątrz domu; mniejsza liczba ich prowadziła życie nienormalne, więc rzadziej dopuszczały się ekscentryczności.

– Zawsze były głupie i złe! – mruknął Solski.

– Trafiały się, trafiały! – potakiwał Dębicki.

– Ale nie trafiały się, tylko wiecznie i wszystkie były głupie i złe! – wybuchnął Solski. – Cóż to za podła rola na świecie! – mówił z rosnącą goryczą. – Handlarz, który chwyta cię za poły, obiecuje złote góry, byleś tylko wszedł do jego kramiku, a gdy chcesz wejść – słyszane rzeczy? – zaczyna się targować! Robi takie miny, jakby wyświadczał ci łaskę, każe na kolanach błagać o swój towar, nakłada bajeczne ceny... A ledwie cię złapał na dobre, już zaczyna oglądać się za drugim nabywcą... To jest kobieta; nigdy nie zapełniona beczka Danaid, w której topią się szlachetne uczucia, wielkie rozumy, no i grube pieniądze...

Dębicki machnął ręką.

– Wy także licha warci! – rzekł. – Jednego dnia jesteście najszczęśliwsi, gdy kobieta pozwoli wam całować nogi, a drugiego narzekacie, że pochłania wam rozum i pieniądze. Biegacie jak psy za mięsem i każdy chce ją posiadać, a gdy wreszcie odda się jednemu, warczycie na nią wszyscy.

– Kochany profesorze – przerwał Solski – znasz się na formułach jak nikt inny, ale pozwól, że ja... lepiej znam się na kobietach. Widziałem dumne, które lekceważyły książąt, a sprzedały się piwowarczykom... Patrzyłem na dobre i bogate, które, zamiast oddać serce i majątek opłakiwanej przez siebie cierpiącej ludzkości, marnują pieniądze na doświadczenia naukowe, którymi uczony nie połata słomianki do butów... Znałem anioły niewinności i geniusze rozsądku, które zamiast podać rękę człowiekowi uczciwemu – wolały pójść za błaznem, który nie zdobędzie się nawet na tytuł kryminalisty... Natura zastawia pełno zasadzek na człowieka, a jedną z nich jest kobieta; w chwili kiedy zdaje ci się, że znalazłeś lepszą połowę własnej duszy, spada ci zasłona i widzisz – co? Manekin, któremu błyszczą oczy i śmieją się wilgotne usta... To już nie pańskie formuły, profesorze, którym można ufać jak słowu Bożemu... To wiecznie żywy fałsz, spowity w blaski i kolory mydlanych baniek. Zamiast klękać przed cudownym widzeniem, pluń, a poznasz, jaka zrobi się z tego rzeczywistość.

– Nie rzucałbyś się tak – odparł Dębicki – gdybyś zamiast na niefortunnych doświadczeniach oparł się na faktach ogólnych. Wariatki i wariaci, kokietki i donżuani, handlarki wdzięków i handlarze honoru – wszystko to są przygodne zboczenia, nie zaś – prawo...

– Ciekawe...

– Kobieta – mówił Dębicki – przede wszystkim jest i musi być matką. Jeżeli chce być czymś innym: mędrcem, za którym szeleści jedwabny ogon, reformatorem z obnażonymi ramionami, aniołem, który uszczęśliwia całą ludzkość, klejnotem domagającym się złotej oprawy, wówczas – wychodzi ze swej roli i kończy na potworności albo na błazeństwie. Dopiero gdy występuje w roli matki, a nawet wówczas, gdy dąży do tego celu, kobieta staje się siłą równą nam albo i wyższą od nas. Jeżeli cywilizacja jest godnym podziwu gmachem, kobieta jest wapnem, które spaja pojedyncze cegły i robi z nich masę jednolitą. Jeżeli ludzkość jest siecią, która wyławia ducha z natury, kobiety są w tej sieci węzłami. Jeżeli życie jest cudem, kobieta jest ołtarzem, na którym spełnia się cud.

– Za naszą pomocą – wtrącił Solski.

– Nie ma się czym chwalić! Gdzie jak gdzie, ale w tej sprawie jesteście aroganckimi dodatkami, które nawet nie rozumieją swojej roli. Kiedy trzeba wkopywać się o tysiąc metrów pod ziemię, żeglować o tysiące mil od lądu, kuć żelazne belki, pod deszczem kul wydzierać z gardła zwycięstwo, błąkać się jak sęp ponad zawrotnymi przepaściami natury i ducha – mężczyzna jest w swoim żywiole. Ale tam, gdzie chodzi o rodzenie, karmienie i wychowanie: górników, żeglarzy, wojowników i myślicieli, tam jednej delikatnej kobiety nie zastąpi legion pracowników, bohaterów i mędrców. Jej łono mądrzejsze od was wszystkich.

Tu zaczyna się nieporozumienie, które byłoby komicznym, gdyby z jego powodu nie popełniono tylu krzywd. Od kilkuset lat nie ma sztubaka, który by wierzył, że – ziemia jest środkiem świata; ale jeszcze dziś najbardziej wykształceni mężczyźni wyobrażają sobie, że – ich rozmaite apetyty są środkiem społeczeństwa.

Mężczyzna – prawił Dębicki jednostajnym głosem – który zaprzągł ogień do swoich wozów, ujarzmił wołu, a z dzika zrobił domową świnię, idąc za rozpędem triumfów, wierzy w to, że i kobieta – powinna być jego własnością. Że jej myśl to nie – czyjaś myśl, ale – moja myśl; że serce kobiety to nie jakieś inne serce, ale – moje serce, które wolno mi ranić i deptać, ponieważ mam drugie na zapas – we własnej piersi.

Dziecinne złudzenie! Kobieta nigdy nie należała, nie należy i należeć nie będzie do mężczyzny; nigdy nie będzie oddaną mu całkowicie, czego od niej wymagamy; nigdy nie będzie jego własnością. Kobieta i mężczyzna to dwa światy, jak Wenus i Mars, które widzą się nawzajem, ciążą ku sobie, ale nigdy się nie przenikną. Wenus dla Marsa nie opuści swej drogi ani kobieta dla mężczyzny nie wyrzeknie się swoich przeznaczeń. I jeżeli kobiety są czyjąś własnością, to bynajmniej nie naszą; one należą do swoich rzeczywistych czy możliwych potomków.

Gdyby świat męski zrozumiał, że kobieta nie jest dopełnieniem mężczyzny, ale – odrębną i samodzielną potęgą, która niekiedy łączy się z nim dla spełnienia odległych przeznaczeń, nie słyszelibyśmy wybuchów męskiej pretensji. Kobieta, mówiłeś, to jest kupiec, który ciągnie nas za poły do swego kramiku, a potem drogo każe sobie płacić... Mylisz się. Kobieta jest to siła, która posługuje się tobą do wyższych celów, no... i ma prawo żądać, żebyś na spółkę z nią ponosił koszty skutków...

Obłęd wasz – mówił po namyśle Dębicki – jest tak wielki, że nie tylko uważacie kobietę za rodzaj domowego zwierzęcia przeznaczonego do specjalnych waszych uciech; obłęd ten sięga dalej. Jest w kobietach siła, która pozbawia was rozumu, woli, godności osobistej... Siłą tą jest wdzięk wytryskający z natury kobiecej jak kwiat z drzewa albo światło z ognia. Wdzięk kobiecy jest jednym z najbardziej skomplikowanych zjawisk natury i obok mnóstwa warunków zewnętrznych wymaga przede wszystkim swobodnego rozwoju natury kobiecej.

Wam się ten cud podoba; więc pomimo że żaden z was nie potrafi stworzyć tęczy ani kwiatu, macie jednak bezczelność wymagać, żeby kobieta – była dla was pełną wdzięku w każdej chwili. Czy jest biedną aż do zimna i głodu, czy jest smutną aż do łez, czy jest chora, skrępowana, wylękniona – was to nie obchodzi, bo ona dla was zawsze powinna być pełną wdzięku!

A ponieważ łatwiej oszukać męską głupotę niż zmusić naturę, więc stworzyliście sobie całe kategorie, całe dziedziny sztucznych wdzięków i mistyfikacji. Gdy zaś kiedy przez niezręczność kobiet na chwilę odzyskujecie rozsądek, zaczynacie wrzeszczeć wniebogłosy: to manekin! to mydlana bańka, na którą trzeba plunąć!

– A ja, Stefku – kończył Dębicki, grożąc palcem – radzę ci: nie pluj! Bo, widzisz, między mydlanymi bańkami może naprawdę zdarzyć się promień tęczy, którego ślina nie dosięgnie...

Solski chodził po bibliotece rozgorączkowany. Nagle zatrzymał się przed Dębickim i zapytał:

– Profesor widział się z panną Brzeską?
– Widziałem.
– I cóż?
– Nic. Mieszka tymczasem na trzecim piętrze, gdzie ledwo się wdrapałem i dostałem bicia serca. Ale wygląda przytomniej niż u was na pierwszym...

– Dlaczego ona wyprowadziła się od nas? – spytał Solski.
– Mój kochany, ja dziwię się, że ona tu tak długo siedziała – odparł profesor. – Przecież ta kobieta opuściła rodziców, żeby nie mieszkać za darmo i nie żywić się u nich... Z jakiej więc racji miałaby przyjmować od was dobrodziejstwa? Zresztą – nie znam powodu, tylko się domyślam... Mogę się mylić...

– Przypuszczasz pan – mówił coraz bardziej podniecony Solski – że dlatego bywała zirytowana w ostatnich czasach?

– I tego nie wiem, ale to jest prawdopodobne. Zdaje się też, że pewien wpływ na jej usposobienie wywarł ten... Norski swoim wykładem ateizmu...

– Podlec!
– Nie ma się o co gniewać... Tacy apostołowie bywają niekiedy użyteczni jak proszek na wymioty.

Solski kręcił się, strzelał z palców, pogwizdywał...

Nagle znowu stanął przed Dębickim i rzekł:

– A profesor wiesz, że oświadczyłem się pannie Brzeskiej?
– Coś słyszałem od twojej siostry.
– Odrzuciła mnie, wiesz pan o tym?
– W podobnych wypadkach pannie służy prawo: albo przyjąć oświadczyny, albo odwlec z odpowiedzią albo odrzucić. Czwartej kombinacji nie widzę – odparł Dębicki.

– Owszem, jest czwarta! – wybuchnął Solski. – Mogła jeszcze kazać memu lokajowi, żeby wyrzucił mnie za drzwi...

– To byłaby forma nieprzyjęcia.

– Paradny jest profesor ze swymi kategoriami! Ja mówię, że mnie sponiewierano dla szulera i błazna, a on – wylicza, która to może być kombinacja!

– Co to za błazen? – spytał profesor.

– Naturalnie, że Norski... Panna kocha się w nim do szaleństwa...

Dębicki wzruszył ramionami.

– Czy i o tym wątpi profesor?

– Nie wątpię, ja wcale się tym nie zajmuję. Tylko – znam pannę Brzeską dwa lata i dotychczas nie spostrzegłem w niej warunków do zakochania się. Przypuszczam, że inni kochają się w niej. Ale ona!

Solski tarł czoło w zamyśleniu.

– Ona nie kocha się w nikim? – rzekł. – Istotnie byłoby to ciekawe! Ale na czym profesor opiera swoje przypuszczenie?

– Na prostych faktach. Będąc pensjonarką, notabene wzorową uczennicą, panna Brzeska musiała pracować osiem do dziesięciu godzin na dobę. Jak tylko skończyła pensję, została damą klasową, co odpowiada dziesięciu godzinom pracy umysłowej na dobę, nie licząc zajęć obowiązkowych. Obecnie mieszkając w waszym domu, pracowała na pensji albo dla pensji znowu z dziesięć godzin; prócz tego mocno interesowały ją sprawy towarzystwa kobiet, mnóstwo cudzych interesów, wreszcie... kwestia nieśmiertelności duszy. Młoda panna, która tak dużo pracuje, nie może rozwijać się pod względem erotycznym. A tym bardziej musi być zacofaną, jeżeli zajmuje się, a nawet martwi kwestiami religijno-filozoficznymi.

– Cóż to przeszkadza?

– Bardzo przeszkadza. Siły ludzkie, fizyczne i duchowe, podobne są do kapitału, który możemy stale wydawać na rozmaite potrzeby. Jeżeli ktoś posiada trzydzieści rubli miesięcznie i wydaje takowe na żywność, mieszkanie, odzież, książki i wspieranie innych, to już nie ma na muzykę i teatr. Jeżeli więc młoda kobieta cały zasób rozporządzanej energii zużywa na wyczerpującą pracę umysłową, na troszczenie się o bliźnich, a nawet o systemy filozoficzne, więc skąd może mieć siły na kochanie się do szaleństwa? Choćby ten ktoś był nie panem Norskim, ale aniołem.

– Nie przyszło mi to na myśl! – rzekł jakby do siebie Solski tonem żalu.

– Muszę dodać – wtrącił Dębicki – że mój sąd odpowiada tym faktom z życia panny Brzeskiej, które znam. Kto inny, znający ją mniej dokładnie albo dokładniej niż ja, mógłby wyrobić sobie inną opinię. W zjawiskach bardzo złożonych, jakimi są: biologiczne, psychiczne i społeczne, dziesięć punktów, czyli faktów, wyznacza zupełnie innego typu krzywą niż pięć faktów. Z tego powodu w wymienionych naukach trzeba ciągle odwoływać się do obserwacji, gdyż czysta dedukcja prowadzi do fałszywych rezultatów.

– Ach, cóż to za pedanteria! – oburzył się Solski. – Kiedy we mnie serce zamiera z trwogi, że potępiłem niewinną, on wykłada logikę! Bywaj zdrów, profesorze... Twoja mądrość robi wrażenie piły, która piłuje żywego człowieka.

Uścisnął Dębickiemu obie ręce i wrócił do siebie rozdrażniony w wysokim stopniu. Profesor zaś, poprawiwszy się na fotelu znowu zaczął przeglądać notatki.

Od tej pory Solski nie zajmował się cukrownią: nie zwoływał sesji, nie odbierał i nie wysyłał listów i depesz, nie rozmawiał z technikami. W przedpokoju pana Stefana drzemali lokaje, na próżno oczekując rozkazów; a tymczasem ich władca chodził tam i z powrotem po wszystkich pokojach domu i – tęsknił.

Dawniej kilka razy widział Madzię powracającą z pensji; więc teraz, między pierwszą i trzecią w południe, nie mógł oprzeć się manii spoglądania przez okna na podwórze. Co dzień o tej porze ogarniał go niepokój i zdawało mu się, że lada chwila zobaczy Madzię, która może choć przez pomyłkę wbiegnie do dawnego mieszkania.

Niekiedy zakradał się do pokoi, które niegdyś zajmowała; siadał na fotelu przed jej biurkiem, patrzył na drzwi wejściowe i słuchał: czy nie odezwie się dzwonek? Ale dzwonek milczał i Madzia nie ukazywała się na pałacowym dziedzińcu.

„Dlaczego ona nie przychodzi do nas?" – myślał i natychmiast dawał sobie odpowiedź. Nie przychodzi – ponieważ w tym domu obrażono ją. Jego krewna, najpoważniejsza osoba w rodzinie, zamiast przygarnąć Madzię, o co ją prosił, zapowiedziała pannie, że dla związku z Solskim musi wyrzec się własnej rodziny!

A on sam... czy lepiej postąpił? Żyd z chłopem o konia targują się godzinę, a tymczasem on chciał wytargować żonę, duszę ludzką – w ciągu paru minut. Bo dłużej nie trwała rozmowa z Madzią; a jakim on tonem przemawiał?

– Co ja zrobiłem? Co ja zrobiłem! – powtarzał Solski, chwytając się za głowę.

Raz około drugiej po południu zerwał się i pobiegł w stronę domu, w którym mieściła się pensja panny Malinowskiej. Chodził z kwadrans po ulicy, minął gromadę pensjonarek powracających z lekcji, ale Madzi nie zobaczył.

„Oszalałem? – myślał. – Żaden paź nie krążył tak nieśmiało około córki królewskiej jak ja około guwernantki!".

Zakipiała w nim duma i przez jeden dzień znowu zajmował się cukrownią. Zwołał sesję, wysłał kilka listów, ale wieczorem – wymknął się pod dom, gdzie mieszkała Madzia.

Pokój jej na trzecim piętrze był oświetlony, okno otwarte. W chwili gdy Solski patrzył tam z drugiej strony ulicy, muślinowa firanka wydęła się jak żagiel, w który wiatr uderzył.

– Ktoś do niej wszedł – rzekł do siebie. – Ale kto?

I zazdrość szarpnęła go za serce.

Nazajutrz cały ranek rozmyślał: dlaczego Ada nie była u Madzi? Posprzeczały się? Chyba nie. Więc co? Były przecież najserdeczniejszymi przyjaciółkami...

Nagle stanął na środku pokoju, zaciskając pięści.

„Może Ada naprawdę kocha się w tym Norskim? Kilka miesięcy mieszkali razem w Zurychu... Norski odwiedzał Adę prawie co dzień... Razem odbywali wycieczki... Potem coś zaszło między nimi...".

– Aaa! – jęknął Solski.

Na myśl, że jego siostra kocha się w panu Kazimierzu i może być rywalką Madzi, Solski poczuł, że chce bić głową o ścianę, wybiec na ulicę, krzyczeć... Wściekłość padała mu na mózg.

Ten Norski... blagier... i karciarz zabierał mu i siostrę, i Madzię!

Po gwałtownym wybuchu równie nagle ogarnął pana Stefana spokój.

– Zdaje się, że temu kawalerowi strzelę kiedyś w łeb – rzekł do siebie.

Pod wieczór zebrała się sesja techników i plenipotentów po to tylko, żeby zaznaczyć, że budowa cukrowni idzie dobrze. Na murach lada dzień trzeba stawiać dachy; kotły i maszyny już odpłynęły z Gdańska do Warszawy; koła wodne są gotowe i nie było nieprzewidzianych wydatków.

Solski słuchał roztargniony, a gdy członkowie sesji zaczęli rozchodzić się, dał znak Zgierskiemu, żeby został.

Pulchny człowieczek uśmiechnął się, zgadując, że będzie miał poufną konferencję. A jako dyplomata zaczął zastanawiać się, o co może być zapytany. O pannę Helenę Norską? O Madzię? Może o sprzedaż cukrowni? Może o to, co w mieście mówią o Solskim? Może o to, co mówią o przyczynach wyprowadzenia się Madzi z ich domu? A może też o to, co publiczność sądzi o pannie Adzie Solskiej, która niedawno – była emancypantką, potem została spirytystką, a dzisiaj jest mizantropką i nie pokazuje się nikomu?

Solski usiadł na fotelu i podsunął gościowi pudełko z cygarami. Pan Zgierski wziął jedno, ugniótł w palcach, obciął, a spod oka wciąż patrzył na drzwi. Drżało w nim serce na myśl, że mogą przynieść cudowne wino Solskich, które pan Zgierski nadzwyczajnie lubił, i – bał się go. Lubił, gdyż było dobre, a bał się, gdyż bardzo rozwiązywało mu język, nawet za bardzo.

Gdy tak wahał się między nadzieją i trwogą, Solski zapytał:
– Cóż nowego?

Zgierskiemu czarne oczki zmniejszyły się do rozmiaru iskierek. Z miodowym uśmieszkiem pochylił głowę do ziemi i rzekł:
– Panna Norska wychodzi za Bronisława Korkowicza… ślub ma odbyć się w Częstochowie za parę tygodni… Dlatego pan Kazimierz zerwał z siostrą…

– Ciekawy jestem, czy panna Helena zaprosi mnie na wesele? Jest to jedyny wypadek, z powodu którego mógłbym ubawić się parę godzin w salonach pani Korkowiczowej.

– Czy mogę jej o tym powiedzieć? – spytał z rozkoszną minką Zgierski. – Chociaż nie! – dodał. – Zanadto zmartwiłaby się panna Helena, usłyszawszy, że jej mściwy cios tak mały zrobił efekt…

– A za cóż ona się mści? – rzekł Solski, ziewając.

– Nieszczęsna pomyłka! – westchnął Zgierski. – Mówiono, że panna Helena wierzyła, do chwili wyprowadzenia się stąd panny Brzeskiej, że…

– Że co?

– Że pan odwrócił swoje względy od niej, to jest od panny Heleny, a zaszczycił… pannę Magdalenę…

– Aaa! – mruknął Solski, obojętnie wytrzymując migotliwe spojrzenia Zgierskiego. Po chwili zaś dodał:

– Ambitne dziecko z panny Brzeskiej. Nie sypiała po nocach i chudła, wyobrażając sobie, że moja siostra wyświadcza jej łaskę.

Umilkł i znowu odezwał się:

– Ambitne, ale dobre dziecko. Rozweselało nasz dom, nawiasem mówiąc, nudny… Leczyło migrenę mojej ciotki… Miła dziewczyna… Szczerze byłbym zadowolony, gdyby moja siostra potrafiła w sposób możliwy do przyjęcia zabezpieczyć jej przyszłość… Bo i cóż to za los biednych nauczycielek!

Zgierski stropił się.

– Panna Magdalena – rzekł szybko – nie potrzebuje lękać się o przyszłość. Jej brat, dyrygujący kilkoma dużymi farbiarniami pod Moskwą, ma znaczne dochody i robi majątek. Ona zaś otrzymała zapis w Iksinowie wynoszący kilka tysięcy rubli...
– Od kogo?
– Od jakiegoś majora...
– Od majora? – powtórzył Solski. – Za co?
Pan Zgierski podniósł brwi, spuścił oczy i wzruszył ramionami.
Solski doznał uczucia, jakby mu ktoś odwrócił głowę i wskazał nowy widnokrąg. Prawie – zabolało go w szyi.
– Skąd pan o tym wie? – zapytał Solski.
– Bawiła tu jakaś pani sędzina z Iksinowa z córką i przyszłym zięciem.
– Ach! – szepnął Solski.
– Poznałem te damy u państwa Korkowiczów i dowiedziałem się kilku szczegółów...
– Ciekawe! – rzekł Solski. – Co jej mogły zarzucić?
– Głupstwa! Obie panie, no i pani Korkowiczowa, nie mogą darować pannie Brzeskiej niewinnej kokieterii...
– Kokieterii?
– Och, która kobieta jej nie posiada! – uśmiechnął się Zgierski. – W każdym razie z tego powodu panna Brzeska musiała opuścić dom państwa Korkowiczów...
– Myśmy ją stamtąd siłą zabrali – wtrącił Solski.
– Tak... tak... ale... Z tego też jakoby powodu panna Brzeska wyjechała z Iksinowa...
– Aż takie szerzyła spustoszenia! – roześmiał się Solski.
– Naturalnie głupstwa... parafiańszczyzna... – mówił Zgierski. – Bądź co bądź trafiło się, że jakiś urzędnik pocztowy w Iksinowie zastrzelił się... Nazywał się oryginalnie: Cynadrowski...
– Cynadrowski? Cynadrowski? – powtórzył Solski, już nie ukrywając wzruszenia. Oparł łokcie na poręczach fotelu, zasłonił rękami oczy i szepnął: – Cynadrowski? Aha! aha!

Przypomniał sobie zmieszanie Madzi wówczas, kiedy zameldowano Miętlewicza. Przypomniał sobie ich rozmowę, w ciągu której gość z Iksinowa wspomniał i o majorze, i o śmierci jakiegoś Cynadrowskiego, co bardzo zmieszało Madzię...

– Aha! aha! – powtórzył Solski, odgrzebując w pamięci wizytę Miętlewicza, która już wówczas robiła na nim podejrzane wrażenie.

Zgierski spostrzegł, że jego wiadomości może zbyt silnie podziałały na Solskiego. Ukłonił się nisko i na króciutkich nóżkach potoczył się za drzwi.

„Więc panna Magdalena już ma przeszłość? – myślał Solski. – Ba! i nawet dramatyczną... Więc już było i strzelanie sobie w łeb? To tak w rzeczywistości wygląda niewinne dziewczątko, które według Dębickiego nie miało czasu myśleć o sprawach erotycznych! A to kochany profesor zna się na kobietach... Chociaż... Dlaczego on zakończył swój wyczerpujący odczyt frazesem, że kto by znał dokładnie pannę Brzeską, mógłby wyrobić sobie o niej inną opinię? – Aha! Sprytny staruszek...".

Solski zerwał się z fotelu i zaczął chodzić po gabinecie prawie wesoły. Czasem w mgnieniu oka błysnęła mu myśl, że to, co Zgierski opowiadał o Madzi, wygląda niewyraźnie i może być plotką. Była nawet krótka chwila, że chciał to sprawdzić... Zaraz jednak nasunął mu się cały szereg uczuć i powodów zagłuszających te zamiary.

Przede wszystkim, jakim on sposobem sprawdzi i po co? Może ma zaprosić na pogawędkę pana Fajkowskiego, prowizora z Iksinowa, i klepiąc go po ramieniu, przy kieliszku wina ostrożnie wypytywać: jak to tam było z zapisem majora dla panny Brzeskiej? Nie, pan Stefan Solski tego nie zrobi. On tego ani potrafi, ani chce rozszerzać koła demokratycznych znajomości, które już stanęły mu kością w gardle.

Dzisiaj wszystko jest jasne. Urocza Madzia jak wszystkie kobietki oszukiwała ród męski bądź dla wyzyskania go, bądź – ot tak sobie. Dzięki temu zakłóciła spokój browarów pana Korkowicza, a w Iksinowie pchnęła kogoś do samobójstwa (zapewne bez zamiaru), no – i zdobyła kilka tysięcy rubli może już z zamiarem...

Zamieszkawszy u Solskich, zaprotegowała do cukrowni pana Fajkowskiego, który mógł zaszkodzić jej wzmiankami o iksinowskich historiach. Widząc zaś, że jej filantropia robi dobre wrażenie, zaczęła kokietować jego, Solskiego, litością i współczuciem. Praca na pensji, przywiązanie do Ady, leczenie migren ciotki, zajmowanie się służbą pałacową – wszystko to było kokieterią!

Nagle wpadł do Warszawy jakiś pan Miętlewicz, jego narzeczona z matką i – panna Brzeska, poznawszy, że może być zdemaskowana – dramatycznie usuwa się z ich domu! Czyn roztropny, gdyż w tydzień później może dano by jej do zrozumienia, że – powinna się usunąć.

Solski, chodząc, przygryzał wargi i uśmiechał się. Świeża teoria o charakterze Madzi wprawdzie szwankowała na pewnych punktach, ale za to była jasna i odpowiadała jego poglądowi, że – kobiety są podłe.

Więc uwierzył w nową teorię; zamykał oczy na wątpliwe szczegóły i wierzył. Za swoją miłość idealną, za zranioną dumę, za wszystkie głupstwa, jakich dopuścił się dla panny Brzeskiej, za tęsknotę, która żarła mu serce, musiał przecież mieć satysfakcję. Więc uwierzył, że Madzia – jest przewrotną kokietką.

Nazajutrz poszedł do mieszkania siostry zmizerniały, ale i zdecydowany.

– Ada – rzekł – pojedziesz ze mną za granicę?
– Po co? – spytała siostra.
– Rozerwać się... odetchnąć świeżym powietrzem... Już denerwują mnie warszawskie upały, no – i ludzie...
– Gdzie chcesz jechać?
– Wstąpię na kilka tygodni do Winternitzu, potem w góry... potem nad morze... Jedź ze mną, Ada, bo i tobie dobrze zrobi hydropatia...
– Ja wyjadę na wieś – chłodno odpowiedziała siostra.

W parę dni później, a dwa tygodnie po wyprowadzeniu się Madzi, pałac Solskich opustoszał. Ada z ciotką Gabrielą tudzież z kolekcją mchów i porostów przeniosła się na wieś, a pan Stefan wyjechał za granicę.

Służba odetchnęła. W ostatnich dniach życie w pałacu było nieznośne. Państwo prawie nie widywali się ze sobą, a pan tak był rozdrażniony, że nawet stary kamerdyner drżał na jego widok.

29. W nowym gnieździe

W pewnym domu przy ulicy drugorzędnej, ale ruchliwej, bezdzietna wdowa, pani Burakowska, utrzymywała rodzaj pensjonatu dla kobiet. Zajęła połowę trzeciego piętra, na którym znajdowało się jedno większe mieszkanie złożone z kilku pokoi i kuchni tudzież kilku pokoików z osobnymi wejściami.

Pani Burakowska pokoiki te wraz z usługą wynajmowała sublokatorkom, które stołowały się u niej. A ponieważ znała się na gospodarstwie i miała dużą kuchnię, więc jeszcze kilka osób z miasta przychodziło do niej na obiady.

Tych lokatorek, stołowniczek i stołowników było razem ze dwadzieścia osób. Pani Burakowska miała ciężką pracę, ale miałaby też i niezły byt przy nich, gdyby nie drobna okoliczność. Oto Opatrzność pobłogosławiła panią Burakowską bratem, starszym o rok, i siostrą, młodszą o kilkanaście lat.

Siostra, panna Klotylda Pasternakiewiczówna, posiadała sto jeden przemysłów. Znała szewstwo, introligatorstwo, haft, malowała na porcelanie, grała na fortepianie, wyrabiała ramki z paciorków, wieńce ze skóry i – szyła bieliznę. Wszystkie te jednakże kunszty, pomimo gorliwej pracy, przynosiły jej zaledwie dziesięć rubli na miesiąc.

Znacznie starszy brat, pan Wacław, był praktyczniejszy: nie robił nic, ale za to ciągle szukał zajęcia, co zmuszało go do spędzania czasu w cukierniach i restauracjach.

Mąż pani Burakowskiej, obywatel ziemski, zmarł przed pięcioma laty i pozostawił dobra, z których wdowa otrzymała trzy tysiące rubli gotówką.

Gdyby nie siostra posiadająca sto jeden kunsztów i nie brat, który znał tylko jeden kunszt: próżnowania, może pani Burakowska przy swoim pensjonacie utrzymałaby w całości owe trzy tysiące rubli, a może dołożyłaby coś do nich.

Ale przy obowiązkach, jakie na nią spadły, majątek pani Burakowskiej się nie powiększył. Owszem, starannie prowadzone rachunki dowodziły, że w ciągu czterech lat samodzielnej pracy pani Burakowska utraciła ze swego kapitaliku tysiąc dwieście rubli. Pozostałe tysiąc osiemset rubli powinna była stracić w ciągu następnych sześciu lat, po czym...

Potem – myślała, że dobry Bóg ześle na nią śmierć, a sam zaopiekuje się młodszą siostrą, arcypracowitą i posiadającą sto jeden kunsztów, tudzież starszym bratem, który poszukiwał zajęcia.

Gdyby ktoś wszedł do pokoju tej kobiety wówczas, gdy robiła wieczorny rachunek, gdyby zajrzał w jej mózg przepełniony gospodarskimi kombinacjami i w serce pełne trwogi, może pomyślałby:

„O jaki nędzny jest los kobiety samodzielnej i w jak bezceremonialny sposób płeć zwana słabą jest wyzyskiwana przez mężczyzn...".

Ale ponieważ nikt nie robił rachunków z panią Burakowską i nikt nie widział jej zalęknionego serca, więc wyobrażano sobie, że damie tej jest rozkosznie na świecie. Miała dobry humor, wynajdywała co tydzień inne potrawy na obiad, kręciła się po mieszkaniu, po kuchni i po pokojach z oddzielnymi wchodami od szóstej rano do północy, więc – czegóż było jej potrzeba?

U pani Burakowskiej od dwóch lat mieszkała kasjerka ze składu aptecznego, która miała czterdzieści rubli miesięcznej pensji i pracę od ósmej rano do ósmej wieczór z wyjątkiem godziny na obiad. Po dziesięciu latach zajęcia, przy którym nie było czasu myśleć o sobie, panienka ta jednego dnia poczuła, że jest jej jakoś niedobrze i...

I kiedy otrzeźwiono ją (w pokoju za składem aptecznym), zobaczyła nad sobą jegomościa z siwymi wąsami, który tłumaczył jej, że musi na parę miesięcy wyjechać na świeże powietrze.

Była zdziwiona tym, że zamiast przy kasie znalazła się w pokoju za składem aptecznym, że sam właściciel składu aptecznego prosił ją, aby wyjechała na świeże powietrze. A ponieważ dano jej urlop i obietnicę, że posady nikt nie zajmie, więc w początkach czerwca przeniosła się na wieś do swojej ciotecznej siostry, której nie widziała od jedenastu lat.

Tam przyjęto ją życzliwie i oświadczono, że przed końcem lata nie wypuszczą jej do Warszawy. Kasjerka ze składu aptecznego nie mogła wydziwić się, że przez ten czas, kiedy ona za kantorkiem odbierała kwity i pieniądze lub wydawała reszty, cioteczna jej siostra nie tylko wyszła za mąż, nie tylko miała ośmio- i dziewięcioletnie dzieci, ale nawet – jakby postarzała się...

Kasjerce zajętej od ósmej rano do ósmej wieczór przyjmowaniem pieniędzy i wydawaniem reszty podobne zmiany w życiu nigdy nie przychodziły na myśl. Nie mogła wymyśleć: jakim sposobem tak nagle starzeją się ludzie i wyrastają dzieci? Chociaż od dziesięciu lat była kobietą samodzielną, a nawet urzędnikiem składu aptecznego!

Z powodu wyjazdu kasjerki na wieś, u pani Burakowskiej był w korytarzu jeden wolny pokój z osobnym wejściem. A ponieważ kobiety należące do stowarzyszenia panny Howard popierały się wzajemnie jak Żydzi, więc w kilka godzin po opuszczeniu Solskich Madzia za pośrednictwem pani Zetnickiej osiedliła się pod skrzydłami pani Burakowskiej.

Z bijącym sercem nie ze zmęczenia, ale ze strachu, Madzia wdrapała się na trzecie piętro nowego mieszkania. W korytarzu uderzył ją zapach kuchennych przypraw; w przedpokoju usłyszała turkot maszyny do szycia, a w salonie, będącym zarazem jadalnią, zobaczyła – szczupłą szatynkę, samą panią Burakowską, której wręczyła kartkę pani Zetnickiej.

- Pani chce u nas zamieszkać? - spytała pani Burakowska, wycierając grubym fartuchem zatłuszczone ręce.

- Tak, proszę pani.

- Mamy tu jeden pokoik z osobnym wejściem, a także z usługą i całodziennym utrzymaniem za trzydzieści trzy ruble na miesiąc.

- Owszem, proszę pani, jeszcze dziś zapłacę.

- Doprawdy? Co za szkoda! - westchnęła pani Burakowska. - Bo ten pokoik (z meblami) będzie wolny tylko do sierpnia...

- Trudno, proszę pani - rzekła Madzia.

Maszyna do szycia nie przestawała warczeć.

W tej chwili do salonu (który był zarazem pokojem jadalnym) wszedł przystojny brunet mogący mieć około czterdziestu kilku lat. Spojrzał na Madzię okiem znawcy i rzekł półgłosem do pani Burakowskiej:

- Moja droga, nie masz pół rubla drobnych? Bo ja mam sturublówkę, a muszę spotkać się w Saskim Ogrodzie...

- Mój brat... Pasternakiewicz, panna Brzeska... - zaprezentowała ich pani Burakowska, wydobywając ze starej portmonetki pół rubla małymi dziesiątkami i wielkimi miedziakami.

Madzia zarumieniła się, pan Pasternakiewicz ukłonił się z miną człowieka, który idzie wymienić sturublówkę. W drugim pokoju maszyna do szycia wciąż warczała, a po mieszkaniu rozchodził się zapach kuchennych sosów.

Madzia tego samego dnia sprowadziła się do pokoju z osobnym wejściem, a gdy otworzyła okno na ulicę, dobiegł ją z sąsiedniego pokoju stłumiony szmer maszyny do szycia.

Położyła się na krótkim łóżku, ale nie mogła zasnąć do drugiej w nocy. Skoro świt usłyszała, że pan Pasternakiewicz już wrócił z Saskiego Ogrodu do domu, choć z jego stąpania nie można było odgadnąć, czy zmienił sturublówkę.

Wkrótce potem w sąsiednim oknie znowu zerwał się warkot maszyny do szycia, przy której panna Pasternakiewiczówna zarabiała dziesięć rubli miesięcznie, pomimo że znane jej było szewstwo, introligatorstwo i haft, że malowała na porcelanie, grała na fortepianie, wyrabiała ramki z paciorków tudzież wieńce ze skóry.

Przez parę następnych dni Madzia była odurzona, ale w sposób przyjemny. Zdawało jej się, że wróciła z dalekiej podróży i że jej pobyt u Solskich skończył się bardzo, o! bardzo dawno. Nowy lokal, trochę ciasny, robił na niej wrażenie bezpieczniejszego. W pokoiku, za którego drzwiami biegali ludzie, dokąd z okna dolatywał szmer uliczny, Madzia mniej bała się komety, o której mówił Dębicki, i nie miała czasu myśleć o wiekuistym nicestwie.

Pokoik ten leżał jakby w ognisku powszedniego życia. Od rana po korytarzu kręciły się służące albo przekupnie z koszami mięsa i jarzyn. Słychać było swąd samowaru, czyszczenie garderoby, roznoszenie kawy i herbaty. Potem lokatorki pani Burakowskiej wybiegały do swoich zajęć na miasto, a służące porządkowały ich mieszkania. Potem pani Burakowska krzyczała na kucharkę lub urywanymi zdaniami rozmawiała z nią o tym, co będzie na obiad.

Na korytarzu zaczęły rozchodzić się swędy przedobiadowe, a od pierwszej do trzeciej zbierali się stołownicy i stołowniczki i znowu rozbiegali się do swych zajęć. Tymczasem o trzy piętra poniżej okna, na ulicy, słychać było nieustający szmer nóg, turkot dorożek, powozów, wozów piekarskich, rzeźniczych, transportowych... Czasem rozległ się głośniejszy okrzyk, czasami przejechał karawan, ale tak prędko, jak gdyby nieboszczyk nie był zimnym trupem i nicością, lecz interesantem, który śpieszy na cmentarz.

Co za różnica pomiędzy tym gwarnym zakątkiem a samotnymi salonami Solskich, gdzie milcząca służba ukazywała się i znikała jak cienie, gdzie człowiek lękał się szelestu własnych kroków i ze wszech stron oblany pustką, odczuwał śmierć i nicość.

Trzeciego dnia Madzia, będąc na pensji, spostrzegła, że tym razem uczennice są bardzo zajęte jej osobą, a nauczycielki i profesorowie witają się i rozmawiają z nią w sposób niezwyczajny. Nawet panna Malinowska, w czasie przerwy, zabrała Madzię do swego pokoju i rzekła:

– Cóż to, wyprowadziła się pani od Solskich?

– Tak.

– I odrzuciła pani oświadczyny Solskiego?

Madzia milczała.

Panna Malinowska wzruszyła ramionami i dodała:

– Jakie ma pani plany na wakacje?

– Zostanę w Warszawie.

– Chce pani kilka dobrych lekcji?

– Bardzo byłabym wdzięczna...

– Dam je pani... No, no! Nie każda kobieta zdobyłaby się na podobny heroizm... Odrzucić Solskiego... Doprawdy wygląda to jak sen... – mówiła panna Malinowska.

Gdy około drugiej Madzia wracała do domu, na schodach zabiegła jej drogę panna Żaneta. Obejrzała się na wszystkie strony i, schwyciwszy się za poręcz, szepnęła z minką bardziej niż kiedykolwiek wystraszoną:

– Coś ty, Madziu, zrobiła najlepszego? Biedny Fajkowski teraz już z pewnością nie dostanie miejsca przy cukrowni!

– Dlaczego? – spytała Madzia, widząc, że pannie Żanecie zbiera się na płacz. – Czy za to, że ja wyprowadziłam się od Ady, ma pokutować twój narzeczony? Zastanów się... Pan Solski jest tak szlachetny, że danego słowa nigdy nie cofnie.

– Tak myślisz? – odparła cicho panna Żaneta i na jej wylęknionej twarzyczce ukazał się odblask radości. – Ale zrobiłaś głupstwo... Jak można nie wyjść za Solskiego!

„Nie mówiłabyś tak – pomyślała Madzia – gdybyś znała jego ciotkę, a przede wszystkim babkę. Brr! Umarłabym między tymi kobietami...".

Na ulicy jednak ogarnął ją strach. Czy Solski nie zechce mścić się na osobach, którym ona wyjednała posady?

„Nie zrobi tego" – rzekła do siebie. I przyszło jej na myśl, że Solski jest naprawdę dobrym człowiekiem. A w takim razie, czy powinna była odrzucić go, jeszcze w taki szorstki sposób?

Madzia jadała obiady u pani Burakowskiej z drugą serią gości. Było tam kilka nauczycielek, jedna buchalterka, stary urzędnik, wreszcie student, który kończył zdawać egzaminy. Wszyscy ci ludzie jedli pełnymi łyżkami, a rozmawiali półgębkiem, każdy bowiem spieszył się do pracy. Tylko student, który z powodu braku pieniędzy poprzestawał na półobiedzie, jadł powoli, usiłując wielkimi ilościami chleba wynagrodzić małe porcje. Jego zapadnięte policzki i głęboko osadzone oczy odbierały Madzi apetyt. Nie mogła opędzić się przed myślą, że los biednego chłopca byłby może innym, gdyby ona nie zerwała stosunków z Solskimi!

Madzia piła czarną kawę, gdy doniesiono, że w jej mieszkaniu czeka jakaś dama.

„Ada..." – przebiegło jej przez głowę.

Z biciem serca weszła do swego pokoju i zastała – pannę Howard, która na widok Madzi, zerwawszy się z krzesła, szeroko otworzyła ramiona. Była podobna do krzyża przy drodze.

– Witam! – zawołała panna Howard. – Witam podwójną bohaterkę...

Potem, chwyciwszy Madzię w objęcia, mówiła z wybuchem zapału:

– Uwielbiam cię, panno Magdaleno... – Jednym zamachem zdeptałaś magnata i – mężczyznę... Tak, gdyby wszystkie kobiety postępowały w podobny sposób, sprowadziłybyśmy mężczyzn do właściwego poziomu... Zarozumiałe zwierzęta! Twój piękny czyn godny jest demokratki i kobiety samodzielnej...

Następnie, uspokoiwszy się, panna Howard opowiedziała Madzi, że Solski po jej odmowie wpadł w taką wściekłość, że zabił swego psa.

– Zabił Cezara? – powtórzyła Madzia, blednąc. – Skąd pani wie o tym?

– Był u mnie wczoraj plenipotent Solskiego... wie pani... Bardzo przyjemny człowiek, w średnim wieku...

– On ma trochę nogi... – wtrąciła Madzia.

– Tak – przerwała panna Howard – ma nieco... ekscentryczne nogi, ale – bardzo miły człowiek... Przyniósł dla naszego towarzystwa miesięczną składkę panny Solskiej, sto rubli...

Przyznam ci się, panno Magdaleno – dodała po chwili, widząc cień na twarzy Madzi – że sturublówki panny Solskiej upokarzają mnie... Szczególniej dziś, po twoim pięknym czynie... I powiem ci, że nigdy tak nie pogardzam magnatami jak wówczas, kiedy muszę przyjmować ich ofiary... Ale cóż zrobię? Wydatki towarzystwa rosną...

Panna Howard zamyśliła się posępnie. Po chwili jednak czoło jej zaczęło się rozchmurzać i mówiła dalej z uśmiechem.

– Szczególny człowiek ten plenipotent Solskich... Pięknym nie można go nazwać, ale – ma coś w oczach... Jest wdowcem... Kiedy do mnie przyjdzie, przesiaduje po kilka godzin. Zaprowadził mi książki rachunkowe i udziela pożytecznych wskazówek. Myślę, że jeżeli nad nami, kobietami, ciąży klątwa, żebyśmy wychodziły za mąż, to powinnyśmy wychodzić tylko za takich...

Ale ci dumni panowie, ci władcy świata – prawiła panna Howard podniesionym głosem – oni nie powinni nigdy zaznać słodyczy małżeńskiego pożycia... Ach, panno Magdaleno, doskonale zrobiłaś, odtrącając Solskiego, którego widok napełniał mnie obawą i wstrętem... Jakie to musi być zwierzę namiętne i ponure... Czysty inkwizytor! Ha! ha! ha! Chciał zjeść ładną kobietę jak ostrygę, a tu – klap! I dostał po łapkach... Zdawało mu się, że skromna nauczycielka wobec jego bogactw zapomni o godności kobiecej...

Panno Magdaleno – zawołała, zrywając się – postąpiłaś jak Joanna d'Arc z tym... nienasyconym triumfatorem. No, bądź zdrowa! Jeżeli będziesz kiedy potrzebowała lekcji, daj mi znać i pamiętaj, że masz przyjaciółkę, która cię podziwia... Podli mężczyźni!

Długo jeszcze po odejściu panny Howard Madzia czuła zamęt w głowie. Zdawało jej się, że gorliwa apostołka praw kobiecych składa się z dwóch osób. Jedna nienawidzi magnatów, druga przyjmuje od nich ofiary; jedna pogardza mężczyznami i małżeństwem, druga – być może wyszłaby za mąż.

„Cóż to za okrutnik ten Solski! – rzekła do siebie Madzia. – Zabił Cezara...".

Potem przyszło jej na myśl, że jeżeli na pannie Howard krzywonogi plenipotent Solskich wywarł tak potężny wpływ, iż gotowa była wyjść za niego, to z jakiej racji Solski nie miałby zasługiwać na przywiązanie kobiety?

„Nigdy nie powiedział, że mnie kocha!" – szepnęła rozdrażniona Madzia.

Lecz nagle przypomniała sobie, że Solski robił więcej, gdyż spełniał każde jej życzenie. A jak on z nią rozmawiał, jak patrzył na nią, jak całował ją w rękę...

Teraz dopiero w sposób niejasny zaczęło budzić się w duszy Madzi pytanie: czy dobrze zrobiła, odrzucając Solskiego? Ale stłumiła je, oburzona sama na siebie.

W korytarzu rozlegały się stąpania: trzecia seria stołowników pani Burakowskiej wracała z obiadu. W sąsiednim pokoju maszyna do szycia zaczęła warczeć, zapach przypalonego tłuszczu wzmocnił się, a jednocześnie Madzia usłyszała głos pani Burakowskiej lamentujący:

– Patrzcie, kot zjadł cielęcy kotlet! Mój Boże, mój Boże... czy tu podobna dojść do czego? Gość stłukł talerz, Marianna złamała warząchew, kot zjadł mięso... Ach, nieszczęście... ach, nieszczęście z wami!

Madzi przyszło na myśl, że w tym domu wszystko obraca się naokoło cielęcego kotleta. Za tym kotletem biegają służące do miasta, na ten kotlet spieszą stołownicy, dla tego kotleta maszyna panny Pasternakiewiczówny warczy przez szesnaście godzin na dobę, na ten kotlet polują głodne koty, wreszcie z powodu tego kotleta pani Burakowska wpadła w rozpacz.

Nic – tylko cielęce kotlety! One tu panują, one zaprzątają wszystkie rozumy i zapełniają serca.

Nie tak było u Solskich, gdzie wcale nie zajmowano się jedzeniem. Troszczono się o danie pracy ludziom potrzebującym, rozmawiano o duchach, o tym, czy fabryka jest istotą żywą, która myśli i czuje, rozprawiano o towarzystwie kobiet albo o możliwości powszechnego potopu…

I stała się rzecz dziwna. Dom Solskich, z którego Madzia wydarła się jak z łoża tortur, po kilku dniach zaczął budzić w niej tęsknotę.

Cicho tam było, przez okna zaglądały drzewa ogrodowe… A przede wszystkim poza obrębem zajęć na pensji Madzia miała kogo otaczać swoją opieką. Przecież Ada, ta wielka pani, tuliła się do niej, szukała jej towarzystwa i pieszczot jak dziecko, które potrzebuje kochać i być kochanym…

„Co ja zrobiłam?" – szepnęła Madzia, załamując ręce.

A ten Solski, szorstki, dziwak, ale kipiący nadmiarem sił… Burza w ludzkiej postaci, która jednak łagodniała wobec niej… Prawda, że rozniecał trwogę zupełnie jak burza, kiedy człowiek dostanie się między jej wichry i pomroki… Jakież to jednak wydaje się piękne dziś, kiedy przeszło na zawsze!

W tej chwili Madzia jasno zrozumiała, czym dla niej był dom Solskich. Był to świat, w którym nie istniały sprawy materialne. Tam po raz pierwszy spotkała ludzi poważnie zajmujących się kwestiami społecznymi, zagadnieniami ducha i natury. Tam znalazła serdeczną przyjaciółkę w kobiecie i mężczyznę, który lubił ją naprawdę bezinteresownie. Tam wreszcie miała wyraźny cel na przyszłość: szkołę przy fabryce.

I pomyśleć, że ona sama własnymi rękami rozwaliła taki gmach szczęścia, odtrąciła los trafiający się jednemu człowiekowi na miliony.

Po wylewie tęsknoty za tym, co minęło, w Madzi zbudziła się refleksja. Czy Solski, gdyby do niej wrócił, nie przejmowałby ją trwogą, której nie mogła opanować? Czy potrafiłby lepiej i wyraźniej przemówić do jej uczuć i przykuć jej uwagę do siebie nie tylko podziwem i wdzięcznością? Czy Ada nigdy nie obrzuciłaby jej spojrzeniem wielkiej damy, nigdy nie powtórzyłaby słów, których sam ton ranił serce Madzi? A ciotka Gabriela i staruszka hrabina, i ci wszyscy krewni Solskich, których poznała w czasie Wielkiejnocy, czy inaczej traktowaliby ją niż dotychczas?

Nie. A więc nie mogła żyć w tym zaczarowanym świecie, który karmił ją goryczą, choć zostawił żal po sobie.

Powoli zapadł wieczór; swędy, bieganie po korytarzu, turkot na ulicy osłabły. Madzia przymknęła okno, zapaliła lampę i zaczęła pisać list do ojca. Opowiadała mu wszystko, co trafiło się jej, pytając o zdanie i radę. Skończywszy, doznała ulgi.

Przygoda panny Brzeskiej w domu Solskich głośną stała się w Warszawie, a przez kilka następnych dni Madzia odebrała mnóstwo wizyt. Odwiedzały ją pojedynczo i parami ubogie panie z towarzystwa kobiet, dopytując się nieśmiało: czy nie ma jakich potrzeb? czy nie brak jej pieniędzy? i ofiarowując swoje usługi. Odwiedzały ją nieznane, czasem bardzo eleganckie damy, oświadczając, że pragnęłyby mieć w niej nauczycielkę dla swych córek czy kuzynek. Przy czym w sposób nie zawsze zręczny kierowały rozmowę na stosunki Madzi z Solskimi, a nie odebrawszy odpowiedzi, wychodziły obrażone.

Był i Dębicki. Przepraszał Madzię, że nie złożył jej dotychczas wizyty; ale w tych czasach miał znowu atak sercowy i musiał unikać schodów. Następnie z miną zakłopotaną zapytał, czy Madzia nie chciałaby przez wakacje udzielać lekcji jego siostrzenicy, Zosi, godzinę na dzień za dwadzieścia rubli miesięcznie.

Madzia przyjęła profesora z radością i prosiła go, żeby pozwolił jej dawać lekcje Zosi, ale za darmo. Po rozprawach i błaganiach Dębicki zgodził się na pomysł Madzi; widocznie chciał z nią utrzymać stosunki.

Ale o tym, co się dzieje z Solskimi, nie wspomniał i wyszedł, powtarzając obietnicę, że o ile pozwolą mu siły, będzie ją odwiedział. Po jego odejściu smutek opanował Madzię: zrozumiała, że jej przyjaźń z Solskimi już zerwana.

Na drugi dzień po Dębickim wsunął się do pokoju Madzi pan Zgierski. Kręcił się, uśmiechał, strzelał oczkami po pokoju, niby od niechcenia wypytując Madzię, kto obok niej mieszka i kto ją odwiedza? Lecz żadnym ruchem, żadnym słówkiem nie zdradził się z tym, że swoją posadę przy Solskim zawdzięcza Madzi.

Owszem, pod koniec wizyty zrobił minę protekcjonalną i czule ściskając rękę Madzi, a wymownie patrząc w oczy, oświadczył gotowość – wspierania jej radami i stosunkami.

– Będę panią częściej odwiedzał... Myślę, że najlepiej wieczorkiem, nieprawdaż? Możemy kiedy pójść albo pojechać na spacerek...

Mówiąc to, w tak dziwny sposób manewrował swoją aksamitną ręką i tkliwymi spojrzeniami, że w Madzi zakipiał gniew. Odpowiedziała, że nie chce go fatygować w żadnej porze dnia i – odwróciła się do okna.

Zgierski wydał jej się wstrętnym. Nie mogła mu przebaczyć ani plotek, jakie o niej rozgłaszał, ani dowodów czułości, którymi chciał ją uszczęśliwić.

Pan Zgierski szybko opuścił mieszkanie Madzi. Miał zaś tak wzniosły umysł, że nie tylko nie rozgniewał się na nią, ale nawet nie stracił zimnej krwi w ocenianiu jej wartości.

„Ładna dziewczyna – myślał, ostrożnie tocząc się ze schodów. – Obraża się po królewsku, no... i nie wiadomo jeszcze, co z niej będzie".

Wprawdzie w kilka dni później złożył o niej bardzo niekorzystny raport Solskiemu, lecz w istocie opowiedział tylko to, co słyszał w domu państwa Korkowiczów od pani podsędkowej. W ogóle w stosunkach z Solskim pan Zgierski pod pewnymi względami odznaczał się nieposzlakowaną prawdomównością.

Ze wszystkich objawów współczucia, jakie w owym czasie spotkały Madzię, najważniejszą była propozycja panny Malinowskiej. Przełożona nie tylko wyszukała jej wyborne lekcje na czas wakacji, ale oświadczyła, że po wakacjach przyjmie ją do siebie na stałą nauczycielkę.

Madzi spadł ciężar z serca: miała spokój przynajmniej na kilka lat.

Prawie jednocześnie pani Burakowska wspomniała Madzi, że może mieszkać i stołować się u niej choćby do września. Powiedziano jej bowiem w składzie aptecznym, że kasjerka prosiła o dłuższy urlop.

Wobec tylu dowodów życzliwości ludzkiej Madzia zaczęła odzyskiwać swój radosny humor. Postanowiła nie myśleć ani o Solskich, ani o śmierci i nicości, tylko – żyć z dnia na dzień, pracując i wsłuchując się w to życie codzienne, które dookoła niej biegało, warczało, turkotało i swędziło.

Wprawdzie niekiedy budziły się w niej wspomnienia wielkich komnat, gwiaździstego nieba nad ogrodem, wykładów Dębickiego, pieszczot Ady. Wprawdzie snuł się przed jej oczami półdziki, szlachetny człowiek, który kochał ją w tak oryginalny sposób... Ale Madzia rozumiała, że te widziadła są tylko widziadłami, których nic nie wskrzesi, a czas zatrze. Byle prędzej!

Moda interesowania się Madzią trwała około tygodnia. Stopniowo mniej składano jej wizyt, rzadziej ofiarowywano usługi, rzadziej pytano o stosunki z Solskimi. Wreszcie wszystko wróciło do zwykłego stanu, a na korytarzu, jeżeli rozlegały się czyjeś kroki, to chyba pani Burakowskiej albo jej służących i stołowników.

Ale pewnego dnia ktoś energicznie zapukał do drzwi Madzi. Zaszeleściły jedwabie i do ciasnego pokoiku weszła strojna, wesoła i piękniejsza niż kiedykolwiek panna Helena Norska.

– No, jak się masz, bohaterko! – zawołała, ściskając Madzię z niezwykłą serdecznością. – Spóźniłam się z wizytą, bo nie lubię mieszać się z tłumem. Za to przychodzę dziś, żeby oświadczyć ci, że popisałaś się doskonale... Powiem ci nawet, że zrobiłaś mi niespodziankę...

– Czym? – spytała Madzia chłodno.

– Naturalnie, że arbuzem, którego dałaś Solskiemu – mówiła panna Helena, nie zważając na obojętne zachowanie się Madzi. – Ach, jakże on się złapał, ten Don Juan w skórze Satyra... Ha! ha! ha! Chciał mnie upokorzyć i upadł nosem w błoto...

– Wiesz, Helenko, że nic nie rozumiem... – przerwała Madzia, rumieniąc się.

– Zaraz zrozumiesz – ciągnęła panna Helena zawsze zajęta tylko sobą. – Na parę dni przed twoim wyprowadzeniem się od Solskich przyszedł do mnie pan Stefan...

– Oświadczyć się? – cicho spytała Madzia.

– Nie dopuściłam do tego! – odparła panna Helena, marszcząc brwi. – Chciałam załatwić interes Kazia i poprosiłam Solskiego o jakąś posadę. Sądziłam, że jeżeli umieścił kilku twoich protegowanych...

I wiesz, co mnie spotkało? – prawiła z gniewem. – Pan Solski odmówił mi w tak szorstki sposób, że... Wiem, co wart mój braciszek, ale nigdy nie pozwoliłabym, żeby pan Solski wypowiadał o nim opinie, których nie chcę słuchać...

Policzki jej pałały.

– Naturalnie pożegnałam go na zawsze. A gdy wieczorem, jak zwykle, oświadczył mi się pan Bronisław, przyjęłam go. Myślałam, że biedny chłopak oszaleje! Zbladł, skamieniał... potem upadł mi do nóg jak długi i, szlochając, wyznał, że gdybym nie wyszła za niego, odebrałby sobie życie... Siedział u nas do drugiej po północy, a choć pani Arnoldowa kilka razy przypominała mu, że czas powiedzieć nam dobranoc, nie ruszył się z miejsca, do znudzenia patrząc mi w oczy. Nie miał odwagi odejść; lękał się, żeby jakiś czarnoksiężnik nie wykradł mu jego skarbu... Ach, ci mężczyźni!

– Nie powinnaś z nich szydzić... – wtrąciła Madzia.

– A kto ma do tego większe prawo ode mnie? – spytała ze śmiechem panna Helena. – Dosyć napatrzyłam się na te okazy! Jeden brutal czy wariat, który gotów był mnie zabić albo leżeć u moich nóg – pan Stefan. Drugi od rana do wieczora powtarzał, że beze mnie żyć nie może – mój narzeczony. Wreszcie trzeci, najlepszy, gniewa się na mnie, że zwichnęłam mu karierę, odtrącając Solskiego, a przyjmując Korkowicza! Słyszałaś? To mój braciszek ma do mnie taką pretensję... Po prostu zagroził, że zerwie ze mną stosunki! Kazałam mu wyjść za drzwi i nie pokazywać się, aż po naszym powrocie z zagranicy. Ale pyszni są ci panowie świata, nieprawda?

– Kiedy twój ślub?

– Za parę tygodni w Częstochowie. Ale kochany Kazio nie będzie na nim. Raz musi zrozumieć, że po śmierci matki głową rodziny jestem ja, która pożycza mu pieniędzy, ja, która płacę długi, i w rezultacie ja – która potrafię zmusić go, żeby pracował.

– Będziecie państwo mieszkali za granicą? – spytała Madzia.

Panna Helena spojrzała na nią ze zdziwieniem.

– Wiesz, Madziu – odparła – nie przypuszczałam, że tak dalece nie znasz mnie... Będziemy mieszkali na wsi, w Korkowie, gdzie mój przyszły mąż musi prowadzić browar i robić majątek jak jego ojciec. Jeżeli sprawy będą szły dobrze, wpadniemy na karnawał do Warszawy, a w lecie na parę miesięcy za granicę, rozumie się, żyjąc najoszczędniej. Ja nie chcę, jak moja matka, topić się dla paru tysięcy rubli i zostawić córkę na łasce obcych... Ja muszę mieć byt zapewniony, no i doprowadzić do porządku mego braciszka... On tobie zapewne złoży wizytę (obecnie siedzi na wsi u jakiegoś bankiera). Otóż, bądź łaskawa, powtórz mu, co słyszysz ode mnie... Mama nieboszczka rozpuściła mu cugle, ale ja ukrócę...

Madzia poczuła żywą sympatię dla pana Kazimierza. Nie był on w jej przekonaniu doskonałością, ale wobec egoizmu siostry zasługiwał na współczucie.

Panna Helena podniosła się i rzekła:

– Rozumiesz teraz plan Solskiego? Pożegnany przeze mnie, chciał mnie upokorzyć i – oświadczył się tobie... Tymczasem ty się go także pozbyłaś, a ja... No, chyba już pojął, że w moich oczach więcej znaczy Korkowicz, który mnie ubóstwia, niż Solski, który mi chce imponować...

Panna Helena wyszła, a serce Madzi opanował wielki ból.

„Więc on oświadczył mi się, żeby dokuczyć Helenie? To tak robią ludzie szlachetni?".

Przed wieczorem złożył wizytę Madzi pan Pasternakiewicz, brat pani Burakowskiej. Był ubrany ze skromną elegancją, głaskał wonną brodę, i rozmawiając z Madzią, przyglądał się jej przez monokl, co według jego zdania, wywierało duży wpływ na płeć piękną.

Wypytywał Madzię, czy smakują jej obiady, czy poznała się już z lokatorami i stołownikami siostry. Opowiedział w skrócie swoje życie, które zaczęło się pięknym urodzeniem, płynęło w najlepszych towarzystwach i odznaczało się doskonałymi manierami. W końcu oświadczył gotowość chodzenia z Madzią na spacery lub do teatru.

Na Madzi zrobił wrażenie człowieka, który mógłby być tak dobrym oryginałem jak pan Krukowski w Iksinowie, gdyby chwilami nie przypominał pana Zgierskiego. Słuchała go roztargniona, odpowiadała krótko i – w bardzo stanowczy sposób podziękowała za spacery i teatr.

Pan Pasternakiewicz pożegnał ją obrażony.

– Jakaś prowincjonalna gąska! – mruknął, znalazłszy się w korytarzu.

A Madzia wciąż myślała:

„Więc takimi są wielcy panowie? Żeby zemścić się nad jedną kobietą, oświadczają się drugiej? I ja przy panu Solskim odgrywałabym taką rolę jak przy Helence Korkowicz?".

30. Pan Kazimierz

Znowu upłynęło kilka dni. Na pensji zaczęły się wakacje; panna Malinowska wyjechała na wieś. Madzia, dostawszy obiecane lekcje u osób prywatnych, biegała z domu do domu, na szczęście niezbyt daleko od swego mieszkania. Przed obiadem miała zajęcie od godziny dziewiątej do drugiej; potem od godziny czwartej do piątej przychodziła do niej siostrzenica Dębickiego. Przez resztę czasu była swobodna i samotna. Prawie nikt jej nie odwiedzał. Tylko raz późnym wieczorem wpadła do niej wystraszona Mania Lewińska, żeby dowiedzieć się, czy Solski utrzyma pana Kotowskiego na posadzie lekarza, czy może da dymisję...

– Byłby to straszny cios – mówiła Mania Lewińska. – Bo gdyby pan Kotowski został na posadzie lekarza fabrycznego, pobraliby się w jesieni, lecz gdyby stracił to doskonałe miejsce, musieliby wszyscy zginąć. Mielnickiemu dłużnicy wcale nie płacą procentów, ona z powodu wakacji nie ma żadnego zajęcia, a cały ich dom przez parę miesięcy musi żyć z pensji pana Kotowskiego. Gdyby więc ta pensja przepadła! Rozumiesz, Madziu, co by się z nami stało! – zakończyła z westchnieniem Mania Lewińska.

Madzia pocieszała ją, tłumacząc (jak niedawno pannie Żanecie), że Solski jest zbyt szlachetny, żeby miał bez powodu rujnować ich szczęście. Do pewnego stopnia uspokoiła Manię: ale w niej samej odwiedziny te spotęgowały gorycz.

„Ileż osób mogłoby mnie przeklinać – myślała Madzia – gdyby Solski naprawdę był mściwym...".

Lecz on mścić się nie będzie. I ta właśnie wiara w charakter Solskiego stała się dla niej nową zgryzotą. Bo gdyby był mniej szlachetny, Madzia mniej odczuwałaby zniewagę, jaką wyrządził jej, prosząc o rękę dlatego, że Helena postanowiła wyjść za Korkowicza!

„Jakie to szczęście, że powiedziałam, iż kocham innego..." – myślała Madzia.

Odmowa jej zapobiegła dalszym upokorzeniom, ale nie zmieniła faktu, że Solski ją lekceważył, i chcąc pokazać Helenie, że o nią nie dba, ją, Madzię, gotów był wybrać za żonę!

„Patrzcie – mówił tym czynem – piękna panna Helena tak mało była mi potrzebna, że jej miejsce może zająć byle kto... jej koleżanka, panna Brzeska...".

Za co on ją skrzywdził, ten człowiek taki niezwykły, mądry, taki dobry? Czy nie oceniała jego przymiotów, czy zrobiła mu kiedyś przykrość, czy nie uwielbiała go, choć napełniał ją przerażeniem?

I oto stał się cud, jaki czasami dokonuje się w sercu kobiety. Solski mądry, Solski szlachetny, Solski, który spełniał wszystkie życzenia Madzi, który korzył się wobec niej, był dla niej obcym i budził tylko uczucie podziwu pomieszanego ze strachem. Ale ten Solski, który w przekonaniu Madzi dał jej dowód lekceważenia, ten – zaczął ją interesować.

Zadając ból, posiał uczucie.

W ciągu kilku minionych tygodni we wspomnieniach Madzi stopniowo zacierały się ogromne milczące pokoje, stary ogród napełniony zielonością i świergotem ptaków, wykłady Dębickiego, pieszczoty Ady... Wszystko zacierało się, ale na gasnącym tle tym wyraźniej rysował się dziki i brzydki magnat z gwałtownymi ruchami, z pałającymi oczami, który jednych uszczęśliwiał, a innych deptał.

Przechodząc z lekcji na lekcję, Madzia z początku nakładała drogi, żeby ominąć pałac Solskich. Lecz później, gdy zakiełkowało w niej poczucie krzywdy, naumyślnie chodziła tamtędy. Jakiś straszny i słodki żal budził się w jej sercu na widok zamkniętych drzwi i zapuszczonych rolet w oknach, jakby w tym domu ktoś umarł. I łzy cisnęły się jej do oczu, gdy słyszała radosny krzyk dzieci w ogrodzie.

Gdyby on ją przeprosił, gdyby choć powiedział: znieważyłem panią, żeby dokuczyć innej kobiecie... przebaczyłaby mu. Miałaby dowód, że jednak w oczach tego człowieka coś znaczy. A gdyby się teraz oświadczył? Ach, o tym Madzia nie mogła myśleć. Odmówiłaby mu... odmówiłaby i umarła, usłyszawszy od niego odpowiedź tylko na jedno pytanie: czy teraz naprawdę mnie kochasz?

„Kochasz... kochasz?".

Madzia kilka razy powtórzyła ten wyraz i ogarnęło ją zdumienie. Dotychczas wyraz ten wywoływał w niej zdziwienie i kłopot. Wiedziała, że w podobnym wypadku trzeba coś odpowiedzieć i jakoś zachować się... Ale co i jak?

Lecz dzisiaj na myśl, że Solski mógłby jej powiedzieć: kocham... wyraz ten nabierał uroczystego znaczenia. Zdawało jej się, że słowo takie w jego ustach stałoby się wielkim wypadkiem w naturze, spadłoby na nią jak śmierć. Przy tej błyskawicy – zbladłyby wszystkie jej zamiary, trwogi, ukochania. Ziemia i niebo odleciałyby gdzieś w nieskończoność popchnięte przez tego człowieka.

Ale ona tego nie usłyszy. Solski nigdy jej tego nie powie, jak nie powiedział dotychczas; łatwiej mu było zaproponować małżeństwo – dla upokorzenia Heleny!

Pewnego dnia, wracając z lekcji na obiad ulicą Niecałą, Madzia zobaczyła o kilka kroków przed sobą młodego człowieka ze zwieszoną głową, w cylindrze nasuniętym na oczy. Młody człowiek szedł, kiwając się w sposób, który oznaczał lekceważenie świata, i od czasu do czasu cieniutką laseczką uderzał się po jasnych spodniach, co mogło wyrażać podniecenie nerwowe.

Zanim Madzia zdążyła sformułować, że melancholijnie rozkołysanym młodzieńcem jest pan Kazimierz Norski, już on pomimo głębokiego zamyślenia spostrzegł ją i przywitał. Madzia podała mu rękę, co skłoniło pana Kazimierza, że ofiarował się przeprowadzić ją przez ogród.

Madzia nie lubiła męskiego towarzystwa na ulicy i umiała pozbywać się niepotrzebnych towarzyszów. Ale propozycję pana Kazimierza przyjęła. Zawsze był w jej oczach synem ubóstwianej przełożonej, niepoznanym geniuszem... Zajmował w jej marzeniach wyodrębnione stanowisko, prawie jak Solski. Tylko że w Solskim Madzia czuła potężnego władcę, któremu trudno się oprzeć, zaś w Norskim – pięknego demona, który swoim zuchwalstwem zasiał w niej niepokój, a teorią ateistyczną rozbił duszę.

Gdy Madzia i towarzyszący jej demon w jasnopopielatych spodniach, wszedłszy do Saskiego Ogrodu, skręcili w boczną aleję, pan Kazimierz nagle zawołał, wciąż machając laseczką:

– Więc pani odrzuciła Solskiego!

A ponieważ Madzia milczała zmieszana, mówił dalej:

– Nie śmiem odgadywać pobudek tej szlachetnej stanowczości, ale... muszę powinszować... Bo pomijam drobiazgi, które dla każdej kobiety robiłyby pana Stefana nieznośnym mężem, ale... proszę pani, Solski to wariat... Całe życie schodzi mu na awanturach, ponieważ gwałtem chce pozować na wyższość...

– To rozumny i szlachetny człowiek! – przerwała Madzia.

– Zasypywał pani oczy filantropią, ale kiedy od pani dostał kosza, ze złości zabił ulubionego psa... Wreszcie, w jego rodzinie od dawna panuje obłęd... O śmierci ojca kursują niejasne wspomnienia... Panna Ada, kobieta skądinąd niepospolita, ma skłonność do melancholii... Jakiś stryj zastrzelił się...

– Chociaż – dodał po chwili z westchnieniem pan Kazimierz – na to, żeby palnąć sobie w łeb, nie potrzeba wariata.

Madzia ukradkiem spojrzała na niego i spostrzegła, że zapuścił niewielką, jasnoblond brodę, której niedbałe utrzymywanie znamionowało cichą rozpacz. Chcąc mu dać do zrozumienia, że znane jej są przynajmniej niektóre źródła jego samobójczych aspiracyj, szepnęła:

– Widziałam się z Helenką...

– Ach, tak? – zawołał, obrzucając ją spojrzeniem pełnym goryczy i rezygnacji. – Więc już wie pani wszystko!

– Podobno poróżnił się pan z nią o to, że wychodzi za Korkowicza?

– Ha! ha! ha! – sucho zaśmiał się pan Kazimierz. – Czy dlatego, że Korkowicz jest tylko piwowarczykiem? Ależ, panno Magdaleno – mówił wzburzony – niechby wyszła za furmana piwowarskiego... niechby została kochanką stróża, byle z miłości, byłbym dla niej najlepszym bratem... Broniłbym jej honoru wobec głupców...

Madzia spojrzała na niego zdziwiona.

– Zapewniam panią – prawił pan Kazimierz – że nie byłoby to nawet ofiarą z mojej strony. Bo moją siostrę potępiałyby tylko osobniki o ciasnych głowach... Ale każdy szlachetny i inteligentny człowiek uchyliłby przed nią czoła, rozumiejąc, że ta kobieta walczy z zaśniedziałymi przesądami, że... ma serce...

Ale mojej siostry nikt, niestety!, nie posądzi o posiadanie serca...

– Więc dlaczegóż wychodziłaby za Korkowicza? – wtrąciła Madzia.

– Bo Solski był niepewny jak każdy półwariat, a przede wszystkim – bo chciała mnie zmiażdżyć... Jej było wiadomo, że moja przyszłość i stosunki opierają się na jej małżeństwie z Solskim. Dobra siostra, tak obojętna dla miłości, jak ona, wybrałaby Solskiego, żeby poprzeć moje zamiary... Trochę gorsza siostra przynajmniej nie zrobiłaby skandalu w tych czasach, kiedy miałem dostać świetną posadę... Ale ta... moja siostra, właśnie dlatego dziś przyjęła Korkowicza, żeby raz na zawsze pogrzebać moje plany.

– Ona z pana przyczyny zerwała z panem Solskim...

Pan Kazimierz nieco zarumienił się.

– Słyszałem tę bajkę – odparł z lekceważeniem – ale ja jej nie uwierzę... Zrobiła niegodziwość, a teraz chce pozować na ofiarę... Śmieszna! A pamiętam, że ona zazdrościła mi nawet pieszczot matki... Czy to raz dostrzegałem w błysku jej oka... w ruchach... nienawiść dla mnie...

– Ach, panie Kazimierzu...

Pan Kazimierz umilkł, lecz wściekle machał laseczką.

– Proszę pani... – zaczął po chwili. – Parę tygodni temu pewien bankier, mój znajomy, gotów był dać mi posadę korespondenta z pensją dwa tysiące rubli rocznie na początek. W tych dniach zaś, kiedy zażądałem posady... dał mi, ale z pensją sześćset rubli. A jakie robił miny!

Na chwilę stanął w alei, odrzucił głowę w tył, lecz znowu pochylił ją i idąc, mówił jakby do siebie:

– Czy warto żyć na świecie, w którym ważne są tylko przypadek albo szachrajstwo? Gdzie moje ideały... moje cele? Biedna matka! Ach, czuję, że mi coś po niej zostało w spadku: pożądanie, aby już rozsypać się w proch – jak mówi Leopardi. Ostatni nędzarz, jeżeli ma siostrę, to – ją ma... Nie pomoże mu, ale przynajmniej rozmawia, pocieszy go, popieści... A ja co? Mam siostrę, którą muszę pogardzać...

– Najniższe uszanowanie! – odezwał się w tej chwili głos donośny i słodki.

To pan Zgierski przebiegł około nich uśmiechnięty, okrągły, z kapeluszem w ręku.

Pan Kazimierz ponuro obejrzał się za nim.

– Jestem pewien – rzekł – że śledzi nas ten jegomość...

– W jakim celu? – odparła Madzia, wzruszając ramionami.

– On lubi wszystko wiedzieć, bo to przynosi procent.

– Ha, niech wie...

Wyszli z ogrodu. Pan Kazimierz jeszcze wylewał z siebie fonntannę pesymizmu, wreszcie stanąwszy przed domem Madzi, pożegnał ją.

– Czy mogę odwiedzić panią czasem? – zapytał.

– Proszę... – odpowiedziała Madzia.

– W godzinach?

– Od szóstej bywam wolna.

Przeciągle uścisnął jej rękę i spojrzał, jakby chcąc powiedzieć: „Ty jedna zostałaś mi na świecie...".

Przynajmniej w taki sposób zrozumiała to Madzia. Nim zaś weszła na trzecie piętro, już w jej głowie sformułowało się to, co uważała za święty obowiązek.

Ona nie dopuści, żeby pan Kazimierz wpadł w rozpacz. Ona wydźwignie go z otchłani zwątpienia. Ona zachęci go do pracy, wynajdzie słowa pociechy, rozdmucha gasnące iskry wielkich celów...

Obowiązki są trudne, ale ona znajdzie siły. Bo czuje, że w jej piersi ocknął się duch zmarłej pani Latter, która niekiedy nazywała ją drugą córką.

Naturalnie, że Madzia musi przyjmować wizyty pana Kazimierza, bo gdzież dowie się o jego troskach; gdzie pocieszy go, podźwignie i zachęci? A ludzie niech mówią, co chcą. Czy nie jest kobietą samodzielną? Czy każdy człowiek szlachetny nie schyli przed nią głowy za to, że została siostrą, prawie matką człowieka genialnego, prześladowanego przez los i ludzi?

Bóg będzie świadkiem, że jej uczucia są braterskie, tym śmielej może je objawiać. Tylko że według filozofii pana Kazimierza Bóg...

Ale co tam! Dwaj ludzie uwierzą jej: Dębicki i ojciec. O nich jej tylko chodziło,

Zgierski widział ich? Tym lepiej. Narobi plotek, a w takim razie ofiara Madzi będzie zupełniejsza. Tym goręcej błogosławiłaby ją dusza zmarłej matki, dusza pani Latter, gdyby na nieszczęście – już nie rozsypała się na atomy żelaza, fosforu i jeszcze jakieś.

A może plotka dojdzie i do Solskich? Otóż to będzie najlepsze. Niech pan Solski myśli, że ona kocha się w Norskim, skoro miał odwagę prosić ją o rękę na przekór Helenie, która go odrzuciła...

Madzia przy stole mało jadła, nie rozmawiała z towarzyszami, nawet nie dokończyła obiadu. Gdy wyszła do swego pokoju, stołownicy pani Burakowskiej jednomyślnie odezwali się, że pannę Brzeską musiało znowu spotkać coś ważnego, gdyż wydawała się rozgorączkowaną.

Istotnie była podniecona. W jej duszy zapłonął nowy a piękny cel: zastąpić matkę i siostrę opuszczonemu człowiekowi – zbudzić geniusz do lotów... Madzia nawet przypomniała sobie kilka romansów i kilka wierszy, których treścią było to, że kobieta może albo natchnąć, albo zamordować geniusza.

Jeszcze nigdy stanowisko kobiety nie wydawało się Madzi tak wysokie i nigdy tak dumna nie była z siebie jak w tej chwili. Co tam stowarzyszenie kobiet, pensja w Iksinowie albo szkoła przy cukrowni! Geniusza uratować dla ludzkości to cel! A jak rzadko podobne zagadnienie nastręcza się kobietom!

Kiedy po południu, skończywszy lekcję z siostrzenicą Dębickiego, układała plan, w jaki sposób najpierw – pocieszyć, po drugie – podnieść na duchu, a po trzecie – natchnąć pana Kazimierza, przyniesiono jej list z poczty. Na kopercie poznała rękę ojca.

Stary doktor rozpisał się obszernie, co nie było w jego zwyczaju. Donosił Madzi, że o oświadczynach Solskiego i jej odmowie już wiedział od Miętlewicza i podsędków, że jej zerwanie z Solskimi wywołało w Iksinowie najdziwaczniejsze plotki, że wreszcie matka na skutek tego jest bardzo na Madzię rozżalona.

„Ale to nic – pisał ojciec – plotki mnie nie obchodzą, gdyż znam ciebie, a matka, a raczej jej zawiedziona ambicja, uspokoi się za parę miesięcy".

„Jak mama chce!" – szepnęła Madzia, czując, że chyba nigdy nie dojdzie do tej serdeczności z matką, jaka łączyła ją z ojcem.

„Pytasz – mówił doktor w liście – jak uważam odrzucenie przez ciebie świetnej partii? Moja droga, najważniejszymi rzeczami, które łączą lub dzielą ludzi, są: wiara, wspólne lub różne sympatie i cele. A ponieważ te różnice moralne towarzyszą zazwyczaj różnicom majątkowym i stanowiskowym, więc – nigdy nie radziłbym kojarzyć się w małżeństwa ludziom, których stanowiska czy majątki zanadto oddzielają od siebie…".

„Nie wiedziałam, że papuś tak wierzy w różnice klasowe!" – pomyślała Madzia.

„Ty widać nie jesteś stworzona na wielką damę…".

„Na wielką damę – tak, ale na żonę pana Stefana, dlaczego by nie?" – rzekła do siebie Madzia.

„Czułaś się nieszczęśliwa w pałacu, więc – nie godzisz się z bogatym otoczeniem; upokarzały cię babka, ciotka i cała rodzina państwa Solskich, więc – muszą istnieć między wami ogromne różnice moralne. Wreszcie bałaś się pana Solskiego, co może być objawem wstrętu…".

„To nie był wstręt!" – szepnęła prawie ze łzami Madzia.

„W rezultacie stało się najlepiej, jak się stało. Człowiek musi mieć troski i pracę, jak chleb i wodę, marnieje zaś wśród ciągłych rozrywek, jak zmarniałby, karmiąc się wyłącznie cukierkami. A że masz zdrową duszę, więc instynkt odepchnął cię od tych pokus i stało się dobrze…".

Madzia odłożyła na chwilę list; poczuła żal do ojca za to, że pochwalał jej zerwanie z Solskim. Zdawało się jej, że tym razem ma większą słuszność matka, która oburzyła się na nią.

Dalej pisał ojciec o bracie:

„Wyobraź sobie, że Zdzisław robi majątek i na wielki mój wstyd przysłał nam dwa tysiące rubli; pięćset rubli odłożyliśmy dla ciebie, którą to sumę możesz wziąć w każdej chwili. Szkoda mi tylko, że biegając po tych swoich fabrykach (a kieruje aż trzema!), chłopak naraża się. Miał nawet zapalenie płuc, które, dzięki Bogu, przeszło. W każdym razie radziłem mu wyjechać na paromiesięczny odpoczynek w góry, bo z następstwami zapalenia płuc żartować nie można.

Pisał mi też Zdzisław, że byłby rad mieć cię w swoim domu, któremu na gwałt potrzeba gospodyni, bo i wydatki dziś większe, i on sam marnuje się bez kobiecej opieki. Gdybyś tam pojechała, uczyniłabyś Zdzisławowi i nam wielką łaskawość. On za parę lat, zebrawszy majątek, chce wrócić do kraju i tu założyć fabrykę farb. Byłabyś wtedy panią u siebie i mogłabyś uczyć dzieci własnych, nie cudzych robotników...".

W końcu donosił doktor, że panna Cecylia otrzymała list od panny Solskiej i że w tych czasach wyjeżdża do Jazłowca.

Wiadomość o chorobie brata wstrząsnęła Madzią, a propozycja ojca otworzyła przed nią nowe horyzonty. Więc ona ma kim opiekować się i to kimś bliskim i potrzebującym troskliwej ręki... Więc ona może mieć swoją szkołę, naprawdę swoją... Może uczyć dzieci i czuwać nad bytem ich rodziców... Ileż dobrego jeszcze uczyni w życiu!

Chciała natychmiast napisać do ojca i do Zdzisława, że zgadza się na ich pomysł. Zbliżyła się do stolika, zaczęła szukać papieru, lecz przyszło jej na myśl, że pośpiech jest zbyteczny. Musi przecież do końca wakacji zostać w Warszawie, ponieważ ma terminowe lekcje; nie może też zrywać umowy z panną Malinowską bez uprzedzenia jej...

„Napiszę do Zdzisława jutro... za parę dni... a jednocześnie do panny Malinowskiej, że już nie będę u niej damą klasową. To taka zacna kobieta, tak poczciwie ze mną postępuje..." – mówiła sobie Madzia.

Zaś przez ten czas, jaki jeszcze spędzi w Warszawie, będzie mogła pocieszyć, podźwignąć i natchnąć swego drugiego brata – pana Kazimierza.

„Tak, muszę mu dodać otuchy!" – myślała Madzia, czując, że w tej chwili geniusz pana Norskiego nieco blednie w jej oczach. Zdzisław nie jest geniuszem, a mimo to przysyła rodzicom pieniądze i myśli o założeniu własnej fabryki jak Solski... Tymczasem pan Kazimierz okropne stacza ze sobą walki, żeby wstąpić do bankierskiego kantoru!

Blado, bardzo blado wyglądał w jej oczach pan Kazimierz. Madzia aż oburzyła się na siebie, że porównuje geniusza ze zwykłym człowiekiem, jakim jest jej brat. I tym silniej odezwało się w niej poczucie obowiązku dla pana Kazimierza, któremu w południe miała zastąpić siostrę i matkę, a już nad wieczorem myśli zostawić go własnym losom.

Przez kilka następnych dni Madzia nie odpisała bratu ani ojcu i nie widziała pana Kazimierza. Uwaga jej była zaprzątnięta lekcjami, które stopniowo rozrastały się z jednogodzinnych na półtoragodzinne, choć wynagrodzenie pozostało takie same. Ale musiała spieszyć się. Jej pupilki miały egzaminy po wakacjach, a rodzice ich i opiekunowie z najsłodszymi minami przypominali Madzi, że czas ucieka i że panienki najwięcej korzystają z tych przedmiotów, które Madzia sama odrabia z nimi podczas lekcji.

Raz około siódmej wieczór, kiedy Madzia, wróciwszy do domu zmęczona, siedziała z głową opartą o poręcz kanapy, patrząc w sufit i przysłuchując się warczeniu maszyny do szycia, wszedł pan Kazimierz.

Podał jej z uśmiechem prześliczną różę i pocałowawszy w rękę, rzekł:

– Na podziękowanie...

– Za co? Niech pan siada – odparła Madzia, rumieniąc się, że jej pokoik był tak ciasny i żaden sprzęcik nie należał do niej.

– Za co? – powtórzył pan Kazimierz. – Oto już jestem u mego bankiera... dzięki pani.

– Aaa... bardzo ładnie pan zrobił!

Pan Kazimierz potrząsnął głową.

– Jest to tak ładny czyn, że nim spotkaliśmy się z panią około Saskiego Ogrodu, namyślałem się: co lepiej? Zostać korespondentem bankierskim czy – strzelić sobie w łeb. Miałem nawet przygotowany rewolwer...

Madzi przemknęło wspomnienie pana Krukowskiego, który zapowiedział, że na jej ślubie zastrzeli się z rewolweru. Koniecznie z rewolweru...

– Widzi pan – odezwała się – że do wszystkiego można przywyknąć.

– Nawet do tytułu kantorowicza, ale pod warunkiem...
– Że?
– Że do ohydnej jaskini nazywającej się bankierskim biurem człowiek przyniesie niebo w sobie...
– Pan teraz wierzy w niebo?
– Uwierzyłem.

Madzia była zadowolona z wizyty pana Kazimierza; ale pod płaszczykiem radości krył się niepokój. Czy to była nieświadoma troska o brata, który setki mil stąd pędził życie samotne? Czy może po jasnych ścianach pokoiku przesunął się cień Solskiego?

Pan Kazimierz tymczasem mówił:
– W tych dniach przekonałem się, że niebo moglibyśmy mieć na ziemi. Wczoraj pokazano mi naszą kasę główną... Słyszy pani? Już mówię: naszą kasę! Widywałem w życiu pieniądze, ale pierwszy raz zobaczyłem milion... Ile tam woreczków złota... o, tej wielkości, ile worków srebra... o, takich... A jakie stosy banknotów! Te paczki rublówek, dziesięciorublówek, sturublówek, ułożone jedne na drugich, robią dziwne wrażenie: obojętnieją. Patrząc na to mnóstwo, trzeba prawie powiedzieć sobie: oto są pieniądze, cel zabiegów, źródło szczęścia, nici, które spajają ludzi między sobą... Odurzał mnie ten widok...

Madzia w tej chwili myślała o człowieku, który mógł rozporządzać mnóstwem pieniędzy, lecz którego one nie odurzały, lecz jak przywiązane zwierzęta słuchały jego rozkazów.

– Kiedy wyszedłem ze skarbca – ciągnął pan Kazimierz – zobaczyłem przez okno po drugiej stronie ulicy biedną kobietę z dwojgiem dzieci. Kto wie, myślałem, czy ta uboga nie ma szlachetniejszych uczuć i instynktów niż mój pan szef? I co to za ład świata, gdzie jeden człowiek nudzi się na szczycie ziemskiej potęgi, a inny, nie gorszy od niego, płacze nad sobą i dziećmi...

Jakże łatwo można by temu zapobiec! W jak prosty sposób mój bankier nie chorowałby z nadmiaru, a tamta biedaczka z nędzy... Potrzeba tylko jednej drobnej rzeczy...

– Reformy społecznej? – wtrąciła Madzia.

– Tylko miłości... – odpowiedział pan Kazimierz.

– Och!

– Tak, pani. W naturze każdy byt jest egoistyczny... Człowiek, rozpędzony do swego celu, tak dobrze rozbija bliźnich jak kula wyrzucona z działa... Ale gdyby kochał tych bliźnich, powstrzymałby się...

Ach, miłość! Gdyby miłość rządziła światem, ten wicher, który łamie gałęzie, składałby na nich pocałunki... Ten piorun, który druzgocze drzewa, ześlizgiwałby się po nich i ogrzewał zziębnięte swoją ognistą wstęgą. Gdyby miłość... ordynarna cegła nabrałaby blasków diamentu, kwiaty tuliłyby się do ludzkiej piersi, a ludzie... ludzie byliby szczęśliwi! Szpital, więzienie, nawet... podły kantor bankierski staje się rajem, gdy ten słodki gość uwije w nim gniazdo...

Madzia, słuchając pana Kazimierza, myślała:

„Dlaczego o n nigdy tak nie mówił? A może mówił, ale do Heleny!".

Nagle ocknęła się i cofnęła rękę, którą pan Kazimierz namiętnie całował.

– Nie wolno? – spytał.

– Nie trzeba.

– A gdyby człowiek umierający z pragnienia prosił panią o kroplę wody?

Madzia milczała zamyślona; pan Kazimierz znowu delikatnie ujął ją za rękę i całował.

– Taka pani rozmarzona... – szeptał. – O czym tak... o czym?

– Myślałam o mamie pańskiej...

Młody człowiek drgnął jak oblany zimną wodą.

„Szczególny rodzaj sentymentalizmu!" – rzekł do siebie i – stracił humor.

W tej chwili do pokoju wsunęła głowę pani Burakowska.

– Przepraszam... czy nie przeszkadzam? Może tu podać samowar? A może posłać po szynkę?

– Ach, jeżeli dla mnie – odezwał się pan Kazimierz zupełnie otrzeźwiony – to dziękuję… Muszę widzieć się z kimś…

Wziął kapelusz i pożegnał Madzię. Pani Burakowska zniknęła za drzwiami.

– Ale na weselu Helenki będzie pan? – zapytała Madzia.

– Zapewniam panią, że wolałbym nie doczekać wesela… żadnej z moich sióstr… – odpowiedział pan Kazimierz tonem ironii.

Gdy wyszedł, Madzia czuła tylko zmęczenie całodziennymi lekcjami i rodzaj żalu do siebie, że prawie wcale nie podźwignęła dziś pana Kazimierza ani rozbudziła jego geniuszu.

„W każdym razie – myślała – już wie, że mu zastąpię siostrę i matkę… Siostrę on sam we mnie odgadł, a matkę przypomniałam mu".

31. Znowu echa przeszłości

Kilka dni upłynęło Madzi spokojnie: nikt jej nie odwiedzał, oswoiła się z nowymi uczennicami, hałasy w domu przestały ją razić. Te same osoby, te same swędy, ten sam turkot na ulicy, a w obszernym pokoju warczenie maszyny do szycia tak już opanowały Madzię, że robiły wrażenie ciszy.

Mogła zebrać myśli, wejrzeć w siebie. I gdy podczas samotnych wieczorów analizowała swoje wnętrze, spostrzegła, że z chaosu zmian, osób i uczuć, jakie ją napełniły, wynurza się coś, niby na dalekim horyzoncie blade światło.

Nie był to nowy pogląd na świat i duszę ludzką ani nowy cel w życiu, ale coś zupełnie innego: oczekiwanie i niespokojna ciekawość.

Miewała dziwne marzenia. Raz zdawało jej się, że ją ściga tłum mężczyzn podobnych do Zgierskiego i Pasternakiewicza, z których każdy chce z nią iść do teatru lub na spacer. Propozycje te były oburzające i niedorzeczne, niemniej Madzia mówiła sobie, że musi być bardzo zabawny taki spacer lub teatr sam na sam z mężczyzną. Gdyby był w Warszawie Zdzisław, z pewnością poszłaby z nim gdzieś daleko, żeby przekonać się, jakie to robi wrażenie.

Innym razem wyobrażała sobie, że jest panną Howard, z którą rozmawia krzywonogi plenipotent Solskiego. I zastanawiała się się: o czym oni mówią, spędzając kilka godzin razem, i w jaki sposób on uczy pannę Howard prowadzenia ksiąg rachunkowych, jeżeli zdecydowana nieprzyjaciółka mężczyzn jego, plenipotenta, nazywa miłym człowiekiem?

To znowu wydawało się jej, że jest narzeczoną jak panna Żaneta albo Mania Lewińska. Nie znała swego narzeczonego, lecz mimo to serce jej zalewały uczucia pełne tkliwości. Kim jest wybrany? O to mniejsza, dość, że jest nim mężczyzna, do którego ona musi należeć ciałem i duszą na wieki. Dziwił ją, ale i zaciekawiał ten rodzaj niewoli i zdawało się jej, że właśnie w takiej niewoli, w całkowitym zapomnieniu o sobie, leży nieznane szczęście.

Wtedy na tle nieokreślonych pragnień ukazywała się jej sylwetka Solskiego. Innym razem słyszała namiętne słowa pana Kazimierza i czuła na rękach jego drażniące pocałunki. Potem zdawało jej się, że każdy mężczyzna, nawet przechodzący ulicą, patrzy na nią w szczególny sposób, jakby chciał narzucić jej swoją wolę i przykuć do siebie na zawsze.

Żaden z nich nic ją dziś nie obchodził. Lecz przeczuwała, że ten, który zostałby jej narzeczonym, byłby droższym nad wszystko w świecie.

„Co za głupstwa roją mi się po głowie..." – myśli Madzia.

Lecz zarazem przypomina sobie, że taki niepokój i – zapewne – chorobliwe marzenia już kiedyś prześladowały ją. Było to jeszcze za życia pani Latter, w zimie. Madzia pamięta, że wówczas każdy spacer sprawiał jej mękę; widziała bowiem, nawet mając spuszczone oczy, że mężczyźni przypatrują się jej w szczególny sposób, co ją zaciekawiało i drażniło.

Ówczesny jednak nastrój jej duszy prędko rozchwiał się pod wpływem kłopotów pani Latter, zamętu na pensji, wreszcie wyjazdu do rodziców. A gdy przyszła do zdrowia po tyfusie, wszystkie te dziwactwa wygasły, tak, że nie pozostało po nich śladu. W Iksinowie Madzia wprost dziwiła się, gdy pan Miętlewicz albo Krukowski mówili jej o miłości, albo gdy panna Eufemia starała się wdziękami usidlać mężczyzn.

„Do czego to podobne?" – mówiła sobie wówczas. Jak w tej chwili, analizując własne uczucia, mówi:

„Czy znowu grozi mi ciężka choroba? Bo skąd ten niepokój, co za osobliwe przywidzenia?".

Takich ciekawości doznawać musi pisklę, kiedy rosną mu skrzydła; takie niepokoje czuć musi na wiosnę konwalia, kiedy jej gałązki zaczynają okrywać się pączkami.

Przez cały ten czas nie pokazał się pan Kazimierz.

„Obraził się na mnie? – myślała Madzia. – A może porzucił kantor?".

Chwilami robiła sobie wyrzuty, że nie dość serdecznie rozmawiała z nim, gdy był u niej; lecz czy to jej wina, że nie mogła zdobyć się na większą serdeczność?

„Zawsze byłam zimna... zawsze za mało miałam serca!" – mówiła sobie.

Na tle nowego nastroju duszy, przy którym każdy mężczyzna robił na niej wrażenie, dwóch zarysowało się wyraźniej: pan Kazimierz i Solski. Ukazywali się oni kolejno w myślach, tworzyli jedną całość, lecz – dzielili się jej uczuciami. Wspomnienie o panu Kazimierzu pobudzało nieokreślone oczekiwania i ciekawość; obraz Solskiego łączył się z niepokojami i bezprzyczynowym zawstydzeniem.

Przeczuwała, że pan Kazimierz jeszcze za życia swej matki zaczął wprowadzać ją w świat nieznanych uczuć, a i nadal ofiarowywał się w roli przewodnika. Był to piękny i wymowny przewodnik! Wejść z nim – tak... Ale pozostać w nowym świecie mogłaby tylko – z Solskim. Przeczuwała, że otwierająca się przed nią kraina jest ojczyzną wielkich burz, gdzie potrzeba silnego i zdecydowanego opiekuna, jakim był Solski. Nad ciemnymi przepaściami, z których ziała trwoga, tylko przy Solskim można było zamknąć oczy i poddać mu się całkowicie.

Takie powikłane marzenia wstrząsały duszą Madzi. Wyraźnie określić ich nie umiała, czuła tylko ich nowość i urok, z którym trudno było walczyć.

W połowie lipca, kiedy Madzia wróciła z lekcji na obiad, powiedziano jej, że jakaś pani od paru godzin czeka w jej pokoju.

Była to panna Cecylia. Z okrzykiem chwyciły się w objęcia.

– Jakaś ty dobra, że wreszcie jesteś!

– Jakaś ty piękna, Madziu! Boże, wyjechałaś z Iksinowa prawie dzieckiem, a dziś widzę skończoną kobietę... Jesteś trochę mizerniejsza, ale to nie szkodzi – mówiła panna Cecylia.

– Zestarzałam się o rok...

– I tyle przeżyłaś, biedaczko!

– Cóż tam w Iksinowie? – Jak się mają rodzice? – spytała Madzia.

Panna Cecylia niewiele zmieniła się. Ta sama twarz alabastrowa, te same ruchy pełne wdzięku. Tylko włosy jej bardziej posiwiały, ale za to w oczach błyskała niekiedy radość.

Zaczęła więc panna Cecylia opowiadać, że matka trochę gniewa się na Madzię, że ojciec, major i proboszcz kazali ją po tysiąc razy uściskać, że pan Miętlewicz naprawdę żeni się z panną podsędkówną.

– Gdzież twoje rzeczy, Cesiu? – przerwała Madzia.

– Dawno na kolei. Dziś wieczór wyjeżdżam do Krakowa.

– Zjesz ze mną obiad...

– Już sama się rozporządziłam – odparła panna Cecylia. – Twoja gospodyni jest nawet tak dobrą, że obiecała nam tu przysłać...

Istotnie po chwili nieodznaczająca się czystością pokojówka nakryła stół i przyniosła dwa obiady.

– Kiedy wyjechałaś z Iksinowa?

– Wyobraź sobie, że we wtorek. Aż dwa dni spędziłam na wsi u panny Solskiej – odpowiedziała zakłopotana panna Cecylia. – Do śmierci będę jej dłużniczką za to miejsce w Jazłowcu...

– Jakie wrażenie zrobiła na tobie Ada?

– Wiesz, że... nie mogę go nazwać przyjemnym – mówiła panna Cecylia. – Wydaje się dumną, zamkniętą w sobie, rozdrażnioną...

– Co się z nią stało? – szepnęła Madzia. – Mówiła ci coś o mnie?

– Nie opowiadała nic, ale za to wypytywała się o najdrobniejsze szczegóły o tobie. Czy dasz wiarę, że ona skądś wie o zapisie majora, o tym koncercie Stelli, o śmierci Cynadrowskiego... Ale wie w taki sposób, jakby nie od ciebie o tym słyszała...

– Domyślam się – odparła Madzia z goryczą. – Pani podsędkowa poznała się tu z niejaką panią Korkowiczową, u której znowu bywa niejaki pan Zgierski... Ach, moja Cesiu, jak mi się teraz inaczej świat przedstawia! Zaczynam wierzyć, że jest w nim dużo ludzi złych... Naprawdę złych...

Umilkła i spytała po chwili.

– Ada pewnie ma żal do mnie?

Panna Cecylia, machinalnie obejrzawszy się, rzekła zniżonym głosem:

– Żalu nie... Owszem, zdaje mi się, że ona cię bardzo kocha... Ale wiesz, jakie myśli niekiedy przychodziły mi do głowy, kiedy rozmawiałyśmy o tobie? Wiesz, że ona... ona jest... ona jakby była zazdrosna o ciebie...

– O mnie? Aaa... tak! – zawołała Madzia. – Pamiętam... Byłyśmy jeszcze u pani Latter, kiedy przyjechał jej brat i zwrócił uwagę na Helenę Norską. Wtedy właśnie Ada powiedziała mi, że jest zazdrosna o Helenę. Bo – mówiła Ada – jeżeli mój brat zakocha się w Helenie, to już mnie przestanie kochać...

– Aha! – powtórzyła panna Cecylia. – Zapewne, to musi być to... Niezawodnie to...

Po obiedzie panna Cecylia wyszła do miasta, a gdy wróciła, nie rozstały się z Madzią do wieczora.

O dziewiątej Madzia odwiozła przyjaciółkę na kolej, gdzie pożegnały się, płacząc i obiecując jak najczęściej pisywać do siebie.

– Nie mogę pogodzić się z myślą – mówiła Madzia – że dobrowolnie zamykasz się w klasztorze... w więzieniu...

– Bo nie wiesz, jak świat może zmęczyć, i nie pojmujesz, jaką ulgę sprawia uczucie, że się jest bliższym wieczności...

– Gdybyż choć ona była, ta wieczność! – szepnęła Madzia.

– Nie wierzysz? – spytała zdziwiona panna Cecylia. – A jednak ona jest...

Konduktorzy naglili do wsiadania i z trzaskiem zamykali drzwi wagonów.

– Bądź zdrowa, Cesiu!

Panna Cecylia wychyliła się z wagonu i rzekła:

– Jest, Madziu, jest!

Dzwonek – świstawka... pociąg ruszył.

– Bądź zdrowa, Cesiu! – zawołała jeszcze raz Madzia.

– Jest! jest!.. – odpowiedział słodki głos na tle zgiełku odlatujących wozów.

„Jest... Jest... fosfor, tłuszcz, żelazo i – nicość! – myślała Madzia. – Ale co tam... wszystko jedno, byle w tym życiu zakosztować szczęścia...".

Nazajutrz, prawie w chwili, kiedy Madzia myślała, co się dzieje z panem Kazimierzem – przyszedł on sam. Punkt o szóstej wieczorem zapukał do drzwi, przywitał się nieśmiało i znowu ofiarował Madzi amarantową różę.

Madzia zarumieniła się, spostrzegłszy dopiero teraz, że na stoliku jeszcze stoi pierwsza róża, bardzo zwiędła, bladej barwy. Gdyby ktoś inny obdarzał ją tak gwałtownie potęgującymi się barwami, może zerwałaby z nim stosunki. Ale pan Kazimierz, mający jej całkowite zaufanie, tylko zaciekawiał ją.

„Co to będzie?" – myślała, śmiejąc się w duchu.

Była pewna, że będzie to coś niewinnego i poetycznego. Czy nie zastępowała mu siostry i matki? A ponieważ sama miała plan zastąpienia mu siostry i matki, więc zdawało jej się, że cały świat powinien to zrozumieć, a przede wszystkim pan Kazimierz.

– Myślałam, że pan wyjechał z Warszawy – rzekła Madzia.

Panu Kazimierzowi lekko drgnęły usta; myślano tu o nim!

– Nie – odparł – ja powiem, co pani przypuszczała: że porzuciłem bank.

Madzia spojrzała na niego zdziwiona.

– Skąd pan wie o tym?

– W pewnych warunkach budzą się w człowieku zdolności prorocze – odpowiedział, unikając spojrzenia Madzi. – Ale niech pani uspokoi się, już nie rzucę banku. Znalazłem tam nowe pole do obserwacji... nowy świat! I chwilami zdaje mi się, że los na pozór uczynił mnie kantorzystą, jak Fouriera agentem handlowym; naprawdę zaś postawił mnie w samym środku tej drogi, która była moim powołaniem.

Madzia słuchała go z przejęciem. To już nie był mężczyzna, który ją zaciekawiał, to był rozbudzony geniusz, nie przez nią, niestety!

Z piersi jej wydobyło się stłumione westchnienie: pan Kazimierz mówił, przysunąwszy się do Madzi tak, że dotykał jej sukienki.

– Wstąpiwszy do naszego biura, znalazłem się, jakby powiedzieli poeci, w ognisku mroków świata, w laboratorium dzisiejszych chorób społecznych.

Niech pani wyobrazi sobie, że mój pryncypał, dzięki stosunkom z zagranicą, no i telegramom, na kilkanaście albo i na kilkadziesiąt godzin wcześniej niż reszta śmiertelników wie o spadaniu lub wznoszeniu się rozmaitych wartości pieniężnych. To pozwala mu kupować z zyskiem jedne papiery i sprzedawać z zyskiem, a przynajmniej bez straty, inne rozmaitym biedakom czy naiwnym, którzy nie otrzymują depesz z zagranicy.

Niech pani doda, że w specjalnej kancelarii mego pryncypała roją się jak muchy w jatce: lichwiarze, kupcy zbożowi, leśni, okowiciani, cukrowi i mnóstwo niewyraźnych figur, między którymi nie brak nawet pana Zgierskiego. Wszyscy ci ludzie działający niby to samoistnie i na własny rachunek są tylko agentami naszego banku. Tam dostają instrukcje, według których kupują i sprzedają zboże, wełnę, domy, place, sumy spadkowe – wszystko, co pani chce. Nie zdziwiłbym się, gdyby w naszym biurze sprzedawano nawet kobiety do tureckich haremów albo niewolników południowoamerykańskim plantatorom.

U nas wszystko: kupione, sprzedane, wynajęte czy pożyczone, musi przynosić zysk, i to nie byle jaki...

W tym miejscu opowiadania pan Kazimierz delikatnie ujął rękę Madzi zasłuchanej i zdumionej.

– Ten bankier musi być zdolnym człowiekiem... – wtrąciła Madzia. – Więc ciągnie zysk ze swoich nadzwyczajnych zdolności...

– Nie, pani, on wcale nie potrzebuje być zdolnym. On zarabia za to, że jego biuro jest zbiegowiskiem głupców, których kieszenie opróżniają łotry. To biuro jest podobne do lasu, do którego zwabia się zwierzynę, zwołuje się gończe psy i zawiadamia myśliwych. Myśliwi strzelają zające i dudki, psy dostają ochłapy, a mój pryncypał pobiera myto – od zwierzyny za las, od myśliwych za polowanie, no i coś jeszcze oszczędza na ochłapach wydawanych gończym...

To, proszę pani, nazywa się prowadzeniem interesów na wielką skalę. I to jest punkt – dodał z wybuchem – od którego zacznę, jako reformator społeczny.

Madzia patrzyła na niego z uwielbieniem, nie śmiąc usunąć ręki, którą pan Kazimierz ściskał coraz czulej.

– Spostrzegłem – mówił dalej – jeszcze drugą kwestię społeczną w naszym biurze. Pracuje tam w pokoikach jak najdalej odsuniętych od frontu kilka kobiet. Coś kleją, piszą, wysyłają, liczą... Czy ja wiem zresztą, co one robią?

Otóż jest rzecz ciekawa. Nasze koleżanki, jak to wiem od starszych urzędników, najwcześniej przychodzą, najpóźniej wychodzą z biura, pracują jak mrówki, są punktualne, potulne i – w ogóle są wzorowymi oficjalistami. Za to owe panie mają... daleko mniejsze pensje niż ich poprzednicy, mężczyźni, i biorą na przykład piętnaście rubli zamiast trzydziestu albo dwadzieścia pięć zamiast czterdziestu.

– Cóż to za niesprawiedliwość! – zawołała Madzia.

– Właśnie i tę sprawę podniosę kiedyś i wytłumaczę społeczeństwom: w jaki sposób wyzyskiwane, krzywdzone i okradane są kobiety...

– I do tej pory nikt nie zwrócił na to uwagi? – pytała rozpłomieniona Madzia.

Pan Kazimierz zawahał się i skromnie spuścił oczy.

– No... w Europie mówi się coś o operacjach bankierskich, zresztą... i o wyzysku kobiet...

– Tak... Mill o niewoli kobiet – wtrąciła Madzia.

– Ale u nas nikt nie marzy...

– Aaa... owszem! Panna Howard często wspomina o tym... Trzeba koniecznie, żeby pan zbliżył się do niej... Ona właśnie zajmuje się takimi niesprawiedliwościami...

Pan Kazimierz, zamiast odpowiedzieć, delikatnie dotknął kolanem sukni Madzi, ale suknia szybko cofnęła się, a z nią i ręka.

Pan Kazimierz nie zraził się tym; wiedział, że w podobnych wypadkach brutalna gwałtowność wszystko psuje, delikatna wytrwałość wszystko zdobywa. Kobieta jest jak wybrzeże, które woda podmywa cal po calu subtelnymi dotknięciami i cofaniem się po to, żeby znów powrócić.

– Cieszę się bardzo – rzekła lodowatym głosem Madzia – że pana tak zajmuje praca biurowa. Wyobrażam sobie, jak szczęśliwą byłaby mama pana, słuchając tych pięknych spostrzeżeń...

„Obojętność! Już nawet i mama wjeżdża na scenę! – myślał pan Kazimierz. – Szkoda, że biedactwo nie może jeszcze powołać się na honor męża i na swoją wierność dla niego!".

– Bardzo... cieszę się! – powtarzała Madzia, którą uparte milczenie pana Kazimierza wprowadzało w kłopot.

Nerwowym ruchem podniosła się z kanapki i wyjrzała przez okno.

– Już słońce zachodzi – rzekła. – Jak też czas leci...

Było to pokazanie drzwi, nawet niezbyt delikatne. Ale pan Kazimierz, zamiast martwić się słowami Madzi, patrzył na jej błyszczące oczy i rozognioną twarzyczkę i – powstawszy, życzył jej dobrej nocy.

Chciał ją pocałować w rękę, ale nie pozwoliła.

„Oho! – myślał, zbiegając ze schodów. – Wyrzuca za drzwi... nie pozwala całować się w rączkę... Prędko idziemy naprzód...".

Na drugim piętrze pan Kazimierz minął idącego na górę pana Pasternakiewicza, który zatrzymawszy się na schodach, wyjrzał za nim przez poręcz i mruknął:

– Fiu! Już pan Norski tu krąży? Czy jest do odebrania jaka sukcesja?

Kiedy pan Kazimierz wyszedł, Madzia odwróciła się do drzwi. Tętna mocno biły jej w skroniach, bolały ją oczy, paliła twarz, ale – serce było spokojne.

Madzia zrozumiała, że pan Kazimierz chce ją wprowadzić do tego nieznanego kraju, który od kilku dni ukazywał się jej w chaotycznych marzeniach, ale – była raczej zdziwiona niż wzruszona. Gdyby Solski, otwierając przed nią tajniki duszy, tak mimo woli ściskał ją za rękę, tak machinalnie dotykał jej sukni, chyba – zemdlałaby...

Ale Solski nigdy nie zwierzał się ani wykradał uścisków i dotknięć. I w tej chwili zdawało się Madzi, że ten Solski odleciał od niej gdzieś bardzo wysoko nad poziom, na którym została ona z panem Kazimierzem tulącym się do jej sukni.

„Ale to genialny człowiek! – pomyślała Madzia o panu Kazimierzu. – Jaki genialny! Jakie nadzwyczajne odkrycia porobił w kantorze...".

Całą noc śnił się jej Solski i pan Kazimierz. Pan Kazimierz ściskał ją za rękę, trącał kolanem i opowiadał o nadzwyczajnych swoich odkryciach; Solski stał na boku i trzymając ręce w kieszeniach, patrzył z litością na pana Kazimierza.

Madzia obudziła się rozgniewana na Solskiego. Bo że ktoś ma pieniądze, to jeszcze nie powód, żeby drwił z ludzi ubogich, lecz genialnych, którzy myślą o zdemaskowaniu operacji bankierskich i wynagrodzeniu krzywd pracującym kobietom. Lecz gdy wyszła na lekcje, zapomniała i o złośliwości Solskiego, i o przyszłych reformach pana Kazimierza.

Po obiedzie, na którym pan Pasternakiewicz obrzucał Madzię spojrzeniami nieokreślonego znaczenia, pani Burakowska wybiegła na korytarz za swoją stołowniczką, i wciskając jej do ręki jakiś bilet, rzekła:

– Szukała tu dziś pani ta kobieta i zostawiła swój adres.

– Cóż to za jedna? – spytała Madzia, przeczytawszy adres: Nikodema Turkawiec, ulica... numer...

– Jakaś ordynarna kobieta – mówiła pani Burakowska. – Szafirowa suknia, szal żółty w pąsowe i zielone kwiaty, kapelusz z piórem, a przy tym parasolka płócienna! Można by przypuszczać, że dla zdobycia takiej garderoby obdarła kilka majętnych pań... Tłusta, grube rysy...

– Ale kim ona jest i czego chce? – spytała Madzia. – Ja nigdy nie słyszałam podobnego nazwiska.

– Mówi – ciągnęła pani Burakowska – że u niej od maja mieszka jakaś... panna, bardzo biedna...

– Może Stella? – wykrzyknęła Madzia, uderzając się w czoło.

– Właśnie mieszka u niej panna Stella – mówiła pani Burakowska szczególnym tonem. – Mieszka, ale już od dwóch tygodni nie płaci i jest prawie konająca. Ta pani Turkawiec chciała ją oddać do szpitala... Wówczas jej lokatorka i pacjentka, bojąc się szpitala, wysłała ją do pani do pałacu Solskich...

– Muszę natychmiast pójść... – rzekła Madzia.

– Sama? – spytała gospodyni. – Pani Turkawiec jest... akuszerką – dodała cicho.

– Ach, wszystko mi jedno! – odparła rozgorączkowana Madzia. – Więc ona taka chora... więc tam taka bieda! Ile jest winna tej pani?

– Winna jest osiem rubli, a bieda taka, że już nie ma za co kupić pół kwarty mleka ani usmażyć kawałka polędwicy. Felczer, który z litości leczy chorą, kazał jej pić wino...

– Idę natychmiast – przerwała Madzia. – Może mi pani zmieni dwadzieścia pięć rubli na drobne... Mój Boże! Skąd ja dostanę wina dla tej biedaczki?

W tej chwili otworzyły się uchylone drzwi i na korytarz wszedł pan Pasternakiewicz.

– Czystego wina – rzekł – dostanie pani u Fukiera, u Krzymińskiego, u Lesisza... Jeżeli jednak pani pozwoli, ja tymczasem mogę służyć butelką i.... odprowadzę panią tam...

– Owszem – prędko odparła Madzia. – O wino, jeżeli pan łaskaw, proszę, ale tam – pójdę sama... Jest to blisko od nas i chora może krępowałaby się...

Po czym pani Burakowska zmieniła dwadzieścia pięć rubli, a pan Pasternakiewicz z eleganckim ukłonem wręczył Madzi butelkę dobrego wina, które ocenił na trzy ruble, i jako człowiek pięknie wychowany przyjął zapłatę.

W kwadrans później Madzia znalazła się na ulicy wskazanej na bilecie pani Turkawiec.

Był to pusty zakątek, w którym najwięcej ruchu sprawiały goniące się psy. Przeważały tu parkany, gdzieniegdzie opatrzone napisem: „Plac do sprzedania". Wznosiło się jednak i parę kamienic tudzież otoczony zębatym murem pałacyk w stylu warszawskiego renesansu.

Pani Turkawiec mieściła się na facjatce drewnianego domku, który miał ściany czekoladowe, ramy okien białe, brudnożółtą bramę i zielone okiennice. Na dole był sklepik, mieszkał szewc i dorożkarz; przy bramie jaśniała tablica z napisem: „Akuszerka na pierwszym piętrze".

Z wielkim strachem, po schodach przypominających zepsutą drabinę, Madzia wdrapała się na facjatkę i oko w oko spotkała się z damą, ubraną w krótką spódniczkę i lekki kaftanik.

– Czy zastałam panią Turkawiec?

– Ja jestem... A do kogo panienka? Bo u nas przede wszystkim sekret...

– Pani szukała mnie dzisiaj... Zdaje się, że tu mieszka panna Stella?

– Tu... tu! Mieszka, ale nie płaci... do szpitala iść nie chce, a lada dzień umrze mi... – mówiła pani Turkawiec. – Takie są moje zarobki! Piętnaście rubli miesięcznie, wszelkie wygody, sekret, jak na świętej spowiedzi, i jeszcze nie płacą...

– Ileż ona winna pani? – spytała Madzia.

– Proszę pani, osiem rubli... A za umieszczenie dziecka, a felczerowi, który wart jest dziesięciu doktorów, a moja fatyga, co latam za panienką już dwa dni...

Lamentująca w ten sposób pani Turkawiec nie wyglądała na złą kobietę. Madzia wręczyła jej dziesięć rubli, za co czcigodna specjalistka pocałowała ją w rękę i oświadczyła gotowość spełniania wszelkich rozkazów.

– Gdzie jest chora, panna Stella? – spytała Madzia.

– Tu... zaraz... dałam jej osobny pokoik... Bo ja, panunciu, jak widzę osobę z edukacją, tobym jej nieba przychyliła... Kaśka albo Maryśka, proszę panunci, to może gdziekolwiek... i na drugi dzień pójdzie do roboty. Ale dama z wykształceniem... ach, panunciu! U mnie, panunciu, to czasami i hrabiny mieszkają... Co dziwnego? Książę, nawet biskup, może nogę złamać. Tak i z tym... O tu, paniusiu... Ale że też Pan Bóg zlitował się nad biedaczką choć w ostatniej chwili!

– Ona jest taka chora?

– Proszę panunci, co tu dużo gadać! Dziś albo jutro stanie do miary! Gdyby tak chorował bogaty człowiek, już byliby tu panowie z trzech kantorów pogrzebowych i mówiliby: moja pani Turkawiec, jak tam tego... ten... niech pani da zaraz znać, a nie będzie pani żałowała! Ale że kona biedactwo, to nawet karawaniarz wolałby stanąć do wożenia śmieci niż tu... Ach, panunciu – prawiła jejmość, znowu całując Madzię w rękę – biednego nawet święta ziemia płyciej bierze i w kilka lat oddaje kości na cukier. Ja też, mówię panunci, od kiedy dowiedziałam się o tym, pijam herbatę bez cukru...

Pani Turkawiec wypowiadała swoje nieskończenie długie traktaty przy spadzistych schodach, nie spiesząc się z otwieraniem drzwi do apartamentów. Wreszcie otworzyła.

Mrok, brud, ciasnota i zaduch były pierwszymi wrażeniami Madzi przy wejściu do tego szczególnego zakładu. Jednym rzutem oka spostrzegła, że znajduje się na poddaszu zapełnionym przez dwa szeregi kletek przypominających żydowskie kuczki.

W tej chwili pani Turkawiec, chwyciwszy za kołek, szarpnęła go i otworzyła drzwiczki, które odsuwały się jak w korytarzowych wagonach.

Madzia ujrzała klitkę o tyle długą, że mieściło się w niej łóżko, a o tyle wąską, że z ledwością można było przejść między łóżkiem i przeciwległą ścianą. Znajdowało się tu tylko pół okna (druga połowa należała do sąsiedniej klitki), stolik zastawiony flaszkami po lekarstwach (które miały zapach spirytusu) i proste krzesełko. Ze ściany nad łóżkiem zwieszały się strzępy papierowego obicia, zaś przepierzenie było oklejone gazetami i rysunkami wyciętymi z pism ilustrowanych. Na łóżku leżała chora zwrócona głową do okna.

– To pani? – spytała chora. – Ach, jaka pani dobra!

Gorąco i mdły zapach pieluszek odurzyły Madzię. Widziała ona nędzę, ale w formach nie tak wstrętnych. Zaduch, stękanie dochodzące nie wiadomo skąd, ciche mlaskanie, obok śmiechy i jedzenie naprzeciwko... A wśród tego wszystkiego kobieta przezroczysta jak bielony wosk, w brudnym czepku i koszuli, pod podartą kołdrą, z której wyłaziła wata nabita kurzem.

Opanowawszy pierwsze wrażenie, Madzia przypatrywała się chorej. Rzeczywiście była to Stella.

– Co się z panią dzieje? – rzekła wreszcie Madzia.

– Chora jestem... Ach, jaka pani dobra! Ach, jaką ja mam prośbę do pani... Co to za flaszka? Wino? Czy to dla mnie?

Stella opadła na poduszkę, wyciągając przed siebie alabastrowe ręce.

Madzia odkorkowała butelkę i podała chorej trochę wina w kubku od dawna niemytym.

– Jeszcze odrobinkę!

Madzia dolała.

– Jeszcze... jeszcze... niech pani naleje z pół kubeczka... Taki malutki... Aaa... Cóż to za wino... Życie mi wraca... – Mówiąc to, Stella podniosła się i usiadła na łóżku, które skrzypiało za każdym ruchem. Biała twarz chorej pokryła się delikatną barwą róży, oczy nabrały połysku, a spieczone usta – koralowego koloru. Była prawie piękna wśród zaduchu i brudów.

W dalszej klatce rozlegały się rozdzierające jęki.

– Zaraz... zaraz... – zawołała pani Turkawiec i pobiegła w tamtą stronę ode drzwi Stelli.

– To nic! – rzekła z uśmiechem Stella, patrząc na przerażoną Madzię. Potem, chwyciwszy ją za rękę, zaczęła szeptać do ucha:

– Ja nie jestem taka chora... Ja tylko udaję, żeby stara nie odesłała mnie do szpitala...

– W szpitalu byłoby pani lepiej – rzekła Madzia.

– Gdybym mogła płacić!

– Zapłaci pani... Dadzą pani osobny pokój... Ja wreszcie mam znajome zakonnice...

– A jeżeli tak... – odparła Stella, wciąż uśmiechając się. – Ale w takim razie niech mnie odeślą do Dzieciątka Jezus... Tam jest moja córeczka...

Madzia wzdrygnęła się, oburzona naiwnym bezwstydem chorej, która mówiła prawie wesoło:

– Właśnie o nią chciałam prosić, o moją córeczkę... Czyby państwo Solscy, tacy bogaci, nie przeznaczyli coś na jej wychowanie? W takim razie można by ją odebrać od Dzieciątka Jezus... Ach, pani, nie dla siebie proszę... dla niej... Przecież ona niewinna temu, że nieszczęśliwa matka nie może jej dać opieki... Niech pani to zrobi... Pani podobno ma taki wpływ na Solskich...

– Ale jakże ja ją poznam? – odparła Madzia, której nagle przyszła do głowy nowa myśl.

– Poznać łatwo... – szepnęła Sella. – Oddano ją tam przed miesiącem... Ach, przez dwa dni myślałam, że oszaleję, nie mając o niej wiadomości! Niech pani zapyta o dziewczynkę, którą miesiąc temu znalazł stójkowy obok poczty... Miała na szyi krzyżyk ze złotego druciku... przy sobie flaszeczkę mleka ze smoczkiem, a do koszulki przypiętą kartkę: „Ochrzczona z wody, nazywa się Magdalena...". Na pamiątkę pani tak ją nazwałam... Kiedy ją stąd wynieśli, zaczęłam gryźć palce, bić głową o ścianę i krzyczeć jak tamta...

Jęk w dalszym kącie wzmagał się i modulował; we wszystkich klatkach słychać było zaniepokojenie. Madzi zimny pot wystąpił na twarz.

– Proszę jeszcze wina... można? O, gdybym ja stąd wyszła! – mówiła Stella. – Ale cóż, jestem winna osiem rubli...

– Już zapłacone – przerwała Madzia – a oto... tymczasem... I wsunęła chorej pod poduszkę trzynaście rubli.

– Droga! Święta! – zawołała chora z płaczem i zaczęła całować ręce Madzi. – Ale ja tylko pożyczam... zwrócę... przysięgam, że zwrócę... i to... i tamto, co pani wyda na malutką...

Znowu upadła na poduszkę i zaczęła dyszeć, chwytając się za piersi i z trwogą patrząc w oczy Madzi. Po chwili atak przeszedł, chora uspokoiła się i mówiła dalej.

– W szpitalu nie chcę być długo... O, gdybym ja mogła na wieś! Jestem pewna, że w tydzień odzyskałabym siły i zrobiłabym furorę w świecie... Dobijałyby się o mnie wszystkie sceny... bo nie ma pani pojęcia, co się stało z moim głosem... Kiedy tu raz zaśpiewałam parę taktów: „Gdyby rannym słonkiem..." – stara i jej pacjentki zrobiły mi owację... Cóż to za głos cudowny! Rozpłakałam się jak dziecko...

– Ale niech pani się nie męczy... – nieśmiało wtrąciła Madzia.

– Mnie to nie męczy... nic, ale to nic! – prawiła rozgorączkowana Stella, na której twarz wystąpiły ceglaste wypieki, a usta przybrały barwę karminu. – Tydzień na wsi i... zobaczycie...

Za każdego rubla, który winnam komu, oddam sto... Europę... Europę oblecę... i znowu będę szczęśliwa, jak niegdyś...

– Była pani szczęśliwa? – spytała zdziwiona Madzia.

– O, i jak! Czy mogłabym tu wyżyć, gdyby wspomnienia nie ozłacały mi tej okropnej nory... Ale ja tu nie widzę obrzydliwych ścian ani drzwi jak w pułapce... Widzę pełne sale słuchaczy... przelatujące bukiety... zachwycone twarze mężczyzn... grymasy kobiet, które mi zazdroszczą... A te oklaski... bis! bis! Stella, brawo! A ten mój tyran, który zawsze zazdrościł mi powodzenia... Ach, pani, ty nie wiesz, co to znaczy być artystką! To jest taki piękny świat, takie niebo... że gdy człowiek raz je zobaczy, może później dźwigać całe lata niedoli... Ach, jeden rok powodzenia na wielkich scenach i potem... niech już umrę... w ostatnim akcie... pod bukietami...

Rzuciła się na łóżko i nagle rzekła:

– Pani! Niech pani słucha... usłyszysz coś, za co obsypano by mnie złotem.

I zaczęła nucić bardzo słabym, ale i dziwnie miłym głosem:

„Raz od swej lubej... pewien król... Za to... że jej wiernym... został... szczerozłoty puchar...".

Zamknęła oczy i ucichła. Jednocześnie ciężko odsunęły się drzwi i weszła pani Turkawiec, mówiąc:

– Niech no pani nie wyrabia krzyków...

– Ależ ona zemdlała! – rzekła przestraszona Madzia.

Pani Turkawiec pochyliła się nad chorą i odparła:

– I, i, i... nie... Zasnęła. Ona mi tu lada dzień zaśnie na fajn...

– Trzeba ją odwieźć do szpitala – szepnęła Madzia. – Niech pani zajmie się tym... ja koszty zwrócę...

Pani Turkawiec, patrząc na Madzię, kiwała głową.

– Najpierw – mówiła wcale niezniżonym głosem – żaden szpital jej nie weźmie. Po drugie... nie dojedzie, a po trzecie ona i tu umrze lada godzina...

Madzia, nie mogąc opanować żalu, wysunęła się z kletki na schody, a za nią pani Turkawiec.

– Ona czuje się nieźle – rzekła Madzia, odpocząwszy chwilę.

– Co warta jest taka niezłość, proszę panunci – odparła gospodyni zakładu. – Przecież ona nie ma już ani kawalątka płuc! Człowiek podtrzymuje ją swoją sztuką, ale już mi żal takiego męczeństwa... Ona tygodnia nie wytrzyma...

Ponieważ Madzia upoczuła lekki dreszcz, więc pożegnała gospodynię, obiecując powrócić nazajutrz. Na znak głębokiego szacunku pani Turkawiec, wziąwszy ją pod rękę, ostrożnie zaczęła sprowadzać ze schodów.

– To na nic interes, panunciu! – mówiła gospodyni. – Kiedy ona śpiewa, to już jest całkiem nieprzytomna, a kiedy jest przytomna, to także jest niespełna rozumu... Tydzień, dziesięć dni i po wszystkim... Polecam się łaskawej pamięci... Od świętego Michała przeniosę się do tej oto kamienicy... Całuję litościwe rączki!

Madzia czuła tak straszne zgnębienie, że znalazłszy się na ulicy, postanowiła wcale nie myśleć ani o Stelli, ani o zakładzie pani Turkawiec.

Podczas rozmowy ze Stellą przyszła Madzi na pamięć staruszka szarytka, którą poznała w domu państwa Korkowiczów – matka Apolonia. Nie odwiedziła jej wtedy pomimo serdecznych zaprosin, więc odwiedzi ją dziś i zaklnie na pamięć swojej babki Wiktorii, żeby zakonnice zaopiekowały się Stellą i jej córeczką.

Pieniędzy dostarczy ona sama, Madzia... Sto, choćby dwieście rubli... choćby nawet całą sumę, jaką dla niej przeznaczył ojciec. Ale ani wydobyć chorej z tej jaskini, ani opiekować się nią i jej dzieckiem – nie potrafi.

Madzia pierwszy raz w życiu spotkała się z zagadnieniem przechodzącym jej siły, rozum i odwagę. Serce zawsze ciągnęło ją do biednych i opuszczonych, ale ten rodzaj niedoli, jaki spotkała u pani Turkawiec, obudził nieopisaną odrazę.

Jeżeli gdzie, to tam, wśród zaduchu, jęków nieznanej kobiety i bredzenia dogorywającej śpiewaczki, zrozumiała w całej pełni filozofię pana Kazimierza, że człowiek jest zbiegowiskiem cząstek tłuszczu, fosforu i żelaza, które rozsypią się w nicość. Muszą rozsypać się w nicość! Kto chce to zrozumieć, niech nie szuka ludzkości zdrowej, pracującej i uśmiechniętej, ale niech patrzy na tę ludzkość, która daje początek nowemu życiu wśród jęków albo kona, śpiewając w gorączce i marząc o triumfach.

Z rozmyślań obudził Madzię znajomy głos:

– Moje uszanowanie! Dzień dobry! Jakże się miewa droga pani? Cóż sprowadziło panią na to odludzie, do ubogich i pochylonych domków? Domyślam się, domyślam... O, święte uczucie miłosierdzia!

Madzia otrzeźwiała. Przed nią z odkrytą głową stał Zgierski i czule ściskał jej rękę.

– Byłam tu u jednej ciężko chorej, a teraz jadę do Świętego Kazimierza – odparła Madzia. – Jakby się tam dostać najkrótszą drogą?

– Odprowadzę panią... – mówił Zgierski. – Kto jest ta chora? Może moje stosunki...

Na rogu ulicy stała dorożka. Madzia, spostrzegłszy ją, podziękowała Zgierskiemu za chęć odprowadzenia jej i – kazała wieźć się na Tamkę.

Pan Zgierski chwilę postał, popatrzył za odjeżdżającą i – zawrócił w stronę domku, z którego wyszła Madzia.

Lubił być dokładnie informowanym nawet w drobiazgach.

32. Spacer

Po kilkunastominutowej podróży, która wydawała się Madzi niekończącą się, dorożka zaczęła zjeżdżać na dół Tamki. Minęli gmach Konserwatorium i zatrzymali się naprzeciwko krótkiej uliczki zakończonej bramą, na szczycie której wznosił się żelazny krzyżyk.

– Tu – rzekł dorożkarz.

Madzia wysiadła, a minąwszy nieforemny dziedziniec, weszła do gmachu o powierzchowności więzienno-szpitalnej.

„Straszne tu musi być życie!" – pomyślała.

W sieni wyszła ku niej młoda szarytka, pytając, czego sobie życzy.

– Chciałabym zobaczyć się z matką Apolonią.

– Czy ma pani... jaką prośbę?

– Nazywam się Brzeska, jestem znajomą matki Apolonii – odpowiedziała Madzia rozdrażnionym tonem, spostrzegłszy, iż gotowi posądzić ją, że przyszła po wsparcie.

– W poczekalni jest w tej chwili kilka osób – odparła szarytka. – Ale jeżeli pani jest znajomą matki Apolonii, to możemy pójść do niej.

Poszła prędko naprzód. Madzia za nią, przez korytarze, na schody i ze schodów. Wstępowały do kilku sal, lecz matki Apolonii nie było. Przez ten czas Madzia oglądała się w nowym otoczeniu. Uderzyła ją zadziwiająca czystość, obrazy na ścianach, małe ołtarzyki w salach i napisy nad niektórymi drzwiami: „Bóg na nas patrzy!".

– Musimy zajrzeć do ogródka – rzekła zakonnica. A gdy znalazły się tam, przeprosiła Madzię, że ją na chwilę opuści.

Ogródek wydawał się niezbyt wielki ani zasobny, ale jaki tworzył kontrast z lokalem pani Turkawcowej! Tam gorąco i zaduch, tu – chłodne powiewy nasycone wonią roślin; tam ciasnota, tu zieloność, na tle której nie raziły nawet budynki w stylu szpitalnym. Tam śpiew Stelli albo jęki nieznanej chorej, tu cisza... Nie, słychać świergotanie ptaków i wesoły śmiech dzieci płynący nie wiadomo skąd.

Przy łóżku śpiewaczki Madzia widziała na lewo od siebie brudny drzeworyt przedstawiający nimfy w kąpieli. Lecz gdy tu spojrzała w lewo, spostrzegła krzyż, który wyrastał z pagórka zasianego kwiatami i prawie na obłokach opierał ciemne ramiona.

Spokojny ten obraz jak błyskawica rozświetlił wspomnienia Madzi. Zdawało jej się, że widzi swoje dzieciństwo i że ona, ta, która jest tu, nie jest dalszym ciągiem dziecka, które żegnało się na widok klasztornych murów i klękało pod krzyżami. Przyszło jej na myśl, że tamto pobożne dziecko już umarło, i poczuła ciężar, który powoli zsunął się jej na serce.

W tej chwili ukazała się młoda zakonnica.

– Niech pani będzie łaskawa ze mną do poczekalni – rzekła, nie podnosząc oczu. – Matka Apolonia zaraz przyjdzie.

Znowu wróciły na korytarz, po czym zakonnica wprowadziła Madzię do niewielkiej sali.

Zostawszy sama, poczuła Madzia nieokreśloną trwogę. Przerażał ją sklepiony sufit, grube mury, białe ściany sali, a przede wszystkim Chrystus, który z małego krzyża patrzył na nią i rozmyślał. Rozdrażnionej Madzi zdawało się, że usłyszy łoskot ciężkiej furty klasztornej, która na zawsze odetnie ją od świata. Zbliżyła się do okna, a w tej chwili cicho otworzyły się drzwi i odezwał się za nią głos łagodny:

– Niech będzie pochwalony Jezus Chrystus. Przypomniałaś sobie wreszcie, żeby mnie odwiedzić, niedobra? A ja od pół roku spodziewałam się twojej wizyty.

Madzia ucałowała ręce czerstwej staruszki i dość niezręcznie tłumaczyła się z zapomnienia.

– No, no, nie gniewam się – uspokoiła ją matka Apolonia. – Siadajże. Wy, kobiety światowe, zbyt wiele macie interesów, żebyście mogły pamiętać o przyjaciółkach waszych babek. Cóż cię do nas sprowadza?

Madzia opowiedziała o Stelli, jej chorobie, o dziecku, obecnym miejscu zamieszkania i – prosiła dla niej o pomoc.

Szarytka zacierała ręce, potrząsając niekiedy wielkim kapeluszem.

– Oj ty... ty! – rzekła, grożąc palcem Madzi. – Nie na próżno doszły nawet do nas pogłoski, że jesteś emancypantką. Co za szczególne masz znajomości! Naturalnie, że musimy zaopiekować się tą nieszczęśliwą i owocem jej grzechu, ale cóż to za kobieta! Pewnie Bóg wie od kiedy nie spowiadała się. A ty, zamiast pomyśleć o jej duszy, zaniosłaś wino, nie pytając nawet lekarza o zdanie.

– Przypuszczałam... – wtrąciła Madzia.

– Że umierającemu bardziej przyda się wino niż pojednanie z Bogiem – przerwała szarytka, a cień padł na jej twarz łagodną. – Te panie z waszego obozu – ciągnęła – wiele mówią o prawach kobiet, ale całkiem zapomniały o prawach boskich. Potem dzieci oddają do szpitala, a same umierają w domach kobiet wątpliwej wartości.

– Pani gniewa się na mnie...

– Gdzieżby znowu! – odparła szarytka, ściskając Madzię. – Masz rysy twojej babki, Felicissimy, a to mi wystarcza. Choćbyś nawet i poszła kilka kroków za nowym prądem, powrócisz.

– Pani sądzi, że takie powroty są możliwe?

Szarytka podniosła głowę i z uwagą spojrzała na Madzię. Zamyśliła się i odparła:

– Gdy człowiek nie umie sam powrócić, Bóg zastępuje mu drogę...

Madzię przebiegł dreszcz i pobladła.

– No, ale co tam – rzekła szarytka łagodniej, spostrzegłszy zmianę w twarzy Madzi. – Do tej nieszczęśliwej zgłosi się ktoś jeszcze dzisiaj i przekona się, co można zrobić. Zostaw mi jej adres. Jeżeli zaś chcesz zobaczyć to biedne dzieciątko, dam ci bilet.

Madzia powiedziała adres Stelli; szarytka wyszła i niebawem wróciła z kartką.

– Oddaj to siostrze Marii u Dzieciątka Jezus, a ona cię poinformuje.

Madzia ucałowała ręce staruszki.

– Przychodź tu czasem – mówiła szarytka. – Już nie będę cię strofować za nieostrożne słowa. Ale widzisz, jestem stara i choć mniszka, jednak trochę widziałam na świecie. Mój kornet nie zasłaniał mi oczu. Niejedna uwaga może ci się przydać, tym bardziej że, biedaczko, pracujesz z dala od matki... Do widzenia.

Ucałowała Madzię, przeżegnała i wyprowadziła do sieni.

– Przyjdź tu czasem...

„Dziwny... cóż to za dziwny świat" – myślała Madzia, biegnąc do furtki. Była tak rozdrażniona, że lękała się, żeby zgodnie ze słowami szarytki krzyż stojący za murem ogrodu nie zszedł z kwiecistego pagórka i – nie zastąpił jej drogi.

Kiedy zmęczona wróciła do swego mieszkania, nie mogła nadziwić się, że jest u siebie i że wybiła piąta... Więc dopiero dwie godziny jak ona wyszła z domu do Stelli? Nie, to chyba miesiąc już upłynął, a może rok! Bo czy możliwe jest w ciągu dwóch godzin napotkać tyle kontrastów, tyle odczuć i tyle przeżyć, co ona?

Właściwie nawet nie widziała ani zbyt wielu, ani nadzwyczajnych rzeczy. Chorą i – szarytkę, zakład pani Turkawiec i – ogródek klasztorny, nimfy między wyblakłymi gazetami i – krzyż wśród zieloności. Jakim sposobem kilka tych przedmiotów zbudziło w niej tyle wrażeń, jakby każdy był całym światem? I czy możliwe, żeby parę godzin podzieliło się na mnóstwo kawałków czasu, z których każdy rozrósł się w stulecia? Rozmowa z panią Turkawcową na schodach – jedno stulecie... Pobyt u Stelli – tysiące lat... Podróż dorożką – znowu stulecie...

Dziedziniec, poczekalnia w klasztorze, rozmowa z matką Apolonią – chyba wieczność!

Siedząc na twardej kanapce, Madzia marzyła. Przed oczami jej duszy przesuwały się kolejno dwa obrazy: alabastrowa twarz chorej na tle brudnego posłania i – dobroduszne oblicze zakonnicy w sklepionym pokoju; jęki nieznajomej kobiety za szeregiem przepierzeń i śmiech dzieci ukrytych w ogrodzie. W obrazach tych zdarzały się jakieś przemiany: raz widać było na dziedzińcu klasztornym Stellę, to znowu w lokalu pani Turkawcowej szarytkę. Stella w nowym otoczeniu była smutniejsza, lecz wyglądała szlachetniej; ale zakład pani Turkawcowej, w obecności szarytki, rozpływał się jak mgła. Cichnął jęk, nie było słychać mlaskania, znikały obrzydliwe ściany, a na miejscu kąpiących się nimf ukazywał się krzyż oparty stopami na kwiatach, ramionami w obłokach.

Potem nie wiadomo skąd pojawił się cień Solskiego. On także był litościwy, ale i surowy jak zakonnica; w jego mieszkaniu także panowała klasztorna cisza, a z okien widać było ciemne pnie drzew uwieńczonych zielonością.

A ona, a Madzia, kim jest? Czy jej ciasny pokoik nie przypomina komórki, w której leży Stella? Upał taki sam, kuchenne swędy warte tamtejszego zaduchu, a warczenie niewidzialnej maszyny do szycia czy mniej ją drażni niż jęki chorej?

„Co ja zrobiłam... co ja zrobiłam? – myśli Madzia. I dodaje z rozpaczą: – Po co ja wyjechałam z Iksinowa?".

Ach, gdyby z dusznej Warszawy można było uciec na wieś... Gdyby można zasnąć i nie obudzić się, a przynajmniej – zapomnieć o tych męczących widziadłach.

Po szóstej zapukano do drzwi i ukazał się pan Kazimierz. Na jego widok Madzia krzyknęła z radości. Znalazł się wreszcie człowiek rzeczywisty, nie widmo. Był tak nieoczekiwany, tak nowy na tle jej marzeń, a przede wszystkim niczym nie przypominał ani Stelli, ani szarytki...

– Byłbym szczęśliwy z powitania – rzekł pan Kazimierz – gdyby nie dziwny wyraz, jaki dostrzegam w oczach pani... Co to i znaczy? Miała pani zmartwienie?

– Czy ja wiem, jak to nazwać! – odparła Madzia. – Chyba jestem zdenerwowana...

– Najmilszymi są kobiety zdenerwowane.

– Tak? Ale niech pan zgadnie, gdzie byłam!

– Na lekcji? Ba, może u panny Ady?

– U szarytek – odparła Madzia. – Do tej pory nie mogę się uspokoić...

– Co panią tak poruszyło? Nie przypuszczam, żeby chciano panią gwałtem zamknąć w klasztorze.

– Poruszył mnie sam klasztor: jego krzyże, cisza... Panie Kazimierzu – mówiła Madzia z zapałem – w tym coś jest... Jest jakaś nieokreślona siła, którą nazwałabym świętością... Bo czym innym wytłumaczy pan wpływ, jaki na nas wywiera klasztor?

– Jak na kogo – odparł pan Kazimierz. – Widziałem we Włoszech kilka klasztorów, nawiasem mówiąc, prześlicznych jako budowle. I wyznaję, że pobudziły moją wyobraźnię...

– A widzi pan! Jest w nich coś nadziemskiego...

– Nie, pani, nic nadziemskiego, ale jest coś – niewspółczesnego. Klasztor z potężnymi murami, gęstym okratowaniem okien, celami, w których surowe mnichy śpią na deskach, przywodzi na myśl opokę stalowych pancerzy, zamków otoczonych zębatymi ścianami, zakapturzonych biczowników i narzędzi średniowiecznych tortur. Na widok tego rodzaju zabytków w umyśle widza powstaje wątpliwość: gdzie ja jestem i czym jestem? Powstaje wrażenie dwoistości; człowiek czuje się na granicy dwóch światów, z których jeden jest rzeczywisty, drugi fantazją obleczoną w dotykalne formy. Ta uzmysłowiona legenda rozmarza nas, a obraz rzeczy dawno zmarłych, mających pozory życia, napawa melancholią. Ale poza melancholijnymi marzeniami, które mogą zdenerwować osobę wrażliwą, nie ma tam nic: żadnej nadziemskości, żadnej świętości.

Madzia, słuchając, oboma rękami ściskała sobie czoło.

– Ależ pani naprawdę jest cierpiąca! – zawołał pan Kazimierz.

– Bo mi tu duszno... Zupełnie jak...

– Jak w klasztorze?

– O, nie! Tam odetchnęłam... tam jest trochę zieleni.

– Wie pani co? – rzekł pan Kazimierz stanowczo. – Musimy wyjść, i to zaraz. Zabiorę panią do Botanicznego Ogrodu, choćby i natychmiast...

– Już późno.

– Jeszcze nie ma siódmej. A godzinka spaceru na świeżym powietrzu orzeźwi panią...

– Ha, niech i tak będzie! – odparła Madzia. – Może spacer naprawdę mnie uspokoi.

Ubrała się i wyszli na ulicę. Pan Kazimierz skinął na dorożkę, ale Madzia się nie zgodziła. Więc doszli do Nowego Światu i wsiedli w jeden z omnibusów kursujących między placem Zygmunta i Belwederem.

Podróż ciągnęła się powoli; słońce zachodziło, na południowej stronie nieba ukazały się ciemne obłoki z czerwonym odblaskiem. Wreszcie dotarli do Ogrodu Botanicznego i weszli.

Pomimo pięknego wieczora ogród wyludnił się; groził deszcz. Pan Kazimierz jednak spotkał kilka znajomych pań i mężczyzn, którym musiał się kłaniać, a którzy, widząc z nim piękną kobietę, obrzucali go zaciekawionymi spojrzeniami.

Pan Kazimierz był zakłopotany i od czasu do czasu ukradkiem spoglądał na Madzię. Ale ona nie widziała ani ludzi, ani ich spojrzeń. Szła zapatrzona w swoje obrazy, zasłuchana w niedosłyszalne głosy.

Żeby uniknąć tłumu, pan Kazimierz wybierał najmniej uczęszczane aleje. Istotnie spotykali coraz mniej przechodniów.

– Jak tu dobrze! – zawołała Madzia, zatrzymując się w alei.

– Widzi pani, że miałem rację...

– Tak. Czułam, że czegoś mi potrzeba, a było mi potrzeba widoku trawy i gęstych drzew. W tym półmroku zdaje mi się, że widzę las... duży las... Czy także powie pan – dodała z naciskiem – że w lesie, jak i w klasztorze, nie ma nic... nic! Żadnej nadziemskiej siły, która bez pomocy zmysłów przemawia do naszej duszy?

– Skąd w pani dziś obudził się taki pociąg do kwestii metafizycznych, jeżeli nie mistycznych – odparł pan Kazimierz. – Co się stało? Pani taka trzeźwa!

– Bo chcę raz dowiedzieć się prawdy; czy człowiek umierający ginie... czy te, które zamykają się w klasztorach, oszukują się dobrowolnie? Jeżeli na świecie są tylko pierwiastki chemiczne, to dlaczego ten pozór lasu robi na mnie inne, duchowe wrażenie? O, niech pan tam spojrzy! – mówiła, rzucając się na ławkę. – Co to jest? Kilkanaście drzew okrytych chmurą liści... A przecież ja tam coś dostrzegam, coś stamtąd na mnie woła... Ach, tak woła, że płakałabym... że... serce mi pęka, wyrywając się do czegoś... Więc co to jest?

– Nieświadome, a odziedziczone wspomnienia – odpowiedział pan Kazimierz. – Nasi przedhistoryczni przodkowie żyli kiedyś w lasach. Tam znajdowali pokarm, ochronę przed klimatem i wrogiem; tam odnosili zwycięstwa nad olbrzymimi zwierzętami, co wszystko razem głęboko wstrząsało ich systemem nerwowym.

Po owych odległych przodkach – ciągnął pan Kazimierz, przysuwając się do Madzi – pozostała w naszym mózgu jakaś grupa już zanikających komórek. Szczątki te wśród ucywilizowanego życia milczą, lecz wobec lasów, gór, jaskiń zaczynają dźwięczeć dawno zgasłymi pieśniami: bólu, obawy, nadziei, radości, triumfu... Te prastare echa są owym głosem, który woła na panią, owym czymś tajemniczym i nadziemskim. Poza nimi – nie ma nic...

Mrok zapadał i zgromadziły się chmury. W ogrodzie było pusto. Ale kwiaty pachniały coraz mocniej, drzewa szemrały głośniej, w powietrzu unosiły się tchnienia namiętne.

Pan Kazimierz poczuł lekki dreszcz i zaczęły plątać mu się myśli.

„Jednak dziwny jest ten wieczór" – rzekł do siebie.

– Okropne są pańskie wyjaśnienia! – odezwała się Madzia. – Gdyby wszyscy tak wierzyli, szczęście uciekłoby ze świata – dodała ciszej.

Panu Kazimierzowi biły tętna w skroniach, dławił oddech, paliło go własne ciało. Zaczęło brakować mu wyrazów, lecz jeszcze raz wysilił uwagę i mówił stłumionym głosem:

– Szczęście ucieka nie ze świata, ale z nas samych jak wino z pękniętych butelek. Świat! Co on winien temu, że ludzie pobudowali sobie żelazne klatki i tortury?

Znowu myśli mu się splątały. Chciał Madzię wziąć za rękę, ale... przetarł sobie czoło.

– Jechała pani w nocy koleją? – spytał nagle. – Widziała pani smugę iskier wylatujących z lokomotywy? Każda błyszczy, unosi się w powietrzu, potem spada między polne zioła i po chwili gaśnie. Ta jaskrawa smuga to ludzkość, pojedyncze iskry to nasze życie... Lecz co by pani powiedziała, gdyby owe iskry, zamiast latać, płonąć i błyszczeć przez ciąg sekundowego istnienia, raczej zakopywały się w ziemię albo dobrowolnie przygaszały własne światło... własną radość... Co by pani powiedziała? Śmierć, która pogrąża nas w zapomnieniu, nie jest nieszczęściem. Ale odtrącanie prostych a potężnych rozkoszy, odsuwanie spragnionych ust od czystej wody to jest udręczeniem i samobójstwem.

Oparł rękę na ławce tak, że dotknął palców Madzi i poczuł, że były równie gorące jak jego. W mgnieniu oka zapomniał, gdzie się znajduje i czy dookoła nich jest widno czy ciemno. W rękach i nogach czuł mrowienie; głos przytłumiał mu się coraz bardziej. Przysunął się do Madzi. Jej ramię dotykało jego ramienia. Zaczął szeptać:

– Niekiedy dwie iskry padają tuż obok siebie... Wówczas ich blask... ogień, który je trawi, potęguje się... Dwa istnienia wyrastają na tysiąc istnień... dwie iskry błyszczą jak najjaśniejsza gwiazda... Czy nie byłoby nikczemnością rozdzielać te dwa byty? A czy nie byłoby szaleństwem, gdyby jedna z nich zdusiła własne światło i... swej sąsiadki?

Robiło się coraz ciemniej i wzmagał się szum. Nad ogrodem kolejno przelatywały dwa powiewy: ciepły od miasta, chłodniejszy od strony Łazienek. Po alejach nikt już nie chodził, tylko rozkołysane drzewa gięły się ku ziemi albo odsuwały od siebie wierzchołki, odsłaniając granatowe chmury. Czasem w górze zatrzeszczała gałąź albo oderwała się gałązka i w fantastycznych podskokach spadała na trawnik.

– Straszne to, ale piękne! – rzekła Madzia, opierając głowę na poręczy ławki.

– Jak moja miłość dla ciebie... – szepnął pan Kazimierz.

Chwycił Madzię wpół i przycisnąwszy usta do jej ust, zaczął całować bez pamięci.

Przez chwilę Madzia siedziała martwa. Nagle wydarła się z objęć pana Kazimierza, a gdy wyciągnął rękę, odtrąciła go, jakby ją chciała uderzyć.

– Ach! – zawołała z gniewem. – Gdyby pan wiedział, o czym myślałam, nie zrobiłby pan tego...

Stanęła na środku alei i zaczęła poprawiać włosy. W tej chwili spadła pierwsza kropla deszczu.

Pan Kazimierz podniósł się z ławki pijany, ale otrzeźwiał. W głosie Madzi usłyszał taką odrazę do siebie, że pożałował nie tylko pocałunków, ale nawet namiętnej wymowy i samego spaceru.

„Głupio to wygląda..." – pomyślał, czując, że ta kobieta, zamiast być pobratymczą mu iskierką, jest dla niego zupełnie obca.

Z góry zaczęły sypać się z początku rzadkie, stopniowo coraz gęstsze krople.

– Nie wiem, gdzie mam iść – nagle odezwała się Madzia głosem, w którym drgało oburzenie. – Niech mnie pan stąd wyprowadzi...

– Służę pani...

Poszli w stronę obserwatorium, ale tam żelazna furtka była zamknięta. Wtedy pan Kazimierz zaproponował powrót w głąb ogrodu aż do furtki powyżej obserwatorium.

Deszcz padał coraz gęstszy, z daleka odezwał się grzmot. Madzia skrzyżowała ręce na piersiach i szybko biegła nieznanymi ścieżkami. Pan Kazimierz, podniósłszy kołnierz marynarki, szedł za nią i myślał:

„Oby to diabli wzięli... co za głupia pozycja!".

Zdawało się, że jego namiętność, rozbita zachowaniem Madzi, roztapia się obecnie w strugach deszczu, które spływały mu z kapelusza, ramion i łopatek.

W końcu wydostali się w Aleję; ale ponieważ nie było dorożki, więc biegli pod rzęsistym deszczem bez parasoli do placu Aleksandra. Madzia, wciąż wysunięta do przodu, milczała, pan Kazimierz podążał za nią, mówiąc do siebie:

„Komiczna sytuacja i obrzydliwa! Ciekaw jestem, co ona myśli?".

Madzia tymczasem myślała z gniewem, że moknie i że późno wróci do domu. Chwilami przypominała sobie scenę na ławce i zdawało jej się, że to był sen czy może – taki dziwny początek deszczu?

„Więc tak wygląda miłość? No, no! Więc dlatego kobiety umierają u pani Turkawcowej? Ach, tego nie mogłaby żądać ode mnie pani Latter... nie miałaby prawa!".

Jeszcze przed kilkoma godzinami pan Kazimierz wydawał się Madzi genialnym, interesującym, sympatycznym. Obecnie wszystkie czary znikły i został tylko człowiek, który bez powodu chwycił ją wpół i całował w usta jak wariat.

„Jestem ciekawa – myślała – czy on będzie miał odwagę spojrzeć mi w oczy?".

Sama czuła, że śmiało może mu patrzeć w oczy, a raczej mogłaby patrzeć, gdyby jej nie obrzydł. Namiętne pocałunki pana Kazimierza robiły na niej takie wrażenie, jakby na przykład podczas spaceru wytargał ją za ucho!

Wreszcie spotkali dorożkę, w którą Madzia rzuciła się, nie patrząc na pana Kazimierza.

– Czy mogę panią odwieźć? – zapytał.

– Jak pan chce.

Wlazł pod budę zmoknięty, nieszczęśliwy i zajął miejsce na brzegu siedzenia. Madzia nawet nie odsunęła się od niego, tylko wyglądała jedną stroną dorożki, a pan Kazimierz drugą.

Wreszcie zajechali. Madzia dała dorożkarzowi dwa złote i, nie odpowiedziawszy na ukłon swego towarzysza, wbiegła przez bramę; pan Kazimierz pojechał do domu, mrucząc:

– Żeby to najjaśniejsze!

Pan Kazimierz znał swoją sztukę i wiedział, że najprzyzwoiciej jest całować kobiety wówczas, gdy one same tego chcą, niby broniąc się. Wiedział, że można pocałować kobietę niespodzianie, gdy da się to obrócić w żart, po którym niekiedy zawiązują się życzliwsze stosunki.

Ale dziś wrodzone poczucie estetyki ostrzegło go, że sprawa wygląda niesmacznie, jak gdyby zamiast pocałować Madzię w usta, wyciągnął jej portmonetkę z kieszeni.

„Nie lubię tego!" – myślał, nie wskutek wyrzutów sumienia albo wstydu, bo wstydzić się nie miał czego, ale że to było takie... ni przypiął, ni przyłatał. Bądź co bądź, jak z kucharką postąpił z osobą, o której rękę prosił Solski!

Gdy przemoczona Madzia weszła na swój korytarz, otworzyło się po kolei troje drzwi. Z jednych wyjrzał pan Pasternakiewicz, z drugich jakaś współlokatorka, z trzecich wybiegła sama pani Burakowska, mówiąc:

– Co się z panią dzieje? Dopiero musiała pani zmoknąć! Gdzież panią ten straszny deszcz zaskoczył?

– Byłam w Ogrodzie Botanicznym... ze znajomymi – odparła Madzia i weszła do swego pokoju przebrać się.

Twarz jej pałała ze wstydu. Więc już doszło do tego, że ona, Madzia, musi kłamać?

Wypiła herbatę, położyła się do łóżka i, słuchając szumiącego deszczu, rozpamiętywała przygodę panny Joanny. Tak to już dawno było, a przecież takie świeże wspomnienie! Wówczas także lał deszcz, na Joannę tak samo oczekiwała pani Latter jak dziś na nią pani Burakowska... Joanna tak samo, jak ona dziś, spędziła czas z panem Kazimierzem, który zapewne i tamtą, jak ją dzisiaj, całował w usta.

Ona i... Joanna! Oto do czego doszła w ciągu dwóch lat.

Zgasiła lampę, przymknęła oczy. Znowu ukazał się jej kwiecisty ogród szarytek z krzyżem, a jakby w dalszym ciągu – klatka umierającej Stelli. Zdawało się Madzi, że ową nieznaną kobietą, której jęki dochodziły do niej, jest Joanna i że za rok... dwa... „Polecam się pamięci pani – usłyszała wyraźnie głos pani Turkawcowej. – Od świętego Michała będę już mieszkać nie tu, ale tam, o!".

Ojciec... brat... Ada... Solski... wszystkie te wizerunki mieszały się w głowie Madzi.

„Co ja zrobiłam? Co ja zrobiłam?".

Wtłoczyła sobie chustkę w usta, żeby nie krzyknąć, i przycisnąwszy twarz do poduszki, szlochała... szlochała zupełnie tak, jak na pensji w lazarecie panna Joanna...

Przez następny dzień Madzia nie jadła i nie wychodziła z domu. Po południu odrobiła lekcje z siostrzenicą Dębickiego i za poradą gospodyni wypiła parę szklanek herbaty z cytryną.

– Zaziębiła się panna Magdalena na tym spacerze – rzekła pani Burakowska do brata, kiedy wrócił do domu wieczorem.

– Żeby się tylko zaziębiła – odparł pan Pasternakiewicz. – Ty wiesz, kto ją odwiózł? Norski!

– Kto ci o tym powiedział?

– Stróż. Poznał go, kiedy wychylił się z dorożki.

– No, co to szkodzi – uspakajała brata pani Burakowska. – Przecież u Magdaleny była z wizytą panna Norska... Wreszcie kto kobietę odwiezie w deszcz, jeżeli nie mężczyzna? Ty sam odwoziłeś niejedną damę.

– Co innego ja, co innego Norski. Bałamut i obibok, który bierze spadki po żyjących... Jeżeli mógł buchnąć kilka tysięcy rubli sparaliżowanemu Mielnickiemu, nie będzie robił ceremonii z niewinnością panny Brzeskiej.

Tak mówił pan Pasternakiewicz, a siostra słuchała z uwagą.

Na drugi dzień Madzia wyszła do miasta. Godzinę dłużej odsiedziała u swoich uczennic i około trzeciej po południu poszła do Dzieciątka Jezus boczną bramą od ulicy Szpitalnej.

Na dziedzińcu Madzia spostrzegła dwóch ludzi w drelichowych szlafrokach i perkalowych czapkach na głowie, jak kucharze. Jeden miał obandażowaną twarz i ten wskazał Madzię drugiemu, który nosił rękę na temblaku i, zobaczywszy ładną pannę, zaczął się śmiać. Przerażona Madzia, myśląc, że to są wariaci, rzuciła się w pierwszą sień i na szczęście spotkała szarytkę.

– Sieroty są w tamtym skrzydle – rzekła szarytka, wysłuchawszy wyjaśnienia Madzi. – Zaprowadzę panią do siostry Marii.

Prędko weszła na pierwsze piętro i na korytarz, który zadziwił Madzię długością. Mijały jedne za drugimi drzwi ponumerowane i zamknięte, za którymi Madzia domyślała się obecności chorych. Powietrze było przesycone zapachem karbolu i ciszą. Raz spotkały posługacza śpieszącego z kubłem, drugi raz pacjenta w drelichowym szlafroku i kucharskiej czapce, potem lekarza, który w grubym fartuchu wyglądał jak rzeźnik.

Madzię ogarniał niepokój i coraz bardziej intrygowały drzwi ponumerowane.

„Gdzie tu są chorzy?" – myślała.

Po chwili na lewo zobaczyła wielkie okno, a za oknem gdzieś w dole olbrzymią salę wypełnioną dwoma szeregami łóżek, z których każde było zajęte. Między łóżkami snuło się parę posługaczek i zakonnica.

– Co to jest, proszę pani? – zapytała Madzia swej przewodniczki.

– Sala gorączkowych – odparła szarytka, biegnąc naprzód.

– Wielu jest tam chorych?

– Sześćdziesiąt łóżek.

„Sześćdziesiąt! – pomyślała Madzia. – Czy podobna, żeby tylu chorych było w Warszawie! A jeszcze na innych salach...".

Skręciły na lewo; zapach karbolu ciągle im towarzyszył. Po chwili Madzia usłyszała szczególny krzyk, jaki wydają zabawki mechaniczne... Znowu drugi i trzeci podobny... Jednocześnie wyszła z pokoju inna zakonnica, której przewodniczka Madzi wręczyła kartkę.

– Ach, to pani – rzekła zakonnica i przedstawiła się jako siostra Maria. – Już wczoraj zapytywała mnie matka Apolonia o dziewczynkę Magdalenę, która ma krzyżyk ze złotego drutu, a nastała do nas przed miesiącem. Jest taka dziewczynka.

– Mogę ją zobaczyć? – szepnęła Madzia.

– Proszę panią – rzekła siostra Maria, otwierając inne drzwi.

Madzia na progu zawahała się, lecz weszła. Zobaczyła obszerny pokój z otwartymi oknami, które wychodziły na ogród. Było tu widno, nawet słonecznie, lecz ciasno z powodu nagromadzenia łóżek i łóżeczek. Siedziało tu lub spacerowało siedem czy osiem kobiet o zwiędłej cerze, które karmiły dzieci, poprawiały je w łóżeczkach albo rozmawiały ze sobą. Jedna mamka trzymała na rękach dwoje niemowląt.

– Dwoje karmi? – spytała zdziwiona Madzia.

– Czasem troje – odparła szarytka.

Kilkoro dzieci płakało głosami lalek; jedno siedzące na rękach u mamki zastanowiło Madzię niezwykle mądrym spojrzeniem. Nie miało jeszcze roku, a można było sądzić, że przemówi i o coś zapyta. Wszystkie były mizerne.

– Oto dziewczynka – rzekła zakonnica, wskazując na łóżeczko, w którym leżał twór o pomarszczonej skórze sinawego koloru, z nóżkami cienkimi jak palec dorosłego człowieka.

– Boże! Jakież ono chude... – zawołała Madzia. – Czy chore?

– Coraz słabsze... Kwestia kilku dni – odparła szarytka.

– Ależ trzeba ją leczyć... Ja mam dla tej dziewczynki pieniądze... – mówiła Madzia drżącym głosem.

Szarytka wzruszyła ramionami.

– Robi się, co można. Maleństwo to ma nawet osobną mamkę, ale...

– Może jej czego brak? – nalegała Madzia.

– Wszystko ma, czym rozporządzamy. Brak jej matki i – sił, które tylko Bóg może przywrócić.

– Więc nic? Więc nic? – powtarzała rozżalona Madzia, nie śmiejąc dotknąć nieszczęśliwego dziecka.

Szarytka milczała.

Madzia, pożegnawszy siostrę Marię, prawie uciekła ze szpitala. Dusił ją zapach karbolu, a rozdzierał serce widok sierot i ich głosy niemające w sobie nic ludzkiego.

Na placu Wareckim wzięła dorożkę i pojechała do pani Turkawcowej. Właścicielka domu zdrowia dla kobiet jak za pierwszą wizytą Madzi, tak i teraz stała w przedsionku swojej instytucji i rozmawiała ze sługą piorącą bieliznę pacjentek i ich dzieci. Zobaczywszy Madzię, pani Turkawiec przerwała konferencję pralnianą i zawołała:

– Oho już! Nie ma się panuncia po co fatygować...

– Jak to? Co? – spytała Madzia, zatrzymując się w połowie schodów.

– Już wynieśli znajomą pani...

– Do szpitala?

– Nie, na cmentarz. Umarła wczoraj w południe, ale wypiła wszystko wino...

– Dlaczegóż pani nie zawiadomiła mnie o tym?

– Bo były tu onegdaj i wczoraj dwie zakonnice, obejrzały ją, przysłały doktora... A kiedy zrobił się ten interes, zabroniły donosić panunci.

Madzia pożegnała sumienną gospodynię i cofnęła się na ulicę.

„Śmierć... wszędzie śmierć... – myślała. – Ktokolwiek zbliży się do mnie, umiera...".

Nie żałowała Stelli; owszem, zdawało się jej, że nieszczęśliwa śpiewaczka nic lepszego nie mogła zrobić na tym świecie.

Wróciwszy do domu, Madzia zjadła obiad z apetytem; później odbyła lekcję z Zosią. Ogarnął ją spokój, jakby jej osobiste cierpienia rozpłynęły się w szpitalnych zapachach, w klasztornej ciszy, w bezdusznym krzyku opuszczonych dzieci i w całym tym bezmiarze nędzy i ludzkich poświęceń, na które patrzyła od kilku dni.

„Śmierć... wszędzie śmierć... dookoła mnie śmierć..." – powtarzała.

Nie wiadomo dlaczego przyszedł jej na pamięć Solski i poczuła ściśnięcie w sercu.

„No, teraz wszystko skończone – mówiła sobie. – Mój Boże, jeden... jedyny spacer! Nawet nie przypuszczałabym, że w tak prosty sposób można zabezpieczyć się od pana Stefana...".

Widać jeszcze kilka dni temu w sercu Madzi tliła jakaś nadzieja, że Solski może do niej wrócić, i obawa, że ona ulegnie ponownym prośbom. Było to ostatnie echo niedawnej przeszłości, cień, który oddalający się Solski rzucał na jej wspomnienia. Ale dziś wszystko skończyło się: pan Kazimierz zdusił echa i odpędził cień. Nie ma już nic!

Wieczorem napisała obszerny list do brata i do ojca. Bratu ofiarowała się, że do niego pojedzie na kilka lat, choćby do końca życia. Ojcu doniosła o propozycji zrobionej Zdzisławowi.

„Przed samym wyjazdem – myślała – pójdę do Ady podziękować za wszystko, co zrobiła dla mnie i dla Cecylii. Jestem pewna, że pożegna mnie życzliwie. Już przecież nie pozbawię jej miłości brata...".

Upłynął tydzień, nadszedł początek sierpnia.

Pani Burakowska, jej lokatorki i stołowniczki coraz chłodniej traktowały Madzię, tylko odpowiadając: „dzień dobry" i „dobry wieczór". Ale ona nie zważała na te objawy obojętności; myślała o swoim bracie: w jaki sposób urządzić mu gospodarstwo? I niecierpliwie oczekiwała wezwania od niego.

Pewnego dnia, zaraz po lekcji z Zosią, złożył Madzi wizytę nieoczekiwany pan Miętlewicz. Kręcił się, kłaniał, opowiadał, że jego ślub z panną Eufemią odbędzie się w połowie sierpnia, że rodzice i major zasyłają Madzi ukłony, że w Iksinowie odnawiają bruk na rynku... Ale miał spuszczone oczy i taką minę, że Madzia zaniepokoiła się.

– Pan ma dla mnie jakąś przykrą wiadomość – przerwała nagle, chwytając go za rękę.

– Wiadomość... wiadomość? – powtórzył. – Ech, nie... Chciałem się tylko zapytać pani, bo jutro wracam do domu, a tu tak plotą...

– Co plotą? – spytała Madzia, blednąc.

„Może o spacerze do Botanicznego Ogrodu?" – dodała w myśli.

– Bo... proszę pani... Eh! Co mam owijać w bawełnę, kiedy to pewnie głupstwo... – prawił zakłopotany Miętlewicz. – Oto, co mówią, proszę pani... Że pani chodzi do jakichś akuszerek i do szpitala podrzutków...

– Byłam tam.

– Pani?

– Byłam u pani Turkawcowej odwiedzić Stellę, która tam umarła, a w szpitalu – zobaczyć jej dziecko, które umiera...

– U Stelli? Więc umarła biedaczka! – zawołał Miętlewicz. – I pani ją odwiedzała?

Podniósł się z kanapki i, ciągle szastając nogami, ucałował Madzi obie ręce.

– Pani to chyba jest święta – szepnął.

– Co w tym dziwnego?

– Ale ludzie – ciągnął Miętlewicz – ludzie, proszę pani, to są... nierogate świnie za przeproszeniem. Tylko tyle powiem...

Otarł oczy, znowu ucałował ręce Madzi i ukłoniwszy się, wybiegł z pokoju.

„Prawdziwy prowincjonalista – myślała Madzia, wzruszając ramionami. – Jego dziwią plotki!".

W chwili, kiedy Miętlewicz wyszedł z bramy, wszedł w nią pan Kazimierz, zmierzając do mieszkania Madzi. Miał minę rozzłoszczonego triumfatora i wstępując na schody, powtarzał w duchu:

„Taka jesteś, panienko? Gniewasz się jak królowa, a piszesz listy anonimowe, żeby swego wielbiciela zmusić do ożenku... I ja się na nią złapałem!".

Zapukał do drzwi, wszedł do pokoju Madzi z twarzą zuchwałą i dopiero na progu zdjął kapelusz.

Na widok pana Kazimierza Madzia zmarszczyła brwi. W tej chwili elegancki młody człowiek zrobił na niej marne wrażenie; już nie tylko przestała wierzyć w jego geniusz, ale nawet jego wdzięki wydawały się pospolitymi.

„Co to za porównanie z Solskim?" – pomyślała.

Pogardliwe myśli tak wyraźnie odbiły się na twarzy Madzi, że pana Kazimierza opuściła energia, z jaką tu wszedł. Przywitał się nieśmiało i nieśmiało usiadł przy piecu na krześle, tym nieśmielej, że Madzia nie prosiła go, by siadł.

Po chwili jednak się opanował, a gdy Madzia obojętnym głosem zapytała:

– Co pana do mnie sprowadza?

Pan Kazimierz poczuł gniew i odparł, zuchwale patrząc jej w oczy:

– Chciałem się zapytać... co to za pogłoski krążą o pani?

– O mnie? – spytała, a oczy jej błysnęły. – Czy nie o tym spacerze, na którym pan był moim przewodnikiem?

– Nie, proszę pani... O tym ode mnie nikt nie będzie wiedział... Natomiast dużo mówią o wizytach pani w szpitalu, to znowu u... jakiejś...

Panno Magdaleno, kto jest tak nieoględnym... – dodał pan Kazimierz miększym tonem.

Ale w Madzi burzył się gniew.

– O wizytach w szpitalu i u tej pani już wiedzą moi rodzice i brat i z pewnością nie potępią mnie za to.

Pan Kazimierz umilkł i otarł spocone czoło.

– Czy to miał mi pan do powiedzenia? – odezwała się po chwili Madzia.

– Nie tylko, proszę pani... – odparł rozdrażniony. – Chciałem jeszcze zapytać, czy pani nie zna tego pisma... Chociaż wydaje się być zmienione...

Sięgnął do kieszeni i ostro patrząc w oczy, podał Madzi list, którego dolna połowa była odcięta.

Madzia spokojnie wzięła papier i czytała:

„Człowiek uczciwy, jeżeli wywabia niewinną i niedoświadczoną dziewczynę na spacery samotne, powinien znać obowiązki, jakie na niego spadają. Bo choć zapewne nie pierwszy raz zdarza mu się spacerować z niedoświadczonymi dziewczętami, dla tej jednak należałoby zrobić wyjątek bądź ze względu na jej piękność i szlachetny charakter, bądź – że oprócz dobrego imienia nie posiada nic więcej...".

Madzia czytała list zdziwiona. Nagle uderzając się w czoło, szepnęła:

– Ada! Ach, więc to – ta zazdrość?

Pan Kazimierz zerwał się z krzesła.

– Co pani mówi? – zawołał. – To jest pismo panny Ady?

Wydarł list z rąk Madzi i, wpatrując się, mówił:

– Tak... pismo zmienione, ale jej... Aha... aha! A ja ślepy...

– Zdaje się, że już pan przejrzał... – odezwała się Madzia z drwiącym uśmiechem.

Pan Kazimierz patrzył to na list, to na Madzię. Nigdy jej taką nie widział; nawet nie przypuszczał, żeby pokorne i naiwne dziecko mogło podobnym tonem przemawiać i uśmiechać się tak ironicznie.

„Co się z niej zrobiło? Ależ to inna kobieta!" – myślał.

Schował list, pochylił głowę i złożywszy przed Madzią ręce, rzekł wzruszonym głosem:

– Panno Magdaleno... nie zrozumiałem pani... Była pani dla mnie najlepszą, najszlachetniejszą siostrą... Więcej nawet, była pani głosem mojej nieszczęśliwej matki... Czy przebaczy mi pani kiedyś?

Czekał, czy poda mu rękę. Ale Madzia, nie podając ręki, odparła:

– Niedługo wyjeżdżam do mego brata... Bardzo daleko. Ponieważ nie zobaczymy się nigdy, więc mogę powiedzieć, że... nie obchodzi mnie to, co pan zrobił...

Pan Kazimierz postał chwilę. Wreszcie ukłonił się i wyszedł.

„Pójdzie do Ady – myślała Madzia – wytłumaczy jej, że był dla mnie najszlachetniejszym bratem, no... i pobiorą się... Ach, Ada! Ona o to była zazdrosna?".

Patrzyła na drzwi i śmiała się cicho. Nie z pana Kazimierza, ale z tego, że czuła się inną, zupełnie inną osobą. Dawnej Madzi, pełnej radości, różowo patrzącej na świat – już nie było.

33. Pan Kazimierz zostaje bohaterem

Pan Kazimierz, długi czas dziecko szczęścia, od paru miesięcy zaczął doznawać niepowodzeń. Panna Ada Solska była na niego obrażona, pan Stefan Solski okazywał mu wzgardę; w salonach przyjmowano go chłodno, wykwintni przyjaciele odsuwali się od niego, ludzie wpływowi już nie ofiarowywali mu świetnych posad. Wreszcie jego kredyt zachwiał się tak, że nawet lichwiarze zaczęli mu odmawiać większych pożyczek.

Wszystkie te gorycze życia pan Kazimierz przypisywał niegodziwości siostry, Heleny, która zamiast oddać rękę Solskiemu, kokietowała mężczyzn na prawo i na lewo i wyszła za mąż za Bronisława Korkowicza, piwowarczyka!

„Helena temu winna" – myślał pan Kazimierz, ile razy spotkała go nowa przykrość. I niechęcią do siostry, niby parasolem, zasłaniał się przeciw wichrom niepowodzeń, które od czasu do czasu zasypywały mu oczy.

Lecz wicher niebawem zamienił się na burzę.

Na trzeci dzień po spacerze z Madzią w Ogrodzie Botanicznym pan Kazimierz otrzymał list podpisany przez Piotra Korkowicza, który wzywał go na rozmowę w ważnym interesie.

„Czego chce ode mnie ten browarnik?" – myślał pan Kazimierz. W pierwszej chwili miał zamiar wyzwać na pojedynek Bronisława Korkowicza za nie dość elegancki list jego ojca. Potem chciał odpisać Korkowiczowi ojcu, że – kto ma do niego, do pana Norskiego, interes, powinien przyjść sam. W końcu, tknięty przeczuciem, zdecydował się pójść do starego Korkowicza, no i dać mu lekcję grzeczności.

Nazajutrz około drugiej po południu poszedł do piwowara, który przywitał go w gabinecie – bez surduta i kamizelki, gdyż i dzień był gorący. Za tak lekceważące przyjęcie pan Kazimierz gotów był zrobić Korkowiczowi awanturę, uspokoił się jednak, spojrzawszy na jego potężne ręce, i tylko rzekł do siebie: „A to niedźwiedzisko! Ciekaw jestem, czego on chce?".

Stary piwowar nie trzymał go w niepewności. Szeroko zasiadł na fotelu, gościowi wskazał miejsce na szezlongu i rzekł:

– Pan wie, że od wtorku siostra pańska jest moją synową? Wzięli ślub w Częstochowie i wyjechali na miesiąc za granicę...

Pan Kazimierz obojętnie kiwnął głową.

– Tym sposobem – ciągnął Korkowicz, motając brodę – pan od wtorku należy do naszej rodziny...

– Bardzo mi to pochlebia – odparł zimno pan Kazimierz.

– Mnie nie bardzo – pochwycił stary piwowar – ale mam nadzieję...

– Czy wezwał mnie pan po to, żeby obrażać mnie? – spytał pan Kazimierz.

– Wcale nie. Wezwałem pana, żeby po naradzie z panem uregulować jeden brzydki interes. Pan wziął od niejakiego Mielnickiego, paralityka, cztery tysiące rubli... Tymczasem szlachcic nie ma z czego żyć... Musimy to załatwić...

– Co pana to obchodzi? – wybuchnął pan Kazimierz.

– Proszę pana – mówił, czerwieniąc się Korkowicz – ja nie znam się na szlacheckich wyobrażeniach o godziwym i niegodziwym... Ale mój piwowarski rozum uczy mnie, że nie wolno obdzierać niedołęgów, którzy nie mają co jeść... A Mielnickiego obdarł pan, podnosząc cztery tysiące rubli, których gwałtownie sam potrzebował.

– Mielnicki te pieniądze winien był mojej matce... Pożyczył od niej...

– Eh! – odparł Korkowicz, machając ręką. – Żyje pan złudzeniami. Świętej pamięci wasza matka nie mogła pożyczać innym, bo oprócz długów nic nie miała.

– To nieprawda...
– Ja nie kłamię! – krzyknął Korkowicz, uderzając pięścią w biurko. – Spytaj pana Zgierskiego... pytaj gospodarza domu, gdzie mieszkała... Spytaj wreszcie Fiszmana, który na kilka dni przed śmiercią odmówił jej kilkuset rubli pożyczki...
– Fiszman? – szepnął pan Kazimierz i pobladł.
– A tak, Fiszman... który niejednokrotnie pożyczał nieboszczce pieniędzy na pański podpis, no... i jej...

Mówiąc to, stary piwowar szkaradnie przymrużył lewe oko, a pan Kazimierz spuścił głowę.

– Znam ja was, młodzi! – prawił Korkowicz. – Mam przecież synka, który w knajpach przesiadywał z panem... Dziś żona weźmie go do klubów, podlec, a że weźmie, jestem pewny... Pozna teraz, że babski pantofel twardszy od ojcowskiej pięści... Psi syn! Ale nie o to chodzi. Cztery tysiące rubli trzeba oddać Mielnickiemu, bo stary zdechnie z głodu.

– Ktoś pana w błąd wprowadził – odpowiedział znacznie łagodniej pan Kazimierz. – Matka nasza miała majątek... Nie zostawiła przecież długów, owszem, gotówkę...

– Nieboszczka nic nie zostawiła prócz długów! – przerwał mu Korkowicz. – Pieniądze, które otrzymaliście po jej śmierci, pochodziły – primo od Arnolda, secundo od Solskich. Jeżeli pan nie wierzysz, spytaj ich plenipotenta, Mydełkę, tego z krzywymi nogami, który, osioł, żeni się z tą wariatką Howardówną...

– Z panną Howard? – szepnął mimo woli pan Kazimierz, ale szybko umilkł.

– Wreszcie – prawił Korkowicz – nic mi do majątku waszej matki. Ale chodzi o to, żeby zwrócić cztery tysiące rubli Mielnickiemu. Szoruj więc pan do mego adwokata, załatw formalności prawne z Mielnickim, a cztery tysiące rubli i procent od kwietnia ja zapłacę.

Pan Kazimierz siedział jak skamieniały. Korkowicz ciągnął dalej.

– A panu radzę tak: ciśnij bankiera, idź na praktykę do mego browaru... Potem wyślę cię za granicę, a gdy nauczysz się warzyć piwa (nie takiego jak dotychczas!), znajdę ci porządny browar, na którym będziesz miał byt niezależny...

No i co? – zakończył stary, klepiąc po ramieniu pana Kazimierza.

– Na piwowarstwo nie mam ochoty – odparł Norski – a cztery tysiące rubli pan Mielnicki musiał być dłużnym naszej matce, ponieważ sam mi to powiedział.

Korkowicz ciężko podniósł się z fotelu.

– Jeżeli robi ci to przyjemność – rzekł – to wyobrażaj sobie, że Mielnicki był winien matce... Ja zwrócę mu, co się należy, i bez twego udziału, bo nie chcę, żeby ludzie wycierali sobie zęby bratem mojej synowej. Upadam do nóg, panie Norski...

Pan Kazimierz, wzburzony, zerwał się z szezlonga, tylko kiwnął głową Korkowiczowi i wybiegł z mieszkania.

W kilka godzin jednak odzyskał jasny pogląd na rzeczy.

„Jeżeli – myślał – ten słodownik chce zrobić prezent Mielnickiemu, niech robi... Co mnie to obchodzi? Mielnicki jest człowiekiem uczciwym, który przyznał dług mojej matce... Ale przecież nie tak głupi, żeby darowywać cztery tysiące rubli, których nie był winien...".

Rozumowaniem tym uspokoił się pan Kazimierz. Na nieszczęście w parę dni później otrzymał bezimienny list tej treści:

„Człowiek uczciwy, jeżeli wyciąga niewinną i niedoświadczoną dziewczynę na spacery samotne, powinien znać obowiązki, jakie na niego spadają. Bo choć zapewne nie pierwszy raz zdarza mu się spacerować z niedoświadczonymi dziewczętami, dla tej jednak należałoby zrobić wyjątek albo ze względu na jej piękność i szlachetny charakter, albo dlatego, że oprócz dobrego imienia nie posiada nic więcej.

Należy się jednak obawiać, że ten, kto nie poczuł skrupułów wobec sparaliżowanego starca, nie zawaha się wobec naiwnej dziewczyny!".

Wściekły gniew opanował pana Kazimierza po przeczytaniu listu. Więc o sprawie z Mielnickim wiedziano i mówiono w mieście? Ale kto mógł być autorem anonimu? Chyba panna Magdalena Brzeska, która w ten sposób ciągnęła go do małżeństwa ze sobą.

Pod wpływem tych rozważań pan Kazimierz pobiegł do Madzi. Jeżeli ona pisała, zdemaskuje ją, no i będzie miał prawo dla zrobienia sobie honorowej satysfakcji zostać nawet jej kochankiem. Na wszelki jednakże wypadek pan Kazimierz odciął zakończenie listu. Bo jeżeli autorką nie jest Madzia, więc po co ona ma dowiadywać się o Mielnickim?

Ale Madzia przeczytała bezimienny list obojętnie, jak osoba, która nie ma zamiaru wydać się za pana Kazimierza. Co ważniejsza: mimo woli zdradziła się, że poznaje rękę Ady.

„Ależ tak! – myślał pan Kazimierz, po raz dziesiąty odczytując anonim. – Ależ tak! I że ja od razu tego nie poznałem...".

Wróciwszy do domu, wydobył z biurka parę listów Ady, pisanych dawniej, jeszcze w Szwajcarii... Charakter był prawie ten sam; autorka anonimu nawet nie bardzo chciała się ukryć...

Jak do cyklonu ze wszystkich stron zlatują się wichry, tak do listu Ady zbiegło się mnóstwo wspomnień w duszy pana Kazimierza. Ile wieczorów spędził on w mieszkaniu Ady w Zurychu! Ile wycieczek odbyli razem po jeziorach; ile godzin zeszło im sam na sam w dolinach zasypanych odłamami skał, przerżniętych bystrym potokiem, przeładowanych roślinnością o woni odurzającej.

Z jaką uwagą Ada słuchała jego filozoficznych i społecznych teoryj... Jak rumieniła się, gdy ją witał, a smutniała, gdy po kilku godzinach odchodził... I przez cały ten czas ani jednym wyrazem, najlżejszym znakiem nie zdradziła się, że ona i brat popłacili długi jego matki.

Więc Ada kochała go już wówczas. Ale dlaczego później ostygła? Może pod wpływem niechęci do Heleny, która tak drażniła Solskiego?

Najpewniej jednak do Ady i jej brata doszły plotki o sprawie z Mielnickim...

Pan Kazimierz rozgorączkowany chodził po pokoju bez światła, choć już mrok zapadł. Tak, ta nieszczęsna sprawa z Mielnickim zwichnęła jego karierę! Wieść o niej obiegła wszystkich znajomych, wcisnęła się do salonów, w których niedawno tak życzliwie był przyjmowany pan Kazimierz.

„Ale kto ją rozpuścił? Chyba Zgierski. Aha, wiem...".

Pan Kazimierz uderzył się w czoło: przypomniał sobie Kotowskiego.

On miał w tym największy interes, bo przecież żenił się z siostrzenicą paralityka, z panną Lewińską... On doniósł Solskiemu, bo był jego lekarzem... On mówił o sprawie z każdym, kto go chciał słuchać, a słuchaczy mogło być mnóstwo, gdyż pan Kazimierz miał wielu niechętnych.

„Pan Kotowski!" – powtarzał i zdawało mu się, że widzi przed sobą mizerną twarz i rozczochrane włosy młodego medyka, z którym niegdyś spotkali się w pokoiku panny Howard i starli się w dyspucie. Potem pan Kazimierz przypomniał sobie, że nawet matka przy jakiejś okazji postawiła mu za wzór pana Kotowskiego, brutala i zarozumialca...

„Zawsze miałem do niego antypatię! – pomyślał pan Kazimierz. – No, ale zapłacę mu... On złamał moje, ja złamię jego życie...".

Od czasu, kiedy został lekarzem Solskich, Kotowskiemu zaczęło się powodzić w Warszawie. Mieszkał na jednej z głównych ulic na pierwszym piętrze; miał salonik do przyjmowania chorych i zaczynał mieć praktykę między ludźmi zamożniejszymi. Z początku gorszono się jego niedopasowanym ubraniem i szorstkością wobec pacjentów. Lecz gdy kilka razy udała mu się kuracja, zaczęto mówić, że ponieważ jest nadzwyczajnie zdolny, więc – musi być oryginalnym.

Pewnego dnia przed południem do mieszkania doktora Kotowskiego zgłosiło się dwóch panów: Pałaszewicz i Rozbijalski. Oddali bilety czysto ubranej staruszce słudze i oświadczyli, że mają do pana interes osobisty.

Doktor wytrzymał w saloniku obu panów przez kilka minut, jak przystało na szanującego się lekarza, wreszcie wyszedł i niedbale ukłoniwszy się na progu gabinetu, zapytał:

– Który z panów życzy sobie pierwszy?

– Obaj życzymy sobie jednocześnie pomówić z panem – odparł grzecznie wykwintny pan Rozbijalski, zaczesując rudawe, faworyty.

– W interesie pana Norskiego – dodał ostro niemniej elegancki pan Pałaszewicz ze sterczącymi wąsikami.

– Norskiego? – powtórzył młody doktor. – Co mu jest?

– Pan Norski cieszy się jak najlepszym zdrowiem... – odpowiedział prześlicznie wychowany pan Rozbijalski.

– Pozwoli doktor, że siądziemy – przerwał swemu towarzyszowi równie dobrze wychowany, ale mniej serdeczny pan Pałaszewicz.

– Przychodzimy zaś – ciągnął delikatnym tonem pan Rozbijalski – w sprawie pogłosek, które jakoby szanowny pan rozpowszechnia o szanownym panu Norskim, a które uwłaczają jego honorowi.

– Honorowi? – powtórzył zdziwiony Kotowski.

– Chodzi o to, czy pan komukolwiek opowiadał, że szanowny pan Norski wyłudził cztery tysiące rubli od niejakiego Mielnickiego, człowieka sparaliżowanego i słabego na umyśle? – odezwał się pan Pałaszewicz.

– Pieniądze te wczoraj Mielnickiemu zostały zwrócone... Więc ani ja, ani moja narzeczona nie mamy pretensji do pana Norskiego – odparł zmieszany Kotowski.

– Ale czy pan opowiadał o tej sprawie? – nalegał Pałaszewicz.

– Mówiłem kilku osobom, bo przecież tak było...

– Czy i z panem Solskim rozmawiał pan o tej przykrej sprawie? – zapytał łagodny Rozbijalski.

– Rozmawiałem.

– Informacje pańskie – wtrącił Pałaszewicz – nie były dokładne i zrządziły panu Norskiemu wiele szkód moralnych. Z tego powodu pan Norski żąda od pana satysfakcji honorowej.

– Jak to? – spytał coraz mocniej zdziwiony Kotowski.

– Proszę pana – tak, że pan raczy przysłać nam swoich świadków, a my ułożymy z nimi warunki albo odwołania pogłosek, albo spotkania – rzekł Rozbijalski.

– Więc to pojedynek? – zawołał Kotowski.

– Prawdopodobnie.

– A jeżeli ja nie przyjmę pojedynku? Przecież ja mówiłem prawdę...

– W takim razie pan Norski będzie miał zaszczyt zmusić pana – odpowiedział pan Pałaszewicz.

– Zmusić? – powtórzył Kotowski.

Obaj panowie powstali, a pan Rozbijalski rzekł:

– Sądziłbym, że najlepszą rzeczą, jaką pan ma do zrobienia, jest przysłać nam świadków. Jutro o godzinie pierwszej w południe będziemy czekali na nich w mieszkaniu pana Pałaszewicza, którego adres pan ma.

Ukłonili się i znikli tak szybko, że Kotowski przetarł oczy.

„Zwariowali? – rzekł do siebie. – Po cóż ja miałbym się pojedynkować z takim cymbałem?".

Tego dnia lekarz ani myślał o chorych, lecz pojechał do swego przyjaciela, adwokata Menaszki. Opowiedział mu o awanturze, radząc się: czy Norskiemu i jego świadkom nie należałoby wytoczyć procesu o pogróżki?

– Ale daj spokój! – odparł chudy i wysoki adwokat, nieposiadający na szczęście klientów. – Jedźmy lepiej do Walęckiego, to pojedynkowicz, on poprowadzi interes...

– Jak to? – spytał oburzony Kotowski. – Więc ty, człowiek postępowy, zgodziłbyś się na pojedynek... zgniły zabytek wieków średnich? I jeszcze z takim cymbałem?

Postępowy jednak Menaszko okazał się nadzwyczajnym konserwatystą, gdy chodziło o skórę jego przyjaciela. Rad czy nierad Kotowski, wziąwszy ze sobą adwokata, pełen trosk pojechał do Walęckiego, mrucząc przez drogę:

– Słyszane rzeczy, żebym ja z takim cymbałem!

Walęcki, człowiek mały i krępy, ale z ognistymi oczami, był w domu. Gdy mu opowiedziano, o co chodzi, zapytał Kotowskiego:

– Dobrze pan strzelasz?

– Ja? Skądże znowu!

– Więc kup pan sobie flower i strzelaj od rana do wieczora w kartę. Już ja potrafię przeciągnąć sprawę na kilka dni.

– Ależ ja ani myślę się pojedynkować! – wrzasnął Kotowski.

– To po co pan do mnie przychodzi? – odparł Walęcki. – Najmij sobie pan dwóch posłańców i niech oni bronią cię, jeżeli Norskiemu przyjdzie fantazja wytłuc pana kijem.

– Tak? – odparł Kotowski. – Dobrze, będę się strzelał, jeżeli wy jesteście przeciw mnie...

– Nie jesteśmy przeciw panu, ale co robić? – odparł Walęcki z westchnieniem.

– Mam przecież narzeczoną... w jesieni ślub... A tamten cymbał Norski...

– Jeżeli panu przeszkadza narzeczona, to zwróć jej słowo, bo nie ma innego wyjścia – prawił Walęcki.

– Jak to nie ma wyjścia?

– Po pierwsze – Norski może pana wytłuc. Po drugie – stracisz praktykę i miejsce u Solskiego, który nie ścierpi u siebie tchórza. Po trzecie – nikt panu nie zechce podawać ręki, a ja najpierwszy. Po czwarte – sama narzeczona porzuci pana, jeżeli się ośmieszysz. Szukanie na gwałt pojedynku jest błazeństwem, ale odmawianie go jest niepraktycznością, bo od tej chwili lada osioł będzie jeździć na panu jak na burej suce. Dlatego ucz się strzelać.

– Więc ja mam ginąć z ręki takiego cymbała?

– Dopóki nie dowiedziesz pan, że Norski postępuje niehonorowo, nie masz prawa odmawiać mu satysfakcji.

– A niech diabli porwą wasze honorowe satysfakcje! – jęczał Kotowski, chwytając się za głowę. – Oto przyjaciele! A żeby to pioruny! Ginąć przez takiego osła!

W końcu jednak upoważnił swoich przyjaciół, Walęckiego i Menaszkę, do zrobienia z jego ciałem, co im się podoba. W następstwie tej decyzji panowie Walęcki i Menaszko zawiadomili panów: Rozbijalskiego i Pałaszewicza, że – są do ich dyspozycji.

Układy trwały trzy dni, w ciągu których nieszczęśliwy Kotowski, kupiwszy flower, zamiast przyjmować i odwiedzać chorych, od rana do wieczora strzelał z przedpokoju do karty przybitej na ścianie w sypialni. Wypoczywał w tej pracy o tyle, o ile był na obiedzie u panny Lewińskiej, która natychmiast poznała, że jej narzeczony ma jakąś zgryzotę, i w ciągu pół godziny dowiedziała się od niego, że ma zatarg z Norskim. Narzeczony jednak był tyle ostrożnym, że nie powiedział o pojedynku.

Nadszedł wreszcie fatalny termin, a było to w piątek. O szóstej z rana panowie Walęcki i Menaszko zbudzili Kotowskiego, nalegając, żeby prędko ubierał się, ponieważ w karecie czeka na nich doktor.

– Na diabła doktor? – spytał, myjąc się, Kotowski.

– Możesz być ranionym...

– Tak? – zawołał Kotowski. – Więc mam być raniony, a może nawet i zabity? W takim razie wolę od razu nie jechać... Niech diabli porwą takie rozprawy honorowe.

Mimo to opłukał się z mydła, ubrał się i o wpół do siódmej wsiadł do karety, uściskawszy kolegę doktora, który miał taką minę, jakby chciał wypytywać Kotowskiego o adresy jego pacjentów.

Bohater zbliżającego się dramatu przez całą podróż wyglądał przez okno, lecz nie poznawał ulic, którymi przejeżdżali. Nie wypytywał również, dokąd jadą, czuł bowiem pewną ulgę, wyobrażając sobie, że plac walki znajduje się gdzieś bardzo daleko. Byłby nawet zupełnie szczęśliwy w swym opłakanym położeniu, gdyby nie zachowanie się jego towarzyszów, którzy z zimną krwią rozmawiali o teatrzykach ogródkowych, upałach, nawet o dawno minionych wyścigach, wcale nie zajmując się tym, co jego od kilku dni interesowało najbardziej.

Nagle odezwał się Walęcki:

– Chwała Bogu, już dojeżdżamy.

„Chwała Bogu!" – pomyślał Kotowski, przytomniej spoglądając dookoła.

Jechali brzegiem Wisły i zbliżali się do jakiegoś lasu.

Nieszczęsny Kotowski doznał w tej chwili bardzo rozmaitych uczuć: znienawidził pana Kazimierza, a nawet Wisłę i las; gardził swoimi towarzyszami, ale przede wszystkim żałował siebie i litował się nad sobą.

– Hola... stójcie! – zawołał.

– Czego chcesz? – zapytał go Menaszko.

– Wysiadam... Niech diabli wezmą pojedynek.

Doktor uśmiechnął się, Walęcki chwycił Kotowskiego za ramię.

– Oszalałeś pan? – rzekł, patrząc na niego ogromnymi oczami, w których płonęło piekło.

– Co ja mam narażać się dla takiego cymbała? – prawił Kotowski. – Mam narzeczoną... mam pacjentów... jestem człowiek postępowych przekonań i nie myślę popierać zabytków zgniłej średniowiecczyzny...

– Dobrze – odparł zniecierpliwiony Walęcki – wysiadaj pan i... powieś się! Bo po takim skandalu nie masz po co wracać do Warszawy.

– Tak. Dobrze... Więc pojadę na ten podły pojedynek. Ale pamiętajcie, że moja krew spadnie na wasze głowy.

Byli już w lasku bielańskim. Kareta zatrzymała się, wysiedli, a Kotowski spostrzegł, że jego towarzysze (Walęcki niósł w rękach skórzane zawiniątko) zaczynają okazywać mu wielką troskliwość. Wszyscy trzej rozmawiali z nim na wyścigi, ale on nie słuchał żadnego, bardziej zajmując się skórzanym zawiniątkiem niż dowcipami przyjaciół.

Przyszła mu szczęśliwa myśl do głowy.

„Co za szkoda – mówił w duchu – że nie ma w Warszawie Solskiego! On, majętny, kawaler, któremu dwie panny odmówiły, a przy tym amator pojedynków, z pewnością nie oddałby mnie na łup temu rozbójnikowi... Sam by się strzelał, bo wiem, że go nie lubi... Wtedy zobaczylibyśmy, kto by się pocił: Solski czy pan Norski? W każdym razie nie ja...".

Tak myślał, wodząc smętnym wzrokiem po Wiśle, która wydawała się bardzo szeroką, po drzewach – bardzo wysokich, nawet po niebie, które jakby zbliżyło się do ziemi, choć nie przyniosło nieszczęśliwemu otuchy.

Przeciwników jeszcze nie było na miejscu. Lecz zanim Kotowski miał czas pomyśleć: może wcale nie przyjdą?, już ukazali się między drzewami, idąc tak szybko, że to nawet rozgniewało młodego lekarza.

Wymiana ukłonów – świadkowie schodzą się razem. „Może nie będzie pojedynku?" – spytał w duszy mimowolny bohater i – w chwilę później usłyszał stukanie stempli w pistoletach.

Od tego momentu biedny Kotowski już nic nie widział i nie rozumiał, o czym mówiono. Dopiero gdy Walęcki postawił go naprzeciwko pana Kazimierza, szepnął:

– Może... może pan wygłosisz mowę?

– Jaką?

– Żebyśmy się pogodzili...

– Więc pan chyba odwołasz?

– Co ja mam odwoływać, kiedy mówiłem prawdę – odparł Kotowski.

– W takim razie – mówił cicho Walęcki – celuj w łeb, zniżaj pistolet do biodra i nie szarp za cyngiel, tylko przyciskaj powoli. A na komendę ruszaj z miejsca...

Walęcki cofnął się do grupy świadków, a Kotowski zobaczył naprzeciwko siebie nieco bladą, ale uśmiechniętą twarz pana Kazimierza.

– Marsz!

Kotowski ruszył z miejsca, lecz widząc pistolet przeciwnika skierowany ku sobie, przymknął lewe oko, a przed prawym umieścił broń w taki sposób, żeby widzieć jak najmniej.

„O, dlaczego pistolety nie są tak grube jak sosny!" – myślał.

W tej chwili pan Kazimierz strzelił, a Walęcki zaczął komenderować:

– Raz – dwa – trzy! Halt! Pan Kotowski traci strzał... Halt!

Tak wrzeszcząc, troskliwy sekundant przybiegł do Kotowskiego i odprowadził go na metę.

– Więc już po pojedynku? – spytał Kotowski i odetchnął.

– Co, u diabła, nie słyszał pan, że macie strzelać do trzech razy? Ale za drugim strzałem przerwiemy, bo obaj zachowujecie się dobrze.

– Niech pan przemówi, co... Może byśmy się pogodzili? – szepnął Kotowski.

– Celuj w łeb, zniżaj do biodra i powoli naciskaj cyngiel... – odparł Walęcki.

I odszedł do sekundantów, a przez ten czas panu Kazimierzowi podano świeżo nabity pistolet.

Teraz Kotowski spostrzegł, że lekarze rozłożyli na trawie błyszczące narzędzia i że sekundanci stoją od niego bardzo daleko.

– Więc to tak? – mruknął, widząc, że nawet urzędowi przyjaciele opuścili go i oddali na łaskę i niełaskę wściekłości przeciwnika, który przestał się uśmiechać i miał złą minę.

– Marsz!

Kotowskiego opanowała rozpacz i gniew. Zrozumiał, że Norski dybie na jego skórę, a może i na życie. W okamgnieniu poczuł w duszy lodowaty spokój. Wymierzył w głowę, zaczął zniżać lufę do biodra przeciwnika, powoli naciskając cyngiel... Strzał padł całkiem niespodzianie, a gdy w jednej chwili rozwiał się dym, Kotowski nie zobaczył naprzeciwko siebie nikogo...

Jego przeciwnik leżał na ziemi na prawym boku. Miał podkulone nogi i twarz bladą.

„Co, u diabła?" – pomyślał zdumiony Kotowski, nie pojmując, co się stało.

Obaj lekarze i wszyscy świadkowie pobiegli do pana Kazimierza. Kotowski stał na miejscu i patrzył. Po upływie kilku chwil przybiegł Walęcki.

– No, uraczyłeś go pan – rzekł.
– Jak to? – spytał Kotowski.
– Prawe płuco przejechane na wylot.
– Głupstwa pan gadasz!
– Więc idź i zobacz.
– Ależ ja tego nie chciałem! – jęknął Kotowski, targając sobie włosy.
– Nie o to chodzi, czegoś chciał, ale coś zrobił.
– A żeby to najjaśniejsze pioruny! – rozpaczał Kotowski.

Zbliżył się do nich Menaszko i obaj z Walęckim, wziąwszy pod ręce nieszczęsnego triumfatora, gwałtem odprowadzili go do karety.

– Ja nie chciałem… nie chciałem!

Za chwilę kareta odjechała w stronę Warszawy.

Wyzwawszy Kotowskiego na pojedynek, pan Kazimierz przypuszczał rozmaite wypadki: że jego przeciwnik padnie na miejscu, że będzie miał przestrzeloną rękę lub nogę, a nawet, że wystraszony i nieoswojony z bronią młody doktorek postrzeli któregoś z sekundantów. Słowem, pan Kazimierz spodziewał się wszystkiego z wyjątkiem tej ewentualności, że – on sam może być raniony.

Upadając, pan Kazimierz nie doznał żadnego uczucia, nie wiedział: kiedy upadł, w jaki sposób i dlaczego? Ale raz znalazłszy się na ziemi, spostrzegł, że jest to zupełnie wygodna pozycja, której ani myśli zmieniać, tym bardziej, że równie nagle owładnęła nim głęboka obojętność dla świata.

Gdyby można było sformułować jego ówczesne myśli, wyglądałyby one tak:

„Leżę tu (zresztą nie wiem: gdzie?) i będę leżał, dopóki mi się podoba, bo tak mi się podoba".

Kiedy lekarze, usadowiwszy go na ziemi, zaczęli rozpinać surdut, zdejmować kamizelkę i koszulę, pan Kazimierz postanowił im zrobić figla i udawać, że naprawdę coś mu się stało. Przymknął oczy, oparł na kimś głowę, lecz z trudnością powstrzymywał się od śmiechu. Dopiero gdy poczuł ból pod prawą łopatką i usłyszał wyraz: „kula", rzekł w duchu:

„Powariowali ci doktorzy?".

Już nie chciało mu się otwierać oczu. Dotykano mu prawej piersi i okolicy pod prawą łopatką, a on w tych miejscach czuł ból piekący. Doznawał nieokreślonego wrażenia wewnątrz; nie był to ból, ale jakaś zawada i obcość. Chciało mu się kaszleć, zaczęło mdlić, poczuł gorąco, zimny pot na całym ciele i w tej chwili był bardzo nieszczęśliwy. Ale przytomności nie tracił; nie chciał tylko okazywać, że ją posiada, ponieważ było mu wszystko jedno.

Przez ten czas, który ciągnął się blisko godzinę, lekarze podtrzymywali pana Kazimierza, a jego przyjaciele pobiegli w stronę klasztoru. Znaleźli jakiś dom, w którym można było wynająć pokój dla chorego, i wrócili do lasu z tapczanem, który niosło dwóch ludzi.

Teraz pan Kazimierz otworzył oczy i rzekł:
– Po co to?

Chciał dodać: „ja sam pójdę...", ale ostry ból w prawym płucu nie pozwolił mu dokończyć. Ogarnęło go przerażenie i półsen, podczas którego zdawało mu się, że się huśta i że go mdli. Niewielkie te przykrości były tak drażniące, że pan Kazimierz poczuł na twarzy dwa strumienie łez, po czym znowu było mu wszystko jedno.

Kiedy się ocknął, zobaczył wybieloną izbę, w której przy prostym stole siedzieli obaj lekarze. Okno naprzeciwko pana

Kazimierza było zasłonięte płachtą. Później (chory stracił zdolność oznaczania czasu) jakiś nieznany człowiek przy pomocy starej kobiety kładł mu pęcherze z lodem: jeden pod łopatkę, drugi na piersi.

Pan Kazimierz chciał się o coś pytać; zamiast tego odkasznął i poczuł tak przykry ból, że postanowił już nigdy nie kaszleć. Spostrzegł też, że ów ból nieznośny przeszywa mu pierś za każdym śmielszym odetchnięciem, więc postanowił wcale nie oddychać albo oddychać jak najostrożniej.

Od tej chwili najważniejszym zajęciem pana Kazimierza stało się oddychanie, źródło wielkich bólów, obaw, ale i przyjemności. Zdawało mu się, że na jego piersiach leży cierpienie w postaci węża. Chłodny potwór spał; lecz ile razy pan Kazimierz spróbował odetchnąć pełniej, wąż zapuszczał mu w ciało kły podobne do rozpalonego gwoździa. Na samą myśl o denerwującym bólu pan Kazimierz truchlał i cały dowcip wysilał na to, żeby nie odetchnąć głębiej. Przygryzał wargi z radości, ile razy udało mu się oszukać śpiącego węża, a o mało nie wyskoczył z pościeli, gdy wynalazł sposób oddychania dolną częścią płuc. Nie było to oddychanie porządne, ale – nie wywoływało bólu.

Tymczasem nieznajomy człowiek i kobieta zmieniali mu pęcherze z lodem: jeden pod łopatką, drugi na piersiach. Niekiedy widywał pan Kazimierz pochyloną nad sobą twarz lekarza, który z jego strony asystował przy pojedynku.

Później ogarnął chorego półsen z marzeniami. Zdawało mu się, że jest uczennicą na pensji swojej matki, której profesor (czy nie Dębicki?) każe wydać lekcję o Kotowskim. „Kotowski? Kotowski?" – powtarza zakłopotany pan Kazimierz, myśląc, że coś wie o tym przedmiocie, tylko nie może sobie przypomnieć: czy to jest człowiek, czy maszyna, czy może jakaś część świata?

„Kotowski? Kotowski?" – powtarza pan Kazimierz, czując w całym ciele upał ze strachu, że dostanie zły stopień.

Raz usłyszał rozmowę:

– Pluje krwią? – pytał gruby głos.

– Zaledwie parę razy.
– A gorączka?
– Bardzo mała i już przechodzi.

Pan Kazimierz otworzył oczy i zobaczył tęgiego mężczyznę z brodą. Był to Korkowicz. Chory poznał go, ale nie pamiętał nazwiska. Natomiast rozumiał doskonale, że gdyby mógł przypomnieć sobie nazwisko tego pana, wówczas bez błędu wydałby lekcję o Kotowskim i może dostałby piątkę.

Był bardzo zmartwiony swoją niepamięcią tudzież nadzwyczajnymi powikłaniami, które napełniały całą izbę, siadały na oknach, na stołkach, na piecu, a nawet włazily mu pod kołdrę.

Później pan Kazimierz przestał martwić się lekcją o Kotowskim, nie wyobrażał sobie, że jest uczennicą, nawet nie marzył, tylko spał.

Kiedy pojono go mlekiem albo winem, czuł niesmak w ustach; kiedy go poprawiano na łóżku, zdawało mu się, że jego ręce i nogi są z ołowiu, a trzymają się tylko na nitkach. Był bardzo zmęczony i zniechęcony, a chciał tylko spać. Miał nawet zamiar powiedzieć, żeby mu nie przeszkadzano; dał jednak spokój, przekonawszy się, że otworzenie ust i obrócenie językiem jest zbyt wielką pracą.

Dopiero w ósmym dniu choroby, ku wieczorowi, ocknął się. Poczuł rzeźwość, a postrzegłszy w izbie nieznajomego człowieka, nagle się odezwał.

– Cotu, u diabła, tak cicho?
– O... to pan mówi? – odparł nieznajomy tonem zdziwienia.
– Kim pan jest? – mówił pan Kazimierz, poprawiając się na poduszce. – Czy nie ma tu nikogo ze znajomych? Co się to dzieje?
– Ja jestem felczer – odparł tajemniczy nieznajomy. – Ale na dworze jest pani, która już trzeci dzień przyjeżdża dowiadywać się o pana.
– Pewnie moja siostra... Puśćcie ją...

Felczer wyszedł, a panu Kazimierzowi zdawało się, że zbyt długo nie wraca. Nagle otworzyły się drzwi i wbiegła jakaś osoba w czarnym okryciu, zasłonięta gęstym woalem. Prędko zbliżyła się do łóżka, upadła na kolana i odsunąwszy woal, zaczęła całować zwieszoną rękę pana Kazimierza.

– Już myślałam – szepnęła – że nas pochowają w jednym grobie…

To była Ada Solska.

34. Odsłania się nowy horyzont

Spacer w Ogrodzie Botanicznym przekonał Madzię, że pan Kazimierz potrafi być niesmacznym i że ona nigdy naprawdę nie kochała syna swej przełożonej.

Ale ostatnia wizyta pana Kazimierza u Madzi ukazała charakter wielbiciela w nowym świetle. Pan Kazimierz był egoistą; tak głębokim, tak naiwnym egoistą, iż nawet nie ukrywał swej uciechy, gdy z anonimu domyślił się, że kocha go bogata panna Solska.

Raz już widziała go Madzia tak szczerze zadowolonym, gdy w domu państwa Arnoldów zapewniła Helenę, że nie wyjdzie za Solskiego. Jak on się wtedy cieszył, jak tańczył, jak inaczej zaczął traktować Madzię...

Egoista! Słówko to setki razy obiło się Madzi o uszy, ale dziś dopiero odczuła jego znaczenie. Egoista to kamień, który tylko wówczas ożywia się i pięknieje, gdy sam cierpi albo gdy może kogoś wyzyskać. Ale dla cudzej niedoli jest głuchy, ślepy, nawet okrutny.

„Jak on gniewał się na mnie, że odwiedziłam Stellę i jej dziecko – pomyślała Madzia. – Lichy to człowiek...".

W tej chwili Madzia poczuła gorycz i chłód. Zaczęła przypuszczać, że wszyscy ludzie są egoistami i że w tej pustyni kamiennych serc zaledwie parę osób z Iksinowa, Solscy i gromadka szarytek były oazami.

Panna Eufemia, jej matka, pani Korkowiczowa, Żaneta, Helena, Zgierski i mnóstwo, mnóstwo innych osób, czy to nie egoiści?

„Ach, gdyby Zdzisław już odpisał..." – rzekła do siebie.

Niebawem zaszły drobne wypadki, które utwierdziły Madzię w przekonaniu, że egoizm jest prawem świata.

Nazajutrz po wizycie pana Kazimierza, w domu, w którym Madzia miała zajęcie od godziny dwunastej do drugiej, po lekcji weszła do pokoju uczennic ich matka, osoba dowcipna i przyjemna w kółku znajomych, ale opryskliwa i nieubłagana dla służby i nauczycielek. Pani ta, ubrana szykownie, kazała odejść panienkom i rzekła do Madzi, patrząc na nią w sposób impertynencki:

– Namyśliłam się. Córki moje może nie będą teraz zdawały egzaminu. Więc... żegnam panią, a oto należność...

Podała Madzi zwitek papierków i, kiwnąwszy głową, odeszła.

Madzia o mało co nie wybuchnęła płaczem. Na szczęście uratował ją nowy pogląd, że światem rządzi egoizm, i opanowała się. Wyszła do przedpokoju, gdzie nikt nie podał jej okrycia, a znalazłszy się na schodach, policzyła dane jej pieniądze!

Brakowało dwóch rubli; ale Madzia, zamiast martwić się, roześmiała się. Dziwny postępek dystyngowanej damy był dla niej jasny.

Egzaminy miały odbyć się za tydzień; Madzia z uczennicami już przeszła kurs i powtarzała. Usuwając guwernantkę w tak brutalny sposób, chlebodawczyni chciała zrobić oszczędność i zrobiła podwójną. Nie musiała płacić za ostatni tydzień i – nie dopłaciła dwóch rubli za lekcje już odrobione!

Madzia dużo słyszała o tej pani, u której po kilkadziesiąt osób bywało na przyjęciach, lecz której złorzeczyły szwaczki, służba i nauczycielki: każdej urywała choćby kilka złotych.

Wszystko to było prawdą. Ale jeszcze tydzień temu Madzi nie przyszłyby podobne myśli. Gdyby ją przed tygodniem pożegnano w taki sposób, przypisywałaby winę sobie, zalałaby się łzami, wpadłaby w rozpacz.

Dziś śmiała się z ludzkiego egoizmu, który, jeżeli nie ma sposobności konkurować o posażną pannę, przynajmniej w porę wyzbywa się nauczycielek i oszczędza na nich dwa ruble.

„Ach, gdyby Zdzisław odpisał! – myślała. – Może tam, gdzie on mieszka, ludzie są inni... Wreszcie są to biedaki, a ci umieją być wdzięcznymi".

Przypomniała sobie rodzinę nauczyciela w Iksinowie, Cecylię, Stellę, praczkę z domu Korkowiczów... Wszyscy oni okazywali jej miłość, bo też t y l k o o n a była im życzliwa, im, opuszczonym albo cierpiącym.

I otóż zaszła w niej wielka zmiana, a stało się to nagle, wśród pełnego dnia, na ruchliwej ulicy. Serce jej odwróciło się od zamożnych i zadowolonych, a zwróciło do opuszczonych i cierpiących. W tej chwili zrozumiała (o czym instynkt ostrzegał ją od dzieciństwa), że dopiero wówczas będzie naprawdę szczęśliwą, gdy potrafi poświęcić życie opuszczonym i cierpiącym. Wiedziała, że jeżeli do którego z nich los uśmiechnie się, porzuci ją bez podziękowania i zapomni bez żalu. Ale cóż to szkodzi? Przecież samotnych i zbolałych nie zabraknie nigdy, a ona tym tylko chce służyć.

„Ach, gdyby Zdzisław prędzej odpisał! – mówiła do siebie. – Za kilka lat wrócilibyśmy tutaj. Byłabym opiekunką, lekarką, nauczycielką jego robotników; a gdyby oni mnie nie potrzebowali, gdzie jest taka okolica, w której brakowałoby nieszczęśliwych? Ten głodny, ten obdarty, tamten chory, inny nie może zająć się własnymi dziećmi... Oto moje królestwo, nie salony, w których hoduje się egoizm...".

Upłynęła doba spokojnie, ale w Madzi z godziny na godzinę wzrastała gorycz. Chwilami zdawało się jej, że i w drugim domu wymówią jej lekcje. Nie wymówiono jednak; owszem, witano i żegnano uprzejmie. Ten dom był niebogaty, nie odbywały się w nim przyjęcia na kilkadziesiąt osób i nie było możliwości przerzucać nauczycielek.

Lecz następnego dnia o dziewiątej rano wpadła do Madzi zmęczona i rozgorączkowana Mania Lewińska.

– Ach, moja droga, moja jedyna – zawołała Mania rzucając się Madzi na szyję – ty tylko możesz nas uratować...

– Co się stało? – spytała Madzia spokojnie, a w duchu rzekła: „Może Kotowski dostał dymisję, a ta biedaczka, dla uratowania go, każe mi wyjść za Solskiego?".

– Wyobraź sobie, moja droga – mówiła Mania Lewińska – że Władek Kotowski ma jakieś nieporozumienie z tym nieznośnym panem Norskim...

Jakże daleko odsunęły się czasy, kiedy Mania Lewińska, klęcząc przed Madzią nie śmiała nazywać jej inaczej, tylko panią!

– Jakieś ważne nieporozumienie – ciągnęła Mania.

Madzia spojrzała na nią zdziwiona. Panna Lewińska prawiła dalej:

– Władek nie chce mi nic powiedzieć... ale ja jestem bardzo, bardzo niespokojna... Ty jesteś serdeczną przyjaciółką pana Norskiego, więc wybadaj go, o co to chodzi... no, i ułagódź! Przecież my niedługo mamy pobrać się z Władkiem, więc gdyby, broń Boże, pojedynek...

W tym miejscu panna Lewińska zaniosła się od płaczu. Ale Madzię nie wzruszyła jej rozpacz, a rozdrażniło żądanie.

– Zmiłuj się, Maniu – odparła – nie tak dawno prosiłaś mnie o protekcję dla pana Władysława u Solskiego, który miał być moim narzeczonym... Dziś wysyłasz mnie znowu do pana Norskiego... Z jakiej racji?

– Wy tak dobrze ze sobą żyjecie... – szlochała Mania. – Jesteś jego przyjaciółką... on bywa u ciebie... chodzisz z nim na spacery...

Płakała tak, że Madzi żal się zrobiło.

– Słuchaj, Maniu – rzekła, tuląc zrozpaczoną. – Pan Norski już nie bywa u mnie... obraził się... Ale nie płacz. On w tej chwili raczej myśli o ożenieniu się niż o pojedynkach... Bądź zatem spokojna.

Mani Lewińskiej od razu obeschły śliczne oczy.

– Tak? – rzekła. – Więc i on się żeni? A, chwała Bogu! chwała Bogu! Kto myśli żenić się, temu nie przychodzą do głowy takie straszne zamiary jak pojedynek...

– Wreszcie, moja droga, z jakiego powodu miałby być pojedynek między tymi panami, kiedy oni prawdopodobnie się nie znają? – spytała Madzia.

Wówczas Mania Lewińska zaczęła opowiadać, że jej wuj, Mielnicki, uznał się dłużnikiem nieboszczki pani Latter, co wydaje się nie być prawdą, że dlatego przeznaczył dzieciom nieboszczki cztery tysiące rubli, które w najkrytyczniejszej chwili podniósł pan Kazimierz. Dodała jednak, że owe cztery tysiące rubli z procentami zwrócił im w imieniu pana Kazimierza pan Korkowicz i że Helena Norska już wyszła za mąż za młodego Korkowicza.

Madzia, słuchając, poczuła dla pana Kazimierza litość i pogardę. Ona wiedziała, że Mielnicki nie był dłużnikiem pani Latter.

Po tej rozmowie obie panny pożegnały się serdecznie. We wspomnieniach Madzi pan Kazimierz był zagrzebany na wieki. Mania Lewińska wróciła do domu uspokojona, słusznie rozumując, że jeżeli pan Kazimierz myśli się żenić, to nie może narażać się na pojedynek z Kotowskim, który zresztą, jako lekarz, postępowiec i człowiek pełen energii, mógłby narobić swemu przeciwnikowi wielkiego nieszczęścia.

„Także miałam się czego martwić! – myślała Mania Lewińska, idąc ulicą, gdzie wszyscy panowie oglądali się za nią. – Chyba oszalałby ten Norski, gdyby wyzwał Władka na pojedynek... Władka, którego nawet ja się boję niekiedy...".

Upłynęło znowu parę dni spokojnie.

W sobotę, kiedy Madzia skręcała z Marszałkowskiej na Królewską, zajechał jej drogę lekki powozik, z powozu wyskoczył pan Korkowicz ojciec i, chwyciwszy ją za rękę, zaczął mówić:

– Jakże się pani ma! Jak to dobrze, że panią spotkałem... Jestem w takim kłopocie...

„Czy znowu chce, żebym u nich była nauczycielką?" – pomyślała zdumiona Madzia.

– Wyobraź sobie, pani – prawił zadyszany – że ten osioł Norski miał wczoraj pojedynek z doktorem Kotowskim, no i dostał kulą w piersi... na wylot!

– Kto? – zawołała Madzia.

– Naturalnie, że Norski. Ten Kotowski to wściekłe zwierzę... Darował mu pierwszy strzał, a za drugim tak kropnął Kazieczka, że leży, bestia, bez przytomności w chałupie na Bielanach... Ale... ale... mój Bronek już ożenił się z panną Heleną Norską. Ona mu dopiero da! Ona mu dopiero pokaże! – wołał, aż ludzie oglądali się na ulicy. – Majestatyczna kobieta. Jak Boga kocham, sam bym się z nią ożenił... Za rok już by mnie nie było na świecie, ale co bym użył...

– Ale... – wtrąciła Madzia.

– Przepraszam. Otóż ranny, choć to gałgan większy od mego Bronka, zawsze jednak jest dystyngowanym człowiekiem, naszym kuzynem i jeżeli nie mają go diabli wziąć, potrzebuje pilnego dozoru... macierzyńskiego! Felczer i baba, która jest przy nim, nie wystarczą... A że pani podobno znasz się z zakonnicami od świętego Kazimierza (tak przynajmniej twierdziła moja żona), więc, kochana panno Magdaleno...

– Co ja mogę zrobić?

– Idź do tych zakonnic i poproś, żeby wydelegowały jedną czy dwie do pilnowania tego osła... Zapłacę, ile zechcą: trzysta, pięćset rubli... Przecież chłopca nie można tak zostawić, bo to szlacheckie dziecko... z wielkich panów... A z takim, to jak z angielskim prosięciem: jeżeli natychmiast nie załatwisz mu weterynarza, lepiej dorżnąć... No i co?

– Owszem, pójdę do świętego Kazimierza – odparła Madzia.

– Niech cię Bóg błogosławi, panno Magdaleno! – zawołał stary piwowar. – Odwiózłbym cię tam, ale muszę gnać do chirurga, a z nim na Bielany... Zaś mojej synowej nie zawiadomię o nieszczęściu, bo zepsułbym Bronkowi miodowy miesiąc, a to taka bestia, że ze zmartwienia narobiłby nowych długów... Bądź pani zdrowa... całuję rączki!

Uścisnął Madzię za rękę i wskoczył do powoziku, który ugiął się pod jego ciężarem. Niecierpliwe, konie przysiadłszy na zadach, ruszyły z miejsca.

Madzia była tak przerażona, że zamiast do Krakowskiego Przedmieścia poszła w stronę ulicy Granicznej. Dopiero po kilkuset krokach ocknęła się i zawróciła.

„Miał pojedynek? Więc niesłusznie posądziłam go, że poluje na bogatą pannę. Przestrzelili mu pierś jak Cynadrowskiemu... Może i on umrze? Śmierć, dookoła śmierć! Przestrogi tym straszniejsze, że nie wiem, skąd pochodzą...".

Serce gwałtownie jej biło, poczuła zawrót głowy, więc na rogu placu Ewangelickiego napiła się wody sodowej u przekupki utrzymującej syfon pod gołym niebem. Woda uspokoiła ją.

„Ciężko raniony – myślała Madzia – leży na Bielanach pod opieką felczera i baby... Cierpi i jest opuszczony, prawie jak Stella! Gdyby tu była Helenka, czuwałabym razem z nią... Chociaż... Może pomyślałby, że kocham się w nim i chcę wydać się za mąż?".

Była tak osłabioną, że wsiadła w dorożkę i kazała jechać do Świętego Kazimierza. W kilka minut później czekała na matkę Apolonię w parlatorium, które dziś nie robiło na niej przykrego wrażenia. Może mniej zwracała uwagi.

W sieni rozległy się posuwiste kroki i weszła staruszka.

– Niech będzie pochwalony Jezus Chrystus... Jak się masz, moje dziecko? Widzę, że nie zapomniałaś o mnie; a może znowu masz jaką śpiewaczkę... O, ale jesteś mizerna – mówiła zakonnica, ściskając Madzię.

– Jestem zmartwiona – odparła Madzia i opowiedziała staruszce cel swojej wizyty.

Matka Apolonia słuchała z uwagą; ale twarz jej sposępniała, a wielki kapelusz zaczął się chwiać pospiesznie.

– Moje dziecko – rzekła zakonnica po chwili – wprawdzie człowiek raniony w pojedynku jest jak samobójca... No, ale za to Pan Bóg będzie go sądził... Otóż nie śmiałybyśmy odmówić państwu Korkowiczom podobnej usługi, gdyby nie brak sióstr. Mamy ich tak mało, że nie możemy delegować do osób prywatnych bez uszczerbku dla szpitali. Niech tego przewiozą do szpitala. Ale ty źle wyglądasz?

– Przeraził mnie ten wypadek... Pani pewnie widywała rannych: czy człowiek z przestrzeloną piersią może żyć?

– Wszystko zależy od Boga. Gdy Bóg chce kogo ocalić, ocali mimo najcięższych okaleczeń. Zresztą mężczyźni są jak koty: przestrzelą mu głowę, szyję, piersi, a on przychodzi do zdrowia, jeżeli się tak Bogu podoba. Nie potrzebujecie się państwo niepokoić.

Staruszka pilnie przypatrywała się Madzi, nagle rzekła, biorąc ją za rękę:

– Eee... moje dziecko... Tylko już mi się ocknij... Chodź ze mną, pokażę ci nasz instytut... Nie można tak się przejmować wypadkami, które lekkomyślny człowiek dobrowolnie ściąga na swoją głowę... Ale prawda, wy, świeckie damy, śmiałe w salonowych rozmowach, tracicie głowę przy chorych...

Tak mówiąc, matka Apolonia zaczęła oprowadzać Madzię po gmachu. Pokazała jej skromną kapliczkę, przed której drzwiami szarytki padały na kolana, schylając białe kapelusze. Potem obeszły duże sypialnie sierot, małe pokoiki zakonnic, gdzie stało kilka łóżek zasłoniętych firankami. Następnie przeszły do sali, gdzie sieroty dobrze wyglądające uczyły się szyć i łatać bieliznę.

Wszędzie uderzała Madzię olśniewająca czystość i spokój, dziwny spokój, który koił jej wstrząśniętą duszę. Zdawało się jej, że wszystkie gorycze i bóle zostawiła za progiem tego szczególnego domu, którego mieszkanki robiły wrażenie krzątających się mrówek.

– Tu nasz refektarz – mówiła matka Apolonia, otwierając pokój o dwóch oknach. – Przy tym stole siedzą: matka wizytatorka, matka asystentka, siostra ekonomka i podekonomka. Przy tamtych dwu stołach mieszczą się siostry kornetowe, a za tym pulpitem jedna z nich w czasie obiadu czyta przypadające na dzień rozmyślania...

– Panie nie rozmawiają przy obiedzie?

– Ależ do czego byłoby to podobne! – odparła zgorszona matka Apolonia. – My w ogóle mało rozmawiamy, bo nie ma czasu. A tu, widzisz, jest kapliczka do odprawiania modlitw wieczornych...

– Co panie robią w instytucie? Przepraszam, że pytam...

– Wszystko. Dozorujemy kuchni, pierzemy, myjemy podłogi, szyjemy bieliznę, suknie, pościel... Wszystko, co nam potrzeba, robimy same.

– A kiedyż panie wstają?

– Kładziemy się o dziewiątej wieczór, wstajemy o czwartej rano. Potem msza święta i – do pracy...

– A młodsze siostry i kandydatki robią to samo?

– Jeżeli nie więcej – mówiła siostra Apolonia. – Chcemy, żeby przekonały się, że życie nasze nie jest łatwe. Zostają więc tylko te, które naprawdę mają powołanie.

– Piękne powołanie, ale ciężkie... Czy żadna z tych pań nie żałuje wejścia tutaj? Niektóre takie ładne... Może niejedna wolałaby zostać żoną i matką, nie zaś opiekunką cudzych dzieci?

– Czy my zatrzymujemy te, którym trafia się wyjść za mąż? – odparła zdziwiona matka Apolonia. – Owszem, z naszych nowicjuszek, nawet sióstr kornetowych, bywają dobre żony. Ale nie każdą wabi świat... Niejedna woli być siostrą cierpiących, matką sierot i oblubienicą Chrystusa...

Madzia cofnęła się.

– Oblubienicą Chrystusa! – powtórzyła zdławionym głosem.

– Co tobie, dziecko? – zawołała matka Apolonia, chwytając ją za rękę.

Madzia oparła się o ścianę i przetarła oczy. Po chwili odpowiedziała z uśmiechem:

– Śmiałam się z osób nerwowych... Ale dziś widzę, że i ja mam nerwy...

Zaniepokojona szarytka wprowadziła Madzię do jakiegoś pokoiku, usadowiła na kanapie i wybiegła na korytarz. Wkrótce powróciła, niosąc kieliszek cienkiego wina i parę sucharków...

– Napij się, dziecko – mówiła – zjedz trochę... Może ci czczo? Tobie coś jest... Bój się Boga, powiedz wszystko jak matce...

Wino i sucharek przywróciło energię Madzi. Odzyskała humor i naturalnym głosem zaczęła mówić:

– Proszę pani, to nic strasznego... Tylko było tak. Raz weszłam na posiedzenie pewnej jasnowidzącej w chwili, kiedy spała. Gdy weszłam, ona zwróciła się w moją stronę i powiedziała mniej więcej te słowa: „Oto oblubienica... ale oblubieńca nie widzę, choć jest wielki i potężny". Więc teraz, kiedy pani wspomniała o oblubienicach Chrystusa, zrobiło mi się coś dziwnego...

– Zlękłaś się, żebyśmy cię nie zatrzymały u siebie, a może i nie zamurowały w jakiej komórce! – odparła, śmiejąc się, staruszka. – Bądź spokojna. Tyle zgłasza się do nas kandydatek, że z ledwością mogłybyśmy przyjąć czwartą część, gdyby były miejsca. Nie my wciągamy, ale nas proszą.

– To i mnie nie przyjęłybyście panie, gdybym kiedyś namyśliła się wejść? – wesoło zapytała Madzia.

– Takich, które dopiero muszą namyślać się, wcale nie przyjmujemy.

– A jakież?

Staruszka zadumała się.

– Widzisz – zaczęła po pauzie – my, szarytki, jesteśmy ułomne istoty, zwyczajnie jak ludzie; może nawet gorsze i z pewnością gorsze od innych ludzi. Ale wszystkie osoby należące do tego zgromadzenia mają jedną wspólną cechę: nie wiem, czy to instynkt, czy niezasłużona łaska Boża... Oto w każdej z sióstr nad jej osobistymi skłonnościami góruje chęć służenia – bliźnim, opuszczonym i cierpiącym. Wiem, że panie światowe mają więcej serca niż my; że są lepsze, mają większą ogładę, delikatniejsze i czulsze od nas.

My jesteśmy proste kobiety oswojone z niedolą, niekiedy zmęczone; więc to, co u światowych osób jest naprawdę poświęceniem, dla nas jest potrzebą istnienia, prawie egoizmem. Z tego powodu nasze niby zasługi wobec bliźnich nie są zasługami, jak całoroczna zieloność sosny nie jest jej cnotą w porównaniu z drzewami, które na zimę tracą liście. Z tego powodu człowiek światowy jednym dobrym uczynkiem może zdobyć Królestwo Niebieskie, którego my nie zdobędziemy, nosząc całe życie habit i pielęgnując chorych. Jak ptak rodzi się do latania, tak osoba mająca kiedyś za łaską Bożą zostać szarytką rodzi się do służenia cierpiącym. Kto tego powołania nie ma w duszy, nie będzie zakonnikiem, choćby go zamurowano w klasztorze. I ty, moja droga, choć jesteś dobra i miłosierna dla biednych, nie zostaniesz szarytką.

Madzia zarumieniła się i spuściła oczy. Ona nie ma powołania na szarytkę! Ależ jej dotychczasowe życie było ciągłym rwaniem się do tego, żeby służyć nieszczęśliwym...

– Ty, kochana, zostaniesz na świecie – mówiła staruszka – a tam więcej zrobisz dobrego ludziom i łatwiej uzyskasz Królestwo Niebieskie niż my tutaj.

– Więc tylko tego trzeba, żeby wejść do klasztoru? – szepnęła Madzia.

– Przede wszystkim to nie jest klasztor, tylko zgromadzenie, z którego nawet występują siostry – wyjaśniła matka Apolonia. – Po drugie, odpowiem ci na pytanie.

Żeby zostać szarytką, nie wystarcza potrzeba służenia bliźnim. Poświęcać się można i na świecie, nie wyrzekając się swobody i godziwych rozrywek. Tymczasem u nas życie jest zamknięte i surowe, praca duża i brak swobody, za którą tak bardzo tęsknicie. Z tego powodu tylko dwie kategorie osób zgłaszają się do nas i znajdują szczęście: albo takie, które świat zniechęcił, karmiąc je zbyt wielką goryczą, albo te, które ciągle myśląc o Bogu i życiu wiecznym, nic nie znajdują dla siebie między rzeczami doczesnymi.

– Gdyby tamten świat istniał! – mimo woli szepnęła Madzia.

Staruszka cofnęła się, przeżegnała, lecz po chwili rzekła łagodnie:

– Biedna ty jesteś, moje dziecko. Ale zdaje mi się, jesteś tak dobra i niewinna, że Bóg nie odmówi ci swej łaski.

Madzię znowu w okamgnieniu przeniknął strach. Przypomniały jej się groźne słowa matki Apolonii, że niekiedy sam Bóg zastępuje drogę ludziom, żeby ich nawrócić.

Wypocząwszy i orzeźwiwszy się, Madzia pożegnała staruszkę. Szarytka serdecznie ucałowała ją, ale w jej fizjognomii i tonie czuć było, że ma żal do Madzi.

– A przychodź do nas... nie zapominaj! – rzekła matka Apolonia.

Kiedy Madzia wyszła na ulicę, poczuła jakby cień tęsknoty za poczciwą zakonnicą, za spokojnym gmachem, za czystością jego korytarzy, za gromadą sierot, za zielonością ogrodu i ciszą. Ciszą, której tam tak było pełno, że strumieniami wlała się w duszę Madzi.

Gdyby szarytki wynajmowały mieszkania w instytucie, sprowadziłaby się do nich natychmiast.

„Gdybym była szarytką – rzekła do siebie Madzia – mogłabym dozorować pana Kazimierza bez obawy podejrzeń i plotek...".

I może nie myślałaby o Solskim, z którego chwilowymi, lecz natrętnymi wspomnieniami coraz częściej przychodziło jej walczyć.

„Ach, niech już Zdzisław odpisze! – myślała. – Przecież mógłby do tej pory odpisać...".

Reszta dnia upłynęła Madzi na męczącym oczekiwaniu jakichś złych nowin; zdawało się jej, że lada chwila doniosą jej o śmierci pana Kazimierza, o nowym pojedynku, może o chorobie ojca...

Czekała i czekała rozgorączkowana; serce jej biło, ile razy wchodził ktoś na schody szybszym krokiem... Ale złych nowin nie było.

„Jestem rozdrażniona – mówiła do siebie. – Ach, gdyby można wyjechać na wieś! Gdyby mi poczciwe zakonnice pozwoliły co dzień przez kilka godzin posiedzieć w ich ogródku, już byłabym zdrowsza...".

Tej nocy Madzia nie spała, tylko drzemiąc, marzyła. Zdawało jej się, że ogląda jakąś panoramę, w której poza szkłami przesuwają się cienie nadnaturalnej wielkości: pan Kazimierz, Cynadrowski, Stella i pani Latter. Jednocześnie jakiś głos monotonny i znudzony prawił w formie wyjaśnień:

„Oto, co jest warte życie ludzkie! Pani Latter, podziwiana przez wszystkich, jest garścią prochu... Na mogile Cynadrowskiego już zwiędły kwiaty posadzone ręką Cecylii... Stella, w której kochała się młodzież iksinowska, a panny zazdrościły jej oklasków i bukietów, leży w bezimiennym grobie... Kazimierz Norski, taki piękny, zdolny i szczęśliwy, wkrótce zamieni się w tlen, wodór, tłuszcz i żelazo... Oto jest życie ludzkie!".

Madzia budziła się, patrzyła na ścianę, na którą z okna padały blaski gwiaździstej nocy, i myślała:

„Czy jest na świecie panna w moim wieku, której sen płoszą takie dziwaczne widziadła?".

Ale że już zobojętniało jej cierpienie, więc znowu przymykała oczy, żeby zobaczyć inne cmentarne sceny i usłyszeć znudzony i smutny głos, który mówił o nędzy życia, a później – nawet nie wiadomo o czym.

„Jeżeli Zdzisław nie odpisze, oszaleję!". – myślała Madzia.

Nazajutrz w południe Madzia poszła do panny Malinowskiej, która już wróciła ze wsi. Pomimo niedzieli na pensji było gwarno; na korytarzach snuły się panienki z matkami, biegali nauczyciele i damy klasowe.

Już Madzia, żeby nie zabierać czasu przełożonej, chciała cofnąć się i wrócić później, gdy ukazała się panna Malinowska i zaprowadziła ją do swego pokoju.

– Głowa mi pęka! – mówiła zafrasowana przełożona. – Od dwóch dni wróciłam ze wsi i od razu wpadłam jak do młyna... Jakże się pani ma, panno Magdaleno?

Była zmieszana i zakłopotana, ale Madzia przypisała to nadmiarowi zajęć powakacyjnych. Aby nie zabierać czasu przełożonej, rzekła:

– Przychodzę przeprosić panią, że nie będę mogła być tu damą klasową...

– Doprawdy? – przerwała panna Malinowska i twarz jej rozjaśniła się. – Jakież pani ma zamiary?

– Chcę jechać do brata, który jest dyrektorem fabryk pod Moskwą. A za parę lat wrócimy tu... Brat założy fabrykę, ja będę mu gospodarowała i otworzę szkółkę dla dzieci naszych robotników...

– Wybornie robisz, że jedziesz do brata! – zawołała z ożywieniem panna Malinowska. – Zamiast twardego chleba nauczycielki będziesz miała własny dom, możesz wyjść za mąż, a przede wszystkim usuniesz się z Warszawy... Nieznośne miasto! Kiedy chcesz jechać?

– Lada dzień czekam na list od brata. Może za tydzień wyjadę...

– Życzę ci powodzenia – mówiła przełożona, całując Madzię. – Bardzo dobra myśl. A wstąpże do mnie przed wyjazdem i... uciekaj, uciekaj stąd jak najdalej!

Panna Malinowska pobiegła do kancelarii; Madzia, wracając do domu, zastanawiała się:

„Co to znaczy? Dlaczego ona każe mi uciekać z Warszawy? Ach, rozumiem! Już i ją męczy bakalarstwo, tym bardziej dziś, kiedy ze wsi wpadła w chaos... Ale ma słuszność, że Warszawa jest nieznośna...".

Teraz dla Madzi zaczęły się przykre czasy. Już i w drugim domu, z powodu wejścia panienek na pensję, skończyły się lekcje, tak że oprócz paru godzin z siostrzenicą Dębickiego Madzia nie miała zajęcia...

Każdego poranku trapiła ją chęć wyjścia, ale – po co i dokąd. Więc siedziała samotna w domu, trwożąc się, że nic nie robi, i – czekając na list od Zdzisława.

„Dziś z pewnością przyjdzie – myślała. – Nie było z rana, więc będzie po południu... Nie było dziś, więc jutro...".

Ile razy na trzecim piętrze pojawił się listonosz, którego kroki już poznawała, Madzia biegła rozgorączkowana do drzwi.

– A do mnie ma pan list? – pytała. – Do Brzeskiej?

– Nie ma, proszę pani – odpowiadał listonosz, kłaniając się i uśmiechając.

– To nie może być! Niech pan poszuka w torbie...

Listonosz wydobywał pakę listów i przerzucał je razem z Madzią. Do niej nie było nic.

– Niedobry Zdzisław! – szeptała z żalem.

Pocieszała się, że może wyjechał na kilka dni, na parę tygodni i, tylko wróci do swoich fabryk, wezwie ją natychmiast. Niekiedy jednak przychodziło jej na myśl, że brat mógł wyjechać na wakacje, że będzie siedział jeszcze miesiąc... Wtedy ogarniała ją rozpacz.

„Co przez ten czas będę robić?" – mówiła, z trwogą wyobrażając sobie noce bezsenne i upalne dnie nieskończenie długie, bez pracy, bez znajomych, nawet bez możności wychodzenia z domu.

Raz postanowiła wyjechać chociaż na kilka dni do Iksinowa; ale porzuciła tę myśl. Przypomniała sobie plotki z powodu Stelli i jej dziecka i – straciła odwagę.

Bo jakby ją tam przyjęli dawni znajomi? Ilu pytań i uwag musiałaby wysłuchać za zerwanie z Solskim? Wreszcie może nadejść list od Zdzisława...

Raz, ukończywszy lekcje z Zosią, wzięła ją do Łazienek. Spacerowały do wieczora, karmiły łabędzie i wyobrażały sobie, jakby to było dobrze, gdyby im pozwolono pływać czółnem po sadzawce. Po tej przechadzce Madzia poczuła się rzeźwiejsza i weselsza. Lecz gdy odprowadziwszy Zosię do Dębickiego, do pałacu Solskich, zobaczyła oświetlone okna Ady, opanował ją straszny żal.

Ona już nigdy tu nie wróci... Już nigdy nie zobaczy Solskiego! Wiele rzeczy mogłoby się jeszcze zmienić, gdyby nie ten nieszczęsny spacer z panem Kazimierzem. Po co ona z nim chodziła? Po co on ją całował i osłabił więzy, jakie łączyły ją z Solskim? Bo przecież po tym, co się stało, ona nie mogłaby zostać żoną Solskiego.

Pan Kazimierz odniósł karę za swój czyn; ale teraz co spotka ją? Już ją spotkało, zaczęła bowiem rozumieć, że tylko Solski mógł pogodzić ją z życiem i otworzyć nieznane widnokręgi szczęścia. Przy nim znalazłaby spokój i cel, przy nim ukoiłaby się i rozwinęła jej dusza, dziś pełna zwątpień i rozterek, usychająca jak liść zerwany, który nie wie, gdzie nim los rzuci.

Jednego dnia po obiedzie (było to w tydzień po pojedynku pana Kazimierza) do Madzi przywlókł się zmęczony Dębicki. Przepraszał, że ją tak rzadko odwiedza, tłumacząc się trudnością wchodzenia na trzecie piętro, pytał, czy ma lekcje, czy jest zdrowa, rozcierał sobie głowę za uchem i – w końcu zaczął rozprawiać o pogodzie z miną człowieka, który nie może wybrnąć z kłopotu.

– Mój panie profesorze – przerwała Madzia z uśmiechem – chyba nie po to odwiedził mnie pan, żeby mówić o upałach? Domyślam się niemiłej wiadomości i chcę usłyszeć jak najprędzej...

– Owszem... bardzo miłej... Ale... ale, co ja mam się wdawać w dyplomację! – rzekł Dębicki, machając ręką.

– Właśnie, tak będzie lepiej.

– Otóż sprawa jest taka. Wie pani, że Norski miał pojedynek...

– Umarł? – spytała zalękniona Madzia.

– Ależ do czego podobne! Pan Kazimierz zerwałby się z niedużej szubienicy, zaszkodzi mu dopiero wysoka... Otóż w interesie tegoż szczęśliwca była dziś u mnie panna Ada... Klękła przede mną i zaleciła, żebym ja ukląkł przed panią, czego naturalnie nie zrobię, i – błagał... a wie pani o co?

– Ani domyślam się.

– O to – prawił Dębicki – żeby pani nie robiła sobie ceremonii i żeby pan Norski nie robił sobie ceremonii, tylko – żebyście oboje pobrali się również bez ceremonii. Pannie Adzie bowiem wiadomo, że pani kocha Norskiego, a Norski panią. Jeżeli więc krępujecie się względami materialnymi, to panna Ada będzie was błagać na klęczkach, żebyście przyjęli od niej trzydzieści tysięcy rubli na zagospodarowanie się...

W tym punkcie mowy Dębickiego Madzia zaczęła się śmiać tak serdecznie, że matematyk otworzył usta niby do ziewania i wykonał kilka bezsensownych ruchów, które, według jego opinii, oznaczały szaloną wesołość.

– Więcej pani powiem – ciągnął Dębicki, machając rękami jak podskubana gęś, która myśli o lataniu. – Więcej powiem: panna Ada sama durzy się w tym Norskim (wczoraj jeździła na Bielany i dziś znowu wybiera się tam). Panna Ada ubóstwia biednego pana Kazimierza i jeżeli chce swatać z nim panią, to robi najwyższą ofiarę... Poświęca się dla niewdzięczników!

– Niech się nie poświęca – odparła Madzia. – Przysięgam panu i gotowa jestem powtórzyć to wobec Ady i pana Kazimierza, że gdyby on był jeden na świecie, jeszcze nie wyszłabym za niego. Były chwile, kiedy zdawało mi się, że kocham się w nim. Ale dziś, poznawszy go bliżej, przekonałam się, że jest dla mnie tak obojętny jak drzewo albo kamień – dodała, rumieniąc się. – Rozumiem, że kobieta nawet dla złego mężczyzny może wszystko poświęcić, zgubić się, ale pod warunkiem, że wierzy w jego zdolności i charakter. Ale ja tę wiarę straciłam.

– Powtórzę Adzie – rzekł Dębicki – o tym, że pani nie kocha Norskiego. Ale o opiniach o nim zamilknę.

Madzia dała brawo profesorowi i znowu zaczęła się śmiać, jej zaś towarzysz pomagał jej, jak umiał, minami, które miały oznaczać gwałtowny wybuch zadowolenia, a właściwie nie oznaczały nic.

35. Mrok i światło

W chwili kiedy zarumienionej ze śmiechu Madzi oczy napełniły się łzami, a uczony matematyk robił takie grymasy jak ścięta głowa pod wpływem prądu elektrycznego, drzwi pokoiku otworzyły się i na progu stanął dziwny człowiek.

Był to mężczyzna młody, dość wysoki, ubrany w długie palto. Miał ciemny zarost, który w przykry sposób uwydatniał niezdrową bladość jego cery. Kiedy zdjął kapelusz, odsłonił duże szare oczy otoczone ciemną obwódką i wklęśnięte skronie.

Przybysz spojrzał na Dębickiego, potem na Madzię, która przypatrując mu się, z gasnącym uśmiechem na ustach, podniosła się z kanapki.

– Nie poznajesz mnie? – zapytał gość chrypliwym głosem.

– Zdzisław? – szepnęła przerażona Madzia.

– Widzisz, nie od razu mnie poznałaś... Musiałem się zmienić!

Madzia pobiegła do niego z wyciągniętymi rękami. Ale gość odsunął ją.

– Nie dotykaj – rzekł – zarazisz się...

Madzia gwałtem rzuciła mu się na szyję i zaczęła całować.

– Zdzisław! Zdziś... kochany Zdziś! Co ty mówisz? Co to znaczy?

Gość nie bronił się, ale w taki sposób manewrował głową, żeby Madzia nie mogła pocałować go w usta.

– No, dość już. Lepiej zapoznaj mnie z tym panem, który patrzy na nas jak na wariatów.

– Mój brat Zdzisław... Mój poczciwy przyjaciel, profesor Dębicki... – mówiła zdyszana Madzia.

Zdzisław podał rękę Dębickiemu i usiadłszy na kanapce, rzekł sentencjonalnie:

– Nieprzyjaciele pójdą za naszym pogrzebem, żeby sprawdzić, czy naprawdę umarliśmy i czy nas dobrze zakopano. Zaś przyjaciele idą, żeby się zabawić.

Madzia patrzyła na niego zdumiona.

– Skąd się tu wziąłeś? Co się z tobą dzieje? – pytała.

– Rzuciłem robotę – odparł brat – i szukam wygodnego miejsca, żeby umrzeć. Co tak patrzysz na mnie? Prosta rzecz. Mam galopujące suchoty i dogorywam. Gdyby nie strach przed śmiercią, który w niezrozumiały sposób potęguje resztkę moich sił, już bym nie żył... Od trzech tygodni sypiam, siedząc w fotelu. Gdybym się raz położył, w tej samej chwili spadłbym głową na dół w przepaść wiekuistej nocy, z którą borykam się, lecz która dziś czy jutro zwycięży... Co za potworna rzecz istnieć chwilkę po to, żeby na zawsze stać się nicością... Na zawsze!

Madzia słuchała go blada, od czasu do czasu chwytając się za czoło. Dębicki utkwił w nim łagodne spojrzenie. Chory, podniecony uwagą swoich słuchaczów, mówił dalej wzruszonym głosem:

– Wy, ludzie zdrowi, nie macie pojęcia, co to jest śmierć. Wam przedstawia się ona jak liryczny poemat, nie zaś jako ciemność, w której gnije i cuchnie trup opuszczony. Wy nie zadajecie sobie pytania, jakie sny mogą rodzić się w mózgu, w którym powoli sączy się krew rozłożona... Jakich wrażeń doznaje resztka człowieka, gdy na jej twarz zamiast powietrza i słonecznych promieni spada piasek i robactwo...

– Boże miłosierny, jakież to straszne... – szepnęła Madzia, zasłaniając oczy.

– A przede wszystkim obrzydliwe – wtrącił Dębicki.

– Hę? – zapytał chory.

– I niedorzeczne – dodał Dębicki.

– Powiedz, Madziuś, temu staremu panu – rzekł gniewnie chory – że ja jestem chemik i dyrektor zakładów przemysłowych... Nie żak!

– Wychowałem ze trzydziestu takich dyrektorów jak pan – mówił spokojnie Dębicki. – Dlatego powiem ci, że ani chemia nie nauczyła cię trzeźwo myśleć, ani dyrektorstwo panować nad sobą.

Brzeski cofnął się i ze zdumieniem patrzył na profesora.

– A to oryginał! – mruknął. – Jeszcze nie spotkałem podobnego impertynenta.

– Bo pan jeszcze nie miał okazji przerażać młodych panien wizjami, które im mogą wydawać się dramatyczne, ale rozważnego człowieka przyprawiają tylko o mdłości.

Brzeski zerwał się i, wymachując pięściami, mówił chrypliwym głosem:

– Ależ, mój panie, ja umieram... Ja dziś, jutro umrę... A pan jesteś zdrów jak byk...

– Od wielu lat jestem ciężko chory na serce – odparł Dębicki. – Nie ma takiej minuty, w ciągu której byłbym pewny życia. Mimo to nie straszę panien...

– To pan jest chory na serce? – przerwał Brzeski. – Bardzo mi przyjemnie! – dodał, ściskając go za rękę. – Przyjemnie mi poznać kolegę... Może by się pan otruł na spółkę ze mną, bo głupio tak czekać... Mam pyszny kwas pruski...

Madzia, patrząc na nich, załamywała ręce. Zaczęło jej się mącić w głowie.

– I pan ciągle myślisz o tego rodzaju tematach? – spytał Dębicki.

– Śmieszny! A o czym ja mam myśleć, o czym mogę? W dzień, kiedy patrzę na ludzi i na ich gorączkę życia, czuję się obcy między nimi i wyobrażam sobie tę chwilę, w której cała mądrość, zbiorowy krzyk całej ludzkości nie zdoła obudzić mnie i przypomnieć, że byłem kiedyś takim jak oni. W nocy nie gaszę światła i ciągle spoglądam za siebie, bo zdaje mi się, że z lada szpary wysunie się niepochwytny cień, który w okamgnieniu zapełni mój pokój, całą ziemię, cały wszechświat... I pogrąży mnie w tak bezdennej niepamięci, że gdyby mi jakaś nadludzka mądrość po raz drugi wlała świeżej krwi do żył, już nie przypomniałbym sobie, że kiedykolwiek istniałem. Wszystko byłoby mi obce, nawet nasz ogród w Iksinowie... Nic by mnie nie wzruszyło, nawet twoje zdziwienie, Madziu, i płacz naszych rodziców...

– Och, Zdzisiu... Zdzisiu, co ty mówisz? – szeptała Madzia, zalewając się łzami.

– Jak na osobę konającą, wymowa pańska jest obfita – rzekł Dębicki. – Nie wiem, czy umrzesz pan na suchoty, ale że możesz dostać się do szpitala obłąkanych, to pewne...

– Jestem przytomny! – oburzył się Brzeski, którego słowa te dotknęły. – Każdy ma prawo mówić o tym, co go zajmuje; no, a chyba kres życia jest interesującym tematem dla tego, kto je traci...

Zaczął chodzić po pokoju, wzruszać ramionami i mruczeć.

Madzia w osłupieniu przypatrywała mu się. I to jest jej brat, ten wesoły, ten rozhukany Zdzisław, z którym bawili się będąc dziećmi? Tak niedawno huśtał się na wierzchołku lipy, a dziś mówi o śmierci w sposób, który wpędza ją w rozpacz!

Zarazem Madzia spostrzegła, że Dębicki wywarł na jej bracie silne wrażenie. Prawie odgadła, że w duszy chorego obok obawy śmierci pojawiła się jakaś inna obawa. Może obłąkania, o którym wspomniał profesor? W każdym razie odwrócenie uwagi od jednego przedmiotu nie było złym.

„Ależ Dębicki... Skąd jemu wziął się ton ironiczny i zuchwały? Nie miałam pojęcia, żeby taki cichy człowiek zdobył się na coś podobnego..." – myślała Madzia.

Brat jej wciąż spacerował i mruczał coraz wyraźniej:

– Daję słowo, że pyszny jest ten jegomość! Diabli wiedzą, po co włóczy się do mojej siostry i mnie, bratu, nie pozwala mówić z nią o tym, co mi dolega? Za miesiąc, może za tydzień będę leżał w ciemnej trumnie, w chłodnym kościele, sam... Wtedy wszystkim zejdę z drogi... Ale on już dzisiaj chciałby zrobić ze mnie trupa... Dla głupich konwenansów, wedle których nieprzyzwoicie jest narzekać, on dławi moją indywidualność i przerywa prąd myśli, może ostatni!

– Pan stanowczo chcesz dostać bzika – odezwał się Dębicki.

– Idź pan do licha ze swoją psychiatrią! Czy gadam od rzeczy?

– Nie możesz wyjść poza obręb jednej myśli. To jest monomania.

– Ale niech się pan zastanowi – mówił zadyszany Brzeski, trzęsąc mu pięściami koło nosa – że ta jedna myśl – to wielka myśl! Przecież w dole, do którego rzucicie moje zwłoki, psuć się będzie już nie tylko człowiek, ale cały wszechświat... Wszechświat, który odbija się w moim mózgu, żyje i jeszcze dziś – jest... Ale jutro już go nie będzie... Dla was moja śmierć będzie tylko zniknięciem jednostki, ale dla mnie – unicestwieniem całego świata: wszystkich ludzi, jacy na nim żyją, wszystkich krajobrazów, słońca, gwiazd, całej przeszłości i przyszłości świata... Niech pan zrozumie: to, co dla was jest zwykłym wypadkiem (dopóki sami mu nie ulegniecie), dla mnie jest powszechną katastrofą; nic nie zostanie z tego, co widzę, co widziałem i o czym kiedykolwiek myślałem...

– Krótko mówiąc – rzekł Dębicki – panu zdaje się, że po tak zwanej śmierci następuje tak zwana nicość?

Brzeski z uwagą spojrzał na profesora.

– Jak to... zdaje mi się? – odparł. – Nie zdaje mi się, tylko tak jest... A panu co się zdaje?

– A ja jestem przekonany, że po śmierci następuje dalszy ciąg życia, które różni się od obecnego tylko tym, że jest pełniejsze.

– Pan kpi ze mnie? – spytał Brzeski.

– Ani myślę. Jestem pewny tego, co utrzymuję. Dzięki czemu, będąc bardziej zagrożony niż pan, mam ciągle dobry humor, podczas gdy pan jesteś w melodramatycznym nastroju.

Madzia słuchała z natężoną uwagą; jej brat osłupiał. Nagle zapytał Dębickiego:

– Przepraszam... Pan profesor jesteś teolog czy filolog?

– Nie. Jestem matematyk.

– I mówi pan, a raczej – wierzy pan, że śmierć...

– Jest dalszym i pełniejszym ciągiem życia – dokończył Dębicki.

Brzeski odsunął się od niego i usiadł na kanapce. Madzia czuła, że w sercu brata toczy się walka niespodziewana i ciężka. Przemknęło jej przez myśl, że jest okrucieństwem ze strony Dębickiego budzić podobne nadzieje; lecz zarazem opanowała ją ciekawość: na jakiej zasadzie on to mówi? Prawda, że Dębicki już nieraz robił podobne wzmianki.

„Nicość i – życie wieczne... Życie wieczne..." – na samą myśl o tym w sercu Madzi zbudziła się taka szalona radość, że była gotowa nie tylko uspokajać brata, ale i umrzeć z nim, byle prędzej posiąść owo pełniejsze życie...

– I to pan mówi, pan... matematyk? – odezwał się Brzeski. – Wbrew głosowi wiedzy, która na miejscu metafizycznych przywidzeń stawia dwa pewniki: siłę i materię... Obie one – mówił zamyślony – wytwarzają ciągły prąd bytu, na którym pojawiają się fale pojedyncze, trwają jakiś czas i – nikną, żeby ustąpić miejsca innym falom... Jedną z takich fal jestem ja i... oto już dobiegam kresu!

– A co to jest owa siła i materia? – spytał Dębicki.

– To, co oddziałuje na nasze zmysły, na odczynniki chemiczne, na wagę, termometr, manometr, galwanometr i tak dalej – odpowiedział Brzeski i znowu zamyślił się.

– Tyle panu powiedziała nauka i nic więcej?

– Nic.

– No, dla mnie była łaskawsza – mówił Dębicki. – Matematyka mówi mi o liczbach różnych typów, z których tylko jeden podpada pod zmysły, a także – o wymiarach i kształtach, których w żaden sposób nie możemy dostrzec zmysłami. Fizyka uczy, że energia wszechświata jest niezniszczalną, a chemia powiada, że to, co nazywamy materią, równie jest niezniszczalne i składa się z niepodlegających zmysłom atomów. Biologia pokazuje mi nieskończone bogactwo form życia, którego początek i natura przechodzi nasze doświadczenie. Wreszcie psychologia wylicza całą litanię własności i zjawisk, które nie podpadają pod zmysły, lecz niemniej doskonale znane są każdemu człowiekowi z obserwacji nad sobą.

A teraz, proszę pana, gdzie jest dowód, że po śmierci następuje nicość? – dodał po chwili Dębicki. – I czym mianowicie jest ta nicość? Jaka zmysłowa obserwacja wykryła nicość we wszechświecie, którego najdrobniejszą szczelinę wypełnia albo ważka materia, albo nieważki, ale realny eter?

– Ja nie mówię o nicości w świecie materialnym, ale o unicestwieniu procesów psychicznych, które trwają pewien czas, a potem gasną na zawsze – odparł Brzeski.

– Skądże pan wie o tym, że procesy psychiczne gasną? W jaki sposób objawia się to zgaśnięcie?

Brzeski uśmiechnął się pierwszy raz.

– Zabawny pan jest! A twardy sen, zemdlenie, zachloroformowanie – co to jest?

– Jest to chwilowe zawieszenie nie samych procesów psychicznych, ale naszej świadomości o nich, po czym świadomość budzi się z powrotem.

– Ale po śmierci nie nastąpi nowe przebudzenie, gdyż organizm nasz ulega rozkładowi – odparł Brzeski.

– I to mówi chemik! Jeżeli panu chodzi o rozkład organizmu, toć on rozkłada się ciągle, w każdej sekundzie. Nie dość na tym; organizm nasz co najmniej raz na rok zmienia się całkowicie: ani jedna cząstka nie pozostaje w nim ta sama, chyba produkt obcy. Z czego wynika, że co najmniej raz na rok siedemdziesiąt kilogramów ludzkiego ciała staje się trupem i że pan, który masz około trzydziestu lat, już ze trzydzieści razy oddawałeś swój organizm powietrzu i ziemi. Żadna z owych trzydziestu śmierci nie unicestwiła pana, nawet nie zaniepokoiła cię, i dopiero na myśl o trzydziestej pierwszej robisz awanturę, rozczulasz się nad swymi zwłokami, ba! nawet grozisz końcem świata. Czym zaś te – najnowsze – zwłoki pańskie mają być lepszymi od kilkudziesięciu poprzednich? Doprawdy nie rozumiem.

– Eh! – zawołał Brzeski, śmiejąc się, co zdziwiło jego siostrę – jeżeli profesor ma takie argumenta, to upadam do nóg... Opowiada stare bajdy teologiczne, z których żartują nawet księże gospodynie, i myśli, że to filozofia.

– Może ja panu opowiem i nowsze bajdy... – zaczął Dębicki.

– O, niech pan mówi... niech pan mówi! – zawołała Madzia.

I zerwawszy się z kanapki, pocałowała profesora w ramię, po czym – cofnęła się zawstydzona.

– Ta filozofia – ciągnął Dębicki – z której jesteś dumny, a która tak pięknie przygotowała cię do spotkania ze śmiercią, ta filozofia wierzy i twierdzi, że nie ma realnych skutków bez realnych przyczyn. Wszak prawda? Na tej zasadzie, jeżeli słup barometru podnosi się w górę, mówimy: zwiększyło się ciśnienie atmosfery, choć nie widzimy ani ciśnienia, ani atmosfery. Podobnie, jeżeli igiełka galwanometru wprowadzonego w obwód odchyla się, mówimy: o, po tym obwodzie przebiega prąd elektryczny. Słowem, sądzimy, że zmiany zachodzące w bezmyślnym słupie rtęci i w bezmyślnej igle magnesowej muszą mieć przyczyny realne, choć ich nie widzimy, nie słyszymy, nie wąchamy i tak dalej.

Zobaczmy teraz inny fakt. Od wielu wieków miliony i setki milionów ludzi czują instynktownie, że – życie ich nie kończy się wraz ze śmiercią. Równie dawno wiele potężnych umysłów, najznakomitszych geniuszów ludzkości, wierzy świadomie i formułuje sobie dość określone pojęcia: o duszy, życiu wiecznym, o świecie pozazmysłowym, wreszcie – o Bogu.

Mamy więc skutek, i to objawiający się w najdoskonalszych mechanizmach, bo w ludziach. A jeżeli ruchy igły magnesowej świadczą o przebiegającym prądzie, z jakiego powodu ruch umysłów ku niewidzialnym bytom miałby nie posiadać rzeczywistej przyczyny?

– Także zwietrzały argument – odparł Brzeski. – Nie ma żadnych bytów pozamaterialnych, tylko w ludziach jest silne pragnienie życia, instynkt zachowawczy. I on fantazjuje na temat przyszłości.

– Chwała Bogu, mamy więc przykład nieużytecznego instynktu. Jeżeli bocian albo skowronek pod jesień odlatuje na południe, wiemy, że znajdzie tam kraj ciepły i zasobny; ale gdy człowiek tęskni do wieczności, wówczas mówimy, że jego nadzieje są urojeniami. Wyborny jest taki pozytywizm.

– Co robić, jeżeli tak jest? Wreszcie ludzki instynkt zachowawczy jest użyteczny dla utrzymania naszego gatunku. Pozwala zdrowym jednostkom obmyślać daleko sięgające plany, które wykonują inni; chorym zaś i konającym osładza chwile przedśmiertne.

– Aha! – odparł Dębicki. – Więc Bóg czy natura, a w każdym razie jakaś wyższa siła, której zawdzięczamy istnienie, wymyśliła cały szereg transcendentalnych oszustw w tym celu, żebyś pan nie nudził się czy nie martwił w ostatnich chwilach życia? Szczególny zamęt pojęć. Przecież według was, materialistów, natura jest samą prawdą, nigdy nie kłamie... I dopiero dziś dowiadujemy się, że kłamie w jednym wypadku: kiedy obdarza człowieka wstrętem do śmierci!

Pozwolisz pan, że będę innego zdania. Wstręt do śmierci znaczy po prostu to, że między śmiercią i duszą istnieje głęboka dysharmonia. Ryba wyjęta z wody na powietrze albo ptak zanurzony pod wodę rzuca się i niepokoi w taki sam sposób, jak człowiek, który myśli o nicości. Nicość bowiem jest trucizną duszy. Pan karmisz się rozmyślaniami o niej i dlatego jesteś pełen trwogi, szalejesz; ja nie wierzę w nicość, ale w życie i dlatego żartuję ze śmierci. Pan jesteś chory, ja jestem zdrów moralnie.

Podniósł się i zaczął szukać kapelusza. Na dworze było już ciemno.

– Pan profesor wychodzi? – zawołała Madzia, chwytając go za rękę.

– Jestem zmęczony – odparł Dębicki zwykłym głosem. Zagasł w nim mówca, a został człowiek stary i chory.

– Profesorze – odezwał się Brzeski – jedźcie państwo ze mną do hotelu, a zjemy razem kolację... Zafunduję wam szampana... Wiesz, Madziuś, mam przy sobie trzy tysiące rubli, a na dwadzieścia tysięcy jestem ubezpieczony. Będziecie mieli po mnie...

– Znowu wracasz do swego! – przerwała siostra. – Widzi pan profesor: dopóki pan mówił, on był weselszy, a teraz, kiedy pan chce odejść...

– Zwymyślał mnie profesor, bo zwymyślał – rzekł wesoło Brzeski. – Ale muszę przyznać, że mikstura poskutkowała.

– Już nawróciłeś się pan? – spytał z półuśmiechem Dębicki.

– No, tego nie będzie. Ale zwrócił mi pan uwagę, że przed śmiercią mogę zwariować, i to... otrzeźwiło mnie. Nie dziwcie mi się – mówił Brzeski. – Od kilku tygodni jestem sam, wciąż oblegany przez myśl o śmierci... Tymczasem człowiek jest zwierzęciem towarzyskim, no – i nie może zajmować się ciągle jednym tematem.

– Zdzisiu – zawołała Madzia – ja ci przysięgam, że będziesz zdrów... Prawda, panie profesorze, że on nie ma suchot?

– Być może.

– Ach, gdyby tak było... gdyby on chciał się leczyć i zaczął tak myśleć jak pan profesor, wie pan co? Wyszłabym za pana! – rzekła Madzia z zapałem.

– Szkoda fatygi – odpowiedział Dębicki. – Ale zechciej tylko pani wyjść za mąż, a wyswatam cię, i to dobrze...

– Nigdy... – odparła ciszej, a na jej twarzy odmalował się taki żal, że Dębicki postanowił więcej nie poruszać tego przedmiotu.

Dębicki pożegnał siostrę i brata i wyszedł, obiecując przyjść do Hotelu Europejskiego, gdzie mieszkał Brzeski. Gdy już był na schodach, wybiegła za nim Madzia i zapytała szeptem, mocno ściskając go za rękę:

– Co pan myśli o Zdzisławie?

– Zdaje mi się, że on jest ciężko chory.

– Ale chodzi... mówi...

Dębicki wzruszył ramionami i zaczął powoli złazić ze schodów.

Gdy Madzia wróciła do pokoiku, brat odezwał się z oburzeniem:

– Zabawna jesteś z tymi sekretami na korytarzu. Wiem, że pytałaś o moje zdrowie. Ale cokolwiek odpowiedziałby ci ten twój filozof, nie zmieni mego przekonania. Jestem skazany, to na nic... Umrę lada tydzień. Ale swoją drogą stary oddał mi przysługę. Już potrafię zapełnić sobie resztę czasu, rozmyślając o jego wierze w życie przyszłe... Szczęśliwy człowiek – idealista... optymista! My, dzisiejsi, nie potrafimy być takimi.

– Więc ty nie wierzysz temu, co on mówił? – spytała zdziwiona Madzia.

– Moje dziecko, to są stare hipotezy, ale nie dowody, a jeszcze mniej – fakty. Wierzy się faktom, nie frazesom.

– Wiesz, Zdzisław – rzekła nagle Madzia – ja zatelegrafuję do tatki, że tu jesteś...

Brat chwycił ją za ręce.

– Niech cię Bóg broni! – zawołał z wybuchem gniewu. – Ja uciekam za granicę, żeby nie spotkać rodziców...

– Więc ja pojadę z tobą... Mam pieniądze...

– Nie po-je-dziesz! – odparł stanowczo. – Pozwólcie mi przynajmniej umrzeć, jak mi się podoba. Nie chcę pożegnań... łez... awantur...

– Zdzisławie!

– Słuchaj, Madziu... musimy rozciąć tę sprawę raz na zawsze. Gdybyś zawiadomiła ojca czy matkę, gdyby ktoś z nich tu przyjechał albo gdybyś uparła się jechać ze mną, przysięgam, że otruję się... Zrozumiałaś?

Madzia zaczęła cicho płakać.

– Pocieszaj mnie; jak chcesz – mówił w rozdrażnieniu – sprowadzaj Dębickiego (byle nie doktorów...), rób ze mną, co ci się podoba, ale –żadnych scen, żadnych czułości... Tak długo żyłem bez was, że śmierć między wami uważałbym za torturę dla siebie...

– Jakże, więc mamy cię opuścić?

– Musicie... a ty przede wszystkim...

– Ach, co mówisz? – zawołała, całując go po rękach.

– Dosyć... proszę cię... Nie dręcz mnie łzami, bo... wyskoczę oknem na ulicę. Powiedziałem ci, czego żądam i do czego możecie mnie popchnąć waszym sentymentalizmem...

A teraz, jeżeli chcesz, odwieź mnie do hotelu.

Mówił to z obłąkanymi oczami, zadyszany, wściekły. Madzia zrozumiała, że opierać się nie może. Otarła łzy, ubrała się, tłumiąc łkanie, pomogła bratu włożyć palto i odwiozła go do hotelu.

Zdzisław przez całą drogę był rozdrażniony. Gdy znaleźli się w pokoju hotelowym, zaczął oglądać swój język w lustrze, mierzyć puls, następnie wydobył z walizki termometr i włożył go pod pachę.

– Nie mogę uwierzyć, żebyś naprawdę był ciężko chory – odezwała się Madzia. – Skąd ci to przyszło?

– Zaziębiłem się... miałem zapalenie płuc... zaniedbałem i dziś jest pasztet.

– Myśleliśmy, że jesteś zupełnie wyleczony.

– I ja tak myślałem z początku. A później już nie było sensu alarmować was... Nic byście nie pomogli.

Siedział zapatrzony w sufit, rozgorączkowany i co kilka minut badał puls. Żeby odwrócić jego uwagę od myśli, które jak stado kruków unosiły się nad jego głową, Madzia zaczęła opowiadać swoją historię z dwóch lat ostatnich. Dla niej samej był to rachunek sumienia, ale brat nie bardzo go słuchał. A gdy zapytała, co o niej myśli, odparł:

– Moja droga, czy człowiek stojący nad grobem może myśleć o czymkolwiek oprócz grobu? Reszta wszystko głupstwo!

– I ty tak mówisz po tym, co słyszałeś od Dębickiego?

– Frazesy! – odpowiedział.

Umilkli oboje. On iskrzącymi oczami patrzył na świecę, Madzia gryzła usta, żeby nie wybuchnąć płaczem.

Około północy Madzia zapytała brata, czy nie chce mu się spać.

– Daj spokój! – odparł. – Czy ja kiedyś sypiam w nocy? Boję się, żeby mnie śmierć nie zaskoczyła... Drzemię w dzień, bo wśród gwaru zdaje mi się, że jestem bezpieczniejszy.

– Połóż się teraz... kochany... – rzekła, klękając przy nim.

– Oszalałaś? Ja nigdy nie kładę się, bo może mnie krew zadusić...

– Spróbuj dziś... Przecież jestem przy tobie... To nie choroba, ale bezsenność i nieporządne życie wyczerpuje twoje siły. Gdybyś co noc spał w łóżku, wygodnie, przekonałbyś się, że nie jesteś tak chory.

Ściskała jego rękę wilgotną i gorącą. Zdzisław rozmyślał, wreszcie rzekł:

– Tak... sen w łóżku uśmiecha mi się... Ale boję się...

– Spróbuj... Ja ci wysoko ustawię poduszki, będziesz jak na fotelu.

Brzeski patrzył na łóżko.

– Spróbowałbym. Ale.... jeżeli skonam ci w rękach?

– Nie bój się, syneczku... Ja będę czuwać przy tobie. Podłożę ci ręce pod plecy i gdybym spostrzegła, że ci niewygodnie, podniosę cię...

Brzeski uśmiechnął się, przeszedł do łóżka i usiadł. Próbował pochylić się na poduszki, ale strach go ogarniał.

Wówczas Madzia usadowiła go na środku pościeli i ostrożnie zaczęła układać nogi.

Zdzisław bronił się, drżał i mówił ze spazmatycznym śmiechem:

– No, już dosyć... Już siedzę na łóżku... Zrobiłem olbrzymi postęp, bo dawniej uciekałem od niego... Dajże spokój... Madziuś... złota, kochana... nie kładź mnie... Przecież ja ci w rękach umrę.

Ale Madzia już położyła go na poduszkach.
- Co, źle ci? - spytała.
- Dobrze mi... tylko czy to na długo wystarczy? Odsuń, kochanie, te świece ze stołu, bo patrzą mi prosto w oczy, jak gdybym już był trupem... Aa... tylko trzymaj mnie za rękę albo podnieś mnie...

Madzia wyrwała mu się i powstawszy, prędko przeniosła świecę ze stołu na komodę.
- Widzisz - rzekła, siadając przy nim i znowu biorąc go za rękę. - Nic ci się nie stało, choć odeszłam...
- Ale jak mi serce bije... - szepnął.

Powoli jednak uspokoił się.

Madzia siedziała przy nim, wsłuchując się w jego prędki oddech i wyczuwając bicie pulsu.
- Oryginał z tego twojego Dębickiego- odezwał się. - Ciągle go widzę... Co za fantazje! Ale trochę zamącił mi głowę.

Wyobraź sobie - zaczął po chwili - dawniej, gdy przyszła noc, widziałem u sufitu jakby czarną listwę... Była to właściwie czarna kurtyna, która powoli opuszczała się na pokój... Rozumiałem, że gdy opuści się na wysokość mego czoła, przestanę myśleć, bo poza tą zasłoną już nie ma nic, tylko czarność... Nieskończona czarność, sięgająca aż za granicę drogi mlecznej, mgławic... a tak gęsta, tak gęsta jak żelazo. Okropny gąszcz otaczał mnie ze wszystkich stron i dusił...

Później zdawało mi się, że jestem punktem... niczym, i leżę w niezmiernej pustce, którą kiedyś zapełniał wszechświat. Wszechświat znikł razem z moim życiem, jak znika obraz człowieka na powierzchni zamąconej wody... Wszechświat znikł i została po nim tylko pustka bez kształtu, bez barwy, bez kierunku... Ach, gdybyś wiedziała, jak mnie to dręczyło...
- Więc nie myśl o tym - szepnęła Madzia.
- Owszem, myślę nawet w tej chwili - odparł z uśmiechem - bo stało się coś dziwnego. Widzę i teraz czarną zasłonę, jak od sufitu zwiesza się nad moją głową... Ale wiesz co? Dziś wydaje

mi się, że ta czarność nie jest ani tak bardzo gruba, ani tak bardzo gęsta... Że byle światło rzucić na nią, ona ustąpi jak cień... I że poza nią jest jeszcze mnóstwo, ale to mnóstwo miejsca... cała nieskończoność, w której może coś być...

Odpoczął i mówił:

– Widzę i teraz ową pustkę bez koloru i bez kierunku, która mnie najokropniej przerażała... Ale wpatrując się w nią śmielej, zaczynam dostrzegać jakieś zmącone kształty... Nie jest to nic określonego, ale już nie ma tej zabijającej jednolitości, wśród której nic nie mogłoby się utworzyć...

Wszystko to są skutki gawęd twojego Dębickiego.

– Więc zaczynasz przekonywać się? – wtrąciła siostra.

– Oh, nie! – żywo zaprotestował. – Jest to bardzo naturalny proces. Na szare i puste tło moich rozmyślań on rzucił garść frazesów, które z konieczności muszą rysować się w mojej wyobraźni... Urządził mnie, stary lis! Od tej pory nie będę mógł pomyśleć o nicości, jak się należy: ile razy zobaczę ją, muszę zarazem widzieć produkty jego bajań...

Chory uspakajał się.

– Madziuś – rzekł stłumionym głosem – gdybym zasnął, zaraz mnie obudź, bo... widzisz... A gdybyś spostrzegła, że przestaję oddychać, chwyć mnie za ramiona i posadź na łóżku... Nawet pryśnij mi wodą na twarz... Jest tu woda?

W parę minut później spał. Madzia, patrząc na niego, myślała, że to niemożliwe, żeby ten człowiek naprawdę był śmiertelnie chory. Jest chory, ale przede wszystkim zdenerwowany i zmęczony nieregularnym życiem.

Otucha jej wzrosła, gdy Zdzisław, zbudziwszy się około piątej rano, powiedział, że nie pamięta nocy tak doskonale przespanej.

Trochę kaszlał, trochę czuł się znużonym, lecz Madzi to nie dziwiło.

„Jest lepiej, niż myślałam w pierwszej chwili" – powiedziała sobie.

36.

Około dziesiątej z rana Zdzisław za radą Madzi przebrał się od stóp do głów w świeżą bieliznę i nowe ubranie. To wprowadziło go w tak doskonały humor, że zaczął nucić chrapliwym głosem, oświadczył, że ma wilczy apetyt, i kazał podać na śniadanie herbaty, jaj tudzież surowej szynki.

Lecz gdy numerowy przyniósł posiłek, Zdzisław wypił jedno jajko, krzywiąc się, a kawałek szynki, który wziął do ust, wyplunął.

– Oto widzisz – rzekł do Madzi – takie jest moje życie. Organizm spala się z nienormalną prędkością, a apetyt nie wypełnia braków.

Zaczął oglądać w lustrze swoją twarz mizerną i zapadniętą, żółtawy język, spieczone usta; następnie z zegarkiem w ręku liczył puls i oddechy, a wreszcie – założył pod pachę termometr.

– Kochanie – rzekła Madzia, wieszając mu się na szyi – wezwij doktorów... Mnie się zdaje, że ty bardziej jesteś obdarzony bujną wyobraźnią niż chory...

– Niech diabli porwą doktorów! – zawołał, odsuwając ją. – Mam ich dosyć... Już opukali mnie i wysłuchali ze wszystkich stron...

– Co ci to szkodzi?

– Drażnią mnie... Przecierpiałem dziesięć konsyliów, a kiedy myślę o jedenastym, robi mi się tak, jakbym szedł na rusztowanie...

Dopóki mnie kładą na kanapie – dodał spokojnie – a sami nie kładą się na mnie, dopóki nie widzę ich głupich min, jeszcze mogę się łudzić... Dopiero ich sędziowie, młotki, podniesione brwi i katowska delikatność przypominają mi, że nieodwołalnie jestem skazany...

– Ależ, Zdzisiu, ty nie jesteś tak chory... Poproś więc kilku najlepszych i wprost zażądaj, żeby powiedzieli prawdę...

– Niech diabli wezmą ich prawdę... Już próbowałem tego. W pierwszej chwili każdy mówi, że to nic; później, kiedy go nacisnę, przyznaje, że jestem śmiertelnie chory, a w końcu myśląc, że mnie zbyt przeraził, chce wszystko obrócić w żart.

Gdy to mówił, na twarzy wystąpiły mu silne wypieki. Zaczął chodzić po pokoju i prawić rozdrażnionym głosem:

– Na co mi lekarze? Myślisz, że nie mam książek, że nie wystudiowałem suchot i nie badam siebie? Nad wieczorem gorączka, nad ranem poty, brak apetytu, oddech przyśpieszony i nieregularny, puls to samo, ciągle strata na wadze...

– Ale mało kaszlesz... – wtrąciła Madzia.

– Co to znaczy!

– I przecież mimo osłabienia jesteś silny...

– Chwilowa poprawa, po której znowu się pogorszy.

– Więc ty nie chcesz się leczyć! – zawołała Madzia z rozpaczą.

– Owszem – odparł – chcę. Kazali jechać do Meranu – jadę. Tam zbada mnie Tapeiner, jedyny znawca suchot, i powie zdanie, do którego się zastosuję.

Madzia złożyła ręce i patrząc na brata pełnymi łez oczami, rzekła błagalnym głosem:

– Ja z tobą pojadę do Meranu... Ja mam pieniądze...

Zdzisław zamyślił się.

– Owszem – odpowiedział. – Po konsultacji z Tapeinerem napiszę po ciebie.

– Po co? Ja teraz chcę jechać... Ja...

Brat cofnął się od niej i uderzywszy się ręką w piersi, odparł z gniewem:

– Słuchaj, Madziu. Jeżeli dasz znać rodzicom albo będziesz mi się narzucała ze swoim towarzystwem, przysięgam, że się otruję... Tu, w tym numerze! Pozwólcie mi przez tydzień... dwa tygodnie robić, co mi się podoba...

Madzia zrozumiała, że musi spełnić wolę brata. Nie mogła jednak oprzeć się nadziei, że brat nie jest ciężko chory.

– Zobaczysz... – rzekła – przekonasz się, że będziesz zdrów...
– Jakaś ty zabawna! – odparł. – Czy myślisz, że i ja nie przypuszczam tego? Nauka mówi mi, że mam suchoty płucne, gardlane, nawet kiszkowe... Ale nadzieja niekiedy ostrzega, że mogę się mylić i że istnieje jakaś tysiączna część prawdopodobieństwa, iż nie tylko odzyskam zdrowie, ale nawet będę mógł pracować...

– O, tak... mów tak zawsze! – zawołała Madzia, rzucając mu się na szyję. – Ale zaraz mnie wezwiesz, jak przyjedziesz do Meranu?

– Natychmiast po konsultacji z Tapeinerem.
– I już ciągle będę z tobą?
– Do śmierci – odparł, całując ją w czoło. – Gdybyś uciekła, pogonię za tobą. Wiem, że ty jedna możesz mnie pielęgnować... tylko... nie sprzeciwiaj mi się.

– No... więc jedź do Meranu! – rzekła Madzia stanowczo.
– Zaraz... cierpliwości! Dajże mi parę dni odpocząć...
Roześmieli się oboje.

– Oj, ty... ty, hipochondryku... – gromiła go siostra.
– Może być, że to hipochondria.
– Wiesz – odezwała się po chwili – kiedy jesteś tak bogaty, to weź dorożkę i wyjedźmy na parę godzin na powietrze.

– Co tu u was za powietrze! – odparł. – W górach będę miał powietrze, a tu... wolę zaczekać na tego oryginała... Pierwszy raz w życiu widzę matematyka, który z zimną krwią utrzymuje, że wierzy w nieśmiertelność duszy...

– On naprawdę wierzy i musi mieć jakieś dowody.
– Szczęśliwy – westchnął Zdzisław.

W południe przyszedł do hotelu Dębicki ubrany w świąteczne szaty. Miał brązowy surdut, trochę ciasny w plecach, białą pikową kamizelkę, która odstawała z przodu, i jasnopopielate spodnie z niedużą plamką niżej prawego kolana. W jednej ręce trzymał kapelusz i laskę, w drugiej letnie palto, którego rękaw wlókł się po podłodze.

Na widok pięknie odzianego profesora oboje Brzescy nie mogli powstrzymać się od śmiechu.

– Aha! – zawołał Dębicki – suchoty ustępują przy siostrze?

– Wie pan profesor – rzekła Madzia, witając go – że Zdzisław dzisiejszej nocy pierwszy raz spał w łóżku? Ubrany, ale leżał...

– A co ciekawsze – dodał Brzeski – że na tle pośmiertnej nicości zaczęły pokazywać mi się jakieś kształty... ruch...

– Dosyć prędko – odparł Dębicki.

– Konieczny skutek wczorajszej rozmowy z panem. Zamknięte oczy w stanie normalnym widzą tylko ciemność; ale gdy podrażni je jaskrawe światło, wówczas na tle ciemności muszą ukazać się widziadła.

– Dobry znak – rzekł Dębicki. – Dowodzi, że nie zamarł w panu zmysł duchowy.

– Ach, jaki pan dobry! – zawołała Madzia. – Niech pan jeszcze mówi jak wczoraj, a jestem pewna, że Zdzisław nawróci się...

Brzeski uśmiechnął się, Dębicki odparł chłodno:

– Po to przyszedłem, żeby dokończyć wczorajszą rozmowę. Ale muszę ostrzec, moi państwo, że nie mam zamiaru nawracać was. Nie jestem apostołem ani wy zgubionymi owcami z mojej owczarni. Jesteście dla mnie tym, czym dla chemika odczynniki chemiczne, a dla fizyka – termometr, galwanometr... Do tego przyznaję się z góry...

Ton Dębickiego był tak oschły, że po obliczu Madzi przemknął cień niezadowolenia. Ale Zdzisław uścisnął rękę profesora.

– Znowu imponuje mi pan – rzekł. – Istotnie teoria nieśmiertelności duszy, wykładana w tym celu, żeby pocieszyć chorego, byłaby... przepraszam... nędzną zabawką. Ja – niech pan nie nazwie tego zarozumiałością – już za wiele umiem, żeby mógł mnie ktoś zmistyfikować frazesem; a pan jest zanadto uczciwy, żeby dopuścić się tego.

Dębicki położył kapelusz na imbryku i maśle, w kącie postawił laskę, która upadła, a sam usiadł na fotelu i założywszy ręce, bez wstępu zapytał Zdzisława:

– Dlaczego nie wierzysz pan w istnienie duszy, różnej i odrębnej od ciała?

– Bo jej nigdy nikt nie widział – odparł Brzeski.

Madzia drgnęła. Dziwne przebiegło ją uczucie wobec tak prostego sformułowania kwestii.

– A dlaczego – mówił Dębicki – wierzy pan, że zjawisko zwane światłem polega na czterystu do ośmiuset trylionów drgań na sekundę? Kto widział te drgania?

– Wiadomość o drganiach wynika z rachunku opartego na fakcie, że dwa promienie światła, uderzając o siebie, mogą się przygasić.

– A czy to, że ja, pan i wszyscy ludzie myślą i czują, nie jest faktem co najmniej równie dobrym jak wzajemne przygaszanie się promieni światła?

– Ale fakt myślenia wcale nie dowodzi, że dusza jest czymś odrębnym od ciała. Wszakże ona może być i jest na pewno ruchem cząstek mózgu. Bez mózgu nie ma myśli.

– A o tym skąd pan wie? Do czasów Gilberta sądzono, że elektryczność istnieje tylko w bursztynie, dziś wiemy, że może istnieć w całym wszechświecie. Zwyczajni ludzie sądzą, że w tym miejscu, gdzie marznie woda, a jeszcze bardziej merkuriusz, nie ma ciepła; fizycy zaś są pewni, że jeszcze o dwieście pięćdziesiąt i dwieście sześćdziesiąt stopni poniżej zamarzania wody jest ciepło. Stąd wniosek, że aczkolwiek duszę dzisiaj upatrujemy tylko w mózgu, nasi następcy mogą dojrzeć ją w roślinie, w kamieniu, nawet w tym, co nazywa się – barometryczną próżnią.

– No – rzekł Zdzisław – to są dopiero przypuszczenia. Tymczasem fakt, że myśl jest funkcją mózgu.

– O... właśnie! Może pan zechce dowieść tego? – wtrącił Dębicki.

– Dowody pan zna – odparł Brzeski – więc wyliczę tylko ich nagłówki. Widzimy w świecie zwierzęcym, że większemu rozwojowi mózgu odpowiada większy rozwój umysłowości. Ze świata zaś ludzkiego wiemy, że nadmierny albo skąpy napływ krwi do mózgu osłabia lub unicestwia samo myślenie. Że alkohol, kawa, herbata, podniecając krążenie krwi, podniecają proces myślenia. Że gdy mózg więdnie na starość, słabną zarazem zdolności umysłowe...

Decydującymi są doświadczenia Flourensa, który niszczył świadomość w gołębiach, wycinając im warstwy mózgu; lecz gdy mózg odrastał, gołąb odzyskiwał świadomość...

Zresztą – co mam więcej mówić? Zna pan drugi tom Moleschotta pod tytułem: *Krążenie życia*. A ty, Madziu, możesz przeczytać chyba osiemnasty list: *O myśli*.

– Teraz ja proszę pana – rzekł Dębicki – żebyś nie posądził mnie o zarozumiałość. Otóż od bardzo dawna nie mogę wyjść z podziwu, że ludzie tej bystrości, co Moleschott albo Vogt, są tak naiwnymi w kwestii dowodów. Powiem krótko. Wszystkie doświadczenia robione nad mózgiem: badania produktów chemicznych, temperatury mózgu, jako prądów elektrycznych, wszystkie uszkodzenia mózgu, umyślne czy przypadkowe, dowiodły tylko jednej rzeczy, że – mózg jest organem ducha. Człowiek z uszkodzonym mózgiem źle myśli czy nie może objawiać, że myśli; jak człowiek z uszkodzonym okiem źle widzi lub wcale nie widzi, a człowiek z uszkodzoną nogą – źle chodzi lub wcale nie chodzi.

Tymczasem w naturze zjawisko ruchu bynajmniej nie jest związane z muskułami ani wrażliwość na światło – z okiem. Spadający kamień porusza się, choć nie ma muskułów ani nerwów; płytka fotograficzna i selen są wrażliwe na światło, choć nie posiadają nerwu optycznego...

Jeżeli więc ruch mechaniczny może istnieć poza granicami muskułów, a wrażliwość na światło poza granicami oka, dlaczegóż by myśl, uczucie, świadomość nie miały istnieć poza obrębem mózgu? Bez mózgu nie ma myśli... bez bursztynu nie ma elektryczności! Pomyśl pan, czy to nie dzieciństwo...

– Pysznie! – zawołał Brzeski. – Teraz zostaje profesorowi tylko pokazać nam duszę w kamieniu i barometrycznej próżni...

– Nie, panie. Nie pokażę ci ani duszy, ani tego łańcucha, którym zmierzono odległość ziemi choćby od księżyca, ani czterystu trylionów drgań na sekundę... Są to bowiem fakty niepodlegające zmysłom... Ale zrobię – co innego: pokażę panu nowe zagadnienia dla myśli.

– Nie jest to wprawdzie to samo... – wtrącił Zdzisław.

– Znajdzie się i to samo. Tymczasem posłuchaj pan. Z górą przed stoma laty ktoś zapytywał Woltera: czy dusza ludzka może żyć po śmierci? Na to wielki satyryk odpowiedział: czy śpiew słowika zostaje po śmierci słowika?

Jest to dowcip kryjący w sobie wielką prawdę. Ale wie pan, co się stało w niecały wiek po tej genialnej odpowiedzi? Przyszedł Hirn, Joule, Meyer i – dowiedli, że po śmierci słowika nie zostaje wprawdzie śpiew słowika, ale energia ukryta w tym śpiewie – zostaje i zostanie na całą wieczność. Innymi słowy, śpiew słowika, jako drganie powietrza działające na nasz słuch, znika; ale utajony w nim iloczyn z połowy kwadratu prędkości przez masę, czyli to, co stanowi duszę śpiewu, żyć będzie na wieki. W naturze nie ma potęgi, która mogłaby zniszczyć ten byt niewidzialny, a jednak rzeczywisty.

– No, to jeszcze nie jest nieśmiertelność duszy indywidualnej, czyjegoś „ja"... – przerwał Zdzisław.

– Niech pan zaczeka! To nie jest – to, ale zawsze – jest coś, a raczej dwa „cosie": jakiś byt rzeczywisty, choć niewidzialny, i – jakaś wieczność, o której mówią nie baby pod kościołem, ale fizycy. Niech więc pan zapamięta, że są rzeczywistości niepodpadające pod zmysły i że jest nieśmiertelność dowiedziona w sposób naukowy...

– Ale nie dla mojej duszy...

– Przyjdzie i to; nie zaraz, ale przyjdzie. W tej chwili zwrócę uwagę pańską, że nieśmiertelność energii i materii, dowiedziona faktami i rachunkiem dopiero w naszych czasach, była przeczuwana od tysięcy lat. Przeczucia te wyraźnie formułowali greccy filozofowie, Spencer zaś mniema, że przeczucie niezniszczalności materii i energii narzuca się każdemu umysłowi w sposób konieczny. Nauka więc pod tym względem nie zrobiła nowego odkrycia, lecz tylko – potwierdziła to, co ogół niejasno odczuwał.

Otóż nie zaprzeczysz pan, że ludzkość w nierównie wyższym stopniu posiada przeczucie nieśmiertelności duszy. Nie widzi ona wyraźnie, ale spostrzega jakieś ogólne kontury tej prawdy; powszechność zaś przeczuć stanowi ważną wskazówkę…

– Są jednak ludzie niemający tych przeczuć – wtrącił Brzeski.

– Są też ludzie niewrażliwi na światło, ślepi. Pociesz się pan jednak, że jak dla kompensaty istnieją ludzie obdarzeni wyjątkowo dobrym wzrokiem, którzy bez szkieł widzą księżyce Jowisza, tak również istnieją ludzie obdarowani wyjątkowo silnym zmysłem duchowym. Ci rozprawiają o duszy i o świecie nadzmysłowym jak my o Saskim Placu, na który w tej chwili patrzę.

Wstręt do nicości, wrodzony ludzkiej naturze, tym bardziej zastanawia, że nicość przedstawiamy sobie jako twardy sen. Otóż my z twardym snem jesteśmy oswojeni równie dobrze jak ze stanem czuwania. Więcej nawet – twardy sen jest bardzo przyjemnym zjawiskiem, a na odwrót: życie, czuwanie bywa niekiedy pełne cierpień. Mimo to myśl o wiecznym śnie przeraża nas, a myśl o wiecznym czuwaniu, choćby nawet niewolnym od przykrości, napełnia nas pociechą.

Nicość jest wstrętna ludzkiej naturze, pociąg do życia wiecznego prawie powszechny. Jeżeli więc istnieje szkoła filozoficzna, która wierzy i głosi nicość, to – powinna mieć jakieś potężne dowody. Nie ci bowiem dowodzą, którzy podzielają wiarę powszechną, a raczej instynkt powszechny w pewnym kierunku, ale ci, którzy wskazują – nowy kierunek.

Otóż, jak się pan przekona, system dowodów materialistycznych nie tylko nie ma wartości naukowej, ale opiera się na tak rażących niedorzecznościach, że zdumiewają.

– Już zaczynam się zdumiewać – wtrącił Brzeski – ale... tym, co pan powiedział.

Madzia wpatrywała się w Dębickiego jak w dziwowisko. Prawie nie śmiała oddychać.

– Opowiem bajkę – ciągnął profesor. – Ktoś, uderzony faktem, że zwykli ludzie zachwycają się niknącymi obrazami, postanowił osobiście zbadać tę kwestię. W tym celu poszedł na przedstawienie niknących obrazów, ale żeby nie poddawać się wrażeniom tłumów, które bardzo często są omylne, wie pan, co zrobił? Zalepił sobie oba oczy...

– Puszcza się profesor! – zawołał Brzeski.

– Niech pan zaczeka. Siedzi więc na przedstawieniu nasz filozof z zalepionymi oczami, słyszy muzykę katarynki, brawa publiczności i robi wnioski.

„Uważam – mówi sobie – że ci państwo najczęściej biją brawa wówczas, gdy katarynka gra melodie smętne, a śmieją się, gdy gra skoczne. Widzowie z pierwszego rzędu są najbardziej ożywieni, gdyż siedzą na wyścielanych krzesłach. Przy ostatniej zaś serii obrazów dlatego panowało tak uroczyste milczenie, ponieważ latarnia zaczęła kopcić i swąd napełnił salę".

Co byś pan powiedział o takim badaczu niknących obrazów? – zapytał nagle Dębicki.

– Że jest głupcem – odparł Zdzisław.

– Ma pan słuszność. Badacz ten jest głupcem, ponieważ do badania pewnej grupy zjawisk użył niewłaściwego zmysłu, a co gorsze: zapieczętował sobie właściwy zmysł.

Teraz opowiem drugą bajkę – ciągnął Dębicki. – Inny mędrzec chciał zbadać własności światła. W tym celu zapalił lampę naftową i wykonał na niej szereg doświadczeń, z których okazało się:

Że nafta nieczysta daje gorsze światło niż czysta; że przy podniesieniu knota światło wzmacnia się, a przy zniżaniu knota światło słabnie. Że światło również słabnie, gdy na knocie utworzy się grzybek albo gdy knot będziemy naciskać patykiem i – tak dalej.

Wreszcie skończył eksperymenty i na ich zasadzie ogłosił, że światło jest funkcją knota i nafty; poza knotem i naftą nie istnieje. Światło nie ma żadnych innych własności oprócz tych, które można zbadać na knocie za pomocą śrubki i patyka. Po spaleniu się knota światło ginie i – tak dalej.

Tymczasem ktoś, obeznany z optyką, odparł mu na to, że światło może istnieć poza swoim źródłem, czego dowodzą choćby gwiazdy, które od wieków mogły zgasnąć, a niemniej światło od nich wciąż przepływa nieskończoność. Że światło ma własności inne niż knot: odbija się, załamuje się, dzieli się na pojedyncze barwy, polaryzuje się i tak dalej. Że wreszcie potrzeba być głupcem, żeby nie odróżniać światła od knota albo opierać optykę na produktach spalania nafty.

Otóż, kochany panie Zdzisławie, w człowieku są trzy różne rzeczy: organizm, który odpowiada knotowi, zjawiska fizjologiczne odpowiadające promieniowi, który powstaje ze spalenia się nafty w powietrzu, i – dusza, która odpowiada światłu. Ta dusza ma swoje własności pozacielesne i swoje zjawiska pozafizjologiczne. Ta dusza nie jest produktem strawienia i utlenienia pokarmów, ale jest oryginalną formą energii czy ruchów, które odbywają się nie w substancji mózgowej, ale w jakiejś całkiem innej, może być w eterze wypełniającym wszechświat.

– Nie dość jasno chwytam cel pańskiego porównania – wtrącił Brzeski.

– Widzi pan, chciałem to powiedzieć, że materializm zyskał niby faktyczne podstawy od czasu, gdy za pomocą fizjologii chciano wytłumaczyć, a może i zastąpić psychologię. Co się okazało? Oto, że kalecząc mózg, można paraliżować ruchy, wywołać zapominanie wyrazów, zakłócić uwagę, nawet przyćmić świadomość. Czyli: kalecząc knot, można wywołać kopcenie lampy, nawet zgasić światło.

Czy jednak fizjologia wyjaśniła nam naturę duszy? Wcale nie. Nie ona bowiem odkryła, że zasadniczymi objawami duszy jest myśl, uczucie, wola; nie fizjologia też powiedziała, że posiadamy zdolności bierne, pamięć, twórczość, współczucie, cele... Zatem fizjologia z całym systemem swoich cięć, podwiązywań, elektryzowań, zatruć i tak dalej nie jest organem właściwym do badania duszy, jak węch albo słuch nie są organami właściwymi do badania obrazów niknących.

Naturę duszy, czyli rozmaite jej zdolności i nieskończone łańcuchy duchowych zjawisk odkrył nam nie wzrok, nie s k a l p e l, ale – wewnętrzna obserwacja, nasze p o c z u c i e s a m y c h s i e b i e. Więc to p o c z u c i e jest właściwym zmysłem, jedynym zmysłem, którym b e z p o ś r e d n i o możemy badać naszą duszę.

Nie twierdzę, że anatomia i fizjologia na nic nie przydadzą się psychologii. Owszem: odkrycie prędkości wrażeń, ogrzewania się mózgu w czasie pracy, zużywanie się pewnych materiałów, elektryczne prądy mózgowe i mnóstwo innych odkryć mogą mieć olbrzymią doniosłość praktyczną. Dzięki anatomii i fizjologii poznajemy bliżej tę zdumiewającą fabrykę, w której dokonują się najcudowniejsze działania w naturze. Może nadejść czas, że anatomia i fizjologia opiszą nam i wytłumaczą budowę każdego mechanizmu wykonawczego, z jakiego składa się nasz system nerwowy. Ale nigdy nie wytłumaczą i nie opiszą zasadniczej własności ducha, jaką jest – c z u c i e.

Czuję kolor czerwony i zielony, tony wysokie i niskie, czuję twardość i miękkość, ciepło i zimno; czuję zapach octu i róży, głód i trudność w oddychaniu, ruchy moich rąk i nóg. Czuję radość i smutek, miłość i nienawiść, czuję, że czegoś pragnę, a czegoś lękam się, że pamiętam przeszłość. Czuję wreszcie, że jedne z moich kombinacji umysłowych odpowiadają faktom spostrzeżonym przez zmysły, a inne kombinacje są – moimi własnymi utworami.

Słowem – odkrywam cały świat zjawisk będących tylko rozmaitymi formami czucia, tego dziwnego czucia, które czuje nawet – samo siebie. A jednocześnie spostrzegam, że ani fizyka, ani chemia, ani teoria komórek, ani wszystkie razem wzięte doświadczenia fizjologiczne nie powiedzą mi: „czym jest czucie?". Jest to bowiem fakt elementarny i dla każdego człowieka jedyny.

Wiem, że w przestrzeni krążą i palą się miliony słońc, że dookoła mnie żyją miliony istot, że wszyscy ludzie – myślą, cieszą się, pragną, pamiętają. Ale również wiem, że czucie, które ja posiadam i którym ogarniam cały świat, że to moje czucie jest jedyne w naturze. Ja za nikogo czuć nie mogę i nikt za mnie; ja nikomu nie zajrzę w głąb jego czucia i nikt nie zajrzy w moje. Pod tym względem jestem istotą wyłączną i niezastąpioną. I z tego punktu miał pan rację, twierdząc wczoraj, że gdyby zgasł twój duch, czyli twoje czucie, razem z nim zginąłby jeden wszechświat.

Otóż to czucie, t o m o j e c z u c i e, nie jest własnością tego, co nazywamy organizmem materialnym.

– To zaczyna być interesujące – odezwał się zamyślony Brzeski.

– Pozwoli pan, że zrobię jeszcze jedną dygresję – mówił profesor. – Poglądy materialistyczne popularyzują się dość łatwo, szczególnie między młodzieżą, która zaczyna studiować nauki przyrodnicze. Przyczyną tego jest małe wykształcenie filozoficzne, dalej – popęd do nowości, który cechuje wiek młody, wreszcie – jasność nauk przyrodniczych i porządek, jaki w nich panuje.

Są to jednak przyczyny drugorzędne. Ale wie pan, co stanowi fundament popularności materializmu? Prawie nie sposób uwierzyć, a przecież tak jest: podstawą łatwości, z jaką ludzie przyjmują materialistyczne poglądy, jest. Domyśl się pan, co... Oto – pewne gramatyczne skrócenie!

Mówimy zwykle w ten sposób: „Ogień parzy – kamień jest ciężki – dwa a dwa jest cztery – słońce jest odległe od ziemi o dwadzieścia jeden milionów mil geograficznych". Tymczasem są to skrócone formy mówienia; dokładnie bowiem należałoby mówić: „Ja czuję, że ogień parzy – ja czuję, że kamień jest ciężki – ja ciągle doświadczam, że dwa a dwa jest cztery – ja, na podstawie spostrzeżeń, czyli zmysłowych czuć, wywnioskowałem, że słońce jest od nas odległe na dwadzieścia jeden milionów mil...".

Różnica tych dwóch form mówienia jest ogromna. Człowiek bowiem, niewykształcony filozoficznie, mówiąc krótko: „kamień jest ciężki", wyobraża sobie, że głosi jakąś prawdę bezwarunkową, która istnieje poza nim. Lecz gdy powiemy: „Ja czuję, że kamień jest ciężki", rozumiemy w tej samej chwili, że dla naszej wiedzy ciężkość kamienia nie jest żadnym objawieniem, ale tylko: sformułowaniem stanu naszego czucia.

Otóż wszystkie nasze sądy o świecie zewnętrznym, wszystkie tak hucznie reklamowane „obserwacje i eksperymenty" opierają się na tych zasadniczych faktach, że „ja coś czuję, ja coś wiem i ja w coś wierzę". Czy świat realny naprawdę istnieje? I czy on wygląda tak, jak my go widzimy? Czy też cała natura jest złudzeniem naszych zmysłów, niknącym obrazem, który trwa dopóty, dopóki żyjemy sami? Tego nie jesteśmy pewni.

Ale jedno jest dla nas niewątpliwe, że czujemy samych siebie i coś, co nie jest nami, czyli czujemy własną duszę, na którą działają jakieś wpływy zewnętrzne.

Z tego wyjaśnienia wynikają dwa ważne wnioski.

Pierwszy jest ten, że nielogicznie jest tłumaczyć zjawiska duchowe za pomocą zjawisk materialnych; nielogicznie jest wyjaśniać prawdę pewniejszą za pomocą prawdy mniej pewnej.

To, co nazywamy „naturą", jest sumą naszych czuć: wzrokowych, dotykowych, muskularnych, słuchowych, czyli „jest wyrobem" naszego ducha. Zatem – nie mamy prawa uważać siebie za wyrób natury, jak zegarmistrz nie ma prawa mówić, że sam został zbudowany przez swoje zegary. Tym mniej mamy prawa twierdzić, że nasza dusza jest wytworem komórek mózgowych albo: tlenu, azotu, węgla, wodoru, fosforu... Jeżeli bowiem to, co nazywamy np. fosforem, jest sumą wrażeń, które odczuwa nasza dusza, więc ta – odczuwająca dusza jest czymś innym niż suma jej wrażeń, jest co najmniej płótnem, na którym odbijają się wrażenia.

Druga kwestia jest jeszcze ciekawsza. Materialiści mówią: „Natura składa się z sił i materii", trzeba zaś mówić: „Natura składa się z sił i materii, a przede wszystkim – z duszy, która ją odczuwa i określa". To więc, co nazywamy r z e c z y w i s t o ś c i ą, nie jest p o d w ó j n e (siła i materia), ale p o t r ó j n e (duch, siła i materia), i pierwsza jednostka z tej trójki, mianowicie duch, jest dla nas pewniejszą niż dwie inne: siła i materia.

Otóż z tej uwagi wypływa wniosek olbrzymiej doniosłości: jeżeli fizyka i chemia dowiodła niezniszczalności siły i materii, tym samym dowiodła – niezniszczalności ducha. Duch bowiem, siła i materia nie są trzema rzeczami niezależnymi od siebie, ale jakby trzema bokami tego samego trójkąta. Mój duch, który wzniósł się tak wysoko, że dostrzegł nieśmiertelność swoich własnych utworów, sam również musi być nieśmiertelny, tylko pełniejszy, bogatszy od nich w chwale nieśmiertelności.

W tym miejscu Madzia rozpłakała się.

– Czegóż beczysz? – zapytał brat.

– Albo nie słyszysz... – odparła.

– Słyszę traktat, który mnie zadziwia. Ale jest to tylko system filozoficzny, kombinacja umysłowa...

– Ale ja ją lepiej rozumiem niż wasze tłuszcze, fosfory i żelaza, które mi zatruły życie... A i tobie, Zdzisiu, i... wielu innym!

Brzeskiemu błyszczały oczy i wystąpiły na twarz wypieki. Dębicki siedział na fotelu z rękami opartymi na rozstawionych nogach, z wysuniętą wargą, spokojny, jakby nie widział tych ludzi wzruszonych, tylko łańcuchy swoich rozumowań.

– Jestem bardzo rozdrażniony... – szepnął Brzeski i zaczął chodzić po pokoju, od czasu do czasu pocierając czoło.

– Hę? – spytał profesor. – Co to, gorzej panu?

Przeciwnie, jest mi lepiej! – odparł Zdzisław z uśmiechem – daleko lepiej! Ale zmęczyłem się. Otwierasz pan nowy wszechświat; ale tak różny od tego, który znam, tak przytłaczający swoją fantastycznością, że… mąci mi się w głowie…

– Rozumiem… – rzekł Dębicki, krzywiąc się. – Tyle się pan naczytałeś o swoich farbach, olejach, komórkach i atomach, że nie miałeś czasu na kwestie filozoficzne. Więc i męczy się pan jak człowiek, który pierwszy raz wsiadł na konia.

37.

Oboje Brzescy poprosili Dębickiego, żeby zjadł z nimi obiad. Zgodził się pod warunkiem, że pozwolą mu zajrzeć do domu, do Zosi.

W godzinę był z powrotem. Jedli obiad w numerze we troje, a przez ten czas Zdzisław z doskonałym humorem opowiadał im o swojej karierze przemysłowej, na której mógł zrobić duży majątek i zabezpieczyć przyszłość rodzicom i siostrom.

– Zrobisz jeszcze majątek! – zawołała z przekonaniem Madzia.

– Phi... – odparł niedbale – może i tak będzie. Najpierw jednak muszę porozumieć się z Tapeinerem.

Madzia z wdzięcznością spojrzała na profesora.

Trudno było o lepszy dowód, że w usposobieniu jej brata zachodzi jakaś korzystna zmiana.

Po obiedzie na wniosek Madzi poszli we trójkę do Saskiego Ogrodu. Wlekli się jak dziady na odpust, a znalazłszy w alei od Marszałkowskiej ulicy pustą ławkę, zasiedli.

Gdy Zdzisław trochę odsunął się od nich, Madzia szepnęła do Dębickiego:

– Wie pan, on już nie mówi o śmierci...

Brat usłyszał to i odparł:

– Nie tylko nie mówię, ale nawet nie myślę. Nie wiem, czy kiedy spotkamy się w innym świecie... Ale przyjemniej myśleć o kwestiach dotyczących choćby fantastycznej nieśmiertelności niż o gniciu.

Pan Dębicki ma słuszność: my, młodzi, nie posiadamy wykształcenia filozoficznego, a nawet – mamy wstręt do metafizyki.

Tymczasem metafizyka uczy, że na świat można patrzeć z innego punktu niż materialistyczny. I nic nie stracilibyśmy na nowym poglądzie. Bo jeżeli spotka nas nicość, przynajmniej nie martwilibyśmy się za wcześnie. Ale jeżeli naprawdę za wrotami śmierci jest jakiś świat doskonalszy, to filozofia materialistyczna złą usługę oddaje ludzkości...

Chociaż... wszystko to może być tylko marzenie! – rzekł po chwili. – Mnie, rozdrażnionego, metafizyka może uspokoić na parę dni. Ale gdyby wszyscy ludzie zapomnieli o rzeczywistości!

Dębicki uśmiechnął się.

– Jak to trudno – mówił – otrząsnąć się z nałogów. Dla pana dusza wobec materii wciąż zdaje się posiadać mniejszy stopień rzeczywistości niż ciało. Tymczasem dusza jest bardziej rzeczywistą niż ciało, jest jedyną rzeczywistością. Boisz się pan, żeby ludzkość nie utonęła w marzeniach, czyli w rozważaniu świata duchowego. Ależ tym światem musimy się zajmować, bo on jest nami i w nas, jest naszą istotą i przyszłością; zresztą – jest co najmniej zwierciadłem, w którym odbija się natura zmysłowa. O naturze zaś i o życiu realnym ludzie nie zapomną: głód, chłód, pragnienie i tysiące innych bodźców są doskonałymi środkami mnemonicznymi. Trzeba tylko zachować równowagę: nie topić się we własnym wnętrzu, nie rozpraszać w zmysłach, ale – chodząc po ziemi, trzymać głowę w niebie, dopóki – nie przeniesiemy się tam całkowicie.

Co się tyczy metafizyki, z której tak szydzi materializm, ach, panie Brzeski, jak ten materializm nie zna nowożytnej nauki! Przecież to rzecz wiadoma, że wielka nauka stanowczo przekroczyła granice zmysłowości i wypłynęła na ocean metafizyki.

Weź pan astronomię, która mówi, że światło ubiegające trzysta tysięcy wiorst na sekundę musi lecieć do najbliższych gwiazd stałych przez cztery lata, dwadzieścia lat, pięćset lat i tysiące lat... Gdzie pan ma środki na uzmysłowienie tego rodzaju odległości?

Weź pan fizykę, która chcąc wyjaśnić nam wymiary atomu, daje taki przykład. W główce szpilki jest osiem sekstylionów atomów. Gdybyśmy co sekundę odrzucali z tej główki po milionie atomów, w takim razie skończylibyśmy nasz rachunek w ciągu dwustu pięćdziesięciu trzech tysięcy lat... Nie dziw, że po tego rodzaju rachunku Clerk Maxwell powiedział: „To, co widzimy, zrobione jest z tego, czego się nie widzi".

A przypomnij pan sobie te setki trylionów drgań eteru na sekundę? Albo weź pan sam ów eter. Ma on być tysiąc kwadrylionów razy rzadszy od wody, ale nie jest ani gazem, ani płynem, raczej ciałem stałym i ciągłym, rodzajem galarety. Eter ma być miliard razy mniej sztywnym od stali, ale każdy cal angielski ugniata z siłą siedemnastu bilionów funtów. Powiedz pan, czy to nie jest najfantastyczniejsza metafizyka... A przecież jest ona tylko wnioskiem z obserwacji naukowych nad ciałami i zjawiskami materialnymi.

– Więc człowiek zawsze musi wątpić! Nigdy nie pozna prawdy! – zawołał z goryczą Zdzisław, uderzając laską w ziemię.

– Palcem nie dotknie prawdy ani nie dojrzy jej okiem, ale znajdzie ją duchem i w duchu – odparł Dębicki.

Ponieważ zerwał się wiatr chłodny, więc opuścili ogród i wrócili do numeru. Dębicki zajął fotel, a Madzia usadowiła brata w pozycji półleżącej na kanapie.

– Należy nam się od profesora wyjaśnienie – zaczął Brzeski. – Powiedział pan, że czucie, owo moje czucie, nie jest własnością organizmu materialnego. Więc... czegóż...

– Wytłumaczę się – odparł Dębicki. – Ale najpierw niech mi pan powie: w jaki sposób wyobraża sobie materialnie proces myślenia? Co tam robi się w mózgu?

– Kwestia ta nie jest jeszcze jasna dla anatomii i fizjologii, nie wiemy, jak się to robi, tylko odgadujemy...

– Mój Zdzisiu, daj temu spokój – przerwała Madzia – bo znowu zostaniesz materialistą...

Zdzisław uśmiechnął się i mówił:

– Trzeba pamiętać, że komórki nerwowe są maszynami bardzo rozmaitego typu. Jedne przykładają się do kurczenia mięśni, inne są wrażliwymi: te wyłącznie na światło, tamte wyłącznie na dźwięk, owe na ciepło, jeszcze inne na zapachy. A ponieważ komórki nerwowe odznaczają się tak wielką rozmaitością uzdolnień, można więc przypuścić, że niektóre z nich posiadają w zawiązku – zdolność myślenia. Ile razy w komórce zajdzie jakaś zmiana, najpewniej chemiczna, której towarzyszy ciepło i elektryczność, tyle razy budzi się w owej komórce niby iskierka procesu umysłowego. A jak z pojedynczych iskier tworzy się wielki płomień, tak z elementarnych, niewyraźnych w efekcie swojej małości, procesów duchowych powstaje rozległa i wyraźna myśl o czymś...

– Ach, Zdzisławie! – zawołała Madzia – nie mów tak... Zobaczysz, że ci to zaszkodzi...

– Jej wciąż zdaje się, że jest na pensji – odparł brat. – Muszę jednak przyznać – ciągnął dalej – że psychiczna strona myślenia nie przedstawia mi się jasno... Jakich zmian chemicznych potrzeba, żeby w komórce obudziło się czucie? Czy każdy proces chemiczny jest czuciem, czy przywilej ten posiadają tylko komórki mózgowe? Nie umiałbym odpowiedzieć.

Trzeba dodać, że komórki mózgowe mają zdolność przechowywania jakby śladów – dawniejszych wrażeń, a ta ich zdolność jest podstawą pamięci. Skończyłem.

Madzia pytającym wzrokiem spojrzała na Dębickiego.

– Cóż – odparł profesor – zbijać ani dowodzić tego, co pan powiedział, nie potrzebuję. Wolę dowieść co innego, że – c z u c i e wraz ze swoimi rozgałęzieniami, które nazywamy: spostrzeganiem, wnioskowaniem, świadomością i w ogóle – myśleniem, że owo c z u c i e w żaden sposób nie może być produktem mózgu.

M o j e c z u c i e, które każdy z nas posiada, jest faktem elementarnym. Jeżeli niemożliwe jest dać ślepemu pojęcie o tym, co znaczy kolor, choćby za pomocą najzawilszych kombinacyj: dźwięków, zapachów, dotykań, to jeszcze jest mniej możliwe, za pomocą jakichkolwiek ruchów nerwowych, jakichkolwiek procesów fizycznych czy chemicznych wyjaśnić zjawisko czucia. Czucie odsłania przed nami cały świat, ale milion takich widzialnych i dotykalnych światów nie wyjaśni czucia. Może kiedyś chemia rozłoży pierwiastki chemiczne, może kiedyś potrafi z ołowiu robić złoto. Ale nikt i nigdy nie rozłoży tego pierwiastku: j a c z u j ę, i nikt z procesów chemicznych i fizycznych nie zrobi c z u c i a.

A jeżeli zapytacie o dowód, odpowiem: takie jest nasze najgłębsze poczucie tej sprawy, takie jest przekonanie naszej duszy, władzy, która odczuwa całą naturę i sama jedna decyduje o prawdzie lub nieprawdzie. Toteż gdyby jakiś fizjolog otworzył nam żywy i zdrowy mózg ludzki, gdyby pokazał jego mikroskopijne falowania i wyjaśnił, że to drgnienie znaczy gniew, tamto miłość, to kolor żółty, a tamto smak kwaśny, patrzylibyśmy, może nawet zapamiętalibyśmy formy tych drgań, lecz sami nie odczulibyśmy ani kwasu, ani miłości, ani żółtości, słowem – niczego.

Z drugiej strony, gdyby to m o j e c z u c i e było złudzeniem, w takim razie wszystko jest złudzeniem: natura i człowiek, siła i materia, życie i śmierć. Nie byłoby już o co troszczyć się, o czym rozmawiać i myśleć. Wtedy najwłaściwiej byłoby wziąć do łudzącej ręki złudzenie zwane pistoletem i rozsadzić nim inne złudzenie zwane mózgiem.

Dębicki przerwał i spojrzał na swoich słuchaczy: Zdzisław leżał na kanapie z przymkniętymi oczami; przy nim siedziała Madzia i, trzymając brata za rękę, wpatrywała się w profesora.

– Nie jesteście państwo zmęczeni? – pytał Dębicki.

– Ależ nie... – zawołała Madzia.

– Przeciwnie – dodał Zdzisław – jesteśmy zaciekawieni... Czuję, że pan zbliża się do jakichś stanowczych dowodów...

– Ma pan rację – rzekł Dębicki – zbliżam się do węzła kwestii. Czy dowody, jakie wam przytoczę, będą nowymi – nie wiem.

W każdym razie są moimi i zapewne dlatego przypisuję im ważność.

A teraz kilka pytań.

Czy zgadzasz się pan, że w całym obszarze naszej wiedzy największą prawdą jest fakt, że – my czujemy, że mamy czucie?

– Rozumie się – odparł Brzeski.

– Czy zgadzasz się pan, że nasze czucie jest faktem fundamentalnym? To znaczy, że czucie towarzyszy nie tylko naszym wyobrażeniom o istnieniu siły, materii, światła, praw, jakie nimi rządzą, ale nawet naszym wyobrażeniom o – nieistnieniu tych rzeczy? Wszak możemy myśleć o tym, że świat kiedyś zginie, że jego prawa zmienią się, że pierwiastki chemiczne zostaną rozłożone; lecz myśląc o tych katastrofach, nie możemy pozbyć się – poczucia naszych myśli. Nawet wyobrażając sobie własną śmierć i nicość, jeszcze robimy to na podstawie czucia; innymi słowy: nawet nicość wyobrażamy sobie na tle czucia...

– No... jużci chyba tak... – mruknął Zdzisław. – Choć pytanie to wydaje mi się zawikłanym...

– Ależ, mój kochany – zgromiła go siostra – nie mów tak! Cóż w tym jest zawikłanego?

– Dobrze, niech będzie proste.

– Niech pan to pilnie rozważy – nalegał Dębicki. – Ja bowiem wykładam fakt, że mechanizm naszego czucia jest rozleglejszy od mechanizmu tej części natury, którą widzimy i dotykamy. W naszym czuciu istnieją nie tylko zwierciadła do odbijania realnych zjawisk natury, ale istnieją także szufladki, w których wyrabiają się pojęcia niekiedy wręcz sprzeczne z doświadczeniem. My na przykład nie widzieliśmy wystygłego słońca, rozbitej ziemi, a choćby naszego własnego ciała w postaci rozkładających się zwłok. A jednak o wszystkich tych rzeczach możemy myśleć...

– Innymi słowy – przerwał Brzeski – profesor mówi o tym, że człowiek posiada zdolność fantazjowania?

– Tylko o tym. Ale istnienie fantazji dowodzi, że dusza nasza nie jest płytką fotograficzną, na której odbija się świat zmysłowy, lecz jest maszyną, która przerabia spostrzeżenia pochodzące od świata.

– Rozumiem.

– Doskonale! – prawił Dębicki. – A czy wierzy pan w dalszym ciągu, że dusza nasza, czyli rozwinięte czucie, jest nieprzenikliwym? To znaczy, że ani ja nie mogę przeniknąć pańskiego czucia, ani pan mojego?

– Tak.

– Pysznie! A czy zgadza się pan, że nasze czucie, czyli dusza, jest czymś jednym i jednolitym pomimo rozgałęzień, jakimi są zmysły zewnętrzne, zmysły wewnętrzne, pamięć, wyobraźnia, pragnienia, radości, gniewy i tak dalej?

– No, o tym można by pogadać...

– Ale bardzo krótko – odparł Dębicki. – Proszę pana, to, co nazywamy naturą, składa się z mnóstwa przedmiotów oddzielnych. Są oddzielne drzewa, oddzielne krowy, oddzielne muchy, oddzielne ziarnka piasku, oddzielni ludzie, oddzielne promienie światła i oddzielne zmiany, jakim ulegają te promienie. Tymczasem w duszy naszej istnieje tak potężny popęd do jedności, że tę jedność narzucamy naturze i mówimy: las, stado, rój, ława piaszczysta, społeczeństwo, optyka. Wszystkie teorie naukowe i wszystkie dzieła sztuki, wszystkie prace ludzkie i wyroby techniczne powstały stąd, że dusza nasza narzuca swoją jedność nieskończonej rozmaitości, jaka istnieje w naturze.

Prawda, że są przedmioty na pozór jednolite, na przykład: stół, woda, ściana... Ale ta jednolitość opiera się na niedokładności zmysłów; w gruncie rzeczy bowiem stół, woda i ściana składają się z cząstek, a te cząstki z oddzielnych i nieprzylegających do siebie atomów.

Krótko mówiąc: dusza nasza jest tak jednolitą, że z największą siłą narzuca swoją jednolitość wszystkiemu. I dopiero wówczas uznaje rozmaitość, gdy ją do tego gwałtem zmuszą zmysły, w każdej chwili przeszkadzając jej do utworzenia jedności.

– Istotnie, że to tak wygląda – mruknął Brzeski.

– A teraz dowiodę panu twierdzenia zasadniczego. Brzmi ono tak: „Materiałem, w którym odbywa się zjawisko czucia, nie może być to, co nazywamy materią w znaczeniu chemicznym". A więc ani tłuszcz, ani fosfor, ani ich kombinacje, ani żadne komórki i włókna nerwowe...

– To pan chyba cud uczyni – szepnął Zdzisław.

– Gdyby mózg był substancją posiadającą władzę czucia (a wiemy z fizjologii, że mózg nie posiada czucia), w takim razie: primo – każdy atom tlenu, wodoru, fosforu itd., wchodzący w skład mózgu, musiałby posiadać czucie; secundo – musiałby istnieć jeden atom, do którego spływałyby doświadczenia innych atomów, i ten centralny atom stanowiłby naszą duszę. Rozumie się, duszę nieśmiertelną, gdyż atomy, według nauki, są niezniszczalne.

– Dlaczego pan nie przypuszcza, że z atomów nieczułych może wytworzyć się czujący agregat? – wtrącił Brzeski.

– Zupełnie z tej samej przyczyny, dla której gromada ślepych nie utworzy agregatu, który by mógł widzieć.

– Ależ atomy zdolne są do tworzenia agregatów posiadających całkiem nowe własności. Kwas siarczany na przykład jest zupełnie różny od siarki, tlenu i wodoru, jest rzeczą nową i niedającą się wyrozumować z własności jego pierwiastków...

– Nie, panie – odparł Dębicki – kwas siarczany nie jest rzeczą „nową"; on tylko ma nową postać energii chemicznej, w którą wsiąknęły energie chemiczne jego pierwiastków. Co ciekawsze, że kwas siarczany posiada mniejszą energię napiętą niż suma składających go pierwiastków. Pod tym względem związki chemiczne są podobne do spółek finansowych. Pan A składa sto rubli, B dwieście, a C trzysta; razem złożyli sześćset rubli, ale z tej sumy jakaś część wsiąknie w lokal, sprzęty, księgi potrzebne do utrzymania spółki, a zaledwie sto, dwieście, może czterysta rubli będzie kapitałem obrotowym, czyli energią napiętą spółki.

Lecz gdyby panowie A, B i C pojedynczo nie mieli ani grosza, to i spółka ich także nie miałaby ani grosza, jakkolwiek ustawilibyśmy tych panów obok siebie.

Przypuśćmy jednak (co nie jest rzeczą niemożliwą), że atomy posiadają czucie, a nawet świadomość, to jeszcze zgromadzenie ich nie utworzy całości, która by miała jakieś gromadzkie czucie i gromadzkie "ja". Przecież ludzie są istotami czującymi, świadomymi, rozumnymi i mogą nawzajem komunikować sobie uczucia i myśli. Lecz co z tego? Gdyby zeszło się dwóch ludzi czy milion ludzi, gdyby porozumiewali się wszelkimi sposobami, gdyby nawet w tej samej sekundzie doznawali podobnych uczuć: miłości, radości, gniewu – to jeszcze nie utworzą razem jakiegoś nowego bytu, który posiadałby zbiorowe czucie i mógłby powiedzieć: ja, gromada, czuję to a to... Każdy bowiem z tych ludzi będzie posiadał tylko swoje własne czucie, które nie spłynie się z żadnym innym i nie utworzy wyższego czucia, wyższego „ja".

Mógłby zajść jeden wypadek: oto gromada ludzi wybiera jakiegoś człowieka, komunikuje mu swoje myśli i tym sposobem wywołuje w nim coś na kształt umysłowości zbiorowej. Lecz i wtedy ów człowiek będzie czuł tylko sam – wywołane w nim myśli.

Podobnie z atomami mózgu. Może rozmaite atomy posiadają czucie, każdy własne; może nawet komunikują je jakiemuś jednemu atomowi, który tym sposobem łączyłby w sobie rozmaitość wrażeń z jednością czucia, czyli byłby naszym „ja", naszą duszą nieśmiertelną – jak on. Na nieszczęście fizjologia uczy nas, że atomy mózgu ciągle zmieniają się i choćby nawet istniał jakiś centralny atom, to i on wyleciałby z mózgu w ciągu kilku miesięcy, a wraz z nim i nasze „ja", które przecież, z bardzo drobnymi zmianami, jest wciąż tym samym „ja".

– No, tak! – mruknął Brzeski po namyśle. – Ale dlaczego profesor, rozumując o atomach, zastępuje ich ludźmi, o których wiemy z góry, że mają czucie i świadomość?

– Dlatego, że nie jestem filozofem, który dla postawienia teorii światła nie zajmuje się światłem, ale knotem i naftą. Mówię o czuciu, chcę wytłumaczyć czucie, więc muszę szukać nie czego innego, tylko czucia, tam, gdzie ono jest, a więc – we mnie samym i w innych ludziach. Daj mi pan sposób obserwować czucie w zwierzęciu czy w roślinie, tak jak mogę je obserwować w sobie, a wówczas będę mówił o zwierzętach i roślinach, a nawet o minerałach i pierwiastkach chemicznych.

– Widzi pan – odezwał się po chwili Brzeski – to, co pan mówił, niby jest dowodem, ale... nie robi wrażenia dowodu silnego...

– Co pan nazywa dowodem silnym?

– Choćby mały rachunek...

– Dobrze. Niech pan doda, ile chce, bytów nieczujących, pomnoży byt nieczujący przez jaką chce liczbę, a ten rachunek przekona, że – nie otrzyma pan czucia.

– Tak... No, a doświadczenie? – wtrącił z uśmiechem Zdzisław.

– Weźmie pan gromadę czujących i świadomych ludzi, a przekona się, że łącząc ich, w jakie zechce, grupy, nie otrzyma pan zbiorowego czucia ani świadomości.

– To będzie doświadczenie analogiczne, nie bezpośrednie...

– A gdzie pan ma bezpośrednie doświadczenie choćby w kwestii odległości ziemi od słońca? – spytał Dębicki. – Mechanika, astronomia, fizyka w dziewięćdziesięciu dziewięciu zjawiskach na sto opierają się na dedukcji i analogii i – mimo to – nazywają się naukami pewnymi. Dlaczegóż więc dedukcje w dziedzinie psychologii mają nie być pewnymi? Wszak opierają się na c z u c i u, a czucie jest większym pewnikiem niż jakikolwiek inny fakt na świecie czy w nauce.

Brzeski, leżąc, oparł głowę na ręku, wpatrywał się w profesora, rozmyślał, wreszcie rzekł:

– Ma pan słuszność, że nasze pokolenie nie jest oswojone z filozofią czy dialektyką, i dlatego ja na przykład nie potrafię zbijać pańskich poglądów. Ale... co pan sądzi o Tainie?

– To wielki myśliciel i stylista – odparł Dębicki.

– Widzi pan... – ciągnął Brzeski. – A przecież między tym wielkim myślicielem i panem jest olbrzymia niezgoda, bo pan mówi o jedności naszego „ja", które nie może składać się z atomów, podczas gdy Taine dowodzi, że nasze „ja" właśnie składa się jakby z atomów, bo z nieskończenie małych wrażeń, które stoją tak blisko siebie, że zdają się tworzyć jedną istotę. Naprawdę więc nasze jednolite „ja" jest złudzeniem.

– Proszę pana – rzekł Dębicki – kto powołuje się na autora, musi pamiętać, o czym on mówi i czego chce dowieść. Otóż Taine, o ile go rozumiem, w książce *O inteligencji* chciał pokazać, w jaki sposób z drobnych wrażeń, pochodzących bądź ze świata zewnętrznego, bądź z naszego wnętrza tworzą się umysłowe wizerunki tego świata i wnętrza. I wyjaśnił, że według niego owe wizerunki podobne są do mozaikowych obrazów, które z daleka wyglądają jak malowidło, z bliska zaś są zbiorem różnobarwnych kamyków.

Co jednak jest podstawą, do której przylepiają się owe kamyki? Czym jest owa istota, ów byt czy niebyt, który „łudzi się" jednolitością swoich mozaikowych obrazów? O tym nie mówi. Lecz przypominam panu, że w końcu swego dzieła Taine uznaje możliwość metafizyki i legalność jej badań. Dusza zaś należy tymczasem do zakresu metafizyki, chociaż moim zdaniem do takiej samej metafizyki należy cała dzisiejsza fizyka matematyczna z jej atomami, teorią gazów i optyką.

W chwili gdy mówimy, że atom ma wielkość dwumilionowej części milimetra, że cząstka wodoru w ciągu sekundy uderza się dziewięć miliardów razy o cząstki sąsiednie, że światło czerwone polega na trzystu osiemdziesięciu siedmiu trylionach drgań na sekundę, w tej chwili opuszczamy dziedzinę eksperymentu i przenosimy się na ocean metafizyki.

To na nic! Albo trzeba wyrzec się szczytów, na jakich stanęła dzisiejsza wielka nauka, i zostać płytkimi sceptykami, którzy w to tylko wierzą, czego dotkną palcem, albo musimy pogodzić się z faktem, że „rzeczy widzialne są zrobione z rzeczy niewidzialnych" i że świat realny naprawdę zaczyna się poza granicami naszych zmysłów.

– Dziwny horyzont otwiera pan przede mną – odezwał się Brzeski. – No, ale... ta dusza... dusza nieśmiertelna! O niej niech pan mówi...

– Dowiodłem – odpowiedział profesor – (o ile te rzeczy dadzą się podciągnąć pod rubrykę dowodów), że dusza nie może być wynikiem zjawisk zachodzących w materii podzielnej, czyli tej, która podlega zmysłom. Spróbuję teraz wytłumaczyć, jaką powinna być ta substancja, w której mieści się nasze czucie – „moje czucie".

Więc najpierw, substancja duchowa musi być ciągła, nie może składać się z oddzielnych cząstek jak ciała materialne, a w szczególności mózg... Po drugie – pewna masa tej substancji musi być wyodrębniona od swego otoczenia, od innych mas duchowych; gdyż inaczej moje czucie rozlewałoby się po jakichś niezmiernych obszarach, zamiast koncentrować się w moim „ja"; gdyż inaczej ja odczuwałbym wrażenie pańskie, a pan moje. Po trzecie – substancja ta musi być wrażliwą nie tylko na tak grube wpływy, jak na przykład dotknięcie albo dźwięk, ale i na tak subtelne, jak ciepło, światło i im podobne zjawiska. Po czwarte – w tej ograniczonej masie substancji duchowej musi być nagromadzona pewna stała ilość energii, o czym świadczy choćby nasza twórczość umysłowa, wybuchy uczuć i – wola. Wszystkie te wnioski wypływają bądź z naszych obserwacji nad samym sobą, bądź nad zewnętrznymi zjawiskami.

A teraz wyobraź pan sobie kulę czy sześcian, czy inną bryłę zbudowaną z substancji czującej i ciągłej. Gdyby na bryłę tę nic nie działało, wewnątrz jej odbywałyby się jakieś jednostajne ruchy, a jej czucie miałoby formę półsenną. W chwili jednak, gdyby bryła ta uległa dotknięciu, gdyby uderzył o nią dźwięk, promień ciepła lub światła, w masie jej powstałby nowy ruch i czucie. Ten punkt, na który działałby wpływ zewnętrzny, doznałby wrażenia, a reszta masy poczułaby, że w niej zaszła jakaś zmiana, i powiedziałaby w sobie: „ja czuję wrażenie", jeżeli wolno użyć podobnego porównania.

Słowem: w masie jednolitej, posiadającej zdolność czucia, każda pobudka zewnętrzna wywołałaby dwa zjawiska. Jednym byłby ruch pochodzący z zewnątrz, któremu odpowiadałoby czucie zewnętrzności; drugim byłoby starcie nowego ruchu z ruchem już istniejącym, któremu odpowiadałoby poczucie własnej masy, czyli swojego „ja".

– Ależ pan opisuje to, co zachodzi w masie mózgowej – zawołał Brzeski.

– Nie, panie – odparł profesor. – Ja mówię o tym, co może zachodzić w masie j e d n o l i t e j i c z u j ą c e j. Mózg zaś nie jest ani jednym, ani drugim. Mózg jest tylko przewodnikiem, za pośrednictwem którego świat materialny działa na mechanizm zbudowany z substancji duchowej.

– W takim razie wymyślił pan jakąś substancję nieistniejącą…

– Pociesz się pan. Substancja podobna może istnieć, choć nie podpada pod zmysły. Odkryła ją nie psychologia i nie metafizyka, ale – fizyka. Jest nią e t e r, materiał niemający wagi, przenikliwy dla materii ważkiej, delikatniejszy od najsubtelniejszych gazów, jednorodny, a zarazem ciągły, to jest nieskładający się z oddzielnych cząstek. Eter ten wypełnia zarówno przestrzenie międzyplanetarne i międzygwiazdowe, jak i międzyatomowe. Jest on rezerwuarem takich form energii jak ciepło, światło, elektryczność; jest zaś prawdopodobne, że to, co nazywamy „ciążeniem" i – „ruchem" ciał materialnych, zawdzięcza swój byt specjalnym falowaniom eteru.

Otóż ma pan substancję, której brakuje tylko czucia, żeby mogła nazywać się duchową.

Ale jest jeszcze jeden szczegół ciekawy. Wiliam Thomson odkrył za pomocą rachunku następne twierdzenie:

„Gdyby siła twórcza w jednolitej masie eteru wywołała »wiry pierścieniowe« (podobne do kółek z dymu tytoniowego, które wypuszczają z ust wprawni palacze), wówczas te »wiry pierścieniowe« byłyby nie tylko wyodrębnione z masy eteru, ale jeszcze – byłyby niezniszczalne, czyli nieśmiertelne".

Zdaje mi się, że teoria eteru i twierdzenie Thomsona stanowią kładkę, która mogłaby połączyć fizykę z psychologią i – z powszechną wiarą ludzi w nieśmiertelność duszy.

Ponieważ Brzeski niekiedy chwytał się za głowę, więc profesor przerwał i posiedziawszy kilka minut, pożegnał rodzeństwo.

– Ale jutro wstąpi pan do nas? – zapytała Madzia błagalnym tonem.

– Owszem – odparł, już stojąc w drzwiach.

38.

Drugą noc Zdzisław przespał w łóżku, a Madzia na fotelu. Dopiero o piątej zbudził ją kaszel brata. Przybiegła do niego i spojrzała; był spocony, miał błyszczące oczy i wypieki na twarzy.

– Gorzej ci? – spytała przestraszona Madzia.
– Skądże znowu? – odparł spokojnie.
– Kaszlesz...
– Co to za kaszel!
– Masz gorączkę...
– I to głupstwo. Owszem, tak wzmocnił mnie sen, że zaczynam przypuszczać... At, niedołężnieję, i tyle!
– Ależ, Zdzisiu – zawołała siostra, ściskając go – właśnie uwierz w to, że musisz być zdrów, a wyzdrowiejesz...
– Może! – odparł. – Pyszna rzecz leżeć na łóżku... – mówił dalej. – Gdybyś była ze mną w czasie tego podłego zapalenia płuc, nie miałbym dziś awantury...
– Dlaczego mnie nie wezwałeś?
– Nie śmiałem. Tyle pisałaś o swojej samodzielnej pracy, tak byłaś szczęśliwą, że nie jesteś ciężarem i nadzwyczajnym dodatkiem w rodzinie (pamiętasz?), iż byłoby podłością pozbawić cię tego zadowolenia... Wreszcie ja sam czułem się dumny z takiej siostry emancypantki...
– Nigdy nie byłam nią... – szepnęła Madzia.
– Byłaś, moje dziecko, byłaś! – odparł z odcieniem smutku Brzeski. – Taki duch czasu, że wszyscy młodzi mężczyźni są pozytywistami, a kobiety emancypantkami...
Dziś – dodał po chwili – gdy stanąłem nad grobem, a przede wszystkim, gdy słucham tego oryginała Dębickiego, żal mi...

Ach, jak inaczej urządziłbym sobie życie, gdybym wierzył w nieśmiertelność!

– I ja byłam nieszczęśliwa – wtrąciła Madzia. – Chociaż dziś nawet nie wyobrażam sobie, jak można nie wierzyć...

– Wam łatwiej przychodzi odzyskanie wiary – rzekł Zdzisław – mniej czytacie, mniej rozprawiacie... Ale nam! Poza argumentami, które nawet wyglądają rozsądnie, widzimy znaki zapytania... Bo czy teoria Dębickiego jest czymś więcej niż hipotezą, fantazją? Chociaż... tym c z u c i e m naprawdę zabił mi klina w głowę...

– Wiesz, co mi przyszło na myśl? – zawołała nagle Madzia.

– No?

– Jedź jak najprędzej do Meranu i... mnie zabierz.

Brzeski wzruszył ramionami i sposępniał. Madzia znowu zrozumiała po raz nie wiadomo który, że jej brat zaciął się w tej sprawie.

Przed jedenastą z rana zapukał do drzwi Dębicki. Madzia i jej brat przyjęli go okrzykami radości.

– Co tam, dobrze? – zapytał profesor.

– Niech pan sobie wyobrazi – odparła Madzia – że Zdzisław spał całą noc i jest pełen otuchy...

– Nie przesadzaj – wtrącił brat. – Po prostu zrozumiałem, że zarówno nicość wieczna, jak i moje suchoty nie są pewnikami...! Można o nich rozprawiać...

Dębicki wysunął dolną wargę.

– Uuu! – mruknął. – Ależ pan naprawdę jesteś zdrowszy, niż przypuszczasz, a nawet, niż ja myślałem...

Roześmieli się wszyscy troje.

– Wie profesor – odezwał się Zdzisław – że dziś wieczorem wyjadę do Meranu...

– Bardzo dobrze.

– A mnie ze sobą nie chce wziąć... – wtrąciła Madzia.

– Tym lepiej.

– Więc i pan profesor przeciw mnie? – zapytała z żalem.

– Ale pan profesor winien nam dokończenie swojej teorii – przerwał brat.

– Owszem, dokończę.

– O duszy, panie profesorze... o tej duszy, w którą chcę uwierzyć i... nie mogę! – zawołał Zdzisław.

– Proszę pana – odparł Dębicki, siadając na fotelu – zapewne słyszał pan o dwóch nowych wynalazkach w dziedzinie akustyki. Jednym jest jakiś telefon, rodzaj telegrafu, który przenosi nie tylko szmery, ale tony, śpiew i ludzką mowę. Drugim ma być fonograf – cudacka maszyna, która jakoby utrwala artykułowane dźwięki na cynfolii, przechowuje je i... odtwarza w razie potrzeby! Wyznaję panu, że każda z tych wiadomości w pierwszej chwili rozśmieszyła mnie. Ale gdy przeczytałem opisy tych aparatów, zobaczyłem rysunki, zastanowiłem się... już nie zdumiewają mnie. I nie zdziwiłbym się, gdybym zobaczył na własne oczy ów telefon przenoszący i fonograf przechowujący mowę ludzką.

To samo z każdą nową prawdą. Z początku przeraża nas, odurza, zdumiewa... A w końcu przyzwyczajamy się do niej i nawet dziwimy się, że można było wątpić...

– Pan profesor ma zupełną rację – wtrąciła Madzia.

– Tak – odezwał się Zdzisław. – Ale jeżeli dusza różni się od materialnych zjawisk, w takim razie powinna posiadać jakieś niezwykłe, niematerialne funkcje...

– Za pozwoleniem... Funkcje duszy są „zwykłe" – dla nas, ale zarazem są i niematerialne. Na przykład. Wie pan, że nasze oko podobne jest do kamery fotograficznej zamkniętej wrażliwą płytką. Na tej płytce malują się obrazy przedmiotów w ten sposób, że każdy przedmiot widzimy tylko z j e d n e j s t r o n y. Pan widzisz mnie z frontu – nie z tyłu i nie z boku, a już wcale nie widzisz mego wnętrza. Otóż, proszę pana, wyobraźnia nasza posiada tę własność, że w jednej chwili możemy przedstawić sobie człowieka nie tylko z przodu, z tyłu, z boków, z góry i z dołu, ale nawet – jednocześnie możemy przedstawić sobie jego płuca, serce, żołądek, słowem – wnętrze. Innymi wyrazami: nasze oko materialne, w najlepszym razie, ogarnia tylko trzy ściany równoległościanu, i to w skróceniu, nasza zaś wyobraźnia ogarnia – wszystkie jego ściany i – wnętrze.

– Ależ, profesorze, zjawisko to polega na kojarzeniu wyobrażeń! – zawołał Brzeski.

– Daj pan spokój… Według teorii kojarzenia, która jest wybiegiem w psychologii, każda ściana i wnętrze bryły ma specjalną komórkę w mózgu, które to komórki w pewnej chwili grają razem. Lecz tu nie chodzi o możliwą czy niemożliwą „grę komórek", ale o fakt, że ja – w jednej chwili – mogę czuć rzeczy, których natura nigdy nie pokazuje mi w jednej chwili… Mogę na przykład wyobrażać sobie, czyli czuć w pamięci nawet siebie samego w wieku dziecięcym, młodzieńczym, dojrzałym i obecnym, czego nikt nigdy nie widział i nie zobaczy, przynajmniej w tym życiu.

– Ależ to jest kojarzenie wspomnień… pamięć! – wtrącił Brzeski.

– A co to jest pamięć? Pamięć jest to X czy „alfa", a wyobraźnia jest to Y czy „beta"… Czego mnie te wyrazy uczą? Niczego. W całej naturze znajdujemy ślady pamięci. Na drzewach znać ślady siekier, na polu ślady deszczów, w skorupie ziemskiej ślady epok geologicznych. Może być, że i w mózgu są tego rodzaju ślady, ale one nie są pamięcią, czyli współczesnym czuciem wrażeń o całe lata oddalonych od siebie.

Wreszcie powiem panu, że owe ślady na mózgu wydają mi się bardzo wątpliwymi. Gdyby człowiek odbierał na godzinę tylko sześćdziesiąt wrażeń, miałby ich na dzień przeszło siedemset, na rok przeszło dwieście pięćdziesiąt tysięcy, a na pięćdziesiąt lat przeszło dwanaście milionów. Gdzie, u licha, pomieści się to wszystko, jeżeli najprostsze wrażenie (według waszej psychologii) potrzebuje kilkudziesięciu, a nawet kilkuset komórek?

– Mózg składa się z bilionów komórek…

– Wybornie. Ależ gdzie są komórki utrzymujące porządek w tej bilionowej orkiestrze? I czy te rozmaite komórki, złożone z oddzielnych atomów, mogą wytworzyć jedność czucia?

Zresztą, kochany panie Zdzisławie, porównaj dwa poglądy. Ja mówię: dusza jest istotą prostą: wprawdzie nie rozumiem jej budowy, ale czuję jej prostotę. Zaś materializm uczy: mózg jest organem strasznie złożonym, którego nie rozumiesz, a czucia jednostki wcale nie możesz pojąć. Która z tych teorii ma więcej sensu?

– Więc czym jest mózg?

– Mózg jest niesłychanie ważnym organem duszy w jej życiu ziemskim. Jak w oku zbiegają się promienie światła, a w uchu dźwięki, tak w mózgu zbiegają się wszystkie potrącania przychodzące do nas z zewnątrz.

Mózg jest soczewką, która ogniskuje wrażenia wzrokowe, słuchowe, dotykowe, węchowe, muskularne, żołądkowe, płucne i tak dalej i dlatego ma skomplikowaną budowę. Rozmaitość świata zewnętrznego wywołała w najwyższym stopniu zawikłaną architektonikę mózgu, ale to właśnie bogactwo architektury stanowi namacalny dowód, że mózg nie wytwarza czucia. On wytwarza potrącenia, ruchy drobinowe, które odczuwa niezłożona dusza.

– Mówi pan: niezłożona dusza. A czym pan wyjaśni fakt, że w pewnych chorobach umysłowych ten sam człowiek uważa siebie za inną osobę? Czym pan wytłumaczy podwójną świadomość, o której mówią psychiatrzy i Taine?

– Tej kwestii już nie będę rozwijał, bo mi zabraknie czasu – odparł Dębicki. – Więc powiem krótko, pod warunkiem, że nie uznasz mnie pan za wariata.

Nasza „materialna osoba" jest bryłą trójwymiarową, zaś duch jest bytem co najmniej czterowymiarowym, rozumie się, według mojego rozumienia rzeczy. Otóż ów byt czterowymiarowy może przedstawiać się samemu sobie w postaci nie tylko dwóch, ale nawet – czterech różnych osób trójwymiarowych. Zatem

„zdwojona świadomość" stanowi nowy dowód różnicy, jaka istnieje między duchem i materią.

– Więc dlaczego chorzy na dwuosobowość w tej drugiej osobie nie poznają samych siebie? – spytał Brzeski.

– A czy pan poznałbyś siebie, gdybym nagle pokazał ci twoją fotografię zrobioną na przykład z tyłu?

– W głowie mi się kręci! – zawołał ze śmiechem Brzeski.

– Ja też nie myślę dalej wykładać tych stron psychologii, które są mniej jasne i wymagają długich przygotowań. Wierz mi na słowo, że dusza ludzka, mimo całej prostoty, jest pełną tajemnic, których bezpieczniej nie zaczepiać w tym życiu. Bóg na obecną fazę wiecznego rozwoju dał nam ciało materialne, trójwymiarowe i pozwolił badać trójwymiarową naturę. Tego się trzymajmy i w tych granicach spełniajmy Jego wolę.

– A kto zna Jego wolę?

– I pan ją poznasz, tylko wsłuchaj się w najgłębsze pragnienia, w najcichsze szepty własnej duszy. A jeżeli chodzi o hasło, to głoszą je wszystkie doskonalsze wyznania: przez ziemskie życie i prace do zaziemskiego, przez wieczne życie i prace – do Boga. W tym jest cała mądrość świata i światów, jakie kiedykolwiek istniały i istnieć będą.

– Musi pan jednak przyznać – odezwał się po chwili Zdzisław – że wszystko, co słyszeliśmy, są to dopiero hipotezy... Dusza eteryczna, cztery wymiary, wieczny rozwój! Wszystko to może istnieć tylko w naszym umyśle, nie zaś w rzeczywistości...

Dębicki pokiwał głową.

– Kochany panie – odparł – nie wykopuj przepaści między duszą a duchowością powszechną, gdyż taka otchłań nie istnieje. Dusza nasza jest małym wszechświatem, małym zegarkiem wśród olbrzymiego zegara. I tylko dlatego odczuwamy zjawiska natury, pojmujemy je i odgadujemy; tylko dlatego nasz rozwój indywidualny podobny jest do rozwoju, a nasza twórczość do twórczości całej natury.

Jak ziarno złota ma ten sam kolor, ciężar gatunkowy, ciągłość, co i centnar złota, tak nasz duch ma te same własności co i duch powszechny. Z tego powodu sądzę, że człowiek, choćby miał najdziwniejsze pomysły, nie wymyśli nic takiego, co by nie istniało w rzeczywistości, byle nie wychodził z granic logiki, czyli praw natury. A na dowód, przypomnij sobie choćby rozmaite formuły matematyczne, które z początku wydają się fantazjami, lecz prędzej czy później stają się wyrazem konkretnych zjawisk.

Wyobraź sobie maszynę rachunkową, która przynosi błędy w dwudziestu cyfrach, i pomyśl: czy aby jedna z tych cyfr nie odpowiada jakimś ilościom rzeczywistym, jeżeli maszyna działa prawidłowo? Jedyną wadą maszyny nie to jest, że wydaje mnóstwo cyfr, ale raczej, że jej cyfry są zaledwie cząstką rzeczywistości.

To samo nasz umysł. Jego najśmielsze teorie, byle logiczne, muszą odpowiadać jakimś zjawiskom rzeczywistym, choćby wymykającym się spod obserwacji. I nie w tym leży zło, że twórczość umysłowa nie zawsze godzi się ze zmysłowymi doświadczeniami, ale że nasza twórczość jest zbyt ubogą do ogarnięcia rzeczywistości. Jest to kropla wody w oceanie, a my sami z całą naszą fantazją podobni jesteśmy do kretów niedomyślających się, że ich ciasne kretowiska leżą wśród cudownych parków, między posągami i osobliwymi roślinami.

My z kilkoma naszymi zmysłami tyle wiemy o otaczającej nas rzeczywistości, ile przyrośnięta do skały ostryga wie – o bitwie morskiej, która toczy się na jej wodach.

– Jaki jest cel tego wszystkiego? Po co ta bogata rzeczywistość? – szepnął chory.

Dębicki smutnie uśmiechnął się.

– Na to odpowiada każda wyżej rozwinięta religia, którymi, niestety!, wy nie zajmujecie się, gdyż to nie jest modne...

Bóg jedyny, wszechmocny i nieskończony, pragnąc mieć dookoła siebie istoty swobodne, szczęśliwe, a pojmujące go, stworzył substancje duchowe – jakieś etery... czy ja wiem zresztą co?

Dał tym substancjom zdolność czucia i niezmierną energię; lecz chcąc je zrobić, o ile można, samodzielnymi, a więc w najwyższym stopniu szczęśliwymi i doskonałymi, nie stworzył im gotowych mechanizmów wewnętrznych, lecz pozwolił im rozwijać się własną pracą. Stąd w naturze widzimy bezładną materię kosmiczną, potem określone pierwiastki chemiczne, potem związki chemiczne, dalej – kryształy, komórki i niższe organizmy. Wszystko to są indywidualności półświadome, które w stopniowym rozwoju dosięgają całkowitej świadomości, coraz wyższej, coraz zdolniejszej do poznania Boga.

Z tego powodu przypuszczam, że ów duch powszechny nie tylko z biegiem czasu dzieli się na coraz większą liczbę świadomych osobników, ale sam uświadamia się coraz lepiej i nabiera doświadczenia. W epoce chaosu, o którym mówi zarówno nauka, jak i religia, duch powszechny działał na oślep. Toteż wówczas nie było praw natury, czyli zjawisk prawidłowych rozwijających się w kierunku najmniejszego oporu. Dopiero z biegiem czasu ukazał się regularny ruch falisty, rozchodzenie się sił po liniach prostych, prawo masy i odległości, równoważniki chemiczne i tak dalej.

Dziś żyjemy w epoce, kiedy ów duch powszechny już wybudował sobie tu i owdzie terytoria, na których mogło zakwitnąć życie indywidualne i świadome. Nie wątpię jednak, że przyjdzie czas, kiedy cały wszechświat zostanie uświadomiony, kiedy skończy się epoka prób i omyłek, a wszystko, co jest, utworzy doskonałą harmonię. Będzie to królestwo boże we wszechświecie.

Z tej teorii – ciągnął Dębicki – wynika proste wyjaśnienie złego na świecie.

„Jeżeli jest Bóg wszechdobry i wszechmocny – mówią pesymiści – to dlaczego nie stworzył świata doskonałym i szczęśliwym, lecz dopuścił zło i cierpienia?".

Oto dlaczego. Bóg chciał nas stworzyć, o ile można, samodzielnymi, nawet wobec Niego; więc zamiast gotową doskonałością obdarzył nas i całą naturę przywilejem stopniowego, samodzielnego doskonalenia się. A że wszystko doskonali się za pomocą szukania nowych dróg, błądzenia, więc i w naturze dzieją się błędy i one są "złem", pierwotnym źródłem cierpień.

Z czasem jednak ów duch powszechny nabiera doświadczenia, zapamiętuje je i dzięki temu wstępuje na wyższy szczebel doskonałości.

– A jednak cierpienie to przykra rzecz! – wtrącił Brzeski.

– Przykra – tak, ale i nieoceniona. Cierpienie jest tym cieniem, który uwydatnia chwile przyjemne i wyraźniej określa naszą świadomość, naszą osobistość. Cierpienie i pragnienie są bodźcami, które podniecają twórczość, popychają nas do doskonalenia się. Cierpienie w końcu jest jednym z bardzo silnych węzłów zacieśniających solidarność między ludźmi. Szczęśliwy, kto zamiast narzekać na cierpienia, uczy się od nich.

– Co to znaczy jednak bliskość grobu! – odezwał się po chwili Zdzisław. – Gdyby mi rok temu wykładał ktoś podobne teorie, roześmiałbym mu się w oczy. A dziś słucham ich z przyjemnością, a nawet zapełniam nimi pustkę śmierci, która mnie tak przerażała!

– Więc ty jeszcze nie wierzysz? – zawołała Madzia.

Chory wzruszył ramionami.

– Nic w tym złego – rzekł Dębicki. – Brat pani musi przemyśleć, przedyskutować z sobą samym to, co słyszy...

– A dlaczegóż ja nie dyskutuję? – wtrąciła Madzia.

– Bo pomiędzy panią a wiarą, której uczono cię w dzieciństwie, nie przemknęło się tyle teorii i zwątpień, ile w życiu brata. On więcej stykał się ze sceptycznym duchem czasu niż pani.

– Przeklęty ten sceptycyzm! – szepnęła Madzia.

– Proszę pani, sceptycyzm jest jednym z bodźców do szukania prawdy. Ja sam przez dziesiątki lat wątpiłem we wszystko, ba!, nawet w logiczne i matematyczne pewniki. I długą drogę przeszedłem, zanim zrozumiałem, że najważniejsze dogmaty religijne: Bóg i dusza, nie tylko godzą się z naukami ścisłymi, ale wprost są fundamentem filozofii. Człowiek z niepokonaną siłą szuka teorii, która by ogarniała i tłumaczyła nie tylko zjawiska tak zwane materialne, ale – i własną duszę, jej rozmaite, a tak realne pragnienia i nadzieje. Otóż o ile Bóg, dusza i świat duchowy otwierają przed nami rozległy horyzont, w którym mieści się wszystko, o czym myślimy i co czujemy, o tyle bez Boga i ducha nawet świat zmysłowy, pomimo swego porządku, staje się chaosem i piekłem. Niczego nie rozumiemy, dręczymy się własnym istnieniem.

Mamy więc dwie teorie: jedna wszystko wyjaśnia, wszystko uszlachetnia i w niesłychany sposób potęguje nasze siły; druga – wszystko upadla, zaciemnia, a nas psuje i paraliżuje. Która więc z tych hipotez może być prawdziwa... jeżeli dodamy, że w naturze prawda polega na harmonii, na wzajemnym wspieraniu się rozmaitych przedmiotów i zjawisk?

– Jakże pan sobie wyobraża życie wieczne? – nagle zapytał Brzeski.

– W sposób bardzo realny, choć niematerialny, który wymaga wstępnego wyjaśnienia. Głęboki matematyk Babbage zrobił kiedyś taką uwagę: „Gdybyśmy mogli obserwować najdrobniejsze zjawiska w naturze, każda cząstka materii opowiedziałaby nam wszystko, co się kiedykolwiek zdarzyło. Prześlizgująca się na powierzchni oceanu łódka zostawia bruzdę utrwaloną na wieki za pomocą ruchu cząstek wody, które wciąż napływają... Samo powietrze jest olbrzymią biblioteką, w której zapisano wszystko, co kiedykolwiek wypowiedział ktoś czy wyszeptał. Tu upamiętniono na wieki zmieniającymi się, ale niezatartymi głoskami pierwszy krzyk niemowlęcia, ostatnie tchnienie konającego, niewykonane śluby, niedotrzymane przysięgi...".

Słowem, według Babbage'a, żadne zjawisko ziemskie nie ginie, lecz utrwala się na zawsze choćby w dwóch tak niestałych elementach, jak woda i powietrze. Tym większe mamy prawo przypuszczać, że podobne zapisywanie i uwiecznianie zjawisk dokonuje się w masie eteru...

– Czego jednak nie widzimy... – wtrącił Brzeski.

– A czy widzisz pan drgania ultrafioletowe powyżej ośmiuset trylionów? Albo drgania cieplikowe od stu do czterystu trylionów, albo nieskończoną ilość mniej szybkich? Drgania eteru, zwane światłem, są tak dokładne i subtelne, że dzięki nim znamy kolory, kształty i wymiary przedmiotów. Czy zaś sądzisz pan, że drgania cieplikowe są mniej subtelne i że gdybyśmy mieli odpowiedni zmysł, nie moglibyśmy za pośrednictwem promieni ciepła odróżniać form, wielkości, a zapewne i jakichś innych własności przedmiotów? Pamiętaj pan, że ruchy drgające są jak pędzle, rylce i dłuta, za pomocą których każdy przedmiot i każde zjawisko zapisuje się na wieki w przestrzeniach wszechświata, w masie eteru.

Ja w tej chwili mówię, głos mój niby znika, a właściwie – przekształca się w cieplikową formę energii i – zapisuje się gdzieś… Płomień gaśnie, ale drgania świetlne i cieplikowe, które wzbudził, już zapisały się na wieki… W podobny sposób zapisuje się gdzieś w przestrzeni każdy kryształ i komórka, każdy kamień, roślina i zwierzę, każdy ruch, dźwięk, uśmiech, łza, myśl, uczucie i pragnienie. A gdybyśmy mieli oko zdolne do chwytania promieni cieplikowych i gdybyśmy mogli dostrzegać je w odległych przestrzeniach międzyplanetarnych, zobaczylibyśmy historię świata wszystkich wieków ubiegłych, wreszcie – historię naszego własnego życia w najdrobniejszych i najbardziej tajemnych szczegółach.

Madzia otrząsnęła się.

– Jakież to straszne! – szepnęła.

– Niejeden astronom – mówił Dębicki – dziwił się, dlaczego we wszechświecie jest tyle pustego miejsca? dlaczego wszystkie gwiazdy, razem wzięte, znaczą tyle, co kropla w oceanie wobec masy eteru? Tymczasem eter nie jest wcale pusty: on jest pełny zjawisk i życia płonącego na słońcach i planetach. Każde słońce, każda planeta, każda istota materialna są tylko wrzecionami, które w czującej masie eteru przędą nici wiecznych i świadomych istnień.

Weźmy na przykład naszą ziemię. Ona bynajmniej nie opisuje elipsy w przestrzeni, ale olbrzymią linię grajcarkowatą, której każdy skręt ma około sto trzydzieści milionów mil geograficznych długości. Rok więc nie jest pojęciem abstrakcyjnym, ale linią wykreśloną w eterze; zaś pięćdziesiąt lat życia ludzkiego to nie znaczy pięćdziesięciu złudzeń, lecz – pięćdziesiąt skrętów linii spiralnej długiej na siedem miliardów mil. Nasze więc akta osobiste zajmują dosyć miejsca we wszechświecie...

– Szczęściem eter jest tak subtelny, że nikt naszej historii w nim nie przeczyta... – uśmiechnął się Brzeski.

– Nie łudź się pan. Eter jest tak dziwną substancją, że z jednej strony, bryły materialne posuwają się w nim ze swobodą cieniów, lecz z drugiej strony, jest on substancją zbitą. Young, rozważając zjawiska światła, doszedł do wniosku, że ów eter może być twardy jak diament!

W takim materiale da się wykonać piękne i trwałe rzeźby. Toteż niech pan się nie zdziwi, jeżeli kiedyś zobaczy naszą planetę w pierwszych epokach jej istnienia; jeżeli spotkasz olbrzymie potwory, których dziś mamy tylko szczątki; jeżeli poznasz się z Peryklesem, Hannibalem, Cezarem... Gdyż oni tam są! Ale przede wszystkim myśl o tym, że w nowym życiu spotkasz siebie samego w niemowlęctwie, dzieciństwie, chłopięctwie... bo wszystko to zostało obfotografowane i wyrzeźbione. Pomyśl też, że każdy czyn, spełniony tu, na ziemi, może wpływać na szczęście lub nieszczęście w tamtym świecie.

– Bajki z tysiąca i jednej nocy! – zawołał Brzeski.

– W każdym razie – odparł profesor – bajki te w dziwny sposób godzą się z najnowszymi zdobyczami nauk ścisłych i wyjaśniają wiele zagadek świata materialnego. Co więcej: tłumaczą pewne okrzyki dusz natchnionych. „Oko nie widziało, ucho nie słyszało, rozum nie pojął – mówi jeden z Ojców Kościoła – co Bóg przeznaczył dla wiernych swoich". A święta Teresa dodaje: „Przed życiem czuję, nie przed śmiercią, trwogę... Bo takie światy widzę tam, przed sobą, że mi ten ziemski grobową żałobą...".

– Gdybyż tak było... – rzekł Zdzisław. – Zamiast bać się śmierci, szukalibyśmy jej...

– Szukać nie ma powodu, gdyż w tym życiu zbieramy kapitał do życia przyszłego. Ale bać się! Obawa śmierci tak skandaliczna, a tak pospolita wśród obecnego pokolenia jest chorobą wynikającą z zaniedbania higieny ducha. Zdrowie ducha wymaga, żebyśmy równie często myśleli o Bogu i życiu wiecznym, jak o jedzeniu i o rozrywkach; a że tego nie robimy, więc zamiera u nas zmysł duchowy i stajemy się gorszymi kalekami niż ślepcy. Stąd nasze życie nierówne i gorączkowe, stąd brudny egoizm, nurzanie się w drobiazgach, brak wysokich celów i osłabiona energia. Dzisiejsza cywilizacja, która zamiast Boga i duszy postawiła pierwiastki chemiczne i siły, wygląda marnie, a może skończyć bankructwem.

– No, tak oburza się pan przeciw ubóstwieniu siły i materii, a sam pan jest, zdaje się, panteistą – rzekł Zdzisław.

– Ja? – zawołał zdziwiony Dębicki.

– Przecież eter nazywa pan duchem powszechnym...

– Nie rozumiemy się. Widzi pan, według mojej hipotezy eter czujący jest substancją duchową, materiałem, z którego powstają dusze i który sam dąży do świadomości. Ale ten eter, ten ocean, w którym pływa sto milionów słońc, jest masą ograniczoną, może formy elipsoidalnej. Zaś poza obrębem tego oceanu, tego ducha, w którym żyjemy i którego jesteśmy częścią, może być miliony innych oceanów eterycznych zaludnionych przez miliardy innych słońc. Wśród owych oceanów może grają całkiem inne siły, rządzą inne prawa, o których nie mamy pojęcia.

Każdy taki ocean może być odrębnym wszechświatem duchów bardziej lub mniej posuniętych w rozwoju. Ale wszystkie one są dziełem jednego Stwórcy, o którym wiemy tylko, że – jest – i jest Wszechpotężny.

Nie stosują się do Niego pojęcia wielkości ani czasu, gdyż same Jego dzieła nie mają początku, końca ani granic w przestrzeni. Ten świat, w którym żyjemy i na który patrzymy, rozciąga się w trzech wymiarach i w jednym czasie… ale Bóg ogarnia nieskończoną ilość wymiarów i nieskończoną rozmaitość czasów. On z nicości tworzy przestrzeń i napełnia ją wszechświatem. On jest środkowym punktem i źródłem energii nie dla gwiazd i mgławic, bo gwiazdy to nędzny pył, ale dla tych eterycznych oceanów, w których unoszą się gwiazdy i mgławice.

I dziwna rzecz – ta bezmierna Moc wcale nas nie przeraża: myślimy o Niej bez trwogi, z ufnością i nadzieją, jak dzieci o ojcu. Choć między Nim i nami istnieje otchłań, której nie zapełnią wszystkie potęgi wieczności.

Czym jest śmierć wobec Niego i czy można przypuszczać, żeby w państwach tego Władcy najdrobniejsza rzecz obróciła się w nicość? Przecież cokolwiek jest, jest w ostatecznym źródle dziełem Jego woli, a więc musi być wiekuistym. Nad pozornymi grobami ludzi, rzeczy i światów unosi się On, jak słońce nad zaoraną ziemią, w którą padły nasiona nie po to, aby zginąć, ale żeby wydać nowe, bogatsze plony.

– Co, Zdzisiu? – po chwilowej ciszy odezwała się Madzia.

– Czy ja wiem co?! – odparł. – Choć zaczyna mi się zdawać, że ludzki umysł, w którym możliwe są takie pojęcia, składa się nie tylko z fosforu i tłuszczu…

– A teraz bałbyś się śmierci? – szepnęła siostra, biorąc go za rękę.

– Nie. Pomyślałbym o wielkości Boga i rzekłbym: nie wiem, co ze mną zrobisz, Panie, ale cokolwiek zrobisz, będzie lepszym od moich teoryj.

39. Odjazd

Po obiedzie, na którym był profesor, Brzeski oświadczył, że wyjeżdża wieczorem, i prosił siostrę, żeby kupiła mu kilka sztuk bielizny.

Usłyszawszy to, Madzia spojrzała na brata wzrokiem pytającym, a tak smutnym, że Dębickiemu żal jej się zrobiło. Ale Zdzisław sposępniał, odwrócił się od siostry i zaczął wyglądać przez okno na Saski Plac.

Nie było rady i Madzia musiała zrezygnować z pomysłu towarzyszenia choremu w podróży. Ale kiedy wyszła do miasta po sprawunki, profesor odezwał się:

– Dlaczego uparł się pan, żeby nie wziąć ze sobą siostry? I panu byłoby wygodniej, i ona mniej dręczyłaby się obawami...

– Tak pan sądzi? – cierpko odpowiedział Brzeski. – A jeżeli za tydzień... dziesięć dni mnie już nie będzie? Co ona zrobi między obcymi, gorzej niż sama, bo z trupem?

– Nie może się pan otrząsnąć ze swoich wizji...

– Eh, mój profesorze, nie grajmy komedii – odparł Brzeski. – Mam jakąś jedną setną prawdopodobieństwa, że moja choroba jest niegroźnym zakatarzeniem płuc i żołądka, z czego można wyleczyć się. Ale mam dziewięćdziesiąt dziewięć na sto szans, że to suchoty, które albo skończą się bardzo prędko, albo na rok czy na parę lat zrobią mnie niedołężnym, zatrują życie, zjedzą fundusz, jaki zebrałem... No, a ja na inwalidę nie posiadam kwalifikacji.

Zdzisław, mówiąc to, machnął ręką. Dębicki przypatrywał mu się i milczał.

Brzeski poszedł do swej walizy, wydobył sporą kopertę i podając ją profesorowi, rzekł:

– Mam do pana prośbę. Tu jest moje świadectwo ubezpieczenia na dwadzieścia tysięcy rubli i kwity. Niech pan to weźmie do siebie. Gdyby mnie spotkała w drodze jakaś nieprzyjemność...

Dębicki schował kopertę do kieszeni.

– Te pieniądze będą dla rodziców i młodszej siostry. Oprócz nich mam trzy tysiące rubli gotówką, które chciałbym zostawić Madzi. W razie wypadku przyślę na ręce pańskie przekaz... Już niech ona to ma... przyda jej się... I niech jej pan radzi, żeby wyszła za mąż...

– Gdyby tylko chciała! – odparł Dębicki.

– Śmieszne są dzisiejsze panny – mówił Brzeski. – Każdej zdaje się, że jest powołaną do wielkich rzeczy, a nie wiedzą o tym, że największą sztuką jest wychować – zdrowe dzieci. Nie chcę, żeby moja siostra zestarzała się na propagowaniu emancypacji!

Niedługo wróciła Madzia z miasta. Dębicki pożegnał ich, obiecując przyjść wieczorem.

– Kupiłam ci – prawiła Madzia – dwa trykotowe ubrania (żebyś się nie zaziębił), sześć koszul, tuzin skarpetek i chustek...

Zdzisław uśmiechnął się.

– Zaraz wszystko to przyniosą z magazynu. A tu – dodała – masz tuzin kopert i papieru listowego.

Usiadła przy stole i zaczęła pisać na kopertach swój adres.

– Dostałaś bzika? – zapytał brat, przypatrując się tej szczególnej robocie.

– Wcale nie – odparła. – Ale ponieważ musisz do mnie co dzień wysyłać list, więc ułatwiam ci robotę... Nawet nie list. Napisz tylko: jestem tu a tu, zdrów... i datę. A najwyżej za tydzień, no... dziesięć dni wyślij telegram, żebym do ciebie przyjechała. Ja tymczasem wystaram się o paszport. Pamiętaj, daję ci urlop tylko na dziesięć dni. Jestem pewna, że gdybyś natychmiast zobaczył się z tym Tapeinerem, wezwałbyś mnie prędzej.

Brat usiadł obok niej i, wyjmując jej pióro z ręki, rzekł:

– Zostaw te koperty. Będziesz miała ode mnie co dzień korespondencję...

– Ale co dzień!

– Z pewnością. Swoją drogą, ponieważ wszyscy jesteśmy śmiertelni...

– Mój kochany, tylko mi tego nie mów – przerwała Madzia prawie z gniewem. – Przysięgam, że będziesz zdrów...

– Nie bądź dzieckiem, kochanie. Mogę być zdrów, ale może rozbić się pociąg...

– W takim razie ja z tobą jadę! – zawołała, zrywając się.

– Siadaj! Nie bądź śmieszna... Już i ja zrozumiałem, że życie nasze jest w ręku Boga i... może nie kończy się na tej ziemi... Śmierć to jakby wyjazd za granicę... zmysłów, do pięknego kraju, w którym wszyscy spotkamy się... Panuje tam wieczny dzień i wiosna ponad krajobrazami ze wszystkich części świata, ze wszystkich epok geologicznych, może nawet ze wszystkich planet...

– Dlaczego ty tak mówisz? – spytała Madzia, patrząc na niego załzawionymi oczami.

– Mówię jak do kobiety rozumnej, która wierzy w życie przyszłe. Kiedyś modliliśmy się z jednej książeczki, dziś razem odzyskaliśmy nadzieję, więc – możemy pogadać o śmierci... Co w niej strasznego? Jest to przejście jakby z pokoju do pokoju... Czy wątpisz, że tam wszyscy zobaczymy się, żeby już nigdy nie rozdzielać się? A gdyby cię zapytano, co wolisz: czy żeby twój brat męczył się na ziemi jak kaleka, czy – odjechał do szczęśliwej krainy, miałabyś serce zatrzymywać mnie tutaj?

Madzia oparła głowę na jego ramieniu i cicho płakała.

– Płacz... płacz... przez wdzięczność dla Boga, że otworzył nam oczy w chwili, która bywa przykrą... Wiem coś o tym! Przemordowałem się kilka tygodni, ale to już minęło. Jeżeli między gwiazdami jest inny świat, ach, to jest on niepojętej piękności... Ja tak kochałem naturę, tak rwałem się do krajobrazów, które znam tylko z czytania.

— I ja... — szepnęła Madzia.

— Widzisz. Więc nie trzeba myśleć o śmierci, ale o tej radosnej epoce, kiedy zdrowi, na wieki młodzi, znowu spotkamy się na łąkach ze szmaragdu i złota i będziemy oglądać okolice, na poznanie których nie mieliśmy czasu ani środków...

Pomyśl, czy wyobrażasz sobie taki kraj? Gładka równina, a na niej sieć rozpadlin. Wchodzisz w jedno zagłębienie. Droga idzie w wąwóz, którego pionowe ściany rosną w oczach. Po kilkunastu minutach wąwóz rozszerza się w rozległą okolicę, o jakiej nawet we śnie nie marzyłaś.

Widzisz niby miasto olbrzymich budowli. Ostre i ścięte piramidy ułożone z warstw czarnych, żółtych, niebieskich; ciemnozielone pagody z jasnymi dachami; wysmukłe wieże, których każdy ganek ma inny kolor, świątynie indyjskie, fortece cyklopów, wielopiętrowe ściany w pasy szafirowe, złote i czerwone... A na placach i fantastycznie pociętych ulicach znienacka ukazują się kolumny, niedokończone posągi, skamieniałe wizerunki nieznanych stworzeń...

— Skąd ci to do głowy przychodzi? — spytała Madzia z uśmiechem.

— Czy ja mało o tym czytałem! Albo taki widok. Stoisz na górze, obok której wznoszą się ściany okryte lasami. Z prawej strony masz wodospad, u stóp czarodziejską dolinę. Na całej długości przecina ją rzeczka pełna zagięć. W głębi widać las, a między lasem i tobą kilkanaście parków.

Co jest jednak najcudowniejsze, to — naturalne wodotryski, gejzery. Z jednych wybuchają słupy wody gorącej, z innych kłęby pary; jedne mają kształt rozłożysty, inne wysmukły; niektóre są podobne do wachlarzy, a jeden do skrzyżowanych mieczów. Nad każdym unosi się welon mgły, na którym promienie słońca malują tęczę.

Gdybyś przeszła w całej długości tę fantastyczną dolinę, spotkałabyś niezliczone gejzery, dymiące jeziora, sadzawki gorącej wody. Słyszałabyś podziemne grzmoty, widziałabyś jedną górę czerwoną, drugą z szafirowego szkła... Gdyby zaś przyszła ci ochota wykąpać się, znalazłabyś szczególnego rodzaju łazienkę. Składa się ona z kamiennych wanien, niby jaskółcze gniazda przylepionych do skały, mających na każdym piętrze inną temperaturę wody!

– Co ty opowiadasz?

– Opisuję ci pusty kraj w Północnej Ameryce, nazywany Parkiem Narodowym. Jest to ziemia cudów, którą – tam – najpierw zwiedzę, a i ciebie oprowadzę, gdy połączymy się... Chciałabyś odbywać ze mną takie podróże? – spytał, obejmując ją.

Madzia zarzuciła mu rękę na szyję.

– Ale i Dębicki będzie z nami – rzekła.

– Naturalnie. On nam otworzył drzwi do tych krajów.

– I... i wiesz, Zdzisław, kogo jeszcze weźmiemy? – spytała, kryjąc twarz na ramieniu brata. – Pana Solskiego... Szkoda, że go nie znasz...

– Ach, to ten magnat, który ci się oświadczył? Ciekaw jestem, dlaczego nie przyjęłaś go.

– Byłam... obłąkana... Czy ja wiem zresztą!

– Ale teraz wyszłabyś...

– Nigdy! – zawołała. – Teraz myślę tylko o tym, żeby być przy tobie.

Zdzisław wzruszył ramionami. Człowiek, który spogląda w twarz wieczności, traci instynkt do miłosnych powikłań, a przynajmniej mało go obchodzą.

– Kiedy wyjadę stąd – odezwał się po chwili – napisz do Iksinowa, ale nie do rodziców, tylko do majora... Powiedz, coś widziała... Major, człowiek doświadczony, zakomunikuje starym wiadomość w taki sposób, że nie będą trwożyli się bez potrzeby.

– Jak chcesz – odparła – ale pamiętaj, że masz co dzień przysyłać mi kilka słów: jestem zdrów, mieszkam tu a tu, i tyle...

– Dobrze, dobrze! – przerwał niecierpliwy.

Potem zaczął ubierać się w drogę, a Madzia spakowała walizkę.

O ósmej wieczór przyszedł Dębicki, o dziewiątej pojechali na kolej. Kiedy Brzeski usiadł w przedziale, Madzia weszła za nim i całując mu głowę i ręce, szepnęła:

– Mój ty kochany... mój złoty braciszku...

– No, no... tylko bez tkliwości! – przerwał Zdzisław. – Bądź zdrowa, napisz do majora i... staraj się mieć rozum...

Prawie wypchnął ją z wagonu i zatrzasnął drzwiczki. Za chwilę pociąg ruszył. Madzia jeszcze raz zawołała: do widzenia!. Ale Brzeski wtulił się w kąt i nawet nie wyjrzał przez okno.

– Zawsze był dziwakiem! – rzekła rozżalona Madzia do Dębickiego. – Nawet nie żegna się...

– A ile razy ma się żegnać?

– Pan profesor jest taki sam jak on...

Dębicki odwiózł Madzię do domu. Gdy tylko weszła na trzecie piętro do swego pokoiku, prędko rozebrała się i zasnęła jak kamień. Była bardzo znużona.

Nazajutrz około jedenastej z rana sama pani Burakowska przyniosła jej herbatę. Gospodarna dama miała minę, w której zakłopotanie zdawało się toczyć walkę z ciekawością.

– Co – rzekła – już pani odwykła od swego łóżeczka?

– Jestem nim zachwycona... Nie spałam dwie noce.

– Pilnowała pani braciszka w Hotelu Europejskim... – mówiła dama. – Czy naprawdę jest tak chory, że pani musiała pielęgnować go w hotelu?

– Czy ja wiem. On mówi, że jest ciężko chory, a ja myślę, że będzie zdrów po kilkumiesięcznym pobycie w górach.

– Szkoda, że pan Brzeski zamiast w hotelu nie zatrzymał się w mieszkaniu prywatnym...

– Czyli mógł szukać mieszkania na parę dni! – odparła już zirytowana Madzia.

– A jeżeli jest taki chory – mówiła tonem łagodnym pani Burakowska – to szkoda, że pani nie towarzyszy mu za granicą...

– Wezwie mnie, kiedy mu wyznaczą miejsce kuracji.

– W podróży byłaby pani najpotrzebniejszą bratu...

Madzia odwróciła się do okna.

„Czego ode mnie chce ta baba? – pomyślała z gniewem. – Przecież i ja wolałabym go odwieźć…".

Ale po wyjściu pani Burakowskiej gniew Madzi równie prędko zgasł, jak zapłonął. Ogarnęła ją apatia połączona ze zdziwieniem.

„Czy naprawdę był tu Zdzisław, a ja przy nim? Czy naprawdę Dębicki przekonywał go, że dusza jest nieśmiertelna?".

Usiadła na kanapie i patrzyła w sufit. Zdawało jej się, że jest pogrążona w oceanie z twardego kryształu, wewnątrz którego lotem błyskawic przesuwają się postacie jakichś ludzi pięknych i pięknie ubranych. Ciało ich było ze światła, a odzież z tęczy. Byli oni żywi, o czymś rozmawiali między sobą, patrzyli na Madzię, tylko – nie mogli porozumieć się z nią ani ona z nimi.

Później między dwiema niebotycznymi górami zobaczyła szmaragdową dolinę ustrojoną bukietami ciemnozielonych parków i mnóstwem wodotrysków wybuchających w formie wachlarzy i kolumn. Ale te góry, dolina, parki, rzeka i wodospady były także zrobione z barw tęczowych, a każde drzewo, skała i fontanna – miały własne życie i duszę. Patrzyły na siebie, kochały się, rozmawiały ze sobą szelestem wód i liści, tylko Madzia nie rozumiała ich języka.

Była przekonaną, że wszystko to już gdzieś widziała, że zna każdy zakątek doliny; ale kiedy to widziała? Gdzie?

Po strasznych obrazach, jakie niedawno obudził w jej duszy materialistyczny wykład pana Kazimierza, dziś czuła się spokojną i szczęśliwą. Nic jej nie trwożyło; a nowy, nieznany świat pociągał do siebie. Zdawało jej się, że w tych czasach powinna umrzeć, a raczej wsiąknąć w owe świetlane krajobrazy, które roztaczały się przed nią. A gdy pomyślała, że może ją ktoś żałować, zatrzymywać na szarym świecie, między ciężkimi domami, wśród kuchennych zapachów; gdy pomyślała, że ktoś zapłacze po niej, jakby zazdroszcząc wiecznego szczęścia, ogarniał ją niesmak.

„Czy ludzie byliby aż takimi egoistami?" – rzekła do siebie.

Po obiedzie wydobyła z kuferka dawno nie otwieraną książkę nabożną i do wieczora czytała modlitwy – marząc na jawie. Każdy wyraz nabierał nowego znaczenia, każda kartka była pełna obietnic i słodkich nadziei.

Pokój napełnił się rojem duchów, które przez okno wlatywały i wylatywały bez szelestu, krążąc między spieczoną ziemią i niebem zadumanym o rzeczach wiekuistych.

Na drugi dzień o siódmej z rana wymknęła się z domu bez śniadania, z książką do nabożeństwa, a wróciła po dziesiątej rozmarzona.

Była u spowiedzi.

W mieszkaniu zastała list od brata wysłany z zagranicy, napisany ołówkiem:

„Czuję się tak silny, że jadę wprost do Wiednia. Całą noc spałem, leżąc. Jestem stworzony na konduktora".

Ale Madzi list ten nie pocieszył; przypomniał, że jej brat naprawdę był w Warszawie i że jest ciężko chory.

Zbudziło się w niej mnóstwo uczuć przykrych. Zaczęła wyrzucać sobie, że Zdzisław wyjechał bez opieki; chciała gonić za nim i towarzyszyć mu ukryta w innym wagonie. To znowu przypomniało się jej, że nic nie robi, i truchlała na myśl, że ma przed sobą kilka dni bez celu i zajęcia, długich, pustych, zatrutych niepokojem.

„Gdyby to można przespać albo gdzieś wyjechać!".

Około drugiej stróż przyniósł jej bilet wizytowy z napisem: „Klara z Howardów Mydełko".

– Ta pani – rzekł stróż – pyta się, czy ma tu przyjść…

– Ależ proście… proście!

„Mydełko? – mówiła do siebie Madzia. – Jednak to plenipotent Solskich… I panna Howard wyszła za niego? Naturalnie! Bo skądże by to drugie nazwisko? Aha, prawda, ona go tak wychwalała… Rozumny człowiek, uczciwy, ale… te nogi krzywe!".

Szeroko otworzyły się drzwi i weszła – niegdyś panna Howard. Miała czarną jedwabną suknię z długim ogonem, na szyi złoty łańcuch do zegarka, na twarzy tę samą jednostajną różowość, na płowych włosach mały koronkowy kapelusz.

– Wybacz, panno Magdaleno – mówiła zmęczona – że przysłałam ci stróża. Ale ja teraz muszę wystrzegać się chodzenia... Jestem przecież mężatką...

– Winszuję... winszuję! – zawołała Madzia, całując ją i sadowiąc na kanapce. – Kiedy to się stało? Nikogo pani nie zawiadomiła.

– Już od czterech dni nie należę do siebie – odparła pani Klara. Spuściła jasne rzęsy i usiłowała jeszcze bardziej się zarumienić, ale nie było to możliwe. – Braliśmy ślub u Wizytek, w najściślejszym incognito, o siódmej rano i... od tej chwili zaczęło się dla mnie nieprzerwane pasmo szczęścia... Mam męża, który ubóstwia mnie i którego najdumniejsza kobieta mogłaby obdarzyć uczuciem.

Wierz mi, panno Magdaleno – mówiła z zapałem – że kobieta dopiero wówczas staje się naprawdę człowiekiem, gdy wyjdzie za mąż. Pielęgnowanie rodziny, macierzyństwo – oto wzniosłe posłannictwo naszej płci... Nie mogę przeczyć – dodała skromnie – że trafią się kłopotliwe sytuacje, nawet przykrości... Ale wszystko znika wobec przeświadczenia, że uszczęśliwiamy kogoś, kto na to zasługuje.

– Bardzo cieszę się, że pani jest zadowolona – wtrąciła Madzia.

– Zadowolona? Powiedz: wniebowzięta! Przeżyłam nie cztery... właściwie – nie trzy doby, ale trzy wieki, trzy tysiąclecia... Ach, pani nawet... nawet nie domyślasz się...

Młoda mężatka nagle przerwała i dodała tonem serdecznej rady:

– Ale żeby zasłużyć na takie szczęście, kobieta przez całe życie musi być bardzo oględną. Dlatego... pozwól sobie powiedzieć, kochana panno Magdaleno, że czasami bywasz nieostrożną...

– Co ja robię? – spytała zdziwiona Madzia.

– Nic... ja wiem, że nic... wszyscy wiemy. Ale – niepotrzebne były te wizyty u podrzutków... u akuszerek... Albo i ten kilkudniowy pobyt w hotelu...

– Tam mieszkał mój brat chory... – przerwała Madzia z żalem.

– Wiemy! Wszystko wyjaśnił Dębicki. Ale swoją drogą pan Zgierski mówi o pani z półuśmieszkami, a wczoraj... Wczoraj ta bezwstydna Joanna zaczepiła mnie i wyobraź sobie, pani, co powiedziała:

„Cóż skromna Madzia? Robiła cnotliwe minki i upadła na głowę!".

Słyszałaś, panno Magdaleno? Ta awanturnica... ta dwuznaczna kobieta śmiała coś podobnego powiedzieć!

– Niech ich Pan Bóg ma w swojej opiece! – odparła Madzia. – Zresztą za kilka dni wyjeżdżam do brata, więc plotki nic mnie nie obchodzą.

– Wyjeżdża pani? – zapytała młoda mężatka innym tonem. – Powie mi pani... ale szczerze: czy naprawdę gniewasz się na Adę Solską?

– Ja? – krzyknęła zdziwiona Madzia. – Ależ ja ją zawsze kocham...

– Domyślałam się tego, znając serce pani. A... gdyby panna Ada przyszła tu?

– Czy może pani pytać?

– Rozumiem. Ada widocznie ma jakiś ważny interes do pani, ale ten safanduła Dębicki nie chce w nim pośredniczyć... Nie wiem, o co chodzi... Jednak domyślam się, że Ada będzie żądała od pani jakiegoś załagodzenia stosunków między nią i bratem...

– Ja mam łagodzić stosunki między nimi?

– Nie wiem, nic nie wiem, droga panno Magdaleno, tylko – tak mi się wydaje... Ada zaręczyła się z panem Norskim (co za szalone szczęście ma ten chłopak!), zawiadomiła pana Stefana, ale... zdaje mi się... że dotychczas nie otrzymała odpowiedzi i jest w strachu...

– Co ja na to poradzę?

– Nie wiem... nie rozumiem i proszę nic nie wspominać o moich domysłach. W każdym razie, czy mogę powtórzyć słowa pannie Solskiej?

– Ona zawsze wiedziała, że ją kocham – odparła Madzia.

Ponieważ w tej chwili wezwano Madzię na obiad, więc pani z Howardów Mydełko pożegnała ją bardzo czule, prosząc o sekret i – o nienarażanie się na bycie na ludzkich językach.

Rozmowy biesiadników, biegania służby, kuchenne swędy i lamenty pani Burakowskiej tak zmęczyły Madzię, że wyszła do Saskiego Ogrodu.

I tam snuły się tłumy i rozlegał szmer rozmów, ale przynajmniej było widać niebo, zieloność, drzewa. Zdawało jej się, że lepiej oddycha powietrzem ogrodu i że między nieruchomymi konarami i liśćmi, które już więdną, zobaczy spokój, płochliwego ptaka, który tak dawno odleciał z jej mieszkania.

W alei, gdzie przed paroma dniami przechadzali się z bratem i Dębickim, znalazła pustą ławkę i usiadłszy, wlepiła oczy w kasztan. Spokój zaczął wracać. Powoli przestała widzieć przechodniów, szmer cichnął. Zdawało się, że ogarnia ją słodkie zapomnienie, a leniwe troski, oglądając się za siebie, opuszczają jej duszę.

Znowu zobaczyła ów kryształowy bezmiar, po którym jak barwne motyle snuły się postacie zrodzone ze światła i odziane tęczą.

– Czy pozwoli mi pani zapalić?

Madzia drgnęła. Obok niej siedział młody człowiek, wyblakły, pretensjonalnie ubrany, i zapalał papierosa.

– Bo jeżeli dym szkodzi... – mówił sąsiad.

Madzia podniosła się z ławki, sąsiad też. Szedł obok niej i prawił:

– Co za przykra rzecz samotność dla tak pięknej panienki... Widzę, że pani nie musi być warszawianką, może nawet nie ma pani znajomych... W takim razie ofiaruję moje usługi...

Madzia skręciła do bramy na Królewskiej, przyspieszyła kroku, ale młody człowiek szedł równo z nią i wciąż gadał.

Nagle zatrzymała się i, patrząc w oczy swemu prześladowcy, rzekła błagalnym głosem:

– Panie, jestem bardzo nieszczęśliwa... Niech mnie pan zostawi...

– Nieszczęśliwa? – zawołał. – Ależ pocieszanie pięknych i nieszczęśliwych panienek jest moją specjalnością! Pozwoli pani podać sobie...

I gwałtownie pociągnął ją za rękę.

Madzia poczuła w gardle ściskanie, w oczach łzy. Nie chcąc robić widowiska, zasłoniła twarz chustką, ale już nie mogła pohamować się i rozpłakała się na ulicy.

Młody człowiek bynajmniej nie zraził się tym, kręcił się około niej, plótł bez sensu, śmiał się głupio. Dopiero widząc, że scena ta zaczyna interesować przechodniów, cofnął się i rzucił na pożegnanie jakieś ohydne słówko.

Madzia wpadła do wolnej dorożki i, zanosząc się od płaczu, wróciła do siebie. Ogarnął ją taki żal do okrucieństwa ludzkiego, taka bezdenna rozpacz, że – chciała się oknem rzucić na ulicę.

Ale przyszło opamiętanie. Usiadła na kanapce, zamknęła oczy, zasłoniła rękami uszy i powtarzała w duchu:

„Nie ma dla mnie odpoczynku... nie ma schronienia... nie ma ratunku... Boże, zmiłuj się... Boże, zmiłuj się nade mną!".

Nagle podniosła głowę, przypomniała sobie matkę Apolonię i od razu zmienił się bieg jej myśli.

„Po co ja chodziłam do Saskiego Ogrodu? Przecież mogę poprosić zakonnice, a one pozwolą mi całymi godzinami przesiadywać w swoim ogródku... Ach, ja już nigdy nie będę miała rozumu".

Istotnie, co mogło być lepszego nad zamiar spędzenia wolnych chwil w ogrodzie szarytek? Obiad i nocleg ma w domu, a resztę czasu przesiedzi na świeżym powietrzu, wśród ciszy. Chyba tego nie odmówi jej matka Apolonia, a za kilka dni – wezwie ją brat.

40. Oczekiwanie

Madzia nazajutrz poszła do św. Kazimierza, gdzie matka Apolonia powitała ją wykrzyknikiem:
– Jak ty wyglądasz, moje dziecko? Musisz być chora...
Wówczas Madzia opowiedziała staruszce swoją historię z kilku dni ostatnich. Kiedy opisywała nagłe ukazanie się brata i jego rozpacz wobec bliskiej śmierci, usta zakonnicy ściągnęły się, a w twarzy odmalowało się gniewne niezadowolenie. Ale gdy Madzia przeszła do wykładów Dębickiego, które uspokoiły jej brata, na twarzy matki Apolonii ukazał się pobłażliwy uśmiech. Staruszka wysłuchała do końca i rzekła:
– Dobry to musi być człowiek ten profesor, ale po co on się tak męczył dowodzeniami? Przecież to, że jest Bóg i życie wieczne, czuje każdy, byle miał odwagę porozumieć się z własnym rozsądkiem.
Potem, opowiedziawszy swoją przygodę w Saskim Ogrodzie, Madzia prosiła zakonnicę, żeby jej pozwolono przesiadywać w ogrodzie zakładowym.
– To tylko parę dni – mówiła Madzia – bo Zdzisław wezwie mnie za granicę. Ale chciałabym się trochę wzmocnić.
– Moje dziecko – odparła staruszka, całując Madzię – przychodź, ile razy chcesz i na jak długo chcesz. Tylko znudzisz się, bo my jesteśmy zajęte. Nie ma nawet książek, które mogłyby cię rozerwać...
– Może mi pani pozwoli jaką pobożną książkę... – szepnęła i zarumieniona Madzia.
– Doprawdy? – spytała matka Apolonia, patrząc na nią. – W takim razie wiesz co, dam ci: *O naśladowaniu Chrystusa*...

Zaprowadziła Madzię do ogródka, przyniosła książkę, pobłogosławiła i – pobiegła do zajęć.

Zostawszy sama wśród upragnionej zieloności i ciszy, Madzia poczuła taki spokój, taki zachwyt, że gotowa była obejmować drzewa, całować kwiaty i te święte mury, które jej dały przytułek. Obawiając się jednak, żeby ktoś nie zobaczył jej egzaltacji, pohamowała się i zaczęła przerzucać książkę.

Wybierała na los szczęścia – i oto, co jej wpadło w oczy:

„Czego się troszczysz, jeżeli ci się nie powodzi, jakbyś chciała i żądała? Gdzież jest ten, co by miał wszystko podług woli swojej? Ani ja, ani ty, ani ktokolwiek z ludzi na ziemi…".

„To prawda" – szepnęła Madzia.

„Żyć na tej ziemi prawdziwą jest nędzą. Im bardziej człowiek chce się stać duchownym, tym bardziej mu to życie gorzkim się staje, bo tym mocniej czuje i jaśniej widzi przywarę ludzkiego zepsucia… Biada tym, którzy nie znają swojej nędzy, a jeszcze bardziej biada tym, którzy to nędzne i znikome życie pokochali".

„To o mnie!" – pomyślała Madzia, lecz znowu na następnej stronicy znalazła:

„Nie trać, siostro, ufności, abyś ku dobru duchownemu postąpić nie potrafiła; jeszcze nie upłynął dla ciebie czas i godzina. Po co chcesz odkładać do jutra przedsięwzięcie twoje? Powstań, zaczynaj natychmiast i mów: teraz jest czas do działania, teraz czas do walki, teraz czas właściwy do poprawy…".

Była tak rozdrażniona i rozegzaltowana, że każde słowo miało w jej oczach wartość upomnienia albo przepowiedni. Postanowiła ciągle czytać, gdzie się książka otworzy, i z tego, co znajdzie, wyciągnąć naukę czy wróżbę.

„Rzadko znajdzie się ktoś tak duchowy, aby był obnażony ze wszystkiego, co jest cielesne… Gdyby człowiek oddał cały swój majątek, jeszcze to jest niczym. Gdyby wielką odbył pokutę, jeszcze to jest mało. Gdyby ogarnął wszelką umiejętność, jeszcze mu daleko…

Nikt jednak nie jest bogatszym, nikt potężniejszym, nikt wolniejszym od tego, który wszystko opuścić i siebie najniżej kłaść umie...".

Madzia zastanowiła się. Czy ona potrafi najniżej kłaść siebie? Z pewnością nie potrafi. Ale ze wszystkich cnót ludzkich ta chyba jest jej najbliższą.

Czytała w innym miejscu:

„Nie można wielkiej pokładać ufności w ułomnym i śmiertelnym człowieku, choćby był kochanym i użytecznym...".

„Nawet w Zdzisławie?" – spytała.

„... ani się też zbyt smucić, jeżeli się czasem sprzeciwi i odwróci...". „No, on mi się sprzeciwiał...".

„Ci, co są dziś z tobą, jutro mogą być przeciw tobie i nawzajem: często się oni jak wiatr zmieniają...".

„Ada... panna Howard!" – pomyślała Madzia.

„Nie masz tu trwałego pobytu...".

„Tak, zaledwie parę dni!" – westchnęła.

„...gdziekolwiek obróciłabyś się, obcą będziesz i wędrownikiem...".

„Ach, jaka prawda! Szczególniej, kiedy wyjadę za granicę...".

„...ani znajdziesz spoczynku, chyba że się z Chrystusem połączysz...".

„Oblubienica Chrystusa?" – rzekła Madzia prawie przerażona. Ale w trwodze tej nie było niechęci, raczej zdumienie.

Odwróciła kartkę i trwoga jej wzrosła, znalazła bowiem jakby wprost do niej skierowane zapytanie:

„Po co tu się oglądasz, gdy nie tu jest miejsce twojego spoczynku...".

„A więc nie u szarytek...".

„W niebieskich krainach powinno być mieszkanie twoje, a na wszystko, co jest ziemskie, tylko jak w przejściu spoglądać należy. Mija wszystko i ty także...".

„Mam umrzeć? Wola Boska!".

Zaciekawiona, wyszukała rozdział: *O rozpamiętywaniu śmierci*.

„Prędko tu bardzo koniec z tobą nastąpi, zobacz, co z innych miar z tobą się dzieje: dziś jest człowiek, jutro go już nie widać. A gdy z oczu zniknie, mija rychło i w pamięci...

O poranku myśl, że nie dożyjesz wieczora, wieczorem zaś nie śmiej sobie obiecywać następnego poranka...".

„Jak biedny Zdzisław!".

„Zawsze więc bądź gotowa i żyj tak, aby cię znienacka śmierć zaskoczyć nie mogła...".

„On tak żyje... Czyżby naprawdę odgadywał?".

Poczuła ból w sercu i żeby dodać sobie otuchy, wybrała inny rozdział:

„Dobrze jest, że doświadczamy niekiedy przykrości i ucisków, albowiem budzą one czułość w sercu człowieka...".

„To samo mówił Dębicki" – pomyślała Madzia.

„... ostrzegając go, że jest wygnańcem, że na tym świecie nic takiego nie ma, na czym by oparł nadzieję".

„Nawet na Zdzisławie?" – rzekła ze smutkiem jeszcze głębszym.

„Kiedy człowiek dobrej woli przykrościami lub złymi myślami jest dręczony...".

„O, bardzo jestem dręczona!".

„...wtedy czuje, jak mu jest potrzebnym Bóg, bez którego żadne dobro utrzymać się nie może. Wtedy w nędzy swojej smuci się, jęczy i modli... Wtedy dopiero spostrzega należycie, iż prawdziwe bezpieczeństwo i zupełny spokój na tym świecie utrzymać się nie mogą".

„Więc gdzież moje szczęście?" – pomyślała nad wszelki wyraz zgnębiona.

Otworzyła na chybił trafił książkę i znalazła rozdział: *O życiu zakonnym*. Gorąco ją przeszło.

„Czy naprawdę to mi sądzono?" – spytała.

„Trzeba, żebyś się nauczyła często zwyciężać samą siebie, jeżeli z innymi zachować chcesz pokój i zgodę… Trzeba, żebyś się stała głupią dla Chrystusa, jeżeli chcesz zakonne prowadzić życie…".

„Zawsze byłam głupia!" – szepnęła Madzia.

„Szata zewnętrzna mało znaczy: lecz zmiana obyczajów i zupełne poskromienie namiętności prawdziwego stanowią zakonnika…".

„Aaa! więc nie muszę wstępować do zakonu, tylko zmienić obyczaje i poskromić namiętności…".

„Kto szuka czegokolwiek innego niż Boga i zbawienia duszy swojej, boleść tylko znajdzie i utrapienie".

„No, dobrze… ale jeżeli chcę pielęgnować chorego brata?".

„Zapatruj się na żywe przykłady Ojców świętych, w których jaśniała prawdziwa doskonałość i religia, a postrzeżesz, jak jest drobnym i prawie niczym, co my czynimy… Nienawidzili dusz swoich na tym świecie, aby je w życiu wiekuistym posiadać mogli…".

„Ale brata chorego nie opuścili!".

„Wyrzekli się bogactw, dostojności, zaszczytów i krewnych, nic światowego nie zatrzymali…".

Madzia zamknęła książkę, pełna troski. Zdawało jej się, że rozmawia z niewidzialnym nauczycielem, który każe jej wyrzec się wszystkiego dla zbawienia i Boga. W tej chwili wyrzeczenie się świata nie było dla niej przykrym: wszystkie węzły łączące ją z ludźmi obcymi już się rozluźniły, jeżeli nie pękły. Ale jak tu opuścić rodziców, a przede wszystkim brata, dla którego jej opieka była sprawą życia i śmierci?

Dopiero chłodniejsza rozwaga przypomniała jej, że walczy ze złudzeniem.

Nikt jej przecież nie zachęca do wyrzeczenia się rodziny; nawet sam autor tej dziwnej książki zaleca tylko zmianę obyczajów i zerwanie z ziemskimi namiętnościami.

Jeszcze raz odwróciła kartki i znalazła:

„Wspieraj mnie, Panie Boże mój, w dobrym przedsięwzięciu i świętej służbie Twojej: daj mi dziś dobrze zacząć; niczym bowiem jest, co dotychczas czyniłam".

„Tak! – myślała Madzia. – Pensja, lekcje, sesje w stowarzyszeniu kobiet – to wszystko nic... Trzeba zmienić obyczaje, wyrzec się namiętności i życie poświęcić Zdzisławowi... Gdybym rok temu pojechała do niego, byłby zdrów... Niechby sobie drwili, że jestem na łasce brata i że nie pracuję samodzielnie...".

Kilkugodzinna z nadzwyczajną książką rozmowa, której towarzyszył szmer drzew, szelest przelatujących ptaków albo pobożne pieśni wychowanek sierocego zakładu, doskonały wpływ wywarła na Madzię. Ukoiło się nerwowe rozdrażnienie, a jego miejsce zajęła pełna tęsknoty nadzieja. Zdawało się Madzi, że na nią i na cały świat spada subtelna mgła, w której rozpływają się wszystkie troski ziemskie i spoza której wynurza się nowy horyzont, pełen jasności i spokoju.

Przypomniała sobie widziany kiedyś obrazek. Było tam pole zarosłe wiosennymi kwiatami i gaj; po polu przechadzały się święte kobiety, a pod gajem Matka Boska, siedząc na zydlu, przędła nić ludzkich pokoleń. Madzia miała jakby przeczucie, że lada chwilę znajdzie się na owym polu, gdzie każde mgnienie oka wydaje się szczęśliwą wiecznością, a wieczność – mgnieniem oka.

„Zapewne niedługo umrę" – pomyślała bez żalu.

Około drugiej wróciła do domu. Pani Burakowska powiedziała jej, że była tu jakaś pani wyglądająca na ubogą guwernantkę i napisała list w jej pokoju.

– Służąca chciała ją podglądać – mówiła pani Burakowska – żeby coś nie zginęło. Ale na nią nakrzyczałam, bo przecież nie każdy potrzebujący musi kraść...

Madzia drgnęła, spojrzawszy na kopertę. Było to pismo Ady Solskiej, która, wśród mnóstwa przeprosin za swoją śmiałość, oświadczyła, że będzie tu o czwartej. A ponieważ pani Burakowska zdawała się czekać na wyjaśnienia dotyczące autorki listu, więc Madzia powiedziała jej, że owa uboga guwernantka jest osobą niezależną i uczciwą, której można otworzyć całe mieszkanie.

Na kilka minut przed czwartą Ada Solska zapukała do drzwi i, zatrzymawszy się u progu, rzekła nieśmiałym głosem:

– Przyjmiesz mnie, Madziuś?

Madzia pobiegła ku niej z otwartymi ramionami. Lecz Ada była tak podobna do swego brata, Stefana, że Madzi zabrakło tchu i – w pierwszej chwili nie miała odwagi uścisnąć swojej przyjaciółki.

– Widzisz... już mnie nie kochasz! – smutnie szepnęła Ada.

Nagle, chwyciły się w objęcia i płacząc, wśród pocałunków, zaprowadziły się na kanapkę.

– Ach, co ja wycierpiałam, nie widząc cię tak dawno... – mówiła Ada. – Szłam tu z biciem serca...

– Trzecie piętro... – wtrąciła Madzia.

– Ależ nie dlatego, tylko... bałam się... myślałam, że jesteś na mnie śmiertelnie obrażona... A ty zawsze jesteś anioł... święta... moja ty złota Madziu...

Znowu zaczęły się całować.

– Wiesz, co się stało – ciągnęła Ada. – Ten szkaradny Kotowski o mało nie zabił pana Kazimierza! Myślałam, że umrę, ale już jesteśmy zaręczeni... Nie wiem nawet, które z nas oświadczyło się: on czy ja? Zresztą wszystko jedno.

– I jesteś szczęśliwa? – zapytała Madzia.

– Ach, nawet mnie nie pytaj... Jestem tak szczęśliwa... tak strasznie szczęśliwa, że ciągle się boję... Zdaje mi się, że umrę... że nigdy się nie pobierzemy... że panu Kazimierzowi odnowi się rana... Ale najbardziej boję się Stefka! Już tydzień, jak napisałam mu o wszystkim, i nie mam odpowiedzi... Ty pamiętasz, jak on nie lubił Kaz... pana Kazimierza? Boże, z jaką ja trwogą czekam na jego przyjazd! Powiadam ci, że gdyby między nimi doszło do nieporozumień, zabiłabym się.

– Dajże spokój – przerwała Madzia. – Ostatecznie masz prawo wyjść, za kogo ci się podoba.

– Aaa... prawo! Niby ty nie znasz Stefka. Co jego obchodzą czyjeś prawa, jeżeli on ich nie uznał? Ach, gdybyś ty sprowadziła się do mnie...

– Ja?

– Mój Madziuś – mówiła podniecona Ada – po co mamy udawać... Wiesz, jak cię kochał Stefek... a ja dodam, że kocha cię do dziś dnia, może nawet bardziej... Gdybyście się pogodzili... gdybyś wyszła za niego, on pod wpływem radości przebaczyłby mi moje przywiązanie do Kazimierza...

Madzia rumieniła się i bladła; wzruszenie jej nie uszło uwagi Ady.

– Nie zapieraj się! – zawołała panna Solska – mój brat nie jest ci obojętny. A jeżeli tak, więc... musisz wyjść za niego, musisz... musisz...

I zaczęła ją całować po rękach.

Madzia cofnęła ręce i odparła:

– To nie może być...

Ada przeszyła ją skośnymi oczami.

– Więc chyba kochasz pana Kazimierza? – spytała.

– Spójrz na mnie – odparła Madzia, spokojnie wytrzymując jej pałający wzrok.

– Więc dlaczego nie chcesz wyjść za Stefka?

– Wiesz chyba – rzekła Madzia po chwili – że i ja mam brata... ciężko chorego... Lada dzień wezwie mnie i pojadę za granicę... a do końca życia muszę go pielęgnować...

– A kto ci broni czuwać nad bratem nawet po wyjściu za Stefka? Może myślisz, że on przeszkadzałby ci? Nie! Słuchaj, Madziuś: jedź teraz do brata za granicę, a my wszyscy – Stefek, pan Kazimierz i ja podążymy za wami. Gdziekolwiek każą osiąść twemu bratu, my tam osiądziemy: w górach czy we Włoszech, nawet w Egipcie... A gdyby go lekarze skazali na dłuższą podróż morską, to... jeszcze i tam będziemy razem. Przecież pan

Kazimierz także potrzebuje odzyskać siły, a Stefek i ja przepadamy za podróżami... No, więc powiedz tylko słówko... jedno maleńkie słówko: tak – a uszczęśliwisz Stefana i... nas oboje... No, powiedz... no....

Mówiąc to, panna Solska tuliła się do Madzi.

– Powiedz: tak... powiedz...

Madzi żal się jej zrobiło.

– Zastanów się, Adziuś, czy mogę myśleć o czymś podobnym? – odparła. – Mnie serce pęka na myśl o biedaku, który... gdzieś tam... leży samotny w gorączce, może... bez nadziei, a ty mi każesz... Powiedz, gdybyś na serio stawiała mi podobne żądanie, czy nie byłoby to okrucieństwem? Ja już i tak jestem nieszczęśliwa...

– Masz słuszność – odparła Ada poważnie. – Dziś mówić o tym byłoby egoizmem z mojej strony... Ale kiedyś... mam w Bogu nadzieję...

Madzia siedziała ze spuszczonymi oczami.

– Co robisz, powiedz mi? – rzekła nagle panna Solska, żeby zmienić temat rozmowy.

– Czekam na listy od brata... na telegram, którym mnie wezwie. A tymczasem chodzę do szarytek.

– Po co? – zapytała zdziwiona Ada.

– Siedzę u nich w ogródku, żeby trochę odpocząć na świeżym powietrzu, i czytam Tomasza à Kempis.

– A nie mogłabyś to przychodzić do naszego ogrodu? – spytała Ada, lecz pomiarkowawszy się, dodała: – Wreszcie może tamten spokojny kącik i bliskość zakonnic korzystniej wpływają na ciebie, biedaczko... O, ja wiem, co znaczy niepewność!

Pożegnały się serdecznie. Madzia tego dnia nie poszła do szarytek, lecz napisała długi list do Iksinowa do majora. Opowiedziała mu o chorobie Zdzisława i prosiła, żeby w sekrecie przed rodzicami wyrobił jej paszport.

Od tej pory znowu zaczęło się dla Madzi szczególne życie. Dobrze sypiała, niewiele jadła i całe dnie spędzała w ogrodzie szarytek, czytając albo żywoty świętych, albo Tomasza à Kempis.

Gdyby spytano, ile czasu upłynęło jej w ten sposób, nie umiałaby odpowiedzieć. Zdawało jej się, że powolnym ruchem spada w jakąś błękitną otchłań obojętności dla spraw ziemskich. Z każdą chwilą otaczający ją świat tracił rzeczywistość, która natomiast wynurzała się z nieznanej głębiny. Było z nią jak z człowiekiem, który w chwili wyraźnego snu mówi: a jednak to tylko sen; ci ludzie są przywidzeniem i ja sam jestem kimś innym...

Niekiedy trafiały się jej przebudzenia. To przyszedł list, w którym Zdzisław donosił, że jest zdrów i zabawi kilka tygodni w Wiedniu w celu obejrzenia miasta. To znalazła w swoim pokoju bilet wizytowy pana Stefana Zgierskiego, a innym razem pani Heleny z Norskich Korkowiczowej. To znowu jakaś znajoma w demonstracyjny sposób nie przywitała się z nią na ulicy; ale czy to była panna Żaneta, narzeczona pana Fajkowskiego, czy Mania Lewińska? Madzia nie zauważyła.

Jednego dnia pani Burakowska z miną zakłopotaną przypomniała Madzi, że kasjerka składu materiałów aptecznych wraca do swego pokoju i że Madzia musi pomyśleć o mieszkaniu dla siebie.

– Niech mnie pani przeprowadzi do pokoju obok kuchni, który jest wolny... Przecież to tylko na parę dni. Za parę dni brat mnie wezwie i wyjadę.

– Tak... ale i ten pokój... Zgłaszają się kandydatki... – mówiła pani Burakowska. A potem dodała:

– Na parę dni może pani przeprowadzić się do hotelu.

Madzia wzdrygnęła się: w słowach tych poczuła prawie obelgę. Spojrzała na gospodynię i chciała zapytać: co to znaczy?

Lecz w tej chwili znowu ogarnął ją apatyczny spokój i znowu zaczęła pogrążać się w ową otchłań, w której rzeczy ziemskie rozpuszczały się jak lodowate góry w słońcu.

Nie odpowiedziała nic pani Burakowskiej i poszła do szarytek. Zdawało się jej, że na tym świecie nie ma ważniejszych zajęć, jak czytać świątobliwe książki, pomagać sierotom przy szyciu bielizny albo śpiewać z nimi nabożne pieśni.

Nazajutrz w czasie obiadu pani Burakowska oddała jej list z Iksinowa. Madzia na adresie poznała rękę matki.

„Winszuję ci – pisała doktorowa – skutków samodzielności. Całe miasto mówi, że straciłaś miejsce u panny Malinowskiej przez złe prowadzenie, że spacerujesz z kawalerami, a nawet, że bywasz w hotelach. Nie rozumiem źródła tych haniebnych pogłosek, ale z miny ojca widzę, że i on coś słyszał, bo od kilku dni wygląda jak z krzyża zdjęty.

Ile w tym wszystkim prawdy, nie pytam się ciebie; zbierasz plon waszej nikczemnej emancypacji i lekceważenia rodzicielskich przestróg. Nie gniewam się, nie upominam cię ani rad nie udzielam. Ale przypominam, że nosisz nazwisko, które należy do Zofii i do Zdzisława Brzeskich, i jeżeli myślisz dalej w taki sposób pracować samodzielnie, to przynajmniej weź sobie pseudonim, jak zrobiła twoja zmarła przyjaciółka Stella".

Madzia zbladła i nie skończywszy obiadu, wyszła do swego pokoiku. Zapłakała cicho, poleżała na łóżku i w godzinę później była w ogrodzie szarytek z Tomaszem à Kempis w ręku.

„Nie jest prawdziwie cierpliwym – czytała – kto nie chce cierpieć, tylko ile mu się zdaje i od kogo mu się podoba. Prawdziwie cierpliwy nie zastanawia się, jaki człowiek go trapi... Lecz zarówno od wszelkiego stworzenia, ilekolwiek i kiedykolwiek mu się coś przeciwnego zdarzy, wszystko z ręki Boskiej wdzięcznie przyjmuje i za niezmierny zysk poczytuje. Bo nic, jakkolwiek byłoby drobnym, byle dla Boga zniesionym, bez zasługi przed Bogiem przejść nie może...".

„Nie trap się, córko – mówiła w innym miejscu książka – jeśli niektórzy źle o tobie myślą i mówią, czego byś nie chciała słyszeć. Ty gorzej jeszcze o sobie myśleć powinnaś i wierzyć, że nikt nie jest słabszym od ciebie... Nie z przyjemności ludzi spokój twój zakładaj: czy bowiem o tobie dobrze, czy źle sądzić będą, ty przez to nie staniesz się innym człowiekiem. Gdzie jest prawdziwy spokój i prawdziwa chwała? Czy nie we mnie?".

„A jednak ten surowy list – myślała Madzia – pochodzi od matki, która odtrąca mnie w imieniu rodziny. I za co?".

Poczuła ból w sercu i zaczęła przeglądać inny rozdział.

„Trzeba pominąć wszelkie stworzenia – radził duch – siebie samego zupełnie opuścić i wznieść się myślą aż do owego stanowiska, z którego widzieć się daje, że nie ma nic między stworzeniami, co by Tobie, Stworzycielu wszechrzeczy, było podobne... Co tylko Bogiem nie jest, niczym jest i za nic poczytane być powinno".

Odpoczęła i wyszukała rozdział: *O pragnieniu życia wiekuistego.*

„Córko! Kiedy poczuwasz w sobie wlaną z góry żądzę wiekuistej szczęśliwości i z więzów ciała wyjść pragniesz, abyś mogła oglądać niczym nieprzyćmioną światłość moją, rozszerz serce twoje i w radosnej wdzięczności przyjm to święte natchnienie...

Musisz jeszcze być doświadczoną na ziemi i przez wiele utrapień przechodzić. Wieść się będzie, co się podoba innym: nie uda się, co się podoba tobie. Słuchanym będzie, co inni mówią, a co ty mówisz, poczytywanym za nic. Inni prosić będą i otrzymają; ty prosić będziesz i nic nie wskórasz. Słynąć inni będą w uściech ludzi, o tobie nikt ani wspomni...

Lecz zważaj, córko, owoc tych dolegliwości, prędki ich koniec i nader wielką nagrodę: a zamiast twardego ciężaru poczujesz cierpliwość twoją najsilniej pokrzepioną. Bo za tę marną wolę, której teraz dobrowolnie się zrzekasz, w niebie na zawsze wolę twoją mieć będziesz... Tam oddam chwałę za poniesione obelgi, radość za smutek, a na miejsce poniżenia królewskie na wieki siedlisko...".

Kiedy mrok zapadł i Madzia zamknęła książkę, dziwiła się, że taką przykrość sprawił jej list matki. Czyli nie zapowiedziano, że przez wiele utrapień musi przechodzić? A czy cierpienia nie stracą wartości, jeżeli nie potrafi znosić ich z rezygnacją?

Przeszło znowu kilka dni, w ciągu których nie odbierała listów od brata.

„Zapewne nie chce mu się pisać – myślała. – A może jest w drodze? A może chce zrobić mi niespodziankę i lada godzina przyśle telegram, żebym przyjeżdżała?".

Ale poza tymi przypuszczeniami w jej duszy nurtowały dwie obawy: że Zdzisław ciężej zachorował albo… wyparł się jej jak matka…

Obaw tych Madzia nie tylko nie sformułowała, lecz nawet nie pozwoliła im się uświadomić. Ilekroć na tle jej niepokojów zaczął zarysowywać się frazes: „ciężej zachorował", Madzia szeptała *Zdrowaś Mario* albo chwytała Tomasza à Kempis i pogrążała się w czytaniu.

W ciągu tygodnia spowiadała się drugi raz, tym razem w kaplicy szarytek; otoczyła się pobożnymi książkami i całe dnie myślała o Bogu, ostatniej nadziei cierpiących. Dusza jej coraz głębiej zatapiała się w niebie; w pamięci coraz dokładniej zacierały się stosunki ziemskie.

„Co tylko Bogiem nie jest, niczym nie jest i za nic poczytane być powinno" – powtarzała coraz częściej, wśród coraz gwałtowniejszych uniesień.

Wreszcie jednego południa bryftrygier przyniósł jej od razu dwie karty korespondencyjne z Wiednia. W obu Zdzisław donosił, że zajęty jest zwiedzaniem pięknych okolic tamtejszych i że jeszcze nie zwoływał konsylium lekarzy.

„Jak on nie dba o siebie…" – pomyślała Madzia z goryczą.

Nagle wzrok jej padł na datę jednej z kart: był piąty września, a na drugiej trzeci.

„Trzeci jest dzisiaj – rzekła – a piąty pojutrze… Dlaczego on pisał daty wcześniejsze? Czy jest tak chory, że traci pamięć, czy… już go tak znudziły listy do mnie?".

Nie jadła obiadu, tylko mówiąc pacierz, pobiegła do szarytek. Trochę popracowała w szwalni z sierotami, a potem wyszła do ogrodu ze swoją ukochaną książką.

„Kiedy człowiek dojdzie do tego – czytała – iż u żadnego stworzenia nie szuka pociechy, wtedy dopiero w Bogu doskonale smakować zaczyna. Wtedy spokojnym będzie, jakkolwiek się rzeczy obrócą.

Wtedy ani się pomyślnością zbyt uraduje, ani lada przeciwnością troska. Lecz odda się całkowicie i z ufnością Bogu, który dla niego wszędzie jest wszystkim: dla którego w istocie nic nie ginie ani umiera, ale wszystko dla Niego żyje i służy na każde Jego skinienie…".

– To samo mówił Dębicki – rzekła. To przypomnienie napełniło ją radością tym żywszą, gdy przerzucając kartki, znalazła jakby proroctwo dla siebie:

„Przyjdzie pokój w dniu jednym, który jest Bogu wiadomy. A dzień ten będzie nie jak w doczesnym życiu przeplatany nocą, lecz będzie to światłość wiekuista, jasność nieskończona, pokój trwały i spoczynek bezpieczny…".

„Słowo w słowo to mówił Dębicki…".

Niepokój jej odleciał, kiedy czytała półgłosem, rozmarzona, pełna zachwytu:

„Wielką rzeczą jest miłość i wielkim ze wszech miar dobrem, która jedynie lekkim czyni wszystko, co jest trudne… Miłość ciężaru nie czuje, o trudy nie dba, porywa się nad siły, nie pyta o niepodobieństwo, bo wszystko mniema dla siebie podobnym i dozwolonym…

Miłość czuwa i wśród snu nie zasypia. Wśród pracy nie utrudza się, wśród pęt nie jest spętana; wśród trwogi nie miesza się, lecz jak żywy płomień w górę wybucha i bezpiecznie przechodzi".

Madzi zdawało się, że widzi otwarte niebo i słyszy nieśmiertelne chóry zawodzące pieśń triumfu:

„Nad wszystko i we wszystkim spoczniesz, duszo moja, w Panu, bo On jest wiekuistym spoczynkiem świętych.

Nad wszelkie dary i łaski, które wlać i udzielić możesz; nad wszelką radość i uniesienie, jaką myśl poczuć i pojąć zdoła.

Nad aniołów i archaniołów i nad wszystkie niebios zastępy; nad wszystko widome i nad wszystko, czym nie jesteś Ty, o Boże mój!".

W tej chwili ktoś dotknął jej ramienia. Madzia odwróciła głowę i zobaczyła młodą szarytkę.

– Co siostra każe? – zapytała z uśmiechem.

– Matka Apolonia prosi panią do parlatorium.

Madzia poszła za siostrą, odurzona, pełna niebiańskich widzeń. Nagle oprzytomniała: w parlatorium, obok matki Apolonii, stał Dębicki. Jego policzki były jakby obwisłe i miały ziemistą barwę.

Madzia spojrzała na niego, na staruszkę zakonnicę i parę razy potarła czoło. A gdy Dębicki drżącą ręką powoli zaczął wydobywać jakiś papier z kieszeni, Madzia powstrzymała go i rzekła:

– Wiem, Zdzisław nie żyje.

41. Na jakie brzegi niekiedy wyrzucają fale świata?

W połowie września, około siódmej wieczór, od tłumu przechodniów, którzy mijali pałac Solskich, oderwał się niewysoki jegomość w szarym paltocie i skręcił na dziedziniec.

Przy żelaznej bramie nie było nikogo; z budki stróża, gdzie płonęło czerwone światło, dolatywały fałszywe dźwięki skrzypiec. Na pustym dziedzińcu więdły suchotnicze drzewka i biegało kilkoro dzieci bawiących się ciskaniem bengalskich zapałek. Zresztą była cisza.

Jegomość w szarym paltocie spojrzał na korpus pałacu ostro rysujący się na złotych blaskach zorzy wieczornej, potem – na lewe skrzydło, nad którym już lśniła Wega. Zajrzał w okna biblioteki, gdzie panowała ciemność, powoli zbliżył się do drzwi frontowych i zniknął pod kolumnami.

Drzwi były otwarte, a po marmurowej posadzce sieni przechadzała się cisza i pustka. Jegomość równym krokiem wszedł na pierwsze piętro, wyjął z kieszeni klucz i otworzył pokoje należące do pana tego domu.

Wszędzie mrok, cisza i pustka.

Gość, nie zdejmując kapelusza, minął kilka salonów, gdzie, jakby w oczekiwaniu na powrót gospodarza, zdjęto pokrowce z mebli. Potem wszedł do pokoi Ady Solskiej, równie cichych, mrocznych i pustych; wreszcie skręcił do mieszkania, które niegdyś zajmowała Madzia.

Poczuł świeży powiew i spostrzegł, że balkon jest otwarty. Zatrzymał się w drzwiach i patrzył na ogród, którego drzewa brunatniały i żółkły; na złoty zachód i na Wegę, brylant płonący wśród nieba.

Wieczór był pogodny i ciepły niby pocałunek odchodzącego lata; ale nad roślinnością unosił się melancholijny czar jesieni, której nieujęta mgła przenika ludzką istotę i skrapla się w duszy jak łza bezprzyczynowego żalu.

Gość oparł się na poręczy balkonu; widać wpatrywał się w niedostrzegalne kształty nocy i wsłuchiwał się w niemą melodię jesieni, bo ciężko westchnął.

W tej chwili w altance stojącej prawie pod balkonem odezwał się gruby głos:

– Tak mnie bolą nagniotki... Założyłbym się, że jutro będzie słota.

– Więc włóż, aniołku, pantofle – odezwał się głos niewieści.

„Aha – pomyślał gość – pan Mydełko obchodzi w tej altance miodowy miesiąc...".

– Kiedy nie chce mi się szukać pantofli – odparł bas.

– Ja ci znajdę, duszko...

– Trzeba jeszcze ściągać buty! – mruknął bas.

– Ale ja ci zdejmę... Przecież ty jesteś mój... cały mój... moja pieszczotka... mój koteczek...

„Oho! – rzekł gość do siebie. – Ekspanna Howard mocno awanturuje się...

I dziwić się teraz, że Ada robi głupstwa!".

Cicho opuścił balkon i usiadł na fotelu. Położył kapelusz na komodzie, oparł głowę o poręcz i dumał, dumał...

Nagle zdało mu się, że słyszy szelest kobiecej sukni. Chciał się zerwać... To zeschły liść z balkonu wsunął się do pokoju.

„Ach – szepnął – co ja zrobiłem... co ja zrobiłem!".

Teraz naprawdę z dalszych apartamentów doleciał odgłos stąpań i rozmowa.

Gość przeszedł do mieszkania Ady i przez otwarte drzwi zobaczył w salonie dwóch ludzi: jeden był niski i pękaty, drugi, odziany w liberię, trzymał w ręku kandelabr z zapalonymi świecami.

– No, niech pan patrzy, gdzie jest? Przecież pan hrabia nie szpilka! – gniewał się ten z kandelabrem.

– A ja ci mówię, że hrabia przyjechał i najwyżej kwadrans temu wszedł do siebie. Ładnie pilnujecie pałacu! – odpowiedział pękaty.

Jegomość w szarym palcie wszedł do sali, a pękaty pan zawołał:

– O, widzisz, gapiu! Najniższa sługa pana hrabiego – dodał, kłaniając się.

Lokaj osłupiał, zobaczywszy w salonie obcego człowieka, a o mało nie rzucił na ziemię kandelabru, gdy przekonał się, że tym obcym jest jego pan.

– Zanieś światło do gabinetu – rzekł Solski do lokaja. – Proszę, panie Zgierski... cóż nowego?

Lokaj zdjął palto z Solskiego, zapalił w gabinecie cztery gazowe lampy i – wyszedł, blady z trwogi. Wówczas pan Zgierski zaczął zniżonym głosem:

– Ważne wiadomości. Nasi współzawodnicy już blokują pana Kazimierza Norskiego, licząc, że za jego pośrednictwem uda im się zdobyć część akcyj naszej cukrowni.

– Wątpię – odparł niedbale Solski, rzucając się na fotel przed biurkiem. – Mój przyszły szwagier za wiele ma rozumu, żeby pozbywał się takich papierów.

Gdyby piorun ześliznął się po okrągłych kształtach pana Zgierskiego, nie zdziwiłby go bardziej niż taka odpowiedź. Solski nazywa pana Kazimierza swoim szwagrem? Koniec świata!

Była chwila ciszy. Lecz że pan Zgierski dławił się milczeniem, więc zaczął tym razem z innego tonu:

– Ale co za fatalny wypadek... Biedny doktor Kotowski do dziś dnia nie może strawić swojego strzału... Schudł, zmizerniał...

– Tak – odpowiedział Solski – powinien był mierzyć w lewy bok i trochę niżej. No, ale trudno.

Pan Zgierski aż oparł się o biurko i naprawdę oniemiał.

– Cóż – odezwał się Solski – panna Brzeska wciąż jest u szarytek?

– Gorzej! – pochwycił pan Zgierski. – Wczoraj przyjechał jej ojciec ze starym majorem (pamięta pan hrabia?) – i pozwolił pannie Magdalenie zostać szarytką. Panna Ada, pan Norski, pani Helena Korkowiczowa, słowem – wszyscy jesteśmy zrozpaczeni. Ale co robić?

– Co ostatecznie skłoniło pannę Brzeską? – spytał Solski, opierając się na ręku w taki sposób, żeby przysłonić twarz.

– Ostatnią kroplą goryczy była śmierć brata, o czym miałem zaszczyt pisać hrabiemu... Ale właściwy grunt przygotowały plotki... oszczerstwo, które nie cofa się nawet wobec świętych istot... Przez parę miesięcy Warszawa po prostu wyła... A za co? Że ten prawdziwy anioł w ludzkim ciele odwiedził konającą, chciał pomóc sierocie i pielęgnował chorego brata!

Wszystkie niegdyś przyjaciółki (z wyjątkiem drugiego anioła: panny Ady) opuściły nieszczęśliwą... ba! nawet dały jej odczuć swoje niezadowolenie. No, a był i taki dzień, że panna Magdalena mogła znaleźć się na bruku, gdyż gospodyni, od której wynajęła lokal, kazała rzeczy jej wynieść na korytarz...

– Tak! – odparł Solski. – Zdaje mi się jednak, że i pan do tego ogródka cisnąłeś parę kamyków...

– Ja? – krzyknął Zgierski, uderzając się w piersi. – Ja? Czy dlatego, że uważałem za obowiązek komunikować hrabiemu wszystko, co doszło do mojej wiadomości? Musi przecież hrabia przyznać, że zawsze byłem dokładny i nigdy nie splamiłem się kłamstwem...

– No tak... Toteż nie stawiam zarzutów... Zresztą wypadek ten nie wpłynie na nasze stosunki... Owszem, pan będzie miał teraz osiemset rubli pensji...

– A więc hrabia nie gniewa się na mnie! – zawołał dramatycznym głosem pan Zgierski. – Hrabia nie stracił dla mnie szacunku?

– Nigdy go nie miałem – mruknął Solski, ale tak cicho, że pan Zgierski mógł nie usłyszeć.

I z pewnością nie słyszał. Z całą bowiem swobodą i elegancją zaczął rozmowę o kwestii cukrowniczej, a w kilka minut jak najczulej pożegnał Solskiego.

Tymczasem służba, ustroiwszy się w liberię, oświetliła salony; w kuchni zapłonął ogień, z kredensu wydobyto porcelanę i srebra. Po ósmej przed główne drzwi zajechała kareta, a w chwilę później do pokoju Solskiego weszła jego siostra, Ada.

Ciemny strój potęgował bladość jej twarzy; ale w drobnej postaci malowała się energia, a w skośnych oczach migotały iskry.

Solski powstał od biurka i serdecznie ucałował siostrę.

– Jakże się miewasz? – spytał tonem niezwykle łagodnym.

Zdumiona Ada cofnęła się i znowu przybierając postawę obronną, zapytała:

– Czy odebrałeś mój list w końcu sierpnia?

Solski patrzył na nią z uśmiechem.

– Chcesz powiedzieć – czy wiem, że zaręczyłaś się z Norskim? Ależ wiem i nie tylko od ciebie.

– I co ty na to?

– Proszę Boga, żeby was błogosławił; a swoją drogą radzę ci zrobić przed ślubem intercyzę. Nawet będę ci służył w tej sprawie, jeżeli zażądasz.

W tej chwili Ada upadła na kolana, objęła brata za nogi i całując je, szeptała z płaczem:

– Ty mój bracie jedyny... mój ojcze... moja matko... Ach, jak ja ciebie kocham!

Solski podniósł ją, zaprowadził na kanapę, otarł łzy i tuląc ją, odparł:

– Czy naprawdę myślałaś, że byłbym zdolny przeszkadzać ci do szczęścia?

– I ty to mówisz, Stefku, ty? Więc on może prosić cię o moją rękę?

– Naturalnie. Jestem przecież twoim opiekunem.

Ada jeszcze raz chciała upaść bratu do nóg, lecz nie pozwolił. Zdjął z niej kapelusz, okrycie wierzchnie i stopniowo uspokoił, tak iż odzyskała dobry humor.

– Boże! – mówiła – jak ja już dawno nie śmiałam się...

Na herbatę do gabinetu Ady przywlókł się Dębicki. Gdy służba odeszła i zostali tylko we troje, Solski, widocznie wzruszony, zapytał:

– Co z panną Magdaleną, profesorze?

– Ano... nic. Wstępuje do szarytek. Ojciec pozwolił; dziś pisali jakieś podania...

Solskiemu twarz pociemniała.

– On zawsze spokojny... – wtrąciła Ada.

Dębicki podniósł na nich łagodne oczy.

– Dlaczego miałbym mówić inaczej? – odpowiedział. – Przecież i jej należy się, jeżeli nie szczęście, to przynajmniej spokój...

A po chwili milczenia dodał:

– Chorzy, kalecy, zwierzęta, nawet przestępcy znajdują przytułek i odpowiednie warunki bytu. Z jakiejże racji dusza wyjątkowo szlachetna ma być pozbawiona tych praw?

– Jak to? – wybuchnął Solski – więc sądzisz pan, że habit...

– Pozwoli jej opiekować się sierotami, doglądać chorych, pomagać nieszczęśliwym bez narażenia się na obelgi i krzywdy... – odpowiedział Dębicki. – Ona zawsze czuła do tego pociąg, no i dziś znalazła pole.

Solski wzruszył ramionami i zaczął bębnić w stół; wreszcie rzekł:

– Ale, ale... Wiesz, Ada, kogo spotkałem w Wiedniu? Ludwika Krukowskiego i jego siostrę. Wystawowa para dziwaków! Otóż oni mieszkali w Iksinowie, znali Brzeskich, a nawet Ludwik starał się o pannę Magdalenę i dostał kosza...

Pomimo to nie masz pojęcia, z jaką czcią mówili o całej rodzinie, a w szczególności o pannie Magdalenie. W tej kobiecie jest naprawdę coś nadludzkiego... A jednak rzucano na nią najpodlejsze oszczerstwa właśnie z czasów pobytu w Iksinowie. Mówiono, że romansowała z jakimś starym majorem, który zapisał jej majątek...

– Ten major jest w Warszawie – wtrącił Dębicki.

– A co najgorsze, powiedziano, że przez pannę Magdalenę zabił się jakiś urzędnik pocztowy...

– Wszystko nikczemne kłamstwo! – mówił Solski, uderzając pięścią w stół. – Zabił się urzędnik, ale przez tę pannę, która swoją winę bezczelnie zwaliła na Madzię... Krukowski opowiedział mi to ze szczegółami...

– Tobie tę plotkę podszepnięto w Warszawie? – spytała Ada.

– Rozumie się... Dlatego wyjechałem za granicę.

– Dlaczego mnie nie zapytałeś?

– Ach, czy ja wiem... Byłem na wpół obłąkany... Prawda, że przywoływał mnie profesor, tłumaczył zachowanie się panny Magdaleny względem nas... Już zacząłem się uspakajać, gdy spadła plotka o tym urzędniku i o zapisie majora...

I pomyśleć, że to ja razem z bezimienną ciżbą łotrów popchnąłem ją do klasztoru!

Solski zerwał się rozgorączkowany i chodząc, mówił:

– Dziecinny pomysł – zamykać się u szarytek! Żyjąc wśród ludzi, ona więcej dobrego może zrobić niż tam... Profesor ma obowiązek wytłumaczyć jej... Przecież te same ochrony, szpitale i czy ja już wiem co, panna Magdalena może mieć u siebie, a wpływ – bez porównania większy. To... to jest zbiegostwo – wołał zmienionym głosem – to zdrada społeczeństwa! Świat ma zanadto kobiet, które myślą o zabawach, strojach, kokieterii... ale takich jak ona brak mu i dlatego jest źle...

– Stefan ma rację... – wtrąciła Ada, surowo patrząc na Dębickiego.

– Robiłem, co mogłem – odpowiedział profesor – przytaczałem rozmaite argumenty, ale... Argument przekonuje myśl spokojną, ale nie uleczy zranionego uczucia.

– Więc powiedz jej, że zakopując się w tym grobie żywych, zdradza... Nie, to jeszcze za słabe... ona – okrada ludzkość! Niech sobie przypomni, jeżeli jest tak pobożna – ciągnął rozdrażniony Solski – przypowieść o zakopanych talentach... Bóg nie na to daje ludziom wielkie zalety, żeby uciekali na pustynię... To jest gorsze niż nienawiść; to jest pycha i pogarda dla człowieczeństwa...

Profesor kiwał głową.

– Mój kochany, masz rację – rzekł. – Mniej więcej to samo mówiłem nie tylko ja, ale przede wszystkim ów stary major, który wścieka się na pannę Magdalenę nie gorzej od ciebie. I wiesz, co odpowiedziała?

„Zlitujcie się, nie ciągnijcie mnie tam, skąd uciekłam; gdzie straciłam spokój i wiarę, a mogłam stracić rozum. Mnie tu jest dobrze, a tam było strasznie".

Oto są słowa panny Brzeskiej.

– Jest biedactwo ogromnie rozdrażniona; sama to uważałam – wtrąciła Ada.

– Zapewne – rzekł Dębicki.

– Ale rozdrażnienia przechodzą – dodał Solski.

– Może i to przejdzie – odparł Dębicki.

– Ach, profesor jest nieznośny ze swoim spokojem! – zawołał Solski.

– I ty byłbyś spokojniejszy, gdybyś w tym wypadku zamiast zdrady, zbiegostwa czy rozdrażnionych nerwów widział tylko – prawo natury.

– Co znowu, co? – zawołał Solski, zatrzymując się przed swoim nauczycielem.

Dębicki patrzył na niego i zapytał:

– Czy wiesz o tym, że panna Magdalena jest naprawdę istotą wyjątkową?

– Sam tak zawsze mówiłem... To geniusz uczucia w kobiecej postaci... Ani śladu egoizmu, tylko jakieś utożsamienie się czy rozpłynięcie w cudzych sercach... Ona zawsze czuła za wszystko i wszystkich, prawie zapominając o sobie.

– Doskonałego wyrazu użyłeś: geniusz uczucia – prawił Dębicki. – Tak... Są geniusze woli, którzy mają wielkie cele i umieją robić odpowiednie plany, choć nie zawsze dopisują im środki. Są geniusze myśli, których wzrok ogarnia bardzo szeroki horyzont i trafia w rdzeń każdej kwestii, lecz – znowu ci nie zawsze znajdują słuchaczy. I są geniusze uczucia, którzy, jak dobrze powiedziałeś, czują za wszystko i wszystkich, lecz sami – u nikogo nie znajdują oddźwięku.

Otóż widzisz: wspólną cechą nadzwyczajnych jednostek jest – brak proporcji między nimi a ogółem, który składa się z ludzi miernych. My doskonale umiemy oceniać – na przykład – piękność, majątek, powodzenie; ale stanowczo brak nam zmysłu do oceniania wielkich celów, szerokich rzutów oka albo serc anielskich...

– Paradoksy! – wtrącił Solski.

– Bynajmniej, to są codzienne fakty. Spójrz dookoła: kto odgrywa głośne role, zdobywa majątki i cieszy się powodzeniem? W dziewięćdziesięciu na sto wypadków nie nadzwyczajna zdolność, ale trochę wydatniejsza mierność. I to jest naturalne: nawet ślepy oceni przedmiot wyższy od niego o pół łokcia; ale w żaden sposób nie oceni góry, choćbyś go na jej szczyt zaprowadził.

– Zdaje mi się, że pan jest niesprawiedliwy – odezwała się Ada.

– Więc niech pani weźmie historię. My, którzy czytamy już skomentowane dzieła geniuszy albo korzystamy z ich prac, jesteśmy przekonani, że nic łatwiejszego, jak poznać się na geniuszu. Tymczasem, który był z nich od razu rozpoznany? Filantropów męczono lub wyśmiewano; wynalazców nazywano wariatami, a reformatorów heretykami. Można głowę postawić o zakład, że z dwóch ludzi stających do jakiegoś wyścigu w dziedzinie ducha – mierność od razu zdobędzie podziw i oklaski, a geniusz – przede wszystkim zaniepokoi widzów. I dopiero następujące pokolenia dostrzegają, że jeden prześlicznie chodził po wyszlifowanych gościńcach, a drugi – stwarzał nowe światy. Znałem matematyka, którego formuły sięgają niemal do początków stworzenia, i – nie mógł dostać wyższej posady nad tysiąc rubli, podczas gdy jego koledzy księgowi mieli po kilka tysięcy. Ukazywano mi przyrodnika, który robił odkrycia w nowej dziedzinie zjawisk, a któremu zarzucali antagoniści, że nie wie – ile pies ma zębów i jakie?

Wreszcie z tej garstki dam, na które patrzyliśmy wszyscy: piękna panna Norska zdobyła majątek, postrzelona panna Howard dostała męża, Bogu ducha winna Lewińska będzie miała męża i dobrobyt, a wszystkie trzy – wielki szacunek u świata. Tylko panna Brzeska, wychłostana plotkami, musi aż do szarytek uciekać przed potwarzą. Biada orłom w menażerii, szczęśliwe gęsi w kojcu!

– Wiem, co zrobię... – rzekł nagle Solski i strzelił z palców.

– Ach, jak to dobrze! – zawołała Ada, pełna wiary w praktyczność brata.

– Gdzie mieszka doktor Brzeski? – zapytał Stefan. – Pójdziemy tam jutro i profesor zapozna mnie z nim.

– Oni mieszkają w Dziekance, bo to, według majora, najporządniejszy hotel w Warszawie – odparł Dębicki. – Jeżeli jednak masz jakieś plany, to nie licz na pomoc Brzeskiego, tylko na majora. To dzielny starzec, a przy tym znał twego dziadka.

– Doprawdy?

Na tym skończono rozmowę i wszyscy rozeszli się. Ale w mieszkaniu Stefana świeciło się do trzeciej nad ranem.

Nazajutrz około południa Solski w towarzystwie profesora zapukał do drzwi pokoju w Dziekance. Otworzył im siwy starzec z najeżonymi wąsami i faworytami, trzymający ogromną fajkę w zębach.

W głębi pokoju, pod oknem, siedział ktoś drugi, kto na widok gości nie podniósł głowy.

Starzec z fajką, spostrzegłszy Stefana, przysłonił oczy ręką jak daszkiem, przypatrzył się i zawołał:

– Hę? A kto to? Czy nie Solski?

– Solski – odparł pan Stefan.

– Słowo stało się ciałem! – krzyczał popędliwy starzec. – Przecież ten chłopak wygląda, jakby odziedziczył skórę po swoim dziadku... Chodź – tylko tu...

Obejrzał go, pocałował w czoło i prawił:

– Wiesz ty, że twój dziad, Stefan, komenderował naszą brygadą? Aaa... co to był za żołnierz! W ogień i wodę poleciałby za sztandarem i – za spódnicą... Jeżeli i ty wdałeś się w niego, no to niech was nie znam!

Profesor przedstawił pana Stefana doktorowi Brzeskiemu, który siedział na krześle zgięty i nieruchomy.

– To pan chyba wczoraj wrócił z zagranicy? – zapytał doktor. – Straciłem tam syna...

– O, tylko już daj pokój z synem! – zawołał major. – Gdybyś się o niego nie starał, nie straciłbyś.

– Łatwo ci żartować, bo nie masz dzieci... – westchnął doktor.

– Jak to? Co to? – wybuchnął major. – Owszem, tym bardziej cierpię, że nie tylko nie wiem, który mi umarł, ale nawet nie wiem, jak mu było na imię. Syn... syn... syn! I my umrzemy, choć także jesteśmy synami. Nie spadliśmy jak żaby z deszczem...

– Miał dwadzieścia siedem lat – mówił jednostajnym głosem doktor – pracował na siebie, ba! na nas, i umarł... Nic nie wiemy, co się z nim dzieje, czekamy listu z Moskwy, a tu przychodzi telegram z Wiednia... Taka dziwna śmierć...

– Szczególniej dla ciebie dziwna! – wtrącił major. – Mało to ludzi wyprawiłeś na tamten świat?

Solski spojrzał na majora z wymówką; starzec spostrzegł to i odparł:

– Gorszysz się? Mój kochany, gdybym ja mu nie lał pomyj na łeb, to jutro leliby mu zimną wodę. Po co on ma siedzieć jak sowa w dziupli i dumać? Niech klnie, niech płacze, niech się modli, to i ja będę mu pomagał! Ale za te dumania będę drwił i sobaczył, aż mu krew popłynie oczami.

Rzeczywiście doktor podniósł głowę i spojrzał na swoich gości mniej apatycznym wzrokiem.

– A jeszcze w dodatku – rzekł – córka wstępuje do szarytek. Straszna rzecz, jak nieszczęście nigdy samo nie chodzi.

– W tej właśnie sprawie przyszliśmy... – wtrącił Dębicki.

Solski podniósł się z krzesła.

– Panie doktorze – zaczął – sądzę, że nazwisko moje nie jest panu obce...

– A tak... Byliście oboje z siostrą przyjaciółmi Madzi. Wiem, wiem...

Uścisnął Solskiego, który pocałowawszy go w ramię, rzekł wzruszony:

– Panie, mam zaszczyt prosić o rękę pańskiej córki Magdaleny...

– O ile ona moja! – odparł doktor.

– Tere fere! – zawołał major. I całując drugi raz w głowę Solskiego, mówił:

– Owszem, oddajemy ci Madzię, tylko odbierz ją zakonnicom... Powiadam ci, Solski – prawił starzec, potrząsając mu ręką pod nosem – jeżeli ona zrobi na tobie dobry interes, bo słyszę że jesteś magnatem, to ty na niej zrobisz tysiąc razy lepszy. Niech mnie diabli porwą, jak tu stoję, że milszej i szlachetniejszej dziewczyny nie znajdziesz na całym świecie...

Aż ochrypł stary, tak wrzeszczał.

– Właśnie – zaczął Dębicki – chcieliśmy się naradzić nad sposobami wydobycia panny Magdaleny...

– Dajcie spokój – odezwał się doktor – przecież jej tam nie więżą...

– Co tu radzić? – przerwał major. – Ty, mój Solski, nie radź się ojca ani tego drugiego niedołęgi – profesora. Tylko jeżeli płynie w tobie krew dziada, wyjdź na podwórze, gdzie dają jeść kaczkom, i przypatrz się kaczorowi.

Co robi zakochany kaczor? Myślisz, że wzdycha albo naradza się z kimś? Gdzie tam... On najpierw zjada swoją porcję i porcję panny, a potem – bez żadnych pochlebstw – bierze ukochaną za głowę i prowadzi do urzędnika stanu cywilnego. Taki był nasz dawny system, dobry system. Ale spróbuj z babą ceregieli – a nie wybrniesz z tarapatów!

Uchwalono, że jeszcze dziś pójdą do Madzi: ojciec, major i Dębicki, i poprosimy o jej rękę w imieniu Solskiego.

– Głupie te oświadczyny! – mruczał major. – Ja, dopóki nie mówiłem nic, miałem szczęście w miłości, ale jak tylko odezwałem się z komplementem czy oświadczeniem, zaraz pokazywali mi drzwi... Czy to baby umieją gadać? Czy rozumieją ludzki język!

Około godziny drugiej Solski pożegnał hotelowe towarzystwo, a doktor, Dębicki i major także opuścili numer i wolnym krokiem, przystając i oglądając się, ciągnęli w stronę Tamki. Major opowiadał, jak za jego czasów wyglądała Warszawa: który dom zwalono, a który przebudowano; gdzie były odwachy, a gdzie kawiarnie. Niejednokrotnie też zatrzymywali się przed sklepowymi wystawami, które gniewały majora.

– Ci kupcy – mówił – którym przez okna można cały sklep obejrzeć, wyglądają jak chorzy z wiecznie otwartym gardłem. Co ja bym miał przed lada błaznem wywracać kieszeń i prezentować mój majątek, jak gdyby mnie posądzali, że go ukradłem?

Tak idąc i rozmawiając, niespełna w godzinę znaleźli się w instytucie św. Kazimierza i poprosili matkę Apolonię do parlatorium.

Tu wystąpił major i oświadczył sędziwej zakonnicy, że Madzia już nie będzie szarytką, ponieważ prosił o jej rękę pan Stefan Solski, wnuk generała pieszej brygady.

– Zapewne, gdyby Madzia wyszła za mąż, byłoby to najlepiej, ale… niech panowie pogadają z nią samą – odpowiedziała matka Apolonia.

Posłano po Madzię. Ukazała się po upływie kilku minut, mizerna, w czarnej sukni i białym czepeczku na głowie.

Dębicki, spojrzawszy na nią, postanowił nie odzywać się; ale major nie stracił energii.

– Wyglądasz, moja kochana – rzekł – jak strach na wróble… Ale nie o to chodzi. Pan Solski (słuchaj z uwagą!), wnuk mego generała, prosi o twoją rękę. A my wszyscy zgadzamy się.

Madzia zarumieniła się, potem zbladła. Chwilę milczała, przyciskając ręką serce, następnie odparła cicho:

– Ja nie wyjdę za mąż…

– Ależ zastanów się – przerwał major – przecież to Solski prosi o twoją rękę. Wnuk mego gene…

– Ja nie mogę wyjść za mąż.

– Trzysta tysięcy! – krzyknął major, ostro patrząc na matkę Apolonię. – Dlaczego nie możesz wyjść za mąż?

Madzia milczała.

– Widzę – rzekł starzec, siniejąc – że tej dziewczynie spętano nie tylko wolność, ale nawet język… Niech pani będzie łaskawa, zrobi cud, by nam wyjaśniła przyczynę swego postanowienia – zwrócił się do szarytki.

– Moje dziecko – rzekła matka Apolonia – powiedz panom, dlaczego nie chcesz wyjść za mąż.

Madzia spojrzała na matkę Apolonię błagalnym wzrokiem, ale staruszka miała spuszczone oczy.

– Trzeba koniecznie? – spytała Madzia.

– Tak.

– Nie mogę wyjść za mąż… – zaczęła Madzia głosem drżącym i bezdźwięcznym – nie mogę wyjść za mąż, bo…

– Bo co? – spytał major.

– Bo należałam do innego – dokończyła Madzia.

Dębicki obejrzał się za kapeluszem, doktor podniósł smutne oczy na córkę, matka Apolonia patrzyła w ziemię... Tylko major nie stracił otuchy.

– Co to znaczy: należałam do innego? Powiedz, już nie ma co taić...

– Jeden pan... – zaszlochała Madzia – jeden pan całował mnie...

Zakryła twarz rękami i odwróciła się od swoich sędziów.

– Ile razy tak było? – spytała matka Apolonia.

– Raz, ale... bardzo długo...

– Jak długo?

– Może z pięć... może z dziesięć minut...

– Nie może być... – mruknął Dębicki. – Zbyt długo zatamowany oddech...

– Eee! Głupiutka jesteś, kochana – westchnął major. – Żeby zaś pan Solski miał jeszcze jeden powód do zazdrości, to...

Objął Madzię i pocałował w oba policzki zalane łzami.

– Biegnij teraz na miasto – mówił – i każ ogłosić, że cię całowałem... Moje dziecko, gdyby na niebie zapisywano: ile razy całujemy ładne dziewczęta, nigdy nie zobaczylibyśmy słońca... Takie zebrałyby się chmury z napisów.

– Możesz odejść, Madziu – odezwała się matka Apolonia.

Madzia zniknęła za drzwiami.

– No, dobrze – znowu zabrał głos major. – Wyprawiłaś pani dziewczynę, a tymczasem my nic nie wiemy...

– Szanuję wiek pański – odparła zakonnica – ale...

– Po pierwsze, nie szanuj pani mego wieku, bo nie wiadomo, kto z nas starszy... Po drugie...

– A po drugie – przerwała stanowczo matka Apolonia – tylko jedno z nas może pozostać w tym pokoju: pan albo ja...

Major osłupiał. Nagle jednak, zebrawszy myśli, rzekł do Dębickiego:

– Nie mówiłem, że jak tylko odzywam się przy babach – zaraz wypychają mnie za drzwi?

Prędko wybiegł na dziedziniec i zaczął nabijać tytoniem ogromną fajkę, którą dotychczas ukrywał pod paltem.

– Bardzo panią przepraszam – odezwał się zakłopotany doktor – za mego przyjaciela. Ale starzec... jak dziecko...

– Proszę pana – rzekła z uśmiechem zakonnica – widujemy gorzej chorych...

– Z czym wracamy? – wtrącił Dębicki, kolejno spoglądając na doktora i na szarytkę.

Matka Apolonia wzruszyła ramionami.

– Słyszeli panowie – odparła. – Myślę jednak, że przede wszystkim to biedne dziecko musi się uspokoić.

– I ja tak sądzę.

– Ponadto zaś – dodała zakonnica – moim zdaniem... należałoby powtórzyć panu Solskiemu dzisiejszą rozmowę...

– Zapewne... tak... – odpowiedział profesor.

Pożegnali obaj staruszkę i wyszli do majora, który zaglądał do nich przez okno.

* * *

O piątej nad wieczorem Solski był w parlatorium i niecierpliwie oczekiwał na matkę Apolonię.

Gdy ukazała się, powiedział, kim jest, i prosił, żeby mu pozwolono zobaczyć pannę Brzeską.

– Przepraszam pana – odparła staruszka – ale Madzia jest tak rozstrojona, że nawet nie chciałabym zawiadamiać jej o pańskich odwiedzinach.

– Więc kiedy? – spytał, usiłując zapanować nad sobą.

– Powiem jej o tym za kilka dni.

– Więc dopiero za kilka dni mogę się zobaczyć?

Zakonnica lekko zmarszczyła brwi; nie podobał jej się ten nacisk.

– Zobaczyć się z nią? – powtórzyła. – To chyba nieprędko nastąpi...

– Zdaje mi się, że pani zna moje zamiary względem panny Brzeskiej?

– Znam, panie, i szczerze pragnęłabym, żeby się spełniły. Dlatego... niech pan przyjmie ode mnie radę...

– Słucham...

– Przede wszystkim pozwólcie jej wrócić do równowagi moralnej, której biedne dziecko zostało pozbawione. Niech uspokoi się i odzyska zdrowie...

– Kiedy, pani przypuszcza? – zapytał z prośbą w głosie.

– Uspokoić się może za kilka miesięcy, jeżeli... nie zajdzie nic nowego...

– Pani – rzekł, wyciągając rękę. – Czy sądzi pani, że mogę mieć nadzieję? Że serce panny Magdaleny zwróci się kiedyś do mnie?

Staruszka spojrzała na niego surowo.

– Tylko Bóg wie o tym – odparła.

Spis treści

TOM I 5
1. Energia kobiet i męskie niedołęstwo 7
2. Dusze i pieniądze 28
3. Świtanie myśli 36
4. Brzydka panna 45
5. Piękne panny 54
6. Taka, której się nie powiodło 65
7. Której się powodzi 72
8. Plany ratunku 82
9. Przed wyjazdem 88
10. Pożegnanie 93
11. Znowu awantura 104
12. Nudne święta 110
13. Stary i młody tego samego gatunku 116
14. Lekarstwo 126
15. Pan Zgierski rozmarzony 134
16. Pan Zgierski praktyczny 142
17. Pierwszy uścisk 155
18. Kara za niedołęstwo 166
19. Pierwszy smutek 171
20. Widzenia 177
21. Rzeczywistość 183
22. Dlaczego synowie niekiedy wyjeżdżają za granicę .. 189
23. Znowu pożegnanie 195
24. Filozofia kuchenna 199
25. Wypędzeni wracają 209
26. Zatrzymywani odchodzą 217
27. Nowina o córce 228
28. Wiadomość o synu 236

29. Pomoc gotowa........................... 247
30. Rój po odlocie matki..................... 254
31. Pan Zgierski zadowolony................. 260
32. Chaos................................... 266
33. Człowiek, który ucieka przed samym sobą............ 275
34. Co można spotkać na drodze 286
35. Przebudzenie............................ 292
36. Stare i nowe znajomości................. 301
37. Pierwszy pomysł......................... 313
38. Serca zaczynają fermentować 323
39. Wspólniczka............................. 329
40. Dwaj konkurenci......................... 336
41. Marzenia................................ 343
42. Pokój w oberży.......................... 352
43. Działalność Madzi....................... 360
44. Koncert w małym miasteczku...................... 373
45. Echa koncertu........................... 384
46. Eksparalityczka zaczyna reagować.................... 393
47. Oświadczyny............................. 401
48. Echa oświadczyn......................... 410
49. Przechadzki cmentarne................... 417
50. Gdzie się kończą......................... 423
51. Echo przechadzek po cmentarzu..................... 429
52. Walka z cieniem......................... 438
53. Cień zwycięża........................... 447
54. Co kosztuje powodzenie 473
55. Rada rodzinna........................... 483
56. Wyjazd.................................. 492

TOM II....................................... 505
 1. Powrót................................. 507
 2. Dom z guwernantką..................... 521
 3. Obyś cudze dzieci uczył................. 532
 4. Niepokoje pani Korkowiczowej..................... 547
 5. Raut z bohaterem....................... 557
 6. Solscy przyjeżdżają..................... 568

7. Słówko jasnowidzącej............................. 579
8. Dola guwernerska................................. 595
9. Wreszcie złożyli wizytę............................ 603
10. Dom przyjaciół.................................... 609
11. Na nowym stanowisku............................ 620
12. W jaki sposób ożywia się pustka..................... 631
13. Echa przeszłości................................... 644
14. Sesja.. 654
15. Odgłosy z innego świata........................... 670
16. Pan Zgierski wchodzi.............................. 677
17. Brat i siostra...................................... 688
18. Co zrobił spirytyzm, a co ateizm?................... 699
19. Bogacz, który szukał pracy......................... 717
20. Małe fundamenty dużych celów..................... 731
21. Cukrownia widziana z góry........................ 738
22. Spiritus fiat, ubi vult............................... 747
23. Znowu echo przeszłości............................ 752
24. Student, który już został lekarzem................... 761
25. Niebezpieczne strony wdzięczności.................. 767
26. Letni wieczór...................................... 776
27. Czego potrzeba do zerwania stosunków?.............. 791
28. Co robi mędrzec, a co plotkarz?..................... 812
29. W nowym gnieździe............................... 828
30. Pan Kazimierz.................................... 844
31. Znowu echa przeszłości............................ 858
32. Spacer.. 877
33. Pan Kazimierz zostaje bohaterem................... 898
34. Odsłania się nowy horyzont........................ 916
35. Mrok i światło.................................... 933
36 ***... 948
37 ***... 963
38 ***... 977
39. Odjazd... 991
40. Oczekiwanie...................................... 1004
41. Na jakie brzegi niekiedy wyrzucają fale świata?........ 1019

Druk i oprawa:
Druk-Intro S.A.
88-100 Inowrocław, ul. Świętokrzyska 32
tel. +48 52 354 94 50, fax +48 52 354 94 51
www.druk-intro.pl; druk-intro@druk-intro.pl